小右記註釈

長元四年　上巻

小右記講読会
黒板伸夫監修
三橋　正編

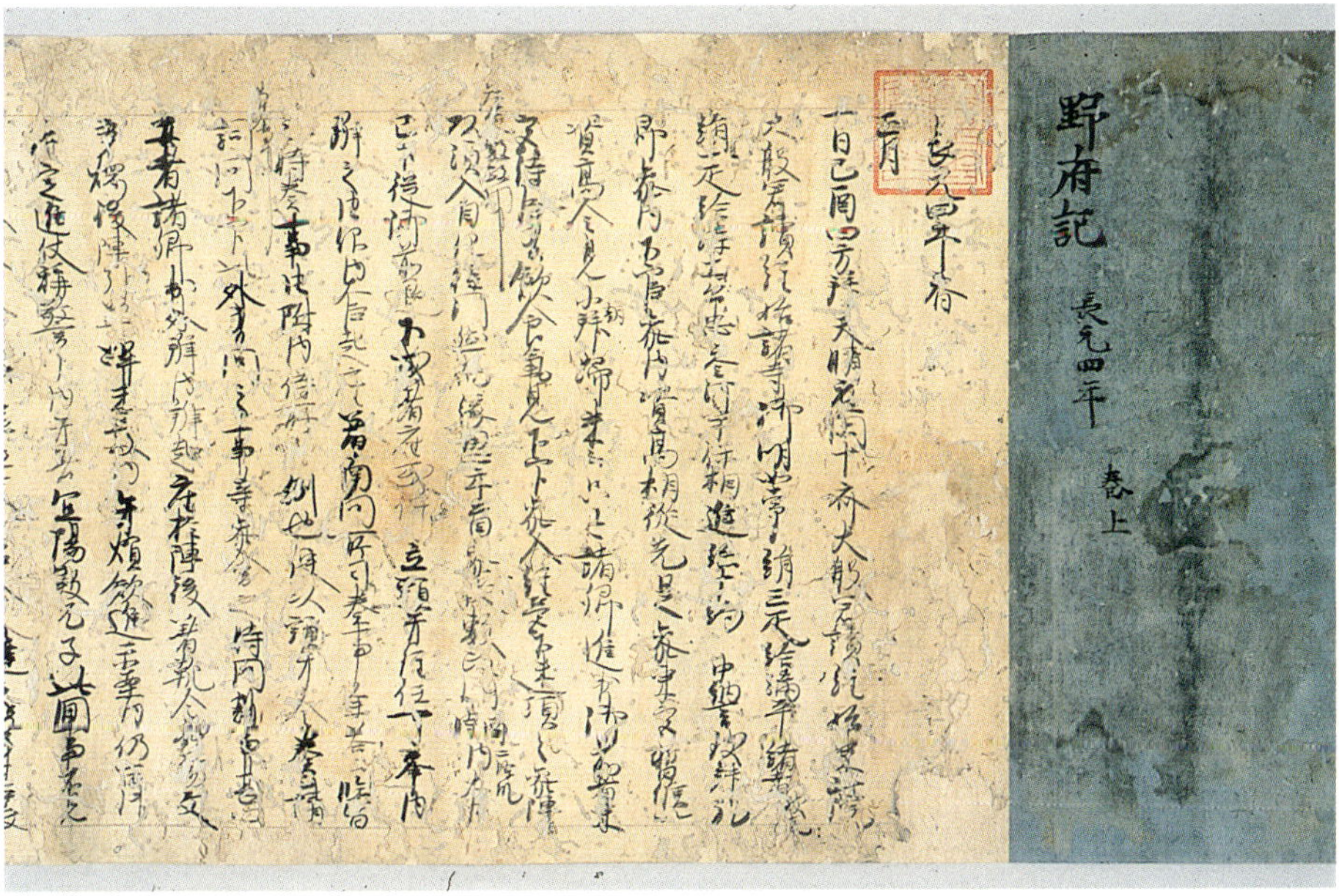

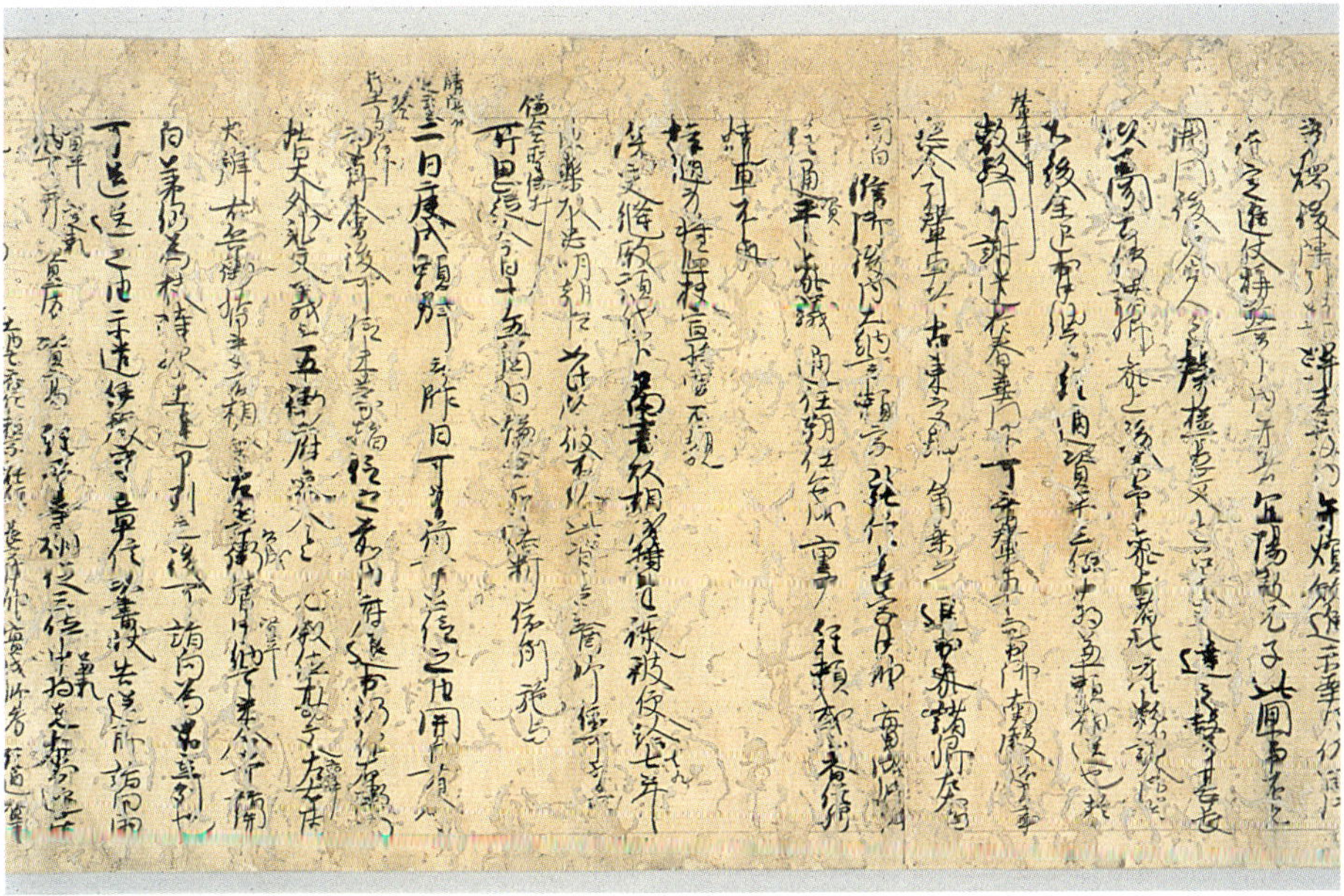

旧伏見宮本『小右記』巻二八（宮内庁書陵部蔵）巻頭　正月一日条～二日条

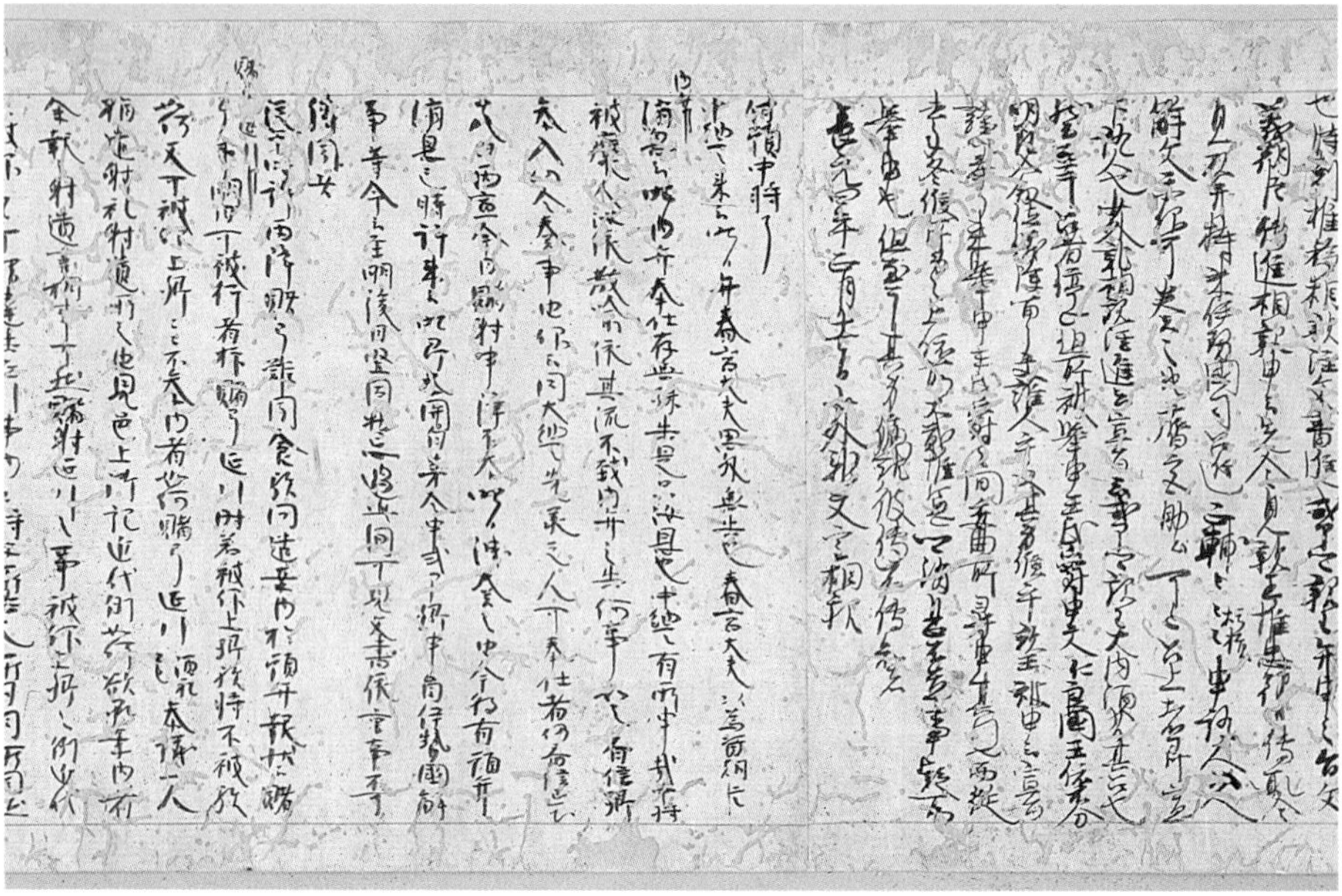

旧伏見宮本『小右記』巻二八（宮内庁書陵部蔵）正月十七日条

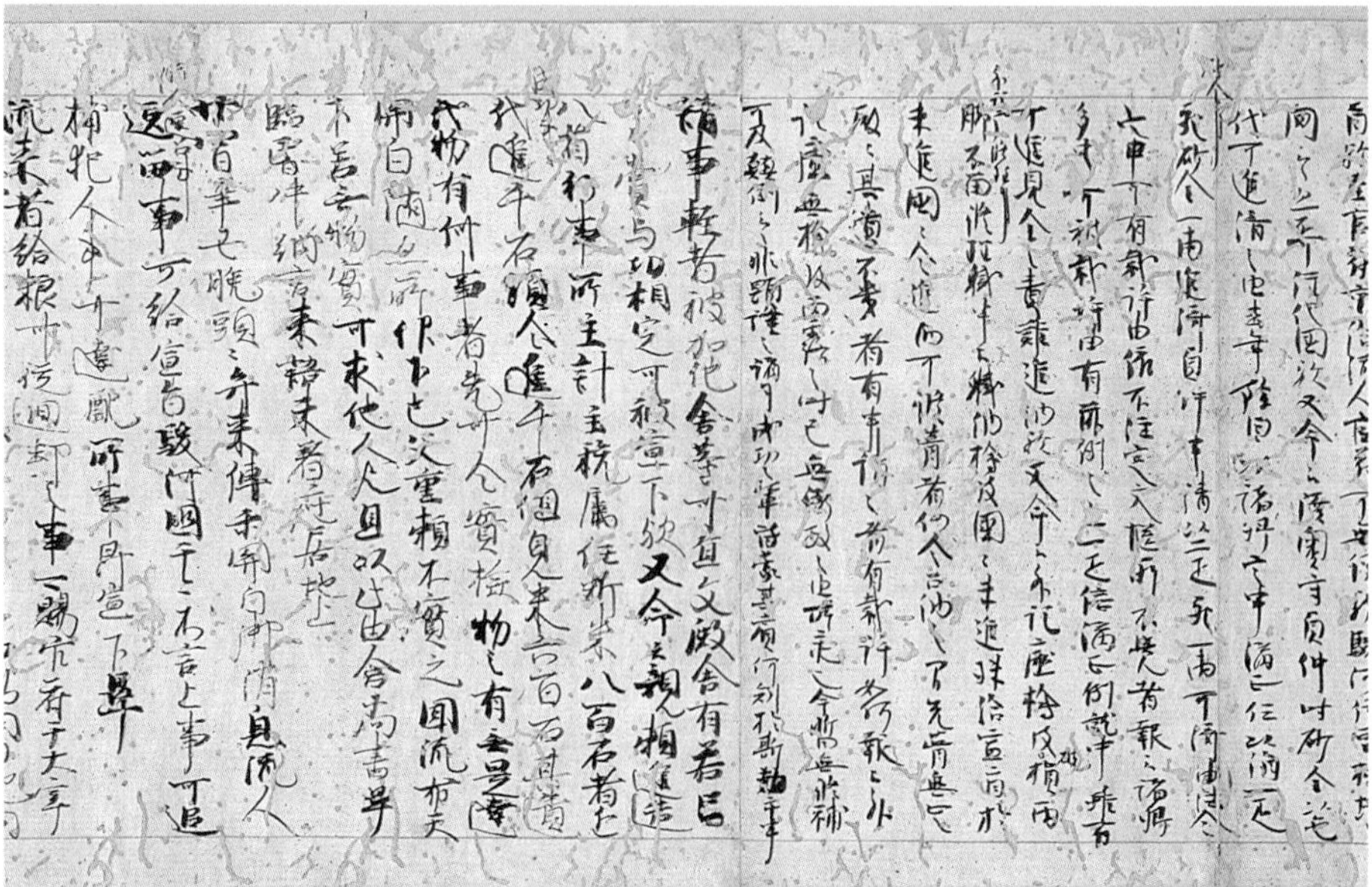

旧伏見宮本『小右記』巻二八（宮内庁書陵部蔵）二月廿三日条～廿四日条

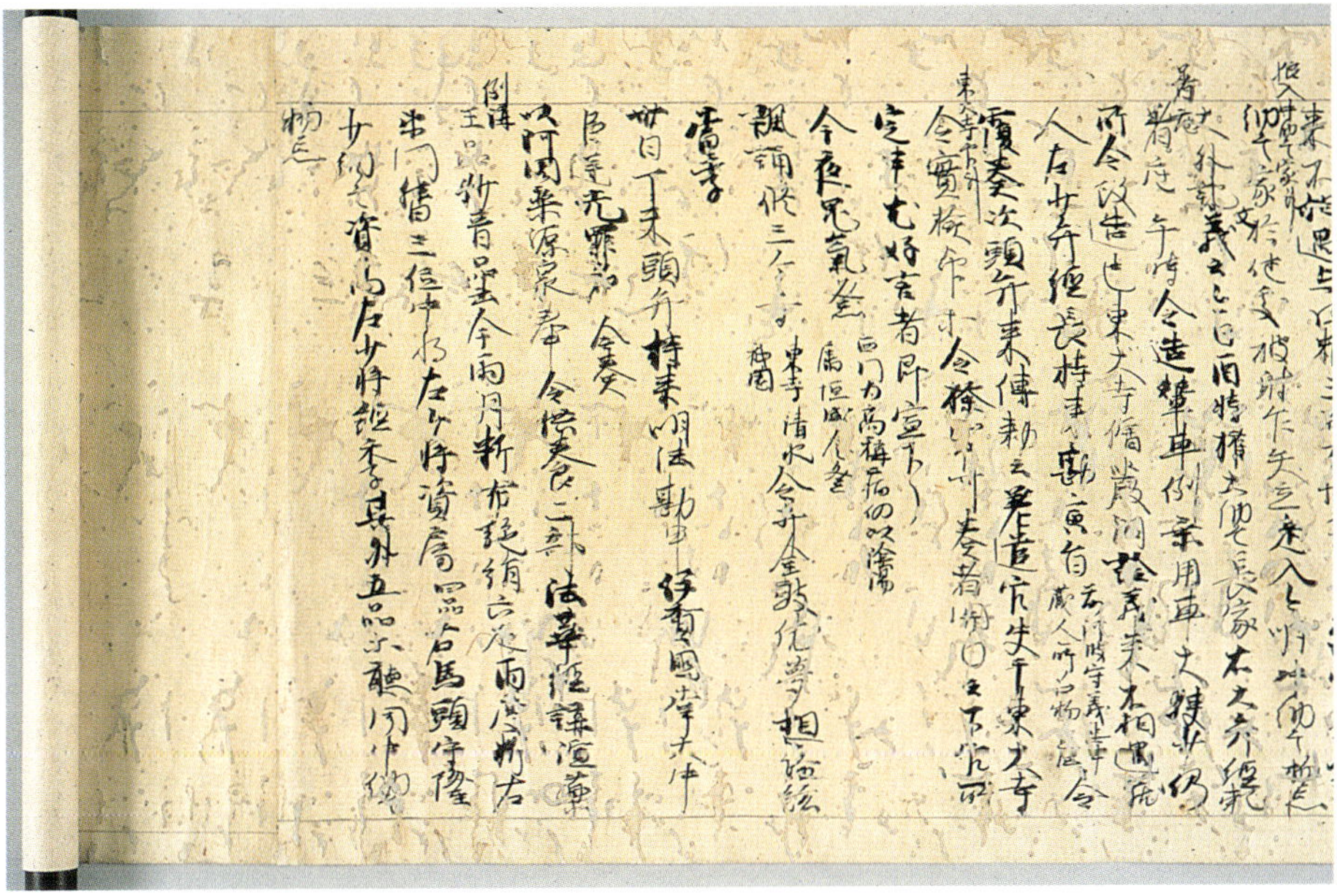

旧伏見宮本『小右記』巻二八(宮内庁書陵部蔵)巻末　二月廿九日条〜卅日条

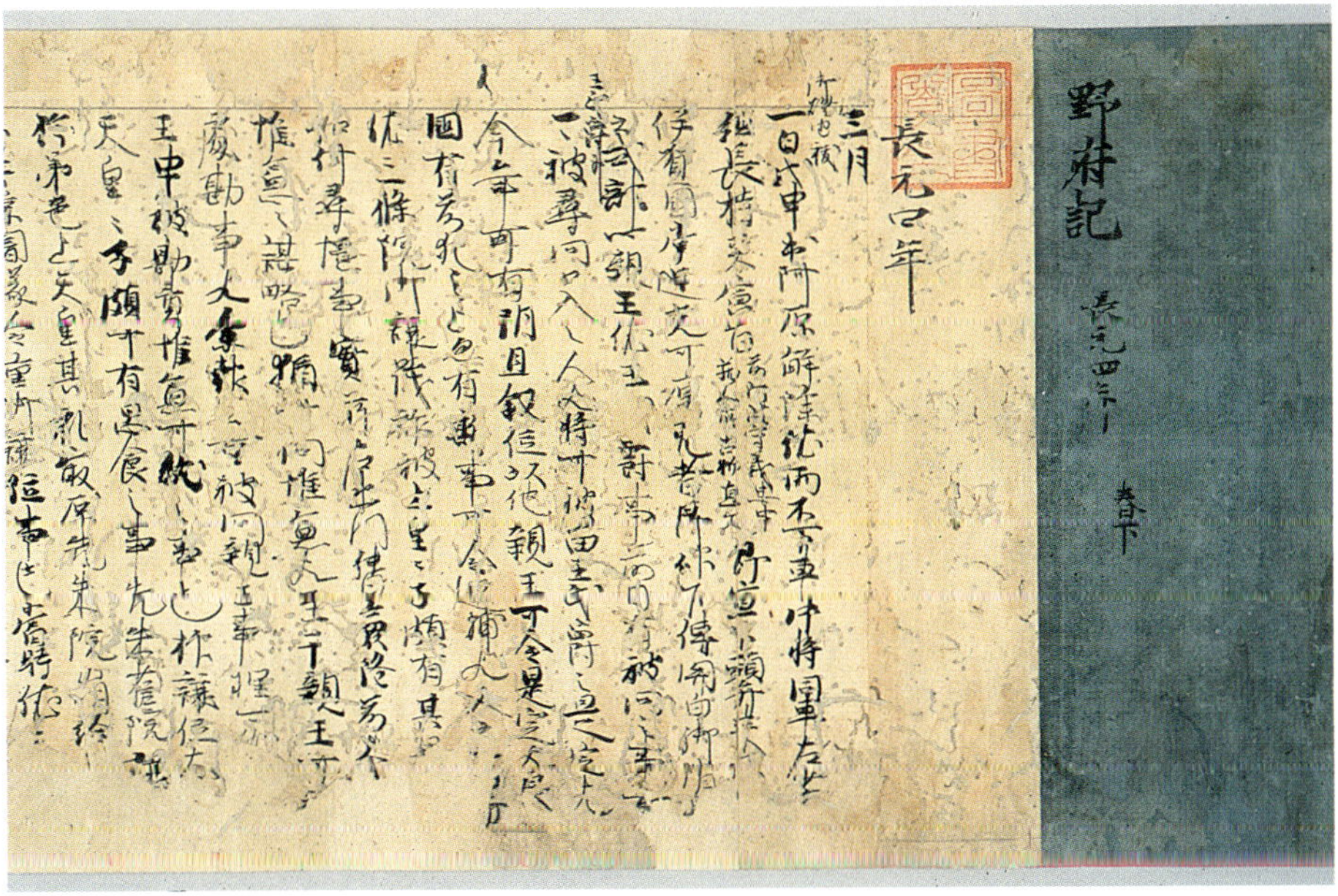

旧伏見宮本『小右記』巻二九(宮内庁書陵部蔵)巻頭　二月一日条

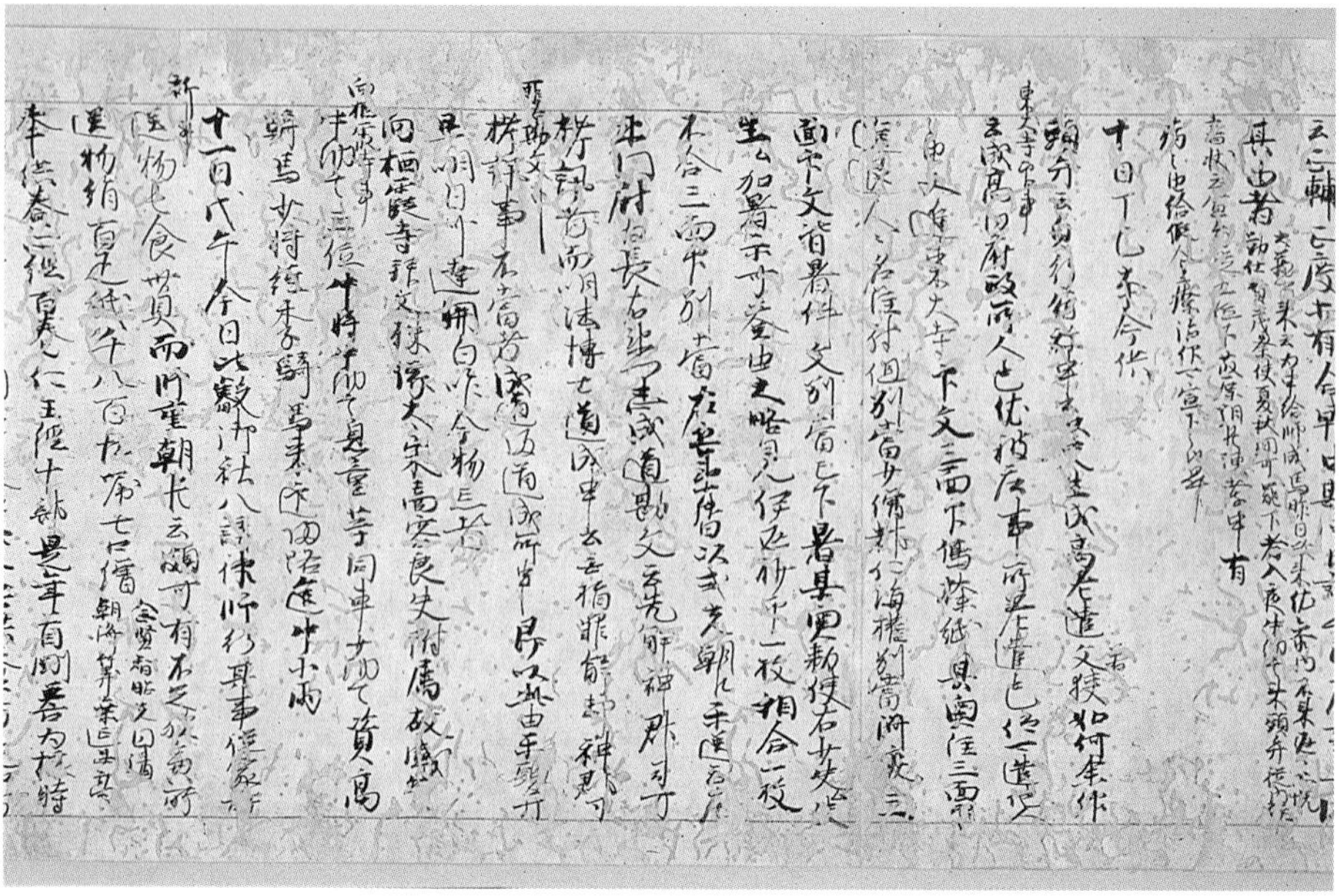

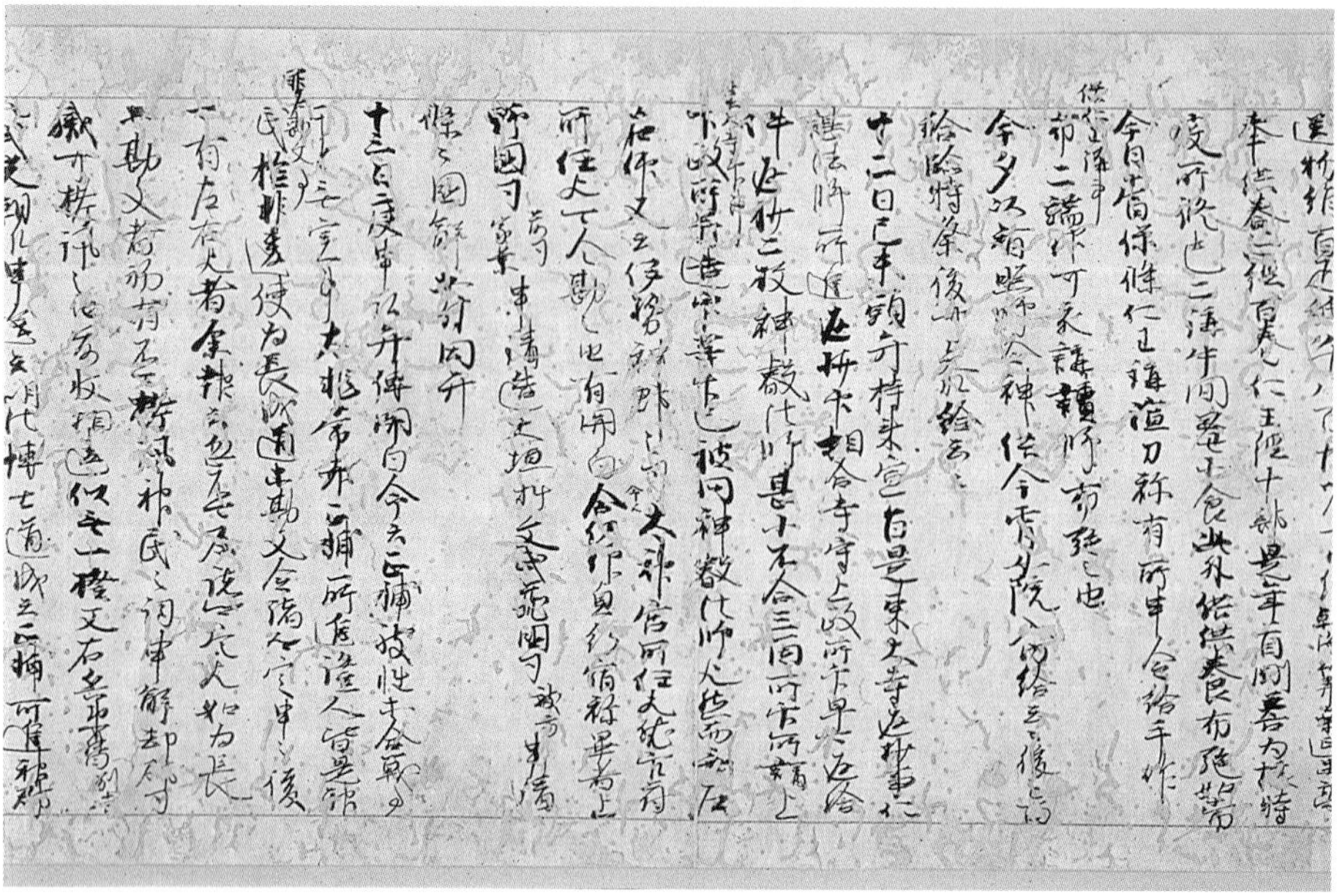

旧伏見宮本『小右記』巻二九（宮内庁書陵部蔵）三月九日条〜十三日条

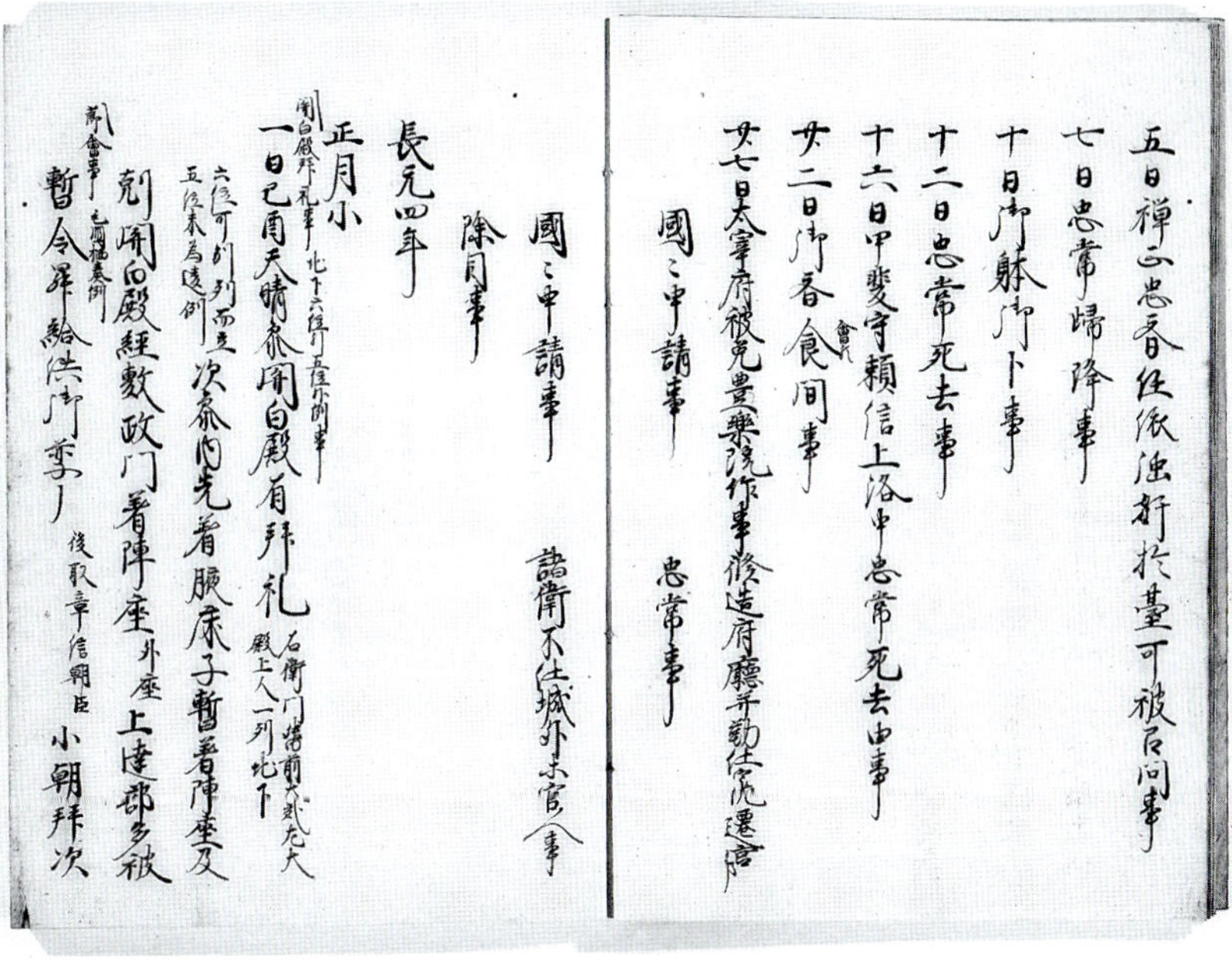

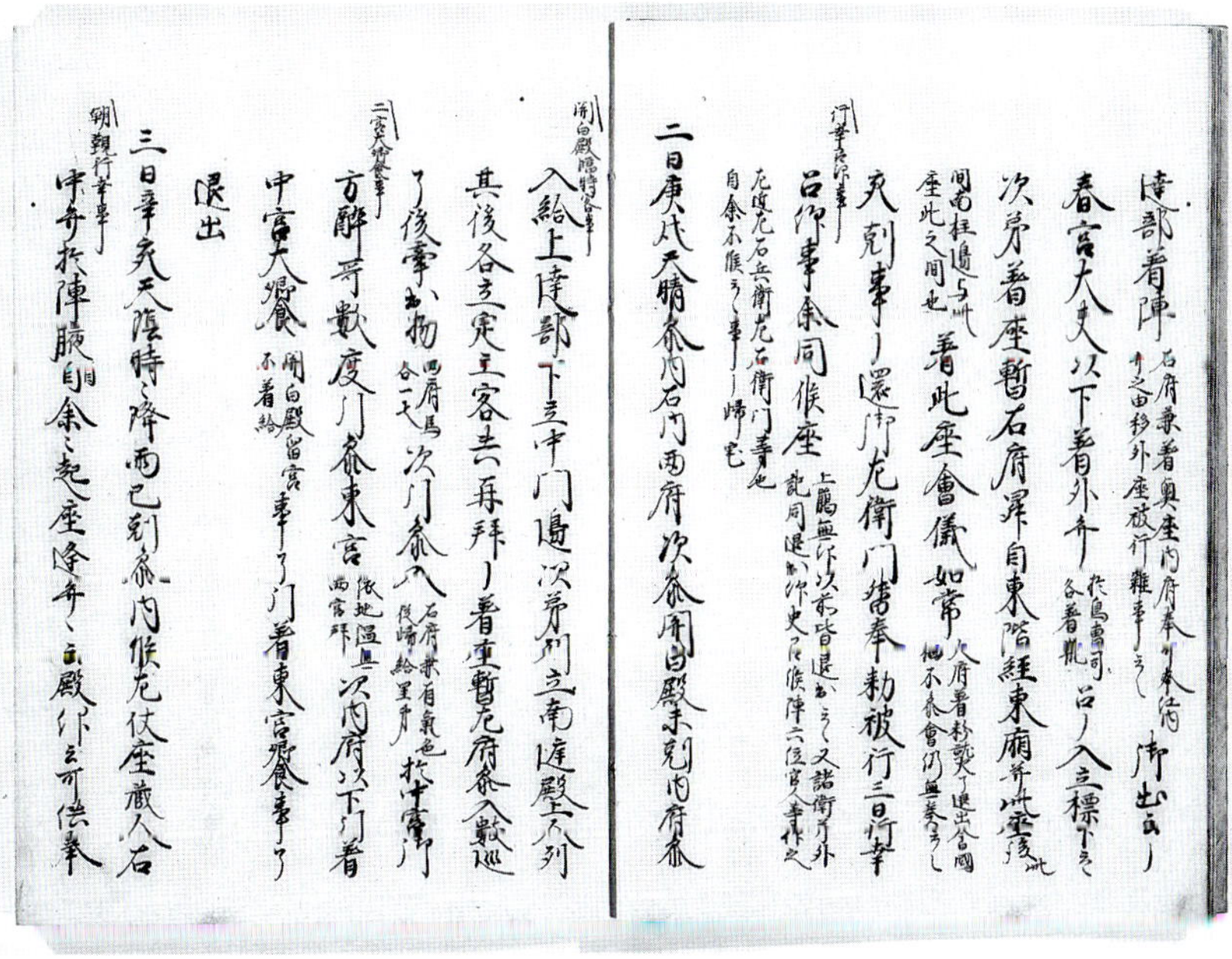

東山御文庫本『左経記』(勅封三、三二) 日録～正月二日条

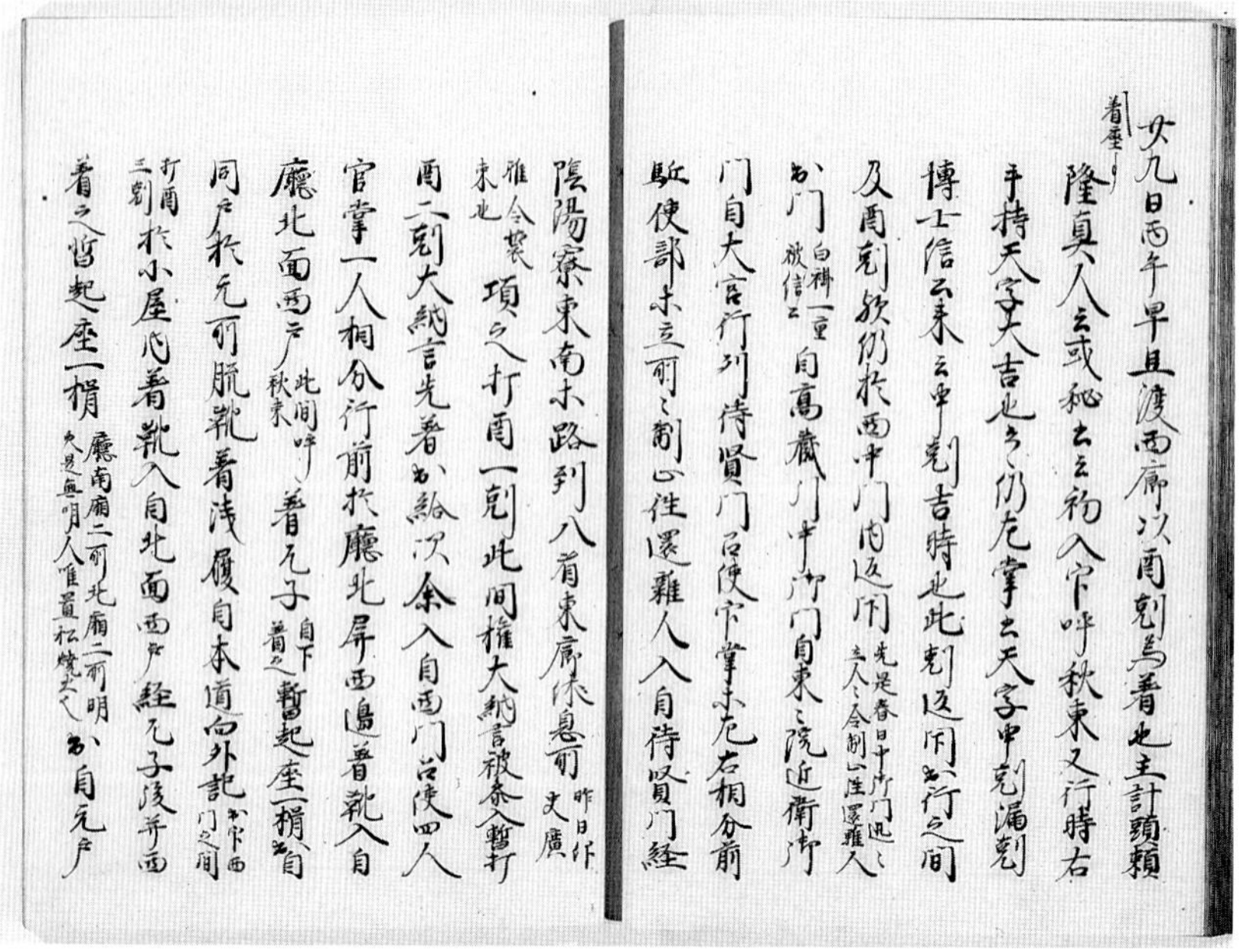
廿九日丙午早旦渡西廊次西剋馬着也主計頭頼 着座ノ
隆真人云或秘云云初入下呼秋末又行時右
手持天字大吉也云々仍左掌云天字申剋漏剋
博士信云来云申剋吉時也此剋返閇之行之間
及酉剋歟仍於西中門内返閇 先是春日中御門迄ゝ之人々今剋以往還雖入
出門 白襖一重 殺信云 自高倉小中御門自東洞院近衛御
門自大宮行列侍賢門 召使官掌在左右相分前
駈使部在立前ゝ剋以往還雖人入自待賢門経
陰陽寮東南小路到八省東廊休息所 昨日仰 文廣
雅令装束也 頃之打酉一剋此間権大納言被参暫打
酉二剋大納言先着西給次余入自西門召使四人
官掌一人相分行前於廳北屏西邊着靴入自
廳北面西戸 此間呼秋末 着兀子 自下 着之暫起座一揖出自
同戸於兀前脱靴着浅履自本道向外記 申下西門之間
打酉三剋 於小屋内着靴入自北面西戸経兀子後并西
着之皆起座一揖 廳南廂二所北廂二所明ゝ 是無明人唯置松燭是也 出自兀戸

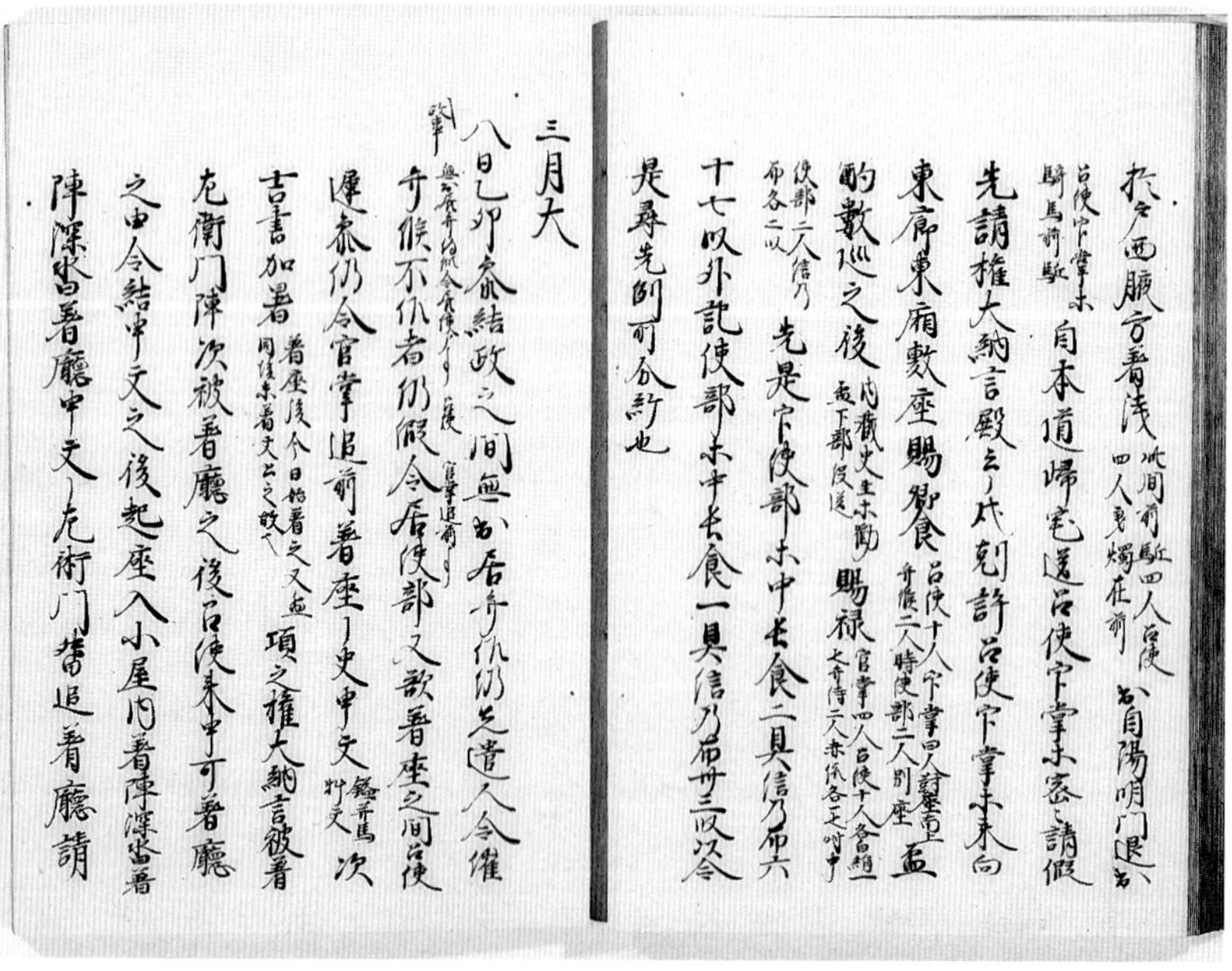
於西腋方着浅 此間前駈四人召使四人乗燭在前 出自陽明門退出
召使官掌在 騎馬前駈 自本道帰宅邊召使官掌在客ゝ請假
先請権大納言殿云々此剋許召使官掌在来向
東廊東廂敷座賜饗食 召使十人官掌四人敷座南上 奉仕二人時使部二人別座
酌數巡之後 内蔵史生在勤 座下部役送 賜禄 官掌四人召使十人各絹 七官侍二人赤色各疋
使部二人信乃布各二段 先是官使部在中長食二具信乃布六
十七段外記使部在中長食一具信乃布卅三段次令
是尋先例可令計也
三月大
八日己卯參結政之間無出居弁仍以之遣人令催 [illegible]
弁候不仍者仍假令居使部又敬着座之間召使 官掌追前ノ
遅参仍令官掌追前着座了史申文 鎰并馬料文 次
吉書加暑 着座後今日始着之又無 同後来着史云之故也 頃之権大納言被着
左衛門陣次被着廳之後召使来申可着廳
之由令結申文之後起座入小屋内着陣深沓着
陣深沓着廳申文了左衛門督退着廳請

東山御文庫本『左経記』（勅封三、三二）二月廿九日条・三月八日条
（以上、写真提供：宮内庁書陵部）

清凉寺霊宝館蔵　重要文化財　木造文殊菩薩騎獅像（写真提供：三橋 正）

清涼寺霊宝館蔵　重要文化財　木造文殊菩薩騎獅像（写真提供：京都国立博物館）

はじめに

黒板伸夫

摂関時代の研究において、古記録である公家の日記が極めて重要な史料であることは、今日では常識であろう。私は若い頃から史学を専攻したいと思い、殊に平安時代に関心が深かった。『枕草子』や『今昔物語集』などを読みふけったが、公家の日記では、早くから活字本の出ていた『御堂関白記』が座右にあったものの、熱心に読んだという記憶はない。

東京大学の国史学科に入学して、やがて卒論が身近な問題となり、摂関時代を選んだが、それには公家の日記をしっかりと読まねばならないことになる。幸いに東京大学史料編纂所に居られた先輩の山中裕氏の指導をいただき、『御堂関白記』をはじめ、『小右記』『権記』『左経記』と向かい合うことになった。卒論のテーマは「藤原行成の研究」ということになったが、この執筆期間を通じ、これら古記録とのつき合いが深くなった。

大学卒業後の私の人生は、いろいろ曲折があったが、五十歳を過ぎて清泉女子大学の専任の職を得、またその間の二年、慶應義塾大学に非常勤講師としてお招きいただき、講義の他、古記録の演習を担当した。そしてそれが縁となって、昭和六十一年(一九八六)六月から、同大学の院生諸氏を中心とするメンバーで、『小右記』講読会が始まり、今日に及んでいるのである。

その間、メンバーも入替わり、慶應以外の大学出身者も多く加わるようになった。

若い研究者の力量と熱心さはすばらしく、私自身は全く追越された感がある。しかしそれはまた大きな喜びでもあった。

現在、講読会の事実上のリーダーは、三橋正氏（明星大学准教授）であり、同氏の発案で、講読会の成果を盛り込んだ『小右記註釈　長元四年』がここに完成した次第である。

この書の成果は全く三橋正氏と、協力者の若い研究者諸氏の努力によるものである。

この出版の学界に寄与するところは決して小さなものではないと自負すると共に、至らぬ点や誤りもあることと思う。多くの方の叱正を仰ぎたいと願っている。

平成二十年三月二十七日

はしがき

三橋　正

黒板伸夫先生を中心とする『小右記』の講読会に誘われたのは、まだ大正大学の大学院に在籍していた時のことであった。厳しい先輩から齋木一馬先生直伝の古記録読解指導を受けてはいたものの、平安時代を専門とする先生がおらず、ちょうど勉強の機会を渇望していたので、二つ返事で出席を約束した。会場は慶應義塾大学であったが、都内の諸大学から多くの若い研究者が参加し、実に開かれた雰囲気であった。別の研究会で黒板先生とお会いしていたこともあり、すぐにとけ込んで、皆と解釈について議論することができた。その頃に読んでいたのは、『小右記』天元五年(九八二)条、すなわち現存する最も古い、実資が二十六歳で蔵人頭を勤めていた時の記事である。およそ一年半が経過し、私の三回目の報告がたまたま天元五年条の最後にあたり、合わせて次に読む部分を選ぶという大役を仰せつかった。活気のある議論が積み重ねられていたので、私はあえて、ここでなければ読めないと部分として、長元四年(一〇三一)条を提案したのである。『小右記』は春(正月・二月・三月)と秋(七月・八月・九月)の六ヶ月分しかないが、記主藤原実資の自筆本のあり方をほぼ忠実に伝える広本の形で現存する最後の年であるだけでなく、重要事件が多く、記述が詳細かつ複雑で、相手にとって不足はないと考えたからである。また、『大日本史料』の刊行が当分見込めない年であり、かつ『左経記』が一年分(閏十月を含む十三ヶ月分)すべて揃っており、同時に読み進めることで深い理解に至るということも、皆に納得していただく重要な要素であった。提案は受け入れられ、昭和六十三年(一九八八)七月から『小右記』と『左経記』の書下し文を対照した資料を報告者が作り、それをもとに読解していく作業が始められた。

当初は、約二週間に一度集まり、担当者の報告を聞き、討論をするという、ごく一般的な史料講読会であったが、先生と共に平安時代の古記録に浸る時間は濃密で、大学の枠を超えて集まった参加者による議論は、回を追うごとに熱心さを増し、他では得難い場となっていった。おおよそ長元四年条の二ヶ月半分を読み進めた頃、白熱した議論が終わっていつものように先生に食事をご馳走になっている時、突然、夏休みに合宿をやろうという話が持ち上がった。先生も乗り気になり、数名の有志が史料や辞書を持ち寄り、東京都青梅市にある御岳山の民宿で一泊二日の合宿が催された。平成二年(一九九〇)八月のことである。その時、かねてから個人的にパソコンへ入力していた正月・二月条の書下し文を配り、会の成果を出版しようと提案した。これが『小右記註釈 長元四年』の出版に向けた第一歩であった。

反対意見もあり、すぐに全体としての合意が得られたわけではなかったが、研究会後に討論の成果と私的な見解を加えた私家版を作成し続け、それを折あるごとに報告し、更なる検討を加えていくことが、当たり前になっていった。途中、参加者は大きく入れ替わり、長元四年条のあまりの難しさに読む部分を変更しようという意見が出されたこともあったが、先生のご支持もあり、読解とまとめの作業は継続された。そして、従来通りの報告者中心の検討会(例会)とは別に、再検討を進める読み直し会ができ、こちらも若い研究者にとって研鑽の場となった。この体制は、平成九年(一九九七)十一月に『小右記』長元四年条の最後にあたる九月条を読み終えた後も変わることはなかった。尚、例会は新たに長和元年(一〇一二)条から読み進め、現在は同二年三月条に至っている。

『小右記』長元四年条を一通り読み終えたとはいっても、『左経記』にしかない月(四月・五月・六月、十月・閏十月・十一月・十二月)分の読解、諸註釈の統合と再検討、写本からの原文作成など、出版までに残された作業は膨大なものであった。特にこだわったのが、古記録の読解に不可欠な会話文の特定で、そのすべてに鉤括弧(「 」)を施したが、「云」「曰」「後聞」などで始まり「者(てへり)」もしくは「云々」で終わることを原則としながらも不明確な場合が多く、範囲の特定には最後まで検討を重ねた。

また、出版が現実的になると、正確なものを作らなければという責任と、更に良いものを作ろうという欲求が出てきた。各日の条を読みやすくするために首書や目録に基づいた段落分けをし、それらを対比できるように『日本紀略』を用いた対照表を作成した。また、註釈の数が膨大になったので、人名、官職・身分、場所に関しては最後にまとめて解説(考証)し、索引・註釈とも対応できるようにインデックスを付けることにした。これにより、平安貴族の思考形態に近い多角的な註釈が可能になったと考えている。

このように試行錯誤を繰り返しながら、長期間にわたる作業を続け、書下し文や註釈の変更・付け足しが行なえたのは、まさにパソコンのおかげであったが、それは同時にパソコンの限界への挑戦でもあった。ワープロソフトとして一太郎を用い、そのバージョンアップごとに体裁やルビ・註釈などの精度を高めていったが、註釈番号が数日に及ぶ複数のファイルを管理・相互調整することは至難で、フリーズしたり破損したりして、一日分の作業が無駄になることも屢々であった。それでも、多くの人がこの学習と作業の場に参加し、検討や入力に協力してくれた。それは、慶應義塾大学における例会の前後だけでなく、明星大学・大正大学・國學院大學・清泉女子大学・青山学院女子短期大学・麗澤大学など、編者の関係する諸大学で数日間集中してなされたり、その宿泊施設(山荘など)で合宿を催したりして続けられた。この作業を行なうには記事内容を熟知しなければならず、諸氏の努力は例会での発表者に劣らないほどであったので、得意な分野で解説を書いていただくことにした。

かくて、『小右記』の書下し文と註釈を中核としながら、『左経記』の書下し文、『小右記』『左経記』『日本紀略』

の原文、そしてそれらを一覧することが出来る『日本紀略』書き下し文『小右記』『左経記』見出し対照を冒頭に付けるという本文編があり、付録として上巻末に解説、主要参考文献、年中行事一覧、下巻末に索引、人物考証、官職・身分考証、場所考証、十干十二支、図を掲載するという本書の構成が姿を現わした。これは、平安時代の研究者にも、これから古記録を勉強しようという学生にも、理想的な形態であると考える。

　このような経緯をたどって作成された本書に関わった方々は、実に八十名を超える。ここでは、そのたたき台を作った例会での発表者のお名前を掲載させていただき、謝意を表わしたいと思う(五十音順、敬称略、一部旧姓のまま)。

秋場健志	池和田有紀	井内誠司	尾上陽介	加藤順一	川島　晃
工藤健一	栗林　茂	是永さな恵	佐々木由理子	佐多芳彦	佐藤道生
東海林亜矢子	鈴木香織	瀬谷貴之	滝沢友子	高柳早帆	永田和也
縄田佳子	新村治義	波多野毅弘	原　美和子	服藤早苗	藤森健太郎
古川元也	松本宏司	村上史郎	山岸公基	山田彩起子	

　本来ならば、編者(三橋)分も含めて担当箇所を明記し、かつ例会でご発言頂いた方々のお名前も掲載すべきであるが、全面的な読み直しを行なっている関係上、割愛させていただいた。また、索引や考証などの作成・入力にご協力いただいた方々については下巻末尾の凡例を、解説執筆者については上巻の解説目次をご参照いただきたい。尚、図の作成は、平成十七年(二〇〇五)夏の明星大学八ヶ岳山荘での合宿に、当時、同大学日本文化学部の三年生として初参加した小宮和寛君が、得意のコンピューターを使って、上記の作業と並行して作成したものであり、それ故に、本文の註釈や下巻付録の場所考証と一体化した図ができたのである。長年の編集作業で、全編にわたり発表内容や執筆原稿に大幅な加筆・変更をした。もしも本書に誤りや不備があったとしたら、それらはすべて編者の責任である。

編集の作業はパソコンで進めてきたが、その理由として、推敲して何度でも訂正を加えられるということの他に、そのまま印刷をして安価な本を提供し、これから古記録を勉強しようという若い学生たちに広く届けたいという思いがあった。しかし、ルビと註釈が混在する複雑な原稿をパソコンで完成させるには、相当な無理があったことも事実である。そのように出版の実現化に向けて思いをめぐらせていた時、編者が明星大学日本文化学部に専任の職を得たのであるが、そのキャンパスは偶然にも第一回の合宿を開催した青梅市にあり、そこには古典関係の書籍で最高の印刷会社とされる精興社があった。そこで、本書の制作のほぼ九割が出来上がった昨年五月、明星大学と仕事上の関係があった同社に相談を持ちかけたところ、すぐに出版意義をお認め下さり、特別な計らいによって印刷をお引き受け下さったのである。また、同様に本書の出版をご理解下さった八木書店から発売することも決定された。

その時、原稿をほぼ完成させていたとはいえ、最終確認などに多大な時間を要し、入稿を開始したのは今年になってからであった。また、本文編に目処が立った頃を見計らって黒板先生に「はじめに」の執筆をお願いしたが、索引や考証のインデックス付け作業などに手間取り、更なる改訂が加えられたこともあり、すべてを入稿し終えたのは、北京オリンピックが始まる八月に入ってであった。この間、関係者の方々にご迷惑をおかけしたことをお詫びすると共に、二十年にわたる研究会の成果の刊行に変わらぬご支援を頂いたことに深く感謝したい。特に、貴重な写本・資料の翻刻・写真掲載などを許可下さった宮内庁書陵部・東山御文庫・清涼寺・延暦寺、印刷・出版について貴重な助言を賜わった精興社の木嵜邦久氏、八木書店の恋塚嘉氏・柴田充朗氏に篤くお礼申し上げたい。

僅か一年分とはいえ、従来にはない古記録の注釈書を完成させるのは、まさに苦難の連続であった。それを絶えず温かい目で励まし、ご指導下さったのは、他ならぬ黒板伸夫先生である。そして、出版に向けて試行錯誤をしていた時間は、すなわち先生と共に記事の解釈などをめぐって議論し、平安時代について語り合う至福の時間でもあった。

その時間を他の誰よりも多く過ごすことが出来たことは、本当に幸せであったと思う。最後に会のメンバーを代表し、先生にお礼申し上げると共に、今後とも変わらぬご協力を賜わりたくお願いする次第である。

平成二十年八月八日

凡例

一、本書は、小野宮右大臣と呼ばれた藤原実資（九五七〜一〇四六）の日記『小右記』長元四年（一〇三一）条の註釈書である。『小右記』書下し文・註釈を中心とする**本文編**を上・下二巻に分けて掲載し、それぞれに**付録**を付けた。

一、**本文編**は、**『日本紀略』書下し文『小右記』『左経記』見出し対照**、**『小右記』書下し文・註釈**、**『左経記』書下し文**、**『小右記』本文**、**『左経記』本文**、**『日本紀略』本文**からなり、**上巻**には正月〜六月（『小右記』は三月まで）、**下巻**には七月〜十二月（『小右記』は九月まで、閏十月あり）を掲載した。それぞれの底本は以下の通りである。

『小右記』…旧伏見宮本（宮内庁書陵部蔵）第二八巻（正月・二月）、第二九巻（三月）、第三〇巻（七月・八月）、第二一巻（九月）。

『左経記』…東山御文庫本「勅封三　三　一一」（正月・二月・三月・四月・五月・六月）、「勅封三　三　一二」（七月・八月・九月・十月・閏十月・十一月・十二月）。

『日本紀略』…旧久邇宮本（宮内庁書陵部蔵）第三一冊。

『小右記』『左経記』の写本については、上巻の《付1》「口絵解説」を参照していただきたい。

一、**『日本紀略』書下し文『小右記』『左経記』見出し対照**は、『日本紀略』の書下し文（記事がないものは日付のみ）に『小右記』（上段）と『左経記』（下段）の条文の見出しを付け、その頁数（本文は月のはじめのみ）を対照できるようにした。見出しに付けられた符号は、書下し文・本文の各日の条に付けられた符号と合致している。また、註釈や解説・考証にも使用した。符号の意味は以下の通りである。

『**小右記**』(**上段**)**の符号**

＊1…底本にある見出し(首書)。記事の順番に従って番号を振った。但し、書下し文は文意により改行・段落分けされているので、正確な位置は本文を参照していただきたい。また、『小記目録』に同じ記事を指す項目があり、底本の見出しと同文の場合は、その項目が存在する編目について(目一・正月上・小朝拝)のように示し、底本の見出しと異なる場合は、同一符号のもとに併記してその編目を( )で示した。

▼a…底本にない見出し。記事の順番に従ってアルファベットを振った。このうち、『小記目録』に採録されている項目は前と同様に( )で編目を示し、『小記目録』になく編者が便宜的に付した項目と区別できるようにした。

◆1…底本がない部分で、『小記目録』により記事の存在が確認できるもの。『小記目録』の編目順に番号を振った。

★A…底本はないが、その逸文が確認できるもの。その記事を載せた場所(註番号と頁)を合わせて明記した。このように、底本の首書の有無によって符号を区別し、かつ『小記目録』との対応がわかるようにした。『小記目録』は大日本古記録『小右記』第九冊・第十冊に収録されたものにより、同第十冊の「編年小記目録」を適宜参照した。尚、底本はB系統の写本で、『小記目録』の項目は、底本と異なるA系統の写本に朱で付された見出しとほぼ一致するとされる。現存しないA系統の写本の長元四年条の存在と共に、A・B両系統の書写形態の相違を窺い知ることが出来るであろう。《解説》一「藤原実資と『小右記』」参照。

『**左経記**』(**下段**)**の符号**

※1…底本にある見出し(首書)。記事の順番に従って番号を振った。但し、書下し文は文意により改行・段落

分けされているので、正確な位置は本文を参照していただきたい。また、本文（東山御文庫本）巻頭の目録にある項目について、底本の見出しと同文の場合は（目）を付け、異なる場合は同一符号のもとに項目名を併記して（目）を付けた。

▽a…底本にない見出し。記事の順番に従ってアルファベットを振った。底本巻頭の目録に項目があるものは下に（目）を付け、編者が便宜的に付した項目と区別できるようにした。

◇1…底本に本文がなく、目録だけに項目があるもの。

☆A…底本はないが、その逸文が確認できるもの。その記事を載せた場所（註番号と頁）を合わせて明記した。同じ写本でありながら、見出し（首書）と目録に違いがあり、書写の複雑な経緯を窺うことが出来る。

一、**『小右記』書下し文・註釈**の作成方針は以下の通りである。

・書き下し文は原文（本文）からの解釈により、従来の校訂と異なる部分は註釈で解説した。尚、註釈では人日本古記録本を古記録本、増補史料大成本を大成本と表記した。

・各日条の中で、内容に応じた改行（段落分け）をし、見出しとしての符号（前述）を付けた。

・書き下し文はできるだけ原文（変体漢文）の表記や語順がわかるようにした。

例、訓読により名詞（主語）と名詞（目的語）が重なる場合は必ず読点（、）を付し、「諷誦修三ヶ寺」（二月廿九日条）のように日本語的な語順となる場合も「諷誦、三ヶ寺に修す。」として助詞を補わなかった。また、「於（おいて）」「為（ため）」「有（あり）」「無（なし）」「也（なり）」「哉（や）」「乎（や・か）」などの漢字をそのまま使用し、補読した場合の平仮名表記と区別して、復文ができるようにした。但し、「より（従・自・縁）」は平仮名とした。

・書下し文は歴史的仮名遣いとし、意味による訓の違いに留意して、送り仮名と振り仮名（ルビ）を多用した。例、「奉（たてまつ）る」と「奉（うけたま）はる」、「給（たま）ふ」と「給（たま）はる」、「賜（たま）ふ」と「賜（たま）はる」、「候（こう）ず」「候（さぶら）ふ」と「（気色を）候（うかが）ふ」、「（人が）進（すす）む」と「（物を）進（たてまつ）る」、「苦（にが）い」と「苦（くる）しい」、「借す」と「借る」、「許（ばかり）」と「許（もと）」、「故（ゆえ）」と「故（こ）」と「故（もと）」、「後（うしろ・しり）」と「後（のち）」など。但し、「者」については、「者（もの）」と「者（てへり・てへれば）」は漢字とし、助詞の「は」「ば」は平仮名にした。

・振り仮名（ルビ）は現代仮名として索引と対応させた。

・単漢字でも名詞として定着し、訓と音との両方の読みが可能なものには振り仮名（ルビ）を付けなかった。例、「始（はじめ／し）」「使（つかい／し）」「問（とい／もん）」「答（こたえ／とう）」「命（おおせ／めい）」「疑（うたがい／ぎ）」「召（めし／しょう）」「祭（まつり／さい）」「後（うしろ／のち／ご）」など。

・原則として常用漢字を用いた。「証」と「證」、「弁」と「辨」、「密」と「蜜」、「大」と「太」、「小」と「少」などは本来別字であるが、適宜統一した。但し、人名の「證昭」（他史料で「澄昭」とも記される）、「暇」の意味で用いられる「假」などの例外がある。

・「廿（二十）」「卅（三十）」「卌（四十）」の漢字は原文（本文）のまま用いた。

・古記録語の用語（慣用語）については、原文（本文）通りとし、ルビを振った。例、「先是・先此（これよりさき）」「頃之・暫之・少時・小時・少選・小選（しばらくありて）」「良久（ややひさし）」「計也（はかりみるに）」「称唯（いしょう）」など。同様に「就中（なかんずく）」「入夜（よにいり）」なども読み下さずに熟語のままとして、振り仮名（ルビ）を付けた。

・熟語と判断される語は、訓読する場合でも間に送り仮名を付けず、振り仮名(ルビ)を除けば漢語として把握できるようにした。

例、「帰来(かえりきたる)」「進出(すすみいづ)」「謝遣(しゃしやる)」「施与(ほどこしあたふ)」「来会(きたりあふ)」「告送(つげおくる)」「催出(もよおしいだす)」「後聞(のちにきく)」「伝仰(つたえおおす)」「召仰(めしおおす)」「罷帰(まかりかえる)」「尋申(たずねもうす)」「定申(さだめもうす)」「下給(くだしたまふ)」など。また、「帰宅」「帰私」、「起座」「帰座」「立座」なども熟語としてそのまま書下し文に用いた。

但し、「入内(じゅだい)」「入内(にゅうない)」と区別するために「参内」の意味の「入内」は「内に入る」とした。

・内容をわかりやすくし、かつ、正確な訓読とするため、便宜的に次の記号(括弧)を用いた。

（　）…原文に割注で書かれている部分。尚、割注の中の割注は【　】で示した。

〈　〉…原文に小文字で書かれている部分。

〔　〕…原文に傍書・傍注で書かれている部分。

「　」…会話文、または引用文。尚、会話文・引用文中の引用文は『　』、更なる引用文は「　」で示した。

但し、長文となる場合は、一段または二段下げでその部分がわかるようにした。例、正月十七日条▼b、八月四日条＊1、廿三日条▼a～▼f(宣命)、九月五日条＊3、十四日条＊2、廿三日条＊1など。

『　』…書名。

｛　｝…編者が衍字と判断した部分。小文字で表示した。

（　）…編者が訂正・補訂・考証を行なった部分。小文字で以下のように表示した。

（×文字）…原文（本文）の文字を誤りと判断して訂正した部分。

例「之（×云）」は、「云」とあるのを「之」とした。

「請奏（×答）」は、「請答」とあるのを「請奏」とした。

「近仗（×進仗）」は、「進仗」とあるのを「近仗」とした。

「経通（×定頼）」は、「定頼」とあるのを「経通」とした。

「目（×日）有るの（×久）人」は、「有日久人」の「日」を「目」、「久」を「之（の）」とした。

「引かしめ（×合列）」は、「合列」とあるのを「令引」の誤りと判断したことを示す。

「余、奥座に着す（×着余奥座）」は、原文（本文）の語順を訂正したことを示す。

（文字×）…原文（本文）に無い文字を補塡した部分。

例「内大臣（大臣×）」は、原文（本文）に「内」としかなく「大臣」を補った。

「如何（如×）」は、原文（本文）に「何」しかなく「如」を補った。

「参るべし（可×）」は、「可」の字を補って読んだ。

（□）…原文で判読できなかった文字（□）を残画や意味などから判断して補訂した部分。

例「晦（□）」「申して云（□□）」など。□の数は本文と同じである。

「勧（×勤）めしむべき（□□）」は、「□□勤」を「可令勧」と判断して読んだ。

（文字）…書下し文を読みやすくするよう、踊字や同音の字を置き換えた部分。

例「進伝（々伝）」は「進、々伝」とある踊字を「進」とし、「位記請印（々記請印）」は「位、々記請印」とある踊字を「位」とし、「関白（々々）」は「関白、々々」とある二字分の踊字を「関白」とした。

「方々（方）」は、「方方」とあるのを踊字にした。

「三河守（参河守）」「伊予守（伊与守）」「信濃梨（信乃梨）」「祇園（祇薗）」など、一般的な表記に改めた。

「成通（成道）」「相通（助道）」「智照（智昭）」など、人名表記を統一した。


（＝文字）…考証により人名・場所などを注記した部分。

例「下官（＝実資）」「中納言（＝資平）」「小女（＝千古）」「律師（＝良円）」「女院（＝彰子）」などの人名。

「当府（＝右近衛府）」「堂（＝念誦堂）」「高陽院（＝頼通第）」「南山（＝金峯山）」などの官司や場所。


以上、小文字の括弧（　）は書下し文の作成に際して校訂しているので、本文を参照していただきたい。また（＝　）の部分は註釈を省略している場合が多いので、付録の考証を参照していただきたい。

・月ごとに註釈を通し番号で付け、語彙と文意を解説した。
・註釈で長元四年条に言及する場合は、符号を付けて場所がわかるようにした。
・同月内の註釈間の関連項目は（→註番号）または「註番号参照」で示し、異なる月の関連項目は（→〇月註番号）または「〇月註番号参照」で示した。
・人名、官職名、場所などについては、原則として註釈を付けず、下巻付録の考証で解説した。それぞれの解説は、索引に付けられたインデックスから検索できるようにした。
・註釈の引用史料は、最新の活字本を基本に、諸本を校訂しながら返点を付けた。主要な史料（参照刊本）は以下の通りである。

『続日本紀』（新日本古典文学大系・新訂増補国史大系）

『日本後紀』（訳注日本史料・新訂増補国史大系）
『続日本後紀』『日本文徳天皇実録』『日本三代実録』『類聚国史』『日本紀略』『百練抄』『扶桑略記』『本朝世紀』『類聚三代格』『類聚符宣抄』『令義解』『令集解』（新訂増補国史大系）
『宇多天皇御記』『醍醐天皇御記』『村上天皇御記』（所功編『三代御記逸文集成』）
『貞信公記抄』『九暦』『御堂関白記』『小右記』『小記目録』（大日本古記録）
『権記』『台記』（史料纂集・増補史料大成）
『左経記』『類聚雑例』『春記』（増補史料大成）
『中右記』（大日本古記録・増補史料大成）
『玉葉』（図書寮叢刊・国書刊行会）
『延喜式』（訳注日本史料・神道大系・新訂増補国史大系）
『儀式』『内裏式』『西宮記』『北山抄』『江家次第』（神道大系・新訂増補故実叢書）
『拾芥抄』『大内裏図考証』（新訂増補故実叢書）
『江次第鈔』（続々群書類従）
『律令』（日本思想大系）
『新儀式』『小野宮年中行事』『年中行事秘抄』『雲図抄』『法曹至要抄』（群書類従）
『三条中山口伝』（続群書類従）
『除目抄』（群書類従・静嘉堂文庫本）
『大神宮諸雑事記』（神道大系・群書類従）

『菅家文草』(日本古典文学大系)
『枕草子』(新編日本古典文学全集・新日本古典文学大系)
『大鏡』『栄花物語』(新編日本古典文学全集・日本古典文学大系)
・書下し文の注記・註釈・考証では、『尊卑分脈』『公卿補任』(新訂増補国史大系)、『弁官補任』(続群書類従)、『僧綱補任』(大日本仏教全書)などの史料の他、『蔵人補任』『弁官補任』『外記補任』『官史補任』『近衛府補任』『衛門府補任』『検非違使補任』『国司補任』(以上、続群書類従完成会)、『式部省補任』(八木書店)などの編纂書を適宜参照した。その他、辞書・参考文献については、上巻末の《付2》「主要参考文献」を参照していただきたい。

一、『**左経記**』**書下し文**は、『小右記』書下し文と同じ方法で作成した。
・註釈は付けなかった。但し、索引から関連する『小右記』註釈や付録の各考証が参照できるようにした。
・逸文は、関係する『小右記』の註釈に載せ、『日本紀略』書下し文『小右記』『左経記』見出し対照から、その場所がわかるようにした。

一、『**小右記**』**本文**、『**左経記**』**本文**、『**日本紀略**』**本文**は、それぞれの底本とした写本(原文)に忠実な本文を作成し、文意により読点を付した。
・漢字については、正字・略字・異体字をできるだけ区別し、極端に字形が省略されているものは正字とした。
・原文での割注は〔　〕と【　】、小文字は〈　〉で示した(書下し文と同じ)。
・改行の部分を」で示し、冊子本である『左経記』については、改頁を』で示した。また、行間補書は「　」で示した。
・判読不能な文字は□とし、推定される字数分を補った。

・『小右記』『左経記』では、各日条ごとに一行あけとした。日付が変わるのにもかかわらず底本で改行されていない場合でも、同様の処置を施し、その旨を注記した。
・『小右記』『左経記』では、各日条の冒頭に見出し(首書)を一括して掲げ、それぞれの場所を符号で示した。符号は対照や書下し文と対応している(前述)。

一、付録として、上巻に、《解説》「『小右記』長元四年条を読む」、《付1》「口絵解説」、《付2》「主要参考文献」、《付3》「年中行事一覧」、下巻に、《索引》、《付A》「人物考証」、《付B》「官職・身分考証」、《付C》「場所考証」、《十干十二支》、《図》内裏図・清涼殿付近拡大図・陣座付近拡大図・大内裏図・平安京図・左京拡大図・上東門院(土御門第)図・小野宮第図を掲載し、それぞれ別頁とした。詳細は、下巻末にある索引・考証編の凡例を参照していただきたい。

小右記註釈　長元四年　総目次

小右記講読会（黒板伸夫監修・三橋　正編）

上　巻

口　絵
はじめに……………………………………黒板伸夫（i）
はしがき……………………………………三橋　正（iii）
凡　例……………………………………（ix）
『日本紀略』書下し文（正月・二月・三月・四月・五月・六月）『小右記』『左経記』見出し対照——
『小右記』書下し文／註釈（正月・二月・三月）——————————————三
正月……………………………………………………………………………………………………五五
二月……………………………………………………………………………………………………一六一

三月……三〇九
『左経記』書下し文（正月・二月・三月・四月・五月・六月）――――――――――――――――――――三一五
正月……三一七
二月……三三九
三月……三四一
四月……三五三
五月……三六一
六月……三六五
『小右記』本文（旧伏見宮本）正月・二月・三月――――――――――――――――――――――――――――――三七五
『左経記』本文（東山御文庫本）正月・二月・三月・四月・五月・六月――――――――――――――――――四〇九
『日本紀略』本文（旧久邇宮本）正月・二月・三月・四月・五月・六月――――――――――――――――――四三六

《解説》『小右記』長元四年条を読む

目次（2）

藤原実資（7）

一　藤原実資と『小右記』（三橋　正）
二　実資の家族（久米舞子）
三　実資と右近衛府（中野渡俊治）
四　実資の家司（中野渡俊治）

宮廷年中行事（52）

五　正月行事について（東海林亜矢子）
六　叙位（池田卓也）
七　不堪佃田（池田卓也）
八　仏教行事（中野渡俊治）
九　吉田祭（八馬朱代）
一〇　新嘗祭と豊明節会（関　眞規子）
一一　相撲節会（上原作和）
一二　駒牽（太田雄介）

重要な出来事（91）

一三　王氏爵詐称事件（山岸健二）
一四　平正輔と平致経の抗争（加藤順一）
一五　平忠常の乱と源頼信（村上史郎）
一六　造営事業の展開（十川陽一）
一七　東大寺正倉院の修理（山岸健二）
一八　摂関賀茂詣と競馬奉納（川合奈美）
一九　十列奉納（十川陽一）
二〇　伊勢斎王託宣事件（三橋　正）

二一　上東門院物詣（井野葉子）
二二　興福寺造営（林　育子）
二三　朔旦冬至（太田雄介）
二四　馨子内親王の着袴（川合奈美）
二五　馨子内親王の卜定（嘉陽安之）

社会と生活（176）

二六　対外関係（村上史郎）
二七　陣定（池田卓也）
二八　官人の出仕と欠勤（山下紘嗣）
二九　着座（池田卓也）
三〇　所充（山岸健二）
三一　喧嘩と窃盗（久米舞子）
三二　月食（太田雄介）
三三　病気と治療（市川理恵）
三四　穢（関　眞規子）
三五　信仰と禁忌（三橋　正）

《付1》口絵解説（243）
《付2》主要参考文献（255）
《付3》年中行事一覧（271）

下　巻

口　絵
『日本紀略』書下し文（七月・八月・九月・十月・閏十月・十一月・十二月）…… 四一七
『小右記』『左経記』見出し対照 …… 四二七
『小右記』書下し文／註釈（七月・八月・九月）…… 五〇五
七月 …… 五〇七
八月 …… 五七七
九月 …… 六七九
『左経記』書下し文（七月・八月・九月・十月・閏十月・十一月・十二月）…… 七六三
七月 …… 七六五
八月 …… 七七一
九月 …… 七八三

十月……七九五
閏十月……八〇五
十一月……八一三
十二月……八二六
『小右記』本文(旧伏見宮本)七月・八月・九月――八四五
『左経記』本文(東山御文庫本)七月・八月・九月・十月・閏十月・十一月・十二月――八八一
『日本紀略』本文(旧久邇宮本)七月・八月・九月・十月・閏十月・十一月・十二月――九一八

《図》
平安京図(260) 左京拡大図(261) 上東門院(土御門第)図(262) 小野宮第図(263)
内裏図(254) 清涼殿付近拡大図(256) 陣座付近拡大図(257) 大内裏図(258)
《十干十二支》(253)
《付C》場所考証(235)
《付B》官職・身分考証(203)
《付A》人物考証(117)
《索引》(3)
索引・考証編 目次(1) 凡例(2)

『日本紀略』書下し文

正月・二月・三月・四月・五月・六月

『小右記』『左経記』見出し対照

正月

『小右記』書下し文（五五頁）／本文（三七七頁）

一日、己酉。節会《せちえ》。

▼a「四方拝《しほうはい》」……五五頁
▼b「大般若読経始《だいはんにゃどきょうはじめ》」
▼c「受領《ずりょう》の貢物《こうもつ》」
▼d「拝礼」
▼e「小朝拝《こちょうばい》の事」（目一、正月上・小朝拝事）
＊1「敷政門《ふせいもん》より参る事」
＊2「節会の事」（目一、正月上・節会事・元日節会）
＊3「輦車《れんしゃ》の事」……五六
▼f「権随身《かりのずいじん》」
▼g「節禄《せちろく》」
＊4「鎌倉聖《ひじり》（＝真等）の供料」

二日、庚戌。関白家（＝頼通）臨時客《りんじのきゃく》。二宮大饗《にくうだいきょう》。

＊頭書「晴陰不定、二宮大饗」……五六
＊1「行幸の召仰（×即仰）」
＊2「臨時客」……五七

『左経記』書下し文（三一七頁）／本文（四一二頁）

※1「関白殿（＝頼通）拝礼の事〈地下《じげ》の六位、五位の外に列する例の事〉」……三一七
▽a「御薬《みくすり》を供《ぐう》す」
※2「節会の事〈国栖奏《くずのそう》無（×毛）きの例〉」
「節会の事」（目）
※3「行幸《ぎょうこう》の召仰《めしおおせ》の事」
「来たる三日の行幸の召仰」（目）
※1「関白殿臨時客の事」……三一八
※2「二宮大饗の事」

「関白臨時客の事」(目一、正月上・臨時客事)
▼a「二宮大饗の事」(目一、正月上・二宮大饗事)

三日、辛亥。天皇(=後一条)、上東門院《じょうとうもんいん》(=彰子)の御在所京極院《きょうごくいん》に行幸《ぎょうこう》す。東宮(=敦良親王)同じく行啓《ぎょうけい》す。

＊1「八幡(□幡)宇佐宮杣採始《そまとりはじめ》の事」……五七
「宇佐宮の作事、杣に入る日時定《さだめ》の事」(目一九、神社火事)
▼a「生気《しょうげ》の方に諷誦《ふじゅ》を修す」……五八
＊2「行幸」
「上東門院に行幸する事」(目一、正月上・朝覲行幸事)
▼b「御前の饗」
▼c「御遊《ぎょゆう》・還御《かんぎょ》」
▼d「随身の禄」……五九
＊3「宇佐の材木の日時勘文《かもん》」
＊4「厨《くりや》の絹(□□)、上東門院に奉る事」
▼e「受領の昇殿《しょうでん》」

※1「朝覲行幸《ちょうきんぎょうこう》の事」……三八
「上東門院に行幸する事」(目)
※2「東宮同じく行啓の事」(目)
▽a「東宮の拝」……三九
▽b「御前の饗」
▽c「御遊・還御」
▽d「弓箭《きゅうせん》を帯びて供奉《ぐぶ》する事」

四日。

＊1「受領の貢物」……六〇

五日、癸丑。叙位議《じょいのぎ》。
▼a「誦経《じゅきょう》を六角堂に修す」……六〇
＊1「叙位の事」（目二、正月下・叙位議事）

六日。
＊1「叙位の事」……六一
▼a「王氏爵《おうしのしゃく》」
▼b「小槻仲節、内階《ないかい》を改めて外階《げかい》と為す事」（目二、正月下・叙位議事）……六二

七日、乙卯。節会。
▼a「節会の次第」……六三
▼b「白馬奏《あおうまのそう》」
＊1「節会に参る事」……六四
「節会の事」（目一、正月上・節会事・七日節会事）
＊2「輦車に乗るの事」……六五
▼c「慶賀《けいが》の人々」

※1「叙位の事」……三〇
「叙位儀の事」（目）
▽a「法成寺《ほうじょうじ》薬師堂修正《しゅじょう》」……三〇
※1「王氏爵（□）を停めらるる事、改名して王氏を称する也」
「王氏爵を停めらるる事」（目）
※1「白馬節会の事」……三〇
「□□□□□」（目）
※2「宣命使《せんみょうし》の事〈三位《さんみ》已上の叙人《じょにん》有るの時、納言を用ふる事〉」……三三

八日、丙辰。御斎会《ごさいえ》始。
＊1「御斎会(□□会)始の事」……六六
「御斎会始の事」(目二、正月下・御斎会事)

▽a「王氏爵の事」(目)……三三
※1「御斎会の事」
「御斎会(□□)の事(□)」(目)
▽b「法成寺金堂修正始」

九日。
▼a「本命供《ほんみょうぐ》」……六六
▼b「蔵人の欠員」

十日。
＊1「御斎会の加供《かぐ》の事」……六六
▼a「賭弓《のりゆみ》の懸物《かけもの》・手結《てつがい》の饗料等」……六七
▼b「女叙位の事」

十一日、己未。女叙位《おんなじょい》。
▼a「紀法師に禄を賜ふ事」……六七
▼b「政所《まんどころ》の別当《べっとう》」

※1「女叙位の事」(目)……三三
▽a「病の事」……三四

＊1「女叙位の事」(目二、正月下・女叙位事)
▼c「王氏爵」……六八
▼d「蔵人・昇殿《しょうでん》の事」……六九
＊2「賭弓手結の事」

※2「蔵人・雑色《ぞうしき》・昇殿(×名)等の(□)事」

十二日。
▼a「讒言《ざんげん》の疑」……六九
＊1「王氏爵(□氏爵)の事」
「姓を改め臣と為る者を以て王氏爵に入るる事〈沙汰有り〉」(目二、正月下・叙位議事)

※1「王氏爵の事〈式部卿親王(=敦平)に問(問×)ふ事〉」……三二四
「王氏爵に依り式部卿親王に問はるる事」(日)

十三日。
▼a「御庚申《ごこうしん》中止」……七〇
▼b「右大弁(=経頼)の病」
＊1「真手《まて》結《つがい》の事」
「右近の真手結の事」(目二、正月下・兵部手番事)
▼c「配流《はいる》の光清、群盗に剝《は》がるる事」
＊2「十四日御斎会終《おわり》に菓子《かし》給ふ事」

十四日、壬戌。御斎会了《おわり》。

＊1「受領の貢物（×指）」……七〇

▼a「御斎会終に不参の由、外記に触るる事」（目二、正月下・御斎会事）

▼b「式部卿親王（＝敦平）に問遣《といつか》はす外記の事」……七一

十五日。

▼a「延暦寺の巻数使《かんじゅ》」……七一

＊1「受領の貢物（×頃）」

＊2「御斎会の陣の饗の事」

十六日、甲子。踏歌《とうか》。

▼a「禁色《きんじき》・雑袍《ざっぽう》の宣旨《せんじ》」……七二

＊1「焼火の事」

▼b「次第を春宮大夫（＝頼宗）等に送る事」

＊2「惟憲の愁嘆《しゅうたん》の事」

▼c「春日祭《かすがさい》使の事」

＊3「節会に遅参《ちさん》せる近衛の将（＝師成・経季）の勘事《かんじ》」

「節会遅参の近衛次将、勅勘《ちょっかん》に処する事」（目一、正月上・節会事・踏歌節会事）

十七日、乙丑。射礼《じゃらい》。今日、外記《げき》を以て式部卿敦平親王家に遣《つか》はす。去る五日の叙位に、良国工、四位に叙するも、件《くだん》の人、殺害の犯有るの上、已《すで》に王氏に非ず。彼（×被）の位記《いき》を毀《こぼ》たしむ（×命）。根元《こんげん》を問はる。

＊1「祭使の事」……七三
＊2「開門官人の遅参の勘責《かんせき》の事」……七三
▼a「外記相親を差《つか》はして式部卿親王に王氏爵（々氏爵）を問ひ記さるる事」（目二、正月下・叙位議事）……七三
▼b「式部卿親王の陳状の事〈外記相親、王氏を注申する事〉」（目二、正月下・叙位議事）……七四
＊3「内弁《ないべん》の事」

※1「王氏爵の事〈外記を以て式部卿宮に問（□）ふ事〉」……三三五
「外記を以て同親王を問はるる事」（目）

十八日、丙寅。賭射《のりゆみ》延引。雨気《うき》に依る也。

▼a「関白（＝頼通）の物忌」……七四
＊1「賭弓延引の事」……七五

▽a「賭弓延引の事」……三三五

十九日。

▼a「政始《まつりごとはじめ》の事」（目一、正月下・政始事）……七五
＊1「賭弓の事」

▽a「政始の事」（目）……三三五
※1「賭弓の事」（目）……三三五

「賭射の事」(目二、正月下、賭弓事)
▼b「節会遅参の勘事(事×)の次将、免ぜらるる事」
(目一、正月上・節会事・踏歌節会事)
▼c「小一条院(=敦明親王)の一宮《いちのみや》(=敦貞親王)の婚」

廿日。
＊1「月食《げっしょく》の事」……七六
「去る十六日夜の月食、暦に注さざる事」(目一九、天変事カ)

廿一日。
▼a「致経の証人の解文《げぶみ》」……七六
▼b「将監《しょうげん》を重ねて請ふ事」

廿二日。
＊1「宣旨等の事」……七七
▼a「正輔・致経の証人」

※1「政の事〈侍従中納言(=資平)、明後日、不与状《ふよじょう》を下さむが為、今日申す〉」……三六
※2「去月、迫《うなが》すも三番の申文《もうしぶみ》無きに依り、更に歎《なげき》申《もう》す事〈一日《いちにち》の政に両三巻の状帳を下さるべき事〉」

※1「政の事〈三河(参河)・出雲の不与状〉」……三七
「政有る事」(目)

▼b「土佐守（＝頼友）進《たてまつ》る当年の封の解文」 ― 「亦、今日より三箇日、政有るべき事」（目）
廿三日。
＊1「施行《せぎょう》の事」……
＊2「夜行人《やこうにん》に禄を賜ふ事」……七七 ― ※1「政の事〈諸国の不与状・実録帳《じつろくちょう》・解由《げゆ》等〉」……三七
廿四日。
＊1「悲田《ひでん》に施行する事」……七八 ―
廿五日、癸酉。除目《じもく》始、俄《にわか》に延引す。
＊1「甘苔《あまのり》を東宮大夫（＝頼宗）の許《もと》に送る事」……七八 ― ※1「同（＝政）事」……三七
＊2「祈《いのり》の事」
＊3「将監を重ねて請ふ事」
▼a「堂に参り塔を拝する事」……七九
▼b「関白（＝頼通）の病と除目の日程」
＊4「余寒」
▼c「小女（＝千古）の聖天供《しょうてんぐ》」

廿六日。
＊1「二月の除目の事」……七九
＊2「頼親の下手人《げしゅにん》の事」……八〇
＊3「除目の事」

廿七日。
▼a「関白の病」……八一
＊1「興福寺の怪の事」

廿八日。
＊1「五体不具《ごたいふぐ》の穢《けがれ》」……八一
＊2「穢の事」
※1「大和守《やまとのかみ》頼親の郎等散位《ろうとうさんい》宣孝、弓場《ゆば》(□)に候ぜしむる事」……三三七
※2「検非違使召 進《めしたてまつ》る事」……三三八

廿九日。
＊1「例講《れいこう》延引の事」……八二

二月

『小右記』書下し文（一六一頁）／本文（三八八頁）

『左経記』書下し文（三二九頁）／本文（四一八頁）

一日、戊寅。

＊1「穢の事」……一六一

＊2「慎《つつしみ》の事」

＊3「証人（□人）の事」

※1「右府《うふ》（＝実資）の穢の事〈一足無き小児、卅日の穢と為すや否やの事〉」……三二九

※2「左中弁（×大中弁）（＝経輔）、五歳の児の喪に依り大原野祭に参らざる事」……三二九

二日、己卯。大原野《おおはらの》祭。

▼a「修善《しゅぜん》の精進物」……一六一

＊1「大原野祭奉幣《ほうへい》の事」……一六一

「大原野祭の事」（目三、二月・諸社祭事・大原野祭）

▼b「穢の例の事〈五体不具〉」（目一六、触穢事）

＊2「長元四年二月二日己卯」

＊3「除目の事」

※1「右府の穢、卅日の事〈首腹相連《あいつら》なり四支無き児の穢、卅日と為す例〉」……三二九

「五体不具の穢の定の事」（目）

※2「除目の執筆《しゅひつ》、内府《ないふ》（＝教通）勤めらるべき事」

「除目の間（×問）の事」（目）

三日。

▼a「修善結願《けちがん》」……一六二

＊1「除目の事」　—

四日、辛巳。祈年祭《としごい》。

＊1「除目の事」……一六三

▽a「祈年祭」……三三〇

※1「除目の執筆の作法の事」

「除目の間の事」(目)

※2「故殿(＝道長)、陣座《じんのざ》に御坐《おわしま》すの時、外記(＝善言)、天文奏《てんもんのそう》を持参《もちまい》る間の作法の事」……三三一

五日、壬午。祈年穀奉幣定《きねんこくほうへいさだめ》。

＊1「除目の事」……一六四

＊2「春日の馬寮《めりょう》使の事」

▽a「結政《かたなし》」……三三一

※1「祈年穀奉幣(□)定の事〈参議に任(×白)じ初めて執筆す〉」

六日。

＊1「春日使の事」……一六四

「春日祭使〈立〉の事」(目三、二月・諸社祭事・春日祭)

＊2「除目の事」……一六五

七日。
＊1「除目の事」……一六五
＊2「季御読経《きのみどきょう》・仁王会《にんのうえ》同日定の事」
＊3「春日奉幣の事」……一六六
※1「除目の執筆の作法」……三三一
「同（＝除目の間）事」（目）

八日。
▽a「斎院（＝禖子内親王）の強盗」……三三一
▽b「南所物忌《なんしょものいみ》」……三三二
※1「仁王会定の事〈率川《いさかわ》祭、同日（日×）の例〉」
「仁王会の僧名定の事」（目）

九日。
▼a「物忌」……一六六
＊1「春日祭の事」
「春日の近衛使の代官の人の事」（月三、二月・諸社祭事・春日祭）

十日、丁亥。釈奠《せきてん》。

＊1「大食の人の事」……一六六

※1「釈奠の事」（目）……三三三

十一日、戊子。年穀を廿一社に祈る。仍りて列見《れけん》延引。

＊1「祈年穀使」……一六七
「祈年穀奉幣使立つ事」（目三、二月・祈年穀奉幣事）
▼a「中納言（＝資平）移徙《いし》する事」

※1「祈年穀奉幣の事」（目）……三三四

十二日。

▼a「円融寺御八講《みはっこう》の事」（目一〇、諸寺八講事）……一六七
＊1「多武峯《とうのみね》の怪の事」
「多武峯鳴る事」（目一六、怪異事）

十三日。

＊1「群盗の事」……一六七
＊2「春日読経」……一六八
▼a「大安寺の免田《めんでん》等の事」
▼b「流人《るにん》光清の使の府生《ふしょう》（＝永正）、甲斐の調庸使《ちょうようし》

※1「除目の執筆の間（×問）の事」……三三四
「除目の間の執筆の事」（目）
☆A『魚魯愚別録《ぎょろぐべつろく》』所収逸文…本文四三五頁

の為に殺さるる事」(目一七、闘乱事)
＊3「除目の事」
＊4「季御読経・仁王会定の事」
＊5「除目の事」……一六九

十四日。

＊1「除目の事」……一六九
＊2『仁王会定の事』
＊3「諸司、爵を申す事」……一七〇
＊4「群盗の事」
＊5『斎食《さいじき》代の事』

十五日、壬辰。除目始。

▼a「多武峯の物忌」……一七〇
▼b「除目議の事」(目二、正月下・除目事)

▽a「除目を始めらるる事」(目・逸文)……三三五
☆B『魚魯愚別録』所収逸文…本文四三五頁
☆C『魚魯愚別録』所収逸文
☆D『魚魯愚別録』所収逸文
☆E『魚魯愚別録』所収逸文

十六日、癸巳。同（＝除目）。

▼a「除目の事」……一七一

十七日、甲午。入眼《じゅげん》。

▼a「受領罷申《まかりもう》す」……一七二

＊1「除目の事」

「除目入眼の事〈執筆は内大臣（＝教通）〉」（目二、正月下・除目事）

▼b「御物忌《おんものいみ》に籠もる上達部《かんだちめ》」

▼c「蔵人・昇殿の事」

▽a「除目畢《おわ》る事」（目・逸文）……三三六

☆F『魚魯愚別録』所収逸文……本文四三五頁

十八日、乙未。下名《おりな》。

十九日。

＊1「宣旨」……一七三

＊2「耽羅《たんら》嶋人の事」

「大宰府言上《ごんじょう》する耽羅嶋人流来《るらい》の事」（目一六、異朝事）

「異国の流来、事疑《ことのうたがい》無くば、言上を経《ふ》べからず、返却すべき事」（目一六、異朝事）

*3「犯人の事」……一七三
「正輔方の証人の神民《じみん》、拷《ごう》有るべき哉否やの事」
（目一七、合戦事）
*4「成功《じょうごう》の事」

廿日。
*1「改葬の事」……一七三

廿一日、戊戌。列見《れけん》。
▼a「列見の事」（目三、二月・列見事）……一七四
*1「罪名の勘文（□）の事」
▼b「成功の事」

廿二日、己亥。上野《こうずけ》の駒引《こまひき》。
▼a「列見の作法」……一七四

※1「上野の御馬を牽く事」……三三六
「上野の御馬の事」（目）
※2「位記《いき》請印《しょういん》の事（付《つけたり》、大神宮司《だいじんぐうじ》の任符《にんぷ》、鹿嶋使《かしま》の官符、位記を毀《こぼ》つ事）」
「女位記請印并《なら》びに鹿嶋使の符の事」（目）

廿三日。

＊1「列見」……一七四
＊2「流人濫行《らんぎょう》の事」……一七五
「流人を送る使、甲斐の調庸使の為に射殺《いころ》さるる事〈駿河国司（＝忠重）言上せざる事〉」（目一七、闘乱事）
＊3「砂金の事」
「陸奥国の貢金《こうきん》、一両の代に絹一疋を以て進済する事〈次の国司、二疋を申請するの由と云々〉」
（目一八、諸国済物事）
＊4「外記庁《げきちょう》修理の事」
＊5「成功の事」……一七六

廿四日。

＊1「流人逗留《るにんとうりゅう》（×召）の事」……一七六
＊2「耽羅嶋人の事」
「流来の者に粮を給ひ廻却する官符、大宰府に賜ふべき事」（目一六、異朝事）
▼a「外記庁（广）修造の事」……一七七
＊3「造八省《ぞうはっしょう》の事」

※1「仁王会の闕請《けっしょう》の事」……二三七
※2「四角《しかく》・四堺《しかい》（×界）祭の事」……二三八

廿五日。
▼a「物忌」……一七七

廿六日。
▼a「受領申請の事」……一七七
＊1「耽羅嶋人の事」
＊2「東大寺の印の事」
「東大寺の印、大小有り、実検すべき事」（目一八、雑部）
▼b「伊勢の三年一度の社祭」……一七八
＊3「季御読経定の事」（目四、三月・季御読経事）

廿七日、甲辰。仁王会《にんのうえ》。
＊1「仁王会の事」……一七八

※1「着座の兀子《ごっし》を作らしむる事」……三八

※1「仁王会の事」（目）……三八
※2「関白殿（＝頼通）、大極殿を飾らしめ給（×行）ふ事」

廿八日。

▼a「穢、今日許《ばかり》の事」……一七八
▼b「御物忌」
＊1「着袴《ちゃっこ》の事」……一七九
＊2「元服の事」

廿九日。

＊1「狼、中納言（＝資平）の家に入る事」（目一六、怪異事）……一七九
＊2「着座」
▼a「輦車を造る事」
＊3「東大寺の印の事」
「官史を東大寺に差遣《さしつか》はして印を実検せしむる事」（目一八、雑部）
▼b「祈の事」

※1「着座の事」……三三九
「着座（×符）の事」（目）
▽a「太政官に着座」
▽b「外記に着座」……三四〇
▽c「饗宴」

卅日。

▼a「伊賀国掌《いがのこくしょう》逆光の罪名の事」（目一七、勘事）……一八〇
＊1「例講」

三月

『小右記』書下し文（二三九頁）／本文（三九七頁）

『左経記』書下し文（二四一頁）／本文（四一二頁）

一日、戊申。

＊1「御燈《ごとう》の由祓《よしのはらえ》」……………………………………二三九

▼a「伊賀国掌（×宰）、原免すべき事」（目一七、勘事）

＊2「王氏爵の事」

「王氏爵の事に依り重ねて式部卿（＝敦平親王）を問はるる事」（目二、正月下・叙位議事）

「良国を追捕《ついぶ》せらるべき宣旨の事〈王氏爵の事〉」（目二、正月下・叙位議事）

＊3「諸国の事」…………………………………………二四〇

二日。

▼a「仏経供養」…………………………………………二四〇

＊1「大原野祭の神馬代《しんめだい》の仁王講《にんのうこう》の事」

＊2「祈の事」

三日、庚戌。御燈《ごとう》。禁闈《きんい》、密宴有り。「桃源皆寿考。」東宮（＝敦良親王）詩会。題に云はく「桃花助酔歌。」

▼a「中納言（＝資平）・女子、北廊に渡る」……二四一

四日、辛亥。季御読経《きのみどきょう》。

▼a「季御読経始の事」（目四、三月・季御読経事）……二四一

＊1「内《うち》の御作文《おんさくもん》の事」

▼b「中将（＝兼頼）、清水寺《きよみずでら》に参る事」……二四二

五日。

＊1「濫行《らんぎょう》の事」……二四二

＊2「女院《にょいん》（＝彰子）、白川を覧ずべき事」

六日。

七日、甲寅。同（＝季御読経）終。

＊1「白河御幸《ごこう》の事」……二四三

＊2「下手《げしゅ》の事」

▼a「御幸延引の事」
▼b「季御読経結願の事」（目四、三月・季御読経事）

八日。

▼a「御幸停止《ちょうじ》の事」……二四四
＊1「受領罷《まか》る事」
＊2「官奏《かんそう》の事」（目一四、官奏事）
＊3「所充《ところあて》の事」
＊4「罪名勘文の事」
▼b「厩《うまや》の馬を受領に志《こころざ》す」
▼c「陣申文《じんのもうしぶみ》」……二四五
＊5「親王を問ふ事」……二四六
▼d「官奏」

九日。

＊1「受領に馬を賜ふ事」……二四七
＊2「罪名勘文の事」
「神郡司、先（×免）づ職を解き拷訊《ごうじん》すべき事」（目一七、合戦事）

※1「政の事〈出居《いでい》の弁候《べんこう》（×侍）無く、仮に使部《つかいべ》を居せしむる事。召使遅参（□□）、官掌《かじょう》、前を追ふ事〉」……二四一
「政有る事」（目）
※2「官奏の事〈申文・官奏、史《し》一人兼行《かねおこ》なふ事〉」
「官奏の事」（目）

十日。
▼a「本命供《ほんみょうぐ》」……二四七
＊1「東大寺の印の事」
「東大寺の印の実検使帰参《きさん》の事」(目一八、雑部)
＊2「罪名の勘文の事」……二四八
＊3「栖霞寺《せいかじ》に向かふ事」

十一日。
▼a「比叡御社八講」……二四八
＊1「祈の事」
＊2「保《ほ》の仁王講の事」……二四九
※1「請印の事」……三四一
「政有る事」(目)

十二日。
＊1「東大寺の印の事」……二四九

十三日。
＊1「罪名勘文の事」……二四九
「正輔・致経等の合戦の事」(目一七、合戦事)

十四日、辛酉。安房守《あわのかみ》平正輔と前左衛門尉《さきのさえもんのじょう》平致経との合戦の事を定めらる。法家《ほうけ》、罪名を勘申《かんじん》す。今日、内侍《ないし》の除目。式部卿敦平親王、釐務《りむ》を停む。源良国は、大宰大監《だざいのだいげん》大蔵種材の男也。先年、大《おお》隅守《すみのかみ》菅野重忠を射殺《いころ》す犯人也。忽《たちま》ち姓名を改めて謀計する也。前大宰大弐《だいに》惟憲卿、此の事に坐し、勘事《かんじ》に処す。

＊1「祈の事」……二五一
▼a「家司《けいし》の事」
＊2「位禄《いろく》の文」
▼b「国々の詔使《しょうし》」
＊3「定の事」……二五二
「正輔・致経等の合戦の証人の陣定《じんのさだめ》の事（証人の神民、拷すべからざる事）」（目一七、合戦事）
▼c「式部卿、王氏爵、釐務を停め、勘事に処する事」（目一七、勘事）
＊4「内侍《ないし》の除目の事」（目四、三月・京官除目事）
＊5「受領罷申《まかりもう》す事」……二五二

※1「位禄の国充《くにあて》□の事」……三四二
「位禄の奏の事」（目）
※2「交替使《こうたいし》の事」……三四三
「詔使定の事」（目）
※3「正輔・致経等の合戦、証人を進る事〈付《つけたり》（×行）大神宮の神戸《かんべ》に依り、証人、拷すべからざる事〉」
「正輔・致経等の合戦の定の事」（目）
※4「王氏爵の事に依り、式部卿親王、釐務を停め恐申《かしこまりもう》す事〈付、良国を追捕すべき事〉」……三四九
「式部卿親王、釐務を停めらるる事」（目）
※5「内侍の除目の事〈付、御所に参る大臣・納言等の路の事〉」
「内侍の除目の事」（目）

十五日。

＊1「式部卿親王の勘事」……二五三

十六日。
▼a「普門寺《ふもんじ》の巻数使」……………………………二三
＊1「官人（□人）等の事」
「正輔の進る所の日記に加署せる三人、勘問《かんもん》有るべき事」（目一七、合戦事）

十七日。
▼a「夢想により諷誦《ふじゅ》す」……………………………二四
＊1「諸祭・国忌《こき》（×立）に参らざる諸司の事」
「諸祭并びに国忌に参らざる諸司の〔可召問〕事」
（目三、二月・諸社祭事・諸社祭間雑事等）

十八日。
▼a「諸祭・国忌に参らざる諸司の事」……………………二四
▼b「施行」

十九日。

＊1「国忌に参らざるの諸司の事」……二五五
▼a「豊楽院修理の事」
＊2「受領の貢物」

廿日。
＊1『白川を見る事』……二五五

廿一日。
＊1「正輔・致経の合戦の事」……二五六
＊2「宣旨」
▼a「馬寮の事」
＊3「位階の論の事」
「経季・良貞の位階、養父（＝実資）の蔭《おん》に依りて改むべき事」（目一五、座席事）
※1「東寺の国忌の事」……二四五
「国忌の事」（日）

廿二日。
＊1「試楽《しがく》」……二五七
「臨時祭試楽の事」（目四、三月・臨時祭）
＊2「厩（×寮）の（御）馬、遁去《とんきょ》の事」
※1「政の事」……二四五
「政有る事」（日）
※2「着座の大弁、庁に着するは説々有る事」……二四六

「厩の馬、綱を絶ちて走失の事」（目一六、禽獣部）
＊3「公卿給《くぎょうきゅう》・二合《にごう》を下す事」
＊4「相撲使の事」
▼a「河臨祓《かりんのはらえ》」
＊5「家の請印の事」……二五八

廿三日、庚午。石清水臨時祭《いわしみずりんじさい》。

＊1「臨時祭の馬の事」……二五八
「臨時祭の事」（目四、三月・臨時祭）
＊2「公卿給を下す事」
▼a「相撲《すまい》の定文《さだめぶみ》」
＊3「遁去の厩（×寮）の〔御〕馬を取る事」
▼b「中将（＝兼頼）の母の病」

廿四日。

▼a「相撲の定文」……二五九
＊1「臨時祭の事」
▼b「中将の母の病」

※3「左衛門督（＝師房）、上首《じょうしゅ》為るに依り、請印《しょういん》并びに申文、吉書《きっしょ》（×者書）を用ふる事〈度々、庁に着せらるるも、未だ上首為らざるの故也〉」
※4「史不足に依り申文無き事」
▽a「臨時祭試楽の事」
※5「上野の解由《げゆ》の事、〔介の署（×暑）無き事。上臈の上達部、殿上に候ずるに依り、今日下されざる事〕」

廿五日。
▼a「免田の事」……二五九
＊1「関白（＝頼通）の随身と厩の舎人《とねり》との間、打つ事」
「厩の舎人の男等、関白の随身安行の為に打《うち》調《ちょう》ぜらるる事」（目一七、闘乱事）
▼b「安行宅に入る二人、獄所に給ふ事」（目一七、闘乱事）
▼c「安行宅に入るの舎人等を免ぜらるる事」（目一七、闘乱事）……二六〇

廿六日。
▼a「宣旨の事」……二六〇
▼b「山城介《やましろのすけ》の事」
▼c「致経の進る所の証人の中、高年の者、免ぜらるべき事」（目一七、合戦事）

廿七日。
＊1「下手人《げしゅにん》等の事」……二六一

廿八日、乙亥。直物《なおしもの》。

＊1「犯人等の事」……二六一

▼a「右寮《うりょう》の御馬疲痩《ひそう》、頭守《かみ》隆をして怠状《たいじょう》を進らしむべき事」(目一七、勘事)

＊2「位禄の事」……二六二

＊3「直物の事」

「直物の事〈小除目《こじもく》有る事〉」(目四、三月・京官除目事)

廿九日。

▼a「直物」……二六二

▼b「除目」……二六三

▼c「諸国の申返《もうしかえし》」

卅日。

▼a「吉夢」……二六三

＊1「下手人の事」

▼b「例講」

※1「直物の事〈付《つけたり》、任官の事。人の替(□)を任ずる議の事〉」……三四七

「直物・除目の事〈事定《ことのさだめ》有り〉」(目)

※2「大中臣、神祇大副《じんぎのだいふく》に任ずべからざる事」……三四八

▽a「賀茂《かも》祭使に依る馬助《うまのすけ》の替の事」……三四九

▽b「山城介の事」……三五〇

▽c「上東門院(＝彰子)の年爵」

四月　『小記目録』のみ

一日、戊寅。天皇（＝後一条）、南殿《なでん》に出御す。旬《しゅん》の事有り。

◆1「維摩講師《ゆいまこうじ》（＝円縁）宣下《せんげ》の事」（目七、十月・維摩会事）

二日。

◆1「昨の旬の儀の事」（目五、四月・旬事ヵ）

◆2「造八省の間の事」（目一五、内裏舎屋顛倒事）

三日、庚辰。武蔵国秩父《ちちぶ》の駒引《こまひき》。

四日、辛巳。広瀬《ひろせ》（１）・龍田《たつた》（１）祭。

『左経記』書下し文（三五三頁）／本文（四二七頁）

※1「旬の事〈奏文《そうぶん》の儀〉」……………………………三五三

「旬の事」（目）

※1「武蔵（×上野）の御馬の解文を奏する事」……………三五三

「武蔵（×上野）の御馬の事」（目）

※2「違期の事、使に問はるる事」……………………三五四

五日、壬午。御禊《おみそぎ》の前駆定《さきがけさだめ》（定×）。

◆1「御禊の前駆定の事」（目五、四月・御禊事）——　※1「御禊の前駆定の事」（目）……三四

六日。

◆1「造八省、検非違使を寄する事」（目一五、内裏舎屋顛倒事）

◆2「関白（＝頼通）、章任宅に渡らるる事」（目一五、臣下向所々）——

七日、甲申。平野祭。又、擬階奏《ぎかいのそう》。

◆1「右馬頭守隆、過状《かじょう》を進る事」（目一七、勘事）——

八日、乙酉。梅宮祭《うめのみや》。

九日。

十日。

十一日、戊子。式部省、位記《いき》を請印《しょういん》す。

◆1「諸衛の官人の住国を注申せしむべき事」（目一五、上日事）

――――

十二日。

十三日。

◆1「御禊の前駆右兵衛尉《うひょうえのじょう》憲清、障《さわり》を申す間の事」（目五、四月・御禊事）

――――

十四日。

十五日。

◆1「山座主《やまのざす》（＝慶命）と阿闍梨《あじゃり》円意との合戦の事」（目一七、合戦事）

――――

十六日。

十七日。
◆1「御禊の間の事」（目五、四月・御禊事）
◆2「蔵人少将経季、始めて文書を奏する事」（目一五、慶賀事）

※1「御禊の事」（目）……三五四

十八日。

十九日。
◆1「昨日の警固《けいご》の事」（目五、四月・警固解陣事）

廿日。

※1「祭の事（宰相（＝経頼）、本院に参るの間、上卿《しょうけい》（＝定頼）兼ねて着座（×左）するに依り、史・外記下《お》りざる事。斎王（＝選子内親王）の御心地《おんここち》納まらず、御祓《おはらえ》有る事）」……三五五
「賀茂祭の事」（目）

廿一日。

※1「吉田祭の上卿代を勤むべき事」……三五六

廿二日。

◆1「解陣《げじん》の事」（目五、四月・警固解陣事）

◆2「馬允《うまのじょう》為頼、次第使の役を勤めず、弓場《ゆば》に候ぜしむべき事」（目一七、勘事）

廿三日。

※1「吉田祭の事」（目）……三五八

廿四日。

※1「関白殿の競馬《くらべうま》の事〈正親、負の事〉」……三五七

廿五日。

◆1「甲斐守《かいのかみ》頼信、忠常将参《いまい》るの由を申上する事」（目一七、闘乱事）

※1「賀茂詣《かももうで》の舞人《まいびと》已下の装束を分給《わけたま》（×近行）ふ事」……三五七

※2「馬を撰定《えらびさだ》むる事」

廿六日、癸卯。関白左大臣（＝頼通）、賀茂社に参詣し、幣《へい》・馬《ば》を奉る事。

◆1「関白賀茂詣の事（四位舞人四人の事、競馬の事）」（目一五、摂政関白物詣事）

◆2「陰陽頭実光、乗尻《のりじり》の為に凌辱《りょうじょく》せらるる事」（目一七、濫行事）

※1「御賀茂詣の事〈競馬有り、宰相已下騎馬す〉」……三五七
　「御賀茂詣の事〈競馬〉」（目）
▽a「行列の次第」
▽b「下社《しもしゃ》、社頭の儀」……三五八
▽c「競馬」
▽d「上社《かみしゃ》、社頭の儀」……三五九
▽e「下・上社の馬場舎等の設営」

廿七日。

◆1「最勝講《さいしょうこう》の事」（目五、五月・最勝講事）

※1「最勝講始の事」……三五九
　「最勝講の事」（目）
※2「直物の事〈山城介を改め権守《ごんのかみ》（□□）と為す〉」
▽a「下名《おりな》の事」（目）

廿八日、乙巳（×己巳）。甲斐守源頼信、平忠常進来《すすみき》たり、仍りて随身して参上すべきの状を申す。

◆1「守隆、勘事を免ぜらるる事」（目一七、勘事）

※1「忠常進来《すすみき》たるの由、頼信、権僧正（＝尋円）の許に申送《もうしおく》る事」……三六〇
　「平忠常の事」（目）

廿九日。

（『日本紀略』に卅日条があるが、四月は小月で卅日はない。よって五月卅日条へ移す。四五頁参照）

五月

『小記目録』のみ

一日、丁未。

二日。

◆1「安房守《あわのかみ》正輔の召進《めしたてまつ》る高正の事」（目一七、合戦事）

三日。

四日、庚戌。兵部省、位記請印。

五日。

◆1「関白（＝頼通）三十講《さんじっこう》始の事」（目一〇、御八講事・臣下‥月ナシ）

六日。

◆1「吉田祭・国忌等に参らざるの諸司、官に於いて問はしむべき事」（目三、二月・諸社祭事・吉田祭）

『左経記』書下し文（三六一頁）／本文（四三〇頁）

（五日）※1「殿（＝頼通）の卅講始の事」（目）……………………三六一

七日。

◆1「神祇官人、一《いち》・二門《にもん》相論の事」（目八、中氏相論事）

◆2「管国、所課の豊楽院の造作《ぞうさ》、申返す事」（目一五、内裏舎屋顛倒事）

八日。

◆1「正輔・致経の召進《めしたてまつ》る証人、拷決《ごうけつ》すべき事」（目一七、合戦事）

九日。

十日。

十一日。

※1「正輔・致経合戦の証人の拷問の記の事〈三度、拷を経て一定《いちじょう》すべき事〉」……三六一

「安房守正輔等の進（□）る所の証人の事」（目）

※2「慧心院《えしんいん》放火の嫌疑人、僧為《た》るに依り（不）、拷ぜず、事由《ことのよし》を申す事」

※1「頼隆真人難申《なんじもう》す礼の事〈奉幣日の事〉〈天《てん》卜《か》滅亡《めつぼう》日・百神上天《ひゃくしんじょうてん》日、神を祭らざる日〉」……三六一

「来たる十九日の奉幣日の事」（目）

十二日。
◆1「頼隆難申《なんじもう》すに依り、奉幣日を改めらるる事」（目八、諸社奉幣事）

十三日。
※1「卅講《さんじっこう》五巻《ごかん》の事」……三六一

十四日。
◆1「八省造作の間、神祇官より奉幣の例の事」（目八、諸社奉幣事）
※1「源心、妹の喪中に仰《おおせ》有りて卅講に参る事」……三六一

十五日。
◆1「祈年穀奉幣を立てらるる事」（目三、二月・祈年穀奉幣事…日付不明）
◆2「関白卅講《さんじっこう》、奉幣に依り行なはれざる事」（目一〇、御八講事・臣下…月ナシ）
◇1「奉幣の事」（目・記事ナシ）

十六日。
◆1「馬允為頼、免ぜらるる事」(目一七、勘事)

十七日。
◆1「賑給定《しんごうさだめ》の事」(目五、五月・賑給事)

十八日。

十九日。
◆1「弾正忠《だんじょうのちゅう》斉任、斎院長官以康の女《むすめ》を強奸《ごうけん》する事」(目一七、濫行事)

廿日。
◆1「常陸介《ひたちのすけ》兼資の申す忠常帰降《きこう》の間の事」(目一七、追討使事)

※1「政の事」……三六一
「政有る事」(目)
※2「唐人《からひと》の貢物を御覧ずる事」……三六二
▽a「賑給定」

廿一日。

廿二日。

廿三日。

※1「卅講結願の事」(目)……三六三

◇1「中宮(=威子)の御祈の事」(目・記事ナシ)

廿四日。

廿五日。

◆1「染殿《そめどの》式部卿(×民部卿)(=為平親王)室の周忌の事」

(目二〇、庶人卒)

※1「中臣《なかとみ》、神祇大副《じんぎのだいふく》に補せざる事〈祭主《さいしゅ》(=輔親)に問はるる事〉」……三六三

「大中臣の一門、神祇大副に任ぜらるべからざる事」(目)

廿六日。

◆1「伊勢守《いせのかみ》行貞、免下《めんじくだ》さるる事」(目一七、勘事)

―

廿七日。

廿八日。

廿九日。

◇1「強奸《ごうけん》の愁等の事」（目・記事ナシ）

卅日、丙子（×午）。子剋《ねのこく》、関白左大臣領東三条第焼亡す。但し新造の後、未だ移徙《いし》せられざるの前也。

（錯簡により四月卅日条とされていたものを移す。三九頁参照）

◆1「関白（＝頼通）の東三条第焼亡の事（新造の後、未だ移徙（×徙）せず）」（目一九、所所焼亡事）

※1「東三条院焼亡（焼×）の事」……三六四

六月（『日本紀略』に「六月」の記載はないが、該当記事を五月条より移す。）

『小記目録』のみ

一日。

二日。

三日。

四日。

五日。

『左経記』書下し文（三六五頁）／本文（四三一頁）

※1「内文《うちぶみ》の事〈旧の位禄の官符、最初の内文に請印せざるや否やの事。付《つけたり》、庁覧《ちょうらん》内文（×々文）より外すを、少納言直ちに内案《ないあん》に載するは失の事〉」……三六五

「内文の事」（目）

※1「弾正忠斉任（×信）の強奸《ごうけん》の事、台（＝弾正台）に於いて召問《めしと》はるべき事〈付《つけたり》、大臣、台の官人を里第《りてい》に召して仰下《おおせくだ》す事〉」……三六五

「弾正忠（×禅正忠）斉任、強奸に依り台に於いて召問《めしと》

六日。

七日。

◆1「東三条第、天火日に上棟《むねあげ》、徴《しるし》有る事」（目一五、日次事）

◆2「最円律師の弟子（×第子）等、刀を抜き入乱《いりみだ》るる事」（目一七、闘乱事）

八日。

九日。

◆1「山崎の桜井聖人の許に首を挙《こぞ》りて行向《いきむ》かふ事」（目一六、聖人事）

◆2「強奸に依り弾正忠斉任を召問《めしと》ふべき事」（目一七、濫行事）

はるべき事」（目）

※1「追討使頼信、忠常の帰降の申文を送る事（忠常の降順《こうじゅん》状《じょう》を副へざるに依り暫《しばら》く奏せざる事。忠常、重病を受くる事）」……三六

「忠常の帰降の事」（目）

十日。
◆1「御卜《みうら》の奏の事」(目五、六月・御体御卜事)

※1「外記庁の修理に依り政《まつりごと》無き事」……二六六
※2「御体《ごたいの》御卜《みうら》の事」(目)

十一日、丁亥(×巳)。月次《つきなみ》・神今食《じんこんじき》。
◆1「月次祭の事」(目五、六月・月次祭事)
◆2「降人忠常死去の事」(目一七、追討使事)

※1「忠常、路に於いて病を受けて死去する事」……二六七
※2「同(=忠常)帰降の申文、怱《いそ》ぎ奏する事」
▽a「神祇官に着する事」

十二日。

※1「頼信の申す忠常死去の事」……二六八
「忠常死去の事」(目)

十三日。
◆1「兼光出家の事〈忠常と同意の聞《きこえ》有り〉」(目一七、追討使事)

十四日。

◆1「帰降者の首、梟《さら》すべき哉否《や》やの事」(日一七、追討使事)

十五日。

十六日、壬辰(×戌)。頼信朝臣、忠常の首を梟《さら》して入京す。件の忠常、病を受けて死去す。但し、議定有りて、彼の忠常の従類《じゅうるい》に給ふ。降人為《た》るに依る也。

◆1「甲斐守頼信、忠常の首を随身して入洛《しゅらく》の事」(日一七、追討使事)

◇1「甲斐守頼信上洛して忠常死去の由を申す事」(日記事ナシ)

十七日。

十八日。

十九日。

廿日。

◆1「群盗、桜井聖《ひじり》の施物《せもつ》を捜《さがし》取《と》る事」(日一六、聖人事)

廿一日。

▽a「明日の国忌(=一条天皇)により御物忌《おんものいみ》に籠《こ》もる事」……三六八

廿二日。

※1「御国忌の斎食《さいじき》の事」……三六八
「御斎食の間の事」(目)

廿三日。

廿四日。

廿五日。

廿六日。

◆1「女院(=彰子)、法成寺新堂(=東北院)に於いて涅《ね》槃経《はんぎょう》を供養せらるる事」(目一〇、法会事)

廿七日、癸卯(×酉)。小除目《こじもく》。

◆1「小除目の事」(目四、三月・京官除目事)
◆2「施米《せまい》定の事」(目五、六月・施米事)
◆3「頼信の勲功、賞せらるべき事」(目七、追討使事)
◆4「諸国吏、任限を延ばさるる事」(目八、受領事)
◆5「□□旧意を思ひ、年来、法興院八講《ほこいんはりこう》に参る事(□)」(目一〇、諸寺八講事…日付ナシ)

※1「陣定《じんのさだめ》の事〈上総守維時の辞書《じしょ》。下総守為頼(為×)の重任《ちょうにん》八ヶ年の間に四年の公事を済(×勠)まし勧賞《かんしょう》に預からるる事。兵乱の事。大宰の申す府庁(×符)并びに宇佐(佐×)の事に依り造豊楽院を免ぜられむと欲する事〉」……三六九
▽a「大宰府、豊楽院の作事を免ぜられ、府庁を修造し、并びに宇佐遷宮を勤仕する事」(目)
▽b「国々の申請の事」(目)……三七〇
※2「追討使頼信、勧賞の定有るべき事〈付《つけたり》、忠常の子、猶、追討すべきや否やの事〉」……三七一
「忠常の事」(目)
※3「禁獄の者、父母の喪に遭ふ時、仮《か》を給ふ事」
※4「除目の事」(目)……三七二
▽c「国々の申請の事」(目)
※5「諸司・諸衛の仕らずに城外するは、何《いか》なる罪、行なはるべき哉の事」……三七三
「諸衛の仕らずに城外する等の官人の事」(目)

廿八日。

廿九日。

『小右記』書下し文／註釈

正月・二月・三月

正月

一日、己酉。

▼a 四方拝《しほうはい》(1)。天晴《てんは》る、夜閑《しずか》なり。

▼b 十斎大般若読経始《じっさいだいはんにゃどきょうはじめ》(2)。東北院大般若読経始《はじめ》(3)。諸寺の御明《みあかし》(4)、常《つね》の如《ごと》し。絹三疋《ひき》、平緒《ひらお》を満《み》たす者《もの》(5)〈致光〉に給《たま》ふ。絹一疋、漆工《しっこう》公忠(6)に給ふ。

▼c 三河守《みかわのかみ》(参河守)保相、糸十絇《く》(7)を進《たてまつ》る。

▼d 中納言(=資平)、拝礼を致す(8)。即《すなわ》ち参内す。

▼e 下官《げかん》(=実資)(9)、参内す。資高相《あい》従ふ。先是《これよりさき》(10)、東宮(=敦良親王)に参りて暫《しばら》く候《こう》ず。資高を以て小朝拝《こちょうばい》(11)を見しむ。帰来《かえりき》たりて云はく「只今《ただいま》、諸卿《しょきょう》、御前に進出《すすみい》づ。」者《てへ》(12)り。東宮の侍臣《じしん》(13)、飲食の気有《あ》り。下官の参入するを見て、経営《けいえい》(14)下り迷ふ。

*1 頃之《しばらくありて》(15)、陣頭《じんとう》(16)に参る。須《すべから》く化徳門《かとくもん》より入《い》るべし。然而《しかれども》、年首《ねんしゅ》を思ふに縁《よ》りて、敷政門《ふせいもん》より参る(17)。〔酉《とり》の時《とき》。〕

*2 内大臣(=教通)[二条殿]已下《いか》、御前より退下す。或《あるい》は着座《ちゃくざ》、或は佇立《ちょりつ》(18)。頭弁《とうのべん》経任、内弁《ないべん》(19)を奉《うけたま》はるべきの由、内大臣に仰《おお》(20)す。起座して南に着す(21)。所司奏《しょしのそう》(22)の事を問ふ。余《よ》(=実資)答へて云はく「臨昏《りんこん》(23)の時、事由《ことのよし》を奏す。内侍所《ないしどころ》に附するの例也。便《すなわ》ち頭弁を以て之《これ》(×云)を奏せしめよ。請詞《こうことば》(24)、下官に問へ。此《こ》の外、問《とい》の事等有《あ》らば、参会《さんかい》の時、雑事《ぞうじ》を問へ。甚《はなは》だ心安《こころやす》むぜよ。」者《てへ》り。諸卿《しょきょう》、外弁《げべん》に出《い》づ(25)。内弁起座し、陣後《じんのうしろ》に於《お》いて靴《くつ》を着す(26)。笏文《しゃくもん》を押さしむ(27)。秉燭《へいしょく》(28)の後、陣《じん》引く(29)。警蹕《けいひつ》(30)未《いま》だ発《はっ》せざるに、内弁煩《わずら》ひて進まむと欲す。案内《あない》(31)を示す。仍《よ》りて留む。

御座《ぎょざ》定まり、(32)近仗《きんじょう》(×進仗)(33)、警を称す。了《おわ》りて内弁、宜陽殿《ぎようでん》の兀子《ごっし》に着す。(34)此の間の事、見えず。開門の後、舎人《とねり》を召すの声、(35)極めて長し。又、大夫達《まふちぎみたち》を召さしむるの声、(36)甚だ長し。古伝に聞かざるに似る。諸卿参上するの後、(37)下官参上し、北座に着す。(38)

*3 粉熟《ふずく》に御箸下《お》ろすの後、(39)余退出す。中納言経通・資平・三位中将《さんみのちゅうじょう》兼頼、相送《あいおく》る也。敷政門の下に於《お》いて謝遣《しゃしゃ》る。(40)春華門《しゅんかもん》の下に於《お》いて輦車《れんしゃ》(41)に乗るべし。而《しか》るに南殿《なでん》に出御するに、(42)事恐《ことのおそれ》有るに依りて、輦車を古東宮《ことうぐう》(43)の坤《ひつじさるのすみ》角に引かしめ、之に乗りて退出す。

参る諸卿。左大臣〈関白(=頼通)〉、御後《おんうしろ》に候ず。(44)内大臣(大臣×)、大納言頼宗・能信・長家、中納言実成・師房・経通・資平、参議通任・朝任・公成・重尹・経頼。或《あるひと》云はく、(45)「斉信卿、車を焼きて参らず。(46)」

▼f 権随身《かりのずいじん》(47)は将監《しょうげん》扶宣、将曹《しょうそう》正親。

▼g 深更《しんこう》、(48)縫殿頭《ぬいどののかみ》の代官図書頭《ずしょのかみ》相成、禄《ろく》を持来《もちき》たりて被《かづ》く。(49)便《すなわ》ち給ふ。去年(×七年)、典薬頭《てんやくのかみ》忠明朝臣《あそん》、(50)此の如《ごと》し。彼に給ひ、此に給はざるは是《ぜ》に背く。医師、思ふ所〔所〕有るべきに依る。(51)

*4 今日より十五箇日、鎌倉聖《ひじり》(=真等)の供料、(52)例に依りて施与《ほどこしあた》ふ。

二日、庚戌。

*頭書「晴陰不定、二宮大饗。」

*1 頭弁《とうのべん》(=経任)云はく「昨日、行幸《ぎょうこう》の召仰《めしおおせ》(53)有《あ》るべきの由、関白(=頼通)、命有り。而《しか》るに節会《せちえ》(54)の後に仰《おお》すべくも、未だ指《さしたる》仰《おおせ》を蒙らざるの前に、内府《ないふ》(=教通)退出す。仍りて右衛門督(=経通)に仰す。」大外記文義云はく「五衛府参

入す。(55)」叙位勘文《じょいのかもん》(56)を左右両大弁［重尹・経頼（経頼×）］に見しむ。

*2 右兵衛督（＝朝任）来たるも、相会《あい》はず。左兵衛督［公成］・中納言［資平］来会《きたりあ》ふ。関白第に詣《まい》るべし。(57)仍りて扶《ふ》持《じ》(58)を為《な》す歟《か》。上達部列立《かんだちめれつりつ》の後(59)、詣向《まいりむ》かふべし。列に立たざらむが為《ため》也。告送《つげおく》（×造送）るべきの由、伊予守《いよのかみ》章信に示《しめし》遣《つか》はす。書状を以て告送《つげおく》る。即《すなわ》ち詣向《まいりむ》かふ。両納言［資平・経通（×定頼）］并《なら》びに資房・資高・経季等相従ふ。三位《さんみの》中将《ちゅうじょう》［兼頼］、先に参り、出迎へて地上に居す(60)。

余、奥座に着す（×着余奥座）。〔大納言斉信・頼宗・能信・長家、中納言実成・師房・経通・資平、参議通任・兼経・朝任・公成・重尹（×章尹）、三位二人、惟憲・兼頼。四位宰相《さいしょう》の上に在り(61)。〕盃酌《はいしゃく》四五巡(62)の後、下官《げかん》（＝実資）・内府、引出物《ひきでもの》(63)有《あ》り。〔馬各一疋。〕随身は腰指《こしざし》(64)。広廂《ひろびさし》(65)〔西対の南廂《にしのたい》〕に出居《いでい》し(66)、引出物を見る。随身を以て騎《の》らしむ。日已《ひすで》に黄昏《たそがれ》(67)に及ぶ。

▼a 諸卿、二宮大饗《にぐうだいきょう》(68)に参らむと欲す。余、先づ退出す。関白、気色《けしき》(69)を得て催《もよお》し出《い》ださしむ。未だ秉燭《へいしょく》に臨《のぞ》まざるに帰家す。

民部卿斉信、節会に参らず、今日参入す。未だ其の故を得ず。今日の関白の饗、梨《なし》を四面に切りて推合《おしあ》はせて之《これ》を食す。便《びん》(70)有り。下官、前日に申す所なり。自今以後《じこんいご》(71)、之を以て例と為《な》す歟《か》。

三日、辛亥。

*1 早朝、頭弁（＝経任）、陰陽寮《おんようりょう》の勘申《かんじん》する(72)杣《そま》(73)に入りて八幡宇佐大菩薩宮《はちまんうさだいぼさつ》の料の材木(74)を採り始めらるべき日時を持来《もちき》たる。〔二月十一日戊子、時は巳・午。廿三日庚子、時は辰・午。〕

▼a 諷誦《ふじゅ》を東寺に修す。(75)〔生気方《しょうげのかた》(76)に当たる。〕

＊2 今日未時《ひつじのとき》、上東門院《じょうとうもんいん》（＝彰子）に臨幸《りんこう》す。(77) 東宮（□宮）（＝敦良親王）参り給ふ。下官《げかん》（＝実資）、須《すべから》く行幸に扈従《こじゅう》すべし。(78) 而るに騎馬するは耐へ難く、扈従する能《あた》はず。旧年、奏達を経《ふ》。又、関白（□□）（＝頼通）に洩らしむるに、上東門院に参るべきの仰《おおせあ》有り。仍りて参入する所なり。権随身《かりのずいじん》等、先づ行幸に供奉《ぐぶ》(79)するの後、来たりて案内《あない》を告ぐ。廼《すなわ》ち参入す。中納言（＝資平）并《なら》びに資房・資高・経季等、車の下に迎来《むかえき》たりて、云はく「主上《しゅじょう》（＝後一条天皇）并びに東宮の御拝《ごはい》了りぬ。(80)」余、西廊の饗座《きょうのざ》に着す。(81) 関白・内府（＝教通）・一家の納言、(82) 御前より出でて、此の座に着す。

先是《これよりさき》、諸卿、座に在り。飲食了りぬ。

▼b 黄昏《たそがれ》に臨み、次将《じしょう》(83)等を召し、御前の御簾《みす》を上げしむ。(84) 蔵人頭《くろうどのとうの》右《う》中将《ちゅうじょう》隆国、下官を召す。下官（々々）云はく「諸卿と共に参るべき歟《か》。相《あい》共に参るべし。」者《てへ》り。関白・内府、召《めし》無きの前に起座して御所(85)に参る。余、御所に進む。関白、渡殿《わたどの》(86)より出で、御前の簀子《すのこ》の円座《わろうだ》(87)に着す。次《つ》いで内府着（×々）す。次いで次第（々第）に着座す。此の間、秉燭。次いで主殿寮《とのも》、燎《りょう》(88)を執る。関白、衝重《ついがさね》(89)の事を仰す。即ち侍臣《じしん》(90)、衝重を居《す》う。右衛門督経通〈院別当《いんのべっとう》〉(91)、勧盃《かんぱい》(92)す。巡降《めぐりお》り了りて、御膳を供す。中宮権大夫能信、陪膳《ばいぜん》(93)す。〔打敷《うちしき》(94)を執《と》る。〕参議・三位中将《さんみのちゅうじょう》（＝兼頼）等の益供《やくぐ》の人、警蹕《けいひつ》を称す。(95) 院（＝彰子）、同所に御《おわ》す。称すべからざる歟《か》。御前物《ごぜんのもの》は懸盤《かけばん》六基。(96)〔御器《おんうつわ》、銀を用ふ。〕次いで東宮の御前物。陪膳は左大弁重尹。〈打敷を執る。〉東宮昇殿《しょうでん》を兼ぬるの侍臣《じしん》（□）、(97) 益供す。〔懸盤四基。銀器。〕

▼c 上達部《かんだちめ》・侍臣等、管絃を奏す。蔵人頭隆国、御笛を執りて坤《ひつじさる》の戸の下(98)に候ず。関白云はく「伝取《つたえと》りて御前に献ずるに、誰人か候《さぶら》はむ哉《や》。」余答へて云はく「頼宗・能信卿の間(99)は如何《いかが》。」関白、頼宗卿をして之を献ぜしむ。侍臣、催馬楽《さいばら》(100)并びに大唐《だいとう》・高麗楽《こまがく》(101)を奏す。此の間、主上《しゅじょう》、御笛を吹かしめ給（×終）ふ。数曲畢（□）るの後、禄を給ふ。

上達部は大褂《おおうちき》(102)。殿上人《てんじょうびと》は疋絹《ひけん》(103)。了りて、〔後聞《のちにき》く。「供奉の諸司・諸衛、禄を給はる。」と〕主上入御す。次いで東宮、同じく入り給ふ。計《はかりみるに》也(104)、院の御所に参らしむる歟《か》。諸卿起座す。御輿《みこし》を南階《みなみのきざはし》に寄す(105)。此の間、雪零《お》つ。左大将〈内大臣(＝教通)〉并びに諸卿、砌《みぎり》(106)に立ち、乗輿《じょうよ》(107)の間、警蹕す。〔初め臨幸の時、御輿を中門に留めて降御《おりたま》ふと云々《うんぬん》(108)。前々、此《かく》の如《ごと》し。〕下官及び斉信卿、騎馬の礙《さまたげ》に依りて扈従せず。仍りて両人、中門(□門)の南腋《みなみわき》に候ず(109)。乗輿、西門を出御(□)し了りて退出す。東宮、帰御《きぎょ》せむと欲す。行幸に候ぜざるに依りて案内を亮泰通《すけ》に触る。

扈従の公卿。左大臣〈関白〉、内大臣、大納言頼宗〔春宮大夫。東宮(×春宮)の行啓に供奉(□奉す。)〕・能信・長家、中納言実成・師房〔春宮権大夫。東宮の行啓に供奉す。〕・経通・資平、参議通任〔東宮の行啓に供奉す。〕・〔能信・長家、中納言実成・師房〔春宮権大夫、供奉東宮行啓。〕・経通・資平、参議通任〔供奉東宮行啓。〕〕兼経(□)・顕基・朝任・公成・重尹〔行啓に供奉す。〕・経頼〔行啓に供奉す。〕、三位二人〔惟憲・兼頼〕。

▼d 権随身《かりのずいじん》等、行幸に供奉するの後、参来《まいりき》たり、禄を給はる。〔将監二疋、将曹二疋、府生一疋、番長已下は例の禄なり(110)。〕中将(＝兼頼)、夜闌《やらん》(111)、内より退出す。権随身の府生の禄二疋、番長一疋。皆、過差《かさ》(112)の禄。例なり。随身、例の禄、之を給はる。中将、関白の馬に乗る。馬(々)の口付《くちつき》の舎人《とねり》(113)、三疋を給はる。居飼《いかい》(114)は手作布《てづくりのぬの》二段(115)。

＊3 深更《しんこう》、頭弁、宇佐の材木を採る日時の勘文《かもん》を持来《もちき》たる。云はく「勘文に任せて宣旨《せんじ》(116)を給ふべし(×所)。件《くだん》の勘文を副遣《そえつか》はすべし。」

＊4 今朝、頭弁の口宣《くぜん》(117)に云はく「官厨《かんのくりや》(110)に納むる絹百疋、上東門院に奉《たてまつ》るべし。」者《てへ》り。即《すなわ》ち宣下《ぜんげ》す。若《も》し是《これ》、行幸の諸司・諸衛の禄歟《か》。公物を以て行幸の禄料に充《あ》つるは如何《いかが》。

▼e 後聞《のちにき》く。「近江守《おうみのかみ》行任、昇殿《しょうでん》を聴《ゆる》さる(119)。」と云々(云々)。「大納言斉信、行幸に扈従せざるは、腰病に依る。追ひ

て参るは、兼《か》ねて奏す。(120)」と云々。

四日、壬子。

*1 美作守《みまさかのかみ》資頼、紫端畳《むらさきべりのたたみ》(121)廿枚・油等を進《たてまつ》る。油は晦《みそか》(□)の料(122)、畳は元日の料(123)なり。違期、最も甚だし。十二月十四日の書なり。使卒懈怠《けたい》する歟《か》(124)。

五日、癸丑。

▼a 誦経《じゅきょう》、修す。〈六角堂(125)(□)。〉

大蔵卿(＝通任)来たる。子の少将師成の加階《かかい》(126)の事を言ふ。師成同じく来たる。

*1 頭弁(＝経任)、勅(127)を伝へて云はく「今日、叙位議《じょいのぎ》(128)有るべし。参入すべし。」者《てへ》り。恐《かしこ》み承《うけたま》はるの由を奏せしむ。内々に云はく「去夕、仰を奉《うけたま》はり、深更に及ぶも来仰《きたりおお》せざるは、懈怠《けたい》の至《いたり》(129)なり。」者《てへ》り。大外記文義云はく「叙位召仰《じょいのめしおおせ》の事、関白(＝頼通)に申さしむ。仰せられて云はく『参内して仰すべし。』」者《てへ》り。

申剋許《さるのこくばかり》に参内す。中納言(＝資平)、車後《くるまのしり》(130)に乗る。資房・資高・経季等、輦車《れんしゃ》に相《あい》従ふ。諸卿未だ仗頭《じょうとう》(131)に参らず。一両(132)、執柄《しっぺい》(＝頼通)の直廬《じきろ》(133)に在りと云々。酉剋《とりのこく》に臨み、内大臣(＝教通)已下参入す。頭弁、備後国の申す造大垣《ぞうおおがき》の覆勘文《ふくかもん》(134)を申すの間、蔵人左少弁経長進出《すすみい》づ。諸卿示止《しめしとど》む。驚きて退帰す。頭弁退出するの後、彼是《かれこれ》、経長に告ぐ(135)。即ち諸卿を召す(136)。余、筥文《はこぶみ》を候《さぶら》ふべきの由(137)、外記相親に仰す。良久《ややひさ》しく見えず(138)。度々催仰《もよおしおお》するの後、外記、硯・筥文等を執《と》りて、軒廊《こんろう》の南庭に立つ(139)。余、起座し、射場《いば》に参る(140)。内府(＝教通)已下相従ふ。列立の作法(141)、例に存す。笏文を執るの外《ほか》、射場の東庭に列立すること、常の如し。余、先づ参上す。[142]次いで内府。先是《これよりさき》、左大臣〈関白〉、殿上に候ず。次第に御前の座に着す。[143]大納言頼宗・能信・長家、笏文を執る。[144]諸卿着座す。了《おわ》りて左大臣を召す。称唯《いしょう》して御簾《みす》の前の円座《わろうだ》に着す。[145]左大臣、仰を奉はりて下官《げかん》（＝実資）を召す。称唯して円座に着す。次いで内大臣、小臣《しょうしん》（＝実資）の如し。[146]仰せて云はく「早く。」余（×参）、第一の笏文を取り、次の笏《はこ》に移納《うつしおさ》む。十年労の勘文を以て一の笏に納め、[147]御簾の中に奉り、把笏《はしゃく》して祗候《しこう》す。[148]御覧了りて返給《かえしたま》ふ。仰せて云はく「早く。」男等を召[149]す。頭弁来たる。続紙《つぎがみ》[150]を奉るべきの由を仰す。続紙二巻《まき》、柳筥《やないばこ》[151]に納めて持来《もちき》たる。紙を取り筥を返す。天気《てんき》を候《こう》ず。[152]先づ式部《しきぶ》を書かむと欲す。[153]而るに丞《じょう》等、論ずること有り。[154]卿親王（＝敦平）、是非を定めざるの間、請奏《しょうそう》（×啓）を放たず。[155]問遣《といつか》はすべきの由、頭弁に仰す。時剋相移《あい》るも、左右を申さず。[156]仍りて丞の第一の者を外記に問はしむ。申して云（□□）はく「大丞惟道。」者《てへ》り。書載《かきの》せ了りぬ。彼の省云はく「少丞（×小丞）ム《なにがし》、申すこと有り。[157]此の間、疑《うたがい》を持ち奏を放たず。」と云々。下官申して云はく「少丞、爵に預かるべからず。惟道に於《お》いては、未到《みとう》と云ふと雖も、[158]公事を勤む。未到の歎《なげき》無かるべき歟。」先是《これよりさき》、両三書き了りぬ。奏（×答）して云はく「院宮の御給《ごきゅう》の名簿《みょうぶ》を取遣《とりつか》はさむ。[159]」天許《てんきょ》[160]了りぬ。中納言藤原朝臣〈実成〉を召し、院宮の御給の名簿を取遣《とりつか》はすべきの由を仰す。時剋推移し、三所の名簿を奉る。[161]自余《じよ》の此に従《したが》ふ者、[162]二箇所の名簿は、関白に奉る。関白（々々）、之を奏す。御覧じ、即ち之を返給《かえしたま》ふ。関白、下官に授く。一々書載《かきの》す。王氏の名簿無し。[163]頭弁を以て外記に問ふ。申して云はく「只今進《たてまつ》る。」者《てへ》り。即ち進る。関白に進伝《たてまつりつた》（々伝）ふ。次（×歟）いで奏聞す。御覧じ、返給《かえしたま》ふ。之を書入《かきい》る。[164]何《なん》世《せい》かを注さず。関白云はく「四位に叙すべし。」事疑《ことのうたがい》有りと雖も、命に依りて書載《かきの》す。関白云はく「東宮の御給、亮良頼に給（々）ふ。〔正四位下。〕経任、正四位下に叙すべきの由を申さしむる（□）は如何《いかが》。」者《てへ》り。余申して云はく

「経任は良頼の上臈《じょうろう》(165)なり。指事《さしたること》無く良頼の下臈と為《な》すは如何《いかが》(如×)侍《はべ》る哉《や》。四位正下は一世源氏の叙する所也(166)。但し或《あるい》は非常の賞、或は臨時の恩なり。蔵人頭、近代、正下に叙するの例也(167)。蔵人頭為《た》る者、宮亮に超越せらるるは如何。殊に一階を加へらるるは、深き難無からむ哉《や》。」已に天許有り。書載《かきの》せ了りぬ。叙位簿《じょいのぼ》(168)、関白に見しむ。見畢《みおわ》りて返さる。即ち御簾《みす》(169)の中に奉る。叡覧《えいらん》了りて返給《かえしたま》ふ。叙する所の者卅五人。主上(=後一条天皇)入御す(170)。余、中納言実成朝臣に目《もく》(171)す。進来《すすみき》たりて、叙位(叙×)を授かり、笏を笘に取副《とりそ》へて退下す。若《も》しくは所労《しょろう》(172)有りて笏を挿《さしはさ》まざる歟《か》(173)。左大臣・下官・内大臣、次第に退下す。戌終《いぬのおわり》に退出す。

今日の参入。左大臣、内大臣、大納言頼宗・能信・長家、中納言実成・師房・経通・資平、参議朝任・顕基・公成・重尹・経頼。

六日、甲寅。

*1▼a 左大弁(=経頼)の消息《しょうそく》(174)に云はく「藤氏爵《とうしのしゃく》を給ふ者の名字相《あい》誤る(175)。」余答へて云(□)はく「関白(=頼通)示さるるに随ひて書く所なり。今の間、関白第に持参《もちまい》(×被参)りて案内《あない》を取るが宜《よろ》しき歟《か》。」小時《しばらくありて》(176)、来たりて云はく「案内を申さしめ了りぬ。」即ち外記を召遣《めしつか》はし了りぬ。沐浴《もくよく》(177)の間、相逢ふこと能はず。大内記孝親を召し、此の間の事等を仰す。大外記文義云はく「王氏爵《おうしのしゃく》は王胤(178)に非《あら》ず。鎮西《ちんぜい》の異姓の者なり(179)。前都督《ととく》(=惟憲)口入《くにゅう》す(180)。」と云々。頭弁(=経任)来たりて云はく「式部卿宮(=敦平親王)の御消息に云はく『王氏爵は五位を給ふべし。而るに四位を給ふの由と云々。五位を給ふに改むべし。』」者《てへ》り。余云はく「件《くだん》の事、狼藉《ろうぜき》(181)(×籍)尤《もっと》も甚《はなは》だし。早く関白に申し、左右《そう》有るべし(182)。藤氏爵の者の名の事、案内を申し、入眼《じゅげん》の上卿《しょうけい》(=実成)(183)に仰せらるべき歟《か》。」

▼b 小槻仲節、内階《ないかい》(184)の中に書くも、外階《げかい》(185)を給ふべき事等、具《つぶさ》に関白に達す。即ち帰来《かえりき》たり、報を伝へて云はく、「王氏、極めて不便《ふびん》の事也。止《と》むべし。亦《また》、仲節の内階、外階に改むべき事、理義・良資の申す治国加階《ちこくかかい》(186)の文、并びに甲斐守《かいのかみ》頼信の申す治国加階の事、外記をして勘申せしむべし。」者《てへ》り。今日、入眼請印《しょういん》(×清印)(187)、更に外記を召遣《めしつか》はさば、時刻推移する歟《か》。内に帰参し、件の申文《もうしぶみ》(188)を下給《くだしたま》ひて勘申せしめ、関白に覧ずべし。更に持来《もちき》たるべからず(189)。関白云(□)はく「王氏爵の事(□)、下官《げかん》(=実資)に触れて奏聞すべし(190)。」者《てへ》り。入夜《よにいり》(191)、頭弁、内より注送して云は(192)く「王氏爵の人、停められ了りぬ。仲節は外階に叙し、『成重』を改めて『成尹』と為《な》すの由、宣旨下《せんじくだ》し了りぬ。従四位上平朝臣理義、従四位下源朝臣頼信・藤原朝臣良資、〔已上治(193)。〕外記の勘文、明日、之を献ずべし。」者《てへ》り。

七日。乙卯。

厩《うまや》(194)の馬、右馬助《うまのすけ》知貞に給ふ。前駆《さきがけ》(195)を勤むるに依る。

諷誦を六角堂に修す。

▼a 頭弁(=経任)来たりて、昨日の事等(196)を言ふ。外記の勘文、持来《もちき》たる。見了りて之を返す。「関白(=頼通)、奉るべきの命有り。」者《てへ》り。今日の次第の文を乞取《こいと》る(197)。両納言(=資平・経通)(198)、今日の次第を乞ふ。使に付して之を遣はす。右金吾(=経通)、元日・十六日の次第を加ふ。彼の意の楽《ねがい》に縁《よ》る也(199)。

▼b 今日の参入、定まらず。而るに『故殿御記《ことののぎょき》(=清慎公記)』を見るに(200)、列するの後に参上する宣旨《せんじ》(201)下《くだ》り了りて、明年・明々年、頻《しき》りに参《まい》り給ふ。参入を企つるも、白馬奏《あおうまのそう》(202)、進《たてまつ》る。「朝臣」を加へ、返給《かえしたま》ふ(203)。軒廊《こんろう》に於《お》いて加署すべからず。仍りて里第《りてい》(204)に於《お》いて加ふる所也。

疋絹《ひけん》、千武に給ふ。中将（＝兼頼）の平胡籙《ひらやなぐい》（×録）の箭《や》[205]、六筋八寸の水精調《ととのえ》入《い》るるの禄也。

＊1 未時許《ひつじのときばかり》、参内す。中納言（＝資平）、車後《くるまのしり》に乗る。資房・資高・経季相《あい》従ふ。内大臣（＝教通）已下候ず。余、内《うちの》座《ざ》に着す[206]。内大臣、外座《そとのざ》に在り。内弁の事を承はるに依る歟《か》。外記相親、外任奏候《げにんのそうさぶら》ふの由を申す[207]。内府、下官《げかん》（＝実資）に問ひて云はく「外任奏、甚だ早し。如何《いかが》。」余云はく「更に早晩を謂《い》はず。申すに随ひて奏覧するの例也（□）。」弁（＝経任）を以て奏せしむ。即ち下給《くだしたま》ふ。又、外記を召して返給《かえしたま》ふ。仰詞《おおせことば》、聞かざる也。定詞《さだまることば》[208]有るの事也。次いで外記相親、代官を申す[209]。内府問ひて云はく「戒《いましめ》（×我）たり乎《や》[210]。」式・兵の輔・丞等の代官を申す。内府、只目《ただもく》す。称唯《いしょう》し、退出す。仰詞有り[211]。其の詞に云はく「仰宣《おおせのたま》へ。」内府起座す。若《も》しくは靴を着する歟《か》。亦、笏文《しゃくもん》を押さしむる歟《か》。良久《ややひさ》しきの後、軒廊《こんろう》に進み、東階《ひがしのきざはし》を昇る。内侍《ないし》の持つ所の下名《おりな》[212]を受取《うけと》り、退帰す。〔階下に於《お》いて笏を挿《さしはさ》むこと太《はなは》だ早し。階を三級許《ばかり》昇りて笏を挿むべき歟《か》。下名を取りて笏を抜き、笏に取副《とりそ》へて退下す。〕随身をして宜陽殿の兀子《ごっし》を直立《なおした》てしむ[213]。未見《みけん》[214]の事也。装束司[215]をして立てしむべき歟《か》。兀子に着して内豎《ないじゅ》を召す[216]。二声。同音に称唯す。別当《べっとう》之清参入す。仰せて式司《のりのつかさ》・兵司《つわもののつかさ》[217]を召す。称唯《いしょう》し退出す。次いで二省の丞、参入す。立定《たちさだ》まる[218]の後、式司を召す。称唯して進み、下名を給はりて本所《もとのところ》に還る。次いで兵司を召すこと、式司の如し。相共《あいとも》に退出す。次いで内弁、起座して退く。又、諸卿、外弁《げべん》に出づ[219]。右大弁経頼一人、陣に留まる[220]。下官《げかん》（＝実資）一人有るべきに依る也。左右近、階下に陣す[221]。次いで御座定まる。近仗《きんじょう》（仗×）、警蹕《けいひつ》す。列して移る。内弁、兀子に着す。内侍《ないし》、檻《てすり》に臨む[222]。起座して帰入《かえりい》る。更（×東）に軒廊の東二間より出で、左仗《さじょう》の南に於《お》いて謝座《しゃざ》す[223]。〈慥《たしか》には見ず。〉了りて参上す。次いで開門す[224]。内弁退下し、巽《たつみ》の壇上に立ち、新叙の宣命《せんみょう》を催す[225]。先例は軒廊に立つ。失誤と謂ふべし。但し坊家奏《ぼうけのそう》・相撲奏《すまいのそう》等は[226]、壇上に立ちて之を取るの例也。宣命・見参《けざん》は然《しか》らざるの事也[227]。

頭弁、下官に伝へて云はく「兵庫寮《ひょうご》の官人参らず。御弓奏《みとらしのそう》は如何《いかが》。」(228)者《てへ》り。余、答ふ。「寮の官、候ぜずば、只、内侍所《ないしどころ》に付せらるべし。」頭弁、勅命を含みて内弁(弁×)に仰す。内弁(々々)、外記に仰す。(229)内弁、新叙の宣命を執りて参上す。即ち退下す。内記国成、陣腋《じんのわき》(□腋)に帰り、階下(×皆下)に候ぜず。(230)随身を差《つか》はして、召さしむ。経営《けいえい》参入す。本所《もとのところ》に於《お》いて文夾《ふばさみ》(231)を返給《かえしたま》ふ。立つ所、指《さ》して前跡非《あら》ざるも、(232)目(×日)有るの(×久)人、必ず傾奇《けいき》を致す歟《か》。(233)上官《しょうかん》(234)等、階下の座に着せず。下官の陣に候ずるに依る歟《か》。尤《もっと》も然《しか》るべし。内弁、内豎《ないじゅ》を召す。(235)二音。日華門に於《お》いて同音に称唯す。別当之清参入す。仰せて式司・兵司を召す。称唯して退出す。二省の輔・丞の代官参入す。式司〈相成〉を召す。称唯して参上す。笏を給はりて退下し、丞に伝給《つたえたま》ふ。次いで兵司〈広遠〉を召すこと式部の如し。両省の丞代、笏を執り、案上に置きて退出す。次いで舎人を召す。(236)二声。〔其の声、猶長きこと元日の如し。(237)〕小時《しばらくありて》、大舎人《おおどねり》、同音に称唯す。少納言経成入りて版《へん》(238)に就く。宣《の》る。「刀禰《とねめ》召(×下)せ。(239)」称唯し退帰す。群臣参入し、各《おのおの》標《ひょう》に立つ。(240)宣る。「侍座《しきい》(×臣)(241)。」群臣、謝座《しゃざ》・謝酒《しゃしゅ》すること常の如し。(242)公卿参上す。即ち叙列を引く。(243)此の間、下官、靴を着して参上し、奥座に着す。新叙の宣命使(244)を召さむと欲す。仍りて下官、退出す。

*2 須《すべから》く春華門《しゅんかもん》に於《お》いて輦車《れんしゃ》に乗るべし。而るに未だ本殿に還御せざるの間、(245)退出するは、事恐《ことのおそれ》無きに非《あら》ず。仍りて輦車を古東宮《ことうぐう》の坤《ひつじさる》に引かしめ(×合列)、之に乗りて退出す。是、謹《つつしみ》の到《いたり》(×致)也。黄昏《たそかれ》に帰家す。

▼c 入夜《よにいり》、慶賀《けいが》の人々来たる。(246)丑時許《うしのときばかり》、頭弁来拝《きたりはい》す。了りて格子《こうし》の外に来たりて云はく「侍従信家〔内大臣の息。四品《しほん》(247)に叙す。新一品宮(＝章子内親王)の御給《ごきゅう》(248)なり。〕還昇《げんしょう》を聴《ゆる》さる。(249)」

今日の見参。左大臣(＝頼通)、内大臣、大納言頼宗・能信・長家、中納言実成・師房・経通・資平・定頼、参議(×了)通任・兼経・顕基・公成・重尹・経頼、三位二人。〔惟憲・兼頼。〕

八日、丙辰。

＊1 御斎会《ごさいえ》(250)始。参入せざるの由、随身を差《つか》(×着)はして、八省《はっしょう》に候ずる外記に仰遣《おおせつか》はす(251)。随身還来《かえりき》たりて申して云はく「成経に仰せ了りぬ。」者《てへ》り。又、大外記文義(×着)来たるに依(×仰)りて、同じく礙《さまたげ》の由を仰す。

九日、丁巳。

▼a 本命供《ほんみょうぐ》(252)。南円堂(253)の巻数《かんじゅ》(254)使の僧に疋絹《ひけん》を給ふ。

大蔵省、七日の手禄の絹を進《たてまつ》る(255)。〈中納言(＝資平)来たる。〉

▼b 右衛門督〈経通〉来たりて云はく「蔵人資通は和泉守《いずみのかみ》に任ずべしと云々。其の所の蔵人(256)は経季を以て成さるべきの由、関白(＝頼通)に申さしむべし。」者《てへ》り。資高、此の望《のぞみ》有り。関白に達すべきの由、度々申す。相《あい》並びて申すべきの由、相《あい》答へ了りぬ。但し資高は上臈《じょうろう》にして、已《すで》に年齢も亦《また》、長たり。宜《よろ》しかるべき歟《か》。入夜《よにいり》、資房、内より退出して云はく「主上(＝後一条天皇)の御気色《みけしき》、資高に在り。」者《てへ》り。

女叙位《おんなじょい》(257)の日の事、頭弁(＝経任)を以て関白に達せしむ。「明後日、行なはるべし。」者《てへ》(258)り。

十日、戊午(×代午)。

＊1 加供《かぐ》(259)、家に於《お》いて給はしむ。八日は関白(＝頼通)の加供なり。而るに坎日《かんにち》(260)に依りて昨日行なふ。仍りて家の加供は今日行なふ所也。

▼a
矢数《やかず》の懸物《かけもの》二疋、八木《はちぼく》五石、[261] 射場《いば》等に給ふ。亦、米十五石、手結《てつがい》の饗料に給ふ。[262] 頭中将《とうのちゅうじょう》（＝隆国）、将監扶宣を以て示送《しめしおく》りて云はく「賭射《のりゆみ》[263]を仕《つかまつ》るの者無し。事賞《ことのしょう》無きに依る。[264] 的数《まとかず》勝《す》ぐるる者を以て[265] 一道の相撲使《すまいのつかい》[266]に差《さし》遣《つか》はすべきの宣旨《せんじ》を下さるるは如何《いかが》。」報じて云はく「尤《もっと》も佳事《よきこと》也。」但し一道には差《つか》はすべからざるの由、不仰《しめしおお》せ了りぬ。

▼b
手作布《てづくりのぬの》五端、大僧正（＝深覚）の御房《ごぼう》に送り奉る。気色《けしき》有るに依る。

頭弁（＝経任）来たる。明日の女叙位、早くすべきの由、関白、命《おおせ》有り。余答へて云はく「只、参らるるの早晩[267]に在るべし。」明日の請印《しょういん》等の司并びに位記等の事、各催仰《おのおのもよおしおお》すべきの由、[268] 大外記文義に仰す。上《しょう》・宰相《さいしょう》[269] 候ずべし。中納言（＝資平）、小臣（＝実資）と共に在るべし。彼、行なふべき歟《か》。[270]

十一日、己未。

▼a
絹一疋、紀法師に賜ふ。行幸の日、樋螺鈿剣《ひのらでんのたち》の後の帯取《おびとり》、[271] 抜けたり。此の法師に給ひて本《もと》の如くせしむ。今日持来《もちき》たる。仍りて給ふ所也。

今日、女叙位。位記請印《しょういん》（々記請印）の上《しょう》并びに宰相参るべき事、外記成経に仰す。内々、中納言（＝資平）に戒示《いましめしめ》す。[272]

▼b
師重朝臣、旧《もと》の如く政所《まんどころ》を知行せしむべき事、[273] 知道朝臣に仰す。

射場《いば》、矢数を進《たてまつ》る。[274] 五を過ぎず。

*1
今日、女叙位。仍りて参入す。〔申《さるの》一点。日猶《なお》高し。未終《ひつじのおわり》歟《か》。〕中納言、車後《くるまのしり》に乗る。諸卿参らず。右大弁

（＝経頼）、中宮（＝威子）に候ずる歟《か》。関白（＝頼通）参らるる歟《か》（×味）[275]。頭弁（×外弁）（＝経任）、女叙位の早晩を問ふ。答へて云はく「関白未だ参上せられず。彼の命に随ひて申文《もうしぶみ》[276]を撰ぶべし。」酉剋《とりのこく》、蔵人右中弁資通を以（以×）て関白の御消《しょう》息《そく》有り。仍りて殿上に参上す。関白、台盤所《だいばんどころ》[277]より殿上に来たる。良久《ややひさ》しく清談《せいだん》の次《ついで》[278]に、王氏爵《おうしのしゃく》の事有り。已《すで》に止《とど》めらる。其の事を問はるべき歟《か》。尤も然るべきの由を答ふ。蔵人頭隆国、両人[279]を召す。関白参入す。次いで余、御前《ごぜん》の円座《わろうだ》に着す[280]。次（×歟）いで申文等を下給《くだしたま》ふ[281]。関白、下官《げかん》（＝実資）に目《もく》す。而《しか》るに進給《すすみたま》はらず。御気色《みけしき》（×此気色）に依り[282]、関白進給《すすみたま》はりて復座す。〔申文等、御硯筥の蓋《ふた》（×遂）の上に在り。蓋乍《ふたなが》ら[283]に給はりて復座す。〕小臣《しょうしん》（＝実資）、男等を召し、硯・続紙《つぎがみ》等の事を仰す[284]。院宮の御給《ごきゅう》の名簿《みょうぶ》を取遣《とりつか》はすべきの由、関白に触る。次いで奏聞を経《ふ》。了りて男等を召す。蔵人左少弁経長参る。頭中将隆国朝臣を召すべきの由を仰す[285]。即ち参る。院宮の御給の名簿を取《とり》遣《つか》はすべきの由を仰す。此の間、関白、書くべきの人等を伝示《つたえしめ》（×不）す。両三を書くの間、御殿油《おおとなぶら》[286]を供ず。隆国朝臣、名簿を取進《とりたてまつ》る。「今、三所、此に従ふ[287]。」者《てへ》り。関白伝示《つたえしめ》さる。加階すべきの人々の中、年限慥《たしか》ならざるの人々[288]有り。頭弁（×外弁）を以て外記に問はしむ。彼（×復）の申すに随ひて書載《かきの》す。一々書き了りぬ。先づ関白に見しむ。次いで硯等を撤し、叙位簿《じょいのぼ》を以て硯の柳筥《やないばこ》に盛る。笏を指して柳筥を取り、御前に進みて之《これ》を奏す。笏を取り復座す。御覧了り、進給《すすみたま》はり、復座す。御気色《みけしき》を候ず。叙位文を笏に取副《とりそ》へて退下し、殿上に於《お》いて中納言資平に給ふ。内記申して云はく「位記に預かる下部《しもべ》[289]、触穢《しょくえ》の内[290]、位記の装束未見《みけん》[291]。」者《てへ》り。後日請印すべきの由[292]、之を仰せしめ了りぬ。下官退出す。〈戌《いぬの》一剋。〉

▼c

頭弁、南殿《なでん》に追来《おいき》たりて云はく「暫《しばら》く候ずべし。」者《てへ》り。仍りて左仗に候ず。即ち勅を伝へて云はく「式部卿親王（＝敦平）の進《たてまつ》る王氏爵の名簿《みょうぶ》[293]、世《せい》を注さず。只《ただ》、寛平《かんぴょう》（＝宇多天皇）の御後《おんのち》と注す。仍りて止《とど》め了りぬ。抑《そもそも》、寛平の御後の何人《なにびと》なる哉《や》。問はしむべし。」者《てへ》り。奏せしめて云はく「大外記文義を以て、問遣《といつか》はすべき歟《か》。如何《いかが》。」
仰せられて云はく「外記宜《よろ》しかるべし。明日、前例を尋ねて遣はすべき歟《か》。」前例を尋ねて明日申すべきの由、大外記文義に仰す。即ち退出す。

▼d 蔵人・昇殿せらると云々。(294)

*2 入夜《よにいり》、府生公武、手結《てつがい》を進《たてまつ》る。(295) 中将隆国・少将定良着行す。

十二日、庚申。

▼a 中納言(=資平)云はく「去夜、関白(=頼通)、清談(×請談)の次《ついで》に、下官《げかん》(=実資)の陳《の》ぶる所の事(296)を伝達《つたえたつ》す。是、讒《ざん》言《げん》(297)の如き事等也。報じて云はく『更に聞かざる事也。』亦《また》、下官(=実資)を疑はず。』其の間、多事にて、遑記《いそぎし》す能《あた》はず。(298)

*1 天暦七年、姓を改め臣(×従)と為《な》る者(299)を以て王氏爵《おうしのしゃく》の名簿《みょうぶ》(×多簿)に入る。仍りて親王(=元平)を召すに、病を申して参らず。外記傳説を遣はして問(×同)はしむ。文書に注さしめ、奏聞を経《ふ》。詳しくは『故殿御記《ことののぎょき》(=清慎公記)』に見ゆ。(300) 外記を以て遣はすべきの由、頭弁(×外弁)(=経任)を以て関白に申さしむ。報ぜられて云はく「前例に依《よ》り遣はすべき也。大外記文義、何事か有《あ》らむ乎《や》。(301)」者《てへ》り。天暦の例、六位外記《ろくいのげき》を遣はす歟《か》。五位・六位の間は分別せず。(302) 勘申すべきの由、文義朝臣に仰す。彼(×後)の申す趣を以て、重ねて関白に達し、遣はすべき也。前左衛門督(=兼隆)、為資朝臣を使《つか》はして消息有り。亦、実行朝臣を以て、来たるべきの消息有り。(303) 余、報じて云はく「更に過《よぎ》らるべからず。(304) 必ず事聞《ことのきこえ》有る歟《か》。(305) 関白第に参られて申さるべし。他の人に至りては益無《な》かるべし。」式部卿親王(=敦平)は

前左金吾《さきんご》(＝兼隆)の聟[306]也。仍りて経営《けいえい》する所歟《か》[307]。

十三日、辛酉。

▼a 右衛門督(＝経通)、清談の次《ついで》に云(云×)はく「去夕、御庚申《ごこうしん》[308]の事に依り、召《めし》に依り参入す。御斎会《ごさいえ》の間、便《びん》無かるべきの由、是《ぜ》とせらる[309]。」と云々。亦、斯《こ》の由を奏す。仍りて停止《ちょうじ》(×上)す。

▼b 季基、雑物《ぞうもつ》を進《たてまつ》る[310]。〔唐錦《からにしき》[311]一疋・唐綾《からあや》[312]二疋・絹二百疋・総鞦《ふさしりがい》の色革[313]百枚・紫革《むらさきがわ》[314]五十枚。〕

一昨日(□昨日)、右大弁経頼、内に候ずるの間、俄《にわか》に胸病《きょうびょう》を煩《わずら》ひ相扶《あいたす》けて退出す。今朝、一行《いちぎょう》を送るも報書無《な》し[315]。只、所労《しょろう》有りと称す。

＊1 真手結《まてつがい》[316]。垣下《えんが》の五位・六位を差遣《さしつか》はす[317]。将并《なら》びに射手《いて》(□手)の官人已下の禄[318]、例に依り之を遣はす。入夜《よにいり》、府生元武、手結を進《たてまつ》る。中将隆国・少将定良行なふ。

▼c 或《あるひと》云はく「配流の光清[319]、近江国の焼山[320]に於《お》いて群盗に剝《は》がる。使《し》左衛門府生ム《なにがし》[321]、同じく剝がる。」と云々。極めて奇事《あやしきこと》也。或《あるひと》云はく「大いに実無し。」と云々。

＊2 梨《なし》・棗《なつめ》・味煎《みせん》(×未煎)[322]・薯蕷《しょよ》(×署預)[323]、府(＝右近衛府)に給ふ。十四日の料なり[324]。

十四日、壬戌。

＊1 加賀守《かがのかみ》俊平、綿廿帖を進《たてまつ》る。

▼a 今日、八省に参らざるの由[325]、大外記文義朝臣に仰す。

▼b 王氏爵《おうしのしゃく》、寛平(＝宇多天皇)の御後《おんのち》と注すは何人なる哉《や》の事、不審に依りて止《とど》(×上)められ了りぬ。式部卿親王(＝敦平)に問ふべきの由、一夜《ひとよ》[326]、宣旨《せんじ》を奉《うけたま》はる。件《くだん》の事、前跡[327]を尋見《たずねみ》るに、天暦七年、姓を改め臣と為《な》る者を以て名簿《みょうぶ》を奏す。先づ親王(＝元平)を召遣《めしつか》はすに、病を申して参らず。仍りて権少外記傅説を以て親王に問遣《といつか》はし、彼の弁申《べんじもう》す所の旨を注取《しるしと》り[328]、親王に見しめ、奏聞を経《ふ》。彼の例に依りて、六位外記を差遣《さしつか》はし、親王(＝敦平)の申す所を注(注×)さしめて、奏聞を経《ふ》べき歟《か》。処分[329]に随ひて進止《しんじ》[330]すべきの由、頭弁(×外弁)(＝経任)を以て関白(＝頼通)に伝達《たえたつ》す。其の報に云はく「前例に依りて六位外記を差遣《さしつか》はすに、何事か有らむ乎《や》。近代、六位外記、殆《ほとほと》、首尾《しゅび》を忘るるに似る[331]。已に以て不覚なり[332]。仍りて万事、大夫外記《たゆうのげき》[333]に仰す。六位蔵人、不覚にて、一向[334]に蔵人頭を召仕《めしつか》へらる。此等に准《なずら》い思《おも》ふに、大外記を差遣《さしつか》はすも、亦、何事か有らむ乎《や》。六位外記の中、然《しか》るべきの者有らば、前例に任せて差遣《さしつか》はすも、亦、何事か有らむ乎《や》。左右《そう》、宜《よろ》しきに随ひて行なふべし[335]。」者《てへ》り。日次《ひなみ》[336]宜しからず。十七日、少外記相親を遣はすべし。相親(々々)は文章生《もんじょうしょう》[337]にして才学の聴《きこえ》有り。親王の弁申《べんじもう》す所を記すに、不足と謂《い》ふべからざる歟《か》。

十五日、癸亥。

▼a 延暦寺の巻数使《かんじゅ》(×奏数使[338])の僧に、疋絹(×之絹)を与ふ。

＊1 美作守資頼、綿衣《わたごろも》二領《りょう》[339]・単衣《ひとえ》[340]等を調送《みつぎおく》る[341]。

＊2 頭弁(＝経任)来たりて雑事を談ず。中納言(＝資平)、来たりて云はく「去夕の陣の儲《もうけ》、最も好し。就中《なかんずく》、今年の所々の饗、信濃梨《しなののなし》(信乃梨)無し。此の梨、尤《もっと》も優る。又、薯蕷粥《いもかゆ》(×署預粥[342])美《うま》し。」

十六日、甲子。

▼a 頭弁(＝経任)、禁色《きんじき》・雑袍《ざつぽう》の宣旨《せんじ》(343)を下給《くだしたま》ふ。今日参るべからざるの由、頭弁に示す。

＊1 為資朝臣云はく「去夜、堀河院の寝殿(344)の巽《たつみ》に火付き、撲滅《ぼくめつ》し畢りぬ。」極めて怖畏《ふい》すべし。

▼b 春宮大夫(＝頼宗)、内弁《ないべん》を奉《うけたま》はるべきの疑《うたがい》(345)有り。仍りて度々不審の事等を問はるること有り。書冊に注して答《こた》対《た》ふ。今日の次第、注送すべきの由、頭弁、内より示送《しめしおく》る。即ち笏紙《しゃくし》(346)を遣はす。

明日、少外記相親と共に参るべきの由、大外記文義朝臣に仰す。式部卿親王(＝敦平)の許《もと》に差遣《さしつか》はさむが為《ため》なり。

＊2 或《あるひと》云はく「前大弐《さきのだいに》惟憲、愁嘆極罔《しゅうたんきわまりな》し(347)。飲食、口味《こうみ》無し(348)。」関白(＝頼通)云はく「年已《すで》に七旬《ななしゅん》に臨《のぞ》む(349)。出家《しゅっけ》、尤《もっと》も宜《よろ》しかるべし(350)。」悪《にく》まるるの気《け》有り。若《も》しくは守宮神(351)、関白の心に入り、思はしむる所歟《か》。惟憲は貪欲の上、首尾《しゅび》を弁ぜざるの者也(352)。都督の間、行なふ所の非法、数万なりと云々。十八日に法師を殺す者也(353)。

▼c 春日祭使《かすがさいし》(354)の事、将監《しょうげん》扶宣を以て、頭中将(＝隆国)の許《もと》に示遣《しめしつか》はす。帰来《かえりき》たりて云はく「少将定良に示仰《しめしおお》す。定良(々々)云はく『中将良頼、巡に当たる。』者《てへ》れば、中将朝臣(＝良頼)に示遣《しめしつか》はし、事由《ことのよし》を申さしむべき所なり。」者《てへ》り。

＊3 今日の節会《せちえ》(355)、申剋許《さるのこくばかり》に列を引く(356)。左少将師成・経季遅参《ちさん》(357)す。勘事《かんじ》(358)に処せらると云々。

十七日、乙丑。

＊1 「祭使の事(359)、中将良頼は当府(＝右近衛府)の使、三ヶ度なり。少将定良は当府の使、未《いま》だ奉仕せず。然而《しかれども》、左府(＝

左近衛府）の使、一度奉仕す。彼の年[360]の冬祭の使なり。良頼は同年、夏祭の使為《た》り。定良に至りては、其の程近し。」者《てへ》り。定仰《さだめおお》せて云はく「良頼は当府の役、三ヶ度勤仕《ごんし》す。異論無《な》かるべし。」定良をして奉仕せしむべきの由、定め了りぬ。

＊2
頭中将（＝隆国）、扶宣を以て示送《しめしおく》りて云はく「昨《きのう》の開門の役[361]、兼ねて将監（×将曹）吉真に仰す。而るに遅参す。召《めし》勘《かんが》ふべきこと在り[362]。府（＝右近衛府）に遣はすべき歟《か》[363]。」者《てへ》り。余、答へて云（×丁）はく「陣に於《お》いて勘責《かんせき》すべし[364]。已《すで》に四等官《しとうかん》[365]に在り。府に遣はすは何法《いずれのほう》を行なふ乎《や》。」

将監扶宣申して云はく「少将定良申して云はく『祭使を奉仕すべし。』」者《てへ》り。

▼a
大外記文義・少外記相親参来《まいりき》たる。大外記文義を以て相親に伝仰《つたえおお》せしめて云はく[366]「式部卿親王（＝敦平）、王氏《おうしの》爵《しゃく》に良国王の名簿《みょうぶ》を奏す。事疑《ことのうたがい》無きに依り、叙位簿《じょいのぼ》に載せらる。而《しか》るに良国王、不実の聴《きこえ》有り。仍りて叙爵を止《とど》（止×）む。是《これ》（×文）、何人なる哉《や》。亦、件《くだん》の良国は其の身安《いず》くに在る乎《や》。」慥《たしか》に申さるべきの由、相親を差《つか》はして親王の許《もと》に遣仰《つかわしおお》す。但し親王申さるるの由、文書に注し、先づ親王に見しめ、奉るべきの由、之を仰せしむ。「須《すべから》く面して相親に仰すべし。而るに事趣《ことのおもむき》を失はざらむが為《ため》、殊に思慮し、文義を以て伝仰《つたえおお》する所也。証人の如きの事也。親王弁申《べんじもう》すの詞を記さしむるは、是、大暦七年の例也。時剋推移し、相親、文書に注し、式部卿親王弁申《べんじもう》すの旨を進《たてまつ》る。文義朝臣伝進《つたえたてまつ》る。相親申して云はく「先づ親王に見しむ。惟忠朝臣伝取《つたえと》りて見しむ。」

頭弁（＝経任）、伊勢国司（＝行貞）の召進《めしたてまつ》る正輔（々々々）の申す証人八人の解文《げぶみ》[367]を持来《もちき》たる。奏すべきの由を示仰《しめしおお》す。「斎宮助《さいぐうのすけ》ム《なにがし》、召上《めしあ》げしむべし。」者《てへ》り。即ち証人と宣下する也[368]。

▼b
『小右記』書下し文

少外記相親注進《ちゅうしん》[369]して云はく、
宣旨《せんじ》に云はく「式部卿親王、大内《おおうち》[370]に須《すべから》く其の召《めし》有るべき也。然而《しかれども》、召に至りては停止す。但し王氏爵の中《もうし》文《ぶみ》に挙申《きょしもう》さるる所の良国王、不分明に依りて、叙位議に入ると雖《いえど》も除留《のぞきとど》め了りぬ。是(×文)、誰人乎《か》。又、其の身は候ずる乎《か》。」親王申されて云はく「宣旨、謹みて以て奉《うけたま》はり了りぬ。年来(年×)王氏爵を挙申《きょしもう》すの間、委曲《いきょく》[371]に其の門を尋申《たずねもう》す所也。而るに去年の冬より、所労に候《さぶら》ふの上、前大弐惟憲卿の消息に依りて、事疑《ことのうたがい》を置かず、挙申《きょしもう》す所也。但し其の身に至りては、偏《ひとえ》に彼の伝に就く。伝知《つたえし》らず。」者《てへ》り。

長元四年正月十七日　少外記文室相親

頭中将に付し了りぬ。

*3
中納言(=資平)来たりて云はく「昨日の内弁《ないべん》(内×)春宮大夫(=頼宗)[372]、思外《おもいのほか》に失《しつ》無き也。」春宮大夫、為資朝臣を以て消息して云はく「昨の内弁の奉仕、殊失《ことなるしつ》無しと存ず。是、只汝《ただなんじ》の恩也[373]。中納言、申す所有る哉《か》[374]。中将(=兼頼)も人に褒《ほ》めらる。汝、教喩に依り、其の流[375]に依り、内弁の失を致さず。何事か之《これ》に如《し》かむ。斉信卿参入す。仍りて事由《ことのよし》を奏せしむ[376]。仰せて云はく『同じ大納言なり。先に承はるの人、奉仕すべし。』者《てへ》り。仍りて斉信退出す。」

十八日、丙寅。

▼a
今日の賭射《のりゆみ》、障《さわり》を申して参らず。昨日洩奏《もらしそう》するの由[377]、今朝、頭弁(=経任)の消息有り。巳時許《みのときばかり》に来たりて云はく「昨《きのう》、即ち関白第に参り、式部卿(=敦平)の申す旨・伊勢国の解《げ》の事等を申さしむ。命じて云はく『明後日に至るまで堅固《けんご》の物忌《ものいみ》[378]なり。此の間を過ごして文書を見るべし。重事に依りて伝聞《つたえき》くべからず。』」者《てへ》り。

＊1 午時許《うまのときばかり》より雨降る。賭弓《のりゆみ》、聞食《きこしめ》し難《がた》き歟《か》。(379)案内《あない》を頭弁に問遣《といつか》はす。報状に云はく「賭弓の事、明日行なはるべし。」者《てへ》り。「抑《そもそも》、賭弓延引の時、(380)若《も》しくは上卿《しょうけい》に仰せらるる歟《か》。将《はた》、(381)仰(仰×)せられざる歟《か》。如何。又、上卿に仰せらるべくも、上卿(々々)参内せざらば、如何。賭弓延引すれども、参議一人、射礼《じゃらい》の射遺《いのこし》の所(382)に指遣《さしつか》はすの由、『邑上御記《むらかみぎょき》(＝村上御記(383))』に見ゆ。近代の例(384)は如何《いかが》。案内を承《うけたま》はらむと欲す。」者《てへ》り。余報じて云はく「射遺の宰相の事、然《しか》るべし。賭射延引の事、上卿に仰せらるるの例なり。近代、仰せられずと云々。違失《いしつ》と謂ふべし。延引の事、内々に将等、告ぐる所也。所司同じ。〔所司〕然而《しかれども》、上卿、宣旨《せんじ》を奉《うけたま》はりて仰下《おおせくだ》すの例也。上卿候ぜざらば、密々《ひそひそ》に相親を上卿に示遣《しめしつか》はし、上卿(々々)、外記を召して下す歟《か》。」黄昏、府生延頼申して云はく「賭射、雨に依りて延引す。明日行なはるべし。」者《てへ》り。

十九日、丁卯。

▼a 外記政始《げきのまつりごとはじめ》。(385)

＊1 頭弁(＝経任)、宣旨《せんじ》を持来《もちき》たる。「今日、賭射を行なはる。(386)」参入すべからざるの由、便《すなわ》ち頭弁に含む。頭弁(々々)云はく「昨日、左将軍(＝教通)参入すべきの御消息有り。今日参入せらるる歟《か》。」又、云はく「昨日、右宰相中将(＝兼経)参入し、射遺《いのこし》の事を仰す。」者《てへ》り。

▼b 一日《いちじつ》の勘事《かんじ》の近衛次将《じしょう》(＝師成・経季(387))、今日免ぜらると云々。

賭射左勝つ。〔一・二度は右勝ち、三・四・五度は左勝つ。〕

▼c 今夜、小一条院(＝敦明親王)の一宮(＝敦貞)、修理大夫済政の女と嫁す。

廿日、戊辰。

右衛門督(=経通)来たりて云はく「賭射《のりゆみ》の狼藉《ろうぜき》、極《きわまり》無し。諸卿多く以て退下す。」

*1 人々云はく「十六日夜の月食《げっしょく》、暦家《れきけ》注付《ちゅうふ》(×経付)せず(388)。奇とすべき事也。」

廿一日、己巳。

玄蕃允《げんばのじょう》守孝・帯刀長《たちわきのおさ》資経等に、絹〈各五疋〉を給ふ。頼り無き由(389)と云々。仍りて給ふ所なり。

▼a 頭弁(=経任)、伊勢国司(=行貞)の進《たてまつ》る致経の申す証人八人の解文《げぶみ》を持来《もちき》たる。即ち奏せしむ。小時《しばらくありて》、伝仰《つたえおお》せて云はく(390)「検非違使《けびいし》に給ひて問はしむべし。但し正輔、未だ証人を進らず。彼の進るの後、各《おのおの》の申す所に若《も》し相違有《あ》るの時は、拷訊《ごうじん》(×許)(391)せしむべし。」者《てへ》り。同弁に仰下《おおせくだ》し了りぬ。

中納言(=資平)、内より退出して云はく「今日、早衙《そうが》す(392)。了りて関白第に参り、謁《えっ》し奉る。『明日・明後日、参衙(393)すべし。国司申す所有り(394)。又、除目《じもく》(395)は廿五日、彼の日も亦、参衙《さんが》すべし。』者《てへ》り。資高・経季の侍中《じちゅう》の事(396)、関白(=頼通)に申す。復《また》、報じて云はく(397)『相定《あいさだ》むべき事也。其の間に申すべし。』」者《てへ》り。

▼b 内舎人《うどねり》高階為時、将監《しょうげん》を請ふべき事(398)、案内を達せしむ。先年、国永を請申《こいもう》す(399)。又、重ねて申請するは如何《いかが》。此の間の事、案内《あない》を達する所なり。報じて云はく「大将の労久《ひさ》し。重ねて申請せらるること何事か有らむ哉《や》。」者《てへ》り。

廿二日、庚午。

＊1 禁色《きんじき》・雑袍《ざつぽう》の宣旨《せんじ》(400)、弾正少忠《だんじょうのしょうちゅう》貞親に給ふ。

▼a 頭弁(=経任)、伊勢国司(=行貞)の召進《めしたてまつ》る正輔方の証人三人の解文を持来《もちき》たる。奏せしむ。頭中将隆国来たる。宣旨を伝下《つたえくだ》す(401)。〔下野守《しもつけのかみ》善政(善×)の解文、定むべし。〕亦、賭射《のりゆみ》の事を談ず。

▼b 土佐守《とさのかみ》頼友申さしめて云はく「一昨日、入京す。」者《てへ》り。当年の封の解文を(402)進《たてまつ》る。臨夜《りんや》(403)、頭弁来たりて云はく「正輔の進《たてまつ》る証人等、検非違使《けびいし》に下給《くだしたま》ひて問はしむべし。」者《てへ》り。即ち宣下す。件《くだん》の正輔・致経(×給)等進る所の証人、証人と謂ふべからざる歟《か》。皆是《みなこれ》、従者・近親なりと云々。申す所慥《たし》かならざれば、各《おのおの》拷掠《ごうりょう》(404)を加ふべき歟《か》。宣旨一枚、頭弁(×外弁)に下す。是、今日、頭中将下す所の(×了)下野国司申請する事、只(×云)、前例を続《つ》がしむ(405)。

廿三日、辛未。

＊1 悲田《ひでん》に施行《せぎょう》す(406)。〔米五斗、塩一斗。〕病者の数少なしと云々。

＊2 去夜(×未夜)、北の保《ほ》(407)、夜行《やこう》する者(408)、嫌疑者二人を搦捕《からめと》ふ。即ち刀禰《とね》(409)等、検非違使《けびいし》守良に付す。是、因幡《いなば》国の夫《ふ》と云々。此の間、春日小道南辺《あたり》室町西辺の小人の宅の屋上に裸火《らか》置《すてお》く(410)。燃出《もえい》づるの間に捕ふる所也。彼の保刀《ほと》禰《ね》を召す。能《よ》く夜行の事を勤むるの由を召仰《めしおお》す。弥《いよいよ》、事勤《ことのつとめ》を励まさしめむが為《ため》なり。(411)去夜、夜行(々行)する者六人に信濃布《しなののぬの》を給ふ。

廿四日、壬申。

*1 悲田の病人、寒苦殊《こと》に〔基〕甚《はなは》だしと云々。仍りて炭を給はしむ。喜悦尤《もっと》も深しと云々。

廿五日、癸酉。

*1 春宮大夫（＝頼宗）、甘苔《あまのり》(411)を要すと云々。中将（＝兼頼）少々送ると云々。余、随身延武を以て一折櫃《おりびつ》(412)を送る。疋絹を与ふ(413)。

*2 当季の修法《しゅほう》(414)。〔不動息災法《ふどうそくさいほう》(415)。堂（＝念誦堂）(416)に於《お》いて之を行《ぎょう》ず。阿闍梨《あじゃり》(417)久円。伴僧《ばんそう》(418)四口。〕

当季の聖天供《しょうてんぐ》(419)。

祇園《ぎおん》（祇薗）、心経《しんぎょう》并びに仁王経《にんのうきょう》(420)読経。

西町(421)に於《お》いて刀禰《とね》に仰せて仁王講を修せしむ。信濃布（信乃布）七端・石米《こくまい》(422)を給ふ。

諷誦《ふじゅ》を東寺に修す。

*3 頭弁（＝経任）来たる。給《きゅう》の申文《もうしぶみ》(423)并びに三条宮御給《ごきゅう》の文(424)等を付す。亦、人々の申文等(425)を付す。即ち帰来《かえりき》たる。関白（＝頼通）の御消息を伝へて云はく「将監を請申《こいもう》さるる文、早く奏すべし。」者《てへ》り。是、内応の事有る也。先年、請《こい》申《もう》す事、重畳《ちょうじょう》(426)なりと雖も、年紀久しく隔つ。仍りて申請する所なり。〔内舎人《うどねり》正六位上高階朝臣為時。〕又、云はく「風病(427)発動し、如今《じょこん》(428)参り難かるべし。午時《うまのとき》に及ぶも、猶、従事せざるがごとくば、参入すべからず。且《かつ》(429)は此の由を以て下官《げかん》（＝実資）に示すべし。」報じて云はく「御心地《おんここち》(430)、尋常に復し給はずば、更に参り給ふべからず。二・三月に行なはるるの例有り。」亦、帰来《かえりき》たりて云はく「来月、陣の物忌(431)并びに神事相《あい》連なる。今日、参入に堪へずば、明日始行せられよ。廿八日国忌《こき》(432)なり。廿九日に行なはるるが宜《よろ》しかるべき歟《か》。」者《てへ》り。尤も宜しかるべきの由を報

答す。「但し今日午時許《うまのときばかり》に宜しくば参るべし。然らずば参るべからず。」者《てへ》れば、「其の程に参会《さんかい》すべし。(433)」者《てへ》り。中納言(=資平)来たりて云はく「只今衙政《がせい》(434)に参るべし(可×)。」余云はく「先づ高陽院《かやのいん》(=頼通第)(435)に参り、余の消息を以て、除目《じもく》の延不を申さしむべし。」者《てへ》(×着)り。報じて云はく「書札《しょさつ》(436)に注して馳送《はせおく》るべし。」者《てへ》り。随身延武に相《あい》副へて之を送る。〔延武送之〕延武の持来《もちき》たる書状に云はく「除目は明日に改定す。(437)風病堪へ難し。今日は参らず。」者《てへ》り。

▼a 堂(=念誦堂)に参りて塔(438)を拝し奉る。三匝《めぐり》。吉日なるに依りてなり。

▼b 晩景、大外記文義来たりて云はく「両度、高陽院《かやのいん》に参る。今日、風病発《おこ》るに依りて参らず。夜間、相扶《あいたす》(扶×)け、若《も》し宜しくば明日参内し、召仰《めしおおせ》の事を宣下すべし。」者《てへ》り。筆一双・墨一廷、文義に給ふ。硯筥に納めしむ(×今)が為なり。

臨昏(×晩昏)、中納言来たりて云はく「高陽院に参る。消息の状の如し。」

権中納言定頼来たる。相逢《あい》ひて清談す。

早朝、左中弁経輔来たりて云はく「隠岐守《おきのかみ》道成の解由《げゆ》(439)、抑留の事、昨日の示《しめし》に依り、是非《ぜひ》を論ぜず許し上《たてまつ》り了りぬ。」者《てへ》り。相逢はず。

*4 晴陰不定。極寒々々、春気に背き了りぬ。

▼c 小女(=千古)、冬季の聖天供《しょうてんぐ》(440)始。師は延政なり。

廿六日、甲戌。

*1 今日の除目《じもく》の案内《あない》、伊予守章信に問遣《といつか》はす。示送《しめしおく》りて云はく「関白(=頼通)聞《きこし》めされて云はく『相扶け、巳《み》・

午剋許《うまのこくばかり》に参入すべし。』」者《てへ》り。其の後、頭弁(＝経任)来たる。除目の事を問ふ。「未だ関白第に参らず。」者《てへ》り。人々の申文を付す。弁(＝経任)云はく「正輔方の証人(人×)二人、国司(＝行貞)召進《めしたてまつ》る。」奏すべきの由を示(×不)す。明任朝臣、二月の除目の例、勘申すべきの由、(441)大外記文義に召仰《めしおお》せらるるの事、若《も》し実有《あ》らば定まらざる歟《か》。重ねて伊予守(伊与守)の許《もと》に問遣《といつか》はす。報状に云はく「関白曰はく『案内、頭弁を以て申さしめ了りぬ』」者《てへ》り。即ち頭弁来たりて御消息を伝へて云はく「心神、猶《なお》悩み、参入すべからず。来月の朔《ついたちころ》比に宜《よろ》しき日々有《あ》らば、彼《か》の間、行なはるべき歟《か》。五日宜《よろ》しき日也。但し彼の間(×被門)、春日祭使の発遣并びに祭日に当たるは如何《いかが》。」余云はく「廃務《はいむ》(442)の日に非《あら》ず。行なはるべき歟《か》。今日延引の事、下司《げし》(443)に触れ、相続《あいつづ》きて奏すべし。(444)」者《てへ》り。又、云はく(445)「正輔方の証人、同じく法に任せて問ふべし。」者《てへ》り。即ち宣下す。

*2 又、云はく(446)「大和守《やまとのかみ》頼親、日記(447)の内の下手《げしゅ》の五位(448)を進《たてまつ》る。候《こう》ずべきの処(449)、如何《いかが》。」「事由《ことのよし》を関白に申さば、定《さだめ》下《くだ》さるること有らむ歟《か》。但し五位は左衛門府の射場《いば》(450)に候ずるの例也。」臨昏、来たりて云はく「頼親の進《たてまつ》る下手の五位は、左衛門府の射場に候ぜしむべし。今(×令)四人の下手の者、(451)慥《たしか》に彼等を召進《めしたてまつ》らしむべし。召進らざれば免ずべからざるの由、関白の命有り。」者《てへ》り。宣下し訖《おわ》りぬ。

両納言(＝経通・資平)来たりて雑事を談ず。三位中将《さんみのちゅうじょう》(＝兼頼)云はく「関白、中将(＝兼頼)を以て使と為《な》して、女院(＝彰子)に奉《たてまつ》らる。所悩の事を申さる。今日は昨日に倍して悩苦の気有り。吟《うめ》き給ふの声有り。」者《てへ》り。

*3 大外記文義云はく「春日祭の日、除目を行なふの例有《あ》らむ哉《や》。勘申すべきの由、関白の御尋《おたずね》有り。前例を勘ふるに所見無し。但し大原野《おおはらの》(452)祭の日、除目を召し給ふの例有り。其の例を注進(注進)し訖りぬ。」者《てへ》り。春日・大原野祭、是、同じ神の祭也。亦、廃務すること無し。

廿七日、乙亥。

▼a 中納言（＝資平）云はく「関白第に参る。左金吾将軍（＝師房）を以て御風の事を申さしむ。命を報じて云はく『朝間《あさま》、頗《すこぶ》る宜《よろ》し[453]。今の間、甚《はなは》だ悩まし。』者《てへ》り。金吾、密《ひそかにかた》語りて云はく『偏《ひとえ》に御風に非《あら》ざる歟《か》[454]。』」中将（＝兼頼）、臨昏に高陽院《かやのいん》（＝頼通第）より来たりて云はく「風病、宜しきに似る。」

*1 入夜《よにいり》、関白（＝頼通）、為弘朝臣を差《つか》はして、興福寺の怪の占方《うらかた》[455]を送らる。寺の上司[456]并びに氏長者《うじのちょうじゃ》（＝頼通）[457]、及び寅・申・巳・亥年の人、病事有る歟《か》。怪の日以後、廿五日の内、及び来たる四月・七月・十月の節中の、並びに丙・丁の日也。〔今月廿三日巳時、興福寺食堂《じきどう》の棟の上に集まる白鷺《しらさぎ》の怪。〕

廿八日、丙子。

*1 早旦[458]、犬、片足（足×）無き児[459]を咋入《くいい》（×咋入）る。五体不具《ごたいふぐ》[460]に依り、七ヶ日の穢と為《な》すべき歟《か》。前例を尋ぬべし。中納言（＝資平）示送《しめしおく》りて云はく「絹十疋、要用有り。」者《てへ》り。送らむと欲するの間に穢有り。仍りて先づ事由《ことのよし》を示遣《しめしつか》はす。「物の直《あたい》[461]に充つべし。」者《てへ》り。

*2 穢の長短[462]、古昔の定《さだめ》、或《あるい》は五体不具都《すべ》て穢と為《な》し、或は穢と為《な》すの由を定めらる。仍りて一定《いちじょう》[463]し難《がた》し。頭弁（＝経任）を呼びて、此の旨を含みて、関白（＝頼通）に達せしむ。彼の定《さだめ》に依るべし。無止《やんごとな》き神事、此の間太《はなは》だ多し[464]。大外記文義朝臣を召遣《めしつか》はし、五体不具穢の事を問ふ。申して云はく「其の定《さだめ》同じからず。尚、五体不具を以て、卅日の穢[465]と為《な》さず。」者《てへ》り。

入夜《よにいり》、中納言来たる。地上。(466)頭弁来たりて云はく「穢の事、関白に申す。聞《きこし》めされて云はく『之《これ》を承《うけたま》はる。前例を尋見《たずねみ》て申すべし。亦、尋検《たずねけん》ぜられ案内を承はるべし。此の物忌を過ごして、亦、聞《ぶん》すべし。』」者《てへ》り。

廿九日、丁丑。

*1　須《すべから》く恒例の講演(467)を修すべし。而《しか》るに穢有るに依りて講説する能《あた》はず。来月の神事以後、吉日を択《えら》びて講じ奉るべき也。

『小右記』長元四年正月　註釈

（1）**四方拝《しほうはい》**　四方拝は本来、天皇が元日の寅刻に清涼殿《せいりょうでん》東庭《とうてい》（内裏図b3）において属星・天地四方・山陵を拝して災難に遭わないことを祈る行事であるが、摂関期には貴族の間でも行なわれるようになった。

これは実資個人の四方拝であり、自邸（小野宮《おののみや》邸）の前庭に座を設け、束帯《そくたい》を着して行なわれた。その初見は『小右記』永延元年（九八七）正月一日条にある、

寅時許束帯、拝二天地四方・属星及墓所一、〔拝二属星一座、拝二天地四方一座、拝二墓所一座、始レ自二今年一所レ拝也、〕

で、この年（三十一歳、正四位下左中将）から始められた。第一の座で拝す属星は北斗七星の中の星で、実資の場合は巳年（天徳元年〈九五七〉＝丁巳）生まれであるので、武曲星（字《あざな》は賓大恵子）となる。墓所は木幡《こはた》を指すか。尚、『江家次第』（巻一・正月甲・四方拝事）に、

庶人儀、〈卯時前庭敷レ座云々、〉

北向拝二属星一、向レ乾拝レ天、向レ坤拝レ地、次四方、〔自レ子終レ酉、〕次大将軍・天一・太白、以上再拝、〔太白一日・十一日・二十一日必在レ東、〕次氏神〔両段再拝、〕・竈神、可レ加二先聖・先師〔再拝、〕・墳墓一、〔両段再拝、〕

とあるように、天地・四方の後で大将軍などの陰陽道（暦）の神や氏神などが拝されることもあった。

（2）**十斎《じっさい》大般若《だいはんにゃ》読経《どきょう》始《はじめ》**　十斎日の分の修善として大般若《だいはんにゃ》経《きょう》を僧侶に読ませる儀の開始。斎日とは、在家の人が一定の日に八斎戒《はっさいかい》を守り、心身を慎み、行為を反省し、善事を行なう精進日《しょうじんび》。「十斎日」は、八日・十四日・十五日・廿三日・廿九日・卅日の六斎日に、朔日・十八日・廿四日・廿八日を加えた十日。「大般若経」は、般若経典群が集大成された『大般若波羅蜜多経《だいはんにゃはらみたきょう》』のこと。玄奘《げんじょう》の最晩年に漢訳され、全六百巻、字数は約五百万字あり、すべての仏典の中で最大。これを読誦して国家安寧・除災招福を祈る国家的な大般若会があり、日本でも大宝三年（七〇三）以降催された。また、平安前期に宮中の仏事として定着した季御読経《きのみどきょう》（→二月註50）や貴族の私的仏事でも大般若経が読まれた。

実資の私的な仏事としての十斎日大般若経読経は、寛弘八年（一〇一一）七月一日条を初見として正月・四月・七月・十月の朔日に発願することを原則として行なわれている。万寿二年（一〇二五）七月十日条などから自邸（小野宮邸）で行なわれていたと考えられるが、この長元四年冬から比叡山の良円（実資の実子）房に移される。七月一日条▼a・九月廿八日条＊2、長元五年十二月十四日条など参照。

(3) **東北院大般若読経始《はじめ》** 東北院は、実資の祖父(養父)実頼が建立した法性寺東北院。法成寺東北院(→二月註201)とは別。
実資の私的な仏事としての東北院大般若経読経は、寛仁年間(一〇一七～一〇二一)から元日に行なう作善として始められたと考えられる(寛仁三年十二月廿九日条など参照)。

(4) **諸寺の御明《みあかし》** 年頭の行事として諸寺に燈明《とうみょう》を捧げること。「御明」は「みあかり」とも。初見記事である長元二年(一〇二九)正月一日条には「寺々御明如レ例、石塔、毎月拝(朔カ)日善、」と記されており、寛仁元年(一〇一七)に始められた毎月朔日の石塔造立供養も行なわれた可能性がある。

(5) **平緒《ひらお》を満《み》たす者《もの》** 実資のために平緒の唐組《からぐみ》を組み上げた者。「平緒」とは、束帯《そくたい》着用時に佩用《はいよう》する太刀の紐《ひも》。腰から袴の上に垂らす。幅広で平打ちの組緒《くみお》(長さ約二六〇～三〇〇センチ、幅約九センチ)で、貞観十六年(八七四)九月十四日の制により、五位以上は唐組、六位以下は綺《かんばた》・新羅組を用いるとされた(『日本三代実録』)。正二位の実資が用いる唐組は、二本の糸を一組として綟《もじ》られ、山形または菱形を一単位に組み、それを縦横に連続させた紐。また、平緒の色は、使用者の年齢、太刀・帯取の緒や手貫《てぬき》の緒の染韋《そめかわ》の色などに合わせることになっていた。「致光」は、平緒を満たしたことにより絹三疋《ひき》が与えられているが、前肥後守藤原致光とは別人か。「疋」は「匹」とも書く。布帛、特に絹織物の長さの単位で、『賦役令』(調絹絁条)で調絹は、長さ五丈一尺(約一五メートル)、広さ二尺二寸(約六五センチ)とするが、『延喜式』(巻二四・主計寮上・諸国調条)には「絹・絁、(両面已下各長六丈、広一尺九寸、)広絹、(長四丈五尺六寸、広二尺五寸、)」「長絹、(長七丈五尺、広一尺九寸、)」とある。同時に「漆工公忠」も絹一疋を賜わっていることから、実資は七十五歳となるこの年の正月の儀式用に太刀を修繕ないしは新調し、その平緒と鞘《さや》(恐らく漆《うるし》の塗《ぬり》鞘《ざや》)を完成させた者へ禄を与えたと考えられる。尚、この部分について古記録本・大成本では「絹三疋給満平、緒(ママ)者〈致光〉、」とするが、改めた。

(6) **漆工《しっこう》公忠** 「漆工」は、漆塗りの職人。塗りもの師。漆匠。三月八日条▼bに、大蔵卿藤原通任の従者とある。

(7) **糸十絇《く》** 三河守藤原保相が実資に対して行なった正月の貢物としての糸。「絇」は糸の重さの重量で、令では十六両を一絇とする。

(8) **拝礼を致す** 藤原資平が養父である実資に対して家礼《かれい》としての拝礼を行なった。資平はその直後に内裏へ参入した。

関白家の拝礼については、『左経記』同日条※1参照。

（9）**下官《げかん》**（＝実資） 自分のことを謙《へりくだ》って言う。小臣。
ここでは記主実資のこと。

（10）**先是《これよりさき》** 前に記述したことよりも先に起こったことを記す。時間的にこれより前に、という意味。「先此」とも。
実資は東宮傅《とうぐうふ》であり、陣座に行く前に、凝華舎《ぎょうかしゃ》（内裏図a2）にいる東宮敦良親王のもとを訪れ、小朝拝には参加せず、資高に様子を見させている。

（11）**小朝拝《こちょうばい》** 関白以下昇殿《しょうでん》（→註119）を許された者が天皇を拝する行事。清涼殿東庭で行なわれる。朝賀《ちょうが》は大極《だいごく》殿《でん》（大内裏図C34）に文武百官の全てが参列する公式の礼であるのに対し、小朝拝は殿上人以上が参列する私的な礼である。『蔵人式』に見え、宇多天皇以前に成立していた行事とわかる。醍醐天皇の勅により延喜五年（九〇五）に廃されたが、臣下の切なる申請から同十九年に復活した。以後、朝賀が次第に行なわれなくなり、一条天皇以後は小朝拝のみ行なわれるようになった。
この日、御薬《みくすり》を供した後、元日節会以前に小朝拝があった。『左経記』同日条▽a※2参照。

（12）**者り《てへ》** 会話などの引用の終わりを示す。「といへ《え》り」の略で、文末では「てへ《え》り」、文中では「てへ《え》れば」と訓み慣わす。

（13）**東宮の侍臣《じしん》** 東宮殿上を許されるなど、東宮のそばに仕える者。「侍臣」とは、君主などのそばに仕える家臣。そばづとめ。近侍。古くは「ししん」とも。

（14）**経営《けいえい》** 「けいめい」とも訓む。①全力をあげて営むこと。②急ぐこと。慌てること。忙しいこと。怱忙。周章。③忙しく奔走すること。④忙しく世話すること。
ここでは②の意味で、東宮の侍臣が食事をしていたところに実資の参入を知り、慌てて下りたということ。

（15）**頃之《しばらくありて》** 前に記述したことから少々時間が経過していることを示す。それから暫くたってから、という意味。「暫之」「少時」「小時」「少選」「小選」とも書く。

（16）**陣頭《じんとう》** 陣座《じんのざ》に同じ。仗座《じょうのざ》。仗頭《じょうとう》。左仗座。左近衛陣のこと。もと宜陽殿西廂にあったが、紫宸殿《ししんでん》東北廊（内裏図d4）に移された。本来は近衛の詰所であったが、節会（→註54）などの儀式で公卿が列座する所としても使用された。また、ここで公卿が行なう国政の審議を陣《じんの》定《さだめ》（→八月註215）といった。
実資は、元日節会に参列するため東宮から陣座に移ったが、その際、大臣であるので奥座《おくのざ》に着した。『左経記』同日条※2参照。

（17）**年首《ねんしゅ》を思ふに縁《よ》りて、敷政門《ふせいもん》より参る** 「年首」は、一年のはじめ。年始、年頭。陣座への通常の参入は化徳門(内裏図d3)経由だが、実資は年始を理由に敷政門(d3)経由とした。「敷政門」は宜陽殿《ぎようでん》(d4)と綾綺殿《りようきでん》(d3)の間にあり、陣座と至近であったが、着陣の時などにこの門を通れるのは大臣のみであるとの議論もなされるなど(『左経記』長元元年五月五日条)、特別な門として意識されていた。『左経記』同日条▽aに、関白頼通も敷政門から陣座に参入して外座に着いたとある。

(18) **或《あるい》は着座《ちやくざ》、或は佇立《ちよりつ》**　ある者は座り、ある者は立っていた。「佇立」は、しばらくの間、立ち止まっていること。

(19) **内弁《ないべん》**　承明門《しようめいもん》(内裏図c5)内で節会などの重要儀式の進行を主導する首席の公卿(上卿《しようけい》)。大極殿《だいごくでん》(大内裏図C3)の儀式では会昌門《かいしようもん》内で執行する。これに対し、外弁《げべん》(→註25)は承明門外で奉行する。

内弁は首席の大臣を原則とするが、摂政・関白・太政大臣は勤めず、また天皇の仰《おおせ》により大納言が勤めることもあった。元日節会《がんじつのせちえ》の内弁について、大納言時代の実資も、長和二年(一〇一三)に途中より藤原道長から代わったり、道長が摂政となった後の寛仁元年(一〇一七)に勤めたりしている。また、右大臣となった後の治安三年(一〇二三)・万寿元年(一〇二四)・同四年・長元二年(一〇二九)に内弁を勤めた時の儀は『小右記』に詳しく記されている。しかし『日本紀略』長元三年十一月十九日条に、

節会、今日右大臣《実資》不㆑就㆓行列㆒直可㆓昇殿㆒之由被㆑下㆓宣旨㆒、

とあり、『江次第鈔』(第一・正月)に「自㆑腋着㆓奥座㆒長元三年例也」として、

長元三年十一月十九日土記曰、内弁内大臣(藤原教通)、右大臣雖㆓参入㆒依㆘去十六日有㆘可㆓自㆑腋参上㆒宣旨㆖、内大臣所㆓承行㆒也、諸卿着座了、右大臣上㆑殿就㆓南面座㆒、件大臣留㆑陣之間、留㆓大蔵卿藤原朝臣(通任)㆒、先例如㆑此時、留㆓参議一人㆒云々、御箸下右大臣退出、

とあるように、前年の豊明《とよのあかり》節会から諸卿の列に加わらずに直接紫宸殿《ししんでん》の座に着くことが認められ、これにより内弁を奉仕することもなくなったと考えられる。この「免列宣旨(自㆑腋参上宣旨)」については、七日条▼b・註201も参照。

(20) **仰《おお》す**　上位者が下位者に言う。言いつける。命令する。ここでは、頭弁が「内弁を勤めよ」という天皇の仰《おおせ》(詞)を内大臣に伝えたので、上位者が下位者に命令する「仰す」という表現をとる。

(21) **起座して南に着す**　元日節会《がんじつのせちえ》の内弁を仰せつかった教通が、陣座の南(外座《そとのざ》)に移動した。『左経記』同日条※2参照。

教通が内弁を勤めるのは初めてで、以下、実資に作法を尋ねたことや儀式における失態などが記されている。

(22) **所司奏《しょしのそう》**　諸司奏とも。令制の諸司(役所)から天皇への奏上。元日節会では、中務《なかつかさ》省陰陽《おんよう》寮の御暦奏《ごりゃくのそう》や宮内省の氷様奏《ひのためしのそう》・腹赤奏《はらかのそう》などが、天皇が紫宸殿に出御してから諸卿が南庭に列立するまでの間に奏上されることになっていた。『西宮記』『北山抄』など参照。

(23) **臨昏《りんこん》**　黄昏《たそがれ》時に臨んで。夕方近くになって。「昏に臨《のぞ》む」とも読むか。「臨暗《りんあん》」(→二月註67)と同じか。

『北山抄』(巻一・年中要抄上・正月・同日〈元日〉宴会事)の氷様奏・腹赤奏の儀についての割注に「日晩時、件等奏、出御以前、令レ奏二事由一、就二内侍所一云々、」とあるように、日暮に儀が始まる場合、所司奏の儀は略されて内侍所に付されるのが例であった。

(24) **請詞《こうことば》**　所司奏を内侍所に付すことについて、天皇の許可を得る時の言葉、という意味か。「しょうし」または「こひ《い》のことば」と訓むか。

ここでは内弁を勤める教通が儀式に疎く不安に思ったことに対し、実資が請詞など必要なことはその都度教えると言って安心させている。『小右記』治安三年(一〇二三)正月一日条に「以二右《(左)》頭中将朝任《(源)》一令レ奏下御暦奏可レ付二内侍所一之事上、依二日書《(暮カ)》一也、被レ仰二依レ請由一」とあるように、奏上してから天皇の「請に依れ」という詞を受けることになっていた。この時、実資は陣座の奥座にいた。『左経記』同日条※2参照。

(25) **諸卿《しょきょう》、外弁《げべん》に出《い》づ**　陣座にいた公卿たちが、節会に参列するため承明門外(内裏図L5)に出て行った。「外弁」は、①承明門外で儀式を取り仕切る公卿(内弁の対)。②それを行なう場所。ここではその承明門外を指す。

『西宮記』(恒例第一・正月・節会)に、

天皇御二南殿一、(注略)近衛陣二階下一、(注略)天皇出御、〔着レ靴、近仗称二警蹕一、内侍置二御剣・筥等於東机上一〕内弁着二兀子一、〔在二宜陽殿間一、(略)〕王卿着二外弁一、〔入二鳥曹司東戸一、着レ靴出二南戸一、登レ自二南仮階一、有二二階一、西親王・大臣登、東納言已下登、ト時共用二西階一、近代無二仮階一、上下用二東階一、(略)〕

とあるように、元日節会は天皇が紫宸殿(南殿)に出御することで始まり、内弁は宜陽殿の間にある兀子へ、参加する内弁以外の諸卿は外弁(承明門外)に集合してから南庭に入って列立することになっていた。

尚、実資は前年に「免列宣旨(自レ腋参上宣旨)」(→註19 201)を受けており、外弁に出ることなく、諸卿参列の後に陣座から直接紫宸殿の北座に着している(→註38)。また、関白頼通は天皇に従って清涼殿から紫宸殿に渡ったと考えられる(↓註44)。この日の諸卿(春宮大夫頼宗以下)や実資の動きについては『左経記』同日条※2参照。

(26) **陣後《じんのうしろ》に於《お》いて靴《くつ》を着す**　内弁教通が宜陽殿の兀子に向かうため、陣座の後方で靴を履いた。「陣後」は、陣座の北側の壁の後、崇明門の外あたりを指すか。『北山抄』(巻一・年中要抄上・正月・同日〈元日〉宴会事)に、

天皇着二御座一、近仗称二警蹕一、内弁大臣(大臣不レ参者、以二次人一奉レ仰後着二南座一、問二所司具否一、催二行雑事一、王卿出二外弁一之後、於二閑所一以二官人・随身等一、令レ押二笏紙一)着レ靴就二兀子一、

とある。

(27) **笏文《しゃくもん》を押さしむ**　内弁教通が式次第を書いた紙を(官人または随身に命じて)笏の裏側に貼らせた。教通は、これを見ながら儀式の指図をする。「笏文」は「しゃくのふみ」とも。笏紙《しゃくし》のこと。備忘のために儀式などの式次第を書いて笏の裏に貼る紙。またはその文。『北山抄』(史料前掲註26)の割注参照。

(28) **秉燭《へいしょく》**　「ひんそく」とも。火をともす時刻。夕刻。

(29) **陣《じん》引く**　近衛府以下が威儀を整えるために列立すること。『西宮記』(史料前掲註25)に天皇が南殿に渡御した後で「近衛陣二階下一」とあることと対応する。

(30) **警蹕《けいひつ》**　「けいひち」とも。天皇の出入りや正式の食事の時、貴人の通行や神事の時などに、声をかけて人々をかしこまらせ、先払いすること。また、その声。「警蹕を称す」「警を称す」などともいう。

『北山抄』(史料前掲註26)などによれば、警蹕が発せられた(天皇が出御した)後、内弁が進み出ることになっていた。しかし、教通は警蹕を待たずに進み出ようとし、あたふたしていた。

(31) **案内《あない》**　「あんない」とも。①官庁で作成した文書の内容。②物事の事情、内容。内容の様子。③取り次ぐこと。取次を頼むこと。④物事に不案内な人を手引きする事。

ここでは④の意味で、教通が進もうとしたのに対し、実資が留まるように指示したことを示す。それにより教通は留まったということ。

(32) **御座《ぎょざ》定まり**　天皇が紫宸殿の御座に着いた。『西宮記』(史料前掲註25)『北山抄』(史料前掲註26)の記載と対応する。「御座」は、天皇・貴人の御座所。二重畳に織物を置いた御敷物や、倚子。またその場所を指す。「ござ」「おまし(おほましの約)」「みまし」「おんざ」とも。ここでは天皇の玉座を指す。紫宸殿の御座は、母屋の中央・奥の間に設置された御帳(内裏図ⓐ)内にある倚子で、節会の時には通常の黒柿木倚子に代えて平文御倚子が立てられた。『江家次第』(巻二・正月乙・七日節会装束)など参照。

（33）**近仗《きんじょう》**（×進仗）　近衛の武官。宮中の近くで警護に当たる者。

（34）**内弁、宜陽殿《ぎようでん》の兀子《ごつし》に着す**　内弁である内大臣教通が陣座から宜陽殿（ｄ４）の内弁の座に移動した。「兀子」は、儀式などで用いる四脚の四角い腰掛。『西宮記』（史料前掲註25）に「内弁着㆓兀子㆒、〈在㆓宜陽殿間㆒〉」とある。『江家次第』（巻一・正月甲・元日宴会）に「宜陽殿西廂北行第四間砌中央、鋪㆓蘆敷㆒立㆓兀子㆒、〈内弁大臣座、近例与㆑柱平頭立㆑之、〉」とある。

尚、実資は陣座に留まったままであったので、宜陽殿の様子や、『西宮記』（史料後掲註35）に「内侍出、内弁立、称唯出、謝座昇、」などとある内弁が紫宸殿の座に着く儀、「舎人」「大夫達」を召す儀は見えなかったが、耳で聞いたことを伝えて批判している。

（35）**開門の後、舎人《とねり》を召すの声**　承明門などの諸門を開いた後で、内弁である教通が、舎人を呼ぶように命じる声。それが極めて間延びしていた。

『西宮記』（註25の続き）に、

内侍出、内弁立、称唯出、謝座昇、〈注略〉太子参上謝座、〈注略〉開門、〈左右将曹率㆓近衛八人㆒開㆓承明門及左右腋門㆒、左右兵衛開㆓建礼門㆒、〈略〉〉闈司着座、〈注略〉中務省御暦奏、〈注略〉宮内省奏、〈注略〉内弁召㆓舎人㆒、〈二唯、〉少納言立㆑版、〈注略〉

とあり、開門の後、所司奏があってから、内弁が舎人を呼ぶことになっていたが、所司奏は略されたので、直ちに舎人が召され、少納言により南庭に諸卿が列立する目印となる版《へん》が立てられた。「舎人《とねり》」は、天皇または皇族に近侍し、雑役に当たる官人。中務省に属する大舎人《おおどねり》・内舎人《うどねり》の他、衛府の官人をも指す。『北山抄』に「次大臣召㆓舎人㆒二声、大舎人称唯、少納言参入、」とあるように、ここでは大舎人を呼ぶことを指す。

（36）**大夫達《まふちぎみたち》を召さしむるの声**　内弁である教通が、公卿を呼べと命じる声。その声は、舎人を呼ばせるのと同様、長く間延びしていた。「大夫」は「たいふ」「たゆう」と訓み、令制では、①太政官において三位以上、②寮以上において四位、③司・中国以上の国司において五位以上を称するという規定がある。その他、④五位以上の官人の敬称、⑤五位の人を指す語、としても用いられる。通例は⑤の意味。職の長官の大夫《だいぶ》とは別。

『西宮記』（註35の続き）に「内弁云、大夫達《マフチキンタチ》召〈セ〉、〈大節《ニハ》召㆓刀《ト》禰《ネ》㆒、凡以㆓侍従㆒称㆓大夫㆒〉少納言称唯、出召、」とあり、『北山抄』に「大臣宣喚㆓侍従㆒、〈末《ま》不《ふ》千《ち》君《きみ》達《たち》召《め》世《せ》、小節皆用㆓此詞㆒〉少納言称唯、退出召㆑之、親王以下微音称唯、入㆑自㆓承明門東扉㆒」とあるように、参列する親王・公卿・群臣を内弁が「まふちきみたち、召せ」と呼び、王卿らが承明門の東扉から参入する。

(37) **諸卿参上するの後**　諸卿は南庭に列立して、紫宸殿に登り座に着いてから。『西宮記』(註36の続き)に、

王卿已下列入立レ標、〔中務兼立レ標、異位重行、(略)〕内弁仰云、敷尹《シキヰ》〈爾〉、〔群臣再拝、(略)〕王卿着二堂上一、〔昇レ自二東階一、南座人入二母屋東一間一、北座人入レ自二東廂同母屋中間北辺一、侍従着レ幄、諸王着レ幄、諸王着レ西、諸臣東、〕

とあるように、内弁の「敷尹《しきい》に」という合図によって一同昇殿し、着座する。

(38) **下官参上し、北座に着す**　実資は陣座から直接紫宸殿の座に着いた。諸卿の座は、紫宸殿の御座(内裏図ⓐ)の東(東二間)に、西を上として南座と北座の二列が向かい合って設けられた。実資は東階を登り、東廂と北座の後側(北間の南の柱と北座の北の間)を通って、北座に着した。『左経記』同日条※2参照。

この後の儀について『西宮記』(註37の続き)に、

中務録点検、(注略)供レ膳、(注略)供二太子膳一、(注略)給二臣下一、(注略)供二御飯一、(注略)給二臣下一、(注略)居二汁物一、(注略)供二三節御酒一、(注略)一献供二御酒一、〈太子〉給二臣下一、〔唱平、酒正・内豎給レ之、〕一献間国栖奏、二献御酒勅使、(注略)三献立楽、(注略)縫殿寮立二禄櫃一、(注略)内弁着陣、(注略)見二々参・宣命一、(注略)内弁奏二見参・宣命一、(注略)宣命、(注略)宣命使登、(注略)王卿復座給レ禄、(注略)天皇還御、(注略)

とあり、膳・飯・汁物が供され、三献の儀となり、見参・宣命の後に禄が給され、天皇が清涼殿に還御して儀が終わることになっている。長元四年の元日節会では国栖奏がなかった。『左経記』同日条※2参照。

(39) **粉熟《ふずく》に御箸下《お》ろすの後**　「粉熟(粉粥)」は「フンジュク」の転。「ふんずく」とも訓む。菓子の一種。米・麦などの粉をこねて蒸した後、甘葛《あまずら》を入れてこね合わせ、細い竹筒に押し入れて固めたもの。それを竹筒から突き出して切って食べる。

『小右記』長元二年(一〇二九)正月一日条に、

諸卿参二上座一、内膳従二西階一供二御膳一、采女伝供、次供二粉熟一、次臣下、余候二天気一、御箸下、臣下応、次供二御飯一、次臣下飯・計《(汁)》等居畢、余伺二天顔一、即御箸下、

とあるように、粉熟は御膳の後に供され、天皇が箸を付けてから諸卿も箸を下ろす。

この年(長元四年)、実資がここで早々に退出したこと

は、『左経記』同日条※2にも記されている。

(40) **謝遣《しゃしゃ》る** （実資を見送りに来た経通・資平・兼頼に）謝意を示して、引き取らせた。

(41) **輦車《れんしゃ》** 「れんじゃ」「てぐるま」とも。人力で引く屋形車。本来、皇太子の晴の場合の乗用に限られていたが、特に勅許（輦車の宣旨）を得た者に限り、宮城門（大内裏の外郭の門）から宮門（内裏の外郭の門）まで乗ることを許された。多く待賢門《たいけんもん》（大内裏図D3、Ⓒ）で輦車に乗り換えて、春華門《しゅんかもん》（D3、Ⓐ）の前で下車する。三月八日条▼cに、輦車で参入して春華門で降りたとある。

実資の場合は万寿三年（一〇二六）四月一日に許されている。『小記目録』（第一五・輦車宣旨事）など参照。

(42) **而《しか》るに南殿《なでん》に出御するに** 「而」は漢文では「しこうして」「しかるに」と順接・逆接の両方の接続に用いられるが、古記録用語としてはほとんど逆接の意味で用いられる。「南殿」は紫宸《ししん》殿の別称。

輦車には内裏東南近くの春華門から乗ることになっていたが、この時まだ天皇が紫宸殿に出御中であったので、さらに遠くの古東宮の西南の角（Ⓑ）から乗った。

(43) **古東宮《ことうぐう》** 西前坊（西雅《さいが》院）のこと。醍醐朝まで代々の皇太子がここに居住していたことにより「古東宮」という。

(44) **御後《おんうしろ》に候ず** 関白頼通が、天皇の御座の後に祗候していた。頼通は天皇と共に清涼殿から直接紫宸殿へ赴き、還御にも従ったと考えられる。

(45) **或《あるひと》云はく** または「或《あるい》は云はく」と読む。ある説によると。ある人の言うことによると。

(46) **斉信卿、車を焼きて参らず** 二日条▼a参照。

(47) **権随身《かりのずいじん》** 元日や朝覲行幸などのために特別に任命された随身。「随身」とは、勅許により太上天皇や摂政・関白、左右近衛の大・中・少将等の身辺警護に当たる武官。右大臣右大将である実資には、随身として、府生一人・番長一人・近衛六人が右近衛府から与えられた。『北山抄』（巻八・大将儀）参照。『拾芥抄』（中・儀式暦部第一五）も八人とする。この例随身《れいのずいじん》に加えて、元日には将監・将曹各一名が権随身として奉仕した。三日条▼dも参照。

(48) **深更《しんこう》** 夜更け。深夜。

(49) **禄《ろく》を持《も》ち来《き》たりて被《かづ》く** 元日節会の禄を持って来て、実資に被けた。『西宮記』（史料前掲註38）の「王卿復座、給レ禄」の注に「王卿各向二禄所一、縫殿頭授レ之、各取レ禄小拝、右廻出二日華門一」とあるように、元日節会で禄を授ける役は縫殿頭《ぬいどののかみ》が勤めた。「禄」は、官人に下付される俸禄。『禄令』の定める禄は食封《じき》・位禄《いろく》・季禄《きろく》であるが、節会の饗宴終了後に王卿に与えられる節禄《せちろく》（→三月註132）

もあった。当座の褒美としての禄もある。手禄（→註255）参照。「被く」とは、禄として賜わった衣類などを肩にかけること。肩にかけてもらうこと。

『日本後紀』弘仁十三年（八二二）二月戊寅（十六日）条逸《いつ》文《ぶん》（『類聚国史』〈巻七一・元日朝賀〉所収）に「制、五位已上高年者、不レ預二朝会一、但賜二節禄一而已。」とあり、『延喜式』（巻一二・中務省）にも、

凡節会日、次侍従已上不レ預二謝座・謝酒之礼一、不レ得レ賜レ禄、但参議已上并当日有二職掌一、及羸老・扶杖之輩、不レ在二此限一。

凡次侍従已上年七十以上者、雖二身不参一、給二節会禄一、

などと規定されているように、右大臣で七十五歳であった実資は、節会の途中で退出しても禄をもらえることになっていた。縫殿頭の代官として図書頭和気相成が実資邸まで禄を届けに来た。実資はそれを賜わり、すぐさま相成に給している。

（50）**朝臣《あそん》**　姓《かばね》の一種。天武天皇十三年（六八四）に制定された八色《やくさ》の姓の第二位。「あそみ」の転で、中世には「あっそん」とも訓む。

必ずしも統一されてはいないが、実資が『小右記』で「真人《まひと》」「朝臣」「宿禰《すくね》」等の姓を記す場合、五位以上の者であることを示していることが多い。

（51）**医師、思ふ所（所）有るべきに依る**　相成も医師であり、心遣いをしておいた方が良いだろう、という意味。

和気相成は長元四年に針博士、丹波忠明は典薬頭。両者とも医師として著名な人物であるだけでなく、実資の侍医として見える（和気相成は治安三年〈一〇二三〉九月三日・廿日条、丹波忠明は寛仁二年〈一〇一八〉十二月卅日条など参照）。実資はしばしば両者に医薬の相談を行ない、治療を受けている。二人の診断を同時に受け、異なる診断・処方がされたこともあった（治安三年十一月六日条に「両医所レ言不レ同、」とある）。また逆に、万寿四年（一〇二七）二月五日条には、相成に藤原頼宗を治療させた際「忠明宿禰相同、」であったと記されている。ここで実資が昨年の忠明の例を意識して、相成に禄を与えたのには、こうした背景があったためと思われる。

（52）**鎌倉聖《ひじり》（＝真等）の供料**　真等を供養するための物。「聖」は、特別に学徳の優れた僧の尊称であるが、平安時代には、寺院を離れて隠遁修行する僧、山林の苦行僧、諸国を遍歴する遊行僧を指す。「供料」は供養料・布施《ふせ》のこと。

長元元年（一〇二八）九月一日条に、

従二今日一十五箇日供料送二鎌倉真等聖一、余衰老殊甚、不レ堪二精進一、仍此間以二小供一所レ施耳、

とあるのが初見。長元四年九月二日条＊1に「十五ヶ日供㆓養鎌倉㆒、正・五・九月常事也、」とあり、毎年三回行なわれていたことがわかる。

(53) **行幸《ぎょうこう》の召仰《めしおおせ》**　天皇行幸のための供奉や準備を関係所司に命じること。「行幸」は天皇の御幸。この行幸は、三日に行なわれる朝覲《ちょうきん》行幸(上東門院行幸)。朝覲行幸とは、天皇が父母である太上天皇または皇太后(太皇太后)の宮に出向いて拝礼する儀。「召仰」は、上位者が下位者を呼んで特定の任務に就くことを命じること。朝儀の役職を任命すること。

ここでは、行幸の準備を、特に衛府に命じること。本来は内弁である内大臣教通が行なうべきところ、既に退出してしまったので、権中納言右衛門督経通が行なった。『左経記』一日条※3参照。

(54) **節会《せちえ》**　前日の元日節会のこと。

「節会」とは、節日《せちにち》などの重要な公事のある日に、五位または六位以上の諸臣を朝廷に集め、天皇が出御して賜わった宴会。元日・白馬《あおうま》・踏歌・端午・相撲・重陽・豊明《とよのあかり》(新嘗会)などの恒例のものと、豊明(大嘗会)・立后・立太子・任大臣などの臨時のものがあり、また五位以上の者の召される小節(元日・踏歌など)と、六位以上の者の召される大節(白馬・豊明など)の別があった。

(55) **五衛府参入す**　元日節会の後に陣に候じていた五衛府が行幸の召仰のために参入した。『左経記』一日条※3に「左近、左右兵衛、左右衛門等也、自余不㆑候云々、」とあり、六衛府のうち右近衛府は参入しなかった

(56) **叙位勘文《じょいのかもん》**　叙位に関して、対象者への叙位の妥当性や前例などを調査した文書。あるいは、「十年労帳(十年労の勘文)」(→註147)と共に叙位議で参照される「外記勘文」のことで、実資はこれを持ってきた小野文義に対し、左右両大弁に見せておくよう命じたか。「勘文」は「かんもん」「かんぶん」「かんがえぶみ」とも。諸事を勘《かんが》え調べて、上申する文書。明法道・陰陽道など諸道の学者や、神祇官・外記などが諮問に応えて、先例・日時・方角・吉凶などを調べて上申したもの。

(57) **関白第に詣《まい》るべし**　関白藤原頼通邸での臨時客《りんじのきゃく》に、実資がこれから行く。「可(べし)」には、「すべきである」という意味(可能・勧誘・推量・意志・当然・命令・適当)の他に、「これから〜する」という単なる進行形(予定)としての用法がある。「関白第」は関白頼通が住む高陽院《かやのいん》(→註435)。

この日に高陽院西対で臨時客が行なわれたことは、『春記』逸文《いつぶん》(『殿上淵酔部類記』に「野房記曰」として引く)に、

二日、庚戌、天晴、於㆓高陽院西対㆒、有㆓臨時客事㆒、
臨昏事畢、博陸以下被㆓参内㆒、博陸・内府・中宮大
夫同駕、公卿等一々参入、予乗㆓頭弁車㆒、此間小雨、
関白以下被㆑候㆓殿上㆒間有㆓歌詠㆒、小選被㆑参㆓中宮㆒、
今日公卿等淵酔、狼藉殊甚、

とある。『春記』は、実資の孫資房(実資の養子資平の子)の日記で、資房は当時、従四位下、左近少将・近江権介であった。尚、この記事は殿上淵酔の初見記事である。

(58) **扶持**《ふじ**》 そば近くにいて助け、世話をすること。

ここでは、実資の関白第参入の手助けをすること。その折に、資平・経通・資房・資高・経季が扈従している。

(59) **上達部**《かんだちめ》**列立**《れつりつ》**の後** 公卿たちの列立が終わった後で、実資が参入する予定である。「上達部」は、公卿。大臣・大中納言・参議および三位以上の人。「列立」は、並び立つこと、列をなして立つこと。

実資は、列立しないことを書状で頼通に伝えている。また、臨時客に遅れて参入したことは、『左経記』同日条※1参照。

(60) **地上に居す** 建物から降りて地上にいること。先に関白第に赴いていた聟兼頼が家礼により実資を出迎えた。

(61) **四位宰相**《さいしょう》**の上に在り** 「三位二人」として記された惟憲・兼頼は、非参議であったが、位階の順により、四位の参議(公成・重尹)の上席に坐った、ということ。

(62) **盃酌**《はいしゃく》**四五巡** 「盃酌(杯酌)」とは、盃《さかずき》をやりとりして酒を酌み交わすこと。同じ盃で飲みまわしたので、その回数により「四五巡」とある。

(63) **引出物**《ひきでもの》 祝宴・饗応に際して、主人から客に贈る物品。もとは馬を引き出して贈物にした。「ひきいでもの」とも。

ここでは、臨時客の主人である関白頼通から右大臣実資と内大臣教通に馬一匹ずつが贈られた。

(64) **腰指**《こしざし》 「腰差」とも。①腰に挿すこと。②腰刀。③腰小旗。④被物《かづけもの》に賜わる巻絹。

ここでは④で、随身が禄としての巻絹を受け取り、腰に差したということ。

(65) **広廂**《ひろびさし》 寝殿造の廂の外側の一段低い板張りの吹放しの部分。その外に簀子敷がある。広軒。簀子縁《すのこえん》に面した細長い部屋。

ここでは高陽院の西対の南廂の広廂。

(66) **出居**《いでい》**し** 部屋の端に出てすわる。

「出居」は「でい」とも。寝殿造で主として寝殿の東北または西北の渡殿に設けた居間兼来客接待用の部屋。そこに設けられた座を「出居の座」といい、その座について行事する人も「出居」という。

(67) **黄昏《たそがれ》** 「こうこん」とも。①夕暮れ。暮れ方。夕方の薄暗い時。②戌刻(午後八時頃)のこと。
ここでは①。臨時客の終了時間については、『春記』逸文(→註57)に「臨昏事畢、」とあることと一致する。

(68) **二宮大饗《にくうだいきょう》** 正月二日、群臣が中宮(皇后・皇太后・太皇太后)と東宮に拝賀し、宴を賜わる行事。
『春記』逸文(→註57)に、関白臨時客終了後、諸卿が参内して殿上で歌詠があり、それから中宮(藤原威子)に赴いたことが記されている。また『左経記』同日条※2に、中宮・東宮での拝礼はなかったが、内大臣教通以下が饗に着いたことが記されている。この時、中宮威子は飛香舎《ひぎょうしゃ》(内裏図a2)、東宮敦良親王は凝華舎《ぎょうかしゃ》(内裏図a2)にいた。

(69) **気色《けしき》** きざし。様子。意向。
ここでは、関白が実資の様子・気持ちを察して、退出させた。『左経記』同日条※2には、「右府兼有二気色一、従帰二給里第一」とある。

(70) **便《びん》** 便宜《びんぎ》と同じ。便利なこと。好都合なこと。

(71) **自今以後《じこんいご》** 「今より以後(このかた)」とも。これから。

(72) **勘申《かんじん》する** 陰陽寮が宇佐八幡宮造営の木材切り出し始の「日時」を勘申した勘文《かもん》。「日時勘文」とも。「勘」は前例や典拠などを調べ、それらに照らし合わせて考えること。「勘申」は「かんしん」とも。儀式などに必要な前例や典籍を調べ、行事の日時などの候補を提出すること。勘進《かんしん》。「勘文」は前出(→註56)。

(73) **杣《そま》** 樹木を植え付けて材木をとる山。

(74) **八幡宇佐大菩薩宮《はちまんうさだいぼさつ》の料の材木** 宇佐八幡宮造営のための木材。「宇佐八幡宮」は、豊前《ぶぜん》国(現在の大分県宇佐市)にある神社。奈良時代から朝廷の崇敬が厚く、平安時代には伊勢神宮に次ぐ宗廟《そうびょう》として位置付けられた。「大菩薩」の神号(「護国霊験威力神通大菩薩」)は天応元年(七八一)に朝廷から奉られた。
「料」とは、何かの用に当てる物。ある物事に使用する物。ここの「料の材木」は三十年に一度の宇佐八幡宮造営に必要なもの。『小右記』万寿四年(一〇二七)十一月十日条に、
頭弁（藤原重尹）持下来太宰府宇佐宮改造例文并令二勘申前例文上、「伊勢大神宮焼損時、不レ入二彼年新造一、又依二卅年限一了一更造宮例、其例相合、」(中略)弁帰来云、宇佐宮改二造宮一例已相合、更経二奏聞一可レ被二宣下一也、
とあり、三十年限にて改造する例文が示され、廿六日条に「酉剋許頭弁来、伝二下宇佐宮造宮宣旨一、任二前例一可二勤行一者、即仰下、以レ人令二相伝一、依二心神悩一」とあるように、造営の宣旨が下された。その後、長元三年(一〇三

〇)三月廿三日付の大宰府解に宇佐の厩と神馬三疋が焼亡したとの報告がなされているが(『類聚符宣抄』第三・怪異事)、造営の経緯は不明。本日条の造宮料材木採始日時勘文に基づく宣旨が下されたことで、本格的に開始されたと考えられる。大宰府が造営の主体となり、八月廿七日＊1には陰陽道の日時勘文が提出され、これに基づく造作始等の官符が九月五日＊3に請印されている。八月註350・九月註52参照。同時に神宮寺《じんぐうじ》の造営も進められたようで、法眼《ほうげん》元命が私願で三昧堂《さんまいどう》を建立している。七月廿六日条▼a、七月註210参照。

(75) **諷誦《ふじゅ》を東寺に修す**　東寺で僧侶に読経させた。「諷誦」は「ふうじゅ」とも。声を上げて経文や偈頌《げじゅ》を読むこと。誦経(→註125)。「東寺」は、羅城門の東、左京九条一坊(京都市南区九条町)にある寺。東寺と西寺は延暦十五年(七九六)に建立され、京内に他の寺院を建立することは許されなかった。弘仁十四年(八二三)空海に勅賜され、真言密教の根本道場となった。教王護国寺。

実資は、重い物忌《ものいみ》(→註378)の日や外出の際に、除災のため諷誦を近郊の諸寺に修めることが多い。

(76) **生気方《しょうげのかた》**　陰陽道でいう上吉の方角。儀式の服装の色などもこれによって定まる。摂関期における生気方は、『医心方』(巻二・忌針灸部・月殺厄月衰日法第十)などに記された八卦《はっけ》法によるもので、それに准じる吉方《えほう》(養者方)と共に重視され、年明け、特に立春以後に、その方角にある寺に参詣したり、燈明・諷誦を奉ったりした。但し、この日は立春(六日)以前であり、また七十六歳の実資の生気方は西(立春以前で七十五歳だとしても生気方は北西)であり、小野宮邸から見た東寺の方角である南とは合致しないので、更なる検討を要する。

(77) **上東門院《じょうとうもんいん》(＝彰子)に臨幸《りんこう》す**　後一条天皇が母である上東門院藤原彰子の邸宅に行幸すること。朝覲行幸(→註53)。朝覲行幸の次第については、『西宮記』(恒例第一・正月・有㆓上皇及母后㆒者三日朝覲、臨時五・行幸)など参照。

「上東門院」は、土御門第・京極第などともいい、左京一条四坊十五・十六町(現京都市上京区の京都御苑内大宮御所の北部)、土御門大路(上東門大路)南、近衛大路北、東京極大路西に所在した。藤原道長の第宅で、中宮に冊立された彰子は当第より入内している。また、万寿三年(一〇二六)正月に出家した際、院号をこの第宅に因んで上東門院とした。

尚、後一条天皇の同母弟である東宮敦良親王も同じく行啓《ぎょうけい》しているが、その様子については、源経頼が関白頼通の仰せにより供奉したので、『左経記』同日条▽aに詳しく記されている。それによると、行啓の行列は、未剋(午後二時頃)に上東門院に到着、西門から入った。東宮は西対西面の御休所に行き、参列者が座に着いてから、西対の南廂と東の縁を経て、寝殿の中央の簀子で拝舞し、寝殿の西一間から女院の御所に入御した。(天皇は簾中にいた。)実資は、この「御拝」(→註80)の後に来て、饗が儲けられる「西廊饗座」(→註81)に着する。

(78) **須《すべから》く行幸に扈従《こじゅう》すべし** 朝覲行幸(→註53)に付き随わなければならない。「扈従」は「こしょう」とも。付き従うこと、またその人。お供。供奉。随行。

実資は右大将として行幸に扈従すべきであるが、年老いて騎馬が無理なので、以前にその旨を天皇に申し出ていた。また関白から上東門院に来ればよいという指示があったので、直接赴いた。

(79) **供奉《ぐぶ》** お供として付き従うこと。

(80) **主上《しゅじょう》(=後一条天皇)并びに東宮の御拝《ごはい》了りぬ** 天皇と東宮による女院への御拝・拝舞が終わった。「主上」は天皇。ここでは後一条天皇。『小右記』万寿四年(一〇二七)正月三日条に「小時主上参㆓給寝殿㆒、於㆓御簾中㆒有㆓御拝㆒、其後時剋相隔東宮参上給、関白・内府・御傍親卿相并余祇㆓候於渡殿㆒、先着㆓給御靴㆒、取㆑笏、当㆓御階㆒、於㆓箐(簀カ)子敷㆒拝舞、」とあり、これと『左経記』同日条▽aの記載を考え合わせると、天皇の御拝が先に寝殿の御簾(上東門院図㋐)の中で行なわれ、時刻を隔てて東宮の拝舞が南階前の簀子(㋑)で行なわれたことがわかる。

(81) **西廊の饗《きょうの》座《ざ》に着す** 西対から南に伸びる廊(㋒)に儲けられた饗の座に着いた。ここでは、『小右記』万寿四年正月三日条に「関白已下着㆓饗座㆒、(西□(御カ)門北腋廊、)盃酌三巡、了就㆑食、」とあるように、西中門までの廊を指す。公卿たちは、ここで飲食をして、天皇・東宮が南の母屋の廂に出御してから「御前の簀子」(㋑)の饗の座へと移動する。

(82) **一家の納言** 上東門院(藤原彰子)の一族(御堂《みどう》流)で、道長の子(彰子の兄弟)の大・中納言。権大納言頼宗・能信・長家らを指す。

(83) **次将《じしょう》** 「すけ」とも。近衛府の中将(おほいすけ)と少将(すないすけ)。

(84) **御前の御簾《みす》を上げしむ** 天皇・東宮が出御する御座の前の御簾を上げさせた。「御簾」は簾《すだれ》の尊敬語。ここでは、母屋の南廂の御簾。『左経記』同日条▽bに、頭中将源隆国が勅を承って人々(次将)を召して御簾を巻かせたこと、簀子に公卿たちの坐る菅円座《すげのわろうだ》を敷かせたことが記されている。

(85) **御所** ここでは、女院(彰子)・天皇・東宮がいる寝殿を指す。この南廂に天皇・東宮が出御(天皇は南面、東宮は東面)し、その前の簀子(イ)に敷かれた菅円座《すげのわろうだ》が公卿等の座となり、そこへ関白頼通以下が移動する。

(86) **渡殿**《わたどの》 二つの建物の間をつなぐ渡り廊下。主として寝殿と対屋《たいのや》を結ぶ。細殿《ほそどの》。

ここでは、上東門院の寝殿と西対を北側で結ぶ渡殿。

(87) **御前の簀子**《すのこ》**の円座**《わろうだ》 寝殿の南の簀子に敷かれた円座。「簀子」は、①竹・蘆などを透かせて並べ編んだ敷物や床。②細い板を横に並べ、その間を透かせて打ち付け、雨露のたまらないようにした縁《えん》。寝殿造では廂の間の四周などにめぐらされた外縁。「円座《わろうだ》」は「わらうだ」の音便。「えんざ」とも。藁座・藁蓋。藁を縄にない、渦状に巻いて平たく組んだ敷物。わらざ。

(88) **燎**《りょう》 「かがりび」「にわび」とも。燎火。

(89) **衝重**《ついがさね》 「つきがさね」の音便形。台の上に檜の白木で四角に作った折敷《をしき》を重ねたもの。食器などを載せる台付きの膳。

(90) **侍臣**《じしん》 前出(→註13)。ここでは上東門院の侍臣。恐らく殿上人《てんじょうびと》(→註119)を兼ねた者が天皇の御膳を運んだのであろう。『左経記』同日条▽d参照。

(91) **院別当**《いんのべっとう》 上東門院の別当。「別当」は本官とは別に他の職にあたるという意味で、令制官司以外の諸司・諸所・諸院及び親王家以下諸家の家司や院司などに長官として置かれた役職。一上《いちのかみ》(筆頭の大臣)が兼帯する蔵人所別当、少納言・弁・外記・史各一人が兼帯し、一年を任限とする太政官厨家別当、公卿別当と弁別当・六位有官別当・無官別当を併置する勧学院別当などがあり、別当の様態や地位の高下は様々である。特に、衛門督または兵衛督が兼帯した検非違使別当は、勅宣に准じる別当宣で補され、軍事・警察を実質的に掌握する重職だったので、ただ別当といえばこれを指した。また親王家以下の諸家では、令制の家令を存置したまま、家政の実権を別当以下の家司に移した。藤原彰子が出家して上東門院の称号を受けた時、ほぼ元の太皇太后職の大夫以下が別当に補され、『左経記』万寿三年(一〇二六)正月十九日条に、

別当、〔民部卿俊賢(源)【元大夫、】・右兵衛督経通(藤原)【元権大夫、】・春宮大夫頼宗(藤原)【御僧(傍カ)親、】・美濃守頼明(藤原)朝臣【元大進、】・備中守行任(源)朝臣【元権大進、】・修理大夫済政(源)【元亮、】、〕判官代四人、〔季任(藤原)・行親(平)・俊忠(藤原)、已上三人、大蔵少輔永信(藤原カ)令二新加一、〕主典代四人、〔兼吉五位・兼任(惟宗)・為賢(大春日カ)・季信、已上四人属、〕

とある。

(92) **勧盃**《かんぱい》**す** 勧杯。盃を差し出して酒をすすめること。「げんぱい」とも。

(93) **陪膳**《ばいぜん》**す** 天皇の食事などに給仕として伺候すること。

またその人。

陪膳については、『西宮記』(臨時四・陪膳事)など参照。また、朝観行幸の陪膳について、『三条中山口伝』(第二乙・陪膳役送之事)に「陪膳故実事、朝観行幸、雖レ供二御膳一、入御以前必不レ撤レ之、無二打敷一時、可レ持二参第一御台一」とある。

(94) **打敷《うちしき》** 器物などを載せるために敷く布。

(95) **益供《やくぐ》の人、警蹕《けいひつ》を称す** 天皇の御膳を運ぶ時に、陪膳に取り次ぐ役が声を出して先払した。これに対し、女院のいる場での警蹕(→註30)は憚るべきであると批判している。『左経記』同日条▽bに「役供、参議六人、衛府五人、皆着二胡録(籙)・剣一、余一人挿レ笏、皆警帰(蹕)一」とあり、経頼を含む参議全員と衛府五人(三位中将兼頼を含むか)が奉仕した。「益供」は「役供」とも。供物や御膳などを陪膳の役に取り次ぐ人。「役送」「手長《てなが》」などともいう。

(96) **御前物《ごぜんのもの》は懸盤《かけばん》六基** 天皇の御膳は六つの懸盤に用意された。「御前物」は「前物」の尊敬語で、「おんまえつもの」とも訓むか。「懸盤」は、食器を載せる台。古くは四脚の台の上に折敷を載せたが、後、脚を作りつけにして漆塗りのものなどを使った。『三条中山口伝』(第二乙・懸盤已下荘厳彩色等事)など参照。
尚、東宮の御前物は四基(器は天皇と同じ銀器)で、陪膳は左大弁藤原重尹であったとあるが、『左経記』同日条▽dに、当初は女院の別当でもある右衛門督藤原経通と定められていたが、弓箭を帯びていたため変更となったとある。

(97) **東宮昇殿《しょうでん》を兼ぬるの侍臣《じしん》**(□) 東宮御所の殿上に昇ることを許された者(東宮の殿上人)で、かつ上東門院の侍臣。尚、『左経記』同日条▽dに、東宮行啓に供奉した侍臣の魚袋《ぎょたい》(地位標示の魚形の符)や弓箭について、衝《つい》重《がさね》を給う役が違例だったことなどが記されている。単に「昇殿」といった場合は註119参照。

(98) **坤《ひつじさる》の戸の下** 母屋の西南にある戸の下。寝殿と西対を南側で結ぶ廊に出るための戸のあたりを指すか。

(99) **頼宗・能信卿の間** 頼宗と能信の二人のうちのどちらか。共に藤原道長と源明子の子で、女院(彰子)の異母兄弟にあたる。

(100) **催馬楽《さいばら》** 雅楽の歌謡の一つ。主に上代の民謡や歌詞をとって雅楽の曲調にあてはめたもので、律と呂《りょ》とに分かれる。酒宴の余興には必ずといってよいほど歌われた。

(101) **大唐《だいとう》・高麗楽《こまがく》** 大唐楽(唐楽)は、中国から渡ってきた音楽で、舞を伴わない管絃と、舞を伴う舞楽とがある。隋・唐の音楽の他、林邑《りんゆう》(今のベトナム)から伝わったもの、更にそれらの様式に従って日本で作られたものも含まれる。それに対し、高麗楽は、朝鮮・渤海方面から渡来した舞楽を指す。

(102) **大褂**《おおうちき》　褂(袿)は装束の下着の総称で、婦人は唐衣の下に、男子は直衣・狩衣などの下に着た。大褂(大袿)は、切れ地いっぱいに大きく仕立てたことによる名称。褂は防寒と装束を兼ねた内衣であり、絹地による広袖の袷《あわせ》を特色としたので、大形のものは饗宴などで賜う禄や被物《かづけもの》にされた。それを拝領した者は、着装の都合に合わせて縫い縮めて使用した。『左経記』同日条▽cに「次給レ禄、〈大臣大褂一重、参議以上一領、殿上人疋絹、〉」とある。

(103) **疋絹**《ひけん》　「ひきぎぬ」とも。一疋(二反)ずつ巻いてある絹。被物《かづけもの》にする。

(104) **計也**《はかりみるに》　思うに。察するに。恐らくは。定めし。多分。天皇と東宮は寝殿の南廂から母屋に入り、女院(彰子)の御所である御簾の中に入ったということか。

(105) **御輿**《みこし》**を南階**《みなみのきざはし》**に寄す**　御輿を南庭に持ってこさせて、南階に付けて、天皇が寝殿から直接乗れるようにした。『左経記』同日条▽cに「依二院御消息一也、」とあるように、女院(彰子)の意向であった。

(106) **砌**《みぎり》　①雨滴の落ちるきわの意で、軒下などの雨滴を受けるために石や敷瓦を敷いた所。②転じて、庭や境界。あるものの存在する場所。③あることの行なわれる時。

ここでは①で、寝殿の南の砌。

(107) **乗輿**《じょうよ》　①輿に乗ること。特に天皇(天子)が輿に乗ること。②天皇の乗り物。③「車駕」と同じく、行幸中の天皇を直接指すのを憚っていう語。更に、天子・天皇を指す。

ここでは①。後の「乗輿、西門を出御(□)し了りて退出す。」の「乗輿」は③の意味で、天皇を指す。

(108) **御輿を中門に留めて降御**《おりたま》**ふと云々**《うんぬん》　天皇は、上東門院に到着した時、西廊にある中門で降りられたということである。尚、天皇の御輿の降乗について、到着して降りる時は中門、還御に際して乗る時は南階を用いることは、『小右記』治安三年(一〇二三)正月二日条、万寿四年(一〇二七)正月三日条などにも見える。『左経記』同日条▽cに、東宮は西廊から御輿に乗ったとある。

「云々」は、「(〜と)うんぬん」または「(〜と)しかじか」と、前に「と」を付けて読む。①文章を引用する際、末尾に付けて以下の文を省略したことを示す。②「〜ということである」という意味で伝聞を表わす。③一言で言い切れない事情を説明する代わりに用いる。古記録用語としては、②の意味で使われることが最も多い。ここも②。

(109) **中門(□門)の南腋**《みなみわき》**に候ず**　実資と斉信の二人は騎馬で

きないということで御輿に扈従せず、中門の南側で南庭から出て行くのを見送った。その後に退出したが、東宮傅でもある実資は、行きと同様に東宮行啓に供奉しないことを東宮亮藤原泰通にことわった。

(110) **例の禄**　並（普通）の禄。恒例の定められた禄。
『小右記』寛弘二年（一〇〇五）正月三日条、同五年十二月廿八日条、万寿元年（一〇二四）正月二日条、同四年正月三日条によれば、実資の随身に対する禄は、将監に絹二疋、将曹に絹一疋と綿、府生に絹一疋、番長以下に布となっている。この日は、将曹に絹二疋とし、綿をなくしたか。

(111) **夜闌**《やらん》　夜がふける。「更闌」（→七月註118）と同じか。

(112) **過差**《かさ》**の禄**　実資の婿である中将兼頼の権随身に対しては、通例以上に特別な禄を与えたということ。それは「例（いつものこと）」であったという。「過差」とは、度を過ごすこと。度を超して華美であったり、贅沢であったりすること。

(113) **馬（々）の口付**《くちつき》**の舎人**《とねり》　実資の聟である兼頼は、関白頼通から馬を借りたので、その馬の口付の役の舎人（→註35）に（実資から）禄として絹三疋を与えた。「口付」は、牛馬の口をとって引く者。櫳《くちとり》（口取）のうち、特に扱いなれた馬飼の役を指す場合もある。

(114) **居飼**《いかい》　牛馬などを取り扱う下級の厩の役人。家司の厩別当に属して牛馬を預かる者。
　ここでは、兼頼が借りた馬を担当する関白頼通家の居飼か。口付の舎人と同様、実資から禄を与えられた。

(115) **手作布**《てづくりのぬの》**二段**　手織の布。古辞書類は紵纑・白朮布・紵布にこの訓を当てているので、紵麻《からむし》製の布を中心にした名称か。布の中では高級品であり、平安時代には絹と並ぶ交易・封戸物の主要品であった。「たづくり」とも。これに対し、一定の規格の普通の麻布を「信濃布《しなののぬの》」といった。
　「段」は「反」「端」とも。①土地の面積の単位で、曲尺方六尺（一・八メートル平方）を一歩（三・三平方メートル）として、三六〇歩の面積。現在では約九・九二アール。②布帛の長さの単位。絹織物の単位「疋」（→註5）に対し、一巻《ひとまき》をいう。広狭・材質・産地などによって長さは一定せず、年代により大きく変わる。『賦役令』（調絹絁条）では小尺により、調布は長さ五丈二尺（一五・五メートル）、幅二尺四寸（七七センチ）とし、庸布は長さ二丈六尺とする。和銅六年（七一三）二月十九日の格で調布は大尺により二丈六尺とされ、翌年二月二日に商布にも適用された。『続日本紀』天平八年（七三六）五月辛卯（十二日）条には「諸国調布、長二丈八尺、闊一尺九寸、庸布長一丈四尺、闊一尺九寸、為レ端貢レ之、」とある。③距離の単位。六間（一町の十分の一、約一一メートル）

に当たるか。

(116) 宣旨《せんじ》　天皇の命令を下達すること。宣。また、その命令の内容。多くは、勅旨または上宣(上卿の命令)を外記または弁官を経て伝宣する下達文書。もと、上位者が口頭で発した命令を下達された者が書き記したものであったが、平安時代初期に天皇の命を下達する宣旨の文書様式が漸次整えられた。勅旨を蔵人が上卿に伝え、上卿はこれを内容によって外記または弁官に伝え、弁官は史に伝えて「弁官宣旨(官宣旨)」を作成し、発行した。宣旨は簡易な手続きで迅速に発給されたので、従来の詔・勅や太政官符・太政官牒は儀礼や公験として必要な場合などに限られた。

この宣旨は、勅旨によらない上卿の判断に基づく上宣による宣旨とも考えられる。しかし、この日の早朝に頭弁が同じ宇佐宮造営のための杣取始の日時勘文を実資のところに持ってきており(→註72)、この時(深更)までに天皇の意向(勅旨)を受けて来て、それに基づいて実資が宣旨の発給を命じたのであろう。その際、「二月十一日戊子、時は巳・午。廿三日庚子、時は辰・午。」(三日条＊1)と勘文であげられていた二つの候補のうち、どちらかに決めて下されたと考えられる。

尚、実資は右大臣で、上席の左大臣として頼通がいるが、頼通は関白を兼ねていたので、実資が太政官の上卿として宣旨を弁官に下している。

(117) 口宣《くぜん》　蔵人が勅命を太政官の上卿に伝えた宣、またはその旨を記した文書。宣旨(前註)の一。本来、しかるべき文書として結実するまでの内部手続きは口頭で行なわれていたが、十世紀末から文書も副えられた。この文書も、本来口頭による伝宣の文書という意味で、口宣と呼んだ。そのため口宣のことを職事仰詞、あるいは単に「宣旨」と呼ぶ場合もある。十一世紀末以降、上卿への伝宣は専らこの文書の口宣によるようになった。

ここでは、頭弁(蔵人頭で権左中弁)藤原経任が、蔵人の立場として「太政官の厨の絹百疋を上東門院に奉る」という天皇の命令を太政官の上卿である実資に伝えた。それに対し「即ち宣下す。」とあるように、実資は即座にそれを実行するように弁官の立場としての頭弁に下している。このように事務的な処理を自邸で行なった実資であるが、もしも上東門院が朝覲行幸に供奉した者へ与える禄に使ったとすれば、公物から充てるのは良くないと批判している。この日の饗禄について源経頼は『左経記』同日条▽dに「今日饗禄皆本院所儲也、」と記し、上東門院がすべて準備したとするが、実資が宣下した内容は伝わっていなかったのであろうか。尚、『左経記』

長元七年(一〇三四)十二月廿一日条に「而自㆓明年㆒准㆓故東三条院例㆒、永可㆑令㆔諸司調㆓備件饗㆒之由有㆓宣旨㆒、」とあり、長元八年正月二日の朝覲行幸から、東三条院藤原詮子の例により、内蔵寮・穀倉院・厨家などが分担して饗の準備をすることとなり、禄については「又禄料絹百疋、饗院依㆑被㆓申請㆒、自㆑家被㆑渡云々、」とあり、別に申請されている。

(118) **官厨《かんのくりや》** 太政官の厨。厨とは現在の台所で、炊事や食物を調理するための屋。太政官の厨は、食品や雑物の保管・調達も行なう財務機構でもあり、その管理のための別当が置かれた。

(119) **昇殿《しょうでん》を聴《ゆる》さる** 近江守源行任が清涼殿《せいりょうでん》の殿上《てんじょう》に昇ることを許された。つまり受領の中から特に殿上を許されたことで、「殿上受領《てんじょうのずりょう》」になったということ。二月註129も参照。単に「昇殿」といった場合、清涼殿の殿上の間に昇ることをいう。五位以上でも特に許された者、六位では蔵人とごく少数が許され、「殿上人《てんじょうびと》」「雲上人《うんじょうびと》」「雲客」「うえひと」などといった。この他、名門貴族の子弟が元服前に昇殿を許された「童殿上《わらわてんじょう》」もある。但し、狭義の殿上人には親王・公卿・殿上受領などは含まれず、昇殿を許された人すべてを指すわけではない。『西宮記』(臨時六・殿上人事)に「夫殿上侍臣、除㆓親王・公卿・一世源氏及外国受領吏等㆒、付㆓御簡㆒之数卅人、〔童子十人、〕」とあるように、殿上人の数としては三十人を一応の日安としていたようである。殿上を許されない人を「地下《じげ》」という。

(120) **追ひて参るは、兼《か》ねて奏す** 藤原斉信が腰痛により実資同様に扈従しないで後から参列することを、事前に奏上していた。尚、実資も騎馬できないとの理由で扈従しないことを「旧年、奏達を経」ている(同日条＊2)。「兼」は「予」とも書き、前もって、前から。

(121) **紫端畳《むらさきべりのたたみ》** 「紫端」は「紫縁」とも書き、紫色のへり。つまり紫色の縁の畳。

(122) **油は晦《みそか》〔□〕の料** 美作守藤原資頼から奉られた油は大晦日に使われるためのものであった。古記録本・大成本は「晦」を「殿」と翻刻しており、「油殿料」だと「大殿油(御殿の燈台に灯す燈明にする油)」のためとなる。この字について底本は虫損があって判読が難しいが、意味も考慮して解釈した。

(123) **畳は元日の料** 紫端畳は、元日に用いるもの、あるいは年始に新調する畳であったということか。それを美作守藤原資頼が四日になって納めたわけで、「晦の料」としての油と共に大幅に遅れたことが指摘されている。

(124) **使卒懈怠《けたい》する歟《か》** 手紙には「十二月十四日」の日付が

あるので、進物が遅れたのは資頼のせいではなく、使が怠慢だったからか。「卒」には、①人夫・小者などという意味があり、「使卒《しそつ》」は「使の役を務める人夫」という意味か。あるいは、②にわかに、不意に、ついに、結局、という助詞の意味があるので、「使卒《にわか》に懈怠する歟」と読み、「ここに及んで使が懈怠した」と解釈すべきか。「懈怠」はもと精進に対する仏教用語で、①悪を断ち善を修めるのに全力的でないこと、転じて②なまけ、怠ること。怠慢。

(125) **誦経《じゅきょう》、修す。〈六角堂(□)。〉** 僧侶に六角堂で読経をさせた。「誦経」は「ずきょう」とも。声を出して経を称えること。経文を暗記して称えること。諷誦(→註75)。「六角堂」は、如意輪観音を本尊とし、観音信仰により発展した寺院。円堂形式の建物から付けられた名称。左京三条大路南・東洞院大路西(現在の京都市中京区堂之前町)に位置する。現在、正式には紫雲山頂法寺という。『六角堂縁起』によれば、聖徳太子ゆかりの寺として遷都以前に創建されたことになるが、その成立は十世紀を遡らないし、十世紀末以前の文献に六角堂の名が認められない。しかし、六角堂は平安京内に出現した最初の私寺である。藤原実資は寛仁二年(一〇一八)十一月廿二日に豊《とよ》明節会《あかりのせちえ》の内弁奉仕の前に六角堂へ諷誦を修したことをはじめ、物忌《ものいみ》などに際して度々諷誦を修しているが、これは上級貴族が六角堂に信仰を寄せたことを示す最初期の事例とされる。

(126) **加階《かかい》** 位階《いかい》を上げること。位階の昇ること。

ここでは、実資のもとに藤原通任が来て、この日行なわれる叙位議で息子師成の位階昇進の推挙を頼みに来たことを指す。但し、師成はこの時の叙位から漏れ、十一月十六日の朔旦《さくたん》叙位で少将労により正五位下となった(『公卿補任』康平六年〈一〇六三〉条)。

(127) **勅** チョク。みことのり。天皇の命令。令では臨時の大事に詔(ショウ)を用い、尋常の小事に勅を用いることになっている。勅旨。

(128) **叙位議《じょいのぎ》** 叙位は位階を授けること。男叙位と女叙位があるが、単に叙位といえば男叙位をいう。「叙位議」は、それについての審議。

実資はこの上卿を勤める。式次第については『西宮記』(恒例第一・正月・五日叙位議)、『北山抄』(巻一・年中要抄上・正月・五日叙位議事)など参照。

(129) **懈怠《けたい》の至《いたり》** 怠慢の度合いがひどすぎる。「懈怠」は前出(→註124)。「至」は、「物事のきわまり」「極度」の意味。

実資は、頭弁が昨夕(四日)に勅を承っていながら、その日のうちに来なかったことを個人的に注意している。

（130）**車後《くるまのしり》**　「車尻」とも書く。牛車の後の席。一般に牛車の乗車定員は四人だが、一人で乗る場合は前の簾近くの左側に右を向いて乗る。二人以上乗る場合は前の右側が最上席で、次が前の左側、後ろは左側が上席で後部右側が末席となる。両側に背を向けて向かい合って座る。また、男女が乗る時は男子が右側に乗った。

（131）**仗頭《じょうとう》**　陣頭《じんとう》、陣座《じんのざ》、仗座《じょうのざ》（→註16、内裏図ｄ４）。実資は参内してすぐに陣座に着し、諸卿（内大臣教通以下）の参入を待って、上卿として儀を始める。

（132）**一両**　「両」は二つ、二人。
ここでは諸卿の一人二人という意味。

（133）**執柄《しっぺい》（＝頼通）の直廬《じきろ》**　関白頼通の内裏の詰所。「執柄」は、政治上の権力を握る人という意味で、摂政・関白の異称。「直廬」は、「ちょくろ」とも。摂関・大臣・納言らに与えられた内裏内の個室。休憩・宿直などに用いられた他、摂関の直廬では政務も行なわれた。この時代の摂関の直廬は、天皇の后となる娘・姉妹などの後宮内の居所に設けられることが多く、頼通の直廬も中宮威子のいる飛香舎《ひぎょうしゃ》（内裏図ａ２）に置かれていたと考えられる。

（134）**備後国の申す造大垣《ぞうおおがき》の覆勘文《ふくかもん》**　備後国が大垣の築造を終えた旨を太政官に提出した解文《げぶみ》について、外記などが証拠となる書類を調べた勘文《かもん》（→註56）。「覆勘文」の「覆」は繰り返すこと、「覆勘」は審査を加えて保証する意。これをもとに審議され、天皇の裁可を得たものは宣旨として下されることもあった。『小右記』万寿四年（一〇二七）八月十四日条・長元四年七月九日条▼ａ、七月註66など参照。
八省院（朝堂院）・豊楽院およびその大垣の修造は長元三年九月に諸国へ割り当てられた。そのことを記した『小右記』長元三年（一〇三〇）九月十七日条に備後国は見えないが、別の日に割り振られたと考えられる。頭弁藤原経任は行事弁《ぎょうしのべん》としてこの覆勘文を実資に見せ、その指示により奏上したと考えられる。二月註140も参照。

（135）**彼是《かれこれ》、経長に告ぐ**　早く出たことを注意されて引っ込んでいた源経長に対し、二・三の人が出てくるように促した、という意味か。経長は蔵人として叙位議を開始するよう天皇の命を伝えに来たが、実資が覆勘文を見ていることを知らずに、注意されて待機していたのである。

（136）**即ち諸卿を召す**　蔵人経長が叙位議を行なうために諸卿を召した。『西宮記』に、
大臣以下着㆓議所㆒、（注略）召、（注略）外記取㆑笏、（注略）公卿進㆓射庭㆒、（注略）
とあり、『北山抄』に、
大臣着㆓左仗座㆒、議所装束弁備畢、（注略）大臣以下

起座、出レ自二日華門一、着二議所一、（注略）少納言・弁相逓献盃、（注略）蔵人来召、（注略）大臣（注略）召二外記一、仰下可レ取二筥文一之由上、外記退還、相率参入、取二筥文等一、列二立南庭一、

とあるように、上卿以下は陣座から宜陽殿の南の議所《ぎしょ》に移り、そこで蔵人の召があるまで酒杯がなされることになっているが、『小右記』にはその記事がなく、陣座で召されたと考えられる。

（137）**筥文《はこぶみ》を候《さぶら》ふべきの由**　上卿である実資が、外記文室相親に必要文書の入った筥を持ってくるように言った。「筥文」は、箱内にある文書類。外記・史の申文《もうしぶみ》、五位以上の歴名、式部・民部省が奏する氏爵申文などを指す。「候ふ」は「候《さぶら》はす」とも訓み、身分の高い人に差し上げる、用意する、という意味。儀式次第は、前註参照。

（138）**良久《ややひさ》しく**　かなり長く感じられるほどの時間が経過したことに言う。大分時間がたって。長い間。かなりの時間がたつうちに。久之《ひさしくして》。久而。

（139）**軒廊《こんろう》の南庭に立つ**　硯・筥文などを持った外記たちが、軒廊の南側（『小右記』治安三年〈一〇二三〉正月五日条・長元二年〈一〇二九〉正月六日条には「宜陽殿西庭」とある）に立って、上卿である実資の移動を待った。「軒廊」は渡り廊であるが、宮中の軒廊は、紫宸殿東面の階下から宜陽殿に続く吹きさらしの廊（内裏図ｄ４）。

（140）**起座し、射場《いば》に参る**　実資は、陣座を出て、紫宸殿の南階の下を通って、反対側（西側）の射場（内裏図ｂ３４）に移る。「射場《いば》」は弓を射る練習をする場所。弓場《ゆば》、矢場ともいう。宮中の射場（弓場）は、射庭ともいい、紫宸殿の前の南庭の西脇（校書殿《きょうしょでん》の東廂の北端二間の前方）にある射場殿（弓場殿）の前を指す。射場殿では、賭弓《のりゆみ》や作文《さくもん》の会なども行なわれた。

（141）**列立の作法**　上卿実資以下が射場に並んだ並び方。『西宮記』の「公卿進二射庭一」の割注に、

経二日花門・宜陽西廂・階下一到二射庭一、大臣立二北廊下一、西上南面、納言立二射屋東砌下一、北上西面、参議立二北面東上一、外記立二納言後、南殿西壇下一、有二史生一者居レ後、

とあり、『北山抄』（註136の続き）に、

大臣以下経二階下一到二射場一、大臣立二軒廊西二間一、納言立二射場殿東砌一、参議立二南砌一、〔東上、〕外記相従立二東庭一畢、

とある。

（142）**先づ参上す**　射場から叙位議が行なわれる清涼殿東廂（内裏図ｂ３）へ移動するため、先ず上卿の実資から殿上に参上した。それ以前に、列立に加わっていなかった関

白頼通は殿上にいた。

(143) **次第に御前の座に着す**　清涼殿の孫廂の座に関白頼通以下が着した。御前の座については『雲図抄』(正月・五日叙位議事)などに図があり、東廂の御半帖ⓑが天皇の御座で、その東北の柱のそばに関白の円座、御座の正面の間に上卿と他の大臣の円座がそれぞれ儲けられ、その南に大臣座の畳と大納言座の畳が南北に、最も南(小階近く)に参議座の畳が東西に敷かれていた。これは関白頼通と上卿実資がそれぞれの円座に着く前のことで、内大臣教通を含めた三人の大臣が大臣座の畳に着いた。

(144) **筥文を執る**　大納言たちは、次々と筥文を取って大臣座の前に置いていく。『西宮記』(註136の続き)に、

取二筥文一、〔納言已下一々取二筥文一置二大臣及(之)前一、(略)〕

とあり、『北山抄』(註141の続き)に、

大臣参上、着二御前座一之後、第一納言入レ自二東間一立二軒廊戸間一、外記進跪二納言前一、納言挿レ笏取レ筥、入レ自二右青璅門一、進レ自二御簾下一、置二大臣円座西辺一、左廻退レ自二本道一着座、次々如レ之、(注略)不レ取レ筥之人、直進着座、(注略)

とある。この後、大納言・参議も着座する。

(145) **称唯《いしよう》して御簾《みす》の前の円座《わろうだ》に着す**　天皇の召を受けた関白左大臣頼通が、返事をして御座近くの円座に移動した。「称唯」は「いしょう」と訓み、「おお」と返事をすること。『西宮記』(註144の続き)に、

大臣応レ召〈称唯〉候二御前座一叙位、〔主上召二大臣一、称唯、経二簀子一就二円座一、有二次大臣一者、依レ仰召、主上仰云、早〈久〉、唯、大臣挿レ笏取二入十年労筥一奉覧、(略)〕

とあり、『北山抄』(註144の続き)に、

大臣奉レ召、微音称唯、進レ自二簀子敷一、着二御前円座一、即挿レ笏、取二十年労勘文一入レ筥、(注略)

とある。続いて、上卿実資も御座の正面の円座へ移動する。

(146) **小臣《しょうしん》(＝実資)の如し**　内大臣教通が、天皇の仰を受けた頼通の召により、実資と同じように天皇の御簾の前の円座に着した。「小臣」は「下官」(→註9)と同じ。ここでは実資自身を指す。

(147) **十年労の勘文を以て一の筥に納め**　上卿実資は、天皇の「早く」という仰を受け、第二の筥の中身を第二の筥に移して、十年労の勘文を第一の筥に入れ、それを天皇に奉った。「十年労の勘文」は「十年労帳」ともいい、叙位・任官の候補者の過去十年にわたる年臈《ねんろう》(勤務年数)・労効《ろうこう》を書き上げた書類。

『除目抄』(『群書類従』第七輯)「十年労事〔近代除目

無レ之、〕」に、

長元四二十四、頭弁経任（藤原）来、問二明日除目事一之中、御硯右方置下納二闕官并十年労一之覧筥上、是三条大相（藤原頼忠）府御説也、経任云、十年労者叙位之時置レ之、同書歟、余答云、大略同書也、但叙位十年労、是諸司判官已上有二年労一可二叙爵一之者、為レ御二覧其年限一也、除目時十年労、諸司主典或経二十・廿年一可二遷官・転任一之者、為二御覧一尤可レ備者也、件事見二故殿御記一、叙位・除目必可レ候者也云々、

とあり、叙位議における十年労帳は諸司の判官以上で年労（勤務年数）に達して叙爵に預かる者について、その年限を天皇が御覧になるために必ず用意されたという。尚、この『除目抄』には続けて、『春記』逸文と考えられる「長久三十廿七」「長久五十二十三記」を「権大夫記」として記している。そして、この長元四年二月十四日条は、異本『除目抄』（静嘉堂文庫本）に、

一分者可二撰入一哉否事

資房抄云、口目抄云、長元四年二月十四日、頭弁経任（藤原）明日除目事、問申云、凡所二撰入一之申文何人許哉、答曰、雖二一分之者一、挙二七位已上一之者、皆以二自解一所二撰入一也、同抄云、口目抄云、八位以下不レ入之由見二公務問答一、其已上皆随二申文体一撰二入之一、

撰遺申文事

資房抄云、口目抄云、長元四年二月記云、頭弁経任来問事等、申問曰、撰遺申文等如何、答云、顕官撰遺付二短冊一置二御座左方一、不レ入レ物、三条大相国（藤原頼忠）説也、

などとして引用されている。同じように『春記』を「権大夫記」として引用する『北山抄』（巻一・年中要抄上・四月・句事）裏書では長元二年・三年の記事を「納言《資平》記」として長久の「権大夫記」の記事の前に引いている。よって、「資房抄」の筆者藤原資房が参照する可能性のある長元四年二月十四日条は、実父資平の日記『資平卿記』と考えられ、そこに引用された『故殿御記』は『清慎公記』であろう。

（148）**把笏《はしゃく》して祗候《しこう》す** 実資は笏を持って控え、天皇が十年労帳を御覧になって返却されるのを待った。「把笏」は、笏を手に持つこと。「祗候（伺候）」は、①貴人の側近くに奉仕すること。ひかえること。②貴人のご機嫌伺いに参上すること。『北山抄』（註145の続き）に、

膝行奉二御簾中一、把笏復レ座、返給之後、奉二早可レ行之仰一、先書二叙人一両一、把笏奏下可レ取二遣院宮御給名簿一之由上、勅許之後、召二参議一仰レ之、〔或仰二中納言一〕

とある。

(149) **男等**　具体的には蔵人を指す。
(150) **続紙**《つぎがみ》　継紙。「続文《つぎぶみ》」とも。何枚かの紙・文書を貼り連ねたもの。動詞にも使う。
　ここでは、叙位を書いていくための用紙を貼り継いで、巻子にしたもの。これが「叙位簿」(→註168)となる。『西宮記』(註145の割注の続き)に、
　返給着座、召二蔵人一令レ進二続紙《ツキ》一、披《ヒライテ》レ紙叙二一両一、
　有二尻付一、式部・民部・外記・史類、
とある。
(151) **柳筥**《やないばこ》　「やなぎばこ」の転。柳の細枝を編んで作った箱。
(152) **天気**《てんき》**を候**《こう》**ず**　上卿実資は頭弁経任が持ってきた筥から続紙を出して筥を返し、顔色などから察せられる天皇の意向をうかがった。「天気」は「てんけ」とも。天皇の機嫌・様子・顔色など。「候ず」は、うかがう。
(153) **先づ式部**《しきぶ》**を書かむと欲す**　最初に式部省の叙位該当者を書こうとしたということ。『西宮記』(註145の続き)に、
　預二叙位一者、(注略)親王(注略)・公卿(注略)・弁・少納言(注略)・近衛中少将(注略)・諸道博士(注略)・諸司長次臣(官)、依レ例一加階、(注略)諸司労(注略)・外衛労(注略)・年爵《ネンシャク》(注略)・式部・民部〔省奏、式部録十年以下(上カ)、〕・蔵人(注略)・近衛将監(注略)・内記・大蔵(注略)・検非違使(注略)・大臣家《ケ》令《リャウ》・氏爵一世源氏〔従四位上、当君三位、〕・二世孫王〔従四位下、自解依レ巡預二昇殿一者超越、貞観孫王、従五位下、〕・王氏〔一親王挙、四世以上依レ巡、〕・源氏(注略)・藤氏(注略)・橘氏(注略)・受領(注略)・院宮爵〔自二従五位下一至二正下一、叙二四位一不レ通例、〕・御即位・大嘗会・朔旦、此外有下預二叙位一者上、
　已上明二大略一、依二外記勘文一、
とあり、叙位に預かる者の一覧が記されている。『小右記』治安二年(一〇二二)正月五日条に「関白云、可レ召二院宮御給文一歟、余答云、先叙二式部・民部一、可レ召二院宮御給文一也、関白諾、」とあり、式部・民部から始めることになっていた。
(154) **而るに丞**《じょう》**等、論ずること有り**　実資が最初に式部丞の巡による叙爵から書こうとしたところ、人選について式部省内部に反論があった。
(155) **是非を定めざるの間、請奏**《しょうそう》**(×筥)を放たず**　式部卿敦平親王が、式部省の叙位者を決定できず、叙位に関する請奏を事前にしていなかった。「請奏」は、諸司またはそれに準じる機関によって料物申請や任官申請の際に用いられた上奏文書。『公式令』に規定がなく、律令階統制にかかわらず、天皇個人および天皇家に関わる局面で

多く使用され、直接後宮女官や側近を通じて上奏された。叙位・除目に関しては、一定の推挙枠を与えられた機関または個人が、その枠を活用して候補者を推薦する場合に用いられ、この場合には申文《もうしぶみ》と同じ機能を持った。「放」は「発」と同じ。

(156) **左右《そう》** ①右と左と。転じて、かたわら。②あれこれ。とかくの事。③とやかくいうこと。④どちらに落ち着くかという決定。決着。⑤指図・命令。⑥結果・情況などについての知らせ。「とこう」とも。

ここでは⑥で、式部卿敦平親王からの返事、という意味。

(157) **少丞**(×小丞) **ム《なにがし》、申すこと有り** 少丞の誰かが式部省の巡爵に預かることを申し出ていた。「ム」は「某」と同じ。

式部・民部丞、外記・史など特定の顕官の六位に対し、年労者一人を従五位下(または外従五位下)に叙す「巡爵」の制度があった。叙爵者は「叙留」の場合を除き、その任を去り、巡を待って受領に任じられる「巡任」の資格を得る。年労第一の者(極臈《ごくろう》)が毎年叙爵に預かることになっており、長元四年の正月叙位では式部丞の巡爵として少丞が申請していたが、少丞であることが問題となり、異議が出されていたのであろう。

(158) **未到《みとう》と云ふと雖も** 大丞惟道は未だ年労に達していないとはいっても。実資は式部省内部で異議のあった少丞ではなく、公事を良く勤めていれば異存はないだろうとして、大丞を叙爵者とした。

(159) **院宮の御給《ごきゅう》の名簿《みょうぶ》を取遣《とりつか》はさむ** 実資は、式部のことを決定する前に民部など二、三人の叙位者の名を書いたところで、天皇に「院宮の御給の名簿を取りに行かせます」と申し出た。『北山抄』(→註148)参照。「院宮の御給の名簿」は、院(ここでは上東門院彰子・小一条院敦明親王)・三宮(ここでは中宮威子)から年爵として叙爵されることを申請する人々の名簿。東宮と准三后も加えられることがある。

叙位には「年爵」、除目には「年官」として、「年給(年料給分の略)」という売位売官の制度があり、この給与を受ける者(給主)は、任意の者を一定の位階・官職につけ、その者の労に報いたり、叙料・任料を得たりした。給主の地位により、天皇は「内給」、上皇・女院・中宮は「院宮給」、親王以下は「人給(親王給・公卿給・典侍給)」と呼んで区別した。「公卿給」は二月註33・三月註194参照。単に「御給」と言った場合は「院宮給」を指す。

除目の「院宮給」は貞観十三年(八七一)以前からあり、京官への任官があることに特徴があった。また、親王以下の年給に見られる二合《にごう》(→三月註195)は見出せず、当初から三分を与えられていたと考えられる。年官が衰退期に入ると、その対策として四分の介《すけ》を充てる臨時給や、京官二人、または京官一人と掾二人を返上して叙爵一人を申請する合爵が行なわれた。叙位の「院宮給」としては、三宮の年爵が遅くとも元慶六年（八八二）には存在し、院の年爵は仁和三年（八八七）に藤原扶幹が陽成院御給で叙爵した例が認められる。『江家次第』（巻二・正月乙・叙位・摂政時叙位事）によると諸宮給の年爵は必ず内階《ないかい》に叙するという慣例があった。年爵は、最初は従五位下《じゅごいのげ》一人を給することであったが、やがて東宮を除く院宮及び准后に女爵一人が加えられ、更に年爵による加階の申請も認められるようになり、天元年間（九七八〜九八三）には四位まで、院政期には三位まで許されるようになった。

(160) **天許《てんきょ》**　天皇の許可。
　ここでは、天皇が実資に院・宮の御給を持ってこさせる許可を与えた。

(161) **三所の名簿**　「院宮の御給の名簿」のうちの三人分。上東門院（藤原彰子）・小一条院（敦明親王）・中宮（藤原威子）・東宮（敦良親王）、それに加え准三后である脩子内親王（寛弘四年〈一〇〇七〉）・禎子内親王（長和四年〈一〇一五〉）・源倫子（長和五年）・章子内親王（長元三年〈一〇三〇〉）らが年爵の申請権を持っていたと想定されるので、そのうちの三所を指すか。残りの二所（二ヶ所の名簿）は、実資を経ずに関白に奉じてから天皇に奏上していた。このうちのどの名簿に入っていたかは不明だが、この年、東宮の御給により東宮亮良頼が正四位下に（本日条▼1）、新一品宮（章子内親王）の御給により侍従藤原信家が従四位下に（七日条▼c）、源倫子の御給により藤原経家が従五位下になっている（『公卿補任』天喜四年〈一〇五六〉条）。

(162) **自余《じよ》の此に従《したが》ふ者**　先の「二所」以外で、この年の叙位に御給として申請者を出した者。二人分の名簿が関白から奏上された。「自余」は、その他、それ以外。「爾余」とも。

(163) **王氏の名簿**　王氏爵《おうしのしゃく》の名簿。
「王氏爵」は氏爵《うじのしゃく》の一で、諸王の中から毎年一人叙爵（従五位下に叙されること）を受ける権利があり、それを最上席の親王が是定《ぜじょう》（→三月註4）として推挙した。この年の是定は三条天皇の第三皇子である敦平親王。

「氏爵」は、王氏・源氏・藤原氏・橘氏などの正六位上の者の中から毎年各一人に対し、各氏長者（または是定）の申請により従五位下を授けること。「王氏爵」の場合は、無位から従五位下に叙された例もある。王氏は一つの氏として扱われたが、祖先に当たる天皇ごとに（「寛平の後」「元慶の後」などのように）家系が分かれており、原則として順番に行なわれていた。『西宮記』(史料前掲註153)に「氏爵(中略)王氏(一親王挙、四世以上依レ巡、)」とある。時に四位を申請する場合もあった。『玉葉』治承二年(一一七八)正月五日条に「往昔第一親王挙レ之、中古以来、諸王之中為二長者一之者挙レ之、」とあり、後には王の中の年長者が推挙するようになった。

(164) **之を書《かき》入《い》る** 天皇から返された王氏爵の名簿に従って、実資が叙位簿(→註150 168)に書き入れた。但し、名簿には(宇多天皇の後とあるだけで)何世かを記さず、位階も書かれていなかった。関白頼通の判断で四位と書いたが、翌日(六日条＊1▼a)になって、この「良国」が「王胤」ではないとして問題となり、さらに是定敦平親王を勘事に処すという大事件に発展する。

(165) **上臈《じょうろう》** 身分・地位の高いこと。またその人。反対語は「下臈」。

(166) **四位正下は一世源氏の叙する所也** 院宮御給で正四位下に叙されるのは一世源氏が通例である。「一世源氏」は、天皇の子供で源姓を賜わった者。

実資としては、一世源氏以外に正四位下を叙すのは「非常の賞」や「臨時の恩」の時で、院宮御給で叙すべきではないとの思いがあったか。『小右記』天元五年(九八二)正月六日条に、

惣所レ叙若干人、其中一院(冷泉上皇)御給、右権中将道隆(藤原)叙二正四位下一、極奇怪事、四位正下一姓(世)源氏外、更無二此例一、況以二三宮□(給カ)一叙二四位一加階、往古不レ聞也、大弐輔正(菅原)叙二正四位下一、是又不レ穏、

とある。

(167) **近代、正下に叙するの例也** 蔵人頭は、最近では正四位下に叙されることが例となっている。「近代」は近年。註384も参照。「正下」は正四位下。

ここでは、東宮亮である藤原良頼が御給により正四位下となり、蔵人頭である藤原経任が従四位上のままでは超越されてしまうことが問題となった。この逆転現象を避けるために、関白から経任も正四位下に叙すと提案されたことに対し、実資は「近代の例」からしても「深き難」はないとしている。これは「天許(天皇の承諾)」を得て、叙位簿に書き入れられた。

(168) **叙位簿《じょいのぼ》** 叙位者の名簿。先に用紙を続紙《つぎがみ》(→註150)した巻子に、実資が叙位者を書き入れていったもの。

(169) **御簾《みす》の中** ここでは御簾の中にいる天皇に奉ったということ。

(170) **主上(＝後一条天皇)入御す** 天皇が退席したことをいう。

(171) **目《もく》す** 目くばせする。目で合図する。

ここでは、叙位の儀の上卿である実資が、入眼《じゅげん》の上卿

(→註183)である藤原実成に叙位簿を受け取りに来るよう合図した。

(172) **所労《しょろう》** 身体の故障、病気など。

(173) **笏を挿《さしはさ》まざる歟《か》** 中納言藤原実成は、もしかして病気のせいで、笏を持って退出する時に、笏を服の間に入れなかったのか。「挿」は、差し挟む。間に入れる。差し込む。

(174) **消息《しょうそく》** 古くは「せうそこ」とも訓む。①動静・安否・様子・事情。②訪れること。往来。③文通すること。その手紙。古記録では、ほとんど③の手紙の意味で使われる。ここも同じ。

(175) **藤氏爵《とうしのしゃく》を給ふ者の名字相《あい》誤る** 前日の叙位における藤氏爵の名前の記載に誤りがあった。『藤氏爵』は、藤原氏の氏爵《うじのしゃく》。「名字」は、名前の字。本日条▼bに「改㆓成重㆒為㆓成尹㆒之由、」を含めた宣旨を下したとある。

(176) **小時《しばらくありて》** 「少時」「少選」「小選」とも。しばらくして。

(177) **沐浴《もくよく》** 洗髪したり体を洗ったりすること。湯浴《あ》み。潔斎の意味で行なう場合と、日常の場合とがある。ここでは後者。

(178) **王胤** 天皇の子孫。

(179) **鎮西《ちんぜい》の異姓の者** 西海道(九州)にいる王氏ではない者。『左経記』同日条※1など参照。

(180) **口入《くにゅう》す** ①口をはさんで意見を述べること。干渉すること。関わること。②世話・仲介をすること。くちいれ。ここでは②。

(181) **狼藉《ろうぜき》(×籍)** ①乱雑なさま。散乱したさま。理不尽なこと。②乱暴。暴行。ここでは①。

(182) **早く関白に申し、左《そ》右《う》有るべし** 王氏爵についてのこんなにひどいことは、早く関白頼通に申し上げて、その決定を受けるべきだ。「左右」は前出(→註156)。ここでは④(決定・決着)の意味。

(183) **入眼《じゅげん》の上卿《しょうけい》(=実成)** 叙位簿に基づいて議所で位記に氏名を書き入れる儀式の上卿。叙位の入眼について、『西宮記』では叙位の上卿を勤めた大臣が内記に書かせる儀としながらも、納言に付して行なわせること、即日に行なわないこともあるとしている。ここでは、五日*1に実資から叙位簿を授かった藤原実成が勤めた。また、『左経記』五日条※1に「藤中納言可㆑被㆑行㆓入眼事㆒、而明日可㆑行之由仰㆓外記㆒、封㆓叙位文㆒預㆓外記㆒、被㆓退出㆒云々、」とあり、翌六日に行なわれることになっていた。

「入眼」は、官名だけを記した除目の文書と位階だけを記した位記に氏名を書き入れて最後の仕上げをする儀。

「上卿」は、「じょうけい」とも。①朝廷の諸行事の執行責任者として指名された公卿。多くは個々の行事に振り分けられた。②公卿の異称。『小右記』では、ほとんど①の意味で使われている。また、この場合、摂政・関白・太政大臣、及び参議を含まないのを原則とし、恒例行事の一部については事前に上卿分配《ぶばい》(公卿分配)によって上卿を定めた。これを「分配上卿」「日の上卿」「日上《にちのしょう》」などという。また、筆頭の公卿を「一上《いちのかみ》」といい、摂関を兼帯しない左大臣が当たるのを常態とした。後代には、③伊勢神宮以下、特定の社寺に関する奏宣に専当する公卿、④記録所の長官も上卿と呼ばれる。

『左経記』では単に「上」とする。

(184) **内階**《ないかい》 内位。「外位」「外階」に対して、普通の位階をいう。

(185) **外階**《げかい》 「外階」とは「外位《げい》」ともいい、「外」の字を冠する傍系の位階で、三十階の位階(内位)のうち、正五位上から少初位下までの二十階について設定された。大宝令で規定され、当初は郡司・軍毅・国博士・国医師・帳内・資人に任用される畿外の豪族・富裕農民層と、中央支配層たる畿内豪族・官人層とを位階上区別するための制度と考えられている。待遇は概ね内外同等であったが、神亀五年(七二八)、外五位が内五位の下に位置付けられ、中央官人・貴族も授与対象とされ、外五位は内五位昇進を抑制するための迂回路となる「外階制」が成立した。これにより、正六位以下から従五位下に昇叙する内階コース(真人・朝臣および大伴氏など門地貴族としての宿禰姓氏)と、正六位以下から外従五位下に進む大多数の外階コース(他の宿禰および忌寸以下の姓氏)とに分かれることになった。但し、もと外階の家だった者が、自ら内階の家と主張したり、また内階の家と認められたりすることも少なくなかった。

(186) **治国加階**《ちこくかかい》**の文** 「治国」とは国を治めること。「治国加階」は、滞りなく国司の任期を終えて実績を積んだ者、特に中央に堂舎造営や財物貢納をした者に一定の位階を与えること。ここでは、それを申請する申文。

(187) **入眼 請印**《しょういん》(×清印) 位記などの文書を作成して捺印する儀。「請印」は、印を捺すことを請う、という意味。印とは内印(「天皇御璽」の印)で、少納言が掌り、五位以上の位記や重要な太政官符などに捺された。

この日、昨日の叙位に基づいて、位記の入眼と請印をする儀式が行なわれていたので、実資は外記を呼んだりしては時間がかかりすぎるとし、頭弁経任自らが内裏に帰って受領三人の申文を外記に下して勘申させるように命じた。

(188) **申文**《もうしぶみ》 「まうしぶみ」とも訓む。①下位の者から上位の者へ申し上げる文書。奏文。告文。②公卿や官人が叙位・任官・官位昇進などを朝廷に申請した文書。

ここでは②で、「治国加階の文」を指す。

(189) 更に持来《もちき》たるべからず　外記による勘申の結果(勘文)については、関白頼通に見せれば実資の所に持ってくる必要がない。

(190) 下官《げかん》(=実資)に触れて奏聞すべし　王氏爵については実資の意見を聞いてから天皇へ奏上するように、という関白の仰が頭弁にあった。「下官」は前出(→註9)。ここでは関白の会話文の中ではあるが、地の文と同じく実資を指す。

王氏爵の事については停止の措置がとられただけだが、小槻仲節を外階にすること、藤氏爵の名前を改めることについては宣旨が下され、上卿実成のもとでこの日のうちに位記が作成されたと考えられる。

(191) 入夜《よにいり》　夜になって。

(192) 注送して　「注」は「記す」こと。メモ書きを届けること。ここでは内裏にいた頭弁経任が、実資のもとに送ってきたメモ書き。

(193) 已上治　従四位上を望んだ平理義、従四位下を望んだ源頼信と藤原良資の計三人は「治国加階」であるという注記。これについての外記の勘文は翌七日▼aに届けられ、実資が見てすぐに返却しているので、これによって承認されたと考えられる。

(194) 厩《うまや》　馬屋。

この場合は実資邸の厩。

(195) 前駆《さきがけ》　「ぜんく」「さき」とも。行列の威儀を整えるために馬に乗って先導する者。

この場合は実資個人の前駆。

(196) 昨日の事等　叙位に関して六日に問題とされたこと。六日条▼bに、頭弁が明日(七日)、外記の勘文を献じる旨、実資に伝えたとある。

(197) 今日の次第の文を乞取《こいと》る　今日行なわれる白馬節会《あおうまのせちえ》の儀式次第を記した文を実資に求めた。

この年から実資は内弁の奉仕を免除される立場にあり(→註19 201)、この日は次席の内大臣教通が勤めることになる。これが関白頼通の命によるとすれば、頼通が初めて内弁を勤める弟のために手配したことになる。

「白馬節会」は、正月七日に天皇が紫宸殿に出御し、群臣に賜宴し、左右馬寮の引く白馬を見る儀式。「七日節会」とも。初見は『日本書紀』景行天皇五十一年正月戊子(七日)条で、持統朝頃に恒例化し、『雑令』(諸節日条)に規定がある。『内裏式』(上・七日会式)に式次第が記されており、嵯峨天皇の時には朝廷の儀式として整備されていたことがわかる。始め豊楽殿《ぶらくでん》(大内裏図B4 5)

で行なわれたが、文徳天皇の頃から漸次紫宸殿で行なわれるようになった。正月七日にこれを見れば、年中の邪気を避けることができるという意味で行なわれた。青馬から白馬に変化したのは村上天皇の頃である。

(198) **両納言(＝資平・経通)** 二人の納言。

一人は、続けて元日節会《がんじつのせちえ》と踏歌節会《とうかのせちえ》の次第を加えたとある右金吾《うきんご》(＝右衛門督)経通、もう一人は『小右記』同年条で単に「中納言」と記される資平と考えられる。二人とも権中納言、実父は懐平で、資平は実資の養子である。

(199) **彼の意の楽《ねがい》に縁《よ》る也** 実資が経通の希望により白馬節会の次第の他に元日節会・踏歌節会の次第も付け加えた。「楽」には「好む。愛する。ねがう」の意味がある。大成本では「楽(示ヵ)」とし「彼の意に縁り示す也」と読ませている。

(200) **而るに『故殿御記《ことののぎょき》(＝清慎公記)』を見るに** 実資が白馬節会に参入するか決めてはいないが、祖父(養父)実頼の日記を参照してみると。『故殿御記』は、藤原実頼の日記『清慎公記』(『水心記』とも)。以下「参給」まで、つまり、宣旨を得た年以降も実頼が参入したということが『清慎公記』の記事からわかった。実資は昨年「免列宣旨(自レ腋参上宣旨)」(→註19 201)を受けており、特に参列する場合でも自邸で白馬奏《あおうまのそう》へ加署するかについて、祖父(養父)の前例を参照しようとした。

(201) **列するの後に参上する宣旨《せんじ》** 免列宣旨(自レ腋参上宣旨)。実資は昨年十一月にこの宣旨を受けている。註19参照。ここで実資が参考にした実頼については、『公卿補任』康保二年(九六五)条に、

十二月十六日、聴下諸節会日不レ就二行列一直昇殿上宣旨、

とあり、村上天皇の時にこの宣旨が下り、『西宮記』(恒例第三・十一月・新嘗会)に、

康保三十一、新嘗会、左大臣(藤原実頼)被レ聴下不レ立二朝列一、不レ行二内弁一昇殿着座上、右大臣(源高明)行二内弁事一、

とあるように、翌年十一月の豊明節会で実際に列に加わらなかったことが確認できる。また、『公卿補任』康保四年(九六七)条に、

五月廿七日宣旨、如レ故聴下乗二輦車一出中入宮中上、又諸節会不レ就二行列一直殿上者、

とあり、冷泉天皇によっても認められた。

(202) **白馬奏《あおうまのそう》** 白馬御覧に先立って左右の馬寮の御監《ごげん》(馬寮のことを総裁する官で近衛大将の兼任)より、馬数・毛附(馬の毛の色)・貢人の氏名を記して奏聞する。その文書。

(203) **「朝臣」を加へ、返給《かえしたま》ふ** 実資が白馬奏に署名として

「朝臣」の字を書き入れたこと。

白馬奏は、左右の馬寮がそれぞれ提出するが、右近衛府大将として右馬寮御監を兼ねる実資は、右馬寮の白馬奏に署名した。祖父実頼の例に倣って参入前に自邸で署名して奉っているが、本来は儀式の中で行なわれる。『西宮記』(恒例第一・正月・七日節会)〔註244の続き〕に、

左右御監《コケン》奏㆓白馬奏㆒、〔御監等下㆓立東階壇上㆒、馬允各執㆑奏、令㆑持㆓硯史生等㆒入㆑自㆓日華門㆒、参進取㆓御監名㆒、不㆑参者、於㆓里亭㆒取㆑名、御監執㆓奏杖㆒、登付㆓内侍㆒奏進、左奏間、右御監立㆓東廂北辺㆒侍、左廻帰進倚、(略)〕

とあるように、御監不参の時に里第で名を取ることも儀式化されている。実資はこの日、白馬節会の前に退出しており、当初からこの儀に臨まないつもりで自邸で加署したと思われる。尚、白馬奏が儀式で奏される場面は『左経記』同日条※2参照。

(204) **里第《りてい》** 「里亭」とも。自分の邸宅。

ここでは実資の小野宮邸。

(205) **中将(=兼頼)の平胡籙《ひらやなぐい》(×録)の箭《や》** 実資の婿兼頼が所持する平胡籙の矢。これを恐らく儀式用に、「六筋八寸の水精」を嵌《は》め込んで華美に作らせ、その制作者千武に賜禄した。「胡籙(胡簶)」は、「ころく」とも。弓矢の具の一で、矢を入れる容器。「平胡籙」は、通常の細い狩《かり》胡籙や円形の葛《つづら》胡籙に対して、形の平たい胡籙で、平安時代に儀仗化してできたと考えられている。行幸その他の儀式の際、近衛の武官などが帯びた。「箭」は矢、特に矢の竹の部分を指す。「水精」は水晶で、「六筋八寸」とは竹の部分に八寸(約二六センチ)の細長い筋《すじ》状の水晶を六本嵌め込んだということか。

(206) **内座《うちのざ》に着す** 実資は参内して、先ず陣座(→註16)の内側の座、すなわち奥座《おくのざ》に着いた。内大臣教通が「外座」、すなわち南座にいたのは、それより前に内弁を仰せつかったことによる。教通の座席移動については、『左経記』同日条※1参照。

(207) **外任奏《げにんのそう》候《さぶら》ふの由を申す** 少外記文室相親は、外任奏が準備できていることを内弁である教通に伝えた。「外任奏」は、節会に召されるべき地方官の歴名を奏上すること。その文書。

『左経記』同日条※1によれば、この前に内弁教通が「諸司の参不」を尋ねている。また、教通が実資に「外任の奏が早すぎるのでは」と尋ねているが、『北山抄』(巻一・年中要抄上・正月・七日節会及叙位事)には式部・兵部に下名《おりな》を給わってから「共退出後、大臣起座、暫入㆑陣後、此間令㆑奏㆓外任奏㆒、(注略)」とあることと

対応すると考えられる。一方、『西宮記』(恒例第一・正月・七日節会)によれば「天皇御二南殿一、〔女蔵人持二位記筥一候二御共一、或男持候、有二外任奏一者、内弁此間令レ奏、〕」とあり、外任奏があれば、天皇出御の間に奏すとしている。『左経記』同日条※1によれば、外任奏の前に天皇は出御しており、実資の「更に早晩を謂《い》はず。」という返事とも対応する。尚、天皇の紫宸殿への渡御について『江家次第』(巻二・正月乙・七日節会)は外任奏の後に、

　天皇渡二御南殿一、〔経二長橋一入レ自二南殿乾戸一、〕内侍二人持二璽・剣一、命婦・蔵人各四人相従、執政之人候二御裾一、〔若不参者蔵人頭、〕蔵人持二式・御靴等一、御厨子所候二殿乾角壇上一、内侍・女蔵人等〔近例蔵人、〕置二位記筥於公卿台盤上一、〔計二内弁座前一置レ之、〕

とあり、関白頼通(執政の人)も天皇の御裾を取って従ったと考えられる。

(208) **定詞《さだまることば》** 儀式の中での決まった言い方。『北山抄』の「外任奏」の割注に「仰云、令レ候レ列、」とある。

(209) **代官を申す** 少外記相親が、式部と兵部の輔・丞について代わりが立てられていることを申し上げた。『江家次第』には、

　外記申二代官一、〔於二小庭一申レ之、問二諸司具否一之間可レ申、〕式部〈乃〉輔《スケ》・丞《マツリコト人》、兵部輔・丞代官給〈牟〉、上宣、誡《イマシメ》〈太リヤ〉、外記申、式〈ノ〉省〈ノ〉輔代〈爾〉某官某丸、政人〈乃〉代〈爾〉某官某姓某丸、兵〈ノ〉部〈ノ〉云々、上宣、令レ勤〈ヨ〉、二省輔・丞必用二代官一、以レ催二正員一為二違例一云々、

とあり、定式化され、その詞も載せられている。尚、ここで「政人《まつりごとひと》」とは「丞」のことである。『江家次第』では、この後に「諸司奏可レ付二内侍所一由被レ奏、」「奉レ仰々二外記一、」「被レ奏二外任奏一、」へと続く。

(210) **「戒《いましめ》(×我)たり乎《や》。」** 内弁教通が外記に言う定型句。底本には「我乎」とあり、古記録本は「我《(式カ)》乎」とし、大成本は「戒《式カ》乎」とするが、前註の『江家次第』の「上宣、誡《イマシメ》〈太リヤ〉、」に対応し、「我」は「戒」あるいは「誡」の誤写と考えられる。この場合の「戒」「誡」は「非常の場合に備えて用意する」という意味か。それに対して外記は、式部と兵部の輔・丞の代官となる者の名を答える。

(211) **仰詞有り** 天皇が内弁教通に対して「仰宣《おおせのたま》へ。」と言った。あるいは教通が言ったか。これに対応する記述は儀式書になく、実資は不可解に感じて記したか。この詞の後、内弁教通は陣座から靴を履いて紫宸殿の東階へと移動し、下名《おりな》を受け取る。

（212）**下名《おりな》**　叙位・除目で位や官位を授けられた人名を記したもの。中務・兵部二省の丞に下付する。

下名を給う儀式については、『西宮記』（恒例第一・正月・七日節会）の最初に、

天皇御二南殿一、（注略）内侍給二下名一、〔内侍持レ文出二東階一、内弁着レ靴、到二東階一昇二二三階一、取レ文着二兀《コツ》子一、召二内豎一、〈二音、〉内豎称唯参進、雨日、立二宜陽殿南二間砌上一、内弁仰云、式乃《ノンノ》省《ツカサ》・兵《ツハモノ》乃《ノ》省召〈セ〉、内豎称唯、出召二丞等一参進、北面西上立、雨日、立二宜陽南一間壇上一、式部立二柱外一、兵部立二廂内一、西上北面、内弁召二式省一、称唯、進倚、【大臣ニハ不レ跪、】以二左手一給レ文、帰立、召二兵部省一如レ初、称唯共退出、内弁帰入、〕

『北山抄』（巻一・年中要抄上・正月・七日節会及叙位事）の最初に、

内侍取二下名一臨二東檻一、大臣着レ靴、到二東階下一、挿レ笏昇二二三階一、取二下名一着二兀子一、召二内豎一二音、内豎称唯参入、宜陽殿西頭北面而立、大臣宣、召二式省・兵省一、称唯退出、二省丞参入、立二大臣前一〔式部在レ西、雨儀壇上、〕大臣召二式省一、称唯進挿レ笏屈行、給二下名一、〔大臣以二左手一、微々給レ之、（略）〕次給二兵省一如レ前、共退出後、大臣起座、暫入二陣

長元四年正月

後一、此間令レ奏二外任奏一、〔仰云、令レ候レ列、〕

とある。

尚、実資は以下の割注で、内弁が笏を挿むのは階を二三段上がってからにすべきで、教通は早すぎたと批判しているが、この教通の作法は『北山抄』で笏を挿んでから二三段昇るとあることと一致する。

（213）**宜陽殿の兀子《ごし》を直立《なおした》てしむ**　ここでは内弁が坐る兀子を直させた。「兀子」は前出（→註34）。「直立《なおした》つ」とは、もとのように直す、倒れていたのを直すという意味で、実資は、教通が随身に行なわせたことを批判し、装束司に行なわせるべきであるとしている。

（214）**未見《みけん》**　まだ見えない。まだ会わない。未知。ここでは、教通のやったような行為を見たことがないということ。

（215）**装束司**　行幸・節会などに際して、その設営を掌る臨時の職。

「装束」には、①衣装や装身具、②衣服・着物の意味の他に、③家屋・庭・道具などの装飾（装飾・設営すること、またはその装飾品）という意味もある。「しょうぞく」とも訓む。

（216）**内豎《ないじゅ》を召す**　内弁教通が内豎を呼んだ。「内豎」は、蔵人所の管轄下で、殿上の雑役を勤める職。「ちいさわ

らわ」と訓み、本来は少童の意であるが、年少者とは限らない。内豎を管理するのが内豎所で、別当などが置かれた。尚、内弁が内豎を「二声(二音)」で召すことは、『西宮記』『北山抄』(↓註212)の記事と一致する。また『江家次第』に「召㆓内豎㆒、〔二音、高長、〕」とあり、『同』(巻一・正月甲・元日宴会)「内弁細記」「七日」に「着㆓兀子㆒之後、喚㆓知不佐和良和《チフサワラワ》㆒〈二音〉高《ク》長《シ》、内豎頭来立、」とある。「二声(二音)」とは、各音を二声分にのばして発することで、「チーイ、フーウ、サーア、ワーア、ラーア、ワーア」と呼んだのであろう。内豎が「同音に称唯す」とあるのは、内弁が同じように高く長い声で返事をしたということであろう。

(217) **式司《のりのつかさ》・兵司《つわもののつかさ》** 式部省と兵部省。二省ともいう。呼び方については『西宮記』(↓註212)参照。

(218) **立定《たちさだ》まる** 式部と兵部が日華門から南庭に入って定位置に着く。『西宮記』『北山抄』(↓註212)によれば、内弁大臣の前に「西上北面」すなわち式部を西側にして南殿に向かって立ち、内弁大臣は一人ずつ呼んで下名を左手で渡す。

(219) **諸卿、外弁《げべん》に出づ** 内弁教通が(『北山抄』によれば陣後に)退いている間に、他の公卿たちは陣座から外弁(↓註25)、すなわち承明門外に出て行った。『左経記』同日条※1に「春宮大夫以下」とあり、この日の外弁上卿は権大納言春宮大夫藤原頼宗が勤めたと考えられる。

(220) **右大弁経頼一人、陣に留まる** 源経頼は参議であり本来は諸卿と共に外弁に出なければならないのに、一人だけ陣座に留まった。その理由は「下官《げかん》一人有るべきに依る也」とあるように、「免列宣旨(自㆑腋参上宣旨)」(↓註19 201)を受けている実資一人を陣座に残してはいけないという配慮からであった。『左経記』同日条※1には、経頼が陣に残ったのは八省の儀に准じたとも記されている。

(221) **左右近、階下に陣す** 左右の近衛府の官人が紫宸殿の南階の前に威儀を整えて列立した。この後、天皇が紫宸殿の御帳の中の倚子(内裏図ⓐ)に着すのに合わせて、近仗(↓註33)が警蹕(↓註30)する。『江家次第』に、

天皇着㆓御帳中倚子㆒、〔先於㆓北廂㆒着㆑靴給、入㆑自㆓帳北面㆒着御、〕内侍置㆓璽・剣於東机㆒、蔵人置㆓式筥於西机㆒、近仗称㆑警、

とある。続いて『西宮記』(註212の続き)に、

近衛陣㆓階下㆒、〔雨日、立㆓平張㆒、〕天皇出御、〈警蹕、〉内弁着㆓兀子㆒、内侍置㆓位記筥㆒、(注略)内侍出、内弁謝座昇、(注略)太子昇、(注略)王卿着㆓外弁㆒、〔式部列㆓立建礼門内左右㆒、北面西上、弾正立㆓東西㆒、北上、東西面、兵部立㆑西、東上北面、〕開門、〔闈司着座、〕

御弓奏、（注略）輔已上一人留奏レ之、無勅答、

『北山抄』（註212の続き）に、

天皇御二南殿一、親王以下着二外弁座一、（注略）内侍率二女蔵人一、解二去位記筥結緒一、置二内弁座前大盤上一、（注略）近衛引レ陣、御座定、内弁又着二兀子一、内侍召レ人、大臣（注略）謝座参上、次開門、闈司着座、大舎人叩レ門、闈司奏、〔勅答、令レ申、〕次内舎人奏、〔勅答、召〈世〉、〕次兵部進二御弓等一、輔留奏レ之、（注略）

とあるように、内弁は宜陽殿の兀子に戻り、内侍に東欄から呼ばれて、紫宸殿に登る。『小右記』に「列して移る」とあるのは、その間に王卿たちが外弁に列をなしたことを指すか。

（222）**檻《てすり》に臨む** 内侍が下名を持って紫宸殿の東欄に立って、内弁教通を召した。「欄」は、てすり。おばしま。欄檻《らんかん》。

（223）**左仗《さじょう》の南に於《お》いて謝座《しゃざ》す** 内弁教通は、宜陽殿の兀子を立って北上して陣座の方に戻り、更に紫宸殿に昇るため、軒廊の東二間から北の小庭に出て陣座の南で天皇に向かって拝をした。但し、実資はよく見ていなかったと註記している。「左仗」は、左近衛府の陣の仗座《じょうのざ》。陣座《じんのざ》（→註16）。「謝座」は、朝廷での公宴で、酒宴に先立って行なう拝礼。再拝する。

（224）**次いで開門す** 承明門などの諸門を開く儀。

（225）**新叙の宣命《せんみょう》を催す** 内弁教通が、新しい叙位者に賜わる宣命を持ってくるように催した。「宣命」は、天皇の命令。また、それを書いた文書。天皇の詔（詔・勅など）を国文体で表現するもの。今回、叙位に預かった者は五位以上の勅授であるので、この宣命が必要となる。

内弁が新叙の宣命を奏上する儀について、『西宮記』（註221の続き）に、

内蔵官人入レ自二日花門一、（注略）内弁奏二宣命一、〔内記以二宣命一刺レ杖候二階下一、内弁執レ杖昇、奏進如レ例、帰下授二杖於内記一、持二宣命一昇着座、〕

とあり、『北山抄』（註221の続き）に、

内蔵允以下、入レ自二日華門一、昇レ案退出、大臣取二宣命一、付二内侍一奏レ之、〔内記候二東階南頭壇下一、大臣先取二宣命一、見畢返給、令レ挿二文杖一、取而参上、延喜三年記云、大臣於二東階下一見畢、或於二陣座一見畢、不二出御一時例也、見二天徳四年私記一、〕返給却下、返二給文杖一、取二宣命一着二本座一、

とあるが、立つ場所は明記されていない。実資が内弁を勤めた治安三年（一〇二三）・万寿四年（一〇二七）は、軒廊で行なっている。『左経記』同日条※1でも実資が、宣命を見

る場所については二説あり、天皇が不出御の時は陣座、天皇出御の時は軒廊で見るとし、今回の教通のように「階下の壇上」で見る先例は知らないと言っている。以下、それぞれの場面で内弁が立つ位置について解説されている。

(226) **坊家奏《ぼうけのそう》・相撲奏《すまいのそう》等は**　白馬節会での坊家奏と相撲節会での相撲奏では(内弁が壇上で受け取ることになっている)。『左経記』同日条※1で実資は、内弁が壇上で見るのは相撲奏・白馬奏(→註202)などであるとし、その理由として左右があるものと言っている。

「坊家奏」は、内教坊《ないきょうぼう》別当が女楽の演奏に先立って楽曲の目録を奏上すること。白馬奏と坊家奏は、白馬節会の後半(この日は実資退去後)に行なわれる。『西宮記』の「左右御監奏二白馬奏一」の割注(史料前掲註203下略部分)に、

無二御監一者、内弁可二相兼奏一、復座、無二一方御監一者、可二兼奏一、大臣兼二左御監一儀也、又就二本殿一奏時、允持レ奏相従、或有下奏二白紙一之例上、左右府生取レ標、左将監取レ版、置二殿巽角壇上一、標前取レ之、諸仗起、

とあり、「内膳供二御膳一、(注略)供二御酒一、(注略)二献、(注略)国栖奏、(注略)三献、御酒勅使、(注略)」と続いた後で、

内教坊別当奏、〔別当不参者、内弁奏、坊家別当立二東階下一、別当少将令レ持二奏杖於将監一、将監立二巽角壇下一、伝取進二別当一、別当立二壇上一披レ文加署刺レ杖登付二内侍一、右廻復座、楽人等於二射場一発二音声一、【調子参入音声、】〕

とあり、内弁の立つ場所は記されていないが、実資が内弁を勤めた治安三年・万寿四年は、紫宸殿の東南角の壇上で行なっている。

「相撲奏」は、七月の相撲節会(→七月註84)で相撲人の目録を奏上すること。『西宮記』(恒例第二・七月・十六七日相撲召仰・大節)に、

左右別当奏二相撲奏一、〔親王各取レ奏、経二左仗南一、到二東階廂下一付二内侍一、右別当先候二右仗西頭一、待二左別当進出一度二階前一、従二左別当後一上レ奏、還時又経二階前一〕

とあり、『北山抄』(巻二・年中要抄下・七月・相撲召合事)に、

次左右大将下レ殿、〔不三必待二出居等着座一〕於二東階下一取レ奏参上、跪二御簾下一、付二内侍一、把笏復二本座一、〔左右少将令レ持二奏文於将監一来具後、先取レ奏披見、次取二文杖一縦挿レ之、大臣為二左大将一、納言為二右大将一者、左立二壇上一、右立二軒廊西一間一、共為二大臣一、

共為二納言一者、同立二壇上一、（略）」
とあり、紫宸殿の東階下の壇上で行なっている。七月註242参照。

(227) **宣命・見参《けざん》は然《しか》らざるの事也**　白馬節会で内弁が最後に奏上する宣命・見参は、壇上で見てはいけない。『西宮記』（前註の続き）に「舞、（注略）楽拝、（注略）掃部立二禄台一、（注略）大蔵積レ禄、（注略）弁奏二目録一、（注略）」と続いた後で、

内弁奏二宣命・見参一、〔拝後着陣見、帰登奏、召二参議等一、各給儀如レ常、太子以下拝舞、宣命使帰登、上下復座、〕禄、（注略）天皇還御、（注略）

とあるように、儀式の最後、参列者への賜禄の前に、内弁は陣座に戻ってから宣命と見参を奏すことになっている。「宣命」は前出（→註225）。ここでは白馬節会の最後に宣命使によって宣《の》られる宣命。「見参」は、「げざん」「げんざん」とも。①節会・儀式などに参入・伺候すること。また、その人が名を記して天皇（主人）へ差し出すこと。その参入者の名簿。②目上の者に対面すること。③目下の者にお会いになること、御覧になること、引見。④主従関係を結んだ者が正式に面謁すること。ここでは①で、大臣以下の参入者の名簿。

(228) **御弓奏《みとらしのそう》は如何《いかが》**　兵庫寮の官人がいないので、御弓奏はどうしたらよいか。

「御弓奏」は、白馬節会で兵部省が兵庫寮の献進する天皇御料の弓矢を捧げる行事。「みとらし」とは「手におとりになる物」の意味で、特に天皇の弓を指す。「みたらし」とも訓む。『西宮記』（註221）では開門の後に「御弓奏」があり、その割注に「或付二内侍一」と記されている。この頃から内侍所に付すのは常態化し、『江家次第』では「外記申二代官一」の後（註207の前）に、

諸司奏可レ付二内侍所一由被レ奏、〈付二蔵人一〉或奏二外任奏一、次令レ申、〔先召二外記一問、〕兵部省御弓奏、宮内省腹赤奏、〔元日違期不参時也、〕若当二卯日一卯杖奏等也、

とあるように、外任奏などと同時になされるようになる。

(229) **勅命を含みて内弁（弁×）に仰す。内弁（々々）、外記に仰す**　（頭弁経任が実資の意見を天皇に伝え、）御弓奏を内侍所に付すという天皇の命令を内弁に伝え、内弁から外記に命じられた。尚、原文は「頭弁含勅命仰内々《弁歟》々仰外記、」であるが、『左経記』同日条※1の記事も勘案し、文意により「頭弁含勅命仰内弁、々々仰外記、」の誤写と判断し、改めた。

(230) **陣腋《じんのわき》（□腋）に帰り、階下（×皆下）に候ぜず**　（内弁が宣命を天皇に奏上している間、）内記藤原国成は東階の南の

段下に控えていなければいけなかったのに、陣腋に帰ってしまった。『西宮記』『北山抄』(註225)の割注参照。「陣腋」は、陣座の端。陣座の横切座の東腋、宣仁門の前か。

　内記国成は、実資が遣わした随身によって注意され、もといた所に慌てて帰ってきた。

(231) **文夾**《ふばさみ》　文挟。「ふみばさみ」の転。文書を挟んで差し出すための白木の杖。杖の先端に文書を挟む部分があり、それを鳥口という。文杖《ふづえ》。

(232) **立つ所、指**《さ》**して前跡非**《あら》**ざるも**　(内弁教通が宣命を挟んだ文杖を内記に返す時に、受け取ったのと同じ階下の壇上でしたことについて)内弁が立つ場所は、特に前例があるわけではないけれども。内弁が新叙の宣命を取り扱う場所は軒廊でなければならないことについては、註225参照。

(233) **目**(×日)**有るの**(×久)**人、必ず傾奇**《けいき》**を致す歟**《か》　目のある人間(＝見識ある人)は必ずこれを怪しむであろう。内弁教通の作法のひどさを非難した詞。「傾奇」は、あやしむこと。不思議に思うこと。

(234) **上官**《しょうかん》　「政官」とも書き、「じょうがん」とも訓む。一般的には太政官の官人を指すが、史料によって意味するところが違う。大別して、①公卿以外の太政官の官人全般(弁・少納言・外記・史・史生・官掌・召使・使部)、②特に外記・史のみ、③弁・少納言のみ、の三つの用法がある。最も良く使われるのは②だが、ここでは弁・少納言も含む①の意か。

(235) **内竪**《ないじゅ》**を召す**　内弁が式部・兵部の二省を召して、位記筥を置かせる。内竪は前出(→註216)。『西宮記』(註225の続き)に、

　置二位記筥一、〔内弁召二内竪一、内竪称唯、入立二左仗
南一、(略)内弁仰云、式〈乃〉省・兵〈乃〉省召〈セ〉、内
竪称唯、出召、二省輔・丞【多用二代官一】立二桜東一、
北面西上、立二六位後一、(略)内弁召二式官一、称唯、入
レ自二母屋南面東一間一、立二内弁巽去七尺一、内弁挿レ笏、
以二上筥一自二右方一給、輔下レ階授レ丞、帰登立二本所一、
内弁給二次筥一如レ前、【有二三筥一者又登、】内弁正レ笏
召二兵司一、給レ筥如レ前、内弁毎度挿レ笏、丞等以レ筥
置二案上一、(略)〕

とあり、『北山抄』(註225の続き)に、

　召二内竪一二音、内竪称唯、進立二左仗南頭一、大臣宣、
召二式部省・兵部省一、二省輔代、(注略)参入、列二立
桜樹東頭一、(注略)大臣召二式部省一、輔代称唯参上、
入レ自二南面東一間一、立二大臣後一、大臣如レ挿置レ笏、
宣命入レ懐、取二位記筥一給レ之耳、又端レ笏、〔毎度如
レ之、〕輔代降レ自二東階一、授二丞代一還昇、又給退下、

〈注略〉大臣召二兵部省一、給レ筥如レ先、各置二庭中案上一、〈注略〉退出、〈注略〉

とあり、式部・兵部の順に筥がもたらされ、案(机)の上に置かれる。

(236) **次いで舎人を召す** 内弁が大舎人を呼び、少納言を版位に着かせて、群臣を参入させる。『西宮記』(前註の続き)に、

内弁召二舎人一、〈二声、唯、少納言就二版位一、雨日、立二承明門中央壇上一、内弁仰云、刀禰召セ、少納言称唯、出息二幔外一、王卿列立、少納言出立二門壇下一召、王卿以下列入、【諸仗立、】〈略〉内弁云、侍座、【之支尹、】王卿再拝、酒正授二空盞於貫首人一、相跪取レ之、謝酒了、酒正取レ盞帰、王卿一々昇レ自二東階一、〈注略〉分二着堂上一、諸大夫着二幄下一、式部録以レ簡点検、〉

とあり、『北山抄』(前註の続き)に、

大臣召二舎人一、大舎人称唯、少納言参入、仰召二大夫達一、〈其詞云、召二刀禰一〉親王已下五位已上、相引参入、〈注略〉謝座・謝酒、着座、

とある。

(237) **其の声、猶長きこと元日の如し** 内弁教通の舎人を呼ぶ声が間延びしていたことは一日条＊2、註35参照。

長元四年正月

(238) **版《へん》** 朝廷の儀式で参列者の位置を示すために目印として置かれた木の板。七寸四方、厚さ五寸の板に、皇太子以下の参列者の位階を漆で書いた。版位《へんい》(「へんに」とも)。ここは、南庭に常設されていた版位。

(239) **宣《の》る。「刀禰《とね》召《め》(×下)せ。」** 原文は「宣下刀禰」とあり、教通は「刀禰《とね》を召《め》せ。」と言った可能性もあるが、『西宮記』(史料前掲註236)のように定式で言ったと解釈した。これは「大節」の呼び方で、元日節会での呼び方と違う。註36参照。

(240) **各《おのおの》標《ひょう》に立つ** 群臣たちが承明門の左扉から南庭に参入し、所定の場所に異位重行《いいじゅうぎょう》した。異位重行は、「雁列」ともいい、位階の順に高位者より前から後ろに、同位の者は横一列に並ぶ。「標」は、しるし。目印。具体的には版位が置かれていた。『北山抄』(史料前掲236)の「相引参入」割注に「版位南去七尺、東去二丈五尺、立二親王標一、自余同二元日一。」とあるように、標は版位(→註238)を基準に臨時に設置された。

(241) **宣る。「侍座《しきい》(×臣)。」** 内弁がかけた着席の号令。「しきいん(しきい《ゐ》に)」と言った。『西宮記』(史料前掲註236)参照。

(242) **謝座《しゃざ》・謝酒《しゃしゅ》すること常の如し** 群臣が酒宴の前の再拝と礼を通例通りに行なった。「謝座」は前出(→註223)。

「謝酒」は「しゃす」とも。朝廷の饗宴で、群臣が謝座の再拝に引き続いて、庭中で賜酒を受ける礼。酒造正が賜酒の意を示す空盞を持って来ると、参集者中の上首が跪き、盞を受け、これと共に群臣も再拝する。

　群臣たちは、謝座・謝酒の後、一人一人紫宸殿に昇り着座する。

(243) **叙列を引く**　新たに叙位された人々を引率して参入する。『西宮記』(註236の続き)に「式部輔率二叙人一参入、(注略)」とあり、『北山抄』(註236の続き)に、

　次二省引二叙人一参入、立二東西標下一、〔参議已上先参入、次輔引二五位以上一、丞引二六位一、若叙二親王一、以二参議一為二代官一、仍留二外弁一、相引参入、(略)〕

とある。

　実資は、この間に陣座から靴を履いて、紫宸殿に昇り、奥座に着している。

(244) **新叙の宣命使**　新たに叙された者に儀式で宣命を読み上げる役。『西宮記』(前註の続き)に、

　立定、内弁召二宣命使一、〔納言若参議、被レ召者立称唯、立二内弁後一、給二宣命一、(略)〕宣命使就レ版、(注略)召給二位記一、(注略)拝、(注略)

とあり『北山抄』(前註の続き)に、

　大臣召二参議以上一人一給二宣命一、〔多用二中納言一、可レ依二叙人之尊卑一歟、〕宣命使右廻徐歩、復座、親王以下下レ殿、列二立左仗南頭一、(注略)幄下諸大夫立定後、宣命使就レ版、宣制、(注略)両段、群臣毎レ段再拝、(注略)宣命使左廻如レ元、参上着座、群臣復座了、二省召給、(注略)了叙人相依馳レ道、拝舞退出、(注略)次二省丞、入レ自二日華門・月華門一、取二位記筥一退出、(注略)掃部寮撤レ案、次親王以下、下レ殿拝舞、(注略)

とある。ここまでが叙位の儀で、これから白馬御覧・白馬節会へと移行する。『左経記』同日条※2参照。その『西宮記』による式次第については、註203 226参照。

　尚、宣命使に三位以上の叙位該当者がいる場合は納言、そうでない場合は参議を用いることを実資が内弁教通に教えたこと、そして参議藤原通任がこの日の宣命使を勤めたことが、『左経記』同日条※2に記されている。また、実資はこの宣命使を呼ぶ儀を見届けて退出している。

(245) **未だ本殿に還御せざるの間**　天皇が清涼殿に還御する以前であるので。実資が天皇の南殿出御中に輦車に乗る場所を変更したことは、一日条＊3、註42参照。

(246) **慶賀《けいが》の人々来たる**　実資の所に人々が叙位のお礼にやってきた。「慶賀」は、①慶び祝うこと、祝賀、②任官・叙位の礼を申し上げること。拝賀。奏慶。ここでは

②で、頭弁藤原経任もこの日に正四位下となったので(『公卿補任』長元八年条)、実資の所に来て拝している。

(247) **四品**《しほん》　四位。藤原信家は従四位下に叙された(『公卿補任』長元九年条)。

(248) **新一品宮**(＝章子内親王)**の御給**《ごきゅう》　新一品宮とは章子内親王。その年爵によって叙位されたということ。

(249) **還昇**《げんしょう》**を聴**《ゆる》**さる**　改めて昇殿《しょうでん》(→註119)を認める宣旨が下った。「還昇」は「げんじょ」「げんじょう」「かんじょう」とも。いったん昇殿を止められた者が、再び昇殿を許されること。官位が昇進した場合には改めて昇殿宣下がある。還殿上《かえりてんじょう》と同じ。

(250) **御斎会**《ごさいえ》　「みさいえ」とも訓む。正月八日から十四日まで大極殿《だいごくでん》(大内裏図C34)に本尊毘盧舎那仏《びるしゃなぶつ》を安置し、衆僧《しゅうそう》を召して斎食《さいじき》を設け、『金光明最勝王経《こんこうみょうさいしょうおうきょう》』を講説して国家安穏・五穀豊穣を祈る法会。興福寺維摩会《ゆいまえ》、薬師寺最勝会《さいしょうえ》と共に南都三会《なんとさんえ》の一に数えられ、南都の高僧が行なう。その起源には天平神護二年(七六六)と神護景雲元年(七六七)の二説ある。九世紀前半までには正月の行事として威儀格式が整えられ、最も重要な国家的仏事の一として位置付けられた。天長元年(八二四)から結願《けちがん》日(十四日)に内裏で僧たちに問答をさせる内論義《うちろんぎ》も始められた。

(251) **八省**《はっしょう》**に候ずる外記に仰遣**《おおせつか》**はす**　実資は随身を遣わして御斎会に参入しないことを、その儀が行なわれる朝堂院にいる外記に伝えた。「八省」は、①令制で、太政官に置かれた中央行政官庁。中務・式部・治部・民部・兵部・刑部・大蔵・宮内の八省。②八省院(朝堂院《ちょうどういん》)のこと。大内裏図C345。朝堂院は、時代により変遷があるが朝政・告朔などの政務、即位・朝賀などの儀式、節宴などの饗宴を行なう所。弘仁年間(八一〇~八二四)頃から八省院とも称するようになる。小安殿《こあどの》はその正殿である大極殿の後にある建物。

(252) **本命供**《ほんみょうぐ》　生まれ年と同じ干支《えと》の日(本命日)に行なう祈禱。人の罪悪を天神に報告するという司命・司過あるいは冥道《めいどう》信仰の影響を受けて、益算・招福・攘災のために行なう。例えば康保三年(九六六)生まれで丙寅を本命とする藤原道長の場合、『御堂関白記』では、寛弘元年(一〇〇四)八月十四日丙寅条に「令㆔光栄(賀茂)朝臣祭㆓本命元神㆒」とあり、同七年六月十九日丙寅条に「仁統本命供初、光栄祭如㆑常、」とあるように、「本命供」は密教修法、「本命祭」は陰陽道《おんようどう》による祭として区別していた。密教の本命供では北斗七星や二十八宿などの星辰(星座)を供養し、陰陽道の本命祭では天曹《てんちゅう》・地府などの陰陽道の神が崇拝対象となる。

実資は天徳元年(九五七)丁巳の生まれであるので、丁巳の日に本命供を行なっていた。実資の本命供が密教僧による密教修法であったという確証はないが、長和二年(一〇一三)九月廿八日丁巳条に「本命供精進、」とあるのが初見で、実資が個人の災厄を攘うという考えに基づいて次々と新しい密教修法を始行している時期であり、その可能性は高い。また、本条には続けて興福寺南円堂の巻数使の記載があり、この頃、興福寺が宿曜道《すくようどう》の拠点であったことを考え合わせると、宿曜道の教説に基づいて本命日が意識され、南円堂での読経・祈禱がなされていたとも想像される。

(253) **南円堂** 興福寺(→註455)の南円堂。弘仁四年(八一三)に藤原冬嗣が建立した八角円堂で、単層宝形造。現在の建物は寛政九年(一七九七)に入仏再興。本尊は不空羂索観音《ふくうけんさくかんのん》坐像で、現在のものは文治四年(一一八八)康慶作。

(254) **巻数《かんじゅ》使** 「巻数」は「くわんず」とも。僧が願主から依頼されて経文・陀羅尼《だらに》などを読誦した際、その経文の名や度数を記した書付。これを依頼された寺から願主に送った使が巻数使。

(255) **七日の手禄の絹を進《たてまつ》る** 七日の白馬節会の禄を中納言藤原資平が大蔵省から預かって持ってきた。「手禄」は、軽い禄という意味。当座の手渡しの禄。『小右記』寛仁三年(一〇一九)・治安三年(一〇二三)・万寿元年(一〇二四)の正月八日条では「絹一疋」とある。本来は節会の最後に大蔵省が積んで用意した禄を受け取って帰るが、当日、実資はそれ以前に退出してしまったので、大蔵省がそれを送ってきた。節会に参加しなかったり途中退出した場合でも実資に禄が賜与されることについては、注49参照。尚、実資に賜与される白馬節会の節禄《せちろく》については、七月二日条＊1、註7参照。

(256) **其の所の蔵人** 源資通が国司に任じられた場合に欠員となる蔵人の地位。

この申請を依頼に来た藤原経通は実資の実兄懐平の子で、経季の父。経季と資高は共に実資の養子。本条で実資は資高の方が良いと言い、天皇もそう考えているようだという情報も入っているが、二月十七日▼cに資通は和泉守に任じられると、藤原実綱が六位蔵人に補されており、いずれも実現しなかった。経季が蔵人に補されたのは三月廿八日＊3で(→三月註251)、『左経記』三月廿八日条▽cには図書助藤原惟任(正月十一日※2に上東門院判官代から蔵人に補された)が上東門院の御給で五位に叙爵されて蔵人を辞めた替と注記されている。

(257) **女叙位《おんなじょい》** 宮廷に仕える女性を五位以上の位に叙すこと。また、その儀式。『西宮記』(恒例第一・正月)で「八日給二女王禄一事、」に続いて「女叙位、〔隔年、近代、外記兼進二勘文一、預二叙位一者、親王・女御・更衣・内侍・乳母・女蔵人・女史・采女・大臣妻・内教坊、所々有レ労者、一院三宮御給、御即位時、執翳一者、又預并褰帳等叙レ之、〕」とあり、『北山抄』(巻一・年中要抄上・正月)で「八日御斎会始事、」に続いて「同日女叙位事、」「同日給二女王禄一事、」とあるように、隔年正月八日に行なうのが原則であったが、『小野宮年中行事』(正月)には「同日(八日)女叙位事、」の割注に「隔年行レ之、式日八日、近代択二吉日一、」とあるように、次第に日程は不定となった。

この年は正月十一日に実資によって行なわれている。

(258)「明後日、行なはるべし。」者《てへ》り　関白からの返事。

(259)加供《かぐ》　「加供」とは仏に物を供えたり、僧侶に布施をしたりして供養すること。

これは首書に「御斎会加供事、」とあるように御斎会の加供で、第一日の八日(御斎会始)分を関白頼通、第二日の九日分を実資という形で公卿が分担して負担したと考えられるが、八日が坎日《かんにち》であったので一日ずつずれたのであろう。

(260)坎日《かんにち》　暦注の一で、諸事に凶として外出などを控えるべき日とされる。九坎《きゅうかん》ともいい、月ごとに十二支によって日が決められていた。正月の坎日は辰日で、八日丙辰が当たっていたので、関白の加供は九日に行なわれた。

(261)矢数《やかず》の懸物《かけもの》二疋、八木《はちぼく》五石　実資が右近衛府大将として、十八日に行なわれる賭弓《のりゆみ》に対して射場に送った、懸賞(懸物)と饗宴料。『小右記』長和二年(一〇一三)二月廿八日条・同三年三月七日条・寛仁三年(一〇一九)正月九日条・治安三年(一〇二三)正月十一日条などにより、ほぼ毎年、懸物として絹二疋、饗宴料として米五石を送っていたことがわかる。「懸物」は、「賭物《のりもの》」とも。勝負事に賭ける品物。懸賞の品物。賭禄。ここでは「矢数」(→註274)が多い者への懸物。「八木」は「やぎ」とも。米の異称。「石(斛)」は、容積の単位。日本では斗の十倍、升の百倍。曲尺《かねじゃく》の六・四八二七立方尺で、約一八〇リットル。容積の単位は変化が大きく、地域によっても差があった。

(262)手結《てつがい》の饗料に給ふ　実資は右近衛府の手結の饗宴料として米十五石を送った。『小右記』長和二年三月十日条・同三年三月八日条・同五年三月八日条・寛仁三年正月十二日条・治安三年正月十三日条などにも「米十五石」とあり、定数だったことがわかる。

「手結」は、「手番」とも。①射手《いて》などの競技者を二人ずつ組み合わせて矢を射ること。また、その取組や取組表(名簿)のこと。②射礼《じゃらい》・騎弓《うまゆみ》・賭弓《のりゆみ》などの式日の前に行なう演習。射礼の前に「兵部手結」、賭弓の前に予行の「荒《あら》手結」と本番の「真《ま》手結」を行なう。左近衛府は荒手結を九日、真手結を十一日に、右近衛府はそれぞれ十一日と十三日に行なうことを例とした。

(263) **賭射《のりゆみ》** 「賭弓」とも。正月十八日(射礼《じゃらい》の翌朝)に、弓《ゆ》場殿《ばどの》で近衛・兵衛の舎人の弓射を試みる儀式。天皇の御覧があり、賞品としての懸物《かけもの》が出される。

(264) **事賞《ことのしょう》無きに依る** 懸賞が魅力的でないので賭弓に参加する射手が集まらない、ということ。

(265) **的数《まとかず》勝《す》ぐるる者** 賭弓で的に多く当てた者。成績上位者。

(266) **相撲使《すまいのつかい》** 諸国に派遣されて相撲人《すまいびと》を集める使。毎年、七月の相撲節会(→七月註84)のために、近衛府より二月か三月頃に派遣される。左近衛府は東国、右近衛府は西国から相撲人を集めてくる。相撲部領使《すまいのことりづかい》。

ここで「一道」とは七道の内の一道で、右近衛府の場合、山陽道・山陰道・南海道・西海道が対象となる。これに対して、実資は「尤も佳事也。」と答えながら、一道すべてでは良くない(その内の数ヶ国にすべき)とも指示している。

(267) **参らるるの早晩** ここでの助動詞「被(る)」は尊敬の意味。関白頼通が早く来られるかどうかで、女叙位を早く行なえるかどうかがかかっている、という意味。早く

行ないたいという関白の意向を受けて、実資は大外記小野文義に関係官司や書類の準備を命じている。

(268) **各《おのおの》催《もよお》し仰《おお》すべきの由** 女叙位の位記請印を行なう少納言や内記などの召仰《めしおおせ》(→註53)。

(269) **上《しょう》・宰相《さいしょう》** 女叙位の位記請印《しょういん》の儀を行なう上卿と参議。この召仰は当日行なっている(十一日条▼a)。

(270) **彼、行なふべき歟《か》** 女叙位の位記請印を行なうこと。実資は中納言資平に行なわせようとしている。

(271) **樋螺鈿剣《ひらでんのたち》の後の帯取《おびとり》** 細い螺鈿細工の鞘《さや》の剣をつるす後の方の帯取。「樋螺鈿剣」は「樋螺鈿太刀」で、儀式用の飾《かざり》太刀《たち》や細太刀《ほそだち》(→二月註100)の鞘が鞘口から鐺《こじり》(小尻)にかけての中央に細長く、背方・刃方とは異なった材質を用いて区画を作り、螺鈿で文様を表わしたもの。「樋」は細い溝、「螺鈿」は貝の殻の光る部分を色々な形に切って漆器などにはめ込んで飾りとしたもの。「帯取」は、剣を腰に佩用《はいよう》するために、帯にからめて取り付ける緒。「帯執」とも。鞘の前後二ヶ所の足金物に付けた韋緒で、二つ折りにして取り付け、上部を羂《なわ》にしておき、ここに帯をからめ通して腰に佩用した。前の方を「一の足」、後の方を「二の足」という。この二の足(後の帯取)が三日の朝覲行幸の時に抜けたので、紀法師に修理させ、完成したので禄を賜わった。

(272) **戒《いまし》示《め》す**　用意・準備しておくように指示する。
ここでは実資が中納言資平に対して、位記請印の上卿を仰せつかっても大丈夫なように用意しておくよう、事前に指示した、ということ。

(273) **旧《もと》の如く政所《まんどころ》を知行せしむべき事**　中原師重に今までと同じように実資家政所の別当《べっとう》としての職務を執行するよう、知通を通じて命じた。師重はこの記事以降「朝臣」(→註50)を付して記されていることから、五位に叙されたと考えられ、実資は(蔵人と同じように)六位から昇進した者を還補《げんぶ》したのであろう。
「政所」は、財政など様々な日常的事務を処理するところ。平安時代には官司や大寺社だけでなく、貴族の家においても政所が整備されていた。『家令職員令』では、親王ないし三位以上の者に家務を処理するための一種の公的機関として家司を置くことが認められていたが、それが別当以下の職員を備える政所に発展していった。

(274) **矢数を進《たてまつ》る**　射場所から実資の所に、この日に行なわれた右近衛府の荒手結の結果が届けられた。
「矢数《やかず》」は、当たった矢の数。「五を過ぎず」とあるのは、五本以上的に当たった者がいなかったということ。

(275) **関白**(=頼通)**参らるる歟《か》**(×咊)　「咊(和)」を古記録本・大成本では「呼」と解釈している。しかし、後の記載から、関白の参入は確かなことではないので、ここでは「右大弁(中宮亮源経頼)が中宮にいるのか」という疑問と並列で、「関白は来たのだろうか」という意味で解釈した。尚、古記録本・大成本に従うと、「関白参らる。頭弁(×外弁)を呼(×咊)び、女叙位の早晩を問ふ。答へて云はく…」となり、女叙位を早く行なうかどうかを実資が頭弁に尋ね、答えたのは頭弁ということになる。ところが「答云」では、関白の命で申文を選ぶよう指示しており、その文面からも実資が答えたと判断した方が良いと思われる。

(276) **申文《もうしぶみ》**　「申文」は前出(→註188)。ここでは、女叙位の申請をした文書。

(277) **台盤所《だいばんどころ》**　宮中や貴族の邸宅で、台盤(大盤)を扱う女房の詰所。宮中では清涼殿の西廂(内裏図b3)にあった。

(278) **清談《せいだん》の次《ついで》に**　雑談のついでに。しばらく話をしていたら(土氏爵についての話題になった)。「清談」は、①識者が山林に隠遁し、老荘《ろうそう》の空理《くうり》を談じて放逸を楽しんだこと。六朝時代に流行した。竹林七賢《ちくりんのしちけん》はその代表。②浮き世を離れ、名利を超越した高尚な話。③転じて雑談。

(279) **両人**　関白頼通と実資。『西宮記』(恒例第一・正月・女叙位)の冒頭には「預上卿一人依レ召参上、〔敷二菅円座一、蔵人置二硯・紙一〕」とあり、『北山抄』(巻一・年中要抄上・正月・同日（八日）女叙位事）の冒頭には「大臣依レ召候二御前一、〔御二昼御座一、不レ垂二御簾一、孫廂敷二菅円座一枚一、為二大臣座一、召二蔵人所紙・硯一用レ之、〕」とあることから、昼御座《ひのおまし》（清涼殿の日中の御座所）にいた天皇からの召によったものであることがわかる。本来上卿一人であるが、この日の儀では関白も御前の座に着いている。

（280）**余、御前《ごぜん》の円座《わろうだ》に着す**　実資が女叙位の上卿として天皇の前の円座に着いた。御几帳の前の円座の配置などは『雲図抄』（正月・女叙位事）参照。

（281）**申文等を下《くだし》給《たま》ふ**　『北山抄』「女叙位事」の割注に「外記奉二勘文一如レ常、又当日下二給申文一、令レ勘二申之一、勘二続年限合否一返上、」とあることに対応する。

（282）**御気色《みけしき》（×此気色）に依り**　天皇の様子によって、関白が進み出て申文などを給わった。本文は「依此気色」とあり、この前の「而不進給」と合わせて解釈が分かれる。「進給《すすみたま》はる」は（天皇の前に）進み出て（申文などを）給されることで、実資が受け取るために進み出なかったと考えられる。しかし、『小右記』万寿元年（一〇二四）正月十三日条の女叙位では「余進給復座、」とあり、実資が儀式を知らずに進み出なかったとは考え難い。よって実資も関白も天皇のご様子によって判断して行動したと解釈し、「此気色」は「御気色」の誤写と判断した。

（283）**蓋乍《ふたなが》らに**　蓋をしたまま、または蓋に載せたまま。ここでは、天皇の御硯筥の蓋をしたまま、その上に申文などを給わったという意味。

（284）**硯・続紙《つぎがみ》等の事を仰す**　実資が蔵人所に硯や続紙を持ってこさせた。『北山抄』割注（史料前掲註279）参照。また『雲図抄』（裏書・女叙位次第）に、

御装束了、剋限出御、執政着座、喚レ人、頭蔵人参進、承レ勅喚二執筆人一、〔以二六位一令レ召、〕次依レ召五位蔵人持二参続紙等一、次近衛将持二参院宮御申文一、次召二小輪転勘文一、〔或先召レ之、頭仰二外記一召レ之、〕事了執筆退出、位記封レ之在二御所一、

とある。

（285）**頭中将隆国朝臣を召すべきの由を仰す**　上卿実資が（院給の申文を持って来るように命じるために）頭中将源隆国を呼んでこさせた。『西宮記』（註279の続き）に「仰二殿上次将一、召二院宮御給名簿一、〔東宮無二女爵一、名簿中有二后名一返給、〕」とあり、『北山抄』（註279の続き）に「奏請後、召二殿上次将一、差二遣院宮一、令レ献二御給名簿一、〔或召二蔵人頭一仰レ之、〕」とある。

（286）**御殿油《おおとなぶら》**　大殿油《おおとなあぶら》（「おおとのあぶら」とも）。宮中や貴族の御殿を灯す灯明用の油。またはその灯火。

(287) **今、三所、此に従ふ**　今は院宮のうら三ヶ所からの申請がここにあります、という頭中将隆国の詞。五日の叙位議でも「三所」があるが(註161)、『左経記』本日条※1に中宮威子と新一品宮(章子内親王)の御給名簿を早く催し設けるように指示が出ているので、この二所を除く三所。

(288) **年限慥《たしか》ならざるの人々**　院宮御給以外の叙位対象者で、年労が不明の人々。実資は、関白頼通からこの指摘を受け、頭弁経任を通じて外記に確認させ、それに従って叙位簿に書き入れた。

(289) **位記に預かる下部《しもべ》**　位記の作成に関わる下級官人。「下部」は、①身分の低い者。②雑事に使われる者。③検非違使庁の下級官吏。使部《つかいべ》など。

(290) **触穢《しょくえ》の内**　触穢である上に。祭・神事などで、忌避《きひ》されなければならない不浄なものを穢《けがれ》といい、それに触れることを触穢という。触穢の人が神事に携わると、神の祟《たたり》を招くとされた。尚、触穢の忌の日数と伝染の範囲については『延喜式』(巻三・臨時祭)穢規定に定められ、神事を最も大切にしていた平安時代の貴族たちによって遵守《じゅんしゅ》されていたので、さらなる伝染を恐れて、朝儀全体に支障を来たすことも多かった。註460 466参照。

(291) **位記の装束未見《みけん》**　位記作成のための準備がまだできていないということ。「未見」は前出(↓註214)。

(292) **後日請印すべきの由**　女叙位の儀では、続けてこの日の内に請印を行なうことになっているが、その準備ができていないということで、後日に行なわせた。尚、この前に実資は叙位文を資平に渡しており、請印については資平に行なわせようとしていた(十日条▼b)。そして、二月廿二日、上野駒牽《こうずけのこまひき》に続いて、資平を上卿として行なわれている(『左経記』廿二日条※2)。

(293) **式部卿親王(＝敦平)の進《たてまつ》る王氏爵の名簿《みょうぶ》**　五日の叙位議で問題となった王氏爵の名簿。註163 164参照。

(294) **蔵人・昇殿せらると云々**　「被下補二蔵人一、聴昇殿上云々、」の略か。蔵人を補し昇殿を許可した、ということ。「云々」とあるので、実資はこのことを伝え聞いただけである。『左経記』同日条※2によれば、藤原経衡・藤原惟任が蔵人となり、良宗・経季が昇殿を許された。尚、良宗は『左経記』に「前帥三男式部大輔(×大)良貞」とあるが、『尊卑分脈』で源経房の三男とする「良宗」(「越中越前守　左衛門佐従四上」の注記あり)に改めた。良宗は『左経記』四月廿五日※1※2に「右衛門佐良宗」とあり、『小右記』八月十五日▼bに「紀伊守良宗」とある。

(295) **手結《てつがい》を進《たてまつ》る**　この日、右中将隆国と右少将定良が右近衛府の荒手結《あらてつがい》を行ない、府生公武が実資の許にその成績表を届けた。「手結」は前出(→註262)。ここでは手結の結果を記した文書。

(296) **下官《げかん》(＝実資)の陳《の》ぶる所の事**　関白頼通が誰かと雑談をしているついでに、実資が語ったとして伝えられたこと。「下官」は前出(→註9 146 190)。ここでは関白頼通の述べた言葉であるが、実資を指す。つまり、讒言のようなことがあったというが、実際に聞いていないし、実資を疑ったりはしない、と頼通が返事してきたということ。

(297) **讒言《ざんげん》**　人をおとしめるため、事実を曲げたり偽ったりして、目上の人にその人の悪口を言うこと。また、その言葉。讒口。讒説。

(298) **多事にて、遑記《いそぎしる》す能《あた》はず**　この件については複雑で、いちいち書き留めておけない。「多事」は、①しなければならないことが多くて忙しいこと。また、そのさま。②多くの事変があること。事件が多く世間が穏やかでないこと。「遑」は、①あわただしい、いそがしい、②あわてる、急ぐ、③いとま、ひま。「遑記」は、慌ただしく書くことか。ここでは、敢えて書かないという感覚も含まれている。

(299) **姓を改め臣(×従)と為《な》る者**　賜姓により臣籍降下した者。既に親王・王ではなくなった者。

(300) **詳しくは『故殿御記《ことののぎょき》(＝清慎公記)』に見ゆ**　詳しいことは藤原実頼の『清慎公記』に書いてある。『故殿御記』は前出(→註200)。前日の天皇の仰に従って調べた前例。「天暦七年」から「経奏聞」までがその趣意文と考えられる。

尚、この天暦七年(九五三)の王氏爵の違例については、『権記』長徳四年(九九八)十一月十九日条に、

去正月叙位、藤氏爵巡相㆓当京家㆒、(中略)登時允亮(惟宗)朝臣来示云、去天暦七年、王氏爵巡相㆓当於元慶御(陽成天皇)後㆒、氏是定式部卿元平親王、以㆓貞観御(清和天皇)後源経□(忠)㆒為㆓元慶御後王氏㆒、申㆓関栄爵㆒、依㆑有㆓事聞㆒、令㆔法□(家カ)勘㆓申所㆑当罪状㆒、親王并経忠遠流、但親王可㆓官当㆒、依㆓官高㆒、可㆓贖銅㆒者、其後有㆓大赦㆒、又依㆓宣旨㆒□□(勘申カ)云、所㆑当之罪科可㆓原免㆒、所㆑給之位記可㆓返進㆒者、□□(此度カ)之事、已叶㆓彼例㆒云々、

とあり、式部卿元平親王が処分(遠流のところ官当《かんとう》・贖《しょく》銅《どう》)された。元平親王が免じられたのは同十年で、そのことを記した『清慎公記』が九月五日条＊1▼aに引かれ、同じく敦平親王の前例とされた。

(301) **大外記文義、何事か有《あ》らむ乎《や》**　今回、大外記文義を式部卿敦平親王のもとに遣わすことに、何の問題があろうか。

(302) **五位・六位の間は分別せず** 天暦の例で遣わされた外記が五位であったか六位であったかわからない。よって実資は文義に調べさせている。ちなみに、天暦七年に遣わされた権少外記御船《みふね》傳説は六位であった。

(303) **来たるべきの消息** 「前左衛門督兼隆がこれから自ら実資邸に来る」という内容の消息。

(304) **更に過《よぎ》らるべからず** わざわざ実資邸に来ることはない。「過る」は、①前を通り過ぎる。②立ち寄る。

(305) **必ず事聞《ことのきこえ》有る歟《か》** 必ず知れ渡ってしまう。「事聞」は、聞こえてしまう事。

実資は、自分に頼ってもらっても困ると考えたのであろうか、関白頼通以外は直接会っても意味がない、と兼隆に返事している。

(306) **前左金吾《さきんご》(＝兼隆)の聟** 「金吾」は衛門督の唐名。前左金吾は前左衛門督藤原兼隆。この時の工氏爵に関する不正申請で審査の対象になっている式部卿敦平親王は兼隆の婿。尚、兼隆は敦平親王の勘事が解かれる直前(九月五日条＊2、九月註48)にも実資から情報を得ている。

(307) **仍りて経営《けいえい》する所歟《か》** 敦平親王が婿だから、兼隆が慌ただしく奔走しているのであろうか。「経営」は前出(↓註14)。ここでは③の「忙しく奔走すること」の意。

(308) **御庚申《ごこうしん》** 天皇の庚申待《こうしんまち》。「庚申待」とは、庚申の日の夜、寝ないで徹夜をする風習。この夜に眠ると人の体の中にいる三尸《さんし》が上帝のもとに行って、その人の犯した罪を報告し、寿命を縮めてしまう、という中国における道教の守庚申の禁忌に由来する。平安貴族社会では、信仰的要素は薄く、その夜に作文などの遊びを行なうことに重点が置かれる。庚申会。庚申祭。御申待《おんさるまち》。

(309) **是《ぜ》とせらる** この年最初の御庚申であったが、御斎会という最重要の宮中仏事の最中に行なうのは良くないという意見に天皇も同意した。そのような奏上があったので、天皇が停止した、ということか。尚、古記録本・大成本は「被是」を「彼是《かれこれ》」と解釈しているが、それに従えば、この御庚辰開催に賛否両論があったということになる。

(310) **雑物《ぞうもつ》を進《たてまつ》る** 平季基は大宰大監《だざいのだいげん》であるので、実資に個人的に献じた品物にも舶来品と思われる物が目立つ。

(311) **唐錦《からにしき》** 唐織の錦。舶来の錦。八月註261も参照。

(312) **唐綾《からあや》** 唐織の綾。舶来の浮織《うきおり》の綾。綸子《りんず》の類。八月註261も参照。

(313) **総鞦《ふさしりがい》の色革** 総鞦用の色革。「総鞦」は、鞦《しりがい》(牛馬の尻にかけて車の轅《ながえ》や鞍橋《くらぼね》を固定させる緒)の一種で人総・厚総を下げて飾りとしたもの。鞦には、材質や製法によって革・糸・組・畦・織などの別がある。「色革」

は、色染めを施したなめし皮。染皮。次の「紫革」も総鞦用か。

(314) **紫革《むらさきがわ》**　赤くくすんだ紫色に染めた革。

(315) **一行《いちぎょう》を送るも報書無《な》し**　実資から右大弁源経頼に一行程度の短い手紙を送ったけれども、返事(報書)はなかった。「一行」は、①一連、一ならび。②許可、賞与、借用書などの証拠書類。③書状、一通の手紙、文章の一くだり。『左経記』前日(十二日)条※1にも実資から経頼に手紙があったことが記されている。この日の実資の手紙に対して経頼は返事を書かなかったが、情況説明と恐悦した旨を申し上げている。

(316) **真手結《まてつがい》**　右近衛府の真手結。注262参照。

(317) **垣下《えんが》の五位・六位を差遣《さしつか》はす**　真手結の饗宴で垣下の役を行なわせるために、実資が自分の家人の五位・六位の者を遣わした。「垣下」は「えんか」「えが」「かいもと」「かいのもと」とも。朝廷や公家の饗宴で、正客を相伴《しょうばん》する役。

(318) **将并《なら》びに射手《いて》(□手)の官人已下の禄**　真手結に参加した右近衛府の中将(源隆国)・少将(源定良)、射手の役を勤めた官人などへの禄。「例に依り」とあることから、毎年のことであったことがわかる。禄の内容は、次将が大褂、射手の官人が絹、物節《ものふし》以下が布であった。『小右記』寛弘二年(一〇〇五)正月十三日・長和二年(一〇一三)三月十日・同三年三月八日・同五年三月八日・寛仁三年(一〇一九)正月十二日・治安三年正月十三日・万寿四年(一〇二七)正月十三日条参照。

(319) **配流の光清**　前伊賀守源光清が配流先に行く途中で群盗に襲われた。光清は文徳源氏致文の子。光清の配流については、『日本紀略』長元三年(一〇三〇)十二月廿九日条に「配㆓流伊賀守源光清於伊豆国㆒、以㆘殺㆓伊勢神戸神民㆒之過㆖也、」とある。また、光清の配流に至るまでの経緯については、八月註43参照。

(320) **近江国の焼山**　不明。

(321) **使《し》左衛門府生ム《なにがし》**　光清を配流先に送る役割を担った検非違使(または領送使)で左衛門府生某《なにがし》。二月十三日条▼bにより、名は永正であることがわかる。

(322) **味煎《みせん》**(×未煎)　甘葛《あまづら》の煎じ汁。

(323) **薯蕷《しょよ》**(×署預)　「いも」とも。長芋または山芋の漢名。

(324) **十四日の料なり**　首書には「十四日御斎会終菓子給事、」とある。十四日の御斎会《ごさいえ》終了日、内裏での内論義《うちろんぎ》の前に右近衛府の陣で行なわれる饗宴のために、実資が菓子など(梨・棗・味煎・薯蕷)を送った、ということ。尚、御斎会終了時に三献の儀(粉熟・汁物あり)が設けられるが、それとは別に右近衛府の陣において饗宴がもた

れる。『西宮記』(恒例第一・正月・御斎会)「内論義」冒頭に、

公卿着二右近陣一、(陣官居二酒肴一、次将献盃、弁・少納言在二南下《ヲチ》板敷一、北面東上、将等在二同座一、東西対、弁・少納言之座所《ヰルトコロ》也、外記・史在二西座一)両三巡後、居二湯漬《ユツケ》・薯蕷粥《イモカユ》等一、上卿召二外記一令レ入レ僧、(注略)

『北山抄』(巻一・年中要抄上・正月・十四日御斎会畢并殿上論議事)に、

公卿参内、着二右近陣一、(注略)陣官勧二酒肴一、次将着二膝着一勧盃、上卿召二外記・史一、令レ着二陣座一、頃之、召二仰外記一、可レ令レ入二僧等一之由令レ仰レ陣、僧等入レ自二月華門一、

とある。十四日に各所で饗宴(儲)が催されたこと、実資の送った梨は信濃の梨で、味煎と薯蕷は粥にして出され、それらが非常に美味であったこと、などが十五日条＊2からわかる。

(325) **八省に参らざるの由** 八省(朝堂院)で行なわれている御斎会に実資が参入しないということ。この日、御斎会は結願し、清涼殿で内論義《うちろんぎ》が行なわれる。

(326) **一夜《ひとよ》** ①一晩。②ある晩。先夜。
ここでは②。正月十一日条▼c・十一日条＊1参照。

(327) **前跡** 前例に同じ。

(328) **彼の弁申《べんじもう》す所の旨を注《しるし》取《と》り** 式部卿敦平親王が弁解した内容を書き取って。

(329) **処分** ①物事の扱い方について決めること。②下からの問合わせに対して処置すること。③財産などを分け与えること。
ここでは②。「太政官処分」などの用例がある。

(330) **進止《しんじ》** 「しんし」とも。①進むことと止まること。たちいふるまい。進退。行動。②進退などの命令。指図。③土地や行動の是非、方針などを決定し指示すること。④人間を心のままに取り扱うこと。自由に支配すること。支配。ここでは①。

(331) **殆《ほとほと》、首尾《しゅび》を忘るるに似る** 六位の外記ではうまく処理できないであろう(と関白頼通が言っている)。「殆」は、事の進み具合がぎりぎりの所まで立ち至っている状態をいう。①危うく(〜するところだ)。すんでの事に。②あらかた。大方。大体。「首尾」は、①始めと終わりと。始めから終わりまで。②事の成り行き。結果。事柄が都合良く行くこと。③男女が相会うこと。④ものをうまい具合に処理すること。また、都合良く物事が結了すること。

(332) **已に以て不覚なり** (六位の外記は)ほとんど知らない。

とうてい頼りない。「已に」は、①少しも残るところなくすべてにわたるさま、完全にそうなるさま。全く。すっかり。②事が終わった状態。以前に。先に。もう。とうとう。③動かしがたい事実。まぎれもなく。まさに。ちょうど。現に。ほとんど。④事が近づいた状態。もう少しで。すんでの事に。もはや。「不覚」は、①心や意識がしっかりしていないこと。正体を失うこと。人事不省に陥ること。その様。②思わず知らずすること。③油断して失敗を招くこと。不注意なこと。不注意・油断などによる失敗。④覚悟のすわっていないこと。臆病。卑怯。

(333) **大夫外記**《たゆうのげき》　五位の外記。

(334) **一向に**　①一つの事柄に専念して他に考えないこと。ひたすらに。いちずに。いこう。②物事が完全に一つの傾向にある意。もっぱら。大層。むやみに。すべてにわたって。③下に打消の後を伴って、程度の完全なことを強める意。まるで。ちっとも。さっぱり。
　ここでは②。

(335) **左右**《そう》**、宜**《よろ》**しきに随ひて行なふべし**　どちらか良い方に決定して命令を下すように、と関白が実資に委ねた。
「左右」は前出(→註156)。

(336) **日次**《ひなみ》　日並。日柄。暦(陰陽道)による日にちの善し悪し。

十五日癸亥は重日《じゅうにち》(→八月註86)と滅日《めつにち》、十六日甲子は復日《ふくにち》(→二月註88)であることに対応するか。

(337) **文章生**《もんじょうしょう》　大学寮で紀伝道《きでんどう》を学び、擬《ぎ》文章生を経て、式部省の試験を通過した者。進士《しんじ》。
　少外記文室《ふんや》相親は長和三年(一〇一四)十月廿四日に試判があって文章生に補され(『小右記』)、『左経記』(『類聚雑例』)長元三年(一〇三〇)八月二日条に初めて外記として現われて清仁親王の薨奏《こうそう》を申している。位階は不明だが、少外記という役職と、『小右記』でどこにも姓《かばね》(文屋氏の姓は真人または朝臣)が記されていないことから、正六位上であったと思われる。すなわち、五位の大外記でもよいし、六位の外記で適当な人物がいればそれでも良いという関白頼通の意見に対し、実資は六位ではあるが文章生で才能のある文屋相親を十七日に遣わすのがよいとしている。

(338) **延暦寺の巻数使**《かんじゅ》(×奏数使)　実資が延暦寺(→七月註23)で読経の経典や巻数を記した手紙を持ってきた使。「巻数使」は前出(→註254)。詳細は不明だが、永祚元年(九八九)十二月廿三日条初見の歳末法華経供養か。

(339) **綿衣**《わたごろも》**二領**《りょう》　「綿衣」は、表地と裏地の間に綿を入れて縫い合わせた着物。「領」は、衣服・鎧などを数える助数詞。「揃《そろい》」「襲《かさね》」(→二月註100)とも。

(340) **単衣《ひとえ》** 裏地の付いてない衣服。

(341) **調送る《みつぎおくる》** 「調」は「貢」に通じ、貢賦一般をいうが、ここでは実資の養子でもある美作守藤原資頼からの貢物があったということか。

(342) **薯蕷粥《いもかゆ》(×署預粥)** 『西宮記』(史料前掲註324)には「薯蕷《イモ》粥《カユ》」とある。薯蕷《しょよ》(→註323)を薄く切ったものに味煎《みせん》(→註322)をまぜて炊いた粥。宮中の饗宴などで供された。材料となる薯蕷・味煎は、信濃の梨・棗《なつめ》と共に実資が送った(十三日条＊2参照)。

(343) **禁色《きんじき》・雑袍《ざつぽう》の宣旨《せんじ》** 「禁色」と「雑袍」を許した宣旨。「禁色」とは、天皇・皇族などの服(袍)の色について、臣下が着用するのを禁止すること。一般に深紅《ふかべに》色・深紫色・支子《くちなし》色・黄丹《おうに》色・赤色・青色・深蘇芳《ふかきすおう》色の七色が禁色といわれた。また、有文の綾織物、霰《あられ》地に窠文《かもん》のある表袴《うえのはかま》や浅沓、女房装束で青色・赤色の唐衣や地摺の裳なども禁色とされた。摂関期の子弟は元服の際に禁色を許される「禁色宣旨」を賜わる他、六位以上の蔵人や女官は禁色宣旨なく許されるものがあった。禁色を許された人を「禁色の人」といい、許された色を「聴色《ゆるしいろ》(許色)」といった。「雑袍」とは両腋《わき》を縫い合わせた縫《ほう》腋《えき》の袍で、直衣《のうし》ともいう。位階によって色が区別された位袍ではないため雑袍といわれた。公卿とその子弟は特に「雑袍宣旨」を賜わって、直衣姿での参内を許された。廿二日条＊1、註400参照。

(344) **堀河院の寝殿** 「堀河院」は、左京三条二坊九・十町にあり、堀川に面した西門を正門としていたためこの呼称がある。藤原基経(八三六〜八九一)が最も愛した邸宅で、重要な儀式を行ない、寛平三年にこの邸で薨じた。その後、曾孫の兼通邸となり、貞元元年(九七六)の内裏炎上の際などに円融天皇の里内裏《さとだいり》となった。その後、藤原顕光の所有を経て、長元四年には藤原頼宗が室(藤原伊周女、兼頼らの母)と共に住んでいた。翌長元五年、関白藤原頼通が領するところとなり、その後、長子師実に伝領された。堀河天皇は応徳三年(一〇八六)に堀河院で受禅し、嘉保元年(一〇九四)まで里内裏とした。『拾芥抄』(中・諸名所部第二〇)」に「二条南、堀川東、南北二町、昭宣公(藤原基経)家、忠義公(藤原兼通)伝領、」と見える。『寝殿」は邸宅の正殿で、主人の居間または客間として使われた。

堀河院寝殿の小火《ぼや》について伝えてきた藤原為資は頼宗の家司。「極可二怖畏一」までが為資の詞とも取れるが、ここでは、婿である兼頼の父の邸宅での出来事を聞いた実資が感想を記したと解釈した。あるいは、為資は、次の段落(▼b)にある頼宗の質問を伝えるのが主旨で、小火の話は余談だったかも知れない。

（345）**内弁《ないべん》を奉《うけたま》はるべきの疑《うたがい》**　藤原頼宗がこの日（正月十六日）に行なわれる踏歌節会《とうかのせちえ》の内弁を仰せつかるかも知れないという推測。「内弁」は前出（→註19）。「疑」の動詞（四段）としての意味は、①相手・対象に虚偽や誤りがあるのではないかと思う。信じない。②対象の中に自分の見込むような事実があるのではと、悪い方に推量する。③もしやと思いめぐらす。ここでは③で、名詞として使われている。実資は、この日参内しないことを頭弁に伝えており、それがわかったためか、内弁を勤めることになりそうな春宮大夫藤原頼宗は、作法の不審なところを事前に尋ねてきている。実資はそれに対して書冊にまとめて答えている。また、頭弁からも次第を求められ、「笏紙」に書いて送っている。

（346）**笏紙《しゃくし》**　笏文《しゃくもん》（→註27）に同じ。

（347）**愁嘆《しゅうたん》極《きわまり》罔《な》し**　とても嘆き悲しんでいる。非常に心配している。「愁嘆（愁歎）」は、つらく思ってなげくこと。泣き悲しむこと。「罔」は「無」「勿」と同じ。

（348）**飲食、口味《こうみ》無し**　飲食しても味を感じないほど悲しみ愁いている。「口味《こうみ》」とは、①口に味わうこと。味わい。②思慮ある人。いわゆる味のある人。

前大宰大弐藤原惟憲は、式部卿敦平親王に良国王（源良国）を仲介した。『日本紀略』三月十四日条に勘事に処されたとあるが、『小右記』『左経記』に該当記事がなく、摂関家との関係から不問とされたかも知れない。

（349）**年已《すで》に七旬《ななしゅん》に臨《のぞ》む**　藤原惟憲はもう七十歳になろうとしている。「七旬」は、七十歳。惟憲は、長元四年で六十九歳（『公卿補任』など）。

（350）**出家《しゅっけ》、尤《もっと》も宜《よろ》しかるべし**　（高齢なのだから）出家してしまうのが一番良いであろう。「出家」とは、仏門に入ること。入道《にゅうどう》。この時代の出家意識として、信仰から寺院に入って修行したり、来世のために修道に励んだりする他、病気治療の意味での受戒、死を迎えるに当たっての準備、更には引退・遁世の意味があった。官人の場合、出家することによって官職から退くことになるので、引退の表明のようにも受け取られた。また、女性などの場合、頭を剃るという事が刑罰的な意味を持つこともあった。

（351）**守宮神**　「守公神」「守君神」とも同じか。①宮殿または官庁を守護する神。②学芸など諸道の技芸を守護する神。「守宮」は文字通り「宮を守る」ことと考えられるが、ヤモリ・トカゲの異名でもある。大宰大弐在任中の悪事が問題になっていることから、宮とは宇佐八幡宮・香椎宮で、それを守護する神とも考えられる。それが関白頼通にも取り入って、寵愛（信任）を取り消させたということか。

(352) **首尾《しゅび》を弁ぜざるの者**　任国中の事の処理が良くない者、という意味か。「首尾」は前出(→註331)。「弁ずる」には「取りはからう。処理する。すます。」などの意味がある。

(353) **十八日に法師を殺す者**　十八日という仏教の特別な日に僧侶を殺すほどの悪人、という意味か。経典にはないが、毎月「十八日」は天皇の仁寿殿観音供《じじゅうでんかんのんぐ》や貴族たちの観音霊場(清水寺など)参詣が行なわれ、観音信仰をする特別な日(後の縁日《えんにち》)とされた。尚、古記録本・大成本とも「十八日」(マ、)とする。惟憲が本当に僧侶を殺したかは不詳であり、大宰大弐として赴任中の『非法』を比喩的に書いた可能性がある。

(354) **春日祭使《かすがさいし》**　二月中申日(七日)に行なわれる春日祭(→二月註43)の使。勅使として、内蔵寮・馬寮・近衛府から使が遣わされるが、ここで問題となっているのは近衛府使で、次将(中将・少将)が充てられる。摂関期には近衛府の次将に公卿の子弟がなることが多く、祭使といえば近衛府の使を指すようになっており、その出立儀《いでたちのぎ》・還饗《かえりあるじ》が近衛府使の関係者(主に父)の邸宅で盛大に行なわれていた。

　実資はこの時、右近衛府の大将として、近衛府使の選定を指示している。十七日条＊1・二月六日条＊1、二月註43も参照。

(355) **今日の節会《せちえ》**　踏歌節会《とうかのせちえ》。ここでは女《おんな》踏歌。

「踏歌節会」は、正月の満月の夜に、男女の声よく歌う者をして年始の祝詞を作り歌い舞わせる儀式。十四日の男《おとこ》踏歌と十六日の女踏歌があったが、男踏歌は永観元年(九八三)に消滅した。十六日の女踏歌は、内教坊の舞妓が約四〇人、紫宸殿の南庭で踏歌し退出する。「踏歌」は、足で地を踏み、拍子をとって歌う集団舞踏で、中国唐代に上元の十五・十六・十七日の三夜、踏歌を行なう風習があり、それが渡来した。

(356) **列を引く**　紫宸殿に天皇が出御した後、近衛が階下に陣することになっている。『西宮記』(恒例第一・正月・十六日女踏歌)に「天皇御二南殿一、(内侍・女房候、)近衛陣二階下一、天皇〈着レ靴、〉出御、(近仗警蹕、)」とあり、『北山抄』(巻一・年中要抄上・正月・同日〈十六日〉踏歌宴事)に「天皇御二南殿一、近衛引レ陣、警蹕如レ常、」とある。

(357) **遅参《ちさん》す**　遅れてくること。遅刻。

(358) **勘事《かんじ》**　勘気を被《こうむ》ること。「こうじ」とも訓む。元来は罪を勘《かんが》えて刑を当てることを意味したが、勘気《かんき》を蒙るという意に転じた。「勘当《かんどう》」(→七月註50)と同義にも使われる。天皇による勘事は、出仕《しゅっし》・釐務《りむ》を停止させる処罰に相当する。勘事に処せられると、天皇の許し（勅《ちょく》免《めん》）がなければ出仕できない。

(359) **祭使の事**　春日祭の近衛府使。尚、ここから「者《てへ》り」までの会話文は、前日に経過説明をした頭中将源隆国からの再報告か。

(360) **彼の年**　源定良が冬祭（十一月）の使を左少将の時に奉仕したのは万寿三年（一〇二六、左大弁藤原定頼の三条家より進発）である。その春祭（二月）の近衛府使は記されておらず、代官の可能性もある（『左経記』二月一日・十一月五日条）。良頼が同年の「夏祭使」は四月の賀茂祭の使かも知れない。尚、定良が左少将として『小右記』に出てくる最後は長元二年（一〇二九）二月廿六日条で、次に七月十七日条に出てくるときは「仰㆓左右近将㆒（左経季、右定良、）」とある。よって、この間に左近衛府から右近衛府に転じたものと思われる。

(361) **昨《きのう》の開門の役**　十六日の踏歌節会の門を開く役。『西宮記』（恒例第一・正月・十六日女踏歌）に「開門、（闈司着、有㆓射礼御装束㆒者不㆑開㆑之、）」とあり、『北山抄』（巻一・年中要抄上・正月・同日〈十六日〉踏歌宴事）に「所司開門、闈司着座、」とあることに対応する。この役を予め仰せつかっていた将監吉真が遅刻したので、その事実関係の調査について話し合われている。

(362) **召勘《めしかんが》ふべきこと在り**　将監吉真を呼んで問いただす必要がある。ここでの「勘」は、処分を決定するために取り調べる、罪あるいは事の内容などをただす、という意味。

(363) **府（＝右近衛府）に遣はすべき歟《か》**　吉真の所属する右近衛府の庁（大内裏図A2）に送るべきか。

(364) **陣に於《お》いて勘責《かんせき》すべし**　吉真は右近衛府の陣（内裏図b4）で尋問するべきである。「勘責」は、犯した罪を問いただすために責めること。ここでは「勘事」（→註358）と同義でない。

(365) **四等官《しとうかん》**　近衛府における四等官は、長官《かみ》が大将、次官《すけ》が中将・少将、判官《じょう》が将監、主典《さかん》が将曹。四等官の官人は内裏内の陣で尋問するのであり、その下にある医師・府生・番長・近衛などと同様に府で尋問する決まりはない、ということか。尚、五位以上の刑法上の特例については註449参照。

(366) **相親に伝仰《つたえおお》せしめて云はく**　実資が大外記文義を通じて、敦平親王への尋問を行なう使となった相親に厳命した。「式部卿親王〜安《いず》くに在る乎《や》」が仰《おおせ》の内容か。特に親王に失礼がないよう注意している。三月一日条＊2、三月註4参照。

尚、『日本紀略』同日条には「今日、以㆓外記㆒遣㆓式部卿敦平親王家一、去五日叙位、良国王叙二四位一、件人有二殺害犯一之上、已非二王氏一、命(令)レ毀二被(彼)位記一、被レ問二根元一、」とある。また『同』三月十四日条に「式部卿敦平親王停二釐務一、源良国者、大宰大監大蔵種材男也、先年射二殺大隅守菅野重忠一犯人也、忽改二姓名一謀計也、前大宰弐惟憲卿坐二此事一、処二勘事一、」とある。尚、『左経記』正月十七日条※1に「藤中納言差レ使被レ示(云)之、吏部王以二源光一称二□(寛)平御後一、被二挙申一之由有云々、」とあり、中納言藤原資平からの報告を記しているが、敦平親王が推挙した人物の名を間違えるなど、正確に伝わっていなかった可能性がある。

(367) **伊勢国司(=行貞)の召進《めしたてまつ》る正輔〔々々々〕の申す証人八人の解文《げぶみ》**　伊勢国で起こった安房守平正輔と前左衛門尉平致経の私闘に関する調査のため、正輔方の証人として八人を召し立ててきたという内容の伊勢国司による解文(ア)。「解文」は、身分の下の者から上の者に提出する文書。「解」は『公式令』に定められた公式様文書の一形式で、下級の役所から上級の役所へ提出する文書。事書冒頭を「某官司解申其事」という形ではじめ、上申内容を記した事実書の結尾を「謹解(以解)」で括り、年月日、上申者の官位姓名を署す。平安時代、個人の上級機関や貴人への上申、寺社など独立機関の政府への上申などが広範に行なわれるようになり、文書形式も厳密に解の様式を固守しないものが多く登場し、それらを解状・解文と称するようになった。

三月十四日条＊3(及び『左経記』三月十四日条※3)によれば、正輔方・致経方の双方から証人を上京させることになっていたようで、正月廿一日条▼aには「伊勢国司進致経申証人八人解文」(イ)が提出されている。また同日条に「但正輔未レ進二証人一、」とあり、正輔方の証人は不足とされていたようで、翌廿二日条▼aに「伊勢国司召進正輔方証人三人解文」(ウ)を頭弁が実資のもとに持ってきて、奏上されている。双方から出された計十九名の証人は、取調をした上で矛盾があった場合には拷《ごう》訊《じん》(→註391)を加えることになった。ところが、二月一日＊3に証人の申詞《もうしことば》をまとめた「勘問日記」(→一月註8)がもたらされ、拷訊を加える段階になり、正輔が出した証人に神民《じみん》(→二月註9)がいることが問題となる。その判断をめぐって明法家の意見が対立したこともあり(三月註60 98 108 124 146参照)、九月八日▼aの公卿僉議《せんぎ》を経て、同月十九日▼aに罪名の勘申が明法家に命じられる。ここで伊勢国司から提出された解文は、証人を差し出すという内容だけであったためか、以後の審議の際に用いられてはいない。尚、正輔・致経の父親同士(維衡・致頼）も長徳四年（九九八）に闘争事件を起こしており、致頼は隠岐に流されている（『小右記』長保元年〈九九九〉十二月廿八日条）。

(368) **即ち証人と宣下する也**　実資がその場で斎宮助ムを証人として斎宮寮に差し出させるよう命じた。「宣下」は、天皇が言葉を宣《の》べ下すこと。宣旨（→註116 117）を下すこと。斎宮助ムは正輔が申請した証人であり、正式に採用することにしたのであろう。ところが、正輔・致経双方の証人に対する尋問が一通り終了した後、二月二日条＊3に再度証人として認められ、場合によっては拷訊しても良いとされるが、それでも出頭せず、十九日条＊1＊2に、斎宮寮からの解文で熊野詣をして帰ってこないという報告があった。その後も出頭した形跡はない。二月註133参照。

(369) **注進**《ちゅうしん》　詳しく報告すること。

(370) **大内**《おおうち》　「だいだい」「たいだい」とも。皇居。内裏。禁中。

(371) **委曲**《いきょく》**に**　詳しく、細かに。つまびらかに。

(372) **昨日の内弁**《ないべん》（内×）**春宮大夫**（＝頼宗）　踏歌節会の内弁を勤めた権大納言春宮大夫藤原頼宗。前日条▼b参照。予想以上に失敗がなかった。頼宗も実資に謝意を示している。

(373) **只汝**《ただなんじ》**の恩也**　内弁を失敗なく勤められたのは貴方の恩のおかげです。「汝」は、二人称を表わす。あなた。ここでは実資を指す。『小右記』では会話文・消息文の中で実資を指す語として一人称の「下官」「小臣」（→註9 146 190 296）が使われることが多いが、ここでは消息文に実資を指す語があったため二人称となったか。

(374) **中納言、申す所有る哉**《か》　資平が見ていたようだけれども、何か失があったと言っていたでしょうか。更に、息子の兼頼も人から誉められたほど、うまくいったと付け加えている。

(375) **其の流**　実資が伝えている流儀・系統。

(376) **事由**《ことのよし》**を奏せしむ**　斉信が参入したので、権大納言頼宗より上臈の大納言斉信が内弁を勤めるべきかどうかを奏上した。

(377) **昨日洩奏**《もらしそう》**するの由**　実資が本日（十八日）の賭射《のりゆみ》（→註263）に参入しないということを、昨日のうちに天皇にわかるように奏上しておいた。

(378) **堅固**《けんご》**の物忌**《ものいみ》　特に厳重な謹慎が必要とされた物忌。陰陽師の覆推《ふくすい》（→八月註2）によって「堅固」「重」か「軽」かが決められたようである。「物忌」は、陰陽道の式占《ちょくせん》によって凶事が起こると予測された日。できるだけ外出を控えて邸内に籠もる。厳重な物忌の時には、外からの文書を家に入れることができないので、物忌の期間が過ぎてから見るとしている。また、重大なことなので口頭で伝えさせることもしていない。註455参照。

(379) **聞食《きこしめ》し難《がた》き歟《か》** 天皇が賭弓を御覧になれないであろう。「聞食」は、「きく(聞)」の尊敬語「きこす」と「食う」の尊敬語「おす」の複合した語で、「お食べになる」「お飲みになる」や「統治なさる」という意味の他、天皇の行為全般に用いられる。

(380) **抑《そもそも》、賭弓延引の時** ところで、賭弓が延引された場合には。以下は頭弁の報の一部で、実資に対し、賭弓延引の報告と共に、上卿に延引せよと命じるか否かを質問している。尚、賭弓は翌十九日に行なわれ、上卿は内大臣教通が勤めている。

(381) **将《はた》** 「当」「為当」とも。①もしや一方で。あるいは。②それとも別に。③やはり。④どう思ってもやっぱり。ここでは①。前の「若しくは」と対になっている。

(382) **射礼《じゃらい》の射遺《いのこし》の所** 建礼門南庭(大内裏図D3)。「射礼」は、建礼門前の射場で賭弓の前日(正月十七日)、親王以下、五位以上の官人、諸衛府の射手に弓を射させ、成績により賞を賜わる儀式。『内裏式』(上)に「十七日観射式」とあり、豊楽殿(B4)で天皇臨御のもとに行なわれることになっていた。「射遺」とは、射礼当日に射ることができなかった者(または参加しなかった者)を翌日に射させること。また、その儀式。参議一人を遣わし、射礼と同じ建礼門前で行なわせる。『内裏式』にその規定はなく、『西宮記』(恒例第一・正月・射礼)の「建礼門儀」に、天皇が還御した後に続けて「射遺参議依レ仰着行、(注略)」とあり、天皇還御後に射る者のことを射遺といったようである。それに対し、『同』「建礼門不二出御一儀」には「射遺如レ昨、参議着、(注略)」とあり、『北山抄』(巻一・年中要抄上・正月・十七日観射事)には「当日不二必射一之、(皆具下次官若長官、在二公卿座一者上、雖レ無二次官一、令レ射レ之、)日暮者、各令二二人射一、若有二射遺一、明日可レ候之由、令二外記誡仰一、(更不レ経二奏聞一、依下省(有)二勘録人数中一否上、進二蔵人所一也、)」とある。また、『九暦』(『西宮記』前田家大永鈔本所引逸文)承平七年正月十八日条に「蔵人右少弁相職仰云、遣二建礼門一令レ射二昨射遺一者、」とある。これらから、天皇の出御が稀になってからは十七日中に射ることができなかった者を翌日射させるようになったと考えられる。

ここでは、賭弓を延引したとしても、参議を射遺の所に遣わすかどうかを頭弁から尋ねられている。尚、『日本紀略』には、「十七日、乙丑、射礼、(下略)」「十八日、丙寅、賭射延引、依二雨気一也、」とある。また『左経記』

同日条▽aに、源経頼は頭中将源隆国から「可㆓用意㆒」と言われ、「終日雖㆓相待(侍)㆒無㆓勅召㆒、若是他人参入歟、」とあるように、終日待っていたが天皇の召がなかったとある。『小右記』十九日条＊1に射遺の参議となったのは藤原兼経とある。

(383) **『邑上御記《むらかみぎょき》(=村上御記)』**　『村上天皇御記』。『村上天皇宸記』『天暦御記』などともいう。
尚、現存逸文《いつぶん》に当該条はない。

(384) **近代の例**　最近の例。「近代」は前出(↓註167)。『村上御記』の記事と対比されていることから、それ以降の時代を指すことがわかる。

(385) **外記《げき》政始《きのまつりごとはじめ》**　「外記政《げきせい》」とは朝廷における政務の一形態で、外記庁において行なわれた公卿聴政のこと。所司の上申する政を公卿が聴取裁定するのは、朝堂院で行なうのが本旨であるが、次第に太政官曹司庁で行なう官政に移り、平安時代に入ると内裏建春門の東に公卿が候し、外記が直侍する太政官候庁＝外記庁が設けられ、そこで公卿聴政が行なわれるのが常態となった。太政官候庁における公卿聴政の初見は弘仁十三年(八二二)四月廿七日の宣旨であるが(『類聚符宣抄』第六・外記職掌)、文徳天皇朝にはそれが「常儀」となっていた。月に五日の休日と廃務の日を除いた毎日行なうのを本則としていたが、摂関期には政務としての外記政は衰退し、正月の年首の政始が年中行事の一として儀式化される。「外記政始」は、年首の他、改元・践祚・遷宮・廃朝の後などにも行なわれる。年首には、御斎会の後の吉日を選んで行なわれた。『左経記』同日条▽a参照。

(386) **今日、賭射を行なはる**　頭弁が実資に伝えたことはここまでで、それに対し実資は、参入しない旨をすぐに頭弁に伝えている。賭弓の儀については、『左経記』同日条※1参照。

(387) **一日《いちじつ》の勘事《かんじ》の近衛次将《じしょう》(=師成・経季)**　十六日の節会への遅参で勘事に処せられた藤原師成・藤原経季。十六日条＊3参照。この日に許された。「一日」は「ひとひ」とも。ある日。先日。

(388) **暦家《れきけ》注付《ちゅうふ》(×経付)せず**　十六日の月食の予測を暦制作者が具注暦に注していなかった。「暦家」は陰陽道の中で、特に造暦に携わる者。暦博士をはじめ、造暦宣旨を蒙った者がこれにあたる。

(389) **頼り無き由**　玄蕃允守孝・帯刀長資経(共に家司)が経済的に不安である旨を実資に訴えたということか。

(390) **伝仰《つたえおお》せて云はく**　実資が頭弁に解文を奏上させ、しばらくしてから天皇の返事を実資に伝えてきた。天皇の仰を実資はそのまま頭弁に仰せ下している。

(391) **拷訊《ごうじん》**(×許) 犯罪の疑いがある者に肉体的苦痛を与えて訊問すること。拷問。『断獄律』(『法曹至要抄』所収逸文→三月註235)によれば、議請減すべき人(『名例律』が規定する皇族・功勲者・有位者等)や、七十歳以上ないし十五歳以下および癈疾者への拷問は禁止されている。また『獄令』察獄之官条には、拷問は三度以内と規定されている。

(392) **早衙《そうが》す** 「早衙」とは、もともと①朝、官衙で行なう役人たちの参謁の礼のこと。「晩衙」に対する語で、『菅家文草』(巻一・詩題)に七三「雪中早衙」、七四「早衙」がある。それが転じて②朝早く出仕する、という意味になったと思われる。「早参」(→八月註216)も参照。「衙」とは①役所、官庁。②天子の居所。ここでは①の意味で、外記庁を指す。

尚、中納言資平が政に着して吉書を申したことについては『左経記』同日条※1参照。

(393) **参衙** 外記庁に参って政務を行なうということ。

尚、資平は、この頼通の命に従い、廿二・廿三・廿五日の三日とも外記庁で政務を行なっている。『左経記』参照。

(394) **国司申す所有り** 諸国不与状《ふよじょう》などのこと。『左経記』同日条※1参照。

(395) **除目《じもく》** 正しくは「ぢもく」。大臣以外の中央官ならびに地方官を任命する儀式。恒例の除目は「外官《げかん》除目(県召《あがためし》)」と「京官《けいかん》除目(司召《つかさめし》)」の二回で春と秋に行なわれ、諸司・諸国の四等官や品官《ほんかん》等を任じる。最も大がかりな除目は「春の除目」とも呼ばれる「外官除目」(京官も同時に任じられる)で、三夜にわたって行なわれる。式日は『北山抄』(巻一・年中要抄上・正月)に「九日始議二外官除目事一、(或節会後、択レ日行レ之、召仰後無レ政、不レ装二束結政所一云々、子細在レ別、)」とあるように、実際には一定しておらず、正月から二月・三月にかけて行なわれた。他に小除目《こじもく》など臨時に行なわれるものも多い。

この年の外官除目は二月十五日に始められ、十七日に入眼《じゅげん》されている。また、実資が触穢となったことで、上卿は初めて内大臣教通が勤めることになる。

(396) **資高・経季の侍中《じちゅう》の事** 藤原資高か藤原経季を蔵人にすること。「侍中」は蔵人の唐名。註256参照。

(397) **復《また》、報じて云はく** 今度は資平の持ち出した資高・経季を蔵人にする件について、関白頼通が再び答えて「決めなければいけないことで、除目までの間に話しましょう」と言った。古記録本は「復(被カ)報云」とし、大成本は「後(被カ)報云」とする。

(398) **将監《しょうげん》を請ふべき事** 右大将の特権として、実資が内《う》舎人《どねり》高階為時を将監に推挙すること。この年の除目で認められている。二月十七日条＊1、二月註124参照。

（399）**先年、国永を請申《こいもう》す**　『小右記』寛仁三年（一〇一九）正月廿三日条に、

昨可レ請二将監一之事以二蔵人頭左中弁経通（藤原）一令レ申二摂（頼通）政一、已有二許容一、〔任二大将一之後、未二申請一也、〕仍今日以二請申文一送二頭弁許一、〔状体注二付堺上一〕（中略）又請二申将監一藤原国永随二申請一被レ任、

とあり、実資は五年前にも将監を申請している。

（400）**禁色《きんじき》・雑袍《ざっぽう》の宣旨《せんじ》**　十六日▼aに頭弁経任が実資の所に持ってきた宣旨。註343参照。この宣旨を弾正台に下すことについては、『西宮記』（臨時二・諸宣旨例・禁色雑袍事）に「上卿奉レ勅、書二宣旨一給二弾正疏・検非違使一、件宣旨書者、頭蔵人之所二書下一也、」とあり、『北山抄』（巻六・備忘略記・下二宣旨一事・禁色雑袍事）に「従二御所一給書宣旨、（注略）書別給二弾正・検非違使一、弾正者於二左衛門陣一給レ之、（注略）大臣或於二里第一下給、検非違使者於二左仗座一給レ之、（注略）女官禁色同レ之云々、」とある。

（401）**宣旨を伝下《つたえくだ》す**　天皇が下した命を頭中将隆国が実資に伝えたということ。その内容については、割注にあるように、下野国守藤原善政から提出された解文について公卿で定めよということであった。この宣旨は、後から再度やって来た頭弁に、「続紙せよ」という命と共に下されている。註405参照。

（402）**当年の封の解文**　土佐国内にある実資の封戸《ふこ》の当年分の進納に関する解文か。「封戸」は「ふご」とも。諸国の一定の課戸《かこ》を指定し、その戸の出す租の二分の一、庸・調の全部および仕丁《しちょう》の労役を封主が収取する食封《じきふ》制度。また、その指定された課戸。天平十一年（七三九）以降は租もすべて取ることとなった。支給対象は皇族、三位以上の官人、大臣・大納言および五位以上で勲功ある者などであったが、次第に枠が広がり、中納言・参議、社寺にも支給された。『禄令』（食封条）によれば、正二位右大臣の実資は位封《いふ》として二〇〇戸、職封《しきふ》として二〇〇〇戸が給されることになる。

（403）**臨夜《りんや》**　夜に臨み。「入夜《よにいり》」（↓註191）より早い時間を指すか。

（404）**拷掠《ごうりょう》**　打ち叩いて、罪を責め、白状させること。「拷訊」（↓註391）に同じ。

（405）**只（×云）、前例を続《つ》がしむ**　受領（下野国司）が申請していた内容について宣旨が下ったが、実資は頭弁に対して、ただ前例を勘申した文書を続紙《つぎがみ》させることだけを命じた。

尚、『北山抄』(巻三・拾遺雑抄上・定二受領功過一事)に、
諸国旧吏勘二畢公文一之後、叙位・除目之間、勒二所レ済功課一、進二加階・給官申文一、即下二給上卿一、仰云、合否令レ勘《ヨ》、上卿下二弁官一令三二寮并勘解由使勘文続二申文端一、付二初人一奏二聞之一、経二叡覧一重下給、仰云、令二諸卿定申一、先是二寮及勘解由使勘二録諸国旧吏功過一、十二月廿日以前、進二官并蔵人所一、〔謂二之大勘文一〕若不レ入二彼勘文一者、追令レ進レ之、
とあり、受領功過定においては、先ず主税・主計二寮と勘解由使が勘申した勘文が受領の申文に続紙され、奏聞を経て、重ねて下されてから諸卿による「定申」が行なわれることになっていた。実資はこの例にならい、頭中将を通じて伝え下された「下野守善政の解文を定むべし」という宣旨に対して、「定申」の前に必要な前例の続紙だけをするように頭弁に命じ下したと考えられる。

(406) **悲田《ひでん》に施行《せぎょう》す** 仏教の慈悲の思想に基づき、貧窮者・孤児などを収容した悲田院などに施行をした。「悲田」とは三福田の一で、悲愍すべき苦難・貧窮の境界をいう。聖徳太子が四箇院の一として四天王寺に悲田院を設けたという伝説があるが、養老七年(七二三)に創建された興福寺のものが初例。天平二年(七三〇)光明皇后が皇后宮職に施薬院と共に設置。諸大寺・諸国にも官設された。平安京にも九条南に左右悲田院が設置されたが、十世紀後半に東三条鴨河西に移されたので、それを指すと思われる。

実資の作善としての悲田施行は、『小右記』万寿二年(一〇二五)八月十三日条に、
白米・和布・干魚・熟瓜等給二悲田一、先令レ問二人数一、三十余人、令レ申主、(云カ)給レ物時多有レ米加レ之者、仍相二計具程一令二加給一、以二堂頭得(損カ)命師一為レ使、
とあるのが初見。その後、万寿四年九月十八日・十二月五日、長元二年(一〇二九)八月廿九日、長元三年八月十九日にあり、この年(長元四年)は正月の他、八月十二日*1・廿八日*3にも行なっている。

(407) **北の保《ほ》** 小野宮邸の北に接する保。「保」は平安京の条坊制の一単位。一戸を一門、八門で一行、四行で一町、四町で一保とし、四保をもって一坊とした。一保の面積は八十丈(約二四〇メートル)四方。保ごとに管理警備のための「保刀禰《ほとね》」が置かれた。

(408) **夜行《やこう》する者** 夜間の警備をする者。「夜行」とは、夜間に宮中や京内等を警戒するために巡回すること。夜回り。律令の用語では「行夜《ぎょうや》」という(『宮衛令』開閉門条・分街条)。三巻本『枕草子』「にげなきもの」「左右の衛門の尉を」には、衛門府による宮中の夜間巡察を

「夜行」と呼んだことが見える。尚、京内の夜間通行について、律令では公使や婚家・喪病等の例外を除いて禁止され、衛府が巡回を行なって違反者を処罰することが規定されていた。

ここでは、京内の夜回りをした保刀禰のこと。

(409) **刀禰《とね》** 村長・里長など、すべて公事に関与する者の総称。令制では主典《さかん》以上の者を指す。ここでは保ごとに管理・警備のために置かれた「保刀禰」のこと。

(410) **裸火《らか》置《すてお》く** 付け火があった。「裸火」は「はだかび」とも。おおいをしていない火。付け火のことか。

(411) **甘苔《あまのり》** 甘海苔。『伊呂波字類抄』に「神仙菜、アマノリ、甘苔、同、俗用レ之、紫菜、同、」とある。江藻類ウシケノリ科の海藻の一属。小柄を持ち、岩・貝殻などにつく。黒紫色、赤紫色で、アサクサノリ、ツクシアマノリなど多くの種類がある。

(412) **折櫃《おりびつ》** 檜の薄板を折り曲げて作った容納具。「おりうず」とも。

(413) **疋絹を与ふ** 使を勤めた随身延武に給わったということ。

(414) **当季の修法《しゅほう》** 実資が四季に一度の恒例行事として行なっていた修法。『小右記』治安元年(一〇二一)七月九日条の証誉(伴僧二口)による「当季例善」としての七日間不動《ふどう》息災法《そくさいほう》が初見。不動調伏法《ちょうぶくほう》・大威徳法《だいいとくほう》なども行なわれている。二月三日▼aに結願。「修法」は「しゅぼう」「ずほう」「すほ」とも。災を攘って福を祈り、病魔・怨敵を降伏《こうぶく》するために密教僧にしてもらう祈禱。壇に本尊を安置し、護摩《ごま》をたき、手には印を結び、口には真言を唱え、心には仏菩薩を観じて、行者と本尊との三密の一致を得ることによって、その目的の願を達成しようとする。

(415) **不動息災法《ふどうそくさいほう》** 不動明王《みょうおう》を本尊として、息災・延命を祈る密教修法。

(416) **堂**(=念誦堂) 小野宮邸内の念誦堂。南東の池畔に念誦堂を建設する計画は、長和四年(一〇一五)頃からあったものの(五月廿二日条)、その作業が始められたのは寛仁三年(一〇一九)からで(三月廿八日・九月廿九日条)、治安三年(一〇二三)に完成し、八月十一日条に初めての食をした後で本格的に使用し、毎日の日課である念誦(→七月註162)や定例仏事を行なう場となった。東松本『大鏡』(巻二・太政大臣実頼)に、

対・寝殿・わたどのは、例のことなり、たつみのはうに、三間四面の御堂たてられて、廻廊はみな供僧の房にせられたり。ゆやにおほきなるかなへふたつぬりすへられて、けぶりたゝぬ日なし。御堂には、

金色のほとけおほくおはします。供米二十石を定図にをかれて、たゆることなし。御堂へまいるみちは、御前のいけよりあなたをはる〴〵と野につくらせ給て、とき〴〵のはな・もみぢをうへ給へり。又、舟にのりて、いけよりこぎてもまいる。これよりほかにみちなし。住僧には、やむごとなき智者、或は持経者、真言師ども也。これになつ・ふゆの法服をたび、供料をあてたびて、我滅罪生善のいのり、又ひめぎみの御息災をいのり給。このをのゝ宮をあけくれつくらせ給こと、日にたくみの七八人たゆることなし。よの中にてをのゝをとする所は、東大寺とこの宮とこそはべるなれ。

とあり、一間四面で回廊に僧坊を備え、金色の仏像を多く安置し、常住僧(→九月註125)に絶えず御祈をさせていたこと、その造作により小野宮は「手斧の音する所」と言われていたとされる。

(417) **阿闍梨《あじゃり》** 密教に優れた者に与える僧職。本来は、師範または軌師範という意味で、弟子の行為を正して規範となる高僧のこと。密教では伝法灌頂を受けて師範としての資格を得た僧を「伝法《でんぽう》阿闍梨」という。日本では伝法灌頂が国家の監督下で行なわれ、伝法阿闍梨も官許制となる。天台・真言両宗には寺院を単位に定員を限った僧職として「伝法阿闍梨職位」があり、欠員が出ると宗派・寺院の代表者が解文を提出し、認可の太政官牒が所属寺院に下されることになっていた。このようにして任命された阿闍梨は、内供奉《ないぐぶ》十禅師《じゅうぜんじ》や三会已講《いこう》と共に僧《そう》綱《ごう》に次ぐものとして、国家的な仏事に奉仕した。また、貴顕の子弟にその一代だけ官符を下して授ける「一身《いっしん》阿闍梨」も天延元年(九七三)に任命された尋禅(藤原師輔息)から認められる。

(418) **伴僧《ばんそう》** 法会・修法などで阿闍梨に随伴して読経などをする僧。番僧。

(419) **当季の聖天供《しょうてんぐ》** 春季の聖天供養。実資が二十六歳(天元五年〈九八二〉)以前から四季に一度の行事として行なっている。実資の聖天は比叡山内に安置され、覚慶・仕鏡・院源・懐円らによって供養されている。「聖天」は「歓《かん》喜天《ぎてん》(歓喜自在天・大聖歓喜天とも)」とも。大自在天の子として父の軍隊を統轄するガネーシャで、一説に諸事業の障害をなすビナーヤカ神ともいわれる。密教では大日如来の眷属として両界曼荼羅の天部に位置し、儀軌《ぎき》により多くの形像がある。日本では象頭の夫婦双身像として夫婦和合・安産・子宝・財宝の神として尊崇される。娘千古のための聖天供は、三月註32参照。

(420) **祇園《ぎおん》(祇薗)、心経《しんぎょう》并びに仁王経《にんのうきょう》読経** 祇園社(観慶寺

感神院)の神前で般若心経と仁王経を読ませた実資の定例仏事。般若心経読経は歳事(年一回の恒例行事)として正暦四年(九九三)から、仁王経読経は(恐らく任右大臣により)治安年間(一〇二一～一〇二四)から開始された。いずれも実資の災厄消除と息災を祈ったものと考えられる。「祇園」は現在の八坂《やさか》神社で、山城国愛宕郡八坂郷、現在の京都市東山区祇園町北側に鎮座する。御霊《ごりょう》信仰が発展する中で、牛頭天王《ごずてんのう》をまつる神仏習合の社として、鎌倉末期成立の『社家条々記録』によれば貞観十八年(八七六)に南都の円如上人が堂宇を建立したのに始まるとされる。この時、円如は播磨国広峯《ひろみね》より牛頭天王を移祀したとの所伝もある。元慶年中(八七七～八八五)には藤原基経によって精舎が建立され、観慶寺感神院《かんけいじかんしんいん》と号したとされる。確実な史料上の初見は、『貞信公記抄』延喜二十年(九二〇)閏六月廿三日条に藤原忠平が「咳病」を除去すべく「幣帛走馬」を「祇園」に奉ったとある記事。『日本紀略』延長四年(九二六)六月廿六日条に「修行僧建立」の「祇園天神堂」供養が見られ、承平五年(九三五)六月に観慶寺は定額寺に列せられた。六月十五日の祇園御霊会《ごりょうえ》(→七月註179)には、藤原道長・実資らも奉幣した。「心経」は『般若心経』のことで、七種類の漢訳があるが、最も広く流布する玄奘《げんじょう》訳の小本『般若波羅蜜多心経』は字数三〇〇字足らずの短いもの。経名の「心」は心臓をいい、核心・心髄の意。般若経典群に説かれる内容を空《くう》という核心に凝縮し、末尾の真言で彼岸《ひがん》への到達をたたえる。「仁王経」は『仁王護国般若波羅蜜経』の略称。鳩摩羅《くまら》什《じゅう》と不空による二訳がある。共に二巻八品。中国では早くから偽経との説があったが、護国経として重視され、仁王会《にんのうえ》(→二月註51)などの国家仏事に重用された。

(421) **西町**　小野宮邸の西に接する町。それを管轄している保刀禰に命じて仁王経の講演をさせ、平安を祈らせた。前々日の放火事件が影響していると考えられる。三月十一日条＊2に「当保《とうほ》の仁王講演」とある。三月註113参照。

(422) **石米《こくまい》**　不明。米一石ということか。

(423) **給《きゅう》の申文《もうしぶみ》**　除目に際して、御給以外に公卿その他が年官を申請する申文。

(424) **三条宮御給《ごきゅう》の文**　これから行なわれる除目のための三条宮の御給(→註159)の文。三条宮は、三条坊門第に住んだ禎子内親王か、竹三条宮に住んだ脩子内親王かのいずれか。共に准三后で院宮御給の資格がある。

(425) **人々の申文等**　除目に際して、自らの任官を求める申文など。

(426) **重畳《ちょうじょう》**　①幾重にも重なり合う。②たいそう満足である。

ここでは①。再び右大将として将監を申請したこと。廿一日条▼b、註398参照。

(427) **風病** 風邪。中枢神経系・末梢神経系に属する疾患、および今日の感冒様疾患の総称とされる。

(428) **如今**《じょこん》 ただいま。いま。現在。

(429) **且は**《かつ》 ①一方では、他面では。②それとともに、その上に。「かつうは」「かつがつ」とも。

ここでは②で、実資の将監申請のことと共に、関白が自分の病状を伝えて除目に参入できない可能性のあることを伝えさせた、ということ。

(430) **御心地**《おんここち》 関白頼通の御病態・御気分。「心地」は「しんじ」「しんち」とも訓み、仏教で戒律のこと。心をよりどころとして菩薩が修行することから、菩薩の修行階位における心のこと。更に転じて、単に心のことをいう。

(431) **陣の物忌** 物忌の一種で、陣座に関係する怪異に基づいて陰陽師が占い、その結果示された物忌のこと。陣の関係者が対象となるだけでなく、陣が使用(出入り)不可能となるのであろう。「物忌」は前出(→註378)。

(432) **廿八日国忌**《こき》 藤原超子(三条天皇の母)の国忌。冷泉天皇の女御であった超子は、天元五年(九八二)正月廿八日に崩御したが、三条天皇の即位に伴い、寛弘八年(一〇一一)十二月廿七日に皇太后を追贈され、花山天皇母藤原懐子の国忌を廃して超子の国忌・山陵《さんりょう》を置いた(『小右記』)。

「国忌」は「こっき」とも。先皇・母后の忌日《きにち》。この日は廃朝《はいちょう》・廃務《はいむ》し、歌舞を止め、寺院で追善の斎会を行なう。長元四年での国忌は、天智天皇(十二月三日)・光仁天皇(十二月廿三日)・桓武天皇(三月十七日)・仁明天皇(三月廿一日)・光孝天皇(八月廿六日)・醍醐天皇(九月廿九日)・藤原穏子(正月四日)・藤原安子(四月廿九日)・藤原超子(正月廿八日)の九つ。尚、この頃の国忌への参会者は少なく、三月に問題となる。二月十七条*1・十八日条▼a・十九日条*1。

(433) **其の程に参会**《さんかい》**すべし** 関白頼通は、無理ならば明日(廿六日)に除目を始めるよう実資に指示しながら、午時(昼)までに良くなれば行くとも言っている。これに対し実資も、その程(昼頃)に参内してお会いしましょうと言った。

(434) **衙政**《がせい》 ここでは外記政のこと。

(435) **高陽院**《かやのいん》**(=頼通第)** 「賀陽院」とも。左京二条一坊九・十・十五・十六町にあり、四町を占めた関白藤原頼通の邸第。頼通が二年余をかけて造作し、治安元年(一〇二一)に完成させたその邸は、一般の寝殿造と結構を異にし、寝殿の四周に池を配し、釣殿・水閣なども有する豪邸であった。『大鏡』(巻一・太政大臣基経)によれば、「方四丁にて四面に大路ある京中の家」は、この高陽院と、対角にある冷泉院だけであった。この地は、九世紀に賀陽親王の邸宅(二町)があった。後、幾人かの手を経て頼通の所有となった。頼通の後、師実・忠実ら摂関家の所有となるが、後冷泉天皇をはじめ歴代天皇の里内裏として活用されることも多かった。註57も参照。

(436) **書札《しょさつ》** 文書。書状。書付。手紙。

(437) **除目は明日に改定す** 『日本紀略』同日条に「除目始俄延引。」とある。

(438) **塔** 小野宮邸内の念誦堂(→註416)に安置された多宝塔《たほうとう》。中には白檀で作られた釈迦・多宝二体の像が入れられた。この多宝塔の造立依頼は寛仁三年(一〇一九)二月二日に行円に対してなされ、翌年十一月二日には壇が築かれているが、念誦堂に迎えられた治安三年(一〇二三)十二月廿三日でも未完成であった。

(439) **隠岐守《おきのかみ》道成の解由《げゆ》** 前隠岐守源道成が提出した不与《ふよ》解由状。『左経記』廿一日条※2に、前月(前年十二月)に申文の儀がなく不与解由状の多くが下されずに旧吏が嘆いているとあり、廿二日・廿三日・廿五日の三日間、資平が上卿となって南所申文《なんしょもうしぶみ》を行ない、廿三日※1に「隠岐不与状」を下している。理由は不明だが、この隠岐国の不与解由状が「抑留」されていたのであるが、廿四日の実資の指示に従って奏上したという事後報告がなされた。この後、前司源道成は除目で行なわれる受領功過定を経て、本任放還(前の任務の責任解除)となり、新たな官職に就くことが可能になる。尚、官職名は不明だが、道成は七月廿九日▼bに官を給されている(→七月註247)。ここでの「解由」は、不与解由状のことで、一種の条件付きの解由状(交替の条件付きの証明書)という意味。解由状とは本来、任期のある内外の官において、交替に際して後任者が引継ぎのために作成し、前任者の任期中に過怠の無かったことを証明した文書。国司のものが最も重視され、公事・官物の収納や欠損が記された。前司はこれを太政官に提出して初めて帰京できた。しかし、この時代には後司が直ちに解由状を作成できなくなっていたので、不与解由状が作られ、これによって代用されていた。

(440) **小女(=千古)、冬季の聖天供《しょうてんぐ》始** 娘千古の息災・延命・招福を祈った定例仏事。万寿二年(一〇二五)十一月二日に千古のための銀体聖天像の造立立願をし、以後、実資自身と同様に四季恒例の仏事として千古の聖天供を行なっている。

(441) **二月の除目の例、勘申すべきの由** 正月に行なうのが通例である春の外官除目(→註395)を二月に行なった前例を調べさせるということ。外官除目の式日は『北山抄』(巻一・年中要抄上・正月)には「九日、始議二外官除目一事」とあるが、割注に「或節会後、択レ日行レ之、」とあり、実際には一定していなかった。尚、「明任朝臣」(菅原明任ヵ。官位は不明)とあるのは、関白頼通が明任を通じて大外記文義に勘申を命じたのが事実ならば、今日除目を行なうかどうかは決まっていないのではないか、という意味か。

(442) **廃務《はいむ》** 諸官司が政務を行なわないこと。廃朝(天皇のみ政務を見ないこと)と区別する。

(443) **下司《げし》** 「げす」とも。身分の低い官人。「上司」に対していう。したづかさ。

(444) **相続《あひつづ》きて奏すべし** 除目延引のことを正輔の証人のことに続いて奏上せよということ。

(445) **又、云はく** 頭弁が伝えた関白の御消息の内容。この命を受けて実資はすぐに宣下している。

(446) **又、云はく** この部分は頭弁自身の質問で、関白の御消息になかったと思われる。それ故に、実資は関白の意向に従うように頭弁に指示し、合わせて五位の候ずる場所についての前例を示している。

(447) **日記** 事件に関して取り調べた時の口記。いわゆる日《ひ》次記《なみき》ではなく、調査書・調書のようなもの。

(448) **下手《げしゅ》の五位** 五位の身分を持つ下手人。『左経記』廿八日条※1に「大和守頼親郎等散位宣孝朝臣」とある。源頼親は「武勇人」「つは物」として当時の貴族に認識され、大和守となり、高市郡軽に館を構えて勢力を広げ、大和源氏の祖とされている。様々な事件に関わっているが、ここで問題となっているのは、大和国の僧道覚を打った郎党宣孝のこと。『小右記』三月七日条＊2・八月廿九日条▼bも参照。「下手」とは、①物事に手を下すこと。手を付けること。②下手人。③身分などの低い人。「下手人」は「げしにん」とも。①自ら手を下して人を殺した者。②何か良からぬことをしでかした張本人。

(449) **候《こう》ずべきの処** 留置する場所。尚、『獄令』(五位以上条)では、五位以上は他の罪囚と区別して監禁することを認めている。

(450) **左衛門府の射場《いば》** 左衛門府は『大内裏図考証』(巻二八)に「諸図、左衛門府、鷹司南、近衛北、東(衍カ)大宮東、猪熊西、方一町、」とある。そこの射場は、『小右記』永延二年(九八八)六月十四日条に、

維(平)敏朝臣云、父(藤原致忠)右馬権頭従二三条一徒歩、向二左衛門射場一云々、廷尉之所に行云々、

『同』寛仁四年(一〇二〇)閏十二月十五日条に、

貞(紀)光云、今暁依二宣旨一使官人等来、受二取為幹(平)朝臣一、

将レ向二左衛門射場一、貞光帯二弓箭一相従者、

『日本紀略』寛弘三年(一〇〇六)六月廿二日条に、

左衛門尉文行(藤原)被レ禁二本府弓場一、

『同』長元五年(一〇三二)八月一日条に、

前武蔵守平致方被レ下二左衛門弓場一、以三息男刃二傷従女一也、

などとあるように、五位以上の者を拘禁する場所とされている。

尚、『北山抄』(巻四・拾遺雑抄下・貶退事)に、

密告之人、進二其告状一、先閇二諸陣一、〔左衛門陣少開用レ之、〕諸衛佐等候二殿上一之者、服二布衣一、帯二狩胡籙一、若有二禁固之人一、左右大弁就二左衛門射場一勘問、令レ進二過状一之後、任レ法行レ之、除目例等見二記文一也、告人進賜レ賞、〔二階、〕以二検非違使佐一、令レ退二出洛外一、以二左右衛門尉堪レ事者一、令レ送二配所一、〔昌泰例、検非違使尉送レ之、〕撰レ日、告二諸社一、又告二諸陵一、

とある。

(451) **今(×令)四人の下手の者**　五位以上の者を含めて下手人四人ということか。

もしも頼親が召し進めない限り、頼親を許すことはできない(この事件についての責任を回避することはできない)、すなわち、その下手人を全員召し出さなければいけない、ということ。八月廿九日条▼bでも、まだ召し進められていないとある。八月註370371参照。

(452) **大原野祭《おおはらの》**　大原野社の祭。二月註14参照。

「大原野社」は、山城国乙訓郡内、現在の京都市西京区大原野南春日町、小塩山の東麓に鎮座。祭神は、春日社(→二月註43)と同じく、武甕槌命《たけみかづちのみこと》・経津主命《ふつぬし》・天児屋根命《あめのこやね》・比売神《ひめ》の四柱。創祀について『伊呂波字類抄』『大鏡裏書』等は延暦三年(七八四)長岡京遷都の時の春日神社の勧請からとするが、『神祇正宗』は嘉祥三年(八五〇)藤原冬嗣の請により王城守護のための勧請とする。『中右記』大治四年(一一二九)正月廿三日条は藤原氏皇后のためにまつる社という。春日社と兼ねて斎女の置かれた時期もある(『日本三代実録』貞観十年閏十二月廿一日条、同十七年六月八日条)。行啓は貞観三年(八六一)皇太后藤原順子、行幸は永観元年(九八三)円融天皇を最初とする。大原野祭が公祭となっただけでなく、臨時奉幣の対象社となり、後の二十二社の一となる。

大原野祭の日に除目を召した例としては、『小右記』万寿二年(一〇二五)二月二日条に、

大原野祭、仍奉幣、宰相(藤原資平)来、同奉、(中略)大外記頼隆(清原)云、今日可レ給二除目下名一者、昏黒宰相・少納(藤原資

高）言参内、依二除目召名事一可レ着二官庁一者、
とある。

（453）**朝間《あさま》、頗《すこぶ》る宜《よろ》し** （関白頼通の風病が）朝のうちは少し良かった。「朝間」は、①朝のうち、朝の間。②早朝、夜明け。「頗る」は、①やや、少し、いささか、ちょっと、それ相当に。②かなりの程度で、たいそう、非常に。古記録用語としては、①が多い。

（454）**偏《ひとえ》に御風《かぜ》に非《あら》ざる歟《か》** 単なる風邪ではなく、いわゆる怨霊の類の疑があるということ。

（455）**興福寺の怪の占方《うらかた》** 興福寺で起こった怪異（割注参照）について、陰陽師《おんようじ》が式占《ちょくせん》を行ない、その結果予想される災厄について記したもの。これによって、病気になる可能性があるとして物忌《ものいみ》（↓註378）の日が特定の人々に示される。藤原氏の氏寺で起こった怪異であったので、占は氏長者（頼通）の責任で行なわれ、氏の関係者（物忌対象者など）に閲覧された。尚、実資は巳年生まれであるので、これによる物忌を行なうことになる（↓二月九日条▼a・七月廿一日条▼a・八月一日条▼a）。また、氏長者である関白頼通（↓正月廿八日条＊2）、内大臣教通（↓二月十一日＊1）、実資の婿兼頼も同様である（↓二月九日条▼a）。
「興福寺」は、大和国添上郡内、現在の奈良市登大路町に所在。南都七大寺の一。もと藤原鎌足の山城山階（山科）邸に始まり（山階寺）、藤原京の厩坂への移遷（厩坂寺）を経て、和銅三年（七一〇）の平城遷都に際して春日野の現地に移建されたと伝える。実際は不比等の発願により、平城左京三条七坊（外京）を寺地として、霊亀・養老の交（七一七）に創建されたと考えられる。藤原氏の氏寺として奈良時代に大伽藍を築き、法相《ほっそう》教学の拠点となった。天平宝字元年（七五七）に始められた法相宗大会の維摩会（↓九月註277）が勅会とされ、薬師寺最勝会・宮中御斎会（↓註250）と並んで三会とされた。弘仁四年（八一三）に北家の冬嗣が南円堂（↓註253）を建立するなど、藤原氏一族の造堂が絶えなかった。また、焼失の度ごとに再建がなされ、長元四年十月廿日には頼通による再建供養が行なわれた（八月註95・『左経記』十月廿二日条※1参照）。「食堂《じきどう》」は北側にあり、現在の国宝館に収蔵されている丈六《じょうろく》千手観音立像は鎌倉時代前期に復興された時のものであるが、旧食堂の本尊である。

（456）**寺の上司** 興福寺の別当《べっとう》（↓二月註23）及び三綱《さんごう》か。権専当・大知事・知事を「下所司」というのに対する詞とも考えられる。

（457）**氏長者《うじのちょうじゃ》**（＝頼通） ここでは藤原氏長者である関白頼通。「氏長者」は、令制の氏宗、大化前代の氏上《うじのかみ》のこと。

九世紀以後は源平藤橘四氏のみのものとなる。一門を統率し、氏神の祭、氏社・氏寺の管理、氏爵の推挙（氏《うじの》挙《きょ》）に当たる。藤原氏の氏長者は、十二世紀半ば以降、摂政関白が宣旨によってなり、冬嗣より伝来の朱器台盤《しゅきだいばん》を受け継いだ。

（458）**早旦**　夜の明けきらない時。早朝。あさまだき。

（459）**片足（足×）無き児**　片足のない子供の死体。「足」は『左経記』二月一日条※1に「小野宮小児無㆓一足㆒、犬喫入之由有㆑被㆑申、」とあることにより、補なえる。

（460）**五体不具《ごたいふぐ》**　五体不具の穢。不完全な死体、または死体の一部分によって発生する穢。一体の穢が三十日間の忌を必要とするのに対し、七日間の忌ですむ。

　穢規定は、『神祇令』散斎条の「穢悪之事」を『弘仁式』で人・家畜の死と産に当てはめる形で決められ、『貞観式』による改定を経て、『延喜式』（巻三・臨時祭）全九条にまとめられた。最初の三条は、

　凡触㆓穢悪事㆒応㆑忌者、人死限㆓卅日㆒、〔自㆓葬日㆒始計、〕産七日、六畜死五日、産三日、〔鶏非㆓忌限㆒、〕其喫㆑宍三日、〔此官尋常忌㆑之、但当㆓祭時㆒、余司皆忌、〕

　凡弔㆑喪、問㆑病、及到㆓山作所㆒、遭㆓三七日法事㆒者、雖㆓身不㆑穢、而当日不㆑可㆑参㆓入内裏㆒、

　凡改葬及四月已上傷胎、並忌㆓卅日㆒、其三月以下傷胎忌㆓七日㆒、

とあり、それぞれの穢の発生に応じて三十日から三日の忌の日数が定められている。ここに「五体不具」の語はないが、第三条の「三月以下の傷胎（妊娠三ヶ月以下の子供の流産）」に対応させて「忌七日」とされ、『新儀式』（巻五・臨時下・触穢事）で「又有㆓五体不具之死骸㆒忌㆓七日㆒、〔或忌㆓三十日㆒、或点不㆑忌、〕」と規定されたと考えられる。

（461）**物の直《あたい》**　何かを買う場合の代金。

　ここでは絹十疋が何かの代金として支払われるものだから、特に急がないという資平の詞と解釈できる。

（462）**穢の長短**　穢によって忌まなければならない日数の長短。三十日か七日か。註460参照。

　これについて、すべて無条件に三十日としてしまう場合もあるし、定穢《じょうえ》により天皇ないしは関白が決定する（『西宮記』〈臨時一甲・定穢事〉など参照）場合もあり、決めがたいということ。この時期に三十日の忌となるか七日の忌となるかでは、二月の神事に影響したので特に慎重であった。

（463）**一定《いちじょう》し**　決定する。しかと決める。

（464）**無已《やんごとな》き神事、此の間太《はなは》だ多し**　重要な祭などが、穢

の忌の期間に非常に多くある。穢は日本の神が嫌うもので、触穢の人が神事に奉仕するなどにより穢が神に達すると、神は祟《たたり》をなすとされた。そのような事態を避けるため、祭の前には穢の管理が徹底された。

「無已(やむごとなし)」は「無止」「無止事」とも書く。「止む事無し」が一語の形容詞に転じた語。①やむを得ない。打ち捨てておかれない。②ひと通りでない。重々しい。権威がある。特別である。③地位・家柄などが第一流である。高貴である。④貴重である。尊い。恐れ多い。

「神事」は古く「じんじ」、また「かむごと」「かむわざ(神能)」とも。神祇の祭祀に関するすべての儀礼。朝廷・神社で行なわれる祭儀。祈年祭《としごいのまつり》・春日祭・大原野祭などがある二月をはじめ、四月・六月・九月・十一月・十二月は重要な祭が多いので「神事月」ともされ、触穢に細心の注意が図られた。

(465) **卅日の穢**　一体の死穢として、三十日を忌む。

(466) **地上**　穢は着座によって伝染するとされたので、建物に登らず、地上に立っていたということ。『延喜式』穢規定に、

凡甲処有レ穢、乙入二其処一〈謂二着座一、下亦同、〉乙及同処人皆為レ穢、丙入二乙処一、只丙一身為レ穢、同処人不レ為レ穢、乙入二丙処一、同処人皆為レ穢、丁入二丙処一不レ為レ穢、其触二死葬一之人、雖レ非二神事月一、不レ得レ参二着諸司并諸衛陣及侍従所等一、

とあり、甲[発生場所]→乙→丙と伝染(触穢)する際、「着座」を契機とすることが割注に記されている。

(467) **恒例の講演**　小野宮邸で行なわれる恒例の月例法華講。中止された正月の分(薬王菩薩本事品《やくおうぼさつほんじぼん》の講演)は、神事(祭など)以降に吉日を選んで行なうとしているが、二月の分とまとめて修されている。二月卅日条＊1、二月註220参照。

二月

一日、戊寅。

*1 右衛門督(=経通)并びに中納言(=資平)、関白第より来たる。中納言、関白(=頼通)の御消息《しょうそく》を伝へて云はく「穢の事、(1)朔日に依りて外記に問(×同)はず。明日、前例を尋問《たずねと》ひ、案内《あない》を申すべし。」者《てへ》り。〔人を以て伝へらる。(2)未《いま》だ尋常に復せられざる歟《か》と云々。〕大外記文義云はく「年々の日記を随身《ずいじん》す。(3)」者《てへ》り。大略召見《めしみ》る。地上に於《お》いて、中納言を以て読ましむるに、其の例、同じからず。明日、一定《いちじょう》有《あ》るべき歟《か》。

*2 山座主《やまのざす》(=慶命)(4)、門下に来たる。中納言を招きて雑事を談ずるの次《ついで》に云はく「関白の御慎《おんつつしみ》(5)、尤《もっと》も重し。随ひて亦《また》、御禱《おいのり》、極めて猛なり。下官《げかん》(=実資)、能《よ》く慎むべし。」者《てへ》り。佇立便無《ちょりつびんな》きに依りて相逢《あいあ》ふ能はず。此の山を相《あい》示すに、逐電《ちくでん》退帰すと云々。(6)追ひて書状を遣《つか》はし奉《たてまつ》るに、返事有り。

*3 晩陰《ばんいん》(7)、頭弁《とうのべん》(=経任)、正輔・致経等《ら》の進《たてまつ》る証人(人×)と称する者の申詞《もうしことば》の勘問日記《かんもんのにっき》(8)を持来《もちき》たる。取らず。只、頭弁に持たせ乍《なが》ら略見す。奏すべきの由を示す。但し正輔(正×)の進《たてまつ》る者二人、皆神民《じみん》(9)なり。今に至りては方々(方)の者、(10)拷訊《ごうじん》すべき也。神民、拷すべき哉否《や》や、道の官人(11)に問はるべき歟《か》。是、内々の案也。但し正輔の進《たてまつ》る証人二人、皆《みな》神民也。道の官人、拷すべからざるの由を申さば、正輔をして従僕《じゅうぼく》(12)を進《たてまつ》らしむべき歟《か》。此の旨、関白に達せしむ。頭弁云はく「明日、触穢定の例の勘文《かもん》を進《たてまつ》るべきの由、仰事《おおせごと》を承《うけたま》はる。文義に仰せ了《おわ》りぬ。」者《てへ》り。

二日、己卯。

▼a 延政阿闍梨《あじゃり》、種々の精進物(13)を調送《みつぎおく》る。使者に禄を給ふ。〔疋絹《ひけん》。〕

＊1 今日、大原野《おおはらの》祭(14)。穢に依りて奉幣《ほうへい》せず。(15)雨に依りて河原に出でず。堂(×台)に於《お》いて修善《しゅぜん》す。仍りて西隣(16)に出づ。中将(＝兼頼)相《あい》共に解除《げじょ》(17)す。

▼b 大外記文義云はく「穢の例の勘文《かもん》、早朝、関白第に持参《もちまい》る。命ぜられて云はく『奉幣の後に見るべし。』者《てへ》り。午後《うまののち》に覧ぜしむ。卅日と定めらるべき歟《か》。」

＊2「長元四年二月二日己卯」

頭弁(＝経任)、関白(＝頼通)の使と為《し》て、文義の勘申《かんじん》する触穢《しょくえ》の例文を持来《もちき》たる。頭弁を以て読ましむ。取見《とりみ》るに憚《はばかり》有《あ》り。関白、此の由を示さるる者なり。彼の命に云はく「延長四年の例(18)に依り卅日と為《な》すべき歟《か》。此の間如何《いかが》。」報じて云はく「延長の例に依り、一支無しと雖《いえど》も、今《いま》三支全《まっとう》するは、卅日の穢と為《な》すべし。」

弁云はく「正輔・致経の証人の勘問日記《かんもんのにっき》の事、関白云はく『正輔の進《たてまつ》る所の者二人神民《じみん》(神×)也。拷掠《ごうりょう》の事、道の官人に問ふべき歟《か》。如何《いかが》。』」者《てへ》り。余云はく「尤も問はるべき事なり。」弁云はく「小臣《しょうしん》(＝実資)の申すに随ひ仰下《おおせくだ》すべし。」者《てへ》り。便《すなわ》ち宣下《せんげ》し了りぬ。(19)

＊3 除目《じもく》の事(20)を頭弁に問ふ。答へて云はく「関白、未だ左右《そう》を示されず。猶予の気色有《けしきあ》り。」者《てへ》り。文義云はく「兵庫寮の官人の怠状《たいじょう》(21)の事を仰す。召《めし》に依り内府(＝教通)に参る。能通、伝仰《つたえおお》せて云はく『除目《じもく》の日の事、承はる所有り。只、短紙《たんし》(22)に注して申さしむべし。』者《てへ》れば、能通云はく『五日行なはるべし。』」者《てへ》り。内府、用意を致さむ(23)が為《ため》に、案内《あない》せらるるに似る。能通、荒涼《こうりょう》第一の者也(24)。誰の説を以て除目の日を定むる乎《や》。中納言(＝資平)来たりて云はく「除目、内府書かれ難き歟《か》(25)。亦、大納言を以て行はるるは、内府の恥為《た》る也。関白、思慮せらるること有る歟《か》。」

弁云はく「斎宮助ム《なにがし》、証人と為《な》るの由、正輔の申す所なり。若《も》し事疑《ことのうたがい》有らば、拷訊せしむべし。先づ斎宮助を解却《げきゃく》(26)し、拷訊を経るに何事(何×)か有らむ乎《や》。」者《てへ》り。

三日、庚辰。

▼a 修法結願《けちがん》(27)。阿闍梨(=久円)は例の布施、絹三疋。

*1 右大弁(=経頼)の消息に云はく「昨《きのう》、関白(=頼通)云はく『除目《じもく》の日の事、未だ一定《いちじょう》有《あ》らず。或《あるい》は神事、或は内の御物忌《おんものいみ》(28)・私の物忌等相《あい》合ふ。春日祭、廃務《はいむ》に非《あら》ずと雖《いえど》も、延長以後、除目を行なはるるの例を見ず。下官《げかん》(=実資)籠居《ろうきょ》(29)す。人の雑事を奉行する無し(30)。就中《なかんずく》、除目并びに無已《やんごとな》き事許多《あまた》(×居多)あるの間、太《はなは》だ不便《ふびん》の事なり。』」者《てへ》り。其の後、頭弁《とうのべん》(=経任)来たり、良久《ややひさ》(×々)しく雑事を談ず。「除目の日の事を承はらず。」者《てへ》り。

四日、辛巳。

*1 明日、除目《じもく》と云々。中納言(=資平)云はく「一夜《ひとよ》(31)、関白(=頼通)、右大弁(=経頼)を以て内府(=教通)に示さる。其の御返事、大略、之を承《うけたま》はる。但し、行なひ難かるべきの気有り(32)と云々。人々云(云×)はく『権中納言定頼を呼びて、書くべきの事を習ふ。』又の説に『無止《やんごとな》き京官《けいかん》・受領《ずりょう》許《ばかり》相構《あいかま》へて書くべし。公卿《くぎょう》給《きゅう》(33)に及ぶべからず。』と云々。」上下嗷々《ごうごう》(34)。事、甚だ軽々なり。頭弁(=経任)示送《しめしおく》りて云はく「明日行なはるべからず。」荒涼《こうりょう》の説也。案内《あない》、申すべき耳《のみ》(×目)。

致行朝臣云はく「修理大夫済政、密語《ひそかにかた》りて云はく『一日《いちじつ》、関白、内府に除目を奉仕せらるべきの事を談ぜらる。』」極めて便ならざるべき事也。返々《かえすがえす》歎思《なげきおも》ふ。

五日、壬午。
＊1 大外記文義云はく「除目《じもく》、未《いま》だ一定《いちじょう》を承《うけたま》はらず。今日、先づ祈年穀使《きねんこくのつかい》(35)を定めらるべきの由、関白(＝頼通)、頭弁《とうのべん》(＝経任)を以て内府(＝教通)に聞《ぶん》せらる。仍りて定《さだめ》有るべき也。件《くだん》の使の発遣の日の外に、除目の日を択《えら》ばるべしと云々。昨日、頻《しきり》に内府の召《めし》有り。然而《しかれども》、所労有るに依りて参入せず。夜部《よべ》(36)、史広雅を以て除目の間の事を仰せらる。極めて不審の気色《けしき》有り(37)。外記に至りては、四所《ししょ》の籍《しゃく》(38)、並びに道々の労帳《ろうちょう》(39)等、筥《はこ》に納めて候ぜしむるの事許《ばかり》(40)也。余事《よじ》、知り給はざるの由、申さしめ訖《おわ》りぬ。大略事々《ことごと》(□)、欝々《うつうつ》とせらるる歟《か》と云々(々×)。」
文義、先日給ふ所の墨・筆を返進《かえしたてまつ》る(41)。除目の例にて給ふ所、其の由を仰するに依りて進る所也。彼、又存ずる歟《か》。
＊2 文義云はく「馬寮《めりょう》使右馬助頼職逃隠《にげかく》る(42)。関白の仰《おおせ》に依りて、尋求《たずねもと》めしむ。偶《たまたま》、尋得《たずねう》。灸治(×炙治)の由を申す。『近処に至りては乗車して参入すべくも、遠き程に於《お》いては堪ふべからず。』者《てへ》り。仰せて云はく『車の進退に至りては耐ふべき歟《か》。』更に故障(×歟除)と申すべからざるの由、重ねて仰《おおせ》有り。」者《てへ》り。

六日、癸未。
＊1 春日《かすが》祭使(日×)右少将定良(43)。
黄昏《たそがれ》、将曹《しょうそう》正方、門外に於《お》いて申さしめて云はく「舞人《まいびと》・陪従《べいじゅう》(44)等、射場殿《いばどの》に参る。頭中将《とうのちゅうじょう》(＝隆国)仰せて云はく『使の少将定良参入せざるは如何《いかが》。早く召遣《めしつか》はすべし。』者《てへ》り。即《すなわ》ち処々に尋ね、僅《わずか》に尋遇《たずねあ》ふ(45)。申さしめて

云はく『府生《ふしょう》公武（×亦武）を以て両度障《さわり》の由を頭中将《とうのちゅうじょう》に触れしめ了《おわ》りぬ。左右《そう》の報無し(46)。爰《ここ》に使の役を免ぜらるるの由を知る。』」者《てへ》り。仰せしめて云はく「彼の申す旨を以て頭中将に触るべし。自《みずか》ら定《さため》仰《おお》せらるるの事有る歟《か》。」

＊2 或僧《あるそう》云はく「内府（＝教通）云はく『除目《じもく》の事、未だ仰事《おおせごと》を奉《うけたま》はらず。内々之《これ》を示告《しめしつ》ぐること有り。然而《しかれども》、指仰《さしたるおおせ》無（無×）きに依り左右《そう》を申すべからず。但し更に術《すべ》無し。何ぞ奉仕せむ哉《や》。』今、気色《けしき》を見るに、奉仕し難かるべき歟《か》。」と云々。

七日、甲申。

＊1 或《あるひと》云はく「去《さ》る五日、除書《じしょ》(47)と云々。彼の日以前に内府（＝教通）の門前に巾を成《な》(48)すの由、関白（＝頼通）漏《も》れ聞《き》（×潤聞）きて咲《わら》はるること有《あ》り。」と云々。凶悪の者、内府に盈満《えいまん》(49)す。彼等の気色《けしき》、敢《あ》へて言ふべからず。愚也。頑也。奇也。怪也。

＊2 内府、兵部丞章経を使《つか》はして消息せられて云はく「関白の御消息に云はく『季御読経《きのみどきょう》(50)・仁王会《にんのうえ》(51)の事、同日に定めらるるの様、覚ゆる所なり。下官《げかん》（＝実資）に問ひて定むべし。』」者《てへ》り。報じて云はく「慥《たしか》には覚侍《おぼえはべ》らず。縦《たと》ひ例無しと雖《いえど》も、同日に行なはるるに忌諱《きい》無かるべき歟《か》。神位記・僧位記、相《あい》並びて請印《しょういん》するは例有り。何《なん》ぞ況《いわん》や仏事、相《あい》並びて行なはるる歟《か》。難《な》無かるべきの事也。」

＊2 中納言（＝資平）示送《しめしおく》りて云はく「関白第に参る。左宰相中将（＝顕基）を以て示されて云はく『風病頗《すこぶ》る平復す。』然而《しかれども》、未だ簾外に出でず。仍りて相《あい》逢ふ能はず。」又、云はく「伊予守《いよのかみ》章信云はく『十五日、除目有るべし。内府

相《あい》構へて奉仕せらるべし。』」と云々。昏黒《こんこく》(52)に臨《のぞ》み、中納言来たる。
*3 穢に依りて春日《かすが》祭に奉幣《ほうへい》せず。河頭に臨み解除《げじょ》(53)す。中将(＝兼頼)同車す。

九日、丙戌。
▼a 今明物忌《ものいみ》(54)。只、北門を開く。中将(＝兼頼)の物忌に依りて東門を開かず(55)。
*1 頭弁《とうのべん》(＝経任)云はく「春日祭に参る。上卿《しょうけい》参らず(56)。近衛府使参らず。仍りて代官の事を問ふ。外記成経申して云はく『承《うけたま》はらざる所也。』或《あるひと》申して云はく『使の少将定良、勧学院別当《かんがくいんべっとう》致孝の許《もと》に書状を送りて云はく(57)「代官通能俄《にわか》に故障有《あ》りて参らず。用意すべし。」者《てへ》り。』と云々(×々々)。仍りて致孝に問ふに、事已《すで》に有《あ》り。驚奇、極《きわまり》無《な》し(58)。代官の事、上卿、外記に仰せて宣旨《せんじ》を給ふ。而《しか》るに宣旨を賜はらざるは、大略、頭中将《とうのちゅうじょう》(＝隆国)、上卿に仰せざる歟《か》。前例を尋《たず》ね問《と》ふに、下官《げかん》(＝実資)参るの時(59)、馬助を以て代官と為《な》すの由と云々。仍りて右馬助頼職を以て代官と為《な》し、事を成し了《おわ》りぬ。」者《てへ》り。「昨日、関白(＝頼通)に申すに、驚奇せらる(60)。民部卿(＝斉信)の家、犬《いぬの》死穢《しえ》有り。案内《あない》を知らず。夜部《よべ》、着坐す(61)。穢、来たる十一日に及ぶ。」
又、云はく「除目《じもく》、来たる十四日より行なふべきの由、前日、関白、命有《あ》り。気色《けしき》を伺ふに、一定《いちじょう》無《な》き歟《か》。心神非例《しんひれい》の由を示さる。猶《なお》、頗《すこぶ》る奇《あやしみ》思《おも》ふ。延引せらるべき歟《か》。此の間、意を得ず。」者《てへ》り。

十日、丁亥。
*1 日来《ひごろ》、男等《ら》云はく「藤原忠国、大食なり。」仍りて前に召して食せしむ。全て五升《しょう》を食す(62)。六升の飯《いい》を盛るに、

僅《わずか》に一升許《ばかり》を遺《のこ》す。疋絹《ひけん》を給ふ。起《た》ちて舞《ま》ふ。了《おわ》りて和歌を読む。其の装束(63)、衛府の冠、竹馬を以て挿頭《かざし》と為《な》す。六位の表衣《うえのきぬ》、把笏《はしゃく》、尻鞘《しりざや》の剣を着し、藺履《いぐつ》。男等、散楽《さんがく》を作す歟《か》(64)。

十一日、戊子。

*1 祈年穀使《きねんこくし》(65)、内府(=教通)、之《これ》を行なふと云々。列見《れけん》(66)延引。臨暗《りんあん》(67)、大外記文義来たりて云はく、「内府、俄《にわか》に風病発動の由を申さる。仍りて他の上《しょう》を召さる。大納言斉信・頼宗・能信、故障を申さる。大納言長家、之《これ》を行なふ。宣命《せんみょう》の草《そう》(68)、今日奏す。卜串《うらぐし》、開見《ひらきみ》る。昨・一昨、内府の物忌《ものいみ》に依りて見ず。事已《すで》に懈怠《けたい》なり。」

▼a 戌時《いぬのとき》、中納言(=資平)、北家に移徙《いし》す(69)。只、西廊を結構し営《いそ》ぎ渡ると云々。

十二日、己丑。

▼a 今日、円融寺御八講《みはっこう》(70)始。穢にて参らず。

*1 関白(=頼通)、孝標朝臣を差《つか》(×着)はして多武峯《とうのみね》鳴るの占方《うらかた》(71)を送らる。〔今月十日戌時《いぬのとき》、鳴揺《なりゆら》ぐ。陰陽博士《おんようのはかせ》孝秀占申《うらないもう》す。〕巳・亥・丑・未年の人、病事に依りて暫《しばら》く所を避くる歟《か》。期は怪日以後廿五日の内、及び来たる十月節中、並びに壬・癸の日也。

十三日、庚寅。

*1 入夜《よにいり》、式光朝臣来たる。別当(=朝任)の消息を伝へて云はく「大江久利、群盗の同類と指さる(72)。少納言資高の宅に

先年入る所の群盗也。(73) 即ち大和に住して犯を成すの由に依りて、申す所也。件の久利候ずるの由、(74) 承《うけたま》はる所也。左右《さう》、只仰《おおせ》に随はむ。(75)」者《てへ》り。報じて云はく「久利は家人《けにん》也。時々来見《きたりまみ》ゆ。若《も》し斯《こ》の聞《きこえ》有らば逃隠《にげかく》るる歟《か》。」早く追捕《ついぶ》すべきの由を示し了りぬ。

*2 今日、春日御社に於《お》いて、五十口僧を以て、仁王経《にんのうきょう》を転読せしめ奉る。是、祭日（×登日）の十列代、(76) 二季恒例の事也。〔供料、口別（×日別）に五斗。〕

今日より始めて二七《にしち》ヶ日、栖霞《せいか》(77)に於《お》いて、三口僧を以て、〔利原（×和原）・覚蓮・政堯。〕仁王経を講演せしめ奉る。宿曜《すくよう》の厄、(78) 興福寺・多武峯等の怪(79)を攘《はら》はむが為《ため》、殊に修する所也。

▼a 頭弁《とうのべん》（＝経任）、大安寺の申す大和国の免田《めんでん》の文、(80) 若狭国司の申す内大臣（＝教通）・春宮大夫《とうぐうだいぶ》（＝頼宗）の荘の濫行《らんぎょう》の事の解文《げぶみ》(81)を持来《もちき》たる。奏すべきの由を示す。

▼b 又、云はく「流人《るにん》光清の使の左衛門府生永正、(82) 駿河国に於《お》いて、甲斐国の調庸使(83)の為《ため》に射殺さる。即ち使永正の母、使の随身《ずいじん》する雑物《ぞうもつ》を給ふべきの由を進《たてまつ》る。」余答へて云はく「駿河国司（＝忠重）、解文を言上《ごんじょう》する歟《か》。其に依（依×）りて仰下《おおせくだ》さるべき歟《か》。」

*3 除目《じもく》の事を問ふ。(84)「先日、関白（＝頼通）、明日行なはるべきの命有り。未だ定を奏せられず。是、内々命ぜらるる所なり。今日、其の気色を見るべし。」者《てへ》り。

*4 又、云はく「去る八日、内府（＝教通）、仁王会《にんのうえ》・季御読経《きのみどきょう》の事を定む。而るに未だ左右《さう》を仰せられず。仍りて綱《こう》所《しょ》に仰せずと云々。(85) 廿日仁王会、廿七日御読経。先例、行事定文《さだめぶみ》(86)を奏せず。而るに検校《けんぎょう》定文に相《あい》加へて奏せらる。」者《てへ》り。

*5 大外記文義云はく「昨日、関白召仰《めしおお》せられて云はく『明日、除目有《あ》るべし。(87)是、内々の事也。是の召仰《めしおおせ》非ざるも、兼ねて用意を致せ。』者《てへ》り。申さしめて云はく『明日復日《ふくにち》(88)、久しく御出無し。復日、何《いか》が候ふ乎《や》。』仰せて云はく『必ずは忌《い》むべからず。』者《てへ》り。仰《おおせ》を承《うけたま》はりて能《まか》り出《い》づ。晩景に召《めし》有り。即ち参入す。仰せて云はく『明日の除目の議止め、明後日有るべき歟《か》。』」者《てへ》り。今朝、頭弁云はく「明日・明後日は多武峯の物忌《ものいみ》なり。(89)上達部《かんだちめ》の年、多く当たる。大納言頼宗・能信・長家、其の外、中納言・宰相数《あまた》有り。参入すべからずと云々。民部卿(＝斉信)云はく『面上に聊《いささ》か熱物《ねつもつ》有り。(90)参入定まらず。』」者《てへ》り。大納言一人も参らざるは聞かざるの事也。中時許《さるのときばかり》、中納言(＝資平)来たりて云はく「先づ参内す。次いで関白第に参る。左宰相中将(＝顕基)を以て御消息有り。『明日、除目の事等有《あ》り。』」と云々。入夜《よにいり》、頭弁来たりて云はく「明日、除目有《あ》るべし。関白云はく『上達部多く物忌なり。然《しか》りと雖《いえど》も二ヶ日の間、一日猶《なお》参るべき』の由、相《あい》示さる。或《あるひと》云はく『民部卿の面宜《よろ》し。参入すべし。』」と云々。

十四日、辛卯。

*1 頭弁《とうのべん》(＝経任)、早旦に来たりて云はく「除目《じもく》の事、昨《きのう》、気色《けしき》を執柄《しっぺい》(＝頼通)に候ずるに、命じて云はく『一昨、(91)心身極めて悩む。今(×命)頗《すこぶ》る宜《よろ》し。宜(々)しくば明日中行《もうしおこ》なふべし。猶《なお》不快ならば参入するに憚《はばかり》有《あ》り。』者《てへ》れば、簾外に出でらる。其の情を得ず。若《も》し此の気色の如くば、明日又、(92)定めて参入せられ難き乎。除目を奉仕せらるべきの事、未だ内府(＝教通)に仰遣《おおせつか》はされざるの由、関白(＝頼通)の命有り。」者《てへ》り。

「伊賀の証人一人原免《げんめん》せらる。(93)是、光清の従者なるは、則ち国人伝聞《つたえき》くの者也。(94)禁固すべきに非ず。(95)」者《てへ》り。

*2 又、云はく「去る八日(×十八日)、内府、仁王会《にんのうえ》の事を定められ、御読経《みどきょう》の事を定められず。昨日は伝承の事を以

て申す所也。(96) 但し仁王会、廿七日に行なはるべきの由、一定《いちじょう》し了りぬ。」者《てへ》り。

*3 「元興寺《がんごうじ》の申す爵の事、(97) 宣旨を下さる。先づ爵料を納むべきの宣旨を下すべし。」其《そ》の由を仰せ了りぬ。

「大安寺の申す免田の事、(98) 前の宣旨に依りて宣旨を給ふべし。」者《てへ》れば、則ち之《これ》を仰下《おおせくだ》す。

右少史孝親、仁王会の僧名を進《たてまつ》る。〈廿七日。〉

*4 少納言(＝資高)を呼びて、先年の群盗の事(99)を問ふ。「取らるる所の物、(100) 衣二領《りょう》・朝衣《ちょうい》装束二襲《かさね》・麴塵袍《きくじんのほう》・香薬小辛櫃《こからびつ》・雑《くさぐさ》の女衣裳・甲斐布《かいのぬの》少々・細剣《ほそだち》・韉《せん》等也。件の疑はしき物。(101) 中納言(＝資平)の従者夏武、其の同類、獄に在り。」者《てへ》り。久利云はく「久利を申すの者は、(102) ム《なにがし》丸なり。従者の如(×女)きの男也。預給《あずけたま》ふの雑物等、已に其の弁無し。催責《もよおしせ》むるの間、恨を成して申す所歟《か》。」者《てへ》り。今朝、師重朝臣の申す所也。去夕、久利罷去《まかりさ》り了りぬ。人々云はく「事、無実に似る。」と云々。今日、式光朝臣、勘問日記《かんもんのにっき》を持来《もちき》たる。久利は只、住人と申す。他事無し。分配の物に預からず。爰《ここ》に無実を知る。逃隠《にげかく》るべからざる歟《か》。

*5 忌日《きにち》。(103) 諷誦《ふじゅ》を東北院に修す。(104) 念賢を以て身代《みのしろ》に斎食《さいじき》せしむ。(105) 法花経・心経を供養す。(106) 袈裟《けさ》・僧前《そうぜん》料を施す。精料(107)を以て読経の僧等に分施《わけほどこ》す。

十五日、壬辰。

▼a 今朝、多武峯《とうのみね》の物忌《ものいみ》。只、東門を開き、外人《げにん》を忌まず。(108)

▼b 権少外記成経、闕官帳《けっかんちょう》(109)を進《たてまつ》り、申して云はく「召仰《めしおおせ》の後、進る所なり。〈巳時《みのとき》。〉」者《てへ》り。除目議《じもくのぎ》始。(110) 内大臣(＝教通)執筆《しゅひつ》と云々。(111)

後聞《のちにき》く。「諸卿、議所《ぎしょ》に着す。大納言斉信、途中に留まり、恭礼門《きょうれいもん》内に隠立《かくれた》ちて参上せず。筥文《はこぶみ》を執らざらむが為《ため》。」と云々。(112)議所に着し参上せざるの例、未《いま》だ前跡《ぜんせき》を知らず。議所に着せず、諸卿参上し了りて、其の後に独身参上す。是、恒例也。故実（×固実）を知らざる歟《か》。

十六日、癸巳。

▼a 早朝、中納言（＝資平）、書簡に注して云はく「昨日の除目《じもく》の事、内大臣（＝教通）以下、議所に着す。〈申《さるの》一剋。〉未だ盃酒に及ばざるの前、召有《めしあ》り。(113)即ち参上す。筥文《はこぶみ》三合《ごう》。(114)前例、四有る歟《か》。京官《けいかん》除目（×宣官除目）の時、三有る歟《か》。但し申文《もうしぶみ》の多少に依るべき歟《か》。上卿《しょうけい》（＝教通）、其の由を仰せざるは如何《いかが》。御前の作法、殊失《ことなるしつ》無き歟《か》。(115)大間《おおま》の間、(116)知り給はず侍る。子一剋《ねのいっこく》、議了りぬ。

殿上に於《お》いて関白（＝頼通）命じて云はく『除目を始むるの間、心神甚《はなは》だ苦し。秉燭《へいしょく》に及ぶの程、頗《すこぶ》る宜し。然而《しかれども》、尋常に非ず。』者《てへ》り。其の容顔を伺ふに憔悴《しょうすい》殊に甚だし。(117)人々、此の由を申す。

内府（＝教通）云はく『今年、公卿給《くぎょうきゅう》甚だ多し。』者《てへ》り。見参《けざん》の上達部《かんだちめ》。〔内府、権大納言（＝長家）、左右金吾（＝師房・経通）、新中納言（＝定頼）、大蔵卿（＝通任）、左右宰相中将（＝顕基・兼経）、右兵衛督（＝朝任）、左右大弁（＝重尹・経頼）。〕

右大弁経頼、始めて肥前の勘文《かもん》の読様《よみざま》、(118)頗《すこぶ》る非例なり。然而《しかれども》、甚だ全《まっとう》す。」

大外記文義来たる。昨日の除目の事等を申す。

十七日、甲午。

▼a 土左守《とさのかみ》頼友、国に罷《まか》るの由を申さしむ。

＊1 除目議畢《おわ》りぬ。子夜《しや》(119)、中納言(＝資平)来たりて云はく「只今(□□)、除目了《おわ》りぬ。子時《ねのとき》に終る。内大臣(＝教通)の執筆《しゅひつ》、難無し。諸卿感嘆す。但し尻付《しづけ》の作法・書く程の事を知らざる也(120)。思外《おもいのほか》也。」と云々。今般、史給はらず(121)。闕《けっ》国《こく》(122)の数少なきに依る歟《か》。〔利業、明法博士《みょうぼうはかせ》に還任《げんにん》す(123)。天恩歟《か》。〕内舎人《うどねり》高階為時を以て将監《しょうげん》を申請す(124)。裁許有り。亦、中務録中原実国、民部録(×禄)に任ず。奏達せしむる也。旧年中、関白(＝頼通)、許容の気《け》有り。仍りて今般、頭中将《とうのちゅうじょう》(＝隆国)を以て驚達《おどろきたっ》せしむる也(125)。

▼b 御物忌《おんものいみ》に籠候《こもりこう》ずる上達部《かんだちめ》、大納言頼宗・長家、中納言師房・経通(通×)・資平、参議朝任・顕基・公成・経頼。

▼c 大学助藤原実綱、蔵人に補《ほ》す。是、秀才《しゅうさい》なり(126)。資通朝臣、和泉守《いずみのかみ》に任ずるの所、須《すべから》く五位を定補《さだめほ》せらるべし。而《しか》るに六位を補《ほ》す。先例無《な》きに非《あら》ざるも、五品に専一の者無し(127)。昇殿《しょうでん》を章任・定経に聴《ゆる》さると云々。章任は還《げん》昇《しょう》(128)なり。簡の外歟《か》(129)。〔丹波守《たんばのかみ》。〕件の両人は御乳母子《おんめのとご》なり(130)。当時(□時)(＝後一条天皇)の乳子、官爵、意に任せ、道路、目を以てす(131)。

大外記文義云はく「疑事《うたがうこと》有るに依りて、大間《おおま》を以て決すべし(132)。仍りて内府に参りて申出《もうしい》でて之《これ》を見る。尻付の所々に墨を塗る。まぎらはしき(×そくらハし気)也。」者《てへ》り。「前に召して見せらる。多くは見るべからず。太《はなは》だ不《ふ》便《びん》也。」者《てへ》り。

十九日、丙申。

*1*2 頭弁(=経任)、斎宮寮の返す解文《げぶみ》(133)〔正輔の申す証人寮助ム《なにがし》、熊野に参りて帰来《かえりき》たらず。〕・大宰府の解文(134)〔耽羅《たんら》嶋の人八人の流来《るらい》の事(□)。去年(□年)の解文なり。而《しか》るに関白(白×)(=頼通)忘れて下されず。〕を持来《もちき》たる。仰せて云はく「勘問日記《かんもんのにっき》の如く、野心無《な》きに似る。粮を給ひて返遣《かえしや》るべき歟《か》。」是、関白の伝示《つたえしめ》す所なり。申さしめて云はく「異国の人、事疑《ことのうたがい》無くば、言上を経ず、粮を給ひて還却すべきの由、格文《きゃくぶん》、側《ほのか》に覚ゆる所也(135)。近代、尚、言上を経《ふ》。此の解文の如く、已に疑殆《ぎたい》無くば(136)、粮を給ひて還遣《かえしや》るが尤《もっと》も宜《よろ》し。」

*3 亦、正輔方の証人の神民《じみん》、拷《ごう》すべき哉《や》否やの事、明法道《みょうぼうどう》の勘文《かもん》あり(137)。〔道成・成通。〕禰宜《ねぎ》を解却《げきゃく》(□)して拷すべきの格文(138)、件の勘状に引載す。神民に於《お》いては指申《さしたるもうし》無し。「只、勅断に在るべし。」者《てへ》れば、此の勘文、分明ならず。拷否、一定《いちじょう》を申すべし(139)。先づ奏聞を経《へ》ば、自《みずか》ら仰せらるる事有《あ》る歟《か》。奏すべきの由を示し了りぬ。

*4 亦、菅野親頼、米千石の解文を造八省行事所(140)に進《たてまつ》る。「主計・主税允《じょう》の宣旨を下さるべし(141)。」者《てへ》り。余仰せて云はく「二寮は転任の官(142)なり。去年、他人を以て主税允に任ぜらる。頻《しきり》に一寮の允の宣旨を申下《もうしくだ》すは、寮官愁《うれ》ふる所有る乎《か》。若《も》し算師《さんし》を申すの者(143)有《あ》らば宜しかるべし。」即ち返給《かえしたま》ひ了りぬ。是、頭弁の伝進《つたえたてまつ》る所なり。「豊楽院行事左大史義賢、之を進る。」者《てへ》り。件の親頼并《なら》びに父主計允重頼、家人《けにん》也。重頼、切々に申さしむ。然而《しかれども》、二寮愁申《うれいもう》すべきに由り、奏せしめざる所也。

廿日、丁酉。

*1 故俊賢卿の改葬(144)と云々。

廿一日(×廿二日)、戊戌。

▼a 今日、列見《れけん》(145)。早朝、中納言(＝資平)来向す。列見の事、地上に居して日記等を披見す(146)。

＊1 入夜《よにいり》、頭弁《とうのべん》(＝経任)来たる。伝仰《つたえおお》せて云はく「明法の勘申《かんじん》する神民拷否《じみんごうひ》の事(147)、『勘断(×類断)に在るべし。』者《てへ》れば、一定を勘申せず。只、勅断に在るべきの由を申す。勘状明らかならず。早く之《これ》を返給《かえしたま》ひ、重ねて勘申せしむべし。」者《てへ》れば、即ち宣下す。

▼b 弁云はく「親頼の申す二寮の允《じょう》の宣旨の事、次《ついで》有りて関白(＝頼通)に申す。命ぜられて云はく『造八省の事等(□)、重ねて裁許すべし。而《しか》るに下官《げかん》(＝実資)の言の如く、転任の所に允の宣旨を下さるるは、愁申《うれいもう》すこと有る歟《か》。属《さかん》に至りては何事か有らむ乎《や》。』」下官答へて云はく「彼の命の如く、属宜《よろ》しかるべし。但し父重頼は虚言の者也。慥《たしか》に使を遣はし米の実《じつ》を実検《じっけん》せしめ(148)、裁許(×弥)すべき歟《か》。」尚書(＝経任)甘心《かんしん》す(149)。

廿二日、己亥。

▼a 早朝、中納言(＝資平)来談す。昨日の列見《れけん》の作法、散楽《さんがく》の如しと云々。

廿三日、庚子。

＊1 大外記文義朝臣云はく「列見《れけん》の日、上卿《しょうけい》(大納言頼宗)、東廊に召して所司の懈怠《けたい》を仰せらる(150)。已《すで》に前例無《な》き事也。然るべきの事有《あ》らば、六位外記《ろくいのげき》を召して伝仰《つたえおお》せらるる者なり。去年同じく召仰《めしおお》せらる。南を経て廊の壇上より上卿の前に進む。是、忽《にわか》に案ずるの事也。六位、北より参入し、壇の下より進む。案内《あない》を知食《しろしめ》さざるの上卿、

事に触れて古伝を失せらる。時に臨み迷惑し、進退に方《かた》無し。他所の道[151]を推准《おしなずら》ふるに、五位は砌《みぎり》を用ひ、六位は庭を用ふ。仍りて思量《おもいはか》りて参進する所也。」者《てへ》り。

*2
頭弁《とうのべん》(＝経任)、関白(＝頼通)の消息を伝へて云はく「流人光清の使、甲斐国の調庸使の為《ため》に駿河国に於《お》いて射殺さるるの事[152]、今に未だ言上せざるの間、甲斐国司頼信、子細に案内を申上す。『件の流人の使、甲斐の調物中の荷物を奪取《うばいと》る。制止(×副止)の間、相論の程、使の府生永正、副荷《そえに》の者[153]を射殺す。〔後聞《のちにき》く。「比木目矢《ひきめのや》[154]を以て部領《ぶりょう》[155]を射る。」此の間、已に正説(×税)無し。」彼の子の男[156]、使永正を射殺す。』者《てへ》り。何様に行なふべき哉《や》。」報じて云はく「駿河国司〈忠重〉、未だ言上を経ず。其の讁《せめ》、避け難し[157]。彼の言上を待たば、居所(×諸)弥《いよいよ》移る[158]。且《かつ》は言上せざる事、且は流人光清の前途に達すべき事[159]の宣旨を給ふべき歟《か》。官符に至りては、重ねて流人の官符を給ふは便無《な》かるべき歟《か》。駿河・伊豆、境を接するの間と云々。亦、他国を経《ふ》からざる歟《か》[160]。」

*3
又、命じて云はく「陸奥守《むつのかみ》貞仲の時の砂金[161]、色代《しきだい》を以て進済すべきの由[162]、去年の除目《じもく》にて諸卿を以て定申《さだめもう》す[163]。満正の時(×任)、絹一疋を以て砂金一両に充て進済す。貞仲、二疋を以て一両に充て済すべきの由を申請す。諸卿(×法令)裁許有るべきの由を定申《さだめもう》すも、定文《さだめぶみ》に注さざるに依りて[164]、慥《たしか》には覚えざる所なり。」者《てへ》り。報じて云はく「諸卿多く裁許せらるべきの由を申す。前例有《あ》るの上、一疋、満正の例に倍す[165]。就中《なかんずく》、見金《げんきん》を進《たてまつ》るべきの責《せめ》有りと雖《いえど》も[166]、進納し難き歟《か》。」

*4
又、命じて云はく「外記庁の檜皮《ひわだ》破損し、雨脚《あまあし》留まらず。修理職《しゅりしき》申して云はく『職《もと》として檜皮を納むる国々未進す[167]。殊に宣旨を未進の国々に給ひ、進納せしめ修葺《おさめふ》くべし。』者《てへ》り。仍りて召納《めしおさ》めしむるの間、先づ無止《やんごとな》きの殿々を葺く。其の遺幾《のこりいく》ばくならざれば、申請有《あ》るの者[168]、裁許有《あ》るは如何《いかが》。」報じて云はく「外記庁、檜皮無く、雨

露《あら》はるるの時、已に衙政《がせい》無きの由、(169)承《うけたま》はる所也。今暫《しばら》く修補無くば、顚倒《てんとう》に及ぶべしと云々。顕証《けんしょう》の諸司(170)に非ざるも、成功《じょうごう》の輩、(171)皆、其の賞を蒙る。何ぞ矧《いわん》や斯《こ》の勤に於《お》いてを乎《や》。申請の事、軽くば、他の舎等を加へらるるが宜しかるべし。文殿《ふどの》の舎、有若亡《ゆうじゃくぼう》と云々。(172)賞と功と、相《あい》定めて宣下せらるべき歟《か》。(173)」

*5 又、命じて云はく「親頼、造八省行事所に主計・主税属の任料米八百石を進《たてまつ》る。(174)」者《てへ》り。「近代、千石を進る。(175)須《すべか》らく千石を進らしむべし。但し見米《げんまい》六百石、其の遺《のこり》は代物、何事か有らむ。(176)」者《てへ》り。先づ物の有無を実検《じっけん》せしむべし。是、関白に達す。随ひて亦、仰下《おおせくだ》す所也。父重頼、不実の聞《きこえ》、天下に流布す。若《も》し物実《ものざね》無くば、他人に求むべき歟《か》。且《かつ》は此の由を以て尚書(＝経任)に含め畢りぬ。

臨昏《りんこん》、中納言(＝資平)来たりて語る。未だ着座せず。地上に居す。

廿四日、辛丑。

*1 晩頭、頭弁《とうのべん》(々弁)(＝経任)来たる。関白(＝頼通)の御消息を伝示《つたえしめ》す。「流人(＝光清)逗留の事、(177)宣旨を駿河国に給ふべし。今に言上せざる事、犯人を追捕すべき事、配所に達すべき事。」即ち宣下し畢りぬ。

*2 「流来の者、粮を給ひ廻却に従ふべきの事、(178)官符を大宰府に賜ふべき事。但し流来の者八人、自筆を以て名を書く。而《しか》るに勘問日記《かんもんのにっき》、伯達に問ふ。伯達(々々)は(×々)八人の外也。」者《てへ》り。事、相違有《あ》り。官符に載(×裁)すべき歟《か》。其の由を申すと雖《いえど》も、指報《さしたるほう》無くば、今《いま》一度、案内《あない》を申すべきの由、(179)示含《しめしふく》め畢りぬ。

「貞仲の金の代の事、(180)先日の定の趣、下官《げかん》(＝実資)の陳ぶるが如し。亦、民部卿(＝斉信)に問ふべきの由、命有り。」者《てへ》り。

▼a 「外記庁の修造の事、(181)成功《じょうごう》は難無《な》かるべき乎《か》。再三、此の由を命ぜらる。下官(＝実資)の陳ぶる所の趣を申し畢りぬ。裁許有るべきに似る。」者《てへ》り。

*3 又、云はく「前備前守《びぜんのかみ》(守×)中尹申して云はく『談天門以南一町、(182)築進すること能《あた》はず。材木を以て造八省所《ぞうはっしょうどころ》に進《たてまつ》らむ。』者《てへ》り。若《も》し進らしむべき哉否《や》や。此の間、定申《さだめもう》すべし。」者《てへ》り。申さしめて云はく「八省・豊楽等の院、大材木多く入るべし。進納せしむるは尤《もっと》も宜しかるべき事也。築垣《ついがき》に至りては、追ひて他国に定充《さだめあ》つるも何事か有(×省)らむ。」

廿五日、壬寅。

▼a 今明物忌《ものいみ》。只《ただ》、東門(×一)を開く。外人《げにん》を禁ぜざる耳《のみ》。

廿六日、癸卯。

▼a 備前守長経、門外に来たる。師重朝臣を以て相《あい》伝へしむ。「明日、国に下るべし。但し申請の一事《ひとつこと》(183)有り。用意を蒙らむと欲す。」者《てへ》り。物忌に依りて相《あい》逢はざるの由を答ふ。

*1 頭弁《とうのべん》(＝経任)、門外に来たる。門を開きて招入《まねきい》る。関白(＝頼通)の御消息を伝へて云はく「耽羅《たんら》嶋の流来の者八人、其の外、伯達と曰《い》ふもの有り。廻却の官符に相違する事を載すべきは、(184)尤も然るべし。」者《てへ》り。即ち宣下す。

*2 亦、云はく「東大寺故別当(×歟別当)観真の放つ返抄《へんしょう》の事、(185)彼の時に請ふ返抄は、国に聞くに二枚なり。両返抄(×雨返抄)(186)也。伊予国(×伊与国)の返抄、国司進《たてまつ》る。印の大小有り。印を召して実検《じっけん》すべき歟《か》。下官《げかん》(＝実資)に問ふべし。」

者《てへ》り。弁云はく「彼の寺の上司の印(187)は一面なり。亦、造寺の印(188)有り。其の外、造印(189)有りと云々。」余云はく「彼の時、観真署印の文、官底《かんてい》に候ずる歟《か》(190)。〔可〕此《かく》の如きの時、他寺の例に当たり尋ねらるべし。但し印を官底に召して実検せらるるは何事か有(×少)らむ。但し寺家若《も》しくは申す所有らむ哉《や》。建立の天皇(＝聖武天皇)、寺門を出だすべからざるの由(191)、或《あるい》は申(×由)す輩《ともがら》有らむ乎《や》。七大寺の法師(192)、多く悪言を吐く。官史(193)を寺家に遣はし、三面の印を以て紙面に捺し、其の奥に寺司等に署せしめ(194)、彼を以て結《ゆ》はしむるは如何《いかが》。抑《そもそも》、御定に在《あ》るべし。」件の事、弁甘心《かんしん》す。

▼b 弁云はく「伊勢国司申して云はく『三年一度の社祭(195)、来月朔、其の日覚えざる也。国司必ず供奉《ぐぶ》す。五・六日の假《か》を給はり、祭畢りて参上す。』」者《てへ》り。申す所の趣を以て関白に告申《つげもう》し、進止すべきの由、示含《しめしふく》め畢りぬ。

＊3 弁云はく「今日(日×)、内府(＝教通)、季御読経《きのみどきょう》を定申《さだめもう》さるべし(196)。陰陽寮、来月四日辛亥・七日甲寅を勘申す。」甲寅(々々)は八専《はっせん》并びに御衰日《ごすいにち》(197)。勘申する所、極めて愚也。

廿七日、甲辰。

＊1 今日、仁王会《にんのうえ》(198)。穢に依りて堂を飾らず(199)。史為隆、季御読経《きのみどきょう》の定文《さだめぶみ》を進《たてまつ》る。未時許《ひつじのときばかり》、中納言(＝資平)来たる。即ち参内す。

廿八日、乙巳。

▼a 中納言(＝資平)来たる。着座せず。明日、穢終はる。只、今日許《ばかり》也。

▼b 中納言云はく「昨日の御物忌《おんものいみ》、上達部《かんだちめ》一両籠候《こもりこう》ず。外宿人《げしゅくにん》、南殿《なでん》に候ず(200)。其の後、関白(＝頼通)の命に依りて、

彼の尊堂(＝倫子)の修二月《しゅにがつ》(201)に参る。暁更《ぎょうこう》、分散す(202)。

＊1＊2今日、内府(＝教通)の息達《たち》(＝通基・信長)の着袴《ちゃっこ》(203)。亦、彼の蓮府《れんぷ》(204)に於《お》いて、権中納言定頼の息(＝経家)、元服《げんぷく》を加ふ(205)。前右衛門督(×左衛門督)実成、加冠《かかん》なり。加冠(々々)、先日右衛門督(×左衛門督)経通と定む。而《しか》るに忌日《きにち》(206)に依りて実成卿に改むと云々。」

廿九日、丙午。

暁更《ぎょうこう》、呵梨勒丸《かりろくがん》(207)を服す。〈三。〉

＊1 山階《やましな》僧朝寿来たる。相遇《あいあ》はず。帰粮三石を与ふ(208)。悦気有りと云々。

＊2 卯時《うのとき》、狼、中納言(＝資平)の家に入る。他処に於《お》いて射られ、矢立《た》て乍《なが》ら走入《はしりい》る。今明、中納言物忌なり。

大外記文義云はく「今日酉時《とりのとき》、権大納言長家・右大弁経頼着座《ちゃくざ》(209)す。」

▼a 午時《うまのとき》、輦車《れんしゃ》(210)を造らしむ。例の乗用の車、太だ狭少なり。仍りて改造せしむる所也。

東大寺僧厳調・詮義来たる。相遇《あいあ》はず。

蔵人左少弁経長、勘宣旨《かんせんじ》(211)を持来《もちき》たる。〔前阿波守《あわのかみ》義忠の申す蔵人所の召物《めしもの》の直法(□法)(212)。〕覆奏《ふくそう》(213)せしむ。

＊3 次いで頭弁《とうのべん》(＝経任)来たる。勅を伝へて云はく「『官史を東大寺に差遣《さしつか》はし、印等を実検せしむ。紙に捺さしめ奏すべし。』者《てへ》り。関白(＝頼通)云はく『下官《げかん》(＝実資)定申《さだめもう》す所、尤も好言なり(214)。』」者《てへ》り。即ち宣下し了りぬ。

▼b 今夜、鬼気祭《ききさい》(215)。〔西門。文高(×為高)、病を称す。仍りて陰陽属《おんようのさかん》恒盛を以て祭らしむ。〕

諷誦《ふじゅ》、三ヶ寺に修す。〔東寺・清水・祇園(祇薗)。〕金鼓《こんぐ》(216)を打たしむ。夢想紛紜《ふんぬん》(217)に依る。

当季。(218)

卅日、丁未。

▼a 頭弁《とうのべん》(＝経任)、明法《みょうぼう》の勘申する伊賀国掌《いがのこくしょう》大中臣逆光の罪名(219)を持来《もちき》たる。奏せしむ。

＊1 阿闍梨《あじゃり》源泉を以て、二部法華経を供養せしめ、薬王品・妙音品を講演せしめ奉る。(220) 去今両月の料なり。布施、絹六疋、両度の料なり。右衛門督(×左衛門督)(＝経通)・三位中将《さんみのちゅうじょう》(＝兼頼)・左少将資房〔四品、〕・右馬頭守隆・少納言資高・左少将経季。其の外、五品等、聴聞す。中納言(＝資平)物忌なり。

『小右記』長元四年二月　註釈

（1）**穢の事**　正月廿八日＊1に実資邸で発生した穢のこと。正月註459〜466参照。朔日であるから外記に尋ねなかった理由は、『延喜式』（巻一一・太政官）に、

凡内外諸司所レ申庶務、弁官惣勘二申太政官一、其史読申、皆依二司次一、若申二数事一、各先二神事一、申二神事史不レ申二凶事一、御本命日（中宮・東宮亦同、）及朔日・重日・復日亦不レ申二凶事一、

とあることによるか。

この穢による忌の長短は定まっていないが、七日にせよ三十日にせよ、実資邸は穢（しかも発生場所の甲）であり、来訪者は触穢を避けるために着座せず、持ってきた文書なども実資に渡さずに見せたり読み上げるなどしている。翌二日▼b＊2に三十日（一体の死穢）と決定され、実資邸は廿八日▼aまで穢となる。

（2）**人を以て伝へらる**　関白頼通が（病気であったので）資平に直接話さず、伝言させたということ。

（3）**年々の日記を随身《ずいじん》す**　穢の忌の長短（七日か三十日か）について、定穢《じょうえ》の前例を調べて抽出した日記（勘文）を持ってきました（と大外記小野文義が言った）。正月廿八日に小野宮邸で片足のない子供の死体が犬によって持ち込まれ（＊1）、この穢を五体不具として七日間の忌とするか、一体と同じ三十日の忌とするかを決しがたいとし、文義に問うている（＊2）。「随身」は動詞で、①供を引き連れる。随従する。②物を身につける。携帯する。③寺に寄食する。寺に身を寄せて事務や住持の身の回りの世話をする。「年々日記」は、同日条＊3に頭弁藤原経任が関白頼通から奉るように言いつかった「触穢定例勘文」、二日条の「穢例勘文」（▼b）「触穢例文」（＊2）と同じ。

（4）**山座主《やまのざす》**（＝慶命）　天台座主《てんだいざす》。比叡山延暦寺の住持で、天台の法門を伝授し、一門を統理する首席の僧。学識に優れた僧を「座主」と称し、円仁『入唐求法巡礼行記』によれば、中国では天台山の国清寺や禅林寺のような大寺に複数名の座主がいた。日本では、座主という名称は大寺ないし一宗の統管僧を呼ぶ公称として用いられ、特に天台宗では宗門の最高位とされ、官符によって任命された。天長元年（八二四）六月廿二日に最澄の弟子義真が初代座主となったことに始まる。官符による最初の天台座主は斉衡元年（八五四）四月三日に任命された第三代座主円仁である。貞観八年（八六六）六月三日の太政官処分によって止観・遮那の両業に通達する者が座主に補任されることになった（『日本三代実録』）。座主位は比叡山内部の主導権争いの的ともなり、特に円珍滅後は、円仁門徒と円

珍門徒間の軋轢が座主選任の度に表面化した。また、第十九代尋禅以後おおむね皇族・貴族出身者で占められるようになり、政治権力に左右される傾向も出て来た。長元元年（一〇二八）に天台座主となった慶命は、大宰少弐藤原孝友男で、実資の息良円と同じ慶円の弟子で、同四年十二月廿六日に大僧正となる。関白頼通の病気平癒祈願の修法を終えて退出したのであろうか、頼通の病状と御祈の盛んなことを伝え、実資にも用心するように注意した。

（5）**佇立便無きに依りて**《ちょりつびんな》　（実資邸が穢中につき）立ちながら会わなければならないので都合が悪いから。「佇立」は前出（↓正月註18）。

（6）**逐電**《ちくでん》**退帰すと云々**　（実資が会えないということで、慶命は）早々に帰っていったということである。「逐電」は、きわめて早く行動するさま。迅速なさま。「云々」は前出（↓正月註108）。実資は慶命が帰ったと伝え聞いて手紙を送り、慶命からも返事があった。

（7）**晩陰**《ばんいん》　晩景。晩方。夕方。

（8）**証人（人×）と称する者の申詞**《もうしことば》**の勘問日記**《かんもんのにっき》　正輔・致経双方が証人として出した者たちの言い分をまとめた記録。「勘問日記」は、尋問調書。尋問の記録。「勘問」は、罪状を調べながら尋問すること。「日記」は前出（↓正月註447）。調査書のこと。

正月十七日条▼aに「伊勢国司召進正輔申証人八人解文」㋐、廿一日条▼aに「伊勢国司進致経申証人八人解文」㋑、廿二日条▼aに「伊勢国司召進正輔方証人三人解文」㋒とあり、双方から計十九名の証人が出されたと考えられる。正月註367参照。ここで双方の言い分が一致しないため拷訊することになるが、正輔方の証人に神民が二人いたことが問題となり、その可否について明法家の見解が求められ、免じられる（三月八日条＊4・十二日条＊1・十三日条＊1・十四日条＊3、三月註60 98 108 124 146）。また致経方の証人にも僧侶と高齢者がいて、僧侶については免じられる（三月廿六日条▼c・廿八日条＊1・卅日条＊1、三月註235）。十五名の証人への第一回の拷訊は五月八日になされ（『左経記』『小記目録』）、規定の三回の拷訊を終えても双方の証人は承伏（↓八月註284）しなかった。『小右記』八月廿四日条＊2に、拷訊の内容を報告した検非違使庁の「拷訊日記」のことが見える。尚、これが九月八日条▼aの審議で取り上げられる「勘問日記（検非違使勘㆓問正輔於従類㆒日記等也）」（九月註102 217）で、本日条の「勘問日記」は、九月十九日▼aに罪名勘申のため明法家へ下された書類Ⓒ「証人の申文」（九月註215）に相当するか。

（9）**神民**《じみん》　神郡《しんぐん》（↓三月註60）の住民。ここでは、伊勢神宮の神郡に住む人。「神民」は、社家によって支配され、神社の種々の雑役に従ったので、「神人」(→九月註117)と混同されるようにもなった。

(10) **方々(方)の者**　正輔・致経両方の証人。

(11) **道の官人**　専門(明法道出身)の官人。十九日条＊3によれば、明法博士備中権掾令宗道成と検非違使右衛門少志中原成通が勘申している。註137参照。また、三月十日条＊2に「左衛門尉為長・右衛門志成通(成道)の勘文」(→三月註108)とある。尚、『左経記』では「成通」を「済通」とする。

(12) **従僕**《じゅうぼく》　従者。召使の男。下男。

(13) **種々の精進物**　実資邸の念誦堂(→正月註416)で修善を行なっている僧侶のために調進した食物か。正月廿五日＊2に始められた不動息災法(→正月註414 415)が七日間なされ、翌日(二月三日▼a)に結願する。註27参照。尚、この精進物を送ってきた延政は、同じ正月廿五日▼cから千古の聖天供(→正月註440)を始めており、これと関係するかもしれない。

(14) **大原野**《おおはらの》**祭**　二月上卯日と十一月中子日に行なわれる大原野社(→正月註452)の祭。文徳天皇即位の翌年、仁寿元年(八五一)から梅宮祭に準じて行なわれたと『日本文徳天皇実録』同年二月乙卯(十二日)条にあるが、『九条年中行事』『小野宮年中行事』には、

　仁寿元年二月二日、右大臣(藤原良房)宣、拠㆓春日祭式㆒、以㆓平野・梅宮祭式㆒、弥縫而行㆑之、

とあり、春日祭(→註43)に基づき、平野・梅宮両祭の式を取捨選択して公祭としての形式が整えられたと考えられる。大原野祭は春日祭や後に加えられる吉田祭と同じく藤原氏の氏祭であるが、この時に公祭化されたのは文徳天皇の外祖父が藤原冬嗣であることに起因し、良房による藤原北家の地位向上が意図されていると考えられる。祭神は春日と同じで、勅使としての内蔵寮使・近衛府使・馬寮使、中宮・東宮の使が遣わされるのも同じであるが、『延喜式』(巻一五・内蔵寮)で「春日祭」には、

　寮五位助已上一人、史生二人、舎人一人、仕丁一人、近衛少将若中将一人、近衛十二人、馬寮五位助已上一人、馬部一人、御馬十二疋、

とあるのに対し、「大原野祭」には、

　使、寮允一人、史生一人、近衛将監一人、近衛十人、馬寮允一人、騎士二人、御馬十疋、

とあるように、春日祭より一ランク低い扱いであった。春日祭については、註42 43参照。また、祭の饗禄は中宮職によって供給された。

　尚、『左経記』一日条※2に、大原野祭の行事弁が左

されている。

中弁藤原経輔から左少弁源経長に変更になったことが記されている。

(15) **穢に依りて奉幣《ほうへい》せず**　実資は穢であったので大原野祭への奉幣をしなかった。「奉幣」は、神に対して捧物(幣《へい》帛《はく》など)を奉ること。藤原氏の貴族たちは、氏祭である春日祭・大原野祭などに奉幣することを義務のようにしていた。実資も毎年二回の大原野祭(他に春日祭・賀茂祭・祇園御霊会《ごりょうえ》・石清水放生会《ほうじょうえ》)に奉幣することにしていたが、自邸で発生した穢(→註1)によりできなくなったので、由祓《よしのはらえ》(解除《げじょ》)を行なった。また、雨で賀茂川の河原まで出ることもせず、祭の日には忌避される仏事を中止していなかったので、西隣の宅で婿兼頼と共に由祓をした。

(16) **西隣**　小野宮邸の西隣の宅。「西宅」とも。平安京左京二条三坊六町。小野宮の本邸は大炊御門大路南・烏丸小路西で方一町を占め、実資は更にその東西南北の四方に通をはさんで宅地を領有していた。「西隣」の邸宅は普段使用されていなかったようで、時折、娘千古と婿兼頼が移っている。

(17) **解除《げじょ》す**　「解除」は「かいじょ」「はらえ」とも。ここでは由祓《よしのはらえ》のことで、祭に奉幣しなかったことを神に対して謝罪する意味で行なわれた。

(18) **延長四年の例**　延長四年(九二六)の穢の例。『貞信公記抄』延長四年十月廿九日条に、

依レ有二触穢一来月七日以前諸祭改レ日可レ行幸(ママ)事、仰二諸司一、令二大納言(藤原清貫)□(宣カ)一、

『同』十二月十一日条に、

神今食、依二触穢一付二諸司一被レ行、

とあり、延長四年には祭に影響を与えた穢が少なくとも二度確認できる。前者は「来月七日以前」とあることから七日の穢と考えられるのに対し、十一月に発生した穢(後者)は『玉葉』安元元年(一一七五)七月十三日条に「余勘出例」として「延長四年十一月、依二内裏丁穢一、〔卅日、〕諸祭延引、」とある例に相当し、卅日の穢とされたことがわかる。死体の状況などは不明だが、本日条で前例とされたのも十一月の穢であったと思われる。尚、定穢《じょうえ》については『西宮記』(臨時一甲・定穢事)に醍醐・村上朝を中心とする例が引かれ、その中に、

延長五年六月四日、左大臣(藤原忠平)参入云々、内蔵寮申云、寮中有三犬咋二入小児足二腰皮絶懸一、令レ勘二為レ穢否之由一、貞観十九年四月、有二如レ此之例一、彼時不レ為レ穢、行二諸祭事一、自今以後有二如レ此事一、更不レ可レ為レ穢者、

とあり、今回の実資邸で発見されたものと近似する小児

の死体も穢とされなかった例があり、時々の判定に変化があったことがわかる。

尚、『左経記』一日条※1によれば、頼通は外記の勘申を得る以前から、この穢を七日の忌としない意向であったと思われる。

(19) **便《すなわ》ち宣下《せんげ》し了りぬ**　正輔が証人とした二人の神人を拷訊するかについて明法道に問うことを、関白の命を受けて実資が宣下して実行に移させた。

(20) **除目《じもく》の事**　正月廿五日以後、延引となっていた外官《げかん》除目(→正月註395 441)の日程。
後の文義の言葉では、内大臣教通がその日を定めたように伝えられ、実資が腹を立てているようである。

(21) **兵庫寮の官人の怠状《たいじょう》の事**　白馬節会《あおうまのせちえ》(→正月註197)に参会しなかった兵庫寮の官人に始末書を提出させること。『小右記』正月七日条＊1に、兵庫寮の官人が来なかったので、御弓奏《みとらしのそう》(→正月註228)を内侍所に付したとある。「怠状」は「過状《かじょう》」とも。怠慢や手ぬかりについて詫びる解《げ》。失態や過怠を謝る始末書。これを提出させることは刑罰的な意味を伴っていた。

(22) **短紙《たんし》**　短札と同じ。みじかい手紙。また、自分の書いた手紙をへりくだっていう。
ここでは、除目の上卿を仰せつかるかもしれない内大臣教通が、家司である藤原能通を通じて大外記小野文義に次第などの注意点を記した笏紙《しゃくし》(→正月註27 340)を依頼したということか。後で資平が伝えるように、教通には除目の執筆《しゅひつ》(→註111)の経験が無く、除書を正確に書くことができないだろうし、かといって下臈の大納言に行なわせるのも恥をかかせることになるということで、関白頼通も苦慮しているようである。

除目における執筆は、提出された多数の申文《もうしぶみ》や挙状《きょじょう》などと先例を勘案して任官の予定者を選び、天皇や摂関の承認を経て大間書《おおまがき》(→註116)に書き込む。除目の執筆は公卿の諸役の中で最も重視され、細部にわたる作法が定められていく。

(23) **用意**　意を用いる事。心づかい。注意。用心。

(24) **荒涼《こうりょう》第一の者**　藤原能通は、非常にいいかげんな者である。「荒涼」は、①風景などが荒れはてて、ものさびしいこと。また、気持ちが荒れすさんでいるさま。荒寥。②漠然としていて要領をえない。つかみどころがない。また、確かな根拠がなくいいかげん。広量。③軽率。うっかりする。不注意。④尊大なものの言い方である。ぶしつけ。

(25) **除目、内府書かれ難き歟《か》**　内大臣教通では、除目の大間書を書くことはできないのではないか、という意味。

実資が穢により除目に参入できなくなると、代わりとして次席の大臣である教通が勤めることになるが、頼通は、失態なくできるかどうか心配であるけれども大臣を超えて大納言にやらせるのは教通の恥になる、と思い悩んでいる。このことについては『左経記』同日条※2に、経頼が頼通の命を受けて教通に直接除目を奉仕できるかどうか尋ねたことが詳しく書かれ、その中で経頼が頼通に「唯端書幷尻付等書許歟」と言っていることなどが注目される。

(26) **解却《げきゃく》し**　官職を免じること。免職。

(27) **修法結願《けちがん》**　実資邸の当季修法。阿闍梨久円によって不動息災法が行なわれていた。正月廿五日条＊2参照。

(28) **内の御物忌《おんものいみ》**　天皇の物忌。「物忌」は前出(→正月註378・455)。次の「私の物忌」とは、関白頼通などの物忌を指す。

(29) **下官《げかん》(＝実資)籠居《ろうきょ》す**　実資が邸内で発生した穢により籠もっている。

(30) **人の雑事を奉行する無し**　面倒な行事を行なう人がいない。ここでは除目の上卿を行なう適任者がいないということ。

(31) **一夜《ひとよ》**　前出(→正月註326)。ここでは、ある晩の意で、二日夜のこと。『左経記』二日条※2参照。

(32) **行なひ難かるべきの気**　関白頼通が、内大臣教通には除目の上卿を行なえないだろうといぶかしがっている、ということ。これが更に、定頼から書き方を習うとか、身分の高い京官と受領だけを書いて公卿給は書かないようにするのではないか、というような憶説を生んでいる。実資も、教通に行なわせるのは軽率であると言っている。

(33) **公卿給《くぎょうきゅう》**　公卿に給した年官(→正月註159)。三月註194参照。年給の一で、公卿が持つ権利によって官職を推薦し、任官する制度。貞観十四年(八七二)～寛平六年(八九四)頃に成立。

公卿給は非常に煩雑であり、かつ実務を伴わない名ばかりの官が多かったので、内大臣教通には実務上必須で簡単なものだけにして、公卿給を行なわせないだろうという説が出ていた。実際には教通が公卿給も行ない、「今年の公卿給は非常に多かった」と言ったことが報告されている(十六日条▼a)。

(34) **嗷々《ごうごう》**　大勢でがやがやいうさま。

(35) **祈年穀使《きねんこくのつかい》**　祈年穀奉幣使のこと。伊勢神宮をはじめとする大社(後に二十二社となる)に豊饒などを祈願するために発遣される。この時は二十一社を対象としていた。二十一社は、伊勢・石清水・賀茂上下・松尾・平野・稲荷・春日・大原野・石上・大和・大神・広瀬・龍田・住吉・丹生川上・貴布禰の十六社に、吉田・広田・北野

（以上は住吉の次位）・梅宮（吉田の上位）・祇園を加えたもの。後、日吉社（→三月註110）も加えられて二十二社となる。年穀祈願の奉幣は弘仁年間（八一〇〜八二四）頃から始まり、昌泰・延喜年間（八九八〜九二三）に十六社を対象とする儀として確立するが、あくまでも旱魃・霖雨などに対処するための臨時の儀であった。次第に仁王会《にんのうえ》に対応する神事として春秋二季に行なわれる年中恒例の儀となり、『年中行事秘抄』などでは二月と七月の項に入れられている。秋季の祈年穀奉幣については、『小右記』七月十三日条＊3・十四日条＊1、『左経記』七月五日条※2・十三日条※1参照。

この日に行なわれたのは祈年穀奉幣使定で、各社に発遣される使と日時が定められた。『左経記』同日条※1によれば、この上卿は内大臣教通で、源経頼が執筆《しゅひつ》の参議を勤めている。経頼は、参議に昇進後初めての執筆の仕事として神事であるこの定を勤めたと考えられる。

(36) **夜部《よべ》**　夜中。夜間。

(37) **極めて不審の気色《けしき》有り**　内大臣教通の仰を大外記文義に伝えてきた史広雅が不審に思っていたようだ、ということか。

(38) **四所《ししょ》の籍《しゃく》**　「四所」は、内豎所《ないじゅどころ》・校書殿《きょうしょでん》・大舎人《おおどねり》寮《りょう》・進物所《しんもつどころ》のこと。その四所にいくつかの籍があり、それぞれの籍の一労者から毎年、諸国の二分官（目《さかん》）・三分官（掾《じょう》）が巡任されることになっていた。特にその「所」に勤務している者を本籍、他の停止された院司や宮司の下級職員で外国の巡任に預からせるために編入されている者を別籍といって区別した。

(39) **道々の労帳《ろうちょう》**　「道々」は、紀伝道《きでんどう》・明経道《みょうぎょうどう》・明法《みょうぼう》道《どう》・算道《さんどう》のこと。「労帳」は、その年功について記した文書。「十年労の勘文（十年労帳）」（→正月註147）も参照。

(40) **筥《はこ》に納めて候ぜしむるの事許《ばかり》也**　外記の仕事としては、関係文書を箱に入れて用意するだけである。だからそれ以外のことは知らないと大外記文義が教通に伝えた。外記は叙位議の始めに、大間書《おおまがき》（→註116）や闕官帳《けっかんちょう》（→註109）などの関係文書を箱に入れて除目の議場に提出することになっている。

(41) **先日給ふ所の墨・筆を返《かえし》進《たてまつ》る**　大外記文義が実資から渡されていた墨と筆を返してきた。執筆《しゅひつ》の人（大臣）は事前に自分の墨と筆を大外記に与えておくことになっていた。当初、実資が執筆を勤めることになっていたが、触穢で交替となることが避けられなくなったので、墨・筆が返却された。「執筆」は、叙位・除目の議を執り行なう役で、原則として一上《いちのかみ》が勤めるが、病気や服喪などで勤められない場合は、それ以下の大臣・大納言が当たる。

尚、『魚魯愚別録』(巻一・給㆓硯已下於外記㆒事)の「硯墨筆賜㆓外記㆒令㆑入㆑筥事」に「澄池記曰、長元四年二月十五日、給㆓文義筆墨㆒令㆑入㆓硯筥㆒」とある。

(42)　**馬寮《めりょう》使右馬助頼職逃隠《にげかく》る**　春日祭(七日)の馬寮使となっていた右馬助源頼職が行方をくらました。捜索の末に「偶《たまたま》(適)」見つかった頼職は、病気療養中で春日のような遠方に行けないと主張するが、関白頼通は「車ならば大丈夫」と変更を認めなかった。馬寮使については『延喜式』(巻四八・左右馬寮)に、

凡春日社春冬祭神馬四疋、〔事訖放㆓本牧㆒〕走馬十二疋、其使五位以上官一人、率㆓馬医一人・馬部八人㆒供奉、但馬部各青摺布衫一領、申㆑官請受、事訖返上、

とあり、五位以上の官人、すなわち助《すけ》が当たった。大原野祭との比較は、註14参照。頼職が春日祭に参向し、近衛府使の代官を勤めたことについては、九日条＊1、註58 59参照。

(43)　**春日《かすが》祭使(日×)右少将定良**　春日祭に近衛府使として発遣されたのは右少将藤原定良である。『延喜式』の規定は、註14参照。右近衛府における祭使選定については、正月十六日条▼c・十七日条＊1、正月註354 360参照。

「春日社」は、大和国添上郡内、現在の奈良市春日野町に鎮座。藤原氏の氏社。祭神は、武甕槌命《たけみかづちのみこと》(鹿島《かしま》の神)、経津主《ふつぬし》命(香取《かとり》の神)、天児屋根《あめのこやね》命・比売《ひめ》神(枚岡《ひらおか》の神)の四柱。鎌倉初期の社家の記録『古社記』によると、神護景雲二年(七六八)に御蓋山《みかさやま》の麓の現社地に創祀されたと伝えるが、創立時期には諸説がある。平安時代に鹿島・香取社の神封の中から春日祭の料物が納められ、恒例祭祀の経済基礎も次第に固まり、神社の地位は上昇した。貞観年間(八五九〜八七七)頃の社殿の結構は、本殿四宇と瑞垣《みずがき》を内院《ないいん》といい、その外には直会殿《なおらいでん》・舞殿《まいどの》が置かれた中院《ちゅういん》、更に玉垣《たまがき》で囲んだ外を外院《げいん》と称している。藤原氏による摂関政治が進展する中で特別な神社と位置付けられ、国家的な臨時奉幣の対象として後の二十二社に入った。兼家の時、永祚元年(九八九)に初めて一条天皇の春日行幸が行われ、後一条天皇も治安元年(一〇二一)に行幸した。

「春日祭」は春日社の祭で、朝儀(公祭)として二月と十一月の上申日に行なわれた。『一代要記』(乙集・仁明天皇)では嘉祥三年(八五〇)条に「春日二季祭、二月初申日、十一月始申日云々、」として、この年に二月・十一月の春日祭が定まったとする。六国史における春日祭の記事は『日本三代実録』天安二年(八五八)十一月三日庚申条に

「停二平野・春日等祭一焉、」とあるのを初見とし、翌貞観元年（八五九）二月以降も継続している。清和天皇（母は藤原良房の女明子）の時に斎女も設置されたが、継承されなかった。『延喜式』（巻一一・内蔵寮）などに規定される勅使は賀茂祭（→三月註66）と同等で、内蔵寮使として「五位助已上」、近衛府使として「少将若中将」、馬寮使として「五位助已上」を遣わすとある（史料前掲註14）。

また『延喜式』（巻四五・左右近衛府）に、

凡諸祭供二走馬一者、春日社使少将已上一人、〔但帯二参議一者不レ須、賀茂亦同、〕近衛十一人、大原野社将監一人、近衛十人、大神社将監一人、近衛十人、賀茂社使少将已上一人、近衛十二人、〔二人先参二松尾社一供二走馬一〕並毎レ祭左右遞供レ之、其装束預奏請受、〔色数見二内蔵式一〕

とあるように、走馬・近衛の数も賀茂祭と同じ最高の一二とされる。

『延喜式』（巻一五・内蔵寮）「春日祭」における「使等装束」の規定に、

右、春二月・冬十一月、並上申祭レ之、前一日使人率二史生一、裹二備幣物一、訖就二内侍一、申二進発之由一、着二寮饗所一、然後向二社頭一、下諸祭准レ此、

とあるように、使一行は祭の前日に内蔵寮の饗所に着いてから出立することになっていた。また『西宮記』（臨時六・祭使事）には賀茂祭と共用の儀として、邸宅での出立儀を行なってから、使一行は参内して内侍所に能り向かう由を中して、内蔵寮での饗を受けて社頭へ向かうとし、更に、

春日祭使、若有二無レ止侍臣一者、随二気色一召二御前一、其儀、使参入、〈中之肴（ママ）、〉就二内侍所一、令レ奏下参二向社頭一之由上、即召二御前一、使率二舞人并陪従等一、自二仙華門一参入、〔使候二南長橋上一〕舞人・陪従等、仁寿殿西砌下、漸発二歌笛声一、爰召二酒殿御酒・贄殿肴物一賜レ使、此間列二舞庭中一、畢使賜二御衣、〔細長、阿古女之類、〕又召二蔵人所佐渡布一、賜二舞人以下一有レ差、〔番長各三段、近衛各二段、但官人召二内蔵絹一、給二各一疋一、（略）〕

とあるように、春日祭では有力公卿の子弟が近衛府使となる場合、祭の前日に参内し、舞人・陪従と共に御前に召され、使は仙華門を経て東庭の南の長橋に行き、酒・肴と御衣を賜わるとされている。

ところが、この時に祭使となっていた定良は、舞人・陪従らが弓場殿に集合しても参入していなかった。

（44）**舞人《まいびと》・陪従《べいじゅう》等**　春日祭に赴く舞人と陪従たち。出立儀の一環として近衛府使と共に参内することになってい

た。春日社頭における儀について、『儀式』(巻一・春日祭儀)に、

次神馬四疋・走馬八疋牽二列神殿前一、近衛少将・馬寮頭前行、次神主着二木綿鬘一、就二祝詞座一、両段再拝、大臣以下共拝、読二祝詞一了亦両段再拝、拍手四段、訖各就二直会殿座一、次神部散祭、次馬寮牽二神馬一、廻レ社八度、訖賜二頭并儺人神酒一、訖退出、次近衛少将率二近衛等一、入而東舞、

とあるように、近衛が東遊を舞った。「陪従」は楽人。楽器奏者。元来は、近衛使に陪従する者という意味であった。地下の官人で音楽などに長じていた者から選ばれた。

(45) **僅《わずか》に尋《たずね》遇《あ》ふ** (頭中将源隆国の命によって方々に捜させていた祭使の良定を)やっとのことで見つけ出した。「僅」は「纔」とも。①数量などの少ないさま。いささか。少しばかり。②辛うじて、やっとのことで。③小さいさま。狭いさま。ささやかで粗末なさま。貧弱なさま。④せいぜい。たかが。

(46) **左右《そう》の報《ほう》無し** (定良が府生下毛野公武を通じて二度も故障を申し上げたにもかかわらず)頭中将源隆国から何の通達もなかった。だから祭使は免除されたと判断したという定良の言い分を将曹紀正方から聞き、右大将である実資は隆国自らの責任で何とかするように命じている。「左右」は前出(→正月注156)。ここでは命令・決定・判断についての通知。春日祭使については、九日条＊1参照。

(47) **除書《じしょ》** 「じょしょ」とも訓む。除目のこと。尚、『左経記』同日条※1によると、教通は除目執筆の準備を進め、「或記」を見て議所への入場の仕方について源経頼と話している。その内容は、『北山抄』(巻三・拾遺雑抄上・除目)に、

大臣着二左仗座一、議所装束弁備畢、〈問二大弁一〉大臣以下起座、出レ自二日華門一、着二議所一、〈第一人入レ自二南面一、右大臣以下入レ自二東面一、大納言為二上卿一之日、猶可レ入レ自二東面一歟、〉

とあることと付合する。ここからも教通が『北山抄』を参照していたことがわかる。

(48) **門前に市を成《な》す** (除目が五日に行なわれるという噂により、五日以前に)多くの人が教通のもとを訪ねた。人々が除目の執筆を行なうと予測される教通の邸宅に官職にありつこうとしてやってくることを、「市を成す」と喩えている。

(49) **凶悪の者、内府に盈満《えいまん》す** よこしまな心を持った者たちが内大臣教通のところに集まっている。実資はその者

たちを快く思わず、みっともないとし、「愚頑奇怪」と記している。「凶悪」は「兇悪」とも。性質が残忍で、どんなひどいことでも平気でやること。極悪。「盈満」は、満ち満ちること。溢れんばかりにやってくる様。

(50) **季御読経**《きのみどきょう》　春・秋の二季、百僧に大般若経《だいはんにゃきょう》（→正月註2）を講読させる儀式。春は二月または三月、秋は七月または八月に、吉日を選んで行なわれる。『延喜式』（巻一一・太政官、巻一三・図書寮）では大極殿で行なうことを原則としているが、紫宸殿など内裏で行なわれる場合が多い。大般若経は鎮護国家など様々な目的のために頻繁に転読され、文武朝以降は天皇の御在所での読経も頻繁に行なわれた。四季の恒例行事となるのは清和朝で、陽成天皇の元慶元年（八七七）に二季の行事に改められた。

季御読経定については、『西宮記』（恒例第三・九月・季御読経事）に、

上卿奉レ仰、着レ陣定二僧名一、（一大臣有レ障者、中納言已上依二宣旨一行レ之、）仰レ弁召二陰陽寮一令レ勘二申日時一、史進二例文・硯一、（一人取二例文一、置二上卿前一、入二年々僧名、々僧帳、内供・阿闍梨・諸寺解文、外任・死去勘文一、一人取二硯筥一置二参議座一、紙・筆・刀・飯板、）上卿披二旧定文一令二参議（大弁或中弁已下、）書二（惣一百人、僧綱、三会已講、七大寺中東大・興福及延暦寺各八人、次第一人、上四人軸、下四人輪転、七大寺外東西寺・定心院有二次第一人一、自余諸寺随二僧綱多少 出入奏聞、百僧外威・従各一人、大威儀師在二請僧中一、座次見レ式也、春季、延暦・興福寺、輪転中召二去年立議者一、有二解文一、）定了、副二日時勘文一奏聞、（付二殿上弁若蔵人一、返給下二行事弁一、々・史催二雑事一、）史撤二筥文一、（史書二定文一奉二大臣一、大弁又下二綱所一々々廻請、）随二辞退一補二闕請一、（初二二座以後不レ参、補替不レ奏、）行事所進二料物請奏一、（米・絹・布等、定二所レ進国一、進二雑物請文一也、）

とあるように、第一大臣（この年は実資）に障がある場合、宣旨によって他の中納言以上の者が行なうとされていた。

尚、関白頼通も実資も季御読経定と仁王会定を同日に行なうのを良しとしており、十三日＊4にも、上卿教通の失態を伝えるものの八日に両方の定が行なわれたと頭弁藤原経任から伝えられている。しかし、十四日＊2の経任の報告で教通は八日に仁王会定しか行なわなかったとあり、季御読経定は廿六日＊3に行ない、その定文が実資にもたらされたのは翌廿七日＊1であった。季御読経始は二月四日▼a、結願は七日＊1である。

(51) **仁王会《にんのうえ》**　鎮護国家のため百高座を設けて『仁王経』(↓正月註420)を講讃し、災難を攘《はら》う法会。斉明天皇六年(六六〇)が初例で、奈良・平安時代に盛んに行なわれた。『延喜式』では、攘災のために臨時に行なわれる臨時仁王会と天皇即位後に行なわれる一代一度仁王会が規定されているが、臨時仁王会は後に年中行事化し、二月(または三月)と七月(または八月)の吉日に春秋二季仁王会として行なわれるようになった。「百座会」「におうえ」とも。『小野宮年中行事』(二月)に、

　春季仁王会、

　料米三百八十斛三斗、(八十斛三斗備前国、百五十石備中国、百五十石備後国、)絹四百疋、(百疋伊豆国、百疋甲斐国、百疋能登国、卅疋丹波国、卅疋丹後国、卅疋但馬国、)調布二千端、(千端相模国、千端常陸国、)油四斛二斗(一石三河国、八斗越後国、一斛六斗甲斐国、八斗備後国、)

とあり、仁王会に必要な米・絹・布・油などを調進する国々が定められている。

　八日に行なわれた定によりこの年の春季仁王会は廿七日と決定された(十四日条＊2)。源経頼が藤原長家と共に検校(仁王会の上卿)となっており、それぞれの儀については『左経記』八日条※1・廿七日※1※2に詳しく記されている。『小右記』十三日条＊4も参照。秋季仁王会定については『小右記』七月十九日条＊2・八月四日条＊2、七月註141・八月註120参照。

(52) **昏黒《こんこく》**　日暮れ。日没。

(53) **河頭に臨み解除《げじょ》す**　春日祭(↓註43)に奉幣しなかったことを謝る由祓《よしのはらえ》を賀茂川の河原で行なった。「解除」は前出(↓註17)。奉幣しなかったのは、大原野祭(↓註14・15)と同じく実資邸で発生した穢(↓註1)による。春日社は遠方にあるため奉幣は春日祭の前日(未日)に行なうが、由祓は神への謝罪の意味があるので祭の当日(申日)に行なう。小野宮邸(東対)に住む聟兼頼も同じく奉幣できなかったので共に河原に出て行なった。

(54) **今明物忌《ものいみ》**　藤原実資の物忌(↓正月註378)。今日(丙)と明日(丁)の両日が相当する。北門を空けているのは、覆推(↓八月註2)で軽い物忌であると判断されたからか。この物忌は、正月廿七日条＊1の興福寺の怪による。正月註455参照。

(55) **中将(＝兼頼)の物忌に依りて東門を開かず**　長和三年(一〇一四)甲寅生まれである兼頼も実資と同じく興福寺の怪による物忌であったので、小野宮邸の東門を開けなかった。門を閉ざすのは、物忌の日に外から来る物怪《もっけ》(災いの元)の進入を防ぐためで、東門を閉ざした理由は、小野宮邸

の東対に兼頼が住んでおり、その兼頼の忌が覆推《ふくすい》(→八月註2)により重いと判断されたからであろう。九月三日条▼aも参照。

(56) **上卿《しょうけい》参らず**　七日に行なわれた春日祭に上卿が来なかった。「上卿」は前出(→正月註183)。この時は頭弁藤原経任が上卿代を勤めたと考えられる。『北山抄』(巻一・年中要抄上・二月・春日祭事)に、

上申日、春日祭事、(未日使立、官式云、参レ祭藤氏、見役之外、給二往還上日四箇日一)

先十許日、別当弁以レ可レ参レ祭五位已上差文一、奉二長者一、見了返給、(弁付二外記一、或召二外記一給レ之、(上卿不レ参時、外記申二其由一、仰云、以レ弁可レ為レ上、若弁不レ参者、史申二其由一、仰曰、以二参会諸大夫一、可レ為二弁代一也、)

とある。

(57) **勧学院別当《かんがくいんべっとう》致孝の許《もと》に書状を送りて云はく**　近衛府使であった定良も代官を申請し(六日条＊1)、通能を立てるように手配していたが、その通能も急に故障を申し出たので、勧学院別当に代理を頼む書状を送った。「別当」は前出(→正月註91)。ここでは勧学院の有官《うかん》別当。

「勧学院」は、藤原氏の氏院。左京三条一坊五町にあり、大学寮の南に位置したので南曹《なんそう》ともいう。弘仁十二年(八二一)藤原冬嗣が創設、貞観十三年(八七一)頃に大学別曹として公認された。もとは藤原氏出身の大学寮学生《がくしょう》のための寄宿舎であったが、次第に機能が拡大して氏族共同の事務をも扱い、氏寺(興福寺)・氏社(春日社)も管掌するようになり、藤原氏結集の拠り所としての意味を持った。院の管理・運営は、氏長者が任命する公卿別当・弁別当(五位以上)・有官別当・無官別当(六位)などによってなされた。『西宮記』(臨時五・諸院)に、

勧学院(藤氏学生別曹、長者及公卿別当、弁・有官・無官別当行二院事一、有二学頭一、有二年挙一)貞観格云、件院、是贈太政大臣正一位藤原朝臣、去弘仁十二年所二建立一也、即為二大学寮南曹一云々、

とある。有官別当には諸司判官、無官別当には蔭子・蔭孫・学生が補せられた。ここでの「勧学院別当」である藤原致孝は長徳四年(九九八)九月廿六日に蔭子として無官別当に補せられ(『権記』)、実資が施薬院と勧学院に封各百戸を寄進したことを記す『小右記』治安三年(一〇二三)十一月廿五日条に「有官別当勘解由判官致孝」と見える。

『北山抄』(前註の続き)に、

当日、上卿先着二宿院饗所一、(注略)催二諸司使・内侍等一、(注略)使々来二集列見辻一、上卿率二弁・氏人等一参向、先着二祓戸一、(注略)祓畢就二着到殿一、(上卿西

面、弁・五位氏人等南面東上、有官別当・六位氏人等着㆓南廂㆒、無官別当・六位氏人着㆓其後座㆒、並北面東上、〕先弁申㆓上卿㆒定㆓所掌㆒、〔以㆓有官・無官別当㆒為㆑之、若不㆓参会㆒、用㆓他人㆒、〕六位氏人着到後、有官別当申㆓其名㆒、弁申㆓上卿㆒、〔毎㆑弁有㆓所㆑申事㆒、上卿揖、弁称唯、〕次弁申㆓上卿㆒、定㆓仰倭舞人々㆒、〔五位二人、弁定㆑之、六位二人、有官別当定㆑之、〕

とあるように、有官別当は着到殿《ちゃくとうでん》(外院・外候殿)で所掌に定められ、六位の氏人を統率し、その中から倭舞《やまとまい》の舞人を二人選ぶ。このような祭場における役割から、近衛府使の代官通能が故障となり、新たな代官の選定が必要になったことを伝える人物として、定良は致孝が良いと判断したのであろうか。

(58) **事已《すで》に有《あ》り。驚奇、極《きわまり》無《な》し** (定良が致孝に書状で伝えてきた近衛府使のことは)事実であり、(上卿代となった頭弁経任は)非常に驚いた。「驚奇」は、驚きあやしむこと。経任は続けて、通常近衛府使の代官については上卿が外記に伝えて宣旨を得ることになっているが、宣旨がないということは頭中将源隆国が上卿に伝えていなかったからであろうとの見解を示している。

(59) **下官《げかん》(=実資)参るの時** (前例の中で)実資が春日祭に参会した時。頭弁経任は実資の行なった例により、右馬助頼職(→註42)を近衛府使の代官とした。実資が春日祭の上卿を行なったと史料から確認されるのは、『日本紀略』治安三年(一〇二三)二月二日丙申条の「春日祭、風雪、右大臣被㆑参㆓行之㆒」であるが、この時の近衛府使については不明。春日祭で馬寮使として参向した馬助を近衛府使の代官とする例は、『御堂関白記』寛弘八年(一〇一一)二月十四日条などにも認められる。

(60) **驚奇せらる** 頭弁が前日(八日)に上記の経緯を関白に報告したら、非常に驚かれた。万寿元年(一〇二四)二月四日条によれば、関白頼通は馬寮使に近衛府使を兼ねさせることを「不穏事也」と言っている。

(61) **案内《あない》を知らず。夜部《よべ》、着坐す** 穢であるという事情を知らずに、夜中に着座してしまった。「案内」は前出(→正月註31)。「夜部」は前出(→註36)。『延喜式』(巻三・臨時祭)穢規定に、「六畜死五日」とあり犬死穢は五日の忌を必要とし(→正月註460)、穢は着座によって伝染するとされる(→正月註466)。これによって頭弁経任が十一日まで触穢となったということから、民部卿藤原斉信邸で穢が発生したのは、七日であると考えられる。

(62) **全て五升《しょう》を食す** (大食漢の藤原忠国は六升盛った米を一升分残しただけなので)全部で五升食べた。五升は、現在の三十合ぐらいか。「升」は、尺貫法の容積単位で、合《ごう》の十倍、斗《と》の十分の一。石《こく》（→正月註261）の百分の一。律令制では大升と小升とがあり、大升は小升の三倍とする。和銅六年（七一三）に常用枡を大升と称することにした。この時の大升の容量は今の枡の約四合強に相当すると推算されている。摂関期における枡の容量は不明だが、量制は乱れていたことが想定される。延久四年（一〇七二）に基準枡とされた宣旨枡《せんじます》は、長保（九九九〜一〇〇四）の例によるもので、今の枡の六合二勺四撮に相当する。ここでは一升を六合で計算した。

（63） **其の装束** 藤原忠国が着ていた服装。「衛府の冠」は、武官（近衛の少将以上、衛門・兵衛の佐以上）が即位式・元旦の朝賀などの大儀で着用する武礼冠《ぶらいかん》のような四角い冠のことか。近世では、紫の綸子《りんず》で五山冠を作り、周囲に花唐草を透彫にした薄金を張り、上に黒い羅《ら》を張った箱状の物をのせ、前面の左右の角に山雉《やまきじ》の羽を三枚ずつ挿す（『御即位次第抄』）。その「挿頭《かざし》」の部分を「竹馬」の細工としたか。「六位の表衣《うえのきぬ》」は、六位の位色《いしき》である深緑の袍《ほう》のことか。「把笏《はしゃく》」は前出（→正月註148）。「尻鞘《しりざや》」は「後鞘」とも書き、「しざや」「しんざや」とも訓む。鞘《さや》を包む豹・虎・熊・鹿・猪などの毛皮の袋。この尻鞘で包んだ剣を着していた。「藺履《いぐつ》」は、藺草《いぐさ》で編んだ裏なしの草履《ぞうり》。全体としてのバランスが取れず、滑稽な装いであった。

（64） **男等、散楽《さんがく》を作す歟《か》** 実資の従者たちが（藤原忠国にいつもと違った身分不相応で滑稽な格好をさせ）余興的な一幕を演じたのだろうか。「散楽」は、①公的な雅楽に対し、俗楽として扱われた楽。卑俗な余興的に行なわれた曲芸、即興的で滑稽な物まねの演芸など。②猿楽。③滑稽な動作。秩序なく批判すべき様。特に儀式作法が怠慢な様を批判する詞として使われる。

尚、『小右記』には全く触れられていないが、『左経記』同日条※1に、源師房を上卿として大学寮で行なわれた釈奠《せきてん》の次第が詳しく記されている。「釈奠」は「しゃくてん」とも。孔子やその弟子（十哲）を祀る大陸渡来の儒教儀礼で、日本での初見は大宝元年（七〇一）。『学令』（釈奠条）に「凡大学・国学、毎年春秋二仲之月上丁、釈二奠於先聖孔宣父一、其饌酒明衣所レ須、並用二官物一」とあり、『延喜式』（巻二〇・大学寮）に唐の『開元礼』を踏襲した「十一座」を祀る次第が細かく規定され、孔子以下をまつる饋享《ききょう》、儒教古典の講論、宴会、紀伝道による文人賦詩、明経・明法・算道の論義からなるとする。秋の釈奠の翌日に諸博士らを紫宸殿に召して天皇を対象とした講義をする内論義《うちろんぎ》（→八月註13）が弘仁年間（八一〇〜八二四）に成立した。内論義・七経輪転講書・宴座の儀は

『開元礼』にない。『左経記』でも宴座の席上で文章博士大江挙周が献じた題によって文人らが漢詩を作っているが、それらの釈奠詩は平安朝の漢文学作品として多く遺っている。

(65) **祈年穀使**《きねんこく》　祈年穀奉幣使。註35参照。この発遣の儀の上卿を内大臣教通が行なったと伝え聞いているが、後の文義の報告や『左経記』同日条※1に明らかなように、教通は当日急に故障を申し、権大納言藤原長家が上卿を行なった。また、発遣の儀は八省(朝堂院)で行なわれ、源経頼が平野社(↓八月註90)の使を勤めた。

(66) **列見**《れけん》　「れっけん」とも訓む。官吏の位階昇進の手続きとなる儀式の一。長上または番上の官で六位以下に叙される候補者(特に芸能にすぐれたもの)を、太政官(または式部・兵部両省)に列立させ、大臣(省の卿)が閲見・点呼し、評価の当否を判断する。式日は二月十一日。この年は二月廿一日▼aに行なわれた。廿二日条▼a・廿三日条＊1も参照。

(67) **臨暗**《りんあん》　臨昏(↓正月註23)と同じか。黄昏時《たそがれ》に臨んで。夕方近くになって。「暗に臨《のぞ》む」とも読むか。

(68) **宣命**《せんみょう》**の草**《そう》　宣命の下書き。ここでは、祈年穀奉幣使が諸社で読み上げる宣命の下書き。『西宮記』(臨時一甲・臨時奉幣)に、

先一日、上卿奏二宣命草一、〔外記以二卜串一申二上卿一披レ之、申二一大臣一者、或於二里亭一開、〕当日奏二清書一、〔或幸二八省一被レ立レ使、〕

とあり、『北山抄』(巻六・備忘略記・奉二幣諸社一事)に、

又仰二内記一、令レ草二宣命文一、〔又旧例、如二祈年穀一者、不レ加二宝位無動等文一、而近代猶有二如レ此詞一、〕就二御所一奏聞、返給、仰下可二清書一之由上、〔或先一両日参入、奏二件草一、便令レ奉二伊勢使卜串一、令二外記開一レ之、見了、定仰、大臣或於二里第一覧レ之、納言必参入開見也、但天慶十年四月十九日、師輔卿於二里第一覧由、見二外記々一、廿日奉幣使云々、〕

とあるように、宣命の草を奏する儀は、伊勢使の卜串《うらぐし》を開き見て定める儀と共に、一日ないし二日前に行なうとされていた。発遣の当日になったのは、当初上卿を勤めることになっていた内大臣教通(長徳二年〈九九六〉丙申生)が興福寺の物忌(↓正月註455)により行なっていなかったからで、大外記小野文義は教通の懈怠を非難している。

(69) **北家に移徙**《いし》**す**　実資の養子である資平が(早急に西の改築を終えて)北隣の宅に戻ってきた。「移徙」は「わたまし」とも。転居・引っ越し。「渡坐(わたりまし)」の意味とされる。養子資平は、実資の小野宮邸の大炊御門大路を隔てた北隣の宅である左京二条三坊十町を本宅

としていた。初見は、『小右記』長和三年(一〇一四)五月廿五日条。

(70) **円融寺御八講《みはっこう》始** 円融天皇(正暦二年〈九九一〉二月十二日に崩御)の忌日に行なわれる追善の法華八講。『年中行事秘抄』(二月)に、

十二日、円融院御八講事、

四日、請僧八人、〔件日円融院御国忌也、〕

とあり、四日間行なわれた。「円融寺」は円融上皇が建立した寺で、山城国葛野郡(現在の京都市右京区竜安寺御陵の下町)にあった。もと僧正寛朝の住房であったが、円融上皇の御料となり、譲位前年の永観元年(九八三)薬師堂を供養した。上皇は寛和元年(九八五)に出家した後、住房として法華堂・塔を建立した。初めは円融院とされ、やがて寺となり、仁和寺を本寺とする四円寺の最初のものとなった。建物は池に臨み、風光明媚な所であった。寛喜三年(一二三一)に焼亡。

「八講」は、法華経八巻を巻別に八座で講じる。一日一座もあるが、多くは一日朝座、夕座二座で、四日間で行なう。『三宝絵詞』では延暦十五年(七九六)始修の石淵寺八講、『諸寺縁起集』では天応元年(七八一)始修の弥勒寺・勝尾寺八講が最初のものとする。共に追善のための営為で、宮廷・私家・寺社において盛行した。天皇・国母の忌日を中心に行なう「国忌八講」のような公的八講の他、恒例・臨時に私家でも営まれた。追善や逆修《ぎゃくしゅ》のための八講は、それを営む主体である家や個人の権勢を示す機会にもなり、発願《ほつがん》日・五巻《ごかん》日(提婆達多《だいばだった》品を含む第五巻が講じられる日)・結願《けちがん》日には関係者が捧げ物を持って参会した。

(71) **多武峯《とうのみね》鳴るの占方《うらかた》** 多武峯(現在の談山《だんざん》神社)の藤原鎌足の墓に起きた異変を関白藤原頼通が氏長者として陰陽師に占わせたもの。「占方」は前出(→正月註455)。これによって物忌(→正月註378)が設定されたが、実資は巳年生まれであるので、この物忌の対象者となり、それ故にこの占方の知らせを受けた。これによって三月五日までと十月節中の壬・癸の両日が物忌となる。実資は翌日に仁王講を行なってこれらの災厄を攘《はら》おうともしている(二月十三日条＊2)。また、十五日条▼a(十八日は外出せず)、廿五日条▼a、廿六日条▼aなど参照。実資以外にも対象者は多く、除目の日程にも影響が出ている(十三日条＊5、註89)。

(72) **群盗の同類と指さる** 盗賊の仲間であると指摘された。「同類」は、①同じ種類。同じたぐい。等類。②同じ仲間となって行動を共にすること。また、その仲間。一族。一味。特に共犯者。「指さる」は、誰かに告げられたと

いうことか。

(73) **少納言資高の宅に先年入る所の群盗**　藤原資高宅に二年前に盗みに入った盗賊団。『小右記』長元二年(一〇二九)八月六日条に、

早朝検非違使式光(宮道)来云、群盗入㆓少納言資高宅㆒之由、従㆓彼宅㆒有㆓消息㆒、乍㆑驚遣㆓師重(中原)㆒、帰来云、妻子渡㆓三条宅㆒、只有㆓姑・小児等㆒、□(被カ)㆑取㆓螺鈿細剣・蒔絵鈿(細カ)剣・手□二筋・束帯装束二襲・夏冬麹塵・雑衣少□(々カ)・櫛笞(櫛筥カ)・□皮韉・手作三十□(端カ)、

とある。十四日条＊4との対比は註100参照。

(74) **件の久利候ずるの由**　大江久利を実資のもとに家人として出入りさせているということか。

(75) **左右《さう》、只仰《おおせ》に随はむ**　検非違使別当源朝任は資高宅に入った群盗の一味に実資の家人がいることを伝え、実資の指示を仰いだ。これに対し実資は、自分の家人で時々出入りしており、情報が漏れて逃げ去る可能性があるので、早く追いかけて捕まえるように返信している。

「追捕《ついぶ》」は「ついほ」とも。追いかけて捕らえること。役人を遣わして罪人などを追い捕らえること。

(76) **祭日(×登日)の十列代**　春日祭に神馬《しんめ》十列を奉る代わりの仁王経転読。「十列」は「とおつら」とも。「春日社」は前出(→註43)。摂関期には大臣が氏祭に対して、社頭で十頭の馬を引き並べたり走らせたりする「神馬十列」を奉る慣例があった。しかし、実資が右大臣に任じられた頃には摂関家の行事と認識され、他の家の十列は行なわれなくなっていた。そこで実資は、治安元年(一〇二一)七月廿五日に右大臣となり、初めての春日祭を迎えるにあたり、『小右記』同年十月廿九日条に、

奉㆓幣春日㆒、以㆓永信朝臣(藤原)㆒為㆑使、永信在㆓使中将(藤原長家)共㆒、仍便所㆑付也、大臣者可㆑奉㆓十列㆒、是古跡也、而近代無㆓其事㆒、初奉之大臣中絶不㆑奉㆓馬并乗人㆒、使又途中大和等国者極依㆑可㆑難歟、近代作法自㆓長者㆒外無㆓為術㆒、仍奉㆓為明神㆒修㆓仏事㆒、但従㆓来春㆒可㆓一定㆒事也、至㆓此度祭幣㆒、只為㆑不㆑闕㆑例所㆓奉献㆒也、其由心中所㆓祈申㆒也、有㆓神鑑㆒歟、

と記し、十列に代わって明神のために仏事を修することにし、神の感応があったとしている。そして同三年十一月の条に、

十九日、己酉、今日於㆓春日御社㆒行㆓仁王経読経㆒、祭日不㆑奉㆓十列㆒之代善也、〔請僧五十口、供米口別五斗、〕

廿八日、戊午、今日奉㆓為大原野大明神㆒堀(屈カ)㆓五口僧㆒講㆓説仁王経㆒、〔新写四部、〕祭日不㆑奉㆓十列㆒代、二季所㆑修也、

とあるように、春日社へは十列代仁王経読経を、大原野社へは十列代仁王講を、祭日をずらす形で奉っていることがわかる。尚、十列代仁王経転読・講演は、祭と同じく春秋二回行なわれた。大原野十列代仁王経講演は、三月註20参照。

(77) **栖霞《せいか》** 栖霞寺。京都市右京区嵯峨釈迦堂にあった寺。左大臣源融の山荘栖霞観《せいかかん》を、融の子息たちが寛平八年(八九六)に寺にしたのが始まり。天慶八年(九四五)頃、堂舎が整ったらしい。寛和二年(九八六)に奝然《ちょうねん》が宋からもたらした釈迦像を、弟子の盛算が長和五年(一〇一六)に寺内の釈迦堂に安置し、ここが後に清涼寺と号された。ここで実資が仁王講を行なわせた三人の僧のうち、利原は栖霞寺の阿闍梨であることが確認できる(『小右記』長元二年〈一〇二九〉九月八日条)。実資は三月十日＊3に栖霞寺の文殊像を拝んでいる。三月註109参照。

(78) **宿曜《すくよう》の厄** 宿曜道によって予測された災厄。「宿曜」とはインドに由来する天文暦学で、宿曜経を教典とし、星の運行を人の運命と結び付けて吉凶を占う。日本には密教と共に伝来したが、宿曜道は符天暦《ふてんれき》とその術を合わせたものを日延が村上天皇の天徳元年(九五七)に呉越国から請来したことに始まり、狭義にはこれを学んで受け継いだグループを指す。宿曜道は当初、造暦・占など陰陽道と共通の地盤で活動していたが、符天暦から算出された個人の誕生日時を天体中の九曜や二十八宿の位置に示して個人の運命を占う「ホロスコープ占星術」とでもいうべきものを標榜としていたから、天体の異変などの際にその威力を発揮し、密教的星辰供《せいしんぐ》や修法と合わせた独自の教説を宣布するようになった。尚、七月十五日▼aに起こった月食に関わる宿曜師證昭の活動が注目される。

(79) **興福寺・多武峯等の怪** 興福寺の怪(正月廿七日条＊1・正月註455)と多武峯の怪(二月十二日条＊1、註71)それぞれについて陰陽師の式占《ちょくせん》で物忌《ものいみ》が指摘されたこと。実資は巳年生まれで、両方の物忌に該当するので、宿曜の厄と共に、特に二七日(十四日間)の仁王経(↓正月註420)講演を行なって災厄を攘《はら》おうとした。

(80) **大安寺の中す大和国の免田《めんでん》の文** 大安寺が大和国に所有していた雑役を勤めさせる免田に関する文書。翌十四日＊3に、前の宣旨によって新たに宣旨を給うことが仰せ下されている。「免田」は、①国家に納めるべき雑役を免除され、租を国家に納める一色田半不輸地。免除された雑役は寺院などに納める場合が多い。②荘園制で領主に対する年貢課役を免除された田地。給田または給名として地頭・預所・領内社寺・荘官・手工人などに荘園経営上の職務に対する報酬として領主から支給された。

尚、「雑役」とは、十世紀頃から成立した新税制の一で、国衙から国内の公領・荘園に課された荷物の運搬や堤防の修築などの夫役(労働課役)のこと。国役・半不輸とも称された。

「大安寺」は、南都七大寺の一。現在は、真言宗で、奈良市大安寺町にある。推古天皇二十五年(六一七)に聖徳太子が現在の額安寺の地に建てた「熊凝《くまごり》精舎」に始まると伝えられ、その後、百済川のほとりに移り「百済大寺」(近年、桜井市の吉備池廃寺にあてる説が有力視されている)、更に高市郡に移建されて「高市大寺」、次いで藤原京では「大官大寺」となり、平城京遷都後、左京六条四坊から七条四坊にまたがる地に移され「大安寺」となった。東大寺に次ぐ大寺として栄えたが、中世以降衰微する。

大安寺は寛仁元年(一〇一七)三月一日に焼亡、本尊釈迦如来像は救出したが金堂以下、東西塔・講堂・食堂・宝蔵・鐘楼など主要堂宇のほとんどを失った。翌二年十二月廿七日に造大安寺使の長官以下が定められたが、復興は進まなかったと考えられる。『小右記』治安三年(一〇二三)六月廿三日条に、

右頭中将公成(藤原)伝仰云、造大安(寺脱カ)事太政大臣為二右大臣一之時所レ行也、下官可レ行者、又仰云、以二左中弁重尹(藤原)一可レ任二長官一、〔右大弁(藤原定頼)任二参議一替、〕(中略)唯造大寺(安脱カ)除目、長官・次官・判官皆遷二他官一、亦有(只カ)二主典一、仍以二成(公脱カ)一奏二聞其由一、亦判官以レ史可レ任、以レ雖(誰カ)可レ任乎可レ随レ仰也、仰云、以二惟信(伴)一〈元史、〉可レ任二次官一、至レ史不レ可レ預二叙位一者、可二宜相計一可レ任者、義光(中原)・恒則(大宅)等間可レ随レ仰由亦令二奏聞一、仰、恒則未レ任レ史之前頻申二々(云脱カ)一者、仍任二恒則一、皆是関白所レ示也、余目二右大弁一、々々進来、下二給道成(源)申文一、可レ任二因幡守一事、亦仰二造大安寺使等一、〔長官重尹朝臣、次官惟信、判官恒則、〕

とあるように、この年の臨時除目で藤原公季に代わって実資が大安寺の造営に携わるようになり、造大安寺使の長官以下が改定された。そして万寿元年(一〇二四)四月廿二日に源経頼が造大安寺使長官となり(『公卿補任』長元三年条)、この年(長元四年)に藤原経輔に替わる(『左経記』六月廿七日条※4)。

(81) **若狭国司の申す内大臣(=教通)・春宮大夫《とうぐうだいぶ》(=頼宗)の荘の濫行《らんぎょう》の事の解文《げぶみ》**　若狭国内にある内大臣藤原教通の荘園と春宮大夫藤原頼宗の荘園が官物《かんもつ》を押領したことについて、国司が愁《うれ》い申した解文。「解文」は前出(↓正月註367)。「濫行」は、不都合な行ない、乱暴な行為。

これについて、三月五日＊1に官使を遣わして「官物

の事」を沙汰(命令・執行)することが決められ、七月に入ってその報告について検討されている(七月十一日条▼a)。

(82) **流人《るにん》光清の使の左衛門府生永正**　流人源光清を配流する使。検非違使または領送使。

『小右記』長元二年(一〇二九)七月十八日条に、伊勢神宮の伊賀神民によって当時伊賀守であった源光清が訴えられ、『日本紀略』同三年十二月廿九日条に、伊豆国に配流することが記されている。そして、同四年正月十三日条▼cに、移送中の光清と使左衛門府生ムが近江国焼山で群盗に襲われたことが見える(→正月註319〜321)。また、永正が射殺されたことについては、二月廿三日条＊2に詳しい。八月註43も参照。

(83) **調庸使**　調・庸を運ぶ使のことか。

(84) **除目《じもく》の事を問ふ**　頭弁に除目が何時行なわれるかを尋ねた。それに対し、頼通から内大臣教通に明日から行なうよう内々の指示があったと答えている。このことは、後で大外記文義からも伝えられている(＊5)。また、『左経記』同日条※1に、

参殿、申云、故初殿初々々(除目カ)執筆給年、大間并公卿給等、暫可㆓申送㆒之由、有㆓内府御消息㆒者、仰云、大間択出可ㇾ参、自ㇾ内退出之次、重可ㇾ来者、但公卿給本自無者也者、

とあり、教通より道長が最初に行なった除目の大間書と公卿給を経頼を通じて関白頼通に所望し、頼通は「大間については書き出し差し上げるが、公卿給は元から無い」と言っている。この日、大間書は教通に届けられているが、道長が最初に春の外官除目の執筆を行なったのは長徳二年(九九六)と考えられ、現存する『長徳二年大間書』(『続群書類従』公事部所収)に相当する可能性が高い。

(85) **仍りて綱所《こうしょ》に仰せずと云々**　八日に仁王会(→註51)と季御読経(→註50)の定を行なったはずの内大臣教通が何ら指示を下さなかったので(「未ㇾ被ㇾ仰㆓左右㆒」)、僧綱所に下達しなかった。「綱所」は僧綱所。僧綱が参集して執務する役所。養老六年(七二二)薬師寺内に設けられたが、平安京遷都後は東寺あるいは西寺内に置かれた。後、諸大寺に名称のみが伝えられた。「僧綱」は、僧尼を統率し、法務を処理するために任命された僧官で、僧正・僧都・律師の三官に法印・法眼(→七月註209)・法橋の三位を加えたもの。『西宮記』(恒例第三・九月・季御読経事)(史料前掲註50)によれば、定で決められた僧名の一覧は、奏聞してから綱所に下されることになっていた。

(86) **行事定文《さだめぶみ》**　儀式の役の割振りの決定を記した定文。「定文」とは、定の内容(決定事項ないしは審議事項)を

まとめた文書。

八日に教通が行なったのは仁王会定だけであったので（十四日条＊2）、この「行事定文」は仁王会の行事を勤める弁と史の名を記した文である。『江家次第』（巻五・二月・仁王会定）に、

上卿・参議奉レ仰着レ陣、〔先着二奥座一、奉レ仰着レ外、〕史仰二官人一令レ敷二膝突一、仰レ弁令レ進二例文・硯等一、史二人進レ之、一人持レ筥置二上卿前一、〔入二去年僧名一、春用二春僧名一、秋用二秋僧名一、外任・死去勘文、今度可レ召僧名、近例去年僧名押レ紙書二可レ改人々一〕一人持レ硯置二参議前一、〔加二入大間書一、秋者無二大間一、只入二続紙一〕上卿令二参議書一レ之、〔多用二大弁一、若無二参議一者、令二弁書一レ之、〕書二僧名一間、皆有二先例一、〔御二大内一時可レ有二仁寿殿・綾綺殿等一〕上卿又令三参議書二検校文一枚・行事文一枚一、〔已上依レ巡定レ之、〕又仰レ弁令三陰陽寮勘二申日時一、〔依二一日事一不レ勘二儲時一〕弁奉二日時勘文一、〔発願時刻、結願時刻、有二懸紙一〕上卿暫留二例文等於座一、以二可レ奏文書一入レ筥付二弁若蔵人一令レ奏レ之、〔有二関白一時、仰下先可二内覧一由上、摂政時以レ覧二摂政一為二奏聞一、日時勘文・僧名・検校文等也、行事文留不レ奏、〕

とあるように、「行事定文」は検校（仁王会における上卿）の名を記した「検校定文」と共に作成されるが、奏上するのは「日時勘文・僧名・検校文」だけで、「行事定文」は上卿の元に留め置くことになっていた。しかし、教通は「行事定文」までも奏上してしまった。『左経記』八日条※1によると、これは『村上天皇御記』に記された源高明の先例に基づくという。仁王会定については、八月四日条＊2、八月註60参照。

（87）**明日、除目有《あ》るべし**　前日（十二日）に、関白頼通は大外記文義に対して、正式な召仰ではないけれども、十四日に除目ができるよう準備を命じたということ。ここで「明日」とあるのは、関白頼通が話した日の翌日ではなく、この日の翌日である十四日のこと。

（88）**復日《ふくにち》**　暦で、その月を支配する五行と、その日の五行とが重なる日。たとえば、一月（木）は甲（木）と相対の庚の日、二月（木）は乙（木）と相対の辛の日となる。よって十四日辛卯は復日である。その日に凶事を行なうと禍が重なり、吉事に用いると福が重なるという。但し、結婚は忌むとする。

（89）**明日・明後日は多武峯の物忌《ものいみ》なり**　多武峯の怪（二月十二日条＊1、註71）による物忌の日に当たる。「明日・明後日」とあるが、該当するのは壬・癸の日なので、十四日辛卯は当たらず、十五日壬辰と十六日癸巳、すなわ

ち「明後日・明々後日」の誤りか。大納言だけでも、藤原頼宗は正暦四年(九九三)癸巳生まれ、藤原能信は長徳元年(九九五)乙未生まれ、藤原長家は寛弘二年(一〇〇五)乙巳生まれであり、「上達部年多当」という指摘は頷ける。

(90) **面上に聊《いささ》か熱物《ねつもつ》有り** (藤原斉信の)顔面に少し熱を伴う腫物がある、ということか。「熱物」は「ねちもつ」とも。体温が異常に高くなり口が渇き無力感を生ずるような疾病。熱気。『運歩色葉』に「熱物　ネツモツ」とある。斉信は、十五日▼bに参入している。

(91) **一昨** この関白頼通の会話中にある「一昨」及び「明日」については、二通りの解釈ができる。一つは、文字通り「一昨」すなわち十二日を指し、「明日」すなわち十五日に除目を行なおうとした、という解釈。しかし、十三日条では、関白が「明日」すなわち十四日(この日)に除目があると語ったという中納言資平・頭弁経任の言葉と齟齬し、頭弁が十三日と別の説を伝えたことになる。もう一つは、会話中の言葉を直接話法的に解釈し、「一昨」が十一日、「明日」がこの日(十四日)を指していると判断する。これによれば、十三日条との矛盾はなくなる。けれども、実際の除目は十五日に行なわれているのに、その日程の決定が何時なされたかが『小右記』の何処にも記されていないことになる。何れとも決めがたいので両説を併記しておく。尚、古記録本・大成本は、関白の会話中にある「命頗《(今日カ)》宜」とし、後者に近い解釈をしている。

(92) **明日** この頭弁経任が十四日の早旦に語った言葉の中にある「明日」についても、十五日の事ではなく、関白頼通が昨日語った言葉に合わせたもので、意味としては「今日(十四日)」のこととも解釈できる。

(93) **伊賀の証人一人原免《げんめん》せらる** 源光清(前伊賀守)が流罪になった事件(→八月註43)に関係して証人として拘束されていた者　人が罪を免じられた。長元二年(一〇二九)八月十一日条の検非違使帰郷の際に随身させた「可㆑備㆓勘問㆒之者」のことか。「原免」は、罪を免じること。
　これも頭弁経任が実資に伝えた内容。

(94) **則ち国人伝《つたえ》聞《き》くの者** この証人が源光清の従者だということは、国人が伝え聞いたことであり(確証はない)、ということか。「国人」は、①その国の人。その地方の住人。くにびと。くにうど。②その国に居住している武士。③国衙の職員。留守所の官人。在庁官人。
　尚、卅日条▼aに、伊賀国掌大中臣逆光の罪名の勘申が奏上され、三月一日条▼aに原免されたとある。

(95) **禁固すべきに非ず** 留置しておくわけにはいかない。「禁固」は、①一室に閉じ込めて外出させないこと。幽閉。②任官させないこと。

(96) **昨日は伝承の事を以て申す所也**　昨日(十三日＊4)実資に伝えたことは、頭弁が人から伝え聞いた不正確な情報であり、今日の情報の方が正しい、ということ。

(97) **元興寺《がんごうじ》の申す爵の事**　元興寺が誰かの栄爵(従五位下に叙すこと)を申請した事。一種の成功《じょうごう》(↓註171)が行なわれ、その爵料によって元興寺の修繕がなされることになったと考えられる。ここでは、元興寺の申請により栄爵の付与を認める宣旨が下されているが、先に爵料を納めさせる宣旨を下させている。栄爵希望者は、元興寺の造営(または用途進納)後、元興寺から太政官に提出される名簿により栄爵に預かる。

「元興寺」は、蘇我馬子が飛鳥に建立した元興寺(本元興寺、法興寺、飛鳥寺とも)の後身である奈良の元興寺(新元興寺)。平城遷都に伴い、旧地の伽藍をそのままにとどめ、養老二年(七一八)平城京の左京四条五条七坊に、金堂・講堂を中心とし塔を中門外に配した大伽藍(大安寺式)を造営して移った。奈良時代には三論・法相などの教学も盛んであったが、平安時代になると封戸収入が途絶え、荘園も侵食され、昔日の面影がなくなり、興福寺の勢力に圧倒されていった。貞観年中(八五九〜八七七)に智光の門流から八宗兼学の傑僧聖宝が出て三論教学の再興

を図ったが、維摩会・御斎会・最勝会の三会の講師や僧綱に元興寺僧の名は一人も見出せなくなり、元興寺別当も興福寺や東大寺の僧が任じられた。平安末期には名所の一つとして貴族による南都巡礼の対象とされた。

(98) **大安寺の申す免田の事**　前出(↓註80)。

(99) **先年の群盗の事**　前出(↓註73)。

(100) **取らるる所の物**　盗まれた物。『小右記』長元二年(一〇二九)八月六日条(史料前掲註73)と若干の相違がある。

「衣二領《りょう》」と「雑《くさぐさ》の女衣裳」は「雑衣少□(々カ)」に相当するか。「領」は前出(↓正月註339)。

「朝衣《ちょうい》装束二襲《かさね》」は「束帯装束二襲」と同じ。官人が朝廷に出仕する時に着る朝服《ちょうふく》(束帯《そくたい》の衣装)二セット。「襲」は、衣服の上下や単・複の一揃を数える助数詞。

「麹塵袍《きくじんのほう》」は「夏冬麹塵」と同じ。麹塵色は、青色の黄ばんだ色で、天皇以外、特別に許された者しか着ることができない禁色《きんじき》(↓正月註343)であった。その袍は天皇が賭弓《のりゆみ》・臨時祭・競《くらべ》などの略儀に着用する袍とされ、青色の袍ともいい、桐、竹、鳳凰、麒麟、江戸初期には唐草に鳥などの文様を黄で表わす。

「香薬小辛櫃《こからびつ》」は長元二年八月六日条に見えない。薫《たき》物《もの》として用いる香料や薬を入れておく小さな箱。「辛櫃」は「唐櫃」、「かろうと」「かろうず」「からと」とも。足

のついた櫃で、外反りの足が前後に二本ずつと左右に一本ずつの六本、または各面に一本ずつの四本ある。

「甲斐布《かいのぬの》少々」は「手作三十□(端カ)」に相当するか。甲斐国から献上された麻布か。『新猿楽記』に諸国土産の一として甲斐の斑布《まだらのぬの》が挙げられている。

「細剣《ほそだち》」は「螺鈿細剣・蒔絵鈿(細カ)剣」とある。「細剣」は「細太刀」で、柄《つか》・鞘《さや》ともに細くこしらえた太刀。帯剣の勅許を得た文官が、貴重な飾太刀《かざりたち》の代として佩用《はいよう》した。鞘の形式により、樋螺鈿太刀《ひのらでんのたち》(→正月註271)と蒔《まき》絵《え》螺鈿太刀などがあり、行事・位階などによって使い分けた。

「韉《せん》」は「□皮韉」とある。革製の馬具で、鞍橋《くらぼね》の下につけ、馬の両脇に当てるもの。下鞍。

長元二年八月六日条には他に「手□二筋」「榔苕(櫛筥カ)」がある。前者は「手覆《たおおい》(甲冑の小具足の籠手《こて》の部分)」、後者は「櫛筥《くしばこ》」もしくは「檳榔《びろう》扇」などの小物か。

(101) **件の疑はしき物** 資高宅から盗み出されたと思われる物が他にある、という意味か。あるいは、「物」は「者」の誤りで、群盗の容疑者のことか。それが資平の従者でもある夏武で、その仲間が検非違使庁の獄に捕らえられている、ということか。

(102) **久利を申すの者** 久利のことを犯人と言っている者。久利の主張は、以前従者のように使っていた厶丸という者が、久利に借りていた物の返済を迫られたことを逆恨みして、犯人のように言い立てた、ということであった。式光が持ってきた取り調べ調書(勘問の日記)にも、久利は大和国に住んでいるだけで、強盗の一味ではない、とあったので、実資も久利を拘束する必要はないと判断した。

(103) **忌日《きにち》** 実資の実父藤原斉敏(天延元年〈九七三〉二月十四日に薨)の命日《めいにち》。実資は、両親の他、養父母(祖父母)、先立たれた室、夭死した女児、乳母の忌日を守り、それぞれの縁のある寺院で諷誦を修している。その忌日と実資との続柄・氏名・薨卒年(享年)・諷誦を修する寺を示すと、次の通りである。
二月十四日、父・藤原斉敏・天延元年(四十八歳)・法性寺東北院。

四月十日、祖母(養母)・藤原能子・康保元年(九六四)・勧修寺。

五月八日、室・源惟正女・寛和二年(九八六)・大女寺。

五月十六日、室・姓名没年不詳・仏性院。

五月十八日、祖父(養父)・藤原実頼・天禄元年(九七〇)・法性寺東北院。

六月三日、乳母・源清延妻「宣旨」・没年不詳・珍皇寺（始めは清水寺）。
七月十一日、女児・正暦元年（九九〇、六歳）・天安寺。
七月十三日、室・婉子女王・長徳四年（九九八、二十七歳）・禅林寺。
十一月十三日、母・藤原尹文女・天延二年・道澄寺。

(104) **諷誦《ふじゅ》を東北院に修す**　法性寺東北院で僧侶に読経させた。「諷誦」は前出（→正月註75）。「東北院」は、藤原忠平が建立した法性寺に、藤原実頼が建立した子院。『日本紀略』天禄元年（九七〇）五月十八日条に、

申刻、摂政太政大臣従一位藤原朝臣実頼薨、〈年七十一、〉子刻、以㆓尋常車㆒奉㆑移㆓法性寺艮松林寺㆒、

とあり、実頼の遺体を安置した法性寺の艮（東北）の松林寺が東北院と考えらる。以降、小野宮流の寺院として、一族の葬儀や忌日法要を行なう場となり、そこに集うことで結束が示された。実資は、祖父（養父）実頼と父斉敏の忌日にここで法要を行なっている。『小右記』長元元年（一〇二八）八月十九日条に「良円登山、良円可㆑知㆓行東北院事㆒、示㆘可㆑立㆓観音堂㆒事㆖、〈故殿（藤原実頼）御願也、〉」とあり、息良円に東北院を知行させ、実頼が立願した観音堂の建立を命じている。また、永承元年（一〇四六）に薨じた実資の仏事も東北院で行なわれた（『本朝続文粋』巻一三・願文下・追善）。

(105) **念賢を以て身代《みのしろ》に斎食《さいじき》せしむ**　父の忌日に自ら斎食すべきところを、身代の念賢に行なわせた。「念賢」は、実資が信頼を寄せて私的な仏事を依頼する僧の一人で、小野宮邸の常住僧（→九月註125）でもあった。「斎食」は、①仏教で正しく決められた時にとる食事。正午の食事。在家信者でも八斎戒を守る斎日には、正午を過ぎてから食事をしない。②法要その他の仏事に供せられる食事。

(106) **法花経・心経を供養す**　（新たに書写した）法華経（→註220）と般若心経（→正月註420）を供養した。この経典供養もあったので、袈裟《けさ》（出家者の標識として着る法服）と僧前《そうぜん》料（僧侶のための御膳の費用）を念賢に施した。

(107) **精料**　精進物（→註13）のことか。読経（諷誦）をした僧への布施とした。

(108) **外人《げにん》を忌まず**　実資は多武峯の物忌（→註71）であったけれども、外部から来る者を拒まなかった。この日の物忌のための覆推（→八月註2）で軽いと判断されたのであろう。「外人」は、「外宿人」（→註200）と同じ。物忌の前日から家に籠もっていない人。来訪者。

(109) **闕官帳《けっかんちょう》**　欠員となっている官のリスト。除目の際、執筆（除目の上卿）がこれを参照して任官を行ない、大間《おおま》書《がき》（→註116）に書き入れていった。

ここでは、執筆を勤める内大臣教通に奉る前に、権少

外記成経が実資に見せている。

(110) **除目議《じもくのぎ》**　「除目」は前出(↓正月註395)。「除書」(↓註47)とも。「除目議」は「除目儀」とも書く。この日(十五日)から十七日まで三日間行なわれた。その内容については、『小右記』本日条▼b・十六日条▼a・十七日条＊1に実資が受けた報告が記されている。『左経記』は十三日条後半から廿一日条まで欠落しているが、『魚魯愚別録』に載録された逸文から、十五日条・十七日条の一部が復元できる(書下し文は三三五頁、本文は四三五頁)。その内容は、執筆である内大臣以下が議所に着座して弓場殿へ赴くまでの次第(十五日条☆D)と、清涼殿にて内大臣が御前の円座に移る次第(十五日条☆E・十七日条☆F)であり、執筆を勤めた内大臣教通の作法にかかわっている。これは共に、七日条※1で教通が経頼を通じて関白頼通に尋ねたことであるが、『西宮記』(恒例第一・正月・除目)に、

当日、大臣已下自レ陣着二議所一、〔以二内豎簡一立二大臣後壁一〕蔵人召、〔蔵人頭於二御前一撰二定申文一召〕外記取二筥文一、〔大臣仰〕到二射庭一参二御前一、同二叙位儀一、〔納言已下執レ筥〕諸卿座定、大臣依レ召着二円座一、〔天慶五三廿九、除目、左大臣着二御座前一、枇杷大将座大将並候二執筆一、【小野】〕

『北山抄』(巻一・年中要抄上・正月・九日始議二外官除目一事)に、

当日、着二議所一、参二御前一等儀、同二叙位儀一〔執筆大臣、抄二出毎年給・四所籍々并道々挙・所々年官及兼国例等一、又撰二闕官寄物等一、随二身之一、欲二参上一時、仰二外記一、令レ入二硯筥一、臨暗欲二退下一時、以二侍臣一令レ給二僕従一、若入レ筥返給時、依レ為二外記一被二披露一也云々、〕大臣依レ召着二御前円座一、

とある以上に細かなことで、「一の大臣」ではない者が執筆を勤める際の議所への入り方(南幔からか東幔からか)と、召により御前の座に着す前に坐る所(右大臣の座か自座か)が問題になっている(頼通はいずれも後者が良いと答えている)。『左経記』十三日条※1に、教通は人道大納言藤原公任の言として、議所へは大臣であるから南幔から、御前の座に着する前は自座に坐ると語っており、実際にこの説に従って行動したようである。

また『除日抄』(群書類従本及び静嘉堂文庫本)に『資平卿記』と考えられる長元四年二月十四日条の逸文があり、頭弁藤原経任からの質問に答える形で、「十年労」や「撰び遺す申文」の処置についての記載がある。正月註147参照。

(111) **内大臣(＝教通)執筆《しゅひつ》と云々**　内大臣教通が除目の執筆を

勤めたということである。本来ならば左大臣が関白頼通であるので、一上《いちのかみ》とされる右大臣実資が勤めるが、小野宮邸の穢（↓註1）によってできなくなり、教通が初めて勤めることになった。「執筆」は「しっぴつ」とも。記録すること。文書などを書くこと。その役。特に、叙位・除目を主宰し記録する公卿。

　除目の執筆は特に重要で、任官決定者を大間書《おおまがき》（↓註116）に自ら記入していくなど、瑣末な作法に細かく心を配ることが必要であり、後代には除目だけに関する儀式書も多く作成された。『除目抄』『魚魯愚別録』などに長元四年の例が記されていることは注目されるべきであろう。

（112）**筥文《はこぶみ》を執らざらむが為《ため》。」と云々**　（筆頭の大納言である）藤原斉信が恭礼門（内裏図d3）に隠れ立ったのは、斉信が筥文を運ぶのを嫌ったからであるという。この斉信の行動に対し、実資はそれならば最初から議所に着すべきではないと非難している。「筥文」は前出（↓正月註137）。大間書・五位以上歴名・所々労帳・申文などが入った箱。

　筥文を大納言以下が取ることについて、『西宮記』（史料前掲註110）には「納言已下執レ筥、」とあるだけであるが、『江家次第』（巻四・正月丁・除目）に詳しく、

大臣参上着座、
納言以下執二筥文一、
随二公卿参入数一執レ之、或時納言・参議等不足多時、弁官執レ之、若又殿上侍臣執レ之、間有レ例、
〔故宇治殿御説也、見二小一条記一、伊尹・頼忠等例也、〕
第一硯筥〔人々申文多付二外記一時、各加二筥数一〕
大間書一巻・三局奏〔弁・少納言・外記・史中文、外記・官史生、并上召使等奏、〕・硯・筆台・墨一挺・筆二巻（管カ）・続飯・続板・水瓶・小刀等云々、
（中略）
第二筥
五位以上歴名一巻・諸司主典已上補任二巻〔上下〕・武官主典已上補任一巻・諸国主典已上補任二巻〔上下〕・所々労帳〔〈四〉大舎人、〈一〉内豎、〈三〉進物所、〈二〉校書殿、文章生労帳、内舎人労帳、〕・諸道課試及第勘文一巻・闕官帳二巻〈正権〉・文章生散位労帳一巻・令外官一巻、
第三筥
諸人々申文、
第四筥　第五筥
同前〔依二申文多少一有二筥数一云々、秋減二一合一〕

執二筥文一之人、到二於御前間南辺一膝行三度置レ筥、
とある。

(113) **未だ盃酒に及ばざるの前、召《めし》有《あ》り**　議所での弁・少納言による献盃がなされる前に召があった。献盃後に蔵人の召があって大臣以下が議所から弓場へ移動するのは、叙位議の次第(正月註136)と同じとされる。『左経記』十五日条逸文☆Dによれば、弁・少納言の遅参による。

(114) **筥文《はこぶみ》三合《ごう》**　筥文は三つであった。「合」は、蓋《ふた》のある容器を数える助数詞。

筥文の数については、『江家次第』(史料前掲註112)に「依二申文多少一有二筥数一云々、秋減二一合一」とあるように、申文《もうしぶみ》の数により一定しないが、春の外官除目では秋の京官除目より多く、四つ以上あるのが普通であった。それについて上卿を勤めた内大臣教通が何も指摘していないことを訝しがっている。尚、『除目抄』(筥文積様)には硯筥と筥文(一筥・二筥・三筥)の図様を示した上で、

仮令以二此積様一可二斟酌一、春ハ受領申文両三通可レ有レ之、如(加カ)階申文ハ、四位二通、五位三通、合五六通、吉程也、無二付申人一者外記相計〈天〉入レ之、三筥、申文多時ハ六位自解等入二別筥一、仍往古筥有レ四歟、近代不レ然、小右御記云、長元四年二月十六日、昨日除目、内大臣已下着二議所一、未レ及二勧盃一之前、有レ召参上、筥文三合、前例有レ四歟、秋除目之時有レ三歟、但可レ依二申文多少一歟、上卿不レ仰二其由一如何云々、

として、『小右記』のこの部分を引いている。

(115) **御前の作法、殊《こと》失《なるしつ》無き歟《か》**　清涼殿における天皇の前での教通の作法に、特別な失態というほどのものがなかったようだ。

(116) **大間《おおま》の間**　執筆教通が大間書《おおまがき》を書いた作法。「大間書」は、神祇官・太政官、八省(及びその被管)、弾正台、京職などから、諸国・大宰府の外官、衛府、馬寮、鎮守府に至る官司と、当時欠員となっている官職名を列挙したもの。先ず外記が作成し、それに執筆の大臣が任官者の位階・姓名(必要な場合は姓名の下に尻付《しづけ》)を書き入れる。そのため、行間を広く空けている紙を使うので「大間」という。

この時に執筆の大臣を勤めた内大臣教通の大間の作法について、資平は、この日のことはわからなかったとしているが、翌十七日条＊1では尻付の作法や書き方を知らなかったとしながらも(→註120)、特に問題なく、諸卿も感嘆していたと報告している。註132も参照。

(117) **憔悴《しょうすい》殊に甚だし**　顔色から察するに、関白頼通の体調は非常に悪そうであった。頼通の風病(→正月註427)の

ことは正月廿五日条＊3から見え、これにより除目の日程も遅くなった。「憔悴」は、①やせ衰える。やつれる。②思い悩む。苦しむ。

(118) **始めて肥前の勘文《かもん》の読様《よみざま》**　右大弁源経頼が参議になって初めて受領《ずりょう》功過定《こうかさだめ》において肥前国の勘解由勘文《かげゆかもん》を読んだ、その読み方。頗《すこぶ》る(少し)非礼であったが、よく読み通した。「頗」は前出(↓正月註453)。

「功過(本来は功課が正しい)」は職務達成の程度のこと。「受領功過定」は、任期が終わる受領の業績を判定する儀で、『西宮記』(恒例第一・正月・除目)に「除目之間、定二受領功過一(十二月廿日、三司大勘文進二蔵人所一、除目間又進レ官、)」とあるように、除目の間に行なわれることも多い。参議一人が功課申文と主計・主税大勘文、斎院勘文などを見合わせ、別の参議一人がその結果を定文に記し、更に別の参議一人が勘解由勘文を読み上げ、審議がなされた。その後、審議結果(過あるいは無過)が奏聞された。

(119) **子夜《しや》**　子《ね》の刻。真夜中。

(120) **但し尻付《しづけ》の作法・書く程の事を知らざる也**　教通は除目の執筆を難なくこなしたけれども、尻付を書き入れるときの作法や書き方を知らなかった。「尻付」は「しりづけ」とも訓み、「尻所《しどころ》」ともいう。大間書《おおまがき》(↓註116)に書き入れた新任者の官位・姓名の下に細字で付された前官職、補任の理由(年給・功労)や兼務などについての注。

(121) **今般、史給はらず**　今回の除目で、太政官の史の巡《じゅん》任《にん》はなかった。「巡任」とは、特定の顕官《けんかん》の六位の年労者一人が、巡爵《じゅんしゃく》により叙位《じょい》で従五位下(または外従五位下)に叙され、その任を去り、巡を待って受領《ずりょう》に任じられる制度。「史」は、神祇官・太政官の主典《さかん》。太政官の史は、労により巡任で国司になることができたが、この年は国司の欠員が少なく、その巡に充てることができなかった。この場合、宿官《やどりづかさ》といって、自分の番が来るまで諸国の権守(または介)となって待っていることが多いが、それもなかったのかどうかは不明。

(122) **闕国《けっこく》**　国守《こくしゅ》が空いたままの国。受領以外の遥任《ようにん》国司が空いていることを指す場合もある。

(123) **還任《げんにん》す**　一度、解任された者、または辞任した者が、再び元の官に任じられること。再任。「かんにん」とも。

実資は、明法博士利業の還任を「天恩」、すなわち天皇の特別な計らいによるかとしている。

(124) **将監《しょうげん》を申請す**　右大将である実資の特権として申請した高階為時を将監に任じること。今回の除目で裁許された。正月廿一日条▼b、正月註398など参照。

(125) **驚達《おどろきたっ》せしむる也**　注意を促すために申し上げていた。

「驚かす」は、気付かなかったり忘れていたりしたことに注意を喚起すること。つまり、去年のうちに関白頼通の許諾を得られていたので、今回の除目に際し、頭中将隆国に確認の意味を込めて天皇に奏上させていたということ。これは、中務録《なかつかさのさかん》であった中原実国が民部録に任じられたことが、実資の推挙によるものであることを示している。

尚、中務録と民部録では身分的に変わらないが、中務録の職掌は形骸化し、民部録になった方が実質的な活動ができ、将来の出世につながりやすいと考えられていたのであろうか。

(126) **蔵人に補《ほ》す。是、秀才《しゅうさい》なり**　藤原実綱は、文章得業生であったので六位蔵人に補された。「秀才《しゅうさい》」は「茂才」とも。また「すさい」とも。文章得業生《もんじょうとくごうしょう》。文章生の中から特に優秀な者二名が選ばれる。もとは令制最高の官吏登用試験である秀才試（方略試・対策・献策とも）の受験候補者とされ、それに及第してから任官したが、平安中期頃から対策しないまま地方官などに任官するようになった。

『西宮記』（恒例第一・正月）に、

一、補二蔵人一事、〔以二所雑色・六位殿上有官者・公卿子・文章生之中譜第者一補レ之、近代、一所侍勾当、

長元四年二月

多被レ補レ之、〕

とあり、『禁秘鈔』（上・蔵人事）に、

員数五人、中古六人常事也、七人有レ例、〔随レ不レ置二五位蔵人一〕臨時叙爵、尤可レ止事也、（中略）凡補二蔵人一道有二浅深一、

第一、〔公卿侍臣子、是不レ及二左右一〕第二、〔非蔵人、〕第三、〔執柄勾当、〕第四、〔院蔵人并母義蔵人・后六位等、〕第五、〔所雑色、〕第六、〔成業儒、〕第七、〔所々蔵人判官代、〕

として、七つの六位蔵人に補す条件を掲げている。このうち「文章生」「成業儒」は文章生・文章得業生であり、蔵人所所属の下級官人である所雑色《ところのぞうしき》・非蔵人《ひくろうど》と共に六位蔵人という実務官僚に補される条件であった。

(127) **五品に専一の者**　五位で第一候補者、または誰が見ても文句のない者。

五位蔵人であった資通が和泉守として転出した蔵人の欠員について、本来は五位を補すべきであるけれども、五位に「専一の者」がいないので、六位の実綱を補した、ということ。実資は、先例がないわけではないとしながらも、あまり良くないと考えている。

(128) **還昇《げんしょう》**　前出（→正月註249）。殿上人《てんじょうびと》で昇殿《しょうでん》（→正月註119）を停止された者が再び昇殿を許されること。官位が

昇進した場合にも改めて殿上宣下があった。「かんじょう」「げんじょ」とも訓む。また、「還殿上《かえりてんじょう》」ともいう。

(129)**簡の外歟《か》** 還昇となった源章任は、丹波守、すなわち「殿上受領《てんじょうのずりょう》」で、殿上の簡には付されない「簡の外」であったか。「簡」とは「殿上の簡」で、殿上に詰める義務がある者の名札が掛けられていた。そこで、昇殿を許された者は「簡衆」とも呼ばれた。

(130)**御乳母子《おんめのとご》** 後一条天皇の乳母の子。「当時(□時)の乳子」も同じ意味か。尚、大成本は「件両人御乳母子□《(也カ)》、付乳子、」とする。源章任の母は従三位藤原基子、大江定経の母は従三位豊子(藤原道綱女)で、両人とも長和五年(一〇一六)正月廿九日(後一条天皇受禅)に蔵人に補されている。

(131)**道路、目を以てす** 現天皇の乳母の子が思いのまま出世していることに、皆驚いている。人々が皆、言うことを憚り、目くばせをして、恨みの気持ちを知らせ合うこと。「道路」は、世の中、世間、衆人、天下などと同じ。

(132)**大間《おおま》を以て決すべし** 大外記文義が今回の除目の問題点(疑問点)について確認しようと、執筆を勤めた内大臣教通の大間書を見せてもらった。「大間」は前出(↓註116)。それは、所々に墨が塗られて紛らわしいものであったという。但し、教通の見ている前でしか見られなかったので、じっくり見られなかった、とも実資に報告している。

(133)**斎宮寮の返す解文《げぶみ》** 斎宮寮が太政官に提出した解文。割注から、正輔方の証人として出頭を命じられた斎宮助ム《なにがし》が、熊野参詣のため赴けないことを報告したことがわかる。正月十七日条▼a・二月二日条＊3、正月註368参照。

「熊野」は、紀伊国(和歌山県)の熊野本宮大社(本宮)・熊野速玉大社(新宮)・熊野那智大社(那智社)の三社の総称。「熊野三山」「熊野三社」などともいう。『日本書紀』(巻一・神代上)に伊弉冉尊《いざなみのみこと》の葬地とされているように、熊野は他界への入り口と考えられていた。平安初期から中期頃までは、三社は別々の開創伝承と信仰によって発展したようで、本宮は玉置《たまき》山の水分《みくまり》神、新宮は海に面する漂着神、那智は大滝への信仰を基盤としていた。また、山岳修行の僧による修行の場ともされたこともあり、十一世紀初頭までに三社それぞれが他の二社の主神をもまつり、三所権現などと称されるようになったと考えられる。平安貴族社会では、浄土思想の流行により、那智が観音の補陀落浄土として、本宮が阿弥陀の浄土として信仰を集めるようになった。延喜七年(九〇七)に宇多法皇の御幸があり、特に院政期以降、上皇や貴族らの熊野詣が「蟻の熊野詣」と呼ばれるほど盛行するようになる。

(134) **大宰府の解文** 大宰府が太政官に提出した解文。割注から、前年（長元三年）に提出された耽羅《たんら》嶋から漂着した人々についての解文であったことがわかる。異国人に関する解文については、『西宮記』（臨時一甲・陣申文）に「申㆓一上㆒文」として「異国人来着文」が見え、『北山抄』（巻七・都省雑例・申㆓一上㆒雑事）に「已上奏」の一事項として「唐人来着事〈渤海客并異国人亦同、〉」が挙げられているように、一上に上申して奏上すべき事項の一であった。『九条年中行事』（申㆓一上㆒事）も同様。

「耽羅」は「とんら」「たむら」とも。今の韓国の済州島で、七世紀後半には日本に頻繁に使者を送っていたが、後に新羅《しらぎ》に帰属した。

この件について、「勘問日記」（→註8）によれば野心がないので食料などを与えて返してはどうかという関白の仰があり、実資も同意している。この「勘問日記」は、大宰府（または国司）が来航者に来航理由を尋問し、乗務員・積載物などを調査して作成した報告書で、「存問日記」ともいう。廿四日条＊2に、漂流者八名の他に伯達にも尋問したとある。

(135) **格文《きやくぶん》、側《ほのか》に覚ゆる所也** 格の文章にあったことを僅かに覚えている。「格」は、律令の追加法令。「側に」は「かすかに」とも。該当する格と考えられる宝亀五年（七七四）五月十七日付太政官符「応㆔大宰府放㆓還流来新羅人㆒事」（『類聚三代格』〈巻一八・夷俘并外蕃人事〉）に「凡此流来非㆓本意㆒、宜㆔毎㆑到放還以彰㆓弘恕㆒、若駕船破損、亦無㆓資粮㆒者、量加㆓修理㆒、給㆑粮発遣、」として漂着した新羅人については放還することが定められ（但し帰化の者は例により申上する）、承和九年（八四二）八月十五日付太政官符「応㆑放㆓還入境新羅人㆒事」（『同』）でも商人以外の新羅人は総て放還するように定められている。これにより、この時に漂着した耽羅嶋の人々にも食物を与えて放還する措置がとられたと考えられる。

(136) **已に疑殆《ぎたい》無くば** 少しも疑いがなければ。「疑殆」は、疑い危ぶむこと。

(137) **明法道《みょうぼうどう》の勘文《かもん》** 平正輔が証人として進めた神民を拷訊して良いかどうか、「道の官人」が勘申した上申書。

二月一日条＊3、註11参照。

(138) **禰宜《ねぎ》を解却《げきゃく》(□)して拷すべきの格文** 先ず、禰宜の職を解任してから拷問にかけるという格。「解却」は、官位を免ずること。「禰宜」は神社に奉仕する神職で、普通、「神主」の下、「祝《はふり》」の上に位置する。

弘仁三年（八一二）五月三日付太政官符「応㆓無㆑封神社令㆒

禰宜・祝等修理一事」(『類聚三代格』〈巻一・神社事〉)に「若禰宜・祝等不レ勤二修理一、令レ致二破損一者、並従二解却一、其有レ位者即追二位記一、白丁者決二杖一百一」とあり、延暦廿年(八〇一)五月十四日付太政官符「定二准レ犯科レ祓例一事」(『同』〈巻一・科祓事〉)に「又祝・禰宜等与レ人闘打及有二他犯事一須二科決一者、先解二其任一即決罰、」などとある(共に弘仁八年十二月廿五日付太政官符「応三多気・度会両郡雑務預二大神宮司一事」〈『同』巻一・神郡雑務事〉でも引用)。特に後者の文は、三月八日条＊4にある明法道勘状の文ともほぼ一致する。

(139) **一定《いちじょう》を申すべし** 拷訊するかしないかの判断を言うべきである。ここまでが頭弁経任の報告であり、明法道の勘文の不備を指摘し、勅断(天皇の決定)に委ねるだけでは不十分で、勘文の中で一定(決定案)を載せるべきであったと言っている。それに対して、実資は、とにかく奏上すれば何らかのご意見があるかも知れないという見解を示した。奏上の結果、廿一日＊1に、再び一定を載せた勘申をするように宣下される。註147参照。

(140) **造八省行事所** 八省院を修理・造立する臨時の機関。「八省」は前出(→正月註251)。朝堂院のこと。

今回の修造については、『小右記』長元元年(一〇二八)九月四日条に「少納言資高云、昨日殿上人両三見二顚倒所々一、豊楽院門等并中院南門・中務省南門・右近府庁舎等顚倒、」とある調査から始まった。同二年四月十五日条に「右中弁頼任(藤原)持二来八省并豊楽院損色文一、示下先経二内覧一相読(統カ)可レ奏之由上了、」とあり、八省院と豊楽院の損色が奏上され、『小記目録』(第一五・内裏舎屋顚倒事)に「同二年五月五日、被レ勘下可レ修二造八省院一日時上事、」とあるので、この間に「造八省行事所」が設置されたと考えられる。また、八月六日条に「右中弁頼任□(持カ)二来造八省・豊楽院行事所奏状一、修理職納庸米千斛毎年可レ納二行事所一奏状也、」とある。

修造が本格化するのは長元三年に入ってからのようで、『小記目録』に「同三年三月廿五日、関白以下諸卿巡二検八省諸司一事、」「同年四月廿四日、可レ令レ注二進津々材木一事、」「同年同月廿五日、公卿封戸可レ分二寄造八省院一事、」「同年同月廿六日、造二八省・豊楽院一国々、先可レ被二定充一事、」とあるように、先ず用材・費用の工面がなされた。しかし修造は進まず、同年五月廿六日条に「右中弁於二門外一伝レ人云、小安殿棟并鵄尾凡頽落、亦清暑堂南廂悉以頽落者、行事所先致二顚例(倒カ)之謀一、尤可レ宜之由今(令カ)レ示二仰之一」とあるように、転倒防止の応急措置がはかられ、九月十一日条にも「小安殿西簷頽壊、鵄尾落、仍行幸止、」と、小安殿の惨状により伊勢例幣の行幸が中止されたことが記されている。九月二日の陣定で作事の割り当てが審議された。けれども、同日条に「堂・門・廊未レ充了、今日只始定許也、」とあるように二日には決定に至らず、「堂・門・廊・渡殿・築垣未レ充了、慎(伝カ)曰、下官定充可レ令レ奏之由有二関白消息一、垣丈尺等能勘知可レ充二国々一事仰二同弁(源経頼)一」とあり、実資主導で進められることになった。行事弁・史については、『小記目録』に「同年七月八日、造八省事、仮以二大弁一令レ行事、」とあり、蔵人頭右大弁源経頼と、権左中弁藤原経任・左大史惟宗義賢が任命された。国々への割り当てについても、十二日に定文二枚(一枚は八省院・豊楽院、一枚は大垣)が内覧、奏上され、十七日に下されている。その内訳は九月十七日条(割注の範囲を一部変更)に、

頭弁下二給一日定了八省・豊楽院修造国々定文一、播磨・備中国司申請文〔播磨守資業申造二朝集堂一宇一被レ延二二年任一、被レ加二朝集堂一宇一、備中守邦恒申造二応天門并東西楼廊卅二間等一被レ延二一任一等支(文カ)、〕仰云、播磨国司申加二朝集堂一宇一、依レ請、備中国司申□□依レ請、且止二近江国可レ造二豊楽門一、可レ充二和泉・安芸一、〔三国(間カ)安芸、二国(間カ)和泉、〕至二近江一已(亡カ)弊殊甚、今年伏(休カ)慰、明春可レ充二大垣三町許一、延詠(禄カ)堂十五間、〔七間周坊(防カ)、三間丹後、三間伯耆、二間出雲、〕初定二八間周坊(防カ)一、止二今一間一充二他国一、件定事可レ書二入初定文一、

とある。そして廿日条に「左大史義賢進二八省・豊楽院指図、両院・大垣等造作国々定文一」とあり、指図(図面)も作成された。九月註131参照。

『小記目録』には、長元四年のこととして「同四年四月二日、造八省間事、」「同年同月六日、造八省寄二検非違使一事、」「同年五月七日、管国、所レ課豊楽院造作、申返事、」「同年十月廿七日、紀伊守良宗申以二別納租穀一充二造豊楽院垣料一事、〈無二裁許一〉」とあり、翌年のこととして「同五年七月廿九日、管国申造豊楽院、不レ可レ被レ免事、」「同年十月二日、造不老門、可レ責二伊予国一事、」とある。造大垣については、備後国(→正月五日条＊1、正月註134)と上野国(→二月廿四日条＊3・三月十二日＊1、二月註182・三月註121)に割り当てられた。また、本日条(二月十九日条＊4)の菅野親頼以外にも、九月五日条＊2に造八省行事所が清原惟連の栄爵を申請し、認められているように、広く成功《じょうごう》の対象とされた。九月註50参照。

(141) **主計・主税允《じょう》の宣旨**　造八省行事所に米千石を奉るという解文を提出した菅野親頼が、その成功《じょうごう》(→註171)により、主計允か主税允に任じるという宣旨を得たいと

申請したこと。

(142) **転任の官** 同一官庁の内部(特に四等官制の中)で昇進すること。これに対し、現在の「転任」(他の官庁に移ったり、異なる任地に赴くこと)の意としては、「遷任」という語が使われる。

成功として主計允か主税允に任じてほしいという親頼の要求に対し、実資は、この二寮は「転任の官」で、しかも去年も他の寮の人(他人)を任じているので、その官人(属《さかん》など)から不満が出ているとし、却下している。また、この申請が豊楽院行事左大史義賢から頭弁経任を通じて出されたものであること、申請者の親頼とその父重頼は実資の家人で切々と訴えてきたけれども、二寮の不満を勘案して奏上させなかったと記している。尚、廿一日条▼bに、この意見を受けて、頼通は親頼を允ではなく属にするならばよいだろうとし、実資も同意している。

(143) **算師《さんし》を申すの者** 成功として算師を要求する者。「算師」とは、主税寮・主計寮などで税や用度の計算に従事する官人。令制では、少属の下に算師二人を置き、従八位下相当とする。

(144) **故俊賢卿の改葬** 源俊賢の遺体を他所へ葬り直した。俊賢は万寿四年(一〇二七)六月十一日に出家(『公卿補任』同年条)、十三日に薨去。『小右記』万寿四年六月十三日条

に、

中将(藤原資平)示遣云、昨日夕宮重悩給者、出家戸部病去夜・今朝相同、大底難レ馮之由有二四位侍従(藤原経任)之報一、朝源律師談云、戸部新(マヽ)不レ可二敢存一、興照闍梨云、忽無二危気一、未レ及二日没一之間入減(滅カ)云々、〔六十九、〕外帥(源高明)遷化六十九、〕慥今(令カ)レ問、已実也云々、無常之理也、

とある。改葬の場所、理由などは不明。

(145) **列見《れけん》** 前出(→註66)。十一日条＊1に「列見延引、」とあり、この日に延期された。

(146) **地上に居して日記等を披見す** 庭で列見に関する日記を見て、事前に作法などについて調べていったということ。翌日(廿二日条▼a)、この日の作法が「散楽」(→註64)すなわち乱れていたことを報告している。資平が地上で見るという措置をとったのは、正月廿八日に実資邸で発生した穢(→註1)の伝染を避けたためと考えられる。二月廿八日条▼aも参照。尚、この日の列見については廿三日条＊1にも、上卿を勤めた大納言頼宗の作法がひどかったという大外記文義からの報告がある。

(147) **明法の勘申《かんじん》する神民拷否《じみんごうひ》の事** 明法道が勘申した神民を拷問にかけるべきか否かについて。十九日条＊3、註137参照。実資は、再び勘申させよという後一条天皇の勅命を頭弁から伝え聞き、宣下している。

（148）**米の実《じつ》を実検《じっけん》せしめ**　菅野親頼が造八省行事所に奉ったという米千石（→註141）が本当にあるかどうかを調べさせる。「実」は「現物」、廿三日条＊5には「物実《ものざね》」とある。「実検」は、ある物事を本当かどうか調べ確かめること。訴訟・災害・刑事事件・官人の職務不履行などについて実状を視察して報告するために派遣される使者を「実検使」という。実資は、父重頼が「虚言の者」であるので、その実を確かめてから裁許すべきであるとしている。

（149）**尚書（＝経任）甘心《かんしん》す**　（実資の提案に対して）頭弁藤原経任は感心して同意した。「甘心」は、①快く思うこと。②同意・納得すること。

（150）**東廊に召して所司の懈怠《けたい》を仰せらる**　廿一日▼aの列《れ》見《けん》（→註66）の上卿を勤めた権大納言藤原頼宗が、太政官の東廊で外記や式部省・兵部省の官人の作法が怠慢だったことを誡めた。「東廊」は、列見が行なわれる太政官の東廊（大内裏図Ｄ４）。列見の儀について、『北山抄』（巻七・都省雑例・列見事）に、

刻限以前、参ㇾ官、着二東廊座一、〔着二隠文帯・螺鈿剣一〕上卿召二外記一、問二所司具否一、申二代官等一了、着ㇾ靴就ㇾ庁、申文・請印等了、外記取二式筥一参入、置二式前机上一、退出、上卿喚二召使一二声、同音称唯、一人参入、上宣、式省・兵省召〈世〉、称唯退出、〔出ㇾ白二屏東頭一〕両省丞各一人、入ㇾ自二屏西頭一、就二前版一、上宣、選成〔礼留〕人等〈毛〉将参来〈古〉、丞称唯退出、式部輔一人、率二丞・録各二人一、参入就ㇾ版、〔六位後版、〕省掌捧二版木一、率二撰人一、列二立屏下一、上宣、召〈寸〉、輔先称唯、丞・録次称唯参上、

とあり、上卿は先ず太政官東廊で外記を召して「所司の具否」を問い、その後、正庁で儀を行なったと考えられる。けれども、この時に上卿を勤めた頼宗が大外記文義を召して仰せつけたのは「所司の懈怠」についてであり、儀の途中、ないしは最後であったと考えられ、それを前例のない「東廊」で仰せつけたことに問題があったのだろう。文義は頼宗が行なったこの処置について、本来六位外記に言うべきであるのに五位の自分に言ったことを不満としているだけでなく、東廊で自分を召したので臨機応変に対応したことを述べ、頼宗のことを『案内《あない》を知食《しろしめ》さざるの上卿』と言って非難している。

（151）**他所の道**　他の場所で行事を行なった場合の道（進退の仕方）という意味で、ここでは太政官の正庁で行なった場合の道ということか。作法に不慣れな上卿（頼宗）の指図に対応するため、大外記文義が機転を利かせて東廊の壇上から上卿の前に行ったことについて解説した詞。

つまり、上卿が他の場所(正庁)で召したならば、五位は砌、六位は庭を行き来することになるが、この時は東廊に召したので、五位の自分は廊の壇上から上卿の前に進み、六位には廊の下から進ませた、と解釈できる。

(152) **甲斐国の調庸使の為《ため》に駿河国に於《お》いて射殺さるるの事**　十三日条▼b、註82 83参照。ここでは、駿河国で起こった事件であるにもかかわらず、駿河守源忠重から報告がなく、甲斐守源頼信からの報告に基づき、今後の対応が協議されている。尚、頼信と忠重は従兄弟同士に当たる。

(153) **副荷《そえに》の者**　ここでは、調物の運搬をする者。「部領」(→註155)と同じか。

(154) **比木目矢《ひきめのや》**　朴《ほお》や桐などで作った大型の鏑《かぶら》を付した矢。

(155) **部領《ぶりょう》**　人や物などを宰領して輸送すること。それをする人。「ことり」とも訓む。

(156) **彼の子の男**　殺された副荷の者(＝部領)の子である男。

(157) **其の譴《せめ》、避け難し**　駿河守源忠重が報告をしてこない、その叱責《しっせき》は避けられない。「譴」は、譴責。

(158) **居所**(×諸) **弥《いよいよ》移る**　駿河守源重忠からの報告を待っていたのでは、配流先に向かう光清はどんどん移動してしまう。「居所」は、光清の居場所。「弥」は「愈」とも。①物事が加層的に進展するさま。そのうえに。ますます。なおいっそう。②物事が進展してきわまり、確実であるさま。確かに。ほんとうに。まさしく。きっと。まちがいなく。③そうでない状態が長く続いてから、ある物事が実現する意を表わす。とうとう。ついに。結局。④特に悪い事態が実現しようとする。

(159) **流人光清の前途に達すべき事**　光清の配流先に通達せよということ。これらの宣旨は廿四日＊1に宣下されている。

(160) **他国を経《ふ》べからざる歟《か》**　駿河・伊豆以外の国に光清が行くことはないだろう。だから、改めて流人の官符を出す必要はない。

(161) **陸奥守《むつのかみ》貞仲の時の砂金**　藤原貞仲が陸奥守であった時に納めるべき砂金。貞仲は、『御堂関白記』長和五年(一〇一六)十月廿二日条に陸奥守として道長に馬十疋を献じたこと、寛仁二年(一〇一八)八月十九日条に陸奥守として鎮守府将軍平維良と合戦したことが見えており、同三年に橘則光と交替している。『延喜式』(巻二三・民部省下・交易雑物)の「陸奥国」の項に「砂金三百五十両」とあるように、陸奥国司から砂金が朝廷へ貢納され、宋商との交易などに充てられていたが、十一世紀になると国司の怠慢や産金量の減少により、その公金が滞納されるようになった。貞仲は任終年の砂金の弁済ができず、長元三年(一〇三〇)に至り、色代納が認められた。

(162) **色代《しきだい》を以て進済すべきの由**　砂金の代わりになる品物で完納するということ。この時に認められた色代納は、金一両に対して、絹二疋という換算率であった。「色代」は「しきたい」とも。①挨拶。②お世辞。③他の品物で代用・代納すること。「両」は重さの単位で、律令制では二十四銖《しゅ》。十六両で斤《きん》。これは唐制を踏襲したもので、平安時代以後、六銖を分《ふん》とし、四分で一両とする制も併用された。「疋」は前出(↓正月註5)。

　十世紀以降、国司による色代納入は様々な物品について認められるようになり、国司申請雑事の事項として一般化した。国司が解文(色代解文)を提出して申請し、審議(色代定)を経て、宣旨・官符(色代宣旨・色代官符)によって認可された。

(163) **定申《さだめもう》す**　(公卿たちが)評議する。天皇が決定を下すための材料となる評議をして案を提示することで、公卿たちが決定をするわけではない。長元三年(一〇三〇)の除目は正月廿三日に始められ、(廿五日は行なわず)廿六日に入眼されている(『日本紀略』『小記目録』第二・正月下・除目事)。『小右記』の記事はない。

(164) **定文《さだめぶみ》に注さざるに依りて**　長元三年の定の内容を定文に注記していなかったので。「定文」は前出(↓註86)。陣定《じんのさだめ》などでは、僉議終了後に上卿が堪能な参議に命じて出席者各自の意見をまとめて定文を作成し、これを蔵人頭を通じて天皇に奏覧して決裁を仰いだ。貞仲の色代納の申請を定文に記していなかったということは、公卿の間で認められただけで、天皇に奏上されず、宣旨も下されていなかったことになる。ここで宣旨を作成するに当たって、関白頼通は実資に定の内容を確認した。

(165) **前例有《あ》るの上、一疋、満正の例に倍す**　前例があるだけでなく、貞仲が申請した色代納の換算率は、満正の時の金一両を絹一疋とするのに、更に同量の一疋を加えて二疋とするのであり、二倍になっている。「倍」は、相対する数量の一方に対して他方が等しい場合の比、すなわち、ある数量と同じ数量を意味する。

　ここで「前例」とされている源満正(『尊卑分脈』などでは「満政」に作る)は、清和源氏、経基王の子、満仲の同母弟で、陸奥守には長徳四年(九九八)に貢金せず死去した藤原実方の後を受けて任じられたようである。そして、『御堂関白記』寛弘五年(一〇〇八)三月廿七日条に、

定二諸国申請一、此中申(衍カ)陸奥(国脱カ)司申前々司実方任終年金、交替使遠望不レ渡二満正一、仍申下従二前司仕終年一可二弁済一由上、而定二猶当々可レ申二弁満正一、勘二公文一可レ給二諸司宣旨一者、実方任終年金可レ使二任用等弁申一歟、

とあり、次の陸奥守橘道貞の任終年に、前々司実方の任

終年金の弁済を巡って争ったが、結局、前司満正が絹による色代納で行なうと定められたと考えられる。

　前任国司が貢金滞納のまま任を去ると、新任国司がその責任を負わなければならなかったので、両者の間で諍論が起こるのが常であった。貞仲の次の陸奥守橘則光は治安三年(一〇二三)に平孝義と交替するが、万寿元年(一〇二四)から長元元年(一〇二八)まで、両者の間で則光の任終年の金の弁済を巡って争っている(『小右記』万寿元年六月十四日・長元元年九月六日・十月廿日条、『左経記』長元元年九月六日条)。孝義も、後任の藤原兼貞の任終年である長元五年に、任終年済物(砂金を含むか)を兼貞に付すよう申請している(『小記目録』第一八・諸国済物事・長元五年九月十一日条)。

(166) **見金《げんきん》を進《たてまつ》るべきの責《せめ》有りと雖《いえど》も**　何としても砂金そのものを貢納する責任を果たさせようとしても。「見金」は、金の現物。

(167) **職《もと》として檜皮を納むる国々未進す**　職責として檜皮を進納することになっている国がまだ納入していない。「檜皮」は、檜《ひのき》・杉・椹《さわら》などの樹皮で、屋根に葺き、腰壁に用い、槙皮《まいはだ》と共に火縄の原料とした。檜皮を葺くことについて、『延喜式』(巻三四・木工寮・葺工条)に、

　葺㆓檜皮七丈屋一宇㆒〔葺厚六寸、〕料、三尺檜皮九百囲、〔三尺三寸為㆑囲、〕釘縄一千丈、葺工七十人、〔無㆓飛檐㆒者減㆓七人㆒〕、檜皮八百囲、縄八百七十五丈、〕

　五丈屋一宇〔葺厚六寸、〕料、檜皮六百囲、釘縄七百五十丈、葺工五十人、〔無㆓飛檐㆒者減㆓五人㆒〕、檜皮五百五十囲、縄六百廿五丈、〕

と規定されている。国充《くにあて》などにより、必要な分が諸国に割り当てられたか。「未進」は、賦課物を納入していないこと。また、その未納分の物。

(168) **申請有《あ》るの者**　外記庁(大内裏図E3)の修造(屋根の檜皮葺《ひわだぶき》)に対して成功《じょうごう》(→註171)を願い出る者。七月九日条▼aに「越中介信任」の名が見える(→七月註66)。

(169) **雨露《あら》はるるの時、已に衙政《がせい》無きの由**　雨が降った時には、全く外記政ができない。「雨露」は「うろ」とも。あめとつゆ。「衙政」は、役所の政務のこと。この場合は外記政(→正月註385)。

(170) **顕証《けんしょう》の諸司**　特に重要な役所。「顕証」は「けんぞ」「けんそう」「けんしょ」「けしょう」とも。表に物事がはっきり現われていること。きわだっていること。

　実資の意見は、外記庁ほど重要でない役所の補修でも成功した場合は官を得ているのだから、外記庁は十分成功に値する、というものであり、もし外記庁だけでは軽

いのならば、他の殿舎を加えたらいいとも言っている。

(171) **成功《じょうごう》の輩** 成功によって官位を得ようとする者。「成功」は、公事を勤めて功を成すという意で、朝廷に造宮・造寺などの臨時の入費のある時、私財を寄付してその功を助けた者に、見返りとして任官・叙位させること。もしくはその優先的資格を与えること。官位に一定の財貨が対応するという意味で、献物叙位制や年官年爵制等を一つの前提とし、十世紀後半から十一世紀後半にかけて制度的な整備が進んだ。先ず成功希望者による申請があり、宣旨により認可された後、財物納入・造営が実施され、その認証を受けてから申文を提出し、任官・叙位された。

(172) **文殿《ふどの》の舎、有若亡《ゆうじゃくぼう》と云々** 外記庁にある文殿の建物は特に破損がひどいそうである。「有若亡」は、あるべき状態にないこと。存在する意味を持たないこと。必要な資格・能力を欠くこと。転じて、非礼であること。

「文殿」は「ふみどの」とも。書籍・文書類を納めておく建物。またそれらを保管し文事を掌った機関。書庫。文庫。『延喜式』(巻一一・太政官)に「凡太政官及左右文殿雑書、不レ得レ出二閫外一」とあり、太政官文殿と左右文殿の雑書の帯出を禁じている。このうち、前者が外記関係の文書を納めた外記庁文殿で、後者が太政官にある左右の弁官文殿であったと考えられる。また『江家次第』(巻一八・結政請印)には、結政請印《かたなしじょういん》に際し、少納言が外記・史生等を率いて「外記文殿」に向かい、印を取り出させたと見えている。文殿は院・摂関家・幕府等にも置かれ、特に院文殿は、後嵯峨院政以降に院政の重要な機関となった。

(173) **賞と功と、相《あい》定めて宣下せらるべき歟《か》** 成功によって与えられる官位(賞)と、それを得るために必要な事業や物品(功)を、しっかりと決めてから宣下したほうが良いのではないか。

(174) **造八省行事所に主計・主税属《さかん》の任料米八百石を進《たてまつ》る** 菅野親頼が造八省行事所に主計寮か主税寮の属に任じてもらうための任料米として八百石を進納する、という解文を提出したか。十九日条＊4では、千石を進納して允《じょう》に任じるという宣旨を申請していたが、廿一日条▼bで、格下げして属なら良いとされた。これを受けて、親頼も八百石に減額して再申請したのであろう。

(175) **近代、千石を進る** 最近の例では、任料として千石を進納するのがあたりまえである。允から属に格下げしても、あくまでも千石でなければならないとしている。

これも頭弁経任が伝えた関白頼通の詞。

(176) **但し見米《げんまい》六百石、其の遺《のこり》は代物、何事か有らむ** けれども菅野親頼が実際に納めた米は六百石しかないので、残り四百石分は米でなくても替わりの物でよいのではないか。「見米」は、米の現物。

(177) **流人(=光清)逗留の事**　源光清が配流先への移動中に殺人事件に巻き込まれて駿河国に留まっている事。十三日条▼b・廿三日条＊2参照。駿河守に、早く事実関係を言上すること、犯人を捕まえること、光清を配所である伊豆国に送り届けることの三点を命じた宣旨を下している。

(178) **流来の者、粮を給ひ廻却に従ふべきの事**　耽羅嶋からの漂流民に食料を与えて返すこと。これを命じる「廻却の官符」を大宰府に下すに際し、流来の者八人の他に伯達という人物がいることが問題となっている。十九日条＊1＊2・廿六日条＊1参照。

(179) **指《さしたる》報《ほう》無くば、今《いま》一度、案内《あない》を申すべきの由**　関白に申し上げ、関白から特別な指示がなかった場合は、もう一度、この事を念押しで申し上げるように。つまり実資は、「勘問日記」に書かれていることと異なる(八人の他に伯達がいるという)事を、これから下される「廻却の官符」に載せてよいかどうかについて、関白の意見を何としてでも聞き出してくるように、頭弁経任に命じている。これを受けて廿六日条＊1に、相違あることを官符に載せるのは「尤可レ然」との関白の見解が伝えられている。

(180) **貞仲の金の代の事**　前出。廿三日条＊3、註161参照。ここで関白頼通が民部卿藤原斉信にも確認するように命じているのは、斉信が実資と共に定に出席していたからか。

(181) **外記庁の修造の事**　前出。廿三日条＊4、註167 168 170参照。

(182) **談天門以南一町**　談天門(大内裏図A4)以南の一町分の垣根を成功として修築すること。前備前守藤原中尹が修築できないと申返《もうしかえし》(→三月註256)をし、代わりに必要な木材を造八省行事所に進納することを申し出ている。関白から諮問された実資が、木材は必要であるから進納させて、築垣の修築は他の国に充てる(国充)としており、認められたと考えられる。「造八省行事所」は前出(→註140)。また、大垣の修造は備後国にも割り当てられていた(→正月註134)。

談天門については、『小記目録』(第一九・大風事)に「同(天元)五年八月廿日、依二大風一淡(談)天門顛倒事、」とあり、『小右記』寛仁三年(一〇一九)八月八日・廿四日・九月七日～九日条に、談天門以南二町損色の事により一町分は長門国が修造することになるが方忌のため延期されたとある。治安二年(一〇二二)五月一日条に、尾張国が談天門築造の申返《もうしかえし》をして譴責され、同三年六月八日条に、安芸国が談天門以南三段を築造することになり、七月十四日条に、方忌の勘申に齟齬があったとある。

(183) **申請の一事《ひとつこと》**　備前守源長経が赴任前に申請したいと実資に言いに来た特別なこと。『左経記』六月廿七日条▽cに、長経が但馬守源則理と共に二年間延任される宣旨が下されたことが見えており、これと関連するか。

(184) **相違する事を載すべきは**　大宰府の解文(→註134)では漂流してきた者を八人としながら、「勘問日記」では他に伯達という者がいると相違した内容が書かれていることについて、それをただす内容を大宰府に下す「廻却の官符」に載せること。廿四日条＊2、註178参照。

(185) **東大寺故別当**(×歟別当)**観真の放つ返抄《へんしょう》の事**　既に故人となった東大寺別当観真が出した受領書が偽文書ではないかということ。「返抄」は、受取状。物資・金銭などを受け取った証拠として作る文書。

「東大寺」は、大和国添上郡内、現在は奈良市雑司町にある華厳宗の総本山であるが、本来は南都六宗兼学、平安時代以降は天台・真言を加えた八宗兼学であった。「金光明四天王護国之寺《こんこうみょうしてんのうごこくのてら》」「総国分寺」「大華厳寺」「恒説華厳寺」「城大寺」とも。天平十五年(七四三)聖武天皇が盧舎那《るしゃな》大仏建立を発願したことに始まる。大仏は、天平勝宝元年(七四九)に鋳造を終え、同四年に開眼供養された。その後、大仏殿をはじめとする伽藍の整備が造東大寺司《ぞうとうだいじし》により漸次行なわれ、中門と南大門の間に東・西七重塔、大仏殿の北に講堂・三面僧房・食堂、東に二月堂・三月堂、西に戒壇院、北西に正倉院等の堂塔が立ち並んだ。延暦八年(七八九)に造東大寺司は廃止され、寺内に設置された造東大寺所により伽藍の維持・修造などが継承された。斉衡二年(八五五)に大仏の仏頭が転落したため、六年がかりで修理が施され、貞観三年(八六一)に荘厳な開眼供養が行なわれた。平安時代には、経済的な基盤が前代までの封戸から次第に荘園経済へと転換し、寺内に真言院・東南院・尊勝院・知足院・念仏院・西院・正法院など多くの子院が建立された。

「別当」は本官とは別に他の職にあたるという意味で、諸大寺には長官として寺務を総轄する職として置かれた。僧職の別当は本来本人が僧綱の一員でありながら官寺の長官を兼務するところから生じ、本官として三綱の上に総括する職とされるに至り、

『延喜式』(巻二一・玄蕃寮)に、

凡諸大寺并有封別当・三綱、以二四年一為二秩限一、遷代之日、即責二解由一、但廉節可レ称之徒、不レ論二年限一、殊録二功績一、申レ官褒賞、自余諸寺依二官符一任二別当及僧尼鎮一、並同二此例一、其未レ得二解由一輩永不二

任用一、亦不レ預二公請一、但僧綱別勅任二別当一者、不レ在二此限一、
凡諸寺以二別当一為二長官一、以二三綱一為二任用一、解由与不勘知并覚挙遺漏、及依二理不尽一返却等之程、一同二京官一、其与不之状、令二綱所押署一、

などと規定された。東大寺別当は、天平勝宝四年（七五二）に良弁が任じられたのが最初とされるが（『東大寺要録』〈巻五・別当章〉）、文書での初見は延暦二十三年（八〇四）の修哲である（『平安遺文』二五）。東大寺内に常住する五師と大衆によって「器量の仁」として推挙された候補者が、東大寺の別当と三綱（上座・寺主・都維那）の連署を経て、僧綱所に申請され、僧綱は玄蕃寮に上申された後、民部省を通じて太政官の裁可を経て勅許を得ることになっていた。任期は四年であったが、修造造営の功績が大きい時などに重任された。別当は就任後に拝堂をし、三綱と相談して小綱などを補任、諸国荘園の預所を定め、執行や目代職（修理目代・下司目代・御油目代・瓦目代など）を補任して管理機構を充実させて堂舎の修理・修造を行なう他、諸国の封戸の沙汰人や、観世音寺の寺領を統括した。

観真は六十一代の東大寺別当で、治安三年（一〇二三）八月廿二日の公卿定において任じられた（『小右記』、以下同じ）。しかし、その座を巡っては済慶との争いがあり、それぞれ大衆の挙状を得ていたが、既に僧綱（権律師法橋位）であるとの理由で、観真が任じられたのである。また翌廿三日、僧正深覚に「東大寺司上事」を執行せよという宣旨が下された。観真の任期中、万寿四年（一〇二七）二月廿九日条に「観真律師来、談二東大寺大仏殿母屋柱事一、持二来奏状一奉二禅室(藤原道長)・関白殿(頼通)一了者、」とあり、東大寺大仏殿の柱の修造を行なうなど、東大寺の堂舎の修理・修造に功績があったとされる。その一方で、翌長元元年七月十一日条に「東大寺僧等来、出二別当律師親(観)真不治条々愁文一、以二家司師重(中原)一令二伝申一」とあり、東大寺内の反対派から愁文《しゆうもん》が出され、同月十四日条に、

給二東大寺申別当律師観真条々不治文一、可二定申一者、口宣云、威儀□□(師慶カ)範可レ停二麓務一、□(又カ)不レ可レ従二東大寺一、彼寺上□(座カ)□□□(盛カ)算・慶範申請云、先仰二威儀師一、築二進東大□(寺カ)□□院四面垣一者、即被レ任二威儀師一了、其後居諸多過、于今不レ勤、仍旁□□(停止カ)釐務耳、

とあるように、観真の不治が問題となって威儀師が交替されている。また、十七日条には僧正仁海が東大寺別当を望んだことと、観真の目代として良真の名が見え、何らかの文書に関わったことが記されている（欠文が多く判読できない）。八月四日条に「大威儀師安斎随二身良

真一来、相下伝東大寺別当律師観真所二沙汰一之寺家愁事上、」とあり、十月十三日条に「東大寺所司・大衆申別当律□（師）□（観カ）真能治解文」を奏上したことが記され、十一月廿三日条に「東大寺重進二愁文一、以二詮義一伝進、不二相逢一、両度愁文事未レ被レ定之間、頻進二愁文一、不レ可レ然、」とあり、その日の陣定でも「東大寺大衆愁申別当律師観真不治文二通并大威儀安奝已講上臈任僧申観真無二懈怠一奏状等、」とあり、観真の反対勢力が複数の愁文を朝廷に奉る一方で、大威儀安奝已講らが観真に懈怠無しという奏状を奉っていたことがわかり、双方の対立が激化していたことが窺える。この後、観真は十二月に権律師から律師に昇進するが、翌長元二年（一〇二九）三月に入滅した。享年については異説もあるが、七十九歳と考えられる。

（186）**両返抄**（×雨返抄）　二つの返抄ということか。あるいは「再返抄」で、二通のうちの再発行した一通を指すか。東大寺から伊予国に発行された返抄で、それは国司の元に二通あり、朝廷に提出されたということか。返抄の内容は不明だが、例えば東大寺の封戸の封物納入に対するものなどが考えられる。伊予国には、東大寺の初期荘園として新居荘の存在も確認できる。ここでは、その二通の返抄に異なる印が捺されていたことで、東大寺の印を調査する必要が生じたと考えられる。結局、東大寺から印を持ってくるのではなく、使を遣わして紙に捺印させてくることになり、三月十日＊1に三面の印を捺して別当仁海以下の署名を加えた紙がもたらされた。そして十二日条＊1に「仁諶《じんしん》法師進《たしまつ》る所の返抄の印」は上政所の印（→註187）と合ったけれども、「神叡法師」のはどの印とも合わなかったとある。仁諶・神叡とも他に見えず不詳だが、それぞれの返抄に威儀師などの立場で署名した東大寺僧であろうか。そうだとすれば、神叡の署名のある返抄が偽文書であったことになる。

（187）**上司の印**　上司庁（上政所《かみのまんどころ》）の印。東大寺には、東方の上司庁と西方の下司庁とがあった。前者は別当・三綱を中核とする寺務組織で、上政所（政所）・公文所などと呼ばれた。後者は造東大寺所の流れを汲む寺内営繕機関で、造寺・下政所と呼ばれた。また、天喜年中（一〇五三～一〇五八）に改組されて「修理所」と称された。封物の収取に当たり、上司庁は、別当・少別当・三綱が連署を加え、「東大寺印」「東大之印」を捺す東大寺牒・東大寺返抄を発給し、下司庁は、別当・少別当・専当・知事などの連署と「造東大印」を捺した造東大寺所牒・造東大寺所返抄を発給した。

ここでは、上下の政所と「造印」の三つの印が紙に捺されて召されることになった。三月十二日条＊1にも

「所謂上・下政所、并造印等印也、」とある。

(188) **造寺の印**　造東大寺所(下政所)の印。前註参照。

(189) **造印**　未詳。「造印」の用例としては、『東寺宝蔵焼亡日記　□□宝蔵目録〈長保二年注進〉』(『平安遺文』四〇四)に「一、南宝蔵納置取出物等」として「御印三面〈一面正印、一面供家印、一面造印、〉」とある。尚、東大寺の上政所に属する二つの蔵のうち南蔵は「印蔵」といい、東大寺印や古文書・伽藍縁起が収められていた。あるいは、この「印蔵」の印か。

(190) **観真署印の文、官底《かんてい》に候ずる歟《か》**　観真が別当として署名・捺印した文書が、太政官や朝廷の文書保管所にあるか。「官底」は、①太政官内にあって文書などを保管し、これを検索利用する所。②朝廷の文書を納めておく所。尚、観真が東大寺別当であった治安三年(一〇二三)から長元二年(一〇二九)まで(『東大寺要録』〈巻五・別当章〉、『東大寺別当統譜』『東大寺別当次第』など)に出された「東大寺政所下文案」が『東南院文書』三ノ九(『平安遺文』五〇〇)にある。これは「政所下文」の初例とされるので、参考までに次に掲げる。

政所下　玉瀧杣使権寺主念秀并杣司等

応下早任二権少別当威儀師仁満代代公験一、免中除湯船庄四至内并当年以往畠地子弁進上之状

右件所領田畠、相伝領掌年序久、仍大僧正初御任之間、任二道理一免除御判已了、而重当時、又可二免除一之由、御判明白也、仍任二公験一、件四至内田畠地子并臨時雑役可二免除一之状如レ件、不レ可二違失一、故下、

万寿二年八月十四日

別当律師(観真)〈在判〉

(191) **建立の天皇(＝聖武天皇)、寺門を出だすべからざるの由**　東大寺を建立した天皇によって、印を寺外に出してはいけないという勅が出されている、とでも言い出す僧侶がいるかもしれない、ということか。「建立天皇」は、東大寺を建立した聖武天皇。

(192) **七大寺の法師**　南都七大寺の僧侶。「七大寺」は、東大寺(↓註185)・興福寺(↓正月註455)・西大寺・元興寺(↓註97)・大安寺(↓註80)・薬師寺・法隆寺。その呼称の初見は『続日本紀』天平勝宝八歳(七五六)五月丁巳(四日)条であるが、この時代にまだ西大寺は建立されていない。具体的な寺名は、『扶桑略記』延長四年(九二六)十二月十九日条に引く『延喜御記』に、

奉三為太上法皇(宇多法皇)増二宝寿一、京辺七箇寺・南京七大寺、修二御誦経一、施二用絹六百疋・布六千端一、(中略)七大寺、東大寺・興福寺・元興寺・大安寺・薬師寺五寺布各千端、西大寺・法隆寺二寺各五百端、

とある。南都六宗の教学的な中心勢力であり、国家仏教を表徴する存在で、七大寺の僧侶のプライドは高かった。十一世紀ごろから七大寺への巡礼が流行し、『七大寺日記』『七大寺巡礼私記』などが著されるように、信仰的な拠点ともなっていった。

(193) **官史** 太政官の史《し》(さかん)。三月十日条＊1に「勅使右少史ム《なにがし》・史生ム《なにがし》」とある。史は書(記録)を掌る官の意。上級者の命を受けて公文を記録し、新たな文書を勘造し、当否を考えるべき箇所を検出して上級者の判断を仰ぎ、公文を読申することを職掌とした。太政官の史は左右大少の史各二人(相当位は左右大史正六位上、左右少史正七位上)で、計八人なので八史ともいった。また、神祇官にも大少の史各一人(相当位は大史正八位下、少史従八位上)がいた。大史が五位となってもなお勤めた場合は、大夫史《たゆうのし》と称した。一条天皇朝に小槻宿禰奉親が左大史となって以後、その子孫が世襲し、右大史をも兼ねて「官務家」と称され、太政官の文書を相伝した。

(194) **其の奥に寺司等に署せしめ** 三面の印を捺した紙の奥(左側)に、別当・三綱などの署名をさせる。三月十日＊1に「別当少僧都仁海・権別当済慶、三面の印文、皆署す。」とある。

(195) **三年一度の社祭** 伊勢国府(鈴鹿郡)の南約四・五キロにある伊奈富《いなふ》神社(奄芸郡)の祭か。伊奈富神社は『延喜式』(巻九・神名上)伊勢国奄芸郡の冒頭に載せられ、小社とされている。「稲生」とも書き、『日本三代実録』貞観七年(八六五)四月十五日条に従四位下とされたこと、『朝野群載』(巻七・摂籙家)所収の嘉承二年(一一〇七)十一月の「政所御下文」に「稲生社四至、限ㇾ西国府東祓河、限ㇾ東白子浜、限ㇾ南井手橋南畔、限ㇾ北奄芸川曲郡堺、」とある。永万元年(一一六五)の神祇官諸社年貢注文には、当社の神主は神祇官の補任によるとある。「三年一度」の祭については、『酒井神社文書』の文永二年(一二六五)「稲生社祭礼用途注文」(『鈴鹿市史』第四巻・史料篇一)の冒頭に三年に一度、三月三日を本祭として行なわれる祭礼の日程が記されている。そして、本祭に先立って二月八日に「御輿国府奉送日」とあり、国府の関与も認められる。この祭の起源は不明だが、『大神宮諸雑事記』治暦三年(一〇六七)十二月の条に「今年三月三日、奄芸郡坐稲生社〈乃〉祭日也、」とあり、この年の干支が、後世、丑・辰・未・戌と三年ごとに行なわれている祭礼の年と一致する「丁未」であることから、最古の例と推測されてきた。この長元四年も「辛未」であり、もしも当社の祭であるならば、この頃には既に定例化していた可能性が指摘できる。しかし、国司さえも祭日を覚えていないというのであり、伊奈富神社の祭と確定するには慎重でなければならない。あるいは八月四日条＊1に「造二立宝小倉一、申二内宮・外宮御在所一、招二集雑文（人カ）一、連日連夜神楽狂舞、京□（洛カ）之中、巫観（覡カ）祭レ狐、狂（枉カ）二定大神宮一」とある斎宮頭藤原相通・小忌古曾夫妻が伊勢で私的に計画した祭とも考えられる。もしも事情を良く知らない伊勢国司までがこの祭に参加したとするならば、伊勢神宮関係者の間で鬱積した不満が、六月の月次祭における斎王託宣事件として爆発したことも考えられる。

（196）**季御読経《きのみどきょう》を定申《さだめもう》さるべし**　内大臣教通が上卿となって、季御読経定を行なうであろう。「季御読経」は前出（↓註50）。事前に日程に関する陰陽寮の勘申を聞いた実資は、七日甲寅の日次が悪いとしている。それでも三月四日に始めて七日に結願することなどが決められた。

（197）**甲寅（々々）は八専《はっせん》并びに御衰日《ごすいにち》**　七日は甲寅で、暦の上で悪日とされる八専と後一条天皇の御衰日に当たる。このような日を勘申してきた陰陽寮を実資は非難している。「八専」は、陰陽道の忌日《いみにち》の一。暦中の干支が同性になるという日。干支の最後に当たる壬子から癸亥の日までの十二日間で、丑・辰・午・戌を間日と称して除き、その余りの八日をいう。一年に六回ある。「衰日」は、陰陽道で人生の生年の干支や年齢によって万事に忌み慎

むべきとされる凶日。徳日ともいう。平安時代の衰日は、『拾芥抄』（下・第三四・八卦部）に「太一定分」の末の註に「衰日二類、生年衰日・行年衰日、今世不レ用生年衰日、」とあるように、「行年衰日」である。同じ『拾芥抄』（下・第三四・八卦部）冒頭に表が載せられ、一から百十九までの数（年齢）を離から巽までの八群に分類し、それぞれの群について遊年・禍害などの方角を示し、合わせてその年齢の者の衰日に当たる十二支が記されている。これに基づいて計算すると、寛弘五年（一〇〇八）戊申生まれの後一条天皇はこの年二十四歳で、その衰日は「寅・申」となる。

（198）**仁王会《にんのうえ》**　前出（↓註51）。源経頼が検校《けんぎょう》（↓八月註63）を勤めている。『左経記』同日条※1に、堂童子と僧の出席を問い、辞退僧の補替をしたとある。

（199）**堂を飾らず**　実資が仁王会のための堂の飾り付け（装束）をしなかった。堂の飾り付けは、大臣などの義務として割り振られていたようで、『左経記』同日条※2に「是大極殿関白殿令レ飾給也、」とあるように、関白頼通が大極殿を飾っている。

（200）**外宿人《げしゅくにん》、南殿《なでん》に候ず**　前日から物忌に籠もらなかった人々は、清涼殿まで入らず、紫宸殿で祗候《しこう》した。「外宿人」は「外人」（↓註108）と同じ。「南殿」は前出（↓正

月註42)。紫宸殿(内裏図c4)のこと。

(201) **彼の尊堂(=倫子)の修二月《しゅにがつ》** 頼通の母源倫子による法《ほう》成寺《じょうじ》西北院の修二会《しゅにえ》。「尊堂」は、他人の母を敬っていう語。令堂。尊母。「修二月」は、二月に修する法会。本来は「修二月会」で、「修二会」ともいう。中国・日本の二月はインドの正月に相当するので、本来は一年の最初の仏事という意味であった。天平勝宝四年(七五二)に東大寺の実忠が二月堂で始行した十一面悔過《けか》が古く、年中行事化して今日に至り、「お水取り」の名で親しまれている。平安時代以降、興福寺・長谷寺・延暦寺など諸大寺や新たに建立された御願寺《ごがんじ》・氏寺などにも広がった。『三宝絵詞』(下・二月・修二月)に、

此月ノ一日、モシハ三日・五夜・七夜、山里ノ寺々ノ大ナル行也。ツクリ花ヲイソギ、名香ヲタキ、仏ノ御前ヲカザリ、人ノイルベキヲイル、コト、ツネノ時ノ行ニコトナリ。ソモくキヌヲキザメル花シ、テスサビノタハブレカトウタガハシク、香ヲタクニホイ、ナサケノタメカト覚レド、皆仏ノ御教ニシタガフナリ。

として、経典不明の仏説を引き、香を用いて仏を供養する功徳を賞賛している。

「法成寺」は、藤原道長が出家した寛仁三年(一〇一九)三月十六日、土御門殿の東隣に十一間の九体阿弥陀堂の造立を発願したことに始まる。阿弥陀堂は翌四年三月廿二日に落慶供養され、「中河の御堂」という俗称から正式に「無量寿院《むりょうじゅいん》」と命名された。治安元年(一〇二一)二月廿八日、北政所《きたのまんどころ》源倫子が無量寿院で出家し、その造立になる「西北院」が十二月二日に供養された。同年六月に講堂や金堂の造営を開始、翌二年七月に三丈二尺の大日如来像などを安置した金堂と五大堂が完成して供養された。金堂には、藤原行成の筆になる「法成寺」の扁額が掲げられ、以後、これが正式な寺名となった。万寿元年(一〇二四)六月に薬師堂供養、同二年十一月に新三昧堂供養(嬉子の菩提のため)、同三年三月に新阿弥陀堂供養(九体阿弥陀像を移し、旧堂は取り壊し)、同四年三月に尼戒壇建立、五月に新十斎堂供養、同年八月に釈迦堂供養(この頃に塔も完成)、そして道長没後にも、長元三年(一〇三〇)八月に東北院を供養、十月に塔を解体・再建、永承五年(一〇五〇)三月に講堂供養、天喜五年(一〇五七)三月十四日に八角円堂完成と続き、康平元年(一〇五八)二月廿二日に焼亡した後もすぐさま再建に着手された。「修正会」は、治安元年正月に無量寿院と十斎堂で始められ、同三年、法成寺金堂でも正月八日から七日間の行事として始められた。『年中行事秘抄』に見られる法成寺の修正会は、

元日の法成寺十斎堂修正、四日の法成寺阿弥陀堂修正、六日の法成寺薬師堂修正で、『左経記』長元四年正月六日条▽aに薬師堂修正、八日条▽bに金堂修正の記事がある。また、『年中行事抄』(二月)に「廿四日、西北院修二月事、〔或択二日次一〕執柄家行レ之、」とある他、「同日(十八日)、東北院修二月事、〔或択二日次一〕執柄家行レ之、」「廿九日、新東北院修二月事、執柄家行レ之、」とある。九月註154も参照。

(202) **暁更《ぎょうこう》、分散す**　明け方になって、修二月に参加していた人々は解散して帰って行った。関白頼通の命で法成寺修二月に参列していた中納言藤原資平の報告。「暁更」は、夜明けの時刻。あかつき。

(203) **内府(=教通)の息達《たち》(=通基・信長)の着袴《ちゃっこ》**　内大臣教通の二男通基と三男信長の着袴。「着袴」は「袴着《はかまぎ》」とも。幼児から少年少女に成長することを祝って、初めて袴をつける儀式。おおよそ三歳から七歳までに行なった。教通の長男信家(一〇一八～一〇六一)は、通基・信長と同じく藤原公任女を母とするが、頼通の養子となり、前年(長元三年)に十三歳で正五位下に叙されている。通基(一〇二一～一〇四〇)の本名は信基で、改名の時期は長元八年(一〇三五)の正月から四月の間と考えられている。長暦三年(一〇三九)に正三位に至るが、翌長久元年に二十歳で薨じた。一歳違いの弟信長(一〇二二～一〇九四)と着袴だけでなく、元服・叙爵も翌長元五年に同時になされている。信長は、長久二年(一〇四一)に非参議、同四年に権中納言、延久元年(一〇六九)に内大臣、承暦四年(一〇八〇)に太政大臣となるが、その席次は一座宣旨を受けた関白左大臣藤原師実の下であった。嘉保元年(一〇九四)に七十三歳で薨去するが、『公卿補任』には「九月三日薨、翌日出家、」とある。

(204) **彼の蓮府《れんぷ》**　「蓮府」とは、大臣の役所。転じて、その邸宅。ここでは教通邸のこと。尚、教通は「二条殿」「大二条殿」と呼ばれ、左京三条四坊一町(西は東洞院大路、東は高倉小路、北は二条大路、南は押小路によって画される)の「二条殿」(「二条東洞院殿」とも)を所有したことで知られるが、それは中宮威子が崩じた長元九年である。

(205) **権中納言定頼の息(=経家)、元服《げんぷく》を加ふ**　教通邸で、その息たちの着袴と同日に、藤原定頼の長男経家の元服の儀が行なわれた。経家(一〇一八～一〇六八)は藤原公任の孫で、通基・信長とは従兄弟《いとこ》にあたる。母は従三位源済政女。この翌日(二月廿九日)、源倫子の給《きゅう》により叙爵されている(『公卿補任』天喜四年条)。「元服」は「初冠《ういこうぶり》」「初元結《はつもとゆい》」とも。男子成人の儀式。中国古代の風習を模して行なわれた。おおよそ十二歳頃から十六歳までに行なわれる。貴族では、子どもの髪型である総角《あげまき》をやめて初めて冠《かんむり》をかぶり、児童の服の闕腋《けってき》から大人の服の縫《ほう》腋《えき》に変え、幼名を改める。この時、貴人が「理髪《りはつ》」と「加冠《かかん》」の役に当たった。「加冠」は、元服をする成人男子(冠者《かんじゃ》)に冠を着ける役目の人で、「引入《ひきいれ》」ともいう。武家では、冠の代わりに烏帽子《えぼし》が用いられるので、加冠役を「烏帽子親」、冠者を「烏帽子子」という。

(206) **忌日《きにち》**　藤原経通の母源保光女(正暦四年〈九九三〉二月廿八日没)の忌日。

(207) **呵梨勒丸《かりろくがん》**　「訶梨勒丸」とも。訶梨勒の実を薬としたもので、通便・咳止め・眼病などに効く。訶梨勒は、シクンシ科の落葉高木で、日本へは鑑真が伝えたといわれる。実は、褐色の卵円形で五稜または六稜があり、薬とする他、果汁からは黄色染料を取る。材は器具に用いる。「丸」とは、丸薬・錠剤のことで、実資は三錠服用したことがわかる。

(208) **帰粮三石を与ふ**　実資は訪ねてきた興福寺僧朝寿に会わず、帰りの旅費用にと三石を与えた。「山階」は興福寺(→正月註455)のこと。朝寿は実資の仏事に関わっていたわけでもなく、来訪の理由は不明。あるいは法成寺西北院の修二月(→註201)に参加したついでか。この日には、東大寺僧の厳調と詮義も訪ねてきている。朝寿は「帰粮」をもらい、喜んで帰って行ったということである。

(209) **権大納言長家・右大弁経頼、着座《ちゃくざ》す**　権大納言藤原長家と参議源経頼が着座の儀を行なった。「着座」は、任官した後、初めて官庁・外記庁の自分の座に着く儀式。『参議要抄』(下・臨時・初任事)に「着座事、〔令レ勘二着座日時并雑禁忌一、近代猶多用二二月丙午一、貞信公之例也、或用二十月庚子一〕」とあるように、初任の着座を二月内午に行なうことが藤原忠平以来の先例とされている。『貞信公記抄』によれば、忠平は延喜八年(九〇八)二月五日丙午に参議になって初めての着座を行なっており、これが先例となったと考えられる。また、長元三年二月廿三日丙午の酉時に源師房(万寿二年十月六日に任権中納言)、同日の丑時に資平と定頼(共に長元二年正月廿四日に任権中納言)が着座を行なっている(『公卿補任』)。

長家が権大納言に任じられたのは、長元元年二月十九日である。

経頼が参議に任じられたのは、長元三年十一月五日。着座の儀は、その日記『左経記』に詳しく記されている。先ず、廿六日条※1に、木工《もく》寮の算師代《さんしだい》正頼を呼んで、廿七日の定刻(巳二剋)に兀子《ごっし》(→正月註34)を作り始め、着座当日(廿九日)までに完成させ、定刻(午二剋)に太政官庁と外記庁に立てておくことを厳命したとある。廿九日条※1に、自邸の西廊で出立前に主計頭清原頼隆に太政官庁に入る時に「秋東」を呼び左手に「天」を書くことを勧められたこと、申剋(午後三時から五時頃)に漏剋《ろうこく》博士《はかせ》信公による反閇《へんばい》の後、高倉の自邸から出門して中御門大路・東洞院大路・近衛大路・大宮大路を行列して待賢門(大内裏図E3)から八省(C4)の東廊にある休息所に至ったこと、そして、長家の着座に続いて酉二剋(六時頃)に太政官庁(D4)の兀子に着し(▽a)、次いで外記庁(E3)の兀子に着し(▽b)、陽明門(E2)から来た道を行列して帰り、自邸の東廊の東廂で従者らに饗禄を賜わったこと(▽c)が記されている。行列には召使《めしづかい》・官掌《かじょう》らが騎馬して前駆《さきがけ》し、使部《つかいべ》らが往還の人々を制止させるなど、晴れの舞台であったことが窺われる。

(210) **輦車《れんしゃ》** 「輦車」は前出(↓正月註41)。これまで使用してきた輦車が手狭になったため、改造させた。

(211) **勘宣旨《かんせんじ》** 先例などの勘申《かんじん》(↓正月註72)を弁官局に命じる宣旨。勘申の結果を続文《つぎぶみ》(↓正月註150)して覆奏・復命するが、その続文も含めて「勘宣旨」と呼ばれている。『小右記』以外に、あまり見られない用語である。具体的には、提出された解文や申文そのものに「可レ勘レ例」などという「仰」が書かれたもの。ここでは、それに勘文が続文(続紙)されて返ってきたので、実資は再度奏上するように命じている。三月註232も参照。

(212) **蔵人所の召物《めしもの》の直法(□法)** 藤原義忠が阿波守在任中に納めるべきであった蔵人所への物資の価格。「蔵人所召物」は、蔵人所が所牒《ところのちょう》によって諸国・諸司・供御所などから調達させる物資。この召物を行なうことによって、絹・麻布・手作布・鴨頭草《かもとぐさ》(露草《つゆくさ》)移紙《うつしがみ》・墨・甘瓜・氷魚《ひお》・牛・馬・鞍置馬・水精など、内廷関係の行事などで必要とされる物資をまかなう。蔵人所召物は、成功《じょうごう》の対象とされたり、受領が格率分《きゃくりつぶん》(公廨《くがい》の十分の一)や私物を割いて塡進して官爵申請に援用する場合もあったが、正税《しょうぜい》や不動穀《ふどうこく》を使用して臨時交易により調達することも行なわれ、その返抄《へんしょう》(↓註185)は公文勘済や功過定などに備えられた。臨時交易による調達は、朝廷に申請して許可を得る必要があり、その際に交易価格についても定められた。「直法」は、価格・値段・金額のこと。『小右記』万寿四年六月十九日条に「有二覆奏文一(和泉国申蔵人所召雑物直文)」、長元二年(一〇二九)七月一日条に「伊与守章信(藤原)持二来為レ弁之時下給勘宣旨一(出雲国司孝親(橘)申召物直料等)」とあるように、「直」「直料」とも記される。また、承暦二年(一〇七八)出雲国正税返却帳(『平安遺文』一一六一)に「左弁官同三年閏十二月廿九日宣旨、交易東三条院御法会料麻布佰段料、稲参仟佰参拾束、」とある。
　義忠が阿波守に任じられたのは万寿二年(一〇二五)正月廿九日(『御歴代抄』)、『小右記』長元元年十一月四日条に「阿波守義忠朝臣来、陳下国内異損并申二請延任一等事上」とあり、国内の疲弊と重任を求めているが、重任されず、長元二年正月廿四日に藤原基房が阿波守に任じられている(『公卿補任』同年藤原朝経条)。恐らく義忠は蔵人所召物を在任中に納入できず、ここで交易の価格が定められたのであろう。義忠は他にも弁済をめぐって現阿波守と争っているものがあり、『左経記』長元五年六月三日条に、
　又侍従中納言(藤原資平)被レ申二右府(藤原実資)一云、阿波前守義忠朝臣愁申云、彼国調糸以二式数中一被レ分二斎院并率分所一之後、経二年序一、而当時卿(藤原基房カ)猶任二式数一陳二可レ済之由一、不レ放二返抄一云々、令レ問二主計寮一、勘申旨如二国司申一、令レ問レ省、申云、不レ知二所々分一、代々任二式数一省納者、仰云、任二代々例一、如二式数一可二省納一歟、将除二所々分一之外可二省納一歟、可レ令二定申一〈中納言本自奉二此事一、被レ相二問之一也、〉者、彼此被レ申云、除二所々分一之外可二省納一歟云々、仰、依レ定可二仰下一、
とある。
(213)　**覆奏**《ふくそう》　勘宣旨によって調べた結果や、命を受けて公卿が「定申」したことを奏上すること。復命。
　三月一日*1に、蔵人左少弁源経長が天皇の裁可を得てこの宣旨(勘宣旨)を持って来て、実資が宣下している。
(214)　**下官**《げかん》**(＝実資)定申**《さだめもう》**す所、尤も好言なり**　実資の解決案は、最も良い。「下官」は前出(→正月註9 190)。「定申」は前出(→註163)。「好言」は、よいことば。善言。「良く言ひたり」と読むか。廿六日条*2参照。
(215)　**鬼気祭**《ききさい》　陰陽道の祭。疫神を寄せ付けないために門や辻で饗応する。『朝野群載』(巻一一・凶事)所載の天承二年(一一三二)閏四月八日付散位中原師元の勘文「天下不レ静間事」に、
　重検二古典一、董仲舒曰、故防二解天下之疾癘一、以二二月八日一、解二祭鬼気一、因レ茲永観三年三月十八日、陰陽道勘文云、行二宮城四角鬼気祭一、可レ防二疫病一者、
とあり、火災祭・代厄祭などと同じく『董仲舒祭法(書)』を典拠としていたと考えられる。『日本三代実録』貞観九年(八六七)正月廿六日条に「神祇官・陰陽寮言、天下可レ憂二疫癘一、由レ是令下五畿七道諸国、転二読仁王般若経一、并修中鬼気祭上」とあるのが史料上の初見で、他の陰陽道の祭と同様に仏事と併修されることが多かった。
　実資による私的な鬼気祭の初見は、『小右記』天元五年(九八二)四月十二日条の「以二陰陽師奉平(県)一令二鬼気祭(修脱カ)一」

である。四季に一度の定例行事としては、長和二年（一〇一三）八月十三日条の頭書に「今夜当気（季）鬼気祭、文高（惟宗）、西門、」とあるのが初見で、以後も陰陽頭・陰陽博士である惟宗文高《これむね》が行なっているが（治安三年〈一〇二三〉七月十七日・十二月二日・万寿元年〈一〇二四〉十二月六日・長元元年〈一〇二八〉十二月廿二日条）、この時は文高が病気ということで中原恒盛が代役を勤めている。恒盛には、万寿四年六月十六日に侍従藤原経任のための鬼気祭を行なわせたことがある。季の鬼気祭は、季の定例仏事（仁王講・修法）と同時に行なわれた。

（216）**金鼓**《こんぐ》　「こんく」「ごんぐ」とも。①仏教で用いる金属製の打楽器。衆人を召集するために打ち鳴らすもので、寺門、仏堂の正面の梁《はり》などに掛ける。②鉦鼓《しょうこ》の別称。③鰐口《わにぐち》の別称。金口。

この場合は、「夢想紛紜」から予測される邪気などを攘うために、東寺（↓正月註75）・清水寺（↓三月註40）・祇園（↓正月註420）で諷誦させると共に、僧侶に金鼓を打たせた。

（217）**夢想紛紜**《ふんぬん》　夢の内容が混乱していること。夢見が良くなかったこと。「紛紜」は、「ふんうん」の連声で「ふんぬん」。入り乱れている様。事が多くてもつれている様。ごたごたしていること。

（218）**当季**　当季仁王講か。脱文があると考えられるが、『小右記』長元元年十二月廿二日条に「当季仁王講〔念賢・智照・慶範、〕・当季修法〔不動調伏法、阿闍梨々々・寂台、件僧四口、〕・当季鬼気祭、〈文高（惟宗）、〉」とあるように、四季恒例の鬼気祭と同時に実資が行なう私的宗教儀礼としては仁王講と修法がある。このうち、「当季修法」（不動息災法）は正月廿五日＊2に行なわれている。正月註414参照。

仁王経講演は、『小右記』正暦四年（九九三）二月九日条に「堀（屈カ）㆓三口僧㆒、於㆓小野宮㆒令㆑転㆓仁王経㆒、限㆓五ヶ日㆒、為㆑消㆓除火事㆒也、読経次立願云、書㆓写仁王経一部㆒毎年々首講演、是為㆓息災延命㆒也、」とあり、三月九日条に「令㆑模㆓仁王経三部㆒、始㆑従㆓今年㆒為㆓穢(歳)事㆒可㆑奉㆓講演㆒、」とあり、六月十六日条に「新模㆓仁王経三部㆒、自㆓今日㆒於㆓小野宮㆒令㆓講演㆒也、〔為㆓歳事㆒永可㆑令㆑修之由願申先了、〕請僧平実〈読師、〉・念慶・厳殷〈講師〉、向㆓小野宮㆒聴㆓聞講演㆒、」とあるように年一度の歳事として定着したが、長和・寛仁年間（一〇一二〜一〇二一）に四季の行事となり、一月一巻分の書写供養も続けられたと考えられる。尚、実資の四季恒例の私的仏事には、他に十斎日大般若経転読（↓正月註2）・聖天供（↓正月註419）・尊星王供（↓七月註17）がある。七月註18参照。

（219）**明法**《みょうぼう》**の勘申する伊賀国掌**《いがのこくしょう》**大中臣逆光の罪名**　伊賀国

掌である大中臣逆光の罪名について、明法道が調べた勘文。詳細は不明。源光清(前伊賀守)が流罪になった事件(→八月註43)に関係するとして拘禁されていたか。三月一日▼aに、原免(→註93)されている。「国掌」は、九世紀中頃から諸国に置かれた下級官人。在地土豪の中の有能な者を起用し、国衙行政を再建するために設置された。定員は二名で、把笏が許されていた。任免・考課等は郡司とほぼ同じで、国司の推挙に基づいて任命され、その考課を受けていた。国掌には国衙領内に給田が与えられたが、在庁官人の給田より著しく少なく、国衙内における地位は低かった。

(220) **薬王品・妙音品を講演せしめ奉る** 阿闍梨《あじゃり》源泉に法華経二部を供養させ、その内の第二三・第二四の二品(薬《やく》王菩薩本事品《おうぼさつほんじぼん》・妙音菩薩品《みょうおんぼさつぼん》)について講演させた。「月例法華講」は、実資邸(小野宮邸)で毎月晦日《みそか》に行なわれた定例仏事。前月(正月)晦日に中止されたので(正月註467)、その分も合わせて二部の法華経を供養し、二品分の講演がなされた。源泉への布施も、一回分の六疋であった。

「法華経」は、初期大乗仏教経典の一で、紀元一〜二世紀の成立とされる。漢訳には竺法護《じくほうご》訳『正法華経』十巻、鳩摩羅什《くまらじゅう》訳『妙法蓮華経』七巻二十七品(のち八巻二十八品)、闍那崛多《じゃなくった》・達摩笈多《だつまぎゅうた》共訳『添品妙法蓮華経』七巻二十七品(羅什訳の補訂)の三種ある。一般に用いられたのは羅什訳で、「法華経」といえば『妙法蓮華経』を意味した。『妙法蓮華経』八巻は序品《じょぼん》・方便品・譬喩品・信解品・薬草喩品・授記品・化城喩品・五百弟子受記品・授学無学人記品・法師品・見宝塔品・提婆達多品・勧持品・安楽行品・従地涌出品・如来寿量品・分別功徳品・随喜功徳品・法師功徳品・常不軽菩薩品・如来神力品・嘱累品・薬王菩薩本事品・妙音菩薩品・観世音菩薩普門品・陀羅尼品・妙荘厳王本事品・普賢菩薩勧発品の二十八品から成り、前半十四品を迹門《じゃくもん》、後半十四門を本門《ほんもん》といい、迹門では方便品を中心に一乗妙法を明かし、本門では如来寿量品を中心として仏の寿命が永遠不滅であることを明かす。中国では、天台大師智顗《ちぎ》が本経を諸経の中で最高の真理を説いたものとして尊重し、この経を根本として天台宗を立てた。日本でも聖徳太子撰とされる『法華経義疏』があるように早くから受容され、聖武天皇の詔で建立された国分二寺の尼寺が「法華滅罪之寺」とされるように、護国経典として重視された。尚、『妙法蓮華経』全二十八品に、「開経《かいきょう》」として序論的なことを説く『無量義経《むりょうぎきょう》』一巻を加え、「結経《けちきょう》」として第二十八品「普賢菩薩勧発品」を承けた内容を持つ『観普《かんふ》賢賢《げん》菩《ぼ》薩《さつ》行《ぎょう》法《ほう》経《きょう》』一巻を加え、全部で三十品ともされる。

平安時代には、最澄が法華経の教義を中核にした天台宗を形成したが、そのような教団(宗派)に収斂されない法華信仰が広範に展開した。法華経は現当二世(現世と来世)の祈を象徴する経典として様々な信仰がなされ、造形として、多宝塔《たほうとう》や仏像の制作、写経《しゃきょう》、装飾経《そうしょくきょう》(荘厳経《しょうごんきょう》)の制作、埋経《まいきょう》と経塚《きょうづか》の造成などがあり、言説として、釈教歌《しゃっきょうか》・法文歌《ほうもんか》などがある。また、八講・三十講などの形で僧侶に経典の内容を講演(解説)してもらうことも盛んで、追善・逆修などの法会でなされた他、摂関期には自邸で定期的に開催されることもあった。藤原道長が自邸の土御門第(上東門第)で主催した法華三十講は、一日一品ずつ約一ヶ月かけて法華経(開経・結経を含む全三十品)の講演をする天台形式のもので、長保四年(一〇〇二)から薨去するまでの二十六年間、ほとんど毎年五月に行なわれていたことが『御堂関白記』から確認できる。これは頼通によって継承され、『左経記』五月十三日条※1に五巻日《ごかんび》の記事があり、内大臣教通以下が参入したとある。五巻日とは法華経のクライマックスともされる第一二の提婆達多《だいばだった》品(悪人と女人の往生を説く)を収める第五巻を講じる日のことで、初日・結願日と共に参詣者が多く盛大に行なわれた。

実資も、『小右記』天元五年(九八二)六月六日条に「以二六口僧一始レ自二今日一限二三ヶ日一、令レ奉レ転二読不断法花経一」とあり、翌七日から九日まで清範などに法華経の説法をさせているように、早くから法華経を信仰していた。小野宮邸の念誦堂に安置した多宝塔《たほうとう》(↓正月註438)も、第一一の見宝塔品《けんほうとうほん》にある二仏並坐《にぶつびょうざ》(法華経説示の際に高さ五百由旬《ゆじゅん》の七宝塔が出現し、塔中の多宝仏が釈迦牟尼仏のために半座を分かって塔中に坐らせたという説)に基づいて建立されたものである。

小野宮邸の「月例法華講」は、閏月を含めて毎月晦日に必ず一品ずつ講演する形で法華三十講を行なうものである。初見は『小右記』寛弘二年(一〇〇五)二月卅日条の「供二養法華経一、奉レ講二譬喩品一〈増暹、〉」であるが、長保元年十一月卅日条に「今日釈迦仏日、始以精進、為レ報二恩徳一」とあることから、翌長保二年正月から「釈迦の縁日」である晦日《みそか》に、開経(『無量義経』)の講演から開始したと考えられる。当初は実資一人を対象にした講演だったようであるが、長元元年(一〇二八)以降は一族をはじめとする多くの聴聞者が訪れ、講師にも講演の上手な僧が招かれるようになった。また、実資の四十九日の追善願文である『本朝続文粋』(巻一三・願文下・追善)所収の寛徳三年(一〇四六)三月二日付「奉二為亡考小野宮右大

臣㆒卌九日追善」（藤原明衡筆）では、生前の功績や数々の仏教の作善について触れた後で、

抑相府（藤原実資）平日雖㆑仕㆓王家㆒、多年深帰㆓仏道㆒、開㆓禅庭於蓮府之中㆒、安㆓尊像於華堂之内㆒、例㆓修毎月之講説㆒、偏致㆓発露之懇誠㆒、況復先㆓即世之期㆒、遂㆓出家之願㆒、織㆓心機㆒而着㆓尸羅之衣㆒、応㆑繋㆓一乗之珠㆒、杖㆓木乂㆒而覓㆓金剛之路㆒、

として念誦堂内の仏像と月例法華講を特に取り上げ、臨終出家と並べて往生を期しているように、実資の数ある仏事の中でも中核をなすと位置付けられていた。

三月

*1 一日、戊申。

河原に出でて解除《げじょ》す。(1)雨に依りて下車せず。中将(＝兼頼)同車す。

左少弁(□)経長、宣旨《せんじ》を持来《もちき》たる。〔前阿波守《あわのかみ》義忠の申す蔵人所の召物《めしもの》の直《あたい》の文。(2)〕即ち宣卜す。

▼a 頭弁《とうのべん》(＝経任)来《きたりおお》仰せて云(□)はく「伊賀国掌逆光、原免《げんめん》すべし。(3)」者《てへ》り。即ち仰下《おおせくだ》す。

*2 関白(＝頼通)の御消息(□)を伝へて云はく「式部卿親王(＝敦平)、王氏爵《おうしのしゃく》〈王□爵〉の事(4)に依りて、前日(＝正月十七日)、問はるるの事有《あ》り。若《も》(□)し口入《くにゅう》の人(5)を尋問せらるべき歟。将《はた》、王氏爵の是定《ぜじょう》を留めらるべき歟《か》。今年、朔旦叙位《さくたんじょい》有るべし。(6)他の親王を以て是定せしむべき歟。良国、前犯有るの上、亦《また》、斯《こ》の事《こと》有り。追捕《ついぶ》せしむべき歟。」又、云はく「当時(□□)(＝後一条天皇)、三条院の御譲《おんゆずり》に依りて践祚《せんそ》す。(7)彼(×被)の上皇の皇子(々子)、頗《すこぶ》る其の□□有るは如何《いかが》。事実を尋憶《たずねおも》ふに、前左衛門督兼隆・前大弐(□)惟憲の謀略也。猶、惟憲を問ふべき(□)歟。親王に至りては勘事《かんじ》に処せらる(□)べき歟。(8)」余報じて云はく「重ねて親王を問はるる事、理然《しか》(□)るべし。親王(□王)の申すに依(□)りて惟憲を勘責せらるるは然るべきの事也。抑《そもそも》、譲位の太上天皇(太□天皇)の皇子(々子)、頗《すこぶ》る思食《おぼしめ》すの事有るべし。先の朱雀院(＝朱雀上皇)、弟の邑上天皇(＝村上天皇)に譲位(□)す。(9)其の礼、最も厚し。先の朱雀院(×朱院)崩じ給ふの時(□□)、諒闇《りょうあん》に異ならず。(10)御譲位の事を重むぜしむるに縁《よ》る也。当時(＝後一条天皇)、三条天皇(□□皇)の御譲に依りて立つ所也。式部卿、彼(×被)の皇子なり。□□せしむべきの由有るを仰せらる。頗《すこぶ》る優恕《ゆうじょ》の仰《おおせ》有る(11)は宜しかるべき歟。罪名に至りては、勘申せしめざるは(□)最(□)も宜しかるべき事也。事実を推思するに、親王の心に在らざる歟。只、両人(＝兼隆・惟憲)の謀慮より(□)出づる歟。先づ勘事に処せらるるは何事か有らむ乎《や》。惟憲・兼隆(□□)等、

尤《もっと》も悪《にく》むべし。但し親王の外、強《し》ひて尋ねらるべからざる歟。事を御譲位(□譲位)の事に寄せ、軽きを取りて行なはるるは宜しかるべき歟。良国は検非違使(検非□□)に仰せられ追捕せらるべき歟。良国、華洛《からく》を経廻せざる歟[12]。後々の為《ため》、早く追捕の宣旨《せんじ》を下さしむ(□□)べき耳《のみ》。」

*3 又、云はく「下総守《しもうさのかみ》為頼、重任《ちょうにん》(□)せられ[13]、逃散《ちょうさん》の民[14]をして農業を勧(×勤)めしむべき(□□)を申す。」者《てへ》れば、申文《もうしぶみ》を下給《くだしたま》(□給)ふ。御消息に云はく「忠常追討(□□□討)の間[15]、勤有るの由と云々。若《も》しくは裁許有るべき哉《や》、如何《いかが》(×何如)。」報じて云はく「彼(□)の国、忠常を追討するの事に依りて、亡弊殊《こと》に甚《はなは》だしと云々。為頼云はく『積貯(□貯)無(□)く、飢餓に及ぶべし。亦、妻并(□)びに女、去年、道路に憂死《うれいし》す。無辜《むこ》(×牢)[16]に依りて、京中の人見歎《みなげ》くの由と云々。』先づ二箇年の任を優ぜられ、若《も》し良吏の聞《きこえ》[17]有(□□)らば、彼(×被)の時に臨み、今二箇年を延べらるべき歟。抑《そもそも》、安房(□)・上総(□□)・下総、已《すで》に亡国也[18]。公力《くりき》を加へられ、興復《こうふく》を期《き》せしむるは尤《もっと》も佳《よ》し。」

二日、己酉(×丙)。

▼a 堂預《どうのあずかり》得命[19]、仏経を供養するの由を申す。絹二疋《ひき》(□□)を給ふ。

*1 大原野祭の神馬代《しんめだい》(神×)の仁王経《にんのうきょう》講演[20]。新経四部(×日部)、請僧《しょうそう》[21]五口(□)。〔明宴・念賢・智照・光円・忠高。〕二季の例事也。

*2 春日御社大般若読経(□□)[22]。歳事也。請僧六十口。

山階別当《やましなべっとう》扶公房[23]に於いて、二口僧を以て、廿五箇日間、千巻の金剛般若経(□)[24]を転読せしめ奉る。

天台無動寺[25]に於いて、二僧を以て、廿五ヶ日間(×今日間)、千巻の金剛般若経(□)を転読(□読)せしめ奉る。殊に重く慎むべきに依る。
阿闍梨《あじゃり》久円（□）を以て普門寺《ふもんじ》(26)に於いて、〔久円の住所なり。〕今日（□日）より始めて二七箇日、尊勝《そんしょう》法(27)（□）を修せしむ。滅罪の為《ため》也。伴僧《ばんそう》(28)三口。清浄の衣等、一日《いちじつ》、之を送る。
等身十一面観音像五体を顕《あら》はし奉る。(29)〔紙に図《えが》く。毛筆を用ひず、花蘇芳《はなすおう》・支子《くちなし》を以て抹《まっ》する(30)也。膠《にかわ》を加へず。〕
恒例（□）年首の善也。偏《ひとえ》に是、時疫《じえき》(31)（×度）を攘《はら》はむが為《ため》なり。但し年来、三体（□□）を顕はし奉る。中将（＝兼頼）并びに家中の人の為《ため》、今二体を加顕《くわえあら》はし奉る。亦《また》、請僧二口を加ふ。〔念賢・明宴（□宴）阿闍梨・円空阿闍梨。〕
小女（＝千古）の当季の聖天供《しょうてんぐ》(32)。〔延政。〕
三井寺の十一面観音（□□）の宝前(33)に於いて、三口僧を以て、〔慶尊・□賢・慶静。〕□ヶ日、観音経（□□）(34)を転読せしめ奉る。

三日（三×）、庚戌。
▼a 早旦、中納言（＝資平）・女子（□子）相《あい》共に、白地《あからさま》に北廊に渡る(35)。小時《しばらくありて》、還（□）る。

四日、辛亥。
▼a 今日、季御読経《きのみどきょう》(36)始。日次《ひなみ》宜しからず。参入せず。
*1 中納言（＝資平）来たりて云はく「去夕《きょせき》の内《うち》の御作文《おんさくもん》(37)、上達部《かんだちめ》祗候《しこう》す。已に今日に及ぶと云々。一昨日、頭弁《とうのべん》（＝経任）云はく『作文有るべきの由、関白（＝頼通）に仰遣《おおせつか》はさる。奏せしめて云はく「明後日（□）は御読経なり。余興尽

（×画）きず翌日に及ぶは如何《いかが》。若《も》し猶《なお》行なはるべくば、日中宜しかるべき歟《か》。抑《そもそも》、叡慮に在るべし。」者《てへ》り。甘心《かんしん》の気《け》無し。(38)』」者《てへ》り。関白奏せらるるの趣《おもむき》（□□）、尤《もっと》も然《しか》るべし。

但馬守《たじまのかみ》則理（□）云（□）はく「一昨、殿上《てんじょう》す。(39)九日、妻子相《あい》共に罷下《まかりくだ》るべし。」者《てへ》り。

▼b 今夕、中将（＝兼頼）、清水寺(40)に参る。明暁に出づべし。御明《みあかし》を奉り、諷誦《ふじゅ》を修（×條）す。〈絹一疋。〉導師（師×）の禄。〔疋絹《ひけん》也。〕

五日、壬子。

＊1 頭弁《とうのべん》（＝経任）、関白（＝頼通）の御消息を伝へて云はく「若狭国司、内大臣（＝教通）・春宮大夫《とうぐうだいぶ》（＝頼宗）の荘の人の濫行の事を申す。官の使々《つかいづかい》(41)を差遣《さしつか》はすべし。相共《あいとも》に官物の事を沙汰すべし。誰を以て差遣《さしつか》はす哉《や》。使部《つかいべ》(42)は如何《いかが》。」者《てへ》り。史生《ししょう》(43)を遣はすべきの由を報ず。弁云はく「尤も善なり。」者り。

読経結願《けちがん》(44)。請僧《しょうそう》五口、布施《ふせ》各絹二疋《ひき》。

＊2 女院（＝彰子）忽《たちま》ち白河院を覧ずべきの告《つげ》(45)有り。中将（＝兼頼）、関白第より営《いそ》ぎ出づ。狩衣《かりぎぬ》を着して参入せむと欲するの間、院は留まり給ふ。関白及び上達部《かんだちめ》、相共《あいとも》に白河第に向かふと云々。中将、白河に参る。中納言（＝資平）来たりて云はく「今明《こんみょう》は物忌《ものいみ》なり。而《しか》るに大弁の告有るに依りて、物忌を破りて院の御共に候ぜむと欲す。留まり給ふの由、只今亦《また》、其の告有り。仍りて白河に参るべからず、物忌に因《よ》りてなり。」者り。入夜《よにいり》、中将帰来《かえりき》たりて云はく「関白並びに卿相《けいしょう》、白河に相《あい》向かふ。事無く各々分散す。食無しと云々（□）。明日御坐《おわしま》すべし。」者り。

七日、甲寅。

*1 女院(＝彰子)、白河の花を御覧ずるは、雨に依りて留め給ふと云々。中納言(＝資平)来たりて云はく「俊遠朝臣の消息に云はく『白河の事、停止す。』三位中将《さんみのちゅうじょう》(＝兼頼)、関白第より下人を差《つか》はし示送《しめしおく》りて云はく「今日の御行、止めず。装束営《いそ》ぎ縫ふべし。(46)」者《てへ》り。式光朝臣を差はして案内《あない》を取らしむ。亦《また》、信武を差はして気色《けしき》を見しむ。今日、季御読経結願《きのみどきょうけちがん》。斯《こ》の事を専《もっぱ》らにせらるべき者也。執柄《しっぺい》の人、他事有《あ》るべからざる歟《か》。

*2 頭弁《とうのべん》(＝経任)、内より示送《しめしおく》りて云はく「『大和守《やまとのかみ》頼親、身を免じて仮に従事せしむ。(47)但し僧道覚(□覚)の下手人等を請ふは、慥《たしか》に召進《めしたてまつ》らしむ。』者《てへ》り。御読経結願に依りて只今参らず。事畢《おわ》りて来たるべし。」者り。宣下すべきの由を仰せ畢りぬ。

▼a 式光帰来《かえりき》たりて云はく「俊遠に問ふに、今日の事(48)は停止《ちょうじ》す。若《も》し明日有るべき歟。」信武申して云はく「已に気色無し。関白(＝頼通)、女院に参らるべき歟(×无)の由、(49)随身《ずいじん》等申す。」者り。今日、絹百疋、律師(＝良円)の経営料(50)に送り上《たてまつ》らむと欲するも、河水盈溢《みちあふ》れ(51)持渡《もちわた》ること能《あた》はざるの由、使の男、先に申す所也。中将(＝兼頼)来たりて云はく「今日(□□)の事、未だ一定《いちじょう》有らず。又、院に参入す。」追ひて信武を遣はす。良久《ややひさ》しくして帰来《かえりき》たりて云はく「関白、院に候ぜらる。両度、随身(□□)を差《つか》はして鴨川に遣《や》り、浅深を実検せしむ。歩渡《あるきわた》るの人、衣裳を脱ぎて僅《わずか》に渡る。」者り。仍りて留めしめ給ふの由、中将の消息有り。明日御坐《おわしま》すべき歟。亦、未だ一定せずと云々。臨夜《りんや》、中将来たりて云はく「明日、白河院に御坐すべし。」式光朝臣同じく此の由を申す。明日、宣旨《せんじ》に依りて、参内して奏に候ぜむと欲す。(52)亦、所充《ところあて》の文(53)を申さしむ(×命)べし。而るに白河の事(□)有りては為《な》さしむべからず。

▼b 晩景、中納言来(□)たりて云はく「只今、御読経結願すべし。明日、受領《ずりょう》の任符請印《にんぷしょういん》の事(54)を行なふべし。」又、

云はく「左大弁（＝重尹）触穢なり。右大弁（＝経頼）着座の後、未だ従事せず。[55]」者り。大丞（＝経頼）参入の後、[56]参内すべし。

八日、乙卯。

▼a 早朝、中納言（＝資平）告送《つげおく》りて云はく「今日、女院（＝彰子）、白河殿に御坐《おわしま》すの事（×輩）、停止《ちょうじ》の由、俊遠朝臣の告有り。」仍りて参内すべきの事、[57]頭弁《とうのべん》（＝経任）に示送《しめしおく》り遣はす。亦《また》、右大弁（＝経頼）に示す。今日（□）、権大納言（＝長家）・右大弁着座の後、衙政《がせい》[58]に参るべしと云々。

＊1 伊賀守《いがのかみ》顕長、罷申《まかりもう》す。[59]沐浴の間、相逢《あいあ》はず。

絹百疋、律師（＝良円）の許《もと》に送り上《たてまつ》る。両三の者を差副《つかわしそ》へしむ。坂の間、危《あやうき》に依る。

＊2＊3 因幡守《いなばのかみ》頼成、赴任の由を申す。相逢はず。織物・赤色の袿《うちぎ》・袴を給ふ。

右大弁の消息。「官奏《かんそう》の文並《なら》びに所充《ところあて》の文等を儲《もうけ》候《さぶら》ふべし。」者《てへ》り。

＊4 頭弁、神郡《しんぐん》の郡司（々司）の拷不の明法道の勘状《かんじょう》[60]を持来《もちき》たる。〔禰宜《ねぎ》・祝《はふり》等、犯有らば、亦《また》の日、[61]先づ其の任を解き、後に決罰を行なふ。神郡司の職・社司の任、名は異なると雖も、其の職、是、同じなり。敬神の（□）道、彼此《かれこれ》共に存す。如在《にょざい》の礼、[62]何ぞ差別に因らむや。然則《しからばすなわ》ち決を行なふの間は凡民に准じ難し。郡司（□□）を帯び乍《なが》ら豈《あに》拷訊《ごうじん》を用ひむやと云々。〕奏すべきの由を示す。

今日、奏並《なら》びに申文《もうしぶみ》の事[63]なり。

▼b 厩の馬（×御馬）一疋、大蔵卿（＝通任）の許《もと》に遣はす。彼の従者漆工《しっこう》公忠を以て使と為《な》す。加賀守《かがのかみ》師成、任国に下向するの時、馬を与へむの消息有るべし。[64]仮令《たとえ》此の消息無しと雖も、志与せむと欲する也。大蔵卿は元来、有志の人[65]也。

或《あるひと》云はく「賀茂祭を過ぐるの後[66]、下向すべし。」と云々。或《あるひと》云はく「明日首途《しゅと》[67]。」と云々。此の間、縦横[68]。然而《しかれども》儲くる所の物、自《おの》づから相違有り[69]。仍りて遣はす所也。明日下るべくは、今日来たるべき歟《か》。爰《ここ》に延引の由(□)を知る。

▼C

参内す。中納言(=資平)同車す。又、輦車《れんしゃ》に乗りて参入し[70]、春華門《しゅんかもん》に於《お》いて輦車より下るるの間、侍従所より、大納言長家・中納言師房・参議経頼、建春門より入る。余、相次《あいつ》いで敷政門《ふせいもん》より参入す。右大弁已下の弁・少納言、床子《しょうじ》[71]の前に列座す。余揖《ゆう》す。弁已下、磬折《けいせつ》(×打)し揖す[72]。余、陣に着す。右大弁着座す。大・中納言退出する歟。奏并びに所充の文の事等を大弁に問ふ。弁(々)云はく「皆、具《つぶさに》候《さぶら》ふ。」者《てへ》り。「所充の文に匕文《かぎのふみ》(□□)[73]を加(□)ふるは如何《いかが》(□□)。」加ふべきの由を仰す。又、云はく「右大史信重、奏に候ずべし。其の外、少史等候ず。少史広経を以て申文《もうしぶみ》に候ぜしむべし。」者り。答へて云はく「信重、奏并びに申文に候ずるは[74]何事か有らむや。前例無きに非ず。」大弁(□)起座す。余、南座《なんざ》に着す[75]。小選《しばらくありて》、大弁着座し、申して云はく「申文《もうしぶみ》。」余、小揖す。大弁称唯《しょう》し、史の方を見る。右大史信重、書杖《ふづえ》を持ち、小庭《こにわ》[76]に候ず。余、目《もく》す。称唯し膝突《ひざつき》[77]に着して之を奉る。取見《とりみ》ること常の如し[78]。〔加賀・因幡の匕文、所充の文、合わせて三枚。〕見畢りて、推して板敷《いたじき》の端に置く[79]。史給はり一々緘申《かんねもう》す[80]。次いで大弁起座す。「匕文《かぎのふみ》。」者り。仰せて云はく「申給《もうしたま》へ。」所充の文は、只、目す。史、杖に取副《とりそ》へて趨出《わしりい》づ[81]。次いで大弁起座す。良久《ややひさ》しきの後、復座して云はく「奏す[82]。」余、小揖す。大弁、称唯し、史の方を見る。信重、奏の書を挿《さしはさ》み、小庭に跪《ひざまずきこう》候ず。余、目(×自)す。称唯して趨来《わしりき》たりて膝突に着し之を奉る。一々見畢りて、先の如く巻き畢りて、結ねて板敷の端に置く。史給はりて文一枚を披《ひら》き、候ずべきの書の数を申す。〈二枚(□□)。〉杖に取副《とりそ》へて趨《わしり》出《い》づ。右中弁資通を以て内覧《ないらん》せしむ[83]。

*5 此の間、頭弁《とうのべん》、膝突に着す。関白の御消息を伝へて云はく「王氏爵《おうしのしゃく》、(84)今一度、式部卿親王(=敦平親王)に問はるべき歟《か》。伝申《つたえもう》す人(85)の文書有る乎否《や》や等の事也。将《はた》、然《しか》らずと雖《いえど》も、只、勘事《かんじ》に処すべき歟。重ね問はるるの後、勘事に処せらるるは、終始有るに似る(86)べき歟。此の間の事、定示《さだめしめ》すべし。」者り。報じて云はく「示仰《しめしおお》せらるる所の事、理《ことわり》相当《あいあ》たる。(87)先日、親王に問はるるの処、『前大弐惟憲の申すに依りて、事疑《ことのうたがい》を置かずして名簿《みょうぶ》を進《たてまつ》る。』者《てへ》れば、覆問(88)せらるべきの事、尤も然るべき歟《か》。」

▼d 資通朝臣帰来《かえりき》たりて、関白の報を伝へて云はく「早く奏すべし。」者《てへ》り。便《すなわ》ち奏(×之)候《さぶら》ふの由を奏せしむ。(89)小時《しばらくありて》、召《めし》有り。(90)即ち参上し、射場《いば》(×将場)に到り奏を執る。〔史信重早く帰来《かえりき》たる。須《すべから》く立定《たちさだ》まるの後、来たるべき也。而るに未だ其の処に到らざるに趨《わしり》来《き》たる。〕御前に参上す。作法、恒の如し。(91)退下して書并《なら》びに杖を返給《かえしたま》ふ。(92)畢りて陣に復す。大弁着座す。次いで史、文を奉る。余、先づ表の巻紙を給ふ。次いで一々文を取りて板敷の端に置く。史給はりて之を見る。仰す。「申す任《まま》に。」称唯す。成文《なりぶみ》(93)の数を申し畢りぬ。結緒《むすびお》(×儲)(94)を給ふ。史結《かた》ねて趨《わしり》出《い》づ。次いで大弁、起座す。先是《これよりさき》、参議通任参入す。中納言資平を呼立《よびた》つ。申さしめて云はく「大弁候ず。(95)候ずべき座は中納言の座歟《か》。」余答へて云はく「着すべし。」即ち着座す。余退出す。未だ秉燭《へいしょく》に及ばずして帰家す。

中納言(=資平)、受領《ずりょう》の任符請印《にんぷしょういん》の事に依りて陣に留まる。余退出の間、相《あい》送る。化徳門《かとくもん》より退出す。

男等云はく「参内の間、安芸守《あきのかみ》頼清、赴任の由を申す。」

九日、丙辰。

＊1 早旦、馬一疋、石見守《いわみのかみ》資光朝臣に給はしむ。昨日、参内の間、給はず。今日首途《しゅと》の由、昨日申すに依る也。資光朝臣、相奉朝臣を以て馬を給はむの由を申さしむ。(96)既の舎人《とねり》(×余人)の男に大袿《おおうちき》を与ふ。

右大史信重、奏報(97)を進《たてまつ》る。

＊2 頭弁《とうのべん》(＝経任)、勅を伝へて云はく「神郡司、明法の勘文《かもん》の如く、先づ郡司の職を解き、然る後に拷訊すべし。」者《てへ》り。宣下し畢りぬ。但し郡司を解却する事、前例を尋ぬべし。宣旨《せんじ》・官符の間の事也(98)。「伊勢国司(＝行貞)の言上する殺害せらるる従五位下大原為方の事(99)、犯人を追捕するの宣旨《せんじ》(宣旨×)を給ふべし。」者り。宣旨を候ずべきの由を仰す(100)。留守の官人(101)、犯人を捕へ、勘問日記《かんもんのにっき》(×問日記)を副進《そえたてまつ》る。又、正輔・致経等の中文《もうしぶみ》幷びに日記等(102)を下給《くだしたま》ふ。「放火の事、相違有り。其の由を問ふべし。致経の中文に正輔・正度等合戦(103)有るの由を云ふ。勘問日記に正度の事無し。其の由を問ふべし。」者り。

大蔵卿(＝通任)来たりて云はく(104)「師成に馬を給ふことを申さむが為、昨日来たらむと欲す。参内に依りて来たらず。返々《かえすがえす》恐悦なり。賀茂祭使を勤仕《ごんし》し、夏・秋の間に罷下《まかりくだ》るべし。」者り。

入夜《よにいり》、中納言(＝資平)来たる。頭弁、内より書状を送(□)りて云はく「宣旨は、従五位下藤原朝臣陳孝、病有るの由を申すに、假《か》を給ひ療治せしむ。」宣下すべきの由を仰せ畢りぬ。

十日、丁巳。

▼a 本命供《ほんみょうぐ》(105)。

＊1 頭弁《とうのべん》(＝経任)云はく「貞行宿禰申して云はく『史生《ししょう》成高を以て若狭(×文狭)に差遣《さしつか》はすは如何《いかが》。』」余仰せて云はく

「成高は内府(＝教通)の政所《まんどころ》の人也。(106)彼(×被)の荘の事に依りて差遣《さしつか》はす所也。」他人を遣はすべきの由を仰す。

又、東大寺の印文《いんもん》三面を(107)進《たてまつ》る。印の写《うつし》、紙に捺し、其の奥の注に三面の印の進退の人々の名、注付す。但し別当少僧都仁海・権別当済慶、三面の印文、皆署す。件の文、別当已下署す。其(×某)の奥に勅使右少史ム《なにがし》・史生ム《なにがし》、加署す。奏すべきの由を示す。大略、伊予(予×)返抄の印を見るに、一枚は相合《あい》ひ、一枚は三面の印に合はず。

＊2 別当右兵衛督(＝朝任)、式光朝臣を以て示送《しめしおく》りて云はく「左衛門尉為長・右衛門志成通(成道)の勘文《かもん》(108)に云はく『先づ神郡司を解き拷訊すべし。』者《てへ》り。而るに明法博士道成申して云はく『指《さしたるつみ》罪無くして神郡司を解却して拷訊する事、不当なり。』者《てへ》れば、成通(成道)、道成の申す所に帰《き》す。」即ち此の由を以て頭弁に示し畢りぬ。「明日、関白(＝頼通)に達すべし。昨今物忌。」者り。

＊3 栖霞寺《せいかじ》に向かひて文殊《もんじゅ》像を拝す。(109)大宋の商客良史、故盛算に附属す。中納言(＝資平)・三位中将《さんみのちゅうじょう》(＝兼頼)・中納言の息童等、同車す。少納言資高、騎馬す。少将経季、騎馬して来迎《きたりむか》ふ。帰路の途中、小雨。

十一日、戊午。

▼a 今日、比叡《ひえ》御社八講。(110)律師(＝良円)、其の事を行なふ。家より送る所の物、屯食《とんじき》卅具(111)なり。而《しか》るに師重朝臣云はく「頗《すこぶ》る不足有るべき歟《か》。」兼ねて送る所の物、絹百疋・紙千八百帖なり。

＊1 七口僧(念賢・智照(智昭)・光円・清朝・済算・乗延・忠高。)を屈(×堀)して、心経百巻・仁王経十部を供養し(112)奉る。是、年首の例善(×剛善)なり。時疫を攘《はら》はむが為、修する所也。二講の中間に小食を羞《すす》む。此の外の供《ぐ》・供養の布施、常の如し。

*2 今日、当保《とうほ》の仁王講演(113)を修(×條)す。刀禰《とね》申す所有り。手作布《てづくりのぬの》二端を給はしめ、講読師《こうとくじ》(114)の布施に充つべきの由を仰す。

今夕、智照師を以て神供(115)せしむ。

今宵《こんしょう》(116)、女院(＝彰子)、内に入り給ふと云々。後、帰らしめ給ふ。臨時祭《りんじさい》(117)の後に参り給ふべしと云々。

十二日、己未。

*1 頭弁《とうのべん》(＝経任)、宣旨《せんじ》を持来《もちき》たる。是、東大寺の返抄の事なり。仁謙法師進《たてまつ》る所の返抄の印、寺守の上政所《かみのまんどころ》(118)の印に相合《あい》ふ。早く件の返抄二枚を返給《かえしたま》ふべし。神叡法師甚だ小なり。三箇所の印(119)に合はず。所謂《いわゆる》上・下政所、并《なら》びに造印等の印也。神叡法師に問はるる歟《か》。然而《しかれども》、左右《そう》の仰《おおせ》(120)無し。

又、云はく「伊勢神郡の郡司(々司)、大神宮の任ずる所歟。官符に依りて任ずる所歟。勘《かんが》へしむべきの由、関白(＝頼通)の命(×合)有り。仍りて貞行宿禰に仰せ畢りぬ。」者《てへ》り。上野《こうずけ》国司〔前司家業〕の申請する造大垣料の文(121)・武蔵国司〈致方〉の申請する条々の国解《こくげ》(122)等、同弁に付す。

十三日、庚申。

*1 頭弁《とうのべん》(＝経任)、関白(＝頼通)の命を伝へて云はく「正輔・致経等の合戦の事、今に実事《じつじ》(123)無し。太《はなは》だ非常なり。亦《また》、正輔進《たてまつ》る所の証人、皆是、神民《じみん》なり。検非違使為長・成通(成道)等の勘文《かもん》、諸卿をして定申《さだめもう》さしむる(124)の後、左右《そう》有るべき歟《か》。」者《てへ》り。余、報じて云はく「忽《たちま》ち諸卿の定に及ぶべからざる歟。為長等の勘文の如くば、初めに神民

を拷訊すべからざるの詞有り。郡司の職を解却して拷訊すべきの由を申す。前後（×収）相違し、一揆《いっき》無きに似る。[125]又、右兵衛督（＝朝任）〈別当〉、式光朝臣を以て申送《もうしおく》りて云はく『明法博士道成云はく「正輔進る所の神郡司、証人と謂ふべからず。亦、指所犯《さしたるしょはん》無く、拷訊すべからざる歟。」』者り。道成をして勘文を進らしめ、彼等（×被等）の勘状を御覧じて、定下《さだめくだ》さるべき歟。又亦、僉議《せんぎ》（×令議）に及ぶべき歟。又、伊勢国司（＝行貞）、召《めし》に依りて参上す。数日洛下に候ず。今に至りては、重ねて尋問を疑ひ、合戦（×令議）の間の事、申文《もうしぶみ》に注して進るべきの由、[126]召仰《めしおお》せらるべき歟。神民、拷すべからざらば、正輔をして戦場の事の由を見る者を進（進×）らしめ、拷訊を経《ふ》べき歟。」密々達する所也。時剋相《あい》移る。関白の報を来伝《きたりつた》へて云はく「示す所の事、一々道理有り。然らば正輔・致経等の従者を進らしむべき歟。」報じて云はく「先づ道成の勘文を進らしむるの後、定下《さだめくだ》さるべき歟。」関白云はく「然らば先づ斯《こ》の趣を奏し、下官《げかん》（＝実資）に仰せらるべし。」者り。即ち参内し、又、勅語を来伝《きたりつた》へて云はく「為長・成通（成道）等の勘文を道成に下給《くだしたま》ひ、勘申せしむべし。又、伊勢国司に仰せて、合戦の間の事の申文《もうしぶみ》を進らしむべし。」一々、同弁（＝経任）に仰す。入夜《よにいり》、重ねて来たりて云はく「左大史貞行に召仰《めしおお》す。又、道成参来《まいりき》たる。面して子細を仰す。申して云はく『上臈博士利業に仰せらるべき歟。』『勅語に依りて召仰《めしおお》する所なり。何ぞ更に利業に仰する乎。』仍りて勘進《かんしん》すべきの由を申す。」又、云はく「神民、今、罪無きが如し。拷訊せらるべからず。縦《たと》へ証人と雖も、先づ拷掠すべからず。正輔・致経等の従者を進らしめ、各争申《おのおのあらそいもう》すこと有らば〔有〕、拷訊すべし。」者り。下《げ》官《かん》の案の如き耳《のみ》（×可）。但し致経の進る証人等、囹圄《れいぎょ》[127]に候ず。又、更に召すべからず。神民、原免せらる。只、正輔の従者を召すべし。弁（＝経任）、大内《おおうち》に帰参す。

十四日、辛酉。

*1 普門寺尊勝修法《ふもんじそんしょうしゅほう》(128)、明日結願《けちがん》。今日、少布施を送る。〔阿闍梨《あじゃり》(=久円)二疋。番僧《ばんそう》(129)一疋。〕

▼a 主税允致度、家司《けいし》と為《な》(130)す。

*2 参内す。左右大弁(=重尹・経頼)、先に参る。余、化徳門《かとくもん》より入る。大丞、軒廊《こんろう》の立蔀《たてじとみ》(×部)(131)の辺《あたり》に立つ。位禄《いろく》の文の事(132)を左大弁(=重尹)に(×敷)問ふ。云はく「具《つぶさ》に候《さぶら》ふ。」者《てへ》り。仍りて奥座に着せず、南座《なんざ》に着す(133)。右大弁(=経頼)着座す。次(×敷)いで左大弁着座し、気色《けしき》を候ず。位禄の文を進《たてまつ》らしむべきの由を示す。陣官《じんかん》(134)をして史に仰せしむ〔令〕。即ち左少史国宣、筥文《はこぶみ》を奉る。〔文書の数、例の如し。(135)〕国宣の進退の作法(136)、太《はなは》だ不便也。大弁、教正《おしえただ》す。右少史為隆、硯を左大弁の前に置く。余、他の文等を取出《とりい》だし、国充《くにあて》の文(137)を以て筥に入る。位禄弁《いろくのべん》左少弁経長をして奏せしむ(138)〔令〕。但し先に内覧《ないらん》を経《へ》、奏すべきの由、相《あい》示す。小選《しばらくありて》、帰来《かえりき》たりて云はく「御覧訖《おわ》りて返給《かえしたま》ふ。」此の間、関白(=頼通)参入す。余、大弁に示して位禄の定文《さだめぶみ》二枚(139)を書かしむ。〔殿上の定文、十箇国の定文。〕書き畢りて之を進る。見畢りて左少弁経長(×定)を召して下給《くだしたま》ふ。結申《かたねもう》して退出す。筥文・硯等を撤せしむ。

▼b 国々の申す詔使《しょうし》の事(140)を左大弁に問ふ。弁(々)云はく「皆、儲候《もうけさぶら》ふ。」者り。奉るべき由を示仰《しめしおお》す。起座して陣腋《じんのわき》に向かふ。即ち復座して気色を候ず。余、目(×自)す。来(×未)たりて三箇国〔摂津・越中・長門〕の詔使の擬文《ぎぶん》(141)を奉り、復座す。余、披見し畢りて大弁に目(×自)す。大弁(々々)来たりて擬使《ぎし》の文を給はり、一々結申《かたねもう》(142)す。先づ一国の使を信す(143)。余、大弁に問ふ。某丸《なにがしまる》と申す。余、弁に目(×自)す。大弁、今二箇国を験ず。相《あい》同じ。復座し、即ち起座す。此の間、大納言能信・中納言資平〔頭弁《とうのべん》(=経任)〕云はく「今日、内侍《ないし》の除目《じもく》(144)有るべし。関白云(云×)はく『中納言資平、之を行なふが宜しき歟《か》。下官《げかん》(=実資)奉行するは便(×他)無かるべし。』」使の雑事多々の上、正月の除

目を行なはず、内侍《ないし》(侍×)の除目を承行《うけたまわりおこ》なふは便宜無かるべし。関白、此の由を存す。余、随身《ずいじん》を以て、内々中納言(＝資平)を呼遣《よびつか》はす。即ち参入す。〕・参議経頼、座に在り。左大弁、三箇国の詔使の文を書き、笏を取副《とりそ》へて復座す。余、目(×自)す。持来《もちき》たる。見畢りて返給《かえしたま》ふ。即ち退く。更に主典の名簿《みょうぶ》(145)を書き、復座して進め奉る。作法、使の如し。

*3 頭弁、明法博士道成の勘申する神郡司兼光の罪名の文(146)を取進《とりたてまつ》る。〔拷訊すべからざるの由を申す。〕即ち奏せしむ。関白云はく「件の勘文の如く原免すべし。但し正輔等をして合戦の事の由を知見する者を進らしむべき歟。如何《いかが》。」報じて云はく「先日致経(×任)進る所の者、数《あまた》有り。亦、神民に非ず。拷訊を憚ること無し。正輔進る神民、早く返遣《かえしや》り、彼(×被)の従僕(×撲)を進らしむべき也。」関白云はく「示す所然るべし(□□)。但し上達部《かんだちめ》(部×)、陣に候ず。大略、定申《さだめもう》さしむるは如何《いかが》。」報じて云はく「其、最事《さいじ》也(147)。」即ち示されて云はく「上達部をして定申《さだめもう》さしむべし。又、暫く候ずべし。」者り。上達部、定申《さだめもう》して云はく「神民に至りては拷訊すべからざるの由、法《ほう》家《け》(148)、勘申する所なり。早く原免すべし。正輔の従僕を進らしむべし。」者(々)り。即ち奏聞せしむ。「神民無罪の由、勘申する所なり。之を免ずべし。正輔の戦場の者を進らしむべし。」者り(149)。件の事等、同弁に宣下す。

▼c 又、仰せて云はく「式部卿(＝敦平親王)の王氏爵の事(150)、已に避くる所無し。釐務《りむ》を停め、勘事《かんじ》に処す(151)。亦、良国を追捕せしむべし(152)。」者り。釐務を停むる事、大外記(＝文義)に仰す。勘事に処するの由、外記相親を差はし、式部卿親王に仰せしむべし。大外記文義を以て相親に伝仰《つたえおお》せしむ。良国を追捕すべきの事、同弁に仰す。晩景、退出す。

*4 頭弁云はく「内侍の除目の事、中納言資平に仰すべし。」者り。後聞《のちにき》く。藤原忠子を以て典侍《ないしのすけ》に補す。菅原ム子《なにがしこ》(＝善子)辞退(153)の替なり。

＊5 入暗《にゅうあん》、和泉守《いずみのかみ》資通罷申《まかりもう》す。小瘡を療治するの間、相逢《あい》はず。馬寮に飼はしむるの馬(154)、取遣《とりつか》はして返給《かえしたま》はる。従者を留め、預給《あずけたま》ふ。安芸守頼清・筑後守《ちくごのかみ》盛光罷申《まかりもう》す。由を仰する耳《のみ》(155)。

十五日、壬戌。

＊1 大外記(×議)文義を召し、式部卿親王(＝敦平)の許に遣はすの事を問ふ。申して云はく「外記相親を以て宣旨《せんじ》を仰《おおせ》遣《つか》はし了りぬ。但し釐務を停むる事、宣旨に非ずと雖も、只、聞せしめ奉る。」者《てへ》り。是、大外記文義諷諫《ふうかん》(156)する歟《か》。

左大史貞行宿禰を召し、昨日(×々)の事等を問仰《といおお》す。

十六日、癸亥。

▼a 普門寺《ふもんじ》の修善《しゅぜん》の巻数《かんじゅ》使の童《わらわ》(157)に、小禄を賜はしむ。〔手作布《てづくりのぬの》一端。〕

＊1 頭弁(＝経任)云はく「正輔進る所の日記に署名を加ふるの者三人(158)、事発《ことのおこり》を知らず、伝聞《つたえき》くの由を申す。而るに勘問を経ず。指罪《さしたるつみ》無きに依り、今に至りては免じ給ふべき歟《か》。此の趣(□)を以て関白(＝頼通)に申す。命ぜられて云はく『先づ下官《げかん》(＝実資)に触れ、示す所に従ふべし。』」者《てへ》り。余答へて云はく「件の三人、署名を正輔進る所の日記に加ふ。先づ、猶、問はるべき歟。一問も経ず免遣《めんじや》(×先遣)るは如何《いかが》。就中《なかんずく》、伝聞《つたえき》くの由を申す。其の人を指《さし》申《もう》さしむべき歟。勘問の時、弁申《べんじもう》す事有る歟。」頭弁甘心《かんしん》(×其心)し退去す。

晩更《ばんこう》(159)より降雨。申時許《さるのときばかり》に止む。

十七日、甲子。

▼a 夢想紛紜《ふんぬん》。〔云々〕諷誦《ふじゅ》を東寺に修し、亦、金鼓《こんぐ》を打つ。

頭弁《とうのべん》（＝経任）云はく「署名を加ふるの者、勘問（×召）すべきの由、関白（＝頼通）、命有り。」者《てへ》り。今朝、書状の次《ついで》に召遣《めしつか》はす[160]所也。則ち此の由を示す。来たりて伝示《つたえしめ》すの時、宣下すべきの由を仰すべし。衡黒《しょうこく》[161]、頭弁来たりて、勅を伝へて云はく「三人の署せし者、勘問せしむべし。」者り。宣下す。

＊1 関白の御消息に云はく「諸司、諸祭并びに国忌《こき》に参らず。極めて不便の事也。見《けん》・不参《ふさん》の者[162]、外記に仰せて注申せしむるは如何《いかが》。」報じて云はく「式の如くば[163]、諸司悉《ことごと》く参るべし。中に参るべからざるの司々有り。側《ほのか》に覚ゆるに、式部丞、蔵人所に参りて見参《けざん》を進《たてまつ》る。抑《そもそも》、殊に外記に仰せられ、見・不参の諸司を注進せしむるは最事《さいじ》の由なり。諸祭供奉《ぐぶ》の司々、本司をして差文《さしぶみ》を進《たてまつ》らしむるは[164]、兼日《けんじつ》、催仰《もよおしおお》する所なり[165]。而るに供奉の者、其の勤《つとめ》無きの由、承はる所也。諸司の勤無きは当時に如《し》かず[166]。」

中納言（＝資平）来たりて雑事を談ず。

十八日、乙丑。

▼a 頭弁《とうのべん》（＝経任）、勅語を伝へて云はく「諸祭・国忌《こき》の日等、見《けん》・不参《ふさん》の諸司、注進せしむべし。」者《てへ》り。

▼b 申時許《さるのときばかり》より天陰《くも》る。堂塔[167]に参る。衡黒《しょうこく》、中納言（＝資平）来たる。清水坂下《きよみずさかした》の者に施給《ほどこしたま》はしむる塩[168]、申さしむ。

十九日、丙寅。

*1 諸祭・国忌《こき》等供奉の諸司の事、大外記文義に仰す。(169) 但し式部、或《あるい》は国忌に供奉するの諸司、其の数太《はなは》だ多し。又、供奉せざるの諸司并びに衛府の官(170)・国或《あるい》は其の司に在るは、(171)幾ばくならざる而已《のみ》。宗為《た》るの司々を抽《ぬき》(×柚)(172)んで戒仰《いましめおお》するが宜しかるべし。講読師有《あ》るべからざるは如何《いかが》。式・兵・民部・治部・玄蕃、并びに然るべきの官々、相《あい》計りて定仰《さだめおお》すべき歟《か》。百官を戒仰するは太だ便無き歟。此の趣を以て関白(＝頼通)に達し、指帰《しき》(173)に従ふべきの由、仰含《おおせふく》め了りぬ。

▼a 中納言(＝資平)来たる。頭弁《とうのべん》(＝経任)云はく「義賢申して云はく『豊楽院《ぶらくいん》西方の南の極《きわ》の十九間堂(□堂)(174)の南の妻の東面六間の廂、頽落《くずれお》ち、垂木《たるき》(175)頽倒《くずれたお》れず。』」者《てへ》り。其の遺《のこり》、顚倒せしめざるの事、(176)工匠等に仰せて構へしむべきの由、之を仰す。

*2 向晩《こうばん》、(177)雲散る。大和守頼親、糸十絇《く》を志《こころざ》す。十一日より銀工《ぎんこう》菊武(178)を召して提《ひさげ》・鋺《かたな》(179)等を打たしむ。今日打ち畢りぬ。絹二疋を給ふ。

廿日、丁卯。

*1 中納言(＝資平)・中将(＝兼頼)、同車して、関白(＝頼通)の白川第(180)に向かひて之を見る。太《はなは》だ優也。資房・経季・中納言の息童、別車にて相《あい》従ふ。昨今、関白の御物忌と云々。仍りて其の間隙《かんげき》を伺ふ。(181)催され、中納言、之を見る。前日の競馬《くらべうま》の時、(182)詣向《まいりむ》かふ。然而《しかれども》、西方の外は見ざる耳《のみ》。

廿一日（×廿二日）、戊辰。

＊1 頭弁《とうのべん》（＝経任）、伊勢国司（＝行貞）の進《たてまつ》る正輔・致経等の合戦の間の申文《もうしぶみ》(183)を持来《もちき》たる。〔両人の消息の状等を副《そえ》進《たてまつ》る。〕即ち奏せしむ。

試楽《しがく》（×武楽）并びに祭の日（×自）(184)、参るべからざるの由、頭弁に示す。

＊2 中納言（＝資平）来たる。左少弁経長の下す宣旨《せんじ》、〔内膳司申請の事。(185)〕同弁に給ふ。

▼a 馬寮、上日《じょうじつ》（日×）の文二通(186)を進る。〔一通、頭《かみ》以下庁頭《ちょうとう》(187)已上。一通、馬医代《めいのだい》。久しく上日の文を進らず。仍りて事由《ことのよし》を召仰《めしおお》せ、進らしむる所なり。〕

入暗《にゅうあん》、中納言来たりて云はく「関白（＝頼通）に謁し奉る。昨日、白川を見る事を問はる。下官《げかん》（＝実資）、談ずる所の事を申す。一々甘心《かんしん》せらる。」と云々。

衝黒《しょうこく》、頭弁来たりて云はく「右馬寮の御馬三疋、疲痩《ひそう》(188)殊に甚だし。臨時祭の走馬《はしりうま》(189)為《た》るべからず。左寮の御馬七疋、能《よ》く労飼《いたわりか》ふ。」者《てへ》り。左七疋・右三疋、是、仰《おおせ》の数也。

＊3 頭弁云はく「左少将経季・侍従良貞の歴名《れきみょう》の次第(190)、良貞を以て経季の上に注す。経季は下官（＝実資）の養子也。仍りて上臈為《た》るべし。」者り。事、道理に依りて、殿上は経季を以て上臈に注す。初め良貞を以て上臈に書く。後、此の論有《あ》るに依りて、上臈を改《あらため》書《か》く。臨時祭の座次、論有《あ》るは便無《な》き歟《か》。内記、下官の養子の次第を知らざるの由、内々大内記孝親申す所なり。今に至りて事由《ことのよし》を奏し、内記・外記に仰下《おおせくだ》（×可）さるべき歟。然るべきの由を答ふ。

證昭（證照）師、南山《なんざん》（＝金峯山）(191)に参る。浄衣《じょうえ》料の手作布《てづくりのぬの》、送る。

廿二日、己巳。

*1 臨時祭試楽《しがく》(192)と云々。昨日国忌《こき》(193)。仍りて今日行なはる。

*2 早朝、右馬頭守隆来たりて云はく「寮の馬三疋の外、御馬無し。亦、走馬に当つるべからず。代はりの馬を進《たてまつ》るべきの宣旨《せんじ》、去夕、頭弁《とうのべん》(＝経任)仰下《おおせくだ》さる(×頭)。『然るべきの馬有らば奉るべし。』」者《てへ》り。今暁、厩の馬一疋、綱を引切《ひきき》りて遁去すと云々。手を分けて東西に求めしむるも、未だ帰来《かえりき》たらず。遺《のこ》る所の二疋、肥満せず。他の馬を求進《もとめたてまつ》るべきの由、之を示仰《しめしおお》す。又の示《しめし》に随ひ一疋を進るべし。猶、肥満せざるの故、思慮する所也。遁去の馬一疋、頗《すこぶ》る宜し。求出《もとめい》ださば、状に随ひ、彼(×被)の馬を奉るべし。巳時許《みのときばかり》、葦毛《あしげ》の馬、章任の桂七に於いて、致孝の従僕尋得《たずねえ》て将来す。

*3 晩景、中納言(＝資平)来たりて云はく「只今、試楽畢《おわ》りて、関白(＝頼通)・内大臣(＝教通)、及び諸卿多く参る。内大臣、陣の南座《なんざ》に着す。公卿給《くぎょうきゅう》(194)・二合《にごう》(195)・停任《ちょうにん》(196)等を給ふ。」多く家に於いて下給《くだしたま》ふ歟《か》(197)。宣旨に非ず。頗《すこぶ》る奇為《た》り。尋ぬべし。

*4 頭中将隆国来たりて云はく「明日参内すべし。」者《てへ》り。相撲使《すまいのつかい》(198)、明日定むべきの由、先日示す所なり。其の事に依りて来たる所也。関白の随身《ずいじん》(199)・賭射《のりゆみ》の矢数《やかず》(200)の者・陣の恪勤《かくごん》(201)の者・府生尚貞。又、院(＝彰子)の御随身《みずいじん》(202)、差遣《さしつか》はすべき也。但し差遣《さしつか》はすべからず。然而《しかれども》、頻《しき》りの仰《おおせ》有るに依りて定遣《さだめつか》はす也。下官《げかん》(＝実資)の随身、若《も》し定遣《さだめつか》はさば、恪勤の者・院の御随身の間、一人は止むべし。思慮する所有《あ》るに依りて、今般、家の随身を遣はさず。就中《なかんずく》、随身善正一度遣使す。亦、恪勤ならざる者也。

▼a 実光朝臣を以て河臨祓《かりんのはらえ》(203)せしむ。師重朝臣を以て衣を持たしめ祓所に遣はす。

*5 小女（＝千古）、西宅に渡る。(204) 余、相《あい》送る。夕方、相《あい》迎ふ。午時《うまのとき》、家の請印《しょういん》、相南、(205) 之を行なふ。〈伊賀の封の返抄。(206)〉師重朝臣候ず。

廿三日、庚午。

臨時祭。(207) 小女（＝千古）、同車して密見《ひそかにみ》る。(208) 使は行任。

*1 早旦、馬頭守隆朝臣（馬頭□朝臣）来たりて云はく「昨日、御馬《おんうま》を御覧《ごらん》ずるの(209)後、頭弁《とうのべん》（＝経任）召仰《めしおお》せて云はく『代はりの馬、猶、進《たてまつ》るべし。』者《てへ》れば、櫪馬《れきば》(210)一疋を給はり、代はりの馬に立つべし。」者《てへ》り。既の馬を借給《かしたま》ひ畢りぬ。遁失の馬、今日、使を四方に遣求《やりもと》む。疑ふ所は丹波に在る歟《か》。章任の馬と云々。巳時許《みのときばかり》、資高、舞人の装束(211)を着す。昨、病の由を申して参らず。仍りて今日、里第《りてい》に於いて装束（×将束）して参入する者なり。

*2 大外記文義云はく「昨日、内大臣（＝教通）、陣の南座《なんざ》に於いて、公卿給を下さる。殊に召さざるの事也。里第に於いて下給《くだしたま》ふの例也。」又、云はく「左少将経季・侍従良貞、蔭《おん》相誤る。(212) 経季を以て上臈と為《な》すべきの宣旨《せんじ》、内府（＝教通）仰下《おおせくだ》さる。」者り。一日《いちじつ》、頭弁云々する所の事也。

▼a 秉燭《へいしょく》の後、府生尚貞、相撲《すまい》の定文《さだめぶみ》(213)を持来《もちき》たる。此の度、随身を遣はさず。

*3 申時《さるのとき》、一日遁《いちじつのが》るる馬、尋得《たずねえ》て、丹波国より将来す。是、致孝の従者、尋捕《たずねとら》ふる也。仍りて小禄を給はしむ。

▼b 中将（＝兼頼）、内より退出して云はく「母氏（＝藤原伊周女）、重く煩ふ。(214) 入夜《よにいり》、又、堀河院に詣で、其の後、案内《あない》を取る。猶、減平せず。邪気の為《な》す所と云々。日来《ひごろ》、阿闍梨《あじゃり》頼秀を以て修善《しゅぜん》すと云々。」

廿四日、辛未。

▼a 相撲《すまい》の定文《さだめぶみ》、尚貞、「畿」の字を「幾」の字に書く。其の由を仰(×作)す。昨日、頭中将隆国・四位少将行経相《あい》定む。行経執筆《しゅひつ》か(215)。

＊1 日《ひ》、未《いま》だ入《い》らざるの間《あいだ》、少納言来たりて云はく「昨(216)日、途中風雨、更に術無《すべな》し。乗船し渡るの間、猛風忽《たちま》ち発《お》こる。棹《さおさ》す能《あた》はず。進渡《すすみわた》り難く、風を相計《あいはか》るの間、僅《わずか》に以て渡るを得《う》。舞人《まいびと》・陪従《べいじゅう》等、暁更《ぎょうこう》に参上す。今日巳時計《みのときばかり》、神楽《かぐら》有り。散楽《さんがく》(217)に異(×畢)ならず。朱雀院の儲《もうけ》(218)、太《はなは》だ豊贍《ほうせん》なり(219)。殊に饗饌を栢殿《かしわどの》に設け、舞人・陪従、其の座に着す。舞人・陪従等の宿所・食等、使皆儲《みなもう》くる所なり。」と云々。行任の共人(220)、数多《あまた》なり。五品十人の内、伊勢守《いせのかみ》行貞、甚だ悪し、甚だ悪し(々々)。未だ受領《ずりょう》の共に受領有るを聞かず。

▼b 早旦、師重を以て堀河院に遣はし奉る。帰来《かえりき》たりて云はく「中将(=兼頼)云はく『夜半以前、不覚。立願の後、頗《すこぶ》る宜し。』」中将来たる。殊事《ことなること》無きか(221)。中将、小女(=千古)と同車して見物す(222)と云々。

廿五日、壬申。

▼a 頭弁《とうのべん》(=経任)云はく「免田《めんでん》等の事を糾行《きゅうこう》すべきの使(223)、山城国司、左衛門府生重基を申請す。」者《てへ》り。関白(=頼通)に申すべきの由、相《あい》示し畢りぬ。

＊1▼b 馬允頼行、戸を閉じ違革(224)を進らず。仍りて厩《うまや》の舎人《とねり》・侍所《さむらいどころ》の小舎人《こどねり》の男等(225)、関白の随身《ずいじん》安行宅を融《とお》り、頼行宅に罷るの間、厩の舎人・小舎人の男等を打調《うちちょう》じ、二人の男を捕縛して、関白第に将参《いまい》る(226)。関白、式光朝臣を以

て示送《しめしおく》らる。即ち件の男二人、之を付送せらる。縄を解き、随身せしめらる。「指消息《さしたるしょうそく》[227]を示すべからざるの由。」者《てへ》れば、返事を申さしむ。件の男二人、式光に仰せて獄所に候ぜしむ。安行は府の近衛也[228]。先づ事由《ことのよし》を申すべき歟《か》。未だ此の由を被《こうむ》らざるの前、随身行武を差はして俊遠朝臣の許《もと》に示遣《しめしつか》はす。又、彼の御随身の番長貞安を召して事由《ことのよし》を仰す。二人の者を獄所に下すの後、安行、濫行せしむる事、須《すべから》く先づ申さしむべし。而《しか》るに関白に愁申《うれいもう》すの後、申さしむる所、太《はなは》だ冷淡なり。凶悪の聴《きこえ》有る者也。

▼c 入夜《よにいり》、式光朝臣来たりて云はく「関白、只今、召仰《めしおお》せられて云はく『今朝、下官《げかん》（＝実資）の仰《おおせ》に依りて獄所に候ぜしむるの男二人、更に下官に触れず、只今免ずべし[229]。事の実正《じっしょう》を尋ぬるに、安行宅を損破するの事に非ず。只、頼行の門戸を閉づるに依りて、安行宅の内を通経《とおりへ》むと欲するの間、濫吹《らんすい》の事有る也[230]。』」者り。式光朝臣云（×畢）はく「既の舎人節成、打腫《うちは》らさる。」者り。明日、家に召取《めしと》り、安行宅に乱入の事を勘責せしむべし。

廿六日、癸酉。

▼a 頭弁《とうのべん》（＝経任）、宣旨《せんじ》二枚を持来《もちき》たる。〔賀茂下社の申す田の事[231]、使を遣はすべし。河内守《かわちのかみ》公則、尾張守《おわりのかみ》為《た》るの時に申す志摩国司の俸料を除かむ事[232]、例を勘ふべし。〕

▼b 関白（＝頼通）の御消息に云はく「山城介《やましろのすけ》、任ずべし[233]。而《しか》るに然《しか》るべきの者無し。畠邑・為説等の間、如何《いかが》。」前日、頭弁を以て風問せしむ[234]。仍りて此の問《とい》有る歟《か》。

▼c 又、云はく「致経 進《たてまつ》る者等の中、法師并びに年高の者有り[235]。原免有るも難無かるべき乎《か》。」答へて云はく「進《たてまつ》る所の者等数《あまた》有り。是証人《かくたるしょうにん》に非ず[236]。法師に於いては証人を以て刑（×乱）を定む[237]。何ぞ況や犯人に非ざる

をや。亦、証人無し。亦、衰老の者は七十の者歟《か》。拷訊すべからざる歟。検非違使に問はれて免ぜらるべき乎。」

廿七日、甲戌。

*1 頭弁《とうのべん》(=経任)、伴奉親・大鹿致俊・物部兼光等を勘問《かんもん》するの日記(238)を持来《もちき》(×検来)たる。件の三人、正輔の日記に加署する者(×等)也。正輔の申す詞を聞くの由を申す。仍りて加署の者、証と為《な》すべからず。即ち奏聞せしむ。

中納言(=資平)来たる。次いで右衛門督(=経通)来(来×)たる。

廿八日、乙亥。

今日、直物《なおしもの》(239)と云々。

*1 頭弁《とうのべん》(=経任)、国司(=行貞)の進《たてまつ》る者三人の勘問《かんもん》日記を持来《もちき》たる。関白(=頼通)の消息に云はく「又《また》、免ずべき歟《か》、将何《はたいかん》。」報じて云はく「件の三人、正輔の申す辞《ことば》を以て加署する者也。国司に預給《あずけたま》ひ、又、後消《のちのもちい》(240)に当つべくは、其の時に臨みて進《たてまつ》るべきの由、仰事《おおせごと》を給ふべき歟《か》。」致経召進《めしたてまつ》る者八人の中、法師幷びに衰老の者有るの由と云々(241)。即ち之を注進す。沙弥良元七十、三宅長時六十二。奏聞せしむ。弁云はく「関白云はく『若《も》し下官《げかん》(=実資)の内々に陳《の》ぶる所を問はれよ。』何様《いかよう》に中すべき乎。」答へて云はく「沙弥良元、指証人《さしたるしょうにん》無し。拷に及ぶべからず。亦、七十有余、原免せらるべし。長時未だ七旬に及ばず。左右、勅定《ちょくじょう》に在るべし。但し六十余は究拷し難き歟。」

▼a 又、勅命を伝へて云はく「右馬寮の御馬、疲痩(疲×)殊に甚だし。是、頭守隆、勤《つとめ》無きの致す所なり。過状《かじょう》(242)を進らしむべし。」者《てへ》り。大外記文義を召して之を仰す。

文義、召《めし》に依りて内府(＝教通)に参る。仰せられて云はく「関白の風病発動す。直物の事、定まらずと云々。如何《いかが》。」申して云はく「未だ案内《あない》を承はらず。」関白第に参り、事由《ことのよし》を申さしむ。命ぜられて云はく「今日必ず参入すべし。」者り。内府に参りて申さしむ。今日、内府、諸卿を催さる。而《しか》るに大納言皆故障を称せらる。自余《じょ》、或《あるい》は参り、或は参らず。先日の気色《けしき》、受領功過《ずりょうこうか》[243]を定申《さだめもう》さるべし。未だ関白に申されざるの前、〔内被催諸卿而被申関白之前〕内々に諸卿を催さる。而《しこう》して関白に申さるるの処、響応(×饗応)無き歟[244]。頭弁云はく「民部卿(＝斉信)云はく『気色の催《はばみ》[245]有る也。参入すべからず。』」者《てへ》り。

*2 中納言(＝資平)来たる。即ち参内す。位禄所《いろくしょ》[246]の史孝親、位禄を給ふの文[247]を進る。信濃(信乃)・但馬・紀伊三ヶ国の下に、給人の名を銘して返給《かえしたま》ふ。〔信濃(信乃)は知貞、但馬は永輔、紀伊は知道。〕

*3 子夜《しや》、冒雨、中納言来たりて云はく「内大臣(＝教通)、直物の事を行なふ。大納言能信・長家、中納言、宰相等参入す。又、参らざる人々有り。今朝、大納言皆障《さわり》の由を申す。文義申して、二人参入す。召使《めしづかい》、荒涼《こうりょう》に申す歟《か》。」陰陽寮《おんようりょう》の連奏[248]。図書助《ずしょのすけ》経平。少内記宗岳(×兵)国任。中務録紀信頼〔明法《みょうぼう》の挙《きょ》[249]なり〕。蔵人藤原惟任叙位《じょい》[250]〈女院(＝彰子)の御給《ごきゅう》なり〉。山城介紀為説。左少将経季、蔵人に補《ほ》す[251]。甚雨に依りて来たらず。丑時許《うしのときばかり》、人々、之を申すこと有り。

関白、勘事《かんじ》[252]を免ずと云々。

廿九日、丙子(廿九日丙子×)。

▼a 早旦、中納言(＝資平)来たる。直物《なおしもの》の間、頗《すこぶ》る違例の事等有り。亦、事定むるの間、上達部《かんだちめ》、定申《さだめもう》す所の事等

各《おのおの》相《あい》異なる。而《しか》るに伝奏《でんそう》の間の事、(253)分明《ぶんみょう》に非ずと云々。是、神祇官の連奏の事也。(254)

▼b 文義、除目《じもく》を注進す。中務録紀信頼〔明法の挙なり〕。少内記宗岳国任。図書助《ずしょのすけ》藤原経平〔元諸陵助なり〕。内蔵権頭大江定経。陰陽頭《おんようのかみ》大中臣実光、助巨勢孝秀、允中原恒盛、大属清科行国、少属大中臣栄親、陰陽師《おんようじ》〔×〈師歟〉〕菅野親憲。大炊属壬生則経。(255)山城介紀為説。従五位下藤原惟任〔上東門院〔＝彰子〕の御給《ごきゅう》なり〕。

▼c 頭弁《とうのべん》〔＝経任〕、若狭国の解《げ》〔造大垣〔×八垣〕を申返《もうしかえ》す。(256)〕・伊予国〔伊与国〕の解〔造不老門を申返《もうしかえ》す。〕を持来《もちき》〔持×〕たる。

卅日、丁丑。

▼a 頼隆真人、吉夢を談ず。前に於《お》いて書かしむ。

*1 頭弁《とうのべん》〔＝経任〕、伝仰《つたえおお》せて云はく「『致経召進《めしたてまつ》る沙弥良元、原免すべし。三宅長時漸《ようや》く七旬に及ぶ。而《しか》るに若《も》し必ず後の問に消《もち》ふべきの者歟《か》。暫《しばら》く免ずべからず。』者《てへ》り。関白〔＝頼通〕御物忌《おんものいみ》。門外に於いて伝申《つたえもう》さしむ。亦、伊勢国司〔＝行貞〕進る証人三人の事。左右《そう》無し。之を伝申《つたえもう》すの者、慥《たしか》には申さざる歟。明日面して申すべし。」と云々。抑《そもそも》、良元、免ずべき事、即ち同弁に仰〔×作〕す。旬草子は頭弁。(257)

▼b 已講《いこう》真範、観音品を講演す。(258)〔布施《ふせ》三疋。〕釈経《しゃっきょう》甚だ貴し。人々随喜す。中納言〔＝資平〕・三位中将《さんみのちゅうじょう》〔＝兼頼〕聴聞す。頭弁・四位少将資房・経季、其の外、記さず。

『小右記』長元四年三月　註釈

（1）**河原に出でて解除《げじょ》す**　実資が（婿兼頼と共に）車で河原に出て、御燈《ごとう》の由祓《よしのはらえ》を行なった。「解除」は前出（↓二月註17）。祓。「河原」は、賀茂川の河原。
「御燈」は、毎年三月と九月の三日に行なわれる北辰《ほくしん》（北極星）に燈火《とうか》を捧げる行事で、もと民間の習俗が、国土安穏や天変地異の回避などを祈る儀として宮中にも取り入れられた。宮中の儀としては、一日から天皇自身の精進潔斎が行なわれ、当日は廃務《はいむ》（↓正月註442）、清涼殿で天皇の御禊《おみそぎ》に次いで内蔵寮の使が発遣され、霊巌寺《れいごんじ》の辺で燈火を奉る。「由祓」は、穢や御障、あるいは宮《みや》主《じ》の卜に「不吉」と出たことなどにより、燈火奉献が中止された場合、その由を謝罪するために行なわれた。治安元年（一〇二一）九月一日付の卜占の書式が『年中行事秘抄』（三月）「御燈日祓レ行二他事一例」に載せられている。ところが、摂関期には御燈が形骸化し、燈火を奉ることは行なわれなくなり、御燈といえば由祓を行なう儀とされるようになった。御燈は貴族たちに三月と九月の一日に行なう行事として受容されたが、燈火を奉ることの意義が薄れていたことは同じで、藤原忠平の例を見ても、『貞信公記抄』天慶九年（九四六）三月一日条に「供レ燈如レ例、但依二物忌一不レ出二河原一、家内解除、差レ使令レ奉、」とあるが、承平元年（九三一）三月一日条には「出二河原一解除、今日不レ堪二無力一」とし、延長二年（九二四）三月一日条には「解除、便参二法性寺一」としか記されていない。藤原道長・実資に至っては、由祓しか認められない。

（2）**蔵人所の召物《めしもの》の直《あたい》の文**　前出の勘宣旨《かんせんじ》（↓二月註211）。二月廿九日条▼aに、前阿波守藤原義忠が申した「蔵人所の召物の直法」を覆奏させたとあり、天皇の裁可があって実資によって宣下された。二月註212参照。

（3）**原免《げんめん》すべし**　伊賀国掌大中臣逆光の罪を問わない。二月卅日条▼aに実資が奏上を命じた罪名の勘申に基づいて下された宣旨の内容。これを頭弁経任から聞いて、実資はその旨を「仰下」している。「原免」は前出（↓二月註93）。罪を免じること。

（4）**王氏爵《おうしのしゃく》（王口爵）の事**　この年の王氏爵では敦平親王が是定《ぜじょう》として、前大弐藤原惟憲の消息によって良国を推挙したが、良国は王氏の者ではなく鎮西の異姓者であることが判明して事件となり、敦平親王への尋問がなされた。正月五・六・十一・十二・十四・十七日条、正月註366参照。「王氏爵」は前出（↓正月註163）。ここでは仲介者（口入人《くにゅうにん》）への尋問、敦平親王への処罰として是定を停止させること、そして良国を追捕《ついぶ》（↓二月註75）することが問題となっている。この件については、十四日▼cに実資が仰せ下している。註151 152、『左経記』十四日条※4参照。

通常の氏爵のうち、藤原氏と源氏は氏長者が、王氏と橘氏は是定《ぜじょう》が推挙した。「是定」は、氏人の爵に推挙すべき人を是とし定めるという意味。王氏（源氏）では、最上席の親王（または諸王長者）が是定として各天皇の流の巡に王氏爵の推挙をした。橘氏では長者をいい、橘氏出身の納言・参議の者がなったが、永観元年（九八三）十一月以降、橘氏で参議以上になる者がいなくなったので、橘氏の氏院である学館院の別当職と氏挙を行なう者が別になり、前者は橘氏の棟梁、後者は橘氏と血縁ある他氏の公卿がなり、それを橘氏是定といった。寛和年中（九八五〜九八七）に中納言橘澄清女を母とする藤原道隆が是定となり、永延二年（九八八）に中納言道兼、以後、道長・頼通・教通・頼宗・師実・信長・基実・基房ら藤原氏九条流の者が是定となった。

（5）**口入《くにゅう》の人**　王氏爵の仲介をした前大弐藤原惟憲。「口入人」は、①売買、貸借などの口添え仲介をする人。また、その保証人。②和与などの訴訟の仲裁をした人。

（6）**朔旦叙位《さくたんじょい》有るべし**　今年の十一月一日は朔旦冬至《さくたんとうじ》にあたり、その祝賀として叙位（→正月註128）も行なわれる。

その時、今回失態を犯した敦平親王に是定として王氏爵の推挙をさせるわけにはいかない、ということ。「朔旦」は、一日の朝、また一日のこと。ここでは「朔旦冬至」のことで、冬至と十一月朔が重なったこと。その祝い。朔旦冬至は十九年ごと、つまり「一章十九年七閏」の章首に起こることで、慶事とされ、朝廷で「朔旦旬」と呼ばれる祝賀の儀があり、公卿による賀表の奏上や天皇が出御しての祝宴、そして恩赦・叙位なども行なわれた。日本では、桓武天皇の延暦三年（七八四）に始まり、同二十二年、弘仁十三年（八二二）、承和八年（八四一）と朔旦冬至の祝賀が定着した。当時の暦法は必ずしも十九年七閏の原則によっていないことから、次の貞観二年（八六〇）のように、朔が一日ずれて朔旦冬至にならない場合も、朔を移して朔旦冬至として一九年ごとの祝賀が行なわれ続けた。

長元四年の朔旦冬至については、『左経記』に詳しい。閏十月廿七日条※3※5に、賀表へ加署する公卿のこと、当日の十一月一日条には、公卿らが参入し（※1▽a）、賀表を進る準備がなされ（▽b）、天皇が紫宸殿に出御、公卿が賀表を進り（▽c）、公卿以下が紫宸殿の座に着して饗を賜わり（▽d）、天皇が還御（▽e）、見参《げざん》を進る（▽f）までの次第が記されている。また、二日条※1に、藤原実資が前日（閏十月廿九日）に自宅で賀表の作成を式部権大輔大江挙周に命じ、能書の大外記小野文義に清書させたこと、十六日条▽aに、叙位についての伝聞が記されている。

『小右記』は七月から十二月まで（閏十月を含む四ヶ月分）を欠くが、『小記目録』（第七・十一月・朔旦冬至事）に「長元四年十月廿六日、度度朔旦叙位并明年叙位事、」「同月卅日、朔旦冬至賀表作者等事、」「同四年閏十月五日、朔旦賀表、文章博士挙周（大江）可レ作事、」「同月廿六日、賀表、依二近例一、不レ可レ有二小状一事、」「同日、朔旦賀表、除二貞観一之外、無二小状一事、」「同日、朔旦賀表、不レ可レ書二服解公卿署所一事、」「同月廿七日、賀表上卿可レ着二浅履一事、〔参二南殿一時、可レ用レ靴云々、〕」「同年十一月一日、朔旦冬至事、」「同月二日、昨日上二賀表一作法事、」「同日、宰相中将顕基（源）、不二警蹕一、」「同日、内府（藤原教通）跪レ地挿レ笏、失レ礼事、」「同日、出居、従二日華門一参上、違例事、」「同十五日、大外記文義（小野）、持二来叙位勘文一事、」「同十六日、叙位事、〔時棟（大江）、依二大学頭能治一、叙二正五位下一事、未レ勘二公文一儒不レ預二加階一事、〕」「同十七日、音博士清内親信、可レ改二外階一事、」「同日、直講祐頼（安倍）、可レ叙二一階一事、」「同十九日、山上姓、誤二関内階一事、」「同廿五日、女叙位事、」とある。

長元四年の朔旦冬至に関する『小右記』の逸文もある。

『台記』久安元年（一一四五）閏十月廿七日条に朔旦冬至の賀表の草を関白に覧ずることについて記す中で、

長元四年、実資大臣以二★A頭弁一奉レ覧二関白一之由、見二彼記一、

とあり、翌廿八日条に清書について記す中で、

長元四年、★B大外記文義申二事由於関白一、表中関白名字、〔除二奥連署一之外也、〕以二清書人一令レ書之由、見二日記一、〔実資記也、〕

とあり、『小右記』閏十月の条（書下し文）として、

★A頭弁（＝経任）を以て関白（＝頼通）に覧じ奉る。

★B大外記文義、事由を関白に申し、表の中の「関白」の名字、〔奥の連署を除くの外也。〕清書人を以て書かしむ。

という逸文があったことがわかる。また、『平戸記』仁治元年（一二四〇）閏十月廿二日条に載録された大外記中原師兼により勘申された「朔旦冬至安倍陰陽頭昇御暦案事」に、

長元四年十一月一日、後小野宮右大臣記云、★C今日朔旦冬至也、自二卯時一大雨、未時参内、先参二御前一、後着陣、諸卿参入、頭経任来仰云、給二任符一未レ着・未レ給二任符一之者、為レ済二擁政一参上国司等、慈未レ得二解由一、諸大夫皆可レ被レ侍、令レ奏云、御

暦・番奏依₂雨雪₁可ㇾ付₂内侍所₁、

とあり、『小右記』十一月一日条（書下し文）として、

★C 今日朔旦冬至也。卯時より大雨。未時、参内す。先づ御前に参る。後、着陣す。諸卿参入す。頭経任来たり仰せて云はく「任符を給はるも未だ着せず・未だ任符を給はらざるの者、擁政を済せむが為に参上せる国司等、〔慈〕未だ解由を得ざる、諸大夫、皆、侍らるべし。」奏せしめて云はく「御暦・番奏、雨雪に依り内侍所に付すべし。」

という逸文があったことがわかる。尚、『平戸記』には続けて、

同日経頼記云、頭弁来仰₂相府₁云、諸大夫、并未ㇾ給₂任符₁、又雖ㇾ給未₂起《（赴カ）》任₁者、及依₂擁政₁入京国司等、可ㇾ被ㇾ侍、兼又御暦・番奏依₂雨雪₁可ㇾ付₂内侍所₁者、

同日外記々云、今日依₂雨儀₁、御暦并番奏等、依₂宣旨₁内侍所了、

とあり、『左経記』（▽cの部分）と『外記日記』の同日条も引いている。

（7）**当時（□□）**（＝後一条天皇）、**三条院の御譲《おんゆずり》に依りて践祚《せんそ》す** 後一条天皇（敦成親王）は長和五年（一〇一六）正月廿九日に三条天皇の譲位により践祚した。そもそも寛弘八年（一〇一一）に一条天皇が三条天皇に譲位した時、第一皇子敦康親王（皇后定子所生）を皇太子に望んだが、藤原道長をはばかって彰子所生の敦成親王にしたという経緯がある。さらに即位にあたり、三条天皇の子敦明親王を皇太子に立てたが、道長の圧力もあって翌寛仁元年に辞したことで、敦良親王（敦成の同母弟）が皇太子となった。九歳で即位した後一条天皇の摂政には外祖父道長がなり、寛仁元年（一〇一七）三月に頼通へと継承、同三年十二月からは関白となってこの時に至っている。敦平親王は三条天皇と皇后藤原娍子の間に生まれた三男で、同母兄弟に、先の敦明親王（小一条院）の他、敦儀親王（寛仁四年に式部卿、長元三年に出家）・師明（寛仁二年に出家して性信）、当子内親王（長和元年に斎宮、寛仁元年に出家、治安二年〈一〇二二〉に薨去）・禔子内親王（万寿三年〈一〇二六〉に教通と婚す）がおり、異母妹に禎子内親王（母は道長の娘妍子、皇太子敦良親王の妃＝後朱雀天皇中宮）がいる。

（8）**親王に至りては勘事《かんじ》に処せらる（□）べき歟** 敦平親王は勘当にすべきであろうか。「勘事」は前出（一正月註358）。「勘当」と同じ。

（9）**先の朱雀院**（＝朱雀上皇）、**弟の邑上天皇**（＝村上天皇）**に譲位（□）す** 朱雀天皇は、天慶九年（九四六）四月廿日に同母弟村上天皇（成明親王）に譲位した。退位後、七月十日に生母

の太皇太后藤原穏子と共に朱雀院(↓註218)に遷御、尊号を辞したので院号で呼ばれる。天暦六年(九五二)三月十四日、病により落飾(法名は仏陀寿)、同年四月十五日、仁和寺に移り、八月十五日に崩御した。ちなみに「後の朱雀院」は冷泉上皇のことで、安和二年(九六九)八月に譲位し、冷泉院を後院《ごいん》としていたが、天禄元年(九七〇)四月の罹災で朱雀院に遷御したことによる。

(10) **諒闇《りょうあん》に異ならず**　村上天皇は兄朱雀上皇の崩御に諒闇と同じ丁重さで敬意を払った。「諒闇」は、天皇の服する喪のうち、最も重いもの。期間一年。本来、天皇の父母に対して行なわれるものであるが、その他に対して行なわれることも多い。臣下にも素服を与えて服喪させるが、その期間は一定していない。

朱雀上皇の崩御後の雑事について、『北山抄』(巻四・拾遺雑抄下・上皇皇后崩事)に、

天暦六年八月十五日、上皇崩、十七日被レ定二行雑事一、院別当朝忠朝臣参二陣外一、依二遺詔一、不レ任二喪司一、不レ行二御喪料一、不レ置二山陵・国忌一、不レ列二荷前一、自余雑事惣可レ従二停止一之由、伝二宣外記一、上卿奏聞、即挙哀・素服・喪司等雑事停止之由先宣下、又至二御喪日一廃務、御心喪三月、(注略)依二諸卿定申一、本服三月之間、停二飲宴作レ楽、臣下着二美服一之由、下二知官符一、唯計レ日十一月可レ為レ限者、

とあり、上皇の遺詔に従って挙哀・素服・喪司等の雑事は停止したが、心喪《しんそう》三ヶ月とし、追善仏事としての諷誦は、

三七日・五七日・七々日御誦経、以二殿上人・所衆一為レ使、以二内蔵物一為二布施一、元慶、以二遺詔一停二万事一、其例如レ之、但父子之間也、此度初七日当二御衰日一、仍三度被レ修レ之、

とあるように、御衰日に当たる初七日を除く以外は、元慶四年(八八〇)に陽成天皇が父である清和上皇崩御に際してとった措置を踏襲した。「心喪」は、喪服を着さない心だけの服喪という意味であるが、凶服(喪服)と同様に、青鈍色の袍を用いた例が多く、『左経記』(類聚雑例)長元九年(一〇三六)五月十三日条に「又天暦六年、依二朱雀院御事一、御心喪間、同鈍色(御服)云々、」とあるように、村上天皇も鈍色の御服を着した。また飾太刀の飾りを除いたり、装束の一部を黒としたり、冠を無文、巻纓とすることが散見する。『貞信公記抄』承平元年(九三一)九月二十三日条に「定二法皇心喪事一」とあり、同年十二月十七日条に「申時除二法皇心喪一、大祓行、」とあるように、醍醐天皇が父宇多法皇の崩御に際しても心喪が用いられたが、その終了時には諒闇と同じく大祓が行なわれた。尚、村上天皇が朱雀上皇の崩御に対してとった心喪の例は、一条

天皇崩御の時にも参照されている(『小右記』寛弘八年〈一〇一一〉七月八日・十五日・十七日条)。

(11) **頗《すこぶ》る優恕《ゆうじょ》の仰《おおせ》有るは**　後一条天皇が少し寛大な処置をなさること。「優恕」は「宥恕」とも。①寛大な心でゆるすこと。大目にみて見逃すこと。②犯罪の被害者などが、犯人の行為を許す感情をあらわすこと。

(12) **華洛《からく》を経廻せざる歟**　良国が、京に来ないで他国に逃げるかもしれない。だから、諸国に追捕を命じる宣旨を出す必要がある、ということ。この問題が表面化しなければ、良国は叙位に預かるので京に来ることになっていたが、伝え聞いて鎮西(九州)に逃げ帰ってしまうかも知れないと危惧されたか。「華洛」は、みやこ。京都。「経廻」は、①めぐり歩くこと。②日を過ごすこと。生きながらえて年月を経ること。

(13) **重任《ちょうにん》(□)せられ**　下総守為頼が重任を申請した。「重任」は、任期のある官職に重ねて任じること。任期を終えた後も、その任に留まること。為頼の申文《もうしぶみ》(→正月註188)とそれに対する審議は、『左経記』六月廿七日条に詳しく記されている。実資を上卿として行なわれた陣定《じんのさだめ》(→八月註215)において、この申文が下総守平維時の辞書・大宰府の解文と共に諸卿に閲覧され(※1)、意見が徴された。先ず、最も下臈の源経頼が『赴任後すぐに平忠常の乱の平定に追われ、国内が疲弊してすぐには復興できないので、重任をした合計八年間で四年分の公事を済進し、勧賞に預かりたい」という申請の内容を披露して「所レ申可レ然、依レ請可レ被レ免歟、」と述べている(▽b)。左大弁藤原重尹以下の公卿も同意見で、上卿実資より定申した旨が覆奏された結果、「依レ多定申、各可二宣下一、」という天皇の仰があり、更に「為頼宣旨、同下了云々、」とあることから(▽c)、この申請は認められたと考えられる。しかし、同日条※4に、左大弁が「下総守〔時重〕」と除目に書き入れたとある。時重は相模守を申請し、競合した光貴に敗れたのであるが(▽c)、『左経記』長元七年(一〇三四)十月廿四日条に平忠常追討後のことを語っている「上総守辰重」と同一人物だとすれば、「上総守」の誤写とも考えられる。尚、上総国は親王任国なので、平維時も辰重も正確には上総介である。

(14) **逃散《ちょうさん》の民**　平忠常の乱で荒廃した下総国内で逃亡した農民。彼らを農作業に従事させる勧農を行なうとする。「逃散」とは、大勢の人が申し合わせて、居住地を離れて他所へ逃げ去ること。特に、農民が本貫を離れて他所へ移ること。律令では、課役その他の義務を果たさない「逃亡」と、義務を果たしつつ本貫地を離れている「浮浪」とがあるが、両者を合わせて「浮逃」と称すこともある。

(15) **忠常追討(□□□討)の間** 平忠常の乱を鎮圧する時。為頼の働きについては、記録がない。

「平忠常の乱」は「長元の乱」ともいう、房総地方に起こった内乱。長元元年(一〇二八)に上総・下総一帯に勢力を有した平忠常が、安房守平惟忠を焼殺したことで公然化し、同年六月に追討の宣旨が下り、追討使に検非違使右衛門少尉平直方と明法家の検非違使少志中原成通(『左経記』では「済通」)が選ばれた。忠常は内大臣藤原教通に書状を送るなどして追討使派遣の撤回を求めたが、八月に直方らが随兵二百余人を率いて京都を出発、翌二年、直方の父維時が上総介に任じられて追討に加わったが、忠常は上総国夷灊郡(現在の千葉県夷隅郡)の山間地帯を本拠として抵抗した。同年末には成通が追討使を解任され、同三年三月には安房守藤原光業が反乱軍の攻撃を受けて印鑰を捨てて京都に逃げ帰った。ようやく忠常の勢力が衰えをみせた五月に、朝廷は事態を早期収拾すべく直方を更迭し、東国国司を歴任して武名が高く、忠常を家人としていた甲斐守源頼信に追討を命じた。同四年四月、忠常は甲斐国にいた頼信のもとに帰降、護送の途中、美濃国で六月六日に死去した。『日本紀略』四月廿八日条、『左経記』同日条※1、『小記目録』(第一七・合戦事)参照。また六月廿七日の陣定においても、忠常を帰降させた頼信の恩賞について審議されている(『左経記』※2※3)。『小右記』七月一日条＊1も参照。

(16) **無辜《むこ》(×牢)** 罪のないこと、また罪のないもの。

(17) **良吏の聞《きこえ》** 良い国司であるという評判。

(18) **亡国** 財政的に窮乏している国。国司の悪政や政情の不安などにより、財政が欠乏した国。

(19) **堂預《どうのあずかり》得命** 実資(小野宮)第の念誦堂(→正月註416)の預。「預」は、引き受けて守ること。それを任されて留守を守る人。担任者。管理者。留守番。平安時代には「司の長」の意味があり、院の御厨子所・画所・進物所の奉行・武者所などの預があり、また荘官の一としても知られる。春日社で神主(神社神主)が常住する以前には造宮預《ぞうぐうあずかり》と神宮預《じんぐうあずかり》がいるだけであったように、多くの神社でも神主ではなく預が置かれていた。

「得命」は、常住僧(→九月註125)として実資近親者の忌日法要(寛仁三年十一月十三日条など)や悲田施行の使(→正月註406)など私的仏事に奉仕している。寛仁二年(一〇一八)十二月二日条に、

奉レ迎二毘沙門天一、〔年来坐二西殿一、又云、四月以前坐二西対一、其後又月来坐二宰相(藤原資平)宅一〕以二得命法師一従二今日一令レ奉二仏供一、

とあるのが初見で、「北辰星直月」とされる月の初めに

実資が持仏とする毘沙門天像を供養している。得命による毘沙門天供養は、万寿二年(一〇二五)十一月一日から七日間、五節舞姫《ごせちのまいひめ》献上の祈のためにも行なわれている(七日条)。そして、長元三年(一〇三〇)六月廿七日条に、

以二得命一於二念誦一持仏御出、自二今日一奉レ令レ転二読金剛般若経一、為二家中上中下人之息災一、未レ定二日数一、為レ攘二疫癘流行一也、

とあり、得命による持仏への祈禱が、金剛般若経転読と合わせて家中の人々の息災と疫病予防のために行なわれている。本日条に経典名は記されていないが、金剛般若経(→註24)が供養された可能性が高い。この経供養に対して、実資が与えた絹の数は欠損により不明だが、僅かに残る墨痕と五日条＊1の読経僧に対する布施から「二疋」と推定した。ちなみに、月末の月例法華講(→二月註220)の布施は、一回三疋である。

(20) **大原野祭の神馬代**《しんめだい》**(神×)の仁王経**《にんのうきょう》**講演** 大原野祭(→二月註14)に藤原氏の大臣として神馬《しんめ》(走馬十列)を奉る代わりに仁王経(→正月註420)講演を行なうもの。「大原野社」は前出(→正月註452)。「十列代」は、二月註76参照。大原野祭と同じく年二回行なうものと意識されながら、仏事であるので、祭日とは別の日に催されている。

(21) **請僧**《しょうそう》 法会や仏事に僧を招くこと。また、そのために招聘した僧侶。

(22) **春日御社大般若読経**(□■) 実資が「歳事」として年一度、六十人の僧に春日社(→一月註43)で行なわせた大般若経読経。寛仁四年(一〇二〇)十月八日条初見。「大般若経」は前出(→正月註2)。般若経典を集大成したもので六百巻ある。

(23) **山階別当扶公房**《やましなべっとう》 興福寺(→正月註455)の別当である扶公の私房。寺院の「別当」は、二月註185参照。興福寺の寺務を掌る僧としては、別当(天平宝字元年〈七五七〉、慈訓が初任)・権別当(貞観十一年〈八六九〉、孝忠が初任)の他、三綱(以上が上司)・権専当・大知事・知事(下所司)がいた。扶公と実資との関係は古く、『小右記』における初見は永祚元年(九八九)十一月廿七日条で、興福寺万燈会のために実資が信濃布を送ったとある。以後、春日社・興福寺における私的祈願を度々依頼している。

(24) **金剛般若経**(□) 『金剛般若波羅蜜経』一巻。「金剛経」とも略す。鳩摩羅什《くまらじゅう》訳が一般に用いられている。般若経典の一で、空《くう》の用語を用いないで空を説く経典として知られ、一切のものへの執着を離れて「私」という観念を退けることで悟りが得られるとする。護国経典としても用いられた。

(25) **無動寺** 比叡山延暦寺(→七月註23)の東塔所属の一寺。

天台における修験の一種である回峰行《かいほうぎょう》を始めた相応(八三一～九一八)が、貞観五年(八六三)に仏師仁算に造立させた等身不動明王像を安置する仏堂を同七年に建立、同九年九月に供養した。元慶六年(八八二)に藤原基経の上奏によって天台別院となった。

(26) **普門寺《ふもんじ》** 山城国愛宕郡岩倉にあった天台系の寺院(現廃寺)。永祚元年(九八九)八月に焼亡。付近には解脱寺があり、藤原道長もこの辺に隠棲することを考えたことがある(『小右記』万寿二年〈一〇二五〉八月九日条)。実資は、任大臣の宣旨が得られたことを阿闍梨叡義に尊星王への祈願をさせていたからと記しており(治安元年七月九日条)、これを契機に尊星王供《そんしょうのうぐ》(→七月註17)を定例化させたと考えられ、『小右記』治安三年(一〇二三)五月廿八日条に、

廿八日、庚寅、従二今日一六ヶ日奉レ供二尊星王一、〈去年冬・当年春季料、阿闍梨文円於二普門寺一供養、〉当季仁王講、〈三ヶ日、〉阿闍梨盛算・念賢・慶範、当季聖天供、〈三ヶ日、〉

とあるように、年四回、この寺で尊星王供を行なわせている。また、同年十二月五日条に「阿闍梨文円来、相逢、示下自二来十四日一於二住房一〈普門寺、〉可レ修二八字文殊法一之事上、約諾畢、」とあり、十四日条に「従二今日一七ヶ日於二普門寺一以二阿闍梨文円一令レ行二八字文殊法一、〈伴僧二口、〉為レ攘二天変一、蘇蜜・名香・浄衣等送レ之、」とあり、同寺の阿闍梨文円に天変を攘うための八字文殊法を行なわせている。よって「久円」は「文円」の誤写の可能性もあり、共に不動息災法などの私的修法を依頼する僧として見える。

(27) **尊勝法《そんしょうほう》**(口) 密教の修法の一で、尊勝仏頂(胎蔵曼荼《たいぞうまんだ》羅《ら》釈迦院の五仏頂の一)を本尊として攘災・除病・延寿のために修す。尊勝陀羅尼《そんしょうだらに》を誦し、尊勝曼荼羅を用いる。尊勝護摩ともいう。

(28) **伴僧《ばんそう》** 前出(→正月註418)。

(29) **等身十一面観音像五体を顕《あら》はし奉る** 等身の十一面観音像の絵像を五幅描かせた。「等身」は、仏像を造立する際の一基準で、普通の人間と同じ大きさ。仏像は、仏の超人化により、常人八尺(周尺、普通尺の四分の三)の二倍である一丈六尺(丈六《じょうろく》)を基準とするようになったが、法隆寺釈迦三尊像や夢殿救世観音像が聖徳太子の等身像といわれるように、特別な意味を持って等身に作られる場合もあった。他に三丈二尺・半丈六《はんじょうろく》・一搩手半《いっちゃくしゅはん》などがある。

実資は如意輪観音を本尊とし(長和二年〈一〇一三〉三月十一日条)、清水寺・長谷寺など観音霊場への参詣をするなど、早くから観音信仰をしていたが、十一面観音の造

立は他に例がない。婿兼頼と家中の人々のため「時疫」を攘う「年首の善」として始めたとあり、これまでに三体できていることから、長元元年夏の疫病流行に際して発願された可能性が考えられる。「長元」改元の理由として『日本紀略』長元元年(一〇二八)七月廿五日条に、

詔改元為二長元元年一、依二疫癘・炎旱一也、大二赦天下一、大辟以下罪皆赦除、但常赦所レ不レ免者不レ赦、又高年云々加二賑給一、

とある(『小右記』同日条も参照)。『小右記』長元三年九月一日条に「夏季観音供始、〈新図絵、〉供師念賢、」とあるのも関連するか。この年に二体の画像を描かせた理由は不明だが、前年までに描かれた三体を供養する三人の僧(念賢・明宴・円空)に二体を供養する請僧二人を追加している。同時に読経がなされたとすれば、その結願が五日条＊1にあたるか。

(30) **花蘇芳《はなすおう》・支子《くちなし》を以て抹《まっ》する** 「花蘇芳」は蘇芳花のこと。絵具の一種で蘇芳の煎汁から製した帯紅暗褐色の泥状物。「支子」はアカネ科の常緑低木(梔子・巵子)で、その果実から製した黄色染料は梔子《くちなし》色という。共に膠《にかわ》を加えないと液状にならない。「抹」とは、手でこすること。なすること。つまり非殺生《ひせっしょう》思想により絹布・毛筆を使わず、膠を加えない粉状の塗料を手でこすって十一面観音像を描かせたのである。但し、古記録本は「以花蘇芳支子採色、」とし、大成本は「以花蘇芳・支子採(彩)色、」とある。

(31) **時疫《じえき》**(×度) 流行病、はやり病。

(32) **少女(=千古)の当季の聖天供《しょうてんぐ》** 娘千古のための聖天供(→正月註419)。万寿二年(一〇二五)十一月二日条参照。

(33) **三井寺の十一面観音(□□)の宝前** 園城寺《おんじょうじ》の十一面観音像の前。

「園城寺」は、近江国滋賀郡内、現在の滋賀県大津市園城寺町に所在。三井寺ともいう。円珍によって貞観八年(八六六)に天台別院とされた。同十年、円珍が天台座主に補任されると、勅によって円珍に園城寺を賜わり、永く伝法灌頂の道場とされた。比叡山では円仁・円珍の没後、円仁門流と円珍門流の勢力争いが見られ、天台座主(→二月註4)をめぐる争乱もあった。園城寺の伽藍は、金堂を中心とした中院、二尾社を中心とする南院、新羅社を中心とする北院からなる。西国三十三所第十四番札《ふだ》所《しょ》ともされる「観音堂」は、南院山上にあり、本尊は如意輪観音である。園城寺の十一面観音像としては、一木造の像高八一・八センチの立像(重要文化財)が有名である。檀像風の緻密な彫造から十世紀の像と考えられ、園城寺五別所の一、尾蔵寺の旧本尊といわれている。尚

『小右記』万寿四年(一〇二七)十二月廿八日条に「小女従二今日一十ヶ日於二三井寺十一面観音御前一〔義光・慶静、〕奉レ令レ転二読二種経一〔観音品・仁王経、〕」とあり、特に娘千古の信仰と深い関係にあった。

(34) **観音経(□□)** 法華経(↓二月註220)第二五章「観世音《かんぜおん》菩薩普門品《ぼさつふもんぼん》」のこと。観世音菩薩が三十三身をとって衆生を救済すると説き、現世利益的な性格が強く、観音信仰のよりどころとされた。

(35) **白地《あからさま》に北廊に渡る** 養子資平と資平の娘が、しばらくの間、実資(小野宮)邸の北廊にやってきていた。「白地」は「偸閑」とも。①たちまち。急。②一時的であるさま。ちょっと。しばらく。③かりそめにも。④かくさず、ありのまま。あらわ。はっきり。

(36) **季御読経《きのみどきょう》始** 「季御読経」は前出(↓二月註50)。初日は説法・転読・行香《ぎょうこう》(↓九月註335)が行なわれる。七日に結願。日次《ひなみ》が悪いとして実資は参入していないが、この日(辛亥)は重日《じゅうにち》(↓八月註86、巳・亥)・復日《ふくにち》(↓二月註88、三月節は八日乙卯からなので二月節の復日である乙・辛)に当たっている。結願は七日▼bで、藤原資平が参入した。

(37) **内《うち》の御作文《おんさくもん》** 内裏で行なわれる天皇主催の漢詩を作る会。『日本紀略』三日条に「御燈、禁闈有二密宴一、桃源皆

寿考、東宮詩会、題云、桃花助酔歌、」とあり、御燈《ごとう》(↓註1)の後で「密宴」があり、「桃源皆寿考」という題で漢詩を作る作文《さくもん》が行なわれたとある。東宮でも「桃花助酔歌」という題で詩会が催された。「作文」は、漢詩を作ること。漢詩を作る会。その漢詩。『日本後紀』以下の国史では「賦詩」と記しているが、『九暦抄』天暦三年(九四九)三月十一日条を初見として、古記録(日記)などでは「作文」としている。定められた句題・韻字によって作詩され、全体の序文である詩序が作られる。詩が披講された後、奏楽・飲酒・賜禄などがある。正月の内宴《ないえん》、九月の重陽《ちょうよう》、春秋の釈奠《せきてん》の年中行事に伴うもの、講書の終了に伴うもの、宮廷や貴族の別業などで興じるものなどがある。

(38) **甘心《かんしん》の気《け》無し** 関白は季御読経始の前日に内裏で作文を行なうことについて、良く思われてはいないようであった。「甘心」は前出(↓二月註149)。実資も関白に同意している。

(39) **殿上《てんじょう》す** ここでは、殿上受領(↓正月註119)として昇殿したこと。則理は、その報告と、下国の挨拶を同時にしている。

(40) **清水寺** 兼頼が清水寺に参籠すること。通夜して燈明を捧げ、諷誦《ふじゅ》(↓正月註75)を修めて帰る。諷誦代として

の絹一疋と祈禱をする導師への禄としての疋絹が書かれているが、これも実資が負担したのであろう。「御明」は前出(→正月註4)。

「清水寺」は、山城国愛宕《おたぎ》郡、現在の京都市東山区清水にある。本尊十一面観音とする観音霊場。創建は宝亀九年(七七八)、賢心(延鎮と改名)が観音の示現である行叡居士の教示に従い、延暦十七年(七九八)に坂上田村麻呂を願主として造像・建立した。同二十四年に寺地を公許され、弘仁元年(八一〇)に寺額を賜わった。承和十三年(八四六)に葛井親王による三重塔、承平七年(九三七)に大門・二天が造立されるなど寺観が整えられていった。その霊験は有名で、貴族たちの参詣・参籠が諸記録に散見し、西国三十三所霊場が形成されると第十六番の札所《ふだしょ》とされた。実資も二十〜三十歳代には毎月十八日に清水寺に参詣し、燈明を奉っていた。婿兼頼にも清水寺への信仰を勧めたか。註168も参照。七月六日＊1にも、自身の息災と千古のために二口僧に観音品を転読させている。

(41) **官の使々《つかいづかい》** 太政官の使。複数であるので「使々」とする。但し、古記録本・大成本では「官使、々相共…」とする。七月十一日条▼aに注進文を持ってきている。

(42) **使部《つかいべ》** 太政官・八省などの官庁で雑役に使った下級の役人。「しぶ」とも。

ここでは、太政官の使部。

(43) **史生《ししょう》** 諸官司や諸国の主典の次に位する官。公文書を写し、文案に上官の署名を取ることを掌った。一分《いちぶ》の官。「ふみびと」「ふんびと」「しじょう」とも。

ここでは、太政官の史生。

(44) **読経結願《けちがん》** 不明。五人の請僧へ布施を行なっていることから、実資の私的な読経で、二日条＊2の等身十一面観音像奉顕に際して始められたと考えられる。観音経が読まれたか。註29参照。

(45) **女院(＝彰子)忽《たちま》ち白河院を覧ずべきの告《つげ》** 上東門院彰子が突然に白河院で花見をするであろうという知らせ。「白河院」は、白河第、白河別業、白河殿などともいう。同時期、同所に藤原公任の山荘があり、それと区別するため、公任の小白河に対して『大白河』と呼んだこともある。九世紀中頃に藤原良房が平安京外に別業を営んだことに始まり、基経、忠平と摂関家に伝領、十世紀初頭には道長の所有に帰し、長元年間には頼通に伝領されている。桜の名所として知られ、寛和元年(九八五)三月七日に円融上皇が御幸するなど(『小右記』)、公卿・文人等を招いた観桜の宴や詩会・蹴鞠・競馬などが催されている。長元五年(一〇三二)三月二日には後一条天皇と上東門院彰子が「翫花」のために訪れている(『日本紀略』同日条、

『本朝続文粋』〈巻九・詩序中〉に藤原実綱の「七言暮春待レ行二幸白河院一同賦二水上落花軽一応レ製詩一首〈以レ春為レ韻、并序。〉」がある)。尚、頼通から師実に伝領されるが、頼通が薨じた一年後、白河天皇に献上された。天皇はここに法勝寺を建立する。

(46) **装束営《いそ》ぎ縫ふべし** 上東門院彰子の白河御幸に随行する者への禄としての装束を急いで縫わなければならない。実資も提供することになっていたためか。御幸が行なわれるかどうか情報が錯綜しており、実資も確認を急がせる中で、季御読経(↓註36)結願の日には「執柄」(↓正月註133)である頼通が他のこと(白河御幸)を行なうのは良くないと批判している。

(47) **身を免じて仮に従事せしむ** 大和守源頼親を釈放して、上東門院彰子の白河御幸の警備に当たらせる。
源頼親と僧道覚をめぐる事件については、正月廿六日条＊2、『左経記』正月廿八日条※1参照。尚、「道覚」は原文で「□覚」(□の辶は判明)であり、古記録本は「進覚」、大成本は「延覚」とするが、『左経記』に「道覚」とあることに従った。この頃、受領在京の例が多いことから大和守頼親も在京していたものと思われる。ここで頼親を免じたのは、上東門院彰子の警備に当たらせるための「仮」の措置で、僧道覚を打った下手人の捕進を厳命している。

(48) **今日の事** 白河殿御幸のこと。この後、身人部信武が「已に気色無し」と言っているのも、上東門院彰子に御幸する様子が窺えないということ。

(49) **女院に参らるべき歟(×无)の由** 関白頼通が上東門院彰子のもとに向かうだろうか、と関白の随身らが言っていたということか。古記録本では「関白可被参女院无(共カ)之由、」として「女院の共に参らるべきの由」と読む。

(50) **律師(=良円)の経営料** 実資の息良円の房のための必要経費として絹百疋を送ろうとした。十一日▼aの日吉社八講の料と考えられる。翌八日＊1に送られている。註110参照。

(51) **河水盈溢《みちあふ》れ** 賀茂川の水が溢れて。ここでは、彰子御幸を行なうか否かを問題にする中で、良円の房に経営料を送れないほど水嵩《みずかさ》があったという使の報告を書き入れている。

(52) **奏に候ぜむと欲す** 実資が官奏《かんそう》に奉仕しようとしている。「官奏」は、太政官が諸国の国政に関する重要文書を天皇に奏上し、その勅裁を受ける政務。語源は『公式令』に定める太政官奏にあるが、「官奏」の称としては『貞信公記抄』延喜十一年(九一一)二月・三月条に見られるのが早く、実質的には摂政・関白が置かれた以降の政務のあり方を指す。式次第については、『西宮記』(臨時一甲・官奏)、『北山抄』(巻三・拾遺雑抄上・官奏事)、『江家次第』(巻九・九月・官奏)などに詳しい。天皇が紫宸殿に出御、太政官の筆頭の職事公卿(醍醐天皇以降は宣旨で指名された公卿)が一人御前に候じて奏文を奏上し、勅裁を受ける。奏上する文書は不堪佃田奏などの諸国から申請された地方行政上重要とされるもの。摂政・関白がいる時はその内覧を経て奏上された。次第に儀式化したが、官奏は除目と共に天皇の大権行為の象徴として重視され、平安時代の儀式の中でも重要な位置を占めた。

この時は、実資が宣旨により官奏を行なうことになっていたが、上東門院彰子の白河殿御幸があればできなくなるので、その有無を大変気にしている。

(53) **所充《ところあて》の文**　所充の申文《もうしぶみ》の儀を行なうことになっている。ところが、上東門院彰子が白河御幸をすれば、官奏・所充はできないだろう。「所充」は、所の別当を任じること。令制外の行事であるが、除目と並行して行なわれることもあった。太政官所充(官所充《かんのところあて》)は、諸司・諸所・諸寺の別当を定める儀で、弁・史などが補された。『江家次第』(巻五・二月・官所充)によると、二月十一日の列見の後、十三日以降に太政官の朝所で行なわれた。殿上所充《てんじょうのところあて》は、修理職・穀倉院などの別当を定める儀で、殿上人以上が補された。これは臨時の儀で、先ず弁官局で「所々等別当闕勘文」と「定文土代」が作られ、関白に提出され、その承認を受けて清書、それを基に所充当日に御前定が行なわれる。最終的に決定された各別当の氏名は一紙に書かれ、弁官ないし蔵人所に下され、口頭ないし宣旨によって補任が発令される。他に院・宮の所充などがある。『左経記』八日条※1参照。

この所充は、太政官所充(官所充)であるが、この年九月十六日＊1には殿上所充が行なわれている。九月註138参照。

(54) **受領《ずりょう》の任符《にんぷ》請印《しょういん》の事**　二月十五日▼b・十六日▼a・十七日＊1に行なわれた外官除目《げかんじもく》(↓正月註395 441)を受けて、受領の任符に請印(↓正月註187)すること。これを官奏の後に藤原資平と藤原通任が行なったことは、『小右記』八日条▼d・『左経記』八日条※2にも記されている。「任符」は、地方官が任命された際に発給される太政官符。「籤符」とも。宛先は任官者本人ではなく、赴任先の国司(西海道の場合は大宰府)。新任者は任符を携行し、路次の諸国から食料・馬などの供給を受け、任地で前任者との交替事務を行なった。任符を受けながら任国に赴かず、返上する場合もあり、これを「任符返上」といった。『類聚符宣抄』(第八・任符事)に、諸国の守・介・掾・博士・史生、按察使、鎮守府将軍などの任符の文例が収められている。基本的に内印《ないいん》が捺されていたので、『左経記』八日条※2には「内文《うちぶみ》」とある。

(55) **右大弁(=経頼)着座の後、未だ従事せず**　右大弁源経頼が任参議後、初めて太政官庁・外記庁の公卿の座に着してから、そこでの仕事をしていない。「従事」は、事に従うこと。公務を勤めること。経頼の着座の儀は『左経記』二月廿九日条※1▽a▽b、二月註209参照。

(56) **大丞(=経頼)参入の後**　右大弁源経頼が着座の後、初めて行なう儀(吉書を奏す等)を済ませてから、実資が参入するということ。「大丞」は大弁の唐名《とうみょう》。『左経記』三月八日条※1※2に、経頼によって着座後初めて吉書《きっしょ》加署《しょ》がなされたこと、結政《かたなし》・外記政《げきせい》・南所申文《なんしょもうしぶみ》が終わってから官奏が行なわれたことが記されている。

(57) **仍りて参内すべきの事**　上東門院彰子の白河御幸が中止になったので、この日に官奏が行なわれることとなった。そのために実資は参内すると頭弁藤原経任に伝えている。

(58) **衙政《がせい》**　外記政《げきせい》(→正月註385)。この日、源経頼が参議右大弁として着座後初めて結政《かたなし》を行ない、権大納言藤原長家を上卿として外記政が行なわれたことについては、『左経記』同日条※1参照。これに続いて内裏で陣申文、官奏(※2)が行なわれた。

(59) **罷申《まかりもう》す**　伊賀守藤原顕長が任国へ下向するため、実資に暇乞いに来た。「罷申《まかりもうし》」は、地方官が任地に赴任の時に、御暇《おいとま》を申し上げること。貴人に別れの挨拶を申し上げること。

(60) **神郡《しんぐん》の郡司(々司)の拷不の明法道の勘状《かんじょう》**　二月廿一日＊1に下された再度勘申せよとの宣旨に対する明法道の勘申した文。「勘状」は、調査した内容などを書いた文書。勘文《かもん》(→正月註56)。二月一日条＊3・十九日条＊3・廿一日条＊1、二月註11 137 138 147参照。正輔が進めた証人のうち、神民である二人について拷訊《こうじん》を行なえるかどうかが問題になっていた。本条により神民の中に神郡の郡司が含まれていたこと、三月十四日条＊3によりその名が兼光であったことがわかる。本条の勘状は豊原為永と中原成通によって作成されたもので(註108)、社司(禰宜・祝)と同様に神郡司の職を解いてから拷訊すべきだとしているが、これに対して明法博士令宗道成は罪のない神郡司を拷訊すべきではないとの異議を出している。九日条＊2・十日条＊2・十三日条＊1・十四日条＊3、註98 108 124 146参照。

「神郡」は、「かみごおり」「かみぐに」とも。神領とされた郡。そこの租庸調は神社の祭祀・経営に充てられ、庶務は国司と共同で行なった。伊勢神宮の神郡は伊勢国にあり、郡内の租庸調などが伊勢神宮のものとされた。大化改新の時に度会・多気二郡それぞれの十郷が神郡となり、寛平九年（八九七）に多気郡から分離していた飯野郡が寄進されて「神三郡」となり、更に朱雀・村上・円融・後一条・後鳥羽の各天皇の時にそれぞれ員弁・三重・安濃・朝明・飯高の各郡が寄進されて「神八郡」となった。神郡の郡司が神職を兼ねることはなく、郡の官人としてのみ神宮の祭祀に関与した。三月十二日条＊1には郡司解任の問題と関連して、神郡郡司の任命者が伊勢神宮と政府のいずれであるかについて勘申せよとの指示が出されたことが見える。

（61）**禰宜《ねぎ》・祝《はふり》等、犯有らば、亦《また》の日**　神社の神職である禰宜・祝に犯罪があったとされた場合は別の日に、という意味か。「有犯亦日」を古記録本は「有犯亦日（者ヵ）」、大成本は「有死亦日（〇罪者ヵ）」としている。

（62）**如在《にょざい》の礼**　「如在」は「じょさい」とも。神を祭るのに眼前に神がいるように慎みかしこむこと。ここで「如在の礼」は「敬神の道」と対で使われ、神聖な神に関わる職であるから、社司と神郡司を同等に扱うべきであるということを強調している。

（63）**奏並《なら》びに申文《もうしぶみ》の事**　官奏（→註52）とその前に行なわれる申文の儀。『左経記』同日条※2に「頃之右府被㆓参入㆒、先申文、〔所充文・鎰文二枚、〕次有㆓官奏㆒、〔鎰文二枚、〕」とある。

（64）**馬を与へむの消息有るべし**　加賀守藤原師成が任国赴任の際、父通任から「馬がほしい」という手紙があるべきである、という意味。実資は、それがなくても馬を送った、と言っている。但し、古記録本・大成本は「可有与（有可ヵ）馬之消息」としているが、これに従えば「馬を与ふべきの消息有り」と読み、通任の要請に従って実資が馬を師成に送ったことになる。註96も参照。

（65）**有志の人**　実資に奉仕する心のある人物。

（66）**賀茂祭を過ぐるの後**　賀茂祭が終わってから。藤原師成は長元元年（一〇二八）二月十九日に左少将となり、同四年二月十七日に加賀守を兼ねた。この年の賀茂祭で左少将として近衛府使を勤めることになっていたので、それを終えて四月以降に赴任するということ。九日条＊2参照。

「賀茂社」は、賀茂別雷《かもわけいかずち》社（上賀茂神社、略称上社《かみしゃ》）と賀茂御祖《かもみおや》社（下鴨神社、略称下社《しもしゃ》）の総称。二社でありながら一社のように朝廷から王城鎮守の社として崇敬を受け、特に弘仁元年（八一〇）の薬子の変を克服した嵯峨天皇によって伊勢神宮の斎宮に倣って斎院《さいいん》が置かれた。

「賀茂祭」は、四月の中酉日を祭日として、朝儀として行なわれた祭(公祭)。起源は古く、『続日本紀』文武天皇二年(六九八)三月辛巳(廿一日)条・大宝二年(七〇二)四月庚子(三日)条に、賀茂祭の日に衆を会して騎射することを禁じたことが見え、和銅四年(七一一)四月乙未(廿日)条に、以後の祭日に国司が検察することが定められたとある。弘仁十年(八一九)に勅によって中祀《ちゅうし》に准じられ、朝廷が行なう最も重要な祭として盛大に行なわれた。春日祭(→二月註43)と同様に、『延喜式』(巻一五・内蔵寮)などに勅使として、内蔵寮は「寮官人五位已上」、近衛府は「五位已上官人」、馬寮は「官人五位已上」を遣わすと規定されている。走馬・近衛の数も最高の十二とされ、中宮の使として「五位已上官人」も遣わされた。午日(もしくは未日)に警固があり、賀茂川で斎院(斎王)が御禊を行なった。申日の摂関賀茂詣は道長以降に定例化した。酉日(祭日)の奉幣使の行列は、『江家次第』(巻六・四月・賀茂祭使)に、山城の歩兵左右各四十人、騎兵左右各六十人を前駆とし、郡司八人、国司一人、内蔵・中宮・春宮・院の御幣及び宮主、春宮・中宮・馬寮の走馬、春宮使・中宮使・馬寮使・近衛使・内蔵寮使・闈司・中宮蔵人・内蔵人・中宮命婦・内命婦・左右火長各十人、門部兵衛近衛左右各二人、斎院長官と斎王の輿、女孺十人・執物十人・膳部六人・騎女十人・童女四人・院司二人などとあり、その他に徒歩・騎馬・車駕を連ねた極めて華麗なものであった。見物者が多く、桟敷も設けられ、場所争いが起こることもあった。下社・上社の順で祭礼があり、宴・賜禄があって、警護の陣が解かれた(解陣)。

長元四年の賀茂祭について『左経記』四月五日条※1に御禊の前駆定《さきがけさだめ》、十七日(甲午)条※1に御禊、廿日(丁酉)条※1に斎院の出立と行列について記されている。関白頼通の賀茂詣は十九日(丙申)になく、廿六日(癸卯)に競馬《くらべうま》を伴う形で盛大に行なっている。『左経記』四月廿四日条※1・廿五日条※1※2、廿六日条※1▽a〜e参照。

(67) **首途《しゅと》** 出立ち。かどで。旅立ち。ここでは、国司が任地に赴くこと。

師成の任国(加賀国)への下向については、七月九日▼aに出京の許可が出て、十日条＊2に罷申《まかりもうし》に来ている。

(68) **縦横** 混乱していること。種々、様々であること。情報が錯綜していること。

(69) **自《おの》づから相違有り** 国司の任国への赴任に際して賜与する物について、有志の人とそうでない人とでは違いがあって当然である。だから大蔵卿通任には師成の赴任の期に関係なく今日馬を送った、ということか。

(70)　**輦車《れんしゃ》に乗りて参入し**　実資は待賢門（大内裏図Ｄ3、Ⓒ）で牛車から輦車に乗り換え、春華門（Ｄ3、Ⓐ）で降りた。そこで藤原長家・源師房・源経頼が侍従所（南所《なんしょ》）での南所申文を終えて建春門から参入してきたので、その後を追うように宣陽門（内裏図ｅ5）から内裏の内郭に入り、床子座《しょうじのざ》（→註71）で待機していた右大弁経頼以下の前を通り、敷政門（→正月註17）から陣座《じんのざ》（→正月註16）に着した。この時、長家と師房は既に退出していなくなっていた。ここから『左経記』同日条※2と対応する。「輦車」は前出（→正月註41）。二月廿九日条▼ａに手狭になった輦車を改造したとあり、それを初めて使用したと考えられる。

(71)　**床子《しょうじ》**　長方形の板の四隅に脚をつけた、机に似た腰掛け。「そうじ」とも。ここでは、綾綺殿の南廂にある床子座（内裏図ｄ3）のこと。

(72)　**磬折《けいせつ》**（×打）**し揖す**　立って腰をまげておじぎをした。「磬折」は「けいせち」とも。敬礼の一で、立ったままで腰を前方に折り曲げる。

(73)　**匕文《かぎのふみ》**（□□）　鎰文。①大蔵省の蔵を開けることを命じた文。②諸国の不動倉を開けることについての文。
ここでは②で、加賀国と因幡国から出された申請による鎰文と考えられる。『左経記』同日条※2に見える「鎰文」も同じ。

(74)　**奏并びに中文に候ずる**　官奏に奉仕する右大史信重を、中文の儀にも奉仕させる。これについて右大弁源経頼と交わされた会話は、『左経記』同日条※2に、

先此余於㆓仗座㆒申云、今日所ㇾ候六位大史一人也、而可ㇾ候ㇾ奏也、於㆓中文㆒以㆓少史㆒令ㇾ候如何、右府命云、少史候是例事也、但今日文書不ㇾ幾、以㆓大史㆒令ㇾ勤㆓両度之役㆒、何事之有哉、是又先例者、余申云、共有ㇾ例之事也、出㆓陣腋㆒以㆓信重㆒可ㇾ令㆓両役㆒之由、仰㆓義賢朝臣㆒了、

とある。この一文は、九条本『官奏抄』にも引用され、

長元四年三月八日、右大臣（藤原実資）被ㇾ参㆓有官奏㆒、介先申請云、今日所ㇾ候六位大史一人也、然者可ㇾ候ㇾ奏也、於㆓中文㆒以㆓少史㆒令ㇾ候如何者、右府命云、少史候是例也、但今日文書不ㇾ幾、以㆓大史㆒勤㆓両役㆒、何事之有哉、是又有㆓先例㆒者、出㆓陣腋㆒、以㆓信重㆒可ㇾ令㆓両役㆒之由、仰㆓義賢朝臣㆒了、

とある。

中文と官奏で奉仕する史が交替することは、『北山抄』（巻三・拾遺雑抄上・官奏事）に「大臣着㆓南所㆒者、中文史退出間、可ㇾ候ㇾ奏史相替進㆓立巽角㆒、申㆓候ㇾ奏由㆒、〔候ㇾ奏大納言着時不ㇾ申ㇾ之、〕」とある。尚、実資の命によ

り信重が両方に奉仕することになったが、経頼が官奏の少史として交替させてはどうかと言った「広経」は「広雅」の誤りかも知れない。

（75）**南座《なんざ》に着す**　陣座《じんのざ》（↓正月註16）の中で南座に移動した。陣座は東西に長い部屋で、南北二列に座が設定してある。上卿は政務などを勤める場合、小庭に近い南側の座に着す（『西宮記』によると一大臣は最初から南座に着す）。また、北座に着していた上卿の南座への移動は、政務開始の合図となる。実資が南座に着し、右大弁源経頼が「申文」と言うことで、申文が始まった。その儀は『西宮記』（臨時一甲・陣申文）に、

上卿着二陣南座一、〔申文史持二文刺一、自レ南渡二北床子一之後、上卿着二南座一、一大臣本自在二南座一〕大弁着座、申云、申文、上卿許諾、大弁称唯、〈右顧、〉史刺レ文候二小庭一、〔雨、候二宜陽殿砌上一〕上卿目レ史、称唯、就進二膝突一進レ文、上卿取レ文持、史揖、上卿一々見レ文、了以二右手一引二取表紙一、以二左右手一披張、置二座前板敷上一、史取二表紙一開展、置二膝突前一、上卿以レ文一々給レ之、〔大臣一度給、史高声結申、〕史披レ文候二気色一、上卿揖許、可レ奏文者、仰云、申給〈へ〉、上宣文者揖許、史称唯、巻レ文加レ杖退出、大弁立着二床子一、

とある。また、『北山抄』（巻六・備忘略記・陣申文事）参照。

（76）**小庭《こにわ》**　陣座の南にある小庭（d4）。「しょうてい」とも。寝殿と対の舎の間の壺庭《つぼにわ》。特に、紫宸殿の南庭を大庭というのに対して、清涼殿の東南隅、殿上の間の小板敷の前にある庭（内裏図b3）を指すこともある。

（77）**膝突《ひざつき》**　ひざまずく時に膝の下に敷いて汚れをふせぐ半畳ほどの敷物。薄縁《うすべり》・布帛《ふはく》・薦《こも》などで作る。宮中の庭や殿上で位置を示す役割もあった。軾《しょく》ともいう。

（78）**取見《とりみ》ること常の如し**　上卿が申文を見る作法について、『西宮記』（史料前掲註75）にあり、また『北山抄』に、

上卿置二笏於左一、〔此座給二宣旨一時、可レ置レ右歟、或帯剣人可レ置レ右云々、然而拝舞時置レ左、左右只随二便宜一也、多置レ左耳、〕取レ文史坐定後、開二表巻紙一、押二遣文於右端一、随二見了一置二左端一、一々見了、取二表巻紙一、展レ之置二座前端方一、史取二件紙一、又展置二膝着前一、上卿一々取レ文給レ史、史開レ文候二気色一、

とある。

（79）**推して板敷《いたじき》の端に置く**　三枚の文を手で押し出すようにして、縁側の端に置いた。「板敷」は、建物の外側にある、板張りの縁。

（80）**一々結申《かたねもう》す**　文書の事書を一枚一枚、決まった作法で読み上げること。ここでは、史信重が「匕文」と読み

上げた。それに対し実資は「申し給〔へ〕」と命じたが、「所充の文」と読み上げたのに対しては目配せするだけであった。

(81) **趨《わしり》出《い》づ** 小走りに出て行った。「趨る」は、足早に行く。小走りに行く。貴人や目上の人の前を通るときの礼。

(82) **復座して云はく「奏す。」** 右大弁源経頼が座に戻って「これから奏上いたします。」と言った。ここから官奏へと移る。以下の儀は『西宮記』(臨時一甲・官奏)に、

大臣着二陣座一、〔召二官人一令レ置二膝突一〕大弁着二西面座一、〔是参議座也、〕申云、奏、大臣揖、大弁称唯、顧レ面、史以二奏杖一跪二候小庭一、大臣目レ之、史称唯進、跪奉レ文、〔乍レ持レ杖膝行就二膝突一、大臣持レ文、史揖、〕大臣解二結緒一、〔置二文之右辺一、置二座右一云々、〕開レ文攬二寄表紙之右一一々開見了、且置二左端一巻レ文而結レ中置二前板敷端一、史置レ杖取レ文置二膝突前一、開レ文一枚、〔推合、〕申云、可レ候文若干枚、〔有二難書一之時、史申二可レ候之文一、後大臣以レ文賜レ史、史取副出、〕即奏(巻カ)レ文結レ中加レ枚退出、(注略)

とある。

(83) **内覧《ないらん》** 摂政・関白または特に宣旨を受けた大臣が、天皇に奏上すべき文書を先に内見すること。また、その人。官奏における関白の内覧については、『西宮記』に

「有二関白一之時、上卿於二陣座一見レ奏之後、令三弁内二覧関白一之後、上卿進二御所一、奏レ儀如レ常、」とある。尚、この時、関白頼通の命により式部卿敦平親王を再尋問することについても奏上されることになる。

(84) **王氏爵《おうしのしゃく》** 前出(→註4)。良国という人物の身分詐称事件。三月十一日・十四日条参照。

(85) **伝《つた》え申《もう》す人** 敦平親王に王氏爵に良国を推挙するよう告げた藤原惟憲。「口入《くにゅう》の人」(→註5)と同じ。

(86) **終始有る** 一貫して筋が通っている、という意味か。

(87) **理《ことわり》相《あい》当《あ》たる** 道理にかなっている。

(88) **覆問** 重ねて問うこと。繰り返し問うこと。裁判などでの二回目の質問。

式部卿敦平親王への尋問は正月十七日▼aに行なわれたが(正月註366参照)、再度尋問が必要だということ。

(89) **便《すなわ》ち奏(×之)候《さぶら》ふの由を奏せしむ** 内覧を終えて、官奏が具わったことを奏上する。『西宮記』(註82の続き)に、

大臣令二殿上弁〔無レ弁者付二蔵人一、或以二大弁一中者非也、〕奏一奏候由一、〔弁進二御所一申レ之、或云、候二気色一、御二昼御座一之後可レ申、弁申云、其人奏候、〕

とあるように、ここから官奏の儀が再開される。また、文脈から見て右中弁源資通が天皇に奏上した「殿上弁」に当たる。

（90）**召有《めし》り**　天皇が出御し、実資を召した。『西宮記』（前註の続き）に、

主上出御、弁帰来云、召〈寸〉、〔帰出之次、召ㇾ史、〕大臣立ㇾ座、〔大弁可ㇾ退云々、〕参上、〔経㆓軒廊西二間㆒渡㆓階下㆒至㆓射庭㆒、史并主典各捧㆓奏杖㆒相従、大臣立㆓廊下小橋東辺㆒、史・主典跪、史以㆓官奏并使奏等㆒挿㆓文杖㆒進㆓奉大臣㆒、大臣或南面、史飜ㇾ杖而進㆓大臣㆒、或艮面、仍史自㆓大臣右辺㆒直進ㇾ之、大臣挿ㇾ笏執ㇾ杖自㆓侍所小板敷東端戸㆒【中戸也、】昇ㇾ廊経㆓年中行事障子南東辺㆒、跪㆓候障子北妻㆒、出ㇾ自㆔廊柱与㆓障子東面之中障子北妻㆒、平頭跪候、或又経㆓廊柱東辺㆒、跪㆓同所㆒〕

とあるように、この召に応じて実資は御前（清涼殿昼御座）に参上する。その途中、射場において官奏を挟んだ文杖を史から受け取る。

（91）**作法、恒の如し**　天皇とのやりとりについて、『西宮記』（前註の続き）に、

主上目給〈不〉、大臣唯、〔音高長也、往代微々也、〕参上進ㇾ文就㆓円座㆒、〔登㆓於孫廂㆒北行当㆓御座㆒、始跪㆓長押下㆒、両三度膝行、昇㆓長押㆒敬屈膝行奉ㇾ文、持ㇾ杖逡巡左廻、就㆓御前廂円座㆒、進退之間、或膝行、或始跪㆓長押上㆒、進ㇾ文退帰之時、不㆓膝行㆒、直歩退着、乍ㇾ持ㇾ杖候矣、大納言師尹候㆓官奏㆒之間、居㆓円座南辺㆒、未詳、〕主上覧ㇾ文、〔一々御覧、此間有㆓勅語㆒者、大臣乍ㇾ持ㇾ杖奏㆓聞雑事㆒、〕訖巻ㇾ文結ㇾ中置㆓御座前㆒、大臣給ㇾ文、〔置㆓杖座右辺㆒、叉手進跪、敬屈膝行取ㇾ文、退出逡巡左廻、復㆓円座㆒、解ㇾ緒開ㇾ文将ㇾ攬㆓寄右端㆒、一々披ㇾ文結申、合ㇾ文待㆓勅報㆒、主上頷許、大臣称唯、巻ㇾ文一々如ㇾ此、次或下㆓給雑宣旨㆒、大臣結㆓申宣旨㆒、可ㇾ給ㇾ弁、了巻ㇾ文結ㇾ中、取㆓加書杖㆒退出、経㆓年中行事障子西辺㆒、自㆓元中戸㆒下也、〕

とある。すなわち、大臣は天皇の合図により称唯して孫廂から御前に進み、敬屈して奏文を奉る。天皇が一枚一枚を御覧になり、巻き結ねて御座の前に置くと、大臣はそれを給わって円座に戻り、文を開いて結申《かたねもう》す。天皇が頷いて勅裁を伝えると、大臣は称唯し、文を巻き結ねて文杖に取り副えて退出する。

（92）**退下して書并《なら》びに杖を返給《かえしたま》ふ**　以下の儀について『西宮記』（前註の続き）に、

大臣下㆓立射庭本所㆒、史賜㆓奏杖㆒、史賜ㇾ文、主典・史又挿ㇾ杖相従、大臣自㆓本路㆒着ㇾ陣、〔大弁在ㇾ座、或大臣着後、大弁帰着、仍史着㆓膝突㆒、〕史就㆓膝突㆒進㆓奏文㆒、〔大臣不ㇾ開ㇾ文之間、主典候㆓小庭㆒、大臣

目、主典唯、捧レ文退出、〕大臣以二表紙一賜レ史、以レ紙展二座前一、大臣一々給レ文、史披レ文本解候二気色一、大臣毎度仰二奏報一、了史開レ文一枚、押合申云、成〈レル〉文若干枚、〔有下可二勘申一文并可二返賜一文等上者、又可レ申二其由一〕訖史巻レ文、大臣給二結緒一、即取レ笏、〔或以レ手給レ之、或以二笏・扇等一攬遣、〕史取レ緒結レ文、又加二書杖一逡巡退出、

とある。

(93) **成文**《なりぶみ》 天皇の裁可を得た文書。この場合は、勅裁を経て大臣が決裁した文書。

(94) **結緒**《むすびお》(×儲) 結ぶための紐《ひも》。除目では、成文を紙縒《こより》で結ぶ作法があり、束ねた成文を成束《なりづか》と言った。

(95) **大弁候ず** 実資に呼ばれてきた藤原資平は、参議右大弁源経頼が参議の座にいたことを指摘し、上座の中納言の座に坐って良いかを実資に尋ね、許可を得ている。『西宮記』(史料前掲註82)に「大弁着二西面座一、〔是参議座也、〕」とあることから、右大弁経頼は参議の座に坐っていたと考えられる。資平は実資と交替する形で参入し、家礼《かれい》により化徳門から出て行く実資を見送った後、参議藤原通任と受領の任符請印(↓註54)を行なった。経頼は「早参」を理由に、実資の許可を受けて退出している(『左経記』同日条※2)。

(96) **相奉朝臣を以て馬を給はむの由を申さしむ** この日に馬を賜わった石見守資光は、相奉を通じて実資に馬がほしい旨を申し出ていた。古記録本は「令申給馬之(恐カ)由」とし、馬を賜わったことに対して恐《かしこみ》(恐縮している旨)を言ってきた、と解釈している。ここでは原本に従って読み、以前に申請していた、と解釈した。同日条＊2に「大蔵卿来ム、為レ申レ給二師成馬一、昨日欲レ来、依二参内一不レ来、返々恐悦、」とあり、大蔵卿藤原通任が息師成に馬を給わることを申し出るために昨日(八日)実資を訪れるつもりであったが、実資が参内したために来なかったところ、先に馬をいただいてしまった(八日条▼b)ことを非常に恐悦している。受領は赴任前に馬が欲しい旨を申し出るのが通例であったのだろう。註64も参照。尚、ここで大褂(↓正月註102)をもらった厩の舎人の男は、馬を届ける使を勧めたか。

(97) **奏報** 前日の官奏について、史が作成した奏報。『西宮記』(註92の続き)に「後朝、史書二奏報一、進二蔵人所及大臣・大弁一、〔又奏二直弁一〕」とある。

(98) **宣旨**《せんじ》**・官符の間の事** 神郡司を解却してから勘問して良いかどうか、宣旨や官符から前例を調べる、ということか。または、宣旨・官符を下すまでに調べる、ということか。前日(八日条＊4)の勘状(註60)に基づいて宣旨

が下ったが、実資は更に前例を調べさせている。これについて、翌十日＊2に明法博士から「不当」であるとの意見が出される。註108 124 146参照。

(99) **伊勢国司(=行貞)の言上する殺害せらるる従五位下大原為方の事**　正輔・致経の合戦で大原為方が殺されたのであろう、そのことについて伊勢国司が報告したこと。伊勢国で起こった正輔・致経の合戦のうち、事実関係が明確である殺害を行なった容疑者の追捕《ついぶ》(→二月註75)のみを命じたことになる。

(100) **宣旨を候ずべきの由を仰す**　大原為方を殺害した犯人を追捕《ついぶ》(→二月註75)するように命じる宣旨を用意しておくよう命じた。但し、古記録本は「仰可候(作カ)宣旨之由、」として、宣旨を作成するように命じた、と解釈している。

(101) **留守の官人**　留守所《るすどころ》の官人、すなわち在庁官人のこと。伊勢国司の言上と共に、在庁官人が正輔・致経の合戦の犯人を捕らえて取り調べた日記が副えられていた、ということか。そうだとすれば、在庁官人が既に逮捕していた犯人について、正式に追捕する宣旨を下し、上京させることになる。続く正輔・致経の合戦と関連すると考えられるが、詳細は不明。「勘問日記」は前出(→二月註8)。在庁官人が取り調べたことを記した尋問調書。「日記」は前出(→正月註447)。

(102) **正輔・致経等の申文《もうしぶみ》并びに日記等**　正輔・致経が提出した合戦についての申文と合戦の記録。「申文」は前出(→正月註188)。これも伊勢国司からの言上に添えられていたか。また、九月八日条▼aの審議で取り上げられた「正輔・致経等申文・日記・調度文書」(→九月註101)、同月十九日▼aに罪名勘申のため明法家へ下された書類Ⓓ「正輔・致経申文」(→九月註216)に相当すると考えられ、「調度文書」(→七月註21)も添えられていた可能性がある。
　ここで実資は頭弁経任に返却し、両者の言い分の矛盾点(放火の事についてと致経の申文にしか見られない正度との合戦のこと)について問《と》い質《ただ》すよう命じている。十三日＊1に申文《もうしぶみ》の作成が伊勢国司に命じられ(註126)、廿一日条＊1に「伊勢国司進正輔・致経等合戦間申文、〔副二進両人消息状等一〕」(→註183)とあり、両者が出した手紙(消息)を添えて提出される。また、三月十六日＊1・十七日▼aで正輔の日記に署名した三人を尋問することになり、廿七日＊1にその勘問日記が届けられている。註158参照。

(103) **正輔・正度等合戦**　平致経が、正輔・正度の兄弟と合戦したこと。正輔の申文に記されていなかったことが問題となっている。九月十九日条▼aで正度は合戦に参加したとされ、正輔・致経と共に、その罪名について明法家に勘申させることになる。九月註208参照。正度は本件では初登場であるが、『小右記』長和四年(一〇一五)九月廿三日条に「又斉(祭)主輔親(大中臣)及神人・斉(斎)宮頭正度(平)等同志ニ牛於金吾(藤原懐平)并資平(藤原)ニ」とあるように、伊勢公卿勅使(→八月註71)として下向した藤原懐平と資平に勢多《せた》駅にて牛を志している。

(104) **大蔵卿(=通任)来たりて云はく**　以下、九日条の最後まで原文は割注で記すが、文意により本文として解釈した。「師成に馬を給ふこと」については、八日条▼b・註64～69 96参照。

(105) **本命供《ほんみょうぐ》**　前出(→正月註252)。

(106) **政所《まんどころ》の人**　史生成高は内大臣藤原教通家の政所にも勤めている。よって、若狭国司が訴えた教通と頼宗の荘人の濫行事件への使としては不適切である。五日条＊1参照。「史生」は前出(→註43)。「政所」は前出(→正月註273)。

(107) **東大寺の印文《いんもん》三面**　東大寺故別当観真が出した返抄(受取状)について、その印の真偽が問題となり、官史を寺家に遣わし、三面の印を紙に捺し、その奥に寺司などに署名させることが二月廿六日＊2に決められ、廿九日＊3に使が発遣されている。伊予国の返抄が二枚あったことも二月廿六日条＊2に記されている。二月註185～194参照。ここで東大寺の印についての調査報告と伊予国の返抄との比較が報告され、実資は奏上するように命じている。そして三月十二日＊1に天皇の宣旨が下されるが、特別な指示があるものではなかった。註118～120参照。

(108) **左衛門尉為長・右衛門志成通(成道)の勘文《かもん》**　豊原為長と中原成通(『左経記』では「済通」)は「道の官人」(→二月註11)で、明法道出身の検非違使であり、その見解を示した勘文。註60 98参照。これに基づいて前日(九日条＊2)に宣旨が下っているが、明法博士令宗道成は特に罪(犯罪)のない神郡司を解官すべきではないという反対意見を出し、中原成通も意見を変えた。但し、道成の意見は勘文の形で提出されていなかったので、十二日＊1に、関白頼通と実資の討議を経て、道成に正式に勘申するよう命が下り、十四日＊3に道成の罪名勘文が奏上され、陣定で審議されている。註124 146も参照。

(109) **文殊《もんじゅ》像を拝す**　実資が資平以下一族の者と栖霞寺の文殊像を拝みに行った。「栖霞寺」は前出(→二月註77)。「文殊」は、文殊菩薩のことで、サンスクリット語の音写「文殊師利《もんじゅしり》」の略。般若《はんにゃ》経典において、仏に代わるほどにさかんに活躍し、空《くう》に立脚する智慧を完全にそなえて説法する。ここから「文殊の智慧」の語が起こる。観世音菩薩などとは異なり、純粋に仏教内部から誕生した菩薩である。密教以外では、普賢《ふげん》菩薩と一対で釈迦如来《しゃかにょらい》の脇侍《わきじ》となるのが通例。右手を上げて左手を垂下させて両手の第一・三指を捻ずるものと、右手に剣・左手に経巻（あるいは巻篋《かんきょう》）を取って獅子《しし》の背に乗るものの二種がある。密教の独尊としては、文殊菩薩の真言《しんごん》を頭部の髻《けい》に表わし、例えば五字真言を象徴する「五髻文殊」などが作られた。『維摩経』の所説に従って病床の維摩居士《ゆいまこじ》と問答を交える文殊菩薩像もある。文殊菩薩の聖地とされる中国五台山信仰の興隆に伴い、獅子に乗る文殊が五人の従者を従えて海を渡る「渡海文殊」も流行した。

この栖霞寺の文殊像は、中国商人である周良史が故盛算に託してもたらされたと記されている。清凉寺には、平安前期の作とされる棲霞寺の旧本尊阿弥陀三尊像、奝然将来の釈迦像、そして十大弟子像・文殊・普賢像などが現存している。この文殊像は、菩薩形で獅子に乗り結《けっ》跏趺坐《かふざ》し左手に経巻、右手に剣を持つ。舶来であるという確証はないが、実資が拝んだ像が現存するとすれば本像しかなく、その可能性を考慮すべきであろう。『左経記』九月十八日条※1に、源経頼も拝んだとある。

また、『小右記』翌長元五年十二月十八日条に、

十八日、乙卯、向二栖霞寺一、奉レ拝二十六羅漢一、中納言（資平）・宰相中将（兼頼）・資房・資高・中納言息男（資仲）〈未レ着レ名、〉等相従、中納言小男乗二余車後一、中将・資房・資高同車、黄昏帰、

とあり、実資は一族で栖霞寺の十六羅漢を拝しに参詣している。これも清凉寺に伝存し、北宋時代に作られた将来画像と考えられている十六羅漢図の可能性がある。尚、治安元年（一〇二一）十一月九日条に「今日奉レ顕二等身文殊一、依レ有二心願一」とあるように、実資は任大臣後の初めての官奏《かんそう》を行なう日に文殊像を造顕している。同三年四月二日条に「文殊供結願、〈百ヶ日、阿闍梨盛算、〉」とあることから、実資の文殊像も盛算に依頼して造立し、供養されたと考えられる。その文殊供は、同年七月廿八日条に「西曜（宿カ）厄」、八月廿日条に「天変」を攘うため、盛算によって行なわれている。普門寺の文円に行なわせた八字文殊法については、註26参照。

（110）**比叡《ひえ》御社八講**　日吉《ひえ》社で行なわれた法華八講《ほけはっこう》。「日吉」は「ひよし」とも。日吉社は、比叡山麓、現在の大津市坂本に鎮座し、比叡山延暦寺（→七月註23）の地主神として天台宗で重んじられた神社。比叡山の山岳信仰に起源があり、『古事記』（上巻）に大年神《おおとしのかみ》の子として「大山咋神《おおやまくいのかみ》、亦名山末之大主神《やますえのおおぬしのかみ》、此神者、坐二近淡海国之日枝山一、亦坐二葛野之松尾一、用二鳴鏑一神者也、」とある。これが二宮《にのみや》（現在の東本宮）となり、天智朝に大和の三輪《みわ》の神

が分祠されて大宮《おおみや》(現在の西本宮)が成立し、この二つの本殿を中心として発展したと考えられ、現在は上・中・下各七社の二十一社の神々と百八社の末社から構成される。『延喜式』(巻一〇・神名下・近江国・滋賀郡)に「日吉神社〔名神大〕」とある。天台宗の鎮守神としての信仰が明瞭になるのは円仁の頃からで、仏教的に「日吉山王《さんのう》社」「山王権現《ごんげん》」などと呼ばれるようになり、本地仏として大宮は釈迦、二宮は薬師、八王子《はちおうじ》社(現在の牛尾社)は千手観音など、聖真子《しょうしんじ》社(現在の宇佐宮)は阿弥陀、八王子社(現在の牛尾社)は千手観音などがあてられていった。神社の運営は全て延暦寺の支配下に置かれ、天台座主が日吉社検校を兼ね、別当・権別当などが置かれて、禰宜以下の神職団はその下に置かれるという体制が整えられていった。院政期には、延暦寺僧徒が日吉山王社の上七社の神輿《みこし》を奉じて、朝廷に度々嗷訴した。天皇の行幸は、延久三年(一〇七一)の後三条天皇が最初で、祈年穀奉幣の対象となる二十二社に加えられたのは長暦三年(一〇三九)からである。五月九日の祭は小五月《こさつき》会《え》と呼ばれた。

「法華八講」は、法華経(→二月註220)八巻を巻別に八座で講じる法会。多くは一日に朝座《あさざ》・夕座《ゆうざ》の二座を四日間行なう。日本では八世紀末に始まり、宮廷・私家・寺社において盛行した。天皇・国母に行なう国忌《こき》八講《はっこう》を始め、追善のために行なわれることが多く、それを営む者が権勢を示す場ともなった。

「比叡八講」は、『耀天記』(一六・礼拝講事)に、

万寿二年三月十二日始、〔三ヶ日、〕大宮八講、小比叡一座、同三年六月十八日〔三ヶ日、〕同八講、小比叡一座、同四年三月十日〔三ヶ日、〕同八講、小比叡一座、依二御託宣一加レ講也、講師愛範、問者明快、

とあり、万寿二年(一〇二五)の創始と考えられる。長元四年の八講を律師《りっし》良円が主催したか、初日(三月十二日)の講師を勤めたか、詳細は不明だが、実資は、息子がこれを行なうための費用と参列者への食事(屯食)を負担している。

(111) **屯食《とんじき》卅具** 三十人分の弁当。「屯食」は、臨時の食事という意味で、携帯食・弁当のこと。もと、強飯《こわめし》を固く球形に握ったもので、味噌や食塩をまぶして袋または藁《わら》苞《づと》に包んだり、折敷に載せて運んだ。禁中または貴人の饗宴の際に、庭上に並べて下臈などに賜わることもある。助数詞としての「具」は、衣服・器具・食器に盛った食物など、揃いを数えるのに用いる。「そろい」「対《つい》」「組《くみ》」などとも。ここでは、屯食を筥などに入れて送ったか。

尚、「兼所レ送物絹百疋・紙千八百帖、」とあるうち、「絹百疋」は七日▼aに送ろうとしたが、賀茂川の増水でかなわず、八日＊1に送ったと見える。それに対し、「紙

千八百帖」の記載はなく、後で追加して送ったか。助数詞としての「帖」は、折本・屏風・袈裟などを数える単位として使われる他、紙や海苔《のり》などの一定枚数を一まとめとして数えるのに用い、美濃紙は五十枚を一帖とする。『延喜式』(巻一三・図書寮)には「凡年料所㆑造紙二万張〈長二尺二寸、広一尺二寸、〉料、」とある「張」と同じく、本条の「帖」も「枚」の意味か。尚、正月十四日条＊1に「綿廿帖」とあるが、綿の単位としては通常「屯」(日本では二斤を一屯とする)が用いられる(七月二日条＊1・八月十三日条＊2)。

(112) **心経百巻・仁王経十部を供養**　実資が七人の僧に行なわせた年中恒例の仏事。恐らく新たに書写した般若心経百巻と仁王経十部を用いて自邸(小野宮邸)で講演させ、一年間の安泰を祈らせたのであろう。祇園社における両経の読経(→正月註420)とは別の行事。般若心経の講演と仁王経の講演との間で、請僧に食事を用意したとある。長和四年(一〇一五)五月廿三日条に「請㆓七口僧㆒〈阿闍梨證空・盛算・念賢・叡義・増暹・興照・智照、〉奉㆑供㆓養心経百巻・仁王経十部㆒、是去年料也、」とあるのが初見であり、この記事から長和三年以前に発願されたと考えられる。

(113) **当保《とうほ》の仁王講演**　自邸(小野宮邸)のある保で仁王経の講演をさせた。正月廿五日条＊2に西町において刀禰に命じて仁王講を行なわせたとある。「手作布」は前出(→正月註115)。

(114) **講読師《こうどくじ》**　講師《こうじ》と読師《どくじ》。「講師」は、法会において仏前の右の高座《こうざ》に登り経論を講説する役の僧。「読師」は、左の高座に登り経典を読む役の僧。国家的な法会では共に高僧が勤めるとされる。尚、大きな法会では、講師・読師の他に、施主の祈願を表わした呪願文を読む呪願師《じゅがんし》、仏法への帰依《きえ》礼拝《らいはい》を主導する三礼師《さんらいし》、サンスクリットの経文を曲調をつけて詠ずる唄師《ばいし》、花をまいて仏を供養する散華師《さんげし》、式場での伝達など雑務を行なう堂達《どうたつ》がおり、この七人の役僧を七僧《しちそう》という。

(115) **神供**　未詳。これを行なった智照(智昭とも)は、長和四年五月廿三日条(史料前掲註112)初見として実資の私的定例仏事を奉仕し、長元四年九月十三日条▼aには常住僧(→九月註125)として見える。万寿二年(一〇二五)二月廿七日条に「泥塔従㆓今日㆒智照預行、年来師妙仁預造、而其身逝去、仍過㆓彼忌㆒令㆑預㆓造弟子智照㆒、毎晦日奉㆓供養㆒」とあり、実資が妙仁に行なわせていた毎月晦日の泥塔供養を弟子として継承している。その泥塔《でいとう》(清めた土を型に入れて造った五輪塔・三重塔など)に関する供養のことか。智照は実資の仏事の中でも仁王経関係のものに多く関わっており（長元四年三月二日条＊1・七月四日条▼a）、あるいは仁王経曼荼羅（中央に不動明王を配す）のような密教尊像を供養させたか。また、長元五年（一〇三二）十一月廿二日条に「於二西北中央廊一奉レ懸二帝釈天一、以二三口僧一（念□（賢カ）・智照・忠高、）奉レ令レ転二読金剛般若経一、〈一日、〉」とあり、この帝釈天《たいしゃくてん》を供養したとも考えられる。

（116）**今宵**《こんしょう》　「こよい」とも。今日の夕刻。夜中にいたるまでの間。今夕。今夜。

（117）**臨時祭**《りんじさい》　石清水臨時祭《いわしみずりんじさい》（→註184）。廿二日に試楽《しがく》、廿三日に使が発遣され、翌廿四日に帰来して還立御神楽《かえりだちのみかぐら》が行なわれる。

（118）**寺守の上政所**《かみのまんどころ》　東大寺には上・下二つの政所があった。前出（→二月註187）。「寺守」とは「寺が持っていた」という意味か。あるいは、「寺家」ないし三綱の「寺主」の誤りか。

（119）**三箇所の印**　上政所と下政所と造印（→二月註189）の三つの印。二月廿六日条＊2・三月十日条＊1参照。前東大寺別当観真が伊予国に出した返抄《へんしょう》二通のうち、神叡の署名がある方は、いずれの印にも合致しないという。

（120）**左右**《そう》**の仰**《おおせ》　印の実検が済み、返抄を返すべしという宣旨が実資のもとにもたらされたが、神叡の署名がある返抄に捺された印が東大寺の印に合わず、その再尋問についての仰がなかった。よって実資は宣下していない。

（121）**上野**《こうずけ》**国司〔前司家業〕の申請する造大垣料の文**　前上野介藤原家業が大垣の造営を行なうための料物を申請した文。二月廿四日条＊3で前備前守藤原中尹が談天門以南の一町についての大垣を築造することが出来ず、木材を造八省所に進めたいとする記事が見える。その中尹の代わりに造営することになった家業が、造大垣料を申請した。「造大垣」については、正月五日条＊1、正月註134も参照。

（122）**武蔵国司〈致方〉の申請する条々の国解**《こくげ》　武蔵国司が何項目かをまとめて申請した解。内容は不明。「解」は前出（→正月註367）。

（123）**今に実事**《じつじ》**無し**　今になっても実際に起こったことはわからない。「実事」は、ほんとうのこと。根拠のあること。実際の事。「まめごと」と訓んだ場合は「忠事」と同じで、実生活や政治に関するまじめなこと。真実味がこもっていること。「じつごと」とも。

（124）**諸卿をして定申**《さだめもう》**さしむる**　公卿たちに評議させる。「定申」は前出（→二月註163）。正輔から証人として出された神民二人を拷訊させて良いか、明法家の意見が分かれたことについて、関白頼通は先に提出された為長・成通の勘文を陣定《じんのさだめ》（→八月註215）などで諸卿の意見を聞いてから、反対意見を言っている明法博士令宗道成に別の勘申をさせるかを決定すべきかとしているのに対し、実資は公卿定の必要はなく、道成に勘文を提出させて、それらを総合して命令を下せば良いとしている。註60 98 108 146参照。

（125）**一揆《いっき》無きに似る**　為長・成通の勘文には前後に矛盾があり、一貫した意見が述べられていないようだ。

「一揆」は、①程度、種類、やり方などが同じであること。②心を一つにすること。一致団結すること。

（126）**重ねて尋問を疑ひ、合戦**（×令議）**の間の事、申文《もうしぶみ》に注して進るべきの由**　古記録本・大成本は「疑（被カ）」とし、「重ねて合戦の間の事を尋問せられ…」と読んだと考えられるが、ここでは、かつて伊勢国司が行なった尋問は不確かだからと疑って、合戦の経緯についてもう一度申文を作成・提出するように、という意味に解釈した。伊勢国司が提出したと考えられる正輔・致経の申文・日記は九日＊2に返却され、ここで伊勢国司に申文を作成させることになった。それは、廿一日＊1に頭弁経任が実資のところに持ってくる。註102 183参照。

（127）**囹圄《れいぎょ》**　牢屋。

（128）**普門寺尊勝修法《ふもんじそんしょうしゅほう》**　三月二日＊2に始行。註27参照。

（129）**番僧《ばんそう》**　伴僧（→正月註418）に同じ。

（130）**家司《けいし》と為《な》す**　主税允致度を実資家の家司とした。「家司」は「いえづかさ」とも。律令で、親王家・内親王家・三位以上の公卿の家に置かれた職員の総称。家令・扶・従・書吏の四等官からなる。実資はこの時、正二位であるので、家令（従六位上相当）・従（正七位下相当）・大小書吏（共に少初位相当）各一人の四名が令制にのっとる家司であるが、令外の家司も多く置かれていた。致度（姓不詳）は令外の六位家司であろう。

（131）**軒廊《こんろう》の立蔀《たてじとみ》**（×部）　紫宸殿の東軒廊（内裏図ｄ4）の北の小庭の西北（陣座《じんのざ》の南廂の西南）にあった立蔀。実資が北の化徳門（ｄ3）から陣座に来た時、ここに両大弁（藤原重尹と源経頼）が立っていたということ。「立蔀」は「竪蔀」とも。格子造《こうしづくり》の蔀に土台をつけて庭に立てる障屏具。外部から室内を見すかされないようにする。

（132）**位禄《いろく》の文の事**　実資が位禄定《いろくさだめ》の事の上卿を行なうにあって、その用意ができているかを左大弁重尹に尋ねた。「位禄」は、官人が位階に応じて受ける禄物。四位・五位の者に食封に代えて現物が位禄として、十一月に支給されることになっていた（『延喜式』巻一一・太政官、巻一九・式部省下）。国司と国司兼任の京官にはその国の正税（臼米）によって支給し、兼国のない者には『延喜式』（巻二三・民部省下）に定める二十五ヶ国の年料別納租穀から支給される。この日行なわれた「位禄定《いろくさだめ》」は、兼国のない者にその位禄を出す国を定める儀。『西宮記』（恒例第二・二月）に、

一、位禄事、（注略）

一大臣着レ陣、大弁在レ座、申二位禄文候由一、上卿諾、史置二筥文一、〔入二諸大夫・命婦歴名各一巻、主税寮別納租穀勘文一巻、官宛文一巻、【注二位階一、不レ注レ名、】目録一巻、去年書出二枚一、之中一枚、注二其国若干・其四位若干・五位若干一、右状注二一世源氏・女御・更衣・外衛督佐・馬寮頭助・二寮頭助・外記史等一【随レ時可二取捨一也、】一枚、其国若干・其四位若干・五位若干、右注二殿上分一〕上卿一々見レ之、以二目録一巻一入レ筥、付二殿上弁若蔵人一奏聞、返給了、令二大弁書一、〔一世源氏等書出一枚、殿上人書出一枚、大弁書了、奉二上卿一、上卿召二其所弁一給レ之、史撤二筥・硯等一、一卿有レ障者、次人行レ之、〕（下略）

『北山抄』（巻一・年中要抄上・二月）に、

位禄事、〈中旬行レ之、〉

一上卿着レ陣、左大弁申二事由一、史、歴名・別納租穀勘文・官充分并目録・去年書出等、入レ筥進レ之、上卿見了、目録一巻入レ筥、付二殿上弁若蔵人一奏聞、返給之後、令三大弁書二一世源氏等書出・殿上人書出各一枚一、召二其所弁一給レ之、〔口伝并九条年中行事如レ之、（下略）〕

とあり、二月に一上《いちのかみ》である大臣が上卿として行なうとされている。また、『左経記』同日条※1・『江家次第』（巻五・二月・位禄定）も参照。これらの儀式書によると「位禄の文」には、受給者の歴名・主税寮の別納租穀勘文・官宛文（官充分）・目録・前年度の定文などがあったことになる。実資に給された位禄の文については、廿八日条＊2、註247参照。

(133) **南座《なんざ》に着す**　上卿が陣座の南の座に着くことにより儀式が始まる。註75参照。この日、実資は準備がすでに調っているということで、奥座（北座）に着かずに直接南座に着いた。

(134) **陣官《じんかん》**　近衛府の将監《しょうげん》・将曹《しょうそう》、衛門府の尉《じょう》・志《さかん》などの下級武官。

(135) **文書の数、例の如し**　『西宮記』（史料前掲註132）によれば、諸大夫の歴名・命婦の歴名・主税寮別納租穀勘文・官充文・目録・去年書出二枚（一枚は禁国〈十ヶ国〉を給うべき人々、一枚は殿上分〈五ヶ国八人〉）の計七枚。『江家次第』には、これに加えて「節会不参人交名」もあるが、その割注に「近代不レ副」と記されている。

(136) **国宣の進退の作法**　左少史国宣が上卿実資の前に筥文を奉った時の作法がみっともなかった。これを左大弁重尹が注意して直した。『左経記』同日条※1には「令レ仰レ史、々二人〔一人取二入文筥一置二上前一、一人取二硯筥一置二大弁前一〕」進二文等一」とあり、国宣と為隆の作法を対比して記している。「教正」は、おしえただすこと。

(137) **国充《くにあて》の文**　位禄を出す国々と支給人数を記した目録。『左経記』同日条※1に「目録一枚」とある。『江家次第』に「目録一通〔小野宮抄曰、可レ用二黄紙一〕」とある。

(138) **位禄弁《いろくのべん》左少弁経長をして奏せしむ**〔令〕　位禄所(↓註246)の弁別当《べんべっとう》である左少弁源経長に奏上させた。『左経記』※1には「蔵人弁経長」とある。廿八日条＊2には「位禄所史孝親」とある。『西宮記』『北山抄』などに「殿上弁若蔵人」とあり、蔵人が当たることもあった。

(139) **位禄の定文《さだめぶみ》二枚**　「定文」は前出(↓二月註86)。割注に「殿上定文、十箇国定文、」とあり、『左経記』＊1に「可レ給二禁国一人々并殿上分国々、」とあるように、殿上人の位禄を与える国々の定文と禁国十ヶ国(令制で封戸に充てることを禁じた伊賀・伊勢・三河・近江・美濃・越中・石見・備前・周防・長門・紀伊・阿波など)から位禄を与える分の定文の二枚。『江家次第』に、

　殿上

伊賀二人〔四位一人、五位一人、〕信濃二人〔四位一人、五位一人、〕丹後二人〔四位一人、五位一人、〕但馬二人〔四位一人、五位一人、〕紀伊二人〔四位一人、五位一人、〕淡路三人〈五位、〉

　長保三年五月十三日

伊賀一人〔五位、〕信乃二人〔四位一人、五位一人、〕能登六人〔五位、〕越中五人〔五位、〕越後四人〔五位、〕丹後一人〔五位、〕但馬二人〔四位一人、五位一人、〕紀伊二人〔五位、〕淡路二人〔五位、〕

右十箇国、女御・更衣・諸衛佐・馬寮助・諸道博士・二寮頭・助・史等所レ給也、

　長保三年五月十三日

という例を挙げているように、国名と四位・五位の人数が書かれているだけで、人名については後から弁が記入して上卿の承認を得る。廿八日条＊2参照。

(140) **国々の申す詔使《しょうし》の事**　後任国司の申請に従って派遣される交替使《こうたいし》のこと。「交替使」は、国司が任期中に死亡して後任者が交替政を行なえない場合に、後任国司の申請によって派遣された検交替使。使と主典各一人からなり、後任国司との間で分付受領が行なわれる。後に「三箇国〔摂津・越中・長門〕詔使擬文」とあるように、摂津・越中・長門の三ヶ国への使が決められた。『左経

記』同日条※2に「国々交替使書出文」とある。「交替使」を「詔使」ということは、『類聚三代格』（巻一二・諸使并公文事）天長二年（八二五）五月十日官符などにも見える。

ここで行なわれた交替使を定める儀については、『西宮記』（臨時一甲・定交替使事）に、

大臣奏聞、〔有二申文一〕仰二大弁一、大弁書二一両人一、於二陣座一覧二大臣一、大臣定二ム人一、大弁出二陣腋一書二一定人一又覧、下給時毎度結申、非参議大弁於二膝突一可レ申、大弁下二史・主典一、大弁定下、〔後申二大臣一〕（中略）

定二遣検交替使一事〈損田使、亦同、〉

大弁取下書二出交替使一之文上、〔預仰レ史所レ令レ書、〕着二陣座一奉二大臣一、返給結申、〔申二二箇国已上使一者、検二国之交替使一、ム国、ム官、ム姓、ム丸名皆唱、随レ宣付二爪注一、不二称唯一、但若一国者、只結二ム国一〕畢起座、着二陣腋一、令二清書一、還着二陣座一、又奉レ之、返給結申如レ前、〔此度随レ宣毎度称唯、〕（下略）

とある。

（141）**詔使の擬文《ぎぶん》**　交替使の候補者名を書いた文書か。「擬」は、はかる、おしはかる。それに対し、決定者名を書いた文書を「二箇国詔使文」（『左経記』同日条※2では「一定文〕」としている。

（142）**一々結申《かたねもう》す**　前出（↓註80）。

『左経記』同日条※2に「大弁進給レ文結申、〔不レ立レ座、〕随二上寅《（直カ）》一付二爪記一、〔不二称唯一〕」とあり、左大弁重尹は上卿実資が言った人物の名に爪で印を付けただけで、称唯しなかったとするが、これは『西宮記』（史料前掲註140）の割注にある「二箇国已上使」を申す時の作法と一致する。『爪記』は、「爪点」「爪標」「爪験」と同じで、つめの先で「つまじるし（爪標・爪印）」を付けること。

（143）**先づ一国の使を信す**　最初に一国の交替使についてだけ確認した、ということか。次の「験二今二箇国一」と対応する。但し「信」について、大成本は「給」とし、古記録本は「給カ」と傍書する。

（144）**内侍《ないし》の除目《じもく》**　新たに内侍となる者を任命する儀。「内侍」は内侍司の女官。「除目」は前出（↓正月註395）。この日、関白頼通の配慮により、実資ではなく中納言藤原資平を上卿として行なわれることになり、位禄定の後、頭弁が伝えた仰を受けて実資が命じている（＊1）。『左経記』同日条※5には、権大納言藤原能信が参入した旨を奏上したが、それでも資平に行なうよう仰があったことが記されている。菅原善子が辞退した替として藤原忠子が典侍《ないしのすけ》に補された。註153参照。

(145) **主典の名簿《みょうぶ》** 交替使に詔使と共に遣わされる主典の名を記した文書。『西宮記』(史料前掲註140)に「大弁下㆓史・主典㆒、大弁定下、〔後申㆓大臣㆒〕」とあるように、主典については大弁が定め、大臣には後で報告することになっていた。

(146) **明法博士道成の勘申する神郡司兼光の罪名の文** 正輔が進めた証人の神民のうち、神郡司に拷訊を行なえるかどうかを勘申して明法博士令宗道成が奉った勘文。これ以前の経緯については、註60 98 108 124参照。この時に行なわれた僉議《せんぎ》(陣定《じんのさだめ》)については『左経記』同日条※3に詳しい。

　二月一日条＊3に「但し正輔(正×)の進る者二人、皆神民なり。」とあったが、三月八日＊4以降、明法道が拷訊の可否を問題としたのは神郡司の兼光一人であったことが本条からわかる。この後、正輔が提出した日記に署名した三人の一人として「物部兼光」の名が出てくる(廿七日条＊1)。物部兼光は、検非違使の勘問を受けているので、ここで免ぜられた神郡司の兼光とは別人か。また『小右記』長元三年(一〇三〇)六月廿三日条に、平忠常の所在を知る人物として兼光の名があり、『小記目録』(第一七・追討使事)に「同年同月(長元四年六月)十三日、兼光出家事、〈有㆘与㆓忠常㆒同意之聞㆖〉」とあり、この直後に出家したとされるが、神郡司の兼光と同一人物であるかは不明。

(147) **最事《さいじ》** ちょうど陣にいる公卿たちに審議(定申(宜カ))させることは、最も良いことである。古記録本は「最事」とするが、「最事」は「最も良いこと」の意で使用されていると解される。

(148) **法家《ほうけ》** 律令などの法律を専門とする官吏。明法博士・勘解由使・判事などの職にあることが多い。代々その学問を伝える家、またはその家の人のことを指すこともある。「ほっけ」とも。「道の官人」(↓二月註11)も参照。

(149) **進らしむべし。」者り** 公卿たちが定申《さだめもう》した(物事を決定するために評議した)のを受けて出された天皇の宣旨の内容。これを受けて、実資が頭弁経任に宣下している。

(150) **式部卿(=敦平親王)の王氏爵の事** 王氏爵で鎮西の異姓の者を推挙した式部卿敦平親王に対する処分。註4参照。『左経記』同日条※4に後一条天皇の仰の内容が詳しく記されている。

(151) **釐務《りむ》を停め、勘事《かんじ》に処す** 官人の職務を行なわせず、天皇の勘気に触れたとして出仕させない。「釐務」は、事務をおさめること。執務すること。「勘事」は前出(↓正月註358)。『左経記』同日条※4には「可㆓恐申㆒」とある。「釐務を停め」ることは太政官に関わるので、大外記文義に命じ、敦平親王へは少外記相親を遣わした。親王への宣旨には「勘事」のことしかなかったが、翌十五日条＊1に、「釐務を停め」ることを口頭で伝えてしまったとあり、それを命じた文義を難じている。

(152) **良国を追捕せしむべし**　偽りの申請をした良国を追捕せよという仰。頭弁経任に仰せ下した。

(153) **菅原ム子《なにがしこ》(=善子)辞退**　『左経記』同日条※5に「典侍善子辞書」とある。

(154) **馬寮に飼はしむるの馬**　恐らく、源資通が右馬寮御監《ごげん》でもある実資を通じて、自分の馬を右馬寮に飼育してもらっていたのであろう。和泉国に補任するにあたり、その馬を返してやった、ということ。

(155) **由を仰する耳《のみ》**　安芸守源頼清と筑後守藤原盛光が罷《まかり》申《もうし》(暇乞《いとまごい》)に来た時、実資は送別の詞を述べたが、それだけで餞別の類は与えなかった、ということか。尚、頼清は八日▼dにも実資参内中に尋ねに来ていた。

(156) **諷諫《ふうかん》**　他のことに寄せて、それとなく諫《いさ》めること。
前日、実資は釐務停止のことを勘事を命じる宣旨と分けて大外記文義に命じており、式部卿敦平親王に伝えるよう指示していない。この旨を外記相親が親王に話したのは、文義の判断で行なわせたことか、ということか。

(157) **普門寺《ふもんじ》の修善《しゅぜん》の巻数《かんじゅ》使の童《わらわ》**　普門寺(→註26)からの使として、修善を行なった巻数の報告を届けに来た童。「巻数」は前出(→正月註254)。二日＊2から行なわせていた尊勝法(→註27 128)が、前日(十五日)に結願した。十四日条＊1参照。

(158) **正輔進る所の日記に署名を加ふるの者三人**　平正輔が申文と共に提出した合戦の記録(→註102)に署名した三人。廿七日条＊1に伴奉親・大鹿致俊・物部兼光(→註146)とある。彼らはこれまで尋問を受けていなかったが、一問もせずに放免するのは良くないし、誰から伝え聞いたのかをはっきりさせる必要があるとの実資の意見により、翌十七日▼aに勘問することとなる。そして、廿七日＊1にその「勘問日記」がもたらされ、三人は正輔が言ったことを聞いただけだということで、翌廿八日＊1に国司へ預けられることになる。註238参照。

(159) **晩更《ばんこう》**　晩がた。日暮れ時。

(160) **書状の次《ついで》に召遣《めしつか》はす**　今朝、書状の遣り取りをするついでに、頭弁経任を呼びに遣った。その際、証人を勘問する件についてであることを伝えておいた、ということか。この書状とは、次に記された朝儀に参加しない者への処遇についての関白頼通の「御消息」と実資の「報(返事)」(＊1)を指すか。そうだとすれば、この日の条に書かれている順番は実際の時間経過と逆で、前日条の流れから、正輔の日記に署名した三人の尋問のこと(▼a)を先に記したことになる。関白頼通と実資の意向を受けて、頭弁は三人を尋問することについて奏上し、再度実資邸を訪れて勅を伝え、実資から宣下を受けている。

(161) **衝黒《しょうこく》** 暗くなって。「秉燭《へいしょく》」(→正月註28)と同じぐらいの時間か。

(162) **見《けん》・不参《ふさん》の者** 見参に預かった者(参加者)と不参加者。あるいは、参向すべきなのに不参の者、という意味か。ここでは、祭や国忌《こき》(→正月註432)に参加しなければいけない役所の者が来ていなかったところを、外記に報告させる、ということか。翌十八日▼aに勅命(宣旨)が伝えられ、十九日＊1に大外記文義に宣下している。

(163) **式の如くば** 『延喜式』の規定によれば。儀式によって見参に関する規定が異なるが、例えば春日祭や興福寺国忌について『延喜式』(巻一一・太政官)に、

凡参二春日祭并薬師寺最勝会及興福寺維摩会一王氏・藤原氏五位已上六位已下、見役之外、給二往還上日四箇日一、参二大原野祭一藤原氏、給二上日二箇日一、其散位五位以上、外記録二見参歴名一、下二式部省一、

凡興福寺国忌并維摩会者、藤原氏行事大夫点二定氏中無レ障之輩一、即付二外記一、外記申二大臣一令レ参、事畢之後、録二見参歴名一奏聞、若有二不参者一、下二式兵

二省一、五位已上不レ預二節会一、六位以下官人奪二季禄一、王氏参二薬師寺最勝会一亦同、

とあり、国忌について『同』(巻一一・太政官)に、

凡国忌者、治部省預録下其日并省玄蕃応二行事一官人名上申レ官、前一日少納言奏聞、諸司就レ寺供二斎会事一、〔事見二式部・治部等式一〕但東西両寺、参議已上及弁・外記・史各一人、太政官史生・官掌各一人参、

国忌については『同』(巻一八・式部省上)に、

凡国忌斎会者、諸司五位已上一人、六位已下一人、〔但東西二寺、六位已下三分之二参、春宮坊三月十七日・廿一日、八月二度参、〕諸寮已上史生一人向レ寺供レ事、但中務・縫殿・民部・主計・隼人・大蔵・宮内・左右京等、並五位若六位一人参、其散位五位已上無レ故不レ向者、勿レ預二節会一、〔謂東西二寺闕二二度已上一、興福寺闕二一度一之類、七十已上者不レ在二此限一〕参議已上、弁・中宮・内蔵・陰陽・内匠・主税・織部・大膳・木工・大炊・主殿・掃部・内膳・造酒・采女・主水・弾正・勘解由及諸武官不レ在二此限一、〔文官帯二武官一亦同、〕其崇福寺、唯図書・治部・玄蕃六位已下官二人、史生一人向レ之、

凡典薬寮、不レ参二興福寺国忌一、

凡参二国忌一五位已上、待二会事訖一乃帰却、若不レ然

者同㆓不参例㆒、其六位已下闕㆓職掌㆒者、奪㆓季禄布二端㆒、

などとある。外記が見参の歴名を録して式部省に下すことは『同』（巻一九・式部省下）「国忌斎会」条に「省依㆓諸司見参㆒造㆓奏文㆒、〔五位以上具注㆓歴名㆒、六位已下但載㆓物数㆒〕付㆓内侍㆒令㆑奏、」とあり、また「正月講㆓最勝王経㆒」条にも「其斎会之間、省録㆓五位已上及懈怠之由㆒、毎日附㆓内侍㆒奏㆑之、〔事見㆓儀式㆒、〕」とある。

(164) **本司をして差文《さしぶみ》を進《たてまつ》らしむるは**　所轄の官司に行事への奉仕者の名簿を差し出させた。「本司」は、官人が所属する官司。「差文」は、使者などの諸役を勤める者を定めて、その姓名を記した文書。

(165) **兼日《けんじつ》、催《もよおし》仰《おお》する所なり**　かねてから催行するように命じている。「兼日」は、かねての日。あらかじめ。

(166) **諸司の勤無きは当時に如《し》かず**　諸司の勤務状態は、今、最悪である。「当時」は後一条天皇の御世を指す。

(167) **堂塔**　小野宮邸内の念誦堂（→正月註416）のこと。行円に作らせた多宝塔《たほうとう》（→正月註438）を安置してある。

(168) **清水坂下《きよみずさかした》の者に施《ほどこ》し給《たま》はしむる塩**　中納言藤原資平が清水坂の下で乞食《こつじき》する者に施す塩のこと。実質的には実資が負担したのであろう。実資は三十歳代前半頃まで毎月十八日（観音の縁日《えんにち》）に清水寺へ参詣していた。註40参照。この日も十八日に当たることから、その縁で施行をするようにしたのであろう。「清水坂」は、五条大路（現在の松原通）の東末、賀茂川から清水寺に至るまでの参道。山科へ抜けて東海道と合流する近道でもあった。沿道に六波羅蜜寺《ろくはらみつじ》や愛宕寺《おたぎじ》・珍皇寺《ちんこうじ》などがあり、付近は鳥《とり》戸《べ》野《の》の葬場であった。平安時代末には参詣人に物を乞う「坂者《さかもの》」と呼ばれる非人《ひにん》が集まる宿も形成され、施行のための温室《うんしつ》（浴室）も設けられる。『吉記』元暦元年（一一八四）十一月十日条など参照。

(169) **大外記文義に仰す**　前日（十八日▼a）に頭弁経任が伝えてきた勅語を受け、外記に諸祭・国忌の参加者・不参加者を注進させるように命じた。

(170) **供奉せざるの諸司并びに衛府の官**　供奉の義務のない諸司と衛府の官人。

(171) **国或《あるい》は其の司に在るは**　供奉する必要があるけれども、国司を兼ねるなどして京外にいる者は、という意味か。

(172) **宗為《た》るの司々**　主だった官司。全官人には大変なので、各役所の主要な官人のみに注意（警告）する、ということ。

(173) **指帰《しき》**　「旨帰」とも書き、「しいき」とも訓む。意のおもむくところ。趣旨。考え。意味内容。

(174) **豊楽院《ぶらくいん》西方の南の極《きわ》の十九間堂**（□堂）　明義堂《めいぎどう》（大内裏

図B45)のこと。このうち、南の妻(端)の東面の六間が崩れたということか。「明義堂」は、豊楽殿の西に位置する霽景楼《せいけいろう》より南方に並ぶ三堂のうちの二番目の堂。南北一九間、東西二間の細長い建物で、東西面には各五か所の石階があった。両端は回廊で北の承観堂・南の招俊堂と結ばれていた。豊楽院の行事の宴会では、東の観徳堂と共に六位以下の席となり、大嘗会では倉代等の物を運んでおく場所となった。

(175) **垂木**《たるき》 「榱」「椽」「棰」「架」とも書き、「はえき」とも訓む。屋根面を形成するために、棟《むね》から桁《けた》へ渡す木材。

(176) **其の遺**《のこり》**、顚倒せしめざるの事** 壊れた部分を修理するのではなく、それ以上悪くならないような措置をとること。尚、『左経記』長元七年(一〇三四)八月十九日条に諸院修造の国充《くにあて》の記事があり、

豊楽院

明儀堂十九間、〔北五間備後国、同日改㆓安芸㆒、次五間備前国、次七間美乃国、次五間伯耆国、次四間紀伊国、次七間美作国・但馬、〕

とあるので、明義堂についてもこの時に修築がなされたと考えられる。

(177) **向晩**《こうばん》 夕方。

(178) **銀工**《ぎんこう》**菊武** 「銀工」は銀器を作る職人。「菊武」は、万寿元年(一〇二四)十二月十二日条に、

銀鍛冶左兵衛府安高(秦)給㆑禄、〔絹二疋・手作布五端、〕菊武〈一疋・三端、〉件二人一日令㆑給㆓小米㆒、良明(宇治)宿禰給㆓三疋㆒、時々来口入者也、仍殊所(衍カ)殊所㆑給、小女銀器一具并大提〈一斗納、〉・中提、〔五斗納、〕

とあり、千古の銀器を鋳た職人の一人として見える。

(179) **提**《ひさげ》**・銃**《かたな》 「提」は、鉉《つる》と注口《そそぎぐち》の付いた鍋に似てやや小形の器。湯や酒を入れてさげたり暖めたりした。「銃」は刃《やいば》の意。

(180) **白川第** 白河邸(→註45)。

(181) **仍りて其の間隙**《かんげき》**を伺ふ** 関白頼通が物忌で外出できず、白河に来ることがないことを見計らって、見せてもらいに行った、ということか。

(182) **前日の競馬**《くらべうま》**の時** 白河院における関白頼通の競馬については、『日本紀略』長元二年五月廿八日条に、

関白左大臣(頼通)於㆓白河別業㆒、有㆓競馬事㆒、〔十番、〕公卿各被㆑出㆑馬、右大臣(実資)以下諸卿参入、〔布袴、〕殿上侍臣・上官等束帯、依㆑臨㆑夜不㆑遂㆑馳、七番以後有㆓楽舞㆒、

とあり、実資も参入している。この時に見ることができなかった西側の外を見たということか。

(183) **伊勢国司(=行貞)の進**《たてまつ》**る正輔・致経等の合戦の間の**

申文《もうしぶみ》 伊勢国司が正輔・致経の合戦について報告した申文。十三日＊1に申文を注進するように召仰された。註102126参照。以後、正輔・致経の合戦についての基礎資料となり、九月八日条▼aの審議で取り上げられた「伊勢国司解文」(↓九月註99)、同月十九日▼aに罪名勘申のため明法家へ下された書類Ⓐ「伊勢国司申文」(↓九月註213)に相当する。尚、本条で副進られている「両人消息状」は、九月十九日条▼aの書類Ⓑ「正輔・致経等送国司書状」に相当するか。正月註367・一月註8も参照。

(184) **試楽《しがく》**(×武楽)**并びに祭の日**(×自) 石清水臨時祭《いわしみずりんじさい》の試楽(↓註192)の日と祭当日。実資は廿二日＊1に行なわれる試楽・廿三日＊1に行なわれる祭使発遣の両日とも参仕しないことを頭弁に伝えている。

「石清水八幡宮」は、山城国綴喜郡、現在の京都府八幡市男山《おとこやま》峰に鎮座。『日本三代実録』貞観七年(八六五)四月十七日条に、和気彝範《つねのり》を遣わして「楯矛并御鞍」を奉ったとあり、その詔の中に「大菩薩《だいぼさつ》」「大帯命」「比咩大神」とあることから、祭神としては誉田《ほんだ》別命《わけのみこと》(応神天皇)・息長帯比売命《おきながたらしひめのみこと》(神功皇后)・比咩《ひめ》大神であったことがわかる。貞観元年、大安寺(↓二月註80)の大法師行教(俗姓紀氏)の奏請により宇佐《うさ》八幡宮(↓正月註74)から八幡神を勧請することとし、木工権允橘良基に勅して、宇佐の本宮に准じ六宇の神殿を建立させ、翌二年四月に勧請して鎮護国家の神としたという。同十一年十二月には幣帛《へいはく》を奉って新羅寇賊平定を祈らせたが、『日本三代実録』十二月廿九日条所収の告文の中で八幡神を「皇大神」と称しているように、皇室の祖神とされていた。伊勢に次ぐ宗廟として崇敬され、祈年穀奉幣(↓一月註35)など臨時奉幣の対象社(後の二十二社)として朝廷から篤く崇敬された。宇佐八幡宮に弥勒寺という神宮寺があったように、石清水八幡宮にも護国寺があり、その別当・検校らの社僧が社務組織を掌握する宮寺で、「石清水八幡宮寺」とも称された。神主には同十八年八月十三日の太政官符で紀朝臣御豊がなり(『類聚三代格』〈巻一・神宮司神主禰宜事〉、『日本三代実録』同日条)、以後も紀氏が補された。同じく宇佐に倣って八月十五日に放生会《ほうじょうえ》(↓七月註177)が例祭として行なわれたが、これも仏教の殺生戒《せっしょうかい》に基づいて魚鳥類を山野に放ち供養する仏教儀礼であった。歴代天皇の中でも円融天皇の崇敬が特に篤く、天延二年(九七四)に石清水放生会を諸節会に准じて雅楽寮などの参列を定め、「臨時祭」を定例化しただけでなく、天元二年(九七九)三月に行幸もしている。

「臨時祭」は、天皇個人が崇敬する神社に対して行なう祭で、「賀茂臨時祭《かもりんじさい》」は宇多天皇の寛平元年(八八九)から始まり、醍醐天皇の昌泰二年（八九九）に十一月下酉日の朝儀として恒例化された。「石清水臨時祭」は朱雀天皇の天慶五年（九四二）に承平・天慶の乱平定の報賽として始められ、円融天皇の天禄二年（九七一）に三月中午日の朝儀として恒例化された。その他、花山天皇の寛和元年（九八五）に始まる「平野臨時祭《ひらのりんじさい》」（四月・十一月上申日、すなわち恒例祭と同日）、崇徳天皇の天治元年（一一二四）に始まる「祇園臨時祭《ぎおんりんじさい》」（六月十五日）がある。いずれも内裏から宣命を持った勅使が遣わされて幣帛《へいはく》・東遊《あずまあそび》（歌舞）・十《と》列《つら》（走馬）が奉られる。発遣の際には、内裏で天皇による御禊《おみそぎ》・御幣奉拝・歌舞御覧などが行なわれ、祭儀終了後（石清水臨時祭では翌日）、祭使一行は再び内裏に戻り還立《かえりだちの》御神楽《みかぐら》がある。臨時祭では専ら天皇の宝祚長久・皇統継承が祈念され、東宮や中宮の使、貴族などの奉幣はない。「賀茂臨時祭」は、『左経記』十一月廿三日条▽a・廿四日条※1※2参照。

（185）**内膳司申請の事**　未詳。七月五日条＊3にも内膳司が申請した大粮の宣旨が下されている。

（186）**上日《じょうじつ》（日×）の文二通**　「上日」は、官人が出仕した日。「じょうにち」とも。実資は右馬寮の御監《ごげん》として、久しぶりに馬寮の官人の上日を記した文を提出させた。その際、頭以下の四等官と馬医代という品官《ほんかん》（特殊技能を必要とする専門職で四等官と同様に官位相当のある正式の官人）を分けていることが注目される。

（187）**庁頭《ちょうとう》**　近衛舎人を取り締まる役で将監・将曹・府生などが当たった。馬寮にも別に置かれたか。『禁中方名目鈔校註』参照。

（188）**疲瘦《ひそう》**　やせていること。石清水臨時祭に走馬として遣わすにはみすぼらしい、ということ。廿二日条＊2参照。

（189）**走馬《はしりうま》**　臨時祭において社頭で走らせる馬。

（190）**歴名《れきみょう》の次第**　名簿に名前を書く順番。ここでは、廿三日の石清水臨時祭における清涼殿の儀での席次。一般に座次は、位階の上下、先叙・後叙で区別されるが、殿上では蔵人頭が筆頭になるのが原則であった。本条と廿三日条＊2によると、高位者の養子になると「蔭」ということで座次の変更があったらしい。尚、この名簿順の変更を伝えた頭弁の詞は「者《てへり》」までで一度切れるが、続く「事依二道理一」以下「可レ被レ仰二（下）可内記・外記一歟、」までの理由説明も頭弁によるもので、それに対して実資が「可レ然由」を答えたのであろう。

（191）**南山《なんざん》（＝金峯山）**　「金峯山《きんぷせん》」「御嶽《みたけ》」とも。「金峯山」は、現在の奈良県吉野郡吉野町の吉野山《よしの》から山上《さんじょう》ヶ岳《がたけ》（大峯《おおみね》山）を含む山岳地帯の総称。山岳信仰の対象とされ、奈良時代に神叡が比蘇寺《ひそでら》を拠点に自然智宗《じねんちしゅう》を開くなど、僧侶による修行の場ともされた。役小角《えんのおづぬ》（役行者《えんのぎょうじゃ》）が開山したという伝説が起こり、『日本霊異記』などに同地で修行した験者の説話も伝えられている。承和三年（八三六）に公家の修法に預かる七高山の一とされ、仁寿二年（八五二）に金峯神が従三位を授けられた。聖宝（八三二〜九〇九）が交通路を整備したり仏堂を造立したりしたことで発展した。平安時代中期以降、宇多法皇が昌泰三年（九〇〇）と延喜五年（九〇五）に参詣するなど、貴族の間にも蔵王権現《ざおうごんげん》をまつる霊地・弥勒下生《みろくげしょう》の聖地として金峯山への信仰が根付いていった。金峯山への参詣は御嶽詣《みたけもうで》と呼ばれ、寛弘四年（一〇〇七）に藤原道長が行なって山上ヶ岳で埋経《まいきょう》をしたことで、その風習が定着し、以後も藤原頼通・藤原師通・白河上皇らが行なった。しかし、険しい山道を登る上に、先立って御嶽精進《みたけそうじ》と呼ばれる五十日ないしは百日間の長期潔斎が必要とされるなど、俗人には極めて厳しいものであったので、僧侶の修行場としての意義は減じず、後に修験道として発展する山岳修験の拠点となった。

(192) **臨時祭試楽《しがく》**　石清水臨時祭の試楽。賀茂臨時祭と同様、祭の二三日前に、祭で行なわれる楽・舞の試《ためし》を天皇が御覧になる儀。「試楽」は、行幸・算賀をはじめとする舞楽を伴う儀式に際して行なわれる楽の予行演習であるが、特に賀茂臨時祭・石清水臨時祭（→註184）に先立って行なわれるものを指す。『政事要略』（巻二八・年中行事十一月四）所収『清涼記』（下酉日賀茂臨時祭事）逸文に、使・舞人・陪従・装束を調進する人々を定め、楽所において歌舞を調習し（調楽《ちょうがく》）、四日前に左右馬寮の十列を御覧になって選定するとし（御馬御覧《おうまごらん》→註209）、試楽について「前三日、試楽、東孫廂装束訖、出二御南第三間御倚子一、（鋪二二色綾毯代一）殿上王卿依レ召参上、着二簀子敷菅円座一、舞人・陪従自二北戸一参入、舞畢還二楽所一」という清涼殿での儀式を載せる。『政事要略』所収の『蔵人式』逸文も参照。

(193) **国忌《こき》**　三月廿一日に東寺で行なわれる仁明天皇の国忌。『左経記』同日条※1参照。『小野宮年中行事』（三月）に「廿一日、国忌事、（東寺、仁明天皇、深草、）」とある。これと石清水臨時祭試楽が同日になったため、試楽の方がこの日に延引された。『同』に「中午日、石清水臨時祭、（若遇二国忌一、用二下午日一）」とあり、寛弘四年（一〇〇七）から長和三年（一〇一四）までの例を挙げているように、石清水臨時祭そのものも日にちが国忌と重なった場合には延引された。

(194) **公卿給《くぎょうきゅう》**　公卿に給した年官（→正月註159）。二月註33も参照。寛平年間（八八九〜八九八）の宣旨によれば、太政大臣に諸国目《さかん》一人と一分《いちぶ》(史生)三人、左右大臣に目一人と一分二人、大・中納言及び参議に目一人と一分一人であった。この他に臨時給として諸国掾《じょう》・目・一分などを給した。このような年官・年爵は、成功・栄爵と本質を同じくする売官・売位制度であったと見られる。尚、『大間成文抄』などによると「一分」は史生《ししょう》(→註43)が普通であった。

(195) **二合《にごう》** 年官を給する便法の一。通常の場合、目(二分)一人と一分一人とを合わせて掾(三分)一人を給することであるが、寛平年間からは大臣には隔年、大・中納言には四・五年に一度、安和二年(九六九)以降はさらに参議を含めて五節舞姫を献上した翌年、この二合が許された。

(196) **停任《ちょうにん》** 「ていにん」とも。過失などによって国司などの官職を一時辞めさせること。

(197) **家に於いて下給《くだしたま》ふ歟《か》** 除目《じもく》終了後、執筆《しゅひつ》の大臣が大《おお》間書《まがき》などを参考にして公卿給勘文《かもん》・二合勘文・停任勘文を作って外記と式部丞に渡すことが行なわれる。これは多く大臣の私邸で行なわれていたが、この時は教通が不慣れであったためか陣の南座で行なわれた。これに対し実資は、天皇の宣旨なく陣の南座で行なわれたことに疑問を持ち、先例を尋ねさせている。そして、翌廿三日条＊2に大外記文義の報告がある。

(198) **相撲使《すまいのつかい》** 前出(→正月註266)。藤井尚貞は、寛仁三年(一〇一九)七月廿一日条に「土左相撲人三人参来、使府掌尚貞相副、」とあり、府掌の時にも発遣されている。また、万寿二年(一〇二五)三月に府生となり、同四年七月廿一日条に「伊与相撲人富長(越智)・白丁一人参来、使府生尚貞相副、」とあり、相撲使として信頼され、長元四年には淡路・阿波・讃岐・伊予に発遣された(七月廿二日条▼a)。また、廿三日条▼aにもたらされた定文《さだめぶみ》(→註213)の「尚貞」の項で誤って「幾」と書かれていたことが廿四日条▼aに見える。

(199) **関白の随身《ずいじん》** ここでは、右近衛府の官人で関白頼通の随身を勤める者。

(200) **賭射《のりゆみ》の矢数《やかず》の者** 賭射で優秀な成績を修めた者の意か。

(201) **陣の恪勤《かくごん》の者** 右近衛府の陣の勤めをよくした者。「恪勤」は、「かくご」「かっきん」とも。任務や職務をまじめに勤めること。精勤。「恪勤者」として、院・親王家・大臣家・門跡などに仕える侍という意味にも使われる。

(202) **院(=彰子)の御随身《みずいじん》** 右近衛府の官人で上東門院彰子の随身を勤める者。本来は相撲使に当てるべきではないが、彰子の度重なる依頼によって、実資の随身の枠を削って加えたことが記されている。

(203) **河臨祓《かりんのはらえ》** 安産や病気平癒のため、水辺で行なわれる陰陽道の祓。陰陽師が依頼主の御衣や人形《ひとがた》を水辺に持って行き、解縄《ときなわ》をすりあわせ、茅輪《ちのわ》をかけて流し、中臣《なかとみ》祓を読む。七瀬祓《ななせのはらえ》は、これを洛中洛外の七つの霊所で行なう。

(204) **西宅に渡る** 小野宮邸東対に住んでいる娘千古が、西隣の宅に移った。「西宅」は小野宮邸の「西隣」のこと。二月註16 55参照。

(205) **家の請印《しょういん》、相南** 実資家の私的な請印を行なった。「請印」(→正月註187)は本来、印を捺すことを請う儀(手続き)だが、印を捺す行為も含めて拡大解釈される。「相南」は不詳。人名か。あるいは「廂南」か。実資家の請印の儀については、『小右記』治安元年(一〇二一)八月廿一日条に、

匠作(藤原資平)来、定二家司・侍所職事一、以二為成(清原)真人一令二書下一、政所別当政平朝臣、従木工允伴興忠、大書吏典薬属是(足)羽千平、少属書(衍)吏右馬属茨田光忠、知家事左衛門符(府カ)生紀真光・水取季武、案主身人部信武、侍所別当重(林)親朝臣、未時始二請官(印カ)一、南庭立レ案、(興忠・光忠昇立、須レ以二案主一、而依二不参一也、)光忠持二官(印カ)櫃一置二案上一、興忠伊与返抄納二覧筥一持来、為成真人先是祇候、取伝奉レ之、余居二寝殿南階廂間一、依二参内一束帯、見了返給、興忠伝給、□(光忠カ)就レ案、申二開レ封由一、捺印、又申二納レ印由一、付レ封、又持二来印文一、為成取伝、即返給、興忠持退出、光忠取二印櫃一出、次興忠・光忠等撤レ案、

とあり、南庭で伊予国の返抄への捺印が行なわれている。また、長元元年(一〇二八)八月五日条に「改元後今日未時始二請印一、伊賀封返抄、」とある。

(206) **伊賀の封の返抄** 実資家が伊賀国へ封物(封戸《ふこ》の租庸調に代わる物)を受け取った証明書を発給した。「伊賀封」は、伊賀国内にある実資の封戸(→正月註402)か。その返抄(領収書)の請印を行なったものか。あるいは実質的な意味を持たず、「吉書《きっしょ》」のような儀礼的なものか。

(207) **臨時祭** 石清水臨時祭《いわしみずりんじさい》(→註184)。

(208) **同車して密《ひそかに》見《み》る** 実資が牛車に乗せて娘千古を連れ、石清水臨時祭使一行の行列を私的に見物した。

(209) **御馬《おんうま》を御覧《ごらん》ずる** 試楽と同日に行なわれた臨時祭の御馬御覧の儀。左右馬寮の馬を天皇が御覧になり、その中から神前での走馬にふさわしい十疋を選び出す。「御馬御覧」は、『政事要略』(巻二八・年中行事十一月四)所収『清涼記』(下酉日賀茂臨時祭事)逸文に「前四日、召二左右馬寮一、十列御馬御二覧之一、選二其良善十疋一、点二走彼口走馬一」とあり、前三日にある試楽(→註192)の前日の儀

とされるが、この頃には同日になされることが多い。

(210) **櫪馬**《れきば》 厩につながれた馬。ここでは、実資邸の厩の馬を指す。

(211) **舞人の装束** 資高は石清水臨時祭の舞人を勤めていたと考えられるが、前日の試楽に参入しなかったので、自邸で装束を着けて当日参内した。臨時祭は天皇の祭なので、本来は自邸でなく、内裏で装束すべきものと考えられていた。

(212) **蔭**《おん》**相誤る** 歴名の順番に「蔭」の制が反映されず、誤って侍従良貞を実資の養子である左少将経季よりも上座になっていたこと。廿一日条＊3参照。ここで、経季を上臈にするとする正式な宣旨があり、内大臣教通によって宣下された。「蔭」は「蔭位」ともいうが、四位以下八位以上には正従上下の階があるので、「蔭階」の方がより正確な表現である。高位者の二十一歳以上の子・孫に与えられる位階で、この特権を受ける者を蔭子・蔭孫といった。令制での蔭位資格者は、皇親五世以上の子、諸臣三位以上の子・孫、五位以上の子とされる。

(213) **相撲**《すまい》**の定文**《さだめぶみ》 ここでは、西国諸国に遣わす右近衛府の相撲使の定文。廿二日条＊4参照。また、翌廿四日条▼aに、実資が一字訂正させたことが記されている。

(214) **母氏**(＝藤原伊周女)、**重く煩ふ** 実資の娘婿である藤原兼頼の母が重病になった。「堀河院」は前出(→正月註344)。兼頼の父藤原頼宗の邸宅。兼頼の母(藤原伊周女)の病は平癒せず、「邪気(霊気)」によるとされ、密教僧による修善(修法)もなされたという。七月九日条▼b・廿六日条▼c・廿八日条▼a・廿九日条▼aなど参照。

(215) **行経執筆**《しゅひつ》**歟**《か》 前日の右近衛府相撲使の定文について、執筆(→二月註111)を藤原行経が行なった。恐らく「畿内」の字に誤りがあったのだろう。

(216) **昨日** 三月中午日。この日に行なわれた石清水臨時祭についての報告で、暴雨のため乗船できず、舞人・陪従の到着が遅れ、社頭での神楽《かぐら》が翌朝(巳時)になったという。

(217) **散楽**《さんがく》 前出(→二月註64)。ばらばらになること。特に儀式などが不揃いで見苦しいこと。

(218) **朱雀院の儲**《もうけ》 石清水八幡宮から内裏に還る途中、祭使一行は朱雀院に寄宿することになっていた。『江家次第』(巻六・三月・石清水臨時祭)に「使宿㆓朱雀院栢殿母屋㆒、舞人・陪従着㆓南廂饗㆒、近代舞人・陪従各於㆓私宿所㆒改㆓装束㆒、来㆓会朱雀門㆒、不㆑着㆓栢殿㆒、次帰㆓参内裏㆒」とあるが、この頃には柏梁殿《はくりょうでん》(栢殿《かえどの》)での饗饌もあり、それらは使である源行任がすべて用意した。

「朱雀院」は、平安右京三条・四条間に朱雀大路に面して設けられた後院《ごいん》。嵯峨天皇が建立したと考えられ、承和年間(八三四〜八四八)には檀林皇后(嵯峨皇后橘嘉智子)に属していた。宇多天皇の寛平八年(八九六)に朱雀院が新造され、譲位後の昌泰元年(八九八)二月十七日に朱雀院に移り、同年四月廿五日には中宮温子も五条宮から移って、上皇夫妻の仙洞御所《せんとうごしょ》となった。上皇は延喜二年(九〇二)に仁和寺に移ったが、四十算賀・五十算賀は朱雀院で行なわれている。朱雀天皇(→註9)が天慶八年(九四五)頃に朱雀院を修復し、翌九年に生母の太皇太后藤原穏子と共に遷御した。天暦四年(九五〇)十月十五日に罹災し、応和三年(九六三)に村上天皇が再興、天禄元年(九七〇)に冷泉院が罹災した時も冷泉上皇が一時的に使用した。『新儀式』(第四)「天皇奉レ賀二上皇御算一事」「行二幸朱雀院一召二文人一并試二擬文章生一事」などによれば、寝殿母屋以外に柏梁殿と嶋町・雑舎、馬場殿などがあった。「柏梁殿(柏殿・栢殿)」は、『河海抄』により朱雀院の艮角《うしとらのすみ》(北東隅)に位置したことがわかる。漢の武帝の建造した柏梁台に因んで付けられた名で、香柏の材を使用した建物を意味する。朱雀院の南西隅には式内社の隼神社と鎮守の石神明神も鎮座した。

(219) **豊贍《ほうせん》**　「富贍《ふせん》」とも。富んで豊かなこと。

(220) **行任の共人**　この時の臨時祭使を勤めた近江守源行任の供の人。ここでは正式な舞人・陪従以外を指すか。行任は一人で朱雀院の饗宴を準備しただけでなく、五位の者を十人も供に従えていた。その中に同じ受領（伊勢守行貞）がいたことについて、実資は強く非難している。

(221) **殊《ことなる》事《こと》無き歟**　兼頼の母の病体(→註214)について、一時は不覚となったが、仏事の立願をしたので良くなり、危急に陥ることはないだろうということ。

(222) **見物す**　石清水臨時祭の還立の行列を兼頼と千古が二人で見物したという。

(223) **免田《めんでん》等の事を糾行《きゅうこう》すべきの使**　山城国司が免田などについて審査する使の発遣を要請した。「免田」は前出(→二月註80)。「糾行」は、問い質《ただ》すこと。この詳細は不明。八月十日条＊1にも「国々相撲人免田臨時雑役事、」とある。

(224) **違革**　馬具、または馬具に使われる革の類か。あるいは、『延喜式』(巻四八・左右馬寮)に、

凡寮馬牛斃者、以二其皮一充二鞍調度并籠頭等料一、唯御靴料牛皮七張半充二内蔵寮一、年中神事料馬皮一張充二木工寮一、騎射的料馬皮各二張充二近衛・兵衛等府一、其除二年中用一之外、売却充二寮中用一、

とある、死んだ寮の馬や牛から取られた革か。これらは鞍の調度や籠頭などの材料とするか、売却して馬寮の用途に充てることになっていた。この意味で取ると、「違

革」は「遺革」の誤りか。

右馬允頼行は寮に納めるべき革を出さずに邸内に籠もって門戸を閉ざしてしまったので、強引に取り立てられることとなり、この事件が起こったと考えられる。

(225) **厩《うまや》の舎人《とねり》・侍所《さむらいどころ》の小舎人《こどねり》の男等**　右馬寮の厩の舎人(節成)と実資家の侍所の小舎人の二人。この二人が右馬允頼行宅に押し入ろうとして、その隣か裏にあった関白の随身安行宅に入っていった。「小舎人」は、雑事に使われた者、召使の少年。特に蔵人所に属する宮中の殿《てん》上童《じょうわらわ》をいうが、ここでは実資の小舎人を指す。

(226) **将《い》参《まい》る**　連れて行く。

安行が家宅侵入してきた二人を捕まえて、関白頼通邸に連れて行った。

(227) **指《さしたる》消息《しょうそく》**　この事件に関する特別の事情報告、という意味か。

関白頼通は、実資の家司で厩司を兼ねる宮道式光に二人の身柄を預けて、特に事情を説明する必要はないとコメントしてきたが、実資は返事をしている。

(228) **府の近衛**　右近衛府の近衛。近衛は近衛舎人で、近衛府の下級官人。

安行が右近衛府の官人であるのに、右大将の実資の所に申さず、関白の所に連れて行った事を難じている。実

資はここで、自らも事件の処理を行なったことを記し、更に安行について「太冷淡」とか「有㆓凶悪聴㆒者」などと非難している。

(229) **只今免ずべし**　厩の舎人と侍所の小舎人の二人を実資に触れずに関白頼通の命で免じた。

関白は事の真相を調べたところ、二人は安行の邸内を通り抜けようとしただけで、濫妨をしようとしたわけでないことがわかった。

(230) **濫吹《らんすい》の事**　秩序を乱すこと。悪い行ない。乱暴。狼藉。

(231) **賀茂下社の申す田の事**　寛仁元年(一〇一七)に行なわれた後一条天皇の賀茂行幸に際し、藤原彰子の意向で寄進した神郡(愛宕郡)に関わることか。「賀茂社」は前出(↓註66)。この時、賀茂・小野・錦部・大野の四郡が賀茂別雷社(上社)、蓼倉・栗野・上粟田・出雲の四郡が賀茂御祖社(下社)の社領となったが、御厨・馬場・氷室・陵墓・官司の所領など、部分的に寄進対象から除外された地もあった。『小右記』長元五年(一〇三二)十二月十九日条に、

頭弁來、伝㆓関白御消息㆒云、御厨所領山城国小野御厨田三町余、〔件御厨在㆓愛宕郡大原村㆒〕被㆑寄㆓郷々於賀茂㆒之日、被㆑除㆓供御所㆒、而此御園一所不㆑入㆘被㆑除㆓供御所㆒之官符㆖、社司責㆓徴官物㆒如㆑切、若追

可レ給二免除之官符一歟、将可レ無二裁許一歟、宜二定申一者、余報云、件御厨先可レ被レ尋二格前・格後一歟、亦不レ載下可レ除二置供御所一之官符上、更亦給二官符一如何、被レ奉レ寄二郷々於上・下御社一、公田多在二郷之中一、至二件御厨一作田不レ幾、殊無二所レ進之物一云々、只可レ在二勅定一、就中賀茂御社事最有二恐怖一、見二故殿御記一子細含二頭弁一訖、

とあるように、山城国の小野御厨を賀茂社の神郷から除くかどうかが問題になっている。

(232) **志摩国司の俸料を除かむ事**　藤原公則が尾張守であった時に弁済しなければいけなかった志摩国司の俸料を免除してほしいという申請(解文)に対する宣旨。先に奏上された解文に「例を勘ふべし」という天皇の命令が書き記された勘宣旨(→二月註211)である。

『延喜式』(巻二六・主税上)に「凡志摩国公廨料、用二尾張国縁海郡正税穀一、給二守三百石、目百五十石、史生七十五石一」とあり、志摩国の公廨料は尾張国の正税穀を用いることになっていた。また、志摩国司には膳《かしわでの》臣《おみ》の後身である高橋氏が代々任じられた。

(233) **山城介《やましろのすけ》、任ずべし**　この時の介である時信が、賀茂祭の前にもかかわらず城外(→七月註58)にいたため、替任が行なわれることになった。関白頼通は、畠邑か紀為説のどちらかでどうかと言っているが、それは実資が頭弁経任を通じて前もって問い合わせていたという。廿八日の直物で取り上げられ、源経頼の「良明・正村・為説等之間、可レ被二量行一歟」という発言をもとに審議された結果、為説が任じられた。『左経記』廿八日条※2▽b参照。「畠邑」は「正村」の誤りか。

(234) **風問**　古記録本は「風問(伺カ)」とし、大成本は「風聞」とする。ここでは「それとなく関白にほのめかした」という意味にとった。

(235) **法師并びに年高の者**　致経が証人として出した中にいる僧侶と高齢者。廿八日条＊1により、「法師」は沙弥良元、「年高の者」は「衰老の者」と同義で、二七長時とわかる。正輔・致経の出した証人については、正月註367・二月註8参照。正月廿一日条▼aに「伊勢国司進致経申証人八人解文」㋑とある致経が出した証人八人の中に、法師と高齢者がおり、問題となった。正輔・致経両者の証人を尋問したが、両者の矛盾点はなくならなかったので、更に拷訊することになった。ここでは拷訊することのできない二人を釈放するかが問題になっている。廿八日＊1に関白頼通と実資の間で両名を原免する方向で議論が進められ、卅日＊1に宣旨が下っている。

僧尼に拷訊しないことについては、『令集解』(巻八・

僧尼二・准格律条)の「穴記」に「問、僧尼拷掠哉、以㆓衆証㆒定哉、答、不㆑見㆑文、為㆑難也、〔今説已帯㆓僧尼名㆒、而豈有㆑経㆓拷掠㆒哉、不㆓拷掠㆒、意順㆑之、〕」とあり、『延喜式』(巻二九・刑部省)に「凡僧尼犯罪応㆑訊者、皆拠㆓衆証㆒定㆑刑、不㆑須㆓捶拷㆒」とある。高齢者(七十歳以上)に拷訊しないことについては、『法曹至要抄』(上・罪科条・不㆓拷訊㆒事)に「断獄律云、応㆓議請減㆒、若年七十以上十六以下、及癈疾者、並不㆑合㆓拷訊㆒、皆拠㆓衆証㆒定㆑罪、」とある。また、『金玉掌中抄』(不㆓拷訊㆒人事)にも「僧尼〔見㆓刑部式㆒〕・有官位〔見㆓名例律㆒〕・五位已上子孫〈同律、〉・癈疾〔見㆓獄令㆒〕年七十以上十六以下・懐孕・侏儒、已上不㆓拷訊㆒、以㆓証人㆒決㆑事、然而近代僧侶・五位已上子孫有㆓其例㆒、自余不㆑然云々、」とある。

(236) **是証人《かくたるしょうにん》に非ず**　たいした証人ではない、という意味か。

(237) **刑(×乱)を定む**　本文は「定乱」とあるが、「乱」に古記録本は「刑カ」、大成本は「紕カ」としている。「法師の刑を定めるには証人が必要である。それなのに犯人でなく、しかも証人のいない法師は原免されてしかるべきである。」という意味か。

(238) **伴奉親・大鹿致俊・物部兼光等を勘問《かんもん》するの日記**　十七日▼aの決定に基づいて伊勢国司が正輔の日記に署名した三人について勘問を行なった調書。頭弁経任は実資に見せてから奏聞し、翌廿八日＊1に再び持ってくる。「勘問日記」は前出(↓二月註8)。註101 146 158も参照。

(239) **直物《なおしもの》**　除目において、式部省・兵部省に下された召名の記載に姓名・官職などの誤りがあった場合、それを書き直す儀。この直物の際に、小除目や叙位が行なわれることも多い。
この年の除目は二月十五日に行なわれ、内大臣教通が上卿を勤めた。この日の直物も教通が行なうことになるが、関白頼通からなかなか許諾が得られなかった。『小右記』同日条▼a＊3・廿九日条▼a、『左経記』同日条※1参照。

(240) **後消《のちのもちい》**　後で役立てること。「消」は「もちいる」「必要とする」の意。卅日条＊1に「若《も》し必ず後の問に消《もち》ふべきの者」とある。尚、ここの「又可当後消者」について、古記録本は「又可当後消(備カ)者」とし、大成本は「又可当後消(息カ)者」としている。

(241) **云々**　古記録本は「云之」とするが、「〜の事について」という意味からも「云々」とすべきか。廿六日▼cの実資の詞を受けて、頭弁が「沙弥良元は七十歳、(衰老の者)三宅長時は六十二歳」という注進を持ってきた。

(242) **過状《かじょう》**　怠状《たいじょう》(↓二月註21)。失態や過怠を謝る始末書。

ここでは、右馬寮の馬の飼育を怠って痩せさせたことについて、御監《ごげん》である実資が右馬頭守隆に過状を提出させている。

(243) **受領《ずりょう》功過《こうか》** 「受領功過定」とは、任期が終わる受領について在任中の成績を審査し、功過(功課)を判定するための公卿の会議。二月註118参照。春の除目の前(または最中)に行なわれることが多い。

教通は先日に直物の時に受領功過定も行なおうという様子だった。

(244) **響応(×饗応)無き歟** 関白頼通が教通に直物をさせる指図をする気配がなかったか。教通は直物と受領功過定を行なうことについて、先に公卿たちを催し、その後で関白に伝えたところ、応諾を得られなかった。「響応」は、同意。呼応。迎合。

(245) **気色の催《はばみ》** 教通が直物を行なうことについて、関白頼通が難色を示すような様子によって拒もうとした。ここで「催」は「摧」とおなじく「はばむ」という意にとった。

(246) **位禄所《いろくしょ》** 位禄について取り扱う所。十四日条＊2に「位禄弁《いろくのべん》左少弁経長」とある。「位禄」は前出(→註132)。十四日に行なわれた位禄定を受けて、その受給者を定める作業が行なわれたと考えられる。

ここで位禄所の史とある惟宗孝親は、二月十四日条＊3に右少史と見え、『左経記』六月廿七日条※4に造大安寺主典に補されたとある。

(247) **位禄を給ふの文** 位禄を充てるために実資に右大臣分として割り当てられた国を書いた文。位禄を出すことになった国名が記されており、その下に、給主が支給する者(給人)の名を書き入れていった。ここでは、実資が信濃・但馬・紀伊の国名の下に、それぞれ知貞・永輔・知道の名を記している。知貞は右馬助で、八月七日＊5に実資の家司となり、永輔は千古の家司、知道も実資の使者として散見する。

右大臣となった実資が給する位禄については、『小右記』治安三年(一〇二三)五月廿五日条に「左少史恒則（大宅）進二位禄文一、〈信乃・但馬・紀伊、〉」とあり、六月七日条に、

可レ給二位禄一之人々先日位禄所々レ進文注付、召二史恒則一令二下給一、内々令レ申云、師光朝臣充下宜国与二信濃一同法上者、問二定死（充カ）国一、申二慥不レ覚由一、仰レ可二改進一了、若無二殊勝劣一者、問二師光一、随二彼申一可レ改二定人一之故也、信乃、〈師光朝臣、〉但馬、〈国経（藤原）朝臣、〉紀伊、〈永輔（源）朝臣、〉

とあり、八月廿日条に「史恒則進下給二位禄一官符三枚上、信濃致行（藤原）、但馬内位（橘）、紀伊永輔、」とあり、信濃・但

馬・紀伊の三ヶ国から充てると定められ、その文に実資が家司などの名を書き入れ、それに従って「位禄を給する官符」が作成されていた。

(248) **陰陽寮《おんようりょう》の連奏** 「連奏」は、官人の異動について数人のことを連ねて一括して任官申請する奏文。神祇官・陰陽寮などでなされた。註254も参照。

ここでは、直物と同時に行なわれた小除目《こじもく》で、この連奏に従って任じたということ。廿九日条▼bにある大外記文義が注進してきた除目に「陰陽頭大中臣実光、助巨勢孝秀、允中原恒盛、大属清科行国、少属大中臣栄親、陰陽〈師歟〉菅野親憲、」とあるのがこの連奏で、恐らくこれまで陰陽頭《おんようのかみ》を勤めていた惟宗文高が辞めたことに伴い、一連の昇進人事がなされたのだろう。尚、文高は『小右記』長元三年(一〇三〇)九月十七日条が終見である。

(249) **明法《みょうぼう》の挙《きょ》** 「諸道の挙」の一。紀伝道《きでんどう》・明経道《みょうぎょうどう》は毎年、明法道《みょうぼうどう》・算道《さんどう》は隔年、学生が博士らの挙により外国の二・三分に任官される。また、紀伝道以外は他に「諸道内官挙」として、内官の二・三分に任じられた。

ここで明法の挙に預かった紀信頼が中務録《なかつかさのさかん》に任じられたということは、「諸道内官挙」によるもので、その最も早い例といえる。

(250) **叙位《じょい》** ここでは、六位蔵人を叙爵する(従五位下とする)こと。この叙爵により蔵人でなくなり、殿上を降りることになる。多くの場合、宿官《やどりのつかさ》としての国司(権守)になり、受領に任じられるのを待つことになる。

但し、藤原惟任の場合は、巡爵でなく、彰子の年爵による別枠での叙爵であった。惟任は元上東門院判官代であり、父頼明は太皇太后宮(彰子)大進(『小右記』寛仁四年〈一〇二〇〉十一月廿九日条)から万寿三年に上東門院別当になっている。正月註91参照。

(251) **左少将経季、蔵人に補《ほ》す** 藤原惟任が五位となって六位蔵人を辞めた代わりに、五位蔵人として補された。経季は、経通の子、実資の養子であるが、この日は大雨で慶賀に来なかった。但し、真夜中というのに経季以外の幾人かは実資のところに挨拶を申しに来ている。

(252) **勘事《かんじ》** 前出(→正月註358)。註151も参照。

ここでは、式部卿敦平親王の勘事を解いたこと。但し、蟄務を留めるという処分は続いており、それが解かれるのは九月四日＊2である。

(253) **伝奏《でんそう》の間の事** 上卿を勤めた内大臣教通が、蔵人などに取り次がせて奏上した時。教通の指示がはっきりしなかったという。「分明」は「ぶんめい」「ふんめい」とも。他と区別がついてはっきりしていること。明白なこと。

(254) **神祇官の連奏の事** 神祇官の連奏(→註248)のこと。大中臣の一門と二門の争で議論が紛糾し、この時に決せられなかったことは、『左経記』廿八日条※2に詳しい。五月廿五日条※1も参照。

尚、『大間成文抄』によれば、長元四年に権大祐大中臣惟盛(一門)が権少副大中臣兼興(一門)を超えて少副に任じられている。

(255) **大炊属壬生則経**　陰陽師は大炊寮の官人になることが多いので、陰陽師の連奏(→註248)によるとも考えられる。

(256) **申返す《もうしかえす》**　反対意見や辞退を申し上げる。ここでは、課役負担の軽減もしくは免除を求めること。

「造大垣」は正月五日条＊1・正月註134、「造八省行事所」は二月十九日条＊4・二月註140参照。

長元元年(一〇二八)九月三日条に前日の台風により豊楽院の不老門などが倒壊し、同三年九月に造豊楽院の国々が定められた(『小右記』)。『小記目録』(第一五・内裏舎屋顚倒事)によれば、同四年五月七日にも豊楽院造作を申返す国があり、翌五年七月廿九日に造豊楽院の国は免除されなくなり、同年十月二日条に「造不老門、可レ責ニ伊予国一事、」とある。

(257) **旬草子は頭弁**　不詳。あるいは、四月一日に行なわれる旬平座《しゅんのひらざ》についての草子(次第などを書いたものか)を実資が頭弁経任の求めに応じて作成し、渡したのだろうか。大成本は「旬草(車イ)子頭弁〇缺文、」とする。「旬」とは朝廷で行なわれた年中行事の一。毎月一・十一・十六・廿一日に、天皇が臣下から政務をきく儀式(旬政)、及びその後に群臣と共に催された宴。当初は毎月行なわれたが、後、四月一日と十月一日だけとなる。四月を「孟夏の旬」、十月を「孟冬の旬」と称し、合わせて「二孟の旬」という。この日、監物が御鑰奏《おんかぎのそう》を行ない、史が官奏文を奉り、進物所《しんもつ》が御前を調え、勧盃があり、六衛府の番奏、捺印が行なわれ、参入した官人は禄を賜わり、退出する。その禄として、孟夏の旬には扇、孟冬の旬には氷魚《ひお》を賜わるのが例であった。本来、天皇が紫宸殿に出御して行なうもので、天皇の出御のない時は、略式に宜陽殿《ぎようでん》(ないしは陣座《じんのざ》)で平座《ひらざ》が行なわれた。「平座」とは本来、兀子《ごっし》や床子《しょうじ》などを用いる高座《たかざ》に対する平敷《ひらしき》の座という意味で、床に畳や敷物を敷いて着する座のこと。これが転じて、天皇の出御のない時に公卿以下侍臣が平座に着いて行なう宴のことを意味するようになった。やがて天皇の不出御が定例化すると、旬には平座を行なうこととされるが、その平座も諒闇《りょうあん》や忌日《きにち》などには行なわれず、日食の際にはその翌日に延引された。恒例の旬の外に臨時の旬があり、十一月一日が冬至に当たった時には「朔旦冬至《さくたんとうじ》の旬」、内裏新造後には「新所の旬」、即位後には「万機の旬」が行なわれた。『左経記』四月一日条※1参照。

(258) **観音品を講演す** 毎月晦日、小野宮邸で行なわれる恒例の月例法華講。真範により、法華経第二五の観世音菩《かんぜのんぼ》薩普門品《さつふもんぼん》が講演された。二月註220参照。

『左経記』書下し文

正月・二月・三月・四月・五月・六月

正月　小

一日、己酉。天晴る。

※1 関白殿（＝頼通）に参る。拝礼有り。〔右衛門督（＝経通）・前大弐（＝惟憲）・左大弁（弁×）（＝重尹）。殿上人《てんじょうびと》は一列。地下《じげ》の六位は列を別くべし。而《しか》るに五位の末に立つ。違例為《た》り。〕

▽a 次《つ》いで参内《さんだい》す。先づ腋 床子《わきのしょうじ》に着す。暫《しば》くして陣座《じんのざ》に着す。剋に及び、関白殿、敷政門《ふせいもん》を経て陣座に着す。〈外座《そとのざ》。〉上達部《かんだちめ》多く参（参×）らる。暫くして昇らしめ給ふ。御薬《みくすり》を供し了《おわ》りぬ。〈後取《しんどり》は章信朝臣。〉

小朝拝《こちょうばい》。

※2 次いで上達部（上×）、陣に着す。〔右府《うふ》（＝実資）兼ねて奥座に着す。内府《ないふ》（＝教通）、内弁《ないべん》を奉仕すべきの由を奉《うけたまわ》り、外座に移りて雑事《ぞうじ》を行なはると云々。〕御出すと云々。春宮大夫（＝頼宗）以下、外弁《げべん》に着す。〔鳥曹司《とりのぞうし》に於《お》いて、各《おのおの》靴を着す。〕召《めし》了りて標《ひょう》の下に入立《いりた》つと云々。次第に着座す。暫くして右府、東 階《ひがしのきざはし》より昇り、東廂《ひがしびさし》并びに北座（×此座）の後《うしろ》を経て、〔北間（×此間）の南の柱の辺《あたり》と北座（×此座）の北との間也。〕北座（×此座）に着す。会の儀、常の如し。〔右府（×大府）、粉熟《ふずく》に着し、了りて退出す。今日、国栖《くず》、参会《さんかい》せず。仍りて奏《そう》無しと云々。〕亥剋《いのこく》、事了りて還御す。

※3 右衛門督（×左衛門督）、勅を奉はりて三日の行 幸召仰《ぎょうこうのめしおおせ》の事を行なはる。〈余同じく座に候ず。〉〔上臈《じょうろう》、仰《おおせ》無き以前に、皆、退出すと云々。又、諸衛并びに外記同じく退出す。史に仰せて陣に候ずる六位の官人等《ら》を召して之を仰す。左近、左右兵衛、左右衛門等也。自余《じよ》は候ぜずと云々。事了りて帰宅す。〕

二日、庚戌。天晴る。
※1参内す。右内両府(=実資・教通)。次いで関白殿(=頼通)に参る。未剋《ひつじのこく》、内府参入し給ふ。上達部《かんだちめ》、中門の辺に下立《おりた》つ。次第に南庭に列立す。殿上人《てんじょうびと》、其の後に列す。各《おのおの》立定《たちさだ》まりて、主客共に再拝す。了りて着座す。暫《しばら》くして右府(×左府)(=実資)参入す。数巡了りて後、牽出物《ひきでもの》。〔両府、馬各《おのおの》一疋。〕
※2次いで引きて〔右府兼《か》ねて気色《けしき》有りて、従《ほしいまま》に里第《りてい》に帰り給ふ。〕中宮(=威子)の御方に参入す。酔歌数度。東宮(=敦良親王)に引参《ひきまい》る。〔地湿《しめ》(×温)るに依りて両宮の拝無し。〕
次いで内府以下、中宮大饗《だいきょう》に引着《ひきちゃく》す。〔関白殿、宮に留まり着し給はず。〕事了りて東宮の饗に引着《ひきちゃく》す。事了りて退出す。

三日、辛亥。天陰《くも》り時々雨降《あめふ》る。
※1巳剋《みのこく》、参内す。左仗座《さじょうのざ》に候ず。蔵人右中弁(=資通)、陣腋《じんのわき》に於《お》いて余に目《もく》(×自)す。余(々)、起座して弁に逢ふ。
※2弁(々)云はく「殿(=頼通)仰せて云はく『東宮(=敦良親王)の行啓《ぎょうけい》に供奉《ぐぶ》すべし。』」者《てへ》り。奉《うけたま》はるの由を申さしむ。暫《しばら》くして左近将曹《しょうそう》延名云はく「東宮の出納、花徳の下に来たる。宮(=敦良親王)よりの召《めし》有るの由を伝ふべし。」者《てへ》り。余、起座して進向《すすみむ》かふ。出納云はく(々)「召有り。」者《てへ》り。〔殿上に着せらると云々。〕宮に参る。亮《すけ》泰通朝臣をして慶を啓《もう》さしむ。再拝了りて着座す。此の間、乗輿《じょうよ》(=後一条天皇)、左兵衛陣に出御す。暫《しばら》くして行啓を定む。〔左衛門陣の下に於《お》いて御車(々車)に御す。〕行列の次第。〔先づ帯刀《たてわき》。次いで陣頭《じんとう》・侍者《じしゃ》。次いで上達部《かんだちめ》。次いで亮・学士。【左に学士、右に亮。】次いで両大夫(=頼宗・師房)。〈左右相分く。〉次いで御車。御後《おんうしろ》に殿上人。〕

▽a 未剋《ひつじのこく》、院（＝上東門院）の西門に到（×致）る。御車より下《お》りて御休所（々休所）に御す。〔西対《にしのたい》の西面。〕上下の座定まる。東宮、西対の南廂并びに東の縁等を経て、寝殿の中央の簀子《すのこ》に進む。拝舞《はいぶ》了りて西一間より入御す。〔主上《しゅじょう》（＝後一条天皇）兼ねて簾中に御す。〕

▽b 頃之《しばらくありて》、頭中将《とうのちゅうじょう》（＝隆国）、勅を奉はりて人々を召す。寝殿の南廂の御簾《みす》を巻（×奏）く。簀子に菅円座《すげのわろうだ》等を敷く（×敷簀子於菅円座等）。主上出御す。〔南面。〕東宮同じく出御す。〔東面。共に南の母屋《もや》の廂《ひさし》。〕頭中将、上達部《かんだちめ》を召す。右府（＝実資）以下次第に参上す。〔関白殿（＝頼通）兼ねて御前に候ず。〕衝重《ついがさね》を賜ふ。一献了りて御膳を供す。〔右衛門督（＝経通）、弓箭《きゅうせん》（×前）・剣を脱ぐ。〕役供《やくぐ》。〔参議六人、衛府五人、皆、胡籙《やなぐい》（×録）・剣を着す。余一人笏《しゃく》を挿《さしはさ》む。皆、警蹕《けいひつ》（×帰）す。〕

▽c 両三盃の後、御遊《ぎょゆう》有り。次いで禄を給ふ。〔大臣は大褂《おおうちき》一重。参議以上は一領。殿上人は疋絹《ひけん》。〕次いで南階《みなみのきざはし》に御輿《みこし》を寄せて還御す。〔是、院（＝彰子）の御消息に依《よ》る也と云々。〕次いで宮（＝敦良親王）還御す。〔御車、西廊に寄す。〕

▽d 今日、供奉の侍臣《じしん》以上、魚袋《ぎょたい》（×奐袋）を着せず。又、東宮の行啓、帯刀の外《はか》、兵衛の陣官《じんかん》（×陳官）・兵衛等候ぜず。是、違例也。権亮良頼〔右中将〕、弓箭を帯びて供奉す。権大夫（＝師房）〔左金吾〕、弓箭を帯びず。〔愚案《ぐあん》、弓を帯ぶるは、理、然《しか》るべからず。近衛司と雖《いえど》も、行啓の間は帯びず。院に御するの後に帯ぶべき歟《か》。左金吾（＝師房）帯びられざるは、然るべき歟《か》。後に大蔵卿（＝通任）云はく「僕（×僅）（＝通任）、馬頭為《た》るの時、春宮亮（×東宮亮）を兼ぬ。此の如きの時、行啓の間は弓箭を帯びず。宮に御するの後、之《これ》を着す。」と云々。愚案と已《すで》に相合《あい》ふ。着する旨に於《お》いては然るべからず。

又、右衛門督云はく「今日、東宮の陪膳《ばいぜん》、勤仕《ごんし》すべきの由、定《さだめ》有り。而《しか》るに疑ひて云はく『弓箭を脱ぐべき歟《か》。』者《てへ》り。而《しか》るに人々の説、一定《いちじょう》無し。仍りて左大弁（＝重尹）を以て陪膳せしむべきの由、改定有り。」と云々。又、「今日、上達部《かんだちめ》の座并びに御前の座、衝重を給ふの役、皆、殿上の五位・六位を用ふ。先例、上達部の座の役は侍臣を用ひ、御前の衝重の役は殿上の五位を用ふ。此の如きの時、六位（□□）を用（□）ひず。而《しか》るに今日の役の人々、違例為《た》り。」と云々。今日の饗禄、皆、本院（＝上東門院）儲くる所也。□□□□右金吾（＝経通）行なふ也。」

五日、癸丑。

※1 参内す。叙位儀《じょいのぎ》有り。戌剋《いぬのこく》に及び、事了りぬ。叙人卅五人。藤中納言（＝実成）、入眼《じゅげん》の事を行なはるべし。而《しか》るに明日行なふべきの由、外記に仰せて、叙位文を封じて、外記に預け、退出せらると云々。

六日、甲寅。

▽a 入夜《よにいり》、法成寺《ほうじょうじ》（×法性寺）に参る。薬師堂の修正《しゅじょう》に依る也。

※1 侍従中納言（＝資平）参会《さんかい》せられて云はく「王氏爵《おうしのしゃく》、仰《おおせ》有りて停めらる。」と云々。是、対馬守《つしまのかみ》種規の男（×界）、則《すなわ》ち前年、大隅守《おおすみのかみ》重忠を射害（×客）する者、改名して王氏を称すと云々。丑剋《うしのこく》に及び、退出す。

七日、乙卯。

※1 巳剋《みのこく》、殿（＝頼通）に参る。御共《おとも》して参内す。午剋《うまのこく》に及び、上達部《かんだちめ》、多く以て参会《さんかい》す。内府（＝教通）、内弁《ないべん》を勤仕す

べきの由を奉《うけたま》はる。外座《そとのざ》に移り、官人を召して膝突《ひざつき》を置かしむ。文義朝臣を召して、諸司の参不の由を問ふ。申して云はく「内舎人《うどねり》の外、諸司、皆以て参入す。」者《てへ》り。早く遣召《つかわしめ》すの由を仰せらる。此の間、出御すと云々。〈筥《はこ》外記（＝相親）、小庭《こにわ》に跪《ひざまず》き、外任奏《げにんのそう》を候《さぶら》ふの由を申す。持来《もちき》たるべきの由を仰す。外記帰出《かえりい》でて奏し奉る。〈筥《はこ》に入る。〉内府、頭弁《とうのべん》（＝経任）を召し、之を奏せしむ。返給《かえしたま》はり、外記に給（々）ふ。列に候ぜしむべきの由を仰せらる。次いで外記、代官を申す。次いで内府、起座し、靴を着す。暫《しばら》くして軒廊《こんろう》の下に立つ。内侍《ないし》、下名《おりな》を給ふ。之を取る。〔階《きざはし》を昇りて之を取る。〕兀子《ごっし》に着す。二省（＝式部省・兵部省）を召し給ふ。了りて座を却《しりぞ》く。此の間、春宮大夫（＝頼宗）以下、外弁《げべん》に着す。余、留まりて座に候ず。是、右府（＝実資）、座に候ぜらるるに依る也。右府命じて云はく〔々〕「外弁に着すべき歟《か》。」余申して云はく「独り座に御《おわ》すに依り、之に留まり候ずる所なり。」者《てへ》り。命じて云はく〔々〕「八省《はっしょう》、事有るの日、大臣二人参入の時、上﨟《じょうろう》、諸卿以下を率ゐて内に入るの時、下﨟《げろう》の大臣、八省に留まる。仍りて大弁、随留《したがいとど》まると云々。此の座の儀を覚えず。抑《そもそも》、内弁、舎人《とねり》を召すの時、外弁に向かはるるに何事か有らむ哉《や》。」者《てへ》り。余申して云はく〔々〕「仰《おおせ》の如く、八省の儀に准じて候ずる所也。」者《てへ》り。此の間、近衛、階下（階×）に陣し警蹕《けいひつ》す。内弁、兀子に着す。内侍、出づ。内弁、謝座《しゃざ》（×諸座）し、昇る。開門の闈司《いし》着す。頭弁、東階《ひがしのきざはし》の下に進む。御弓奏《みとらしのそう》、内侍所《ないしどころ》に付すべきの由、内弁に申す。〔内弁、兼ねて階下の程に下立《おりた》つ也。〕内弁、外記に召仰《めしおお》せらる。〔日暮の内、諸司不具に依る也。〕畢りて還昇《かえりのぼ》る。暫《しばら》くして内弁、階下に下立《おりた》ち、内記《ないき》（＝国成）を召す。内記（々々）、宣命《せんみょう》を挿《さしはさ》むの杖を取り、参入して内弁に奉る。内弁（々々）、文を取りて開見《ひらきみ》、則ち内記に給ふ。内記（々々）、杖に挿みて之を奉る。内弁昇りて之を奏す。還下《かえりくだ》りて内記を召し杖を給ふ。之を取りて還昇《かえりのぼ》る。此の間、右府（×左府）命じて云はく「内記、宣命を奉るの後、暫く階下に候ずべし。而《しか》るに帰去《かえりさ》るの旨、然《しか》るべからず。又、内弁、此の度の宣命を見るの処、両説有り。南殿《なでん》に簾を懸け、主上《しゅじょう》出御せざるの時、陣座《じんのざ》に於《お》いて之を見る。御出の時、軒廊《こんろう》の下に立ちて之を見る。而《しか》るに今日、階下の壇上に於《お》いて覧らるるの旨、未《いま》だ先例を知らず。」と云々。「但し、壇上に於《お》いて見る文等は、是、相撲《すまい》・白馬《あおうま》等の奏の文の如《ごと》き也。左右《さゆう》より持来《もちき》たるに依りて、便宜を量りて壇上に於《お》いて見る所也。」と云々。内弁、二省(×者)を召し、位記《いき》の筥《はこ》を置かしむ。内弁、舎人を召す。此の間、余、起座し、敷政門《ふせいもん》の南を経《ふ》。外弁《げべん》(＝頼宗)・群卿入りて、標《ひょう》の下に立つ。謝座《しゃざ》・謝酒《しゃしゅ》(謝×)、了りて着座す。若《も》しくは右府昇りて着座す。式部、叙人を率ゐて標に立つ。右府、起座して退出す。

※2 内弁、宣命使を召す。〔先に、内府、右府に聞合《ききあ》はせて云はく(々)「宣命使、誰人を用ふべき哉《や》。」右府、命じて云はく「三位以上の叙人有るの時、納言《なごん》を用ふ。然《しか》らずば宰相を用ふるの由、古賢の伝、耳底に遺る。」と云々。〕大蔵卿宰相(＝通任)、召に応ずと云々。上下復座す。式・兵、位記を召し給ふ。了りて叙人、拝舞し退出す。此の間、上達部《かんだちめ》多く殿の御宿所に参(参×)らる。是、侍従の君(＝信家)、衣を替へらるるを問はむが為《ため》也と云々。関白殿(＝頼通)、同じく御坐《おわしま》すと云々。内弁、白馬奏《あおうまのそう》を奏す。〔右府、退出す。仍りて両奏、一杖(×枝)に挿《さしはさ》む。〕白馬渡り了りて膳を供す。二献、国栖《くず》(×固柄)。三献、御酒勅使《みきちょくし》。〔余、将《すなわ》ち此の役に従ふ。〕内弁、坊家奏《ぼうけのそう》を奏す。〔別当《べっとう》参入せざるに依る也。〕楽・舞了りて上下拝舞す。此の間、還御す。内弁、仗座《じょうのざ》に於《お》いて宣命・見参《けざん》を見る。階下より御所に進み、之を奏して還座す。左宰相中将(＝顕基)を召して宣命を給ふ。次いで左大弁(＝重尹)を召して見参を給ふ。上下拝舞し了りて帰座す。又、殿(＝紫宸殿)を下りて禄所に向かふ。次第に禄を取り、日華門より退出す。此の所の装束。春興殿の前庭に、床子《しょうじ》四脚を立つ。〔北(×此)一、宰相。次いで弁。次いで蔵人。次いで史。並びて北向(×皆)。宰相の前に筵一枚を敷く。禄を給はる輩、此の筵に跪《ひざまず》き、笏を挿《さしはさ》みて禄を取る。笏を抜(×祓)き、揖《ゆう》して

退出すと云々。〕

八日、丙辰。

▽a 関白殿（＝頼通）に参る。王氏爵《おうしのしゃく》、慥《たしか》に捜尋《さがしたず》ねずに挙せらるるの由を仰せらる。

※1 暫《しばら》くして八省に参る。上達部《かんだちめ》、壺に入ること、先づ了りぬ。仍りて東廊に着せず、直ちに壺に入る。入夜《よにいり》、事了りぬ。

▽b 御堂《みどう》（＝法成寺金堂）に引参《ひきまい》る。初夜《しょや》了りて人々退出す。余同じく帰私す。

十一日、己未。

※1 頭中弁《とうのちゅうべん》（＝経任）の消息に云はく「今日、女叙位《おんなじょい》有るべし。位記請印《いきしょういん》（々記請印）の間、上《しょう》・宰相《さいしょう》入るべし。然《しか》るべくば、参入すべきの由、関白相府（＝頼通）の御気色有り。」と云々。之に因りて未剋許《ひつじのこくばかり》に参内す。頃之《しばらくありて》、右府（＝実資）参入せらる。仗座《じょうのざ》に於《お》いて雑事《ぞうじ》を申奉《もうしうけたま》はるの間、右中弁（×右大弁）資通〈蔵人〉、相府（＝実資）を伝召《つたえめ》す。起座し、南殿《なでん》の北廂（×此廂）を経て参入す。余同じく参入す。〔是、勅召《ちょくのめし》に応ずるに非ず。独り着座すべきに依る也。〕関白相府、殿上に於《お》いて余を召す。仰せられて云はく「中宮（＝威子）并びに新一品宮《しんいっぽんのみや》（＝章子内親王）の御給《ごきゅう》の名《みょう》簿《ぶ》等、早く催儲《もよおしもう》くべし。」者《てへ》れば、則《すなわ》ち蔵人兼安を以て申儲《もうしもう》けしむ。頃之《しばらくありて》、御前に於《お》いて叙位儀（位×）有り。〔御装束、官奏《かんそう》の時の如し。但し御座の前の孫廂《まごびさし》に菅円座《すげのわろうだ》二枚を置く。【一枚は西南向、関白（×右府）の御料。一枚は西向、右府の御料。】〕此の間、侍従中納言（＝資平）、殿上に於《お》いて示さるるを待（×侍）つと云々。今日の位記請印の

料、之（×云）有りて参入する所なり。而《しか》るに内々諸司を催さしむるも、早くは参入すべからずと云々。今夜ならずと雖も、後日、之を行なふに何の難有らむ乎《や》。叙位文に於《お》いては、之を給はり、内記に給ふ。且《かつ》は入眼《じゅげん》せしむべき也。仍りて封を加へず内記に給ふの由、伝聞《つたえき》くこと有り。仍りて状の如く行なふべき也と云々。

▽a 此（此×）の間、胸忽《にわか》に苦しみ、神心《しんしん》違例なり。仍りて起座して宮（＝威子）の御方に参る。閑所《かんしょ》（×下）に於《お》いて休息するの間、蔵人等、数度、殿（＝頼通）の召有るの由を来伝《きたりつた》ふ。堪へ難きに依りて参入せず。又、何事かを知らず。深夜に及び、頗《すこぶ》る宜《よろ》し。

※2 相扶《たす》けて退出するの間、蔵人兼安示して云はく「雑色《ぞうしき》藤原経衡〔故甲斐守《かいのかみ》公業の男〕・上東門院（＝彰子）判官代同惟任〔故美濃守《みののかみ》（美乃守）頼明の男〕を以て蔵人に補《ほ》せらる。所衆《ところのしゅう》藤原兼季〔故越前守《えちぜんのかみ》為盛朝臣の男〕を以て雑色と為《な》す。前帥（＝経房）の三男式部大輔（×夫）良宗（×貞）・経季朝臣等、昇殿《しょうでん》を聴《ゆる》さる。」と云々。

十二日、庚申。

※1 神心宜《よろ》しからず。仍りて休息す。右府（＝実資）より御消息の状有りて云はく「夜部《よべ》、心地《ここち》を損し退出せらるるの由、如何《いかが》。抑《そもそも》、叙位了りて退出の間、頭弁《とうのべん》（＝経任）暫《しばら》く候（×催）ずべきの由を相《あい》示す。仍りて仗座《じょうのざ》に侍り候ず。重ねて来仰《きたりおお》せて云はく『王氏の名簿《みょうぶ》、世を注さず。又、誰人なる哉《や》。式部卿親王（＝敦平）に問はしむべし。』者《てへ》り。則ち文義（×範）に仰せて退出す。若《も》し内々に聞く所有る哉《や》。」と云々。申さしめて云はく「夜部《よべ》、忽《にわか》に心地を損乱し、閑所に於《お》いて相扶《あいたす》くるの間、此の如きの事を奉《うけたま》はらず。但し乱心地《みだれごこち》、只今《ただいま》平復（×複）するに似るが如し。今、遣問《つかわしと》ふこと有り。千廻恐悦す。」と云々。

十七日、乙丑。

※1 治湯の間、藤中納言(＝資平)、使を差《つか》はして示されて云(×之)はく「吏部王《りほうおう》(＝敦平親王)、源光を以て寛平(□平)(＝宇多天皇)の御後《おんのち》と称し、挙申《きょしもう》さるるの由、有りと云々。今日、公家《こうか》(＝後一条天皇)、外記相親(×扶親)を以て問はるること有り。仍りて申されて云はく『前大弐藤原朝臣(＝惟憲)、相称して云(×之)はく「良国王は是、寛平の御後也。当年の王《おう》氏爵《しのしゃく》は、是、寛平の御後に当たると云々。件の人を以て吹挙《すいきょ》すべし。」者《てへ》れば、須《すべから》く慥《たしか》に尋ねて挙申《きょしもう》すべき也。而《しか》るに彼の間、所労有り。其の事を相扶《たす》くるの間、慥に捜尋《さがしたず》ねざるの怠《おこたり》、謝却《しゃきゃく》するに方無《かたな》し。』と云々。外記、此の詞を注付し、帰参す。宮(＝敦平親王)の家司《けいし》惟忠朝臣、外記に逢ふ。」と云々。奉《うけたま》はるの由を申さしむ。

十八日、丙寅。天陰《くも》り雨降る。

▽a 賭弓《のりゆみ》の延否の由、使を差《つか》はして頭中将(＝隆国)に案内《あない》す。示されて云はく「大略、延ぶべき也。但し昨日の射遺《いのこし》、参議を遣はすべし。形に随ひて召すべき也。用意すべし。」者《てへ》り。終日相待(×侍)つと雖《いえど》も勅召《ちょくのめし》無し。若《も》しくは是、他人参入する歟《か》。

十九日、丁卯。

▽a 結政《かたなし》に参る。政《まつりごと》有り。〔今年始めて政有る也。〕申文《もうしぶみ》・請印《しょういん》等了りて、上《しょう》(＝頼宗)以下、南所《なんしょ》に移る。申文・食《しょく》了りて内に入る。

※1 頃之《しばらくありて》、内府(□府)(＝教通)参入し給ふ。〔障《さわり》を申さると雖《いえど》も召《めし》有りと云々。〕左中将実基、軒廊《こんろう》の東二間を経て

膝突《ひざつき》に着し之を召す。内府以下、弓矢を持ちて、階下を経て参入す。〔左手に弓の束の上の程を取り、右手に弓の末の下方一尺許《ばかり》を取る。則《すなわ》ち件の方の手、矢の尻の方を取り、弓を取副《とりそ》へ、弓の弦を上と為《な》して之を取る。〕一々廊下の座に着す。左宰相中将(＝顕基)・左大弁(＝重尹)并びに余(＝経頼)、座の末の方に寄居すと雖《いえど》も、座席無きに依り、無名門(無×)を経て退出し、暫《しばら》く門内の座に候ず。〔殿上人《てんじょうびと》の座也。〕内府(府×)起座して四府奏を取る。〔左近・左兵一枚、右近・右兵一枚。〕之を奏す。〔弓を置き、矢、腰に挿《さ》す。〕空杖を持ちて左廻りし、屏門《へいもん》を出づ。杖を置きて弓を取る。〔矢は猶《なお》(×於)、腰に有り。〕着座す。頃之《しばらくありて》、主上《しゅじょう》(＝後一条天皇)目《もく》し給ふ(×自結)。内府、弓を取り、〔矢は座に置く。〕進みて御前に跪《ひざまず》く。〔沓《くつ》を着せず。〕弓を置く。奏文等を給はるに及びて退居す。弓を取りて還座す。暫くして弓を取り、召して云はく「経季、次いで行経朝臣。」両将(＝経季・行経)共に進み上の前に跪《ひざまず》く。〔右将と雖《いえど》も、四位(＝行経)、前に在り。〕奏文を分給《わけたま》はる。将等退出す。此の間、余退出し、後事《のちのこと》を見ず。

廿一日、己巳。

※1 侍従中納言(＝資平)、政《まつりごと》に着せらると云々。是、去る十九日の政始《まつりごとはじめ》の日、参入せらると雖《いえど》も、彼の日、春宮大夫(×東宮大夫)(＝頼宗)、上卿《しょうけい》と為《な》り、文書を与奪《よだつ》す。仍りて今日重ねて着し、吉書《きっしょ》を申さしむるの後、明日、諸国の不与状《ふよじょう》を下《くだ》さるべしと云々。余、聊《いささ》か障《さわり》有りて参入せず。

※2 昨日、余、殿(＝頼通)に申して云はく「去月、上卿に迫《うなが》すも参入せざるに依り、三番の申文《もうしぶみ》無し。仍りて諸国の不与状等、多く下さざるに依り、旧吏等歎申《なげきもう》すの由と云々。此の如きの時、御気色有りて、一日《いちにち》の政に両三巻の状帳を下さるるの例有り。之を如何為《いかがせ》む。」仰せて云はく「然《しか》るべき上卿に示し、申行《もうしおこ》なふべし。」者《てへ》り。帰里す

るの後、史奉政を以て御気色有るの由、侍従中納言に申さしむ。明日より三ヶ日、着すべきの由、返事有り。

廿二日、庚午。

※1 結政《かたなし》に参る。政《まつりごと》有り。上《しょう》は侍従中納言（＝資平）。請印《しょういん》了りて南所《なんしょ》（南×）に着す。三河（参河）・出雲の不与状を下さる。食了りて参入す。

廿三日、辛未。

※1 結政《かたなし》に参る。上《しょう》は侍従中納言（＝資平）。請印《しょういん》了りて南所に着す。隠岐の不与状、豊前の実録帳、三河（参河）・出雲等の解由《げゆ》を下さる。食了りて内に入る。

廿五日、癸酉。

※1 結政《かたなし》に参る。政《まつりごと》有り。上《しょう》は侍従中納言（＝資平）。請印《しょういん》了りて南所に着す。豊前の不与状、石見の実録帳を下さる。食了りて内に入る。陣に於《お》いて豊前の解由を下さる。頃之《しばらくありて》、退出の間、殿（＝頼通）に参り、退出す。

廿八日、丙子。

※1 大和守《やまとのかみ》頼親の郎等散位《ろうとうさんい》宣孝朝臣、彼の国の住僧（×注僧）道覚を打つの下手《げしゅ》に依りて、公家《こうか》（＝後一条天皇）、召すゝと有り。仍りて国司（＝頼親）召進《めしたてまつ》る。

※2 今日、検非違使（違×）等、頼親の宅に向かひ宣孝〔衣冠。〕を請ふ。乗馬す。〔放免の者二人、馬の口を取り、二人、鐙《あぶみ》（×鐙）を抑《おさ》ふと云々。〕左衛門の弓場《ゆば》に将到《いいた》（×持到）り、候ぜしむと云々。昨日、頭弁《とうのべん》（＝経任）云はく「件の宣孝、傍《かたわら》の下手人《げしゅにん》等を進《たてまつ》らしむるの後、問はるべきの由、仰有り。」者《てへ》（×云）り。遅れて召進《めしたてまつ》れば、随ひて久しく候ずべき歟《か》と云々。

二月　大（大×）

一日、戊寅。

※1 殿（＝頼通）に参る。大外記文義朝臣云はく「小野宮（＝実資第）、小児の一足無きもの、犬喫入《くいい》るの由、申さるること有り。」者《てへ》り。頃之《しばらくありて》、余を召す。御前に参る。仰せられて云はく「右府《うふ》（＝実資）示されて云はく『昨日、小児の足無きもの、家中に在《あ》り。若《も》し是、犬喫入《くいい》る歟《か》。先例を勘《かんが》ふるに、此の如きの時（×如之此之時）、或《あるい》は五体不具《ごたいふぐ》に准じて七日を忌《い》む。或は猶《なお》卅日を忌むべきの由を定めらる。仰《おおせ》に随ひて左右《そう》すべし。』者《てへ》り。先例を見るに、手足無く首・腹等相《あい》連なる時、猶《なお》卅日を忌まる。恐らく聞くが如き身体具足《ぐそく》し唯《ただ》（×准）一足無くば、敢へて七日の穢と為《な》すべからず。但し外記をして先例を勘へしめ、一定《いちじょう》すべき也。」者《てへ》り。申して云はく「仰せらるるの旨、尤《もっと》も然るべし。慥《たしか》に先例を尋ねて定仰《さだめおお》せらるべき也。」者《てへ》り。入夜《よにいり》、退出す。

※2 左中弁（＝経輔）、五歳の児の喪に依り、憚《はばかり》有《あ》りて大原野《おおはらの》祭に参入せざるの替、殿の仰《おおせ》有り。左少弁源経長、祭に参ると云々。

二日、己卯。天陰《くも》り微雨。

※1 召に依りて殿（＝頼通）に参る。仰せて云はく「右府（＝実資）の穢、猶《なお》卅日を忌まるべき也。其の故《ゆえ》は、延長・承平の間、首・腹相《あい》連なり四支無きの児の穢、定めらる。彼を以て之に准ずるに、此の度、猶《なお》重し。」仍りて卅日を忌むべきの由、頭弁《とうのべん》（＝経任）をして右府に示さしむ。

※2 「抑《そもそも》、除目《じもく》の執筆《しゅひつ》、内府（＝教通）奉仕すべき歟《か》。堪ふるや否や、如何《いかが》。」申して云はく「暗に知り難し。但し先

年、談の次《ついで》に除目の間の事を示さる。若《も》し尋案《たずねあん》ぜらるる歟《か》。殿下（＝頼通）近くに御坐《おわしま》すべきを申（×中）す。然《しか》るべき事、定めて示仰《しめしおお》せらるる歟《か》。」者《てへ》り。「唯、端書《はしがき》并びに尻付《しづけ》等、書く許歟《ばかりか》。」者《てへ》り。仰せて云はく「大臣を置きて納言を召すべからず。先づ案内《あない》を示し、彼の命に随ひて左右すべき也。抑《そもそも》、此の事、外の人を以て伝示《つたえしめ》すべからず。内府に詣《まい》りて申さるべし。昨日、光臨せしめ給ふの次《ついで》に面談すべき也。而《しか》るに心を乱し、未だ平復せざるの間、雪風弥《いよいよ》（×爾）堪へ難かるべし。仍りて自《みずか》ら申さざる也。右府、穢に依りて除目、参入すべからず。執筆、奉仕せらるべき歟《か》。兼ねて用心せしめ給はむが為《ため》、密々相《あい》示す也。」と云々。内府に参りて此の旨を申す。御報に云はく「謹みて仰の旨を奉《うけたま》はる。堪能の（×々）身に非（非×）ずと雖《いえど》も、奉仕すべきの由を申さしむ。事憚《ことのはばかり》無きにあらず。況《いわん》や不及の身を以て、早く勤仕すべきの由を申し難し。予（×印）の用心が如きは、又々の仰《おおせ》に随ひて進上すべき也。」者《てへ》り。殿に参りて此の由を申す。

四日、辛巳。

▽a 祈年祭《としごいのまつり》、常の如しと云々。

※1 召《めし》有りて内府（＝教通）に参る。除目《じもく》の雑事を仰せらるるの次《ついで》（×歟）に語り給ひて云はく「執筆《しゅひつ》の人、闕官《けっかん》を奏するの時、硯筥《すずりばこ》、右方に推遣《おしや》（×椎遺）る。他の筥等、左方に推遣《おしや》（×遺）る。其《そ》の間《あいだ》より膝行《しっこう》し、闕官の筥を奉ると云々。而《しか》るに近来《ちかごろ》、右府（＝実資）、硯筥共に左方に推（×椎）す。是、如何《いかが》。」余、推量して申して云はく「若《も》し関白御坐《おわしま》すに依《よ》り、右府、恐《かしこまり》の為《ため》、共に左方に推さるる歟《か》。」者《てへ》り。命《おお》せて云はく「先年、次《ついで》有りて故殿《ことの》（＝道長）に申す。仰せて云はく『若《も》し関白（＝頼通）、右方に坐するに依りて、共に左方に推遣《おしや》（×遺）る歟《か》。為当《はた》、故実を知らざる歟《か》。』者《てへ》

り。今、汝（＝経頼）の案、先閤（×閣）（＝道長）の一言に合ふ。彼を以て之《これ》に准ず。猶《なお》左方に推遣《おしや》（×遣）るべき也。」と云々。

※2 又、仰せられて云はく「故殿、左仗《さじょう》に於《お》いて雑事を行なはしむるの時（×由）、大外記善言、膝突《ひざつき》に着して申して云はく『天文博士吉昌、密奏を持参《もちまい》るの由を申さしむ。』者《てへ》り。暫《しばら》く傾思《けいし》して、仰せられて云はく『取りて持来《もちき》たれ。』者《てへ》り。善言持参《もちまい》る。之《これ》を取りて披見し了《おわ》りて硯・筆を召す。善言帰出《かえりい》で、筆等を取りて参入す。則《すなわ》ち之を巻きて善言に給ひて封ぜしむ。善言封じて之を奉る。殿（＝道長）、『封』の字を加へて善言に給ふ。仰せられて云はく『早く奏せしむべきの由、仰すべし。』者《てへ》り。次いで案文を見、元の如く巻結《まきかた》ね、御随身を召して之を給ふ。入道大納言（＝公任）〔在俗の時。〕仗座《じょうのざ》に於《お》いて、此の事を見る。帰私して『故小野宮大臣御日記（＝清慎公記）』を引見するに、此の事有り。今日の儀、毫毛《ごうもう》も違はず。中心（×申心）、感在り。後日、殿に参りて申して云はく『一日《いちじつ》の事、若《も》し御覧の事有《あ》りて行なはしめ給ふ歟《か》。如何《いかが》。』仰せて云はく『更に見聞無し。唯、推量して行なふ所也。』其の時、『小野宮記』に違はざるの由（×申）を申す。此の如く案外の事、量行《はかりおこ》なはしめ給ふ旨、古賢に異ならざるの由、入道大納言の語る所也。」と云々。

五日、壬午。

▽a 結政《かたなし》に参る。政《まつりごと》無し。衙《が》（×衛）了《おわ》りて内に入る。

※1 暫《しばら》くして内府（＝教通）参入す。左仗座《さじょうのざ》に於《お》いて祈年穀奉幣使《きねんこくほうへいし》を定め、〔廿一社。余、参議に任ずるの後、始めて執筆《しゅひつ》す。〕并びに陰陽寮《おんようりょう》に仰せて日時を勘《かんが》へしむ。定文《さだめぶみ》を加へて筥に入れ、左少弁〈経長〉をして之を奏せしむ。〔先づ関白殿（＝頼通）に内覧《ないらん》す。〕返給《かえしたま》はりて外記を召し、之《これ》を給ふ。余退出す。

七日、甲申。天気、晴陰定まらず。
※1午後《うまのち》に及び、殿（＝頼通）に参る。申して云はく「一日《いちじつ》、御消息に依りて内府（＝教通）に詣《まい》る。命じて云はく『除目《じもく》の日、執筆《しゆひつ》すべし。議所《ぎしよ》に着すべし。而《しか》るに或記《あるふみ》に云はく「一の大臣、南の幔《まん》より入り着座す。次の大臣以下を以て東の幔より入る。但し納言の執筆の者《もの》、猶《なお》東の幔より入るべし。」と云々。此の文を案ずるに、次の大臣を以て執筆の日、南の幔より入るべき歟《か》（×次）。為当《はた》、猶《なお》東面より入るべき歟《か》。如何《いかが》。又、右府（＝実資）参入せずと雖《いえど》も、定めて円座《わろうだ》を御前に敷く歟《か》。余（＝教通）、召に応じて進着（×箸）するの時、右府の座に着すべき歟《か》。為当《はた》、執《と》りて、先づ自座に着するの後、御気色《みけしき》に随ひて上座に着すべき歟《か》。此の如きの事、自《みずか》ら推し難し。次《ついで》有るの時、殿に申し、仰せらるるの旨を以て伝示《つたえしめ》すべし。』」者《てへ》り。則ち殿に参りて此の旨を申す。仰せられて云はく「議所（×儀所）に着するは、執りて、東面の道を用ひらるべき歟《か》。其の故は、次の大臣を以て公事を奉行するの時、先づ奥座に着し、仰《おおせ》を奉《うけたま》はるの後、外座《そとのざ》に着して雑事を行なふ。之を以て准ずるに、東の道を執らるるを勝と為《な》す歟《か》。左大弁（×右大弁）（＝重尹）、時々議所（×儀所）に着すと云々。先例を尋ね左右《そう》せらるべき歟《か》。又、御前の座の事、日来《ひごろ》、中心、疑思《うたがいおも》ふ所也。執りて、先づ自座に着するの後、気色《けしき》に随ひて上座に移るべき歟《か》。」と云々。自余《じよ》の雑事を申奉《もうしうけたま》はる。入夜《よにいり》、帰私す。

八日、乙酉。天陰《くも》り風雪。
▽a政《まつりごと》有りと云々。召《めし》有りて関白殿（＝頼通）に参る。仰す。「斎院（＝選子内親王）の御院に強盗の首《しゆ》を籠《こ》むるの由と云々。追捕《ついぶ》せしめむと欲するの由、院に申さしむべし。」者《てへ》り。

▽b 次いで参内す。内政《うちのまつりごと》（々政）了《おわ》りぬ。上《しょう》以下、内に入る。〔南所物忌《なんしょものいみ》と云々。〕仍りて余、暫《しばら》く外記局（×甬）に留《とどまり》立《た》つ。史《し》以上を入れしむるの後、内に入る。

※1 新中納言（＝定頼）云はく「内府（＝教通）、勅を奉《うけたまは》り仁王会《にんのうえ》の僧名を定めらるべしと云々。十一日の奉幣の事、奉行せらるるの間、事憚《ことのはばかり》（×輔）有《あ》るべし。」次いで余答ふ。「今日、前の散斎《あらいみ》の外《ほか》也。僧名を定めらるるに何事か之《これ》有《あ》らむ乎《や》。」納言、甘心《かんしん》せらるるの気色《けしき》有《あ》り。頃之《しばらくありて》、内府参入せらる。仗座《じょうのざ》に於《お》いて僧名・検校・行事等を定む。日時を加ふ。又、右中弁〈資通〉をして之を奏せしむ。〔先例（×日）、行事の文を奏せざる而已《のみ》（×也）。今日、之を奏せらる。天暦の間、西宮大臣《にしのみやのだいじん》（×西番大臣）（＝源高明）、行事の文を奏するの由、『御記（＝村上天皇御記）』に有りと云々。〕返給《かえしたま》はり、行事の左中弁〈経輔〉を召し、之を給ふ。〔頭《とう》（＝経任）、先づ関白殿に内覧《ないらん》す。而るに内の御物忌に依りて宿紙《しゅくし》（×俄）に書く。仍りて殿の御消息に依り、先づ奏するの後、持参《もちまい》るべし。内府（×大府）、仗座に於《お》いて仰せらる。「率川《いさかわ》祭の日、仏事（仏×）を行なはるるの例無し。尋ねしむる（×々々）の処、一条院（×一乗院）の御時、仁王会を行なはると云々。況《いわん》や定《さだめ》に於《お》いてをや。」者り。〔可祭被行、仏事之例令尋之処、一条院御時被行仁王会云々、況於定者〕陣に連ぬる者、彼此《かれこれ》申されて云はく「遠き祭の使、立つ日に斎《い》まる。是、例事也。」と云々。〕

十日、丁亥。

※1 大学（×覚）に参る。廟門（×廂門）に着す。左金吾（＝師房）・左亜将相公（＝顕基）等、同じく参着す。先づ廟を拝す。〔金吾・亜将、剣を脱ぎ把笏して入堂す。〕外記、門前に進みて、寮（＝大学寮）の饗弁備《べんび》の由（×申）を申す。上《しょう》（＝師房）以下、之に着す。三献、弁。食了りて、外記、都堂《とどう》の装束了るの由を申す。上以下、堂に着す。講論了りて、上以下起座

し、壁外の座に着す。暫《しばら》くして外記、装束了るの由を申す。上以下、着座す。三献了りて箸を立つ。即ち之を抜(×秡)きて立座す。暫くして外記、装束(×将束)了るの由を申す。上以下、着座す。三道博士(＝明経博士・明法博士・算博士)、学生《がくしょう》を率ゐて参上す。各《おのおの》論議す。了りて退出す。次いで本寮(＝大学寮)、紙・筆を居《す》う。上、余に示して題者の博士を召さしむ。余、召有るの由、文章博士挙周朝臣に示す。〔或文《あるふみ》に云はく「五位博士、名を召すと云々。四位召すの由は不詳と云々。仍りて今日(今×)、召さざる歟《か》。」〕朝臣(々々)、上の御後《おんうしろ》に進《すすみ》立《た》つ。上宣《の》る。「題献《たてまつ》れ(×衣)。」博士唯《ゆい》して帰座し、題を書きて之を奉る。上見さしめて挙周(×固)朝臣に下給《くだしたま》ふ。序者を召仰《めしおお》す。次いで寮允《りょうのじょう》、筥を取る。先是《これよりさき》、掃部《かもん》、穏座《おんのざ》(×隠座)を立つ。上以下、穏座(×隠座)に移る。講詩了る。深更《しんこう》(×除更)、上下退出す。

十一日、戊子。

※1
巳剋《みのこく》、参内す。祈年穀奉幣使《きねんこくほうへいし》に依《よ》る也。内府(＝教通)忽《にわか》に障を申さる。仍りて他の上卿を召すの間、已《すで》に晩景に及びて、権大納言(＝長家)参入せらる。卜串《うらぐし》(×下串)を開かしむ。并びに宣命《せんみょう》の草《そう》・清書(×請云)等を奏す。八省《はっしょう》に着す。先づ伊勢使等入る。幣を給はりて退出の後、大納言(＝長家)、東廊に着し使の王を召して宣命を給ふ。次いで北廊(×此郎)に帰り、諸社の使々(×之)を召して宣命を給ふ。余、平野使為《た》り。社に参りて奉幣す。了りて帰京す。

十三日、庚寅。

※1
殿(＝頼通)に参る。申して云はく「故殿(＝道長)初めて云々(×々々)の執筆し給ふ年の大間《おおま》并びに公卿給《くぎょうきゅう》等、暫《しばら》く

申送《もうしおく》るべきの由、内府（＝教通）の御消息有り。」者《てへ》り。仰せて云はく「大間は択出《えらびい》だして参るべし。内より退出の次《ついで》に、重ねて来たるべし。」者《てへ》り。「但し公卿給は本自《もとより》無き者也。」者《てへ》り。

参内す。讃岐《さぬき》・土左《とさ》等の不与状《ふよじょう》を献《たてまつ》る。是、前日の仰に依る也。数剋、御前に於《お》いて雑事を奏して奉《うけたま》はる。晩（×晩）に及び、殿に帰参し、大間を給はる。入夜《よにいり》、内府に持参《もちまい》り之を奉る。他見すべからざるの由、御消息有り。内府言談《げんだん》の次《ついで》に仰せられて云はく「前日、相示す所の御前の円座の事、入道大納言（＝公任）云はく『猶《なお》、先づ本座に着し、御気色《みけしき》に随ひて上座に着すべし。』者《てへ》り。又『議所《ぎしょ》（×儀所）に着するは、次の大臣執筆の時を以てすと雖も、猶（×執）、南の幔より入る。但し納言☆A執筆の時、東方より入るべし。』」者《てへ》り。

十五日、壬辰（壬辰×）。

☆B雨降る〔云々〕。

▽a ☆C今日より除目議《じもくのぎ》有り〔云々〕。

☆D内府以下、次第に起座し、宜陽殿《ぎようでん》の西壇并びに日華門等を経て議所に着す。〔内府、南の幔より入りて東面座に着す。民部卿（＝斉信）以下、東面北間より入りて相分かれて着す。〕各《おのおの》座定まりて召有り。〔弁・少納言、遅参に依りて勧盃《かんぱい》無し。〕内府以下、南殿の北庙を経て弓場殿《ゆばどの》に参立《まいりた》つ。

☆E内府（＝教通）〔大二条〕先づ自座に着す。殿（＝頼通）の御気色《みけしき》に依り北座に登る。

十七日、甲午（甲午×）。

▽a ☆F 殿（＝頼通）、勅召《ちょくのめし》を承《うけたま》はる。唯《ゆい》（×准）して円座に着するの後、勅を奉《うけたま》はりて内府《ないふ》（＝教通）に目《もく》す。内府（々々）唯して先づ進みて自座に着す。次いで殿又《また》目す。仍りて北の円座に移る。

廿二日、己亥。天陰《くも》り雨降る。

※1 参内す。侍従中納言（＝資平）参入す。外記成経、上野《こうずけ》の御馬を牽《ひ》くの由を申す。上《しょう》（＝資平）宣《の》る。「解文《げぶみ》、取来《とりき》たれ。」外記、解文を奉る。〈筥に入る。〉上、外記をして之を開かしむ（×々々）。外記、刀（×力）を以て之を開く。上、之を見る。筥に入れて外記に給ふ。外記（々々）、之を取り、宜陽殿の西の壇上に立つ。〔北面（×此西）。〕上、南殿《なでん》の北廂（×此廂）を経て、弓場殿《ゆばどの》に参りて之を奏す。頃之《しばらくありて》、仗座《じょうのざ》に帰着す。外記、階下より帰来《かえりき》たり、上卿に奉る。上卿（々々）開見《ひらきみ》畢りて外記に給ひ、〔筥に入る。〕云はく「左右馬寮に分給《わけたま》へ。」者《てへ》り。

※2 次いで、上、陣官《じんかん》をして内記を召さしむ（×会）。内記（々々）参入す。上宣る。「位記等候《さぶら》ふ哉《や》。」〔去月の女叙位《おんなじょい》の位記（々記）、并びに一品宮《いっぽんのみや》（＝章子内親王）の御位記・男位記等と云々。〕｛〈已上注也〉已上注也｝内記申して云はく「候ふ（×候不）。」「取来《とりき》たれ。」内記、先づ宮の御位記を奉る。〈筥に入る。〉次いで帰りて男女の位記を取りて之を奉る。〔筥に入る。〕上、一々開見《ひらきみ》、常の如く筥に入る。〔男女の位記、各《おのおの》結別《かたねわ》（×緒別）けて筥に入る。上示して云はく「結分《かたねわ》くべからずと雖も、男女の意を弁ぜむが為《ため》、略《ほぼ》結（×緒）ぬる所なり。」者《てへ》り。〕陣官をして外記を召さしむ。外記（々々）来たる間、先づ宮の御位記を以て内記に給（×結）ふ。〔筥に入る。〕内記、之を給はり、宜陽殿の西の壇上に立つ。外記、膝突《ひざつき》に進む。上、男女の位記を給ふ。〈筥に入る。〉外記（×々々）、之を給はり、内記の傍に立つ。

上、又、陣官をして外記を召さしむ。外記（々々）相親（佐親）参入す。上宣る。「伊勢大神宮司《いせだいじんぐうじ》の任符《にんぷ》、并びに鹿嶋《かしま》使の官符《かんぷ》、取来《とりき》たれ。」外記出づ。官符を取りて之を奉る。〈筥に入る。〉上開見《ひらきみ》（×聞見）了りて外記に給ふ。（中）〔筥に入る。〕外記（々々）、之を給はり、同じく内記の傍に立つ。〔壇上狭きに依りて北面（×此西）に雁行《がんこう》す。〕上、南殿の北廂（×此廂）を経て、弓場に進みて之を奏し、〔内記等、階下より往還す。〕帰座す。内・外記、一々位記等を奉りて退出す。〔但し官符は、上、見了りて、則ち外記に返給《かえしたま》ふ。外記（々々）、之を取りて出で了りぬ。〕

次いで上、官人をして内記を召さしむ。内記（々々）参入す。〔案内《あない》有りて執筆す。〕上、毀《こぼ》つべき位記一巻を給ふ。内記、之を給はりて、叙人の名の上方に「毀」の字を大書し、上卿に奉る。上卿（々々）開見《ひらきみ》了りて内記に給ふ。内記（々々）、之を取りて退出す。

次いで位記請印《いきしょういん》、例の如し。畢りて又、官符請印。了りて諸司退出す。上卿、位記等を開見《ひらきみ》て、本の如く筥等に入れ、内記・外記を召して之を給ふ。進み奏すること先の如し。男位記等を給はりて帰座し、内記に給ひて退出す。

今夜、中務輔不参の事由《ことのよし》にて、右中将良頼朝臣をして輔代を勤めしむ。関白殿（＝頼通）の仰に依りて位記（記×）・官符・御馬の解文《げぶみ》等の内覧《ないらん》無《な》し。是、甚雨《じんう》の間、往還の煩有《あ》るに依ると云々。

入夜《よにいり》、帰宅す。

廿三日、庚子。

※1 権大納言（＝長家）、左仗座に於《お》いて仁王会《にんのうえ》の闕請《けっしょう》を定めらる。〔余（＝経頼）執筆す。惣じて廿二ヶ所と云々。〕事了

りて退出す。

※2　公家《こうか》(＝後一条天皇)、四界祭《しかいさい》を行なはると云々。前に〔日〕四角祭《しかくさい》(×了)を行なはると云々。

廿六日、癸卯。

※1　木工算師《もくのさんし》代《だい》正頼を召して仰せて云はく「来たる廿九日酉剋《とりのこく》、着座すべし。兀子《ごっし》、作らしむべきの由、大夫史《たゆうのし》義賢朝臣に召仰《めしおお》せ了りぬ。定めて仰下《おおせくだ》す歟《か》。明日巳二剋《みのにこく》、作り初むべき也。須《すべから》く家司一人を遣はして慥《たしか》なる時剋に作り始めしむべき也。然而《しかれども》(×而然)、汝《なんじ》已《すで》に家中の寮事の執行為《た》りと云々。仍りて召仰する所也。時剋を違はず、慥《たしか》に巳二剋に作り初めて、廿九日午《うま》二剋、官・外記庁に立つべき也。」者《てへ》り。

廿七日、甲辰。

※1　辰剋《たつのこく》(辰×)、八省《はっしょう》に参る。仁王会《にんのうえ》の検校《けんぎょう》為《た》るに依る也(×已)。暫《しばら》くして権大納言(＝長家)参入せらる。外記を召して堂童子《どうのどうじ》の参不を問はる。又、弁を召して僧の参不、并びに諸堂の粧不を問はる。弁申して云はく「僧等多く以て参ると云々。間《まま》、又、辞退の輩あり。然而《しかれども》(×而然)、且《かつ》は補替し了りぬ。」者《てへ》り。仰す。「懈怠《けたい》無《な》く催さしむべし。」者《てへ》り。頃之《しばらくありて》、上卿(＝長家)、余以下弁・外記・史等を率ゐて諸堂を巡検す。〔大極殿より始め、西南東等の廊の壇上を経て之を巡検す。史(×使)等に同じく粧の所々(×之)の懈怠を問はしむ。〕巡検了りて東廊に帰る。仰せて鐘を打たしむ。次いで入堂す。

※2　須《すべから》く巳剋に始むべき也。而《しか》るに未剋《ひつじのこく》に及び、事始む。是、大極殿は関白殿(＝頼通)飾らしめ給ふ也。而るに仏

供等、并びに唄《ばい》・散花《さんげ》・三礼僧《さんらいのそう》等遅参す。仍りて家司等許《ばかり》を遣催《つかわしもよお》すも、人の承行《うけたまわりおこ》なふもの無《な》しと云々。仍りて事由《ことのよし》を申さしむるの間、自然《じねん》、此の剋に及ぶ也。朝講了りて、大納言、余以下を率ゐて修明・月華・階下等を経て、左仗に向かふ。〔此の間、南殿《なでん》の行香《ぎょうこう》始む。〕事了りて上下退出す。

廿九日、丙午。

※1 早旦、西廊に渡る。酉剋《とりのこく》を以て着せむが為《ため》也。主計頭《かずえのかみ》頼隆真人云はく「或秘書《あるひしょ》に云はく『初めて官に入らば「秋東」を呼ぶ。又、行なふ時、左手（×右手）に「天」の字を持するは大吉也。』と云々。」仍りて左掌に「天」の字を書く。

申剋《さるのこく》、漏剋博士《ろうこくはかせ》信公来たりて云はく「申剋吉時也。此の剋に返閇《へんばい》し出行するの間、西剋に及ぶ歟《か》。」仍りて西中門内に於《お》いて返閇す。〔先是《これよりさき》、春日・中御門の辻々（×迅々）に人々を立て、往還の雑人《ぞうにん》を制止せしむ。〕出門す。〔白褂一重、信公に被《かづ》く。〕高倉（高蔵）より中御門を引き、東洞院（×東々院）より近衛御門、大宮より待賢門に行列す。召使《めしづかい》・官掌《かじょう》等左右に相分かれて前駈《さきがけ》す。使部《つかいべ》等、所々に立ちて往還の雑人を制止す。待賢門より入り、陰陽寮《おんようりょう》の東南等の路を経て、八省の東廊の休息所に到る。〔昨日、史広雅に仰せて装束せしむる也。〕

▽a 頃之《しばらくありて》、酉一剋《とりのいっこく》を打つ。此の間、権大納言（＝長家）参入せらる。暫《しばら》くして酉二剋を打つ。大納言、先づ着して出で給ふ。次いで余、西門より入る。召使四人・官掌一人、相分かれて前を行く。庁（＝太政官庁）の北屏の西の辺に於《お》いて靴を着し、庁の北面の西戸より入る。〔此の間、「秋東（×東）」を呼ぶ。〕兀子《ごっし》に着す。〔下より之に着す。〕暫くして起座し一揖す。同じ戸より出で、元所《もとのところ》に於《お》いて靴を脱ぎ、浅履《あさぐつ》を着して、本道《もとのみち》より外記に向かふ。〔官の

西門を出づるの間、酉三剋を打つ。〕

▽b 小屋の内に於《お》いて靴を着す。北面の西戸より入りて、兀子の後、并びに西を経て之に着す。暫くして起座し一揖す。〔庁の南廂の二所、北廂の二所、火を明《とも》すに、是、明す人無し。唯、松焼火《たいまつ》を置く也。〕元の戸より出で、戸の西腋の方に於《お》いて浅履（履×）を着す。〔此の間、前駆四人・召使四人、秉燭《へいしょく》（×臾燭）して、前に在り。〕陽明門より出でて退出す。〔召使・官掌等、騎馬して前駆す。〕本道《もとのみち》より帰宅する道、召使・官掌等、密々、假《か》を請ふ。先づ権大納言殿（＝長家）に請ふと云々。

▽c 戌剋許《いぬのこくばかり》、召使・官掌等来向す。東廊の東廂に座を敷き饗を賜ふ。〔召使十人・官掌四人、対座南上。弁候《べんこう》二人・時申《ときもう》（申×）す使部《つかいべ》二人、別座す。〕盃酌数巡の後、〔内蔵史生《くらのししょう》等勧盃《かんぱい》。下部《しもべ》役送す。〕禄を賜ふ。〔官掌四人・召使十人、各白絹一疋。弁候（×侍）二人、赤絹（×依）各一疋。時申《ときもう》す使部二人、信濃布《しなののぬの》（信乃布）各二段。〕先是《これよりさき》、官の使部等の中、屯食《とんじき》二具、信濃布（信乃布）六十七段。外記の使部等の中、屯食一具、信濃布（信乃布）卅三段。以て令す。是、先例を尋ねて分給《わけたま》ふ所也。

三月　大

八日、乙卯。

※1 結政に参るの間、出居《いでい》の弁候《べんこう》無し。仍りて先に人を遣はし弁候を催さしむ。「候ぜず。」者《てへ》り。仍りて仮に使部《つかいべ》を居せしむ。又、着座せむと欲するの間、召使《めしづかい》遅参す。仍りて官掌《かじょう》をして前を追はしめ着座す。了りて申の申《もうし》文《ぶみ》。〔鎰《かぎ》幷びに馬の料の文。〕次いで吉書《きっしょ》加署（×暑）。〔着座の後、今日始めて之に着す。又、並びに同じき後、未だ文書に署（×着）せざるの故也。〕頃之《しばらくありて》、権大納言（＝長家）、左衛門陣に着せらる。次いで庁（＝外記庁）に着せらるるの後、召使来たりて庁に着すべきの由を申す。申文を結《かた》ねしむるの後、起座し、小屋の内に入る。陣に着して深沓《ふかぐつ》にて（陣深沓着）庁に着す。申文了りぬ。左衛門督（×左衛門督）（＝師房）追ひて庁に着す。請印《しょういん》了りぬ。〔少納言義通始めて従事す。〕余、先に立座す。〔旧記に云はく「共に立座し、下臈《げろう》先に出づ。」と云々。而《しか》るに先に立つべきの由、左金吾（＝師房）、命有《あ》り。仍りて立つ所也。〕西門の中央を経て、南垣の西辺に立つ。〔右廻りして南の門の三許《ばかり》丈（×文）に立つ。〕立定《たちさだ》まりて揖《ゆう》す。次いで金吾出立《いでた》つ。次いで上卿《しょうけい》（＝長家）出立つ。先に揖す。弁・少納言次《つぎ》に揖す。史・外記次に揖す。余、南の垣下《えんが》に立ちて揖す。〔桜樹の西辺なり。〕金吾、余の西に立ちて揖す。次いで上卿、門に入りて揖し、北に入る。次いで金吾・余、共に北に寄り、門の南の鉾立《ほこだち》に当たりて列立す。〔西上北面。此の間、出《いで》立《たち》の少納言、門に入りて南腋の辺に立つ。〕金吾揖して小屋の坤《ひつじさるのすみ》角に進み、浅沓《あさぐつ》を着し、同屋の南中央の程に於《お》いて揖して北に入る。余、又、揖し、同所に於《お》いて沓を替ふ。〔左足より之を脱ぎ、又、左手を以て西を押し足を築く。故実也。〕次いで北に入り、着座すること常の如し。南所《なんしょ》の儀、例に異ならず。仍りて記さず。

※2 事了りて上《しょう》以下、内に入る。頃之《しばらくありて》、右府（＝実資）参入せらる。先づ申文。〔所充《ところあて》の文・鎰文《かぎのふみ》二枚なり。〕次い

で官奏《かんそう》有り。〔鎰文《かぎのふみ》二枚なり。〕先此《これよりさき》、余、仗座《じょうのざ》に於《お》いて申して云はく「今日候ずる所は六位の大史（＝信重）一人也。而《しか》るに奏に候ずべき也。申文に於《お》いては少史を以て候ぜしむるは如何《いかが》。」右府命じて云はく「少史候ずるは、是、例事也。但し今日は文書幾《いく》ばくならず。大史を以て両度の役を勤めしむるに、何事か之《これ》有《あ》らむ哉《や》。是又、先例なり。」者《てへ》り。余申して云はく「共に例有《あ》るの事也。」陣腋《じんのわき》に出で、信重を以て両役せしむべきの由、義賢朝臣に仰せ了りぬ。晩に及び、事了りて退出す。

侍従中納言（＝資平）・大蔵卿（＝通任）、内文《うちぶみ》の事を行なはむが為《ため》、〔受領《ずりょう》の任符と云々。〕陣に留まられ了りぬ。余、早衙《そうが》に依りて退出すべきの由、上卿の気色《けしき》に依りて罷出《まかりい》で了りぬ。

十一日、戊午。

※1 結政《かたなし》に参る。上《しょう》新中納言（＝定頼）の請印《しょういん》有《あ》り。了りて少納言・外記・史等出立《いでた》つ。〔五位の弁参らざるに依りて、出立たず。〕上（＝定頼）幷びに左大弁（＝重尹）、南所《なんしょ》に着す。余、追ひて之に着す。申文《もうしぶみ》・食《しょく》了りて内に入る。〔新任の外記・史等初めて従事す。〕暫《しばら》くして殿上に昇り退出す。

十四日、辛酉。

※1 殿（＝頼通）に参る。次いで参内す。右府（＝実資）参入せらる。左大弁（＝重尹）、位禄の文を候《さぶら》ふの由を申す。〔元、陣《じんの》腋《わき》に於《お》いて之を見る。次いで申行《もうしおこ》なふ也。〕相府（＝実資）、之を目《もく》（×因）す。大弁、官人を召す。禄の文等を進《たてまつ》るべきの由、史に仰せしむ。史（々）二人、〔一人（＝左少史国宣）、文を入るるの筥を取り上《しょう》（＝実資）の前に置く。一人（＝右少史為

隆)、硯筥を取り大弁の前に置く。〕文等を進る。相府、他の文等を取留《とりとど》め、目録一枚、筥に入れ、蔵人弁経長をして之を奏せしむ。下給《くだしたま》はるの後、左大弁をして禁国を給ふべき人々、并びに殿上分の国々を書出《かきい》ださしむ。弁(=経長)を召し之を給ふ。弁結申《かたねもう》し退出す。次いで史、筥等を撤す。

※2
次いで左大弁、起座し、腋床子《わきのしょうじ》に於《お》いて国々の交替使書出《かきい》だす文を取り、座に進みて気色《けしき》を候ず。相府、之に目(×因)す。大弁、進みて之を奉り、本座に復す。相府、文を見了りて目(×自)す。大弁進みて文を給はり結申《かたねもう》す。〔立座せず。〕上宣(×寅)に随ひ爪記《つまじるし》を付す。〔称唯《いしょう》せず。〕帰座す。次いで起座(×床)し腋床子に於《お》いて一定《いちじょう》の文を取る。又、座に進みて気色《けしき》を候ず。上《しょう》目(×自)す。大弁進みて文を奉る。則ち候ず。相府披見し了りて大弁に下す。之を取りて結申《かたねもう》す。了りて帰座す。〔此の度、上宣に随ひ毎度唯《ゆい》す。而《しか》るに大弁、皆結申《かたねもう》し了りて一度唯す。頗《すこぶ》る違例歟《か》。〕次いで起座し史に下す。取りて主典等の文を書出《かきい》だす。座に進みて気色を候じ、相府に奉る。次いで之を給はり、〔結ねず。〕陣腋《じんのわき》に出でて史に下す。

※3
暫《しばら》くして、頭弁《とうのべん》(=経任)、膝突《ひざつき》に進み、宣旨を相府に仰せ、退出す。次いで相府示されて云はく「安房守《あわのかみ》正輔・前左衛門尉平致経等の合戦の証人、各《おのおの》、之を進《たてまつ》る。而《しか》るに正輔進《たてまつ》る所の者二人、是《これ》、大神宮の神戸《かんべ》の郡司なりと云々。仍りて前日、宣旨有り。拷すべき哉不《やいな》やの由、法家《ほうけ》の官人に問はしむるの処、右衛門志成通(済通)(×隮通)、勘申する所は、『若《も》し犯過有らば、郡司の職を解却《げきゃく》して拷すべし。』者《てへ》り。而《しか》るに別当右兵衛督源朝臣(=朝任)奏せしめて云はく『明法博士道成内々申さしめて云はく「神郡司と雖も、犯過有らば拷すべき也。而《しか》るに件の一人の者等、合戦の庭に来会《きたりあ》ふ。其の事を見るに依りて、正輔、証申《しょうしもう》すに随ひて召す所也。専ら身犯《み(の)おかし》無し。罪過を行なふこと有らば、所職を解却して拷訊《ごうじん》に及ぶ哉《や》。」と云々。此の事、然《しか》るべき歟《か》。若《も》し拷訊すべからざれば、件の郡

司等を免じ、他の証人を召すべき歟《か》。為当《はた》、且《かつ》は致経進《たてまつ》る所の者等を拷訊し、彼の申状《もうしじょう》に随ひて定行《さだめおこ》なはるべき歟《か》。定申《さだめもう》すべし。」者《てへ》り。相府并びに中宮権大夫(＝能信)・侍従中納言(＝資平)・左大弁(＝重尹)并びに余等、議合(×儀合)し申して云はく「神郡司、指犯《さしたるはん》無きに依り、拷すべからざるの由、誠に然るべし。早く恩免せられよ。他の証人を召すの後、猶《なお》(×相)、拷訊せらるべきこと無き歟《か》。」相府、頭弁を召し、此の旨を奏せらる。仰せて云はく「神郡司等を免じ、正輔をして他の証人を進《たてまつ》らしめよ。」者《てへ》り。

※4 又、仰せて云はく「式部卿親王(＝敦平親王)、去る正月七日の叙位、寛平の御後を漫称(×満称)する所の良国王を以て、王氏爵《おうしのしゃく》に挙するの由、尋問せらるるの処、避申《さけもう》す所無し。須《すべから》く其の罪名を勘へしめ、法に任せて行なはるべき也。然而《しかれども》(×而然)、思食《おぼしめ》す所有りて、唯《ただ》、釐務《りむ》(務×)を停《とど》め、恐《かしこまりもう》申すべきの由、仰すべし。又、良国、追捕すべきの由、仰下《おおせくだ》すべし。」者《てへ》り。

相府、仰《おおせ》を奉《うけたま》はり、則ち正輔をして他の証人を進《たてまつ》らしむべきの由、并びに神戸の郡司を免ずべきの由等、頭弁に仰す。又、良国を追捕すべきの由、同じく仰せ了りぬ。又、大夫外記《たゆうのげき》文義を召して仰す。「式部卿親王、王氏爵の位を誤挙《あやまりきょ》するに依りて釐務を停(停×)む。并びに恐《かしこまりもう》申すべきの由、外記相親(×輔親)を差《つか》はして遣仰《つかわしおお》すべし。」者《てへ》り。暫《しばら》くして退出せらる。

※5 次いで侍従中納言、仰を奉はる。〔先に頭弁をして奏せしめて云はく「仰に依りて内侍《ないし》の除目《じもく》を行なはむと欲す。中宮権大夫、内に候ず。彼の卿に仰せらるべき歟《か》。」仰す。「猶《なお》、行なふべし。」者《てへ》り。〕外記を召して仰せて云はく「内侍の除目有るべき也。硯并びに折界紙《おりかいのかみ》等、奉るべし。又（×文）、中務を召すべし。」者《てへ》り。次いで外座《そとのざ》(×外記座)に着す。外記、硯等を奉る。余、上宣に依りて之を書き上《しょう》(＝資平)に奉る。上卿《しょうけい》(々卿)、官人をして外記に筥を召

さしむ。外記、筥を奉る。上、除目を入れ外記に給ふ。外記（々々）、之を取り小庭《こにわ》に立つ。上卿、御所に進みて奏《そう》聞《もん》す。了りて〔往還の路、軒廊《こんろう》の東二間の東辺を経《ふ》。〕帰座す。示されて云はく「右府（×左府）（＝実資）命じて云はく『御所に参る道、大臣・納言、皆《みな》、差別有《あ》り。一位の大臣、西の第二間を経。二位の大臣、東の二間の西辺を経。納言・参議、同間の東辺を経。』」と云々。帰座して中務丞を召して除目を給ふ。〔直ちに文を取り之を給ふと云々。〕次いで外記を召して典侍善子の辞書を給ふ。〔便《すなわ》ち筥に入れて之を給ふ。仍りて外記、筥を取りて退出す。〕

次いで上卿相《あい》共に御堂《みどう》に参る。深夜（×除夜）、退出す。

廿一日、戊辰。

※1 殿（＝頼通）に参る。次いで東寺の国忌《こき》（＝仁明天皇）に参る。先づ鐘を打つ。次いで入堂す。諸司着座す。衆僧入堂す。〔須《すべか》らく講読師《こうどくじ》（師×）の前に有るべし。而《しか》るに年来の料、為《な》さずと云々。〕講経了りて行香《ぎょうこう》す。〔先例は両《りょう》行香と云々。而《しか》るに人不足するに依りて片《かた》行香なり。〕事了りて外記、見参《けざん》を以て杖に挿《さしはさ》みて持来《もちき》たる。之を取りて披見し、返給《かえしたま》ひて式部に結《かた》ねしむ。〔件の見参、式部書儲《かきもう》け、外記に渡す。外記（々々）見て、上《たてまつ》り、式部に返給《かえしたま》ふ。式部（々々）、内侍に付すと云々。〕治部、僧名、持来《もちき》たらず。是、参入せざるに依る歟《か》。事了りて帰宅す。

廿二日、己巳。

※1 結政《かたなし》に参る。政《まつりごと》（×坂）有り。上《しょう》は左金吾（＝師房）。拾遺《しゅうい》納言（＝資平）、庁（＝外記庁）に着せらるるの後、召使《めしづかい》、結政に来たりて庁に着すべきの由を申す。

※2 先例、着座の大弁、庁に着する事、四説有り。一は、着座の後、吉日《きちじつ》を択び、政有らしむるの日、之に着す。二は、年首《ねんしゅ》の政始《まつりごとはじめ》の日、之に進着す。三は、申文《もうしぶみ》有るの時、弁一人参る日、之に進着す。四は、他の納言・宰相無きの時、上卿《しょうけい》の消息に依りて之に着す。而《しか》るに今日、侍従中納言（＝資平）参られ、而《しこう》して庁に着すべきの告有り。若《も》し是、召使奉《うけたま》はるに、他事と違へて来告《きたりつ》ぐる歟《か》。仍りて官掌《かじょう》をして案内《あない》せしむ。「猶《なお》着すべし。」者《てへ》り。仍りて南（＝南所）の申文を結《かた》ねしめ庁に着す。請印《しょういん》了りて南に着するの儀、常の如し。申文・食等了りて内に入る。

※3※4 今日、左衛門督（＝師房）、上首《じょうしゅ》為《た》るに依りて、請印并びに南の申文等、皆吉書《きっしょ》也。件の卿、度々政に着せらるると雖も、皆、上首為《た》らず。仍りて今日着せらるる也。須《すべから》く庁の申文有るべき也。而《しか》るに参る所の史三人、皆少史為《た》るの内、又、座頭《ざとう》一人有るべし。仍りて、史の員、不足に依り、申文無し。

▽a 午後《うまのち》に及び、臨時祭試楽《しがく》有り。

※5 先是《これよりさき》、侍従中納言示されて云はく「試楽終《おわ》るの後、上野守《こうずけのかみ》家業の解由《げゆ》を下さむと欲す。而《しか》るに云（×予）ふが如くば『件《くだん》の解由、介《すけ》の署（×暑）無し。』者《てへ》り。而《しか》るに彼の国、本自《もとより》受官為《た》るに依りて、其の署（×暑）を加ふ。然《しか》らば已《すで》に介の署（×暑）を加ふと云ふべき也。但し先例、如何《いかが》。若《も》し納言、件の国（×自）の解由を下さば、晩景に下すべき也。尋ねらるべし。」者《てへ》り。史義賢朝臣に仰せて尋ねしむ。試楽了りて陣に着す。義賢云（×之）はく「件の国の解由、先例は多く納言下さる。」と云々。中納言に申す。中納言（々々々）示されて云（×之）はく「上臈の上達部《かんだちめ》多く殿上に候（×作）ぜらる。未だ退出せられざるの以前、申文有るべからず。若《も》し彼の退出を待たば、定めて深夜に及ぶ歟《か》。仍りて後日有るべきの由、仰すべし。」者《てへ》り。此の由有（有×）りて退出す。

廿八日、乙亥。

※1 参内す。内府《ないふ》(々府)(=教通)参入せらる。外記に仰せて直物《なおしもの》を進《たてまつ》らしむ。先づ開き見了りて外記に持たしむ。〔筥に入る。〕御所に進みて之を奏す。返給《かえしたま》はりて帰座す。左大弁(=重尹)に目《もく》(×自)す。弁(々)進みて、勘文《かもん》を給はる。〔筥に入る。〕帰座す。先づ披見し了りて、官人をして外記を召さしむ。外記(々々)来《きたり》仰《おお》せて云はく「某年々の除目《じもく》并びに硯等を奉るべし。」者《てへ》り。〔勘文に載するの年々の除目等也。〕外記先づ手に除目を取りて之を奉る。〔去年の秋・当年の春の除目、皆籤《せん》を立つ。〕次いで又、硯を奉る。大弁、勘文に任せ除目を摩直《すりなお》す。挟算《きょうさん》(×校算)を挿《さしはさ》むこと、并びに勘文に鉤《かぎか》くこと、皆例の如し。直し了りて大弁、把笏《はしゃく》して気色《けしき》を候ず。内府命じて云はく「定中《さだめもつ》す文等、下給《くだしたま》ふ歟《か》。暫《しばら》く待つべし。」者《てへ》り。良久《ややひさ》しきの後、頭弁《とうのべん》(=経任)、中文等を下し奉る。内府、之を給はる。〔結《かた》ねて短冊《たんざく》を付す。先例、短尺《たんざく》を付さずと云々。如何《いかが》。〕先づ一両枚を披見す。元の如く結ね、大弁に目す。弁(々)進みて之を給はり、名替《ながえ》の中文等を択び、座の左方に北置す。次いで他の中文等を結ね、(令)官人をして外記を召さしめ、之を給ひ、仰せて云はく「誤《あやまり》の有無を見るべし。兼ねて件の中文を載するの年々の除目、并びに闕官《けっかん》等、奉るべし。」者《てへ》り。外記、中文を取りて却去《しりぞきや》る。此の間、且《かつ》は名替の中文を付し、今年の除目を直正《なおしただ》(×去)し、挟算(挟×)を挿み、中文に勾《かぎか》(×勿)く。〔搓紙《こよりがみ》を以て緩《ゆる》(×綾)く成文《なりぶみ》を結(×緒)ねて座の右方に置く。誤《あやまり》有るも直さざるの文、同じく結ねて同方に置くと云々。〕座の右に置く。此の間、外記、前に下すの中文等を奉ると云々。給はる所の中文十七枚の中、四枚、誤に依りて留め了りぬ。次いで除目并びに闕官等を奉る。大弁、中文を取り、座の左方に北置す。〔国の次《ついで》に依りて之を置く。〕除目等を取りて筥に入る。次いで中文等を付して之を置く。〔筥の中に置き乍《なが》ら除目を披見す。更に取出《とりい》ださずと云々。〕畢りて外記を召して紙を召す。先づ国替《くにがえ》の除日を略書す。

此の間、頭弁、申文等を下し奉る。内府披見し大弁に目(×自)す。大弁(々々)進みて之を給はる。〔京官《けいかん》并びに公卿の申文等也。〕闕に随ひて案内《あない》を申し之を任ず。〔闕無きに依りて成らざる文は、上を折り成らざるの束(×東)に挿《さしはさ》む。〕

※2 此の間、又、頭弁、申文等を下し奉る。内府披見して示されて云はく「神祇官の連奏《れんそう》、奏に依りて行なはるべき歟《か》。又、散位大中臣朝臣宣輔(×定輔)、申す所有り。宣輔を以て任ずべし。又、山城介時信 偸《かりそめ》に以て城外すと云々。其の替の人、択申《えらびもう》すべし。又、左馬助橘成忠、今年、賀茂祭使を勤仕すべし。而《しか》るに鎮西に下向し、今に三ヶ年、上道せず。傍《かたの》助源諧(×階)、祖母の重病に依りて使の役に堪へずと云々。成忠の替を任ぜらるべき歟《か》。定申《さだめもう》さしむべし。」者《てへ》り。則ち上達部《かんだちめ》、次第に神祇官の連奏并びに宣輔の申文を見下《みくだ》し了りぬ。余申して云はく「神祇官、副官以下の連奏を進《たてまつ》る。須《すべから》く奏に依りて行なはるべき也。而《しか》るに宣輔の申文に云はく『少副兼興(兼材)、身は大中臣《おおなかとみの》一門《いちもん》為《た》り。一門(々々)は故《ゆえ》有りて大副《だいふく》に任ぜられず、已に二百余歳なり。』と云々。故(×改)有りて〔之〕数百歳任ぜられざるの門を以て、今初めて任ずるは如何《いかが》。慥《たしか》に由緒を尋ねて追ひて定行《さだめおこ》なはるべき歟《か》。抑《そもそも》、闕《か》くる所の大副二人也。彼の大中臣の副以上の官人、当時任ずる所、幾《いく》ばくならずと云々。且《かつ》は宣輔を任ぜらるるに何事か有らむ哉《や》。」左大弁(×右大弁)申して云はく「連奏に依りて行なはるべき歟《か》。」左兵衛督(=公成)申して云はく「故有りて久しく一門を任ぜられざるの由、宣輔の申文有り。其の由緒を問ひて任ぜらるべき歟《か》。」左宰相中将(=顕基)申して云はく「左兵衛督の申す旨に同じ。」右兵衛督(×左兵衛督)(=朝任)申して云はく「宣輔の申文の如くば、伯輔親朝臣、身は二門為《た》り。前年、一門の理望朝臣と大副を競望するの時、一門は大副に成らざるの由を申す。而《しか》るに今、一門(×所)の兼材を以て〔大〕大副に挙するの旨、先後違ふに依りて、先づ輔親朝臣を召問《めしと》ひて定行《さだめおこ》なはるべき歟《か》。」新中

納言(＝定頼)申して云はく「一門(×所)は大副に任ぜざるの由、慥《たしか》に彼の本系《ほんけい》に問はれ、申す所に随ひ(×所随申)、定《さだめ》行《おこ》なはるべき歟《か》。」侍従中納言(＝資平)云はく「故一条院の御時、輔親朝臣と理望朝臣と大副を競望するの時、各《おのおの》愁有るに依りて公卿僉議《せんぎ》し、二門の輔親を以て任ぜられ了るの由、宣輔の申文有り。慥《たしか》に尋行《たずねおこ》なはるべき歟《か》。」右衛門督(＝経通)申して云はく「侍従中納言に同じ。」と云々。左衛門督(＝師房)申して云はく「左大弁(×臣)の申す旨に同じ。」と云々。藤納言(＝長家)・中宮権大夫(＝能信)・内府(＝教通)等、「慥《たしか》に尋問《たずねと》ひ、申す旨を比《くら》(×此)べられ、追ひて定行《さだめおこ》なはるべき歟《か》。」と云々。

▽a 余、又申して云はく「五位以上、故無く城外するは、公家《こうか》重ねて禁制する所也。而《しか》るに成忠、身は怨処の官に居り、城外すること三箇年に及ぶ。罪科軽からざる歟《か》。就中《なかんずく》、賀茂祭、口を遺《のこ》すに幾ばくならず。其の替を任ぜられて彼の役を勤めしめらるべき歟《か》。」左大弁申して云はく「成忠、父内位卒去の後、未だ復仕せずと云々。仍りて罷上《まかりのぼ》らざる歟《か》。復任を問はるる哉不《やいな》やの由、左右《そう》せらるべき歟《か》。」左兵衛督・左宰相中将、余の申す旨に同じ。左兵衛督申して云はく「五位以上城外するは重ねて制有るの中、先年、造酒正頼重朝臣、馬助為《た》るの時、賀茂祭使を勤仕せざるに依りて、其の替を任ぜられ了りぬ。先例、近きに有り。替を任ぜらるるに何事か有らむ哉《や》。」新中納言申して云はく「五位已上城外するは制法軽からずと雖も、官を脱するに於《お》いては人の大事為《た》り。忽《にわか》に其の替を任ぜらるるは如何《いかが》。暫《しばら》く帰洛を待たれ、果たして上らざれば、傍官の然るべきを以て使を役せしむるに何の難有《あ》らむ乎《や》。」侍従中納言、此の旨に同じ。右衛門督申して云はく「五位以上の城外の厳制、已に重し。其の替、任(×仕)ぜらるべきの由、定申《さだめもう》す所然《しか》るべし。但し官を脱する事、是《これ》大事也。就中、近来《ちかごろ》、上道すと云々。賀茂祭、日を遺すに数有り。彼の華洛に帰るを待ち、遂に上らざれば、其の時、左右せらるべき歟《か》。」

▽b 次いで山城介、挙すべきの由、命有り。余申して云はく「良明・正村・為説等の間、量行《はかりおこ》なはるべき歟《か》。」諸卿、此の旨に同《どう》(×問)ぜらる。内府、頭弁を召して諸卿の定申《さだめもう》す旨を奏せらる。暫《しばら》くして頭弁来仰《きたりおお》せて云はく「為説を以て山城介に任ずべし。」と云々。

▽c 又、上東門院(＝彰子)の当年の爵の御申文を下し奉りて云はく「給不を勘ふべし。」と云々。内府目(×自)す。左大弁云はく「為説、山城介に任ずべし。」と云々。又、大外記文義朝臣を召して院の御申文を下給《くだしたま》ふ。暫《しばら》くして文義、院の御申文を返奉《かえしたてまつ》る。〔勘文《かもん》を副ふ。未だ叙せずと云々。〕頭弁を召して覆奏《ふくそう》せらる。則ち下し奉りて云はく「請に依れ。」と云々。

此の外、左大弁、官人をして外記を召さしむ。折界紙《おりかいのかみ》(×折堺津)を奉る。略《おおよそ》の除目を書き、直物《なおしもの》等の筥に加入《くわえい》れ、内府の御前に持参《もちまい》らむと欲するの間、内府示されて云はく「成文《なりぶみ》等加入《くわえい》るべし。」者《てへ》り。仍りて大弁、成文を束(×東)と為《な》(×記)し、結固《かたねかた》め、結緒《ゆいお》(×諸)の余を切棄《きりす》て、同じく直物の筥に入れ、上卿に進《たてまつ》り、把笏して帰座す。内府、除目を披見し、元の如く筥に入る。〔成文并びに勘文、取出《とりい》だして座に置く。〕外記を召して之を給ひ、御所に進む。〔此の間、雨降《ふ》る。仍りて内府、南殿《なでん》の北廂を経《ふ》。外記、板敷の下を経て追ひて之に参る。〕奏覧了りて帰座し、大弁に目(×自)す。大弁(々々)進みて居す。上卿、直物を下す。〔筥に入る。〕大弁、当年の除目を取りて座の前に延開《のばしひら》き、旧除目の挟算《きょうさん》(×挿算)の枚々を放出《はなちい》だし、当年の除目の上に重置《かさねお》(×量)き、巻きて筥に入れ上卿に奉る。放遺《はなちのこ》す除目を取りて、笏に副へて帰座す。次いで上卿、外記を召し、式部を召さしむ。此の間、頭弁来仰《きたりおお》せて云はく「内給《ないきゅう》所の申請する其の国・其の国(々々)の掾《じょう》等、除目に漏る。加任《くわえにん》ずべし。」者《てへ》り。内府、仰を奉《うけたま》はりて大弁に目《もく》(×自)す。大弁(々々)進みて除目を給はり書入《かきい》る。成文二枚〔内給所の申文。〕を副へて之を奉る。外記三度申し了りぬ。〔雨に依りて宜陽殿の西の壇上に於《お》いて之を申す。〕式部丞〈靴〉資通、敷政門《ふせいもん》并びに宜陽殿の西の壇上等を経て軒廊《こんろう》の東二間に立（×云）つ。上卿〔兼ねて北面に居直《いなお》りて除目を取り、笏に副へて下給《くだしたま》（×給可）ふ。〕上《しょう》宣《の》る。〔「末宇古《まうこ》（×吉）。」〕丞、高（×亮）く唯《ゆい》し、宜陽殿の壇上并びに陣座《じんのざ》の南の柱の外の砌《みぎり》等を経て、進みて膝突《ひざつき》に居す。笏を、挿む如く鳴らさず（不×）して（×希）左方に置く。除目を給はりて右廻りし、本所《もとのところ》に帰《かえ》り立《た》つ。上宣る。〔「末八リ多末へ《みやりたまへ》。」〕丞、唯し、初道《はじめのみち》より退出す。次いで又、外記に仰せて丞を召さしむ。丞（々）、直ちに膝突に進む。〔浅履。〕上卿、〔兼ねて東向に居直《いなお》る。〕直物を取りて之を給ふ。丞、之を給はりて退出す。次いで内記を召す。外記申して云はく「参上せず。」と云々。仍りて筥を外記に給ふ。之を給はりて退出す。次いで宰相の座の筥を取加《とりくわ》へて退出し了りぬ。次いで随身を召して成文并びに院の御申文等を給ひて退出す。

今日、左少将経季を以て蔵人に補せらる。〔図書助《ずしょのすけ》惟任（×経）、上東門院の御給《ごきゅう》に叙するの替と云々。〕

四月　小（小×）

一日、戊寅。

※1 殿（＝頼通）に参る。御共《おとも》して参内す。未剋《ひつじのこく》に及び、内府《ないふ》（＝教通）参入せらる。余を召して奏有るべきの由を仰せらる。余、腋床子《わきのしょうじ》に於《お》いて文を見る。〔鎰文《かぎのふみ》三枚、先づ左少弁（＝経長）、之を見る。〕陣座《じんのざ》に於《お》いて申行《もうしおこ》なふこと例の如し。史退去の後、左の弁を召す。奏文《そうもん》、内覧《ないらん》すべきの由を仰せらる。弁、陣腋《じんのわき》に於《お》いて奏文を取り、南殿《なでん》の北廂に進む。内覧了りて、〔先是《これよりさき》、主上《しゅじょう》（＝後一条天皇）、南殿に出御す。仍りて太閤《たいこう》（＝頼通）、御後《おんうしろ》に候ぜしめ給ふと云々。〕奏文、史に返す。膝突《ひざつき》に進みて内覧了るの由を申す。

頃《しばら》くして内侍《ないし》出づ。内府、靴を着し、進みて軒廊《こんろう》の西一間の東の柱の下に立つ。〔南面。〕史、石階《いしのきざはし》を経て斜めに小庭《こにわ》を渡り、進みて上卿《しょうけい》（＝教通）の御後に跪《ひざまづ》き、右腋より文を奉る。把笏《はしゃく》して本道《もとのみち》より陣腋《じんのわき》に帰入《かえりい》る。上卿奏覧の儀、去る十月一日の如し。奉り了りて本所《もとのところ》に下立《おりた》つ。史、始道《はじめのみち》より進み、上卿の後に跪《ひざまづ》き、文杖《ふづえ》を給はる。〔右より之を給はる。〕同所に於《お》いて巻結《まきかた》ねて杖に挿《さしはさ》みて候ず。〔頗る東面に居直《いなお》る。〕上卿、陣座《じんのざ》に居す。余、進みて座に居す。史、斜めに小庭を渡りて文を奉る。〔此の間、出居《いでい》の左少将資房、昇りて着座す。〕上卿、文を取り披見（×被見）し了りて史に給ふの儀、常の如し。史退出す。余（×途）起座す。次いで内府以下、殿に昇る。余、座狭きに依りて軒廊より帰出《かえりい》づ。座無きに依りて候ぜざるの由、頭弁《とうのべん》（＝経任）に触れて退出す。

三日、庚辰。

※1 殿（＝頼通）・内《うち》に参る。金吾、外記を召して仰せて云はく「武蔵（×上野）の御馬の解文《げぶみ》候《さぶら》ふ哉。」外記申して云はく

「候ふ。」「進《たてまつ》るべし。」者《てへ》れば、外記、解文を取りて、〔覧筥《らんばこ》に入る。刀を具す。〕之を奉る。上卿、外記をして之を開かしむ。外記、筥を開き覧筥に取入《とりい》れ、上卿に奉るの後、文筥・刀等を取(×所)りて退出す。上卿、解文并びに申文《もうしぶみ》等を開見《ひらきみ》る。了りて外記を召して内覧《ないらん》せしむ。外記、高陽院《かやのいん》殿(陽×)(＝頼通第)に持参《もちまい》る。内覧了りて帰参し、上卿に奉る。上卿(々々)、外記に持たしめ、御在所に進みて奏聞す。了りて帰陣す。外記、文を奉る。上卿、外記に給ひて仰せて云はく「権《かり》に分けて左右馬寮に賜ふべし。」

※2 次いで頭弁《とうのべん》(＝経任)を召して仰せて云はく「御馬違期遅進の由、使を召《めし》問《と》ふべし。」者《てへ》り。了(×々)りて次いで退出す。

五日、壬午。

殿(＝頼通)并びに内に参る。召有りて朝干飯《あさがれい》の方《かた》に参る。雑事《ぞうじ》を奏して承はる。

※1 未剋《ひつじのこく》に及び、右府(＝実資)参入せらる。御禊《おみそぎ》の前駆《さきがけ》を定めらる。〔左大弁(＝重尹)執筆《しゅひつ》す。〕筥に入れ蔵人弁《くろうどのべん》をして之を奏せしむ。〔先づ内覧《ないらん》し、次いで奏すと云々。〕返給《かえしたま》はり、外記を召して之を給ふ。〔件の文、納むる筥を取《とり》開《ひら》きて定文《さだめぶみ》を入れ、奏せしめ給ふ。返給《かえしたま》はるの後、取出《とりい》だす文書等を加入《くわえい》れて外記に給ふ也。〕外記、之を給はりて退出の次《ついで》に、左大弁の後に跪《ひざまず》き、硯・筥を取重《とりかさ》ねて退出す。次いで右府退出すと云々。

十七日、甲午(甲×)。

※1 禊祭《みそぎまつり》の事、行なふべきの由、左大弁(＝重尹)の許より消息《しょうそく》有り。〔昨日以前、触穢《しょくえ》にて仰せられざる歟《か》。〕仍り

て午許《うまばかり》、斎院(=選子内親王)に参る。客座に着す。暫《しばら》くして藤中納言〈定(=定頼)〉参入せらる。内蔵寮、餟を羞《すす》む。垣《えん》下《が》無きに依りて院の長官(=以康)勧盃《かんぱい》す。〔寮(=内蔵寮)の官人、瓶子《へいじ》を執る。〕次いで牛を見る。次いで院(=選子内親王)并びに一二の車・従女(×女従)等を見る。次いで左衛門権佐(門×)家経着座す。次いで藤少納言、勧盃す。巡行の儀、上《しょう》(=定頼)は余に擬す。余(々)は弁。弁(々)は左衛門権佐に擬す。佐(々)は大夫史《たゆうのし》義賢に擬す。義賢(々)は外記に擬(×槻)す。申剋《さるのこく》に及び、上以下起座し、御前に列立す。御車の後に、上・余、同車す。列見辻(辻×)に於《お》いて整へ、次第に渡《わた》り給《たま》ふ。了りて各《おのおの》帰宅す。

廿日、丁酉。天陰《くも》り雨降らず。

※1 午剋《うまのこく》に及び、斎院(=選子内親王)に参る。先是《これよりさき》、藤中納言(=定頼)参入せらる。余、参入するの間、史・外記、下りず。若《も》し是、兼ねて上卿(=定頼)坐するに依る歟《か》。暫《しばら》くして院司等、粉熟《ふずく》を着す。次いで粧馬《かざりうま》十二疋・童女《わらわめ》の馬三疋を覧ず。〔今一疋遅参す。仍りて且《かつ》は之を覧ず。〕次いで従女を覧ず。了りて、長官以康朝臣、上卿に申して云はく「今朝より御心地《おんここち》不例と云々。度々御祓《おはらえ》有り。万事具し了ると雖も、之に因り暫く懈怠《けたい》す。」者《て》り。又々、御祓有るべきの由、仰《おおせ》有り。申剋《さるのこく》に及び、御心地、例に復するの由と云々。仍りて上《しょう》(=定頼)以下、南庭に列立す。御輿《みこし》を寄す。御輿(々)の後に、上・余、同車す。列見辻(×迅)に於《お》いて整へ、次第に渡らしむ。酉剋《とりのこく》に及び、渡り了りて帰宅す。

廿一日、己亥。

※1 晩景に及び、召使《めしづかい》来たりて云はく「外記時資（×頼）申さしめて云はく『明日の吉田祭、分配《ぶばい》の上《しょう》、忽《にわか》に障《さわり》を申さる。仍りて着行すべきの由、殿（＝頼通）、仰有り。』」者《てへ》り。承（×了）はるの由を申さしむ。

廿三日、庚子。

結政《かたなし》に参る。左大丞（＝重尹）、同じく参入せらる。申文《もうしぶみ》了りて次第に内に入る。暫《しばら》くして退出し、殿（＝頼通）に参る。

※1 未剋《ひつじのこく》に及び、左中弁（＝経輔）と相共に吉田に参る。先づ着到殿《ちゃくとうでん》（×之到殿）に着す。弁・外記・史・氏人《うじびと》・有官《うかん》別当等、同じく之に着す。了りて弁、先づ掌《つかさど》る所を申行《もうしおこ》なふ。次いで一献。〔宮司、勧盃《かんぱい》す。〕次いで外記、神主《かんぬし》を申行《もうしおこ》なふ。〔須《すべか》らく卜《ぼく》せしむべき也。而《しか》るに子日《ねのひ》為るに依りて夏祭は卜せざる也。〕次いで二献。次いで飯汁を供す。箸（×着）を下す。次いで弁、録事《ろくじ》を申行《もうしおこ》なふ。次いで又、着到の事を申行《もうしおこ》なふ。次いで又、倭舞《やまとまい》の事を申《もうし》行《おこ》なふ。次いで直会《なおらい》殿に着す。弁、氏人等を率ゐる。御棚を舁《か》くの後、南庭の座に着す。祝《のりと》・奉幣《ほうへい》了りて、直会殿に引着《ひきちゃく》す。此の間、内侍《ないし》、社の内に参る。次いで馬寮并びに殿の神馬《しんめ》等、之を廻らす。次いで外記、代官を申す。次いで諸司、饌を賜ふ。次いで余、召使《めしづかい》（々使）を召して宮内省（×官内省）を召さしむ。省丞（々丞）、前庭に立つ。飯《いい》、給ふべきの由を仰す。次いで大膳属、飯給はり了るの由を申す。次いで倭舞。次いで外記、見参《けざん》を持来《もちき》たる。余、之を取りて披見し、了りて弁に下す。弁（々）、史に下す。次いで宮司（×官司）、禄を賜はること差有り。各《おのおの》退出す。

廿四日、辛丑。
※1 殿(＝頼通)に参る。内府《ないふ》(＝教通)以下多く参入す。馬場に於《お》いて競馬《くらべうま》の事有り。〔鼓は季任朝臣。金は惟経朝臣。〕一番。〔左は左近将監(々近将監)正親。右は右近将監(々近将監)助延〈勝〉。〕件の両人、日者《ひごろ》勝負を相論す。仍りて合はせらるる也。而《しか》るに正親負け了りぬ。日暮に依りて五番馳せ了りて停められ畢りぬ。

廿五日、壬寅。
※1※2 殿(＝頼通)に参る。馬場殿に於《お》いて、明日の料の舞人《まいびと》十人・競馬の者廿人・馬并びに定めらるるの乗人《のりびと》等を撰定《えらびさだ》めらる。晩に及び、帰り給ふ。先此《これよりさき》、西対に於《お》いて、舞人・陪従《べいじゅう》等の装束を分給《わけたま》ふと云々〈之〉。〔左少将師成・経季、右衛門佐良宗、侍従良貞(良定)、左衛門尉(×右衛門)経光〈蔵人〉・俊通〈検非違使〉、陪従十二人、四位・五位・六位等なり。人長《にんちょう》無し。〕

廿六日、癸卯。
※1 卯剋《うのこく》(々剋)、殿(＝頼通)に参る。上達部《かんだちゅ》多く以て参入す。
▽a 辰剋《たつのこく》に及び、出でしめ給ふ。其の次第、先づ御幣《ごへい》、次いで神馬二疋、次いで神宝、次いで競馬の者廿騎、〔始め一番より左右相並行《あいならびゆ》(×丞行)く。次いで左右舎人の居飼《いかい》列行《れっしゅ》く。〕次いで舞人、〔下臈より渡る。〕次いで松尾の神馬二疋、〔左右衛門、之に乗る。〕次いで前駆《さきがけ》の六位、次いで五位、次いで四位、次いで殿上の六位・五位・四位、次いで御前の史・外記・弁・少納言、次いで上達部、〔左右宰相中将(＝顕基・兼経)・三位中将《さんみのちゅうじょう》(＝兼頼)・左兵衛督(＝公

成）・左大弁（＝重尹）・余、騎馬す。口取《くちどり》は近衛府生《ふしょう》、或《あるい》は侍者。自余の上達部は車。〕

▽b 同剋、下社《しもしゃ》（＝賀茂下社）に列す。先づ御祓《おはらえ》。〔神宝・幣・神馬。舞人、各《おのおの》馬を牽く。競馬廿人、同じく馬を牽く。〕次いで社頭に参る。先づ幣・神宝等を奉る。次いで御馬を廻らす。次いで歌舞。〔此の間、社司、酒肴《しゅこう》を羞《すす》むること例の如し。〕

▽c 巳剋《みのこく》、事了りて馬場に着す。先づ舞人十人、馬を走らす。〔上臈より之を走らす。〕次いで左右競馬の者上《のぼ》る。〔先づ左、次いで右。〕次いで左右、名の奏を奉る。〔左右の方人《かたうど》等、件の奏を取りて馬場殿に来たる。左中将実基・右少将行経、進向《すすみむ》かひて件の奏を取りて殿に奉る。【杖に挿《さしはさ》む。両人、舞人の装《よそお》ひ乍《なが》（×官）ら取ると云々。】〕次いで勅使等を召す。修理権大夫実経・少納言経成・大監物（物×）重季等、西階《にしのきざはし》の北方に進立《すすみた》つ。〔北面東上。〕重季、少納言の後に立つ。殿下（＝頼通）、事由《ことのよし》を仰す。三人共に唯《ゆい》す。実経（×定経）・経成（々成）、帰りて鼓所に進向《すすみむ》かふ。重季、馳道《はせみち》を渡りて標所《しめどころ》に向かふ。鼓・金桙等を立つ。

次いで一番。〔左正親。右助延【鼓勝】。〕
二番。〔左武方。右公忠〈持《じ》〉。〕
三番。〔左時頼。右貞安〈勝〉。〕
四番。〔左武重〈勝〉。右助武。〕
五番。〔左為弘【鼓勝】。右光武。〕
六番。〔左公武【鼓勝】。右安行。〕
七番。〔左近利。右助友〈勝〉。〕

八番。〔左久方〈勝〉。右公安。〕
九番。〔左兼武〈勝〉。右行武。〕
十番。〔左弘近〈勝〉。右為正。〕
左勝つ。仍りて龍王《りょうおう》。次いで納蘇利《なそり》。

▽d 次いで上社《かみしゃ》（＝賀茂上社）に到る。作法（×候法）、下《しも》（＝賀茂下社）の儀の如し。但し東遊《あずまあそび》了りて舞人・陪従等に禄を給ふ。〔四位は白褂一重・袴、五位は同じ褂一重、六位は　領。〕御前の上官《しょうかん》、同じく禄を給はる。亥剋《いのこく》に及び、競馬并びに勝負の楽舞了りて帰御す。

▽e 今日の下社の馬場舎、兼日、木工・修理職等に仰せて作（×仰）らると云々。又、敷設の装束、殿より儲けらる。上達部《かんだちめ》并びに所々の饗、皆、殿より然《しか》るべきの人々に召仰《めしおお》せらる。又、馬の出づる幄《あく》各二宇、〔一は乗尻《のりじり》（×栄尻）の料。一は位馬の料。〕并びに屏・幔等、各方の頭等、親《みずか》ら調《ととのえ》立《た》つと云々。自余の幄・幔の敷設、皆是、諸司の儲くる所と云々。上社の馬場の屋〔本自《もとより》立つ所也。〕の装束、又、本家の儲くる所也。饗等、是、諸司、例に任せて儲くる所也。所々の幄・幔、同じく諸司、之を儲く。馬等の出づる幄等立てずと云々。

廿七日、甲辰。

※1 参内す。今日より最勝講《さいしょうこう》を行なはる。〔証議《しょうぎ》一人。講師・聴衆各十人。皆、南北の英才を択《えら》ばるる也。〕入夜《よにいり》、講了りぬ。

※2▽a 内府（＝教通）、勅を奉《うけたま》はりて左仗座《さじょうのざ》に於《お》いて外記に仰せて、去る三月廿八日に行なはるる除目《じもく》を進《たてまつ》らしむ。

外記、之を奉る。〔筥に入る。〕内府先づ披見し了りて左大弁（×左右弁）（＝重尹）に目（×自）す。左大弁（々々）進みて之を給はり、帰座して硯等を召す。「山城介為説」、「介」の字を摩《す》り「権守《ごんのかみ》」に改直《あらためなお》す。元の如く筥に入れて之を奉る。内府、頭弁《とうのべん》（＝経任）をして奏せしむ。弁奏し了りて下し奉る。内府、大弁に目（×自）す。弁進みて之を給はる。改直す枚を放ちて上卿（＝教通）に奉り、残りの枚を取りて帰座す。次いで式部を召して之を給ふと云々。〔件の為説、元《もと》河内権守也。而《しか》るに誤りて介に任ぜらる。仍りて直さるる所と云々。〕

廿八日、乙巳。

※1 殿（＝頼通）に参る。御共して参内す。殿上に於《お》いて仰せられて云はく「甲斐守《かいのかみ》頼信、権僧正（＝尋円）の許に書を送りて云はく『忠常、上総《かずさ》に行向《ゆきむ》かはむと欲するの間、忠常、子二人・郎等《ろうとう》三人を随身し、進来《すすみき》たり了りぬ。仍りて随身して来月の間に参上すべし。』」と云々。

五月　大（大×）

※1
五日、辛亥。
殿（＝頼通）に参る。卅講《さんじっこう》を始めらるるに依りて、人々多く参入せらる。午剋《うまのこく》、鐘を打つ。諸僧《しょそう》集会す。証義《しょうぎ》は｛（本に有ると雖も記さず。）｝講師は（〈前の如し。〉）。

八日、甲寅。
※1
殿（＝頼通）に参る。講論了りぬ。入夜《よにいり》、退出す。
※1
別当（＝源朝任）示されて云はく「昨日、正輔・致経等進《たてまつ》る所の証人、拷問せしめ了りぬ。各《おのおの》申す所、内問の詞并びに各主の申す詞に異ならず。但し且《かつ》は奏せしめむが為《ため》、其の日記、頭弁《とうのべん》（＝経任）に付し了りぬ。」三度の拷を経《ふ》るの後、一定《いちじょう》を申すべき歟《か》。
※2
又、「慧心院《えしんいん》進《たてまつ》る所の放火の嫌疑人（人×）、知らざるの由を申すと雖も、僧為《た》るに依りて拷問せず。」事由《ことのよし》を奏せしめ勅定《ちょくじょう》に随ふべき歟《か》。

十一日、丁巳（丁巳×）。
参内す。次いで殿（＝頼通）に参る。講了りぬ。
※1
頭弁《とうのべん》（＝経任）に相示して云はく「今朝、主計頭《かずえのかみ》頼隆真人云はく『十九日の奉幣《ほうへい》不快なり。其の故は、彼の日、天下滅亡日也。又、百神上天日也。天下滅亡日、天下の祈年穀《きねんこく》の御祈《おいのり》有るべからず。況《いわん》や百神上天の日、又、何ぞ

奉幣《ほうへい》有らむ哉《や》。就中《なかんずく》、此の日、神を祭らずと云々。』」者《てへ》り。弁（＝経任）、此の由を以て殿に申す。殿（々）仰す。「申すが如く共に便無きの日也。早く事由《ことのよし》を奏し、十五日を以て行なふべき也。」と云々。

十三日、己未。

※1 殿（＝頼通）に参る。五巻日《ごかんび》為《た》るに依りて、内府《ないふ》（＝教通）以下多く以て参入す。殿下（＝頼通）以下、殿上の六位以上、各《おのおの》捧物を取り、南庭を廻る。三匝《めぐり》了りて帰座す。講了りて僧俗に饌を羞《すす》む。事了りて各《おのおの》退出す。

十四日、庚申。

結政《かたなし》に参る。政《まつりごと》無し。事了りて内に入る。暫《しばら》くして殿（＝頼通）に参る。

※1 講師（×始）源心闍梨《じゃり》、日者《ひごろ》、妹の喪に依りて参入せず。而《しか》るに先例を尋ぬるに「頼寿闍梨、妹の喪に依りて障《さわり》を申すと雖も、定《さだめ》有りて参入すべきの仰《おおせ》有るに依りて参仕す。」者《てへ》り。仍りて源心、召有りて参入す。晩に及び、朝夕の講了り、僧俗退出す。

十七日、癸亥。

※1 結政《かたなし》に参る。上《しょう》新中納言（＝定頼）、庁に着せらるるの後、召使《めしづかい》来たりて着座すべきの由を告ぐ。仍りて南の申文《もうしぶみ》を結《かた》ねしむるの後、庁に着す。頃之《しばらくありて》、召使来たりて云はく「左大弁（×右大弁）（＝重尹）の御消息に『所労を相扶《たす》くるの間、遅参す。結政の座に着するは如何《いかが》。』」報じて云はく「結政所に着せらるるに妨《さまたげ》無し。」者《てへ》り。頃之《しばらくありて》、

外記結申《かたねもう》す。次いで請印《しょういん》、常の如し。事了りて南所《なんしょ》に着す。申文・食了りて内に入る。〔左大弁、南所に着せず。召に依りて参内すと云々。〕

※2 殿上に昇る。召有りて御前（＝後一条天皇）に参る。〔新中納言・左宰相中将（＝顕基）・左大弁・余、同じく候ずる也。〕唐人《からひと》進貢する所の帳帷《とばり》を御覧ず。頃之《しばらくありて》、人々退出す。宰相中将（＝顕基）・余、猶《なお》候ず。唐人の貢物の解文《げぶみ》筥を下《くだし》給《たま》はり開見《ひらきみ》る。種々の物を献ず。元の如く巻結《まきかた》ね、御前に置きて退出す。

▽a 右府（＝実資）、仗に於《お》いて賑給使《しんごう》を定めらる。蔵人弁をして奏せしむ。事了りて退出す。

退出す。

廿三日、己巳（己巳×）。微雨。

結政《かたなし》に参る。而《しか》るに以前に了ると云々。仍りて内に入る。召有りて御前に参る。雑事を奏して奉《うけたま》はりて退出す。

※1 殿（＝頼通）に参る。卅講結願《けちがん》了りぬ。余、僧正（＝深覚）の布施を取る。自余は、殿上の四位・五位、之を取る。僧俗

廿五日、辛未。

※1 頭弁《とうのべん》（＝経任）、仰を奉《うけたま》はりて云はく「中臣の一門は神祇大副《じんぎのだいふく》に任ぜられざるの由、伯《はく》輔親朝臣を里第《りてい》に招き之を問ふと云々。輔親云はく『一門《いちもん》は久しく大副に任ぜず。是、然《しか》るべきの人無きに依る歟《か》。忌部《いんべ》・卜部《うらべ》、皆、此の職に任ず。何ぞ一門は任ぜざらむ哉《や》。宣輔の申す所の理、然るべからず。』」と云々。仰せて云はく「故《ゆえ》有りて一門は大副に任ぜざるの由、宣輔、愁申《うれいもう》すこと有り。若《も》し是、何の故有りて任ぜざらむ哉《や》。其の由、宣輔に問（×同）は

るべし。」と云々。

卅日、丙子。

※1 東三条《ひがしさんじょう》（×三東条）焼亡す。〔人々云はく「放火。」と云々。七月一日に渡《わた》り給《たま》ふべきに依りて、日者《ひごろ》、怱《いそ》ぎ作らるるの間、已に此の災有り。〕

六月 小

四日、庚辰。

※1 殿(=頼通)に参る。次いで結政《かたなし》に参る。政《まつりごと》有り。〔上《しょう》は侍従中納言(=資平)。〕事了りて南(=南所)に着す。申文《もうしぶみ》・食了りて内に入る。内文《うちぶみ》有り。先づ少納言、内案《ないあん》を覧ぜしむ。上卿(=資平)命ぜられて云はく「大外記文義(×久義)朝臣の位禄《いろく》三枚、之を載するは如何《いかが》。」余申して云はく「先例覚えず。就中《なかんずく》、今年未《いま》だ庁覧《ちょうらん》内文を行なはれずと云々。旧の位禄の官符等、最初の内文に請印《しょういん》せざるの由と云々。尋行《たずねおこ》なはるべき歟《か》。」上《しょう》命じて云はく「前日、文義云はく『最初の内文と雖《いえど》も、五・六月に及ぶの時、旧の位禄を入れらるるの例也と云々歟(×状)。』者《てへ》れば、入れしむる所也。但し一人の位禄三許《ばかり》、一度に請印するは頗《すこぶ》る不快と雖も、文義(×久義)、定めて尋見《たずねみ》る所有る歟《か》。仍りて咎めず。若《も》し便無かるべくば、内覧《ないらん》の処、定めて仰せらるる事有る歟《か》。」と云々。見了りて奏す。少納言に返下《かえしくだ》す。少納言(々々々)退出す。外記、之を取り、高陽院《かやのいん》(=頼通第)に参り御覧ぜしむ。了りて少納言、内侍《ないし》に付す。内侍(々々)、東階《ひがしのきざはし》に臨《のぞ》む。上卿起座し、進みて仰《おおせ》を奉《うけたま》はる。帰りて近衛司を召し、請印(×官)を行なはしむること、皆、常の如し。事了りて退出す。抑《そもそも》、文義(×久義)朝臣等の位禄の申文、上卿、陣座《じんのざ》に於《お》いて之を給ふ。已に庁覧に非ざるの由を知る。而《しか》るに少納言、横挿《よこさし》の由を申さず、直ちに内案に載す。上卿、咎められず。共に是《これ》、失歟《か》。

五日、辛巳。天陰《くも》り雨降る。

※1 右府(=実資)の御消息に云はく「弾正忠《だんじょうのちゅう》大江斉任(×信)、斎院長官以康朝臣の女子を強奸《ごうけん》するの事、台(=弾正台)に

於《お》いて召問《めしと》はしむべきの由、宣旨《せんじ》有り。大臣、弾正・式部の官人に里第《りてい》に於《お》いて宣旨を賜ふは、是《これ》、恒例也。然《しか》らば里第に召して仰下《おおせくだ》すべき歟《か》。如何《いかが》。」申さしめて云はく「台の官人を里第に召して仰せらるるも、更に謗難《ぼうなん》（×傍難）有るべからず。」者《てへ》り。

七日、癸未。

※1 甲斐守《かいのかみ》（＝頼信）より忠常帰降《きこう》の由の申文《もうしぶみ》（×久）を送る。而《しか》るに忠常の降順状《こうじゅんじょう》を副へざるに依りて、早く上《たてまつ》るべきの由、示送《しめしおく》り了りぬ。暫《しばら》く国解《こくげ》を留め、彼の状を副へて奏に付すべき者也。美濃国（美乃国）大野郡より送るの由、状中に在り。兼ねて又、忠常、去月廿八日より重病を受く。日来《ひごろ》、辛苦す。已に万死一生也。然りと雖も相扶《たす》け漸《ようや》く以て上道すと云々（々×）。

十日、丙戌。

※1 結政《かたなし》に参る。外記庁の修理に依りて政無し。剋限到り了りて内に入る。

※2 右衛門督（＝経通）・右兵衛督（＝朝任）参入せらる。右金吾（＝経通）、仗座に於《お》いて外記を召し、御体御卜《ごたいのみうら》の具否を問はる〔之〕。申して云はく「具し了りぬ。」者《てへ》り。頃之《しばらくありて》、神祇官、御卜《みうら》の案《あん》を敷政門外に舁立《かきた》つ。〔火燃屋の北方（×比方）。〕外記、御卜候《さぶら》ふの由を申す。上卿《しょうけい》（＝経通）諾す。外記唯《ゆい》して去る。官人・吉上《きちじょう》（×告上）等を召すも、共に候ぜず。仍りて右陣の吉上を召し、膝突《ひざつき》を置かしむ。次いで上《しょう》、移座す。少副《しょうふく》兼興、奏案《そうのあん》を取り、〔杖に挿《さしはさ》む。〕膝突に着して上に奉る。上（々）、之を取りて杖に副持《そえも》ちて退去す。次いで六位の官人四人（×位）、案を舁き、敷政・

宣仁門并びに宜陽の西の壇上等を経て軒廊《こんろう》の東の間に立つ。〔頗《すこぶ》る西に寄る。東西を以て妻と為《な》す。〕退出す。次いで外記、案の下に進来《すすみき》たりて、笏を挿み卜筥《うらのはこ》を取りて小庭《こにわ》に立つ。〔西向。須《すべから》く神祇官人一人相具して参入し、筥を取りて外記に授くべし。而《しか》（×西）るに外記一人来たりて筥を取る。違例と謂ふべき也。〕次いで上卿起座す。階下を経て御所に進み之を奏す。帰座して外記を召して奏案《そうのあん》を給ふ。〔須《すべから》く案を撤するの後に給ふべき也。而《しか》るに先に之を給ふ。失《しつ》也。〕次いで官人等、案を撤し退出す。

十一日、丁亥。

※1 修理進《しゅりのじょう》（×條理進）忠節来たりて云はく「忠常の子の法師、去年、甲斐守頼信朝臣に相従ひて彼の国に下向す。而《しか》るに只今、京上して申して云はく『忠常、去る六日、美濃国野上と云ふ所に於《お》いて死去し了りぬ。仍りて在国の司に触れ、見知《けんち》、并びに日記に注せしむ。斬首（×暫首）して彼の従者に持たしめ上道す。』者《てへ》れば、又、且《かつ》は此の由を注し、事由《ことのよし》を申さるべし。」と云々（々）。此の告に驚く。

※2 前日送る所の忠常帰降の由の申文《もうしぶみ》を以て、頭弁《とうのべん》（＝経任）に付して奏せしむ。是、死去の由、申さざる以前に怱《いそ》ぐべき也。

▽a 入夜《よにいり》、神祇官に着す。頃之《しばらくありて》、右衛門督（＝経通）参入せらる。命《おお》せて云はく「権大納言（＝長家）・左衛門督（＝師房）、御卜《みうら》に当たると雖も、共に障を申して参られずと云々。仍りて卜に当たらずと雖も、太閤（＝頼通）の仰に依りて参入（×余入）する所也。」者《てへ》り。剋限に神座并びに膳等を供し、撤す。寅剋《とらのこく》、退出す。

十二日、戊子。

早旦、殿(=頼通)に参る。午剋《うまのこく》に及び、退出す。

※1 修理進忠節、甲斐守(=頼信)の消息《しょうそく》を持来《もちき》たる。披見するに、忠常死去の国解《こくげ》有り。其の状に云はく「忠常、去月廿八日、身に病を受け、今月六日、美濃国厚見郡(×原見郡)に於《お》いて死去す。仍りて在国の司に触れ、実検《じっけん》、并びに其の首を斬り、日記を立て、且《かつ》は言上せしむ。」と云々。〔美濃国司(美乃国司)の返牒《へんちょう》并びに日記等を副ふ。又、忠常の降順状《こうじゅんじょう》一枚、同じく加送《くわえおく》る。是、前日、遣取《つかわしと》るに依りて送る所也。〕重ねて殿に参り此の文等を御覧ぜしむ。奏聞《そうもん》せしめむが為《ため》、頭弁《とうのべん》(=経任)の許《もと》に送る。

廿一日、丁酉。天晴る。

▽a 午後《うまののち》に及び、内豎《ないじゅ》(×覧)来たりて云はく「明日、御国忌《おんこき》(=一条天皇)也。今夜(×令夜)の御物忌に参籠《まいりこ》もるべし。」者《てへ》り。入夜《よにいり》、参内し宿侍す。

廿二日、戊戌。天晴る。

召に依りて御前に参る。雑事(×新事)を奏して奉《うけたま》はり、東廊に退下す。又、昇殿《しょうでん》す。

※1 頭弁《とうのべん》(=経任)云はく「今日の陪膳《ばいぜん》、先づ御大盤《おんだいばん》を舁《か》き、并びに進物所《しんもつどころ》の膳を供すべし。次いで他の人、打敷《うちしき》を取り、陪膳人に来授《きたりさず》くるの由、右府(=実資)并びに民部卿(=斉信)、相示さるること有り。」と云々。余、中心思ふ所は、右府の御説は不見不聞なり。民部卿に於《お》いては、猶《なお》、先づ御厨子所《みずしどころ》の膳を供せらるべき歟《か》。其の故は、『九条殿御

記（＝九暦）』に、「先づ御厨子所、次いで進物所の膳等の供の由。」と云々。彼、御末葉《おんまつよう》なり。前霊の跡を逐《お》（×遂）はるべき歟《か》。他の公事は、両殿の御末葉、皆、相分かれて之を行なはる。不同を説くの故也。

未剋《ひつじのこく》に及び、御出す。召有り。上達部《かんだちめ》着座す。僧参りて先づ水を灌《そそ》ぐ。〈五位。〉次いで汁。御箸（×着）下ろす。頭弁、御簾《みす》の妻を褰《かか》ぐと云々。上達部、箸を立つ。事了りて僧俗下る。次いで東宮（＝敦良親王）に参る。退出す。

廿七日、癸卯。天晴る。

※1 午剋《うまのこく》に及び、参内す。頃之《しばらくありて》、右府（＝実資）参入せらる。先づ施米《せまい》（×未）の文を奏せらるること、〔左大水（＝重尹）申行《もうしおこ》なふ。〕例の如し。次いで上総守《かずさのかみ》維時朝臣の辞書《じしょ》、下総守《しもうさのかみ》為頼（為×）の重任《ちょうにん》八ヶ年の間に四年の公事を済（×隮）まして勧賞《かんしょう》に預からむの申文《もうしぶみ》、大宰府の申す豊楽院の東華（×東華）・西華両堂の造作を免裁せられ、偏《ひとえ》に府庁并びに所々の修理・宇佐遷宮の事等を営《いそ》ぎ勤めむの解文《げぶみ》〔去年、筑前・筑後・肥前・肥後（肥×）等の国を以（×八）て件の両堂に充《あ》てらるる也。〕等三枚、且《かつ》は見るべきの由を示して、侍従中納言（＝資平）に下さる。中納言（々々々）一々披見し、右兵衛督（＝朝任）に下す。督（々）見了りて左大弁（＝重尹）に下す。見了りて余に下す。余（々）見了りて元の如く巻（×奏）きて暫《しばら》く之（×々）を置く。権中納言（＝定頼）参入せらる。相府（＝実資）の御気色《みけしき》に依りて、余、文（×久）を取りて納言（＝資平）に上《たてまつ》（×両）る。納言（々々）、一々披見し、了りて巻きて之を置く。頃之、民部卿（＝斉信）・春宮大夫（＝頼宗）・左衛門督（＝師房）等参入せらる。中納言、文（×久）を取りて戸部《こぶ》（＝斉信）に上らる。相府の御気色《みけしき》に依りて披見し了りぬ。春宮大夫・左衛門督、次第に同じく見了りぬ。取転《とりめぐ》りて余に下さる。

▽a 示されて云はく「大宰并びに二ヶ国の申請（×中請）の事等、許すや否《いな》やの由、次第に言上すべし。」者《てへ》り。ホ、新

中納言(＝定頼)に示して云はく「大宰の解《げ》より申すべき歟《か》。将《はた》、道の次《ついで》に申すべき歟《か》。」中納言、相府に申す。相府(々々)示されて云はく「大宰の解より申すべし。」者《てへ》り。余申して云はく「大宰府(×大府)の申す豊楽院の東華・西華両堂の作事、府庁等を修理し、并びに宇佐宮の遷宮を勤仕する事を裁許せられむ、と申せ(×也)る事、外朝の破壊・恒例(×垣例)の神事は、公家《こうか》、尤《もっと》も重んぜらるべき也。然りと雖も京都の事、又、棄てらるべからず。就中《なかんずく》、件の両堂の作事、高大(×太)ならざるの事なり。且《かつ》は遷宮・府庁の修造を勤修《ごんしゅう》し、兼ねて先符(×府)の旨に任せて両堂の造作を企つべきの由、仰下《おおせくだ》さるべき歟《か》。」者《てへ》り。左大弁申されて云はく「大宰府の申せ(×也)る豊楽院の西華・東華両堂の作事、府庁を修造し、并びに宇佐遷宮を勤仕する事を裁許せられむ、と申せる事、或《あるい》は無止《やんごとな》き神事、或は賓客(×賞客)の見る所、公家重くせらるべし。請に依りて裁許せらるべき歟《か》。」右兵衛督、之に同じ。新中納言・侍従中納言・左衛門督・春宮大夫(×東宮大夫)・民部卿・右府等、申さるるの(×云)趣(×起)、余の申す旨に異ならず。

▽b
次いで余申して云はく「上総介維時朝臣の申す所帯の職を停められむ事、申状の如く『年齢衰老の上、病痾頻りに犯す。分憂《ぶんゆう》の任に堪へず。』者《てへ》れば、請に依りて停止せられ、然《しか》るべき者を以て任ぜらるべき歟《か》。」左大弁以上、皆、余の事に同ぜらる。

次いで申して云はく「下総守為頼の申す重任八箇年の中に四ヶ年の公事を済(×隮)まして勧賞に預からむ事、申状の如くば『罷下《まかりくだ》るの後、幾程を経ず、忠常を追討する事を相営《あいいとな》むの間、人・物共《とも》、已《すで》に弊《へい》す。忽《にわか》(×怱)に興復(×後)し難し。若《も》し裁許無くば何ぞ公事を済まさむや。』と云々。申す所、然るべし。請に依りて免ぜらるべき歟《か》。」左大弁以上、之に同じ。

相府、申文等を上《たてまつ》るべきの由を不(×木)さる。余、巻整《まきととの》(×奏愁)へ、之を転《く》りて上る。相府、之を取り、披見し了りて頭弁《とうのべん》(=経任)を召して、定の旨を覆奏《ふくそう》せらる。〔先づ申文等を下す。皆(×階)結申《かたねもう》す。宣旨を仰せらるる也。〕仰す。「多きに依りて定申《さだめもう》し、各《おのおの》宣下すべし。」者《てへ》り。

※2 次いで又、甲斐守《かいのかみ》源頼信の進《たてまつ》る忠常帰降の由の申文、并びに常安の降状、〔忠常の戒名(□名)也。〕忠常死去の由の解文《げぶみ》、并びに美濃国司(美乃国司)等の実検せる日記等、下されて云はく「頼信朝臣、忠常を帰降せしむる(×今)の賞、有るべき哉否《や》や。又、忠常の男常昌・常近、降状を進らず。執して追討すべき哉否《や》やの由、申さしむべし。」者《てへ》り。次第に見下し了りぬ。余申して云はく「頼信朝臣、忠常を帰降せしむるの賞、尤も行なはるべき也。但し、其の法に於《お》いては、先符に云はく『其(×旦)の状(×狭)に随ひ官位を給ふべし。』者《てへ》れば、先づ頼信朝臣を召問《めしと》はれ、彼の意趣に随ひて量行《はかりおこ》なはるべき歟《か》。又、忠常の男常昌・常近等、未《いま》(×又)だ降順状を進らず。其の身、死去すと雖も、男常昌等に於《お》いては未だ降来せず。何ぞ黙(×黠止)して免ぜらるる哉。須《すべから》く先符に任せ、執して追討せらるべき也。而《しか》るに前使直方の時、坂東の諸国、多く追討に属し、衰亡(×已)殊《こと》に甚《はなは》だしと云々。重ねて使を遣はす乎《か》(×手)。若《も》し早く撃つべきの符を賜はば、偏《ひとえ》に此の事を経営(×注営)するの間、諸国弥《いよいよ》亡(×已)し、興復、期し難き歟《か》。暫《しばら》く優廻せられ、頗《すこぶ》る興復するの後、左右《そう》行なはるべき歟《か》。」者《てへ》り。左大弁申して云はく〔々〕「頼信朝臣の賞は、余(=経頼)の詞に同じ。但し常昌等の事、造意の首為《た》る忠常、已《すで》に以て帰降す。常昌等、是、従也。追討せられずと雖も何事か有らむ哉《や》。」者《てへ》り。

※3 左兵衛督(=公成)申して云はく「頼信朝臣の賞の事、下官(=経頼)の申す旨に同じ。但し常昌等の事に於《お》いては、常安の降状に頗《すこぶ》る男等の降帰の気色《けしき》を見るの中、忠常は途中に於《お》いて死去す。獄禁の者、父母の喪に遭ふの時、其

の假《か》を給ふと云々。況《いわん》や未だ禁ぜられざる者を哉《や》。優免せらるるも何事か有らむ哉《や》。」新中納言以上の申さるるの趣、大略、余の詞に同じ。

相府、文書等を取りて頭弁《とうのべん》に付して定の旨(□旨)を覆奏せらる。仰す。「多きに依りて定申《さだめもう》せ。」者《てへ》り。

※4 次いで頭弁、申文等を以て相府に下し奉る。外記に仰せしめて硯・折界《おりかい》等を進《たてまつ》らしむ。外記、硯等を奉る。又、二省を召すべきの由を仰せらる。次いで左大弁をして除目を書かしむ。修理大夫。〔群〕左大弁兼ねて申す。相府、別紙に書く。」斎院次官。〔藤原吉重。〕相模守《さがみのかみ》。〔死闕。光貴、去春の史の巡、留めらるるに、抽任せらるる也。〕下総守。〔時重。〕左近将監。〔藤原光任。〕造大安寺長官、経輔。主典(×曲)。〔孝親。先此《これよりさき》、仰せられて云はく「史等の中、主典(×曲)に堪ふる者(×之)、大弁等をして択申《えらびもう》さしめ、定申《さだめもう》せ。」相府、別紙に書く。〕大丞書き了りて相府に奉る。相府(々々)、筥を召して奏せられ、下給《くだしたま》はり、新中納言に授けて退出せられ了りぬ。

▽c 先此《これよりさき》、但馬守《たじまのかみ》則理・備前守《びぜんのかみ》長経、共に延任(×仕)二ヶ年、宣旨を下さる。又、為頼の宣旨、同じく下し了りぬと云々。又、相模守を申すの輩《やから》三人の申文、〔時重・公行・光貴。〕下さる。択申《えらびもう》すべきの由、仰有り。余、時重・公行の申文を択上《えらびあ》ぐ。而《しか》るに上より光貴の申文を召す。仍りて之を奉る。公行を返して光貴の申文を加へ、相府に奉られ了りぬ。余、中心思ふ所は、公行を抽《ぬ》かるるの旨、其の心を得ず。佐渡に任ずるもの数代、已に焼くこと久しくして、任中に済事するの輩《やから》無し。而《しか》るに公行、任中に済事す。八ヶ年の税帳を勘ふるに、已に六ヶ年に及ぶ。就中《なかんずく》、此の国久しく軍務を営み、衰老殊《こと》に甚《はなは》だしと云々。尤《もっと》も其の人を択《えら》ばるべき也。光貴、誠に其の理有りと雖も、新叙の者為《た》るに依りて、分憂(×優)に堪ふるや否やの由、暗に以て知り難し。行なはるるの旨、拠る所無きに似る。〔参〕

入夜《よにいり》、中納言、南座《なんざ》に移り、外記を召して二省を召さしむ。外記申して云はく「式部召候《めしこう》ず。兵部各《おのおの》障《さわり》を申して参らず。」者《てへ》り。上宣《しょうの》る。「式部を召せ。」外記三度(×之度)申し了りぬ。式部丞資通(資道)〈靴〉、小庭《こにわ》に立つ。上卿、除目等三枚を給ふ。〔巻合《まきあ》はせて、一枚は修理大夫、一枚は受領等、一枚は造大安寺。〕式部退出す。次いで外記を召す。外記(々々)、筆・刀等、筥に入れて持参《もちまい》る。〔往還(×往四巡)の煩あり。余、陣官《じんかん》をして之を加へしむ。仍りて仰無しと雖も持参《もちまい》る所歟《か》。〕上、兵部を以て外記を召し給ひて巻封《まきふう》ぜしむるの後、仰せて云はく「封の日に、墨を点ずべし。」者《てへ》れば、外記、之を点ず。〔須《すべから》く上卿、墨を点ずべき也。而《しか》るに外記をして点ぜしむるの旨、如何《いかが》。〕仰す。「慥《たしか》に候ずべし。」者《てへ》り。又、仰せて云はく「廿九日、若《も》しくは来月二日の間、兵部を召すべし。件の両日の間、兵部参入の日、参入して下すべき也。」者《てへ》り。次いで退出す。

余、殿(=頼通)に参りて雑事を申して奉《うけたま》はる。深夜に及び、退出す。

※5
明日より四ヶ日、御物忌と云々。今夜、又、仰せられて云はく「諸司・諸衛の仕らずに城外する官人、見仕《げんにん》を解《げ》却《きゃく》(×布)すべき歟《か》。将《はた》、先(×光)づ見仕を解くべきの由を誡《いまし》め、兼ねて下向の国司に仰するに、早く追上《おいあ》ぐべきの後、重ねて下向せしむべからざるの由なり。其の誡《いましめ》を憚らざるの時、解却(×布)すべき歟《か》。諸卿をして定申《さだめもう》さしめよ。」者《てへ》り。彼此《かれこれ》申されて云はく「先づ誡仰《いましめおお》せらるるの後、其の憚無くば(×歟)解却せらるる歟《か》。」右府、此の旨を奏せらるるの後、宣旨を奉《うけたま》はりて仰下《おおせくだ》さると云々。

『小右記』本文（旧伏見宮本）

正月・二月・三月

（題箋）『野府記　長元四年〔正月／二月〕　廿八』
（原標紙外題）「野府記　長元四年　〈春上〉」

長元四年春」

正月」

＊1「參從敷政門事、」
＊2「節會事、」
＊3「輦車事、」
＊4「鎌倉聖供料、」
一日、己酉、四方拜、天晴、夜閑、十斉大般若讀經始、東北院」大般若讀經始、諸寺御明如常、絹三疋給滿平緒者〈致光〉、」絹一疋給漆工公忠、參河守保相進絲十絇、中納言致拜礼、」即參内、下官參内、資高相從、先昰參東宮暫候、以」資高令見小《朝》拜、歸來云、只今諸卿進出御前者、東」宮侍臣有飲食氣、見下官參入、經營下迷、頃之參陣」頭、*1須入自化德門、然而縁思年首、參從敷政門、〔酉／時、〕内《二條殿》大臣」已下從御前退下、或着座、或佇立、頭弁經任可奉内」辨之由仰内大臣、起座着南、問所司奏事、余答云、臨昏」*2之時、奏事由、附内侍所之例也、便以頭弁令奏云、請」詞問下官、此外有問之事等、參會之時問雜事、甚心」安者、諸卿出外辨、内辨起座、於陣後着靴、令押笏文、」秉燭後陣引、警蹕未發、内弁煩欲進、示案内、仍留、御」座定、進仗稱警、了内弁着宜陽殿兀子、此間事不見、」開門後召舎人之聲極長、又令召大夫達之聲甚長、」似不聞古傳、諸卿參上後、下官參上、着北座、粉熟御箸」下後余退出、中納言經通・資平・三位中將兼頼相送也、於」*3敷政門下謝遣、於春華門下可乘輦車、而出御南殿、依有事」恐、令引輦車於古東宮坤角、乘之退出、參諸卿、左大臣」〈關白、〉候御後、内、大納言頼宗・能信・長家、中納言實成・師房・」經通・◦《資》平、參議通任・朝任・公成・重尹・經頼、或云、斉信卿」燒車不參、」權随身將監扶宣、將曹正親、」深更縫殿頭代官圖書頭相成持來祿被、便給、七《去歟》年」*4典藥頭忠明朝臣如此、給彼不給此背是、醫師依可有所」所思、從今日十五箇日、鎌倉聖供料依例施与、」

＊頭書「晴陰不定、二宮大饗、」
＊1「行幸即仰、」
＊2「臨時客、」
＊頭書 二日、庚戌、頭辨云、昨日可有行幸召仰之由、關白有命、」
*1而節會後可仰、未蒙指仰之前、内府退出、仍仰右衛門」督、大外記文義云、五衛府參入、令見叙位勘文左右《重尹》兩」大辨、右兵衛督來、不相會、左兵衛督《公成》・中《資平》納言來會、可詣關」白第、仍為扶持歟、上達部列立後可詣向、為不立列也、」可造送之由、示遣伊豫守章信、以書状告送、即詣向、兩」納《資平》言・并《定頼》資房・資高・經季等相從、三位中《兼頼》將先參、出迎居」地上、着余

奥座、〔大納言斉信・頼宗・能信・長家、中納言實成・師房・經通・資平、／[*2]參議通任・兼經・朝任・公成・章尹、三位二人、惟憲・兼頼、」在四位／宰相上、〕盃酌四五巡後、下官・内府有引出物、〔馬各／一疋、〕随身腰指、」出居廣庇、〔西對／南庇、〕見引出物、以随身令騎、日已及黄昏、諸」卿欲參二宮大饗、余先退出、關白得氣色令催出、未臨」秉燭歸家、民部卿斉信不參節會、今日參入、未得其」故、今日關白饗、梨切四面推合食之、有便、下官前日所」申、自今以後以之為例歟、」

＊1「□幡宇佐宮杣採始事、」
＊2「行幸、」
＊3「宇佐材木日時勘文、」
＊4「□□奉上東門院事、」

三日、辛亥、早朝頭弁持來陰陽寮勘申可被入杣採」始[*1]八幡宇佐大菩薩宮之料材木日時、〔二月十一日戊子、時巳・午、／

廿三日庚子、時辰・午、〕」

修諷誦東寺、〔當生氣／方、〕」

[*2]今日未時、臨幸上東門院、□宮參給、下官須扈從行幸、」而騎馬難耐、不能扈從、舊年經奏達、又令洩□□、」有可參上東門院之仰、仍所參入、權随身等先供奉行幸」之後、來告案内、迺參入、中納言并資房・資高・經季等、」迎來車下云、主上并東宮御拜了、余着西廊饗座、關」白・内府・一家納言、出自御前着此座、先是諸卿在座、飲」食了、臨黄昏、召次將等、令上御前御簾、藏人頭右中將」隆國召下官、々々云、諸卿共可參歟、相共可參者、關白・内府」無召之前起座參御所、余進御所、關白出從渡殿、着御」前簀子円座、次内府々々、次々第着座、此間秉燭、次主殿寮」執燎、關白仰衝重事、即侍臣居衝重、右衛門督經通」〈院別當、〉勸盃、巡降了、供御膳、中宮權大夫能信陪膳、〔執／打」敷、〕參議・三位中將等益供人稱警蹕、院御同所、不可稱」歟、御前物懸盤六基、〔御器／用銀、〕次東宮御前物、陪膳左大」弁重尹、〈執打敷、〉兼東宮昇殿之侍□益供、〔懸盤四基、／銀器、〕上達」部・侍臣等奏管絃、藏人頭隆國執御笛候坤戸下、關白」云、傳取而獻御前、誰人候哉、余答云、頼宗・能信卿間如何、」關白令頼宗卿獻之、侍臣奏催馬樂并大唐・高麗樂、」此間主上令吹御笛終、數曲□之後給祿、上達部大褂、殿上人」疋絹、了〔後聞、供奉諸司・／諸衛給祿、〕主上入御、次東宮同入給、計也令」參院御所歟、諸卿起座、寄御輿於南階、此間雪零、左大將〈内大臣、〉」并諸卿立砌、乘輿之間警蹕、〔初臨幸時留御輿於／中門降御云々、前々如此、〕下官及斉信卿」依騎馬之礙不扈從、仍兩人候□門南腋、乘輿出□」西門了退出、東宮欲歸御、依不候行幸觸案内亮泰」通、扈從公卿、左大臣、〈關白、〉内大臣、大納言頼宗〔春宮大夫、□奉／春宮行啓、〕・」能信・長家、中納言實成・師房〔春宮權大夫、／供奉東宮行啓、〕・經通・資平、」參議通任〔供奉東宮／行啓、〕・能信・長家、中納言實成・師房」〔春宮權大夫、供奉／東宮行啓、〕・經通・資平、參議通任〔供奉東宮／行啓、〕兼□・」顯基・朝任・公

成・重尹〔供奉／行啓、〕・經頼、〔供奉／行啓、〕三位二人、〔將監惟憲・／兼頼、〕」權随身等供奉行幸之後參來、給祿、〔將監二疋、將曹二疋、／府生一疋、番長已下」例／祿、〕中將夜闌從内退出、權随身府生祿二疋、番長一」疋、皆過差祿、例、随身例祿給之、中將乘關白馬、々口」付舍人給三疋、居飼手作布二段、深更頭弁持來採」*3宇佐材木日時勘文、云、任勘文所給宣旨、可副遣件」勘文、」

今朝頭辨口宣云、納官厨絹百疋、可奉上東門院者、」*4即宣下、若是行幸諸司・諸衛祿歟、以公物充行幸」祿料如何、後聞、近江守行任被聽昇殿々、大納言斉信」不扈從行幸、依腰病、追參、兼奏云々、」

＊1「受領貢物、」

*1四日、壬子、美作守資頼進紫端疊廿枚・油等、油□料、」畳元日料、違期寂甚、十二月十四日書、使卒懈怠歟、」

＊1「叙位事、」

五日、癸丑、誦經修、〈六角□、〉」

大藏卿來、言子少將師成加階事、師成同來、」

頭弁傳勅云、今日可有叙位議、可參入者、令奏恐承之」*1由、内々云、去夕奉仰、及深更不來仰、懈怠至者、大外記文義」云、叙位召仰事令申關白、被仰云、參内可仰者、」

申剋許參内、中納言乘車後、資房・資高・經季等相從輦」車、諸卿未參仗頭、一兩在執柄直廬云々、臨酉剋内大臣已」下參入、頭弁申備後國申造大垣覆勘文之間、藏人左」少辨經長進出、諸卿示止、驚而退歸、頭弁退出後彼」是告經長、即召諸卿、余可候筥文之由仰外記相親、良」久不見、度々催仰之後、外記執硯・筥文等、立軒廊南庭、」余起座參射場、内府已下相從、列立作法存例、執筥文之」外、列立射場東庭如常、余先參上、次内府、先是左大臣〈關白、〉」候殿上、次第着御前座、大納言頼宗・能信・長家執筥文、諸」卿着座、了召左大臣、稱唯着御簾前円座、左大臣奉仰召」下官、稱唯着円座、次内大臣如小臣、仰云、早、參取第一筥文、移」納次筥、以十年勞勘文納一筥、奉御簾中、把笏祗候、御」覽了返給、仰云、早、召男等、頭弁來、仰可奉續紙之由、續」紙一弓納柳筥持來、取紙返筥、候天氣、先欲書式部、而丞」等有論、卿親王不定是非之間不放請答、可問遣之由、」仰頭弁、時剋相移、不申左右、仍令問丞第一者於外記、□□、」大丞惟道者、書載了、彼省云、有小丞ム申、此間持疑不放」奏云々、下官申云、少丞不可預爵、於惟道者、雖云未到、」勤公事、可無未到之歎歟、先是兩三書了、答云、取」遣院宮御給名簿、天許了、召中納言藤原朝臣〈實成〉、仰」可取遣院宮御給名簿之由、時剋推移、奉三所名」簿、自余從此者、二箇所名簿奉關白、々々奏之、御覽」即返給之、關白授下官、一々書載、無王氏名簿、以頭弁」問外記、申云、只今進者、即進、々々傳關白、歟奏聞、御覽」返給、書入之、不注何世、關白云可叙四位、雖有事疑、依」命書載、關白云、東宮御給々亮良頼、〔正四／位下、〕經任□」申可叙正四位下之由、如何者、余申云、經任者良頼之上」臈、無指事為良頼下臈、何時（侍）哉、四位正下者一世源氏」之所叙也、但或非常之賞、或臨時之恩、藏人頭近代叙」正下之例（也）。為藏人頭者被超越宮亮如何、殊被加一階」無深難哉、已有天許、書載了、叙位簿令見關白、見」畢被返、即奉御簾中、叡覽了返給、所叙者卅五」人、主上入御、余目中納言實成朝臣、進來、授位、笏取副」笘退下、若有所勞不搢笏歟、左大臣・下官・内大臣、次第退下、」戌終退出、今日參入、左大臣、内大臣、大納言頼宗・能信・長家、」中納言實成・師房・經通・資平、參議朝任・顯基・公成・重」尹・經頼、」

＊1「叙位事、」

六日、甲寅、左大弁消息云、給藤氏爵者名字相誤、余答」□[*1]、隨關白被示所書、今間被參關白第取案内宜歟、」小時來云、令申案内了、即召遣外記了、沐浴之間」不能相逢、召大内記孝親、仰此間事等、大外記文義云、王」氏爵非王胤、鎮西異姓者、前都督口入云々、頭弁來云、」式部卿宮御消息云、王氏爵可給五位、而給四位之由云々、」可改給五位者、余云、件事狼籍尤甚、早申關白、可有」左右、藤氏爵者名事、申案内、可被仰入眼上卿歟、小」槻仲節書内階中、可給外階事等、具達關白、即」歸來傳報云、王氏極不便事也、可止、亦仲節内階、可」改外階事、理義・良資申治國加階文、并甲斐守頼」信申治國加階事、可令外記勘申者、今日入眼清印、」更召遣外記、時剋推移歟、歸參内、下給件申」文、令勘申、可覽關白、更不可持來、關白□、王氏爵□、」觸下官、可奏聞者、入夜頭弁從内注送云、王氏爵人」被停了、仲節叙外階、改成重為成尹之由、宣旨下了、」從四位上平朝臣理義、從四位下源朝臣頼信・藤原朝臣」良資、〔已上／治、〕外記勘文明日可獻之者、」

＊1「節會參事、」
＊2「乗輦車之事、」

七日、乙卯、厩馬給右馬助知貞、依勤前駈、修諷誦於」六角堂、頭弁來、言昨日事等、外記勘文持來、見了」返之、關白有可奉之命者、乞取今日次第文、兩納言」[*1]乞今日次第、付使遣之、右金吾加元日・十六日次第、緑」彼意樂也、今日參入不定、而見故殿御記、列後參」上宣旨下了、明年・明々年頻參給、企參入、白馬奏進、」加朝臣返給、於軒廊不可加署、仍於里第所加也、」疋絹給千武、中將平胡録箭六筋八寸水精調入祿也、」未時許參内、中納言乘車後、資房・資高・經季相」從、内大臣已下候、余着内座、内大臣在外座、依承内辨事」歟、外記相親申外任奏候由、内府問下官云、外任奏」甚早、如何、余云、更不謂早晩、隨申奏覽之例□、」以弁令奏、即下給、又召外記返給、仰詞不聞也、有定」詞之事也、次外記相親申代官、内府問云、我乎、申」式・兵輔・丞等代官、内府只目、稱唯退出、有仰詞、其詞」云、仰宣〈へ〉、内府起座、若着靴歟、亦令押笏文歟、良久」之後進軒廊、昇東階、受取内侍所持下名、退歸、」〔於階下搢笏太早、昇階於三級許可搢／笏歟、取下名拔笏取副笏退下、〕使隨身直立宜陽殿儿」子、未見之事也、可令装束司立歟、着兀子召内豎、」二聲、同音稱唯、別當之清參入、仰召式司・兵司、稱唯」退出、次二省丞參入、立定後召式司、稱唯進、給下名」還本所、次召兵司如式司、相共退出、次内弁起座退、又」諸卿出外辨、右大弁經頼一人留陣、依可有下官一人」也、左右近陣階下、次御座定、近警蹕、列移、内弁着」兀子、内侍臨檻、起座帰入、東出軒廊東二間、於左仗」南謝座、〈不慥見、〉了參上、次開門、内弁退下、立巽壇上、催」新叙宣命、先例立軒廊、可謂失誤、但坊家奏・」相撲奏等、立壇上取之例也、宣命・見參者不然之事也、」頭弁傳下官云、兵庫寮官人不參、御弓奏如何者、余答、」寮官不候者只可被付内侍所、頭弁含勅命仰内（弁歟）々、々」仰外記、内弁執新叙宣命參上、即退下、内記國成歸」□腋、不候皆（階歟）下、差隨身令召、經營參入、於本所逅給」文夾、立所指非前跡、有日久人必致傾奇歟、上官等不」着階下座、依下官之候陣歟、尤可然矣、内弁召内豎、二」音、於日華門同音稱唯、別當之清參入、仰召式司・兵」司、稱唯退出、二省輔・丞代官參入、召式司、〈相成、〉稱唯參」上、給筥退下、傳給丞、次召兵司、〈廣遠、〉如式部、兩省丞代」執筥、置案上退出、次召舍人、二聲、〔其聲猶長、／如元日、〕小時大舍人」同音稱唯、少納言經成入就版、宣、下刀祢、稱唯退歸、群臣」參入、各立標、宣、侍臣、群臣謝座・謝酒如常、公卿參上、」即引叙列、此間下官着靴參上、着奥座、欲召新叙宣」命使、仍下官退出、須於春華門乘輦車、而未還御」*2十殿之間、退出非無事恐、仍合列輦車於古東宮」坤、乘之退出、是謹之致也、黄昏歸家、入夜慶賀」人々來、丑時許頭弁來拜、了來格子外云、侍從信家」〔内大臣息、叙四品、／新一品宮御給、〕被聽還昇、今日見參、左大臣、内大臣、大納言」頼宗・能信・長家、中納言實成・師房・經通・資平・定」頼、參了通任・兼經・顯基・公成・重尹・經頼、三位二人、」〔惟憲・／兼頼、〕」

*1「□□會始事、」

八日、丙辰、御斉會始、不參入之由、着隨身、仰遣〔候〕八省」*1外記、隨身還來申云、仰成經了者、又仰大外記文着來、」同仰礙由、」

九日、丁巳、本命供、南円堂巻數使僧給疋絹、」大藏省進七日手祿絹、〈中納言來、〉」右衛門督〈經通、〉來云、藏人資通可任和泉守」云々、共所藏人以經季可被成之由可令申」關白者、資高有此望、可達關白之由、度々」申、相並可申之由、相答了、但資高者上臈、」已年齢亦長、可宜歟、入夜資房從内退出」云、主上御氣色在資高者、女叙位日事、以」頭弁令達關白、明後日可被行者、」

*1「御斉會加供事、」

十日、代午、加供於家令給、八日關白加供、而」依*1坎日昨日行、仍家加」
供今日所行也、」
矢數懸物二疋、八木五石、給射場等、亦米十五石給」手結饗料、頭中將以將監扶宣示送云、無仕」賭射之者、依無事賞、以的數勝者、被下可差」遣一道相撲使之宣旨如何、報云、尤佳事也、但不」可差一道之由示仰了、手作布五端、奉送大僧」正御房、依有氣色、頭弁來、明日女叙位可早」之由、關白有命、余答云、只可在被參之早晩、明日」請印等司并位記等事、各可催仰之由、仰大外」記文義、上・宰相可候、中納言可在小臣共、彼可行歟、」

＊1「女叙位事、」
＊2「賭弓手結事、」

十一日、己未、絹一疋賜紀法師、行幸日樋螺鈿釼」後帯取拔、給此法師令如本、今日持來、仍所給也、」今日女叙位、々記請印上并宰相可參事、仰外記」成經、内々戒示中納言、師重朝臣如舊可令知行政」所事、仰知道朝臣、射場進矢數、不過五、」
*1今日女叙位、仍參入、〔申一點、日猶高、／未終歟、〕中納言乘車後、諸卿不」參、右大弁候中宮歟、關白被參哘、外辨問女叙位」之早晩、答云、關白未被參上、随彼命可撰申文、酉」剋藏人右中弁資通有關白御消息、仍參上」殿上、關白從臺盤所來殿上、良久清談次、有王」氏爵事、已被止、可被問其事歟、答尤可然由、藏」人頭隆國召兩人、關白參入、次余着御前円座、歟」下給申文等、關白目下官、而不進給、依此氣色、關白進」給復座、〔申文等在御硯／筥遂上、乍盖給復座、〕小臣召男等、仰硯・續紙等事、」可取遣院宮御給名簿之由、觸關白、次經奏聞、了」召男等、藏人左少弁經長參、仰可召頭中將隆國」朝臣之由、即參、仰可取遣院宮御給名簿之由、此間」關白傳不可書之人等、書兩三之間供御殿油、隆國」朝臣取進名簿、今三所從此者、關白被傳示、可加」階人々之中、有年限不慥之人々、以外辨令問外記、」随復申書載、一々書了、先令見關白、次撤硯等、」以叙位簿盛硯柳°[筥]、指笏取柳筥、進御前奏之、取笏」復座、御覽了進給、復座、候御氣色、取副叙位文於」笏退下、於殿上給中納言資平、内記申云、預位記」下部觸穢之内、位記装束未見者、後日可請」印之由、令仰之了、下官退出、〈戌一剋、〉頭辨追來南殿云、蹔可候者、仍候左仗、即傳勅云、式部卿」親王°[進王]氏爵名簿不注世、只注寛平御後、仍止了、」抑寛平御後何人哉、可令問者、令奏云、以大外」記文義可問遣歟如何、被仰云、外記可宜、明日」尋前例可遣歟、尋前例明日可申之由、仰大」外記文義、即退出、被藏人・昇殿云々、」
*2入夜府生公武進手結、中將隆國・少將定良着行、」

＊1「□氏爵事、」

十二日、庚申、中納言云、去夜關白請談次、傳達下官」所陳之事、[事]是如讒言事等也、報云、更不聞事也、」亦不疑下官、其間多年、不能遑記、」

天暦七年、以改姓為從者入王氏爵多簿、仍召親王、」[*1]申病不參、遣外記傅説令同、令注文書經奏」聞、詳見故殿御記、以外記可遣之由、以外弁令」申關白、被報云、依前例可遣也、大外記文義有何」事乎者、天暦例遣六位外記歟、五位・六位間不」分別、可勘申之由、仰文義朝臣、以後申趣、重」達關白、可遣也、前左衛門督使為資朝臣有消息、亦」以實行朝臣、有可來之消息、余報云、更不可被過、必」有事聞歟、被參關白第可被申、至他人可無益矣、式」部卿親王者前左金吾聟也、仍所經營歟、」

*1「真手結事、」

*2「十四日御斉會終菓子給事、」

十三日、辛酉、右衛門督清談次、去夕依御庚申事、依」召參入、御斉會間可無便之由被是云々、亦奏斯由、」仍停上、季基進雜物、〔唐錦一疋・唐綾二疋・絹二百疋・総鞦色革／百枚・紫革五十枚、〕」

□昨日右大辨經頼候内之間、俄煩胸病、相扶退出、今」[*1]朝送一行、無報書、只稱有所勞、真手結、差遣垣下五」位・六位、將并□手官人已下祿依例遣之、入夜府生元」武進手結、中將隆國・少將定良行、或云、配流光清、於」近江國焼山被剝群盜、使左衛門府生ム、同被剝云々、」[*2]極奇事也、或云、大無實云々、梨・棗・未煎・署預給」府、十四日料、」

*1「受領貢指、」

[*1]十四日、壬戌、加賀守俊平進綿廿帖、」今日不參八省之由、仰大外記文義朝臣、王氏爵注」寛平御後、何人哉事、依不審被上了、可問式部」卿親王之由、夜奉宣旨、件事尋見前跡、天暦」七年、以改姓為臣者、奏色簿、先召遣親王、申病不」參、仍以朴少外記傅説問遣親王、彼所弁申之旨注」取、令見親王、經奏聞、依彼例差遣六位外記、令親王」所申可經奏聞歟、随處分可進止之由、以外弁傳達」關白、其報云、依前例差遣六位外記、有何事乎、近代六」位外記殆似忘首尾、已以不覺、仍万事仰大夫外記、六」位藏人不覺、一向被召仕藏人頭、准思此等、差遣大」外記亦有何事乎、六位外記中有可然之者、任前」例差遣、亦有何事乎、左右随宜可行者、日次不宜、十七」日可遣少外記相親、々々者文章生、有才学聽、記親王」(所)前弁申、不可謂不足歟、」

*1「受領貢頃、」

*2「御斉會陣饗事、」

十五日、癸亥、延暦寺奏(巻歟)數使僧与之絹、」[*1]美作守資頼調送綿衣二領・単衣等、頭弁來談雜事、」中納言來云、去夕陣儲宜好、就中今年所々饗無信」[*2]乃梨、此梨尤優、又署預粥美、」

*1「焼火事、」

*2「惟憲愁嘆事、」

*3「遅參節會近衛將勘事、」

十六日、甲子、頭辨下給禁色・雜袍宣旨、今日不可參」*1之由、示頭辨、為資朝臣云、去夜堀河院寢殿巽付」火、撲滅畢、極可怖畏、」

春宮大夫有可奉内弁之疑、仍度々有被問不審事」等、注書冊答對、今日次第可注送之由、頭弁自内示」送、即遣笏帋、明日少外記相親共可參之由、仰大外」記文義朝臣、為差遣式部卿親王許、或云、前大貳惟憲」*2愁嘆罔極、飲食無口味、關白云、年已臨七旬、出家尤可宜、有」被悪之氣、若守宮神入關白心所令思歟、」

惟憲者、貪欲之上、不弁首尾之者也、都督之間、所行非法」數万云々、十八日殺法師者也、」

春日祭使事、以將監扶宣、示遣頭中將許、歸來云、示仰少將」定良、々々云、中將良頼當巡者、示遣中將朝臣所可令申事」由者、今日節會、申剋許引列、左少將師成・經季遲參、」*3被處勘事云々、」

＊1「祭使事、」
＊2「開門官人遲參勘責事、」
＊3「内弁事、」

十七日、乙丑、祭使事、中將良頼當府使三ヶ度、少將定」良*1當府使未奉仕、然而左府使一度奉仕、彼年冬祭」使、良頼同年為夏祭使、至定良其程近者、定仰云、良」頼者、當府役三ヶ度勤仕、可無異論、可令定良奉仕」之由定了、頭中將以扶宣示送云、昨開門役、兼仰將曹吉」真*2、而遲參、在可召勘、可遣府歟者、余答了、於陣可勘責、」已在四等官、遣府行何法乎、」

將監扶宣申云、少將定良申云、可奉仕祭使者、大外記文」義・少外記相親參來、以大外記文義令傳仰相親云、式部」卿親王奏王氏爵良國王名簿、依無事疑、被載叙位簿、」而良國王有不實之聽、仍叙爵、文何人哉、亦件良國其身」安在乎、慥可被申之由、差相親遣仰親王許、但親王被」申之由、注文書、先令見親王、可奉之由、令仰之、須面」仰相親、而為不失事趣、殊思慮、以文義所傳仰也、」如證人之事也、令記親王弁申之詞、是天暦七年例」也、時剋推移、相親注文書、進式部卿親王弁申之旨、文」義朝臣傳進、相親申云、先令見親王、惟忠朝臣傳取令」見、頭弁持來伊勢國司召進正輔々々々[朽損]申證人八[八]人」解文、示仰可奏之由、齊宮助ム、可令召上者、即宣」下證人也、少外記相親注進云、宣旨云、式部卿親王大内須有其召也、」然而至于召者停止、但所被擧申王氏爵申文〈仁〉、良國王依不分」明、雖入叙位議除留了、文誰人乎、又其身候乎、親王被申云、宣旨」謹以奉了、來擧申王氏爵之間、委曲所尋申其門也、而從」去年冬候所勞之上、依前大貳惟憲卿消息、不置事疑所」擧申也、但至于其身、偏就彼傳、不傳知者、」

長元四年正月十七日、少外記文室相親、」

付頭中將了、」

中納言來云、昨日弁春宮大夫思外無失也、春宮大夫以為資朝臣」消[*3]息云、昨内弁奉仕、存無殊失、是只汝恩也、中納言有所申哉、中將」被褒人、汝依教喩、依其流、不致内弁之失、何事如之、斉信卿」參入、仍令奏事由、仰云、同大納言、先承之人可奉仕者、仍斉信退出、」

＊１「賭弓延引事、」

十八日、丙寅、今日賭射、申障不參、昨日洩奏之由、今朝有頭弁」消息、巳時許來云、昨即參關白第、令中式部卿申旨・伊勢國解」事等、命云、至明後日堅固物忌、過此間可見文書、依重事不可」傳聞者、」

從午時許雨降、賭弓難聞食歟、問遣案内於頭弁、報状云、賭」弓[*1]事明日可被行者、抑賭弓延引時、若被仰上卿歟、將不被歟」如何、又可被仰上卿、々々不參内者如何、賭弓延引〔須礼／とも、〕參議一人」指遣射礼射遣所之由、見邑上御記、近代例如何、欲承案内者、」余報云、射遣宰相事可然、賭射延引之事、被仰上卿之例、近代」不被仰云々、可謂違失、延引事内々將等所告也、所司同、所同、然」而上卿奉宣旨仰下之例也、上卿不候者、蜜々示遣相親上卿、」々々召外記下歟、黄昏府生延頼申云、賭射依雨延引、明日」可被行者、」

＊１「賭弓事、」

十九日、丁卯、外記政始、頭弁持來宣旨、今日被行賭射、不可參」入[*1]之由、便含頭辨、々々云、昨日有左將軍可參入之御消息、今日」被參入歟、又云、昨日右宰相中將參入、仰射遣事者、一日勘事」近衛次將今日被免云々、賭射左勝、〔一・二度右勝、／三・四・五度左勝、〕今夜小一条院」一宮嫁修理大夫済政女、」

＊１「月蝕事、」

廿日、戊辰、右衛門督來云、賭射狼藉無極、諸卿多以退下、」人[*1]々云、十六日夜月蝕、暦家不経付、可奇事也、」

廿一日、己巳、玄蕃允守孝・帯刀長資経等、給絹、〈各五疋、〉無頼」由云々、仍所給、」

頭弁持來伊勢國司進致経申證人八人解文、即令奏、小」時傳仰云、給檢非違使可令問、但正輔未進證人、彼進之後、各」所申若有相違之時、可令拷許者、仰卜同辨了、中納言從内退出」云、今日早衙、了參關白第奉謁、明日・明後日可參衙、國」司有所申、又除目廿五日、彼日小可參衙者、資高・經季侍」中事申關白、復報云、可相定事也、其間可申者、又」内舍人」高階為時可請將監事、令達案内、先年請申國永、又」重申請如何、此間事所達案内、報云、人將勞久、重被申」請有何事哉者、」

＊１「宣旨等事、」

廿二日、庚午、禁色・雑袍宣旨給弾正少忠貞親、頭弁持」來[*1]、伊勢國司召進正輔方證人三人解文、令奏、頭中將隆國」來、傳下宣旨、〔下野守政／解文、可定、〕亦談賭射事、土佐守頼友令申云、」一昨日入京者、進當年封解文、臨夜頭弁來云、正輔進證」人等、下給檢非違使可令問者、即宣下、件正輔・致給等所進」證人、不可謂證人歟、皆是從者・近親云々、所申不慥者、各可加」拷掠歟、宣旨一枚下外弁、是今日頭中將所下了下野國司」申請事、云令續前例、」

＊1「施行事、」
＊2「夜行人賜祿事、」
廿三日、辛未、施行悲田、〔米五斗、／塩一斗、〕病者數少云々、未夜北保夜行」[*1]者搦捕。(嫌)疑者二人、即刀祢等付檢非違使守良、是因幡國」夫云々、此間春日小道南邊室町西邊小人宅屋上裸火置、燃」[*2]出之間所捕也、召彼保刀祢、召仰能勤夜行事之由、弥為令」勵事勤、給去夜々行者六人給信濃布、」

＊1「施行悲田事、」
廿四日、壬申、悲田病人寒苦殊基甚云々、仍令給炭、喜悦尤深云々、」[*1]

＊1「送廿莒於東宮大夫許事、」
＊2「祈事、」
＊3「重請將監事、」
＊4「餘寒、」
廿五日、癸酉、春宮大夫要廿莒云々、中將少々送云々、余以随身延」[*1]武送一折櫃、与疋絹、」

當季修法、〔不動息災法、於堂行之、／阿闍梨久円、伴僧四口、〕當季聖天供、祇薗心經并仁王經讀」[*2]經、於西町仰刀祢令修仁王講、給信乃布七端・石米、修諷誦東寺、」頭弁來、付給申文并三条宮御給文等、亦付人々申文等、即歸」來、傳關白御消息云、被請申將監文早可奏者、是有内應事也、」[*3]先年請申事雖重疊、年紀久隔、仍所申請、〔内舎人正六位上／高階朝臣為時、〕又云、」風病發動、如今可難參、及午時猶不從事、不可參入、且以此由可」示下官、報云、御心地不復給尋常、更不可參給、二・三月有被行」之例、亦歸來云、來月陣物忌并神事相連、今日不堪參入、明日」被始行、」廿八日國忌、廿九日被行可宜歟者、報答尤可宜之由、但今日午時」許宜者可參、不然者不可參者、可參會其程者、中納言來云、只今參」衙政、余云、先參高陽院、以余消息、可令申除目延不着、報云、」注書札可馳送者、相副随身延武送之、延武持來書」狀云、除目改定明日、風病難堪、今日不參者、參堂奉拜塔、三匝、依」吉日、晩景大外記文義來云、兩度參高陽院、今日依風病發」不參、夜間相、若宜者明日參內、可宣下召仰事者、筆一雙・墨一」廷給文義、為今納硯筥、晩昏中納言來云、參高陽院、如消息狀、」權中納言定賴來、相逢清談、」
早朝左中弁經輔來云、隱岐守道成解由抑留事、依昨日示、」[*4]不論是非許上了者、不相逢、晴陰不定、極寒々々、背春氣了、」小女冬季聖天供始、師延政、」

＊1「二月除目事、」
＊2「頼親下手人事、」
＊3「除目事、」
廿六日、甲戌、今日除目案内問遣伊豫守章信、示送云、關白被聞」云、相扶巳・午剋許可參入者、其後頭辨來、問除目事、未參關」白第者、付人々申文、弁云、正輔方證二人、國司召進、不可奏之由、明」＊1任朝臣、二月除目例可勘申之由、被召仰大外記文義之事、若有」實者不定歟、重問遣伊与守許、報状云、關白曰、案内以頭弁令申」了者、即頭弁來傳御消息云、心神猶悩、不可參入、來月朔比有」宜日々、彼間可被行歟、五日宜日也、但被問當春日祭使發遣」并祭口如何、余云、非癈務日、可被行歟、今日延引事、觸下司、相」續可奏者、又云、正輔方證人同任法可問者、即宣下、又云、大和守頼」＊2親進日記内下手五位、可候之處如何、申事由于關白、有被定下」歟、但五位者候左衛門府射場之例也、臨昏來云、頼親進下手」五位、可令候左衛門府射場、令四人下手者、慥可令召進彼等、不召進」者、不可免之由、有關白命者、宣下訖、兩納言來談雜事、三位中將」云、關白以中將為使、被奉女院、被申所悩事、今日者倍昨日有悩」苦氣、有吟給之聲者、」大外記文義云、春日祭日有行除目之例哉、可勘申之由、」＊3有關白御尋、勘前例、無所見、但大原野祭日有召給除目」之例、注進注進其例訖者、春日・大原野祭是同神祭也、亦」無癈務、」

＊1「興福寺恠事、」
廿七日、乙亥、中納言云、參關白第、以左金吾將軍令申御風事、報命」云、朝間頗宜、今間甚悩者、金吾密語云、偏非御風歟、中將臨昏」從高陽院來云、風病似宜、」
入夜、關白差為弘朝臣、被送興福寺恠占方、寺上司并氏長者、」及＊1寅・申・巳・亥年人有病事歟、恠日以後廿五日內、及來四月・」七月・十月節中、並丙・丁日也、〔今月廿三日巳時、興福寺／食堂棟上集白鷺恠、〕（底本は廿八日条に続く）

＊1「五躰不具穢、」
＊2「穢事、」
廿八日、丙子、早旦犬」昨＊1入無片兒、依五躰不具、可為七ヶ日穢歟、可尋前例、」
中納言示送云、絹十疋有要用者、欲送之間有穢、仍先示遣事」由、可充物直者、」
穢之長短、古昔之定、或五躰不具都為穢、或被定為穢之由、仍」難一定、呼頭弁、含此旨、令達關白、可依彼定、無已神事此間太多、」＊2召遣大外記文義朝臣、問五躰不具穢事、申云、其定不同、尚以」五躰不具、不為卅日穢者、」入夜中納言來、地上、頭弁來云、穢事申關白、被聞云 承之、尋見前」例可申、亦被尋檢可承案內、過此物忌亦可聞者、」

＊1「例講延引事、」
廿九日、丁丑、須修恒例講演、而依有穢不能講説、來月神事

以」後*1擇吉日可奉講也、」

二月」

＊1「穢事、」
＊2「愼事、」
＊3「□人事、」

一日、戊寅、右衛門督并中納言從關白第來、中納言傳關白御消息」云、*1穢事依朔日不同外記、明日尋問前例、可申案内者、〔以人被傳、未／被復尋常」歟／云々、〕大外記文義云、隨身年々日記者、大略召見、於地上、以中納言」令讀、其例不同、明日可有一定歟、山座主來門下、招中納言談雜」事次云、*2關白御愼尤重、隨亦御禱極猛、下官能可愼者、依」佇立無便不能相逢、相示此由、逐電退歸云々、追奉遣書状、有」返事、」晩陰、頭弁持來正輔・致經等進稱證者申詞勘問日記、不取、」只乍持頭弁略見、示可奏之由、但輔進者二人皆神民、至今方」*3方者可拷訊也、神民可拷哉否、可被問道官人歟、是内々案」也、但正輔進證人二人皆神民也、道官人申不可拷之由、可令正輔」進從僕歟、此旨令達關白、頭弁云、明日可進觸穢定例勘文之」由、承仰事、仰文義了者、」

＊1「大原野祭奉幣事、」
＊2「長元四年二月二日己卯、」
＊3「除目事、」

二日、己卯、延政阿闍梨調送種々精進物、給使者祿、〔疋／絹、〕」

今日大原野祭、依穢不奉幣、依雨不出河原、於臺修善、仍出西」＊1隣、中將相共解除、」

大外記文義云、穢例勘文、早朝持参關白第、被命云、奉幣後」可見者、午後令覽、可被定卅日歟、」

＊2頭弁為關白使、持來文義勘申觸穢例文、以頭弁令讀、取見」有憚、關白被示此由者、彼命云、依延長四年例可為卅日歟、此間」如何、報云、依延長例、雖無一支、今三支全、可為卅日穢、弁云、正」輔・致經證人勘問日記事、關白云、正輔所進者二人民《神歟》也、拷」掠事可問道官人歟如何者、余云、尤可被問事、弁云、隨小臣」申可仰下者、便宣下了、問除目事於頭弁、答云、關白未被」示左右、有猶豫氣色者、文義云、仰兵庫寮官人怠状事、依」＊3召參内府、能通傳仰云、除目日事有所承、只注短紙可令申」者、能通云、五日可被行者、内府為致用意、似被案内、能通荒」凉第一者也、以誰説定除目日乎、中納言來云、除目内府難被」書歟、亦以大納言被行、為内府之恥也、關白有被思慮歟、弁云、齊」宮助厶、為證人之由、正輔所申、若有事疑、可令拷訊、先解却」齊宮助經拷訊有事乎者、」

＊1「除目事、」

三日、庚辰、修法結願、阿闍梨例布施、絹三疋、右大弁消息云、」＊1昨關白云、除目日事、未有一定、或神事、或内御物忌・私物忌」等相合、春日祭雖非癈務、延長以後不見被行除目例、下」官籠居、無人奉行雜事、就中除目并無已事居多之

間、」太不便事者、其後頭弁來、良々談雜事、不承除目日事者、」

＊1「除目事、」

四日、辛巳、明日除目云々、中納言云、一夜關白以右大弁被示内府、其」御返事、大略承之、但有可難行之氣云々、人々、呼權中納言」定頼、習可書之事、又説、無止京官・受領許相構可書、不可」及公卿給云々、上下嗷々、事甚輕々、頭弁示送云、明日不可被行、」荒凉説也、案内可申目、」致行朝臣云、修理大夫濟政密語云、一日關白被談内府可被奉」＊1仕除目之事、極可不便事也、返々歎思、」

＊1「除目事、」

＊2「春日馬寮使事、」

五日、壬午、大外記文義云、除目未承一定、今日先可被定祈年」＊1穀使之由、關白以頭弁被聞内府、仍可有定也、件使發遣之日」外、可被擇除目日云々、昨日頻有内府召、然而依有所勞不參入、夜」部以史廣雅被仰除目間事、極有不審之氣色、至外記者、」四所籍、並道々勞帳等納筥令候之事許也　餘事不知給之由、」令申訖、大略事□被欝々歟云、文義返進先日所給墨・筆、」除日例所給、依仰其由所進也、彼又存歟、文義云、馬寮使右」＊2馬助頼職逃隱、依關白仰令尋求、偶尋得、中炙治由、至近」處乗車可參入、於遠程不可堪者、仰厶、至車進退可耐歟、更」不可申歟除之由重有仰者、」

＊1「春日使事、」
＊2「除目事、」
六日、癸未、春祭使右少將定良、」
黄昏、將曹正方於門外令申云、僻人・陪從等參射場殿、頭中將」＊1仰云、使少將定良不參入如何、早可召遣者、即尋處々、僅尋遇、令申」云、以府生亦武兩度令觸障由于頭中將了、無左右報、爰知被免」＊2使役之由者、令仰云、以彼申旨可觸頭中將、自有被定仰之事歟、」或僧云、内府云、除目事未奉仰事、内々有示告之、然而。《依》指仰不」可申左右、但更無術、何奉仕哉、今見氣色、可難奉仕歟云々、」

＊1「除目事、」
＊2「季御讀經・仁王會同日定事、」
＊3「春日奉幣事、」
七日、甲申、或云、去五日除書云々、彼日以前内府門前成市之由、關白」＊1有滴聞被咲云々、凶悪之者盈滿内府、彼等氣色不可敢言、愚《愚》也、」頑也、奇也、佐也、内府使兵部丞章經被消息云、關白御消息云、季」＊2御讀經・仁王會事、同日被定之様所覺、問下官可定者、報云、不憒」覺侍、縦雖無例、同日被行可無忌諱歟、神位記・僧位記相並請」印有例、何況佛事相並被行歟、可無難之事也、中納言示送」云、參關白第、以左宰相中將被示云、風病頗平復、然而未出簾外、」仍不能相＊3逢、又云、伊豫守章信云、十五日可有除目、内府相構可」被奉仕云々、臨昏黒中納言來、依穢不奉幣春日祭、臨河頭解」除、中將同車、」

＊1「春日祭事、」
九日、丙戌、今明物忌、只開北門、依中將物忌不開東門、頭弁云、參」春日祭、上卿不參、近衛府使不參、仍問代官事、外記成經申云、」＊1所不承也、或申云、使少將定良送勸學院別當致孝許書状」云、代官通能俄有故障不參、可用意者々々、仍問致孝、事已」有、驚奇無極、代官事、上卿仰外記給宣旨、而不賜 宣旨、大」略頭中將不仰上卿歟、尋問前例、下官參之時、以馬助為代官之」由云々、仍以右馬助頼職為代官、成事了者、昨日申關白、被驚奇、民」部卿家有犬死穢、不知案内、夜部着坐、穢及来十一日、又云、除目從來」十四日可行之由、前日關白有命、伺氣色、無一定歟、被示心神非」例之由、猶頗奇思、可被延引歟、此間不得意者、」

＊1「大食人事、」
十日、丁亥、日来男等云、藤原忠國大食、仍召前令食、全食五升、盛」＊1六升之飯、僅遺一升許、給疋絹、起儛、了讀和哥、其装束、衛府」冠、以竹馬為揷頭、六位表衣、把笏、着尻鞘釼、藺履、男等作散」楽歟、」

＊1「祈年穀使、」
十一日、戊子、祈年穀使内府行之云々、列見延引、臨暗大外

記文義來」云[*1]、內府俄被申風病發動之由、仍被召他上、大納言斉信・頼宗・能信」被申故障、大納言長家行之、宣命草今日奏、卜串開見、依昨・一」昨內府物忌不見、事已懈怠、戌時中納言移徙北家、只結構西廊」營渡云々、」

＊1「多武岑恠事、」

十二日、己丑、今日円融寺御八講始、穢不參、關白着孝標朝臣被」送[*1]多武岑鳴占方、〔今月十日、戌時鳴揺、陰陽／博士孝秀占申、〕巳・亥・丑・未年人依病事」暫避所歟、期恠日以後廿五日內、及来十月節中、並壬・癸日也、」

＊1「群盜事、」
＊2「春日讀經、」
＊3「除目事、」
＊4「季御讀經・仁王會定事、」
＊5「除目事、」

十三日、庚寅、入夜式光朝臣來、傳別當消息云、大江久利被指群」盜[*1]之同類、少納言資高宅先年所入之群盜也、即依大和住成」犯之由所申也、件久利候由所承也、左右只隨仰者、報云、久利家人」也、時々來見、若有斯聞逃隱歟、示可早追捕由了、今日於春日」御[*2]社、以五十口僧奉令轉讀仁王經、是登日十列代、二季恒例事也、」〔供料日別／五斗、〕始自今日二七ヶ日於栖霞、以三口僧、〔和原・覺蓮・／政堯、〕奉令講演」仁王經、為攘宿曜厄、興福寺・多武岑等恠、殊所修也、」

頭弁持來大安寺申。和《大》國免田文・若狭國司申。大《内》臣春宮大夫庄」濫行事解文、示可奏由、又云、流人光清使左衛門府生永正、」於駿河國、為甲斐國調庸使被射殺、即使永正申進可給使」隨身雜物之由、余答云、駿河國司言上解文歟、其可被仰下歟、」問[*3]除日事、先日關白有明日可被行之命、未被奏定、是內々所」被命、今日可見其氣色者、又云、去八日內府定仁王會・季御讀經」事、而未被仰左右、仍不仰綱所云々、廿日仁王會、廿七日御讀經、先」例[*4]不奏行事定文、而相加檢校定文被奏者、」大外記文義云、昨日關白被召仰云、明日可有除目、是內々事也、」非是召仰、兼致用意者、令申云、明日復日、久無御出、復日何」候乎、仰云、必不可忌者、承仰罷出、晚景有召、即參入、仰云、明日」除[*5]目議止、明後日可有歟者、今朝頭弁云、明日・明後日多武岑」物忌、上達部年多當、大納言頼宗・能信・長家、其外中納言・宰」相有數、不可參入云々、民部卿云、面上聊有熱物、參入不定者、大納言」一人不參不聞之事也、申時許中納言來云、先參內、次參關白第、以」左宰相中將有御消息、明日有除目之事等云々、入夜頭弁來云、」明日可有除目、關白云、上達部多物忌、雖然二ヶ日間一日猶可參」之由被相示、或云、民部卿面宜、可參入云々、」

＊1「除目事、」
＊2「仁王會定事、」
＊3「諸司申爵事、」

＊4「群盗事、」
＊5「斉食代事、」

十四日、辛卯、頭弁早旦來云、除目事昨候氣色於執柄、命云、一昨」[*1]心神極悩、命頗宜、々者明日可申行、猶不快有憚參入者、被出」簾外、不得其情、若如此氣色者、明日又定難被參入乎、可」被奉仕除目之事、未被仰遣内府之由、有關白命者、伊賀證人」一人被原免、是光清從者、則國人傳聞之者也、非可禁固者、又云、」十八日内府被定仁王會事、不被定御讀經事、昨日以傳承之」[*2]事所申也、但仁王會、廿七日可被行之由、一定了者、元興寺申爵」事、被下宣旨、先可下可納爵料之宣旨、仰其由了、大安寺申」[*3]免田事、依前宣旨可給宣旨者、則仰下之、右少史孝親進」仁王會僧名、〈廿七日、〉呼少納言、問先年群盗事、所被取物、衣二領・」朝衣装束二襲・麴塵袍・香藥小辛櫃・雜女衣裳・甲斐布」[*4]少々・細釵・韉等也、件疑物、中納言從者夏武、其同類在獄者、」久利云、申久利之者ム丸、女從者之男也、預給之雜物等、已無」其辨、催責之間、成恨所申歟者、今朝師重朝臣所申也、」去夕久利罷去了、人々云、事似无實云々、今日式光朝臣持來」勘問日記、久利者只申住人、無他事、不預分配物、爰知無實、」不可逃隱歟、忌日、修諷誦東北院、以念賢身代令斉食、供養」[*5]法花經・心經、施袈裟・僧前料、以精料分施讀經僧等、」

十五日、壬辰、今朝多武岑物忌、只開東門、不忌外人、」

權少外記成經進闕官帳、申云、召仰後所進〈巳時、〉者、除目議」始、内大臣執筆云々、」

後聞、諸卿着議所、大納言斉信留途中、隱立恭礼門内不參」上、為不執筥文云々、着議所不參上之例、未知前跡、不着議」所、諸卿參上了、其後獨身參上、是恒例也、不知固實歟、」

十六日、癸巳、早朝中納言注書簡云、昨日除目事、内大臣以下着」議所、〈申二剋、〉未及盃酒之前、有召、即參上、筥文三合、前例有」四歟、宣官除目之時有三歟、但可依申文多少歟、上卿不仰其」由如何、御前作法無殊失歟、大間之間不知給侍、子一剋議了、」於殿上關白命云、始除目之間心神甚苦、及秉燭之程頗宜、」然而非尋常者、伺其容顏、憔悴殊甚、人々申此由、内府云、今年」公卿給甚多者、見參上達部、〔内府、權大納言、左右金吾、新中納言、大藏卿、左／右宰相中將、右兵衛督、左右大辨、〕」右大弁經頼始肥前勘文讀様頗非例、然而甚全、大外記文義」來、申昨日除目事等、」

＊1「除目事、」

十七日、甲午、土左守頼友令申罷國之由、」[*1]除目議畢、子夜中納言來云、□□除目了、子時終、内大臣執筆無」難、諸卿感嘆、但不知尻付作法・書程事也、思外也云々、今般史」不給、依闕國數少歟、〔利業還任明法／博士、天恩歟、〕以内舎人高階為時申請將」監、有裁許、亦中務録中

原實國任民部禄、令奏達也、舊年」中關白有許容氣、仍今般
以頭中將令驚達也、」
籠候御物忌上達部、大納言頼宗・長家、中納言師房・經・資
平、」參議朝任・顯基・公成・經頼、大学助藤原實綱補藏人、
是秀」才、資通朝臣任和泉守之所、須被定補五位、而補六位、
非無先」例、五品無専一之者、被聽昇殿章任・定經云々、章
任還昇、簡」外歟、〔丹波／守、〕件兩人御乳母子、□時乳子、
官爵任意、道路以目、」
大外記文義云、依有疑事、以大間可決、仍參内府申出見之、
尻」付所々塗墨、そくらハし氣也者、召前披見、不可多見、
太不」便也者、」

＊1「宣旨、」
＊2「耽羅嶋人事、」
＊3「犯人事、」
＊4「成功事、」
十九日、丙申、頭弁持來齊宮寮返解文、〔正輔申證人寮助ム、
／參熊野不歸來、〕・大宰」府[*1]解文、〔耽羅嶋人八人流來□□
年／解文、而關忘不被下、〕仰云、如勘問日記、似無野心、
給」粮[*2]可返遣歟、是關白所傳示、令申云、異國人無事疑者、
不經」言上、給粮可還却之由、格文側所覺也、近代尚經言上、
如此解」文已無疑殆、給粮還遣尤宜、亦正輔方證人神民可拷
哉否」事[*3]、明法道勘文、〔道成・／成通、〕解□祢宜可拷之格
文、引載件勘状、」於神民無指申、只可在勅断者、此勘文不
分明、拷否可申」定、先經奏聞、自有被仰事歟、示可奏之
由了、亦菅野親頼」進[*4]米千石解文於造八省行事所、可被下主
計・主税允宣旨」者、余仰云、二寮轉任之官、去年以他人被
任主税允、頻申下」二寮允宣旨、寮官有所愁乎、若有申竿師
之者可宜、即返」給了、是頭弁所傳進、豊樂院行事左大史義
賢進之者、件」親頼并父主計允重頼、家人也、重頼切々令申、
然而由可二寮」愁申、所不令奏也、」

＊1「改葬事、」
廿[*1]日、丁酉、故俊賢卿改葬云々、」

＊1「罪名勘□事、」
廿二日、戊戌、今日列見、早朝中納言來向、列見事、居地上
披見日記」等[*1]、入夜頭弁来、傳仰云、明法勘申、神民拷否事、
可在類断」者、不勘申一定、只申可在勅断之由、勘状不明、
早返給之、重」可令勘申者、即宣下、弁云、親頼申一寮允宣
旨事、有次」申關白、被命云、造八省事□重可裁許、而如ト
官言、轉任」所被下允宣旨、有愁申歟、至于属有何事乎、ト
官答云、如彼」命属可宜、但父重頼虚言者°（也）、遣慥使令實檢
米實、可裁弥」歟、尚書甘心、」
廿二日、己亥、早朝中納言來談、昨日列見作法如散樂云々、」

＊1「列見、」

＊2「流人濫行事、」
＊3「砂金事、」
＊4「外記广修理事、」
＊5「成功事、」
＊1廿三日、庚子、大外記文義朝臣云、列見日、上卿〈大納言／頼宗、〉召東廊被」仰所司懈怠、已無前例事也、有可然之事者、召六位外記被」傳仰者、去年同被召仰、經南從廊壇上進上卿前、是忽」案事也、六位從北參入、進從壇下、不知食案内之上卿、觸事」被失古傳、臨時迷惑、進退無方、推准他所之道、五位用砌、六」位用庭、仍思量所參進也者、頭弁傳關白消息云、流人光清」＊2之使、為甲斐國調庸使、於駿河國射殺之事、于今未言」上之間、甲斐國司頼信申上子細案内、件流人使奪取甲」斐調物中荷物、副止之間、相論之程、使府生永正射殺副」荷之者、〔後聞、以比木目矢射部／領、此間已無正税、〕彼子男射殺使永正。(者)、何様可行哉、」報云、駿河國司〈忠重、〉未經言上、其讒難避、待彼言上、居諸弥」移、可給且不言上事且可達流人光清前途事之宣」旨歟、至官符、重給流人官符可無便歟、駿河・伊豆接境之」間云々、亦不可經他國歟、又命云、陸奥守貞仲時砂金以色」代可進済之由、去年除目以諸卿定申、満正任、以絹一疋」＊3充砂金一兩進済、貞仲申請以二疋充一兩可済由、法令」定申可有裁許由、依不注定文、慥所不覺者、報云、諸卿」多申可被裁許由、有前例之上、一疋倍満正例、就中雖有」可進見金之責、難進納歟、又命云、外記廳檜皮。(破)損、雨」＊4脚不留、修理職申云、職納檜皮國々未進、

殊給宣旨於」未進國々、令進納可修葺者、仍令召納之間、先葺無止之」殿々、其遺不幾者、有申請之者、有裁許如何、報云、外」記廳無檜皮、雨露之時、已無衙政之由、所承也、今暫無修補、」可及顚倒云々、非顯證之諸司、成功之輩、皆蒙其賞、何矧於斯勤乎、申」請事輕者、被加他舎等可宜、文殿舎有若亡」云々、賞与功相定可被宣下歟、又命云、親頼進造」八省行事所主計・主税属任料米八百石者、近」＊5代進千石、須令進千石、但見米六百石、其遺」代物有何事者、先可令實檢物之有無、是達」關白、随亦所仰下也、父重頼不實之聞流布天」下、若無物實、可求他人歟、且以此由含尚書畢、」臨昏中納言來語、未着座、居地上、」

＊1「流人逗召事、」
＊2「耽羅嶋人事、」
＊3「造八省事、」
廿四日、辛丑、晩頭々弁來、傳示關白御消息、流人」＊1逗留事、可給宣旨駿河國、于今不言上事、可追」捕犯人事、可達配所事、即宣下畢、」
流來者給粮可從廻却之事、可賜官符于大宰」＊2府事、但流來者八人、以自筆書名、而勘問日記、問」伯達、々々八人外也者、事有相違、可裁官符歟、」雖申其由、無指報者、今一度可申案内之由示含」畢、貞仲金代事、先日定趣如下官陳、亦可問民部」卿由有命者、外記廳修造事、成功者可無難乎、」再三被命此由、申下官所陳之趣畢、似可有裁」許者、又云、

前備前中尹申云、談天門以南一町」[*3]不能築進、以材木進造八
省所者、若可令進哉」否、此間可定申者、令申云、八省・豊
樂等院、大材」木多可入、令進納尤可宜事也、至築垣、追而
定」充他國、省何事、」

廿五日、壬寅、今明物忌、只開東一、不禁外人耳、」

＊1「耽羅嶋人事、」
＊2「東大寺印事、」
＊3「季御讀經定事、」
廿六日、癸卯、備前守長經來門外、以師重朝臣相傳、」明日
可下於國、但有申請一事、欲蒙用意者、答」依物忌不相逢之
由、頭弁來門外、開門招入、傳關白」[*1]御消息云、耽羅嶋流來
者八人、其外有曰伯達、廻」却之官符可載相違事、尤可然者、
即宣下、亦云、東」[*2]大寺歟別當觀真放返抄事、彼時請返抄
者、」聞國二枚、兩返抄也、伊与國返抄國司進、有印之」大
小、召印可實檢歟、可問下官者、弁云、彼寺上司」印一面、
亦有造寺印、其外有造印云々、余云、彼時」觀真署印文候官
底歟、可如此之時當他寺例可被」尋、但召印於官底被實檢、
少何事、但寺家若有」所申哉、建立天皇不可出寺門之由、或
有由輩乎、」七大寺法師多吐悪言、遣官史於寺家、以三面印」
捺紙面、其奥令署寺司等、以彼令結如何、抑可」在御定、件
事弁甘心、弁云、伊勢國司申云、三年」一度社祭、來月朔、
其日不覺也、國司必供奉、給」五・六日假、祭畢參上者、以
所申之趣告申關」白、可進止之由、示含畢、弁云、今内府可
被定申」[*3]季御讀經、陰陽寮勘申來月四日辛亥・十日」甲
寅、々々者八專幷御衰日、所勘申極愚也、」

＊1「仁王會事、」
廿七日、甲辰、今日仁王會、依穢不餝堂、史為隆進季御」[*1]讀
經定文、未時許中納言來、即參内、」

＊1「着袴事、」
＊2「元服事、」
廿八日、乙巳、中納言來、不着座、明日穢終、只今日許也、」
中納言云、昨日御物忌上達部一兩籠候、外宿人候南」殿、其
後依關白命、參彼尊堂修二月、曉更分」[*1]散、今日内府息達着
袴、亦於彼蓮府、權中納言」[*2]定頼息加元服、前左衛門督實成
加冠、々々先日」定左衛門督經通、而依忌日改實成卿云々、」

＊1「狼入中納言家事、」
＊2「着座、」
＊3「東大寺印事、」
廿九日、丙午、曉更服呵梨勒丸、〈二、〉山階僧朝壽」來、不
相遇、与歸粮三石、有悅氣云々、卯時狼入中」[*1]納言家、於他
處被射、乍矢立走入、今明中納言物忌、」大外記。[文]義云、今日
酉時、權大納言長家・右大弁經頼」[*2]着座、午時令造輦車、例
乘用車太狹少、仍」所令改造也。東大寺僧嚴調・詮義來、不

相遇、藏」人左少弁經長持來勘宣旨、〔前阿波守義忠申／藏
人所召物□法、〕令」覆奏、次頭弁來、傳勅云、差遣官史于東
大寺、」[*3]令實檢印等、令捺帋可奏者、關白云、下官所」定申
尤好言者、即宣下了、」
今夜鬼氣祭、〔西門、為高称病、仍以陰陽／属恒盛令祭、〕」
諷誦修三ヶ寺、〔東寺・清水・／祇薗、〕令打金鼓、依夢想紛
紜、」
當季、」

＊1「例講、」
卅日、丁未、頭弁持來明法勘申伊賀國掌大中」臣逆光罪名、
令奏、」
以阿闍梨源泉、奉令供養二部法華經、講演薬」[*1]王品・妙音品、
去今兩月料、布施絹六疋、兩度料、左」衛門督・三位中將・
左少將資房〈四品、〉・右馬頭守隆・」少納言資高・左少將經
季、其外五品等聽聞、中納言」物忌、」

（題箋）『野府記　長元四年三月　廿九』

（原標紙外題）「野府記　長元四年〈春下〉」

長元四年」

三月」

＊1「御燈由秡、」

＊2「王氏爵事、」

＊3「諸國事、」

*1一日、戊申、出河原解除、依雨不下車、中將同車、左少□」經長持來宣旨、〔前阿波守義忠申／藏人所召物直文、〕即宣下、頭弁來仰□、」伊賀國掌逆光可原免者、即仰下、傳關白御消□」云、式部卿親王依王□爵事、前日有被問之事、□」*2可被尋問口入之人歟、將可被留王氏爵之是定歟、」今年可有朔旦叙位、以他親王可令是定歟、良」國有前犯之上、亦有斯事、可令追捕歟、又云、□□」依三條院御讓践祚、被上皇々子頗有其□□」如何、尋憶事實、前左衛門督兼隆・前大□」惟憲之謀略也、猶□問惟憲歟、至于親王、可□』處勘事歟、余報云、重被問親王事、理可□、□□」王申、被勘責惟憲可然之事也、抑讓位太□」天皇々子頗可有思食之事、先朱雀院讓□」於弟邑上天皇、其礼寂厚、先朱院崩給□□、」不異諒闇、縁令重御讓位事也、當時依□□□」皇御讓所立也、式部卿被皇子、被仰有可令□□」之由、頗有優恕之仰可宜歟、至罪名、不令勘申□□」可宜事也、推思事實、不在親王之心歟、只出□」兩人謀慮歟、先被處勘事、有何事乎、惟憲・□□」等尤可悪、但親王之外不可被強尋歟、寄事於□」讓位事、取輕被行可宜歟、良國者被○《仰》檢非□□」可被追捕歟、良國不經廻華洛歟、為後々早可□□」追捕之宣旨耳、又云、下総守為賴申被重□□□」逃散民勤農業者、□給申文、御消息云、□□」*3討之間有勤之由云々、若可有裁許哉何如、報云、□」國依追討忠常之事亡弊殊甚云々、為頼云、□□」貯可及飢餓、亦妻□女去年憂死道路、依無牢、」京中之人見歎之由云々、先被優二箇年任、若□□」良吏之聞、臨被時可被延今二箇年歟、抑安□・□□」・下総已亡國也、被加公力、令期興復尤佳、」

＊1「大原野祭神馬代仁王講事、」

＊2「祈事、」

二日、己丙《酉》、堂預得命申供養佛經之由、給絹□□、」*1大原野祭馬代仁王經講演、新經日部、請僧五□、」〔明宴・念賢・智照・／光円・忠高、〕二季例事也、春日御社大般若□」*2□、」歳事也、請僧六十口、於山階別當扶公房、以二□」僧、廿五箇日間、奉令轉讀千巻金剛般若□、」於天台無動寺、以二僧、廿五今日間、奉令□讀」千巻金剛般若□、依可殊重慎、以阿闍梨久□、」於普門寺、〔久円／住所、〕始自□日一七箇日、令修尊勝□、」為滅罪也、伴僧三口、清浄衣等一日送之、奉

顯等」身十一面觀音像五體、〔圖紙、不用毛筆、以花蘇芳・
／支子抹也、不加膠、〕恒□」年首善也、偏是為攘時度、但年
來奉顯□□、」為中將并家中人、奉加顯今二體、亦加請僧二
口、〔念賢・／□宴」阿闍梨・円空／阿闍梨、〕小女當季聖天
供、〈延政、〉於三井寺十一面□□」賓前、以三口僧〔慶尊・□
／賢・慶静、〕□个日奉令轉讀觀□□、」（底本は三日条に続く）

日、庚戌、早旦中納言・□子相共、白地渡北廊、小時□、」

＊1「内御作文事、」

四日、辛亥、今日季御讀經始、日次不宜、不參入、中納言」
＊1來云、去夕内御作文、上達部祗候、已及今日云々、一昨日」
頭弁云、可有作文之由、被仰遣關白、令奏云、明後□」御讀
經、餘興不盡及翌日如何、若猶可被行者、日中」可宜歟、抑
可在叡慮者、無甘心氣者、關白被奏□□」尤可然矣、但馬守
則□□一昨殿上、九日妻子相共」可罷下者、今夕中將參清水
寺、明曉可出、奉御」明、條諷誦、〈絹一疋、〉導祿、〔疋絹／
也、〕」

＊1「濫行事、」
＊2「女院可覧白川事、」

五日、壬子、頭弁傳關白御消息云、若狭國司申内大」＊1臣・春
宮大夫庄人濫行事、可差遣官使々、相共可」沙汰官物事、以
誰差遣哉、使部如何者、報可遣」史生之由、弁云、尤善者、

讀經結願、請僧五口、布施各」絹二疋、女院忽有可覧白河院
之告、中將從關白」第営出、着狩衣欲參入之間、院者留給、
關白及上」＊2達部相共向白河第云々、中將參白河、中納言來
云、」今明物忌、而依有大弁告、破物忌欲候院御共、留給之」
由、只今亦有其告、仍不可參白河、因物忌者、入夜中」將歸
來云、關白並卿相向白河、無事各々分散、無食云□、」明日
可御坐者、」

＊1「白河御幸事、」
＊2「下手事、」

七日、甲寅、女院御覧白河花、依雨留給云々、中納言來」云、
俊遠朝臣消息云、白河事停止、三位中將從關白」第差下人示
送云、今日御行不止、裝束可営縫者、」差式光朝臣令取案内、
亦差信武令見氣色、」＊1今日季御讀經結願、可被專斯事者也、
執柄人」不可有他事歟、頭弁從内示送云、大和守賴親令」＊2免
身假從事、但請僧□覺下手人等、令慥召進者、」依御讀經結
願、只今不參、事畢可來者、仰可宣下」之由畢、式光歸來云、
問俊遠、今日事停止、若」明日可有歟、信武申云、已無氣色、
關白可被參」女院无之由、隨身等申者、今日絹百疋欲上送」
律師經營料、河水盈溢不能持渡之由、使男先」所申也、中將
來云、□□事未有一定、又參入院、」追遣信武、良久歸來云、
關白被候於院、兩度差□□」遣鴨川、令實檢淺深、歩渡之人
脱衣裳僅渡」者、仍令留給之由、有中將消息、明日可御坐歟、
亦未」一定云々、臨夜中將來云、明日可御坐白河院、式光」

朝臣同申此由、明日依宣旨、參內欲候奏、亦可命」申所充文、而有白河□、不可令為、晚景中納言□」云、只今可御讀經結願、明日可行受領任符請印」事、又云、左大弁觸穢、右大弁着座後未從事者、」大丞參入後可參內、」

＊1「受領罷事、」
＊2「官奏事、」
＊3「所充事、」
＊4「罪名勘文事、」
＊5「問親王事、」

八日、乙卯、早朝中納言告送云、今日女院御坐白河殿」之輩停止之由、有俊遠朝臣告、仍可參內之事示送」遣頭弁、亦示右大弁、今□權大納言・右大弁着座後」可參衙政云々、伊賀守顯長罷申、沐浴之間不相逢、」絹百疋上送律師許、令差副兩三者、依坂間危、因」*1幡守賴成申赴任之由、不相逢、給織物・赤色褂・袴、」
*2右大弁消息、可儲候官奏文並所充文等者、頭弁」*3持來神郡々司拷不明法道勘狀、〔祢宜・祝等有犯亦日先解／其任後行決罰、神郡司」*4之職・社司之《任、名》雖異、其職是同、敬神□道、彼此共存、如在之礼、何因差／別、然則行決之間難准凡民、乍帶□□豈用拷訊云々、〕示可奏之由、」
今日奏並申文事、御馬一疋遣大藏卿許、以彼從者漆工」公忠為使、加賀守師成下向任國之時、可有与馬之消息、假」令雖無此消息、欲志与也、大藏卿元來有志之人也、或」云、過賀茂祭之後可下向云々、或云、明日首途云々、此間縱」橫、然而所儲之物自有相違、仍所遣也、明日可下者今日」可來歟、爰知延引□、」
參內、中納言同車、又乘輦車參入、於春華門下從輦」車之間、從侍從所、大納言長家・中納言師房・參議經賴、入」自建春門、余相次參入自敷政門、右大弁已下弁・少納言、」列座床子前、余揖、弁已下磬打揖、余着陣、右大弁」着座、大・中納言退出歟、問奏并所充文事等於大弁、々」云、皆具候者、所充文□□□□、仰可加之由、又云、右大史」信重可候奏、其外少史等候、以少史廣經可令候申文」者、答云、信重候奏并申文有何事、非無前例、大□」起座、余着南座、小選大弁着座、申云、申文、余小揖、大」弁称唯、見史方、右大史信重持書杖、候小庭、余目、」稱唯着膝突奉之、取見如帛、〔加賀・因幡匕文、／所充文、合三枚、〕見畢、」推而置板敷端、史給一々結申、匕文者、仰云、申給、所充」文只目、史取副于杖趨出、次大弁起座、良久之後復」座云、奏、余小揖、大弁稱唯、見史方、信重挿奏書、脆」候小庭、余目、稱唯趨來着膝突奉之、一々見畢、如先」卷畢、結置板敷端、中給披文一枚、申可候之書數、〈□□〉」取副於杖趨出、以右中弁資通令內覽、此間頭辨着」膝突、傳關白御消息云、王氏爵今一度可被問式部」*5卿親王歟、有傳中人之文書乎《乎》否等事也、將雖不然、」只可處勘事歟、被重問之後、被處勘事者、可似有終」始歟、此間事可定示者、報云、所被示仰事、理相當、先」日被問親王之處、依前大貳惟憲中、不置事疑進」名簿者、可被覆問之事尤可然歟、資通朝臣歸來」傳關白報云、早可奏者、便令奏之候《由歟》由、小時有召、即」參上、到將埸《射》執奏、〔史信重早歸來、須立定/後來也、而未到其処趨來、」參上御前、作法」如恒、退下返給書并杖、畢復陣、大弁着座、次史奉」文、余先給表巻紙、次一々取文置板敷端、史給見之、仰、」申任、稱唯、申成文數畢、給結儲、史結趨出、次大弁起座、」先是參議通任參入、呼立中納言資平、令申云、大弁候、」可候座中納言座歟、余答云、可着、即着座、余退出、未及」秉燭歸家、中納言依受領任符請印事留陣、余退出」之間相送、從化德門退出、男等云、參內之間、安藝守賴」清申赴任之由、」

＊1「賜受領馬事、」
＊2「罪名勘文事、」

九日、丙辰、早旦馬一疋令給石見守資光朝臣、昨日參」＊1內之間不給、今日首途之由、依昨日申也、資光朝臣以相奉朝」臣、令申給馬之由、与既余人男大褂、右大史信重進奏」＊2報、頭弁傳勅云、神郡司、如明法勘文、先解郡司職、然後」可拷訊者、宣下畢、但解却郡司事、可尋前例、」宣旨・官符間事也、伊勢國司言上被殺害從五位下」大原為方事、可給追捕犯人者、仰可候宣旨之由、留守」官人捕犯人、副進《勘》。間日記、又下給正輔・致經等申文」并日記等、放火事有相違、可問其由、致經申文」云正輔・正度等有合戰由、勘問日記無正度事、可問」其由者、〔大藏卿來云、為申給師成馬、昨日欲來、依參內不來、返々恐悅、/勤仕賀茂祭使、夏・秋間可罷下者、入夜中納言來、頭弁從內□」書状云、宣旨、從五位下藤原朝臣陳孝申有/病之由、給假令療治、仰可宣下之由畢、〕」

＊1「東大寺印事、」
＊2「罪名勘文事、」
＊3「向栖霞寺事、」

十日、丁巳、本命供、」頭弁云、貞行宿祢申云、以史生成高差遣文《若》狭如何、余仰」＊1云、成高內府政所人也、依被庄事所差遣也、仰可遣他人」之由、又進東大寺印文三面、印寫捺紙、其奥注三面印」進退人々名注付、但別當少僧都仁海・權別當濟慶、三」面印文皆署、件文別當已下署、某奥勅使右少史ム・史」生ム、加署、示可奏由、大略見伊返抄印、一枚相合、一枚」不合三面印、別當右兵衛督以式光朝臣示送云、左」衛門尉為長・右衛門志成道勘文云、先解神郡司可」拷訊者、而明法博士道成申云、無指罪解却神郡司」＊2拷訊事不當者、成道歸道成所申、即以此由示頭弁」畢、明日可達關白、昨今物忌者、」向栖霞寺拜文殊像、太宋商客良史附屬故盛筭、」＊3中納言・三位中將・中納言息童等同車、少納言資高」騎馬、少將經季騎馬來迎、歸路途中小雨、」

＊1「祈事、」
＊2「保仁王講事、」

十一日、戊午、今日比叡御社八講、律師行其事、從家所」送＊1

物、屯食卅具、而師重朝臣云、頗可有不足歟、兼所」送物絹百疋・紙千八百帖、屈七口僧、〔念賢・智昭・光円・清／朝・濟算・乗延・忠高、〕」奉供養心經百巻・仁王經十部、是年首剛善、為攘時」疫所修也、二講中間羞小食、此外供・供養布施如常、」

今日當保條仁王講演、刀祢有所申、令給手作」布[*2]二端、仰可充講讀師布施之由、」

今夕以智照師令神供、今宵女院入内給云々、後令歸」給、臨時祭後可參給云々、」

*1「東大寺印事、」

十二日、己未、頭弁持來宣旨、是東大寺返抄事、仁」謀法師所進返抄印、相合寺守上政所印、早可返給」件返抄二枚、神叡法師甚小、不合三箇所印、所謂上・」下[*1]政所、并造印等印也、被問神叡法師歟、然而無左」右仰、又云、伊勢神郡々司、太神宮所任歟、依官符」所任歟、可令勘之由、有關白合(命歟)、仍仰貞行宿祢畢者、上」野國司〔前司／家業、〕申請造大垣料文・武蔵國司〈致方、〉申請」條々國解等付同弁、」

*1「罪名勘文事、」

十三日、庚申、頭弁傳關白命云、正輔・致經等合戦事、」于今無實事、太非常、亦正輔所進證人、皆是神」民[*1]、檢非違使為長・成道等勘文、令諸卿定申之後、」可有左右歟者、余報云、忽不可及諸卿定歟、如為長」等勘文者、初有不可拷訊神民之詞、申解却郡司」職可拷訊之由、前収相違、似無一揆、又右兵衛督〈別當、〉」以式光朝臣申送云、明法博士道成云、正輔所進神郡」司、不可謂證人、亦無指所犯、不可拷訊歟者、令道成」進勘文、御覧被等勘状、可被定下歟、又亦可及令議」歟、又伊勢國司依召參上、數日候洛下、至今重疑」尋問、令議間事、注申文可進之由、可被召仰歟、神民」不可拷者、令正輔見戦場事之由者、可經拷訊歟、」密々所達也、時剋相移、來傳關白報云、所示之事、」一々有道理、然者可令進正輔・致經等從者歟、報云、」先令進道成勘文之後、可被定下歟、關白云、然者先」奏斯趣、可被仰下官者、即參内、又來傳勅語云、」下給為長・成道等勘文于道成、可令勘申、又仰伊勢」國司、可令進合戦間事中文、一々仰同弁、入夜重來」云、召仰左。(大)史貞行、又道成參來、面仰子細、申云、可被」仰上臈博士利業歟、依勅語所召仰、何更仰利業乎、」仍申可勘進之由、又云、神民如今無罪、不可被拷訊、」縦雖證人、先不可拷掠、令進正輔・致經等從者、各有」有爭申、可拷訊者、如下官案可、但致經進證人」等候囹圄、又更不可召、神民被原免、只可召正輔從」者、弁歸參大内、」

*1「祈事、」
*2「位祿文、」
*3「定事、」
*4「内侍除日事、」
*5「受領罷申事、」

十四日、辛酉、普門寺尊勝修法明日結願、今日送少」布施、[*1]〔阿闍梨二疋、／番僧一疋、〕主税允致度為家司、」參內、左右大弁先參、余入從化德門、大丞立軒廊」立部邊、[*2]問位祿文事歟左大弁、云、具候者、仍不」着奧座、着南座、右大弁着座、歟左大弁着座、候」氣色、示可令進位祿文之由、令陣官令仰於史、即」左少史國宣奉筥文、〔文書數／如例、〕國宣進退作法太不便」也、大弁教正、右少史為隆置硯左大弁前、余取出」他文等、以國充文入筥、令位祿弁左少弁經長令奏、」但先經內覽可奏之由相示、小選歸來云、御覽訖返」給、此間關白參入、余示大弁令書位祿定文二枚、」〔殿上定文、十／箇國定文、〕書畢進之、見畢召左少弁經定下給、」結申退出、令撤筥文・硯等、國々申詔使事問左」大弁、々云、皆儲候者、示仰可奉由、起座向陣腋、即復」座候氣色、余自、未奉三箇國〔摂津・越／中・長門、〕詔使擬文、」復。《座》、余披見畢自大弁、々々來給擬使文、一々結申、」先信一國使、余問大弁、申某丸、余自辨、大弁」驗今二箇國、相同、復座、即起座、此間大納言能信・中」納言資平〔頭弁云、今日可有內侍除目、關白、中納言資平行之宜歟、／下官奉行可無他、使雜事多々上、不行正月除目承行」內除目可無便宜、關白存此由、余以／随身、內々呼遣中納言、即參入、〕・參議經賴在座、左大弁」書三箇國詔使文、取副笏復座、余自、持來、見」畢返給、即退、更書主典名簿、復座進奉、作法如」使、頭弁取進明法博士道成勘申神郡司兼光」罪名文、〔申不可拷／訊之由、〕即令奏、關白云、如件勘文可原免、但」可令正輔等進知見合戦事之由者歟、如何、報云、先」日致任所進之者有數、亦非神民、無。《憚》拷訊、正輔」進神民早返遣、可令進被從撲也、關白云、所示□□、」但上達候陣、大略令定申如何、報云、其宣《命歟》事也、即被示云《示云》、」可令上達部定申、又暫可候者、上達部定申云、至神民」[*3]不可拷訊之由、法家所勘申、早可原免、可令進正輔從」僕者、即令奏聞、神民無罪之由、所勘申、可免之、可令」進正輔戦場者々、件事等宣下同弁、又仰云、式部卿王」氏爵事、已無所避、停釐務、處勘事、亦可令追捕良國」者、停釐務事仰大外記、處勘事之由、差外記相親、可」令仰式部卿親王、以大外記文義令傳仰相親、可追捕」[*4]良國之事仰同弁、晚景退出、頭弁云、內侍除目事」可仰中納言資平者、」

後聞、以藤原忠子補典侍、菅原ム子辭退替、」

入暗和泉守資通罷申、療治小瘡之間不相逢、」[*5]令飼馬寮之馬取遣返給、留從者預給、安藝守」賴清・筑後守盛光罷申、仰由耳、」

＊1「式部卿親王勘事、」

十五日、壬戌、召大外議文義、問遣式部卿親王許之事、」[*1]申云、以外記相親、仰遣宣旨了、但停釐務事、雖非」宣旨、只奉令聞者、是大外記文義諷諫歟、召左大史貞」行宿祢、問仰昨々事等、」

＊1「□人等事、」

十六日、癸亥、普門寺修善巻數使童令賜小祿、〔手作布／一端〕」
頭弁云、正輔所進之日記加署名之者三人、不知事發、申」傳聞之由、而不經勘問、依無指罪、至今可免給歟、以此」□[*1]中關白、被命云、先觸下官可從所示者、余答云、件」三人加署名於正輔所進日記、先猶可被問歟、不經一問」先遣如何、就中申傳聞之由、可令指申其人歟、勘問」之時有弁申事歟、頭弁其心退去、」
從晩更降雨、申時許止、」

＊1「不參諸祭・國立諸司事、」

十七日、甲子、夢想紛紜、云々諷誦修東寺、亦打金鼓、頭」弁云、加署名之者可勘召之由、關白有命者、今朝書状」之次所召遣也、則示此由、來傳示之時可仰可宣下之」由、衝黒頭弁來、傳勅云、三人署者可令勘問者、宣」下、關白御消息云、諸司不參諸祭并國忌、極不便」[*1]事也、見・不參者仰外記令注申如何、報云、如式諸司」悉可參、中有不可參之司々、側覺式部丞參藏人」所進見參、抑殊被仰外記、令注進見・不參諸司、㝡」事由、諸祭供奉司々、令本司進差文、兼日所催仰、而」供奉之者無其勤之由所承也、諸司無勤不如當時、中」納言來談雜事、」

十八日、乙丑、頭弁傳勅語云、諸祭・國忌日等見・不參諸」司可令注進者、」
從申時許天陰、參堂塔、衝黒中納言來、清水坂下之者」令施給塩令申、」

＊1「不參國忌諸司事、」
＊2「受領貢物、」

十九日、丙寅、諸祭・國忌等供奉諸司事、仰大外記文義、」但式部或供奉國忌諸司其數太多、又不供奉之諸司」[*1]并衛府官・在國或其司不幾而已、柚為宗之司々」戒仰可宜、不可有講讀師如何、式・兵・民部・治部・玄蕃并」可然之官々、相計可定仰歟、戒仰百官太無便歟、以此」趣達關白、可從指歸之由、仰含了、中納言來、頭弁云、義」賢申云、豊樂院西方南極十九□堂南妻東面六」間庇頽落、垂木不頽倒者、其遺不令顚倒之事、仰」工匠等可令構之由仰之、」
向晩雲散、大和守頼親志絲十絇、從十一日召銀工菊」[*2]武令打提・銃等、今日打畢、給絹二疋、」

＊1「見白川事、」

廿日、丁卯、中納言・中將同車向關白白川第見之、太」[*1]優也、資房・經季・中納言息童別車相從、昨今關白」御物忌云々、仍伺其間隟、被催中納言見之、前日競」馬時詣向、然而西方外不見耳、」

＊1「正輔・致經合戰事、」
＊2「宣旨、」

＊3「位階論事、」
廿一日、戊辰、頭弁持來伊勢國司進正輔・致經等合戰」間申[*1]文、〔副進両人／消息状等、〕即令奏、武薬并祭自不可参由示頭」弁、中納言來、左少弁經長下宣旨、〔内膳司申／請事、〕給同弁、馬」[*2]寮進上文二通、〔一通頭以下廳頭已上、一通馬醫代、久不／進上日文、仍召仰事由所令進、〕入暗中納言」來云、奉謁關白、被問昨日見白川事、申下官所談事、」一々被甘心云々、衝黒頭弁來云、右馬寮御馬三疋疲痩」殊甚、不可為臨時祭走馬、左寮御馬七疋能勞飼者、」左七疋・右三疋、是仰數也、」
頭弁云、左少將經季・侍従良貞歴名次第、以良貞注」經季上、經季者下官養子也、仍可為上臈者、事依」道理、殿上以經季注上臈、初以良貞書上臈、後依有」此論、改書上臈、臨時祭座次有論無便歟、内記不知下」[*3]官養子次第由、内々大内記孝親所申、至今奏事」由、可被仰可内記・外記歟、答可然由、
證照師參南山、浄」衣料手作布送、」

＊1「試樂、」
＊2「寮御馬遁去事、」
＊3「下公卿給・二合事、」
＊4「相撲使事、」
＊5「家請印事、」
廿二日、己巳、臨時祭試樂云々、昨日國忌、仍今日被行、早」[*1]朝右馬頭守隆來云、寮馬三疋外無御馬、亦不可」當走馬、可進代馬之宣旨、去夕頭弁頭仰下、有」可然之馬可奉者、今曉厩馬二疋引切綱遁去云々、分手」令求東西、未歸來、所遺二疋不肥滿、可求進他馬之由、示」[*2]仰之、隨又示可進一疋、猶不肥滿之故所思慮也、遁去之馬一」疋頗宜、求出者隨状可奉被馬、巳時許、葦毛馬、於章」任桂宅、致孝從僕尋得將來、」
晩景中納言來云、只今試樂畢、關白・内大臣、及諸卿多」參、内大臣着陣南座、給公卿給・二合・停任等、多於家下」[*3]給歟、非宣旨、頗為奇、可尋、頭中將隆國來云、明日可」參内者、相撲使明日可定由、先日所示、依其事所來也、」關白随身・賭射矢數者・陣恪勤者・府生尚貞、又院御随」身可差遣也、但不可差遣、然而依有頻仰定遣也、下官」[*4]随身若定遣者、恪勤者・院御随身間、一人者可止、依有」所思慮、今般不遣家随身、就中随身善正一度遣」使、亦不恪勤者也、」
以實光朝臣令河臨秡、以師重朝臣令持衣遣秡所、小」女渡西宅、余相送、夕方相迎、」
[*5]午時家請印、相南行之、〈伊賀封返抄、〉師重朝臣候、

＊1「臨時祭馬事、」
＊2「下公卿給事、」
＊3「取遁去寮御馬事、」
廿三日、庚午、臨時祭、小女同車密見、使行任、早旦馬」頭□朝臣來云、昨日御覧御馬之後、頭弁召仰云、代馬」猶可進者、給櫪馬一疋、可立代馬者、借給厩馬畢、遁失」[*1]之馬、今

日遣求使于四方、所疑者在丹波歟、章任馬云々、」巳時許資高着儛人装束、昨申病由不參、仍今日」於里第將束參入者、」大外記文義云、昨日、内大臣於陣南座、被卜公卿給、殊不」*2召之事也、於里第下給之例也、又云、左少將經季・侍從」良貞、蔭相誤、以經季可為上臈之宣旨、内府被仰下者、一」日頭弁所云々事也、秉燭後府生尚貞持來相撲定文、此」度不遣随身、申時、一日遁馬尋得、從丹波國將來、是致」孝從者尋捕也、仍令給小祿、中將從内退出云、母氏重」*3煩、入夜又詣堀河院、其後取案内、猶不減平、邪氣所」為云々、日來以阿闍梨頼秀修善云々、」

*1「臨時祭事、」

廿四日、辛未、相撲定文、尚貞纖字書幾字、作其由、昨日」頭中將隆國・四位少將行經相定、行經執筆歟、」日未入之間、少納言來云、昨日途中風雨更無術、乘船」*1渡問猛風忽發、不能棹、難進渡〔渡〕、相計風間、僅以得渡、」舞人・陪從等曉更參上、今日巳時計有神樂、不畢』散樂、朱雀院儲太豊贍、殊設饗饌於栢殿、儛人・陪從」着其座、舞人・陪從等宿所・食等、使皆所儲云々、行任共」人數多、五品十人之内伊勢守行貞、甚悪々々、未聞」受領共有受領、」早旦、以師重奉遣堀河院、歸來云、中將云、夜半以前不」覺、立願之後頗宜、中將來、無殊事歟、中將与小女同車」見物云々、」

*1「關白随身与廐舎人間打事、」

廿五日、壬申、頭弁云、可糺行免田等事之使、山城國司」申請左衛門府生重基者、可申關白之由相示畢、馬允」頼行門戸不進違革、仍廐舎人・侍所小舎人男等、融關」*1白随身安行宅、罷頼行宅之間、打調廐舎人・小」舎人男等、捕縛二人男、將參關白第、關白以式光朝臣」被示送、即件男二人被付送之、解繩被令随身、不可」示指消息由者、令申返事、件男二人仰式光令候獄」所、安行者府近衛也、先可申事由歟、未被此由之」前、差随身行武示遣俊遠朝臣許、又召彼御随身番」長貞安仰事由、下一人者於獄所之後、安行令濫行事」須先令申、而愁申關白之後、所令申、太冷淡、有凶悪聽」者也、入夜式光朝臣來云、關白只今被召仰云、今朝依下」官仰、令候獄所之男二人、更不觸下官、只今可免、尋」事實正、非損破安行宅之事、只依閇頼行門戸、欲通」經安行宅内之間、有濫吹事也者、式光朝臣畢、廐舎人」節成被打腫者、明日召取於家、可令勘責乱入安行宅」事、」

廿六日、癸酉、頭弁持來宣旨二枚、〔賀茂下社申田事、可／遣使、河内守公則為尾」張守之時申除志摩國／司俸料事、可勘例、〕」關白御消息云、山城介可任、而無可然之」者、畠邑・為説等問如何、前日以頭弁令風問、仍有此問歟、」又云、致經進者等中、有法師并年高者、有原免可」無難乎、答云、所進之者等有數、非是證人、於法師」者、以證人定乱、何況非犯人、亦無證人、亦衰老之者七」十者歟、不可拷訊歟、被問檢非違使可被免乎、」

＊1「下手人等事、」
廿七日、甲戌、頭弁檢來勘問伴奉親・大鹿致俊・物」部[*1]兼光等之日記、件三人正輔日記加署等也、申聞正輔」申詞之由、仍加署者、不可為證、即令奏聞、中納言來、次右」衛門督、」

＊1「犯人等事、」
＊2「位祿事、」
＊3「直物事、」
廿八日、乙亥、今日直物云々、頭弁持來國司進者三人」勘問日記、關白消息云、又可免歟、將何、報云、件三人、以正」輔申辞加署者也、預給國司、又可當後消者、臨其時」可進之由、可給仰事歟、致經召進者八人之中、有法師并」[*1]衰老者之由云々、即注進之、沙弥良元七十、三宅長時六」十二、令奏聞、弁云、關白云、若被問下官内々所陳、」何様可申乎、答云、沙《沙》弥良元無指證人、不可及拷、亦七」十有餘、可被原免、長時未及七旬、左右可在勅定、但」六十餘者難究拷歟、又傳勅命云、右馬寮御馬瘦《疲》」殊甚、是頭守隆無勤之所致、可令進過状者、召大外記」文義仰之、文義《依》。召參内府、被仰云、關白風病發動、」直物事不定云々、如何、申云、未承案内、參關白第、」令申事由、被命云、今日必可參入者、參内府令申、」今日内府被催諸卿、而大納言皆被稱故障、自余或」參、或不參、先日氣色、可被定申受領功過、未被」申關白之前、

内被催諸卿而被申關白之前、内々被」催諸卿、而被申關白之處、無饗應歟、頭弁云、民部」卿云、有氣色之催也、不可參入者、中納言來、即參」内、位祿所史孝親進給位祿文、信乃・但馬・紀伊三ヶ國」[*2]下銘給人名返給、〔信乃知貞、但馬／永輔、紀伊知道、〕子夜冒雨、中納言來云、」内大臣行直物事、大納言能信・長家、中納言、宰《定》相等參」[*3]入、又有不參人々、今朝大納言皆申障由、文義申」而二人參入、召使荒涼申歟、陰陽寮連奏、圖書」助經平、少内記宗兵國任、中務録紀信頼、〔明法／擧、〕藏」人藤原惟任叙位、〈女院御給、〉山城介紀為説、左少將經季」補藏人、依甚雨不來、丑時許有人々申之、」

關白免勘事云々、」

早旦中納言來、直物問頗有違例事等、亦事定間、」上達部所定申事等各相異、而傳奏之間事非《分》」。明云々、是神祇官連奏事也、文義注進除目、中務」録紀信頼、〔明法／擧、〕少内記宗岳國任、圖書助藤原經平、」〔元諸／陵助、〕内藏權頭大江定經、陰陽頭大中臣實光、助巨勢」孝秀、允中原恒盛、大属清科行國、少属大中臣榮」親、陰陽〈師歟〉菅野親憲、大炊属壬生則經、山城介紀為説、」從五位下藤原惟任、〔上東門／院御給、〕頭弁來若狭國解、〔申返／八垣、〕・伊」与國解、〔申返造／不老門、〕」

＊1「下手人事、」

卅日、丁丑、頼隆真人談吉夢、於前令書、」
頭弁傳仰云、致經召進沙弥良元可原免、三宅長時」[*1]漸及七旬、
而若必可消後問之《之》者歟、暫不可免者、關白御」物忌、於門外
令傳申、亦伊勢國司進證人三人事、」無左右、傳申之者不慥
申歟、明日面可申云々、」抑良元可免事、即作同辨、旬草子
頭弁、」
已講真範講演觀音品、〔布施／三疋、〕釋經甚貴、人々随喜、
中」納言・三位中將聽聞、頭弁・四位少將資房・經季、其」
外不記、」

『左経記』 本文（東山御文庫本）

正月・二月・三月・
四月・五月・六月

勅封三」

三　一一』

左經記　長元四年上』

長元四年」

正月」

一日、節會事、　来三日行幸召仰、」

三日、行幸上東門院事、　東宮同行啓事、」

五日、叙位儀事、」

六日、被停王氏爵事、」

七日、□□□□□、」

八日、王氏爵事、　御□□□、』

十一日、女叙位事、」

十二日、依王氏爵被問式部卿親王事、」

十七日、以外記被問同親王事、」

十九日、政始事、　賭弓事、」

廿二日、有政事、　亦従今日三箇日可有政事、」

二月」

二日、五躰不具穢定事、　除目問事、」

四日、除目間事、』

七日、同事、」

八日、仁王會僧名定事、」

十日、釋奠事、」

十一日、祈年穀奉幣事、」

十三日、除目間執筆事、」

十五日、被始除目事、」

十七日、除目畢事、」

廿二日、上野御馬事、　女位記請印并鹿嶋使符事、」

廿七日、仁王會事、」

廿九日、着符事、」

三月」

八日、有政事、　官奏事、」

十一日、有政事、」

十四日、位禄奏事、　詔使定事、」

正輔・致經等合戦定事、式部卿親王被停釐務事、」

内侍除目事、』

廿一日、國忌事、」

廿二日、有政事、」

廿八日、直物・除目事、〈有事定、〉」

四月」

一日、旬事、」

三日、上野御馬事、」

五日、御禊前駈定事、」

十七日、御禊事、』
廿日、賀茂祭事、」
廿三日、吉田祭事、」
廿六日、御賀茂詣事、〈競馬、〉」
廿七日、寂勝講事、　下名事、」
廿八日、平忠常事、」

五月」
五日、殿卅講始事、」
八日、安房守正輔等所□證人事、』
十一日、来十九日奉幣日事、」
十五日、奉幣事、」
十七日、有政事、」
廿三日、卅講結願事、　中宮御祈事、」
廿五日、大中臣一門不可被任神祇大副事、」
廿九日、強奸愁等事、」

六月」
四日、内文事、』
五日、禅正忠斉任依強奸於臺可被召問事、」
七日、忠常歸降事、」
十日、御躰御卜事、」
十二日、忠常死去事、」
十六日、甲斐守頼信上洛申忠常死去由事、」

廿二日、御斉食(會歟)間事、」
廿七日、太宰府被免豊樂院作事、修造府廳并勤仕宇佐遷宮事、」
國々申請事、　忠常事、』
國々申請事、　諸衛不仕城外等官人事、」
除目事、」

長元四年」

正月小」

※1「關白殿拜礼事、〈地下六位列五位外例事、〉」
※2「節會事、〈毛国栖奏例、〉」
※3「行幸召仰事、」

[※1]一日、己酉、天晴、參關白殿、有拜礼、〔右衛門督・前大貳・左大、／殿上人一列、地下」六位可別列、而立／五位末、為違例、〕次參内、先着腋床子、暫着陣座、及」剋關白殿經敷政門着陣座、〈外座、〉上達部多被、」[※2]暫令昇給、供御薬了〈後取章信朝臣、〉小朝拜、次』達部着陣、〔右府兼着奥座、内府奉可奉仕内／弁之由、移外座被行雜事云々、〕御出云々、」春宮大夫以下着外弁、〔於鳥曹司／各着靴、〕召了入立標下云々、」次第着座、暫右府昇自東階、經東廂并此座後、〔此」間南柱邊与此／座北之間也、〕着此座、會儀如常、〔大府着粉熟、了退出、今日國／栖不參會、仍無奏云々、〕」亥剋事了還御、左衛門督奉勅、被行三日行幸」[※3]召仰事、余同候座、〔上臈無仰以前、皆退出云々、又諸衛并外／記同退出、仰史召候陣六位官人等仰之、」左近、左右兵衛、左右衛門等也、／自余不候云々、事了歸宅、〕」

※1「關白殿臨時客事、」
※2「二宮大饗事、」

二日、庚戌、大晴、參内、右内兩府、次參關白殿、未剋内府參』[※1]入給、上達部下立中門邊、次第列立南庭、殿上人列」其後、各立定、主客共再拜、了着座、暫左府參入、數巡」了後牽出物、〔兩府馬／各一疋、〕次引參入〔右府兼有氣色／從歸給里第、〕於中宮御」[※2]方、酔哥數度、引參東宮、〔依地温無／両宮拜、〕次内府以下引着」中宮大饗、〔關白殿留宮／不着給、〕事了引着東宮饗、事了」退出、」

※1「朝覲行幸事、」
※2「東宮同行啓事、」

三日、辛亥、天陰時々降雨、巳剋參内、候左仗座、藏人右」[※1]中弁於陣腋自余、々起座逢弁、々云、殿仰云、可供奉』東宮行啓者、令申奉之由、暫左近將曹延名云、[※2]東」宮出納来花徳下、可傳有從宮召之由者、余起座進」向、出納云々、有召者、〔放着殿上／云々、〕參宮、令亮泰通朝臣啓慶、」再拜了着座、此間乗輿出御左兵衛陣、暫定行」啓、〔於左衛門陣／下御々車、〕行列次第、〔先帯刀、次陣頭・侍者、次上達部、次／亮・学士、【左学士、／右亮、】次両大夫、〈左右相分、〉」次御車、御／後殿上人、〕未剋致院西門、下自御車御々休所、〔西對／西面、〕上」下座定、東宮經西對南廂并東縁等、進寝殿中央」簀子、拜舞了自西一間入御、〔主上兼御／簾中、〕頃之頭中將奉勅』召人々、奏寝殿南廂御簾、敷簀子於菅円座等、主」上出御、〔南／面、〕東宮同出御、〔東面、共南／母屋廂、〕頭中將召上達部、」右府以下次第參上、〔關白殿兼／候御前、〕

賜衝重、一獻了供御膳、」〔右衛門督／脱弓前・釼、〕役供、〔參議六人、衛府五人、皆着胡／録・釼、余一人挿笏、皆警歸、〕両三盃後有御遊、次」給禄、〔大臣大褂一重、參議以上一領、／殿上人疋絹、〕次南階寄御輿還御、〔是依／院御」消息／也云々、〕次宮還御、〔御車寄／西廊、〕今日供奉侍臣以上不着㡌袋、」又東宮行啓、帯刀之外、兵衛陳官・兵衛等不候、是違例也、」権亮良頼〔右中／將、〕帯弓箭供奉、権大夫〔左金／吾、〕不帯弓箭、』〔愚案、帯弓理不可然、雖近衛司、行啓間不帯、御院之後可帯歟、左金／吾不被帯、可然歟、後大蔵卿云、僅為馬頭之時、兼東宮亮、如此之時、行」啓間不帯弓箭、御宮之後着之云々、愚案已相合、於着旨不可然、又／右衛門督云、今日東宮陪膳可勤仕之由有定、而疑云、可脱弓箭歟」者、而人々説無一定、仍以左大弁可令陪膳之由、有改定云々、又今／日上達部座并御前座、給衝重之役、皆用殿上五位・六位、先例上」達部座役用侍臣、御前衝重役用殿上五位、如此之時不□□□、／而今日役人々為違例云々、今日饗禄皆本院所儲也、□□□□」右金吾行也、〕」

※1「叙位事」

五日[※1]、癸丑、參内、有叙位儀、及戌剋事了、叙人卅五人、」藤中納言可被行入眼事、而明日可行之由仰外記、封叙位』文預外記、被退出云々、」

※1「被停王氏□事、改名稱王氏也、」

六日、甲寅、入夜參法性寺、依藥師堂修正也、侍従中納言」被[※1]參會云、王氏爵有仰被停云々、是對馬守種規界、則」前年射客大隅守重忠者、改名稱王氏云々、及丑剋退出、」

※1「白馬節會事、」

※2「宣命使事、〈有三位已上叙人之時用納言事、〉」

七日、乙卯、巳剋參殿、御共參内、及午剋上達部多以參會、」内[※1]府奉可勤仕内弁之由、移外座、召官人令置膝突、」召文義朝臣問諸司參不之由、申云、内舍人之外諸司」皆以參入者、早被仰遣召之由、此間出御云々、外記跪』小庭、申候外任奏之由、仰可持来之由、外記歸出」奉奏、〈入筥、〉内府召頭弁令奏之、返給、々外記、被仰可」令候列之由、次外記申代官、次内府起座、着靴、」暫立軒廊下、内侍給下名、取之、〔昇階／取之、〕着兀子、召」給二《省》者、了却座、此間春宮大夫以下着外弁、余留候」座、是依右府被候座也、右府命云々、可着外弁」歟、余申云、獨依御座所留候之者、命云々、八省有事之日、大臣二人參入之時、上臈率諸卿以下入内之時、』下臈大臣留八省、仍大弁随留云々、不覚此座儀、抑」内弁召舍人之時、被向外弁有何事哉者、余申云々、」如仰准八省儀所候也者、此間近衛陣下警蹕、」内弁着兀子、内侍出、内弁諸座昇、開門闈司着、」頭弁進東階下、御弓奏可付内侍所之由、申内」弁、〔内弁兼下立／階下程也、〕内弁被召仰外記、〔日暮之内、依／諸司不具也、〕畢還」昇、暫内弁下立階下召内記、々々取挿宣命之」杖、參入奉内弁、々々取文開見、則給内記、々々』挿杖奉之、内弁昇奏之、還下召内記給杖、取」之還昇、此間左府命云、内記奉宣命之後、暫可」候階下、而歸去之旨不可然、又内弁見此度宣」命之處、有兩説、南殿懸簾、主上不出御之時、於陣」座見之、御出之時、立於軒廊下見之、而今日於階」下壇上被覽之旨、未知先例云々、但於壇上見文等」者、是如相撲・白馬等奏之文也、従左右依持来、」量便宜於壇上所見也云々、内弁召二者、令嵩位』記筥、内弁召舎人、此間余起座、經敷政門南、外弁・」群卿入立標下、謝座酒了着座、若右府昇着座、」式部率叙人立標、右府起座退出、内弁召宣命使、」〔※2先内府聞合右府云々、宣命使可用誰人哉、右府命云、有三位／以上叙人之時用納言、不然者用宰相之由、古賢傳遺耳底云々、〕」大蔵卿宰相應召云々、上下復座、式兵召給位記、了」叙人拜舞退出、此間上達部多被殿御宿所、是侍従」君為問被替衣也云々、關白殿同御坐云々、内弁奏」白馬奏、〔右府退出、仍両／奏挿一枝、〕白馬渡了供膳、二獻固柄、三獻』御酒勅使、〔余將従／此役、〕内弁奏坊家奏、〔依別當不／參入也、〕樂舞了」上下拜舞、此間還御、内弁於仗座見宣命・見參、従」階下進御所、奏之還座、召左宰相中將給宣命、次」召左大弁給見參、上下拜舞了歸座、又下殿向禄」所、次第取禄、自日華門退出、此所装束、春興殿前」庭、立床子四脚、〔此一宰相、次弁、次蔵人、次史、並、皆宰相前／敷筵一枚、給禄輩跪此筵、挿笏取禄、抜笏揖退」出云／云、〕」

※1「御斎会事、」

八日、丙辰、參關白殿、被仰王氏爵慥不搜尋被挙之由、暫』參[※1]八省、上達部入壺先了、仍不着東廊、直入壺、入」夜事了、引參御堂、初夜了人々退出、余同歸私、」

※1「女叙位事、」

※2「蔵人・雜色・昇名等□事、」

十一日、己未、頭中弁消息云、今日可有女叙位、々記請印之」間[※1]、上・宰相可入、可然者可參入之由、有關白相府御」氣色云々、因之未剋許參内、頃之右府被參入、於仗座申」雜事之間、右大弁資通〈蔵人、〉傳召相府、起座經南」殿此廂參入、余同參入、〔是非應勅召、依獨／可着座也、〕關白相府於」殿上召余、被仰云、中宮幷新一品宮御給名簿等、』早可催儲者、則以蔵人兼安令申儲、頃之於御前」有叙儀〔御装束如官奏時、但御座前孫廂置菅円座／二枚、【一枚西南向、右府／御料、一枚】西向、右府御料、〕此間」侍従中納言於殿上侍被示云々、今日位記請印料有云所」參入、而内々令催諸司、早不可參人云々、雖不今夜、後」日行之有何難乎、於叙位文給之給内記、且可令」入眼也、仍不加封給内記之由有傳聞、仍如状可行也」云々、間胸忽苦神心違例、仍起座參宮御方、於閑下」休息之間、蔵人等數度来傳有殿召之由、依難堪不』參入、又不知何事、及深夜頗宜、相扶退出之間、蔵人」兼安[※2]示云、以雜色藤原經衡〔故甲斐守／公業男、〕・上東門院判官」代同惟任〔故美乃守／頼明男、〕被補蔵人、以所衆藤原兼季〔故越／前守〕為盛朝臣／男、〕為雜色、前帥三男式部大夫良貞・經季朝臣等」被聽昇殿云々、」

※1「王氏爵事、〈式部卿親王事、〉」

十二日、庚申、神心不宜、仍休息、自右府有御消息狀云、」夜部損心地被退出之由如何、抑叙位了退出之間、頭」※1弁暫相示可催（候歟）之由、仍侍候仗座、重来仰云、王氏名』簿不注世、又誰人哉、可令問式部卿親王者、則仰」文範退出、若有内々所聞哉云々、令申云、夜部忽損」乱心地、於閑所相扶之間、不奉如此之事、但乱心地如只」今似平複、今有遣問、千廻恐悦云々、」

※1「王氏爵事、〈以外記□式部卿宮事、〉」

十七日、乙丑、法（治）湯之間、藤中納言差使被示之、吏部王」以源光稱□平御後、被挙申之由有云々、今日公」※1家以外記扶親有被問、仍被申云、前大貳藤原」朝臣相稱之、良國王是寛平御後也、當年王氏』爵是當寛平御後云々、以件人可吹挙者、須慥」尋挙申也、而彼間有所労、相扶其事之間、慥不」捜尋之怠、無方謝却云々、外記注付此詞歸參、宮」家司惟忠朝臣逢外記云々、令申奉之由、」

十八日、丙寅、天陰降雨、賭弓延否之由、差使案内頭中」將、被示云、大略可延也、但昨日射遺可遣參議、随」形可召也、可用意者、終日雖相侍無勅召、若是他人」參入歟、』

※1「賭弓事、」

十九日、丁卯、參結政、有政、〔今年始／有政也、〕中文・請印等了、上以下」※1移南所、中文・食了入内、頃之□府參入給、〔雖被申障／有召云々、〕」左中將實基經軒廊東二間着膝突召之、内府」以下持弓矢、經階下參入、〔左手取弓束上程、右手取弓末／下方一尺許、則件方手取矢尻方、〕取副弓、為上弓／絃取之、〕一々着廊下座、左宰相中將・左大弁并」余、雖寄居座末方、依無座席、經名門退出、暫候」門内座、〔殿上人／座也、〕内起座取四府奏、〔左近・左兵一枚、／右近・右兵一枚、〕奏之、〔置弓／矢挿」腰、〕持空杖左廻、出屏門、置杖取弓、〔矢於／有腰、〕着座、頃之』主上自結、内府取弓、〔矢置／座、〕進跪御前、〔不着／沓、〕置弓、及」給奏文等退居、取弓還座、暫取弓、召云、經季、次」行經朝臣、兩將共進跪上前、〔雖右將、四位／在前、〕分給奏文、」將等退出、此間余退出、不見後事、」

※1「政事、〈侍従中納言明後日為下不与狀今日申、〉」

※2「去月迫依無三番申文、更歎申事、〈一日政可被下兩三巻狀帳事、〉」

廿一日、己巳、侍従中納言被着政云々、是去十九日政始之」※1日雖被參入、彼日東（春歟）宮大夫為上卿、与奪文書、仍今」日重着令申吉書之後、明日可被下諸國不与狀」云々、余聊有障不參入、昨日余申殿云、去月迫上』卿依不參入、無三番申文、仍諸國不与狀等多依」※2不下、舊吏等歎申之由云々、如此之時有御氣色、一日」政有被下兩三巻狀帳之例、為之如何、仰云、示可」然上卿可申行者、歸里之後、以史奉政有御氣色」之由、令申侍従中納言、従明日三ヶ日可着之由、有」返事、」

※1「政事、〈參河・出雲不与狀、〉」
廿二日、庚午、參結政、有政、上侍従中納言、請印了着所、」※1被下參河・出雲不与狀、食了參入、』

※1「政事、〈諸國不与狀・実録帳・解由等、〉」
廿三日、辛未、參結政、上侍従中納言、請印了着南所、被」※1下隠岐不与狀、豊前實録帳、參河・出雲等解由、食」了入内、」

※1「同事、」
廿五日、癸酉、參結政、有政、上侍従中納言、請印了着南所、被」※1下豊前不与狀、石見實録帳、食了入内、於陣被下」豊前解由、頃之退出之間參殿、退出、」

※1「大和守頼親郎等散位宣孝令候弓□事、」
※2「検非違使召進事、」
廿八日、丙子、大和守頼親郎等散位宣孝朝臣、依打彼國」※1注僧道覚之下手、※2公家有召、仍國司召進、今日檢非』使等向頼親宅請宣孝〈衣冠、〉乗馬、〔放免者二人取馬口、二人／抑鎧云々、〕」持到左衛門弓場令候云々、昨日頭弁云、件宣孝」令進傍下手人等之後、可被問之由、有仰云、遅召進」随久可候歟云々、」

二月」

※1「右府穢事、〈無一足小児為卅日穢否事、〉」

※2「大中弁依五歳児喪不參大原野祭事、」

一日、戊寅、參殿、大外記文義朝臣云、小野宮小児無一足、犬」喫[※1]入之由有被申者、頃之召余、參御前、被仰云、右府」被示云、昨日小児無一足在家中、若是犬喫入歟、勘先』例、如之此之時、或准五躰不具忌七日、或猶被定可」忌卅日之由、随仰可左右者、見先例、無手足首腹等」相連時、猶被忌卅日、恐如聞身躰具足、准無一足者、」敢不可為七日穢、但令外記勘先例、可一定也者、」申云、被仰之旨尤可然、慥尋先例可被定仰也」者[※2]、入夜退出、左中弁依五歳児喪、有憚不參入」大原野祭之替、有殿仰、左少弁源經長參祭云々、」

※1「右府穢卅日事、〈首腹相連無四支児穢為卅日例、〉」

※2「除目執筆内府可被勤事、」

二日、己卯、天陰微雨、依召參殿、仰云、右府穢猶可被』忌[※1]卅日也、其故者、延長・承平間、首腹相連無四支」之児穢被定、以彼准之、此度猶重、仍可忌卅日之」由、令頭弁示右府、

抑除目執筆内府可奉」仕[※2]歟、堪否如何、申云、暗難知、但先年談次被示」除目間事、若被尋案歟、中殿下近可御坐、」可然事定被示仰歟者、唯端書并尻付等書」許歟者、仰云、置大臣不可召納言、先示案内、随彼」命可左右也、抑此事以外人不可傳示、詣内府』可被申、昨日令光臨給次可面談也、而乱心未」平復之間、雪風祢可難堪、仍自不申也、右府」依穢除目不可參入、執筆可被奉仕歟、兼為令」用心給、蜜々相示也云々、參内府申此旨、御報云、謹」奉仰旨、雖堪能々身、令申可奉仕之由、不無事」憚、況以不及之身、早難申可勤仕之由、如印用心、」随又々仰可進上也者、參殿申此由、」

※1「除目執筆作法事、」

※2「故殿御坐陣座之時、外記持參天文奏間作法事、」

四日、辛巳、祈年祭如常云々、有召參内府、被仰除』目雑事之歟語給云、執筆人奏闕官之時、硯筥」椎[※1]遺右方、他筥等推遺左方、自其間膝行奉」闕官筥云々、而近来右府硯筥共椎左方、是如」何、余推量申云、若關白依御坐、右府為恐共被」推左方歟者、命云、先年有次申故殿、仰云、若關」白依坐右方、共推遺左方歟、為當不知故實歟」者、今汝案合先閣一言、以彼准之、猶可推遺《遺》左」方也云々、又被仰云、故殿於左仗、令行雑事之由、』大[※2]外記善言着膝突申云、天文博士吉昌令申」持參蜜奏之由者、暫傾思被仰云、取持来者、」善言持參、取之披見了召硯筆、善言歸出、取」筆等參入、則巻之給善言令封、善言封奉」之、殿加封字給善言、被仰云、早可令奏之由可」仰者、次見案文、如元巻結、召御随身給之、入」道大納言〔在俗／時、〕於仗座見此事、歸私引見故小」野宮大臣御日記、有此事、今日儀毫毛不違、申』心在感、後日參殿申云、一日事若有御覧事令行」給歟如何、仰云、更無見聞、唯推量所行也、其時」申不違小野宮記之申、如此案外事令量行給」

旨、不異古賢之由、入道大納言所語也云々、」
※1「祈年穀奉□定事、〈白參議初執筆、〉」
五日、壬午、參結政、無政、衛了入内、暫内府參入、於左」
(※1)仗座定祈年穀奉幣使、〔廿一社、余任參議/之後始執筆、〕廾
仰陰陽」寮、令勘日時、加定文入筥、令左少弁〈經長、〉奏
之、」〔先内覧/關白殿、〕返給召外記給之、余退出、』

※1「除目執筆作法、」
七日、甲申、天氣晴陰不定、及午後參殿、申被〔云〕、一日依」御(※1)
消息詣内府、命云、除目日可執筆、可着議所、」而或記云、
一大臣入自南幔着座、頒〔以〕次大臣以下入」自東幔、但納言執筆
者猶可入自東幔云々、案」此文、以次大臣執筆日、可入自南
幔次、為當猶可」入自東面歟如何、又右府雖不參入、定敷円
座於」御前歟、余應召進筥之時、可着右府座歟、為當」執先
着自座之後、随御氣色可着上座歟、如此之』事難自推、有次
之時申殿、以被仰之旨可傳示」者、則參殿申此旨、被仰云、
着儀所執可被用東」面道歟、其故者、以次大臣奉行公事之時、
先着」奥座、奉仰之後着外座行雜事、以之准、被執」東道為
勝歟、右大弁時々着儀所云々、尋先例可」被左右歟、又御前
座事、日来中心所疑思也、執」先着自座之後、随氣色可移上
座歟云々、申奉」自余雜事、入夜歸私、』

※1「仁王會定事、〈率川祭同例、〉」
八日、乙酉、天陰風雪、有政云々、有召參關白殿、仰、斉
院」御院籠強盗首之由云々、欲令追捕之由、可令申」院者、
次參内、々政了、上以下入内、〔南所物/忌云々、〕仍余暫留」
立外記甬、令人史以上之後、入内、新中納言云、内府」奉勅(※1)
可被定仁王會僧名云々、十一日奉幣事、被」奉行之間、可有
事輔〔憚歟〕、次余答、今日前散斉」之外也、被定僧名何事之有乎、
納言有被甘心」之氣色、頃之内府被參入、於仗座定僧名・檢
校・』行事等、加日時、又令右中弁〈資通、〉奏之、〔先日不奏
行/事文而也、今」日被奏之、天暦間西番大臣奏/行事文之
由、有御記云々、〕返給、召行事左中弁〔經/輔、〕」給之、〔頭
先内覧關白殿、而依内御物忌書宿俄、仍依殿御消息、/先奏
之後、可持參、大府於仗座被仰、無率川祭日被行」事之
例、々々尋之處、一乗院御時、被行仁王會云々、況於/定者、
可祭被行、佛事之例令尋之處、一条院御時被行仁工」會云々、
況於定者、可連陣者、彼此被中云、遠祭使立日被斉、是/例
事也云々、〕」

※1「釋奠事、」
十日、丁亥、參大覚、着廟門、左金吾・左亞將相公等同參」
(※1)着、先拜廟、〔金吾・亞將脱釼把笏/入堂、〕外記進門前、」申
寮饗弁備申、上以下着之、。〔傍書〕「三獻、弁、食了、外記申都堂
装束了由、ト以下着」堂、講論了上以下』起座、着坐〔著〕外座、
暫外記申装束了由、上以下」着座、三獻了立着、即枚之立座、
暫外記申將」束了由、上以下着座、三道博士率学生參上、

各」論議、了退出、次本寮居紙筆、上示余令召題」者博士、余有召之由示文章博士挙周朝臣、〔或／文」云、五位博士召名云々、四位／召由不詳云々、仍日不召歟、〕々々進立上御後、上宣、題獻〈衣〉、」博士唯、歸座、書題奉之、上令見下給挙固朝臣、」召仰序者、次寮官立文臺、詩人一々獻文、了寮』允取笏、先是掃部立隠座、上以下移隠座、講」詩了、除更上下退出、」

※1「祈年穀奉幣事、」

十一日、戊子、巳剋參内、依祈年穀奉幣使也、内府忽」※1被申障、仍召他上卿之間、已及晩景、権大納言」被參入、令開下串、并奏宣命草・湛（請）云等、着八」省、先伊勢役（使）等入、給幣退出之後、大納言着東」廊、召使王給宣命、次歸此郎、召諸社使之給宣」命、余為平野使、參社奉幣、了歸京、』

※1「除目執筆問事、」

十三日、庚寅、參殿、申云、故初殿初々々執筆給年大間并」※1公卿給等、暫可申送之由、有内府御消息者、仰云、大」間擇出可參、自内退出之次、重可来者、但公卿給本」自無者也者、參内、獻讃岐・土左等不与状、是依前日仰」也、數剋於御前、奏奉雜事、及暁歸參殿、給大間、入」夜持參内府奉之、不可他見之由、有御消息、内府」言談次被仰云、前日所相示御前円座事、入道大納」言云、猶先着本座、随御氣色可着上座者、又着儀所、雖』以次大臣執筆之時、執入自南幔、但納言、」

※1「牽上野御馬事、」

※2「位記請印事、〔付太神宮司任符、鹿嶋使官符、毀位記事、〕」

廿二日、己亥、天陰降雨、參内、侍従中納言參入、外記成經」※1申牽上野御馬之由、上宣、解文取来、外記奉解文、〈入笏、〉」上々々外記開之、外記以力開之、上見之、入笏給外記、々々」取之、立宜陽殿西壇上、〔此／西、〕上経南殿此廂、參弓場殿奏之、」頃之歸着仗座、外記従階下歸来、奉上卿、々々開見畢」給外記、〔入／笏、〕云、分給左右馬寮者、次上会陣官召内記、」々々參入、上宣、位記等候哉、〔去月女叙位々記并／位記・男位記等云々、〕一品宮御。「（傍書）〈已上注也〉」已』※2上注也、内記申云、候不、取来、内記先奉宮御位記、〈入笏、〉」次歸取男女位記奉之、〔入／笏、〕上一々開見、如常入笏、〔男女／位記」各緒別入笏、上示云、雖不可／結分、為弁男女意、略所緒者、〕令陣官召外記、々々来間、先以宮御」位記結（給歟）内記、〔入／笏、〕内記給之、立宜陽殿西壇上、外記進膝」突、上給男女位記、〈入笏、〉々々給之、立内記傍、上又令陣官」召外記、々々佐親參入、上宣、伊勢大神宮司任符、并鹿」嶋使官符取来、外記出、取官符奉之、〈入笏、〉上聞」見了給外記、出〔入／笏、〕々々給之、同立内記傍、〔依壇上狭、此／西雁行、〕』上經南殿此廂、進弓場奏之、〔内記等従／階下往還、〕歸座、内・外」記一々奉位記等退出、〔但官符上見了則返給／外記、々々取之出了、〕次上令官」人召内記、々々參入、〔有案内／執筆、〕上給可毀位記一巻、内」記給之、叙人名上方大書毀字、奉上卿、々々開」見了給内記、々々取之退出、次位記請印如例、」畢又官符請印、了諸司退出、上卿開見位記」等、如本入筥等、召内記・外記給之、進奏如先、給」男位記等歸座、給内記退出、今夜中務輔不』參事由、令右中將良頼朝臣勤輔代、依關白」殿仰無位・官符・御馬解文等内覧、是甚雨之」間、依有往還煩云々、入夜歸宅、」

※1「仁王會闕請事、」
※2「四角四界祭事、」
廿三日、庚子、權大納言於左仗座、被定仁王會闕請、」〔※1余執筆、※2惣廿／三ヶ所云々、〕事了退出、公家被行四堺祭云々、前」被行日四角了云々、」

※1「令作着座兀子事、」
廿六日、癸卯、召木工筭師代正頼仰云、来廿九日酉剋可」※1着座、兀子可令作之由、召仰大夫史義賢朝臣了、』定仰下歟、明日巳二剋可作初也、須遣家司一人」催時剋令作始也、而然汝已為家中之寮事」執行云々、仍所召仰也、不違時剋、催巳二剋作初」〈天〉、廿九日午二剋可立官・外記廳也者、」

※1「仁王會事、」
※2「關白殿令餝大極殿行事、」

廿七日、甲辰、剋參八省、依為仁王會檢校已、暫權大納」※1言被參入、召外記被問堂童子參不、又召弁被」問僧參不、并諸堂粧不、弁申云、僧等多以參」云々、間又辞退輩、而然日補替了者、仰、無懈怠』可令催者、頃之上卿率余以下弁・外記・史等、巡」檢諸堂、〔始自大極殿、經西南東等廊壇上、／巡檢之、令問使等同粧所之懈怠、〕巡檢了歸東廊、」仰令打鐘、次入堂、須巳剋始也、而及未剋事始、」昇大極殿關白殿令餝給也、而佛供等并唄・散花・」※2三礼僧等遅參、仍遣催家司等許、無人承行」云々、仍令申事由之間、自然及此剋也、朝講了、大」納言率余以下、經脩明・月華・階下等、向左仗、〔此／間」南殿行／香始、〕事了上下退出、』

※1「着座事、」
廿九日、丙午、早旦渡西廊、以酉剋為着也、主計頭頼」※1隆真人云、或秘書云、初入官呼秋東、又行時右」手持天子大吉也云々、仍左掌書天字、申剋漏剋」博士信公来云、申剋吉時也、此剋返閇出行之間、」及酉剋歟、仍於西中門内返閇、〔先是春日・中御門迅々／立人々、令制止往還雜人、〕」出門、〔白褂一重／被信公、〕自高蔵引中御門、自東々院近衛御」門、自大宮行列待賢門、召使・官掌等左右相分前」駈、使部等立所々制止往還雜人、入自待賢門、経』陰陽寮東南等路、到八省東廊休息所、〔昨日仰／史廣」雅令装／束也、〕頃之打酉一剋、此間權大納言被參入、暫打」酉二剋、大納言先着出給、次余入自西門、召使四人・」官掌一人、相分行前、於廳北屏西邊

着靴、入自」廳北面西戸、〔此間呼／秋束、〕着兀子、〔自下／着之、〕暫起座一揖、出自」同戸、於元所脱靴、着浅履、自本道向外記、〔出官西／門之間、」打酉／三剋、〕於小屋内着靴、入自北面西戸、経兀子後并西」着之、暫起座一揖、〔廳南廂二所、北廂二所、明／火是無明人、唯置松焼火也、〕出自元戸、」『於戸西腋方着浅、〔此間前駈四人・召使／四人、曳燭在前、〕出自陽明門退出、」〔召使・官掌等／騎馬前駈、〕自本道歸宅道、召使・官掌等密々請假、」先請権大納言殿云々、戌剋許召使・官掌等来向、」東廊東廂敷座賜饗、〔召使十人・官掌四人對座南上、／弁候二人・時使部二人別座、〕盃」酌數巡之後、〔内蔵史生等勧／盃、下部役送、〕賜禄、〔官掌四人・召使十人、各白絹一／疋、弁侍二人赤依各一疋、時申」使部二人信乃／布各二段、〕先是官使部等中、屯食二具、信乃布六」十七段、外記使部等中、屯食一具、信乃布卅三段、以令、」是尋先例所分給也、』

三月大」

※1「政事、〈無出居弁侍仮令居使部事、召使□□官掌追前事、〉」

※2「官奏事、〈申文・官奏史一人兼行事、〉」

八日、乙卯、參結政之間、無出居弁候、仍先遣人令催」[※1]弁候、不候者、仍假令居使部、又欲着座之間、召使」遅參、仍令官掌追前着座、了史申文、〔鎰并馬／料文、〕次」吉書加署、〔着座後今日始着之、又並／同後未着文書之故也、〕頃之権大納言被着」左衛門陣、次被着廳之後、召使来申可着廳」之由、令結申文之後起座、入小屋内、着陣深沓着」陣深沓着廳、中文了、左術門督追着廳、請』印了、〔少納言義通／始従事、〕余先立座、〔舊記云、共立座下臈先出云々、而／先可立之由、左金吾有命、仍所」立／也、〕經西門中央、立南垣西邊、〔右廻立南／門三許文、〕立定揖、次金」吾出立、次上卿出立、先揖、弁・少納言次揖、史・外記次揖、」余立南垣下揖、〔櫻樹／西邊、〕金吾立余西揖、次上卿入」門揖入北、次金吾・余共寄北、當門南鉾立列」立、〔西上北面、此間出立少納言／入門立南腋邊、〕金吾揖進小屋坤角、着浅」沓、於同屋南中央程揖入北、余又揖、於同所」替沓、〔従左足脱之、又以左手／押西築足、故實也、〕次入北、着座如常、南所儀』不異例、仍不記、事了上以下入内、頃之右府被」參入、先申文、〔所充文・鎰／文二枚、〕次有官奏、〔鎰文／二枚、〕先此余於」[※2]仗座申云、今日所候六位大史一人也、而可候奏」也、於申文以少史令候如何、右府命云、少史候」是例事也、但今日文書不幾、以大史令勤兩度」之役、何事之有哉、是又先例者、余申云、共有例」之事也、出陣腋、以信重可令兩役之由、仰義」賢朝臣了、及晩事了退出、侍従中納言・大蔵卿為』行内文事、〔受領任／符云々、〕被留陣了、余依早衙可退出」之由、依上卿氣色罷出了、」

※1「請印事、」
十一日、戊午、參結政、有上新中納言請印、了少納言・」外[※1]記・史等出立、〔依五位弁不／參、不出立、〕上并左大弁着南所、」余追着之、申文・食了入内、〔新任外記・史／等初従事、〕暫昇殿上」退出、」

※1「位禄・國□事、」
※2「交替使事、」
※3「正輔・致經等合戦進證人事、〈行依大神宮神戸証人不可拷事、〉」
※4「依王氏爵事式部卿親王停釐務恐申事、〈付可追捕良國事、〉」
※5「内侍除目事、〈付參御所大臣・納言等路事、〉」
十四日、辛酉、參殿、次參内、右府被參入、左大弁申候」位[※1]禄文之由、〔元於陣腋見／之、次申行也、〕相府因之、大弁召官人、可』進禄文等之由、令仰史、々二人〔一人取入文筥置上前、一／人取硯筥置大弁前、〕」進文等、相府取留他文等、目録一枚入筥、令蔵」人弁經長奏之、下給後令左大弁書出可給」禁國人々并殿上分國々、召弁給之、弁結申退」出、次史撤筥等、次左大弁起座、於腋床子取國」[※2]々交替使書出文、進座候氣色、相府因之、大弁」進奉之、復本座、相府見文了自、大弁進給文」結申、〔不立／座、〕随上宣付爪記、〔不稱／唯、〕歸座、次起床、於腋』床子取一定文、又進座候氣色、上自、大弁進奉」文、則候、相府披見了下大弁、取之結申、了歸」座、〔此度随上宣毎度唯、而大弁／皆結申了一度唯、頗違例歟、〕次起座下史、取書出主典」等之文、進座候氣色事相府、次給之、〔不／結、〕出陣腋」下史、暫頭弁進膝突、仰宣旨於相府、退出、次相」府被示云、安房守正輔・前左衛門尉平致經等合」[※3]戦證人、各進之、而正輔所進者二人、是大神宮神」戸郡司云々、仍前日有宣旨、可拷哉不之由、令問』法家官人之處、右衛門志隋通所勘申、若有犯過、」解却郡司職可拷者、而別當右兵衛督源朝臣」令奏云、明法博士道成内々〈申云、雖神郡司、有犯」過可拷也、而件二人者等来會合戦庭、依見其」事、正輔随證申所召也、專無身犯、有行罪過、」解却所職及拷訊哉云々、此事可然歟、若不」可拷訊、免件郡司等、可召他證人歟、為當且拷」訊致經所進之者等、随彼申状可被定行歟、』可定申者、相府并中宮権大夫・侍従中納言・」左大弁并余等、儀合申云、神郡司依無指」犯、不可拷之由、誠可然、早被恩免、召他證人」之後、相無可被拷訊歟、相府召頭弁、被奏」此旨、仰云、免神郡司等、令正輔進他證人者、」又仰云、式部卿親王、去正月七日叙位、以所満稱」[※4]寛平御後

良國王、挙王氏爵之由、被尋問」之處、無所避申、須令勘其
罪名、任法被行』也、而然有所思食、唯停釐、可恐申之由
可」仰、又良國可追捕之由、可仰下者、相府奉仰、」則可令
正輔進他證人之由、并可免神戸」郡司之由等、仰頭弁、又可
追捕良國之由、」同仰了、又召大夫外記文義仰、式部卿親王
依」誤挙王氏爵位釐務、并可恐申之由、差外」記輔親可遣仰
者、暫被退出、」
次侍従中納言奉仰、〔先令頭弁奏云、依仰欲行内侍／除目、
中宮権大夫候内、可被仰彼』[※5]卿歟、仰、猶／可行者、〕召外記、
仰云、可有内侍除目也、硯并折」界紙等可奉、文可召中務者、
次着外記座、外」記奉硯等、余依上宣書之奉上、々卿令官
人」召外記筥、外記奉筥、上入除目給外記、々々取」之立小
庭、上卿進御所奏聞、了〔往還之路經軒廊／東二間東邊、〕」
歸座、被示云、左府命云、參御所道、大臣・納言皆」有差別、
一位大臣經西第二間、二位大臣經東二間」西邊、納言・參議
經同間東邊云々、歸座召中』務丞給除目、〔直取文／給之
云々、〕次召外記給典侍善子辞書、」〔便入筥給之、仍／外記取
筥退出、〕次上卿相共參御堂、　除夜退出、」

※1「東寺國忌事、」
廿一日、戊辰、參殿、次參東寺國忌、先打鐘、次入堂、諸」
[※1]司着座、衆僧入堂、〔須有講読前、而／年来料不為云々、〕講
經了行香、〔先例／両行」香云々、而依人／不足、片行香、〕
事了外記以見參挿杖持来、取之披」見、返給令結式部、〔件
見參式部書儲渡外記、々々見／上、返給式部、々々付内侍
云々、〕治部」僧名不持来、是依不參入歟、事了歸宅、」

※1「政事、」
※2「着座大弁着廳有説々事、」
※3「左衛門督依為上首請印并申文用者書事、〈度々被着廳
未為上首之故也、〉」
※4「依史不足無申文事、」
※5「上野解由事、〔無介暑事、／上臈上達部依候殿上今日
不被下事、〕」
廿二日、己巳、參結政、有坂、上左金吾、拾遺納言　』[※1]被着
廳之後、召使来結政申可着廳之由、先例」[※2]着座大弁着廳事、
有四説、一者着座後擇」吉日令有政之日着之、二者年首政始
日進着」之、三者有申文之時弁一人參日進着之、四者」無他
納言・宰相之時依上卿消息着之、而今日」侍従中納言被參、
而有可着廳之告、着（若）是召使」奉違他事来告歟、仍令官掌案内、
猶可着者、」仍令結南申文着廳、請印了着南之儀如常、』申
文・食等了入内、今日左衛門督依為上首、」[※3]請印并南申文等
皆吉書也、件卿度々雖被」[※4]着政、皆不為上首、仍今日被着也、
須有廳申文」也、而所參之史三人皆為少史之内、又可有」廳（座）
頭一人、仍史矣（員）依不足無申文、及午後有」臨時祭試樂、先是
侍従中納言被示云、試樂」終後欲下上野守家業解由、而如予（云）
者件解」[※5]由無介暑者、而彼國本自依為受官、加其暑、』然者
已可云加介暑也、但先例如何、若納言下件」自解由者晩景可

下也、可被尋者、仰史義賢」朝臣令尋、試楽了着陣、義賢之、件國解由、」先例多納言被下云々、申中納言、々々々被示之、上」臈上達部多被作殿上、未被退出之以前、不可有」申文、着(若)待彼退出定及深夜歟、仍後日可有之由」可仰者、此由退出、」

※1「直物事、〈付任官事、任人□議事、〉」

※2「大中臣不可任神祇大副事、」

廿八日、乙亥、參内、々府被參入、仰外記令進直物、先』開※1見了令持外記、〔入／筥、〕進御所奏之、返給歸座、」自左大弁、々進給勘文、〔入／筥、〕歸座、先披見了、」令官人召外記、々々来仰云、可奉某年々除目」并硯等者、〔載勘文之年／々除目等也、〕外記先手取除目奉之、〔去年／秋・當」年春除目、／皆立籤、〕次又奉硯、大弁任勘文摩直除目、挿校」算、并鉤勘文皆如例、直了大弁把笏候氣色、」内府命云、定申文等下給歟、暫可待者、良久之。」「後(傍書)、頭弁奉下申文等、内府給之、」〔結付短冊、先例不付／短尺云々、如何、〕先披見一兩枚、如元結、目大弁、々進給之、』擇名替申文等、北置座左方、次結他申文等、令」令官人召外記給之、仰云、可見誤有無、兼載件」申文之年々除目、并闕官等、可奉者、外記取申」文却去、此間且付名替申文、直去今年除目挿」笇勿申文、〔以搓紙綾緒成文置座右方、／有誤不直文同結置同方云々、〕置座右、此間外」記奉前下申文等云々、所給申文十七枚之中、」四枚依誤留了、次奉除目并闕官等、大弁取申文、」北置座左方、〔依國次／置之、〕取除目等入筥、次付申文等直』之、〔乍置筥中披見除／目、更不取出云々、〕畢召外記召紙、先略書國替除」目、此間頭弁奉下中文等、内府披見自大弁、々々進給」之、〔京官并公卿／申文等也、〕随闕申案内任之、〔依無闕不成文、／折上挿不成東、〕此間又」頭弁奉下申文等、内府披見被示云、神祇官連」奏依奏可被行歟、又散位大中臣朝臣定輔有所」申、以宣輔可任、又山城介時信兪以城外云々、其替人」可擇申、又左馬助橘成忠今年可勤仕賀茂」祭使、而下向鎮西、于今三ヶ年不上道、傍助源階』依祖母重病不堪使役云々、可被任成忠替歟、可令定」中者、則上達部次第見下神祇官連奏并宣輔」申文了、余申云、神祇官進副官以下連奏、源(須)依」奏被行也、而宣輔申文云、少副兼材身為大中臣」一※2門、々々者有故不被任大副、已二百余歳云々、有」改之歟、百歳以不被任之門、今初任如何、慥尋由緒」追可被定行歟、抑所闕之大副二人也、彼人也彼」大中臣副以上官人、當時所任不幾云々、且被任宣輔有何』事哉、右大弁申云、依連奏可被行歟、左兵衛督申」云、有故久不被任一門之由有宣輔申文、問其由」緒可被任歟、左宰相中將申云、同左兵衛督申旨、」左兵衛督申云、如宣輔申文者、伯輔親朝臣身」為二門、前年与一門理望朝臣競望大副之時、」申一門不成大副之由、而今以一所兼材擧大」大副之旨、先後依違、先召問輔親朝臣、可被定行」歟、新中納言申云、一所(門歟)不任大副之由、慥被問彼』本系、所随申可被定行歟、侍従中納言云、故一条」院御時、輔親朝臣与理望朝臣競望大副之時、依有」各愁、公卿僉議、以二門輔親被任了之由、有宣輔」申文、慥可被尋行歟、右衛門督申云、同侍従中」納言云々、左衛門督申云、同左大臣申旨云々、藤納言・」中宮権大夫・内府等、慥尋問被此申旨、追可被定」行歟云々、余又申云、五位以上無故城外、公家重所」禁制也、而成忠身居怱處之官、城外及三箇年、罪』科不輕歟、就中賀茂祭遺日不幾、被任其替可被」令勤彼役歟、左大弁申云、成忠父内位卒去之後」未復任云々、仍不罷上歟、被問復任哉不之由、可」被左右歟、左兵衛督・左宰相中將、同余申旨、左兵」衛督申云、五位以上城外重有制之中、先年造酒」正頼重朝臣為馬助之時、依不勤仕賀茂祭使、被」任其替了、先例有近、被任替有何事哉、新中納言」申云、五位已上城外制法雖不輕、於脱官為人之大事、』忽被任其替如何、暫被待歸洛、果不上、以傍官」之可然、令役使有何難乎、侍従中納言同此旨、右」衛門督申云、五位以上城外嚴制已重、其替可被」仕之由所定申可然、但脱官事是大事也、就中」近来上道云々、賀茂祭遺日有数、待彼歸華洛、遂」不上者、其時可被左右歟、次山城介可挙之由有」命、余申云、良明・正村・為説等之間、可被量行歟、」諸卿被問此旨、内府召頭弁被奏諸卿定申旨、』暫頭弁来仰云、以為説可任山城介云々、又奉下」上東門院當年爵御申文云、可勘給不云々、内」府自、左大弁云、為説可任山城介云々、又召大外記」文義朝臣、下給院御申文、暫文義返奉院御申」文、〔副勘文、／未叙云々、〕召頭弁被覆奏、則奉下云、依請云々、此外左」大弁令官人召外記、奉折堺津、書略除目、加入直物」等筥、欲持参内府御前之間、内府被示云、成文等可」加入者、仍大弁記成文東結固、切弃結諸餘、同入』直物筥、進上卿、把笏歸座、内府披見除目、如元」入筥、〔成文并勘文／取出置座、〕召外記給之、進御所、〔此間降雨、仍内府／経南殿北廂、外記經」板敷下／追參之、〕奏覧了歸座、自大弁、々々進居、上卿下直物、〔入／筥、〕」大弁取當年除目、延開座前、放出舊除目挿竿」之枚々重量當年除目上、巻入筥奉上卿、取放」遺除目、副笏歸座、次上卿召外記、令召式部、此間」頭弁来仰云、内給所申請其國々々掾等漏除目、」可加任者、内府奉仰自大弁、々々進給除目書入、副』成文二枚〔内給所／申文、〕奉之、外記三度申了、〔依雨於宜陽殿／西壇上申之、〕式」部丞〈靴、〉資通経敷政門并宜陽殿西壇上等、云」軒廊東二間、上卿〔兼北面居直取／除目、副笏給可、〕宣、〔末宇／吉、〕丞亮唯、經」宜陽殿壇上并陣座南柱外砌等、進居膝突、笏〈乎〉」如挿鳴希置左方、給除目右廻、歸立本所、上宣、〔末八／リ」多末／へ、〕丞唯、従初道退出、次又仰外記令召丞、々直」進膝突、〔浅／履、〕上卿〔兼東向／居直、〕取直物給之、丞給之退出、次召」内記、外記申云、不參上云々、仍給筥外記、給之退出、』次取加宰相座筥、退出了、次召随身給成文并院」御申文等退出、今日以左少將經季被補藏人、」〔圖書助惟經叙上東門／院御給之替云々、〕」

四月」
※1「旬事、〈奏文儀、〉」
※1一日、戊寅、參殿、御無《共》參内、及未剋内府被參入、召余被」
仰可有奏之由、余於腋床子見文、〔鎰文三枚、先左／少弁見
之、〕於陣」座申行如例、史退去後、召左弁、被仰奏文可内」
覧之由、弁於陣腋取奏文、進南殿北廂、内覧了、』〔先是主上
出御南殿、仍／太閤令候御後給云々、〕奏文返史、進膝突申内
覧了」之由、頃内侍出、内府着靴進立軒廊西一間東」柱下、
〔南／面、〕史經石階斜渡小庭、進跪上卿御後、自」右腋奉文、
把笏自本道歸入陣腋、上卿奏覧之」儀、如去十月一日、奉了
下立本所、史自始道進、跪」上卿後給文杖、〔自右／給之、〕
於同所巻結挿杖候、〔頗東面／居直、〕」上卿居陣座、余進居
座、史斜渡小庭奉文、〔此間出居左少將資／房昇着座、〕」上
卿取文被見了、給史之儀如常、史退出、途《余》起座、次内』府以
下昇殿、余依座狭、従軒廊歸出、依無座不候之」由、觸頭弁
退出、」

※1「奏上野御馬解文事、」
※2「違期事被問使事、」
三日、庚辰、參殿・内、金吾召外記仰云、上野御馬解文」※1候
哉、※2外記申云、候、可進者、外記取解文、〔入覧筥、／具
刀、〕奉」之、上卿令外記開之、外記開筥取入覧筥、奉上卿」
之後、所文筥・刀等退出、上卿開見解文并申文」等、了召外
記令内覧、外記持參高院殿、内覧了」歸參、奉上卿、々々令
持外記、進御在所奏聞、了』歸陣、外記奉文、上卿給外記仰
云、権分可賜左右」馬寮、次召頭弁仰云、御馬違期遅進之由、
可召」問使者、々次退出、」

※1「御禊前駈定事、」
五日、壬午、參殿并内、有召參朝干飯方、奏承雜事」※1及未
剋右府被參入、被定御禊前駈、〔左大弁／執筆、〕入筥令藏人
弁」奏之、〔先内覧／次奏云々、〕返給召外記給之、〔件文取開
納筥入定文令奏給、返／給之後、加入取出文書等給外記
也、〕」外記給之退出之次、跪左大弁後、取重硯・筥退出、」
次右府退出云々、』

※1「御禊事、」
十七日、午、禊祭事可行之由、従左大弁許有消息、※1〔昨日以
前觸穢／不被仰歟、〕仍午許參斉院、着客座、暫藤中納言」
〈定、〉被參入、内藏寮着《羞》饌、依無垣下院長官勧盃、〔東官人／
執瓶子、〕」次見牛、次見院并一二車・女従等、次左衛権佐家
經」着座、次藤少納言勧盃、巡行之儀、上擬余、々弁、々
擬」左衛門権佐、々擬大夫史義賢、々々槻外記、及中剋」上
以下起座、列立御前、御車之後、上・余同車、於」列見整、
次第渡給、了各歸宅、』

※1「祭事、〔宰相参本院之間依上卿兼着左史・外記不下事、

／斉王御心地不納有御秡事、〕」

廿日、丁酉、天陰不降雨、及午剋參斉院、先是藤中」[※1]納言被參入、余參入之間、史・外記不下、若是兼依」上卿坐歟、暫院司等着粉熟、次覧粧馬十二疋・童」女馬三疋、〔今一疋遲參、／仍且覧之、〕次覧従女、了長官以康朝臣」申上卿云、従今朝御心地不例云々、度々有御秡、万」事雖具了、因之暫懈怠者、又々可有御秋（秡）之由有」仰、及申剋御心地復例之由云々、仍上以下列立」南庭、寄御輿、々々之後、上・余同車、於列見迅整、』次第令渡、及酉剋渡了歸宅、」

※1「可勤吉田祭上卿代事、」

廿一日、己亥、及晩景召使来云、外記時頼令申云、明日吉」[※1]田祭、分配上忽被申障、仍可着行之由、殿有仰者、」令申了之由、」

※1「吉田祭事、」

廿三日、庚子、參結政、左大丞同被參入、申文了次第」入内、暫退出、參殿、及未剋、左中弁相共參吉田、先」[※1]着之到殿、弁・外記・史・氏人・有官別當等、同着之、了」弁先申行所掌、次一獻、〔宮司／勧盃、〕次外記申行神主、』〔源（須）令卜也、而依為／子日夏祭不卜也、〕次二獻、次供飯汁、下着、次弁申行」飯汁下着次弁申行録事、次又申行着到事、」次又申行倭舞事、次着直會殿、弁率氏人等、」舁御棚之後、着南庭座、祝・奉幣了、引着直會」殿、此間内侍參社内、次馬寮并殿神馬等廻之、次」外記申代官、次諸司賜饌、次余召々使令召官（宮歟）内」省、々丞立前庭、仰飯可給之由、次大膳属申飯給」了之由、次倭舞、次外記持来見參、余取之披見、了』下弁、々下史、次官司賜禄有差、各退出、」

※1「關白殿競馬事、〈正親負事、〉」

廿四日、辛丑、參殿、内府以下多參入、於馬場有競馬」[※1]事、〔鼓季任朝臣、金惟經朝臣、〕一番、〔左、々近將監正親、右、々近將監助延〈勝〉、〕件兩人日者相論勝」負、仍被合也、而正親負了、依日暮、五番馳了被停」畢、」

※1「近行賀茂詣舞人已下装束事、」

※2「撰定馬事、」

廿五日、壬寅、參殿、於馬場殿、被撰定明日料舞人十人・」[※1]競馬者廿人・馬并被定乗人等、及晩歸給、先此於」[※2]西對、分給舞人・陪従等装束云々之、〔左少將師成・經季、／右衛門佐良宗・侍従』良定、右衛門經光〈蔵人〉・俊通〈検非違使〉、／陪従十二人、四位・五位・六位等、無人長、〕」

※1「御賀茂詣事、〈有競馬、宰相已下騎馬、〉」

廿六日、癸卯、々剋參殿、上達部多以參入、及辰剋令出給、」[※1]其次第、先御幣、次神馬二疋、次神寶、次競馬者廿騎、〔始自一番／左右相丞」行、次左右舎人／居飼列行、〕次舞人、〔自下／臈渡、〕次松尾神馬二疋、〔左右衛／門乗之、〕次前駈」

六位、次五位、次四位、次殿上六位・五位・四位、次御前
史・外記・弁・」少納言、次上達部、〔左右宰相中將・三位
中將・左兵衛督・左大弁・余騎／馬、口取近衛府生或侍者、
自余上達部車、〕」同剋列下社、先御秡、〔神寶・幣・神馬、
舞人各牽／馬、競馬廿人同牽馬、〕次參社頭、」先奉幣・神寶
等、次廻御馬、次哥舞、〔此間社司羞／酒肴如例、〕巳剋』事
了着馬場、先舞人十人走馬、〔従上臈／走馬、〕次左右」競馬
者上、〔先左、／次右、〕次左右奉名奏、〔左右方人等取件奏／
来馬場殿、左中將實」基・右少將行經、進向取件／奏奉殿、
【挿杖、両人官／舞人装取云々、】〕次召勅使等、修理権大夫實
經・少」納言經成・大監重季等、進立西階北方、〔北面／東
上、〕重季」立少納言後、殿下仰事由、三人共唯、定經・々成
歸」進向皷所、重季渡馳道向標所、立皷・金桙等、」次一番、
〔左正親、／右助延、【皷／勝、】〕二番、〔左武方、／右公忠、
〈持、〉〕三番、〔左時頼、／右貞安、〈勝、〉〕四番、〔左武重、
〈勝、〉／右助武、〕」五番、〔左為弘、【皷／勝、】／右光武、〕六
番、〔左公武、【皷／勝、】／右安行、〕七番〔左近利、／右助友、
〈勝、〉〕八番、〔左久方、〈勝、〉／右公安、〕』九番、〔左兼武、
〈勝、〉／右行武、〕十番、〔左弘近、〈勝、〉／右為正、〕左勝、仍
龍王、次納蘇利、」次到上社、候法如下儀、但東遊了給舞
人・陪従」等禄、〔四位白褂一重・袴、五位／同褂一重、六
位一領、〕御前上官同給禄、及亥剋」競馬并勝負樂舞了歸御、」
今日下知（社）馬場舎、兼日仰木工・修理職等被仰」云々、又敷設
装束自殿被儲、上達部并所々饗、皆」自殿被召仰可然之人々、

又馬出幄各二宇、〔一条／尻料、」一位／馬料、〕并屏幔等、各
方頭等親調立云々、自余』幄幔敷設、皆是諸司所儲云々、上
社馬場屋、〔本自／所立也、〕」装束、又本家所儲也、饗等是
諸司任例所」儲也、所々幄幔同諸司儲之、馬等出幄等不」立
云々、」

※1「宜勝講始事、」
※2「直物事、〈改山城介為□□、〉」
廿七日、甲辰、※1參内、自今日被行宜勝講、〔證議一人、講／
師・聴衆各十人、」皆被擇南／北英才也、〕入夜講了、内府奉
勅、於左仗座仰外記、」令進去三月廿八（大歟）日被行除目、外記奉
之、〔入／筥、〕内府」※2先披見了、自左右弁、々々々進給之、
歸座召硯等、』山城介為説摩介字改直権守、如元入筥奉」之、
内府令頭弁奏、弁奏了奉下、内府白大弁、」弁進給之、放取
直枚奉上卿、取残枚歸座、次』召式部給之云々、〔件為説元
河内権守也、／而誤被任介、仍所被直云々、〕」

※1「忠常進来之由頼信申送権僧正許事、」
廿八日、乙巳、參殿、御共參内、於殿上被仰云、甲斐守」頼
信送権僧正許書云、忠常欲行向上総之」※1間、忠常随身子二
人・郎等三人進来了、仍随身」来月間可參上云々、』

五月」

※1「殿卅講始事、」

五日、辛亥、参殿、依被始卅講、人々多被参入、午剋打」鐘※1、諸僧集會、證義者、〔雖有本／不記、〕講師、〈如前、〉

※1「正輔・致經合戦證人拷問記事、〈三度經拷可一定事、〉」

※2「慧心院放火嫌疑人不依為僧不拷申事由事、」

八日、甲寅、参殿、講論了、入夜退出、別當被示云、昨日」正※1輔・致經等所進之證人、令拷問了、各所申」不異内問詞并各主申詞、但且為令奏、其日」記付頭弁了、經三度拷之後、可申一定歟、又」慧心院所進之放火嫌疑、雖申不知之由、依』為※2僧不拷問、令奏事由可随勅定歟、」

※1「頼隆真人難申礼事、〈奉幣日事、〉〔天下滅亡日・百神上天日、／不祭神日、〕」

十一日、参内、次参殿、講了、相示頭弁云、今朝主計頭」頼※1隆真人云、十九日奉幣不快、其故者、彼日天下」滅亡日也、又百神上天日也、天下滅亡日不可有」天下祈年穀御祈、況百神上天之日、又何有」奉幣哉、就中此日不祭神云々者、弁以此由」申殿、々仰、如申共無便之日也、早奏事由、以十五」日可行也云々、』

※1「卅講五巻事、」

十三日、己未、参殿、依為五巻日、内府以下多以参入、殿」下※1以下、殿上六位以上、各取捧物、廻南庭、三匝了」歸座、講了僧俗羞饌、事了各退出、」

※1「源心妹喪中有仰参卅講事、」

十四日、庚申、参結政、無政、事了入内、暫参殿、講始源」心※1闍梨、日者依妹喪不参入、而尋先例、頼壽闍」梨依妹喪、雖申障、有定依有可参入之仰参仕者、」仍源心有召参入、及晩朝夕講了、僧俗退出、」

※1「政事、」

※2「御覧唐人貢物事、」

十七日、癸亥、参結政、上新中納言被着廳之後、召使』来※1告可着座之由、仍令結南申文之後着廳、」頃之召使来云、右大弁御消息、相扶所勞之間」遅参、着結政座如何、報云、被着結政所無妨者、」頃之外記結申、次請印如常、事了着南所、申」文・食了入内、〔左大弁不着南所、／依召参内云々、〕昇殿上、有召参御前、」〔新中納言・左宰相中將・／左大弁・余同候也、〕御覧唐人所進貢帳帷、頃之」人々退出、宰※2相中將・余猶候、下給唐人貢物解」文等開見、獻種々物、如元巻結、置御前退出、右』府於仗被定賑給使、令蔵人弁奏、事了退出、」

※1「卅講結願事、」

廿三日、微雨、参結政、而以前了云々、仍入内、有召参御」前、奏奉雑事退出、参殿、卅講結願了、余取僧」※1正布施、自余殿上四位・五位取之、僧俗退出、」

※1「中臣不補神祇大副事、〈被問祭主事、〉」
廿五日、辛未、頭弁奉仰云、中臣一門者不被任神」※1祇大副之由、招伯輔親朝臣於里第問之云々、輔」親云、一門者久不任大副、是依無可然之人歟、忌部・」下《卜》部皆任此職、何一門者不任哉、宣輔所申理』不可然云々、仰云、有故一門不任大副之由、宣輔」有愁申、若是有何故不任哉、其由可被同宣輔」云々、」

※1「東三条院亡事、」
※1卅日、丙子、三東条焼亡、〔人々云、放火云々、七月一日依可渡給、日／者被怱作之間、已有此灾、〕」

六月小」

※1「内文事、〔舊位禄官符、不請印宦初内文否事、／付外廳覧々文、少納言直載内案先事、〕」
四日、庚辰、参殿、次参結政、有政、〔上侍従／中納言、〕事了着南、申」文・食了入内、有内文、先少納言令覧内案、上卿」被命云、大外記久義朝臣《位》依禄三枚載之如何、※1介』申云、先例不覚、就中今年未被行廳覧内文」云々、舊位禄官符等、不請印宦初内文之由云々、」可被尋行歟、上命云、前日文義云、雖宦初内文、」及五六月之時、被入舊位禄之例也云々状《歟歟》者、所」令入也、但一人位禄三許、一度請印頗雖不快、久」義定有所尋見歟、仍不咎、若可無便者、内覧」之処定有被仰事歟云々、見了奏、返下少納言、」々々々退出、外記取之、参高陽院令御覧、了少納』言付内侍、々々臨東階、上卿起座、進奉仰、歸召近」衛司、令行請官皆如常、事了退出、抑久義朝臣」等位禄申文、上卿於陣座給之、已知非廳覧之」由、而少納言不中横挿之由、直載内案、上卿不被」咎、共是失歟、」

※1「弾正忠斉信強姧事於臺可被召問事、〈付大臣召臺官人於里第仰下事、〉」
五日、辛巳、天陰降雨、右府御消息云、弾正忠大江斉」※1信強姧斉院長官以康朝臣女子之事、於臺可令」召問之由、有宣旨、大臣弾正・式部官人、於里第賜』宣旨、是恒例也、然者召里

第可仰下歟如何、令申」云、召臺官人於里第被仰、更不可有傍難者、」

※1「追討使頼信送忠常歸降申文事、〔依不副忠常降順狀暫不奏事、／忠常受重病事、〕」

七日、癸未、自甲斐守送忠常歸降之由申久、而依不」[※1]副忠常降順狀、早可上之由示送了、暫留國解、」副彼狀可付奏者也、自美乃國大野郡送之由、」在狀中、兼又忠常從去月廿八日受重病、日来辛」苦、已万死一生也、雖然相扶漸以上道云、」

※1「依外記廳修理無政事、」

※2「御躰御卜事、」

十日、丙戌、參結政、依外記廳修理無政、對《刻》限到了入内、』[※1]右衛門督・右兵衛督被參入、右金吾於仗座召外記、」被問[※2]御躰御卜具否之、申云、具了者、頃之神祇」官昇立御卜案於敷政門外、〔火燃屋／比方、〕外記申御卜」候由、上卿諾、外記唯去、召官人・告上等、共不候、仍」召右陣吉上、令置膝突、次上移座、少副兼興取奏」案、〔挿／杖、〕着膝突奉上、々取之、副持杖退去、次六位」官人四位昇案、經敷政・宣仁門并宜陽西壇上」等、立軒廊東之間、〔頗寄西、以／東西為妻、〕退出、次外記進来案』下、挿笏取卜筥立小庭、〔西向、須神祇官人一人相具參入、／取筥授外記、西《而》外記一人来取筥、」可謂／違例也、〕次上卿起座、経階下進御所奏之、歸座召外」記給奏案、〔須撤案之後給也、而／先給之、失也、〕次官人等撤案退出、」

※1「忠常於路受病死去事、」

※2「同歸降申文忽奏事、」

十一日、丁亥、條理進忠節来云、忠常子法師、去年相」[※1]從甲斐守頼信朝臣下向彼國、而只今京上申」云、忠常去六日於美濃國野上〈と〉云所死去了、仍」觸在國司、令見知、并注日記、暫《斬歟》首令持彼從者」上道者、又且注此由、可被申事由云、驚此告、以前』[※2]日所送之忠常歸降之由申文、付頭弁令奏、」是死去之由不申以前可怱也、入夜着神祇」官、頃之右衛門督被參入、命云、権大納言・左」衛門督雖當御卜、共申障不被參云々、仍雖不」當卜、依大閤仰所余入也者、剋限供撤神座」并膳等、寅剋退出、」

※1「頼信申忠常死去事、」

十二日、戊子、早旦參殿、及午剋退出、修理進忠節」[※1]持来甲斐守消息、披見有忠常死去國解、其』狀云、忠常去月廿八日受身病、今月六日於美濃」國原見郡死去、仍觸在國司令實檢、并斬其」首、立日記且言上云々、〔副美乃國司返牒并日記等、又忠常／降順狀一枚、同加送、是前日依遣取」所送／也、〕重參殿令御覧此文等、為令奏聞送頭弁」許、」

廿一日、丁酉、天晴、及午後内覧来云、明日御國忌也、」可參籠令夜御物忌者、入夜參内宿侍、」

※1「御國忌斉食事、」
廿二日、戊戌、天晴、依召參御前、奏奉新事、退下東』廊、又昇殿、頭弁云、今日陪膳、先可昇御大盤」[※1]并供進物所膳、次他人取打敷、来授陪膳人之」由、右府并民部卿有被相示云々、余中心所思、」右府御説不見不聞、於民部卿猶先可被供御」厨子所膳歟、其故者、九条殿御記、先御厨子所、次」進物所膳等之供由云々、彼御末葉、可被遂前霊跡」歟、他公事、兩殿御末葉皆相分被行之、説不同之」故也、及未剋御出、有召、上達部着座、僧參先灌』水、〈五位〔、〕〉次汁、御着下、頭弁褰御簾妻云々、上達部」立箸(箸)、事了僧俗ト、次參東宮、退出、」

※1「陣定事、〔上総守維時辞書、下総守頼重任八ヶ年間隮四年公事被預勧賞事、兵乱事、／大宰申依符广并宇事欲被免造豊楽院事、〕」
※2「追討使頼信可有勧賞定事、〈付忠常子猶可追討否事、〉」
※3「禁獄者遭父母喪時給假事、」
※4「除目事、」
※5「諸司・諸衛不仕城外何罪可被行哉事、」
廿七日、癸卯、天晴、及午剋參内、頃之右府被參入、先」被奏施末文、〔左大丞／中行、〕如例、次上総守維時朝臣辞」書[※1]、下総守頼重任八ヶ年間隮四年公事預勧」賞中文、大宰府申被免裁豊樂院東(東歟)帯華・西」華兩堂造作、偏營勤府廳并所々修理・宇佐」遷宮事等解文、〔去年八筑前・筑後・肥前・後／等國被充件両堂也、〕等三枚、且可』見之由〈を〉示〈天〉、被下侍従中納言、々々々一々披見、下右」兵衛督、々見了下左大弁、見了下余、々見了如元」奏暫置々、権中納言被參入、依相府御氣色、余取」久両納言、々ヶ一々披見、了巻置之、頃之民部卿・春」宮大夫・左衛門督等被參入、中納言取久被上戸」部、依相府御氣色披見了、春宮大夫・左衛門督、次第」同見了、取轉被下余、被示云、大宰并二ヶ國中請」事等、許否之由、次第可言上者、余示新中納言』云、自大宰解可申歟、將道次可申歟、中納言」申相府、々々被示云、自大宰解可申者、余申云、」大府申被裁許豊樂院東華・西華兩堂作」事、修理府廳等、廾勤仕宇佐宮遷宮事、〈と〉申〔也／る〕」事、外朝破壊・垣例神事、公家尤可被重也、」雖然京都事又不可被弃、就中件兩堂作事」不高太之事、且勤修遷宮・府廳修造、兼任先府」旨可企兩堂造作之由、可被仰下歟者、左大弁』被申云、大宰府申〔也／る〕被裁許豊樂院西華・東」華兩堂作事、修造府廳、并勤仕宇佐遷宮事〈と〉」申〔せ／る〕事、或無止神事、或賞客所見、公家可被」重、依請可被裁許歟、右兵衛督同之、新中納言・」侍従中納言・左衛門督・東宮大夫・民部卿・右府等」被申云起、不異余申旨、次余申云、上総介維時朝臣」申被停所帯職事、如申狀、年齢衰老之上、病」痾頻犯、不堪分憂之任者、依請被停止、以可然者』可被任歟、左大弁以上皆被同余事、次申云、」下総守為頼申重任八箇年之中、隮四ヶ年」公事、預勧賞事、如申狀者、罷下之後不経幾」程、

相營追討忠常事之間、人・物共已獘、忽難」興後、若無裁裁許何済公事云々、所申可然、依請」可被免歟、左大弁以上同之、相府被木可上申文」等之由、余奏愁《整歟》轉之上、相府取之、披見了召頭」弁、被覆奏定旨、〔先下申文等、階結／申、被仰宣旨也、〕仰、依多定申各可宣』下者、次又甲斐守源頼信進忠常歸降之由申文、」[※2]并常安降狀、〔忠常／□名也、〕忠常死去之由解文、并美乃」國司等實檢日記等、被下云、頼信朝臣今歸降忠」常之賞可有哉否、又忠常男常昌・常近不進」降狀、執可追討哉否之由、可令申者、次第見下」了、余申云、頼信朝臣令歸降忠常之賞尤可」被行也、但於其法者、先符云、随且狭可給官位」者、先被召問頼信朝臣、随彼意趣可被量行歟、」』又忠常男常昌・常近等又進降順狀、其身雖」死去、於男常昌等者未降来、何點止被免哉、須」任先符執被追討也、而前使直方時、坂東諸國」多属追討、衰已殊甚云々、重遣使手、若賜早可擊」之符、偏注營此事之間、諸國弥已、興復難期歟、」暫被優廻、頗興復之後、左右可被行歟者、左大弁」申云々、頼信朝臣賞同余詞、但常昌等事、為」造意首忠常已以《歟》歸降、常昌等是従也、雖不被』追討有何事哉者、左兵衛督申云、頼信朝臣賞」事同下官申旨、但於常昌等事者、常安降」狀頗見男等降歸氣色之中、忠常於途中」[※3]死去、獄禁者遭父母喪之時給其假云々、況未被」禁者哉、被優免有何事哉、新中納言以上被」申之趣大略同余詞、相府取文書等、付頭弁」被覆奏□旨、仰、依多定申者、次頭弁以申」文等奉下相府、令仰外記、令進硯・折界等、』外記奉硯等、又被仰可召二省之由、次令左大弁」書除目、修理大夫、〔群左／大弁、〕兼申〔相府、書／別紙、〕斉院次官、〔藤原／吉重、〕」[※4]相模守、〔死闕、光貴去春史／巡被留被抽任也、〕下総守、〔時／重、〕左近將監、〔右《藤》原／光任、〕造」大安寺長官經輔、主曲、〔孝親、先此被仰云、史等之中堪／主曲之、令大弁等擇申、定申、相」府書／別紙、〕大丞書了奉相府、々々召筥被奏、下給授新」中納言被退出了、先此但馬守則理・備前守長經、」共延仕二ヶ年、被下宣旨、又為頼宣旨同下了」云々、又申相模守之輩三人申文〔時重・公行・／光貴、〕被下、』可擇申之由有仰、余擇上時重・公行申文、而」自上召光貴申文、仍奉之、返公行加光貴申文、」被奉相府了、余中心所思、被抽公行之旨、不」得其心、任佐渡數代已燒久、無任中済事之輩、」而公行任中済事、勘八ヶ年税帳、已及六ヶ」年、就中此間《國》久營軍務、衰老殊甚云々、尤可」被擇其人也、光貴誠雖有其理、依為新叙者、堪」否分優之由、暗以難知、被行之旨似無據所、參』入夜中納言移南座、召外記令召二省、外記申云、」式部召候、兵部各申障不參者、上宣、召式部、」外記之度申了、式部丞資道〈靴、〉立小庭、上卿」給除目等三枚、〔巻合一枚修理大夫、／一枚受領等、一枚【造大／安寺】、〕式部退出、次召外」記、々々筆・刀等入筥持參、〔往四巡煩、余令陣官加之、仍／雖無仰所持參歟、〕上以」兵部召給外記令巻封之後、仰云、封目可點墨」者、外記點之、〔須上卿可點墨也、而／令外記點之旨如何、〕仰、慥可候者、又仰」云、廿九日若来月二日之間、可召兵部、件両日之間、』兵部參入日、參入可下也者、

次退出、余参殿申」門《奉》雑事、及深夜退出、自明日四ヶ日御物
忌云々、」今夜又被仰云、諸司・諸衛不仕城外官人、可解」
※5布見任歟、將光誡可解見任之由、兼仰下向國司」早可追上之
後、重不可令下向之由、不憚其誡」之時可解布歟、令諸卿定
申者、彼此被」申云、先被誡仰之後、無其憚歟、被解《却》布歟、」
右府被奏此旨之後、奉　宣旨被仰下云々、」』

☆『左経記』逸文（二月十三日条の最後から十七日条まで）

『魚魯愚別録』巻二（『史料拾遺』第六巻「前田家本　魚魯愚鈔　下巻之一」八〜五六頁）に、

經頼記曰、長元四年二月七日、

（略）

同十三日記曰、内府言談次被仰云、前日所相示云々、入道大納言云、着議所雖以次大臣執筆之時、猶入自南幔、但☆A納言執筆之時可入自東方者、

（略）

同記、長元四年二月十五日、☆D降雨云々、内府☆D以下次第起座經宜陽殿西壇并日華門等着議所、〔内府入自南幔着東面座、民部卿以下入自東面北間相分着、〕各座定有召、〔弁・少納言依遅参無勸盃、〕内府以下經南殿北廂参立弓場殿、

（略）

經頼記曰、長元四年二月十五日、☆C自今日有除目議云々、☆E大二条内府先着自座、依殿御気色登北座、十七日云々、殿☆F承勅召、准《唯歟》着円座之後奉　勅目内府、々々唯先進着自座、次殿又目、仍移北円座、

とある逸文により補う。清水潔編著『類聚符宣抄の研究　付類聚符宣抄・別聚符宣抄索引』（国書刊行会、一九八二年）附載「左經記逸文拾遺」（三三九〜三四〇頁）参照。

頭書1正月一日、己酉、節會、」二日、庚戌、關白家臨時客、　二宮大饗、」三日、辛亥、天皇行幸上東門院御在所京極院、東」宮同行啓、』五日、癸丑、叙位議、」七日、乙卯、節會、」八日、丙辰、御斎會始、」十一日、己未、女叙位、」十四日、壬戌、御斎會了、」十六日、甲子、踏歌、　十七日、乙丑、射礼、」今日以外記遣式部卿敦平親王家、去五日叙位、」良國王叙四位、件人有殺害犯之上、已非王氏、命毀」被位記、被問根元、」十八日、丙寅、賭射延引、依雨氣也、」廿五日、癸酉、除目始俄延引、」

二月一日、戊寅、　二日、己卯、大原野祭、　四日、辛巳、祈年祭、』五日、壬午、祈年穀奉幣定、　十日、丁亥、釋奠、」十一日、戊子、祈年穀廿一社、仍列見延引、　十五日、壬辰、除目始、」十六日、癸巳、同、　十七日、甲午、入眼、　十八日、乙未、下名、」廿一日、戊戌、列見、　廿二日、己亥、上野駒引、　廿七日、甲辰、仁王會、」

三月一日、戊申、　三日、庚戌、御燈、　禁闈有蜜宴、桃源」皆壽考、　東宮詩會、題云、桃花助酔歌、」四日、辛亥、季御讀經、　七日、甲寅、同終、」十四日、辛酉、被定安房守平正輔与前左衛門尉平」致經合戦事、法家勘申罪名、　今日内侍除目、」式部卿敦平親王停釐務、源良國者、大宰大監」大蔵種材男也、先年射殺大隅守菅野重忠犯人也、」忽改姓名謀計也、前太宰大貳惟憲卿坐此事、』處勘事、　廿三日、庚午、石清水臨時祭、」廿八日、乙亥、直物、」

四月一日、戊寅、天皇出御南殿、有旬事、」三日、庚辰、武藏國秩父駒引、　四日、辛巳、廣｜・龍｜祭、」五日、壬午、御禊前駈、　七日、甲申、平野祭、　又擬階」奏、　八日、乙酉、梅宮祭、　十一日、戊子、式部省請印位記、」廿六日、癸卯、關白　左大臣參詣賀茂社、奉幣馬事、」廿八日、己巳、甲斐守源頼信申平忠常進来、仍随身」可參上之状、　卅日、丙午、子剋、關白左大臣領東三」條第焼亡、但新造之後、未被移徙之前也、」

五月一日、丁未、」

四日、庚戌、兵部省位記請印、　十一日、丁巳、月次・神今食、』頭書2十六日、壬戌、頼信朝臣梟忠常首入京、件忠常受病」死去、但有議定、給彼忠常従類、依為降人也、」廿七日、癸酉、小除目、」

頭書1「四年（辛未）」
頭書2「梟忠常首」

《解説》『小右記』長元四年条を読む

《解説》『小右記』長元四年条を読む　目次

藤原実資

一　藤原実資と『小右記』（三橋　正）……7
1　古記録文化の成立　8　2　藤原実資の生涯　14
3　『小右記』と長元四年条の価値　20

二　実資の家族（久米舞子）……29
1　妻　29　2　実子　30　3　養子　31　4　婿藤原兼頼　34

三　実資と右近衛府（中野渡俊治）……36
1　右近衛大将としての実資　36　2　賭弓・手結の手配　38　3　相撲節の手配　39
4　春日祭使の手配　41　5　近衛官人の昇任　42　6　右馬御監　43

四　実資の家司（中野渡俊治）……46
1　家司とは　46　2　家司任命について　47　3　家司に対する便宜　48
4　家司の活動とトラブル　48　5　家人　50

宮廷年中行事

五　正月行事について（東海林亜矢子）……52
1　実資家の秩序を象徴する儀礼　52　2　年頭の政務手続き　54
3　実資にとっての正月儀礼の意味　56

六　叙位（池田卓也）……58

1 叙位制度の変遷 58　2 叙位の儀式 59　3 臨時叙位・奏授・女叙位 62
七 不堪佃田（池田卓也）……63
1 不堪佃田制の変遷 63　2 不堪佃田の審査 64
八 仏教行事（中野渡俊治）……67
1 年中恒例の仏事 67　2 正月の仏事 68　3 二月・三月の仏事 69
4 八月の仁王会定をめぐって 71　5 秋季御読経と十一月の仁王会 72
九 吉田祭（八馬朱代）……73
1 吉田社と吉田祭 73　2 吉田祭の儀式 74
一〇 新嘗祭と豊明節会（関眞規子）……77
1 五節舞姫 77　2 長元四年の五節舞姫献上 78
一一 相撲節会（上原作和）……80
1 成立と意味 80　2 平安前期の儀式とその変遷 81　3 摂関期の儀式 83
一二 駒牽（太田雄介）……87
1 八月の駒牽 87　2 長元四年の駒牽 88
重要な出来事
一三 王氏爵詐称事件（山岸健二）……91
1 氏爵 91　2 氏爵の不正 95　3 詐称事件の発生と敦平親王の処分 96
4 詐称者「良国」 99　5 仲介者藤原惟憲 101

一四 平正輔と平致経の抗争（加藤順一）……104
1 事件の処理 104　2 事件の審議 106　3 関係文書 107
4 裁判制度の概要 110　5 処分 111
一五 平忠常の乱と源頼信（村上史郎）……113
1 乱の発生と追討使平直方 113　2 源頼信の発遣と乱の平定 115
3 乱後の坂東と源頼信 117
一六 造営事業の展開（十川陽一）……119
1 造営体制の変化 119　2 受領による造宮負担への対応 120
一七 東大寺正倉院の修理（山岸健二）……124
1 正倉院の歴史 124　2 正倉院の修理と開封 125　3 長元四年の修理 127
一八 摂関賀茂詣と競馬奉納（川合奈美）……130
1 摂関賀茂詣の次第 130　2 関白頼通の競馬奉納 131
一九 十列奉納（十川陽一）……133
1 祭への十列 133　2 臨時の十列 134
二〇 伊勢斎王託宣事件（三橋正）……137
1 事件の概要 137　2 藤原相通・小忌古曾夫妻の配流と第二の託宣 139
3 伊勢公卿勅使発遣 143　4 伊勢内・外両宮の禰宜の加階 147
二一 上東門院物詣（井野葉子）……151
1 準備の様子 151　2 出立の行列 152　3 物詣の行程 154

4 物詣への批判 156
二二 興福寺造営（林 育子）……159
1 道長・頼通の興福寺造営 159 2 東金堂・塔供養 161
二三 朔旦冬至（太田雄介）……163
1 朔旦冬至の準備 164 2 当日の儀式 165
二四 馨子内親王の着袴（川合奈美）……168
1 親王の着袴と準備 168 2 着袴の儀 169
二五 馨子内親王の卜定（嘉陽安之）……171
1 卜定所と初斎院 171 2 賢木と難良刀自の神 174

社会と生活

二六 対外関係（村上史郎）……176
1 耽羅島漂流民の送還 176 2 唐物と宋商人と大宰府長官 178 3 仏教交流 180
二七 陣定（池田卓也）……182
1 次第 182 2 議題 183 3 定文 185 4 他の「定」 186
二八 官人の出仕と欠勤（山下紘嗣）……188
1 出仕 188 2 欠勤 189 3 懈怠と処罰 190
二九 着座（池田卓也）……192
1 参議の着座 192 2 着座の意義と式日 195 3 着陣 196

二〇　所充（山岸健二）……199
1　官所充　199　2　殿上所充の歴史と意義　201　3　殿上所充の準備　203
4　殿上所充の儀　204
二一　喧嘩と窃盗（久米舞子）……208
1　朝廷・摂関家に関わる事件（濫行・暴行・強姦・窃盗）　208
2　小野宮家に関わる事件（放火・群盗・濫行・強盗・喧嘩）　211
二二　月食（太田雄介）……216
1　長元四年の月食　216　2　月食の影響　218
二三　病気と治療（市川理恵）……221
1　病状と病名　221　2　治療と祈禱　222　3　受戒と出家　224
二四　穢（関眞規子）……227
1　穢規定と定穢　227　2　穢の影響と対処　229
二五　信仰と禁忌（三橋正）……232
1　神祇信仰と社寺参詣　232　2　仏教　234　3　陰陽道の忌日と物忌　237
4　宿曜道　240
《付1》口絵解説……243
《付2》主要参考文献……255
《付3》年中行事一覧……271

藤原実資

一　藤原実資と『小右記』

三橋　正

藤原実資（九五七～一〇四六）の日記『小《しょう》右《ゆう》記《き》』は、摂関期における最大かつ最重要な記録（日記）である。平安時代の研究をする者ならば誰でも手にするほど有名な史料であるが、五十年以上にわたり詳細に付けられた日記を精読するのは極めて困難である。本書に収められたのは長元四年（一〇三一）の遺された六ヶ月分だけであるが、その書下し文と註釈を読むにも、相当な労力を必要とするであろう。また、日記の読み方は多様で、視点を変えることによって違った魅力を引き出すことができる。そこで読者の一助になればと、「藤原実資」「宮廷年中行事」「重要な出来事」「社会と生活」の四部に分けて解説を試みることにした。

そもそも、藤原実資は何故このような大部の日記を遺したのであろうか。最初に、平安時代に形成された古記録文化の存在と、実資の出自・立場などから『小右記』の史料価値を探り、さらに長元四年条の意義についてまとめておきたい。

1 古記録文化の成立

記録(古記録)とは、文書(古文書)と並ぶ最重要の文献史料で、広義には回想録・物語・紀行・訴訟文書・儀式書・目録・編纂物などを含めるが、狭義には毎日の出来事を記した日記のことを指す。日記とは、自らが見聞・経験した事柄を後日の参考・備忘のために書き記したもので、その日その日に書き継いだ「日次記《ひなみき》(日並記)」の他に、一事件の一部始終を記した事記があり、日次記(本紀)がある場合には「別記」といった。さらに、重要な事項ごとに日記の記事を抄出して類従したものを「部類記」といった。日記の分類は様々であるが、大きく公日記(公用日記)と私日記とに分けるのが一般的である。そして、日本特有の漢文で日記を付ける風習が定着する背景に、平安貴族社会における公日記から私日記への展開があり、それ故に私日記が「公」的な意味を持って伝承されて来た歴史があることに留意しなければならない。

平安時代に入ると宮廷や官衙での公日記が本格化した。太政官の外記が職務として記録する『外記日記《げきにっき》』の規定が弘仁六年(八一五)正月廿三日の宣旨(『類聚符宣抄』第六・外記職掌)で定められ、同時代に設置された蔵人所でも、六位蔵人が当番を組んで『殿上日記』を記すようになった。共に逸文しか残らないが、『外記日記』は史書の編纂に用いられたことも明らかである。他にも『近衛陣日記』『検非違使庁日記』などが知られる。このような公日記の盛行は、弘仁年間(八一〇~八二四)に格式の編纂が本格化したことと無関係ではないであろう。

宮廷や官衙で定着した日記を付ける習慣が次第に個人のレベルへと移行したことは容易に想像されるが、その転換点に『宇多天皇御記《うだてんのうぎょき》』がある。六国史の最後である『日本三代実録』にある光孝天皇の歴史で官撰国史は終わり、その次の天皇から日記が遺されているのである。もちろん以前にも私日記が存在しなかったわけではないが、宇多天皇

(八六七〜九三一)は臣籍に降下してから即位した初めての天皇で、元服後に侍従(王侍従と称される)となって陽成天皇に仕え、元慶八年(八八四)には源朝臣を賜わっていたのであり、この官人として仕えていた時代に身につけた日記を付ける習慣が、天皇になっても継承されて御記(宸記)を生んだと考えることができる。天皇の日記は、宇多天皇の子の醍醐天皇、そして孫の村上天皇にもあり、『三代御記』(所功編『三代御記逸文集成』国書刊行会、　九八二年)と総称される。この頃から摂関政治を主導した藤原氏ら公卿の日記も多くなるが、その基盤には、職務として公日記を付ける習慣があったことに加え、天皇の御記が範とされた可能性が考えられる。

親王の日記としては、本康親王(?〜九〇一)の『八条式部卿私記』が古いが、若干の逸文が伝わるのみで詳細はわからない。まとまって遺されているのは、醍醐天皇の第四皇子で天暦四年(九五〇)に式部卿となった重明親王(九〇六〜五四)の『吏部王記《りほうおうき》』(史料纂集)である。

公卿の日記としては、醍醐・朱雀・村上の三天皇を摂政・関白として支えた藤原忠平の『貞信公記《ていしんこうき》』(大日本古記録)があり、子の実頼によって抄録された『貞信公記抄』(天理図書館善本叢書)が写本として伝わっている。実頼の日記としては、逸文しか伝わらないが、『清慎公記《せいしんこうき》(水心記《すいしんき》)』があった。弟の師輔には『九暦《きゅうれき》』(大日本古記録)がある。師輔は父忠平の訓戒を子孫に伝えるために『九条殿遺誡《くじょうどのゆいかい》』(日本思想大系)を遺し、「日中行事」で前日の出来事を毎朝記すとし、さらに日記の付け方について、

次見㆓暦書㆒可㆑知㆓日之吉凶㆒、年中行事略注㆓付件暦㆒、毎日視㆑之、次先知㆓其事㆒兼以用意、又昨日公事若私不㆑得㆑心事等、為㆑備㆓忽忘㆒、又聊可㆑注㆓付件暦㆒、但其中要枢公事、及君父所在事等、別以記㆑之可㆑備㆓後鑑㆒、

として、日の吉凶を知ったり年中行事を書き込んでおいたりする具注暦に、公事などを「忽忘に備へむが為」に注付し、重要な公事・天皇や父がいた時のことなどを別に記して「後鑑に備」えるとしている。そして、具注暦に儀式作

法などを記録し、先例として利用するという姿勢は、以後の貴族たちに継承され、最高身分の者までが日記を付けるという古記録文化が定着したのである。後世になると日記を遺す特定の家系が「日記の家」と称されることになるが、摂関期には官人として出仕し、自らの出世と家系の繁栄を願う者の多くが、日記を付ける習慣を身につけていたといえるであろう。

宮廷の儀式や故実に関心を寄せて父祖の先例を尊重するという姿勢は、藤原忠平の「教命」として子孫たちに受け継がれていったが、実頼の系譜と師輔の系譜との間で異なる流派が生まれることにもなった。住んでいた邸宅にちなんで、実頼に始まるものを小野宮流、師輔に始まるものを九条流といい、実頼の養子実資によって完成された『小野《おのの》宮年中行事《みやねんちゅうぎょうじ》』と師輔自身による『九条年中行事』という、それぞれの名を冠した儀式書（年中行事書）も著わされた。しかし、両書とも年中行事障子（藤原基経が光孝天皇に献じ、清涼殿広廂東簀子南に立てられた）の項目に加筆をしたものであるように、両流に超え難い差違があるわけではなく、日記についても双方のものが等しく重用された。

具注暦の余白に日々の記録を書き綴っていた様相は、師輔の孫である藤原道長（九六六〜一〇二七）の日記『御堂関白記《みどうかんぱくき》』の自筆本（陽明叢書・大日本古記録）から知ることができる。但し、『御堂関白記』の起筆は道長が廟堂の頂点に立つ左大臣となった長徳四年（九九八）からであり、記述も乱雑かつ粗拙で、一般的な記録のあり方とかけ離れていた。同時代の九条流の日記としては写本しか伝わらないが、藤原行成（九七二〜一〇二七）の『権記《ごんき》』（史料大成・史料纂集）の方が規範的で、記事も詳しく書かれている。

藤原行成は天禄三年（九七二）に右近権少将義孝の子として生まれたが、祖父伊尹（師輔の長子で一条摂政と呼ばれた）の養子となっていたらしい。しかし、共に幼少の時に死別し、生母の父である醍醐源氏の中納言保光（桃園中納言）の庇護のもとに養育された。永観二年（九八四）に十三歳で叙爵（従五位下）し、寛和二年（九八六）に昇殿、ついで左兵衛権佐となっている。この頃までに日記を付け始めたと考えられるが、現存する『権記』は正暦二年(九九一)九月七日の仕大臣儀からである。そして長徳元年(九九五)に蔵人頭となり翌年から弁官を兼ね、長保三年(一〇〇一)に参議、寛弘六年(一〇〇九)に権中納言、寛仁四年(一〇二〇)に権大納言となる。三蹟の一人として有名であるが、源俊賢・藤原公任・同斉信と共に「寛弘四納言」と称されたように有能な貴族官僚であり、特に一条天皇の信任が篤く、『権記』にも一条朝の儀式・政務、左大臣道長との遣り取り、天皇崩御の場面などが詳細に記されている。『権記』は寛仁元年(一〇一七)八月条まで伝わるが、それ以降の記事も『改元部類記』などに引用されている。また、行成がまとめた儀式書として、約七三〇の項目からなる『新撰年中行事(行成大納言家年中行事・行成抄)』(東山御文庫蔵)がある。

同時代の小野宮流の日記として『小右記』(大日本古記録・史料大成)があり、少し時代が降って宇多源氏の源経頼の日記『左経記《さけいき》』(史料大成)がある。

源経頼(九八五～一〇三九)の祖父は左大臣源雅信、父は参議左大弁扶義であり、外舅(妻の父)の一人に藤原行成がいる。経頼は長徳四年(九九八)に十四歳で叙爵(従五位下)、寛弘二年(一〇〇五)に玄蕃頭となり、次侍従・少納言、和泉守などの国守、蔵人・蔵人頭、内蔵頭、中宮亮などを経て長元三年(一〇三〇)に参議となるが、何と言っても長和三年(一〇一四)に左少弁となってから長暦三年(一〇三九)に左大弁で没するまで二十五年も弁官職を勤め、太政官政治の実務に携わった。現存する『左経記』は長和五年正月から長元八年六月まで(後人が凶事に関わる事項を部類した『類聚雑例抄』を合わせると長元九年まで)であるが、『御産部類記《おさんぶるいき》』『台記《たいき》』『魚魯愚別録《ぎょろぐべつろく》』『官奏抄《かんそうしょう》』『列見并考定部類記《れけんならびにこうじょうぶるいき》』などに引かれる逸文から、起筆は寛弘六年(一〇〇九)以前で、没年まで記されていたことが知られる。また実務官僚の立場から儀式次第を把握するため、『西宮記《さいきゅうき》』勘物(青縹書)を作成し、文書の書式や発行手続きについての先例を知るために『類聚符宣抄《るいじゅうふせんしょう》』(国史大系)を編纂したと推定されている。

このように摂関期に根付いていた日記を付ける習慣は、公務遂行上の典拠を書き残すという公日記の伝統を受け、朝儀を過誤なく執行するために先例を重視するという貴族の政治意識のもとで育まれた。それ故に、自ら日記を書くだけでなく、先祖の日記を書写し、さらに諸家の日記をも蒐集するようになり、事項別・職掌別の部類記が作成された。その営為は各種の『年中行事』の成作につながり、さらに詳しい儀式書（故実書）として源高明の『西宮記』、藤原公任の『北山抄《ほくざんしょう》』、大江匡房の『江家次第《ごうけしだい》』などを生んだ（故実叢書・神道大系）。日記の多くが自筆本ではなく写本として遺った理由は、このような貴族社会特有の文化による。また、散逸した日記について、その存在や逸文が知られるのも、同じ精神により後世の日記や儀式書などに引用されたからである。

漢文日記を書くという古記録文化は、前代の日記を書写して後代に遺すという作業と表裏一体の関係であった。そして、その作業の中で日記に名称（書名）が与えられたのであるが、後世の人が付けたので、必ずしも統一した方則があったわけではない。記主の姓名・称号・官職などから二字を組み合わせるのが普通だが、死後に作られるので諡号（おくりな）や極官（その人が着いた最高の官職）が用いられ、さらに工夫が加えられる場合もある。この命名法（ネーミング）にも時代特有の感覚と日記の性格が表われているので、簡単にまとめておきたい。

『三代御記』とも総称される宇多天皇・醍醐天皇・村上天皇の『御記』（『宸記《しんき》』）は、それぞれの天皇の時代を象徴する年号により『寛平御記』『延喜御記（延長御記）』『天暦御記』などともいう。

重明親王の『吏部王記』は、天暦四年（九五〇）に任命された式部卿が極官であり、その唐名である「吏部尚書」にちなむ命名である。『李部記』『李部王年々記』『吏記』『李記』ともいい、また『式部卿親王記』『重明親王記』『重王記』『重記』ともいう。

藤原忠平の日記を『貞信公記』というのは、死後に「貞信公」と諡号されたからである。

藤原実頼の『清慎公記』も諡号からであるが、その「氵(さんずい)」と「忄(りっしんべん)」を採って『水心記』ともいい、その邸宅にちなんで『小野宮殿記』ともいう。

藤原師輔の『九暦』は「九条殿の暦記(暦に書かれた日記)」ということで、『九記』『九条殿記』という名称の他、極官であった右大臣の唐名を使って『九条右丞相記』ともいう。

藤原道長の『御堂関白記』の「御堂」は出家後に建立した無量寿院(法成寺)を「御堂」といったことから来ているが、関白になっていないので、正確には『法性寺摂政記』または『道長公記』の名称を使うべきであろう。

藤原行成の『権記』は極官の「権大納言」から付いた名称で、『権大納言記』『行成卿記』などともいう。

源経頼の『左経記』は「左大弁」と「経頼」の一字ずつを採って付けられているが、その字の偏だけを採って『糸束記』ともいい、他に『経頼記』『故経頼左大弁記』『源大丞記』(大丞は左大弁の唐名)などともいう。

藤原実資は自らの日記を「暦」「暦記」などと書いているが(八月註186)、同時代には『右府御記』などと呼ばれている。現在一般化している『小右記』は『小野宮右大臣記』のことであるが、「小野宮」と右大臣の唐名「右府」とから二文字目を組み合わせて『野府記《やふき》』ともいう。『小野宮記』『小記』などともいうが、同じ小野宮殿である祖父(養父)の実頼と区別するために「後」や「続」を付けて『後小野宮右大臣記』『後小記』『続水心記』などともいう。

これらの名称からも、貴族の私日記が「公」的な意味を持ち、かつ家の誇りをもって書かれ、受け継がれていたことが知られ、その記載の信憑性の高さが窺える。特に摂関期の日記は、政治・経済・社会・文化のすべてを領導していた最上級の権力者たちによって書かれたもので、学術的な価値は計り知れないのである。

2　藤原実資の生涯

次に『小右記』の記主である藤原実資の略歴をまとめておきたい。尚、以下に掲げる史料のうち、『小右記』の記事については日付のみとして書名を省略し、引用には大日本古記録（以下、古記録本）を用いるが、必要に応じて史料大成（以下、大成本）を参照し、長元四年条については本書の成果を反映させた。

藤原実資は天徳元年（九五七）に参議斉敏の四男として生まれた。母は播磨守藤原尹文の娘である。祖父実頼の養子となり小野宮邸を伝領したので「後小野宮」といわれ、右大臣を極官としたので「小野宮右大臣」といわれる。

安和二年（九六九）に十三歳で元服と同時に叙爵（従五位下）し、その四ヶ月後に侍従となった。翌天禄元年正月に昇殿するが、同年五月に養父実頼（摂政・太政大臣）は薨じてしまう。同二年三月に左兵衛佐、同四年七月に右近権少将となるが、その年の二月に実父斉敏（右衛門督・検非違使別当）が薨じてしまう。その後、近江権守・伊予権介を兼任しながら加階して従四位上となり、天元四年（九八一）に二十五歳で円融天皇の蔵人頭となった。この時、叔父頼忠（実頼の二男、保忠の養子）が関白・太政大臣となっており、翌年にその娘遵子が皇后となると実資は中宮亮も兼任して政権を支えた。

実資はさらに花山天皇の蔵人頭となり、寛和二年（九八六）一条天皇の即位により九条流の兼家が摂政となった時に中断するが、天皇の父である円融上皇の後押しもあって翌永延元年（九八七）に復帰した。中断を挟みながらも三代の天皇の蔵人頭を勤めたことは、実資の有能さを示している。しかし、蔵人頭が参議（公卿）への昇進コースであったことを勘案すれば、その出世が順調であったとはいえない。関白頼忠の時代は蔵人頭のままで、摂政兼家の時代には道長を含む九条流の子息たちに先を越されてしまう。参議になったのは永祚元年（九八九）、三十三歳の時で、円融上皇の存在があったからであるが、正暦二年(九九一)に上皇は崩じてしまう。その前年に薨去した兼家から息道隆への政権委譲、さらに長徳元年(九九五)の道隆の急死による弟道長と息伊周の争いと道長政権の確立などについて、実資としては傍観するしかなかったであろう。

政務・儀式に精通した実資は、同年五月に内覧宣旨を受けた道長の政権構想に必要とされたようで、その三ヶ月後に権中納言となった。そして、翌年正月に起こった伊周・隆家兄弟による花山法皇襲撃事件(長徳の変)で、実資は右衛門督・検非違使別当として処理に当たり、まだ安定感を持っていなかった道長政権を助ける形となった。この直後、実資は中納言になり、督・別当の両職は辞したが、長保元年(九九九)に正三位、同二年に従二位となり、同三年には権大納言で右大将を兼ねた。実資は道長のもとで上卿として儀式・政務を執行できる身分(中納言)から、大臣に代わって官奏を行なえる大納言にもなり、さらに近衛府の大将という要職を得たのである。右大将の職は、実資八十七歳の長久四年(一〇四三)まで、四十三年間も勤めることになる。

道長が左大臣となってから一条朝は安定し、右大臣藤原顕光、内大臣藤原公季、大納言藤原道綱・藤原懐忠(位階は長保五年に正二位となった実資より下)という体制に変化がなかったが、寛弘六年(一〇〇九)に懐忠が辞し、実資は大納言となった。このように道長に取り込まれたとはいっても、その言いなりになる他の公卿たちとは一線を画していた。既に正暦二年に藤原佐理が参議を辞してから、実資は小野宮一門の筆頭公卿ではあった。しかし、その存在意義は廟堂における不動の地位を確立してこそ発揮され、九条流が全盛を迎えた時代において、小野宮の嫡流としての誇りから、道長一家に対して毅然とした態度で臨めたのである。長徳二年の花山法皇襲撃事件に際しては縁坐を行なうべきでないと進言し(五月四日条)、長保元年(九九九)に道長が彰子入内のための屏風和歌の詠進を諸卿に求めた時、それにただ一人応じなかった(十月廿八日条)。また、三条天皇即位の翌年の長和元年(一〇一二)、故藤原済時の娘娍子が三条天皇の皇后として立后の時、諸卿が道長の娘中宮妍子をはばかる中で、「天に二日無く、地に二主無し」という道理から、藤原隆家らと共に参内して儀式を行なった(四月廿七日条)。さらに、後一条天皇の寛仁三年(一〇一九)に起こった刀伊の入寇の際には、恩賞を賜与するという官符発令の先後に関係なく、これを撃退した者に賞を行なうべきだと強硬に主張し、それを行なわせた(六月廿九日条)。

以上は、実資の剛直さと小野宮の自負を示すこととして、しばしば指摘されてきた。特に三条天皇から「方人」(自分の側の公卿)と見なされたこともあり(長和元年四月十六日条)、その時代に天皇と不和であった道長と距離を置き、日記にも随所に道長批判を書いている。九条流に対して小野宮流の立場を堅持しようという意識が強かったことは事実で、実資を論じる場合にその点が強調される傾向があるが、実際に道長と対立することはなく、貴族社会特有の自己保全と調和の原理によって行動していた点にも留意する必要がある。後一条天皇の即位により外祖父である道長の権威が揺るぎないものとなると、実資もそれを受け入れて、より積極的に道長に接近せざるを得なくなるのである。

実資に期待されたのは、第一にその知識を活かした儀式の執行者としてであり、第二に道長の次の世代(頼通)の体制を補佐することであった。それは、長和五年(一〇一六)正月に後一条天皇が即位し、道長が外祖父として摂政となると、三月廿六日には一上の権限を右大臣顕光一人ではなく当日出勤の大納言以上の公卿にも分与するという措置をとったことに明らかである(三月十六日条、『御堂関白記』同月廿六日条)。これにより、右大臣顕光・内大臣公季だけでなく、大納言の実資(上席に道綱もいる)はもちろん、権大納言の斉信・頼通・公任もが除目などを行なえるようになった。四節会(元日・白馬・踏歌・豊明)の内弁を勤めるのも一上が原則であったが、道長は既に長和四年の段階で、頼通に元日節会の内弁、実資に白馬節会の内弁を勤めさせている(『御堂関白記』)。頼通の内弁はその一度だけであるが、実資は同五年の白馬節会の内弁、翌寛仁元年(一〇一七)の元日節会の内弁も勤めている。その三月に頼通が道長から摂政を譲られると、実資への儀式依存は一層顕著になり、その年から四年連続で十一月の豊明節会の内弁となっている。そして、治安元年(一〇二一)七月に顕光が左大臣を辞し、関白左大臣頼通、太政大臣公季、右大臣実資、内大臣教通という新体制が出来上がると、節会の内弁・重要な儀式の上卿のほとんどは実資が担当した。それが自他共に「完璧」と認めるものであったことは、治安元年十一月に御前の官奏の上卿を勤めた際、「過失」の無かったその儀を群臣が参集して競い見ただけでなく、道長の賞賛を得たことに象徴される(十一月九日・十日・十六日条)。さらに春の除目(県召除目)でも、天皇と共に御簾の中にいる関白頼通に代わって儀式を取り仕切る大臣の役を行なうようになる(万寿四年正月廿五〜廿七日条)。道長は寛仁三年(一〇一九)三月廿一日に出家し、万寿四年(一〇二七)十二月四日に六十二歳で入滅するが、それまでに頼通へ政権を委譲するにあたり、実資を重用し、重責を担わせた。実資は廟堂の頂点に立つことはなかったが、頼通のもとで重要な朝儀を取り仕切る立場となり、「儀式の完璧な執行者」としての名声を確立することになった。

この間、実資に道長一家への批判がなかったわけではなく、例えば寛仁元年十月の仁王会で簾中に控える道長について「帝王の如し、人臣に非ず」と非難したり(十月八日条)、道長の上東門第(土御門殿)・頼通の高陽院などの造営に対する人々の「憤懣」を伝えたりしている(同二年六月廿日・同三年二月八日)。けれども、寛仁二年(一〇一八)十月十六日、道長の三女威子入内の日の宴席で道長が詠んだ「この世をば」の歌に唱和したことに象徴されるように、道長の気遣いもあり、実資は自らの存在を道長家(摂関家)の体制内に置くしかなかった。それは、道長が出家した時、八日後に面会を願い出て、隠居しないで月に五六回は参内するように促していることからも窺える(同三年三月廿九日条)。このような努力なしに、養子たちを出世させ、比叡山で出家していた息良円を僧綱にするなど(同三年八月十三日条などに律師の話があり、長元元年十二月に権律師となる)、一家の繁栄をもたらすことはできなかったであろう。

実資が頼通の時代に重鎮となり得た背景には、このような道長一家との接近があったのであり、九条流に対する意識も対抗心だけと見なすことはできない。先述したように、実資は摂政兼家の時に参議（公卿）となったので、その恩を忘れなかったという逸話が、『古事談』（第二・臣節）に、

実資大臣者、依二大入道殿（兼家）恩一至二大位一之人也、依レ思二其恩一彼御遠忌日必被レ参二法興院一、御堂（道長）仰云、アツキ比也、何強如レ此被レ参哉云々、右府（実資）云、ナニカ令レ知給、我者依二彼御恩一如レ此人ニ成畢、為レ報二其御恩一参仕也、不レ可二令レ知給一云々、

とある。事実、右大臣になっても兼家の忌日に合わせて行なわれる法興院の法華八講に参入しており（治安二年七月二日・同三年七月二日・万寿二年七月二日・同四年七月四日条など）、それを主催する道長への配慮が窺える。道長没後については不明だが、『小記目録』（第一〇・諸寺八講）に「同（長元四年）　六□（月カ）□□□思二旧意一年来参二法興院八講二□（事カ）、」とあり、法興院法華八講への参入に対する想いは強かったと想像される。また、三十五歳年下の頼通に対しては、好意以上の愛情を注いでいたようで、清涼殿東廂で二人が抱き合っている夢を見て「若《も》し大慶有るべき歟」と記している（長元二年九月廿四日条）。

道長一家に接近しようという意識は、実資の娘千古について見ても明らかである。千古は寛弘八年（一〇一一）頃の生まれで、『大鏡』に「かぐや姫」とある、文字通りの箱入り娘であるが、実資は後一条天皇に入内させようとは一切考えなかったようである。千古の婚姻について、先ずは治安三年（一〇二三）に頼通から養子である源師房との話が持ちかけられたが、うまく運ばず、万寿二年（一〇二五）頃には道長の六男である新中納言長家と結婚させようとしたが、それも取り止めになった。そして長元二年（一〇二九）、道長の二男頼宗から千古と同じ十九歳の長男兼頼（道長の孫）との縁談が持ちかけられ、それを受け入れたのである。

後一条天皇の後宮に中宮威子しかいないことからも明らかなように、道長の絶対的権威が確立するに従って、他家の貴族たちには天皇の外戚となって廟堂の首班になろうという気概がなくなり、子女があれば天皇・東宮ではなく道長の子息と結婚させるようになる。小野宮流の公任（頼忠の長男）が長女（母は昭平親王女）を長和元年（一〇一二）に道長の次男教通の室としたことなどは、その典型である。ちなみに公任は、信長・信家・歓子らを生んだこの娘が万寿元年に死去した傷心により出家を決意するに至ったという（『栄花物語』巻二一・後くゐの大将、巻二七・ころものたま）。実資もこのような世の中全体の流れに抗することなく、兼頼を娘千古の婿として迎えたのである。婚姻の詳細は『小右記』が欠損して不明だが、長元三年四月には兼頼が婿として同居していたと考えられている（四月七日条）。

かくして実資は廟堂での地位を不動のものとし、摂関家との関係を盤石にし、道長没後は頼通から政治の巨細に渡る諮問があり、儀式だけでなく政務全般に重きをなすことになった。実資が右大臣になった時、上席には太政大臣藤原公季（長元二年に薨）と関白左大臣頼通がいた。けれども、太政大臣は「天皇の師傅」「則闕の官」とされる名誉職的な存在であり、関白は天皇と共に大政を総攬する職であるので、実資は宣旨を太政官に下すなど公事執行の筆頭大臣（一上）でもあった。それに加えて重要な儀式の執行を委ねられていたのであり、既に老齢にあった実資の負担は相当であった。そこで取られた措置が、「免列宣旨（自レ腋参上宣旨）」によって節会での負担を軽減させることである。長元三年、七十四歳の時のことで、『小右記』が欠損しているので詳しい経緯は不明だが、『日本紀略』長元三年十一月十九日条に、

節会、今日右大臣不レ就二行列一直可二昇殿一之由被レ下二宣旨一、

とあり、『江次第鈔』（第一・正月）に「自レ腋着二奥座一長元三年例也」として、

長元三年十一月十九日土記曰、内弁内大臣（藤原教通）、右大臣（藤原実資）雖二参入一依下去十六日有中可二自レ腋参上一宣旨上、内大臣所二承

行一也、諸卿着座了、右大臣上レ殿就二南面座一、件大臣留レ陣之間、留二大蔵卿藤原朝臣（通任）一、先例如レ此時、留二参議一人一云々、御箸下右大臣退出、

とあるように、この年の豊明節会から南庭で諸卿の列に加わらずに紫宸殿の座に直接着くことが認められた。また、これにより内弁を奉仕することもなくなり、次席の内大臣藤原教通が勤めるようになる。この「免列宣旨（自レ腋参上宣旨）」は、仁和元年（八八五）に藤原基経へ出されたのが初例であるが、以後は延喜八年（九〇八）に是忠親王、承平七年（九三七）に藤原忠平、天慶二年（九三九）に藤原仲平、同四年に敦実親王、康保二年（九六五）と四年に藤原実頼、貞元二年（九七七）に藤原頼忠へ出されており、節会という天皇主催の宴会で高齢者を優遇する措置とされていた。さらに頼通の時代には関白が天皇と共に清涼殿から紫宸殿へ移動していたから、実資は関白に次ぐ特別待遇を受けたといえるであろう。換言すれば、それまでの儀式執行の実績が評価されて「儀式・政務の管理者（監視者）」としての地位を与えられたのである。

実資は後冷泉天皇の永承元年（一〇四六）に九十歳で薨じるが、その時まで（厳密には直前に「臨終出家」をしているので、その時まで）右大臣の地位にあった。その二年前（長久四年）に右大将は辞したものの、最晩年まで朝廷で重きをなしていたことは、養子である資房の日記『春記』の記載からも明らかである。もちろん「賢人右府」と称された彼の優れた学識が必要とされたからであるが、それを可能ならしめた背景に、ここで指摘した「儀式の完璧な執行者」から「儀式・政務の管理者（監視者）」への立場の変更があったことを指摘しておきたい。

3　『小右記』と長元四年条の価値

『小右記』の自筆本は伝わらない。しかし、養子資平によって長元三年（一〇三〇）頃から書写が開始され、その資平本

に基づいて、一行の字詰までも忠実な写本Aと、それほど忠実でない写本Bとが作られ、時には両系統の写本が相補う形で更なる書写が繰り返され、今日に伝えられている（《付1》「口絵解説」）。その結果、平安時代の古写本として前田家三十二巻本・旧九条家十一巻本があり、鎌倉時代の古写本として前田家五巻本・旧伏見宮家三十二巻本・旧柳原家一巻本があり、その他に旧九条家十一冊本・京都御所東山御文庫六十四冊本・同六冊本・内閣文庫六十一冊本・昌平坂学問所七十五冊本など多くの新写本がある。現在は、前田育徳会尊経閣文庫・宮内庁書陵部・国立公文書館内閣文庫などに所蔵されているが、このように大量の写本が遺されていることからも、『小右記』が貴族社会で重用されてきた歴史を知ることができる。

現存する条文は、天元五年（九八二）四月から長元五年（一〇三二）十二月までである。他に『小記目録』という写本Aに基づく各記事の見出しを項目別に整理した類従の目録が二十巻あり、これにより貞元三年（天元元年）正月一日からの記事があったことが明らかとなる。また、『改元部類〈応和―建久〉』（続群書類従）に「長暦四十・十小記云」という記載があることから、長久元年（一〇四〇）の記事があったことが知られる。ここから、実資は少なくとも二十二歳から八十四歳に至る六十三年間にわたって日記を書き続けたと推定されている。同時代にこれほど長く、しかも詳しく付けられた日記は他になく、摂関期における中央政界の動向や朝儀の実態、社会の諸事象を考察する最高の史料とされ、多くの研究者に活用されているのである。

しかし、現存する五十年間の条文にも欠失が多く、本記があるのは三十九年分であり、その中でも四季または月のいずれかが無いものがほとんどで、一年を通じて記載があるのは八年分、自筆本のあり方をほぼ忠実に伝える広本（詳本）で伝わるのは僅かに永祚元年（九八九）と寛仁三年（一〇一九）の二年分に過ぎない。よって厳密な区分は難しいが、『小右記』を読む上で、記主実資の身分や立場の違いから書振や内容が変化することにも留意しなければならない。

現存する条文の最初である天元五年は、実資が円融天皇の蔵人頭であった時期で、その精勤さにより官僚としての典型的な日記を付けていたといえよう。記載も数行（五十字から二百字程度）が普通で、重要な儀式などでも一千字を超えることはほとんどなく、必要事項を要領よくまとめている。身分が上がるにつれて記載が詳しくなる傾向が認められ、道長政権の誕生による変化も予想されるが、長保・寛弘年間の欠失が多く、詳細は不明である。ここでは基本的に一条天皇が崩御する寛弘八年（一〇一一）まで書振は変わらなかったと考えておきたい。

次の三条天皇の時代、実資は小野宮流の筆頭公卿であるだけでなく、大納言になっていた。そこで天皇と道長との不和の中間に身を置いていたことが、日記のあり方を変化させたと考えられる。重要な儀式を任されることもなく、実資としては実力を持て余していた時期であるが、その分、先述したような横柄に振舞う道長への批判や、無能な公卿に対する罵言が多くなり、明らかにそれ以前とは違った書き方となっている。まさに現実への鬱憤を日記にぶつけているという感があり、大変興味深く、『小右記』を語る際に必ず取り上げられる部分である。

後一条天皇が即位した長和五年（一〇一六）以降は、儀式・先例に精通した長老として重きをなし、その自信に満ちあふれた記載が展開する。一日の記載が二千字を超えることも珍しくなく、まさに自分が正当な朝儀の執行者であり、それが後世の先例となるべきであるという意図で日記が書かれたといっても過言ではないであろう。実際に、現存する『小右記』の半分以上が寛仁年間（一〇一七～一〇二一）以降で、特に治安三年（一〇二三）の任大臣に関する記事や、万寿年間（一〇二四～一〇二八）から長元二年（一〇二九）までに大臣として内弁を奉仕した諸節会の記述は、平安時代に考えられた理想的な儀式の姿を伝えているといえる（残念ながら長元三年条は略本しか伝わらない）。

長元四年条は『小右記』の本文が広本の形で伝わる最後の年のものである。宮内庁書陵部にある旧伏見宮本（写本B）が唯一の古写本で、春（正月・二月・三月）と秋（七月・八月・九月）とがそれぞれ二巻ずつ（計四巻）あり、少なくとも三人以上が分担して鎌倉時代に書写したと考えられる(《付1》「口絵解説」)。写本の伝わらない夏(四月・五月・六月)と冬(十月・閏十月・十一月・十二月)についても記事があったことは確実で、『小記目録』に事項があり(本書の「『日本紀略』書下し文『小右記』『左経記』見出し対照」に◆で掲載)、十月の興福寺塔供養と十一月の朔旦冬至に関する記事の逸文が遺されている(八月註95、三月註6)。

長元四年条の価値は、広本の最終年であるということに留まらない。前代と同様に重要な朝儀の上卿を勤めていることに変わりはないが(正月五日＊1の叙位議、三月八日▼cの官奏、十四日＊2▼bの位禄定・陣定、八月四日＊2▼bの仁王会定と陣定、八日＊4の陣定、廿三日＊2の流人官符発給、廿五日＊1の伊勢公卿勅使発遣、九月八日＊3の不堪佃申文、十六日＊1の殿上所充など)、先述したように前年(長元三年)十一月に実資は「免列宣旨(自腋参上宣旨)」を受けており、節会(元日節会・白馬節会)では「儀式・政務の管理者(監視者)」として不慣れな内大臣教通の儀式を見守っている(正月一日条＊2・七日条＊1)。その記述は単に儀式の進行を書くのではなく、それを了解した上で従来にはない視点から注意点を特記するのであり、明らかに以前と異なる筆致となっている。もちろん、読み手は以前の記録や儀式書と照らし合わせなければ理解できず、結果として極めて難解になっている。

しかも一年の政務で最も重要とされる春の除目(県召除目)では、正月廿八日＊1に実資(小野宮)邸で死体が発見されて穢が発生したために参加できなくなる。そこで、それまで関白頼通と実資とに押さえつけられていた教通が急遽執筆を勤めることになり、衆目を集める中で準備する(一月四日～十七日条)。『左経記』の記述にもあるその様子は、院政期以降に摂関家の子弟が一種の通過儀礼として除目の執筆を勤めるのと良く似ている。教通は道長や舅である公任の説などを参考にするが、この時に議論された事柄が後代の参考になり、除目専門の儀式書(『除目抄』『魚魯愚別録』など)に『左経記』『資平卿記』の記事が引用されている(正月註147、『左経記』二月十五日条▽a・十七日条▽

a）。このことは、実資によって理想的な朝儀が具現されていた時代から、実資が「儀式・政務の管理者（監視者）」となったことで、次の段階に進んだことを意味している。長元四年条に描かれた儀式のあり方には、院政期の先がけのような要素が認められるのである。

それは政務のあり方についてもいえることである。一上であった実資のもとには、重要な政治情報がすべて伝えられ、それらを奏上し、天皇の裁可を得て宣下したことが詳細に記録されている。『小右記』の記事が遺されている六ヶ月のうち、二月と七月に実資は何と一度も参内していないのであるが（解説三五「信仰と禁忌」）、それにも関わらず、重要な情報が実資に伝えられ、書き留められたことで、今日にも知られるのである。この中で最重要事項の扱いに注目すると、関白頼通が実資に諮問し、後一条天皇と三者で決定されることが多い。先述の実資邸の死体に関する定穢（正月廿八日条＊2・二月一日条＊1・二日条＊2）、平正輔と致経の合戦についての証人の扱い（三月十四日条＊1）、相撲の楽の中止（七月廿三日条＊1）、伊勢神宮託宣事件と斎宮助藤原相通夫妻の配流（八月四日条＊1）などに顕著で、頼通から諸卿による「定申」を提案されても、実資の「叡慮の一定（決定）」を重視すべきという意見により、三者で内々に方針が決定されるのである。公卿僉議以上に三者の意見調整が政策決定に重要な意味を持っていたのであるが、この間に実資が参内することはなく、頭弁藤原経任などが伝達の役を果たしていた。これは、院政期に院（上皇）と天皇と摂関の間を職事弁官（蔵人の弁官）が行き来して政治決定がなされたことと近似している。

このように長元四年条からは、実資によって示された摂関期における朝廷の完成された姿と、新しい時代の先がけとなる要素とが混在している様が読み取れる。他にも、右近衛大将としての活動（解説三「実資と右近衛府」）や家人との関係（解説四「実資の家司」）、社会情勢などを伝えているし（解説二六～三五）、王氏爵詐称事件（解説一三「王氏爵詐称事件」）、一国平均役（九月註130、解説一六「造営事業の展開」）、伊勢平氏（正輔・致経）の武力紛争の処理（解説一四「平正輔と平致経の抗争」)、平忠常の乱の平定(解説一五「平忠常の乱と源頼信」)、伊勢神宮で起こった斎王による託宣にかかわる処理(解説二〇「伊勢斎王託宣事件」)、上東門院藤原彰子の住吉御幸(解説二一「上東門院物詣」)、大斎院選子内親王の退出と出家(解説三三「病気と治療」、三五「信仰と禁忌」)など、時代の変化を象徴する出来事が数日(ないしは数ヶ月)にわたって詳述されている。

長元四年については、前年に蔵人頭から参議になったばかりの右大弁源経頼の日記『左経記』が一年分(閏十月を含む十三ヶ月分)あり、両者を対比しながら読むことで、その史料価値は一段と増すのである。但し『左経記』長元四年条は近世の新写本しかなく(丁寧な筆写であるが誤写が多い)、しかも伊勢公卿勅使として発遣された時のことなど、目録にありながら本文がない記事もあり(八月廿一日～廿九日条)、抄本であることが判明する。また、新嘗祭に五節舞姫を献上した時のことは「別記」に記すとあるが(十一月十九日条※3)、それも伝わらない(《付1》「口絵解説」)。このような不備はあるものの、九条流と小野宮流を対比した記載(六月廿二日条※1)、釈奠(二月十日条※1)、経頼が平野社への使を勤めた祈年穀奉幣(二月十一日※1・七月十三日※1)、経頼自身の着座(二月廿九日条※1▽a～▽c、解説二九「着座」)、旬(四月一日条※1)、斎院の御禊と賀茂祭(四月十七日条※1　廿日条※1)、上卿を勤めた吉田祭(四月廿一日条※1、解説九「吉田祭」)、関白頼通による賀茂競馬(同月廿六日条▽a～▽e、解説一八「摂関賀茂詣と競馬奉納」)、内文(六月四日条※1)、陣定(同月廿七日条※1～※5、解説二七「陣定」)、考定(八月十一日条※1)、藤原資綱の元服(八月十三日条※3)、興福寺東金堂・塔の供養(十月十九日条※1・廿二日条※1、八月註95、解説二二「興福寺造営」)、馨子内親王の着袴と新斎院への卜定(十月廿九日条※1※2・十二月十八日条※1、解説二四「馨子内親王の着袴」、解説二五「馨子内親王の卜定」)、朔旦冬至(十一月一日条▽a～▽e、解説二三「朔旦冬至」)、仁王会(十一月卅日▽a～▽e、解説八「仏教行事」)など、『小右記』にない記事も多い。

このうち賀茂の競馬や興福寺の供養は、この年の最も華やいだ場面ではなかったかと想像されるが、関白家の行事であったためか、実資の積極的な関与は認められない。また、上東門院の住吉詣は『栄花物語』（巻三一・殿上の花見）で取り上げられているように、世間の注目の的であり、後世に語り継がれるほど盛大な儀式であったが、実資は「随身の装束、憲法を憚らず。王威を忽《ゆるがせ》にするに似たり」「狂乱の極《きわみ》、已《すで》に今度に在る歟」と批判の詞を忘れない（九月廿五日条＊1）。上東門院は閏十月、円仁の根本如法経（法華経）を埋納して永久保存しようという覚超の計画に賛同し、自ら法華経八巻と仮名願文を書いて金銀鍍の経箱に納めて奉納しているように（『如法経濫觴類聚記』『叡岳要記』『門葉記』、《付1》「口絵解説」）、父道長と同様に新しい宗教事業に積極的に参加している。尚『栄花物語』の巻三一「殿上の花見」は、道長の死を扱う巻三〇「つるのはやし」に続く巻であるが、そのほとんどが上東門院の住吉詣などこの年の出来事に充てられているように、長元四年は道長亡き後の摂関家にとっても、やっと落ち着きを取り戻し、栄華を復活させた年なのである。これら諸史料から導き出される史実と『小右記』の記載の差違を考察すると、実資と離れたところで次の時代への胎動が始まっていたこともわかる。

『小右記』がすべてを伝えていないのはもちろんであるが、同時代の解明については相当部分を『小右記』に頼らなければならないことも事実である。それは貴族の日常的な領域になると尚更で、長元四年条には娘夫婦（千古と婿兼頼）の生活や（解説二「実資の家族」）、実資が機会ある毎に加増していった仏教行事のほとんどが記されており（解説三五「信仰と禁忌」）、家族や信仰の詳細を伝える最後の記事となっている。

『小右記』の記事は長久元年（一〇四〇）まであったことが知られるが、『小記目録』に載録されたのは長元五年（一〇三二）までである。これは養子資平によって長元六年以降のごく早い時期までに『小右記』がまとめて書写され、それに付けられた見出しが項目別に類従されたことを意味している。その見出しと目録の作成にまで実資が関与したかは不明だが、実資が長元五年までの記事を子孫に伝えるべく書写させたことは確実であろう。つまり、日記は継続されるものの、それまでの記事に一応の価値を認め、自らの意志で伝存させたということである。これは実資が「儀式の完璧な執行者」から「儀式・政務の管理者（監視者）」へと立場を変えたことと無関係ではないと考えられる。その立場の転換がなされた後の二年分のうち、広本の形で遺されたのが長元四年の六ヶ月分であるのは偶然かも知れない。けれども、そこに『小右記』の総決算があるといっても過言ではないと思われる。

『小右記』長元四年条は広本の形で現存する最後の記載であるだけでなく、実資自らの日記を総括する段階に入った時のものであり、この一年（現存する六ヶ月分）を精読する意義は極めて大きい。しかも実資は「儀式・政務の管理者（監視者）」として絶対的な地位を確立したこの年にも、養父の日記を参照していた。正月七日条▼bに「免列宣旨（自レ腋参上宣旨）」を受けた者の白馬節会への参列（正月註200）、八月廿四日条▼bに伊勢神宮への宣命の作成（八月註287）、同月廿六日条＊2に神祇官での伊勢公卿勅使発遣の儀（八月註345）、九月五日条＊1▼aに式部卿の業務への復帰（九月註41）、同月十七日条▼bに殿上所充について（九月註185）、それぞれ『清慎公記』を引用して養父実頼の先例を参考にしている。特に八月の宣命作成に際しては、養子資平に『清慎公記』を書写させていることから、それが小野宮流の財産となっていたことが知られる。また、勅使発遣の儀では小野宮流の先蹤を守りながら威儀ある神事を執行したと関白頼通から賞賛されたこと、殿上所充では実頼と同じく数所（八ヶ所）の別当に蔵人所別当を兼ねるという栄誉を受けたと感慨深く記してる。「儀式・政務の管理者（監視者）」となった後も完璧な儀式を執行した実資は、儀式の指導者として尊敬され、初めて元日節会で内弁を勤めた藤原教通に対して「いつでも質問して良いから心安んぜよ」と言い（正月一日条＊2）、踏歌節会の前には、内弁を勤めることになるかも知れない藤原頼宗からの質問に答えて書冊を書き、頭弁藤原経任へも笏紙(儀式次第を書いて笏に貼っておく紙)を送っている(正月十六日条▼b)。もちろん、実資から小野宮流の継承を最も期待されたのは養子たちで、資平や経通に元日節会・白馬節会・踏歌節会・定考などの次第を与えている(正月七日条▼a・八月十一日条▼bなど)。また、長元四年には、資平の『資平卿記』二月十四日条(正月註147)や資房の『春記』正月二日条(正月註57)の逸文も伝わっており、祖先の日記を活用して自らも日記を付けるという古記録文化が、小野宮流で確実に継承されていたことを知ることができる。

〈参考文献〉斎木一馬(一九九二年)。桃　裕行(一九八八年)。朧谷　寿(一九七七年)。関口　力(二〇〇七年)。三橋　正(二〇〇八年)。

二　実資の家族

久米舞子

実資の家族として妻・子・養子・婿を取り上げ、彼らの長元四年の行動を追いかける。ここで取り上げる家族には、小野宮邸に近住する者、政治的・経済的に小野宮家を支えかつ頼る者たちが含まれる。彼らが実資といかなる関係を持ち、小野宮家にどのような位置を占めていたかについて考えてみる。

1　妻

実資は生涯を通じて四人の女性を主要な妻として遇した。そのうち長元四年に存命であったのは、娘千古の母であった人物のみと考えられるが、この年の記録に表われない。

七月十三日▼bに実資は故女御の忌日として禅林寺で諷誦を行なっている（七月註103）。この女性は為平親王と源高明女との娘で、花山天皇の女御となり、天皇の出家後実資の妻となった婉子女王である。彼女は長徳四年（九九八）七月十三日に没しており、この年三十三回忌であった。

他に実資には二人の先立たれた妻がおり、五月八日（寛和二年〈九八六〉に没した源惟正女）と十六日（姓名・没年不詳）の忌日に諷誦をしたと思われるが、この年は日記が存在せず確認できない。尚、実資は故人である両親・養父母・惟正女との間にもうけた娘・乳母の忌日にもゆかりの寺で諷誦を修したと思われる（二月註103）。

2 実子

実資の実子には、良円と千古の二人がいる。

良円は永観元年(九八三)生まれの四十九歳。母はあまり身分の高くない女性であったらしく、彼は七歳で延暦寺に入り僧侶としての修行を積むことになった。長和三年(一〇一四)以降には、実資の私的仏事などを奉仕する良円の姿が『小右記』に記されている。

この年、良円は権律師として三月十一日▼aに日吉社の法華八講を行ない、実資はその費用を援助している(三月註110)。はじめ三月七日▼aにそれを送り届けようとしたのだが、雨による鴨川増水のため、翌八日＊1に延期された。この日送られたのは絹百疋で、坂を運搬する危険を考慮し、使に加えて二、三人の従者を付けさせている。さらに十一日＊1までに実資から紙千八百帖が送られ、当日には屯食三十具も送り届けられた。しかしこれが数不足であったらしいことが、家司の中原師重によって実資に伝えられている。『左経記』十二月廿九日条※2によれば、前日の諸寺の司の補任において、良円は法興院座主に任じられた。

晩年の実資がとても可愛がり、その財産のほとんどを相続させた娘千古は、この年およそ二十一歳、寛弘八年(一〇一一)頃の生まれと考えられる。おそらくはこの前年に権大納言藤原頼宗の息子左中将兼頼と結婚し、小野宮邸の東対とその西宅を行き来しつつ生活していた。千古はきらびやかな行列の見物を好んだので、実資はしばしば彼女に付き添い牛車を出している。三月廿二日＊5、小野宮邸から西宅へ渡り夕方戻ってくる千古を実資は自ら送り迎えし、翌廿三日に石清水臨時祭へ向かう勅使の行列を牛車に同車して二人で見物した。これ以前に彼は臨時祭と前日の試楽には参仕しないことを頭弁経任に伝えていたのだが、私的な見物は行なったのだった。廿四日▼b、帰りの行列に、千古は夫兼頼と共に乗車し、これを見物をしている。

九月廿五日＊1、上東門院彰子が石清水・住吉・四天王寺への物詣に出かけた。実資は遊楽的なこの行事を快く思ってはいなかったのだが、見物好きの千古にせがまれてそれに出かけている。実資らは小野宮邸から二町上った中御門大路と室町小路の交差点付近に陣取り、未時(午後二時)頃にやってきた行列を見物して、その次第を日記に書き留めた。この行列の一行には兼頼も従っており、夫の晴れ姿も千古は楽しみにしていたのだろう。

実資は自身の定例仏事と並行して、千古のそれを催している。その代表的なものに、延政に行なわせた四季の聖天(歓喜天)供養がある(正月廿五日条▼c・三月二日条＊2、正月註440)。また七月六日＊1には清水寺での自身の息災を祈る七ヶ日観音品転読において、千古についても加え祈らせている。これには兼頼が病気がちであったことも関係しているであろう(七月二日条▼a・四日条▼b・五日条▼a)。兼頼はこの後さらに憔悴し、父頼宗の助言に従って、病気療養の薬として宍肉を服すことになるが、その前日に食肉を憚って小野宮邸から西宅へ移る際には千古も同行している(七月廿三日条▼b)。この頃、兼頼の母も重病を患い、彼は頼宗の九条邸との間を慌ただしく行き来しているが(七月卅日条▼b)、千古は西宅に残ったようで(八月一日条▼a)、八月十三日には預かっていたらしい義父頼宗の娘を伴って小野宮邸に戻っている。

3　養　子

実資には実子の他に五人の養子がいたことがわかっている。懐平(実資の実兄)の息子資平と資頼、資平の息子資房、高遠(実資の実兄)の息子資高、経通(懐平の息子)の息子経季がそれである。正月始めには資平が拝礼にやってきており(一日条▼d)、実資の参内に資平が同車し資房・資高・経季が従うという形で同行する姿をみることができる(正月五日条＊1・七日条＊2)。尚、資頼は美作守として赴任中で在京していない。彼らは、小野宮月例法華講など、実資が行なう定例仏事にも参加している(二月卅日条＊1・三月卅日条▼b・八月卅日条▼a・九月廿九日条＊1)。

資平は、実資の政治面における後継者で、この年、正三位、権中納言・侍従、四十六歳である。朝廷の政務・儀式に参加し上卿を勤め(外記政、位記請印、駒牽、祈雨・止雨・祈年穀奉幣、軒廊御卜など)、実資と内裏や関白頼通との間の連絡役にもなっていた。他に実資の命で『清慎公記』を調べ(八月註287)、自らの日記『資平卿記』(『納言記』)にもそれを引用したことが記録から確認できる(正月註147)。彼は小野宮邸の北隣に位置する北家を住居としている。二月十一日▼aに移徙しているのは西廊を設えたためであり(二月註69)、三月三日▼aに娘を連れて北廊に渡ったのは、方違のためであろう。九月廿日▼c以降は、二女が病に悩まされ、病気治癒に関わる密教修法などの仏事、受戒を受けさせたことを実資に報告している(廿六日条▼a・廿八日条▼a▼b)。

資頼は、資平の異母兄弟にあたり、受領として実資家の経済を支える立場にあった人物である。この年は美作国守として赴任していた。正月四日＊1、元旦用の畳と油が実資に届けられたが、資頼の書は十二月十四日付であったという。送り届けた使の懈怠であった。十五日＊1にも綿衣・単衣が送られている。七月廿一日＊1、美作から十三日付の便りが実資に届き、六月末からの日照りで田畠に損害が出たが、祈雨祈禱への実資の援助は必要ないと報告している。九月末の上東門院物詣に伴い、その準備が諸国司に割り当てられた。美作国は当初饗宴を担当することになっていたが、後に上達部用の船の造営へと変更された(八月廿六日条▼b・九月二日条＊2、九月註3)。その造営の実質的な指揮は、赴任中の資頼にかわって実資が勤めた。このことから美作国は実資に知行国として充てられており、その国守に資頼が任じられていたものと考えられる。上達部船は九月廿日▼bには完成し、工匠への給禄が資頼家司の善任に命じられた。彼は大膳進俊正と共に美作国から上京し、この前日に解文と絹・綿などを実資に献上している。

尚、資頼は治安元年(一〇二一)にも実資の知行国である伯耆国に国守として任じられている。

資高は、実資の兄高遠の息子にあたり、この年、少納言、三十三歳である。二月、先年資高宅に押し入った群盗の共犯が見つかったとの情報が入り、実資に呼ばれて当時の状況を説明している(十三日条＊1・十四日条＊4、解説三一「喧嘩と窃盗」)。三月廿三日＊1、石清水臨時祭に舞人として参仕したが、前日の試楽には不参であったので、当日自邸にて装束を着して参内している。翌廿四日＊1に帰京した資高は、臨時祭の様子を実資に報告した。八月八日▼aには、資高の息子と、妻である橘俊遠の娘が亡くなったらしい。実資は家司中原師重を弔問に遣わしている。上東門院の物詣で関白頼通が京を留守にしていた九月廿九日▼bには、藤原斉信に関する噂話を実資にしている。

資房は資平の息子で、親子で実資の養子になっている。この年、従四位下、左少将と近江権介を兼ね、二十五歳である。資房は日記『春記』を残しており、その長元四年正月二日条が『殿上淵酔部類記』に「野房記曰」として引かれている。彼は実資の依頼で朝廷でも、しばしば使の役を勤めた。七月廿九日▼aには兼頼の病状や頼宗の言葉を伝えている。八月に後一条天皇が畿内九社へ十列を奉った際に、資房は北野社への使となった(一七日条＊2)。九月の上東門院の物詣では、勅使として石清水からの帰路についた船へ御書を届ける役を勤めた(廿六日条▼d)。

経季は、懐平の息子経通の息子で、この時、従五位上、左少将、二十二歳であった。正月十六日＊3の踏歌節会では、同じ左少将の藤原師成と共に遅刻し、天皇の勘事に処せられ、出仕を止められてしまう。この謹慎は十九日▼bに解かれている。石清水臨時祭に際しては、出仕する者たちの名簿の順序で、侍従良貞の名が経季より上に書かれていたことが三月廿一日＊3に問題化した。経季は実資の養子であり、その陰によって良貞より上臈になるはずなのである。同様の議論は以前に殿上人の名簿でも取り沙汰され、経季を上位に記すことに決まっていたのだが、今回名簿を作成した内記がその件を知らなかったために誤りが起こってしまったようだ。これは廿三日＊2の内大臣藤原教通の宣旨によって正されている。経季は三月廿八日＊3の小除目で五位蔵人に補任される。近親者の昇進には、実資はもちろん小野宮家の各人がその官途に注目し支援した。正月九日▼bに、実資の兄懐平の息子である右衛門督経通がやってきて、現蔵人の源資通が和泉守に任じられることになり蔵人のポストが一つ空くことになったので、そこに経季を充てるよう頼通に働きかけてはと伝えてくる。蔵人のポストは資高もまた以前より望んでいたものであった。その夜、後一条天皇の心は資高にあるようだと伝えてきたのも、養子の資房であった。実資は資高・経季の養子二人を並んで推挙し、その意は正月廿一日▼aに頼通に伝えられた。最終的には経季が蔵人に任じられ、四月十七日に初めて文書を奏聞し、その職務を開始している(『小記目録』◆2)。以後、儀式などに参加して職務を勤める経季の姿を記録にしばしばみることができる。彼はまた職務上知り得た天皇や内裏の情報を、実資に伝える役ともなった。

4　婿藤原兼頼

最後に千古の夫藤原兼頼について述べておく。藤原頼宗(道長の息子で母は源明子)の息子で、母は藤原伊周女、この年、従三位、左中将、十八歳である。小野宮邸の東対と西宅に千古と同居しており、実資に婿として遇されている。兼頼は、実資を内裏で見送り(正月一日条＊3)、関白邸である高陽院で出迎え(正月二日条＊2)、解除に同行し、小野宮邸での定例仏事にも一家の人間に混じって参加している。実資もまた家中の者に加えて兼頼のために祈願を行なった。実資からの経済支援を記す記事は多く、正月三日▼dの権随身への禄、七月十二日▼aの相撲節会に関わる随身・雑色らへの禄、九月三日▼aに八橋野牧から届けられた馬も兼頼からとして西宅の家司らに与えている。

兼頼を通して、実父の頼宗と舅実資の関係も親しいものであった。正月十六日▼bには、頼宗が踏歌節会の内弁を勤める可能性があるということで、実資へ礼儀作法の問い合わせがあった。翌日の十七日＊3には、節会後に首尾よく役を勤めることができたというお礼の便りが送られている。頼宗は、同じく参仕していた息子兼頼まで誉められたことも、実資のおかげと喜んでいる。正月廿五日▼a、頼宗が甘苔を求めた際には、少量を送った兼頼に加えて実資からも折櫃で提供している。また、三月廿三日▼b以降、兼頼の母が病を患い、特に七月後半から八月にかけては重病にふせるという状況であった。兼頼は頼宗邸へ何度も足を運び、実資も病状を気に懸けて様子を尋ねさせ、病気平癒の仏事も兼頼に指示して行なわせている。兼頼自身も七月初頭より病を抱えており、治療を試みながら母の見舞いや職務上の出仕に休まることのない日々を送っていたようだ。

この年十二月廿六日、兼頼は参議に任じられる。『小右記』の記事は残っていないが、この時も実資は彼の昇進に尽力したのだろう。『左経記』翌廿七日条※3に、兼頼は宣旨を待たなくとも昇殿してよいものかどうかと尋ねてきた実資に、参議である以上かまわないだろうと源経頼が答えたことが記録されている。そこでこの日のうちに兼頼は昇殿して後一条天皇のもとに参じたが、初めての経験で勝手がわからなかったのか、参議でありながら随身らの通る道を通ってしまい、初々しい間違いを経頼に指摘されている。

実資の周囲には、それぞれの立場から小野宮家の一員として行動をとる家族がいた。彼は実子に後継者となるべき人物をもたなかったので、余計に多様な養子たちが集まり家内の役割を分担していたようである。そもそも藤原実頼から小野宮家を受け継いだ実資自身、養子という立場であった。ここでは、長元四年という一年間の実資と家族との交わりから、彼らの公私に渡る生活の一端を考察した。

〈参考文献〉吉田早苗（一九七五年）。服藤早苗（一九九一年・二〇〇五年）。鷲見等曜（一九八三年）。

三　実資と右近衛府

中野渡俊治

藤原実資は、一条朝の藤原道長政権下で、長保三年(一〇〇一)に権大納言で右大将となってから四十三年間も勤めた。左右近衛府は天皇身辺の警衛に当たる令外官で、摂関期に上級官人の栄誉職化と下級官人の技芸職化が進んで武力組織としての意義が低下したとはいえ、絶大な権威を持っていた。その統率者である大将の一方を実資が長年保持し続けたことの意味は、非常に大きい。また、『小右記』に記された記事は、近衛府研究の重要な史料である。長元四年条から、その一端を見てみたい。

1　右近衛大将としての実資

長元四年の右近衛府は、大将が藤原実資(正二位、右大臣・皇太弟傅)であり、中将は従三位参議藤原兼経・正四位下蔵人頭源隆国・従四位上春宮権亮藤原良頼、少将は従四位下源定良・従四位下藤原行経・正五位下源章任・正五位下源親方という構成であった。尚、この年の左近衛大将は内大臣藤原教通である。

令外官である左右近衛府の職掌は、内裏の守衛や儀式の警固、宮中の雑事に当たることである(『延喜式』巻四五・左近衛府)。平安中期以降、次第に行幸や賀茂祭に際しての警固、斎宮・斎院御禊の際の前駆を勤めることにより、王権のパレードに華やぎを添える効果を担うようになる。また、射礼や相撲節、競馬のように武芸的要素を持つ儀式を担当するようになった。近衛大将には国家から随身が支給される。『北山抄』(巻八・大将儀)に「大臣大将者、随身八人、府生一人・番長一人・近衛六人也、」とあるので、右大臣右近衛大将である実資には、八人の随身が付与されていたことになる。

実資は長保三年(一〇〇一)八月二十五日の除目に際して、藤原道綱の後任として右近衛大将となり、以後長久四年(一〇四三)十一月に権大納言藤原道房へ譲るまでの足かけ四十三年間の長きに渉って大将の任にあった。近衛大将は、行幸に際して騎馬で供奉をするのが通例である。しかし辞任時に実資は八十七歳の老齢であり、騎馬による供奉は不可能であった。それでもなお大将の職を辞さなかった背景には、大臣が大将を兼ねることは文武の極官を兼ねることであり、名誉職として重視されていたことがある。また近衛大将に支給される随身は、出仕時の行列にも同行する。そのため随身による行列の威儀を求めて、大将の職に固執したことも指摘されている。実資が老齢になっても大将を辞さないことについては、孫である藤原資房の日記『春記』長久元年十二月十日条に、八十四歳の実資が大将を辞さないことを批判して「九十人定レ此可レ居レ職哉、為二公私一尤不便事也、」とある。

長元四年、七十五歳の大将である実資は、正月三日＊2の上東門院彰子への朝覲行幸に騎馬で扈従することが難しいので、予め関白頼通に伝えて直接上東門院のもとへ参入する許可を得ることから始まる(正月註78)。その一方、近衛府が中心となって行なう儀式である賭弓や相撲は、実資自身が参入しない場合でも準備段階から関与している。右近衛府の手結や賭弓に際しては、懸賞や饗宴料を調達し、参加者の手配にも気を配り、また相撲使を派遣して各国に相撲人を手配する際も、この年は賭弓の奉仕者が少ないので、賭弓の成績が良かった者を三月に派遣する相撲使としてはどうかという頭中将源隆国の案を採用している(正月十日条▼a)。

2　賭弓・手結の手配

正月十七日の行事として射礼があり、翌十八日には賭弓(賭射)が行なわれる(正月註263)。この賭弓の演習である手結には、予行の荒手結と本番の真手結がある(正月註262)。長元四年の賭弓の準備は、正月十日▼aに始まる。実資は賭弓の懸賞と手結の饗宴料を射場殿に送り、また賭弓の参加者について気を廻らす。翌十一日には右近衛府の荒手結の結果を聞き(▼b)、かつ夜になって右近衛府生の下毛野公武から文書で報告を受けている(＊2)。十三日の真手結の際も饗宴の相伴役(垣下)に自らの家人を遣わし、真手結参加者の禄を用意する(＊1)。もっとも荒手結・真手結ともに中将隆国と少将定良が事に当たり、実資自身は参入せず、報告を受けるのみである。

実際の賭弓は十八日に予定されていたが、雨のために翌十九日に延期となった。このとき実資は堅固の物忌により参入しなかったが、昼から降り始めた雨の具合を気にして、頭弁藤原経任に延期するかどうかを問い合わせている。折り返し頭弁から延期する場合の作法の先例を問われ、それに即座に返答する。その後、夜になって府生延頼から延期となったとの報告を受けた(十八日条＊1)。この日の延期は参議源経頼も気にしていたようで、『左経記』同日条▽aには実資と同じように、降雨による延期の有無を頭弁に問い合わせたことが見える。そして十九日に実施された賭弓にも実資は参入せず(＊1)、自邸で報告を受けるに止まった(▼a)。この年の賭弓は、後半連続して勝った左近衛府の勝ちで終わった。

実資は右近衛大将として、公事である賭弓の準備を進めている。その際、こうした儀式に関係する懸賞や料物、参加者の禄は実資自身が準備するのである。同じような例として、正月十三日条＊2に翌日の御斎会の料として梨・棗・薯蕷を右近衛府に賜わった記事がある。これは御斎会終了日の内裏での内論議に際して、右近衛府陣で饗宴を行なうのが恒例なので、その料を右近衛大将が用意するのである。実資が用意した梨などは上等のものであったようで、十五日条＊2では資平から、前日の梨と薯粥が好評であったと知らされている。

3 相撲節の手配

七月に行なわれる相撲召合に向けての準備は、三月の相撲使派遣から始まる(三月註198)。三月廿三日に行なわれた相撲使定の際、実資は関白頼通の意向を取り入れながら、相撲使の人選をする。前日の廿二日＊4、頭中将源隆国が相撲使定のことで相談に訪れた。実資は候補として、近衛府の者のうち関白頼通の随身や正月の賭弓で矢数が多かった者、右近衛府陣の勤めが良い者を挙げる。また実資自身は消極的ながら、度々の希望があって上東門院の随身を加えている。そのため自身の随身は入れないことに決め、特に随身善正については、一度派遣したことがある上に、勤めが真面目ではないとその理由を記している。

七月に入り、相撲の装束料申請の勘文を奏聞し、相撲召合(七月註84)の準備に入る。しかし召仰の場にいた頭中将隆国は、開催日も奏楽の前例も報告せず、実資を嘆かせている(十一日条＊1)。隆国は廿四日条▼aでも、書簡で「二十九・卅日」と書くべきところを「九・卅日」と書いて実資に疑問を持たれている。召合の詳細は、十二日▼bに頭弁藤原経任(実資の甥でもある)に確認しており、治安三年の前例に依って七月二十八日・二十九日に開催するとの情報を得る。その一方で、相撲に際しての婿兼頼の随身や雑色の分の料物を手配し、また右近衛府庁舎の仮修理の報告を受けて試楽に備えたり、相撲念人(七月註94)手配の状況の報告を受けて準備を進めた。

ところが十六日▼aになって、前日の皆既月食(七月註120)を受けて問題が噴出する。まず廿八日の相撲召合が坎日であることが頭弁経任から問題とされる。これは先例が確認できず、相撲召合を節会と同格に見なして延期をしないか、あるいは臨時小儀であるとして延期もあり得るかという判断になる(七月十八日条▼b)。さらに廿二日＊1、皆既月食が天皇の本命宿で発生したのに、相撲で楽を奏することの是非を頭弁と話している。翌廿三日＊1に関白頼通からも、月食発生時の奏楽の可否と坎日の相撲召合の有無の問い合わせが来る。ここで実資は相撲召合は臨時小儀なので延期は問題ないことと、奏楽は停止するべきであることを述べる。日程と奏楽の問題は、頼通から大外記小野文義への先例勘申指示を経て(廿四日条▼a)、最終的には奏楽の停止と廿九日・卅日の開催で落ち着く(廿五日条▼c▼d)。この時に左少弁源経長から報告を受けた実資は、事前に連絡が無いまま実資が提示した方向で決まったことも記している。

日程の問題が落ち着いた翌廿六日▼b、頭中将隆国から、右近衛府の相撲人の腋(助手)について、急死した他部秀孝の後任として、老齢の中臣為男が四十年の奉仕の最後に勤めたいと申し出たことが伝えられる。これに対して実資は、為男の助手を認め、かつ老齢の為男の代わりに実際の勝負を行なうために、県為永などを付すという配慮を示す。またこの頃までに、各国から相撲人が都に集まっており、右近衛府側の相撲人は大将である実資のもとに伺候する。実資は、そうした各国の相撲人の参集状況や相撲人の行動にも気を配る(廿六日条▼b・廿七日条＊1・廿八日条＊1など)。

廿九日・卅日の召合当日、実資は参入せず、将監為時から結果を聞いている(七月註244)。当初は右方の勝負に期待していなかったようであるが、廿九日の結果は右方の勝利であり、実資は念人を勤めた陰陽師大中臣為利に禄絹を賜わっている(▼b)。

その後、八月五日＊2に追相撲(八月註81)で狼藉を行なった府生藤井尚貞と、相撲所定文の処理が遅れた府生下毛野光武の過状受理と赦免、十三日＊2に右近衛府で還饗(八月註149)を行ない、勝者に禄を賜わるなどをしてこの年の相撲は終わった(解説一一「相撲節会」)。

4　春日祭使の手配

右近衛大将としての実資は、賭弓や相撲のように近衛府が関わる儀式の場合だけではなく、近衛府官人の人事全般に関与し、気を配っている。二月に行なわれた春日祭への近衛府使の選定について見てみよう。

二月と十一月に行なわれる春日祭は、摂関期になると近衛府使が祭使の中心となっていた(正月註354)。この近衛府使は近衛府の中・少将が勤める。また特定の者に偏らないように、順番で勤めることが意識されていた。ただ、こうした使を勤めることは名誉ではあるものの、大きな経済的負担も伴うものであった。

正月十六日条▼cには、右近衛府の春日祭使選定をめぐって、頭中将隆国と相談する様子が見える。実資は将監扶宣を使者として問い合わせたところ、隆国は少将源定良(隆国の従兄弟でもある)を推してきた。これを問いた定良は、中将の藤原良頼の方が順番に適っているという。翌十七日＊1になって良頼は、右近衛府使をすでに三度勤めているのに対して、定良はかつて(万寿三年)左近衛府使を一度勤めただけであると伝えてきた。そのため実資は定良をこの年の右近衛府使とすると定め、定良は将監扶宣を通じて祭使として奉仕することを伝えてきた。

ところがこの春の春日祭は不手際の連続であった。二月五日条＊2には、馬寮使の源頼職が祭使を忌避して姿を隠したことが見える。関白頼通の指示で捜索が行なわれ、見つけ出して理由を尋ねたところ、条治中なので遠方への使者は勤め難いとのことだった。頼通は、車で往復するのならば耐えられるのではないかと言い、理由にならないと突っぱねている。翌六日＊1、実資は将曹紀正方から、近衛府使の源定良が春日祭に参入しなかったと報告を受けた。頭中将隆国が定良が参入していないことを指摘して探させたところ、定良は「府生の下毛野公武を通じて、障があることを頭中将に伝えた。それに対する返答が無かったので祭使を免じられたと判断した」と答えて来たという。このような正方の報告を聞いた実資は、定良の言い分を頭中将に伝えるように命じている。しかも九日条＊1には頭弁経任による報告があり、この年の春日祭には上卿すら参入していなかったことがわかる。春日祭に参入した経任は、上卿も近衛府使も参入していないことに気付き、外記成経に代官がいるのかどうか問うと、成経は「承知していない」と言う。さらにある人が言うには、定良は勧学院別当藤原致孝に書状を送り「代官の通能が急に故障を申して参入できなくなった。代わりを手配して欲しい」と伝えたとのことであった。そのため藤原致孝に聞いてみると、そういうことがあったと言い、経任を驚かせている。この状況について経任は、代官のことは上卿が外記に命じて宣旨を下すのであるが、宣旨が下されないのは、おそらく頭中将が上卿に指示しなかったせいであろうと判断している。本来の上卿が参入していない状況で急遽上卿を勤めたらしい経任は、このような場合の先例を調べ、かつて実資が上卿を勤めた際馬助を代官とした例を探した。そして右馬助頼職を代官とすることで、この日の儀式を乗り切っている。また、この日のことを知らされた関白頼通は、馬寮使が近衛府使を兼ねたこと、そしてその使者が、灸治を理由に役を逃れようとした頼職であることを聞いて驚いている(二月註60)。

5　近衛官人の昇任

実資は右近衛府人事関係の除目に際して、自らが大将であることを活かすことがあった。正月廿一日条▼aには、春の外官除目に際して将監に内舎人高階為時を申請したことが見える。これは年給以外の申請であり、しかも実資は五年前にも同じように将監を申請していた。これを気にした実資は頼通に内々に問い合わせたが、頼通からは長く大将を勤めた人からの申請だから問題はないと保証され、廿五日＊3に将監申請の文を早く奏すようにと促されている。

この時、実資は廿一日条でたびたびの申請を「又重申請如何、」と気にしていたが、廿五日条になると前回の申請から「年紀久隔、」であると書き、要望が通る見込みができて楽観的になった様子が見える。

また、近衛府官人の賞罰に関与した例として、正月十七日条＊2に、前日の踏歌節会の開門役に遅れた将監吉真を勘責する記事がある。この時、頭中将隆国は吉真を右近衛府庁に召し出して勘責しようとしたが、実資は、四等官(将監は判官)の場合、勘責は右近衛陣で行なうべきであって、府庁に召してはならないと答えている。四等官の立場に配慮する実資の姿がうかがえる。

6 右馬御監

右近衛大将は、右馬寮御監を兼任して右馬寮を監督していた。この場合、実際の馬寮の運営責任は頭が負うが、御監は、頭以下では解決できない問題の処理に当たる他、人事権(馬允の推挙)を持ち、また細々とした指示を与えることもある。

白馬節会の際、実資は右馬御監として白馬奏に「朝臣」と署した(正月七日条▼b)。この日実資は、当初参入しようか迷っており、藤原実頼の先例に倣って、内裏に参入してからではなく予め自邸で署し、途中から参入している。

このような儀式における役割以外にも、日常的に右馬寮の運営に気を配る様子が見える。

三月十四日条＊5には、和泉守源資通に右馬寮で飼育していた馬を引き渡したことが見える。これは、右馬寮に飼育させていた馬を返してもらったものと思われる。馬寮は多くの牧や厩舎を管轄しているので、一時的に預かって育てていたのであろう。

しかし、右馬寮による馬の管理は案外うまくいっていなかったようである。三月廿一日条▼aには、先ず右馬寮の上日文を提出させた記事が見える。馬頭以下の四等官と、馬医代の分であり、久しく上日文を提出していなかったので、右馬御監である実資が催促をしたのである。また、頭弁がやって来て、石清水臨時祭の走馬に使う予定の、右馬寮で飼育していた御馬三匹が、痩せていて走馬に出すことができないと伝えて来た。この年の走馬には左馬寮から七匹、右馬寮から三匹の御馬を出すことになっており、左馬寮の御馬は良い飼育状態であるとのことだった。頭弁はこの状況を右馬頭源守隆にも伝えたようで、翌廿二日＊2の早朝、守隆が実資のもとにやって来て、頭弁から痩せた三匹の代わりの馬を出すようにと命じられたことを伝えた。実資は、自邸の馬を代わりに出そうとしたが、この日、実資邸の厩舎に繋いでいた馬二匹が綱を引き切って逃げ去ってしまった。厩舎の残り二匹の馬は痩せており、また逃げた馬のうちの一匹は状態が良いので、これを代馬とするべく探し回らせた。しばらくして藤原致孝の従者が、桂にある右近衛少将源彰任の宅の辺りで葦毛の馬を見つけ出してきた。翌廿三日は石清水臨時祭当日である。この日の早朝も、守隆は実資のもとにやって来て、頭弁から重ねて代馬を出すよう命じられたと述べ、実資はとりあえず厩舎にいる馬を貸すことにした（＊1）。一方、逃げた馬の捜索はさらに続き、実資が疑わしいと見た丹波国で見付かり、連れ戻された（＊3）。これもまた藤原致孝の従者が見つけたもので、実資はこの従者に褒美の禄を与えている。しかし御馬の管理が行き届いていなかった右馬頭守隆には、廿八日▼aになって職務怠慢の過状を出すようにとの勅命が下された。これは頭弁から実資に伝えられ、実資はこのことを大外記文義に仰せている。この守隆の過状は、『小記目録』によると、四月七日◆1に提出され、四月廿八日◆1になって赦免されたことがわかる。

三月恒例の石清水臨時祭では馬の管理が問題となったものの、右馬寮は八月に天皇の御願で行なわれた諸社への臨時奉幣の際にも馬を出して奉仕している（解説一九「十列奉納」）。もっとも八月六日条▼aには、頭弁経任が石清水奉幣御願使となったことを報告してきたことに続いて、右馬寮が実資に馬一匹の借用を申請したことが見える。奉納する十列（八月註90）に、左右馬寮がそれぞれ馬を十四ずつ奉仕することになり、右馬寮は自寮だけでは調達できなかったので、実資に頼ってきたのである。これに対して実資は自邸の馬一匹と、鞍を五具貸し与えている。十列の騎者は近衛府の官人であり、実資は右馬御監として、また右近衛大将として馬や馬具を調達する必要があったのである。

この年の右馬寮のことは、八月の駒牽の記事で終わる。八月廿六日条▼cには、左中弁藤原経輔から立野牧の御馬逗留解文がもたらされたことが見える。これは廿五日に定められている武蔵の駒牽に、立野牧の馬の貢上が間に合わないことを奏上するものである（八月註349）。実資は解文を持って来た経輔に会うこともなく、奏上するように指示をしている。御馬貢上が行なわれないことが常態化しているため、そのまま奏上させたのであろうか。十一世紀になると信濃国以外の御馬貢上は次第に行なわれなくなり、十一世紀末には御馬逗留解文の奏上が儀式化する。この日の記事は、駒牽が行なわれなくなる過程の一端を示していると言えよう（解説一二「駒牽」）。

〈参考文献〉佐々木恵介（一九九三年）。鳥谷智文（一九九三年・二〇〇一年）。三橋　正（二〇〇〇年）。服藤早苗（二〇〇一年）。佐藤健太郎（二〇〇四年）。

四　実資の家司

中野渡俊治

1　家司とは

『養老令』の「家令職員令」には、親王・内親王・職事三位以上の家政機関を運営するための官人の規定がある。これは国家からの給付であり、家令以下の職員を家司という。平安時代になると、令制家司の他に別当や知家事など、私的に任命する令制外家司が見られるようになり、特に別当が家政を総掌するようになる（三月註130）。このような令制外家司たちは、本主の政界での地位や、本主の帯びる官職との関係によって奉仕を重ねるうちに、家司となり仕えるのである。また家司が家政機関を運営するところを政所という（正月註273）。

実資の家司の傾向として、道長の家司と比べて受領層が少ないこと、父子二代に渉って仕え、小野宮一族の家司として分化していくこと、また別に本主を持つ者がいること等の指摘がある。例えば長元四年条に見える源永輔・源知道（知通）・宮道式光は、千古の家司としても見える。

家司は家政全般に関与し、本主の使者として他家との間での情報収集や折衝に当たり、また身辺警護の役も担う。これら家司として仕える者は、実資の官職（右近衛大将や右馬御監）の部下として仕えるうちに私的関係が生じ、奉仕を重ねるうちに、家司に任命されることがある。また家司となる者は本官を持っており、その職掌を生かして奉仕することもある。こうした家司の奉仕に対して、実資は彼らを国司に推挙したり、位禄支給申請に加えることで報いる。

そして国司となり、受領として赴任した家司たちは、任国での収入から「志」(進物)を送り、また公的・私的儀式の用途調達を担い、本主の財政を支えるという関係が生じるのである。

家司層の下には多くの従者(家人)も仕えている。本主にはこれら家司や従者に対する、監督責任が求められる。長元四年条にもしばしば貴族間の従者同士の闘乱事件(解説三一「喧嘩と窃盗」)が見え、こうした従者の処分を、実資の指示を受けた家司が当たることがある。

2 家司任命について

正月十一日条▼bには、中原師重に政所のことを知行するように命じたことが見える。これは政所別当のことであり、「如レ旧」とあるので以前から別当であったことがわかる。中原師重は実資に長く仕え、千古の家司も勤めていた(万寿元年十二月廿六日条)。また明経得業生や弾正忠という経歴を持ち、その能力から別当として実資家を運営していたのであろう。また師重に別当を続けるようにとの実資の言葉を伝えた知道も、実資の家司と思われる(後述)。

このような私的家司を任命する場合、手続きは簡単だったようである。中原師重は実資の口頭による命令を、実資の下に出入りする源知道から伝えられている。また長元四年条では他に、主税允致度が三月十四日条▼aに、右馬助紀知貞が八月七日＊5に家司とされている。『小右記』の記述はどちらも「為二家司一」と簡潔に書かれている。おそらくこの場合も、特別な儀式を行なうことなく、家司の一員に加えられたのであろう。このうち、主税允致度はこの時しか見えないので、実資との関係は不明であるが、紀知貞は正月七日条に実資の前駆を勤めたとある。また三月廿八日条＊2にも実資による位禄支給申請の対象者の一人として名が見える。紀知貞は、おそらくは右馬寮の官人として右馬御監でもある実資に奉仕をしているうちに、家司となったと思われる。

3　家司に対する便宜

三月廿八日条＊2には、実資が位禄支給の対象者として紀知貞・源永輔・源知道を選んだことが見える。紀知貞は前述のように右馬助として実資との関係があり、源永輔は実頼の忌日斎に参列することがあり、またすでに千古の家司となっている(治安三年八月廿八日条)。源知道も同じく千古の家司としてその名が見える。紀知貞以外の二名は、実資の家司であったという確かな記録は無いものの、しばしば実資家に出入りし、奉仕をしている。私的関係から家司になった者に対して本主は、このように位禄支給申請や国司への推挙を行ない、便宜を計るのである。尚、この三名は位禄支給に預かっているので、国司を兼官していなかったことがわかる(三月註132 247)。

九月三日条▼aには、実資の私牧である伯耆国の八橋野牧から貢献された馬五匹を、西宅(婿兼頼邸)の藤原為資・源知通・秦茂親・随身去正に与えている。しかも三位中将(兼頼)から与える分としている。婿の家司らへの下賜分を実資が負担している例であるが、ここに源知道(知通)の名が見える。前述のように知道は千古の家司であり、また実資から位禄支給申請をされている。おそらく源知道は、実資だけではなく娘千古や婿兼頼の家のことにも関知し、小野宮一族全般に仕えていたのであろう。

4　家司の活動とトラブル

家司や家人・従者たちは、実資の職務や家政を支えるために日々活動している。また家司の中には、朝廷の官職を本官として帯びている者もいる。こうした活動のうち、『小右記』に現れるのは実資と他家との連絡や情報収集役として登場する場合であり、また当然のことながら、トラブルが発生した場合に家司たちの行動が記されている。

七月五日＊5、この年の祈年穀奉幣使が定められ、源知道は広瀬使となった。広瀬社は大和国広瀬郡にあり、法隆寺の南に位置する。ところが七月七日＊1、知道は使となることを拒み、実資邸の侍所に居たにもかかわらず訪れた使部から逃れ、見つかっても理由も言わないという行動に出た。これに対して実資は、知道を勘当し追放する。自らの邸内で使部に会わず逃げ回ったことに不快感を持ったのである。もっともこうした使者として赴くのは経済的負担を伴うものであり、遠方の神社への使者に任命されたことには、同情的である。この翌日八日＊1には、宮道式光と中原義光に「頗不遜事」があり、式光を呼んでそのことを言い含めている(義光は京外におり直接注意をできなかった)。「不遜事」の内容は不明であるが、あるいは前日の源知道のことに関わるかもしれない(七月註57)。式光や義光にとっても、知道のことは他人事ではないのである。しかしこの時の「勘当」や不遜事に対する実資の処分は、すぐに解除されたようである。勘当された源知道は七月卅日▼b、実資の聟兼頼が母の重病見舞に出向いた際に同行しており、その様子を実資に報告している。また宮道式光も、九月廿日▼bに上東門院御料の船の工事に関しての報告をしている。勘当といっても一時的な強い処分であり、間もなく両者の関係は元通りになったようである。

その一方、源知道が広瀬使を辞退した余波は、紀知貞に廻ってきた。七月十三日＊3、祈年穀奉幣使発遣の日の夜、知貞がやって来て大和国の石上・大神・広瀬・龍田の四社の使者となったと報告した。これは祈年穀奉幣使定の上卿藤原実成の判断によるもので、予め定められていた遠方の使者を実成が独断で免除してしまい、結局使者がいないということで急に割り当てられたのである。しかも実成は四社への宣命をそれぞれの社ごとに賜わったので、知道は酷暑の中(七月十三日は、ユリウス暦で一〇三一年八月三日)四度呼び出されて宣命を受けるのが苦痛であったと訴えた。実資もこうした場合には一度に給うべきであるとして、故実を知らない実成を批難する。実成のこうした不手際は、大外記文義からも「公事に疎遠の人」と批難されている(十四日条＊1)。

八月五日▼bには、実資の牛童三郎丸の従者童が検非違使日下部重基の随身火長、左馬寮下部と喧嘩(拏攫)をしたという事件が発生した。実資はその従者の童を、家司でもある検非違使式光に指示をして、獄所に下している(八月註78)。これは当時の貴族の、従者に対する私的制裁の慣習に因るもので、検非違使が裁判を行なったのではない。事実、八月廿八日条＊3には実資家の別当中原師重を検非違使別当の源朝任に遣わし釈放させたことが見える(八月註359)。従者の犯罪については下獄・釈放ともに主人である実資が処分し、その執行は家司が行なうのである。

5 家人

家司のもとには、様々な家人が従者として働いている。これらの家人たちもまた、様々なトラブルを引き起こす。それぞれの事件の内容は別に譲るとして(解説三一「喧嘩と窃盗」)、ここでは人物関係を中心にまとめておきたい。

二月十三日条＊1には、家人大江久利に群盗の一味の嫌疑がかけられたことが見える。このことは検非違使別当源朝任が、実資の家司でもある検非違使宮道式光を通じて伝えてきた。これに対して実資は調査を行ない、翌朝中原師重を通じて久利の弁明を聞き、また式光に検非違使庁での勘問日記を持って来させて、久利の無実を確認している。

三月廿五日条＊1▼bでは、侍所の小舎人らが藤原頼通の随身と揉めて、頼通第に連行されている。この時も実資の家司と検非違使を兼ねる式光が実資と頼通の間で動き、頼通側からの引き渡し、実資による投獄指示、頼通の独断による釈放の連絡を行なっている。

七月には家人のトラブルが多発する。九日▼a、小舎人童が婿兼頼の侍人と闘乱し、小舎人が負傷している。これは兼頼が処理したようである。また十四日＊2には、法性寺東北院への盆使として実資家の仕丁が、右近衛府と右馬寮の夫と共に遣わされた。仕丁は、供物の米を横領したり路地の家に勝手に押し入る夫に振り回され、最後は法住寺の僧と揉め事を起こして逃げ去ってしまう。報告を受けた実資は、夜だったこともあり、中原師重を検非違使別当のもとに遣わして調査を依頼し、また自らも法住寺側と連絡を取り、さらに仕丁らから話を聞いて事件の実態を把握しようと試みる。この事件の処分は、七月廿日▼aに仕丁二人を獄に下すというものであった。検非違使側は赦免しようとしたが実資はそれを撥ね付け、卅日＊1になって釈放するように検非違使に伝えている。このように従者が罪を犯して検非違使の獄に下す場合も、処分の判断は本主が下したのである。

盆使の処分を下した廿日＊1、今度は実資の牛童が小一条院の牛付従者と闘乱騒ぎを起こす。これは婿兼頼の父頼宗の家司藤原為資からの知らせによる。当初、小一条院は縁戚関係にある兼頼との間での解決を図ろうとする。しかし為資の報告によって実資の知るところとなり、結局、実資との間でそれぞれ自分の従者を処分することで合意する。しかし実資側の従者を負傷させたのは橘俊遠の牛童であるとの話もあり、情報を収集し切れていない様子が見える。

このようなトラブルを処理する中で、息をつく出来事もある。二月十日条＊1には、男等（実資の家人たち）から藤原忠国という者が大食であると聞いて、忠国を呼んで目の前で食べさせたという記事がある。六升の飯を振る舞ったところ、忠国は五升を平らげた上に、舞と和歌を披露した。このとき家人たちは忠国に竹馬を挿した衛府の冠（六位以下の武官の細纓冠か、あるいは武礼冠か）、六位の表衣、笏に尻鞘剣（鞘に毛皮を巻いた太刀。六位以下はアザラシの皮を用いるのが故実）、藺履という格好をさせている。派手な格好をした人食漢の姿に、実資は家人たちが「散楽（わるふざけ）」をしたと評する。家人の不祥事に頭を悩ませる一方で、家人たちから巷間の噂話を聞きつけて自分の目で確かめてみるというあたりに、実資と家人たちとの関係が垣間見える話である。

〈参考文献〉　渡辺直彦（一九七八年）。関眞規子（二〇〇〇年）。

宮廷年中行事

五　正月行事について

東海林　亜矢子

正月の行事は、一年間の中で質・量ともに突出している。正月特有の儀礼は、ごく大雑把に分けると、①健康や長寿を願う呪術的要素の濃い儀礼、②国家・職司・家の秩序などを確認・維持するための儀礼、③年頭の政務手続きなどがあり、これらが複合していることも多い。このうち①は、中国から伝来したものと民間行事が融合して形成され、現在に続くものも少なくない。長元四年にも内裏や貴族の邸宅でこの種の行事が行なわれているはずであるが、『小右記』には言及されていない。そこで、『小右記』長元四年正月条から、②実資を頂点とする家の秩序を象徴する儀礼と③年頭の政務手続きに関する儀礼を抽出して検討してみたい。

1　実資家の秩序を象徴する儀礼

正月に行なわれる秩序を象徴する儀礼(②)は、平安時代を通じて最も重要な意義を持っていた。年間の七節会中、三節会が正月に集中する意味は大きい。年頭にあたって繰り返される拝礼や宴や禄、それぞれ特徴的な行事・芸能などは、天皇を中心とする律令制的国家秩序を確認し、共同体意識を高める装置としての機能が期待されているわけである。一方で、この時期は律令制的国家秩序とともに、貴族社会の構成原理として、昇殿制や家の成立に象徴される人格的家的秩序が重要度を増しており、それらを可視的に表現する儀礼も多い。朝賀にかわって小朝拝(正月註11)が行なわれたことをはじめ、天皇家の秩序を表す朝覲行幸(正月註5377)、摂関家を軸とする秩序を表す摂関家拝礼、さらには諸家の秩序を表す家長に対する元日拝礼等々が正月には重層的に行なわれた(正月註8)。

『小右記』長元四年正月条に登場する実資家秩序を表す事例をいくつかみてみよう。先ず一日▼dに、家子として養子である資平が実資に拝礼をしている。三日▼dには権随身・随身に給禄をしている。言うまでもなく随身とは、右近衛大将である実資に朝廷から派遣されたものだが、職掌柄、主との人格的関係が濃く、家産機構に吸収されつつあった存在である。彼らへの給禄は例年正月二日や三日に多く行なわれ、主人実資と随身の人格的関係を確認するものであったということができる。興味深いのは、娘婿の兼頼(左近衛中将)の権随身・随身にも、実資が恒例として給禄していることであり(正月以外にも見られる)、娘婿をも内包した家の長としての実資の位置が鮮明にわかる。七日には実資の前駆を勤める右馬助紀知貞に馬を給う記事もあり、これも経済的付与によって人格的関係確認がなされた一例と考えられる。また、家司・家人への見返りの一つとして、経済的付与以外にも任官斡旋があげられる。廿一日▼bに家司高階為時を将監に推挙し、叶えられている。逆に、実資家の家司的受領らからの貢物も散見される。むしろん正月条に限る事柄ではないが、知行国である美作国の守である養子資頼を別にしても、正月一日▼cに三河守藤原保相が、十三日▼aに大宰大監平季基が、十四日＊1に加賀守俊平がそれぞれ貢物をしていることが記されている。これら、実資を頂点とする家の身分秩序を確認し、維持していく儀礼や事象が正月にはより多く行なわれているのである。

付け加えると、実資は右近衛府真手結に将以下の禄を送り、御斎会終に右近衛陣の饗の料を送るなどの行為を恒例のこととして行なっているが、これは、実資を頂点とする右近衛府内における秩序を表しているといえるのである（解説四「実資の家司」）。

2 年頭の政務手続き

年頭の政務手続き（③）の中で特に重要なのは、叙位（正月註128、解説六「叙位」）と除目（正月註395 440）である。本年の除目は関白頼通の病のため二月に延期されているが、年中行事としては両者とも一月の小正月以前に設定されている。これらも年頭にあたって新たな位官を授けることによって君恩を施し、身分秩序の再構成をはかるという要素があったからであろう。また、十九日条▼aに見える外記政始（正月註385）はいわゆる仕事始めであるから正月に行なわれるのは当然とはいえ、外記政が衰退するこの時期にあっても毎年行なわれており、儀式次第に盃酒儀が含まれていることからもわかるように、太政官官人の一体感を強める役割も果たしている。このように、実務手続きであっても②の要素を含むものが多く、それゆえ正月行事として定着したという見方もできる。

次に、有職故実の家である小野宮流当主としての実資の貴族社会における位置を長元四年正月条から見てみたい。七十五歳の高齢ながら、関白頼通から王氏爵事件（解説一三「王氏爵詐称事件」）をはじめ何かにつけ相談をされ、叙位・除目といった特に作法が難しい行事の上卿を任せられているのは（除目は実資邸の穢により内大臣教通が上卿を勤める）、やはり「賢人右府」として高く評価されていたからと言うことができる。また、実資が作法を問われる、あるいは他人の作法を難じるという記事は『小右記』全体に散見されるが、儀礼の集中する正月条には当然多い。本年の元日節会では内弁教通に諸司奏の作法を問われて答えたり、作法を誤ったときに教えたりと、助けている。この時はほとんど批判していないが、しかし、白馬節会においては、やはり内弁を勤めた教通の質問に答える一方で、いくつかの失策についての批判を共に陣にいた源経頼に話し、日記には「目有るの人、必ず傾奇する歟。」と辛辣に記している(正月註233)。この日の評価も影響しているのか、教通が実資の代わりに除目の上卿を勤めるという情報に対して危惧を記し、また実資以外の人々も大いに心配している様子を書き留めている。当時、左大臣は関白頼通、内大臣が教通であるから、七十五歳になっても実資が重要儀礼の上卿を勤めざるを得ない理由の一端は、教通の能力にあったのかもしれない。

　これに対して高評価を得たのが、十六日▼bに踏歌節会の内弁を勤めた頼宗である。内弁を予想した頼宗は事前にたびたび実資に作法を問い合わせ、実資もその答えを書き送っている。結果、頼宗は失敗をせずに大任を果たし「汝の恩也」と実資に感謝を寄せている。本人の能力もさることながら、実資にとって大事な婿兼頼の父である頼宗に対してはより親身であったのかもしれない。一方で、教通にしても頼宗にしても九条流の人物でありながら実資に助言を求めているわけで、両人とも小野宮流と婚姻関係を結んでいるという事実(教通亡室は実資のいとこ公任の女)が関係している可能性とともに、実資が他流からも当代有数の故実家として一目置かれていたことがわかる。言うまでもなく小野宮流内でも頼りにされ、頭弁である甥の経任からは白馬節会中や賭弓延引にともなう作法を問われているし、白馬節会の前には、その式次第を養子資平と甥経通、さらに経任から乞われており、経通には元日・踏歌節会の次第も渡している。

　このように、煩雑な作法が伴う儀礼が多い正月は、有職故実家としての実資の存在価値が特に高まる時期であると言えるのかもしれない。

3　実資にとっての正月儀礼の意味

最後に、長元四年のこれらの儀礼に対する実資の出席状況をみておきたい。

実資が出席したのは、元日節会・摂関家臨時客・朝覲行幸・叙位始・白馬節会・女叙位のみ、しかも自ら上卿を勤めた叙位始と女叙位以外はすべて途中参加もしくは途中退出である。これは、前年の豊明節会で「免列宣旨(自〻腋参上宣旨)」が下されていたことにもよるが(正月註19)、基本的には老齢であるために実資自身が希望し、またその意向を頼通が酌んでのことのようである。しかし実際には途中であれ参内してきて他人の作法にとやかく言ったり、叙位や除目の上卿を勤められるくらいの状態であったわけであるから、ここには何らかの実資の恣意的選択があったはずである。そこで検討してみると、実資が途中退出したのは元日節会と白馬節会という律令制的朝廷行事である。元日節会は諸司奏・再拝・謝座謝酒・着座まで出席し、饗饌や芸能が始まる前に退出、白馬節会でも同じく着座までで退出している。つまり、より儀式的色彩が濃い前半部、別の言い方をすれば、より煩雑な儀式次第が繰り広げられる部分はしっかり見て、書き留めているのである。この頃の実資にとって、律令制的身分秩序における官人相互のコミュニケーションをはかる宴はあまり意味はなく(しかも実資は最後まで出席しなくても禄に預かることができる)、重要な儀式次第を吟味し日記に書いて子孫に伝え、家の繁栄をはかることこそ肝要だったのではないだろうか。

対照的なのが途中参加、しかも宴からの参加である儀礼である。こちらは頼通の摂関家臨時客(二日条＊2)と上東門院彰子への朝覲行幸(三日条＊2▼b▼c)という人格的・家的な行事で、しかも摂関家との縁が深いものである。臨時客への遅刻は頼通へ拝礼を行なわないためと明記されており、これは、例えば右大臣であった万寿元年の臨時客では頼通拝礼を行なっていることからすれば、拝礼作法をとることが老齢の実資には難しかったためと考えられる

（本年、小朝拝を欠席していることも同様の理由であろう）。そして拝礼終了後はすぐ参入して、饗座に着して宴に預かり、自身や随身への禄をしっかりもらっている。朝覲行幸においても、騎馬できないことを理由に行列には扈従しないが、天皇と東宮による拝礼の後、饗宴から参加し、天皇御前に参上して御遊を楽しみ、禄も賜わっている。新たな貴族社会の編成原理である人格的関係で天皇と結ばれた少数の昇殿者を中心とする儀礼に参加し、そこでミウチ的なコミュニケーションをはかることは、廟堂の最長老たる実資にとっても大いに意味のあることなのである。それと同時に、関白や国母ら権勢家には遠慮し、我が身と我が家の安泰をはかっているらしきところに、実資の人間らしさが見えるのではないだろうか。

以上、『小右記』長元四年正月条にみえる正月儀礼についてみてきたが、残念ながら、当該条を読むことによって当時の貴族社会の断面は見えるが、全体像は見えないということが明らかになったと思われる。日記という個人の意思が深く関与する記録にはつきものの弊害であるが、特に、身分的にも年齢的にもかなり特殊な人物が、子孫に伝えるという明確な意志を持って書いた記録であることを忘れずに、しかし非常に重要な一手がかりとして、当時の貴族社会の復原をはからなくてはならないのである。尚、正月の儀礼を含む朝廷の年中行事については、『小野宮年中行事』を中心にまとめた《付3》「年中行事一覧」を参照いただきたい。

〈参考文献〉　山中　裕（一九七二年）。服藤早苗（二〇〇五年）。

六　叙位

池田卓也

叙位とは、官僚の身分を表わす位階を授けることである。位階は、親王四階(一品~四品)、諸王・諸臣三十階(一位~八位及び初位に正・従や大・少、上・下を付したもの、諸王は五位以上)からなる(『養老官位令』)。律令国家においては位階の高下に応じて官職を授けられる官位相当を原則としていた。叙位それ自体は男性・女性それぞれに対して行なわれるが、女性に対する叙位は特に「女叙位」とよばれるため、単に「叙位」という場合は男性に対する叙位のことを指す。ここでは、その制度の変遷と儀礼をまとめておきたい。

1　叙位制度の変遷

律令制下での叙位は、本来、考課選叙方式、すなわち官人は年度(八月一日~翌年七月三十日)ごとに勤務評価され(「考課」)、その後、所定の年数(六回の考課)が経つと位階を与えられる候補者となり(「成選《じょうせん》」)、さらに審査が加えられ、審査をパスした候補者に対して新たな位階が授けられる(成選叙位)、という方式で行なわれるものであった。またその際、叙位の区分として、五位以上に対する「勅授」(そのうち、六位以下が五位を授かることを「叙爵」、五位以上が昇進することを「加階」という)、八位(外位は七位)以上に対する「奏授」、それ以下に対する「判授」があった。

しかし「勅授」については、天長年間(八二四~八三四)に考課成選方式が放棄され、「叙位議」(後述)が成立する中で、十世紀初頭、延喜年間(九〇一~九二三)頃までに、ある官職への在職年数が一定の基準(「労」)に達すると位階昇進の資格を得るという方式、すなわち年労方式（年労加階制）での叙位が行なわれるようになった。その際、在職する官職や昇進する位階によって必要とされる年限は異なっており、鎌倉時代初期に成立した『二中歴』（巻七・叙位歴）には、位階昇進に必要な年限が官職ごとに記されている。この他、特定の氏族（基本は王氏〈諸王〉・源氏・藤原氏・橘氏であるが、即位・大嘗会・朔旦冬至に伴う叙位の際には伴氏・佐伯氏・和気氏・百済王氏が加えられる）の六位の者のうち、それぞれの氏長者（または是定）が推挙（氏挙）した各氏一名を従五位下（または外従五位下）に叙する氏爵《うじのしゃく》や、特定の官職（式部・民部・外記・史・蔵人）に在職する六位の官人各一名を従五位下（または外従五位下）に叙する巡爵《じゅんしゃく》、院や三宮（皇后・皇太后・太皇太后）の推挙により各一名ずつを従五位下（または外従五位下）に叙する年爵《ねんしゃく》（院宮給）などの位階昇進システムが九世紀半ばから後半にかけて成立した。長元四年当時は、年労方式を中心にそれらのシステムが組み合わされた形での叙位が行なわれていたといえる。ちなみに、長元四年正月の叙位では、氏爵の一つである王氏爵が問題化した（解説一三「王氏爵詐称事件」）。

尚、当時は位階制の変質とともに六位以下の下級位階がほとんど実質的な意味を失っていたため、叙位といえば、もっぱら「勅授」（位階でいえば従五位下以上）のみが意味を持つようになっていた。また、五位以上についても、生前には最高位の正一位に叙せられることはなく、正四位上・正五位上については通常越階するようになっていた。

2　叙位の儀式

叙位（「勅授」）までの流れは、おおよそ「叙位議」、「入眼《しゅげん》・請印」、「位記召給《いきめしだまい》」という二段階から成り立っていた。

「叙位議」は正月五日か六日に行なわれ（式日については後述）、そこで叙位に預かる者が決定された。そして「入眼」という位記（位階の授与を証明する公文書）の作成と「請印」という位記への内印（「天皇御璽」）の押捺が行なわれ、最終的に、正月七日の白馬節会の際に「位記召給」、すなわち位記の授与がなされた。その際、叙位に預かった者は、拝舞・奏慶し、続いて院宮以下に参上して奏慶する。長元四年の叙位においても、叙位議が正月五日に、入眼・請印が同月六日に、位記召給が同月七日にそれぞれ行なわれている。そのうち「叙位議」については、実資自らが「執筆大臣」を勤め、清涼殿に天皇・関白以下諸卿が集まってなされたことが『小右記』五日条＊1に詳しく記されている。

その次第を『西宮記』(恒例第一・正月・五日叙位議)、『北山抄』(巻一・年中要抄上・正月五日叙位議事)、『江家次第』(巻二・叙位)などの儀式書によってみると、次のようになっていた。『小右記』を読む際に、「執筆大臣」を実資に置き換えるとわかりやすい。

・執筆大臣以下、諸卿が左近衛陣座(正月註16)に着す
・諸卿、日華門を経て議所に着し、勧盃が行なわれる
・蔵人、宣仁門・日華門を経て議所に赴き、諸卿を召す
・執筆大臣、召使に命じて外記を召し、筥文を取らせる
・諸卿、日華門・宜陽殿・紫宸殿の階下を経て射場に進み、所定の位置に立つ
(この間、関白、清涼殿に参上し、御前座〈清涼殿の東の孫廂の南第三間〉に着す)
・執筆大臣以下の各大臣、清涼殿に参上し、御前座に着す
・第一納言以下の諸卿、それぞれ筥文(正月註137 144)を取って清涼殿に参上
・筥文を御前の円座(大臣座)の前(西側)に置いた後、御前座(第一・二間)に着す
(筥文のない諸卿はそのまま御前座に着す)
・関白・執筆以下の各大臣、順に召しを受け、各々称唯して簀子敷を経て、御前の円座(第四間)に着す

・天皇、「早く」と仰す
・執筆大臣、十年労勘文（十年労帳、正月註147）を天皇のご覧に入れ、御前の円座に戻る
・天皇、「早く」と仰す
・執筆大臣、蔵人を召して続紙を進上させ、叙位する者を書く（その後、読み上げる）
・執筆大臣、勅許を得て院宮御給名簿（正月註159）を参議（または中納言）に取りに行かせる
（仰せを受けた参議は称唯して退出し、近衛次将に命じて各々院宮に名簿を取りに行かせる）
（この間、蔵人・王氏・源氏・藤原氏・橘氏・上官・諸司労・左右近衛将監・検非違使・外衛の順に叙位を行なう）
・執筆大臣、参議から進上された院宮御給名簿を開封せずに奏聞し、返給後、先例により叙位を行なう
・「一加階」の者、および外記勘文（在職年数が基準（労）に達した官人を記載）による者の叙位を行なう
・執筆大臣、続紙（叙位簿）の奥に日付を書いて天皇のご覧に入れ、返給後、退出
・執筆大臣、殿上にて入眼上卿に続紙（叙位簿）を渡す

この次第から、具体的な加階者の決定は、天皇・関白と「執筆大臣」との間で行なわれていたことが分かる。執筆大臣（単に執筆《しゅひつ》とも）は、叙位議の上卿にあたり、叙位簿に加階者を記入していく役で、通常、関白を除いた筆頭大臣が勤める。叙位議における役割の大きさが窺えるが、実資は長元四年だけでなく、治安元年（一〇二一）七月に右大臣になって以来、少なくとも治安二年・同三年・万寿二年（一〇二五）・長元三年・同五年・同八年・同九年にも執筆大臣を勤めており、当時いかに頼りにされていたかが分かる。なお、定例の叙位議の式日については、『延喜式』（巻一一・太政官）や『西宮記』以下の諸儀式書には正月五日とあり、長元四年の叙位議も、正月五日に行なわれている。ただ、『北山抄』の細注に「或六日行レ之、」とあるように、六日に実施されることもあったようで、試みに長元年間の叙位議の

式日についてみると、二・五・七・九年が六日実施となっており、五日か六日のいずれかで行なうということになっていたようである(長元五年の叙位議については、『日本紀略』には五日とあるが、『左経記』に従って六日とした)。

3　臨時叙位・奏授・女叙位

定例の叙位とは別に、天皇の即位や朔旦冬至の際などに臨時に叙位が行なわれることもあった(臨時叙位)。ちなみに、長元四年は朔旦冬至にあたる年で、十一月十六日に朔旦叙位が行なわれている(『左経記』十一月十六日条▽a、解説二三「朔旦冬至」)。

この他、形式的なものとなっていたものの、長元四年当時行なわれていた叙位の方式としては「奏授」がある。その流れを示すと、前年の十月か十一月に弁官へ考選文(考文・選文)が送付され、式部・兵部両省での審査の後、二月十一日に太政官曹司庁で列見《れけん》、四月七日に内裏(紫宸殿)で擬階奏《ぎかいのそう》(奏成選短冊)があり、その後、入眼と外印(太政官印)請印(四月十一日に式部省位記請印、四月十三日に兵部省位記請印)を経て、四月十五日に位記召給(授成選位記)が太政官曹司庁で行なわれるというものである。

このうち列見の式日はほぼ二月十一日に固定化していたが、長元四年では延引して二月廿一日▼aに行なわれた。そして、四月七日に擬階奏、同月十一日に式部省位記請印、五月四日に兵部省位記請印が行なわれた(『日本紀略』)。また冒頭で述べた「女叙位」についても、長元四年には正月十一日に行なわれ、叙位と同様、記主実資が執筆を勤めた(『小右記』正月九条▼b・十日条▼b・十一日条＊1、『左経記』正月十一日条※1)。

〈参考文献〉　黒板伸夫(一九九五年)。吉川真司(一九九八年)。玉井　力(二〇〇〇年)。

七　不堪佃田

池田卓也

平安時代の主要な朝廷年中行事の一に不堪佃田奏がある。不堪佃田《ふかんでんでん》とは、田図の上で耕作されるべき定田とされていながら、荒廃して作付け不能と認定された田のことである（九月註81）。諸国の不堪佃田の増加は国家収入の減少を意味するので、毎年公卿による審議を経て天皇に奏上されたのである。ここでは、その制度の変遷と、儀式の概要をまとめておく。

1　不堪佃田制の変遷

長元四年当時の不堪佃田制に至る制度的な変遷をおおまかにたどると、先ず、九世紀半ばに不堪佃田数が増加したため、政府はその対策として不堪佃田使を諸国に派遣し、八月中にその数を中央に報告させることとした（『類聚三代格』巻七、仁寿四年〈八五四〉十月一日太政官符）のが、十世紀に入ると、延喜年間（九〇一〜九二三）に、各国内の田数の十分の一を「例不堪」として租穀を免除する一方で、それを越えた分を「過分不堪」とする方式が確立した他（『政事要略』巻五七、延喜十三年八月廿三日宣旨）、開墾によって不堪佃田数を毎年減少させることが義務化されるなど（『政事要略』巻六〇、承平二年〈九三二〉十二月十日太政官符所引延長五年〈九二七〉十一月廿六日太政官符）、その対策はさらに強化された。そして、その後、天慶年間（九三八〜九四七）に至って、不堪佃田使の派遣が停止され（『北山抄』巻一〇・不堪佃田など）、政府が認可した不堪佃田数のうち二分の二を免除する代わりに、残り三分の一の田数相当の租穀を納めさせる制度が整えられた、ということになる。

2　不堪佃田の審査

このような流れのなかで不堪佃田の審査に関する政務もまた整備された。『西宮記』(恒例第三・九月)「諸国言上損不堪佃田事」、『北山抄』(巻三・官奏事)「定過分不堪事」、『江家次第』(巻九・九月・不堪佃田申文)を中心にその流れを示すと、おおよそ次のようになる。

〈八月卅日以前〉　諸国から「坪付帳」が(弁官に)進上される
〈九月一日〉　大弁に申上される
〈九月五日〉　不堪佃田申文(不堪申文)
〈九月七日〉　荒奏【官奏】
　不堪佃田定(不堪定)【陣定】
　和奏【官奏】

不堪佃田が申請された(三十五ヶ国程度が申請することが多かった)後、大弁への申上が行なわれ、その後の不堪佃田申文では、「目録」を付した「不堪文」(「不堪解」ともいい、『小右記』万寿三年〈一〇二六〉九月十日条には「国々坪付開発解文等」とある)が史から大弁を経て左近衛陣座にいる大臣に進上され、その内容について確認される。その際、提出書類に不備がある場合などには返却されることが、『小右記』九月八日条により判明する。

次の段階の荒奏《あらそう》では、さらに諸国の年々の不堪佃田数が記された「黄勘文」が用意された上、清涼殿で官奏の形式をとって大臣から天皇に奏上される。『北山抄』(巻七・申一上雑事)では、一上の取り扱うべき政務の一つとして「不堪佃田事」を挙げており、さらにそれを奏上すべきものとしている。

それを受けて行なわれる不堪佃田定《ふかんでんでんさだめ》では、陣定の形式をとって公卿による不堪文などについての審議が行なわれる。この不堪佃田定は、藤原行成が「是大定也」と言っているように(『小右記』寛仁三年〈一〇一九〉五月廿六日条)、非常に重要視され、不堪文などの照合の必要から、特に大弁を経験した納言の出席が求められるなどした(『小右記』治安元年〈一〇二一〉十二月九日条、『北山抄』『江家次第』など)。そして、その審議の結果として、通常、前述の通り不堪佃田使の派遣停止と認可された不堪佃田数の三分の二の免除が決定し、和奏《にぎそう》で大臣から天皇に報告されて一連の作業は終了する。

ただし、それぞれの式日に関しては、実例では必ずしも儀式書の記述どおりには行なわれておらず、場合によっては次の年(あるいはそれ以降)に前年分の不堪佃田について申請・処理される場合もあった。その場合は「後《おくれ》不堪《ふかん》」(訓については『北山抄』巻十・不堪佃田事)といい、①前年に申請期限に遅れて言上した場合と、②前年には申請せず、次の年になって申請した場合とがあるが、②の場合には不堪佃田定も行なわれるものの、いずれも一度の奏聞のみで処理された。

長元四年においては、儀式書通り九月五日に左大弁重尹への申上が行なわれた(『小右記』九月七日条▼h)。また八日には記主右大臣実資を上卿として、左大弁重尹・左少史広雅が出席して不堪佃田申文が行なわれている(『小右記』同日条＊3、『左経記』同日条▽a)。さらに荒奏が閏十月十一日に(『左経記』閏十月十日条※1・十一日条▽a※1)、不堪佃田定が閏十月廿七日に行なわれた(『左経記』同日条※1)。その次第についても、前述の儀式書のものと一致することがわかる。残念ながら、和奏についてはその実施を確認できない。ちなみに、『日本紀略』閏十月十一日条には「被レ定二諸国減省不堪事一」とあり、一見、同日に不堪佃田定が行なわれたようにとれるが、『左経記』同日条に荒奏が行なわれたことしかみえない点、また『左経記』同月廿七日条※1の内容が明らかに不堪佃田定のそれに一致する点（前出『西宮記』諸国言上損不堪佃田事・『北山抄』官奏事〈「不堪定日」〉・『江家次第』不堪佃田申文〈「不堪定」〉参照）、以上の二点から、閏十月十一日には不堪佃田定は行なわれなかったものと考えられる。

〈参考文献〉 坂本賞三（一九七二年）。佐藤宗諄（一九七七年）。彌永貞三（一九八〇年）。佐々木宗雄（一九九四年）。

八　仏教行事

中野渡 俊治

平安時代には国家的な仏教行事が年間を通じて行なわれていた。建前としては神事が優先されるが、実際には仏事の方がより大がかりで、大極殿や内裏で行なわれるものも多く、宗教的にも重要な意味を持っていたと考えられる。ここでは、宮廷年中行事の中から主要な仏事を取り上げ、特に御斎会と仁王会について、長元四年の実態を探ることにしたい。

1　年中恒例の仏事

年中行事として行なわれる宮中仏事は、『小野宮年中行事』『年中行事御障子文』などによると、以下の通りである（《付3》「年中行事一覧」も参照）。

正月　八日　大極殿御斎会始・大元帥法始（～十四日）、十四日　殿上論議
二月上旬　　春季仁王会（秋季…七月）
二月～三月　季御読経
三月　七日　薬師寺最勝講会始
四月　八日　灌仏
七月　八日　文殊会

七月十五日　七寺盂蘭盆供養
七月～八月　季御読経
十月十七日　奏二維摩会一事

これらの仏事のうち規模が大きい主要行事として、御斎会（正月註250）・仁王会（二月註51・七月註141）・季御読経（二月註50）がある。御斎会では金光明最勝王経が、仁王会では仁王般若経、季御読経では大般若経が読まれ、国家の安寧、五穀豊穣、天皇の身体護持が祈られた。このうち仁王会については、『延喜式』に一代一度の仁王会と臨時仁王会しか規定されていなかったが、摂関期には、季御読経が春（二月または三月）と秋（七月または八月）に吉日を選んで行なわれるのと同様に、春秋二回にほぼ定例化されていた。また、これらの仏事は、仁王会が大極殿や内裏などに百の高座を設けるように、舗設や供養料、僧侶への布施の準備が膨大であり、大蔵省や内匠寮などの各官司が設営を担当し、公卿らが定の上卿や検校として準備を担当した。

2　正月の仏事

長元四年の御斎会は、例年通り八省院（大極殿）で正月八日から始まり、十四日に結願した。しかし実資は、開始日も結願日も八省院に参列しない旨を大外記小野文義を通じて伝えさせ、自邸に留まっていた。これは会場となる八省院へ移動するのが、老齢のため困難であったからである（八月の伊勢公卿勅使発遣の上卿を勤めるに際しても、八省院での挙行は「行歩難レ堪」なので神祇官で行なった）。尚、右大臣・右大将である実資は、公卿が分担したと考えられる加供を十日に給し（十日条＊1）、御斎会結願日に右近衛府で催される饗宴の料として梨・棗・味煎・薯蕷を送っている（十三日条＊2）。そして、結願日の宴で梨と薯蕷が好評であったとの報告を資平から受けている（十五日条＊

2)。また、この年の御斎会期間中には庚申の日があり、後一条天皇は庚申待を開催しようとした。しかし周囲から仏事の期間中に行なうべきではないとして止められたともある(十三日条▼a)。

関白頼通は正月下旬から体調不良となり(正月廿五日条＊3、除目が二月五日に延期される)、また実資も正月廿八日＊1に自邸で発生した穢のために三十日間出仕できない状況となった。そのため正月下旬から二月にかけての諸事は、内大臣教通が上卿を勤めることとなる。教通は頼通の指示と実資の助言を受けつつ、除目や仁王会定・季御読経定を行なう。二月七日条＊2で関白頼通からの指示を受けた教通は、実資に対して仁王会定と季御読経定を同日に行なうことの可否を尋ねている。それに対して実資は、「慥不二覚侍一」としながらも、神位記と僧位記の請印を同時に行なうことなどを例に挙げて、同時に行なうことに問題は無いと回答をしている。近い例では、長元元年の春季は実資を上卿として同時に行なわれ(『左経記』長元元年二月廿八日条)、長元二年の春季は二月十一日に仁王会定、閏二月五日に季御読経定が行なわれている(『小右記』長元二年二月十一日・閏二月五日条)。

この年は、二月八日に仁王会定のみが行なわれ、季御読経定は二月廿六日に行なわれた。そして二月廿七日に仁王会、三月四日〜七日に季御読経を行なうことが定められた。穢のため自邸に籠もる実資にもたらされた情報は混乱する。二月八日の定の内容は、二月十三日＊4になって頭弁経任から伝えられたがその報告は不正確であり、翌十四日＊2に改めて仁王会定のみが行なわれたこと、仁王会は二月廿七日に行なうことが報告されている。

3　二月・三月の仏事

長元四年二月の仁王会では、実資は穢の期間中のため堂を飾ることもしなかった(廿七日条＊1)。検校を勤めた源経頼によると、大極殿の装束を担当した関白頼通の準備が遅れ、巳刻から未刻にずれて開始された(『左経記』廿七日条※1※2)。

春季御読経は、三月四日辛亥から七日甲寅までと定められた。頭弁経任から報告を受けた実資は、陰陽寮が勘申した三月七日甲寅は陰陽道の忌日と後一条天皇の衰日に当たるとして、批判を加えている(廿六日条＊3)。さらに初日の三月四日▼aは「日次不レ宜」として参入せず、結願日の七日＊1には、上東門院彰子の白河院御幸の奉仕に奔走する関白頼通に対して「執柄人、不レ可レ有二他事一歟、」と終始批判的であった。

こうした中で後一条天皇は、御斎会に続いて季御読経に際しても、前日の三日に作文を催そうとする。作文の遊興が翌日に及んで仏事に懸かることを懸念する関白頼通は、天皇に考え直すよう求め、あるいは昼間のうちに行なってしまうことを提案する(三月四日条＊1)。しかし天皇は頼通の諫言を無視して三日の夕から作文を行ない、頼通の懸念通り四日の季御読経始まで及んでしまう。

二月のこれらの行事の上卿を勤めた内大臣教通は、除目の日取りをめぐって頼通の病のために混乱したように、優柔不断な関白頼通に振り回されている。また教通の上卿ぶりは、二月十七日条で除目が「内大臣執筆無レ難、諸卿感嘆、」とわざわざ謂われるように、いささか心許なく見られており(長元三年十月一日条では旬平座の上卿の失儀ぶりを書かれている)、仏事の日取りをめぐる手際の悪さも、こうした背景があったからであろう。

尚、仁王会定の際、教通が行事定文も奏上したことが「先例不レ奏二行事定文一」と指摘されているが(二月十三日条＊4)、『左経記』万寿二年二月廿五日条に春季仁王会定を記して、

右府於二左仗一、定二仁王会僧名并検校等一、加二日時勘文一、入レ筥令二余奏一、奏了下レ之、余即給レ之結申、但行事文此度相加賜、

とあるように、実資も行事定文を奏上している。

4　八月の仁王会定をめぐって

この年、二月以外に八月廿二日と十一月卅日に仁王会が行なわれている。八月の仁王会は、七月十五日▼aに発生した月食の災厄を攘うための臨時仁王会として催された。もともと春・秋の仁王会も正式には「臨時仁王会」であったので、秋季仁王会を兼ねたとも考えられる。関白頼通は七月十九日、実資に仁王会を行なうことを打診し、七月廿五日に仁王会定を行なうこととする(十九日条＊2)。廿三日＊1に改めて仁王会定の上卿が命じられ、実資は承諾するとともに、陰陽寮や弁官への手配を始めている。月食による天皇への災厄を避けるために仁王会をする背景には、宿曜師證昭の説で天皇の本命宿で月食があったとされたことに加え(七月註159)、天皇を非難するという伊勢斎王託宣事件発生も影響していよう(解説一〇「伊勢斎王託宣事件」)。また七月廿二日条＊1で頭弁経任が「先年月皆既、其夜内裏焼亡、」と指摘したように、寛弘二年(一〇〇五)十一月十五日の月食直後に内裏が焼亡し、神鏡が焼損という前例もあった(七月註158)。こうしたことから、月食が天皇にもたらす災厄に神経質となり、さらに仁王経による災害除去を願ったのであろう。

七月廿五日に予定されていた仁王会定は、廿三日に内裏で発生した穢のために延期され、仁王会の実施日を八月廿三日と決めた上で、定を八月一日前後に行なうこととした(廿四日条▼a)。実際の定は、八月一日になって四日に行なうこととなり、再び頭弁を通じて陰陽寮や弁官に指示された(八月一日条＊1)。四日＊2の仁王会定では、参加僧名や行事検校を決定し、奏聞の結果八月廿二日午二剋に行なうとされた。この時、頼通は実資が参内したと聞いて急ぎ自身も参内しており、関心の高さが窺える。この後、八月の臨時仁王会については、九日条＊1に加賀国進納料物の遅延の責任問題のこと、廿日条＊3・廿一日条＊1＊2に結政請印を仁王会と重ならないように延期することが記されている。尚、検校は権中納言藤原経通と参議右大弁源経頼であったが、源経頼は八月十七日になって、廿五日発遣の伊勢大神宮使となったので仏事に関わることができず、参議左大弁藤原重尹に代わっている。実資は仁王会定の上卿を勤めたが、同じ奉幣の儀の上卿を勤めることになっていたからであろうか、当日は参入せず、僧への供物を献じただけである(廿二日条＊1)。

5　秋季御読経と十一月の仁王会

この年の秋季御読経は、十月廿六日に定があり、閏十月五日から八日にかけて行なわれた(『小記目録』『左経記』)。上卿は内大臣教通であり、『小記目録』(第九・臨時御読経事)に「八日、御読経結願、上卿違例事、」(◆1)とあり、『左経記』同日条に、教通が参入する際の作法を訝かしがる記載がある。『小記目録』の「違例」がこのことを指すのかどうかは不明であるが、教通の作法に目を光らせる実資の姿が窺える。

十一月卅日に行なわれたこの年三度目の仁王会でも、教通が上卿を勤めた。定は閏十月廿六日に行なわれたようであるが、詳細は不明である(『小記目録』第九・仁王会事)。また、仁王会の二日前(廿八日)に大祓があったことも『左経記』目録(◇2)によりわかるが、記事は伝わらない。当日の儀は『左経記』に詳しく、後一条天皇が小安殿に行幸し(▽a)、大極殿に出御し(▽c)、御拝などがあって朝講(▽d)、再び天皇以下の惣礼があって夕講、そして行香・布施などを終えて、天皇が還御したとあり(▽e)、長保三年(一〇〇一)三月九日の会を参考にして堂宇の装束(装飾)がなされたことなどが書かれている。諸儀式書の記載と対比させながら熟読すべきであろう。

〈参考文献〉　小野玄妙(一九一五年)。難波俊成(一九七二年・一九七三年)。三橋　正(二〇〇〇年)。

九　吉田祭

八馬朱代

平安貴族にとって、神事は朝儀の中でも最も重要なものと意識され、神事優先・神仏隔離の原則が維持されていた。けれども、年中恒例の神事の詳細を伝える記事は意外に少なく、神社における儀となるとなおさらである。その中で、源経頼が前年(長元三年十一月五日)参議となり、この年の二月廿九日※1▽aに着座の儀を行なってから、初めての神事の上卿を勤めた吉田祭の記載が『左経記』四月廿二日条※1にあることは、非常に貴重である。

1　吉田社と吉田祭

吉田祭は吉田社の祭で、『日本紀略』寛和二年(九八六)十二月十七日条に「詔以㆓吉田社㆒准㆓大原野㆒、行㆓二季祭㆒、四月中申日、十一月中酉日、」と記されており、吉田祭は大原野祭に倣って祭祀が行なわれ、祭日は四月の中申日と十一月の中酉日とされた。これにより、翌年永延元年から吉田祭が公祭として行なわれた。吉田社は貞観年間(八五九〜八七七)に藤原北家魚名流の中納言藤原山蔭によって創祀された神社と考えられる。『大鏡裏書』によると吉田祭は山陰一家の祭祀であり、一条天皇の時代の永祚元年に始められたと記されていることから、一条天皇の即位にあたり、天皇の外祖母である時姫が山蔭の孫であることの理由により、公祭として吉田祭が開始されたと考えられている。『江家次第』(巻六・四月・吉田祭)によると、吉田祭には藤原氏出身の后宮が饗を設けることになっており、后宮に障りがある時は、氏人の藤原氏の大臣が代わりに饗を設けることになっている。また、祭には氏長者が神馬を奉納している。

公祭としての吉田祭の開始とその定着には、藤原兼家と詮子と道長等の協力があったと考えられている。また、『左経記』長元四年の記述のように、四月の祭には外記が神主を勤めるということが起っているが、時代が降ると中・下級貴族の儀式への意識の低下が生まれ、祭の参加者の減少により、卜によって神主が定めることができなくなり、院政期にその傾向が更に顕著になるという。

2　吉田祭の儀式

『江家次第』に詳述される吉田祭の儀式の流れは以下の通りである。

・祭の十日ばかり前に勧学院別当・弁以下の祭に参加すべき五位以上の人々の諸役を命じる文書を長者に提出。
・祭の当日に弁以下が行事所に集合し、所定の座に着く。
・北の屋に氏人の座を用意し、所司に羞饌する。三献。
・外記が文刺の事を申し上げる。上卿が参入し、弁以下北の屋の巽の庭中に出立する。
・上卿が着到殿の座に率いて到着する。史生・官掌等は南に三丈ほど離れた五間の屋に到着し、饗を用意する。
・有官別当は簡に氏人を記す。一献・二献あり。所掌を定める。
・神祇官が南の屋に来て、神主をトう。外記は御占串を上卿に覧じて、神主の役を仰せつける。
・倭舞を勤めるべき人を定めて、仰せつける。三献。
・神殿に向かい、神物を供える。内侍が神殿に参入して、神物を弁備する。
・上卿以下庭中の座に着し、氏人等が奉幣する。座にいて再拝する。
・神馬・走馬を神殿の前に列立する。神主が神拝四段する。祝詞を申し上げ、手を拍す。

・左右馬寮の允が馬二匹を率いて、神殿の周りを八回巡る。官人・口取に神酒を与える。
・上卿以下が直会殿に移動する。諸司に羞饌する。三献。
・上卿が召使を呼び宮内省を召す。宮内丞参りて前庭に立ち、大膳職を召して御飯多々良加を大膳の官人に給う。
・倭舞の座を敷き、倭舞を行なう。（神主が最初に行なう。）
・外記が文杖に見参をさして上卿に渡し、上卿は見参を見る。それを弁に渡し、弁は史に渡す。
・諸司に録を給う（近代見えず）。后宮上卿以下に録を給う。后宮に障りある場合は、行なわれない。退出する。
一方、『左経記』長元四年四月廿三日条※1に記述されている上卿経頼の行動は次の通りである。
・未剋に右大弁の源経頼が左中弁の藤原経輔とともに吉田社に赴く。
・経頼は着到殿に到着する。続いて、弁・外記・史・氏人・有官別当等が着到殿に着く。
・弁が所掌を申し行なう。一献する。（宮司勧盃する。）
・外記が神主となる。二献あり。
・弁が録事と着到のことを申し行なう。
・倭舞の人を定める。
・直会殿に着す。弁・氏人を率いて、神物の棚を担ぐ。その後、南庭に移動する。
・祝詞を宣読して、奉幣した後、直会殿に移動する。
・祝詞・奉幣の間、内侍が神殿内に入る。
・馬寮・殿（藤原頼通）の神馬を廻らす。
・外記が代官を申す。諸司、餞を賜わる。

・経頼は召使を呼び宮内省を呼び寄せる。省の丞が前庭に立ち飯を給うべきことを述べる。大膳属は飯を賜わる。
・倭舞が行なわれる。外記見参を持って経頼にこれを披見する。経頼はその見参を弁に渡し、弁は史に渡す。
・宮司に禄を与える。それぞれ退出する。

『左経記』廿二日※2によると、祭の前日、上卿を勤める予定だった人物が障りにより上卿を勤めることができないために、急遽経頼が上卿代を勤めることになったという。当日、経頼は左中弁経輔と共に吉田社に赴いて儀式を執行した。『江家次第』の次第と比較してみると、通常祭礼中の卜によって定められる神主が、長元四年四月の吉田祭は子日(庚子)にあたっていたので、卜をせず、外記に神主の役を勤めさせるなど、微妙な違いが見て取れる。

吉田祭は藤原氏の氏祭の一つで、源氏の経頼が個人的な奉幣をして信仰する祭ではない。しかし、藤原氏でも吉田祭に奉幣していなかった実資が、やはり任参議後初めての神事として吉田祭の上卿を勤めており(『小右記』永祚元年〈九八九〉四月十四日条)、信仰と関係なく、恐らく京に近いという理由で選ばれることが多かったと思われる。吉田祭の儀式については、その『小右記』の記事も比較検討する必要があると考える。また、氏族信仰との関連で言えば、経頼が祈年穀奉幣使としてこの年に二度も平野社に赴いていることも重要であろう(二月十一日※1・七月十三日※1)。平野祭は王氏・源氏・平氏らの氏祭で、経頼も氏人として奉幣していた(『左経記』長元五年四月八日条)。これらの分析から、平安貴族の神信仰と神事に対する意識に迫ることができると思われる。

〈参考文献〉 岡田莊司(一九九四年)。並木和子(一九八二年)。三橋　正(一九九三年)。

一〇　新嘗祭と豊明節会

関眞規子

新嘗祭は、毎年十一月下卯日に行なわれる祭で、天皇即位に際しては大嘗祭という。『神祇令』に「大嘗」として規定され、天皇の親祭（夜の神事）を伴う唯一の律令祭祀である。『延喜式』（巻一・四時祭上）では、三日の斎（致斎）を必要とする中祀とされ、年中恒例の神事で最高の位置付けがなされている。しかし、九世紀中ごろから天皇の親祭は行なわれなくなり、祭祀そのものの意義は薄れていったと考えられる。豊明節会は、新嘗祭（大嘗祭）の翌日（辰日、大嘗祭では午日）に天皇が出御して豊楽院で行なわれる宴会で、新嘗祭で天皇が新穀を天神地祇に奉り、自らも御膳を食した後、群臣に饗宴を賜わるという意義があったとされる。けれども、新嘗祭そのものの変質により、宗教的な意義は希薄となったと想像される。それでも摂関期には、豊明節会で五節舞を舞う舞姫を貴族の子女が勤めることになっており、長元四年には源経頼にその献上が命じられた。その経緯を伝える『左経記』の記事は、当時の経営の実態や新嘗祭・豊明節会に対する貴族の意識を知る上で貴重な史料である。

1　五節舞姫

豊明節会では、大歌所の別当が大歌を歌い、五節舞姫が五度袖を翻して五節舞を舞う。五節舞は、伝説によれば天武天皇が吉野で琴を奏した時、天女が降りてきて詠じた歌に舞をつけたものとされる（『年中行事秘抄』『江家次第』〈巻一〇・十一月・五節帳台試〉など所収『本朝月令』逸文）。一説に、農耕の繁栄を祝う田舞から発展したものとされたが、『続日本紀』天平十五年(七四三)五月癸卯(五日)条の聖武天皇の宣命などから、天武朝に創設されたとする説を支持する見解もある。

五節舞は女舞で、四名で舞うものとされた。四人の舞姫は王臣諸氏の子女がなり、二名は国司から、二名は公卿から選定され、特別の指導を受けて本番に臨んだ。その出演の舞姫を決める儀を五節定といい、舞姫を指導する師を大師といった。

十一月中丑日、舞姫が参入して天皇が下見をし(五節帳台試)、寅日に天覧の予行演習があり(御前試)、侍臣などの五節乱舞もあって「びんたたら」や「万歳楽」を歌った。卯日に五節童女御覧があり、寅日および卯日には淵酔(五節淵酔、殿上淵酔とも)という無礼講的な酒宴行事が行なわれ、殿上人や公達が朗詠・催馬楽・今様などを歌って乱舞した。そして辰日の豊明節会に、舞姫が公式に群臣の前に舞姿を現わし、舞楽をして、新嘗祭の最後の華麗な幕が閉じられたのである。

これらの儀式については『江家次第』(巻一〇・十一月)に詳しいが、舞姫を準備する貴族のことはわからない。その欠を補うため、次に『左経記』長元四年条を見ていくことにしたい。

2　長元四年の五節舞姫献上

長元四年の場合、『左経記』十月十七日条※1に「有レ召参内、式部丞資通仰云、可レ献二五節一者、令レ奏二奉之由一」とあり、この日に五節定が行なわれたものと思われる。五節舞姫を献ずるよう命じられた源経頼は、本番に向けて準備を進めることとなる。準備は翌閏十月には開始されなかったようで、約二ヶ月後の『左経記』十一月十四日条※1に、舞師の宿所に畳や几帳などの物資を送ったとある記述から始まる。

十一月十六日条※1に、夜になり五位六人・六位十人という大勢の前駆に下仕や童等を連れて舞姫を内裏に参入させたとある。また、経頼以外に舞姫を献じたのは、中宮権大夫藤原能信と讃岐守で、関白頼通が舞を覧て、丑剋に終了したとある。『小記目録』(第七・大嘗祭事)にも「同十一月十六日、五節参事、」とあり、これを裏付けている。

翌十七日条▽aには御前試が、十八日条※1には五節童女御覧があったことが窺える。五節童女御覧については、中宮威子から童女の装束二具が、和泉守源資通から下仕の衣装二具がそれぞれ送られている。舞姫の準備については、短期間かつ大量であるため、一族や家司ばかりではなく、広く公卿間で衣装等の物品の助力が行なわれたのである。

この年の豊明節会が十一月十九日に行なわれたことは、『小記目録』に「同十九日、豊明節会事、」とあることからも明らかである。『左経記』同日条※3に「具在二別記一」とあるように、儀式そのものの記録は現存しない別記に記されたので詳細は不明であるが、その前に、舞師や理髪・琴師などの関係者に絹や綿代の信濃布を禄として賜わり、六衛府の陣などに屯食・大破子などの食事を準備した様子が記されている。また、翌廿日条▽aには、五節所を訪れてくれた人々に対して、お礼を言いに回ったとある。

藤原実資も万寿二年(一〇二五)に五節舞姫(故好任朝臣女)を献じ、そのことを『小右記』同年十月十八日条から十一月十六日条までに細かく記述している。また、この年の豊明節会の上卿は実資で、もと「節会部」にあったと考えられる別記が同年十一月十四日条にある。これらと比較考察することで、より詳細な実態が浮かび上がるのである。

〈参考文献〉倉林正次(一九六五年)。山中　裕(一九七二年)。服藤早苗(二〇〇五年)。

一一　相撲節会

上原作和

相撲節会は、諸国から相撲人を召し集めて行なう相撲を、天皇が観覧する儀式である。史料上の初見は『日本書紀』垂仁天皇七年七月七日条の「捔力」、または雄略天皇十三年(四六九)九月の「相撲」とされるが、具体的な記事としては皇極天皇元年(六四二)七月乙亥(廿二日)条である。以後、宮廷行事としての相撲節会が整備され、院政期まで継承されていく。摂関期には左右近衛府によって行なわれており、四十三年間もの長きにわたり右大将を勤めていた実資の『小右記』の記載は、当時の実態を知るこの上ない史料となっている。ここでは、相撲節会の歴史と儀礼をまとめ、長元四年条を読むための一助としたい。

1　成立と意味

朝廷行事としての相撲節会の源流は、農耕儀礼と服属儀礼の二つの側面に求められるという。前者については、七月という実施時期から国家安泰と五穀豊穣を祈願する意味があったと想定されている。後者については、地方から剛力の若者を集めるという意味があり、奈良時代から制度化されている。

『続日本紀』養老三年(七一九)七月辛卯(四日)条に「初置㆓抜出司㆒」とあり、抜出司《ぬきでのつかさ》とは、後の相撲司に当たり、健児のうちから膂力に優れ、相撲技に熟達した若者を選ぶ役人であり、その若者を監督・指導する立場でもあった。朝廷内において相撲の制度が整えられつつあった証左と考えられている。次いで神亀五年(七二八)四月辛卯(廿五日)条に聖武天皇の詔が引かれ、相撲人を何がなんでも差し出せ、さもなくば国司・郡司には刑罰が待っている、という内容が述べられている。これは『万葉集』(巻五・八六八)に「相撲部領使《すまいことりのつかい》」と見えていることから裏付けられる。「部領」は「事執り」の意で、相撲人を各地から徴発して召し出すための使者、簡単に言えばスカウトである。この時代の部領使は相撲人以外の者(防人など)を召集する場合にも派遣された。さらに『続日本紀』天平六年(七三四)七月丙寅(七日)条には「天皇観二相撲戯一、是夕、徙二御南苑一、命二文人一賦二七夕之詩一、賜レ禄有レ差、」とあり、これが記録上で確認される相撲節会の最初とされる。制度的にもこの時までには整っていたと考えられよう。また、開催時期が七月七日ということで、七夕の日の行事であり、ここに「農耕儀礼」と「服属儀礼」とが結びついていたことが知られる。つまり、相撲節会の基本的な目的は、各地の相撲人を統括しつつ洗練化させ、相撲の理想型を生成させること、および、諸国の相撲人に天皇の御前で技芸を奉仕させることにより、天皇への服従を改めて確認することにあった、ということになる。

2　平安前期の儀式とその変遷

相撲節会は『儀式』や『内裏式』に規定された。『内裏式』は弘仁十二年(八二一)に成立した嵯峨天皇による勅撰儀式書であり、これにより七月七日だけであった式日が、弘仁年中より七月八日までの二日間となったことがわかる。式次第は場内の整備から始まり、神泉苑の閣庭を掃き清めて砂を敷き、殿の上に規定通りに座を設け幕を張る。場内整備が終わると、天皇の臨席のもと、上は皇太子から下は六位以下まで、規定の通り神泉苑に参入して着座する。そして楽を奏しながら官人から相撲人まで三〇〇人余りの隊列が入場するのである。かくして、子供の占手相撲から取組が始まり、合計二〇番(近衛・兵衛一七番、白丁二番、小童一番、左右対抗)が行なわれ、「御饌并に群臣の饌等」もある(『内裏式』中)。明くる八日は、場所が変わって紫宸殿で行なわれる。親王以下参議(三位)までが召される(全官人が参列するわけではない)。相撲は二〇番(近衛一〇番、白丁一〇番)である。

相撲節の一ヶ月前ぐらいに相撲司が任命される。中納言・参議・侍従の中から左右一二人ずつが選ばれ、また、別当(総監督)として、多くは親王がこれに当たった。相撲人は相撲を見せることで天皇に奉仕し、こちら親王・臣下は儀式の運営面で天皇に奉仕する。それに対し、天皇は饗宴によって応える。この応酬が前項に言う「天皇への服従を改めて確認する」ためのシステムであった。

さて、神亀五年に前述の詔が出されて「軍事力」の増強が計られ、『続日本後紀』天長十年(八三三)五月丁酉(十一日)条に仁明天皇の勅があり、「相撲節は娯楽のためだけではなく、武力の足しになるような者を選ぶのだから、越前・加賀・能登・佐渡・上野・下野・甲斐・相模・武蔵・上総・下総・安房などの諸国は膂力人を捜索して貢進せよ」とある。「膂力人」を衛士・健児として徴用しようとしたのであろう。相撲人の構成は、衛士・健児として衛府に属する者と、新規に諸国より勧められた者(白丁)とに分かれる。最手《ほて》(相撲人の最高位者)から近衛番長に登用されたことも多い。スカウトである相撲部領使(相撲使)は、二月～三月に任命されて各地に派遣され、相撲人を「部領《ことり》」し、一ヶ月前ぐらいに京に入ることになっていた。相撲人には多くの特権が用意されていたが、その多くが農民の出であり、農繁期に召し出されることから、逃亡や遅刻が間々あり、捕まって投獄されたケースもある。人材不足で、力がありそうな素人を相撲人にしてしまうこともあった。また、相撲人の選出は国司・郡司の責任であるから、国司・郡司への処罰もあった。

相撲節会の性格は、九世紀末頃から変容を見せる。相撲司の編成・設置がなくなり、代わって左右近衛府内に相撲所を置いて相撲節会を司らせ、「占手相撲」が廃絶した。また貞観十年(八六八)六月廿八日に、それまで式部省が管轄していたのが兵部省管轄に改められ、それより早く八世紀後半には式場も神泉苑から紫宸殿などの内裏に移り、略式の儀式になった。初日に一七番程の取組を中心とした儀式(召合)が行なわれ、二日目は「追相撲(お好み勝負)」「抜出《ぬきで》(トーナメント)」といった特別取組が行なわれる。加えて七月七日という式日にも変動があり、天長三年(八二六)に平城天皇の国忌を避けるために七月十六日に移され、貞観年間(八五九〜八七七)からは七月下旬となり、七月が大の月の場合は廿八〜廿九日、小の月の場合廿七〜廿八日とされた。これはあくまで原則で、長元四年(一〇三一)の場合は、大の月でありながら、廿八日が陰陽道でいう忌日《いみび》の一つである坎日《かんにち》であったので、議論の末に、相撲召合は「臨時の小儀」であるから節会に準じないとして、廿九〜卅日とされた(『小右記』長元四年七月十六日条▼a・十七日条▼b・十八日条▼b・廿三日条＊1・廿四日条▼a・廿五日条▼c)。相撲節会が「臨時の小儀」にまで格下げされた背景には、「七夕」における農耕儀礼との関連が意識されなくなったことと、「服属儀礼」の意識も失われたこと、つまり単純な娯楽のための一行事となっていたことが考えられる。

十二世紀になると、相撲人の中に世襲された者が見られるようになる。承安四年(一一七四)、最後の相撲節会の際には、「世襲相撲人」の家柄の者が、登用された相撲人の大部分を占めたという。また、そこに登場する者が、姓を変えて記されていることから、相撲人が低い地位の者として見られていたと推測されている。その頃の相撲人には高齢者が見られることから、世襲により格闘の部分が薄れ、技芸としての様式化した相撲に変質したと考えられる。

3　摂関期の儀式

ここで『西宮記』(恒例第二・七月)『北山抄』(巻二・年中要抄下・七月)『江家次第』(巻八・七月)などの記載から摂関期における儀式の概要をまとめ、合わせて『小右記』長元四年条の関連記事を指摘する。

先ず、三月に相撲部領使（相撲使、三月註198）が定められ（三月廿二日条＊4・廿三日条▼a・廿四日条▼a、解説三「実資と右近衛府」）、七月になって相撲人を従えて帰京する。相撲人の貢進期限は、当初六月廿日となっていたが、弘仁元年（八一〇）七月九日の詔で「見つけ次第期日に関係なく進めよ」とされ、元慶八年（八八四）の詔で六月廿五日と改められたが、守られてはいなかったようだ。実資のもとに相撲人がやって来るのも七月に入ってからである（七月十三日条▼a・廿二日条▼a・廿三日条＊1▼b・廿五日条▼b・廿六日条▼b）。

長元四年七月の相撲節会について、実資は慎むべきという夢想の告があったことを頼通に伝え、参入を免除されているので（四日条＊2）、すべて自邸で報告を受けたり指示を出したりしている。また、坎日を避けて日程を変更しただけでなく、十五日に起こった皆既月食（七月註120、解説三二「月食」）により、楽の中止が決定されている（廿二日条＊1・廿四日条▼a・廿五日条▼d）。

相撲節会の準備については、七月九日条▼aに装束司が申請した布について処置したことがあるが、正式には召《めし》仰《おおせ》によって始まる。十日前後に、相撲を行なうべしとの勅を上卿が受け、これを左右近衛府の中将以下に伝えるものである。長元四年は十一日条＊1に頭中将源隆国が行なったとあるが、何年の例によるかも示さない不備なものであった。翌十二日条▼cには念人（七月註94）を勤める陰陽師のことも問題になっている。そして、十九日に右近衛府の相撲所が始められ（▼a）、府生下毛野光武が相撲所の定文や相撲召合に必要な絁などの請奏を持ってきた（＊2）。翌廿日▼a、実資は請奏に「朝臣」と署名し、定文と共に返給しようとするが、光武は来ず、廿一日▼aになってしまった。光武はこのことで過状を提出させられた（七月註143、八月五日条＊2、八月註81）。相撲人の選定もなされ、特に急死した右の相撲人の腋（助手）の後任が問題になっている（廿六日条▼b・廿七日条＊1、七月註212）。

相撲の稽古は内取《うちどり》と呼ばれ、左右の近衛府で行なう稽古を「府の内取」といい、十九日条＊2に「内取所」のことが見えている。左右が別々に行ない、互いの様子は秘せられていたらしい。その後、稽古を天覧に供する。これは「御前の内取」という。これも左の後に右が行なったともいう。この稽古を見て実力を測り、当日の序列や取組を決定するのである。廿三日条＊1に、夜、光武が内取の手結《てつがい》(取組表)を持ってきたとある。

そして、召合《めしあわせ》当日を迎える。儀式に先だって、相撲人や楽人を臨時に近衛に補す擬近奏《ぎこんのそう》がなされる(廿八日条＊1・廿九日条▼a)。そして、天皇・大臣以下列席の許、相撲が行なわれる。この相撲の(現代から見ての)特徴は、先ず、土俵などの境界線がないことである。つまり、相手の手を付かせる、膝を突かせる、あるいは倒すということによって勝負がつくことになる。そして驚くことに、髪を摑んだら反則とされ、拘禁された相撲人もいる(廿九日条▼b、註248)。もう一つの特徴は、行司のような勝負判定人がいないということである。左右各々より相撲長《すまいのおさ》が出てくるが、これは進行役である。奏名《ふしょう》が呼び上げ、立合《たたあわせ》《たちあわせ》が左右に一人ずついて、相撲人を立ち合わせる。勝負がつくと、勝った方の近衛次将が指示し、籌刺《かずさし》が矢を地に突き刺し、勝ち方が勝鬨《からどき》の声を上げる。この声を乱声《らんじょう》という。立合は立合舞《たたあいまい》《たちあいまい》を演じ、楽も奏される。左が勝てば抜頭《ばとう》、右が勝てば納蘇利《なそり》であるが、先述のように長元四年には行なわれないことになった。他方、負けた方の立合と籌刺とは退き、交代する。かつて占手が相撲を取った頃は、占手相撲については楽だけで、舞はなかった。勝負がもつれた場合は、次将が意見を出居《いでい》に申し立て、判定がつかない場合は、上卿が次将を呼んで聞いたり公卿に意見を求めたりするが(現代の物言いで「論」「勝負定」ともいう)、それでも分明でない時は、天皇の裁断を仰ぐ。これは「天判」という。「持《じ》」といういわば「無勝負」もあった。また、相撲が長引いた場合は、途中でも下げられて次の相撲に移ってしまう。左から出てくる相撲人は葵(占手は桔梗だった)の造花、右の相撲人は瓠(夕顔)の造花を頭髪につけて登場した。勝った側は次に登場する相撲人の頭に自分の造花をつけさせる(肖物《にるもの》)が、負けた側は新しい造花をつける。節会の最後には「千秋楽」「万歳楽」が奏されて終わる

（これも長元四年にはなかった）。二日目は抜出《ぬきで》といい、前述の通りの特別取組が行なわれ、勝負のはっきりしない相撲を取り直す場合もあった。

『小右記』長元四年条には、実資が参入しなかったため、儀式の詳細は記されていない。しかし両日とも相撲人や随身から報告を受け、特に廿九日の召合での右方の予想外の健闘に気をよくし、念人を勤めた陰陽師為利に絹二疋を与えたほどである（廿九日条▼b・卅日条▼a、註244）。また八月に入っても、反則を犯して拘禁されていた阿波相撲人良方を免じ（三日条＊1・四日条▼a）、下毛野光武らに過状を提出させ（五日条＊2）、相撲人為永が愁訴した免田の臨時雑役の処理を命じるなど（十日条＊1）、相撲関係の記事が続く。そして、節会のしめくくりとして、八月十三日＊2に右近衛府で右方の相撲人や関係者を饗応して禄を給う還饗《かえりあるじ》（返饗）を催し、この年の行事を終えたのである。

隆盛を極めた相撲節会も、その性質に変化が見られ、存在も案外軽く見られたことで、鳥羽天皇の保安（一一二〇〜一一二四）以後一時廃絶し、後白河天皇により保元三年（一一五八）に再興されるが、また途絶えて、承安四年（一一七四）を最後に廃絶した。『小右記』長元四年条は、その最盛期の実態を詳細に伝えるものである。

〈参考文献〉　大日方克己（一九九三年）。新田一郎（一九九四年）。吉田早苗（一九九七年）。

一二　駒牽

太田雄介

駒牽とは、宮中で天皇が馬を見る儀式で、五月五日の騎射に先立って四月に左右馬寮の馬を見るものと、八月に各地の御牧より貢進された馬を見るものとがある。『小右記』長元四年条は四月の記事を欠いており、また『左経記』長元四年四月条にも四月の駒牽に関する記事はないので、ここでは八月の駒牽のみを取り上げる。

1　八月の駒牽

八月に行なわれる駒牽は全部で八回あり、内訳は以下の通りになる。

七日　…甲斐国、真衣野牧・柏前牧
十三日　…武蔵国、秩父牧
十五日※…信濃国、山鹿牧・塩原牧・岡屋牧・平井手牧・笠原牧・高位牧・宮処牧・埴原牧・大野牧・大室牧・猪鹿牧・萩倉牧・新治牧・長倉牧・塩野牧・望月牧
十七日　…甲斐国、穂坂牧
廿日　…武蔵国、小野牧
廿三日　…信濃国、望月牧
廿五日　…武蔵国、立野牧

廿八日　…上野国、利刈牧・有馬島牧・沼尾牧・拝志牧・久野牧・市代牧・大藍牧・塩山牧・新屋牧

※十五日の駒牽は、天暦六年(九五二)八月十五日に朱雀上皇が没し、国忌となったため、以後十六日に行なわれるようになった。

これらの御牧では、毎年九月十日に牧監或いは別当による馬の見分が行なわれ、そこで貢進が決定した馬は翌年に牧監らに付けて貢進される。貢進する定数が『延喜式』(巻四八・左右馬寮)に見えるが、それによれば甲斐国より六〇頭、武蔵国より五〇頭、信濃国より八〇頭、上野国五〇頭となっている。八月の駒牽の初見は弘仁四年(八一三)の信濃諸牧駒牽とされるが、儀式が整備されたのは貞観六年~九年(八六四~八六七)頃とされている。一方で信濃国以外の三国の駒牽は当初から式日に遅れて実施される例が多く(十一世紀に入ると殆ど無視される)、また寛弘三年(一〇〇六)八月十六日の信濃諸牧駒牽における一条天皇の例を最後に天皇が出御しなくなり、さらに十一世紀半ばになると信濃諸牧駒牽しか行なわれなくなってしまう。

2　長元四年の駒牽

長元四年においてはどうであったか。『小右記』長元四年条を見ていくと、まず八月十六日条＊2に信濃諸牧駒牽が行なわれたことが見え、これに関連する記事が十七日条＊4・十八日条▼bにも見られる。次に廿六日条▼cに、立野牧から貢進される御馬に関し、御馬逗留の解文が持参されたことが見えるが、武蔵立野駒牽について具体的な儀式の様子が窺える記事はない。他の駒牽については、甲斐真衣野駒牽が十月十三日に、上野諸牧駒牽が二月廿二日と十一月五日に、武蔵秩父駒牽が四月三日と十二月十七日に、甲斐の駒牽が閏十月十七日に、陸奥交易の駒牽が十二月十八日にあったことが知られる(以上『小記目録』『左経記』『日本紀略』『樗嚢抄』による、八月註175)。これらの日

取りは『延喜式』に見える規定から大幅にずれており、いよいよ駒牽が廃れつつあることが予感される。それらの中でも具体的記述があるのは八月十六日の信濃諸牧駒牽と『左経記』十一月五日条※2の上野諸牧駒牽のみである。

ここでは八月十六日の信濃諸牧駒牽について検証するが、紙面の都合上、諸儀式書に記される式次第の詳細については省略する。

当日の十六日について、『小右記』にはただ「左衛門陣に饗を設けた」とあるのみであるが、『左経記』同日条※2にはもう少し詳しく当日の様子が伝えられている。それによると、翌日に出される祈年穀奉幣の宣命の内覧があった後(※1)、左衛門督藤原師房(この駒牽の上卿)が食事の用意ができたかどうかを質問してきた。諸卿は左衛門陣に着し、三献の後経頼が箸を抜き笏を取って上宣を承わった。経頼が弁に侍従を呼ばせた後、外記が解文を奉り、内覧した後、上卿師房が御所に進んで奏上。そして南廊に着し、左右近衛府と右馬寮、諸卿が馬を取っていった。終了後は弓場で慶を奏している。尚、後一条天皇の出御については、師房が解文を御所に持っていっていることから、行なわれなかったことがわかる。

『小右記』十七日条＊4を見ると、大外記小野文義が次のように報告している。左衛門陣における饗で、上卿師房が外記・史の座を、連座から横切座に改めた。このために三、四人くらいしか着座できなくなり、文義は着座しないまま罷り出てしまった。そこで延喜以後の「局日記」つまり『外記日記』を参照したところ、座を改めたという例はなかった。以上の報告に対し実資は、藤原伊周が上卿を勤めた際に座を改め、上官が言う所があって着座しなかった記憶があるとして、もう一度『外記日記』を見るよう指示。自身も「暦記」(『小右記』)であるが正暦四年八月条は現存しない。註186)を参照したところ、正暦四年(九九三)に伊周が上卿を勤めており、実資の記憶の通り座を改めていたこと、また翌年は藤原済時が上卿であったが、この時は「年来の例」によって座を改めることはしなかった、つまり連座のままで通したことが判明する。結局座を改めた例も改めなかった例もあったということで、実資自身は翌十八日条▼bで態度を保留する旨を記し、それ以上にこの件が展開した形跡は見られない。

この座の問題についてもう少し詳しく検討してみると、以下のことが言える。各儀式書を参看すると、『政事要略』（巻二三・年中行事八月下・牽二信濃勅旨御馬一）所引の『西宮記』に「外記・史在二侍従座末一、西上南面横切、」とあるから、これに従う限り外記と史の座は横切座でなければならないことになる。また成立が長元四年よりも後になるが、『江家次第』（巻八・八月・信濃御馬）では「外記著二同座北横切座一、（西上南面、）」とあり、ここでも横切座であるとされている。ところが長元四年条には、横切座に座を改めたことで着座できない人が発生してしまい、それを「不備」とする主張が見られた。それに対し、実資は『西宮記』などの儀式書を参照した形跡がなく（『小野宮年中行事』に駒牽の座に関する記述はない）、自らの日記を参照した結果だけで態度を保留している。しかし、『小右記』に連座であることが「年来の例」であると記されていたことから考えると、儀式書通りの横切座ではなく連座にする慣例が、少なくとも正暦三年（九九二）以前から存在していたことになる。座の置き方の違いは、儀式全体から見ればごく一部の違いかも知れないが、儀式の変遷を窺わせる一例として当日条を位置付けることも、強ち的外れではないであろう。

〈参考文献〉　大日方克己（一九九三年）。佐藤健太郎（二〇〇七年）。

一三　王氏爵詐称事件

山岸健一

正月の恒例叙位において、王氏爵に預かる者が王氏・名前を詐称する事件が起こり、是定であった式部卿敦平親王が勘事に処されるという事態に発展した。その経過は、『小右記』『左経記』『日本紀略』に記述されている。ここでは、王氏爵を含む氏爵の仕組みと実態、長元四年の不正事件の概要と処分についてまとめておきたい。

1　氏爵

氏爵は、九世紀後半から十世紀初頭に成立した、特定の氏族に対する特権的な叙位制度の一つである。叙位制度は、九世紀から十世紀にかけて、考課・成選に基づく勤務評定によるものから、官職別の年功序列方式(年労制)へと再編された。年労制の叙位基準である在職年数(年労)は官職ごとに異なり、一定期間在職すると叙位される資格を得る。この年労制を補うものとして特権的な叙位制度が設けられていた。それが、氏爵・年爵・勧賞(旧賞)・行事賞などで、十世紀以降に増加する。

通常の氏爵は、毎年正月の恒例叙位の際に、王氏(諸王)・源氏・藤原氏・橘氏の氏人の正六位上の者のうち、各氏一人を従五位下に叙す（叙爵）ことをいう。必ずしも毎年ではなく、正月ではない場合もある。年齢制限はない。この他、即位式・大嘗会・朔旦冬至における臨時叙位においても行なわれ、その際には伴氏・佐伯氏・和気氏・百済王氏に対しても叙爵された。

このうち、王氏が叙爵に預かるものを王氏爵という。『西宮記』（恒例一・正月・五日叙位議）では、一世源氏を従四位上（当君は三位）に叙すことや、二世孫王を巡により従四位下（貞観孫王〈清和天皇〉は従五位下）に叙すことも氏爵の中に含めている。一世源氏や二世孫王は無位からの叙位もあった。二世孫王は氏長者の推挙ではなく、「自解」（本人の申請）を提出していたが、『西宮記』（臨時一乙・臨時雑宣旨）によれば、王氏爵の一種とみなされていたようである。尚、『江家次第』（巻二・正月乙・叙位）においても、ほぼ同様の規定である。

長元四年には、通常の叙位議と朔旦叙位における氏爵が確認できる。通常の叙位議では、王氏爵と藤氏爵のことが『小右記』『左経記』に見え、源氏爵のことが『公卿補任』永承六年（一〇五一）条の参議源資綱の尻付に「長元四年正月五《七イ》従五下（氏）」と見える。朔旦叙位は朔旦冬至（解説二三「朔旦冬至」）に伴う叙位で、王氏・源氏・藤原氏・橘氏と共に和気氏・百済王氏が氏爵に預かった。長元四年の朔旦叙位で百済王氏の氏爵があったことは、応徳三年（一〇八六）十二月の堀河天皇の即位に伴う叙位に際して、百済王氏から提出された氏爵申文が残され（国立公文書館内閣文庫所蔵十七冊本『為房卿記』寛治元年〈一〇八七〉秋七・八・九月条の紙背文書に「裏書」と題して書写）、その「御即位并大嘗会・朔旦等給近例」の「朔旦」の項に「宗照王長元四年十二（十一月カ）月十五日、叙給、」とあることからわかる。尚、即位式や大嘗会に伴う叙位で氏爵に預かる伴氏・佐伯氏は、十世紀以降、朔旦叙位の氏爵に預かった例はない。また、詔の叙位対象者は「門蔭久絶」から「功臣末葉」へと変化する。和気氏・百済王氏については、『江家次第』（巻二・正月乙・叙位）に「朔旦　和気〈氏〉、暦道、暦博士、」とあるのみであるが、『叙位尻付抄』や諸記録等から両氏が氏爵に預かったことがわかる。

氏爵は、希望者から提出された申請書(中文)をもとに、氏長者か是定が適任者を選び、推薦状(挙状・名簿・中文)により推挙した。これを氏挙といい、氏長者の重要な役割として位置づけられていた。『朝野群載』(巻四・朝儀上・申氏爵)に中文(藤氏爵)と挙状(源氏爵・橘氏爵と藤氏爵の雛形)が、『玉葉』治承二年(一一七八)正月三日条に橘氏爵名簿が見える。『朝野群載』の康和三年(一一〇一)正月六日付藤原守信の式家氏爵申請状では、「抑始祖二世、参議正三位式部卿宇合男、(中略)十二世守信也、」と始祖鎌足から系譜を記して申請している。

氏爵に預かる条件として、通常の氏爵では、前述した各氏の氏人であることと正六位上の者(一世源氏・一世孫王・王氏は無位からの場合もある)であることの他に、その先祖が以前に叙爵されたことがあるかどうかが問題とされた。また順番は厳密には守られていないが、王氏・源氏・藤原氏では家系が巡に当たること、橘氏では十一世紀後半には功課別当(梅宮別当)であることが条件とされた。功課別当については詳細は不明ながら、氏社である梅宮社やその祭礼梅宮祭に関わる地位と考えられている。

王氏爵の場合は、順番は不明であるが、「貞観御後」(清和天皇)、「元慶御後」(陽成天皇)などと各天皇ごとにグループを作って叙され、長元四年は「寛平御後」(宇多天皇)であった。源氏爵も各天皇ごとのグループごとで、「弘仁御後」(嵯峨天皇)のみ隔三年(『河海抄』桐壺では二年)で、長元四年は「延喜御後」(醍醐天皇)であった。氏爵に預かった資綱は醍醐天皇の皇子源高明の曾孫。藤氏爵は南・北・式・京の四家で巡を作ったが、北家が多く、他の三家は数十年に一度ほどの割合であり、長元四年は南家であった。氏爵に預かった成尹は、武智麻呂の子巨勢麻呂の子黒麻呂の四世孫である元方の曾孫であった。

氏爵の推挙者は氏長者か是定であった。王氏爵の推挙者は、『西宮記』によると、官位が第一の親王が宣旨により行なっていた。十一世紀後半には皇子の賜姓と出家者の増加により推挙する親王がいなくなり、「自解」による申請となったが、十二世紀前半にはそれも停止されるようになった。さらに十二世紀中頃になると、諸王の中から長者となった者が宣旨を蒙って行なっていたが、やがて王号を世襲する神祇伯家（白川伯家）が行なうようになった。神祇伯家は、花山天皇皇子清仁の子延信が源姓を賜わって神祇伯となり、その子康資、孫顕広も神祇伯となり、顕広が王に復され、以後、王として神祇伯を世襲した。

長元四年に王氏爵を推挙したのは式部卿二品敦平親王である。敦平親王は万寿四年（一〇二七）正月に兄式部卿三品敦儀親王を超越して二品に叙され（時に中務卿）、事実上の王氏長者となり、この年から是定として王氏爵を行なっている（『小右記』正月四・五日条）。その後、長元三年十二月に式部卿に補任された。

源氏は源氏長者で、初めは宣旨によって嵯峨源氏かその血統者が充てられたが（『西宮記』〈臨時一乙・臨時雑宣旨〉）、やがて官位最上位者となり、十一世紀後半には村上源氏が行なうようになった。承暦二年（一〇七八）から就任した源俊房は（『水左記』同年正月四日条）、前年二月に死去した父師房の後を受けたものと考えられている。長元四年の官位上位者は正二位権中納言道方・従二位権中納言師房で、長元五年十二月に師房も正二位権中納言となり、同八年十月に師房が正二位権大納言となって官位最上位の公卿となった。藤原氏は藤氏長者で、寛仁三年（一〇一九）から関白左大臣従一位頼通がその地位にあった。『権記』長徳四年（九九八）十一月十九日条には、この年の巡に当たっていた京家の長者藤原輔遠が挙したことが見えるので、藤原氏の各家の長者から藤氏長者に推薦していたと考えられる。橘氏は是定で、初めは橘氏の公卿であったが、永観元年（九八三）に没した恒平を最後に公卿昇進者がいなくなったため、氏挙（橘氏人の推挙であるが、予め前任者が後任者を選定していた）により橘氏の外戚である他氏の公卿が宣旨を賜わって任じられた。寛仁元年から内大臣正二位藤原教通がその地位にあった。

2　氏爵の不正

氏爵を巡っては、利害が交錯することから、しばしば不正が行なわれた。『玉葉』治承二年正月五日条・同四年正月四日条には王氏爵の推挙者が争われた一件が見える。また、『小右記』永観二年(九八四)十月九日条に、「勘文」により藤氏爵に疑いが持たれたことが見え、『権記』長徳四年(九九八)正月(五日条カ)・十一月十九日条に、天暦七年(九五三)の王氏爵と長徳四年の藤氏爵における偽称事件が見え、氏爵に関する詳細な記述がなされている。

天暦七年の王氏爵は「元慶御後」(陽成天皇)の巡に当たっていたが、是定の式部卿元平親王が「貞観御後」(清和天皇)の源経忠を「元慶御後」の王氏と偽って推挙した。事が発覚し、法家による罪名勘申が行なわれ、二人とも遠流とされたが、親王は官当とされ、官が高いので贖銅となった。その後、大赦が発令され、宣旨により罪科は原免されたが、位記は返進すべきとされた。

長徳四年正月の恒例叙位における藤氏爵の巡は京家であったが、内蔵文利が藤原姓を詐称して、藤原延頼と共に申文を提出し、文利が巡に当たるとして藤氏爵に預かった。ところが、この文利の本姓は内蔵姓でり、藤原姓を詐称して藤氏爵に預かったことが、十一月の藤原文利本人による愁訴で発覚したのである。この事件は氏爵の実態を考える上で重要なので、『権記』長徳四年条の記載により詳しく見ておきたい。

正月の叙位議において、初めは延頼が推挙されていたにもかかわらず、京家長者輔遠が文利に「理巡」があるとして異議を唱えた。「延頼父祖共不レ叙、可レ謂二絶レ蔭者一也、」と主張して「延頼已不レ得レ理、」とされているが、延頼・文利双方の家系に叙爵された者がおり、どちらとも決めがたい内容である。結局、「勘文」により「文利受レ理者也、」とされた。その内容は不明であるが、他の氏爵の例から、文利の祖先の功績によって判断されたと考えられる。もっとも、家系・叙爵者・功績の全てが、内蔵文利ではなく藤原文利に係わるものであり、この時点で不正が見抜けなかったのである。内蔵文利は蔵人内蔵有興の男で、内蔵姓を改めて土佐権守佐忠の男と偽って、藤原姓を詐称していた。十一月の藤原文利の愁訴に「側承二本系所勘文一、晴見孫・諸兄男・文利、当レ巡之由云々、」とあり、「本系所勘文」では、藤原文利が巡に当たるとされていた。また、藤原文利は京家の末裔で、「氏籍」にも記載され、年来、栄爵に預かる望みはあったものの「吸引之人」に遭えずにいた。ようやく本年になって氏爵に預かることになったにもかかわらず、位記を賜わることができなかった。調べてみると、京家長者輔遠が「属託」により姓を偽った内蔵文利に氏爵を預からせていたことが判明し、藤氏長者藤原道長に訴えたのである。輔遠を尋問すると、詐偽が発覚し、過状の提出が命じられた。しかし、輔遠がこれに応じず逃避しているうちに、疫病にあって死去してしまった。その後、七月廿日に大赦が発令された時、輔遠は既に没していたが、詐称人である内蔵文利は位記を返進するべきとされた。尚、この時に法令がはっきりしなかったため先例を勘申させたところ、先の天暦七年の例が明法博士惟宗允亮によって示されたのであり、そこからは、本来ならば、親王であっても罪名勘申によって罪科を決定するはずであったことがわかる。そして、長徳四年の例から、各氏には氏人のリストと考えられる「氏籍」があり、中央政府側には「本系勘文」があり、氏人の家系・経歴・事績などを調査できたことがわかる。

3　詐称事件の発生と敦平親王の処分

長元四年にも、長徳四年の内蔵文利のような、自らの身分を偽って氏爵を得ようとした詐称事件が起こった。

正月五日、例年通り叙位議が行なわれた。王氏爵の推挙者である敦平親王は、そもそも名簿(申文)を提出していなかったようで、儀式の中で外記が奉るように命じられている(＊1、正月註163 164)。また、この度の議において、式部巡爵に預かる者の請奏を行なっていなかったために議論が生じたり（＊1、正月註153〜158）、後に提出された王氏爵に四位を叙したり、藤氏爵の叙爵者の名前「成尹」を「成重」と書き誤ったり（正月註175）、外階を叙すべきである小槻仲節を内階に叙すという誤りもあった（六日＊1▼a▼b）。但し、執筆大臣であった実資は、王氏爵・藤氏爵について疑問を持っていたが、頼通の指示通りに行なったと見える。

六日、王氏爵の詐称が発覚した。五日の叙位議で決定された叙位者三十五名の「叙位簿」（「叙位文」）は、入眼上卿である中納言藤原実成の命で翌日の入眼請印まで封をして外記に預けられていた（五日条※1）。これは『西宮記』（恒例一・正月・五日叙位議）に「即日不レ行者、封レ文候《(賜カ)》二外記一」とある作法に則っている。この間、外記が位記作成までどのように関わるのかは不明であるが、六日に位記を作成する段階で「本系所勘文」などの文書により大外記文義が王氏爵の詐称に気づき、敦平親王が推挙した「良国」は、「王胤」ではなく「鎮西の卑姓の者」であり、前大宰大弐藤原惟憲の推挙（口入）によるものであると、実資に報告した（六日条＊1▼a）。そして（王氏爵の位を四位から五位に改めるべき旨を敦平親王から伝えに来た）頭弁経任に関白頼通へ上申し、その指示により天皇に奏上された。こうして、位記が作成される以前に王氏爵は停止となったのである（▼b）。源経頼も、資平から王氏爵において詐称が行なわれたことを聞いている（『左経記』同日条※1）。先の長徳四年の藤氏爵の例を勘案すれば「王氏籍」ともいうべきリストが存在したと考えられ、敦平親王はそれを確認せずに（あるいは、故意に偽って）推挙したことになる。尚、皇親の名簿としては、「皇親名籍」がある（『職員令』正親司条。『延喜式』〈巻三九・正親司〉には「名簿」と見える）。

七日、白馬節会において叙位が行なわれた（＊1）。経頼は、既に八日の時点で、敦平親王が王氏爵を詳しく「捜尋」しなかったということを頼通から聞いている（▽a）。十一日、勅により大外記小野文義に被推挙者の調査が命じられた（▼b）。また十六日条に王氏爵のことは記されていないが、頼通が、惟憲は七十歳近いので出家するのがよいと語ったとある(＊2)。

王氏爵の是定である式部卿敦平親王に対する尋問については、十二日に尋問官を五位外記にするか六位外記にするかという議論が生じた。その際に、先例として『清慎公記』に見える天暦七年(九五三)の例が挙げられている(＊1)。この日、経頼は、実資から王氏爵について問い合わせを受けている(十二日条※1・十四日条▼b)。十四日、右大臣実資が少外記相親を派遣することに決め(▼b)、十七日に敦平親王に対する尋問が行なわれた。この中で敦平親王は「来(年脱カ)挙二申王氏爵一之間、委曲所レ尋二申其門一也、」と、是定が申請者の家系を調査するという原則を守っていたことを述べ、「而(しかるに)」とし、去年冬から「所労」で、藤原惟憲の手紙(消息)を疑わずに推挙してしまったと弁明している。尋問結果は文書(注進)にまとめられ、実資から頭中将源隆国に付されて奏聞された(▼a▼b、『左経記』同日条※1)。但し、関白頼通に対しては、頭弁経任が伝えに行ったが、正月十九日まで堅固の物忌のため会えず、指示を仰げなかったという(『小右記』十八日条)。この後、進展がなかったためか一ヶ月以上記述が見えない。

三月になり、頼通と実資の間で合議が行なわれた。一日＊2に、頼通から、①「口入人」(惟憲)を尋問するか、②十一月に朔旦叙位が行なわれるため、王氏爵是定を変更するか、③良国を追捕するか、④敦平親王の処遇をどのようにするか、などの諸点について諮問があり、実資は、①藤原兼隆・惟憲の謀略であるため、敦平親王を再尋問してから惟憲を勘責するのがよいが、親王以外は尋問すべきでない、③追捕宣旨を下し、検非違使により良国を追捕させるべきである、④後一条天皇は敦平親王の父三条天皇から譲位されて即位したため、事を穏便に済ませ、罪名勘申を行なわずに勘事に処すべきである、と解答している(②は記述がない)。八日、頼通から、⑤「伝申人」(「口入人」である惟憲)の文書の有無について、敦平親王を再尋問するか、それとも再尋問せずに勘事に処すか、あるいは再尋問後に勘事に処すかということを問われて、実資は再尋問すべきと答えている(＊5)。この後、奏上され、十四日に後一条天皇の裁定が下された。それは、罪名勘申を行なって処罰すべきであるが、思うところがあるので、敦平親王は釐務（省務）を停止して、勘事に処し（「恐申」）、良国は追捕するというものであった。親王を処分する理由は、位を誤って推挙したこととされた。

この決定を受けて、実資は、釐務の停止については大外記文義に命じ、敦平親王の勘事については少外記相親を派遣して親王に伝達させ、良国の追捕については頭弁経任に命じた（▼c※4）。十五日に文義は、相親に敦平親王を勘事に処すという宣旨を伝達させると共に、宣旨には記されていなかったが、釐務の停止についても伝達させてしまった、と実資に伝えている（＊1）。結局、敦平親王の勘事は廿八日に許された（＊3）。勘事は長くても一ヶ月程度で許される場合が多いが、式部省の職務に復帰するのは九月のことである。

九月四日、経任が敦平親王を釐務に復帰させる旨の後一条天皇の綸旨を実資に伝える（＊2）。この日、経頼は、その風聞を聞いている（※1）。五日に、実資が、敦平親王が省務に従う旨の宣旨を式部省に下すとともに、相親を親王のもとに派遣することを文義に命じた（＊1▼a）。尋問の時と同じ外記を派遣する先例として、『清慎公記』天暦十年六月十九日条が引用されている。

4　詐称者「良国」

敦平親王は、王氏でないのに「良国王」を詐称した者を推挙したことにより処分されたのであるが、この詐称者（被推挙者）については、情報が混乱している。『日本紀略』三月十四日条では「源良国」として、大宰大監大蔵種材の男で、先年、大隅守菅野重忠を殺害した犯人であったとしている（『百練抄』も同内容）。『左経記』正月六日条※1では、経頼は、資平から王氏爵が停止されたことを伝えられ、詐称者は対馬守種規の男で、前年に大隅守重忠を殺害した犯人が改名して王氏を称していたと記述している。『同』十七日条※1では、資平から敦平親王の尋問の結果を知らされ、親王は「源光」を「寛平御後」(宇多天皇の後裔)として推挙したとある。また親王の弁明は、前大宰大弐藤原惟憲から、「良国王」は「寛平御後」であり、本年は「寛平御後」の巡に当たるので推薦してはどうかと言われ、病であったためによく確認せずに推挙してしまった、というものであった。これに対して、『小右記』同日条▼bには、「良国」「良国王」「鎮西異姓者」とあるのみで、詐称者についての検証が記されていない。発覚から、尋問、処分に至るまで、頼通と共にこの事件の処理に当たっていた実資に情報が伝わらなかったとは考えられない。にもかかわらず、『小右記』にはその姓名が記されていないのである。

『日本紀略』にある大隅守殺害事件とは、寛弘四年(一〇〇七)に大蔵満高(光高)が大隅守菅野重忠を大宰府において殺害した事件のことである(『日本紀略』七月一日条、『権記』八月二十三日条、『小記目録』第一七・闘乱事・七月廿二日・廿五日・八月廿三日条)。翌年になって、重忠の後家が種材を訴えている(『御堂関白記』五月十六日条、『小右記』十一月八日・十四日・十六日条、『小記目録』同年十一月十四日・十六日・同六年七月廿六日条)。種材が訴えられたのは犯人の父であったからで、その内容から、長元四年の『日本紀略』の種材と『左経記』の種規は同一人物と考えられる。尚、『大鏡』の写本に「たねき」と訓がある。大蔵種材は、大宰少監を経て、寛仁三年七月に女真族の侵入(刀伊の入寇)の際の功績により壱岐守に補任されたといい、『大鏡』によると、その子も大宰監に任じられたといい、『大蔵氏系図』に「春実—種光—種材—光弘」と見える。史実かどうかは疑わしいが、『秋月種長家譜』では種材の妻を藤原惟憲の女としている。この詐称事件で仲介者となった惟憲は、大弐赴任中に詐称者の父種材と、何らかの関係を有していたと想像される。

また『大弐高遠集』に、大宰大弐藤原高遠と「監種材朝臣」が歌を交わしたことが見える。高遠は、実資の実兄で、寛弘元年(一〇〇四)十二月に大弐に任じられ、同二年六月に赴任した。その在任中の同四年七月に大隅守殺害事件が発生した。この事件の背景には、権帥・大弐・府官と管内国司・寺社との間の対立があったと見られており、高遠のもとで種材が起こした事件と考えられている。高遠は、同六年八月に筑後守藤原文信から訴えられて大弐を停任させられた(『日本紀略』八月十四日条、『御堂関白記』九月八日・十九日条)。こうした繋がりのある種材の男が詐称者であったことから、『小右記』には家系や名前が記されていないのではないだろうか。

尚、『左経記』大成本は正月六日条で「対馬守雅規男」と翻刻している。「牙(きばへん)」と「禾(のぎへん)」、「隹(ふるとり)」と「重(おもい)」のくずし字は似る場合がある。これは、おそらく藤原蔵規《まさのり》(長和四年二月に大宰少弐、治安二年〈一〇二二〉四月に対馬守)を想定してのことであろう。蔵規は実資の所領である筑前国の高田牧の牧司であった。藤原蔵規・則隆・蔵隆は、肥後国の武士団として著名な菊池政則・則隆・政隆に比定されている。則隆・蔵隆は、『春記』長久元年(一〇四〇)四月・五月・十一月条によると藤原隆家の郎等であり、平則高(孝)・正高とも見える。

この度の王氏爵の詐称者が、大蔵種材の男で、寛弘四年に大隅守を殺害した大蔵満高(光高)であったとしても、『日本紀略』三月十四日条で「源良国」とし、『左経記』正月十七日条で「源光」と記されているように、長元四年には「源」姓と認識されていた。これは、満高(光高)が先ず「源朝臣」とウジ名を偽り、さらに「源朝臣良国」から「良国王」という名前と王号を偽るという、三重の詐称を犯したことを意味するのではないだろうか。推測の域を出ないが、一つの可能性として提示しておきたい。

5　仲介者藤原惟憲

この度の王氏爵においては、推挙者である是定敦平親王と被推挙者「良国」の間に、藤原惟憲という仲介者が存在した。推挙者は、自分に都合の良い者を推薦して、それにより利益を得るという側面がある。今回の場合は、敦平親王と「良国」に直接の関係があったわけではなく、惟憲と「良国」に何らかの繋がりがあり、親王に仲介したのであろう。正月十六日条＊2には、惟憲に対する厳しい意見が記されている。但し、三月一日＊2には、藤原兼隆と惟憲の謀略によるものとされている。兼隆は道兼の子で、祖父兼家の養子となっており、頼通の叔父に当たる。また、実資も道兼と親しい間柄であったからか、三月八日条＊5でも惟憲の尋問のみが問題となり、兼隆については全く触れられていない。ただ、兼隆が娘婿でもある敦平親王のために奔走して情報を集めていた様子も窺え、興味深い（正月十二日条＊1・九月五日条＊2、正月註306・九月註84）。

惟憲は、治安三年十二月に大宰大弐に任じられ、翌万寿元年（一〇二四）九月に赴任し、長元二年五月に召喚されて七月に帰京するまでその職にあった。在任中、管内諸国から収奪を行なったり、宋商人と交易を行なって財産を蓄えた受領官長であり、蔵人所召と称して唐物を奪って宋商人から愁文を提出されたこともあった（『小右記』長元元年十月十日条、同二年七月十一日条）。一方で、摂関家の家司を勤め、摂関家と管内豪族や宋商人を結び付ける存在であった。長元二年八月に大宰大監平季基とその子兼光・兼助らが大隅国庁や国守館等を焼き、略奪・殺人を行なった事件についても惟憲は口入している。同年九月五日条に「惟憲卿本意相違歟、惟憲貪欲者也、執二行関白家事一之由仰二下家中所々一了云々、為二顧問一之人太淡薄歟、」と記される程であった。

『日本紀略』三月十四日条に、惟憲が勘事に処されたとあるが、『小右記』と『左経記』には処分された形跡が見えない。摂関家との親密な関係から、不問にされたとも考えられる。

氏爵の制度をまとめ、過去の不正事件と対比させながら、長元四年の王氏爵詐称事件について考察を加えてみたが、詐称者・仲介者・推挙者（是定）それぞれについて複雑な問題があり、不明なことも多い。ただ、その処理について、関白頼通と実資の二人の間で審議がなされ、陣定を経ずに天皇の裁許が下された点は、この年の政治状況を象徴している。その中で敦平親王の処分が最も重要な問題であったが、それも、後一条天皇が親王の父である三条天皇から譲位されたことを理由にして、穏便な処置で済ますとされた（三月一日条＊2）。勘事の理由が異姓の者を推挙したからとされず、五位に除すべき王氏爵において誤って四位を叙したからとされたのは、処分を軽くするためであろう。さらに詐称者や仲介人に対しても、摂関家との関係などにより手心が加えられたり、記録が憚られたりした可能性がある。事件の真相と意義を解明するには、人間関係を精査する必要があるだろう。

〈参考文献〉宇根俊範（一九八七年）。田島　公（一九八八年）。告井幸男（二〇〇五年）。藤野秀子（一九七四年）。志方正和（一九六七年）。森本正憲（二〇〇七年）。手島崇裕（二〇〇四年）。

一四　平正輔と平致経の抗争

加藤順一

平正輔と平致経は、共に桓武平氏に属し、生没年は未詳。正輔は当時安房守、平貞盛の孫で、父は維衡。致経は前左衛門尉、平良兼の曾孫で、父は致頼である。この時代の伊勢における桓武平氏の勢力圏は鈴鹿郡以北の北伊勢を中心としており、維衡流は鈴鹿郡から三重郡、致頼流はその北にそれぞれ本拠を置いていたとされるが、致経の勢力範囲は桑名郡から尾張の一部にも及んでいた。

両者の間で武力抗争が発生した事情を伝える史料は認められない。正輔は長元三年(一〇三〇)三月廿九日に平忠常の乱追討支援の期待を担って安房守に任じられていたので(『日本紀略』同日条)、事変の発生はその後のことであろう。長徳四年(九九八)に伊勢国において維衡と致頼が闘争し、翌長保元年に維衡が淡路に移郷、致頼が隠岐に流されていることに鑑みると、事件の背景には父親の代以来の対立関係があることは容易に推察できる。また、治安元年(一〇二一)に起きた東宮史生安行殺害事件の際に、主犯格の致経を正輔が捕縛したとされていることも見逃せない(『小右記』同年八月廿四日条)。

この両者の抗争の処理について、『小右記』長元四年条に詳しく記されている。これは当時の法制や関係文書のことを知る重要な手がかりとなる。

1　事件の処理

事件の処理過程の大筋は次の通りである。先ず、正輔・致経双方から各八人の証人を差し出す旨の解文が伊勢国司行貞から提出され、奏上されている(正月十七日条▼a・廿一日条▼a、正月註367)。実資は検非違使に尋問を担当させ、双方の供述に矛盾があれば拷問にかけることを指示しているが、やがて、証人たちの内実は正輔や致経の従者・近親であり証言の信憑性に疑問があることが判明したので、拷問は不可避となった(正月廿二日条▼b)。

その際、正輔方証人に伊勢神郡の郡司がいることを重視して、二月に入り彼らに対する拷問の手続をめぐって明法家に諮問することになった(二月二日条＊2)。しかし明法博士令宗道成と右衛門志中原成通が進めた勘状は「只、勅断在るべし」と肝心のところを曖昧にしていたため(二月十九日条＊3)、再答申が命じられた(二月廿一日条＊1)。神郡郡司の場合は解任してから拷問すべしとする趣旨の答申が左衛門尉豊原為永と中原成通から寄せられたのは三月八日＊4のことで、一旦は天皇に採用された(三月九日条＊2)。しかし、令宗道成の批判を受けて成通は自説を撤回する(三月十日条＊2)。道成の意見は、何の罪過も犯していない郡司を解任し拷問にかけることは不当であるというものであった(三月十三日条＊1、『左経記』三月十四日条※3)。そこで改めて道成に勘文提出が命じられ(三月十三日条＊1)、十四日＊3の陣定で披露された。これを受けた仗議は、神郡の住民は釈放し、正輔に従者を証人として差し出すよう命じる旨で合意し、天皇の裁可が下された。

証人をめぐる問題は更に続く。正輔が進めた記録に署名した伴奉親・大鹿政俊・物部兼光の三人が事の起こりを知らずに正輔の説明を鵜呑みにして署名していたことが判明し、証人の資格なしとして伊勢国司に預けることになった(三月十六日条＊1・十七日条▼a・廿七条＊1・廿八日条＊1・卅日条＊1)。また致経方証人には法師や老齢者があり拷問の可否が問題になったが(三月廿八日条▼c・廿八日条＊1)、勅裁の結果、七十歳の沙弥良元は免除され、重要証人と目された六十二歳の三宅長時は免除されなかった(三月卅日条＊1)。

拷問が開始されたのは五月であった。『小右記』は本文記事を欠き、『小記目録』(第一七・合戦事)の五月八日条に見出しがあるに過ぎないが、『左経記』同日条※1には検非違使別当源朝任の報告が記されている。それによれば、前日の七日に双方の証人に一回目の拷問が実施されたが、その申し条は尋問記録や各々の主人の主張を裏書きするものでしかなかったという。

2 事件の審議

八月廿九日条＊1に、本件を陣定にかけるための関係書類が関白頼通から下されたとある。それは正輔・致経本人の申請文書と彼らが証人として差し出した従者たちの尋問記録に、伊勢国の解文を添えたものであった。合わせて『獄令』に定める上限の三度拷問を加えても従者たちの証言が変わらなかった旨の通知と共に善後処置の相談があったので、実資は彼らを免ずべきことを上申した。

陣定は九月八日に開催された。実資など紛争当事者自身を直接尋問することを主張する意見もあったが、源経頼ほかの意見により明法博士を始めとする法家の勘申を求めることで決した(『左経記』同日条※1※2)。尚、これに先立つ九月二日、伊勢奉幣使の帰路鈴鹿に宿した経頼に、正輔の父である維衡が牛二頭を贈り、経頼はそれを故なしとして返却している(『左経記』同日条▽a)。

九月十九日条▼a、罪名勘申は関白の意向により明法博士道成・利業に大外記小野文義を加え、致経の申文にもう一人の当事者として名指しされる平正度(正輔の兄弟、清盛の曾祖父)をも勘申の対象とすることとしたとある。関白は、正輔が一旦国司に攻撃を受けた旨を触れておきながらその返事を待たずに合戦に及んだことによって民家に被害をもたらしたこと、致経が交通を遮断する作戦をとったこと、合戦により双方の兵員に死者が出たこと、以上の三点を問題視している。また実資は、正輔が国司に合戦のことを説明した書状と朝廷に差し出した申文の内容に相違があり、後者では前者に比べて相手方の兵数が十倍に増えていることに対して不審の念を抱いている（▼c）。

ところが、実資は翌廿日に突如として正輔らの減刑を関白に申し入れた（▼a）。その際、前年末の源光清配流に始まって、平忠常追討、斎宮頭藤原相通大妻の配流などの凶事に実資が上卿として関わり続けたことに対する畏怖と心痛の思いを理由に挙げているが、この提案はすぐに関白の容れるところとなった。関白はその日のうちに内密に賛意を伝え、さらに廿二日になると具体的な減刑措置についての相談を寄せてきた（▼a）。これに対して実資は、減刑措置は罪名勘申の後に決めるべきであると答えている。

3　関係文書

正輔・致経の抗争事件を処理するに際し、関係者の取調べから罪名定に至る一連の過程で多くの文書が作成された。それらは明法家に罪名を勘申させるために下され（九月十九日条▼a）、陣定における公卿僉議でも閲覧された（『左経記』閏十月廿七日条※2）。多岐に渡り複雑なので、ここで整理しておきたい。尚、ここに付した書類番号Ⓐ～Ⓔは、九月十九日条▼aに付された註213～217に基づくものである。

初めに現われる「伊勢国司の召進る証人の解文」（正月註367）は、事件について正輔と致経がそれぞれ申請した証人のことを管轄国の伊勢国司が上申する文書である。一上の実資はこれらを奏上し、検非違使に証人尋問をさせる宣旨を下したが、両陣営の証人がいずれも従者・近親であるため、彼らを拷問にかける必要が生じた（正月十七日条▼a・廿一日条▼a・廿二日条▼a）。

次に、二月一日条＊3に見える「正輔・致経等の進る証人と称する者の勘問日記」（二月註8、書類Ⓒ）は、恐らく伊勢国司が証人たちを尋問した調書である。その内容を一覧した実資は、正輔側証人に伊勢神郡の住人(神民)が含まれていることから、彼らを拷問することの是非を明法家に諮問すべきこと、拷問不可の答申があった場合は正輔の従僕を召しだす必要が生じること、を関白頼通に伝えた。その後、拷問の不可を答申する博士令宗道成の勘状(明法勘文)が三月十四日＊3の陣定で承認され、後一条天皇は神民の釈放と正輔側新証人の召喚を命じている。

それから一日おいた三月十六日＊1には、「正輔の進る所の日記」(三月註102・158、書類Ⓓ)に関する問題が持ち上がった。正輔から伊勢国司を通じて提出された文書で、抗争の事情が記録されている。この文書には伴奉親・大鹿致俊・物部兼光の三人の連署があったが、彼らは合戦の現場を目撃しておらず、正輔の申し分を聞いただけで署名していたことが取り調べの結果明らかになった。そこで彼らを証人としては扱わないものの、後で役に立つ場合のことを考えて国司に預け置くこととした(三月十七日条▼a・廿七日条＊1・廿八日条＊1)。

一方、三月廿一日＊1には伊勢国司による「正輔・致経等の合戦の間の申文」(三月註183、書類Ⓐ)が実資の許に届けられた。抗争の経緯に関する報告書である。既に呼び出されて在京していた国司に対し、事実関係の究明を進めるために提出を命じたもので、実資の提案に基づくものである。この中文に添付されていた「両人の消息の状」とは、正輔・致経がそれぞれ抗争の事情を国司に対して説明した書状である(三月九日条＊2・十三日条＊1、書類Ⓑ)。

その後、四月から七月までは『小右記』の記事を欠くが、『左経記』五月八日条※1から正輔・致経両陣営の証人に対する最初の拷問が前日に行なわれたことが知られる。その後、法定限度一杯の三度目の拷問が行なわれたことは『小右記』八月廿四日条＊2から判るが、そこに見える「正輔・致経の進る従者の拷訊日記」(八月註282、書類Ⓔ)は実資の許に届けられた検非違使による拷問結果の報告書である。彼らの申し条はその主人たちの主張と異なるところはなかった。

拷問の終了を受けて九月八日の陣定で本事案の審理が行なわれ、取調べを打ち切って明法博士に罪名を勘申させることになった。同日条＊3によると、列席した公卿の間では「伊勢国司の解文、正輔・致経等の書状、正輔・致経等の申文《もうしぶみ》・日記・調度文書《ちょうどのもんじょ》、勘問日記《かんもんのにっき》〔検非違使、正輔の従類を勘問する日記等也。〕等」の諸文書が回覧されたとある（九月註99〜102）。①伊勢国司の解文（書類Ⓐ）は、正月の証人申請に関するものではなく、三月廿一日に提出された「正輔・致経等の合戦の間の申文」である。陣定の席上、権大納言長家はこの文書の内容を根拠に「致経、進戦ふ歟、」と述べている（『左経記』九月八日条※1※2）。②正輔・致経等の書状（書類Ⓑ）は、①（書類Ⓐ）に添付されていたもの。③正輔・致経等の申文（書類Ⓓ）の内容の一部は、十九日条▼aに引用されている（先述）。④正輔・致経等の日記は両者から提出された抗争の記録で、三月十六日＊1に正輔の日記が見えるが（先述）、十九日条▼aには見えず、③の申文（書類Ⓓ）の中に含まれていた可能性が考えられる。⑤調度文書とは、事件の事実関係を立証する関係書類一般を意味するもので、例えば、三条家本『北山抄』裏文書の長保元年（九九九）八月廿七日付大和国司解（『平安遺文』三八五）には、事件が発生した現地行政官及び被害者側の「申詞」（告訴状）や逮捕した犯人の「勘問日記」と「承伏過状」（自供書）が「調度文書」の名によって一括されている。したがって二月一日条＊3の「正輔・致経等の進る証人と称する者の勘問日記」や十九日条▼aの「証人の申文」（書類Ⓒ）などと解釈することができる。⑥勘問日記（書類Ⓔ）は、検非違使庁が証人たちを拷訊した報告書である（先述）。

これらの書類は、罪名勘申の資料として明法博士令宗道成と大外記小野文義に下げ渡された。それらは「伊勢国司の申文」（①、書類Ⓐ）「正輔・致経等、国司に送る書状」（②、書類Ⓑ）「証人の申文」（⑤、書類Ⓒ）「正輔・致経の申文」（③④、書類Ⓓ）「使庁日記」（⑥、書類Ⓔ）であった（十九日条▼a）。そして、閏十月廿七日の罪名定の際には、二人がそれぞれ作成した明法勘文に添えて再び呈上された（『左経記』同日条※2では全ての文書を一括して「調度文書」と表記する)。

4 裁判制度の概要

元来、律令裁判制度は証拠裁判の原則の上に成り立っていた。『獄令』によれば、現在の刑事手続に相当する断獄手続は、糾弾者の告言によって始まる。告言とは、当該犯罪が発覚した場所を管轄する官司に「告状」(告訴状)を提起することであり、そこには被告の姓名、犯罪の日時、犯罪の実状、原告の姓名が明記され、合わせて被告の処罰を望む原告の意思が記述されていなければならない。被疑者の身柄が確保されれば、犯罪事実を認定するために人的・物的証拠の取り調べが始まる。人的証拠の中で重んじられたのは被告や証人の申し立て、物的証拠の代表的なものは書証であり、充分な証拠が得られない場合には拷問を用いることが許された。事実認定の報告書を「鞫状《きくじょう》」と言い、これを資料とする官人の合議に基づいて断罪が行なわれた。

このような手続の基本は検非違使による裁判にも受け継がれている。使庁の裁判は告言または使庁官人の犯罪捜査によって直ちに開始されるが、告状は「事発日記」を添付して提出された。それは原告が事件発生当時目撃した事実を直写した文書で、作成の日付はもちろん、時刻までもが明記されていた。審理中には取調べ経過を記録する「問注記(状)」が作成された。もし被疑者の承伏を得ることができれば別に「過状」が作成され、これをもとに断罪が行なわれた。この文書は、被疑者が犯罪を是認し、服罪の意志を明らかにする内容のものである。

このような制度的背景を念頭に置いて平正輔と致経の抗争事件の処理過程を振り返ると、本事案は使庁裁判の枠に収まりきる性質のものではないが、証人調べなど事実認定の部分では使庁が重要な役割を果たしていることがわかる。陣定に呈上された「勘問日記(使庁日記)」⑹、書類Ⓔは、「問注記」に相当する文書であろう。また、「正輔・致経等の申文・日記(正輔・致経の申文)」③④、書類Ⓓは、律令裁判・使庁裁判のいずれにおいても断獄手続の起点に位置づけられる「告状」や、それに添付される「事発日記」に該当しよう。

『小右記』の本事案に関する記事は両陣営の証人申請から始まっているが、上記の文書の存在から察するに、本事案は、正輔・致経双方が合戦を経て互いに相手方を加害者として提訴したところに始まるものと推測される。但し、本事案では証人尋問のみが行なわれ、当事者たる正輔・致経等が直接取調べを受けることはなかった。これは、双方の父親である平維衡・致頼が長徳四年の紛争に関し身柄を拘束されて使庁の訊問を受け、過状を提出して罪過を承伏した維衡が移郷、承伏しなかった致頼が遠流に処せられた事実と著しく対照的である(『権記』長徳四年十二月廿六日・長保元年十二月廿七日条、『本朝世紀』長保元年十二月廿六日条、『小右記』長保元年十二月廿八日条、『今昔物語』巻二三―一三「平維衡同致頼と合戦して咎を蒙るの語」)。

5 処分

最後に本事案の結末を見ることにしよう。『小右記』本文の関係記事は九月で絶えるが、その後の経緯は『左経記』と『小記目録』の見出しによって追うことができる。罪名勘申の宣旨を誹謗した廉で利業が外された後、道成と文義の罪名勘文は閏十月廿七日の陣定に提出された。彼らが出した結論は、正輔については絞罪で一致したが、致経については斬罪と疑罪(規定により贖銅)に分かれていた。そのため、源経頼を始めとする多くの公卿は勘状の相違を明法家たちに直接質すことを主張したが、一方で、この年が朔旦冬至の瑞祥を迎える年であることを理由に減刑を主張する意見も相次いだ。上卿の実資は、「正輔の罪名は絞、正度・致経については勅裁に委ねる」ことを主張し、この旨の定文が奏上されると、天皇から、「正輔・致経等優免すべし」との仰せがあった(『左経記』同日条※2※5)。『小記目録』(第一七・合戦事)の翌廿八日条◆2に「正輔、任国に赴くべきの由、宣旨を給ふべき事」とあるのは、これを受けた動きを示すものである。

こうして、平正輔と平致経の武力抗争は、当事者の罪を問わないことで一件落着した。後一条天皇の裁断を経ているとはいえ、その流れは、九月廿日の実資と関白頼通による減刑の合意によって事実上定まったと見るべきであろう。連年の「凶事」に関わり続けることへの畏怖の念を理由に挙げているとはいえ、実資の唐突とも言える提案の事情を理解するためには、長徳の紛争後に、維衡・正輔が実資と、致経が頼通と、それぞれ接近していった事情を考慮すべきかもしれない。中央権門と地方武士領主との利害関係のネットワーク上に位置づけてこの事件の意義を検討する余地もあるであろう。

いずれにせよ、恩赦はこの紛争が解決されたことを意味するものではない。上記の一連の動きにも表われているように、朝廷の処理手続きはそれ自体としては機能していたが、関白と一上との間の「談合」の結果として公権力による介入が放棄されたことにより、問題は当事者の自力救済に委ねられた。その後の帰趨は、忠盛・清盛ら後に「伊勢平氏」と称せられる一門が正輔・正度の属する維衡流より発し、致経の属する致頼流の勢力は伊勢から跡を絶っているという事実から容易に推察することができる。

〈参考文献〉 滝川政次郎(一九五一年・一九六七年)。高橋昌明(一九八四年)。利光三津夫・長谷山彰(一九九七年)。

一五　平忠常の乱と源頼信

村上史郎

平忠常は、桓武平氏良文流忠頼の子で、康保四年(九六七)の生まれである。彼が起こした平忠常の乱(三月註15)は、長元の乱ともいい、房総地方を混乱におとしめた、この時期最大の内乱である。ここでは、乱の発生から追討使となった源頼信の出馬で長元四年に乱が終結するまでの経過を見てみたい。尚、乱の経過についての関係史料は千葉県史(『千葉県の歴史　資料編　古代』千葉県、一九九六年)に集成されている。

1　乱の発生と追討使平直方

乱の始まりは万寿五年(一〇二八、七月廿五日に改元して長元元年)、安房守惟忠が「下総権介」平忠常によって焼死させられたことによる(『応徳元年皇代記』、月日不明。尚、乱に関する他の史料では忠常の肩書は「前上総介」)。これを受けて、朝廷は忠常と息子常昌の追討宣旨を下し(『小記目録』第一七・合戦事、同年六月五日条)、八月廿一日の陣定で追討使の人選を行ない、東海・東山道に征討の官符を下した(『左経記』『小記目録』『日本紀略』)。その席では源頼信、平正輔・直方、中原成通の四名が候補者に挙がり、上達部が前伊勢守源頼信を「事に堪ふ」者として推挙したが、「仰」によって共に検非違使であった右衛門少尉平直方(貞盛流で坂東で忠常と対立関係にあった)と少志中原成通(文官)が選ばれた(『左経記』)。

追討使の出立に先立ち、中原成通が九箇条の申文を提出した。実資による難点の指摘に成通は従わなかったが、直方が指示に従って三箇条に減らして裁可を受けた(『小右記』七月八・十・十五・十八日条)。この間、実資に馬などを貢進した上総介県犬養為政は妻子の帰京困難や忠常従者の国司館乱入を伝えている(『小右記』七月十三・十五・廿三日条)。他方、忠常郎等の従者(脚力)二名が入京して検非違使に捕らえられる事件があり、従者が内大臣藤原教通・中納言源師房(頼通の養子)らに充てた忠常の書を携行していたことから、忠常が教通らとの人的関係をふまえて弁明を試みたことが窺える(『小右記』八月一・二・四日条、『左経記』八月二日条)。

八月五日の追討使出立は「見物の上下、馬を馳せ車を飛ばして会集すること雲の如し」であり(『小右記』)、「随兵二百余人」(『日本紀略』)を従えた行列の壮観さが想像される(他に『左経記』『十三代要略』『応徳元年皇代記』)。しかし、実資自身は今回の追討使は「節刀を給ふの使」(征夷大将軍など)とは異なり検非違使派遣による「尋常」の遠近への追捕であるとの立場をとっている(『小右記』七月十五日条)。

中原成通は八月十六日、美濃より老母の重病を言上したが、「成通は平直方との不和により美濃から故障を申すだろう」との情報が事前にあり、関白は成通母の実不を問い遣わしている(『小右記』八月十六・十七日条、『左経記』十六日条)。これより先に成通が「小瘡」の煩いを理由に出仕しなかった際も「追討使を遁るるに似る」気色であった(『小右記』七月廿五日条)。結局、成通は忠常追討の事を言上しなかったとして追討使の任を停められた(『日本紀略』長元二年十二月八日条)。

一方の平直方は、父維時が上総介、平氏一族で忠常と対立関係にあったとみられる従兄弟の正輔(貞盛流)が安房守、致方(良兼流)が武蔵守に任じられた(『小右記』長元二年二月廿二日・同三年六月廿三日条、『日本紀略』長元三年三月廿九日条)ことで、忠常包囲網を作ることに成功した。安房守正輔は国ごとに船二十艘を支給することを申請しており(『小右記』長元三年五月十四日条)、房総半島を海上から攻撃しようとしたとみられる。

忠常側の抵抗は激しく、長元三年三月には忠常方の攻撃を受けた安房守藤原光業(平正輔の前任)が印鎰を棄てて上洛し(『日本紀略』三月廿七日条、『応徳元年皇代記』)、同年五月には直方が解文で「随兵減少」を言上している(『小右記』五月十四日条)。また安房守正輔は同年秋、下向途中に伊勢国内で平致経と合戦となり、坂東に赴くことはできなかった(『応徳元年皇代記』、解説一四「平正輔と平致経の抗争」)。

結局、朝廷の権威を借りた私戦の遂行(対立関係にあった忠常を反乱追討の名目で攻撃)という直方の企ては失敗し、同年七月には「追討使直方、召し返すべき事」(『小記目録』第一七・追討使事、七月八日条)が議論され、「勲功無きに依り召還」(『日本紀略』九月二日条)となった直方は、十一月に空しく帰洛した(『応徳元年皇代記』)。

2 源頼信の発遣と乱の平定

平直方の後任として追討に当たったのは甲斐守源頼信で、坂東諸国司にも忠常追討が改めて命じられた(『日本紀略』長元三年九月二日条、『小右記』九月六日条、七月註2)。源頼信は清和源氏満仲の三男で河内源氏の祖である(長兄頼光は摂津源氏の祖、次兄頼親は大和源氏の祖)。実資にたびたび貢物を贈っており(『小右記』長元三年九月十一日条、同四年七月十三日条＊2・十五日条＊2、同五年十一月十四日条)、緊密な関係が窺われる。尚、源頼信は甲斐守を離任したわけではなく、『小右記』長元四年(一〇三一)条からも、甲斐守としての治国加階の申上(正月六日条▼b)、流人源光清の護送使が駿河国内で甲斐国調庸使に射殺された事件の言上(二月廿三日条＊2)など受領として国務を続けていたことが判明する。

出征した正確な日時は不明だが、頼信は忠常の子の法師を伴って下向した(『左経記』長元四年六月十一日条※1)。それを知った忠常は、長元四年四月、いまだ甲斐にあった源頼信のもとに戦わずして帰降した(『左経記』長元四年四月廿八日条※1)。これは、平忠常が以前から源頼信と主従関係にあったためとされている。その正確な時期は不明だが、『今昔物語集』(巻二五―九)には、常陸介時代の源頼信が、近隣の下総・上総で国衙に抵抗していた平忠常を攻め、降伏した忠常が頼信に対して名簿《みょうぶ》の提出、すなわち臣下の礼をとったという説話が見えることから、源頼信が常陸介であった長和五年(一〇一六)以前のこととみられる。

『小記目録』(第一七・闘乱事)長元四年四月廿五日条◆1に、源頼信が平忠常を連れて上洛する由を申上したとある。また、『左経記』四月廿八日条※1に、頼信は権僧正尋円へ書状を送り、忠常は子二人と郎等三人を連れて降伏し、頼信は彼らを伴って五月頃に入京する予定であると伝えてきたことが見える。その後、五月廿日には実資の家人であった常陸介藤原兼資が忠常の降伏を申上しており(『小記目録』◆1)、六月七日には頼信から送られた「忠常の帰降の由の申文」について、忠常の「降順状」が添えられていなかったのでその到着を待ってから奏上すべきであると参議・右大弁源経頼が記している(『左経記』同日条※1)。しかし、忠常は連行途上の五月廿八日より重病となり(『左経記』六月七日条※1)、六月六日に美濃国厚見郡の野上で死亡し、遺体は美濃国司による検分の後に首を斬られ、首は源頼信一行と共に上京することになった(『左経記』六月十一日条※1・十二日条※1)。「降人忠常死去の事」は『小記目録』六月十一日条◆1にも見えるが、『左経記』同日条※1によればその報を伝えたのは帰京した忠常の子の法師であった。源経頼は知らせを聞いて驚き、忠常死去を申上する前に、先の「忠常の帰降の由の申文」を急ぎ奏上すべきことを頭弁藤原経任に指示している(※2)。忠常死去の正式報告は翌十二日、源頼信からの国解(甲斐国解)としてもたらされ、美濃国司による首実検の返牒・日記や忠常の「降順状」を添えて奏上された(『左経記』同日条※1)。『小記目録』十三日条◆1には忠常の与党兼光の出家、『小記目録』十四日条◆1には忠常の首をさらすことの是非が見える。源頼信は六月十六日に入京し(『小記目録』『日本紀略』『扶桑略記』『百練抄』『十三代要略』)、忠常の首は「降人たるに依り」従類（家臣）に返された（『日本紀略』『扶桑略記』）。

3　乱後の坂東と源頼信

六月廿七日の陣定では常安（忠常の戒名）の息子常昌・常近が降伏文書を提出していないことが問題となった。そこでは、坂東諸国の興復を待ってさらなる追討を行なうか決定すべきとの意見が源経頼から出され、それに対し、主犯は忠常であり彼らは従犯であるとの参議左大弁藤原重尹の意見、あるいは、獄禁の者でも父母の喪に際して一時出獄が認められており、まだ捕らえられていない彼らは許されるべきであるとの参議左兵衛督藤原公成の意見が出された（『左経記』同日条※2※3）。処分の結果を伝える史料はないが、彼らの罪は許されたようである。その後常昌（平常将）の子孫は千葉氏や上総氏となり、源平合戦（治承・寿永の内乱）で源頼朝を助けることとなる。

平忠常の乱による房総諸国の「亡弊」すなわち荒廃はすさまじかった。『小右記』三月一日条＊3および『左経記』六月廿七日条※1によると、安房・上総・下総はすでに「亡国」であるとされ、下総守が国内の勧農を条件に重任を申請している（三月註13〜18）。また『左経記』長元七年（一〇三四）十月廿四日条には上総国の官物が四ヶ年分免除されたことが見える。さらに『左経記』長元四年六月廿七日条によれば、戦場となった房総三国だけでなく、平直方が根拠地にしたと思われる相模国も「久しく軍務を営み、衰老殊に甚だし」く（＞c）、直方の派遣以来「坂東の諸国、多く追討に属し、衰亡殊に甚だし」という状況（※2）であったという。

他方、平忠常の乱を平定した頼信は、六月廿七日の陣定で賞についての希望を述べることが許されることとなり（『左経記』同日条※2※3）、七月一日に先ず翌年に欠員となる丹波国司への選任を申請した（『小右記』同日条＊1、『左経記』七月三日条※2、七月註5）。ところが九月に、美濃国への遷任を希望するようになり（『小右記』九月十八日▼a、九月註196）、翌長元五年二月五日～八日の除目で美濃守に任ぜられた（『類聚符宣抄』〈第八・任符事〉所収の美濃守源頼信奏状に「今月八日遷二彼国守一」とある）。けれども、頼信が得たものはもっと大きかった。この乱の平定によって頼信の名は坂東一円に広まり、武家の棟梁へと発展する基盤を築いたのである。

〈参考文献〉野口　実（一九八二年・一九九四年）。横澤大典（二〇〇五年）。西村　隆（二〇〇五年）。庄司　浩（一九七三年・一九七七年・一九七九年）。

一六　造営事業の展開

十川陽一

平安宮の内裏は頻繁に火災に見舞われた。天徳四年(九六〇)に初めて焼亡して以来、承久元年(一二一九)に至るまで、実に十五回も罹災している。また焼失を免れた他の宮城内の殿舎も破損や老朽化は必然であり、平安宮大内裏では平安時代を通じて頻繁に造作が行なわれていた。長元四年(一〇三一)においても老朽化によって、八省院・豊楽院の造営が進められている(二月註140)。ここでは、平安時代における造営事業の在り方とその展開についてまとめておきたい。

1　造営体制の変化

内裏の造営などは、比較的大規模な国家的事業である。本来律令国家における造営などの諸事業は、『賦役令』の規定に従い、諸国からの庸を財源として、畿内から強制的に雇用労働に従事させる雇役によって進められた。しかし平城京造営をはじめとする大規模造営事業が立て続けに行なわれたこともあり、令の規定どおりの方式では賄いきれなくなっていったらしく、慶雲三年(七〇六)には雇役制を大規模に改革する格が制されている(『続日本紀』『類聚三代格』)。また財源の面においても、天平年間(七二九〜七四八)の正税帳では、諸国の正税が造営の財源として用いられたことが確認されるなど、令の規定とは乖離していった。その後、弘仁六年(八一五)の朝堂院修理には役夫の食や往還の路銀を正税で賄うことが令されており、造営の財源における正税への依存度は、以後も加速度的に高まっていったものと思われる。

この様に造営の体制は、徐々に律令の規定を離れていったが、それでもなお八・九世紀までの造営における実質的・財政的な負担は中央・畿内が中心であった。そのあり方が変質していくのは十世紀ごろである。『本朝世紀』天慶元年(九三八)十月十七日条には、地震による被害のために通常の修理担当官司である修理職だけでは間に合わず、五畿内とその他の四ヶ国に造営を担当させるよう定められたことが見える。特に畿外諸国には食や路銀に限らず、全体的に正税・不動穀を財源とすることが認められている。その後『類聚符宣抄』(巻三・疾疫)所引の長徳元年(九九五)四月廿七日付太政官符には、六観音像・大般若経一部の図写供養を全国に命じた際、正税・不動穀が尽きた場合には「所在官物」すなわち公廨・雑稲・別納租穀などを用いるよう制している。長徳元年の例は造営事業ではないものの、財政面での国衙への依存度が高まっていたことが知られよう。

この時代、諸国を治める国司は受領と呼ばれる存在であった。受領の一国での任期は原則四年(大宰府管内の西海道は五年)であるが、任期終了後も再び受領に任ぜられるためには、任国の支配と中央から賦課される種々の負担を滞りなく進める必要があった。造営事業に関しても、造営完了後に得られる、いわば完了証明書である返抄《へんしょう》を受領功過定に提出することになっていた。すなわち受領にとって造宮役などの負担を勤めることは、任国支配と相俟って自らの評価に直結するものであった。ところが『小右記』寛弘二年(一〇〇五)十二月廿一日条にみえるように、諸国の正税・不動穀は「無其実」という状態であった。こうした中、受領の側としては、①申返《もうしかえし》を行ない、役の負担の軽減もしくは免除を求める、②部内から臨時に徴発して負担する、③官物は勿論、部内の資財を一切用いることなく私財のみによって負担する(すなわち成功《じょうごう》)、などの対応がみられた。

2　受領による造宮負担への対応

受領が役の軽減・免除を求める申返(1)については、寛仁三年(一〇一九)から万寿四年(一〇二七)までに出された申請のほとんどが認められていないことが明らかにされている。十一世紀初には、申返は実を失っていたと言えよう。長元四年(一〇三一)でも申返は三例みえるので、それぞれ確認しておく。二月廿四日に備前国が築垣造営の辞退を申し出、他国への改定が裁可された。ただしこの改定が認められたのは、備前守中尹が材木については造八省所に進めるという、いわば交換条件を提示していたことによる。実資も「大材木多可レ入、令二進納一尤可レ宜事也、」と記し、大量の材木を確保できる点に利を見出している(『小右記』同日条＊3、二月註182)。二月廿九日には若狭国が造大垣を、伊予国が造不老門をそれぞれ辞退しようと申返を行なっているが、この時の処置は明らかではない(『小右記』同日条▼c、三月註256)。五月七日には大宰府管国が造豊楽院の辞退を進上してきているが(『小記目録』第一五・内裏舎屋顚倒事、五月七日条◆1)、『左経記』六月廿七日条▽aの陣定に見えるごとく、この申返は却下されている。ちなみに前年の『小右記』長元三年九月十二日条では、造八省院・豊楽院・大垣の国充に際して、防河・造円教寺と重複しても構わないという決定が下されており、他の負担との重複はもはや申返の理由にはなり得なかったことが確認される。この様に長元四年においても申返は基本的に認められないものであったとみるべきであろう。申返という行為そのものも、長元年間をピークに行なわれなくなっていく傾向も確認されている。

　そこで、部内からの臨時徴発(2)に目を向けてみる。受領の部内への課徴で想起されるのが『尾張国郡司百姓等解文』である。この史料には周知の通り、受領藤原元命の強引な収奪が記されている。すでに先学の指摘があるが、この第四条に「無レ由稲」すなわち使途不明の徴収に対して、「不レ経二臨時之公用一只充二私謀之用途一、(中略)致二人民之費一、吏不レ見二官納之由一」と見えていることが注視される。つまり臨時の公用でもなくただ私用に充てられ、民を苦しめただけで官に納めた訳でもない、ということが本条の要件となっている。このことは在地において、正当な理由・分量の徴収であれば応じるという理解がなされていたことを示している。しかしいかに正当な理由があろうと、供出を拒否するものもあった。それが王臣家や寺社領の荘園である。これらの多くは宣旨などによって不輸租などの特権を持っており、当然受領の徴発にも応じなかったとみられる。例えば長久元年(一〇四〇)十二月廿八日の官宣旨案には、東大寺領美濃国大井・茜部庄に対して雑役負担を求めてきた国司を、東大寺が訴えたことがみえる(『平安遺文』五八六号)。こうした事態に対し、受領が諸荘園や不輸租田などからも臨時雑役の徴収を認める許可を得ようとした一例が、長元四年九月十三日条にみえる一国平均役の申請である。

九月十三日＊1、頭弁経任が実資のもとに尾張国からの解を持参した。大垣造営を負担するために、国内の不輸租田・王臣家領・寺社領を問わず、平均に役仕させたいという内容である。この時実資は「配二充神寺所領一如何、」と意見を述べた後「内々令レ奏、」と指示し、翌十四日▼b、実資の意見どおり「除二神寺一」との条件付で許可する宣旨が下っている。

ところで、このような部内への平均な加徴を求める申請は、寛弘八年(一〇一一)八月廿七日にもみられるが、中央がその申請に対して裁許を下したのは長元四年が初例である。実資が奏上に際して書き記した「内々令レ奏、」などという表現は、以後の一国平均役申請時には確認できない。初めて裁許しようとしたためであろうか。

最後に成功(③)についてみておきたい。念のため付言しておくと、成功は受領に限ったことではなく、その他の官人も官途・栄爵を求めて行なった。長元四年では、『小右記』二月十九日条＊4に菅野親頼が造八省行事所に米を進めることによって主計・主税允への任官を申し出たことがみえ、九月五日条＊2に造八省行事所が清原惟連の栄爵を申請したことがみえている。但し十二世紀初頭まで、諸国への負担が過度になった際に成功を募ろうとする動きが見えるなど、この時期の成功は必ずしも基本的な雑役負担のあり方ではなかったとみられる。院政期になると基本的な財源・負担方式の一つとして確立するが、長元四年段階の成功はそれとは区別しておく必要があろう。

以上造営事業を通じて長元四年という年の位置づけを試みてきた。最大の特徴は、やはり一国平均役申請が初めて裁許された点であろう。この一国平均役は、以後院政期を経て中世に至っても様々な臨時雑役の徴発に用いられた。その展開過程については多くの先学の指摘があり、また制度的な確立の時期をめぐっても諸説ある。ここでは受領の申請を初めて裁許したという点に、長元四年の一つの画期性が見られるということを指摘するに留めたい。

〈参考文献〉 上島　享（一九九〇年）。大津　透（一九九三年）。小山田義夫（二〇〇八年）。詫間直樹（一九八七年）。

一七　東大寺正倉院の修理

山岸健二

摂関期における東大寺の実態は、史料が限られていてわからないことが多い。その中で長元四年に朝廷で審議された二つの事項についての記録がある。一つは、印鑰に関する記述で、伊予国に発給された返抄に異なる印が捺されていたために調査したという記述である(『小右記』二月廿六日＊2・三月十日＊1・三月十二日＊1・七月五日＊2)。もう一つは、正倉院正倉(以下、宝庫と略称)の修理に関する記述である(『小右記』七月五日条＊1、『左経記』八月四日条※1※6)。共に十一世紀前半における東大寺の印鑰と宝庫の様子を知ることができる貴重な史料であるが、印鑰については『小右記』の各註釈に詳しいので(二月註185〜194・三月註107・七月註30)、ここでは『左経記』に記された宝庫の修理について見ていくことにする。

1　正倉院の歴史

正倉とは、稲穀や財物を収納するクラを指し、正倉のある区画を正倉院・倉院・倉垣院などという。東大寺正倉院は、庁院・御倉町・御蔵町・正蔵院とも記され、東大寺(二月註185)伽藍の北西部に位置した倉庫群である。もとは一〇棟近くのクラにより構成されていた。『東大寺要録』(巻四・諸院章・正蔵院)に、「倉坊」にあった鎰七具は、勅封(在官)二具・綱封二具・北隔一具・東三蔵一具・西行南一倉一具であったと見える。この他に、仏具等を収納したクラとして北倉代・東行南一倉・東行第三倉も記されている。また、天喜五年(一〇五七)の修理職注進文

(『東南院文書』一)に「正蔵院南御庫」を正月に修理したことが見え、『東大寺要録』(巻五・別当次第)に別当経範の任中(嘉保二年〈一〇九五〉六月～康保二年〈一一〇〇〉五月)に「正蔵院南烈《(列カ)》蔵」が焼失したことが見える。これらは、東四行の倉の南に位置していた倉ではないかと考えられている。尚、治承二年(一一七八)二月十二日に行なわれた別当禎喜の拝堂儀では、勅封倉の東庭に「庁屋」が存在していた(『東大寺続要録』拝堂篇・宝蔵篇)。その後、治承四年の平重衡の焼き打ちなどにより、十二世紀後半には現在の宝庫のみが残されるだけになった。

宝庫は、檜の寄棟造り、本瓦葺、高床形式の建物で、一棟三倉の構造からなり、北・南倉は校倉造り、中倉は板倉造りであり、三蔵《みつくら》と呼ばれた。南北に長く、各倉は下階と上階と屋根裏からなり、東側に扉が開く。創建以来、数度の修理を経て、大正二年(一九一三)の解体修理により現状のように整備された。

天平勝宝八歳(七五六)五月二日に没した聖武太上天皇の七七忌(六月廿一日)に際して、光明皇太后が盧舎那大仏に献納した物品をはじめとする数次の献納、および国家や東大寺の宝物や薬物を収蔵した。光明皇太后の献納物は北倉に収納して勅封とされ、天暦四年(九五〇)六月に東大寺羂索院(法華堂)双倉の収納物を南倉(「正蔵三小蔵南端」)に移納して綱封とされ(『東大寺要録』巻四・諸院章・羂索院)、永久四年(一一一六)かそれ以前に南倉の宝物を「勅封蔵」に移納して中倉も勅封とされた(永久五年「東大寺綱封蔵見在納物勘検注文」〈『東南院文書』一〉)。そして明治時代に入り、南倉も勅封とされるに至った。

2　正倉院の修理と開封

九世紀後半以降の宝庫の開封は極めて限定されており、宝物の曝涼・点検や出蔵、貴顕の拝観および宝庫の修理の際に臨時に開封されるのみであった。

宝庫には封紙による封が加えられており、勅封と綱封があった。勅封倉の封には、十一世紀前半には勅使の監物の封が（『左経記』寛仁三年〈一〇一九〉九月三十日条）、十二世紀末には勅使の弁官の封が施され（『東大寺続要録』宝蔵篇・建久四年〈一一九三〉八月条）、その後十五世紀前半には天皇親署の封（宸筆の御封）が施されるようになった（『三倉御開封記』）。綱封倉の封には、僧綱（後に東大寺別当）の封が施された。宝庫は東大寺のクラであるが、勅封と綱封が施されていたため、その開閉・出蔵には国家機関が関与していたのである。

平安時代の勅封倉は、奉勅の太政官牒（太政官符）により出給命令が伝達され、監物がカギを請受し、弁官と監物（主に中弁・少弁と大監物）を中心とする勅使が派遣され、造東大寺官・僧綱・東大寺僧らが出納に立ち会い、出給された（『侍中群要』八・諸使事、『左経記』寛仁三年九月廿八・卅日条、『本朝世紀』康治元年〈一一四二〉五月六日条、『兵範記』嘉応二年〈一一七〇〉四月廿日条、『東大寺続要録』宝蔵篇・建久四年八月条、『吉部秘訓抄』五所引の八月十二日付請文）。建久四年には、勅使として弁・大監物・史・史生・官掌、立ち会い人として造東大寺官・威儀師・従儀師（僧綱の使）、東大寺別当（寺務）・三綱が見える（後世には勅使の弁と東大寺別当・三綱のみとなる）。

宝庫のカギは、『東大寺要録』（四）によると、勅封倉は「在官」で、綱封倉は東大寺が管理していたようである。勅封倉のカギは内裏に保管されており（『東大寺要録』四、『左経記』寛仁三年）、「鈴印辛櫃」に収納されていた（『本朝世紀』康治元年五月六日条）。『兵範記』仁安二年（一一六七）条には、九月廿七日に五条内裏が焼亡した際に「鈴印辛櫃」が焼失し、翌廿八日に「鑰七十一隻・鏁一具」等の焼遺物を掘り出し、十月九日に新造辛櫃にカギを収納したとして、「一合、東大寺勅封御倉鑰四、（韓鑰一、鏁鑰三）、」とある。「鏁鑰」は鏁（lock）を開ける鍵（key）で、「韓鑰」は枢戸の枢を開けるカギ（鎰）に当たるものと考えられている。

東大寺のカギなどを納める「鈴印辛櫃」は全部で七合あり（『中右記』嘉保元年〈一〇九四〉十月廿四日条、『兵範記』仁安二年条)、原則として承明門の東腋に保管されていた(『日本三代実録』貞観十一年〈八六九〉七月廿六日条・元慶八年〈八八四〉二月四日条、『扶桑略記』延喜二十年〈九二〇〉十月廿八日条、『江家次第』巻一・正月甲・元日宴会、『同』巻一〇・十一月・新嘗祭)。また、カギ袋に収納されていた(『小右記』長元三年九月十六日条)。鈴印は駅鈴と内印(天皇御璽)で、天皇の権力を象徴する重器であり、カギも同様に厳重な取り扱いを受けていた。よって、諸司のカギの受給は厳重な管理の下になされ、毎朝、監物が典鑰・大舎人を率いてカギを請受し、典鑰が大舎人を率いてカギを取り出して監物に渡し、毎夕、返却されていた。典鑰はカギを収納した辛櫃のカギを保管していたのである(『内裏儀式』賜鑰幷進式、『延喜式』巻一二・監物・典鑰)。カギの出入に武官が立ち会うことは、宜陽殿(内裏の納殿)の収納物の出納使に蔵人と近衛将が当たることが連想される(『侍中群要』八・諸使事)。

3　長元四年の修理

長元四年七月、東大寺正倉院の破損が報告され、修理が行なわれた。修理そのものの記録はないが、『小右記』『左経記』に前後の記事があり、そこから正倉院の開封の様子やカギの管理の実態が見えてくる。実資は九月十六日に東大寺俗別当に任じられるが(九月註184)、これ以前から東大寺関係の政務処理の上卿を勤めていた(治安二年・万寿四年・長元元年)。長元四年以前に東大寺俗別当であったとする見解もあるが、これは公卿の一員として上卿を担当していたと考えるべきであろう。他方、経頼は当時、東大寺俗別当(弁別当)であり(寛仁四年閏十二月に任じられた)、担当寺院に関する事務手続きを行なったのであった。実資と経頼に報告・消息が寄せられたのは、このような事情によるのであろう。但し、実資はこの度の宝庫修理の上卿は勤めていない。

七月五日、東大寺別当仁海(少僧都)は、「東大寺勅封御倉棟」が風雨により損傷したので、勅使を派遣して修理を行なうように関白藤原頼通に請願したが、上東門院彰子の病により指示を仰げなかったことを、藤原実資のもとを訪れて伝える(『小右記』同日条＊1)。

その後、修理が決定して実施されたようで、『左経記』八月四日条※1に、勅使として東大寺へ下向した右中弁藤原資通から、東大寺俗別当である参議右大弁源経頼のもとに消息がもたらされたことが記されている。それによると、宣旨により監物と共に東大寺へ下向して「勅封御蔵」を開封して修理を終えた。その際に「南御蔵」の板敷の下が湿潤していることに気付き、収納物が湿損しているかもしれないので、開倉して点検し、修理を行なおうとした。しかし、持参していたカギが合わず開倉することができなかった。別のカギを持ってきてしまったのかもしれないので、この旨を上申して仰せ下して下さい、というものであった。経頼が頼通に上申すると、湿損の可能性があるので急いで他のカギを遣わすべきと考えた頼通は、先に「勅封御蔵」の開封・修理を命じる宣旨を蒙った上卿に命じる旨を、頭中将源隆国に伝達するよう、経頼に指示した。

その後、(上卿から命じられ)大監物行経が、鎰司(典鑰)や近衛府官人を率いて日華門から内裏に入り、カギを受け取った。カギは多数あって、目印とする短冊を付けずに収納されており、「南御倉」のカギがどれかわからなかったため、「三舌、四舌」のカギ大小各二枚を取り出して太政官の使部を官使として、監物の下部を従わせて東大寺へ遣わしたという(『左経記』同日条※7)。残念ながら後の記事はないが、南倉の開検・修理は一両日中に行なわれたと考えられる。尚、『東大寺要録』(五・別当次第)に、仁海の別当在任中(長元二〜五年)に「正倉院動用御倉」が倒壊したという記述が見えるが、これは勅封倉・綱封倉以外の倉であろう。

「勅封御蔵」については、この度と同様に湿損を理由に寺家からの申請によって修理を行なったことが、『玉葉』文治五年(一一八九)三月廿一日条にある。修理に当たって宝物を移納する場合は、修理しない他の倉や上司倉(上政所の倉）に移したと考えられ、その宝物の出蔵には太政官牒（太政官符）の発給が必要であったが、この度は宣旨により修理を行なっていることから、出蔵を伴わない修理であった可能性が高い。

問題となるのは「南御倉」のカギである。勅封倉の開封の勅使資通からの報告を受けた関白頼通は、勅封倉開封の宣旨を承った上卿に、南倉のカギを急いで遣わすべきことを（経頼に伝達させて）蔵人頭隆国に命じている。勅封倉の修理に当たっては宣旨が下されているが、南倉は綱封倉であるためか、カギを遣わして開検することを関白頼通が決定しているのである。もっとも、カギを出給していることから、その際に天皇の勅許を得たと考えられる。そうだとすれば、南倉は綱封であるが、勅封倉に准じて、内裏にカギが保管されていたということになる。また、資通は持参していたカギでは合わず開倉すできなかったので別のカギを請求しているので、勅封倉の修理の際に綱封倉のカギも持参されていたことがわかる。恐らくカギが合えば開倉・開検したのであり、僧綱牒が発給されなくとも南倉の開検が可能だったということを意味している。あるいは、北・中・南の個別の倉に対してではなく、宝庫全体について宣旨が下されていたのであろうか。

僅かな記事しかなく、実態を解明することができないのが残念である。宝庫のカギの遺品は正倉院と東大寺に残され、東大寺図書館に元禄六年（一六九三）度と天保四年（一八三三）度の開封時の様子を描いた絵図が残されている。これらを参考にしながら、長元四年の正倉院修理・開封を思い描いてみるのも一興であろう。

〈参考文献〉橋本義彦（一九九七年）。福山敏男（一九六八年）。古尾谷知浩（二〇〇六年）。大津　透（一九九九年）。熊谷公男（一九八二年）。

身深　晃

一八　摂関賀茂詣と競馬奉納

川合奈美

摂関賀茂詣とは、毎年四月の賀茂祭の前日(中申日)に摂政または関白が賀茂社に参詣する儀式である。『師光年中行事』や『公事根源』は、天禄二年(九七一)九月廿六日に摂政伊尹が行なったのを初例としているが、式日が中申日に定例化したのは、関白頼忠の時期である。また、賀茂祭前後の参詣は、大臣を中心に他の公卿たちも行なっていたが、中申日の賀茂詣を摂関が独占・定例化するようになったのは、頼通が摂政となり道長と父子で参詣した寛仁元年(一〇一七)以降である。その後、摂関に就いていない内覧忠実によっても賀茂詣は実施され、摂関家儀へと拡大・転換していく。その中で、関白藤原頼通は、長元四年四月廿六日に賀茂社に参詣して競馬《くらべうま》を奉った。通常と形式が異なるこの年の儀は、どのように位置づけられるのであろうか。『小右記』に四月の記事はないが、『左経記』の記事があるため、その検証をしてみたい。

1　摂関賀茂詣の次第

摂関賀茂詣の次第は、『江家次第』(巻二〇・賀茂詣)などに詳しく、また平安末期の行列の状況は、住吉本『年中行事絵巻』関白賀茂詣の巻に描かれている。

『江家次第』によると、前日に摂関家母屋の装束を行ない、当日は御湯殿の儀に始まり神宝御覧の後、公卿以下が参入し主人が着座して舞人・神宝以下を見る。その後乗車し行列して下社に向かう。下社に到着すると祓殿において御祓、社頭に進んで神宝・幣を捧げ参拝、楼門西廊座に着いて御馬を廻らし東遊、社司に賜禄して走馬を行なう。その後、上社に向かって同様のことを行ない、帰宅後に賜禄、となっている。長元四年の場合は、走馬の後に競馬が行なわれ、競馬の勅使として馬出の地点に修理大夫藤原実経(本来弁官が遣わされることが多い)と少納言源経成が遣わされ、大鼓・鉦鼓(金)を担当している。標所(馬場末の勝負決定地点)には桙が立てられ大監物が遣わされることになっており、源重季が担当した。

また『小記目録』(第一七・濫行事、長元四年四月廿六日条◆2)には「陰陽頭実光(大中臣)、為二乗尻一被二凌辱一事、」とある。陰陽師は『江家次第』などに下社に到着し祓殿(禊殿)にて御祓を行なう際に奉仕していることが見え、行列の次第には見えないが、参加していたと推測される。

2　関白頼通の競馬奉納

長元四年の賀茂詣・競馬は、式日より七日遅く行なわれている。摂関自身の物忌や天候などの理由により式日以外に参詣する例も多いが、今回遅れた事情は不明である。

『左経記』には準備段階の記事があり、廿四日条※1に、頼通第(高陽院)の馬場で競馬(本番に向けた試走か)が行なわれ、日頃相論をしていた左近将監秦正親と右近将監助延を最初に競わせたとあり、翌廿五日条※1※2には、西対で舞人・陪従らの装束を賜わってから、馬場殿で舞人十人・騎手二十人などを選び定めたとある。また廿六日条▽eに、下社の馬場舎をかねてから木工寮・修理職に作らせ、設営は頼通が準備したこと、公卿などの饗の準備は頼通から然るべき人々に割り当てられていたことなどが記されている。

当日廿六日、公卿たちが頼通第に参入し(※1)、辰刻に御幣を先頭にした行列が出立する(▽a)。今回頼通に扈従した公卿は、参議五人・非参議一人と、大中納言が多く同道する場合と比較するとやや小規模である。しかしながら、下社・上社それぞれにおいて御祓、幣帛・神宝の奉納、御馬を巡らし東遊を行なうという通常の参詣（▽b▽d）に加え、競馬が奉納されていることは、非常に特徴的といえる（▽c）。

賀茂詣における走馬などの奉納は、寛和元年（九八五）の頼忠以降、史料に散見するが、競馬の奉納については『江家次第』（巻二〇・賀茂詣）においても「競馬廻二御馬一事、〔入道殿御時有二件事一〕」と付記するのみであり、あまり例がない。入道殿の例とは、長保五年（一〇〇三）四月廿一日の道長賀茂詣を指すと考えられ、同日条の『権記』によると詳細は不明であるが、十列・東遊の後に競馬を奉納したことがわかる。賀茂詣における道長の競馬奉納は確認できる範囲ではこの一回のみ、頼通も長元四年の一回、師実は二回（うち一回は自身五十歳の折）とかなり限定的である。長保五年の道長の例において『本朝世紀』は「為レ果二自願一参詣、」と記しており、特別な願いがあって競馬を奉納したことを窺わせる。そのため長元四年においても、頼通は当年四十歳で自身のことも祈ったかも知れないが、後一条天皇と妹の中宮藤原威子の間には、章子・馨子の二皇女しかおらず、あるいは皇子誕生などを祈っていた可能性もある。

尚、中世における賀茂競馬は、上賀茂社のみで五月五日に神社によって行なわれるものであり主催者も異なるため、摂関賀茂詣における競馬奉納から直接つながるものではないと考えるべきであろう。

〈参考文献〉　末松　剛（一九九七年・一九九八年）。三橋　正（二〇〇〇年）。山中耕作（二〇〇四年）。

一九　十列奉納

十川陽一

十列《とおつら》の語の初見は『三代実録』元慶八年(八八四)三月五日条に、「喚二左右馬寮十列細馬於仁寿殿東庭一覧レ之、」と見える。細馬《さいば》とは優れた馬のことであり、元慶八年の記事は馬寮の馬、すなわち天皇の所有する馬の中でも特に優れたものを天皇の眼前でパレードするという性格のものであったと思われる。このことから十列という語には、単に十頭あるいは十組の馬というだけでなく、特に選び出された馬という意味があり、それを観ることに儀礼としての意味があったと考えられる。それは神に対しても最高の捧物として位置づけられ、儀式として定着した。長元四年(一〇三一)に見える十列の例としては、二月十三日、実資が春日祭の十列代として仁王経転読を行なったこと、八月、後一条天皇が石清水八幡宮をはじめとする九社に十列を奉納したこと、が挙げられる。それぞれの意味を検証したい。

1　祭への十列

神社に馬を奉納するという行為は、『儀式』(巻一・春日祭儀)にも見えており、比較的早くから存在していたものと考えられる。但し『儀式』では「走馬」「神馬」と記されるのみで、十列という語は見えない。十列は室町時代の『源氏物語』の注釈である『花鳥余情』に、「十列とは東遊の舞人十人馬にのりて装束はあをすりといふ物をきて神社の行幸関白の賀茂春日詣なとにめしくして」とあるように、青摺を着た舞人とともに奉納される、形式的に整備されたものであった。こうした十列奉納は中世に至っても行なわれており、『吾妻鑑』嘉禎三年(一二三七)八月十八日条には、美々しく飾られた十列が鶴岡八幡宮に奉納された記事が見えている。この様に整備される一つの画期は、寛平元年(八八九)の宇多天皇による賀茂臨時祭に求められよう。この時も十列の語は見えないが、走馬十疋・鴾毛馬十疋と共に舞人が奉納されたことが確認できる。

また、藤原忠平の頃から藤原氏の大臣が氏祭などに十列奉納を行なうことも定着したが、次第に奉納できる家が限られ、摂関家(氏長者)のみの儀礼として定着し、それが中世以降にも継承された(『執政所抄』など)。長元四年の史料には出てこないが、当然、関白頼通も春日祭・大原野祭・吉田祭・梅宮祭・祇園御霊会・石清水放生会・北野祭などの諸祭に奉納していたと考えられる。また、長元四年四月廿六日に行なわれた賀茂詣(競馬)でも、馬場に着して「先舞人十人走馬、」とあり、競馬に先立って十列が奉納されたことが確認できる(『左経記』同日条▽c)。

実資は、十列奉納が大臣の儀から摂関家の儀へと変化する転換点に位置づけられる。治安元年(一〇二一)七月廿五日に右大臣となった実資は、『小右記』同年十月廿九日条で、大臣たるもの春日祭に十列を奉納するのが「古跡」であるが、近年には藤氏長者以外が行なっている例がなく、奉納は困難であろうと述べている。こうした状況にあって、十列奉納に代えて行なわれるようになったのが、十列代の仁王講である。同三年十一月十九日、祭日を避けて「十列之代善」の仁王経読経を行ない、廿八日には同じように祭日を避けた形で大原野大明神に奉る十列代の仁王講が行なわれている。神仏隔離の原則により、神事と仏事を同時に行なうのは原則不可能であるので、意図的に祭事とずらして講経を社頭で催したのである(二月註76)。また閏九月十八日条を初見として、賀茂社へも年二回の仁王講を奉納している。長元四年には、実資によるこうした十列代が定着していたのであった。

2　臨時の十列

朝儀として行なわれる神社の祭(公祭)への十列奉納の他に、臨時のものがある。

長元四年八月に後一条天皇が行なった諸社への十列奉納は、特別な祈願があってなされたものである。その流れをまとめると、七日＊2に石清水、十三日＊3に賀茂、十四日＊3に松尾・大原野、十七日＊2に平野・祇園・北野、そして廿八日＊1に稲荷・春日へそれぞれ十列が奉納されている。使には頭弁藤原経任など、天皇の侍臣が遣わされている。これは『小右記』七月廿四日条＊1＊2に「依㆓御願㆒、奉㆓幣諸社㆒幷御読経三ヶ日可㆑被㆑修之由、」とあるように、前月に同じ九社への神前読経(八月七日条＊3)と並行して行なうことが決められていた。また御願の内容とは、七日条＊2に「先年御願」とあり、『左経記』十三日条※2に「前年御薬時御願賽也」とあることから、前年に大病平癒を祈ったことについての報賽であることがわかる。

同様の事例として、円融天皇が天元五年(九八二)の六月から七月にかけて走馬奉納を行なったことが『日本紀略』に見えている。この時は三年前の天元二年に挙行した石清水への行幸が成功したことへの報いとして、石清水・賀茂・松尾・平野・大原野・比叡・春日・稲荷の各社へ音楽・走馬を奉納した他、伊勢神宮にも金銀の幣帛を奉っている。この様に天皇が諸社へ十列を奉納することは折に触れて行なわれている。

天皇を中心に展開した十列であるが、臣下も十列奉納を行なうようになっていた。『権記』長保元年(九九九)八月十四日条に、藤原行成が石清水をはじめとする六社に十列を奉納したとあることなど、その一例であろう。また藤原氏の氏神である春日社へは、氏人による十列奉納が行なわれており、『小右記』長和二年(一〇一三)二月条には藤原通任が実資の許へ十列奉納のための馬の借用を願い出た様子が見える。

以上のように十列奉納は、本質的には自らの所有する中でも選りすぐりの馬を神前に奉げる儀式であり、この点において自らの信仰心を直接的に表現するものであったと言えよう。それゆえ馬が足りなければ人に借りてでも十列奉納を行ない、また奉納が出来ない立場にあっても十列代として仏事を行なうなどの行為が発生したものと思われる。

〈参考文献〉　並木和子（一九八六年）。渕原智幸（二〇〇八年）。三橋　正（二〇〇〇年）。

二〇　伊勢斎王託宣事件

三橋　正

長元四年に起こった重大事件の一つに伊勢斎王託宣事件がある。朝廷以外の祈願を禁止する私幣禁断《しへいきんだん》が守られていた伊勢神宮で、天皇の御杖代《みつえしろ》として奉仕するとされる斎王（斎宮）に、神のお告げが下ったのである。前代未聞の出来事に朝廷は翻弄され、託宣に従って斎宮寮頭である藤原相通とその妻を遠流に処しただけでなく、伊勢神宮に勅使として公卿（伊勢公卿勅使）を発遣して謝罪し、伊勢神宮の神官たちを加階した。この処理に一月以上を要するが、その情報分析から処分の決定、そして儀式の執行に至るまで、すべてに実資が責任を持って臨み、『小右記』に詳細な記録を遺している。

1　事件の概要

伊勢神宮で託宣があったことは、七月三日＊1に頭弁藤原経任から実資へ伝えられた。神が託宣を下した斎王嫥子女王は、村上天皇の孫、具平親王の娘（母は為平親王の娘）で、永保元年（一〇八一）に七十七歳で薨じたというので、長元四年には二十七歳であった。後一条天皇が即位した長和五年（一〇一六）に卜定され、寛仁二年（一〇一八）に群行したので、幼少時から十五年も伊勢の地にいたことになる。託宣の内容は、斎宮を維持するために置かれた斎宮寮の長官（斎宮頭、但し『日本紀略』八月八日条は斎宮寮権頭とする）である藤原相通を斎宮から追放せよという衝撃的なものであった。斎王から託宣を聞いたのは祭主大中臣輔親で、この報を受けた関白藤原頼通はすぐにその召還を命じている。祭主は平安初期に置かれた宣旨職の令外官で、神祇官に本官を持つ大中臣氏が補され、伊勢の地で神職・祭祀・行政を統括していた大宮司の上位にあり、かつ勅使となって京と伊勢の地を往復していた。祭主輔親の召還は、何より託宣を聞いた本人から正確な報告を得るためであるが、伊勢神宮を総括する祭主の職責を果たさせるためでもあった。輔親は当時七十八歳、歌人としても有名で、道長・頼通の信任も篤かったことを考慮しておく必要があろう。実資はこの時点で何も関与しておらず、記載も簡潔である。また「相通」を「助道」と記していることから、正確な情報が伝わっていなかったと考えられる。

ところが、祭主輔親は所労(病気)を理由に上京せず、関白頼通の所に来たのは八月一日で、そこで尋問された内容が、四日＊1に関白頼通から消息(手紙)で伝えられた。事件の概要は、この記事と『大神宮諸雑事記』(第一・後一条院)や『小右記』八月廿三日条▼a～▼f所載の宣命の記述と対比することによって明らかになる。

託宣は六月の月次祭で起こった。六月と十二月に行なわれる月次祭と九月の神嘗祭は、伊勢神宮で三節祭と称される重要な祭で、神宮の祠官だけでなく斎王と朝廷からの勅使が参加する。斎王は多気郡にある斎宮から度会郡にある伊勢神宮へ向かい、先ず離宮院に参集して十五日夜に大祓などをしてから、十六日に外宮(豊受宮)、十七日に内宮(皇大神宮)と二回、太玉串を捧じて拝礼する祭儀を奉仕する。

この月次祭で斎王嫥子女王は、外宮での祭祀を終え、一度離宮院に帰り、十七日の内宮の祭祀に参入しようとしたところで、雷雨の激しくなる中、様子が急変した(但し、『大神宮諸雑事記』は内宮での儀式の最中とする)。そして、祭主輔親が召され、託宣が告げられたのである。託宣した神は、内宮(皇太神宮)の第一の別宮である荒祭宮の神で、斎宮頭の藤原相通と妻小忌古曾《こきこそ》(『大神宮諸雑事記』では「古木古曾」とする)が伊勢神宮を僭称して勝手な宗教活動をしていると咎める。神の叱責は天皇にも向けられ、「末代」だからしかたないとしながらも、幣帛(捧物)が少なく敬神の念が足りないこと、伊勢の神民に訴えられた伊賀守源光清の処分が遅れたことなどが取り上げられ、「百王の運」が過半に及んでいるとの警告が発せられた。そして、相通夫妻を伊勢神宮の神郡から追放しろと言う。ここで（斎王に）過状（詫状）を奉らせたり、七ヶ度の御祓をさせている最中に大雨で（斎王の）御座が汚れたので清めの酒を用意させたり、神との遣り取りは複雑になるが、最後に、本来ならば四歳か五歳の子供にするべきだったが、適当な者がいなかったので斎王に託宣した、と荒祭神が正体を明かしたという。また、この時に斎王に託宣した神と、祭主輔親の間で交わされた和歌が、『後拾遺和歌集』（巻二〇・雑六・神祇）などに載せられている（八月註53）。

託宣にある「百王」とは、本来は「万代」と同じ「無限数の百王」という意味であったが、ここでは「百代に限る」という威嚇的な意味に転化されている。つまり第六十八代とされる「当時の帝王（後一条天皇）」は過半を過ぎていたから、皇室を守る伊勢神宮を大切にし、その命を聞けということになる。かかる讖緯説的な意味での百王思想はこの託宣で初めて表われ、以後、『愚管抄』『神皇正統記』等へと受け継がれる。それが伊勢神宮の神民たちの強訴と同様に、自らの要求を貫くためにあみだされたものであったとすれば、まさに在地から起こった思想ということになる。

2　藤原相通・小忌古曾夫妻の配流と第二の託宣

関白頼通の消息では、祭主輔親を尋問した内容だけでなく、陣定を開いて諸卿に定申（諮問）させるべきかと尋ねている。それに対して実資は、斎王に寄託した託宣を疑うことはできないとして、僉議に否定的な見解を伝えている。実資は他の重大事件、例えば平正輔と致経の合戦についての証人の扱い（三月十四日条）や相撲の楽の中止（七月廿三日条）について頼通から諸卿による定申を提案されても、「叡慮の一定（天皇の決定）」を重視すべきと言っており、公卿の国政審議の場である「定」を形骸化させたことは否めない。託宣事件についても陣定での審議を経ることにはなるが、その内容は後一条天皇・関白頼通・右大臣実資の三者で方針が決定されていたようで、形式的なものに過ぎなかったと思われる。

この日(八月四日＊2)、実資は参内し、陣座で予定されていた仁王会定を行なった後で、頭弁経任に(誰にも立ち聞きされないように関所で)祭主輔親を正式に尋問させた(▼a)。他の公卿(藤原斉信・藤原長家・藤原資平・源朝任・藤原重尹・源経頼など)もいて意見を言っているが、再尋問(正式尋問)は既に関白と実資との間で決められていたことである(＊1)。また再尋問の内容が『左経記』同日条※2に記されているが、それを先の『小右記』に記された関白頼通の消息と比べると、天皇批判の部分がなく、関白頼通と実資が秘匿したとも考えられる。そのこともあってか、『小右記』には再尋問の後の雷雨の情況は記されるが、報告された託宣の内容や、陣定における天皇との遣り取りなどは欠落している。その欠を補う『左経記』※3※4※5によると、雷電大雨が激しくなる中で行なわれた陣定について、天皇から、相通を配流すべきであるが遠・近のどちらが良いか、妻小忌古曾も流罪とすべきか、神宮へ使を遣わすべきか、について諮問があり、実資以下により、夫婦共に遠流とし、特別な使を遣わすべしと定申された。天皇はそれを承諾し、さらに、忌のない日に配流の事を行なうこと、女性の流罪についての前例を調べること、奉幣使発遣の日時を定めることを命じ、実資によって廿五日に使を発遣することが奏上された。すべて筋書き通りであったと思われるが、陣定における審議の手続きは維持されていたのである。

翌五日条によると、「相通夫婦、搦《からめ》と護るべきの由の宣旨《せんじ》」は陣定の直後に仰下され、夜のうちに左大史小槻貞行に作成が命じられた(＊1)。また、女性配流の前例勘申もその日に命じたのであろう。前例を見つけられないと言ってきた大外記文義に、実資は国史を見るよう指示したとあり(五日条▼a)、七日条＊1と八日条＊1に『続日本紀』の記事が報告されている。陣定の後、実資が最も気にかけていたことは、廿五日に決まった勅使発遣の儀の上卿についてで、五日条の最初には、頭弁経任に止雨の御祈のことと共に問い合わせ、さらに腰痛で陣座から発遣場所の大極殿（八省）まで移動できないことを理由に、他の公卿に命じてほしいと関白頼通に伝えるよう指示したとある（＊1）。以後、実資は相通夫妻の配流と勅使発遣のことに翻弄されるのである。

藤原相通夫妻の配流については、六日▼bに改めて天皇の命が実資に下り、陰陽道で厄があるとされる天皇の衰日と重日・復日を避けて、八日に行なうことが決められた。八日条＊1には、参内前の実資の所に頭弁経任が来たとあり、夫婦を別々の国に配流させるという諸卿の定申の確認、相通の位記を取り上げること、配流の官符を発給する手順などについて確認がなされ、関白頼通に伝えられている。実資参内後、陣定が関白の詞で開始され、夫婦の配流先は、源光清を配流している伊豆国を外して「勅定」によって決定すべきだとの実資の意見により、「斎宮寮頭相通、佐渡国に配流すべし。妻藤原小忌古曾、隠岐国に配すべし。」という勅命が下る。またそれぞれの配流の使が決められ、配流の官符が作成された。相通の位記を没収させる宣旨が下り、隠岐に配流する相通に京都を通過させないための枉道（通常経路の変更）のことが命じられた（通過する国々への枉道の宣旨の発給は十一日＊3）。斎宮寮頭の官職を停止する宣旨は（官位相当で位記を没収すれば済むからであろう）、源光清の例によって作成されなかった。『左経記』同日条▽bによれば、次の除目で「其の故《もと》（欠員となった寮頭の職）」を任じるべきことも定められており、実際に十二月廿六日※2の除目で藤原実行が任じられている。

八月十七日条＊3に、相通夫妻の身柄は、伊勢国へ「相通并びに妻（＝小忌古曾）を搦《からめ》護《と》るべきの宣旨《せんじ》」をもたらす使となった使部によって鈴鹿山で確保され、伊勢国司に引き渡されたとの報告があった。この時、「守護すべきの宣旨」もあったので、二人を捕まえるだけでなく、確保しておくことが可能だったと上下の人々が感嘆したとあり、（恐らくそれを命じた）実資が自分の智慮ではなく「神力」の致したことだと答えている。ところが翌十八日条▼aに、配流の使がまだ伊勢でもたもたしているから、早く二人の身柄を受け取って配所に向かう命令を下すよう、関白から実資に消息が届いたとある。さらに、第二の託宣があったといい、その内容が十九日条＊1▼aに右馬頭源守隆から、廿日条＊3＊4に頭弁から伝えられている。それによると、配流を決める陣定があった四日に、第一の託宣と同様に雷雨の中で託宣があったという。内容は、斎宮(斎王)から「仮名の記」でもたらされ、相通の娘や従類を追い出し、祭主輔親が託宣内容を誤って報告したので勘当したといい、託宣通り相通の配流先を佐渡国ではなく、伊豆国にしろというものであった。また、四日の陣定中にあった大雨雷電も神が「事定《ことのさだめ》を聴かむが為《ため》、陣の辺《あたり》に臨向《のぞみむ》か」った証拠だとされた。再度の託宣が下ったことは非常に衝撃的であったようで、関白頼通もすべてを明かしていない。また実資も「此の間の事、恐懼《きょうく》最も多し。薄氷を履《ふ》むが如し。」(十九日条＊1▼a)「極めて之を恐怖すべし。」(廿日条＊4)と記している。また、公卿勅使発遣直前に宣命の改訂を指示する関白頼通の詞の中に、重ねての託宣に天皇が「慎御《つつしみたま》」うべきという内容があったとある(廿五日条▼a、後述)。これを三度目の託宣内容とする見解もあるが、それを窺わせる記事は他にないので、二度目の託宣にも天皇に関わる詞があったと解釈すべきであろう。

二度目の託宣の衝撃の大きさは、勅定によって決められていた配流先が変更されたことからも窺える。廿日＊3に関白頼通から「仮名の記」について伝え聞いた実資は、配流は託宣によって行なわれるのだから、伊豆国に改めて何の問題もないとして、先ず領送使(配流の使)に相通を伊勢国外に留め置かせる宣旨を遣わし、後で発給される太政官符を待つよう指示を与えるという案を示している。また頭弁との会話で忌のない日が選定され、実資が上卿となって仁王会を行なう廿三日に官符を作成することが検討されている。この件にどれだけ天皇が関わったかは不明だが、その夜に関白から返事があり、その方針に沿って先例の勘申などが命じられ、廿三日＊2に宣旨が下り、実資が官符の作成を命じた。

3　伊勢公卿勅使発遣

伊勢神宮へ勅使を発遣する準備も並行して行なわれた。『左経記』七日条※1に、源経頼が関白頼通から直接「伊勢の御祈の使」の候補に挙がっていることを告げられ、岳父藤原行成が伊勢の使には藤原氏がなると言っていたことを思い出しながらも、問題がなければ引き受けると返事し、翌八日▽aに『類聚国史』を参照して藤原氏以外の使も多いことを確認してから、関白邸に赴いて正式に承諾すると申し上げた。経頼は前年十　月に参議となっており、伊勢神宮へ公卿を遣わすという最高の敬意が払われたのである。通常(恒例の三節祭と臨時奉幣)の使は王・中臣・忌部で構成されるが、この伊勢公卿勅使は、その上に天皇の臣下としての公卿を加えるもので、特別な御祈のある時だけに発遣された。承平・天慶の乱より後の九十年間に、長徳三年(九九七)の参議源俊賢、寛弘二年(一〇〇五)の参議藤原行成、長和四年(一〇一五)の参議藤原懐平、長元三年の権中納言藤原経通の僅か四例しかない。そのうち行成は内裏焼亡による神鏡の損失を謝罪する宸筆宣命を持って行ったのであり、その重大さが窺える。行成の勅使任命は発遣前日(九日)であったが、今回の経頼も、その時の記録(『権記』寛弘二年十二月九～十八日条)を参照したと考えられる。

経頼が正式に勅使を命じられたのは十七日※3で、御前に召された後、東河(賀茂川)で解除(祓)をし、阿波守の所領である南宅に家族と離れて斎の生活に入った。本宅には仏堂があって、僧尼がおり、経典などを置いていて、重要な神事を行なうにあたり厳守しなければいけない神仏隔離に反すると判断されたからである。また、天皇が殿上の四位・五位を七箇所の霊所に発遣して七瀬祓をしたことが記されている(▽a)。経頼は発遣の日まで毎日東河での解除を続け、九月の例幣の斎と伊勢往復の日程などについて神祇大祐是守・祭主大中臣輔親に尋ねたり(十八日条※1)、前例を調べたりしている(廿日条▽a)。尚、『左経記』目録の廿二日に「依レ為二伊勢使一不レ知二仏事一事」(◇2)「官司(宮カ)

頭《(以カ)》下禄折《(料カ)》事」(◇3)とあり、恐らくこの時に祭主輔親により作成されたのが、『年中行事秘抄』に「参宮間可二用心一事〔輔親申状〕」として五項目にまとめられたものであろう(八月註296)。

残念ながら廿一日から廿九日まで『左経記』の記事がなく、肝心の内裏・神祇官での発遣の儀や、伊勢神宮での作法などは伝わらない。目録には廿五日◇1に「為二伊勢奉幣使一参向事」、廿九日◇1に「参二着太神宮一事」などとあるので、恐らく「別記」に記していたものが散逸したのであろう。ただ、八月卅日条※1に離宮院で大神宮司から差し出された禄を分配して帰路に着き、九月一日条▽aに壱志から鈴鹿、二日条▽aに鈴鹿から甲可、三日条※1に勢多駅で休息して帰京し、晩に束帯に着替えて参内し、昼御座に召され、さらに関白頼通の宿所に行って報告したという記事が遺されている。

この伊勢公卿勅使を発遣するにあたり、ある意味で使以上に大変な思いをしたのが実資であった。

実資は五日＊1にこの儀の上卿を引き受けられない旨を申し出ていたが、さらに、十五日の石清水放生会の日に実資邸で馬死穢が発生した(▼a)。このような情況にもかかわらず、関白頼通は実資に上卿を勤めることを要請し、穢の期間が過ぎる廿日以降に宣命を作成し、発遣場所を神祇官に変更すると提案してきた(▼e)。それに対し実資は、輦車で参内し、宣命の儀を終えて輦車で神祇官に向かう際、内記たちは別の経路で向かうという具体案を考え、小安殿の修理中などに神祇官で発遣の儀を行なう例があると書いている。自分以外にこの重大な儀式を任せられないとの意識は、当然あったと想像される。そして、馬死穢の五日間の忌が終了した廿日＊2に、関白から再度の問い合わせがあった時、神祇官からなら良いと返事しただけでなく、宣命を作成する内記の選定や宣命の内容についても細かく指示を仰いでいる。(二度目の託宣の内容が伝わったのはこの時である。)正式に天皇の仰が伝えられたのは廿三日＊2に相通の配流先を伊豆国に改める官符の作成が終わった時であるが、既に廿一日＊3には大内記経験者である兵部権大輔菅原忠貞に宣命の作成を命じている。そして廿三日、相通を伊豆に配流する官符の作成や廿五日に伊勢公卿勅使を発遣するという陰陽道の日時勘文を下すなどして(＊2)内裏から退出した実資のもとに、忠貞から宣命の案(下書)がもたらされた。そして関白に内覧され、天皇の御覧にも供された(＊3)。宣命は神へ申し上げる詞であり、幣帛使がもたらしたものは通常残されないが、実資が日記に書き留めておいたため、今日に伝わるのである。

廿三日条に引用された宣命は、大きく六段に分かれる。冒頭に天皇が皇太神に「恐み恐み中す」という常套句があり(▼a)、「本朝は神国」で代々皇太神を大切にしてきたが「朕の不徳」により(今回のことが起こった)と詫び(▼b)、託宣事件の概要(▼c)と処分内容(▼d)がまとめられ、吉日に参議源経頼以下の使を遣わして特別な幣帛を奉るので「天皇朝廷」を永劫に守護して平穏な世とするよう願われている(▼e)。続いて辞別(▼f)があり、再度の託宣で天皇が「慎み給」うべきとされ、さらに最近の天候不順を陰陽道に占わせたところ「巽方の大神の祟」(巽は伊勢神宮のある東南)という恐ろしい結果が出たので、そのことを祈るために特別に大神宮(内宮)と豊受宮(外宮)の禰宜全員に位階を昇級させる旨が記されている。但し、幣帛の部分(▼e)と辞別(▼f)は、廿五日の発遣直前に修正・加筆されたものである。

廿四日には、蔵人所から伊勢神宮用の縹色(緑色)の紙を受け取って宣命を清書するよう内記国任に命じ(▼a)、使の王を決める卜串を自邸の西門で開き、昭章王に定めている(＊1)。本来は内裏で行なわれる儀式であるが、この時代には私邸で見ることも便宜的になされていた。その夜、唐の綾錦を幣帛に加えることと、内・外両宮の禰宜へ加階するという天皇の意向が関白から伝えられ、実資はすぐに位記を作成できないので、宣命でその旨を述べ、位記は後日とする案を示し、内記国任に前例を調べさせた(＊3＊4)。また、養子資平に『清慎公記』の例を調べさせ、その抜粋を記している(▼b)。廿五日条の冒頭には、早朝に外記文義が恐らく前例を調べた「伊勢内・外両宮の禰宜等の叙位日記」を持ってきたとあり(＊1)、さらに廿四日夜に宣命について天皇・関白と交わされた遣り取りで、位記は九月の例幣(神嘗祭への使)に付して届けさせること、宣命の辞別に禰宜の叙位と陰陽道の占について載せるに至った経緯などが詳しく記されている(▼a)。

発遣の当日(廿五日)、儀式を行なうために参内した実資は、先ず使の源経頼が既に関白の宿所にいること、頭弁経任が神祇官で幣帛を裹む儀を行なっていることを確認している(＊1)。『左経記』目録の廿四日◇3に「有ㇾ勅参ニ御前一奉ニ使間事等一事、」とあるので、この直後に公卿勅使である経頼は清涼殿に向かい、天皇から直接御詞を受けたであろう。実資は、本来なら弓場殿に移動しなければいけないとしながらも、老体を理由に陣座で辞別を書き加えた宣命の草案を関白に内覧し、幣帛の記載に関する字句の修正をした後、清書に回した(▼b)。そこに神祇官から戻ってきた頭弁から、祭主輔親により伊勢内・外両宮の禰宜二十四名分の夾名(名簿)と自らを三位に叙してほしいという申文(申請書)が提出されたとの報告を受けた。実資は、夾名(以下、夾名A)が不正確である恐れを指摘し、中文も見ないことにして、関白に判断を委ねている(▼c)。この夾名Aに不備があったことは後日明らかになるし、輔親を三位にするという突然の申請に実資は婉曲ながら難色を示したのである。宣命の清書が出来上がり、陣座から弓場殿へ移動して内覧がなされた後、実資は殿上に昇ってこの日初めて関白と会う。そこで開口一番に輔親のことが告げられた時、「叡慮に在るべし」と言いながらも(▼d)、今回の宣命に載せるべきではないとし、日記には輔親は宣命を正確に伝えなかったのに何故「抽賞」するのかと書いて「口を閉ぢて答えず」と注記している。実資の不快感は、翌日条に天皇と関白が「御心中に大神を禱申《いのりもう》されて」「大神の御心に相皆《あいかな》」うことを確認してからだと記したり(廿六日条＊1)、輔親が訪ねて来ても直接会わなかったことに表われている(廿九日条▼a)。

続いて、王の使に卜定された昭章王に乗物としての馬を給い、宣命が返され、殿上(清涼殿)での儀が終了すると、一旦陣座へ戻り(▼e)、祭使を発遣する神祇官へ移動することになる。実は、この日の儀で宣命と共に実資が一番神経を使ったのが、この場面である。通常、伊勢奉幣使を発遣する場所は大極殿(八省)で、内裏での儀を終えた後、天皇も後房の小安殿に出御して御拝をし、それから祭使一行は幣帛を渡されて出発するのである。今回、実資が上卿を勤めるにあたり、場所を神祇官に変更し、移動に輦車を利用することが許された。外記・史などの太政官人(上官)は上卿に従って移動するのであるが、輦車の後を歩くのは憚りがあるとして、実資は先に神祇官へ向かわせ、自分の到着を待つように命じた(▼f)。また、天皇は神祇官に出御しないので、紫宸殿で御拝をすることになる(▼g)。ところが、神祇官は紫宸殿の東南にあり、伊勢神宮の方角と一致するので、天皇が御拝をしている方向で輦車に乗ることになる。そこで実資は、官人らの移動と天皇の行動の両方を考えながら、輦車に乗るタイミングと場所を決め、輦車宣旨で許されている春華門(大内裏図Ⓐ)からではなく古東宮の坤(Ⓑ)からとし、待賢門(Ⓒ)で輦車から牛車へ乗り換え、大宮大路を南下して郁芳門(Ⓓ)で下車、そこからまた輦車で神祇官北門(Ⓔ)まで行ったと考えられる(▼h)。神祇官への移動と北門の座に着すまでの記載の詳しさは、続く神祇官における発遣の儀が簡略に記されていることと対照的である(▼i)。これは『清慎公記』に記された実頼による天暦七年(九五三)と八年の伊勢例幣(神嘗祭への奉幣)の儀も参照して実資が案出した理想的なもので、その自信の程は、翌廿六日に、養子資平を関白頼通に遣わして、暁に見た夢のことと合わせて報告していることにも表われている(＊1)。そして関白から実資へ、小野宮流の作法を継承し、さらに敬神・尊皇の精神により完璧な儀式を行なったという賛辞が贈られていることにも留意したい(＊2)。

4　伊勢内・外両宮の禰宜の加階

勅使発遣直前に天皇の意向で決められた内・外両宮の禰宜の加階についても、実資の仕事として残されていた。

廿九日▼aにやってきた輔親には直接会わなかったが、頭弁経任を介して、九月十一日の例幣に間に合わせるために一日頃には位記を作成するとして、その日の内に伊勢へ使者を送って調査するよう厳命している。先に提出された夾名Aが荒涼(いいかげん)だったからである。

その調査結果に基づく夾名(以下、夾名C)は、七日か八日に届くとされたが(二日条▼a)、それより先に、公卿勅使として参詣した源経頼が三日に帰洛し(＊3)、翌四日に伊勢で得た申文に基づいて位階を記した夾名(夾名B)が届けられた(＊1)。ところが、自己申請とした影響であろうか、外宮(豊受宮)の禰宜たちが内宮(皇大神宮)と同じように内階(内位)に叙せられることを申請し、それに対して内宮の禰宜たちは差別(区別)があると主張して反対し、勅使の決裁を仰ぐという書状まで寄せられ、頭弁を介して関白に上申された(▼a)。

経頼がもたらした夾名Bは、先に輔親が提出した夾名Aより多い、内宮の禰宜以下十四名、外宮の禰宜以下十五名、計二十九名の本位と姓名を記したものであったが、五位以上については外記局にある歴名(歴名D)と比較すると、既に死亡したりして六名分が不足していた。また、六位以下は調べようがなかったので、夾名Bに基づいて加階する者の夾名(夾名E)を作成し、内記国任に下して位記を作成させることになった(＊2)。

外宮の禰宜を内階に除すことについては、宝亀元年(七七〇)の官符があるとわかり、大外記小野文義が持ってきたものを五日条＊3に書写している。これは『弘仁格抄』(上・格巻二・式部上)に「伊勢大神宮度会宮禰宜事〈取詮〉宝亀十一年正月廿日」とあるが、『類聚三代格』にはなく、貴重な逸文である。弘仁格からではなく長案から持ってきた理由は定かでないが、その内容は、伊勢大神宮(内宮)と度会宮(外宮)の禰宜はこれから長上の例に准じて四考成選で内位に叙すというもので、両宮に差別を設けていない。ところが、外宮の禰宜が内位になった例がないとして、官符は曲解され、認められないことになった(六日条＊1＊3＊4)。先例を最重視する貴族社会の法意識を象徴していると共に、先例による利権(優位)を保持し続けようとする勢力(内宮)の存在が顕著になった事例といえよう。

つまり、加階については伊勢神宮の神官による申請をほぼ無条件で認め、内宮と外宮で軋轢が生じる部分については先例主義で処置したのである。位記は内記国任によって作られ(六日条＊1)、権中納言藤原資平を上卿として位記請印も行なわれた(七日条▼a)。しかし、九日になって祭主輔親から夾名Cがもたらされ(▼a)、検証した結果、十日に内宮の権禰宜二人と外宮の禰宜一人が抜けていたことが判明する。輔親の夾名Cにも内宮と外宮の玉串大内人各一人が記載されておらず、完璧なものではなかったが、いずれにせよ、不足があってはいけないとのことで、急遽、三人を加階する命が下り、その夜のうちに位記請印がなされた。この時も資平が上卿を勤めた(＊1)。両度とも、最も信頼のおける養子資平に委ねただけでなく、実資自らが召仰(関係部署への通達)をしており、伊勢神宮への対応に細心の注意を払って期して臨んだことがわかる。

かくして九月十一日の伊勢例幣発遣の前夜に、なんとか全員の位記を完成させることができた。例幣の上卿は、当初内大臣藤原教通が勤めることになっていたが(九日条▼a)、当日になって大納言藤原斉信が命じられ、天皇の行幸は雨で中止されたが、通常通り八省から祭使一行が発遣された(『左経記』十一日条※1)。『小右記』十一日条に儀式の詳しい記載はなく、内・外両宮の禰宜の位記が祭主輔親に預けられたことについても、頭弁から後日聞いたとして記しているだけである(▼a)。何の感慨も述べられていないが、これで一ヶ月以上にわたり実資たちを翻弄させた伊勢斎王託宣事件の処理に終止符が打たれたのである。

朝廷にとって最も重要とされる伊勢神宮の神の詞(託宣)に端を発したこの事件は、様々な問題を浮かび上がらせた。『小右記』は一上としてこの事件を処理した右大臣藤原実資によって書かれているので、特に朝廷側の対応に詳しい。

そこでは、陣定という公卿僉議の場で重要な事案の審議をするという原則を維持しながらも、実質的には後一条天皇と関白藤原頼通と実資の三者で主要な方針が決定されていた。彼らの判断の根底には神事を最優先する朝廷の政治姿勢があり、その異例を速やかに解消したいという意識が働いていたことは間違いない。託宣に示された要求の通りに事を進め、公卿勅使を発遣して謝罪し、伊勢神宮の神官(神人)を加階するなど、すべて神の存在を恐れて祟を招かないようにした結果であり、そこに貴族たちの神観念を見出すことができる。また、公卿僉議のあり方や宣旨・官符の発給手続き、宣命・位記の作成、儀式の執行についての詳細がわかる貴重な史料となっている。

もともとこの事件の中心には斎王がおり、天皇と疎遠になったことに対する不満があったことは、託宣内の天皇批判からも明らかである。しかし、要求は斎宮寮頭とその妻を追放させよということで、伊勢神宮という複雑な機構の内部における権力闘争(勢力争い)を窺わせる。結果を見ても、斎王に対する待遇が変わったのではなく、伊勢神宮に仕える神官たちが加階されたのであり、在地勢力の地位向上につながった。この中で、朝廷と伊勢神宮とを結ぶ祭主が重要な働きを担った。この時期、祭主は伊勢にも居を構えており、これにより在地勢力の信頼を得て、支配を強めたことが想像される。また、祭主輔親が申請した三位への昇進も、この時には実現しなかったが、三年後の長元七年(一〇三四)に伊勢での御祈中に玉が出たという奇瑞により実現する。そして院政期に向けて伊勢神宮の神官たちの要求が多発し、祭主を罷免させたり、内宮と外宮で対立するなど、中世的な利権争奪の様相を色濃くしていくのである。

このような政治・社会面のみならず、宗教・思想・文学(和歌)などの面でも、本事件は時代の転換を象徴する貴重な材料を提供している。さらに深く分析する必要があろう。

〈参考文献〉 後藤祥子(一九七八年)。早川庄八(一九八六年)。岡田莊司(一九九四年)。

二一　上東門院物詣

井野葉子

九月廿五日に京を出発し、石清水・住吉・天王寺を参詣して十月三日に還御した女院（上東門院彰子）の物詣については、『栄花物語』（巻三一・殿上の花見）が詳細に語っているので、『小右記』『左経記』の記事と対照しながら考察してゆきたい。尚、『栄花物語』は新編日本古典文学全集『栄花物語』三（二〇二～二一四頁）により、全文が註釈（九月註282～327）に掲載してある。

1　準備の様子

女院の一行が京を出発してから還御するまでの様子を日を追って詳細に語るのが『栄花物語』であるのに対して、『小右記』は、およそ一ヶ月前から始まる物詣の準備の様子を記録するところに特徴がある。

八月廿六日条▼b、女院物詣について定が行なわれ、準備の分担を記した差文《さしぶみ》（八月註348）が届けられる。美作国の奉仕に関わる差文に美作守である資頼の名が記されていなかったので、実資が資平に資頼の名を書かせた。この美作守藤原資頼は、資平の息子で、実資の養子となっており、また、実資はその美作国の知行国主であったと考えられる（九月註3、解説二「実資の家族」）。

九月二日条＊2、物詣の際に女院や女房や上達部や殿上人が乗る船、饗宴や仮屋の用意をせよとの命令が諸国司に下され、美作守資頼は十月（日時不明）の饗宴で二百人分の食事を用意することを仰せつかった。ところが、船の用意をすることになっていた播磨国司に不都合が生じたので、急遽変更して、美作守が代わりに船を用意することになる。美作守は任国に赴任していて、都と国司との連絡役である弁済使も美作国に下っていて京には不在だったので、この命令は、美作国を知行しているという噂のある師重(実資の家司)に伝えられた。ところが、美作国を知行しているのは師重ではなく実資であるので、実資はこの対応を不快に思ったようである。

四日条＊3、京にいない美作守資頼に代わって実資が、上達部が乗る船を作るよう木工允季兼に命令を下した。廿日条▼b、実資の家司である式光が、美作守担当の船が完成して檜皮を葺き始めたことを報告してきたので、船を作った職人たちに絹などの禄を与えるよう、美作守の家司である善任に命令を下す。そして廿一日条に、随身信武に命じての船の障子の絵を描かせたとあるので、これで完成したのであろう。

九月廿四日条▼a、物詣に供奉する婿藤原兼頼の随身に対し、実資が装束を与えている。また、『左経記』同日条※1には、関白頼通が石清水・住吉・天王寺の講師・別当・所司・神人に対する禄を、東三条院詮子の物詣の例に倣って準備し、遊女への禄も合わせて三百疋用意していたと記されている。尚、遊女については、廿六日に江口の遊女の芸能のこと、十月二日に天の河で遊女に禄を与えたことが『栄花物語』に語られている。

2　出立の行列

九月廿五日、女院の一行が京を出発する日の記録であるが、『小右記』『左経記』『栄花物語』はそれぞれの観点から記録をしていて興味深い。ここでは簡単に行列の様子について比較し、三者の相違点を指摘しておきたい。

出発の時刻について『左経記』※1は「午剋(正午前後)」、『栄花物語』は「午の時ばかり」としている。『小右記』＊1が「未時許(午後二時頃)」としているのは、実資が娘千古にせがまれて見物していた中御門大路と室町小路の交差点を通過した時刻であろう。

行列の順序は、1御幣、2神宝の韓櫃、3蔵人・主典代、4院の殿上人・内の殿上人、5卜達部、6女院の乗った御車(別当行任と頼国が後に供奉する)、7尼の乗った車、8女房の乗った車、9女房の乗った車、10関白頼通の乗った車、11内府教通の乗った車であった。但し、『小右記』では女院は唐車《からぐるま》、関白と内府は網代車《あじろぐるま》とあるのに対し、『栄花物語』では関白と内府は唐車とし、さらに讃岐守頼国の用意した女院の車は、傍立に鏡をはめて月のようにし、絵を描いた、贅を尽した立派なものであったこと、尼と女房の車は出車《いだしぐるま》(車の簾の下から女性の衣の端を出した車)であったことが語られている(九月註296 297)。

『小右記』では最初に供奉する人々の豪華絢爛たる衣装について批判的な眼差しを向けた後、それぞれについて、蔵人・主典代は「布袴《ほうこ》」、院の殿上人・内の殿上人は「布衣《ほい》」、上達部は「或は冠直衣《かんむりのうし》、或は宿衣《しゅくい》、或は狩衣《かりぎぬ》」、関白の随身の府生・番長は「布衣・烏帽子・弓箭を帯し、騎馬す」、近衛は「弓箭を帯し、藁履」、内府の随身は「禁色を着す」と記している。『左経記』では、上達部は「或は冠直衣、宿衣、或は布衣」、衛府の随身は「布衣・狩胡籙」、殿上人は「布衣」、関白は「烏帽子」、内府は「冠」。官人・物節・随身は「布衣、乗馬」、舎人は「布衣・狩胡籙」と記している。『栄花物語』では、供奉の人々の名を列挙して「誰も誰もまばゆきまで装束きたり。」と語り、上達部については「あるは直衣、袍、あまたは狩衣装束、いひやる方なきに、織物、打物、錦、繍物など、心ごころにめでたくをかしく見ゆる」と絶賛している(九月註293 294)。また、女院の車に供奉している召次は「蘇芳の狩衣、袴、同じ色の衵」、車副は「青色の狩衣、袴に、山吹の衵」とある。尼と女房の乗る出車については、誰がどの車に乗っているのか女房の名を列挙して、尼は薄鈍、女房は紅を着ているとする(九月註296 297)。尼と女房の衣装については『左経記』も尼は薄鈍、そのほかの女房は紅色としていて『栄花物語』と一致している。実資は尼や女房の衣装には興味がなかったのか、記していない。

『小右記』では、華美な衣装に批判的な目を向けているので、非難すべき華美を一つ一つ指摘してやろうという意気込みで衣装のチェックをしている。美しいかどうかではなく、過差《かさ》(ぜいたく)であるか否かが実資の判定基準である。それに対し『栄花物語』は、女院物詣のすべてについて、すばらしい、美しいと称賛する姿勢を貫いているので、衣装についても賛美一辺倒である。語り手は、豪華絢爛たる衣装をまるでファッションショーを見るかのごとく、うっとりと鑑賞している。『栄花物語』では、美しいかどうかが重要なのであり、だからこそ、「蘇芳」「青色」「山吹」「緑衫」というふうに、衣装の鮮やかな色についての描写が多い。この点は、『小右記』に色の描写があまりないのと対照的である。他方、『左経記』は、衣装についても批判も賛美もしておらず、淡々と事実を記録している。

『小右記』の実資と『左経記』の経頼が見たのは、行列の一行が京の中を練り歩く様子までであるので、京を出た後の一行の様子の記録は専ら『栄花物語』に頼るしかない。『栄花物語』によれば、この日、京を出た一行は、賀茂の河尻で船に乗り、戌・亥の時ばかり(午後七時から十一時頃)に山崎に到着、御食事の後、石清水に参詣、その後船に戻っている(九月註303)。

さて、実資が大騒ぎして作った美作守担当の上達部の船はどうであったかが気になるところであるが、『栄花物語』では廿五日の船に乗る場面で、女院が乗るために丹波守章任が造った唐屋形の船のすばらしさと、女房の船が出衣の美を競ったことを語るだけで、美作守担当の船についての記述は一切ない。さすがの実資も、多勢に無勢、摂関家の権勢とそれに媚びる人々の凝らした趣向の数々の前では、存在感をアピールできなかったということだろうか。

3　物詣の行程

その後の行程については、『栄花物語』によれば、廿六日、船で淀川を下り(九月註324)、廿七日、摂津国に着き、廿八日の早朝に住吉社を参詣、その後に天王寺へ参詣、廿九日、還御の途中、亀井の水に立ち寄って女院が歌を詠み、難波で祓、河尻に到着、十月二日、天の河で歌を詠み、丑時ばかり(午前二時頃)に船を降りて、十月三日、暁方に都に到着したという(九月註327、『左経記』十月三日条※1にも女院還御とある)。その間の、豪華な船の様子、行列を見物した人々の賛美の声、活躍する僧たちの様子などが詳細に描かれている。特に石清水では明尊僧都、住吉では定基僧都などが、摂関家の御機嫌を取ろうとここぞとばかり一生懸命に奉仕したのであろう。また、女性の感性による仮名の文学である『栄花物語』らしく、和歌、特に女房が詠んだ和歌が大量に載せられている。

『小右記』と『左経記』の記録は、都からの使の派遣の記事と、女院の一行側からもたらされる使の報告が記されるのみである。以下、『小右記』における記録をまとめておこう。

九月廿五日条▼b、関白の使が来て留守中の政務について急を要する事態であれば実資が執り行ない、緊急の事態でない場合は関白が帰るまで待てという命令がある。実資は検非違使の官人に関白の留守中、陣の宿直をするように命じる。九月廿六日条▼d、左少将資房が中使(内の使・帝の使)として女院の一行のところに参上し、石清水から帰る船の中で帝からの手紙を女院に差し上げたという報告がある。『左経記』同日条※1では、中使左少将資房に加えて、東宮権亮良頼が東宮敦良親王の使として女院のところに参上したことをも記す。『栄花物語』では、「御書使(中使)」として住吉に出発すること、女院が住吉社で願を果たしたという報告がある。『左経記』同日条※1では、定良に加えて、東宮の使として東宮大進隆佐も女院のところへ出発するとある。『栄花物語』によれば、定良は、廿八日、女院が住吉社で御幣を奉っている時に到着し、同日、女院が天王寺で経供養している時に、東宮の使隆佐が到着したとある

（九月註327）。九月廿九日条＊2、法眼元命が女院に献上した菓子を、宮中の台盤所や宮中の宮々にも献上したという報告がある。この元命が献上した菓子については、『栄花物語』廿六日条に、石清水八幡宮の別当である元命が、それぞれ趣向の違う船棚の上に御果物を載せて差し上げた様子が語られている。

4　物詣への批判

女院物詣に対する実資の批判の目は、言葉の端々に溢れている。ここで論点をまとめておこう。

九月二日条＊2、饗宴の献立に魚類があるという情報を聞いて、尼の物詣に魚類の宴はいかがなものかと批判し、伊勢斎王託宣事件のさなかに華美なことをするのは神を畏れぬ所業であると言っている。さらに、物詣の人々の装束について毎日色を替え折花しろという関白頼通の命令が下ったことに対して、華美すぎることを批判している。九月十九日条▼cに、春宮大夫頼宗が「物詣の過差に対する批判は口に出せない」と言ったことを記しているのは、過差への非難が自分一人だけではないことを喜び、我が意を得たりという気持ちだったのであろう。出発前日の九月廿四日条▼aに婿兼頼の随身の装束として「擣」「細美布」を与えたとあり、当日の廿五日条▼aに、実資が婿の兼頼の衣装を用意したという記述の後に「絁《あしぎぬ》」より高級な布を使ってはいけないと記している。準備の段階からこの物詣の華美に対する不快の念を抱いていた実資であったから、当日の華美な行列を目の当たりにした時の怒り心頭に発する気持ちは相当なものであったようである。

九月廿五日条＊1に、女院の行列を見物したいと娘にせがまれていやいや見に出かけると記されている。おそらく実資はあら探しをするために見物したくてうずうずしていたのであろうが、物詣に批判的である自分が迎合するかのごとく見物することは沽券にかかわると思ったのであろう、娘にせがまれたのだと書き添えている。豪華絢爛たる行列の衣装について「扈従《こじゅう》の上下の狩衣《かりぎぬ》装束は、色々の折花《おりばな》、唐綾羅《からのりょうら》、或《あるい》は五六重《え》、其の襖《あわ》の繍《ぬい》は二倍文《ふたえもん》の織物《おりもの》、下衣《したのきぬ》等は何襲《いくかさね》かを知らず。随身の装束、憲法を憚らず。王威を忽《ゆるがせ》にするに似たり」と批判し、さらに「天下の人、上下愁歎す。」と、まるで天下の人々全員が華美を嘆いているかのごとく記している。また、出家後の女院が賀茂社や春日社の奉幣をしていないのに石清水社や住吉社への奉幣をするのはおかしいとし、廿五日庚午・廿六日辛未は忌むべき日なのに物詣を行なうのはよくないと批判している。これについては『左経記』も、廿五日の午剋に物詣を行なうのはまずいという談話を記している。これらの批判の根底には、摂関家の私的な行事なのに、まるで国家の行事であるかのごとく国司たちが奉仕させられたことへの不満があるのであろう。

これとは対照的に、『栄花物語』では物詣のすべてを賛美している。『左経記』は、批判もせず、賛美もせず、中立的と言えようか。記録というものは客観的なものではあり得ず、記録する側のそれぞれの価値観によって、いかようにでも記せるものであることを実感させられよう。

ところで、女院の物詣の先例としては、東三条院詮子の物詣がある（そもそも女院自体、彰子は詮子に次いで二人目である）。『日本紀略』長保二年（一〇〇〇）三月廿日条に「東三条院参詣住吉社、先参詣石清水八幡宮・四天王寺」とある。『左経記』廿四日条※1に関白が禄を東三条院詮子の物詣の例に倣って準備したとあり、また『栄花物語』の十月二日条にある、天の河において小弁という女房が詠んだ歌「住吉にまづも御幸はありけめどこはめづらしき二島江の浦」は、詮子の住吉詣の先例を念頭においていると思われる。詮子の物詣の詳細な記録は残っていないが、彰子の物詣の先例になったことは間違いないであろう。ところが、実資の『小右記』は、詮子の例を念頭に置いている様子が全く感じられない。あれほど先例にこだわる実資が知らないはずがないのに。『小右記』廿五日条▼aで「今日の御行の作法、已に拠る所無し。」と言い放っている。実資には、出家した女院の物詣そのものを認めたくない、あるいは私的な女院の物詣を国家行事のように先例として扱いたくない、という意識があったのではないだろうか。だからこそ、詮子の先例を知っていながら、あえてそれに一言も触れなかったのではないだろうか。

『左経記』『栄花物語』との比較を通して、『小右記』に記された女院物詣の記事の特徴を探ってみた。男性による儀式の記録(日記)と、女性による仮名の物語というジャンルの違いはもちろんのことであるが、何をどう見てどう記録するのか、その取捨選択を通して、見る人の数だけ歴史があるということを痛感させるような、三者三様のテクストであったと思う。複数のテクストの中に『小右記』を置くことによって、より一層その面白さが浮かび上がってくるのではないだろうか。

〈参考文献〉　三橋　正(二〇〇六年)。中島和歌子(二〇〇六年)。

二二　興福寺造営

林　育子

興福寺は、縁起によると藤原鎌足の造立した釈迦三尊を妻鏡女王が山科(山階)邸に安置したことに始まり、厩坂に移遷されて厩坂寺と称したこともあったというが、実際には鎌足の子不比等の発願により、霊亀・養老の交わり(七一七年)に平城京の外京を寺地として創建されたと考えられる(正月註455)。藤原氏の氏寺であり、氏上(氏長者)によって管理され、一門の繁栄が祈願された。氏寺の衰微は氏族の衰運を引き寄せるものとして忌避されたので、氏寺の管理は氏上の重要責務と考えられた。一方、興福寺は養老四年(七二〇)に官寺に列せられ、南都七大寺の一となり、天平宝字元年(七五七)に始められた維摩会は勅会とされ、薬師寺最勝会・宮中御斎会と並んで三会と称された。伽藍の造営や維持も国家事業として行なわれたが、廟堂の頂点に立つ藤原氏の氏寺の威光に恥じることのない事業であり、その完成には盛大な儀式が希求された。長元四年十月廿日に行なわれた造立供養に至るまでの経緯について見てみたい。

1　道長・頼通の興福寺造営

この興福寺造営は、『日本紀略』寛仁元年(一〇一七)六月廿二日条に「興福寺塔一基并東金堂、為二雷火一被二焼失一了、」とあり、『扶桑略記』同日条に「興福寺宝塔一基・東金堂一宇、為二雷火一作二灰燼一」とあり、この時の落雷で消失した堂宇の再建である。そして、東金堂については『御堂関白記』同月廿二日条に、

卯時許、林懐僧都来云、夜部雷落、山階寺御塔付レ火、其火付二東金堂及地蔵一、焼亡已了、自余堂雖レ近、無二殊

事一、余発願云、若命及二明年一、東金堂可レ奉レ作者、僧成二随喜一とあり、道長によって発願された。塔については『小右記』万寿四年(一〇二七)八月廿三日条に「今日関白(藤原頼通)云、(中略)又云、今日巳時立二興福寺塔一、依レ有二方忌一去夜宿二章任(藤原)桂宅一者、」とあり、頼通によって再建された。また、復興にかかる木材などについて、『小右記』寛仁二年十二月三日条に「山階寺御塔材木三千余物」とあり、『左経記』治安元年五月廿八日条には関白頼通の言として「可レ進下有二日□(向カ)国一之古塔念物上之由、所レ賜二宣旨於彼国一者、是為レ充二山階寺御塔料一也、」とある。

実際の造営に腕を振るったのは、万寿二年に興福寺別当となった扶公と、造塔の行事であった藤原隆佐(春宮大進)と重通(小一条院判官代か)で、供養の日に扶公は法印となり、隆佐は従四位下、重通は従五位上となり、他に狛光貴が従五位下となっている(『左経記』廿二日条※1)。三人への賞は頼通から発案され、特に扶公については「被レ仰云、扶公為二寺別当一之中、営二造塔事一多入二其功一、当二供養時下向一、何非二抽賞一哉、」とあり、もとの大僧都の職に復帰させるという案もあった(十八日条※1)。塔供養の後で頼通に宿を提供することにもなっており(十九日条※1)、廿二日条※1には「扶公法印・大僧都」とあるが、『僧綱補任』などによれば、大僧都への復帰はかなわなかったようである。また、『中右記』永長元年(一〇九六)九月廿六日条に、

宇治殿(藤原頼通)、
寛仁元年六月廿二日、宝塔一基・東金堂一宇、已為二雷火一焼、〈林懐僧都為二寺家別当一、左中弁経通(藤原)、〉
長元四年十月廿日、供養、〈扶公僧都為二別当一、左中弁経輔(藤原)、〉

とあり、行事弁として左中弁藤原経輔が勤めたことがわかる。

2　東金堂・塔供養

焼亡から十四年経ち、興福寺の東金堂・塔供養が御斎会に准じて行なわれたことは、『日本紀略』十月廿日条に「関白左大臣供二養興福寺東金堂并塔一、仍関白左大臣以下参向、准二御斎会一」の記事などから知られる。

その雑事定が頼通邸高陽院で行なわれたのは八月七日で、実資の所にも養子資平と婿兼頼が十月廿日に決定されたことを伝えている(『小右記』八月七日条▼a、八月註95)。また、『左経記』同日条▽aに、

> 七日、壬午、天晴、依レ召参レ殿、被レ定下可レ被レ供二養山階寺東金堂并御塔一雑事上、〔件堂塔、前年為二神火一焼亡、仍堂故入道大相国(藤原道長)令レ作給、塔関白相。閣(左相国カ)令レ作給也、〕兼召二陰陽助則(孝)秀一、被レ勘二日時一、〔十月八日壬午、巳日午時也云々、〕

とある。『小右記』は十月から十二月まで(閏十月を含む四ヶ月分)を欠き、『小記目録』(第一〇・諸寺供養事〈付諸家塔堂〉)の項目しか伝わらないが、『左経記』に直前の準備内容と頼通帰洛後の報告が記されている。準備は十月十一日に頼通の仰を資平と共に受けたことに始まり(▽a)、十七日に、御斎会に准じ、供養僧・度者を賜わること、参議以上の誦経や上東門院彰子・中宮威子以下による僧前などの割り当て、その他のことは法成寺の塔供養に准ずることが決められ(※3)、十八日に供養当日の賞が検討されている(先述)。そして、十九日の辰剋に頼通は公卿を率いて興福寺へ向かった。

この供養は御斎会(正月註250)に准ずる格式で営まれた。南都三会の一とされる御斎会は、正月八日から朝堂院正殿である大極殿において、昼は金光明最勝王経を、夜は吉祥悔過を修する斎会であり、『枕草子』に「きらきらしきもの。大将、御前駆逐ひたる。孔雀経の御読経、御修法。御大尊のも。御斎会。」とあるように、壮麗を極めた盛儀で

あり、朝廷の威光そのものであった。この国家仏教の頂点である御斎会に准ずる格式で供養を執り行なうことは、その仏事の重要性を保証した。「准御斎会」という言葉の初見は、『日本紀略』永観元年(九八三)三月廿二日条の円融天皇御願の円融寺供養であり、以後、天皇の御願寺だけでなく、上皇・女院・皇后の御願寺、摂関家の御願寺、興福寺などの自立的権門寺社においても、その供養の法会などを国家行事規模で行なう際に適用されるようになった。つまり、御斎会の持つ律令的仏教儀礼の象徴性を模倣し、天皇護願寺と興福寺や東大寺などのごく少数の特権的寺院の行事と、それ以外の寺院の行事と差異を明確にするものであった。

「准御斎会」は、天皇とミウチ関係にある者、政治の舞台で抜きんでた地位を誇る者が営む仏事にのみ許され、それにより特権者のハレの舞台を天皇と同等に演出することができた。それはまた、いかに権勢を得ようとも、先行する伝統的国家に準拠することによって、その権力を誇示したということであり、摂関家にとって律令的な秩序がいかに卓越した理想であったかがわかる。

〈参考文献〉　橋本義彦(一九七六年)。太田博太郎(一九七九年)。堅田　修(一九九三年)。遠藤基郎(一九九六年)。

二三　朔旦冬至

太田雄介

一般的に「旧暦」と称される太陰太陽暦では、太陽年十九年と朔望月二三五ヶ月（十九年と七ヶ月）がほぼ一致し、このことを「一章十九年七閏」と呼んでいる。この「一章」の起点は十一月一日とされているが、上記の原則から十一月一日が冬至となるケースが十九年毎にやってくる計算になる。これが朔旦冬至《さくたんとうじ》（朔旦旬、朔旦とも）と呼ばれる。

朔旦冬至は慶事とされ、日本では延暦三年（七八四）よりこれを祝う儀式が行なわれるようになった。ただ『日本書紀』斉明五年（六五九）七月戊寅（三日）条に見える『伊吉連博徳書』に、遣唐使が同年（唐の顕慶四年）に行なわれた朔旦冬至の祝いに参加していることが見えるので、この頃には朔旦冬至の儀式に関する知識がもたらされていた可能性がある。また冬至と十一月一日が十九年毎に一致する原則は常に貫かれるわけではなく、ずれることもあった。例えば貞観二年（八六〇）には計算の結果十一月二日が冬至となることから、閏十月を小の月から大の月に改めることで一日増やし、一日を移すことで朔旦冬至の状態を作り出している。さらに保元元年（一一五六）も朔旦冬至となったが、この前の朔旦冬至は久安元年（一一四五）で、従って前回から十九年経っておらず、この時から延暦三年を基準にしたものと、久安元年を基準にしたものの、二系統の朔旦冬至が出現することになった。最後に朔旦冬至が祝われたのは天明三年（一七八六）で、廃止されたのは明治三年（一八七〇）である。

1　朔旦冬至の準備

朔旦冬至に関わる儀式について見ると、当日はまず公卿によって賀表が奉られ、天皇が紫宸殿に出御して旬儀が行なわれ、この時に御暦奏《ごりゃくのそう》も行なわれる。次いで豊明節会の日に朔旦叙位と恩赦が行なわれ、また女叙位が日を改めて行なわれる。老人星の瑞があればこれも合わせて祝われる。具体例は省くが、大嘗祭や即位儀、さらに日食や諒闇の関係で日程がずれることもあった。

長元四年の朔旦冬至に関わる『小右記』の最初の記事は三月一日条＊2で、式部卿敦平親王が職務停止となった場合に朔旦叙位で王氏の是定を誰か代わりに勤めさせるかということで(三月註6)、この頃から貴族たちの意識に上っていたことが知られる。但し、その準備が本格化するのは九月になってからで、九月十四日条＊2に、大外記小野文義が関白頼通の命で勘申した京官除目と朔旦冬至の日取りの前後関係についての勘文を奉ったとある。これをもとに日程が決定されたのであろう、長元四年の京官除目は十一月廿六日に行なわれた。

『小右記』長元四年条は九月までしかなく、朔旦冬至関係の記事は僅かな逸文があるだけで(三月註6)、あとは『小記目録』(第七・十一月・朔旦冬至事)により、当日までの間に以下の記事があったことが確認できる。

十月廿六日条◆1…朔旦叙位と来年の叙位について
卅日条◆1…賀表の作者について
閏十月　五日条◆1…賀表の作成を文章博士大江挙周(父は匡衡、母は赤染衛門)が作るべきこと
廿三日条◆2…朔旦叙位の蔵人が五節のことを行なうべきかどうか
廿六日条◆1…賀表に小状を付けないこと

◆3…服解の公卿については賀表に署名の欄を設けないこと

廿七日条◆1…賀表を奉る際に上卿が浅履を着用することについて

以上を通覧すると、賀表に関する記事が多くを占めているが、この賀表は『西宮記』(恒例第三・十一月・朔旦冬至)に「一上卿以二外記一令レ仰二博士一令レ作、召二能書者一令レ書、」とあり、文章博士が文案を作成し、能書の人が清書することになっていた。長元四年は大江挙周がこの文案作成を行なったわけである。尚、「小状」については、儀式書などにはその詳細が見えないし、『小記目録』(第七・十一月・朔旦冬至事)閏十月廿六日条◆2にも貞観以外に例がないとしている。また、賀表への署名については『左経記』閏十月廿七日条※5に記されている。

2　当日の儀式

当日の様子は『左経記』十一月一日条に極めて詳細な記述がある。ポイントごとに儀式書と対比しながら見ていく。尚、この日は一日中雪が降っていたため、基本的には雨儀に則っている。

①内大臣藤原教通より、第一の大臣が賀表を置く函を取る際の作法について、『九暦』天暦九年(九五五)条ではそれを載せた案の北側に就くとするが、『御堂関白記』寛弘九年(一〇一二、十二月廿五日に改元して長和元年)条では東側としており、どちらにすべきか、との質問が経頼にあった。経頼は、その質問には答えられないこと、また左大臣頼通も明確な答えを示さなかった(▽a)。実際の儀式では頼通は案の東側に就いており、『御堂関白記』の例を取ったようである。尚『江家次第』(巻一〇・朔旦旬)には案の東側に就くと記されている。

②この日の『左経記』の記事には「狭い」という表現が目立つ。一つ目は、外記の使部一人が先述の案を担いで、温明殿の南の壇上に立った時、晴儀では南北方向に並ぶべき所を東西方向に並んだが、この原因が壇の狭さと推

測されている(▽b)。二つ目には、案が軒廊に到着し、そこに公卿が西面北上して列立する時、「戸部以下の納言」や「大蔵卿以下の大臣」は人数が多いので狭苦しくなり、少し斜めに立ったという(▽c)。さらに三つ目には、儀式の終盤で行なわれる拝舞の直前に公卿が宜陽殿の西廂に北上西面して列立する時、本来は異位重行とすべき所、狭いので一列に並んだという(▽f)。一つ目については『江家次第』にその旨が見え、三つ目については『新儀式』(第五・朔旦冬至事)に四位と五位が重行することが記されるが、方向は西面北上となっている。

③『小記目録』(第七・十一月・朔旦冬至事)十一月二日条◆3に、内大臣教通が地面に直に跪いて笏を挿んだことがあり、これは「失礼」であるとされている。しかしこのことを難じた様子は『左経記』からは窺えない(▽c)。

④御暦奏と番奏については、内侍所に付すこととなった(▽b)。これについて、『江家次第』によれば、儀式が日没にまで及んだ場合のこととされており、長元四年に内侍所に付したのは雨のためかとされている。

⑤賀表が入れられた箱を内侍に授けた後、諸卿が軒廊に昇殿するにあたって靴を着用している(▽c)。晴儀では陣の前の小庭に立つところ、雨儀なので軒廊に立つことになったわけであるが、靴を着用したのは『江家次第』によれば今回が初めてとなる。

⑥出居の将(右少将源定良)が日華門と宜陽殿の壇上を経てやってきた時に、上臈の人々が、彼は本陣から昇るのであるから、一旦戻るべしと言い出し、経頼は侍従が彼を率いていくよう指示した(▽c)。このことは『西宮記』に記されており、『小記目録』十一月二日条◆4に「違例」とされたことが見えている。

⑦二献の後、公卿らが退出する際、蹕を出居の将が唱えたことについて、宰相中将(右中将は藤原兼経で、左中将は藤原顕基)がこれを行なうべきだとする意見が出る。しかし中将は、節会の時は出居の将がいないので当座の上臈が唱えるが、旬日の場合は出居の将がいるのだから彼が唱えるべきと主張。経頼の意見は節会に準ずる、つ

まり上﨟の将が唱えるべきというものだが、経頼はこの職を務めた経験がないことから、あまり強く断定していない（▽d）。尚、『小記目録』十一月二日条◆2にもこのことが見えている。

⑧『新儀式』などの儀式書によれば、禄が与えられる前に上卿により少納言に見参が渡され、これを少納言が読み上げていくというプロセスがある。しかし、『左経記』では、見参の数が多い筈なのに読み上げの時間が短かったとしている。経頼は、外記が諸司・諸道の見参を取り扱わず、五位以上だけを奏上させたのかという推定をしている他、風聞として、頭弁経任が見参を奏上する際、殿上の侍臣の分だけを別に扱い、六府の陣・蔵人所・校書殿・進物所の署名を貰った上で、内豎らの中でこれを見た人間が外記に奉ったとする話を載せている（▽e）。

以上を通覧すると、全体的に見てかなりの数の違例があったようである。中には、実資が失礼であると難じたことを経頼が気に留めた様子がない事例（③）、二人とも取り上げている事例（⑥）があり、実資と経頼の間にある考え方の微妙な差が窺えて興味深い。

朔旦叙位は十一月十六日、女叙位は十一月廿五日に行なわれた（『日本紀略』『小記目録』）。『左経記』によれば、十六日の叙位の内訳は、従四位上一人、新叙一人、正五位下四人、従五位上六人、入内一人、新叙二十人、外位二人となっている。また『小記目録』（第七・十一月・朔旦冬至事）十一月十六日条◆2には、大江時棟が大学頭をよく勤めたことから正五位下に叙されたこと、公文を作成したことのない儒士は加階されなかったことが記されている。女叙位については『左経記』にも記事が欠けており、具体的な様相は窺えない。

〈参考文献〉　桃　裕行（一九九〇年）。

二四　馨子内親王の着袴

川合奈美

着袴とは、幼児が児童になることを祝い、初めて袴を着せる儀式である。成立年代は不明であるが、少なくとも九世紀末には成立していたと推測される。十世紀には三歳頃の事例が多いが、十一世紀には三歳から七歳前後と多様になってくる。着袴は秋から冬にかけて行なわれることが多く、日時は陰陽師に勘申させて決定する。儀式は夜に行なわれ(申〜亥刻、特に酉〜戌刻に集中)、児に袴を着せた後、祝賀の宴が催される。儀式内容に男女差は無い。長元四年(一〇三一)に三歳となった馨子内親王の着袴も十月に行なわれた。『左経記』の記事などから、その儀についで見てみたい。

1　親王の着袴と準備

親王・内親王の着袴儀が内裏で行なわれる際は、母もしくは養母的女性の殿舎において行なわれることが多い。腰結役は、父天皇が務めるのが基本であった。親王・内親王の場合、いわば公的に行なわれる儀式であるため、公卿たちも参列する義務がある。父天皇は臣下たちの前で皇子女の腰を結ぶことにより、正式に、また可視的に、着袴児童を認知したのである。儀式費用については、着袴児が親王宣下を受け、親王家を設置している場合、参列者への禄等は親王家が準備することが多い。

後一条天皇と中宮藤原威子の第二皇女馨子内親王の着袴は、中宮御所藤壺(飛香舎)にて行なわれ、天皇が出御し、宴では御遊も行なわれた。馨子は三歳。十二月には斎院に卜定される（解説二五「馨子内親王の卜定」）。

馨子の着袴に関しては、『左経記』七月五日条※1が初出で、かつて中宮亮も勤めていた源経頼は、八月卅日に行なうことなどを威子に申上する。しかし上東門院の物詣などが影響したのであろうか（解説二一「上東門院物詣」）、次に言及しているのは九月十四日※1で、関白頼通から日程を陰陽師に占わせるように指示され、この時には十月廿八日とされた（実際には廿九日に行なわれる）。中宮の兄である頼通は、今年、朝廷は色々な事件に奔走し疲弊しているため、着袴の準備を一手に引き受ける心づもりを述べている。そして、実際に総括的な指揮を執り、穀倉院・大膳職・上東門院・後一条天皇・蔵人所・本宮（馨子内親王家）も着袴児の装束や一部の調度類、御膳、屯食などを分担しているが、その他は頼通側が用意したようである。また、実質的な準備には中宮職の官人が関わっていることがわかる。ちなみに『栄花物語』（巻三一・殿上の花見）には、

藤壺の東面は一品宮（章子内親王）、西面は二の宮の御方にしつらはせたまふに、一品宮の御方には、殿上人さながら御しつらひし騒ぐ。姫宮の御方には、后宮の宮司さながらさぶらひ、しつらひさまざまにをかしくなん見えける。

とあり、中宮職が馨子の世話に関わっていたとしている。

十月廿七日※1、着袴の儀を明後日に控えて、経頼は頼通から細かい指示を受け、廿八日※1に設営を行なった。

2　着袴の儀

着袴当日の儀について、『左経記』同日（十月廿九日）条には、晩になって公卿たちが着袴の儀に参入し、天皇の調度などが運ばれたこと（※1）、天皇の渡御があり、戌二剋（午後七時半過ぎ）に着袴がなされ、祝宴・管絃の御遊が催され（▽a）、馨子が二品に叙されたことが記されている（▽b）。姉の章子が着袴の際に一品・准后とされたのに対し、

馨子が二品とされたのは、第一親王であるか否かの相違であろう。そして十二月の斎院卜定の際に准后となる（『左経記』十二月十六日条※1）。尚、叙品についての勅を一の大臣に下したとすると、右大臣実資は当日欠席していたとみるべきであろうか。

馨子の着袴は『栄花物語』にも言及されている。

斎院に遂に姫宮定らせ給ぬれば、帝・后おぼし騒がせ給こと限なし。この頃はことごとなく二所の御中におはします。十月に御袴著せ奉らせ給。女房、菊・紅葉を織り尽したり。

とあるように、選子内親王の退下により、馨子の斎院卜定が内定し、それに伴って着袴も行なったように描かれる。しかし『左経記』では、馨子の着袴に関しては七月五日条が初出、選子の退下希望の話は八月十日条が初出のため、そのような因果関係は見出せない。しかしながら、『栄花物語』には卜定のため邸宅を移る様子も記されており、付き従った乳母たちのことや、「三つにはおはしませど、御髪長く、例の六つばかりの子どもにておはします。この程泣かせ給て、え下りさせ給はぬこそ、児には似させ給へりけれ。」といった、他には見られない描写がなされている。

〈参考文献〉服藤早苗（二〇〇四年）。安田政彦（一九九八年）。

二五　馨子内親王の卜定

嘉陽安之

五十七年間の長きにわたって賀茂斎院を勤め、大斎院と称された選子内親王が八月に突然退下したことにより、長元四年(一〇三一)十二月十六日に新たに後一条天皇二女馨子内親王が斎院に卜定《ぼくじょう》された。この半世紀ぶりの斎院卜定については、選子の斎院勅別当を勤めた関係で馨子の卜定にも奉仕した源経頼の日記『左経記』に詳細な記事が残されている。『栄花物語』(巻三一・殿上の花見)にも馨子の藤原章任邸出御の様子が描かれているが、出御にあたっての馨子そして周囲の人々の様子を語るにとどまるものである。『左経記』からは、斎院の卜定が半世紀ぶりということに加えて、斎院が卜定の際に卜定所《ぼくじょうしょ》に移るという新たな習慣ができていたことによって、公卿たちも対応に苦慮していることがうかがえる。そこで、本解説では馨子の卜定がどのように準備されたのか、また、卜定所に移るという習慣がどのように斎院の卜定に影響を与えたのかを明らかにしていきたい。

1　卜定所と初斎院

選子・馨子の頃には卜定から初斎院に入るにあたって大きな変革が起きていた。『延喜式』(巻六・斎院司)の規定によれば、斎院は卜定されると賀茂川で禊を行ない、宮城内の便所(大膳職や左近衛府)を初斎院として二年間潔斎する。そして三年目の四月上旬に再び賀茂川で禊をしてから本院に参入することになる。しかし、選子の時代から斎院が卜定の際に他の邸宅に移り、初斎院に入るまでそこで生活をするという習慣ができていた。このような斎院が卜定の際に移る邸宅は、後世、卜定所と呼ばれる。これは潔斎の準備などから別邸を用いる方が便利だったという理由が指摘されている。また、その家には斎院と何らかの関係のある者の邸宅が選ばれたようである。選子の場合は卜定所とは記述されないものの、潔斎所として陸奥守平貞盛の二条万里小路宅に移っていることが『日本紀略』天延三年(九七五)六月廿五日条により確認される。このように、従来の卜定後すぐに初斎院に入るという流れから、卜定所を経た後に初斎院に移るという流れへと変化していたのである。

このト定所をどう位置付けるかは当時の公卿たちも苦心しており、今日の斎院の研究でも卜定所の実態を明らかにすることは重要であろう。そこで『左経記』の記述に焦点を当ててみたい。

さて、馨子の卜定所が決まり、具体的な準備が始まるまでの流れを確認すると、長元四年十一月七日＊1に陰陽助巨勢孝秀によって卜定の場所が占われ、丹波守藤原章任の三条宅に決まった。章任は後一条天皇の乳母藤原基子を母としている。基子自身、道長の妻倫子と乳母児の間柄であり、皇族・摂関家とも近い章任宅が選ばれたとみられる。十二月三日に上東門院で火事が起こったため、出御は十三日に延期され、十三日に予定されていた卜定は十六日にそれぞれ延期となった(三日条※1▽a)。それでも卜定に向けた準備は着々と進められ、十二月七日※1には経頼と源師房・藤原能信らにより、三条宅における馨子の御在所と女房の曹司が決められた。十三日※2に経頼の指示によって三条宅の装束が本格的に始まった。三条宅は寝殿がなく、東対代と北対があるだけであった。そこで、北対を女房の曹司とし、東の対代に神殿と御所を設けることとなった。神殿を御在所の西に設けるということから、塗籠を神殿となし、その東廂が御所となった。

卜定の準備において大きな問題となったのは、邸宅の細かな装束についてである。些細なことのようだが、これは卜定所の位置付けとも関わっていた。事の発端は、本来初斎院で立てられるべき斗帳二具が、選子の卜定の際には卜定所でも立てたという情報が経頼たちに入ったことによる。そこで、馨子の卜定の日にも斗帳を立てるのかどうかが検討されている(十二月五日条※1)。藤原実資は里邸は初斎院ではないので本来立てる必要けないが、なお検討する必要があるとの考えであり、藤原斉信は『延喜式』の規定通り行なってよいとの考えであった。経頼は、第十四代斎院婉子が里邸にいた期間も初斎院と見なされていることに注目し、早く初斎院に入れない場合の処置として里邸を初斎院と見なし、装束するべきというものであった。

結局、馨子卜定の日には、神殿・御所とも御帳は立てられなかった(十二月十六日条※1)。廿三日条※2※3によれば、里邸においては神殿の御帳を立てるべきではないという意見が出されたことによる処置だという。そこで経頼は、神殿に御帳を立てなければ、元三日の供、御節の供、朔日に斎院が神殿に参る儀式をどうすればよいか頼通に問い合わせているが、頼通は御帳を立てなくても儀式には影響がないので、神殿の御帳は改めて初斎院で立てればよいとの考えを示した。また、神座や神殿の戸の幌なども初斎院において用意すればよいと決められている。

厳密に言うならば、初斎院は宮城内の便所に設けられるものなので、卜定所は初斎院ではない。しかし、経頼も指摘しているように、何らかの事情で初斎院に入れない場合には他家に初斎院の機能を持たせ、初斎院として扱ってしまおうという考え方が平安中期に出てきた。そのような考えに基づいて、選子の場合は卜定の日に本来初斎院で立てられるべき斗帳が立てられたのであろう。馨子の場合は、『延喜式』の初斎院の定義が重視されたので、斗帳は立てられなかった。こうしてみると、卜定所は初斎院としての性格は持ちながらも、厳密には初斎院ではないという曖昧なところがあり、その点が卜定所の装束を難しくさせているのである。

2　賢木と難良刀自の神

卜定所に移るという習慣によって、卜定の日の賢木の取り付けにも変化が生じた。『江家次第』（巻一二・伊勢斎王卜定）には伊勢斎宮卜定の際の「次神祇官挿二賢木一（以二木綿一繋二其木一）」という、賢木の取り付けについて、

先挿二御在所屋巽角一、次艮角、次乾角、次坤角、次神殿戸、（当二中央一）次内膳屋、次井、次中門、次門、挿二件賢木一後、人不レ登二御在所板敷上一、又挿二賢木一間、公卿以下下レ地、件挿二賢木一之神司不レ渡二御前一云々、

とあり、斎院でもこれと同じように御在所の四方や門、さらには内膳屋や井戸まで賢木を立てたと見るむきもある。仮に斎宮も斎院も同じ規定だったとしても、『延喜式』（巻六・斎院司）には卜定の際の賢木の取り付けは「神部以二木綿一着二賢木一、立二寝殿四面及内外門一」とあるだけであり、『江家次第』の規定と少し異なっている。

馨子の場合がどうであったかをみると、『左経記』十二月十六日条※1に、

神部四人、付二木綿一取二賢木一、立二御在所屋四角一、（始レ自レ巽、次第立レ之、）次立二中門北南柱下一、次立二御門左右柱下一、次立二御井一、（余仰云、如レ式求《（者カ）》、所司立二御井賢木一、而於二里第一立レ之如何、神祇官云、前例如レ此者、仍重不レ咎、）

とあり、馨子の場合も『江家次第』のように御在所（寝殿）や門だけではなく、井にまで賢木を立てたようである。『延喜式』の規定では、「既而廻帰二入初斎院一、即卜二定供膳井一立二賢木一」とあるように、井に賢木を立てるのは斎院が初度の禊を終えて初斎院に入る時である。そのため経頼も神祇官に問い合わせているわけであるが、神祇官によれば前例の通りであるという。とすれば、前斎院選子の時には井に賢木を立てる慣例ができていたことになる。やはり、選子の場合は斗帳の場合と同じく卜定所が初斎院として捉えられたため、井にまで賢木が立てられたのであろう。それが馨子にもそのまま踏襲されたのである。つまり、卜定所に移るという習慣がこのような卜定の日の賢木の取り付

けなどにも影響を与えていることがわかる。

また、斎院の儀式にも変化がうかがえる。十二月十九日※1に経頼は馨子の女房から野宮で行なわれる難良刀自《ならとじ》の神への朝夕の散飯《さば》を卜定所でも行なうか尋ねられている。難良刀自の神は上賀茂社の御食津神として現在も摂社の奈良社に祭られている。経頼は選子方に問い合わせたところ、朝夕の散飯を里第でも行ない、さらに毎月酉日にこの神を祭るとの回答を得た(廿日条※1)。頼通も「近来より祭らるるが宜しき歟」と同意している。選子方の回答からすれば、選子も卜定所において難良刀自の神への散飯を行なっていたことになるが、卜定所に移るという習慣によって、本来は野宮で行なわれるような儀式も卜定所の儀式として早くから行なわれるようになっているのである。

このように選子の頃に卜定所に移る習慣ができたこと、さらには半世紀ぶりの斎院の卜定ということもあって、馨子の卜定に関することは、前斎院選子の先例が非常に頼りにされていることが注目される。他に経頼が選子方に尋ねていることは、他にも、斗帳二具に懸角・鏡をかけるかどうか(九日条※3)、神殿・御在所の御帳の帷はどのようなものを使用したか、斎院の装束はどうすればよいか(廿一日条※1)である。斎院の装束については、裳着前でも裳・唐衣を着けなくてはならず、また、儀式の際の祈りは乳母が斎院に代わって行なうとのことである。裳着前でも裳・唐衣を着けるのは、年齢にかかわらず斎院として神事に奉仕しなければならないということなのであろう。これは裳着前に卜定された斎院の生活がうかがえる貴重な記事である。

以上、『左経記』を見ると、馨子の卜定は基本的には選子の先例を踏襲していることが確認され、また、卜定所に移るという新たな習慣が、卜定の日の装束やその後の斎院の儀式などに大きな影響を与えていることがわかる。

〈参考文献〉堀口悟(一九七九年)。川出清彦(一九六八年)。所京子(二〇〇〇年)。西山良平(二〇〇二年)。

社会と生活

二六　対外関係

村上史郎

寛平六年(八九四)に遣唐使の派遣が停止(制度的な廃止ではない)された後も、日本は鎖国状態になったわけではなく、中国・朝鮮半島との交流は中世に向けて拡大した。民間商人の往来が盛んであったことは、最後の遣唐使となった「承和の遣唐使」が承和六年(八三九)に在唐新羅人の商船を雇って帰国したこと、平安時代を通じて入唐留学僧や入宋巡礼僧が中国商船に便乗したことなどで知られる。一方、国家間の正式な外交関係が宋や高麗との間で結ばれることはなかった。ここでは、『小右記』長元四年条に見える日本と中国・朝鮮との間での漂流民送還・貿易・文化交流などをとりあげる。長元四年(一〇三一)は北宋仁宗の天聖九年、高麗の顕宗二十二年にあたり、北方では遼(契丹)の聖宗(一〇〇四年に北宋の真宗との間で遼優位の「澶《せん》淵の盟」を締結)が没している。また、最近中国寧波の天一閣博物館で写本が発見され、唐令(日本令の母法)の条文が付載されていることで注目を集めている天聖令が施行されたのは天聖七年(一〇二九)である。

1　耽羅島漂流民の送還

『小右記』二月の条には、前年に漂着した耽羅島（現在の韓国済州島）からの漂流民の送還のことが見える。大宰府から八人の流来者について解文が去年のうちに提出されていたが、関白が忘れてしまい、二月十九日条＊２に実資に届けられた。勘問日記（報告書）によれば野心がないようだから食料を与えて送還すべきか、という関白の詞に対し、実資は「格文」にもそうあったことを記憶しているとして、送還に同意する返事をしている。廿四日条＊２に送還を命じる太政官符（廻却の官符）を大宰府に下す時になって、自筆で署名した八人の外に「伯達」という人物も勘問日記に出ていることが問題となり、廿六日条＊１にその指摘を含めて官符を作成することが宣下されている（二月註178 184）。関連記事はこれだけで、小さな問題はあったが、漂流民について大宰府における取り調べにより問題がなければ送還するという基本姿勢に変更はなかったと考えられる。

朝鮮半島からの漂流民の送還については、奈良時代末、朝鮮半島は統一新羅の時代、宝亀五年（七七四）格（『類聚三代格』夷俘并外蕃人事所収の五月十七日付太政官符、『続日本紀』五月乙卯条）で初めて法制化され、「流来（漂着）」を「帰化」と区別し、漂着のたびに大宰府が送還し、船の修理や食糧支給も行なうこととされた（二月註135）。その後、承和九年（八四二）格（『類聚三代格』所収の八月十五日付太政官符、『続日本後紀』八月丙子条）でも食糧支給の上での送還が定められている。

長元四年の対応も、これに則ったもので、二月十九日条に見える「格文」とはこれらの格を指しているとみられる。但し、「格文」では特に疑いがなければ朝廷への「言上」を経ずに（大宰府の判断で）送還するとされていたが、「近代」は「言上」をしているという実資の言葉があり、人数の増加について大宰府宛の廻却の官符に載せよとの指示からは、異国人の漂着者に対する一定の警戒が窺える。寛仁三年（一〇一九）の刀伊《とい》の入寇の記憶があったとみるべきだろう。『高麗史』によれば、この時高麗は賊船八隻を捕獲して捕らわれていた日本の男女二五九人を帰還させたのだが、その後の日本は高麗に対しても警戒心を抱いていたようである。

尚、平安期の日本が高麗と正式の国交を持つことはなかったが、両国間で漂流民の送還が行なわれていたことは、双方の史料から確認できる。この前後では『日本紀略』長元七年（一〇三四）三月某日条に大隅に漂着した高麗人に対馬が慰労を加えて送還させたこと、『高麗史』顕宗二十年（一〇二九）七月乙酉（廿八日）条に耽羅島漂流民七人の送還、靖宗二年（一〇三六）七月壬辰（十六日）条に漂流民一一人の日本からの送還の記事がみられる。

2　唐物と宋商人と大宰府長官

『左経記』五月十七日条※2には、唐人（実際は宋商人）が進貢した帳帷《とばり》を後一条天皇が見るという、唐物《からもの》御覧《ごらん》の記述がある。また、『小右記』九月四日条＊3・六日条＊2▼bには、五日に上東門院彰子に献上された唐物が翌六日に中宮藤原威子、東宮敦良親王（後の後朱雀天皇）、関白藤原頼通に頒賜されたことが見える。

九世紀後半から十一世紀前半には、唐・宋の商船が大宰府に来航すると、唐物の買い付け（官司先買権を行使）のために蔵人所官人（当初は弁官）が唐物使として派遣され、京進された唐物を天皇が見る唐物御覧が行なわれた。その後、唐物は皇族・臣下に頒賜されたが、平安中期（摂関期）になるとその対象は皇族（后妃や東宮）や関白（藤原忠平・頼通）・内覧（道長）に限られた。古代・中世における唐物とは、海外からの舶来品（原産地は中国大陸に限らない）の総称であるが、こうした唐物の独占的入手や頒賜のあり方は、唐物が日本側の権力者（古代では天皇を核とする王権）によって掌握・利用されていたことを示すとされている。また、延喜十九年（九一九）の渤海使を最後に海外からの外交使節の来朝・入京が途絶すると、商人の来航はそれに代わる朝貢とみなされ、天皇の徳化を示すものとされた。そして、商人の側も交易の許可を得るため、迎合してこの形式に則った貿易をした。唐物を唐人が進貢したと記したり、先ず天皇に献上されてから頒賜されたのは、当時の貿易の方式を示すものである。

長元四年に宋商来航の記事は見えないが、長元元年(一〇二八、万寿五年)には周良史と周文裔の来航があった。周良史は、『小右記』長元元年十月十日条によると八月十五日対馬に来着し、次いで筑前国怡土郡に到着した。他方、周文裔は、同二年三月二日条所引の万寿五年十二月十五日付実資宛書状によれば九月に到着したとあり、それぞれが別々に来航したとみられる。また、翌年にも持参した文書や贈物などに関する記事が見えることから、長元四年条に見える唐物も彼らによってもたらされた可能性が高い。尚、周良史の父は不明だが、永延二年(九八八)と正暦元年(九九〇)に来航した周文徳と推定する説もある。また、万寿三年に来航した際に、母が日本人であることを根拠に叙爵を求め、認められなかったものの、関白頼通に名簿を奉呈し、御教書や砂金を給わっている(『春記』六月廿四日条、『左経記』七月十七日条)。さらに、周良史は東宮敦良親王に引見されている(長元七年正月十日付『東宮御手跡』)。

かつて、十一世紀の貿易について各地の荘園で政府の管理を離れた私貿易が盛行していたとする「荘園内密貿易説」があったが、近年の研究によって否定され、大宰府による管理貿易が続いていたことが明らかにされている。外交使節の迎接施設から商人の宿舎へと変質して十一世紀中頃まで存続した大宰府鴻臚館(福岡市中央区)、これに続く時代の貿易拠点で宋人居留区「博多津唐房」が形成された博多遺跡群(福岡市博多区)などの発掘調査で大量の貿易陶磁などが出土していることも、大宰府管理下の博多が当時の日本で突出した国際貿易港であったことを裏付けている。

大宰府長官は、長和三年(一〇一四)就任の藤原隆家以降、原則として任官者が中納言以上であれば権帥、参議以下ならば大弐となるが、その権限が増大(受領化)し、大宰府官人と宋商との結びつきもあって、私富蓄積が可能になった。治安三年(一〇二三)～長元二年(一〇二九)に大宰大弐を勤めた藤原惟憲が帰京した際、「随身の珍宝はその数を知らず」とあり、それは在任中に九国二島(西海道管内の九カ国と壱岐・対馬)の物を「掃底奪取」し、「唐物」についても同様であったためであると記されている(『小右記』長元二年七月十一日条)。惟憲は「蔵人所召」と称して宋商から「唐物」を奪ったとして訴えられたことがあり(『小右記』長元元年十月十日条)、私富蓄積に大宰府長官の権限や唐物京進のシステムを悪用したことが窺える。

長元四年正月には大宰大監平季基が実資に唐錦・唐綾などを献じており(『小右記』十三日条▼a)、大宰府官人と中央貴族の人的関係構築の一端が窺える。また「王氏爵事件」で偽称者「良国」の父であるとの誤報が流れた元対馬守藤原蔵規(『左経記』正月六日条※1では「種規」、解説一三「「王氏爵詐称事件」参照」)は、以前に小野宮家の私牧として著名な筑前国の高田牧の牧司を勤めたことが『小右記』長和三年(一〇一四)六月廿五日条から判明するが、その際に藤原蔵規は、実資が鎮西に滞留中の宋の医僧恵清のもとから眼薬を取り寄せるために「隼船」を手配している。さらに蔵規は、『小右記』長和二年七月廿五日条に大宰府の相撲使に付して「唐物」を進上したこと、『日本紀略』長和四年二月十二日条に大宰大監として鵞鳥と孔雀を進上したことが見える。大宰府と中央の人的関係や「唐物」進上のルートが重層的であったことが判明する。

他方、藤原惟憲は周良史を「日本国大宰府進奉使」と称して宋に遣わしていたことが中国側史料に見えている(『宋会要輯稿』官職四四市舶・仁宗天聖四年十月条)。寛治六・七年(一〇九二・三)に発覚した権帥藤原伊房の遼への遣使および武器密輸事件などの事例も考慮すると、中央の関与しない大宰府長官独自の活動は、外交面にまで及ぶ時もあったことが窺える。

3　仏教交流

『小右記』長元四年三月十日条＊3には実資が栖霞寺(二月註77)を訪れて「大宋商客良史」すなわち宋商人周良史

が故盛算にもたらした文殊菩薩像を拝したことが見える(三月註109)。また『左経記』九月十八日条※1にも経頼が「唐人良史の許より送る所の文殊」を見たとある。盛算は入宋僧奝然の弟子で、寛和二年(九八六)にもたらされた栴檀釈迦如来像を安置する堂を奝然の死後、栖霞寺の境内に建立した。この堂に「清涼寺」の寺名が許されると、インドの優填王が釈迦を思慕して造った像の写しとされた同像は、「生身の釈迦」、「三国伝来の瑞像」と喧伝されて、清涼寺の興隆は栖霞寺を上回るようになった。現在の清涼寺には、実資や経頼も見た十六羅漢図(『左経記』九月十八日条※1、『小右記』長元五年十二月十八日条、三月註109)と同一である可能性がある十六羅漢図が伝来している。周良史がもたらした文殊像が現在清涼寺に伝来しているものである可能性も十分考えられよう(《付1》口絵解説)。

前節で周良史の父親の可能性がある宋商として名を挙げた周文徳は、永延二年(九八八)の来航時は帰途、源信の『往生要集』などの書物を天台山国清寺に贈り、正暦元年(九九〇)に来航した際は前回入宋した奝然の弟子を同乗させており、親子二代にわたり日宋間の仏教交流を担った可能性も考えられる。

以上みてきたように、当該期にも多様な対外関係が展開していた。古記録史料については来航・漂着などの事実関係を分析するだけでなく、中央貴族と大宰府官人との公私にわたる関係、仏教をめぐる交流などを含めて、記主の立場や信仰を勘案しながら理解する必要があるだろう。

〈参考文献〉森　克己(一九七五年)。山内晋次(二〇〇三年)。小川弘和(二〇〇五年)。告井幸男(二〇〇五年)。皆川雅樹(二〇〇六年)。

二七　陣定

池田卓也

陣定(八月註215)とは、当時行なわれていた公卿による会議(公卿議定・公卿僉議)の一形態である。天皇の諮問に基づき、大臣もしくは大納言を上卿(この場合の「上卿」は、今でいう議長にあたる)として、内裏紫宸殿東北廊の南側にある陣座(仗座ともいう、正月註16)に公卿が召集されて開催される。陣定というのは、この会議が行なわれる場に因むもので、陣議・仗議ともよばれる。ここでは『小右記』『左経記』長元四年条や儀式書などの記載と対応させながら、その運営方法などについてまとめておきたい。

1　次第

陣定の次第については『西宮記』(臨時一甲・陣定事)『江家次第』(巻一八・陣定事)に記述がみられるが、公卿を召集する具体例については、『小右記』九月五日条＊2と『左経記』九月六日条※1から明らかになる。すなわち、上卿を勤める藤原実資が大外記小野文義に「八日に諸卿を催すべきの由」を仰し、文義が召使を諸卿に遣わして触れ回らせているのである。尚、『江家次第』によれば、大臣に対しては外記が自ら伝え、納言以下に対しては召使が伝えることになっていた。

そして当日、諸卿が陣座に参集し、陣定が開始されると、諮問された内容について関連文書がある場合に回覧・読み上げがなされ(解文・書状・申文・勘問日記など、その時の議題に合わせてさまざまな文書が提出された。『小右記』九月八日条※3など）、議題について参加した諸卿が（下位の者から順に）各自の意見を述べると、それが定文《さだめぶみ》（後述）とよばれる議事録にまとめられる。これは通常、参議大弁が行なう（『左経記』閏十月廿七日条※5など）。その後、定文が上卿によって蔵人（蔵人頭）を経由するかたちで奏上される（口頭で奏上されることもある）。こうして、天皇の政策決定に資するのである。

このようなかたちで行なわれる陣定は、天皇の諮問会議という性格上、定期的に開催されるものでも、また政策決定上の最終決定権を持つものでもなかったが、重要な案件の多くは陣定にかけられていた。しかし、時には重要だからこそ陣定を開かずに天皇が自らの意志で判断すべきだと考えられた事例もある（八月廿六日条＊1。解説一「藤原実資と『小右記』」）。ただし、後述する受領功過定や不堪佃田定などのように、あらかじめその内容に関する政務処理過程に組み込まれて、行なわれることが前提となっているものもあった（解説七「不堪佃田」）。

ちなみに、当時の陣定をめぐっては、当日参入した公卿が少なかったために延引されることもあった（『小右記』寛仁二年〈一〇一八〉四月廿六日条）。その一方で、政治的な意志を表わすために敢えて陣定を欠席する場合もあり（『小右記』寛仁元年九月十九日条）、あるいは就任間もない公卿が発言を差し控えたり（『小右記』寛仁元年九月二十八日条・同年十月二十日条）、議事当事者と（親族・家司などのような）関係のある公卿が審議への参加を遠慮して退席する（『小右記』万寿四年〈一〇二七〉九月八日条）などの慣習があったことも指摘されている。

2 議題

議題としては、諸国の受領や大宰府から申請された事柄（対外問題などを含む）に関する諸国申請雑事定（諸国条事定）、「朝之要事」（『北山抄』巻一〇・吏途指南）とされた、任期を終えた受領の成績判定会議である受領功過定（『小右記』三月廿八日条▼a、三月註243)、「是大定也」といわれ(『小右記』寛仁三年〈一〇一九〉五月廿六日条)、諸国から申請された不堪佃田について審議する不堪佃田定(不堪定)(『左経記』閏十月廿七日条、解説七「不堪佃田」)、法家の罪名勘申に基づいて行なわれる罪名定(『小右記』三月十四日条＊3、『左経記』同日条※3、『左経記』閏十月廿七日条※2)、罪名勘申の前に罪名勘申を求める陣定(『小右記』九月八日条▼a、『左経記』同日条※1※2、解説一四「平正輔と平致経の抗争」)、元号(年号)を改める際に行なわれる改元定、女院の院号を決める院号定、大安寺などの諸寺の別当定などがある。このうち、諸寺の別当定については陣定で決められないこともあるらしい(『小右記』九月十六日条＊1)。これらのなかでもとりわけ開催回数が多いのが諸国申請雑事定であり、長元四年条の事例にも、上総・下総各国の守や大宰府からの申請事項について陣定が開催されたことが確認でき(『左経記』六月廿七日条※1〜▽c)、前加賀守など全九箇国の申請事項に関する事例もある(『左経記』十一月十日条※1)。

この他、陣定に関する『小右記』長元四年条の記事としては、正月廿二日条▼aに、下野守善政からの解文の内容について陣定を行なうよう後一条天皇が実資に宣旨を下し、実資が上卿として頭弁に続紙(関連文書を貼り継がせる、正月註150)させたという記述がみられる。類例としては、『小右記』治安三年(一〇二三)十月卅日条・十一月十七日条に「紀伊国申請文」について、万寿元年(一〇二四)三月四日条に「常陸介信通申請条々文」について、天皇の命が伝達された後、実資が前例(関連文書)を貼り継がせたことがみえる。ちなみに、長元四年三月十二日条＊1の上野・武蔵の両国司からの申請を頭弁に下した記事や、七月廿七日条＊1の石見守の申請について続紙させている記事も、同様の事例と考えられる(八月廿九日条＊1・九月十四日条▼bも参照)。その他、神祇官の連奏や山城介が「城外」に出たことについて急遽陣定が行なわれたり(『左経記』三月二十八日条)、平忠常の乱に関連して甲斐守頼信の恩賞や忠常の息子の追討について議論されたりもしている(『左経記』六月廿七日条※2※3、解説一五「平忠常の乱と源頼信」)。また、伊勢斎王託宣事件についても、藤原相通の配流地の遠近と妻の配流の有無についての陣定や(『左経記』八月四日条※3)、夫妻を別の国に配流することを定め申した事例があり(『小右記』八月八日条＊4、解説二〇「伊勢斎王託宣事件」)、平正輔・致経の抗争に関する事例もみられる(『小右記』九月八日条※3、『左経記』九月八日条※1※2)。このように、陣定関連の記事は長元四年条に多数見出され、なかには陣定開催の有無をめぐる議論に関する記事も複数見られる(『小右記』三月十三日条＊1・七月廿三日条＊1・八月四日条＊1)。当時、陣定が形骸化することなく、依然として政策決定上重要な役割を果たしていたことが分かる。

3 定文

陣定の際に作成される定文についても触れておく。当時の定文の原本は現在確認されていないものの、その写しが古記録類に散見される(『小右記』寛仁元年〈一〇一七〉十月九日条裏書、同月二十日条、同三年十二月五日条裏書)。また、藤原行成筆と伝えられる「諸国条事定定文写」(寛弘元年〈一〇〇四〉閏九月五日及び同二年四月十四日にそれぞれ行なわれた陣定の定文の写し〉が京都大学総合博物館に所蔵されている(『平松家文書』三五二、『平安遺文』四三九)。それらによれば、定文は、まず議題を書いた後(諸国申請雑事のように、一つの議題が複数の内容からなる場合は、細かい内容ごとにも立項していく)、それについての諸卿の見解が、同一意見についてひとまとめにしながら列記してある。その作成にあたっては相当な力量が要求されたようで、時代は下るが、鎌倉時代前期の成立とされる説話集『続古事談』(巻二・臣節一四)に、

陣の定文かくと云事は、きはめたる大事也。大弁の宰相(＝参議大弁)のする事也。そこらの上達部まいりあつまりて、さま〴〵の才学をはき(吐)、本文を誦して、をとらじ(劣)まけじ(負)と定申ことばを、ぬし(＝発言した公卿)にもとはず(問)、文

二七 陣定 池田卓也

をもひか《引》ず、うちき〱てかき居たる也。又さしこと《指言》(=直言)に詞をもかざ《飾》らずいふ人あれば、其心をとりて、わが詞をつくりていみじくかきなす。隆綱(=源隆綱〈一〇三一〜七四〉)の筆のごとし。されば、その詞のあさ《浅》きにつけふか《深》きにつけて、かた〱かき《書》にくきなり。かゝる大事をして、当座にこれをあぐる、ゆゝしき大事也。よのつねには、目録をとりてまかりいでて、よく案じ考《かんがえ》などして後にたてまつる。是はやすきなり。(後略)

とあることからも、そのことが窺えよう。

4　他の「定」

当時の公卿議定としては、陣定のほかにも、内裏焼亡後に行なわれる造宮定・神鏡定に代表される「御前定《ごぜんさだめ》」(天皇の御前で行なわれる)があることが知られる。他方、同じ陣座で行なわれる「定」であっても、陣定の形式をとらず、勅を受けた上卿(一上が原則だが、故障の場合、中納言以上の公卿がなる)と定文を書く参議大弁によって行なわれる「定」がある。このタイプの「定」としては、例えば祈年穀奉幣定があり、『左経記』二月五日条※1によると、二月は内大臣教通を上卿として参議右大弁経頼が出席し、『小右記』七月五日条と＊5『左経記』同日条※2によると、七月は中納言実成を上卿として経頼が出席、『小右記』八月十三日条＊4によると八月は中納言資平を上卿として行なわれた。また仁王会定・季御読経定(解説八「仏教行事」)・位禄定(『小右記』三月十四日条＊2、『左経記』同日条※1、実資と参議左大弁重尹とで行なっている)・御禊前駆定(『左経記』四月五日条※1、実資と左大弁重尹が出席)・賑給使定(『左経記』五月十七日条▽a、上卿は実資)・荷前使定などが挙げられる。また参議大弁も列席せず、上卿が史から奉られた勘文をチェックした後、殿上弁(もしくは蔵人)に奏聞させる施米定(『左経記』六月廿七日条※1、上卿は実資)や、近衛府が陣座で行なう相撲使定(長元四年の右近衛府の相撲使定は中将隆国と少将行経が行なった、解説三「実資と右近衛府」)のようなものもあるので、あわせて注意したい。

〈参考文献〉　大津　透(一九九六年)。京都大学文学部博物館(一九九一年)。

二八　官人の出仕と欠勤

山下紘嗣

七世紀末から八世紀初めにかけ、日本では律令法典に依拠する中央集権的な国家、律令国家が成立し、その過程において豪族たちは律令官人として編制され、太政官・八省などの諸官司に任用されるようになった。その後、律令官人制は九世紀初めの蔵人所と検非違使の成立をはじめとする様々な変遷を経て、十一世紀後半から十二世紀中頃に成立した官司請負制を軸とする中世国家の官職大系へと移行していった。長元四年を含む摂関期はその変遷過程の真只中にあるが、当時代の官人は大きく摂関以下参議以上の公卿、蔵人をはじめとする内裏清涼殿への昇殿を許された殿上人、その他の地下の官人に分けることができる。

1　出仕

摂関期の官人たちには、官職により内裏や太政官以下の諸司に出仕することが求められていた。その内裏や諸司への出仕日数を上日《じょうじつ》と言い、その日数は勤務評定や給与の基準の一つとされた。清涼殿の殿上間には殿上に出仕する殿上人の上番する日を示し、さらにはその出欠を確認する日給簡が置かれ、殿上人の上日が管理されていた。また、毎月一日には月奏と言って、内侍所が参議以上・少納言・外記・弁官・史、および左近陣の進める出居侍従や内記などの前月の上日を、蔵人所が殿上人および諸所・諸陣の前月の上日を、それぞれ天皇に奏上していた。月奏とは違う形だが、『小右記』長元四年三月廿一日条▼aでも実資が右馬寮の御監として馬寮の上日の文二通を提出させている様子が記されている(解説三「実資と右近衛府」)。

それら日々の勤務とは別に官人たちには、恒例・臨時の公事(儀式・祭祀など)を取り仕切る、あるいはそれに参列する義務があった。そのうち一部の恒例公事では、あらかじめ参仕する上卿以下の官人を決めておく公事分配が行なわれていた。上日について記載されている文書や古記録などから、摂関期の官人に課せられた上日や儀式・祭祀への参加はかなり多く、繁忙な日々を送っていたと考えられる。

2 欠勤

官人たちも時には欠勤することがあった。その欠勤理由の第一として病が挙げられる。長元四年条においても、大納言藤原斉信が腰痛により元日の節会に参らず二日の朝覲行幸に扈従しなかったこと(正月一日条＊3・二日条▼a・三日条▼e)、祈年穀使の上卿が内大臣藤原教通の急な風邪によって権大納言の藤原長家に変更されたこと(二月十一日条＊1)、仁王会の弁としての執行役を勤めるべき左少弁藤原家経が灸治中なので頭弁藤原経任に行事弁が変更されたこと(八月一日条＊1)、大博士中原貞清・助教清原頼隆が灸治・病により内論議に出仕できず、内論議が執り行なわれなかったこと(八月二日条＊1・三日条＊1)などといった例が見られる。

病以外の欠勤の理由として物忌などが挙げられる。物忌とは陰陽寮の占によって不吉と示された日のことであるが(正月註378)、その他にも方角の吉凶や、悪夢を見たり、穢に触れたり、服喪などにより出仕できないことがあった。中でも穢に関しては『延喜式』(巻三・臨時祭)の規定が遵守され(解説二四「穢」)、犬が片足の無い子どもの死体をくわえて実資宅に入ってきたために触穢となり(正月廿八日条＊1)、関白により五体不具穢の七ヶ日ではなく一体の三十日の穢と判断されたので(二月一日条＊1・二日条▼b＊2)、実資は一ヶ月間出仕できなかった(二六「信仰と禁忌」)。

3　懈怠と処罰

病や物忌・触穢・服喪などによる欠勤は理があると見なされて問題とされなかったが、官人自身の懈怠による欠勤・遅刻は問題視された。摂関期末には官人の勤務懈怠が数多くあったと考えられ、長元四年条に記された事例だけでも、兵庫寮官人の不参により白馬の節会の御弓奏を内侍所に付し(正月七日条＊1)、左少将藤原師成・藤原経季と将監吉真が女踏歌の節会に遅参し(正月十六日条＊3・十七日条＊2)、二月二日＊3には再び兵庫寮の官人の懈怠が問題になり、春日祭では上卿・近衛府使の不参によりそれぞれ代役が立てられ(二月九日条＊1)、列見において上卿の大納言藤原頼宗が外記・式部省・兵部省の怠慢について言及し(二月廿三日条＊1)、右馬寮の馬が頭源守隆の懈怠により痩せ細り(三月廿八日条▼a)、国忌を無断で欠席するものがおり(七月三日条▼a・五日条＊3・十日条＊2)、官掌宗我部秋時が仁王会の官符を遅れて出し、更に強姦の証人を問うことも忘れ(八月十日条▼a・十二日条＊3・十四日条＊2・九月八日条＊2)、大炊允大友相資が吉田祭に参入しなかったこと(九月八日＊2)などが挙げられる。この様な状況に対処するため、長元四年三月には諸祭・国忌へ参入しなかった官人を厳しく処置することが定められている(三月十七日条＊1・十八日条▼a・十九日条＊1)。また、実資はこのような官人の勤務態度を以て「諸司の勤務状態は当代が最悪である」と評している(三月十七日条＊1、三月註166)。

以上のような摂関期の官人の勤務懈怠に対する処罰としては、勘事(正月註358)に処したり、過状(二月註21)を提出させたりすることが一般的であった。勘事は勘当と同じで、科された者が科した者の面前に出る事が出来なくなると言うもので、現在の自宅謹慎などに相当する(左少将師成・経季、大炊允大友相資、国忌不参の治部録行任など)。過状は怠状ともいい、犯罪後に自己の罪過を承認し、詫びる文書のことで、その処罰は現代の始末書を提出させることに相当する(前掲右馬寮頭守隆、官掌宗我部秋時など)。これら勘事や過状といった処罰は永続性のものではなく、「免じる」「返す」ことによって再び官人として勤務することが出来た。また、勤務懈怠とみなされた場合でも、申文という弁明書を提出して理由が認められれば、申文が返され処分を受けずにすむこともあった(七月五日条*3)。

摂関期の官人の出勤について実態を探り、彼等が勤務や儀式への奉仕に多忙だったこと、病気や物忌などによる欠勤は許されたこと、勤務態度が良くない者も多数いたこと、それらの処罰には勘事・過状などがあったことを指摘した。懈怠に関する記事が散見されることは、官人たちの怠慢さを伝えているが、それらへの処罰もなされている点に注目するならば、国家が勤務態勢を維持すべく努力していたことを意味している。様々な角度から検証する必要があるだろう。

〈参考文献〉　告井幸男(二〇〇五年)。橋本義彦(一九八六年)。長谷山彰(一九九〇年)。

二九　着座

池田卓也

一般に、座に着くことを着座というが、固有名詞として「着座」という場合は、公卿が新任・昇任や復任（服喪などの理由で一度解官された者が再び元の官職に復帰すること）などの後に、初めて太政官曹司庁（太政官庁・弁官庁・弁官曹司）や外記庁（太政官候庁・外記候庁）にある本座（大臣座・納言座・参議座など官職ごとに割り当てられた座席）に着くことをいう。『西宮記』（臨時七・公卿着座事）によれば、弁官や史、式部省の官人も着座を行なっていた。史料上の初見は、承和七年（八四〇）八月の右大臣源常（当時）のそれとされるが、以前には朝堂院での着座が行なわれていたらしい（『西宮記』同勘物）。

1　参議の着座

参議の着座に関しては、『参議要抄』（下・初任事）にその次第がみえる。『参議要抄』の成立が平安時代末期であることを考えると、（参議以外のそれも含め）当時の着座の儀については、古記録の記述による復元が不可欠であり、『左経記』長元四年二月廿九日条にみえる参議源経頼の着座の詳細な記述は、非常に重要なものと評価できる（二月註209）。

源経頼は、前年（長元三年）十一月五日に参議になり（『公卿補任』）、この二月廿九日丙午の日を選んで着座を行なった。『左経記』には当日の儀だけでなく、廿六日条に準備のことも記されており、それらと『参議要抄』の記述を対比させることで、次のように参議の着座の次第を復元することができる（『左経記』による部分は※で注記した）。

【準備】

・着座の日時や兀子《ごっし》の製作日時、雑禁忌について（陰陽寮に）勘申させる

・装束司史（※大夫史）に仰せて兀子を造らせる

※家司一人が立ち会い、定められた時刻通りに製作開始（廿六日条※1）

・休息所（宿所）を太政官曹司庁の西門に面した朝堂院（八省院）東廊に設ける

・内裏近辺の家を借りて「出立所」とする

【着座当日】

・製作された兀子を太政官曹司庁・外記庁にそれぞれ立てる

・出立所から勘申された時刻に大内裏に参上する（待賢門より入る）

※この間、召使・官掌が左右に分かれて前駆し、使部が所々に立って往来の人々を制止する（廿九日条※1）

・朝堂院東廊の休息所（宿所）に移動し、時刻を確認

・太政官曹司庁の西門より庁内に入り、幔を経て正庁の背後に至る

※召使・官掌が先導する（廿九日条▽a）

・正庁の北壁の西階より壇上に上がり、靴を着す

・西戸から入って着座し、座が温まらないうちに起座・一揖し同じ戸から出る

二九　着　座　　池田卓也

・先ほどと同じ場所で靴を脱ぎ、浅履を着す
・太政官曹司庁の西門から庁外に出て、外記庁に移動
・(外記の)小屋の中において、再び靴を着す
・外記庁の北側の西戸から庁内に入って着座し、座が温まらないうちに起座・一揖し同じ戸から出る
・西戸の西腋(外記小屋)にて浅履を着す
　※この間、前駆・召使が秉燭して先導(廿九日条▽b)
・大内裏から退出する(陽明門から出る)
　※この間、召使・官掌等が騎馬して前駆
・出立所にて官掌以下に饗・禄を給う(三日間)
　※宅にて饗・禄が行なわれる(廿九日条▽c)

【その後】
・着座の日から四日目にして、烏帽子・直衣を着し、檳榔毛車にて帰宅

靴の着脱の時点や『参議要抄』で「出立所」とある部分が『左経記』では「宅」とみえる点をどう考えるかなど若干の問題は残るものの、日時勘申・兀子の製作等の準備から、当日の太政官曹司庁・外記庁の順での着座、退出後の饗禄へと続く一連の流れが確認できる。尚、参議以外の着座については、院政期の事例ではあるが、『殿暦』天永三年(一一一二)二月条にみえる権中納言藤原忠通(当時)の事例や、『兵範記』仁平三年(一一五三)五月条にみえる左大臣藤原頼

長(当時)の事例も参考になる。

2　着座の意義と式日

着座の故実については、院政期の藤原忠実(頼通の曽孫、忠通・頼長の父)の言談をまとめた『中外抄』(上・二三〜二五)と『富家語』(八五)に関連する記述がみられる。そのうち『中外抄』(上・二四)には「凡着座ハ吉事の中に不レ似二他事一相構事也、しのひやかに以二吉時一着座也、慶申《よろこびもうし》なとの様、兼日にのゝしることにてハあらぬ也」として、着座が慶申のような他の吉事とは性格が異なるものであるとの認識が示されている。

そして、この着座を行なわなければ、例えば定考《こうじょう》(考定)の際に、式場である太政官曹司庁の本座に着すことができなかったり、外記政の際に、やはり式場である外記庁の本座に着すことができず、前の官職の時の座に着さなければならなかったりした(『小右記』永祚元年八月十九日条、『権記』寛弘元年三月廿八日条、『西宮記』臨時四・官外記庁座)。ちなみに、同じ長元四年二月廿九日に着座した権大納言藤原長家(長元元年二月十九日に権大納言)と源経頼は、三月八日に初めて外記政に参り着座した(『小右記』三月八日条▼a、『左経記』同日条※1、三月註58)。但し、経頼については着座の前にも外記庁で行なわれる結政(八月註109)や外記政(正月註385)へ出席した記述が見られる(『左経記』正月十九日条▽a※1・廿二日条※1・廿三日条※1・廿五日条※1)。結政は、同じ外記庁でも参議として着座すべき本座のある場所とは異なる南舎(結政所)にて行なわれるもので、かつ大弁以下の弁官局の執務である。つまり経頼は、結政には参議としてではなく右大弁(四位弁・非参議大弁)として出席可能だったとみることができる。他方、参議の本座のある場所で行なわれる外記政への出席に関しては、着座していない間は参議として外記政に出席することはできず、三月八日を以て正式な最初の儀として吉書への署名を行なったのである(『左経記』同日条※1)。

次に、着座の式日についてみると、『参議要抄』には「近代」は二月中の丙午の日に着座が行なわれることが多く、あるいは十月の庚子の日が用いられるとしている。確かに、長元四年に行なわれた長家と経頼の着座は二月丙午（二十九日）である。また、『公卿補任』などから他の事例を抽出してみても、円融朝の貞元元年（九七六）二月九日丙午の参議藤原顕光（当時）、一条朝の寛弘八年（一〇一一）二月二日丙午の権中納言藤原行成（当時）、同七年二月二十六日丙午の権大納言藤原斉信・権中納言藤原頼通（当時）、そして後一条朝の治安元年（一〇二一）二月一日丙午の大納言藤原斉信・権中納言源道方・参議藤原定頼（当時）、長元三年（一〇三〇）二月廿三日丙午の権中納言源師房・同藤原資平・同藤原定頼などを見出すことができる。とりわけ、後一条朝期になると、その全体に占める割合はやや大きくなっているように思われる。その一方で、別の日に着座が行なわれた事例も数多く存在する。例えば、寛仁二年（一〇一八）三月十一日甲辰の権大納言源俊賢（当時）、同四年二月廿三日乙巳の権大納言藤原教通（当時）、万寿三年九月廿一日甲子の参議藤原経通（当時）の事例があり、古くは天元二年（九七九）四月十九日丁卯の右大臣藤原兼家・権大納言藤原朝光・権中納言源保光（当時）や天暦元年（九四七）七月廿七日庚戌の右大臣藤原師輔（当時）の事例などがある。特に二月丙午でなければならないということは、当時の意識としてはなかったようである。

3 着陣

この他、「着座」と同種の儀礼として「着陣」と呼ばれるものがあった。これは、公卿が新任・昇任や復任などの後に、初めて内裏内の宜陽殿西北廂と左近衛陣座（陣座）にある座に着くことをいう。『参議要抄』（下・初任事）、『小右記』永祚元年（九八九）三月十三日条・治安元年（一〇二一）八月廿一日条、『権記』長保三年（一〇〇一）九月七日条・同月十四日条などに見え、場合によってはこのことをも「着座」と呼ぶ。ちなみに、近衛将も本座である陣座への着陣を行なう

（『北山抄』巻九・羽林抄・初任事）。古記録の記事などによると、新任（あるいは昇任・復任）後の公卿は、まず比較的早い段階（数週間程度）で「着陣」を済ませ、その後、適当な時期に（たいていは数ヶ月後だが、場合によっては一年近く、あるいはそれ以上経ってから）「着座」を済ませる傾向があった。

着座・着陣ともにわかる事例を挙げてみよう。藤原実資の場合、永祚元年二月廿三日に参議になった後、翌二月十三日に着陣し、着座は翌々年の正暦二年九月廿八日であった。藤原公任の場合、長保三年八月廿五日に中納言になった後、九月七日に着陣、十月廿七日に着座している。藤原行成の場合、公任と同日に参議になり、同日に着陣したものの、着座は三年後の寛弘元年四月十三日である。行成は寛弘六年三月四日に権中納言になった際、同月十四日に着陣、二年後の寛弘八年二月二日に着座している。近い例では、寛仁三年十二月廿一日に権大納言になり、同月廿八日に着陣、翌年二月廿三日に着座した藤原教通の事例や、寛仁四年十一月廿九日に権中納言になり、翌十二月十日に着陣、翌年二月一日に着座した源道方の例などがある。このことは、内裏での政務・儀式の多さや、それに伴う公卿の内裏への伺候の多さを考えればむしろ当然のことで、その意味では、当時の公卿たちにあっては「着座」よりも「着陣」の方がむしろ重要視されていたといえる。

「着座」については院政期の史料であるが、藤原頼長（頼通の玄孫）の仕左大臣の着座の様子を記した『兵範記』仁平三年（一一五三）五月十一日条に、

御堂（藤原道長）以後、無二大臣着座一、（中略）都執政（摂関家）一族御堂以下七代、中納言時着座、其後昇進無二着座一習、而今左府（頼長）、保延二年（一一三六）納言着座、同四年内大臣着座、今相并三度被レ行了、希代例也、

として、道長以降、摂関家については任中納言時に着座した後には昇進しても着座しないとある。このような変化が

認識されるようになったのはいつからか、当時の実態と合わせて「着座」の位置づけを考える必要があるだろう。

〈参考文献〉　井上　亘（一九九八年）。

三〇　所　充

山岸健二

所充とは、諸司・所々・諸寺の統括者である別当を補任する行事で、殿上所充・官(太政官)所充・院所充・中宮所充・東宮所充・私家(私第)所充などがある。殿上所充は公卿・弁官・近衛府官人・衛門府官人・蔵人等を、官所充は弁官・史等を別当に補任する。院所充・中宮所充・東宮所充は、院司・宮司・坊官をそれぞれの院宮の所々の別当等に補任するもので、院司・宮司・坊官の一人が執筆となって行なう。私家所充は、家中の諸行事等の用途調進を家司に割り当てるとともに、一部の家政機関の別当・年預等を補任する。院宮と私家の所充は八月に行なわれることが多い。このうち、長元四年には殿上所充〈九月註138〉と官所充〈三月註53〉の記述が見える。

1　官所充

官所充は、弁・史・史生等の下級官人〈主に史〉を諸司・所々・諸寺の実務担当の別当として補任するものである。十世紀前半に整備され、十一世紀には二月から四月にかけて行なわれたが、十二世紀には官務家・局務家を中心とする官司請負制による実務処理体制が成立したことにより、形式化して年中行事化された(『年中行事御障子文』『撰集秘記』)。尚、外記を別当に補任するものを外記所充(局所充)という。

その儀式は、『西宮記』(臨時二・諸宣旨例〈諸司・諸寺・所々別当事、以二官史等一補二諸司・所々別当并勾当一事〉)および『江家次第』(巻五・二月・官所充)にあり、それによれば、二月十一日の列見の後〈二月十三日以降〉に太政官の朝所において大弁の宣により定められ、その結果が「所充申文（所充文）」として提出され、それを基に大臣が陣申文において承認した。

補任される司・所・寺は、『江家次第』に、諸司として大膳職・木工寮・大炊寮・内膳司・左右京職・民部省廩院・主水司、所々として位禄所・王禄所・大粮所・官厨家・造曹司・季禄所・造物所、諸寺として元慶寺・東大寺・仁和寺・円教寺・嘉祥寺・金勝寺・東寺が見える。その他に、修理職・木工寮・穀倉院等にも充てられた。また、一人で複数の司・所・寺の別当を兼務したり、一つの司・所・寺に複数の別当（公卿・弁・史の別当）が置かれる場合もあった。

長元四年の場合、列見（二月註66）が二月廿一日に延引され（『日本紀略』二月十一日条・廿一日条、『小右記』二月十二日条▼a・廿一日条▼a・廿三日条※1）、官所充は三月八日にあった。藤原実資が上卿を勤め、自らの日記『小右記』同日条▼cにその様子を記録している。尚、陣座で行なわれる申文（正月註188）の儀であるので陣申文《じんのもうしぶみ》ともいい、この日は匕文《かぎのふみ》（鎰文、三月註73）二枚も加えられ、続けて官奏《かんそう》（三月註52）も行なわれた（▼d）。

当日、実資は春華門で輦車を降り敷政門を通って着陣した。その際に、源経頼以下の弁・少納言は床子座（三月註71）の前に列座して磬折して揖した。陣申文の上卿である実資の着陣後、経頼も着陣した。任参議の着座後初めての着陣であったため大・中納言は退出していたという。実資も経頼の参入後に参内するとしていた（『小右記』七日条▼b、『左経記』八日条※2、解説二九「着座」）。

経頼は、官奏と陣申文の文書およびそれぞれに奉仕する史について、実資からの指示を仰いだ。経頼が座を立つと、実資は陣の南座に移動して儀が始められる。経頼が着座して「申文（候う）」と言い、許可を得てから、右大史信重に申文を文杖に挟んで実資へ奉らせる。実資は見終わると、申文を板敷の端に置き、信重がこれを一通ずつ結申《かたねもう》す（三月註80)。一定の形式で一つ一つを読み上げる確認の作業である。実資が(同時に行なわれた官奏の匕文〈鎰文〉は「申し給へ」と言って天皇への奏上を命じ)所充文は目配せをして許諾した。これで上卿による決裁がなされたのである。信重は文杖に副えて退出し、奏上されて、官所充の申文の儀が終了する。

2　殿上所充の歴史と意義

殿上所充は、醍醐天皇の時代の『貞信公記』延喜九年(九〇九)五月廿九日条が初見で、村上・円融・一条天皇の時代に頻繁に行なわれるようになった。但し「殿上所充」という語の初見は、『権記』寛弘四年(一〇〇七)二月九日条である。『小右記』長元二年(一〇二九)九月六日条に「所充久不レ被レ行、」とあるように、後一条天皇の後半期には減少し、院政期以降は儀式化していくものの、鎌倉時代まで実施された。このように、後一条天皇の時代は、殿上所充の過渡期であった。

四年から六年に一度の臨時の儀で、行なわれる時期から次の三種類に分類される。①代始(初度)所充は、天皇の即位後初めて行なわれる所充で、既任者も含めた全ての別当が補任される(既任者は定文に「如レ旧」と記される)。また、蔵人所別当を補任する例が多い。②通常の所充は、除目の後に、空席の別当のみをまとめて補任する。③臨時(随時)所充は、欠員が生じた別当を、その都度個別に補任する。このうち代始所充(①)は、村上天皇の時代に現われ、一条天皇の時代に重視されるようになった。

後一条天皇の時代には、長和五年(一〇一六)の即位年に代始所充(①)が行なわれ、通常の所充(②)が寛仁四年(一〇二〇)とこの長元四年(同二年のものが延期)に行なわれたことが確認される。但し『後二条師通記』永長元年(一〇九六)正月廿二日条には寛仁元年に行なわれたという記述が見える。後朱雀天皇の時代以降は、史料上の制約もあるが、即位年か次年に一代一度のみ行なわれる代始所充（①）しか確認されなくなり、それも時代が降ると即位後すぐには行なわれなくなる。代始所充は、新たな天皇の摂関・蔵人・殿上人を補任し直すことと共通しており、天皇の代替わりにおいて統合を再確認する儀礼としての性格を有していたと考えられている。

殿上所充で補任する別当は、主に内廷と京域に関わる官司や所々と、鎮護国家の役割を担う畿内の主要寺院や御願寺などである。別当に補任された者は公卿・弁官・近衛府官人・衛門府官人・蔵人などで、蔵人所の拡充や昇殿制（殿上人）の整備による政治組織の改編に連動している。

本官と別当（兼官）の対応関係は、『小右記』九月十七日条▼bに引用された天慶八年（九四五）の例から、十世紀前半からあったことがわかる。それが十二・十三世紀においてもほとんど変化していなかったことは、『兵範記』嘉応元年（一一六九）八月廿七日条（高倉天皇の代始所充）、『玉蘂』承久二年（一二二〇）三月廿五日条・『続左丞抄』第三（順徳天皇の代始所充）の記事などから明らかである（但し、四円寺・六勝寺は増加する）。特に重要視された司（内蔵寮・穀倉院・陰陽寮・修理職）、所（内記所・内豎所）、寺（東寺・西寺・延暦寺）の別当は、筆頭公卿の兼官とされた。尚、本官と別当が対応することから、本官の異動に伴って別当も変更される側面があった。

儀式次第については、『侍中群要』（一〇・所々）『西宮記』（臨時二・諸司・諸寺・所々別当事）などにある。三条天皇以前は、一上（蔵人所別当）が天皇の御前において定めるか、あるいは摂政直廬（幼帝の場合）において行なわれ、定文を弁官に下した。それに対し、後一条天皇の時代以降には、天皇の御前において関白・一上（執筆）が定めるか、あるいは摂政直廬で行なわれ、一上・大弁（執筆）が定めた。儀場の装束は、除目・叙位・官奏などに准じられ、蔵人により硯・筆等の筆記用具や続紙（正月註150）が準備された。

弁官が作成・用意した闕否勘文や例文を、天皇あるいは摂政に奏上し、上卿が土代（九月註139）もしくは折紙等に基づいて別当を定め、執筆が結果を続紙に記して定文として、天皇あるいは摂政に奏上した。返給された定文は執筆から弁、史に下され、定文の正文は弁官局に保管された(『小右記』寛弘八年〈一〇一一〉七月十三日条)。尚、定文の例は、『兵範記』『玉蘂』『続左丞抄』に見える。

補任の結果は、太政官牒・太政官符・宣旨等を発給したり、あるいは口頭で伝達された(『西宮記』『侍中群要』など)。『侍中群要』によると、所々のうち、禁中所々には本人に口頭で、それ以外には弁官宣旨で伝達するという。院政期になると、太政官牒は発給されなくなり、宣旨書(弁官宣旨)を発給して本人に口頭で伝えられるようになる。また、臨時の所充の際には蔵人方宣旨が発給された。

蔵人所別当の補任は、殿上所充とは別枠で、所充の次いでに補任され(『範国記』長元九年〈一〇三六〉十二月十四日条、九月註181)、内侍宣により仰せ下された(『範国記』前述条、『台記』久安三年〈一一四七〉六月十七日条)。

3 殿上所充の準備

繁雑になるが、長元四年の殿上所充の儀式経過について、誰が、誰に、何を行なわせたのかということを明確にさせがら詳しく見ていくことにする。

『小右記』長元二年九月六日条に、所充が久しく行なわれていないので、今月中に行なってはどうかという関白頼通の手紙が実資のもとにもたらされ、実資は儀式の執行が多い上に「老屈身」であることを理由に、来月に行なってはどうかという返事をしたとある(九月註138)。その後、所充の記述は見えないことから、長元二年に行なう予定であった殿上所充が今回(長元四年)まで行なわれていなかったと考えられる。長元二年当時、蔵人頭であったのが源経頼で(在任期間は長元二年正月廿七日~同三年十一月五日)、今回も準備段階から深く関与し、日記『左経記』(※と▽で表示)にその詳細を記しているので、『小右記』(＊と▼で表示)の記載と合わせて見ていくことにしたい。

長元四年九月十三日、経頼は、実資から年月の推移により「違濫」しているかもしれないので、前年(長元二年)の殿上所充の「土代」(草案)を改訂して持参するよう指示を受ける(※1)。これは、官の異動に伴って対応する別当の欠員が生じていたことによると考えられる。そして経頼は、実資のもとへ所充の「闕勘文」と「定文の土代」を持参した(▼c※1)。実資が確認すると問題がなかったので、頼通に閲覧してから、清書しておくように経頼に指示する(▼b※1)。これは御前定に先だって頼通が原案を作成する際の準備・参考とするためであった。『清慎公記』にも天慶年間に忠平が内々に定申しておいたことが記されていたという(九月註142)。草案を見た頼通は、自身に充てられる予定になっていた左右京職別当を実資に、穀倉院・修理職別当を教通に変更すると言い、それ以外は承認を与えた(※2)。続いて『左経記』には、経頼が蔵人頭の時に草案まで作成しながら今まで延期された経緯が記されている(※2)。

十四日、経頼から頼通による変更を伝えられた実資は、旧例や勘文(実資の所持する先例)を経頼に送り、筆頭公卿が内蔵寮・修理職・穀倉院のうちの二ヶ所の別当となるが、摂政・関白は必ず三ヶ所の別当となる先例であること(＊1)、忠平や実頼も穀倉院・修理職の別当となっていたこと(※2)を示して、頼通に上申するよう指示している。先例として、承平七年(九三七)の忠平の例を記した『清慎公記』を挙げている(＊1)。経頼がこの旨を頼通に上申すると、頼通は納得して自身に充てることにし、その旨が実資に伝えられた(＊1※2)。

4　殿上所充の儀

そして九月十六日、殿上所充の儀が行なわれた。この時の上卿も実資が勤めたが、巳三剋(午前十時頃)に参内して頼通から「とても早い」と言われたことを、『清慎公記』における養父実頼の例と引き合わせながら特記している(＊1)。また参内後、陣座において、この度の所充の「土代」は経頼の案であるが、『清慎公記』に承平年間、忠平が「先の土代」を申してから朱雀天皇の御前で定書きしたと記されており、この度の儀に先例があって興味深いと経頼に告げている(※1)。この他にも『清慎公記』の条文を異常に多く引いていることからも、実頼と自分を対比させながらこの殿上所充に臨んだ実資の意気込みが伝わってくる。

経頼は陣腋(正月註230)において左大史小槻貞行に「闕所勘文」を与えて召しに応じて奉るよう指示した。また、殿上間において頭弁藤原経任に「土代文」を授け、事前の儀において記しておいたので、硯筥に入れて奉るよう依頼した(※1)。

経任の召により、頼通・実資は御前の円座に着座した(＊1※1)。その装束は官奏の時と同じで、母屋に御几帳等を立て、御座の間に当たる孫廂に、四・五尺ほどの間隔を開けて南北に菅円座二枚を敷いたものだった(※1)。

実資が男(蔵人)を召すと経任が参入し、「諸司・所々別当勘文」(懸紙はなく、内々に指示して柳筥に入れさせておいた)を奉らせ、実資から頼通に渡し、頼通が披見後に天皇に奉って座に戻る。天皇が覧じ終わると頼通が進み出て受け取り実資に授ける。次いで、実資が男(蔵人)を召すと経任が参入し、硯を奉るよう命じると蔵人左少将藤原経季が硯と「続紙」「定文の土代の文」を持参した。この「定文の土代の文」は経頼に命じて定書きさせたもので、頼通の内覧は済んでおり、あらかじめ指示して加えさせておいたのである(＊1※1)。

その後、天皇・頼通のもと、実資が諸司・諸寺・所々の別当を「続紙」に記して「定文」とした。この御前定において、三所の別当・勾当に変更が加えられた。即ち、正蔵率分所勾当には、大蔵大輔頼平が別功により国司に補任される予定があることから申請しなかったため、大蔵少輔為資を補任することになった。また、御書所・作物所の別当には、草案とは異なる者(蔵人)を補任するよう天皇から命が下された(人物名は不詳)。そこで、実資は「土代文」を改めてから、「続紙」に記して頼通に渡した。頼通は披見後、「定文」を奏上して天皇の裁可を仰ぎ、許可されて返給されると、実資に授けた。

実資は「定文」に笏を副えて殿上間に退き、「定文」を経任に下すと、経任は結申した後に、実資に蔵人所別当に充てられたことを伝える(＊1※1)。これを聞いた実資は射馬殿において経任を通して慶賀を奏上して拝舞した後に、再び殿上間に昇殿した(＊1※1)。そこには、大納言能信・参議左大弁重尹・参議右大弁経頼が候じていた。暫くして、実資は陣座に着座し、その後退出した。

翌十七日、実資は、経任を通して、九ヶ所の別当に補任されて恐懼していることを頼通に伝える。また、養父実頼と自身を対比させ、数所の別当の前例として『清慎公記』天慶八年(九四五)十二月十六日条を引用している。記事の内容は、数所の別当に任じられて恐縮する実頼に対して、朱雀天皇は大臣の奉仕する職であるから補任したと答えたというもので、この時の所充の史料として、『本朝世紀』同年十二月条に「(前欠)□寺等者右大臣、(後略)」と見える。実頼が前例としたのは、延喜九年(九〇九)四月四日に左大臣時平の死去に伴って右大臣源光が八ヶ所(内蔵寮・穀倉院・陰陽寮・内記所・内豎所・東寺・西寺・延暦寺)の別当に補任された時のこと(殿上所充の初見記事)である。尚、この時は、蔵人所別当には忠平が補任された(九月註186)。また、蔵人所別当の前例として『清慎公記』天慶九年五月六日条を引用して、宣旨により実頼に伝えられ、蔵人所雑色以下が慶賀に訪れたということを伝えている(九月註189)。尚、蔵人所別当は、時平の後、忠平、仲平、実頼へと伝えられた。実頼は、朱雀天皇の天慶八年十一月に任じられ、翌九年四月に村上天皇が即位すると、五月に還補された。ここの引用はこの還補の際の記事である。

この時の「所充文」は、左大史貞行から実資に書き送られたようであるが(『小右記』十八日条)、残念ながら写されていない。

長元四年の官所充・殿上所充は、共に実資が上卿を勤めており、『小右記』に詳しく記されている。また、『左経記』の記主経頼にとっても、官所充は参議として着座してから初めて参加した陣中文であり（解説二九「着座」）、殿上所充は蔵人頭時代から深く関与していたことであった。異なる立場で重要な役割を果たしていた二人の日記を分析することで、手続きや儀礼の実態だけでなく、当時の関係者の意識までもが浮かび上がってくる。特に殿上所充は、実質的に最後の臨時の所充であり、かつ、実資にとっては九ヶ所の別当を兼ね、養父実頼と同じく蔵人所別当にもなった。その記録の意味は非常に大きいのである。

〈参考文献〉所　京子（二〇〇四年）。岡野浩二（一九九四年）。古瀬奈津子（一九九八年）。今　正秀（一九九三年・一九九四年）。中原俊章（一九九〇年）。佐藤全敏（二〇〇一年・二〇〇八年）。元木泰雄（一九九六年）。

三一　喧嘩と窃盗

久米舞子

長元四年に発生した喧嘩・窃盗事件を、『小右記』の記事より京を舞台に起きたものを主として取り上げる。実資が記録を残した事件は、大きく二つに分けることができる。一つは朝廷、摂関に関わるような公の事件で、大規模なものは数ヶ月に及び、実資は職務により処分を下したり意見を求められたりするなかで情報を得ている。いま一つは小野宮家に関わる身近な身内の事件で、実資は家族や家人の関与した事件について一家の長として報告を受け、自ら主導して情報収集・事件処理に努めている。この分類をもとに、以下で事件の具体的経過についてみる。

1　朝廷・摂関家に関わる事件（濫行・暴行・強姦・窃盗）

正月、大和守源頼親の郎党である散位宣孝が、大和国に住む僧進覚（『左経記』廿八日条※1では道覚）を打擲する事件が問題化した（正月廿六日条＊2、正月註448）。朝廷は主人である頼親に下手人を引き渡すよう命じる。頼親がそれを承知したため、廿八日に検非違使が在京する頼親邸へ赴いて衣冠姿の宣孝の身柄を拘束した（『左経記』廿八日条※2）。但し下手人の宣孝の位階が五位であったため、留置場所を考慮する必要があった。実資は頭弁藤原経任にその旨を尋ねられ、五位は左衛門府の弓場（正月註450）に拘禁するのが先例であると答えている。左右衛門府の弓場は勅裁対象となる五位以上の勘問・拘禁場所として用いられていた。頼通の命を受けて実資は、宣孝を留置し、他の四人の下手人を頼親に差し出させるという宣旨を下している。恐らくこの時すでに頼親は勘事に処せられ、公事の参加を停止させられる謹慎状態にあったのだろう。主人には犯罪を犯した家人を差し出す義務があり、怠れば主人も処罰を受ける対象となっていた。しかし頼親はその引き渡しに応じなかったらしい。三月七日の上東門院の白河御幸にあたっては、その護衛のため頼親の勘事を一時的に免じるとの宣旨が出ている(＊2)。しかし、当日の雨や季御読経結願にあたっていたため御幸は中止された。頼親は八月廿九日に至っても下手人の引き渡しを拒んでおり、関白頼通からは頼親の大和守罷免も命じられかねない状況であった(▼b)。この後、当事件に関する記載はみえないが、長元五年十一月十一日条に頼親は大和守としてみえるので、罷免だけは免れたようだ。

賀茂祭や摂関賀茂詣という見物人が多く集まる場での事件は珍しくないが、この年には関白頼通が四月廿六日に行なった賀茂詣の最中に陰陽頭大中臣実光が競馬の者によって凌辱を受ける事件が起きた(『小記目録』第一七・濫行事、同日条◆2)。詳細は不明だが、『左経記』同日条▽cに載せられている騎手(乗尻)の犯行であろう。

五月十九日、弾正忠大江斉任が斎院長官平以康の娘を強姦したという事件が実資に伝えられた(『小記目録』同日条◆1)。五月廿九日、被害者側はその愁状を提出したらしい(『左経記』目録、同日条◇1)。六月五日、実資は経頼に便りして、斉任を弾正台で尋問する宣旨を自邸で下すことに問題がないかを尋ね、非難すべきことではないとの回答を得ている(『左経記』同日条※1)。九日、斉任は自らの属する弾正台において強姦事件の尋問を受けた(『小記目録』同日条◆2)。その勘問日記(八月卅77)は八月五日に弾正少弼菅原定義によって実資のもとにもたらされた(五日条▼a)。実資は日記の不備を弾正忠貞親と弾正疏致親らに書き改めさせ(六日条＊1・八日条＊3)、その上で関白頼通と協議している(八日条＊5)。それによると、斉任は和姦を主張したらしく、頼通からは強姦事件の捜査は容疑者の犯罪行為が明らかになるのに合わせて進展させるべきとの命がでた。実資は、斉任の主張の正否はまず事件の証人である真信に問うべきだろうと意見している。公卿僉議にかけるべきかという頼通からの問いに対しては、今の段階では証人真信に先ず問うべきだと答え、その尋問が決定された。九日夜、検非違使庁で証人尋問を行なうという頼通の意向が伝えられると、実資は斉任の再尋問(九月註119)に備えて弾正台で行なうべきと答え(▼a)、十五日に実資が示した方針にそって再尋問までするという頼通の命があった(▼d)。伊勢斎王託宣事件により公卿勅使を発遣するという非常に忙しいなかであったが(解説二〇「伊勢斎王託宣事件」)、廿一日条＊1・廿五日条▼jにも証人真信の尋問・斉任の対問・その後の勘問日記奏上を指示する記事があり、実資の念の入れようがわかる。その後関連する記載がなくなるが、どうやら斉任の罪は確定されたようである。尚、十一月十九日、朔旦冬至による大赦があり(解説二三「朔旦冬至」)、その赦免人のなかに斉任が含まれていた(『小記目録』第一八・赦令事、十一月廿三日条◆1)。複雑な経過を長期にわたって経てきた末に裁定された罪科であったが、天皇の大赦は全てを空白に戻す力を持っていたのである。

十月廿四日、関白頼通が上東門院の住む土御門第を訪れた際、その前駆を勤めていた散位平則義の馬が門の辺で盗まれた(『小記目録』第一七・捜盗事、十月廿四日条◆1)。この事件は『左経記』閏十月四日条※1にも記され、そこでは廿五日夜の出来事としている。頼通は検非違使に命じて捜索させたが、馬は鞍の無い状態で持主である則義宅の門下に返されていた(『小記目録』廿五日条◆1)。鞍の盗人は閏十月四日になって判明する。下女が三河守藤原保相宅の周辺でこの鞍を売っていたのである。則義はそれが自らのものであると確認、下女は検非違使に付されて尋問を受け、内舎人藤原友正が売らせたのだと証言した。検非違使はその住所を調べて友正を捕らえ(『小記目録』閏十月四日条◆1)、翌五日の勘問によって犯人は自白した(『小記目録』五日条◆5)。下女は恐らく則義の家の者、友正の共犯であろう。

2　小野宮家に関わる事件（放火・群盗・濫行・強盗・喧嘩）

正月廿二日夜、小野宮第の北保を夜回り（夜行）していた者たちが、放火の嫌疑者二人を捕らえた。保刀禰はそれを検非違使右衛門志阿倍守良に引き渡す。嫌疑者は因幡国の夫であるといい、小野宮第の北西にあたる春日小路南・室町小路西の住人宅屋上に裸火を置いたとの容疑で捕らえられたのだった。実資は同夜中に手柄のあった六人に信濃布を与え、この日には保刀禰も呼んでさらに夜回りに励むよう指示している（廿二日条＊2）。尚、二日後に実資は恒例の修法を行なっているが、それに合わせて小野宮第西町でも刀禰に命じて仁王講を行なわせている（廿五日条＊2）。火事消除にも験があるとして、特に放火事件を念頭において命じたのだろう。

二月十三日、検非違使左衛門尉にして実資の家司でもある宮道式光が、検非違使別当源朝任からの便りを届ける。先年、実資の養子少納言資高の宅に押し入った群盗の同類として、実資の家人大江久利の名が挙がっているというのだ。群盗事件は長元二年八月六日条にみえ、資高の妻子は不在のため無事だったが、装束や剣などを奪われていた。告発によれば久利は大和の住人で、その関係から犯を成したのだという。別当朝任は久利が実資に仕える者であることを知って、彼をどう扱うべきか主人の実資に尋ねてきたのである。これに対し実資は、確かに久利は家人であり、群盗同類の容疑を知れば逃げ隠れてしまうであろうから、早く追補するようにと伝えている（＊1）。十四日、実資は資高を呼んで長元二年の群盗事件について直接尋ねた。資高は盗まれた物品の詳細と、すでにこの事件の犯人として実資の養子権中納言資平の従者夏武とその同類が捕らえられ禁獄されていることを告げる。また家司の中原師重によれば、久利は尋問で、自分を告発した男は久利が貸した物の返還を強く要求したのを恨んだのだろうと答えたという。検非違使の勘問日記でも、久利は単に大和国の住人というだけで盗品の分配にも預かっておらず、実資は最終的に無実と判断している(＊4)。

三月廿五日、右馬寮に納めるべき革を提出しないで宅の門を閉ざしている允藤原頼行を取り立てるため、実資は右馬寮御監として自家の厩舎人節成・侍所小舎人を遣わした。その舎人らが頼行宅へ向かうために、関白頼通の随身下毛野安行の宅内を通行しようとしたのが事件の発端である。安行は無断で通行した舎人らを打ち叩いて捕縛し、主人頼通に差し出した。頼通は宮道式光に、捕えた二人を実資のもとまで連れていかせた。彼らの処分は実資に委任するとのことである。実資は式光に指示して二人を獄所に下した。下毛野安行は頼通の随身であると同時に右近衛府の近衛でもあった。ゆえに実資は、頼通ではなくまずは右大将の自分に申し出るべきだったと、安行の冷淡さを責めている。実資が内々に事件を処理できるよう取りはからうべきだったというのだろう(＊1▼b)。その夜、宮道式光が再び情報を伝え、頼通に呼ばれて、禁獄されている二人を実資には知らせずに免獄するよう命じられたという。安行宅を通った二人は破壊・乱暴しようとしたわけではなく、目的の頼行宅が門を閉ざしていたのでやむを得ず通行したのだと判明したからである。実資は免じられた二人を明日小野宮邸に連れてきて勘責するよう指示を出している(▼c)。

六月、淀川沿いの水陸交通の要地山崎に桜井聖人を名乗る聖がおり、多くの人々が訪れたという(『小記目録』第一六・聖人事、六月九日条◆1)。六月、そこに群盗が押し入り、布施の物が盗まれるという事件が起きた(『小記目録』六月廿日条◆1)。

七月九日、実資の婿藤原兼頼の侍人と実資に仕える小舎人童との間で諍いが起き、小舎人童が刀傷を受けるという事件があった。これは双方が近親者であったこともあり、兼頼が侍人を処罰することで解決したようである(▼a)。

七月には実資の盆供の使も騒ぎを起こしている。京より鴨川を渡った東南(現在の東福寺付近)の法性寺東北院(正月註3)は、養父実頼が建立したもので、実資家の仏事が営まれ、忌日や盆には供物が届けられていた。十四日に遣わされた盆供の使には、長櫃を担ぐ役に実資家の仕丁四人と右近衛府の夫二人、右馬寮の夫二人が従っていた。先ず、府の夫が盆供の米を食べてしまおうと盆供の使にもちかけて一喝され、帰り去ってしまう。次いで七条大路末辺の法住寺まで来たところで、馬寮の夫が寺の西辺の小宅に押し入って宅の女やその夫と口論、つかみ合いの喧嘩となった。やがて騒ぎに気づいた法住寺から、盆供の使らを追い払おうと刀杖を携えた法師や童までが大勢やってきて、彼らは長櫃を放り出し這々の体で逃げ出してしまう。報告を受けた実資は、甚だしい乱暴狼藉や盆供を捨てての逃亡に怒りあきれている。しかし時すでに夜、家人による即座の調査を憚って、家司の中原師重を検非違使別当源朝任のもとに遣わして事件を知らせた。朝任は検非違使を調査にあたらせると応じてきたが、夜更けに検非違使の官人たちは四堺祭(七月註119)の使として出払ってしまっていたため、明朝より捜査を始めることを伝えてきた(＊2)。翌十五日、朝任は約束通り検非違使右衛門府生秦貞澄を遣わしてきた。実資は家司の師重より昨日の濫行について詳しく説明させ、また盆供の長櫃を探してくるよう加えて指示した。一方、濫行相手の法住寺側からは、大僧都尋光が威儀師勧高を使として便りがあり、闘乱の起こった宅主の男が頭や身に傷を負ったこと、盆供の長櫃は銘を確かめて確保されていることが新たに伝えられた。実資は法住寺の法師や家の仕丁春光丸の証言からも殴り合いの情況を確認しており、自家の当事者・濫行の相手方・検非違使の捜査や尋問など複数のルートから情報や証言を集め、真相を見極めようとしている(＊1)。盆供の長櫃は見つかったが、米は仕丁らが食べてしまったためにほとんど残っていなかったらしい。十八日に実資は量を倍以上に増やし、改めて法性寺東北院に送らせた(▼a)。廿日、実資は闘乱者たちの処分を決める。盆使に従った仕丁のうち二人を検非違使貞澄に引き渡して下獄させ、鎌の使用について尋問するよう指示した。貞澄は二人を返そうとするのだが、実資は断固として糺明するよう返事をしている(▼a)。廿七日、法住寺の尋光が便りを送り、仕丁らを免じるよう実資に伝えてきた。凶器の鎌もすでに受け取ったと言ってきている。実資は検非違使貞澄からも同様の報告を受けるのだが、ここでも厳しい態度をとり、検非違使別当朝任の一存に任せると答えた(▼a)。結局、実資は卅日になってようやく貞澄を呼び、仕丁を獄から免ずるよう朝任に伝えさせたのだった(＊1、七月註251)。

七月廿日、近衛右将監藤原為資が、小一条院と左中将藤原兼頼の牛童従者の間で闘乱があったことを伝えてくる(＊1)。兼頼は実資の娘千古の夫で、小野宮第の東対や西宅を住居としていた(解説二「実資の家族」)。また彼の実父は頼宗であり、頼宗の娘を女御としていた小一条院ともつながりがある。尚、情報を伝えた為資は頼宗の家司である。小一条院は兼頼との間で密々に事件を解決しようとしていたようだが、これを耳にした実資は驚いて、すぐさまこの牛童とその従者童三人を召し捕り、小一条院に送った。小一条院は各々の家で処分をすればよいと四人を返し、実資もこの申し出を受け入れる。ただ兼頼側に狩衣と小刀を奪い取られ腹に傷を受けた者がおり、傷害の相手は橘俊遠の牛童とも言われるなど、情報は錯綜している。橘俊遠は受領で、その娘は実資の養子資高の妻である。また牛童たちは主人の家とは関係なく牛童同士の横のつながりをもっていた。万寿四年(一〇二七)五月廿九日条には諸家の牛童が集まって酒食していたことが記されている。今回の闘乱も主人同士に契機があったのではなく、こうした場で起こった可能性がある。

八月五日、実資家の牛飼童三郎丸の従者童が、前日に検非違使左衛門府生早部重基の随身である庁の火長・左馬寮の下部との間でつかみ合いの喧嘩を起こしていたことがわかった。実資は宮道式光に命じて、三郎丸の従者童を獄に下す。式光は家司として実資の命を受け、検非違使の職務である下獄を行なった(▼b)。この従者童は廿八日になって、実資の命により免獄される(＊3)。禁獄の期間は二十四日間、すべて実資の命によって行なわれた。尚、この牛飼童三郎丸は長和二年(一〇一三)七月二〇日に藤原定頼宅で濫行を起こして二日間禁獄されており、寛仁二年(一〇一八)閏四月二二日には同じ牛飼童石童丸が藤原顕光邸の門前で傷害を受けたその場にも居合わせている。しばしば騒動を起こす家人であっても、実資は長期にわたって同じ者を用いていたようだ。

尚、六月に律師最円の弟子たちが抜刀入乱したとの記事があったようであるが、『小記目録』(第一七・乱闘事、六月七日◆2)のみで詳細は不明である。他に九条家本『延喜式』裏文書に残る三月三日付「僧念寛解」には、念寛の娘のもとに通っていた沙弥久円が盗難罪で禁固されていたところ、久円の本妻が現われ夫の無実を主張し、検非違使に袖の下を渡して念寛を糺問したとある。むろん、実資は平安京に起こる事件のすべてを記録していたわけではない。

一年の事件を通しみてみると、目立つのは従者レベルの濫行である。逆にいえば、有位者や官人が起こした事件で実資にまで情報が伝わるのは、公卿の詮議にかけられるような重大事件に限られている。そんな中で実資が直接関与せず、またとりわけ大きな事件でないにも関わらず記録されているのが、賀茂詣後の暴行と鞍の盗難である。どちらも関白頼通の周辺で起こった事件であったため、貴族間で情報が共有されたのだろう。実資は、従者や家族が関わる事件に対し、小野宮家の長としてその処理をした。事件の処分は双方の主人間で決定されるため、主人同士のつながりが注目されがちだが、従者たちもまた横のつながりをもっていたことを示す史料も存在する。喧嘩の起きた場の問題にも留意する必要があろう。また窃盗事件は内部事情に通じる従者が主人宅を狙って起きる。その一方で、しばしば喧嘩や濫行事件を起こしながらも、長期にわたって同じ主人に仕える従者もいる。喧嘩や窃盗のような事件の記録は、平安京の住人の一人でもある彼らの存在形態を検討をする好材料であるといえる。

〈参考文献〉 西山良平(二〇〇四年)。告井幸男(二〇〇五年)。

三一　喧嘩と窃盗　　久米舞子

三二　月食

太田雄介

月食（月蝕とも）は、太陽と月の間に地球が入り込み、太陽の光が地球に遮られることによってできた影が月にあたり、月が欠けて見える現象で、満月にあたる日の夜にだけ発生する。地球によってできる影には半影と本影の二種があり、月が欠けて見えるのは本影があたった時である。この本影の中に月の全部が入れば皆既月食、一部が入れば部分月食となるが、皆既月食の場合、地球の大気によって太陽の光が一部屈折して本影に入り込むため、月が全く見えなくなるわけではなく、仄かに赤く見える。

日本で最も古い月食の記録は『日本書紀』皇極二年（六四三）五月乙丑（十六日）条のものとされるが、『続日本後紀』承和元年（八三四）正月丁卯（十六日）条以後記録が連続することから、月食の予報が始まったのはこの頃とされる。

1　長元四年の月食

多くの場合、月食は年二回発生するが、長元四年（一〇三一）も正月十六日と七月十五日に発生している。それぞれを現代の暦に換算すると、正月の月食は二月十日、七月の月食は八月五〜六日に発生していることになり、月はそれぞれ現在のしし座・みずがめ座の位置にあった（図参照）。月食の発生していた時刻（現代の時刻）と天体図を示すと以下のようになる。尚、月食の発生時刻と位置を特定するにあたり、『日本暦日総覧』を参照し、株式会社アストロアーツの天文シミュレーションソフトウェア「ステラナビゲータVer. 7」を援用して図を描いた。

・正月十六日（二月十日）の月食
食開始…十五時十五分
皆既　…十六時二十四分〜十七時四十三分
食終了…十八時五十三分

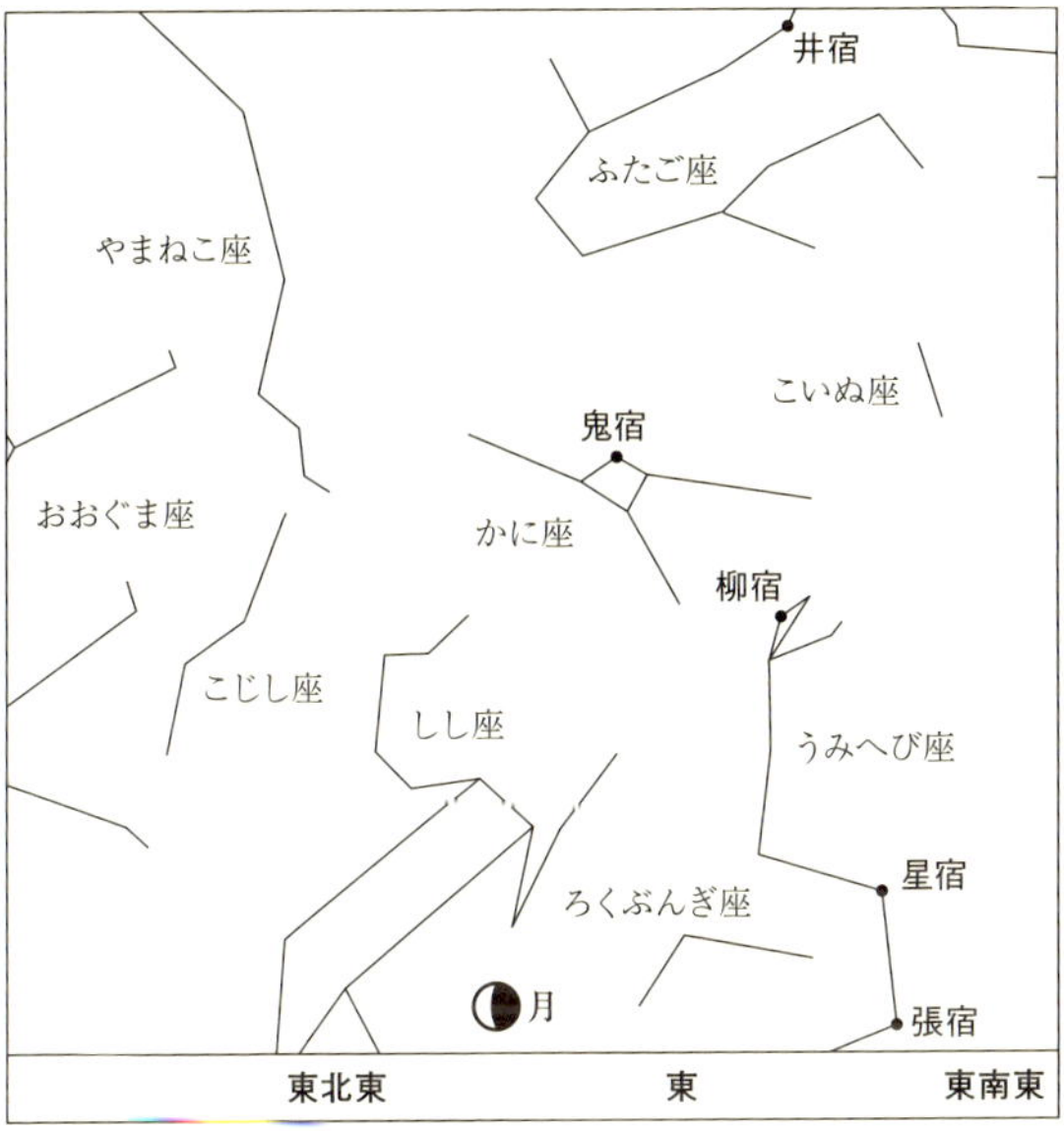

図一：正月十六日の月食（十八時）

・七月十五日（八月五〜六日）の月食
食開始…二十一時五十一分
皆既　…二十二時五十一分〜〇時十九分
食終了…六日一時十九分

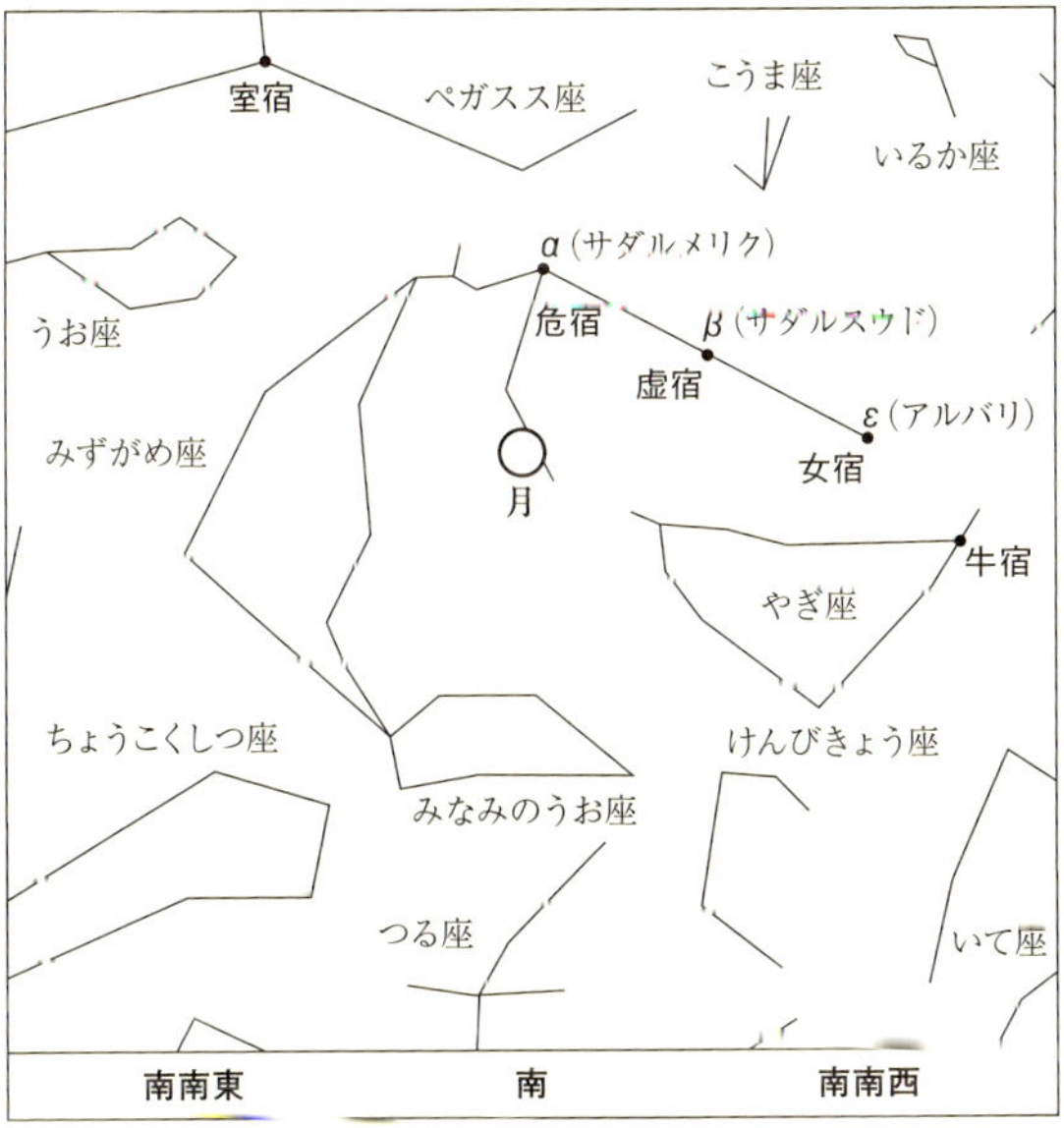

図二：七月十五日の月食（〇時）

※星宿の名は全て距星の付近にゴチック体で付した。

正月十六日の月食については、暦家が具注暦にこのことを記していなかったために問題視されている(正月廿日条＊1、正月註388)。何故このようなことになったのか、その理由は月食が発生した時刻にあると考えられる。即ち、月食が発生していたのは現代の時刻で十五時十五分六秒から十八時五十三分一秒までだが、この日の日の入りは十七時四十七分頃、月の出は十七時四十分頃であった。つまり食が進行していた間は多くが月の出より前にあたっており(月食の途中で月の出となるケースを月出帯食という)、月が見えてくる頃には月食はほとんど終わっていたことになる。このことから暦家としては、見ることのできない月食のことを注記する必要はないと考えたのだろう。

七月十五日の月食は二十一時五十一分三秒(亥刻に入る)から翌日の一時十九分五十四秒(寅刻に入る)にわたって発生しており、欠け始めから皆既月食を経て欠け終わるまでの全てが観測できたことになる。『小右記』当日(十五日)条▼aによれば、暦家が出した予報では酉七刻五十分に食が始まり、亥初刻三十二分に皆既となり、子一刻四十二分に食が終わるとされていたので、実際には予報より遅く発生したことになるが、実資はあまり問題にしていない(七月註120121)。また『左経記』十七日条※2を見ると、この日の月食について間違いなく勘申したとされ、暦博士賀茂道平に禄が与えられたことが記されている。

2　月食の影響

ところが、七月の月食には大きな問題が起こっていた。前述の通り、この日の月食が発生した時、月はみずがめ座の位置にあったが、みずがめ座付近は二十八宿で言う女宿・虚宿・危宿の三つの星宿にあたっており、それぞれ現在のみずがめ座ε星アルバリ・β星サダルスウド・α星サダルメリクの付近に相当する(図二参照)。予報ではこのうちの女宿で食が発生するとされていたが、実際に食が発生したのは女宿よりも東寄りの危宿であった。宿曜道によれば、一人一人にこれらの星宿が本命宿として充てられており、ある星宿で起こった異変はそこを本命宿とする人の運命に関わるとされるが、女宿は実資の、危宿は後一条天皇の本命宿であった。このことから、『小右記』七月十七日条で證昭(証昭)が説明しているように、実資は重厄を脱したが、後一条天皇が重厄になってしまったのである。證昭は宿曜師で、その最大の特色であるホロスコープに基づく運命予測を実資や天皇に説いていたのである(七月註131〜133、解説三五「信仰と禁忌」)。

この影響により、相撲召合における勝負の楽が中止されることになった(解説一一「相撲節会」)。廿二日条＊1によれば、実資は勝負の楽をすべきではないという意見を持ちつつも、「自分はこういったことには疎い」として、頭弁藤原経任と右大弁源経頼にこの考えが成り立つのか否かを諮問している。実資は自分の意見の中で、皆既月食の後で内裏が焼亡してしまった例があることを引き合いに出し、「善政をしなければならない時代に天皇の本命宿で月食があった」と記している。皆既月食の後に内裏が焼亡した事例というのは、寛弘二年(一〇〇五)十一月十五日に発生したものを指していると考えられる(七月註158)。その時の火災で神鏡が原型を留めないほどに破損し、改鋳すべきかどうかが議論されたほどであるから、事の重大性に実資がかなりの恐れを抱いていたことが窺える。また、相撲召合そのものの日取りも議論され、凶日とされる坎日(七月は廿八日)を避けて廿九日に行なわれることとなった。廿四日条▼aには、大外記小野文義が外記日記を参照したところ、承平七年(九三七)七月十六日に皆既月食があり相撲召合の勝負の楽も行なわれていることがわかったが、いわゆる承平・天慶の乱と重なり、不吉な例とみなされたとある。長元四年はこの事件から百年近くが経過しているが、まだ生々しくこのことが語り継がれていたのである。

七月の月食に関連して、その天皇への厄を攘うために仁王会が八月廿二日に実施されている(解説八「仏教行事」)。

先の宿曜道のことと合わせて、天体現象(天変)の宗教的な意味も深く考える必要があるだろう。

〈参考文献〉 村山修一(一九八一年)。山下克明(一九九六年)。三橋 正(二〇〇〇年)。

三三　病気と治療

市川理恵

古記録(日記)は人々の生活を伝えていることからも、非常に重要な史料とされる。ここでは病気についての記述を検証し、その治療や祈禱の実態、さらに出家との関係などを探ってみたい。

1　病状と病名

古記録に記される病気の中で最も多く出てくるのが「風病」である。長元四年条でも、正月廿五日▼b・廿六日条＊2・廿七日条▼a・二月七日条＊2・三月廿八日条▼aで藤原頼通が、七月二日条▼a・四日条▼h・五日条▼aで藤原兼頼が患っていることが知られる。この風病は「かぜ」すなわち感冒のみならず、その他の病気をも包含した綜合的な病気の総称である。中国の医学では、風は四時五行の気であり、人は生まれながら風気を受けて生育し、風気は皮膚や五臓の間に分布する。したがって正風の気を受ければ病気にはならないが、逆風を受ければ、これが皮膚の間にとどまり、あるいは五臓に働いて病気となるという。つまり百病は風によって生じるものであり、またすべての病気は、風病と言い得るのである。しかし人智が進み、医学が進歩するにつれ、病気のうち症状の固定したもの、たとえば咳嗽《がいそう》を主症状とするものは咳病、黄疸を主とするものには黄疸、下痢・嘔吐・腹痛を主訴とするものは霍乱《かくらん》、あるいは血便を主とするものを赤痢、下痢のみを主症状とするものを痢病と称し、さらに伝染性疾患に対しても、その症状・原因等によって疱瘡《ほうそう》・麻疹《はしか》《ましん》・瘧病《ぎゃくびょう》などの病名がつけられるようになった。風病と称するものが、それぞれの症状や原因によって区別され、それに一々病名がつけられて風病から除外されるようになると、あとに残るものは当時の医師たちにまったく不可解な病気と考えられていた神経系統の病気や症状の不特定な感冒性疾患であり、これらが風病として残されることになった。結論的に言えば、当時の風病とは中枢神経系・末梢神経系に属する疾患と今日の感冒様疾患が該当するのである。

風病の他に、長元四年には藤原兼頼の痢、兼頼の母の高熱と痢、平維時の寸白が出てくる。兼頼の母(藤原頼宗室、藤原伊周女)は、三月廿三日条▼bに「重く煩ふ」とあり(三月註214)、阿闍利頼秀の修善により快方に向かったことが知られるが、症状についての具体的な記載はなく、翌廿四日条▼bにも「立願」の後で少し良くなったとあるだけである。しかし七月九日条▼bで高熱を発し、また七月廿六日条▼c・廿八日条▼a・廿九日条▼a・八月三日条▼a・四日条▼aで「腹を煩ふ」「食物、其の形を変へず出づる」「痢未だ止まず」などとあるように、下痢をもよおしていることがわかる。また七月四日条▼bにも兼頼の「痢」が見られるが、「痢」は、「痢病」「痢疾」ともいい、激しい腹痛を伴う下痢で、今日の赤痢の類と考えられている。一方、平維時は病気のため上総介を辞しており(『左経記』六月廿七日条▽b)、臂に大腫ができ、医師に「寸白」と診断されている(『小右記』九月廿日条＊1)。「寸白」は、本来は条虫などの寄生虫症のことをいうが、例えば実資が頬腫を病んだ際にも「寸白所為」としているように(『小右記』寛仁元年八月廿九日条)、腫物もまた寸白の一種と見られていた。その他にも資平の娘や選子内親王が病を患っていたことが知られるが、その症状は不明である。

2　治療と祈禱

病気の治療法としては、兼頼の母の痢病に対し、「湯を以て腹に沃ぐ」(七月廿九日条▼a)、「湯治」(八月三日条▼

a）、そして「金液丹」の服用（八月四日条▼a）などが行なわれ、また医療行為とは言えないが、兼頼が風病じやせ衰えた時には、滋養を摂るために肉食が行なわれている（七月廿三日条▼b）。

古記録において「湯治」という場合、多くは自邸で薬湯をつくってそれに浴すること、あるいは薬湯にて灌水洗治することをさす。そして湯治の対象となる疾病は、胸病・老衰・頭風・風病・脚気・打撲傷・骨折・腰痛・瘡腫・中風・咳病など実に多様である。ここでは下痢が治まらない兼頼の母に対し、湯で患部を温めたのであろう。時代が遡るが、天平九年（七三七）六月廿六日付太政官符（『類聚符宣抄』第三・疾疫）では、下痢に注意を促し、布・綿で腹腰を巻き、必ず温かくしておくようにと指示している。また「金液丹」は、製法は不明であるが、万病に効くとされた貴薬であり、藤原忠平や三条天皇も服用していたことが知られる。『抱朴子』（巻四）には、「一斤の黄金と玄明竜膏・太乙旬首中石・氷石紫・遊女玄水液・金化石・丹砂とを合和して金液をつくり、それに水銀を少量混ぜ、三日間煮た上で黄土の甕に入れ、六一泥で封をし、強火で百二十時間炊くと丹に変じる。これを小豆粒ほど服用すれば仙人になれる。」とある。すなわち金液の主成分は黄金・硫化水銀・砒素である。『医心方』（巻一九―一四）では『服石論』を引き「太上真人九元子の秘方なり。」として効能を説いているが、製法には触れていない。

しかし、病の治療法として最も多く登場するのが加持・修法である。七月二日条▼a・四日条▼bでは兼頼のために「諷誦を祇園に修す」とあり、三月廿三日条▼b・八月十一日条▼cでは、兼頼の母のための修善が行なわれ、また九月廿日条▼c・廿六日条▼aでは資平の娘のために「修法」「祈禱」「諷誦」が行なわれている。特に実資は、兼頼の母の病気平癒祈願のための修善（修法）において娘千古の婿である兼頼に気を遣い、必要なものを送らせている。これらの加持・修法は、病気の原因が怨霊（モノノケ）の類と認識されたために行なわれた。三月廿三日条▼bで兼頼の母の病を「邪気の為す所」と捉え、九月廿日条▼cでは資平の娘の病に対し、「種々の霊・貴布禰明神・天狐の煩はしむる所」とされた。そして八月三日条▼aでは「霊気を人に移す」とあり、兼頼の母に対し加持が行なわれ、霊気(モノノケ)を「よりまし」に移したことが窺える。加持は、験力のある僧侶が陀羅尼を誦すと、仏がそれに応え、力を与えるのであり、この仏の力は護法童子という目に見えぬ童形が鬼神姿になって顕われ、病人に憑いたモノノケを「よりまし」に移し、調伏すると考えられていた。修法は、不動明王・大威徳明王などを本尊とし、その前に壇を設けて道場を作り、阿闍梨が護摩《ごま》をたき、手には印を結び、口には真言を唱え、心には本尊を観じて一体となることで祈願を達成しようとする密教の祈りで、その一部としての加持がなされることもある。ただ、修法は寺院などに依頼して遠方で行なうこともできるが、加持は病人の側で「よりまし」を用いるのであり、直接病人に働きかけるものであった。

3　受戒と出家

病人がいよいよ重症にいたった場合、受戒や出家が行なわれる。長元四年では、九月廿八日に資平の娘が「授戒」し(▼b)、前賀茂斎院選子内親王が「出家」している(＊1)。資平の娘は六波羅蜜寺で奇久を戒師として受戒したが、実資がわざわざ娘のことを「病者」と記していることからも、病気平癒の祈りの一環で行なわれたと考えられる。「戒」は除病に対しても勝れた力を発揮するとされ、この除病の力を身に受けるために病者の受戒がよく行なわれていたのである。

それに対し、選子内親王の場合は「出家」のために大僧正深覚(母方のおじにあたる)から「授戒」した(『左経記』同日条※2)。六十八歳の選子内親王は七月五日から病気を患い(『左経記』同日条※1)、八月中に「遁世」することを希望し(『左経記』八月十日条※1)、実資にも深覚を通じて斎院を辞める意志が伝えられていたが(『小右記』八月十二日条＊4、八月註144）、伊勢斎王の託宣や上東門院の物詣などにより延期されていた。関白頼通は十月八日の退出を考えていたが（『小右記』九月廿一日条＊1）、「若し重病に及ばば、恐らくは本意を遂げ難き歟。」という強い要望によって（『左経記』同日条※1）、禖子内親王は九月廿二日夜に深覚の車で室町院に退出し（廿二日条※1）、廿八日に出家したのである（廿八日条※2）。この時は、沙弥戒（十戒）を受けて尼となったと考えられるが、病気平癒の祈りではなく、「本意」とあるように来世を希求する「出家」であった。それは、閏十月二日に、源信の弟子で『往生講式』の作者として有名な覚超から再び十戒を受けていることからも明らかである（『左経記』同日条▽a）。選子内親王が薨去したのは、その四年後の長元八年六月廿二日で、時に七十二歳であった。

摂関期には、死の数日前ないしは数刻前に行なわれる「臨終出家」が一般に行なわれていた。しかし藤原道長のように、寛仁三年（一〇一九）三月廿一日に出家したものの、薨じたのは、五年後の万寿四年（一〇二七）十二月四日というように、出家後に平癒した例もある。「臨終出家」は、僧侶を招いて授戒するが、仏教教団での修行を前提とした戒壇院（寺院）で行なうものではなく、出家本来の意味とは全くかけ離れた、いわば来世へのパスポートのようなものであった。これは重病患者が自らの死を自覚した時に行なうもので、出家の功徳による延命や死後の極楽往生を願い、また来世を仏教に託すという意思表示でもあった。その次第は、例えば昌子内親王の場合、額の髪の毛を剃ってから西を向いて阿弥陀仏の法号を唱えるなどしている（『小右記』長保元年十二月一日条）。また平安時代の女性たちは、以前に尼になっていても、その姿が「尼削り」といわれる髪を残したままであったためか、病状が悪化すると更に「完全剃髪」をするという二重の出家が行なわれていた。そして摂関期の貴族社会においては、臨終出家は完全に定着し、ほとんどの貴族が死を前にして出家することを望むようになっていた。

平安貴族にとって病気とは単なる医学の対象ではなく、宗教的なものであり、人生そのもののあり方と深く結びついていたのである。

〈参考文献〉　服部敏良（一九五五年・一九七五年）。新村　拓（一九八三年・一九八五年）。谷口美樹（一九九二年）。石田瑞麿（一九八六年）。堅田　修（一九九一年）。三橋　正（二〇〇〇年）。

三四　穢

関　眞規子

穢《けがれ》とは、祭・神事などで忌避されなければならない不浄なもの（状態）をいう。それに触れることを触穢といい、触穢の人が神事に携わると、神の崇《たたり》を招くとされた。通説的に、日本古代の穢は罪との区別が判然とせず、祓《はらえ》によって除去されると言われてきたが、大祓詞に穢の語は出てこないし、平安時代の実態をみても、穢が祓でなくなることはない。穢は、規定で定められた一定期間ずっと存続し、かつ伝染するものとされていた。平安貴族たちは「穢を近づけると祟をなす」という神観念と「神事最優先」の政治姿勢に基づいて、穢規定を遵守していたのである。穢により国家祭祀や社寺参詣など公私の宗教行事が中止されただけでなく、更なる伝染を恐れて朝儀全体に支障を来たすことが多かったし、日常生活にも大きな影響を与えた。

1　穢規定と定穢

穢規定は、『神祇令』散斎条の「穢悪事」を『弘仁式』で再規定し、『貞観式』で「穢」という用語に置き換えるなどの改定を経て、『延喜式』（巻三・神祇三・臨時祭）全九条にまとめられた（正月註290）。穢として、人の死は三十日、産は七日、家畜（鶏以外）の死は五日、産は三日、そして火事など不慮の火を意味する「失火」は七日、それぞれ忌《いみ》が必要とされており、そこには記紀神話に見られる「火」の神を「産」んで「死」んだイザナミ命のイメージが投影されたと考えられている。また「失火」以外は、「着座」を契機として甲（発生場所）から乙・丙へと転展（伝染）するという触穢の規定もなされている。その他、穢に準ずるものとして、食肉・下血などがあり、仏教と共に内裏における潔斎で忌まれなければならないとされた。

これらの規定が神祇式でなされていることからも、穢の影響は、直接的には神事(及び清浄性を必要とする宗教的行事)にしか及ばない。しかし、平安貴族社会で神事は最も重要な政治儀礼であったし、穢は伝染能力を持っていると考えられたので、政治・行政への影響も多大であった。よって、穢の発生の有無、種類(忌の期間)や伝染範囲などについて、最終的な判断は「定穢」の場において天皇(あるいは摂政・関白など)によってなされていた。すなわち『西宮記』(臨時一甲)に「定穢事」という項目があり、そこに醍醐・村上・朱雀朝の事例が挙げられている他、円融天皇・花山天皇・一条天皇の実例が指摘されている(『小右記』天元五年〈九八二〉正月十七日条、寛和元年〈九八五〉三月十日条、永祚元年〈九八九〉十一月廿四日条、『御堂関白記』長保元年〈九九九〉九月八日条、『小右記』寛弘八年〈一〇一一〉正月廿九日など)。また、三条天皇の時代には、道長が諸卿を集めて定穢を行なっていた(『御堂関白記』長和二年〈一〇一三〉二月廿四日条など)。

長元四年には、関白藤原頼通に定穢が託されている。正月廿八日の早旦、小野宮邸内で犬がくわえてきた片足のない子供の死体が発見された(＊1)。これを不完全な死体と見なして人死穢の三十日の忌を適用するか、五体不具穢として七日の忌とするか、実資では判断できないとし、頭弁藤原経任を呼んで頼通の決定に委ねることを伝えさせた(＊2)。五体不具の穢とは、不完全な死体または死体の一部分によって発生する穢で、『延喜式』穢規定には無い語であるが、「三月以下の傷胎(妊娠三ヶ月以下の子供の流産)」に対応させて「忌七日」とされたと考えられる(正月註460)。二月には重要な神事が集中していたため、特に慎重な対応が取られたのである(正月註464)。頼通からは、前例を調べた上で判断するとしながらも、廿八・廿九日の物忌(正月註378・455)を過ごした後になるとの返事が伝えられた

（＊3）。二月一日条には、頼通からの消息（手紙）に、一日を避けて二日に先例を外記に調べさせると伝えてきたこと、大外記小野文義が年々の日記を持って来て、資平は実資邸の穢により殿に昇らず、それを地上で読んだことなどが記されている（＊1、正月註466、『左経記』同日条※1）。そして二日、延長四年（九二六）に、手足がなく首と腹がつながっている死体を死穢として扱った例を挙げ、今回も死穢として扱うことが決定された（『小右記』同日条＊2、『左経記』同日条※1）。確かに延長四年十一月に三十日の穢により諸祭が延期されたという例があるが、その原因については不明である。むしろ、翌延長五年六月四日に今回と同様の死体について穢としなかったという例が『西宮記』（臨時一甲・定穢事）に引かれており、穢への対応が時代と共に敏感になっていたことを窺わせる（二月註18）。また、実資が頼通に定穢を委ねたこと自体、七日の忌とするには憚りがあると判断されたからであり、頼通も外記の勘申を得る前から三十日の穢とする意向であったと思われる。頼通一人の判断に委ねられるという定穢そのもののあり方の変化と共に、過敏ともいえるほど慎重に穢を扱おうとする姿勢が注目される。

2　穢の影響と対処

この穢により、実資だけでなく同居していた婿兼頼も二月の大原野祭・春日祭への奉幣ができなくなり、そのことを神に謝罪する由祓を二人で行なった（二月二日条＊1・七日条＊3、二月註15 16 17 53）。また、正月廿九日には、小野宮邸で恒例の月例法華講が予定されていたが、これらの神事後に吉日を選んで行なうよう延期された（＊1）。参加者の触穢を避けるためである。二月廿七日＊1に実資が穢で仁王会のための堂の飾付けをしなかったのも、同様の理由である。それ以上に、三十日の穢とされたことで、一上である実資が二月廿八日まで出仕できなくなり（二月廿八日条▼a）、除目の執筆を内大臣藤原教通に変更せざるを得なくなった。政務に与えた影響は甚大なものであった。

穢の拡大を予防する措置がとられていることも重要である。穢は「着座」により伝染するとされたので、実資邸に来た者が建物に上がらずに事を済まし、文書を渡さずに地上で読み上げている(二月一日条＊1)。

他の事例を見ても、穢規定が遵守されていたことがわかる。二月九日条＊1に、藤原斉信邸で発生した犬死穢を知らずに着座したことについて、忌の期間が十一日まで(発生は七日か)と明記されている。七月廿四日条＊1＊2に、犬死穢が発生した内裏から実資邸に来た左少弁源経長に対し、着座していないことを確認してから呼び上げたとあり、穢中の仁王会定は憚るとされている。八月八日条▼bに、内裏で犬死穢があったので、十三日の祈年穀奉幣の準備が前日までにできず、当日行なうとされている。同月十五日▼a、実資邸で東門から入って来た馬が死んで穢(馬死穢)となり、それを周知徹底させる旨の簡を立て、当日の石清水放生会への奉幣を中止し、兼頼と共に由祓を行なったとある。実資邸を訪れた紀伊守源良宗は着座していないし、実資もこの穢の期間が過ぎてから伊勢公卿勅使の宣命に取りかかるとし(解説二〇「伊勢斎王託宣事件」)、十七日条＊1では、祈年穀奉幣の上卿である資平に、儀式当日の今日ではなく明日来るよう伝えている。他方、廿日条＊2では、資平が「転展の穢(伝染して来た穢)」により「着座」しないと言っている。九月九日▼aで、内大臣教通が頭弁経任に「立ち乍ら」来るように言っているのも、伝染を予防するためであろう。

以上は、穢発生後の処置であるが、穢そのものを発生させない方法もあった。七月八日条▼aには、行頼の母(明任の妻)が阿闍梨興照の別所で急死した時、興照が(恐らく死の直前に)車に乗せて外に出したとある。穢は死によって邸宅(建物)内で発生するので、生きているうちに外に出せば、問題ないとされていたのである。当然、僧侶らしからぬ非人道的な措置は非難されたが、寺院社会でも穢を忌避する風習が定着していたことを示す記事として注目される。

穢の中でも死穢は「凶事」と考えられていたようで、先述のように月初(朔日)に外記への正式な諮問が憚られた(二月註1)。また『左経記』十月五日条※1に、源経頼は昇進してから初めて假文(休暇願)を提出するにあたり、犬死穢では事の憚があるとして、産穢に触れたとしている。

穢は平安貴族の神観念と一体化したもので、神事に直接関わる場面では特に過敏な対応がなされていたが、賀茂斎院などの神祇機関では尚更であったと想像される(『左経記』八月十日条※1・十二月廿八日条※2※3)。また、穢(触穢)は伝染能力を持つとされていたため、宗教行事以外にも多大な影響を与えた。但し、触穢を理由に公事への参加を辞退することもあったと考えられ、真相の解明には慎重を期さなければならないだろう。

〈参考文献〉岡田重精(一九八九年)。山本幸司(一九九二年)。三橋　正(一九八九年・一九九九年・二〇〇三年)。

三五　信仰と禁忌

三橋　正

平安貴族は神祇・仏教・陰陽道《おんようどう》など複数の宗教を、情況に応じて使い分けながら信仰していた。古記録（日記）を読む上で、平安貴族の行動を規制するこの複雑な宗教的価値観を理解しておく必要がある。ここでは、実資の信仰を中心に、平安貴族社会における宗教の役割とその影響力についてまとめてみたい。

1　神祇信仰と社寺参詣

平安貴族の信仰の中核に位置づけられていたのは、氏祭を中心とする神社の祭である。藤原氏の氏祭である春日祭・大原野祭・吉田祭、源氏・平氏の氏祭でもある平野祭、橘氏の氏祭である梅宮祭などは朝儀として行なわれる「公祭（おおやけまつり）」でもあり、そこへの参加は官職を持つ氏人にとって自己存在の表明であり、また義務的なものであったと考えられる。当初は祭への参加（奉仕）が基本であったと考えられるが、摂関期においては、祭への奉幣（捧物としての幣帛を奉ること）が一般的であった。

藤原実資は、春日祭（二月・十一月上申日）・大原野祭（二月上卯日・十一月中子日）と石清水放生会（八月十五日）・祇園御霊会（六月十五日）・賀茂祭（四月中酉日）に奉幣していたが、『小右記』長元四年条で確認できる二月の大原野祭・春日祭、八月の石清水放生会へは、いずれも穢により奉幣できなかった（二月二日条＊1・七日条＊3・八月十五日条▼a、二月註15 16 17 53、八月註162 163、解説三四「穢」）。その代わりに行なわれた由祓は、神へ奉幣できなかったことを謝罪する意味を持っていたと考えられる。また、婿兼頼にも同じく出祓をさせていることが注目される。

摂関期における神祇信仰はほとんど祭への奉幣でなされ、神社への私的な参詣(初詣・百度詣など)が一般的になるのは院政期以降である。その中で、摂関家による賀茂詣が賀茂祭と同じ四月に催され、長元四年には関白頼通により競馬も行なわれているが(『左経記』四月廿六日条▽a〜▽e、解説一八「摂関賀茂詣と競馬奉納」)、これなどは神社参詣を中心とする神社信仰の形成に至る過渡的現象と見ることができる。

他方、寺院参詣の風習は既に根付いており、実資も三十歳代までは毎月十八日に清水寺へ参詣していた。三月四日条▼bに婿兼頼が清水寺に参籠して燈明と諷誦を奉ったとあるのは、実資の影響かもしれない。また、同月十八日条▼bに清水坂下の者に塩を施したとあり、七月に小野宮邸の池に咲いた蓮華を諸寺に奉納する際にも清水寺を最初にし(四日条＊1)、同月六日条＊1には娘千古のことと合わせて息災を祈る観音品の転読をさせている。

三月十日、実資は一族の者と共に栖霞寺に参詣して文殊像を拝している(＊3)。この文殊像は宋からの舶来品であり、同年九月十八日には源経頼も拝している(『左経記』同日条※1、解説一六「対外関係」、《付1》「口絵解説」)。貴族たちは新しい文化に敏感な反応を示していたのである。

長元四年の最大の参詣行事は、九月の上東門院藤原彰子による石清水八幡宮・住吉社・四天王寺への参詣である(解説二一「上東門院物詣」)。東三条院藤原詮子の例に倣うものであるが、その盛大さは実資の批判の対象ともなっている(『小右記』九月十九日条▼c・廿五日条＊1)。実資の批判が出家した女院による神社への奉幣にも向けられていることから明らかなように、この参詣はそれぞれの社寺での経供養・講読などを含む神仏習合的なものであった。また、帰路に遊女を招いての饗宴と歌会が催されるなど、遊興的な側面もあった(九月註327)。

神仏習合的な霊場として、この時代に最も崇敬を集めていたのが金峯山(南山)である(三月註191)。金峯山詣(御嶽詣)は寛弘四年(一〇〇七)に藤原道長が行なったものが最も著名で、一ヶ月にわたる精進(御嶽精進)をして参詣し、山上ヶ岳の頂で埋経したことは『御堂関白記』にも詳しく記されている。もともと僧侶の修行場であったと考えられ、長元四年にも證昭が参詣するということで、実資は浄衣のための手作布を送っている(三月廿一日条＊3)。下級官人にも金峯山詣の風習が広まっており、大内記橘孝親が八月七日に出発して廿二日に燈明を奉ると報告されている(八月一日条▼b・廿日条＊2・廿三日条＊3)。これにより伊勢公卿勅使の宣命作成者に現任の内記以外を充てなければならなくなるなど、政務への影響も大きかった。『小記目録』(第一七・勘事、閏十月三日条◆1)「大内記孝親過状付二外記一不二伝進一事」とあり、孝親へは帰洛後に過状の提出が求められたようであるが、『同』(第一四・詔勅事、十一月十八日条◆1)に「大内記孝親持二来明日詔書草一事」とあるように、すぐに公務復帰がかなっており、大きな処分がなされたとはいえない。伊勢公卿勅使という特別な行事がなければ私的な金峯山詣が問題にならなかった可能性も考えられ、信仰には寛大であったといえる。また、二月十九日条＊1＊2に平正輔の証人とされた斎宮助ムが熊野詣に出かけて出頭しないとあり、金峯山のさらに南にある熊野への参詣も盛んになりつつあった(二月註133)。

2 仏教

仏教は貴族の日常生活にも深く浸透していた。

実資は生涯にわたって様々な仏事を催し、定例化させてきたが、長元四年条ではその総括された様相を見ることができる。先ず寛弘二年(一〇〇五)から日課として始めた尊勝陀羅尼の念誦を欠かさなかったし(七月廿三日条▼a・廿五日条▼b、七月註162)、小野宮邸の東南に建設した念誦堂には常住僧を置いて様々な祈禱を行なわせ、自らも多宝塔の拝礼をしていた(九月十三日条▼a・十四日条▼a、正月註416・九月註124 145)。

正月一日条に、四方拝(▼a)に続いて十斎大般若読経・東北院大般若読経・諸寺御明(燈明)のことが記されているように(▼b、正月註2〜4)、年間を通じて多くの仏典供養・転読、諸寺への祈禱・諷誦が行なわれている。経典としては、大般若経の他に、般若心経・仁王経・法華経などがあり、諷誦を修す寺社には、東寺・六角堂・清水寺・祇園感神院・広隆寺・賀茂下神宮寺・北野などがあった。このうち、十斎大般若読経は寛弘八年(一〇一一)七月一日条が初見で、四季(年四回)の行事として小野宮邸でなされていたが、この長元四年冬から比叡山にある良円の房に移されることになった(九月廿八日条＊2、九月註330)。良円は実資の実子であり(解説二「実資の家族」)、肉親の僧侶が最も信頼できると考えられたのであろうか。四季の行事としては、念誦堂内での修法(正月註414)、聖天供(正月註419)、祇園社般若心経・仁王経読経(正月註420)、小野宮邸での仁王経講演(二月註218・七月註18)、尊星王供(三月註27・七月註17)などがある。また、月例の仏事として石塔造立や泥塔造立があったと考えられるが(正月註4・三月註115)、長元四年条には見られない。さらに神前読経として春日・大原野十列代仁王経読経や賀茂社仁王講があり(二月註76、解説一九「十列奉納」)、定例の陰陽道祭祀として鬼気祭があり(二月註215)、実資の本命日(丁巳)には本命供が行なわれていた(正月九日条▼a・三月十日条▼a・七月十二日条▼b、正月註252)。これらの仏事は、一部で陰陽道祭祀と並行して挙行されていることからも、日常生活の安泰を願う目的で事ある毎に追加され、定例化していったと考えられる。また、聖天供など、娘千古をはじめとする一族のための仏事も多く営まれた。

実資の数ある仏事の中で中核を占めたのは、月末に行なわれた月例法華経講演である(二月卅日条＊1、二月註220)。毎月晦日、小野宮邸に僧侶を招いて法華経を講演させるというもので、長保二年(一〇〇〇)正月から閏月も含めて毎月一品ずつ(できなかった月の分は翌月に加える形で)欠かさずに三十講を続けてきた。長元四年は七月卅日▼aの観普賢経(結経)講演で三十講の一サイクルが終了し(七月註252)、八月卅日▼aの無量義経(開経)から新たなサイクルが始まり(八月註372)、以後も継続されたと考えられる。そこには養子資平や婿兼頼などの他、頭弁経任なども参加しており、実資を中心にした仏教文化サークルの展開が窺える。

仏教には他の宗教に代え難い重要な信仰が託されていた。来世希求的信仰である。実資は、実父母・養父母・室・娘・乳母などの忌日にそれぞれの縁の寺院で追善の仏事を営み(二月註103)、七月十四日には盂蘭盆供を送っていた(七月註109)。仏教による来世の祈りは、死者を供養するためだけではなく、当然、自らの死後についてもなされた。長元四年条から実資の意識を知ることはできないが、『日本紀略』長元五年三月廿六日条に「右大《実資》臣実資家供㆓養千部法華経㆒」とあり、『小右記』同年十二月三日条に「法橋定朝奉㆑請㆓阿弥陀仏・観音・不動尊㆒、為㆓□(後カ)世菩提㆒奉㆑造㆓尊像㆒也、禄定朝鈍色綾褂一重、相㆓副小仏師三人疋絹㆒」とあり、自らの「後世の菩提」を祈願していたことは明らかである。また、先述の月例法華講も来世への作善と見なされ、実資の卌九日の追善願文(『本朝続文粋』巻一三・願文下・諷誦文、藤原明衡筆)で特筆されている。

この時代に自らの来世を仏教に委ねる最大の意思表示は、臨終出家となって表われる。長元四年には、選子内親王が五十年以上勤めた賀茂斎院を辞し、深覚のもとで出家している(『左経記』九月廿八日条※2、解説三三「病気と治療」)。それは「遁世」を願う「本意」によるものであり(『同』八月十日条※1・九月廿一日条※1)、続けて源信の弟子でもある覚超から再び十戒を受けていることからも(『同』閏十月二日条▽a)、浄土信仰の影響により死後の往生極楽を願った出家であったことがわかる。選子内親王の薨去は四年後の長元八年六月廿二日、七十二歳の時であるが、これも広義の臨終出家に含まれるといえる。

そして実資も、永承元年(一〇四六)正月十八日、九十歳で薨去する直前に出家するのである(『公卿補任』)。

3　陰陽道の忌日と物忌

陰陽道は、中国の陰陽五行説や道教的な儀礼を受用しながらも、平安時代に日本的に形成された宗教の体系である。そして、具注暦を作成する暦のスペシャリストとして暦に関する知識を用いた占術や日時・方角の吉凶禁忌の勘申で独自性を発揮し、貴族社会内で「暦に基づく信仰（暦と一体化した信仰）」を担っていた。貴族たちは平穏な生活を維持するために、陰陽道が指摘する様々な禁忌を守らなければならなかった。

第一に、具注暦などに記された忌日《いみにち》があり、祈年穀奉幣・仁王会・季御読経とその定、元服や着袴など、公私に関係なく、ほとんどすべての臨時行事を行なうに際して、忌日を避けるために陰陽師による勘申（事前調査）が必要とされた。特に問題となる忌日に次のようなものがある。

・坎日《かんにち》（九坎《きゅうかん》）…諸事に凶として外出などを控えるべきとされ、月ごとに十二支によって日が決められていた。正月は辰、二月は丑、三月は戌、四月は未、五月は卯、六月は子、七月は酉、八月は午、九月は寅、十月は亥、十一月は申、十二月は巳。〔『小右記』正月十日条＊1・七月十六日条▼a・十七日条▼b・十八日条▼b・廿三日条＊1、正月註260。〕

・重日《じゅうにち》…十二支のうち陽の重なる巳の日・陰の重なる亥の日で、この日の行為は重なって生じるという。次の復日と合わせて問題となる。〔『小右記』八月六日条▼b・廿日条＊3、八月註86。〕

・復日《ふくにち》…月を支配する五行と、その日の五行とが重なる日。その日に凶事を行なうと禍が重なり、吉事に用いると福が重なるという。但し、結婚は忌む。正月と七月（木）は甲・庚、二月と八月（火）は乙・辛、三月と六月と九月と十二月（土）は戊・己、四月と十月（金）は丙・壬、五月と十一月（水）は丁・癸。〔『小右記』一月十三日条＊

5・八月六日条▼b・廿日条＊3、二月註88。〕

・滅日《めつにち》(没日)…一ヶ月三十日と実際の月の運行の周期の異なることから生じる残余の日。陰陽不足の悪日とされた。正月・二月は辰・酉・亥、三月・四月は未、五月は戌、六月・七月・八月・九月は寅、十月は丑・午、十一月は巳、十二月は丑。

・厭対日《えんたいにち》…婚礼・外出・種まきなどを忌む。正月は辰、二月は卯、三月は寅、四月は丑、五月は子、六月は亥、七月は戌、八月は酉、九月は申、十月は未、十一月は午、十二月は巳、というように十二支を逆行して各月に当てはめた日。

・帰忌《きい》日(帰亡日)…帰家・移転・嫁娶・加冠・入国などに不吉とされる。正月・四月・七月・十月は丑、二月・五月・八月・十一月は寅、三月・六月・九月・十二月は子。

・凶会《くえ》日…干支の組合せで悪日とされる。正月は庚戌・辛卯・甲寅、二月は己卯・乙卯・辛酉、三月は甲子・乙丑、丙寅・丁卯・戊辰・壬申・庚辰・甲申・丙申・戊申・庚申・癸亥、四月は戊辰・己巳・乙未・辛未・癸未・己亥・丙申・丁未・丁巳・戊午・己亥、五月は丙午・壬子・戊午、六月は己巳・丙午・丁未・癸丑・丁丑・戊午・己未、七月は乙酉・甲辰・庚申、八月は己酉・乙卯・辛酉、九月は丙寅・甲戌・戊寅・辛卯・壬辰・癸巳・甲午・乙未・丙申・丁酉・戊戌、十月は乙丑・己巳・丁丑・戊子・己丑・戊戌・己亥・辛丑・丁丑・壬子・癸丑・丁巳・癸巳・癸亥、十一月は戊子・丙午・壬子、十二月は戊子・丁未・壬子・癸丑・癸亥。

・道虚《どうこ》日…外出をきらう。毎月の六日・十二日・十八日・廿四日・晦日。

・往亡《おうもう》日…外出を忌み、特に出発・出軍・移転・結婚・元服・建築などの凶日。一年に十二日(立春から七日目、啓蟄から十四日目、晴明から廿一日目、立夏から八日目、芒種から十六日目、小暑から二十四日目、立秋から

三五　信仰と禁忌　三橋　正

九日目、白露から十八日目、立冬から十日目、大雪から二十日目、小寒から三十日目)。

・八専《はっせん》…十干と十二支の五行が合う日で、この期間は雨が多いといわれ、婚姻・造作・売買などを忌む。干支の最後である壬子から癸亥までの十二日間のうち、丑・辰・午・戌の四日を間日《まび》として除いた残りの八日。壬子(水水)・甲寅(木木)・乙卯(木木)・丁巳(火火)・己未(土土)・庚申(金金)・辛酉(金金)・癸亥(水水)をいい、一年に六回ある。〔『小右記』二月廿六日条＊3、二月註197。〕

また、個人の生まれた年によって決まる「衰日《すいにち》(行年衰日)」があり、寛弘五年(一〇〇八)戊申生まれで二十四歳の後一条天皇の御衰日として寅・申の日が問題とされた(『小右記』二月廿六日条＊3・八月六日条▼b・廿日条＊3・九月廿三日条＊2、二月註197)。他に、祈年穀奉幣を行なう日として「天下滅亡《てんかめつぼう》日」と「百神上天《ひゃくしんじょうてん》日」を避けるべきだという意見が出されている(『左経記』五月十一日条※1)。

第二に、占によって提示される禁忌がある。

国家的な吉凶を判断する軒廊《こんろうの》御卜《みうら》では、神祇官と陰陽師が共に卜占を行ない、両者が補完し合う形になっている。例えば、長元四年八月十一日に出雲国の杵築社の神殿が理由もなく顚倒したことについて、閏十月三日に軒廊御卜がなされ、神祇官により怪所(出雲国)における兵革か疫病、陰陽寮により艮(東北)・巽(南西)方向での兵革か疫病が起こると予測されたので、該当する国々に注意を促す官符が発給された(『左経記』閏十月三日条※1)。

ところが、貴族の私的な卜占は陰陽師のみに託される。それは六壬占法《りくじんせんぽう》という式盤《ちょくばん》を用いた占で、凶事の予兆と目される怪現象についての発生場所・日時を聞き、その日の干支と時間を基に式盤の天盤(円)と地盤(方)を組み合わせて四課三伝を確定し、そこから卦遇《けぐう》を演繹して推断を加えるものである。その結果を記した卜形《うらがた》(占形)は依頼者(氏長者など)に届けられ、さらに関係者に回覧されるが、そこには慎むべき男女が生年の十二支で示され、彼らが慎むべき日が十干(五行により二日連続)で示されている。これが物忌で、該当するとされた貴族たちは、自分の具注暦に書き入れ、その日の外出を極力控えるなど、消極的な生活を余儀なくされた。長元四年の例として、正月廿三日に興福寺の食堂の上に白鷺が集まるという怪異について、氏長者である藤原頼通が陰陽師に占わせ、その結果(占方)が藤原氏の該当する公卿に配られた(『小右記』正月廿七日条＊1、正月註455)。この物忌には、氏長者である頼通、巳年生まれの実資、そして内大臣教通や実資の婿兼頼も該当したが、指定された日が守られていたこともわかる(正月廿八日条＊2・二月九日条▼a・十一日条＊1・七月廿一日条▼a・八月一日条▼a)。

尚、陰陽道の忌日(物忌を含む)は、月ごとに干支で示されるものが多いが、その月は節切り(二十四節気の一つおきの切り方)であるので、注意を要する。

4　宿曜道

この年、七月十五日に月食があった(七月註120、解説三二「月食」)。当初、実資の本命宿である女宿で食があると予測されていたので、比叡山延暦寺で大般若経を転読させるなど、本命宿での月食から起こるとされた災厄を回避するための仏事がなされていた(十三日条＊1)。ところが十七日に実資邸を訪れた證昭は、月食が予定されていた女宿ではなく二つ先の危宿で起こったとし、実資にとっては重厄を脱した「希有のまた希有也」と言った上で、「危宿は後一条天皇の本命宿であり、その御慎は軽くないから、この由を奏上してもらおうとして頭弁藤原経任のところに向かった。」とも言っている(▼a)。證昭は三月の金峯山詣前に実資から浄衣料の布をもらった僧であるが(先述)、この時代に隆盛した宿曜師《すくようじ》としての活動が注目される。

宿曜道は、日延が村上天皇の天徳元年(九五七)にもたらした符天暦を拠りどころとして行なわれた暦算・占などの術で、その術を受け継いだ僧侶(宿曜師)のグループは、暦の作成や天体の異変を予測するなど、陰陽道の教説や活動を下敷きにして貴族社会に進出した。陰陽道との大きな相違は、符天暦から算出された個人の誕生日時を天体中の九曜や二十八宿の位置に示して占うホロスコープ占星術にあり、特に日食・月食に際して個人に降り懸かる災厄を予測し、それを除去するための密教修法などの仏事を提示していた。平安前期には確立していたと考えられる陰陽道による物忌が国家的・氏族的な共同体意識を前提として災厄予測をしていたのに対し、宿曜道は日食・月食にかかわる災厄を個々人の本命位との関係から説明したのであり、個人意識を前面に押し出した思想によって独自の活動が展開されていた。長元四年七月の月食について證昭が述べた解釈は、宿曜道の思想により天皇の運命と貴族個人の運命が相対化されており、貴族社会における個人意識を発展させたと評することができる。

天皇の本命宿で起こった月食の影響は相撲節会の楽が中止されたことなどに現われるが(廿二日条＊1、解説一一「相撲節会」)、実資個人は特に警戒していたようで、四日条＊2に「今暁の夢に、相撲の間、慎むべきの告有り。」として関白頼通に相撲節会への不参加を認めさせたほどである。そして、月食が本命宿から外れたと判明しても警戒は解かれず、相撲節会に参入していないばかりか、七月中に一度も外出していないのである。

定例とされていた本命供(先述)も実資の場合は仏教によるもので、同時代に藤原道長が宿曜師仁統による本命供を行なわせていることから(『御堂関白記』寛弘七年六月十九日丙寅条)、宿曜道との関連が想像される。

また『小右記』九月廿五日条＊1に、上東門院物詣の期日に含まれる庚午と大禍日(九月廿六日辛未)を「不快」とする見解が記されている(九月註304)。大禍日は『宿曜経』に説かれる忌日で、具注暦には朱書で注記されている。大禍日を「不快」とする見解に宿曜師の関与があったかは不明であるが、『簠簋内伝』(巻二)では狼藉日・滅門日と共に三箇悪日として神事・仏事に凶とされ、『暦林問答集』(釈金剛峯第六四)に、

或問、金剛峯何也、答曰、宿曜経云、(中略)今案、二十八宿・七曜・滅門・大禍・狼藉・甘露・金剛峯吉凶、皆一経之説也、(中略)所詮滅門・大禍・狼藉・羅刹等四箇日、灌頂・受戒・習経・出家・修道・入寺・供仏・立寺・受真言護摩、此三宝類、皆以可レ忌レ之、余無レ咎、

とあるように、特に仏教行事を行なうべきではないとの認識が起こりつつあったことは想像される。庚午を「不快」とするのは、源保光が正暦三年(九九二)六月八日庚午に松崎寺(円明寺)を建立供養した後、子孫が衰退してしまったからだという(九月註305306)。このように仏教との関わりの中で、貴族の行動を規制する新たな忌日(禁忌)が発生しつつあったことにも注目したい。

『小右記』長元四年条から実資の活動を見ると、記事の遺る六ヶ月(正月〜三月、七月〜九月)のうち、二月には穢により、七月には宿曜道の災厄予測により、何と一日も参内していないことがわかる。一上であった実資が二回にわたって丸一月も出仕しなかったことは重大で、二月の除目では内弁を内大臣教通に交替、七月の相撲節会では右大将の欠席という形で朝儀に影響を与えた。頭弁経任などが関白頼通邸と実資邸を往復して重要な案件の方針決定をするという政治形態は常態化していたが、最終的な決定を天皇が下すための陣定は実資を上卿として行なわれていたので、それも開催できなかった。当時の貴族社会で、いかに宗教的な禁忌の力が大きかったを知ることができる。

〈参考文献〉 三橋　正(二〇〇〇年)。速水　侑(一九七五年)。小坂眞二(一九八六年・一九九〇年)。山下克明(一九九六年)。

《付1》 口絵解説

三橋 止

本書には上巻・下巻に合わせて十六頁の口絵を掲載した。底本として用いた『小右記』(上巻・下巻に各八枚)と『左経記』(上巻・下巻に各四枚)、そして清涼寺文殊菩薩像(上巻)と上東門院が奉納した延暦寺の経箱(下巻)である。『小右記』『左経記』の写本については、全巻を調査して詳細な考証をすべきであるが、ここでは長元四年条についての留意点と口絵の掲載意図を指摘しておきたい。また、二つの仏教遺物は、長元四年にゆかりのある品として掲載した。文殊菩薩像は、両日記の記主である藤原実資と源経頼が、共にこの年に拝した可能性のあるものであり、経箱は両日記に見られないものの、この年の文化活動を牽引した上東門院藤原彰子のものとされる。これらは、長元四年を視覚的にとらえることができる数少ない遺物と考えられる。

旧伏見宮本『小右記』長元四年条

旧伏見宮本『小右記』長元四年条

本書で底本とした『小右記』の古写本(巻子本)である。旧伏見宮本で、現在は宮内庁書陵部に保存されている。現存する『小右記』の写本は、すべて養子資平が書写した資平本がもとになり、そこから大きく二つの系統に分かれたと推定されている。一つは、資平本を字詰めなども忠実に写した写本Aで、資平の子孫によって平安末までに作られたと考えられる。そこには朱書で見出し(首書)と校訂の結果が付され、その見出しは『小記目録』の該当する項目と同文である。他方、同じ資平本から、忠実さにおいて劣るもう一つの写本Bが鎌倉初期までに作られた。そこには、『小記目録』と異なる見出しが、本文と同筆で付されている。詳しい伝来の過程は不明だが、室町時代に写本Aは九条家・三条西家、写本Bは伏見宮家・九条家・三条西家に分蔵され、九条家のものは流布しなかったが、旧三条西家本は『小右記』として、旧伏見宮本は『野府記』として、両者を合わせたものはいずれかの名で、転写本が作られ、江戸時代にかけて流布した。

長元四年条の古写本は旧伏見宮本(写本B)しかなく、大日本古記録本・増補史料大成本もこれを底本としている。本書では、本文に付された見出しに番号(＊1、＊2など)を付け、冒頭の『日本紀略』書下し文『小右記』『左経記』見出し対照」で『小記目録』の項目(▼a、▼bなどの番号で目録の該当場所を明示)と対比できるようにした。これにより現存しない写本Aの項目と比較が可能になるだけでなく、旧伏見宮本にも欠けている夏(四月・五月・六月)と冬(十月・閏十月・十一月・十二月)の条文の内容を想定することが可能になる。

上巻最初(一頁)の写真は、旧伏見宮本『小右記』巻二八の冒頭である(原文の翻刻は三七七頁、書下し文は五五頁)。標紙に記された外題に「野府記　長元四年〈春上〉」とあるように、『野府記』として伝えられた。内題「長元四年春」の上に捺された「図書寮印」の印は宮内庁書陵部の前身図書寮時代の蔵書印で、全巻にある。

次の見開き二頁に掲載した四枚の写真から、旧伏見宮本(写本B)の書写形態が窺える。右上、正月十七日条の「長元四年正月十七日、少外記文室相親、」と「付頭中将了、」の間で紙が継がれ、結果として約一行分の空きが生じているだけでなく、明らかに筆跡が変わっている(原文の翻刻は三八四頁、書下し文は七四頁)。右下、二月廿三日条でも、「可及顚倒云々、非顕証之諸司、成功之輩、皆蒙其賞、何矧於斯勤乎、申」と「請事軽者、被加他舎等可宜、文殿舎有若亡」で紙が継がれているが、そこでも筆跡が変わっている(原文の翻刻は三九四頁、書下し文は一七五～一七六頁)。それぞれ見出し(首書)の筆跡も変わっており、同じ巻をあらかじめ範囲を決めてから、三人が分担で書写したと考えられる。特に、後(二月廿三日条)の継ぎ目の前の紙は僅か九行分で終わり、その最終行は二十七字もあることから(その前は一行二十一字〜二十四字程度、次の行は十七字)、第二の書写者がこの行で担当分を終わらせようとして、無理に詰めたと想像される。この巻二八(春上)は二月卅日条で終わり(左上)、次の巻二九(春下)に三月条があるが(左下)、両者はもと一巻であったものが分断されたようで、「三月」の前と外題を書いた標紙の間に別紙を継いで「長元四年」と記してある。もと一巻であったものを二巻に分けたのは巻三〇・巻三一(秋上・秋下)も同じだが、巻三一の「九月」の前には紙を継がずに無理に「長元四年」を書き入れている(本書下巻の口絵の四頁目上、原文の翻刻は八七〇頁 書下し文は六七九頁)。但し、両巻に筆跡が変わる場所は見つからなかった。

上巻の口絵の四頁目(上下)には、巻一九(長元四年春下)から、実資の信仰などが特によくわかる記事として、三月十日丁巳の「本命供」(▼a)「東大寺印事」(＊1)「罪名勘文事」(＊2)「向栖霞寺事」(＊3)、十一日条の「祈事」(＊1)「保仁王講事」(＊2)、十二日条の「東大寺印事」(＊1)、十三日条の「罪名勘文事」(＊1)を掲載した(原文の翻刻は四〇〇〜四〇一頁、書下し文は二四七〜二五〇頁)。

下巻最初の口絵には、巻三〇(長元四年秋上)から、七月十五日に起こった月食とそれに関する記事がある十八日条までを掲載した(原文の翻刻は八五〇〜八五一頁、書下し文は五一六〜五一八頁)。十七日条▼aの宿曜師證昭の言動などが注目されよう。

次の見開き二頁には、八月廿三日条から伊勢公卿勅使のもたらす宣命(▼a〜▼f)と発遣の前日である廿四日条を掲載した(原文の翻刻は八六五〜八六六頁、書下し文は五九九〜六〇二頁)。摂関期の古記録に宣命が記されるのは極めて珍しいし、廿四日条▼bには『故殿御記(清慎公記)』の引用が見られる。

四頁目には、巻三一（長元四年秋下）の巻頭と巻末を掲載した（原文の翻刻は八七〇頁・八八〇頁、書下し文は六七九頁・七〇五頁）。巻頭は、僅か四行分で二枚目の紙を継いでいることがわかる。九月一日条▼ａには解除の記事があり、二日条には鎌倉供養（＊１）の他、上東門院物詣の準備に関する記事がある（＊２）。最後の廿九日条にも、婿兼頼のための賀茂下神宮寺への諷誦（▼ａ）や小野宮月例法華講（＊１）という信仰関係のことと、上東門院物詣中に起こった出来事が記されている（▼ｂ、＊２）。

東山御文庫本『左経記』長元四年条

本書で底本とした『左経記』の写本（冊子本）を、マイクロフィルムからの白黒写真で掲載した。同一頁（上段と下段）の写真は、いずれも続き頁である。

『左経記』には良質の古写本がほとんど伝わらず、長元四年条も近世の新写本しかない。増補史料大成本は、かつて太政官修史局で久松家献本に九条家本を補って作成した秘閣本を底本としている。本書は東山御文庫に伝わる写本で、「勅封三　三　一二」とされる「左経記　長元四年上」（正月から六月まで）と、「勅封三　三　一二」とされる「左経記　長元四年下」（七月から十二月まで）の二冊を底本とした。この東山御文庫本『左経記』は、すべての冊子の末尾（奥）に「万暦」の印があり、後西天皇の時代の書写とわかる。秘閣本とほぼ同じ行数・字詰で非常に丁寧に書写されているが、両本共に誤字が多く、扱いには注意を要する。

各冊の最初に目録があり、本文へと続いている。同筆で記されている見出し（首書）は、冊によって朱書のものもあるが、長元四年の二冊は共に墨書である。また、見出しは必ずしも最初の目録と一致せず、目録にあって本文にない項目もある。本書では冒頭の「『日本紀略』書下し文『小右記』『左経記』見出し対照」に、見出しの番号（※１、※

2など）と見出し（首書）にない項目の番号（▽a、▽bなど）を区別して掲げ、それぞれの項目が目録にある場合は下に「（目）」、目録のみで本文がない場合は「（目・記事ナシ）」と付した。上巻に掲載した『長元四年上』の目録（本文の翻刻は四一二頁）と本文冒頭（正月一日条～三日条、本文の翻刻は四一三頁、書下し文は三一七～三一八頁）の写真から、「北座」を「此座」（下段右頁三行目）、「右府」を「大府」（下段右頁四行目の割注）や「左府」（下段左頁二行目）などと誤写していることがわかる。

上巻には、二月廿九日条・三月八日条の部分も掲載した（本文の翻刻は四二一～四二二頁、書下し文は三二八～三四一頁）。二月廿九日条は、記主源経頼が参議になって初めて太政官庁・外記庁に着座した時の記事であり、三月八日条は、その後に行なった政・官奏の記事である。経頼の晴れがましい姿を想像してみたい。

下巻には、経頼が公卿勅使として伊勢へ赴く前後の記事（表、本文の翻刻は八九二～八九三頁、書下し文は七八一～七八三頁）と朔旦冬至の記事（裏、本文の翻刻は九〇四頁、書下し文は八一三～八一四頁）を掲載した。前者には、発遣前の解除（祓）や神祇官人への質問などを記す八月十八日条・十九日条・廿日条があり、伊勢からの帰路に着いた八月卅日条・九月一日条・二日条、そして帰洛して参内する三日条へと続くが、肝心の発遣当日（廿五日）や伊勢神宮での奉幣（廿九日）の儀については遺されていない。目録には八月廿二日・廿三日・廿四日・廿五日・廿九日の項目があるので、恐らく別記に記されていたものが散佚したのであろう。朔旦冬至は、十九年に一度、十一月一日が冬至となることを慶事として祝う儀式である。長元四年の儀については『小右記』の記事が現存しないので、この『左経記』の記事から復元を試みなければならない。写真はその一部に過ぎないが、儀式前に『故九条殿天暦九年御記（＝九暦）』や『故殿寛弘九年（＝御堂関白記）』が参照されていたこと（上段）や賀表を入れた函を置く儀（下段）などが記されている。

《付1》　口絵解説　　三橋　正

重要文化財　木造文殊菩薩騎獅像（清凉寺霊宝館蔵）

上巻の口絵の最後に、清凉寺霊宝館に安置されている木造文殊菩薩騎獅像の写真を二枚掲載した。一枚は、霊宝館で撮影したもので、もう一枚は、京都国立博物館で平成十九年（二〇〇七）に『藤原道長』展が開催された折に文殊像のみを撮影したものである。「文殊」は、文殊師利または曼殊室利という音訳から来ており、意訳では妙吉祥などとされる。如来の知恵を象徴する菩薩で、諸経に広く説かれる。維摩経に基づき、維摩居士の対論者として描かれたり、釈迦の左脇侍となって普賢菩薩と共に三尊を形成することもあるが、単独像としては獅子に乗るのが一般的である。また、円仁が請来した五台山文殊の形式や、密教による一字・五字・六字・八字などの図様がある。本像は、像高九〇・八センチで、後背や左右の手に持つ経巻と剣は後補であり、当初から獅子に乗る姿であったかは不明である。

清凉寺は、寛和二年（九八六）に宋より釈迦如来像や宋版一切経等を請来して帰国した奝然が、翌永延元年に中国の五台山大清凉寺になぞらえた寺院を愛宕山に建立する勅許を得たことに始まる。しかし、奝然は建立を果たすことなく長和五年（一〇一六）に入滅し、釈迦如来像は弟子の盛算によって棲霞寺（二月註77）内の釈迦堂に安置された。この堂が清凉寺となって栖霞寺をしのぐことになるが、そのように隆盛するのは、釈迦如来像が優塡王の思慕による「生身の釈迦」「三国伝来の瑞像」として貴賤の信仰を集めるようになった後代のことである。

盛算は『小右記』寛仁三年（一〇一九）三月十八日条に「五台山阿闍梨宣旨下〈盛算〉」とあり、阿闍梨に補されている。それ以前から実資の私的仏事を勤めており、治安三年（一〇二三）以降に文殊供も行なっている（同年四月二日・七月廿八日・八月廿日・万寿四年二月廿三日条、恐らく実資が治安元年十一月九日に造立した等身像の供養）。このような深い繫がりにより、長元四年（一〇三一）七月十日条＊1に、盛算の七七日（四十九日）の法事のための僧供として、実資が米三石を送ったとある。盛算の入滅は三月以前と考えられるので、法事の挙行そのものが遅れていたのであろう。

盛算は中国(宋)の商人とも親しい関係にあり、長元元年十月十日条に「初来宋人の書」を持参し、同二年八月二日条に「宋人良史の書状」を送ってきたと記されている。そして『小右記』同四年三月十日条＊3（上巻口絵にも掲載）には「栖霞寺に向かひて文殊像を拝す。大宋(×太宋)の商客良史、故盛算に附属す。」とあり、宋商周良史から盛算に送られた文殊菩薩像が栖霞寺に安置されており、それを実資が拝観しに参詣したとある(二月註109)。また『左経記』九月十八日条※1にも「早旦、栖霞寺に詣づ。唐人良史(×良早)の許より送る所の文殊并びに十六羅漢絵像を拝し奉る。」とあり、源経頼も同像を拝したと考えられる。もしも両人が拝んだ文殊菩薩像が現存するとすれば、清凉寺霊宝館に安置されている本像以外に考えられない。

ところが美術史では、本像を日本製と見なすことが多い。このような見解は、『小右記』『左経記』の記事が正しく読めていなかったためと考えられる。また『梁塵秘抄』(巻二)に「文殊は誰か迎へ来し、奝然聖こそは迎へしか」(一八〇)とあり、文殊像は奝然がもたらしたという認識が高まるが、その奝然が入宋時に入手して釈迦如来像内に納入した版画の文殊騎獅像は半跏趺坐で、右手を胸のあたりにして蓮華を持つのに対し、本像は結跏趺坐で、右手は腰のあたりで剣を持つという違いも考慮されている。但し、同時代の中国の木造仏がほとんど現存しないので、厳密な比較考察がなされているわけではないのである。

文殊像が舶来したことは、『日本紀略』正暦二年(九九一)六月三日条に「奝然法師弟子僧奉レ迎二唐仏一入洛、」とあり、『三僧記類聚』(巻九)や『禅定寺文書』(禅定寺由緒等)により、時の摂政藤原道隆(道長の兄)の東三条殿に迎えられ、禅定寺の文殊堂に移されたとある。この記事との関連で本像を解釈しようという試みもあるが、栖霞寺にあったという事実との整合性はとれない。何よりも実資と経頼が同じ長元四年に参詣したということは、栖霞寺の文殊像が新たな舶来仏として注目されていたからであると考えられ、盛算と宋商周良史の親交により長元年間に送られたと見るべ

重要文化財　木造文殊菩薩騎獅像（清凉寺霊宝館蔵）

きであろう。

そして本像に注目すると、頭体幹部を一材から彫出する構造で、定朝(?～一〇五七)などの活躍により和様化と寄木造の技法が進展する平安後期の造仏の流れと一致しないことがわかる。その端正な彫法、量感のある体軀、入念な仕上げは、同じく清涼寺に伝来する如意輪観音坐像・十大弟子像などと共に、同時代の日本製の造像と一線を画すといえるのではないだろうか。技法については詳しい調査が必要であるし、用材などの点も考慮しなければならないが、本像が実資と経頼の拝んだ舶来仏である可能性は否定できないと思われる。

国宝　金銀鍍宝相華唐草文経箱(延暦寺蔵)

上東門院藤原彰子が、覚超による円仁の如法法華経の保存活動に賛同し、長元四年閏十月八日に自ら「如法」に書写した法華経(二月註220)を納めた経箱である。金銅製と紹介されることもあったが、正確には銅鍛造《どうたんぞう》(厚さ約二ミリ)の金銀鍍《きんぎんと》で、長さ二九・〇センチ、幅一一・八センチ、高さ八・〇センチ、蓋《ふた》と身《み》からなる長方形容器である。蓋には暖やかな甲盛があり、縁金が巻かれ、上面の中央に双鉤体《そうこうたい》で「妙法蓮華経《みょうほうれんげきょう》」の五文字が刻まれ、その周囲から身の側面まで宝相華文《ほうそうげもん》が施されている。地は鍍銀、宝相華は鍍金で塗り分けられ、華文の毛彫《けぼ》りもやや太いものと細いものとに区別するという細密さである。身は、蓋受けの立ち上がり部分・側面の本体部分・下方の突帯・脚端部などは径一ミリほどの細い鋲《びょう》で留められている。側面下の台座部分には、格狭間《こうざま》(縦に各五面・横に各二面)が線刻され、内側が鍍銀、外側が鍍金である。底部・蓋裏・身側面裏・見込み部分は鍍金で、蓋裏と身の見込み部分には小さな花文・蓮華文・散蓮華文が点々と刻まれている。また、蓋と身は、側辺二ヶ所で凹凸の鍵の役割を果たすS字状の金具で密閉できるようになっている。金銀を対比させた繊細で優美な作りと、他に類例のない構造から、製作技術の水準の高さを知ることができ、同時代の工芸品の代表作とされる。

この経箱は、大正十二年(一九二三)八月に比叡山横川《よかわ》の如法塔《にょほうとう》跡の地下三メートルから発見された銅筒(後述)の内部に納められていた。発見された時には、漆塗りの経軸が入っていたといい、経典が納められていたことがわかる。横川は、円仁(七九四〜八六四)が入唐前に病気で隠棲し、草庵(後の首楞厳院《しゅりょうごんいん》)を結んで三年間籠居し、如法経書写を行なった場所である(『慈覚大師伝』)。草心を集めて一管の筆を製作し、岩のくぼみに石墨をすって墨汁とし、法華経八巻六万八千余字を書写し、四種三昧を行なって小塔に納めた。これが「根本如法経(根本法華経)」であり、それを本尊とする根本如法塔である。円仁は承和三年(八三六)から十年余の入唐求法の旅に出るが、その前に「首楞厳院諸院預」『首楞厳院式九箇条』などを制定し、弟子たちに「根本如法経」を大切にするよう諭している。帰国後の嘉祥元年(八四八)、仁明天皇や藤原氏の外護により檜皮葺五間の如法堂を建立、御持僧二口が給され、堂内に根本如法塔を入れる高さ五尺の多宝塔一基が安置された。「根本如法経」に対する信仰は弟子たちに受け継がれ、横川の発展に応じて保存体制も整備され、『如法経濫觴類聚記』(以下『濫觴記』、『門葉記』〈巻七九・如法経一〉所収)に収められた永延二年(九八八)十月十七日記の『新造堂塔記』には、源信が新塔を建て、新写の法華経一千部を奉納し、如法堂に座主・権僧正 大和尚を置く護持体制が整えられたとある。

長元四年(一〇三一)、覚超(九六〇または九六一〜一〇三四)は「根本如法経」を未来永劫に伝えるべく、それをそっくり納めることのできる銅筒を製作した。覚超は、良源に入室し、源信に顕教、慶円に密教を学び、密教・護国経典・天台の教義などについて多くの書を著わした。寛和二年(九八六)に発足した二十五三昧会《にじゅうござんまいえ》で中心的な活動をし、永延三年(九八九)と正暦二年(九九一)に郷里の人々のために修善講《しゅぜんこう》を修し(『修善講式』)、『阿弥陀如来和讃《わさん》』を遺すなど、浄土教関係の事績も有名である。摂関家との関係が深く、長保四年(一〇〇二)正月三日の東三条院(藤原詮子)での法華経講演などに講師・

国宝　金銀鍍宝相華唐草文経箱(延暦寺蔵)

聴衆として登場し(『権記』『御堂関白記』)、寛仁四年(一〇二〇)十二月十四日に道長の比叡山での受戒に際して七仏薬師法の阿闍梨《あじゃり》の一人として、万寿三年(一〇二六)閏五月廿八日の中宮懐妊に際して横川観音供の僧として奉仕している。また、長元四年閏十月二日には退下して出家したばかりの大斎院選子内親王に受戒したとあり、最晩年の覚超が貴族女性の信仰に欠かせない存在となっていたことがわかる(『左経記』)。同元年に法橋、翌二年に権少僧都となった背景には、このような貴族社会との繋がりがあった。

銅筒を作って「根本如法経」を永久保存しようという覚超の想いは、先述の『濫觴記』に収められた長元四年八月七日付の『如法堂銅筒記』に記されている。そこでは、将来の「法滅時(末法により仏教が滅びる非常の時)」にあたって、「根本如法経」と共に「国母御願」すなわち後一条天皇の母である上東門院藤原彰子が書写した如法法華経と経箱をこの銅筒に納め、如法堂内の深く掘った穴に埋めるよう定めている。『叡岳要記』などによると、この銅筒に根本如法塔などを納めて地下に埋めたのは、承安年間(一一七一～一一七五)頃、長円が横川長吏の時であったという。そして大正十二年(一九二三)に横川如法塔を再建しようとして地鎮を始めたところ、地下三メートルからこの銅筒と上東門院施入と考えられる金銀鍍の経箱が発見されたのである。銅筒は惜しくも昭和十七年(一九四二)の落雷で焼失し、写真の原板の所在も不明となったので、本書の口絵には景山春樹氏や村山修一氏の著書などに掲載されている白黒写真を転載した。また同頁の右には、『如法堂銅筒記』冒頭にある「如法堂銅塔形事」の図を掲げた。両者を比較すると、出土した銅筒がまさに長元四年に覚超によって製造されたものであることがわかる。

上東門院彰子は、覚超の如法経保存運動に賛同し、銅筒製作への援助をしたと考えられるが、『東寺王代記』長元四年に「閏十月廿七日、上東門院書㆓如法経㆒奉㆓納横川如法堂㆒、有㆓仮名願文㆒」とあるように、自ら如法経、すなわち円仁が確立した一字三礼《いちじさんらい》の「如法」作法で法華経八巻を書写し、如法堂に納めたのである。その時の「仮名願

国宝　金銀鍍宝相華唐草文経箱（延暦寺蔵）

文」の案(下書)が、『濫觴記』に『女院御願文案』として載せられているので、その全文を掲載する。

女院御願文案〔上東門院正文在〕
法花経一部八巻、如法カキ《(書)》タテマツリ《(奉)》テ、横川ノ慈覚大師ノ如法堂ニオサメ《(納)》タテマツル《(奉)》。コノ《(此)》ヨノ《(世)》カミスミ《(紙・墨)》シテカキ《(書)》、アタ《(徒)》ナルカマヘ《(構)》シテオサメ《(納)》タテマツレ《(奉)》ハ、アサキ《(浅)》人ノ目ニハ、クチソコナ《(朽損)》ハレ給フトミルトキ《(時)》アリトモ、実相ノ理ハ常住ニシテクチ《(朽)》セス。モロ〳〵《(諸々)》ノ功徳フソナヘ《(具)》タルモノナリ。ワカ《(我)》願コヽロサシ《(志)》キヨク《(清)》カタケ《(堅)》レハ、オノツカラ《(自)》コノ《(此)》道理ニカナフ《(叶)》ラム。コレ《(此)》ニヨリテワカ《(我)》コノ《(此)》経ハ、ミメウ《(微妙)》ノ七宝ニナサレタル経巻トナリテ、七宝ノ塔ノウチ《(内)》ニマシ〳〵テ、弥勒ノ世マテ《(迄)》ツタヘ《(伝)》ヲキ《(置)》テ、釈迦ノミノリ《(御法)》ウセ《(亡)》ナムトキ《(時)》ニモ、コノ《(此)》経ハマシ〳〵テ、人ヲワタ《(渡)》サセタテマツ《(奉)》ラム。弥勒ノ世ニイテタマ《(出給)》ヘラムトキ《(時)》ニ、コノ《(此)》経コセ《(寄)》テ人ヲワタ《(渡)》サセタテマツ《(奉)》ラム。弥勒《ノチ》ハマタノ仏ニツケ《(告)》タテマツ《(奉)》リテ、ヨヽ《(世々)》ニタエ《(絶)》ス人ヲワタ《(渡)》セタテマツ《(奉)》ラム。又、コノ《(此)》クトク《(功徳)》ニヨリテ、ワカクニ《(我国)》キミ《(君)》タイラ《(平)》カニ、タミ《(民)》ヤス《(安)》ラカナラム。又、法界衆生ヲアマネク《(普)》ワタ《(渡)》リム。ワレ《(我)》ノチノヨ《(後世)》ニ三界ヲイテ《(出)》ヽカナラ《(必)》ス極楽浄土ニムマレ《(生)》テ、菩提ノ道ヲ修シテトク《(疾)》ホトケ《(仏)》ニナリテ衆生ヲワタ《(渡)》サム。又、浄土ニウマレ《(生)》テノチ《(後)》ニハ、コノ《(此)》経ニヨセ《(寄)》テ人ヲワタ《(渡)》サム。弥勒ノ世ニモミツカラ《(自)》アヒ《(逢)》テ、コノ《(此)》経フモチ《(以)》テ人ヲワタ《(濟)》サム。又、コノ《(此)》経ヲオサ《(納)》メタテマツ《(奉)》ルコトハ、慈覚《(円仁)》大師ノ如法経ノチカヒ《(誓)》ニコヽロサシ《(志)》ヲオナシウ《(同)》セントナリ。コノ《(此)》オモヒ《(想)》ニヨリテ、ヨヽ《(世々)》ニ大師トタカヒ《(互)》ニ善知識トナリテ、仏事ヲタスケ《(扶)》衆生ヲワタス《(渡)》ミ《(身)》トナラム。カヽルフカキ《(深)》マコト《(誠)》ヲ、釈迦・多宝・弥陀・普賢・文殊・観音・勢至・十方三宝トモ《(共)》ニテラシ《(照)》タマヒ《(給)》テ、ワカ《(我)》願カナフス《(必)》ミテ《(満)》タマヘ《(給)》。

長元四年《(閏脱カ)》十月二十七日

菩薩比丘尼

此御願文御筆如法経、又加㆓納御経筐㆒了云々。

願文は儒者などに依頼して漢文で書かれるのが普通であり、これは女性の手になる最古の仮名願文と考えられる。「菩薩比丘尼」とは、もちろん万寿三年(一〇二六)正月十九日に三十九歳で出家した上東門院彰子のことで、翌年に法成寺阿弥陀堂の南東方に建てられた尼戒壇のことが加味された呼称であろう。この仮名願文で、彰子自ら「如法」書写した法華経八巻を如法堂に納めたとして、次のように述べている。「この世の紙と墨で書かれたもので、浅近な者には朽ちてしまうように見えても、実相(真実)は永遠であり、自分の志は清浄・堅固であるので、やがて七宝に書かれた経典となり、五六億七千万年後の弥勒下生の時にも伝わり、末法になっても仏教を伝えることになるのであり、この功徳によって、日本の天皇の平穏と人々の安康が保たれ、自分も極楽浄土に行き、成仏して多くの衆生を救うことになり、また慈覚大師円仁と同じ志で衆生を救済することを十方の仏たちが照覧しているので、自分の願は必ず満たされる。」仮名願文であるが故に、彰子の願いが率直に表われていると思われる。

法華経信仰に弥勒下生説と末法思想を加味し、経典の永久保存により自らの現世と来世の祈願を達成させようということは、寛弘四年(一〇〇七)に父藤原道長が金峯山で埋経したこととも通じており、この時代の仏教思想が反映している。その中で、女院が中心となって一大仏教事業が推進され、女性の心情を素直に表現した仮名願文が製作されたということは、「いろは歌」が成立する時期と重なるだけに、仏教の日本化が進んだことを示しており、文化的意義が極めて大きいといえる。

本経箱は、長元四年に縁のある品というだけでなく、同時代の最も優れた工芸品であり、かつ、女院中心に仏教文化が展開したことを知る最良の遺品として注目されるのである。

《付2》 主要参考文献

●主要参考文献として、長元四年条の読解・註釈・考証を作成する際に参照したものを掲げた。
●「著書・論文」に個人の研究業績に関わるものを著者ごと年代順に掲げ、著書に採録された論文名は特に掲げなかった。
●その他の注釈書・辞書・図録・雑誌特集号などは別にまとめた。
●『日本の歴史』『日本歴史』『日本通史』などの通史や歴史入門書、一般的な国語辞典・古語辞典・漢和辞典・歴史辞典・『古事類苑』などは割愛した。
●史料・補任などについては、凡例を参照していただきたい。

著書・論文

赤木志津子『平安貴族の生活と文化』（講談社、一九六四年）
赤木志津子『摂関時代の諸相』（近藤出版、一九八八年）
厚谷和雄「陰陽寮の成立について」（『大正大学大学院論集』創刊号、一九七七年）
池浩三『源氏物語―その住まいの世界―』（中央公論美術出版、一九八九年）
石井謙治「二瓦考―平安・鎌倉時代の船舶構造の一考察―」（『海事史研究』二六、一九七六年）
石田実洋「九条本『官奏抄』の基礎的考察」（田島公編『禁裏・公家文庫研究』第二輯〈思文閣出版、二〇〇六年〉所収）
石田敏紀「遣唐陰陽師春苑玉成」（鳥取県立博物館『郷土と博物館』四八、二〇〇三年）
石田瑞麿『日本仏教思想研究』第二巻（法蔵館、一九八六年）
石村貞吉『有職故実』上・下（嵐義人校訂、講談社学術文庫、一九八七年）
井後政晏「中世における伊勢国の大社―『伊勢国神名帳』の考察と国衙の祭祀―」（『皇學館大学神道研究所紀要』一四、一九九八年）
伊東史朗『平安時代後期の彫刻　信仰と美の調和』（『日本の美術』四五八、至文堂、二〇〇四年）
伊東史朗『十世紀の彫刻』（『日本の美術』四七九、至文堂、二〇〇六年）
井上亘『日本古代朝政の研究』（吉川弘文館、一九九八年）
彌永貞三『日本古代社会経済史研究』（岩波書店、一九八〇年）
上島享「一国平均役の確立過程―中世国家論への一視角―」（『史林』七三―一、一九九〇年）
上島享「成功制の展開―地下官人の成功を中心に―」（『史林』

七五—四、一九九二年)
上島享「平安後期国家財政の研究—造営経費の調達を中心に—」(『日本史研究』三六〇、一九九二年)
上島享「受領成功の展開」(井上満郎・杉橋隆夫編『古代・中世の政治と文化』〈思文閣出版、一九九四年〉所収)
上島享「国司制度の変遷と知行国制の形成」(大山喬平教授退官記念会編『日本国家の史的特質』古代・中世〈思文閣出版、一九九七年〉所収)
上杉和彦『日本中世法体系成立史論』(校倉書房、一九九六年)
宇根俊範「氏爵と氏長者」(坂本賞三編『王朝国家国政史の研究』〈吉川弘文館、一九八七年〉所収)
梅村喬『日本古代財政組織の研究』(吉川弘文館、一九八九年)
遠藤克己『近世陰陽道史の研究』増補版(新人物往来社、一九九四年)
遠藤基郎「御斎会・「准御斎会」の儀礼論」(『歴史評論』五五九、一九九六年)
遠藤好英『平安時代の記録語の文体史的研究』(おうふう、二〇〇六年)
大江篤「陰陽寮と「祟」」(大隅和雄編『文化史の諸相』〈吉川弘文館、二〇〇三年〉所収)
太田静六『寝殿造の研究』(吉川弘文館、一九八七年)
太田博太郎『南都七大寺の歴史と年表』(岩波書店、一九七九年)
大津透『律令国家支配構造の研究』(岩波書店、一九九三年)
大津透「摂関期の陣定—基礎的考察—」(『山梨大学教育学部研究報告』四六〈第一分冊(人文社会科学系)〉、一九九六年)
大津透「摂関期の律令法—罪名定を中心に—」(『山梨大学教育学部研究報告』四七〈第一分冊(人文社会科学系)〉、一九九七年)
大津透『古代の天皇制』(岩波書店、一九九九年)
岡田重精『古代の斎忌—日本人の基層信仰—』(国書刊行会、一九七七年)
岡田莊司「私祈禱の成立—伊勢流祓の形成過程—」(『神道宗教』一一八、一九八五年)
岡田莊司「大祓の成立と展開」(『神道古典研究』一二、一九九〇年)
岡田莊司『平安時代の国家と祭祀』(続群書類従完成会、一九九四年)
岡田芳朗『日本の暦』(木耳社、一九七二年)
岡田芳朗『暦ものがたり』(角川書店、一九八二年)
岡田芳朗「日本における暦」(『日本歴史』六三三、二〇〇一年)
岡田米夫「大祓詞から中臣祓詞への変化」(『山田孝雄追悼史学・語学論集』〈宝文館、一九六三年〉所収)
岡野浩二「所充の研究」(渡辺直彦編『古代史論叢』〈続群書類従完成会、一九九四年〉所収)
岡野浩二「平安時代の造寺行事所」(『古代』一一〇、二〇〇一年)
岡野浩二「治部省・玄蕃寮の仏教行政」(『駒沢史学』六一、二〇〇三年)

岡村幸子「平安前・中期における後院—天皇の私有・累代財産に関する一考察—」（『史学雑誌』一一二—一、二〇〇三年）
小川弘和「大宰府の再生—十一世紀における公卿長官制の成立と対外関係—」（羽下徳彦編『中世の地域と宗教』〈吉川弘文館、二〇〇五年〉所収）
小野玄妙「仁王会の話」上・下（『仏書研究』五・一二、一九一五年）
尾上陽介「年爵制度の変遷とその本質」（『東京大学史料編纂所研究紀要』四、一九九四年）
尾上陽介「年官制度の本質」（『史観』一四五、二〇〇一年）
小原仁『中世貴族社会と仏教』（吉川弘文館、二〇〇七年）
小原嘉記「平安後期官使派遣の特質」（『ヒストリア』一九二、二〇〇四年）
大日方克己『古代国家と年中行事』（吉川弘文館、一九九三年、後、講談社学術文庫、二〇〇八年）
朧谷寿「藤原実資論—円融・花山・一条天皇時代—」上・下（『古代文化』三〇—四・五、一九七八年）
朧谷寿『平安貴族と邸第』（吉川弘文館、二〇〇〇年）
朧谷寿『藤原道長』（ミネルヴァ日本評伝選、二〇〇七年）
小山田義夫『一国平均役と中世社会』（岩田書院、二〇〇八年）
景山春樹「横川経塚遺宝拾遺」上・下（『史迹と美術』二五七・二五八、一九五五年）
景山春樹『比叡山』（角川選書、一九七五年）
堅田修『日本古代信仰と仏教』（法蔵館、一九九一年）
堅田修「御斎会の成立」（角田文衞先生傘寿記念会編『古代世界の諸相』〈晃洋書房、一九九三年〉所収）
片山剛「伊勢太神宮託宣歌と輔親の和歌」（『平安文学研究』七二、一九八四年）
加藤麻子「鈴印の保管・運用と皇権」（『史林』八四—六、二〇〇一年）
加藤友康「朝儀の構造とその特質—平安期を中心として—」（永原慶二他編『講座前近代の天皇 5 世界史の中の天皇』〈青木書店、一九九五年〉所収）
角野陽子「知行国制度の成立」（『史窓』二八、一九七〇年）
加納重文『明月片雲無し—公家日記の世界—』（風間書房、二〇〇二年）
河北騰『歴史物語の新研究』（明治書院、一九八二年）
川尻秋生「古代東国における交通の特質—東海道・東山道利用の実態—」（『古代交通研究』一一、二〇〇二年）
川出清彦「斎院内の生活をしのぶ—大斎院前の御集を読みて—」（『神道史研究』一六—一、一九六八年）
川本龍市「正蔵率分制と率分所」（弘前大学『国史研究』七五、一九八三年）
菊池礼子「令任用分付実録帳と交替実録帳」（『古代文化』二七—四、一九七五年）
木本久子「藤原頼通をめぐる養子関係の一考察」（『京都女子大学大学院文学研究科研究紀要』史学編五、二〇〇六年）
木本好信『平安朝日記と逸文の研究—日記逸文にあらわれた

る平安公卿の世界—』（桜楓社、一九八七年）
木本好信『平安朝日記と記録の研究』（みつわ、一九八〇年）
日下佐起子「平安末期の興福寺—御寺観念の成立—」（『史窓』二八、一九七〇年）
熊谷公男「正倉院宝物の伝来と東大寺」（太陽正倉院シリーズⅢ『正倉院と東大寺』〈平凡社、一九八一年〉所収）
倉林正次『饗宴の研究』儀礼編（桜楓社、一九六五年）
倉本一宏『摂関政治と王朝貴族』（吉川弘文館、二〇〇〇年）
黒板伸夫『摂関時代史論集』（吉川弘文館、一九八〇年）
黒板伸夫『藤原行成』（人物叢書）（吉川弘文館、一九九四年）
黒板伸夫『平安王朝の宮廷社会』（吉川弘文館、一九九五年）
河内春人「宋商曾令文と唐物使」（『古代史研究』一七、二〇〇〇年）
小坂眞二「禊祓儀礼と陰陽道—儀式次第成立過程を中心として—」（『早稲田大学大学院文学研究科紀要別冊』三、一九七六年）
小坂眞二「陰陽道の六壬式占について—その六壬課式七二〇表—」上・中・下（『古代文化』三八—七・八・九、一九八六年）
小坂眞二「陰陽道の成立と展開」（『古代史研究の最前線』四・文化編下〈雄山閣出版、一九八七年〉所収）
小坂眞二「物忌と陰陽道の六壬式占—その指期法・指方法・指年法—」（古代学協会編『後期摂関時代史の研究』〈吉川弘文館、一九九〇年〉所収）
小坂眞二「天文変異現象と陰陽道」（『東洋研究』一四七、二〇〇三年）
小坂眞二『安倍晴明撰『占事略决』と陰陽道』（汲古書院、二〇〇四年）
後藤祥子「後拾遺和歌集「神祇」冒頭歌の背景」（上村悦子編『論叢王朝文学』〈笠間書院、一九七八年〉所収）
小山登久『平安時代公家日記の国語学的研究』（おうふう、一九九六年）
今正秀「王朝国家における別当制と政務運営—官司別当を中心に—」（『史学研究』一九九、一九九三年）
今正秀「王朝国家中央機構の構造と特質—太政官と蔵人所—」（『ヒストリア』一四五、一九九四年）
齋木一馬『古記録の研究』上・下（齋木一馬著作集1・2）（吉川弘文館、一九八九年）
齋藤勵『王朝時代の陰陽道』（創元社、一九四七年）
坂本賞三『日本王朝国家体制論』（東京大学出版会、一九七二年）
坂本賞三『藤原頼通の時代—摂関政治から院政へ—』（平凡社選書、一九九一年）
佐古愛己「摂関・院政期における受領成功と貴族社会」（『立命館文学』五九四、二〇〇六年）
佐々木恵介「摂関期における国司交替制度の一側面—前司卒去の場合—」（『日本歴史』四九〇、一九八九年）
佐々木恵介「『小右記』にみえる摂関期近衛府の政務運営」

（笹山晴生先生還暦記念会編『日本律令制論集』下〈吉川弘文館、一九九三年〉所収）
佐々木恵介「『小右記』にみえる「勘宣旨」について—政務手続としての宣旨—」（山中裕編『摂関時代と古記録』〈吉川弘文館、一九九一年〉所収）
佐々木宗雄『日本王朝国家論』（名著出版、一九九四年）
佐々木宗雄『平安時代国政史研究』（校倉書房、二〇〇一年）
佐々木令信「藤原実資における仏教信仰の立場—念誦堂を中心に—」（『大谷学報』五六—一、一九七六年）
佐々木令信「藤原実資の仏教信仰」（平岡定海編『論集日本仏教史三　平安時代』〈雄山閣出版、一九八六年〉所収）
笹山晴生『日本古代衛府制度の研究』（東京大学出版会、一九八五年）
佐藤健治『中世権門の成立と家政』（吉川弘文館、二〇〇〇年）
佐藤健太郎「馬寮御監に関する覚え書」（『日本歴史』六七〇、二〇〇四年）
佐藤健太郎「四月駒牽の基礎的考察」（『古代史の研究』一二、二〇〇五年）
佐藤健太郎「八月駒牽について」（『ヒストリア』二〇三、二〇〇七年）
佐藤宗諄『平安前期政治史序説』（東京大学出版会、一九七七年）
佐藤眞人「平安時代宮廷の神仏隔離—『貞観式』の仏法忌避規定をめぐって—」（二十二社研究会編『平安時代の神社と祭祀』〈国書刊行会、一九八六年〉所収）
佐藤全敏「所々別当制の展開過程」（『東京大学日本史学研究室紀要』五、二〇〇一年）
佐藤全敏『平安時代の天皇と官僚制』（東京大学出版会、二〇〇八年）
佐野和規「季御読経における請僧」（『待兼山論叢』二九、一九九一年）
繁田信一『陰陽師と貴族社会』（吉川弘文館、二〇〇四年）
繁田信一『殴り合う貴族たち—平安朝裏源氏物語』（柏書房、二〇〇五年）
庄司浩「平忠常の乱について」（『軍事史学』八—四、一九七二年）
庄司浩「平忠常の乱と河内源氏」（立正大学史学会創立五十周年記念事業実行委員会編『宗教社会史研究』〈雄山閣出版、一九七七年〉所収）
庄司浩「『河内守源頼信告文』と平忠常の乱」（『古代文化』三一—八、一九七九年）
清水潔『類聚符宣抄の研究　付類聚符宣抄・別聚符宣抄索引』（国書刊行会、一九八二年）
清水教子『平安中期記録語の研究』（翰林書房、一九九三年）
清水教子『平安後期公卿日記の日本語学的研究』（翰林書房、二〇〇五年）
志村有弘『陰陽師　安倍晴明』（角川書店、一九九九年）
下出積與『日本古代の道教・陰陽道と神祇』（吉川弘文館、一

九九七年）
下向井龍彦「『水左記』にみる源俊房と薬師寺―太政官政務運営変質の一側面―」（古代学協会編『後期摂関時代史の研究』〈吉川弘文館、一九九〇年〉所収）
下向井龍彦「徒歩の実資、乗車の実資―『小右記』長和二年二月十二日条から―」（『日本歴史』七一二、二〇〇七年）
志方正和『九州古代中世史論集』（志方正和遺稿集刊行会、一九六七年）
新村拓『古代医療官人制の研究』（法政大学出版局、一九八三年）
新村拓『日本医療社会史の研究』（法政大学出版局、一九八五年）
末松剛「平安時代の節会における「内弁」について」（『九州史学』一一五、一九九六年）
末松剛「摂関賀茂詣の成立と展開」（『九州史学』一一八・一一九、一九九七年）
末松剛「『江談抄』にみえる摂関賀茂詣について」（『古代文化』五〇―二、一九九八年）
末松剛「儀式・先例からみた藤原頼通」（和田律子・久下裕利編『更級日記の新研究―孝標女の世界を考える―』〈新典社、二〇〇四年〉所収）
須垣理恵「政治家としての藤原頼通」（『橘史学』一七、二〇〇二年）
鈴木一馨『陰陽道　呪術と鬼神の世界』（講談社選書メチエ、二〇〇二年）
鈴木一馨「平安時代における陰陽寮の役割について―陰陽道成立期に見られるその変化―」（『駒沢史学』六一、二〇〇三年）
鈴木一見「不堪佃田についての一考察―北山抄の解釈からみる平安財政史の一考察―」一・二（『国史談話会雑誌』三七・三八、一九九七年）
鈴木敏弘「摂関期における一受領の功過定とその生涯」（『法政史学』四六、一九九四年）
鷲見等曜『前近代日本家族の構造―高群逸枝批判―』（弘文堂、一九八三年）
瀬賀正博「明法勘文機能論」（『法制史研究』四九、二〇〇〇年）
関眞規子「藤原実資と家司について」（『大正大学大学院研究論集』二四、二〇〇〇年）
関口力『摂関時代文化史研究』（思文閣出版、二〇〇七年）
関根奈巳「摂関期相撲節における勝敗」（佐伯有清編『日本古代史研究と史料』〈青史出版、二〇〇五年〉所収）
曾我良成「諸国条事定と国解慣行―王朝国家地方行政の一側面―」（『日本歴史』三七八、一九七九年）
曾我良成「王朝国家期における太政官税処理手続について―庁申文・南所申文・陣申文―」（坂本賞三編『王朝国家国政史の研究』〈吉川弘文館、一九八七年〉所収）
高木豊『平安時代法華仏教史研究』（平楽寺書店、一九七三年）
髙田淳「「年労加階制」以前―その成立と平安前期の位階昇

進の実態について―」(『国史学』一五〇、一九九三年)
高田義人「暦家賀茂氏の形成」(『国史学』一四七、一九九二年)
高田義人「「御目録」「奏書目録」について―平安時代における天皇決裁の記録―」(『国史学』一五八、一九九五年)
高田義人「宣旨目録と奏書目録〜平安時代の文書伝達と「日録」型記録〜」(『書陵部紀要』四八、一九九七年)
高田義人「平安貴族社会と陰陽道官人」(『国史学』一九一、二〇〇七年)
高橋昌明『清盛以前―伊勢平氏の興隆―』(平凡社選書、一九八四年)
瀧川政次郎『裁判史話』(乾元社、一九五一年)
瀧川政次郎『律令諸制及び令外官の研究』(角川書店、一九六七年)
滝沢優子「藤原実資と資平の養子関係の成立時期についての一考察」(『古代文化』五七―一一、二〇〇五年)
詫間直樹「一国平均役の成立について」(坂本賞三編『王朝国家国政史の研究』〈吉川弘文館、一九八七年〉所収)
詫間直樹「延久度造営事業と後三条親政」(『書陵部紀要』四〇、一九八九年)
竹内理三『貴族政治の展開』(竹内理三著作集5)(角川書店、一九九九年)
田島公「「氏爵」の成立―儀式・奉仕・叙位―」(『史林』七一―一、一九八八年)
田島公「日本、中国・朝鮮対外交流史年表―大宝元年〜文治元年―」(橿原考古学研究所附属博物館編『貿易陶磁―奈良・平安の中国陶磁―』〈臨川書店、一九九三年〉所収)
田島公「大宰府鴻臚館の終焉―八世紀〜十一世紀の対外交易システムの解明―」(『日本史研究』三八九、一九九五年)
棚橋光男『中世成立期の法と国家』(塙書房、一九八三年)
谷口昭「諸国申請雑事―摂関期朝廷と地方行政―」(日本史研究会史料研究部会編『中世の権力と民衆』〈創元社、一九七〇年〉所収)
谷口昭「続文攷―太政官行政の一側面―」(『法制史研究』二二、一九七三年)
谷口昭「続〝続文攷〟―改元条事定に見る―」(『名城大学創立三十周年記念論文集』法学編〈法律文化社、一九七八年〉所収)
谷口美樹「平安貴族の疾病認識と治療法―万寿二年の赤斑瘡流行を手懸かりに―」(『日本史研究』三六四、一九九二年)
玉井幸助『日記文学概説』(目黒書店、一九四五年)
玉井力『平安時代の貴族と天皇』(岩波書店、二〇〇〇年)
築島裕『平安時代語新論』(東京大学出版会、一九六九年)
告井幸男『摂関期貴族社会の研究』(塙書房、二〇〇五年)
土田直鎮『奈良平安時代史研究』(吉川弘文館、一九九二年)
土田直鎮『平安京への道しるべ―奈良平安時代史入門―』(吉川弘文館、一九九四年)
角田文衞『王朝史の軌跡』(学燈社、一九八三年)
角田文衞『紫式部伝　その生涯と『源氏物語』』(法蔵館、二〇〇七年)

手島崇裕「平安中期国家の対外交渉と摂関家」(『超域文化科学紀要』九、二〇〇四年)
時野谷滋『律令封禄制度史の研究』(吉川弘文館、一九七七年)
所功『平安朝儀式書成立史の研究』(国書刊行会、一九八五年)
所功『宮廷儀式書成立史の再検討』(国書刊行会、二〇〇一年)
所京子『斎王の歴史と文学』(国書刊行会、二〇〇〇年)
所京子『平安朝「所・後院・俗別当」の研究』(勉誠出版、二〇〇四年)
鳥谷智文「王朝国家期における近衛府府務運営の一考察―『小右記』を中心として―」(『史学研究』一九九、一九九三年)
鳥谷智文「王朝国家期における近衛府大将の役割―『小右記』を中心として―」(『松江工業高等専門学校研究紀要』三六〈人文・社会編〉、二〇〇一年)
中島和歌子「平安時代の吉方詣考」(『古代文化』四五―三、一九九三年)
中島和歌子「八卦法管見」(『文化学年報』〈神戸大学大学院文化学研究科〉一二、一九九三年)
中島和歌子「明石の君と住吉信仰」(上原作和編『人物で読む『源氏物語』第十二巻――明石の君』〈勉誠出版、二〇〇六年〉所収)
永田和也「「昼御坐」について」(『古代文化』四六―一〇、一九九四年)
永田和也「御書所と内御書所」(『国学院大学大学院紀要〈文学研究科〉』二〇、一九八九年)
中原俊章「弁官局に関する一考察―官方の経済的役割―」(古代学協会編『後期摂関時代史の研究』〈吉川弘文館、一九九〇年〉所収)
中村璋八『日本陰陽道書の研究』増補版(汲古書院、一九八五年)
中村義雄『王朝の風俗と文学』(塙選書、一九六二年)
中村義雄「五節の舞姫雑考」(大東文化大学『日本文学研究』一二、一九七三年)
中山緑朗『平安・鎌倉時代古記録の語彙』(東宛社、一九九五年)
並木和子「平安中期の吉田神社について」(『風俗』二一―三、一九八二年)
並木和子「摂関家神馬使の成立をめぐって―平安祭祀と祭馬奉納―」(『神道学』一二九、一九八六年)
並木和子「平安時代の祈雨奉幣」(二十二社研究会編『平安時代の神社と祭祀』〈国書刊行会、一九八六年〉所収)
難波俊成「わが国における仁王経受容過程の一考察」一・二(『元興寺仏教民俗資料研究所年報』、一九七二・一九七三年)
難波文彦「「成功」の特質とその意義」(『国史談話会雑誌』二七号、一九八六年)
西岡芳文「金沢文庫保管の式占関係資料について」(『金沢文庫研究』二八二、一九八九年)
西岡芳文「『卜筮書』(初唐抄本)について」(『三浦古文化』五四、

一九九四年）
西岡芳文「六壬式占と軒廊御卜」（今谷明編『王権と神祇』〈思文閣出版、二〇〇二年〉所収）
西口順子『平安時代の寺院と民衆』（法蔵館、二〇〇四年）
西村隆「平正盛―伊勢平氏中興の祖」（元木泰雄編『古代の人物6王朝の変容と武者』〈清文堂出版、二〇〇五年〉所収）
西本昌弘「建部門参向者交名をめぐる憶説―春宮坊・待賢門・輦車参入―」（『続日本紀研究』二九五、一九九五年）
西本昌弘『日本古代儀礼成立史の研究』（塙書房、一九九七年）
西本昌弘「東山御文庫所蔵の二冊本『年中行事』について」（『史学雑誌』一〇七―二、一九九八年）
西本昌弘「「蔵人式」と「蔵人所例」の再検討」（『史林』八一―三、一九九八年）
西本昌弘「古代国家の政務と儀式」（歴史学研究会・日本史研究会編『日本史講座　第二巻　律令国家の展開』〈東京大学出版会、二〇〇四年〉所収）
西本昌弘「東山御文庫本『日中行事』について」（『日本歴史』七一六、二〇〇八年）
西山良平「平安京の墨書「斎宮」と斎王家・斎王御所」（京都市埋蔵文化財研究所調査報告第二一冊『平安京右京三条二坊十五・十六町―「斎宮」の邸宅跡―』〈二〇〇二年〉所収）
西山良平『都市平安京』（京都大学学術出版会、二〇〇四年）
新田一郎『相撲の歴史』（山川出版社、一九九四年）
野口孝子「平安宮内の道―馳道・置道・壇葛―」（『古代文化』五五―七、二〇〇三年）
野口実『坂東武士団の成立と発展』（弘生書林、一九八二年）
野口実『武家の棟梁の条件―中世武士を見なおす』（中公新書、一九九四年）
野田有紀子「平安中後期の仁王会と儀式空間」（『工学院大学共通課程研究論叢』四三―二、二〇〇六年）
萩原龍夫「中臣祓の史的発展」（大塚史学会編『思潮』一一―四、一九四二年）
橋本義彦『平安貴族社会の研究』（吉川弘文館、一九七六年）
橋本義彦『平安貴族』（平凡社選書、一九八六年）
橋本義彦『正倉院の歴史』（吉川弘文館、一九九七年）
長谷山彰『律令外古代法の研究』（慶應通信、一九九〇年）
服部敏良『平安時代医学の研究』（桑名文星堂、一九五五年）
服部敏良『王朝貴族の病状診断』（吉川弘文館、一九七五年）
早川庄八『日本古代官僚制の研究』（岩波書店、一九八六年）
速水侑『平安貴族社会と仏教』（吉川弘文館、一九七五年）
速水侑『平安仏教と末法思想』（吉川弘文館、二〇〇六年）
原美和子「勝尾寺縁起に見える宋海商について」（『学習院史学』四〇、二〇〇二年）
伴瀬明美「摂関期親王家の国家的給付に関する基礎的考察―摂関期における皇子女扶養形態の再検討にむけて―」（大阪大学文学部日本史研究室編『古代中世の社会と国家』〈清文堂出版、一九九八年〉所収）
久野修義『日本中世の寺院と社会』（塙書房、一九九九年）

福井俊彦「労および労帳についての覚書」(『日本歴史』二八三、一九七一年)
福井俊彦『交替式の研究』(吉川弘文館、一九八七年)
服藤早苗『家成立史の研究—祖先祭祀・女・子ども—』(校倉書房、一九九一年)
服藤早苗『平安朝の女と男—貴族と庶民の性と愛—』(中公新書、一九九五年)
服藤早苗『平安朝に老いを学ぶ』(朝日新聞社、二〇〇一年)
服藤早苗『平安王朝の子どもたち』(吉川弘文館、二〇〇四年)
服藤早苗『平安王朝社会のジェンダー—家・王権・性愛—』(校倉書房、二〇〇五年)
服藤早苗「平安貴族の婚姻と家・生活—右大臣実資娘千古と婿兼頼の場合」(『埼玉学園大学紀要』五〈人間学部篇〉、二〇〇五年)
服藤早苗「平安中期の婚姻と家・家族」(加納重文編『講座源氏物語研究 第二巻 源氏物語とその時代』〈おうふう、二〇〇六年〉所収)
福山敏男『日本建築史研究』(墨水書房、一九六八年)
藤野秀子「大宰府府官大蔵氏の研究」(『九州史学』五三・五四合併号、一九七四年)
藤森馨『平安時代の宮廷祭祀と神祇官人』(大明堂、二〇〇〇年)
渕原智幸「(報告要旨)〈十列〉考—平安中期の馬政と奉幣の一断面—」(『日本史研究』四九五、二〇〇三年)
古尾谷知浩『律令国家と天皇家産機構』(塙書房、二〇〇六年)
古瀬奈津子「盂蘭盆会について—摂関期・院政期を中心に—」(福田豊彦編『中世の社会と武力』〈吉川弘文館、一九九四年〉所収)
古瀬奈津子『日本古代王権と儀式』(吉川弘文館、一九九八年)
古谷紋子「輦車宣旨について」(駒澤大学『史学論集』二一、一九九一年)
ベルナール・フランク『方忌みと方違え』(斎藤広信訳、岩波書店、一九八九年)
細井浩志『古代天文異変と史書』(吉川弘文館、二〇〇七年)
細谷勘資『中世宮廷儀式書成立史の研究』(勉誠出版、二〇〇七年)
堀口悟「斎院交替制と平安朝後期文芸作品—『狭衣物語』を中心として—」(『古代文化』三一—一〇、一九七九年)
堀畑正臣『古記録資料の国語学的研究』(清文堂出版、二〇〇七年)
前田禎彦「摂関期裁判制度の形成過程—刑部省・検非違使・法家—」(『日本史研究』三三九、一九九〇年)
前田禎彦「検非違使別当と使庁—庁務の構造と変遷—」(『史林』八二—一、一九九九年)
前田禎彦「検非違使庁の〈政〉—その内容と沿革—」(『富山国際大学紀要』七、一九九七年)
前田禎彦「平安時代の法と秩序—検非違使庁の役割と意義—」(『日本史研究』四五二、二〇〇〇年)

前田禎彦「衛門府弓場の歴史的性格―弓場拘禁をめぐって―」(『古代文化』五三―一〇、二〇〇一年)
増尾伸一郎「陰陽寮と陰陽道」(『悠久』九五、二〇〇三年)
増田繁夫『源氏物語と貴族社会』(吉川弘文館、二〇〇二年)
松薗斉『日記の家―中世国家の記録組織―』(吉川弘文館、一九九七年)
松薗斉「藤原実資―小野宮右大臣―」(元木泰雄編『古代の人物6王朝の変容と武者』〈清文堂、二〇〇五年〉所収)
松薗斉『王朝日記論』(法政大学出版局、二〇〇六年)
丸山裕美子「平安時代の国家と賀茂祭―斎院禊祭料と祭除目を中心に―」(『日本史研究』三三九、一九九〇年)
丸山裕美子「甘露寺親長の『遷幸部類記』について―『小右記』『春記』『江記』逸文紹介―」(『史学雑誌』一〇五―八、一九九六年)
丸山裕美子「『遷幸部類記』についての基礎的研究―影印・翻刻篇(1)江記・春記・小右記―」(『愛知県立大学文学部論集』五四〈日本文化学科編八〉、二〇〇六年)
三橋正「『延喜式』穢規定と穢意識」(『延喜式研究』二、一九八九年)
三橋正「中世的神職制度の形成―「神社神主」の成立を中心に―」(『神道古典研究』一五、一九九三年)
三橋正「摂関期における定穢について―『西宮記』「定穢事」から三条朝まで―」(『大倉山論集』四四、一九九九年)
三橋正『平安時代の信仰と宗教儀礼』(続群書類従完成会、二〇〇〇年)
三橋正「『小右記』の話法と「下官」の用法」(『ぐんしょ』五二、二〇〇一年)
三橋正「ハラエの儀礼―大祓と王権―」(岩波講座『天皇と王権を考える5王権と儀礼』〈岩波書店、二〇〇二年〉所収)
三橋正「摂関末・院政期における定穢について」(『駒沢史学』六一、二〇〇三年)
三橋正「明石入道と住吉信仰」(上原作和編『人物で読む『源氏物語』第十二巻――明石の君』〈勉誠出版、二〇〇六年〉所収)
三橋正「平安時代の古記録と『小右記』長元四年条」(『明星大学日本文化学部紀要』一六、二〇〇八年)
皆川雅樹「九世紀日本における「唐物」の史的意義」(『専修史学』三四、二〇〇三年)
皆川雅樹「九～十世紀の「唐物」と東アジア―香料を中心として―」(『人民の歴史学』一六六、二〇〇五年)
皆川雅樹「平安期の「唐物」研究と「東アジア」」(『歴史評論』六八〇、二〇〇六年)
峰岸明『平安時代古記録の国語学的研究』(東京大学出版会、一九八六年)
身深晃「俗別当制の機能と展開―東大寺の事例を中心に―」(『九州史学』一一五、一九九六年)
村井康彦『平安貴族の世界』(徳間書店、一九六八年)
村山修一『日本陰陽道史総説』(塙書房、一九八一年)
元木泰雄『院政期政治史研究』(思文閣出版、一九九六年)

桃裕行『古記録の研究』上・下（桃裕行著作集4・5）（思文閣、一九八八年・一九八九年）
桃裕行『暦法の研究』上・下（桃裕行著作集7・8）（思文閣出版、一九九〇年）
森克己『続日宋貿易の研究』（森克己著作選集2）（国書刊行会、一九七五年）
森本正憲「原田氏の祖大蔵氏の九州土着」（『日本歴史』七〇七、二〇〇七年）
安江和宣「長和三年矢田部清栄写『神祇官西院指図』」（『神道史研究』五二―一、二〇〇四年）
安田晃子「十一世紀中葉における成功制の変質」（『史学研究』一五八、一九八三年）
安田政彦『平安時代皇親の研究』（吉川弘文館、一九九八年）
柳雄太郎「正倉院北倉の出納関係文書について」（『書陵部紀要』二七、一九七六年）
藪中五百樹「平安時代に於ける興福寺の造営と瓦」（『仏教芸術』一九四、一九九一年）
山内晋次『奈良平安期の日本とアジア』（吉川弘文館、二〇〇三年）
山口英男「駒牽と相撲」（『山梨県史』通史編1、二〇〇四年）
山口佳紀『古代日本文体史論考』（有精堂出版、一九九三年）
山下克明『平安時代の宗教文化と陰陽道』（岩田書院、一九九六年）
山下信一郎「平安時代の給与制と位禄」（『日本歴史』五八七、一九九七年）
山中耕作「賀茂の競馬」（『西南学院大学　国際文化論集』一八―二、二〇〇四年）
山中裕『平安朝の年中行事』（塙選書、一九七二年）
山中裕『平安時代の古記録と貴族文化』（思文閣出版、一九八八年）
山中裕『藤原道長』（人物叢書）（吉川弘文館、二〇〇八年）
山本幸司『穢と大祓』（平凡社選書、一九九二年）
山本信吉『摂関政治史論考』（吉川弘文館、二〇〇三年）
横澤大典「源頼信―河内源氏の成立」（元木泰雄編『古代の人物6王朝の変容と武者』〈清文堂出版、二〇〇五年〉所収）
吉江崇「律令天皇制儀礼の基礎的構造―高御座に関する考察から―」（『史学雑誌』一一二―三、二〇〇三年）
吉江崇「平安時代の儀礼運営と装束使」（『ヒストリア』一九二、二〇〇四年）
吉岡眞之『古代文献の基礎的研究』（吉川弘文館、一九九四年）
吉川真司『律令官僚制の研究』（塙書房、一九九八年）
吉田早苗「藤原実資の家族」（『日本歴史』三三〇、一九七五年）
吉田早苗「小野宮第」（朧谷寿・加納重文・高橋康夫編『平安京の邸第』〈望稜舎、一九八七年〉所収）
吉田早苗「平安前期の相撲人」（『東京大学史料編纂所研究紀要』七、一九九七年）
吉田早苗「平安前期の相撲節」（『国立歴史民俗博物館研究報告』七四、一九九七年）

年）
渡辺直彦・河内祥輔「『小右記』『権記』逸文」（『東京大学史料編纂所報』九、一九七五年）
米田雄介『摂関制の成立と展開』（吉川弘文館、二〇〇六年）
芳之内圭「平安時代の作物所―機構を中心に―」（『続日本紀研究』三四八、二〇〇四年）
芳之内圭「平安時代の宮中作物所の職掌」（『ヒストリア』一九九、二〇〇六年）
龍福義友『日記の思考―日本中世思考史への序章―』（平凡社選書、一九九五年）
和田英松『官職要解』（所功校訂、新訂、講談社学術文庫、一九八三年）
渡辺直彦「伊勢諸継・紀春枝・「配流と枉道」」（『古事類苑月報』二二〈法律部第一編〉、一九六八年）
渡辺直彦「『吏部王記』『小右記』『権記』補遺」（『日本歴史』三三二、一九七六年）
渡辺直彦『日本古代官位制度の基礎的研究』増訂版（吉川弘文館、一九七八年）
渡邊誠「平安中期、公貿易下の取引形態と唐物使」（『史学研究』二三七、二〇〇二年）
渡邊誠「平安中期貿易管理の基本構造」（『日本史研究』四八九、二〇〇三年）
渡邊誠「平安期の貿易決済をめぐる陸奥と大宰府」（『九州史学』一四〇、二〇〇五年）
饗場宏・大津透「節録について―「諸節禄法」の成立と意義―」（『史学雑誌』九八―六、一九八九年）
利光三津夫・長谷山彰『新 裁判の歴史』（成文堂、一九九七

注釈書・雑誌特集号・辞書・図録など

齋木一馬編著『古記録学概論』(吉川弘文館、一九九〇年)
山中裕編『古記録と日記』上・下(思文閣出版、一九九三年)
別冊歴史読本事典シリーズ4『日本歴史「古記録」総覧』上巻(新人物往来社、一九八九年)
黒板伸夫・三橋正・上原作和「【座談会】歴史文献としての『源氏物語』」(上原作和編『人物で読む『源氏物語』第三巻——光源氏Ⅱ』〈勉誠出版、二〇〇五年〉所収)
松原輝美他「小右記訓読稿」(『高松短期大学紀要』二四、一九九四年)
松原輝美他「小右記訓読稿」(続編)(『高松短期大学紀要』二五、一九九五年)
松原輝美他「小右記訓読稿」(第三編)(『高松短期大学紀要』二八・二九・三〇、一九九七年・一九九八年・一九九九年)
松原輝美他「小右記訓読稿」(第四編)(『高松短期大学紀要』三一・三二、一九九九年)
松原輝美他「小右記訓読稿」(第五編)(『高松短期大学紀要』三三・三四・三五、二〇〇〇年・二〇〇一年)
松原輝美他「小右記訓読稿」第六編(一)(『高松短期大学紀要』三六、二〇〇一年)
山中裕編『御堂関白記全註釈』(高科書店・思文閣出版、刊行中)
佐藤宗諄先生退官記念論文集刊行会編『『親信卿記』の研究』(思文閣出版、二〇〇五年)
萩谷朴『紫式部日記全註釈』上・下(角川書店、一九七一年・一九七四年)
萩谷朴『増補新訂平安朝歌合大成』第二巻・第五巻(同朋舎、一九九五年・一九九六年)
詫間直樹・高田義人編著『陰陽道関係史料』(汲古書院、二〇〇一年)
村山修一編『比叡山と天台仏教の研究』(山岳宗教史研究叢書2、名著出版、一九七五年)
村山修一編『陰陽道基礎史料集成』(東京美術、一九八七年)
村山修一他編『陰陽道叢書』全4巻(名著出版、一九九二年〜一九九三年)
林淳・小池淳一編『陰陽道の講義』(嵯峨野書院、二〇〇二年)
湯浅吉美編『日本暦日便覧』上(汲古書院、一九八八年)
詫間直樹編『皇居行幸年表』(続群書類従完成会、一九九七年)
佐藤亮雄編『僧伝史料』一(新典社、一九八九年)
槙野廣造編『平安人名辞典—長保二年—』(高科書店、一九九三年)
槙野廣造編『平安人名辞典—康平三年—』上・下(和泉書院、二〇〇七・二〇〇八年)
あかね会編『平安朝服飾百科辞典』(講談社、一九七五年)
古代学協会・古代学研究所編『平安時代史事典』(角川書店、一九九四年)
古代学協会・古代学研究所編『平安京提要』(角川書店、一九九四年)

阿部猛他編『平安時代儀式年中行事事典』（東京堂出版、二〇〇三年）
阿部猛『古文書古記録語辞典』（東京堂出版、二〇〇五年）
晴明神社編『安倍晴明公』（講談社、二〇〇二年）
平野敏也・工藤敬一編『図説熊本県の歴史』（河出書房新社、一九九七年）
『千葉県の歴史　資料編　古代』（千葉県、一九九六年）
『千葉県の歴史　通史編　古代2』（千葉県、二〇〇一年）
『大将軍神像と社史』（大将軍八神社、一九八五年）
『公家と儀式』〈京都大学文学部博物館図録第5冊〉（思文閣出版、一九九一年）
『安倍晴明と陰陽道展』（京都文化博物館、二〇〇三年）
『最澄と天台の国宝』（京都国立博物館ほか、天台宗開宗一二〇〇年記念、二〇〇五年）
『藤原道長　極めた栄華・願った浄土』（京都国立博物館、金峯山埋経一千年記念　特別展覧会、二〇〇七年）

《付3》 年中行事一覧

●本年中行事一覧は、藤原実資が著わした『小野宮年中行事』(略号は**年**)の項目名と通称を掲げ、各儀式を『小記目録』や主要儀式書の項目名と対比させ、長元四年条の記事との関係がわかるように作成した。
●『小野宮年中行事』に立項されていないものは「◆」で示した。
●『小記目録』(略号は**目**)は、年中行事の部(第一〜第七)に立項されている儀式に「○」、それ以外の部に立項されている場合は「△」、どこにも見られない場合は「×」を付した。
●他の儀式書についても同様の記号を付した。各儀式書の略号と年中行事の巻は以下の通りである。『西宮記』(**西**)は恒例第一〜恒例第三、『北山抄』(**北**)は巻一・巻二(年中要抄上・下)、『江家次第』(**江**)は巻一〜巻一一である。
●長元四年条について、『小右記』(**小**)・『左経記』(**左**)の記事があるものに「○」、記主の参加が認められるものに「◎」、目録・首書の項目名のみの場合は「△」、『小右記』のない月は「—」を付した。
●『日本紀略』にのみ記事があるものは、備考に「**紀**」と記した。
●備考には、儀式書の項目・記載と、長元四年条の記載と、両方の注意点・特色などを記した。

正月

月日	小野宮年中行事	通称	目	西	北	江	備考(長元四年・儀式書についての注記)	小	左
正1	朝、拝二天地・四方・属星及二陵一事	四方拝(天皇)	○	○	○	○		×	×
正1	◆	四方拝(庶人)	○	×	×	○	実資の四方拝	◎	×
正1	◆	摂関家拝礼	○	×	×	×	関白頼通家拝礼	×	◎
正1	◆	拝礼(庶家)	○	×	×	×	資平が実資に拝礼	◎	×
正1	平旦、所司供二屠蘇白散一事	供御薬	○	○	○	○		×	○
正1	受二群臣朝賀一事	朝賀	○	○	○	×	すでに行なわれず **目**は正暦四年のみ **北**は巻三・八もあり	×	×
正1	小朝拝事	小朝拝	○	○	○	○		○	◎

月日	小野宮年中行事	通称	目	西	北	江	備考（長元四年・儀式書についての注記）	小	左
正 1	宴会事	元日節会	○	○	○	○	教通内弁　実資途中退出　北は巻八・九もあり	◎	◎
正 1	諸司告朔公文進二弁官一事（毎月進、有二朝拝一者二日進）	告朔（視告朔）	×	×	×	×	すでに行なわれず	×	×
正 1	式部省進二国司秩満帳一事		×	×	○	×	北は項目のみ	×	×
正 1	式兵両省補任帳進二太政官一事		×	×	○	×	北は項目のみ	×	×
正 1	中務省奏二七曜御暦一事（見二宴会儀一）	御暦奏	×	○	○	○	西北江は「元日節会」の項にあり	○	◎
正 1	宮内省奏二氷様及腹赤御贄一事（見二宴会一）	氷様・腹赤奏	×	○	○	○	西北江は「元日節会」の項にあり	○	◎
正 1	治部省威儀師已上并従儀師及諸国講読師補任帳各一巻進二太政官一事		×	×	○	×	北は項目のみ	×	×
正 1	中務省女官補任帳進二太政官一事		×	×	○	×	北は項目のみ	×	×
正 1	太政官進二参議已上上日一事	月奏	×	○	○	×	西は二月にあり	×	×
正 1	諸衛進二当番歴名一事	番奏	×	○	△	○	西は十月「旬」にあり　北は巻九「二孟旬」　江は四月「二孟旬儀」にあり	×	×
正 立春	主水司献二立春水一事	立春水	×	△	○	○	西は「正月」の割注にあり	×	×
正 上子	◆	供若菜	×	○	○	×	西は項目のみ	×	×
正 上卯	献二御杖一事	卯杖	○	○	○	○		×	×
正 2	◆	摂関家臨時客	○	×	×	△	実資途中退出　江は目録のみ	◎	◎

正2	皇后宮及東宮拝賀事	二宮大饗	○	○	○	○	拝礼停止	○	◎
正3	奏二去月々奏一事	月奏	×	○	○	×	**西**は二月にあり **北**は1日	×	×
正3	行幸事	朝覲行幸	○	○	○	△	実資、東宮行啓も途中参加 **年**「一日」は誤記か **北**は項目のみ 巻八もあり **江**は目録のみ（巻一六）	◎	◎
正4	諸司申二要劇文一事〈毎月申、但二月四月七月五日申〉		×	×	×	×		×	×
正4	太皇太后国忌事〈東寺〉	藤原穏子国忌	○	○	○	○		×	×
正5	始議二叙位一事〈年来之例用二五日一、大臣家饗、仍六日行レ之〉	叙位始	○	○	○	○	実資上卿 実成入眼	◎	◎
正7	節会及叙位事	白馬節会	○	○	○	○	教通内弁 実資途中退出 **北**は巻八・九もあり	◎	◎
正7以後	式部省進二五位已上歴名帳一事		×	×	○	×	**北**は項目のみ	×	×
正8	大極殿御斎会始事	御斎会始	○	○	○	○		○	◎
正8	太元帥法始事	太元帥法	×	○	×	×	**西**は「太元所遣二御衣一事」	×	×
正8	諸国吉祥悔過事	吉祥悔過	×	×	×	×		×	×
正8	女叙位事〈隔年行レ之、式日八日、近代択二吉日一〉	女叙位	○	○	○	○	11日 実資上卿 資平入眼 経頼早退	◎	◎
正8	賜二女王禄一事	女王禄	○	○	○	○		×	×
正	◆	大臣大饗	○	○	△	○	すでに行なわれず **北**は巻三	×	×

月日	小野宮年中行事	通称	目	西	北	江	備考（長元四年・儀式書についての注記）	小	左
正9	始議二外官除目一事	除目始	○	○	○	○	2／15に延期　教通上卿　北は巻三もあり	×	◎
正9	◆	左近荒手結	○	×	×	○	江は「射礼」の項にあり	×	×
正10	兵部省応レ供二奉内射一五位已上歴名置二侍従所一事〔年来例、十二月廿日置レ之〕		×	×	△	×	北は巻三	×	×
正11	除目事	除目・除目入眼	○	○	○	○	2／17教通上卿　北は巻三もあり	×	◎
正11	◆	左近真手結	○	×	×	○	江は「射礼」の項にあり	×	×
正11	◆	右近荒手結	○	×	×	○	江は「射礼」の項にあり	○	×
正13	◆	右近真手結	○	×	×	○	江は「射礼」の項にあり	○	×
正13	三省申二秋冬馬料目録文一事		×	×	○	×	北は項目のみ	×	×
正14	大極殿御斎会終事	御斎会終	○	○	○	○		○	×
正14	殿上論議事	内論義	○	○	○	○	実資、右近陣饗を用意　北は巻九もあり	○	×
正15	進二御薪一事	御薪	○	○	○	○	目は正暦五年のみ　北は項目のみ	×	×
正15	兵部省手結事〔長和二年被レ改二三月一、依二正月御国忌月一、又復レ旧〕	兵部手結	○	○	○	○		×	×
正15	主水司献二七種御粥一事	献御粥	×	○	○	×	北は項目のみ	×	×
正15	奏下給二諸司一秋冬馬料目録文上事		×	○	○	×	北は項目のみ	×	×
正16	踏歌事	踏歌節会	○	○	○	○	頼宗内弁　北は巻九もあり	○	×
正16	三省進二冬季帳一事		×	○	○	×	西北は項目のみ	×	×

正17	内射事	射礼	○	○	○	○	**紀** **北**は巻三・八・九もあり	×	×
正18	(射遺)	射遺	○	○	○	○	兼経射遺参議 **年**は「内射」の中	○	×
正18	賭射事〔此日甚雨、十九日被レ行レ之〕	賭射・賭弓	○	○	○	○	19日 教通上卿 経頼早退 **北**は巻八・九もあり	○	◎
	◆	殿上賭弓	○	○	△	△	**北**は巻三 **江**は巻一九	×	×
正19	◆	外記政始	○	△	△	△	頼宗上卿 **西**は臨時一 **北**は巻七 **江**は巻一八	○	◎
正20	内宴事〔廿一二三日間、若有二子日一便用二其日一〕	内宴	○	○	○	×	**北**は巻三・八もあり	×	×
正20	◆	官政始	×	△	○	×	**西**は臨時一 **北**は巻七もあり	×	×
正20	給二馬料一官符下二大蔵省一事		×	×	×	×		×	×
正21	諸司年給帳進二太政官一事	年終帳	×	×	×	×	**年**は「年終帳」の誤記か	×	×
正22	於二大蔵省一給二馬料一事	給馬料	×	×	○	×	**北**は項目のみ	×	×
正28	国忌事〈贈皇后〉	藤原超子国忌	○	×	○	×	**北**は項目のみ	○	×
正晦	神祇官奉二御麻一事		×	×	○	×		×	×
正晦	御巫奉二御贖一事	御贖	×	○	○	×	**北**は項目のみ	×	×
二	春季仁王会	春季仁王会	△	△	△	○	8日 僧名定 教通上卿	○	○
							23日 闕請定 長家上卿 経頼執筆	×	◎
							27日 経頼検校	○	◎
							目は第九 **西**は臨時一 **北**は巻六		
二朔	旬事	旬・平座	○	○	○	○	**西**は四月・十月にあり **北江**は四月にあり	×	×

月日	小野宮年中行事	通称	目	西	北	江	備考（長元四年・儀式書についての注記）	小	左
二 上丁	釈奠事	釈奠	○	○	○	○	10日 師房上卿 **西**は八月にあり **北**は巻九もあり	○	◎
明日	大学寮献㆓昨日之胙㆒事		×	○	×	×	**西**は「釈奠」の項にあり	×	×
二 上申	春日祭事〈未日使立〉	春日祭	○	○	○	○	6日 実資奉幣せず **西**は十一月もあり	○	×
同日	鹿嶋祭使立事	鹿嶋祭使	△	○	○	×	22日 祭使の官符 **目**は第八 **西**は十一月にあり	×	○
二 上酉	率川祭事〈用㆓春日祭明日㆒〉	率川祭	×	○	○	×	8日	×	○
二 上卯	大原野祭事〈当日使立〉	大原野祭	○	○	○	○	2日 実資奉幣せず **西**は十一月もあり	○	○
二 3以前	京官除目事〈式部省例云、十三日以前京官除目〉	京官除目	○	×	○	×	15～17日 教通執筆 **北**は項目のみ 巻六もあり	○	◎
二 4	祈年祭事〈廃務〉	祈年祭	○	○	○	○		×	○
二 10	三省申㆓考選及春夏季禄等目録㆒事	三省政申	×	○	○	×	近代行なわれず **北**は巻七もあり	×	×
二 11	列見選人等事	列見	○	○	○	○	21日 頼宗上卿 **北**は巻七もあり	○	×
二 中旬	位禄事〈二月中旬行㆑之〉	位禄	○	○	○	○	3／14 実資上卿	◎	◎
二 11	◆	祈年穀奉幣	○	×	×	○	5日 定 教通上卿 経頼執筆 11日 長家上卿 経頼平野使 5／15	○ ○ △	◎ ◎ ○
二 12	◆	円融院御八講	○	×	×	×		○	×
二 中丑	園并韓神祭事〔用㆓春日祭後丑㆒〕	園韓神祭	○	○	○	○	**西**は十一月もあり	×	×

二 13以後	◆	官所充	×	△	×	○	3／8 実資上卿 **西**は臨時第二	◎	◎
二 15	奏下給二諸司一春夏禄及皇親時服目録文上事		×	×	○	×	**北**は項目のみ	×	×
二 22	於二大蔵省一給二春夏季禄一事〔但女官廿五日給レ之〕	給季禄	×	×	○	×	**北**は項目のみ	×	×
二 吉日	御読経事〔択二吉日一修レ之、或三月行レ之〕	季御読経	○	○	○	○	26日 定 教通上卿 / 3／4～7 **西**は三月にあり **北**は巻九もあり	○ ○	× ×
二	式部省行二一分除目一事〔或正月行レ之〕	一分召	○	○	○	×	**目西**に「一分召」とある **北**は項目のみ	×	×
二	同省行二文章生試一事〔八月同レ之〕	文章生試	△	×	○	×	**目**は第一八 **北**は項日のみ	×	×
三 朔 11	着二朝座一事〔是月毎レ旬着レ之、但廿一日廃務〕	着朝座	×	○	○	×	**北**は項目のみ	×	×
三 朔	◆	差二造茶使一事	×	○	×	×		×	×
三 3	御燈事	御燈	○	○	○	○	**紀** 九月も同じ **小**に実資の私的御燈由祓あり	×	×
三 3	◆	曲水宴	×	○	×	×	**紀**	○	×
三 7	薬師寺最勝会始事	最勝会	×	○	○	×	**北**は項目のみ	×	×
三 中午	石清水臨時祭〔若遇二国忌一用二下午日一〕	石清水臨時祭	○	×	○	○	22日 試楽 / 23日 実資は私的見物	○ ○	○ ×
三 11	射礼	射礼	○	○	○	○	1／17 **西北江**は正月にあり	○	○

月日	小野宮年中行事	通称	目	西	北	江	備考（長元四年・儀式書についての注記）	小	左
三 12	賭射〔長和二年定、正月御国忌、仍被二改行一〕	賭弓	○	○	○	○	1／19 **西北江**は正月にあり	○	○
三 17	国忌事〔西寺、桓武天皇、柏原〕	桓武天皇国忌	○	○	○	○	**小**17～19日条 諸司不参加を議論 **西北**は項目のみ **江**は正月にあり	○	×
三 21	国忌事〔東寺、仁明天皇、深草〕	仁明天皇国忌	○	○	○	○	経頼参加 **西北**は項目のみ **江**は正月にあり	○	◎
三	鎮花祭事	鎮花祭	×	×	×	×		×	×
三	授戒事	比叡受戒	×	○	×	×	**西**は「延暦寺申二戒状一事」	×	×
三	◆	御庚申	×	○	×	×		×	×
四 朔	着二朝座一事	着朝座	×	×	○	×	**北**に「有二官政一」とある	–	×
四 朔	主水司始貢レ氷事〔起二今日一尽二九月卅日一〕	始貢氷	×	○	○	×	**北**は項目のみ	–	×
四 朔	掃部寮撤二冬御座一供二夏御座一事		×	○	×	×	**西**は「改二御装束一事」 項目のみ	–	×
四 朔	旬事	旬政（孟夏旬） 平座	○	○	○	○	**西**は十月もあり **北**は巻八・九もあり	△	◎
四 朔	近衛府・兵衛府進二御扇一事〔起二今月上番一尽二九月下番一〕	進扇	×	○	○	○	**北**は項目のみ 巻九「二孟旬」も参照 **江**は「二孟旬儀」の項にあり	–	×
四 朔	定下応レ向二広瀬・龍田祭一五位上事〔七月准レ此〕		×	○	○	×	**北**に「官政申レ之」とある	–	×
四 上卯	大神祭事〔若有二三卯一、用二中卯一、丑日使立〕	大神祭	○	○	○	×		–	×
四 上巳	山科祭事〈当日使立〉	山科祭	○	○	×	×	**西**は項目のみ	–	×

四 上申	平野祭事	平野祭	○	○	○	○	紀7日　西は項目のみ　十一月もあり		×
四 上申	松尾祭事〔午日使立〕	松尾祭	○	○	○	○		–	×
四 上申	杜本祭事〔午日使立〕	杜本祭	○	○	○	×	目は寛和二年のみ　西北は項目のみ　西は十一月「平野祭」の割注にもあり	–	×
四 上申	当麻祭事〔午日使立〕	当麻祭	×	○	○	×	西は十一月「平野祭」の割注にもあり　北は項目のみ	–	×
四 上酉	当宗祭事〔午日使立〕	当宗祭	×	○	○	×	西は「当麻祭」の項に注記あり	–	×
四 上酉	梅宮祭事〔当日使立〕	梅宮祭	○	○	○	○	紀8日　北は項目のみ	–	×
四 2	中務省申二宮人夏衣服文一事		×	○	○	×	西北は項目のみ	–	×
四 2	左右衛門府壊二射場堋一事		×	×	×	×		–	×
四 4	広瀬・龍田祭事	大忌・風神祭	○	○	○	×	紀	–	×
四 5	中務省申二妃夫人嬪女御夏衣服文一事		×	○	○	×	西に「近代不レ中」とある　北は項目のみ	–	×
四 5	式部省請印捺二位記一事		×	×	○	×	北は項目のみ	–	×
四 7	二省奏二成選短冊一事	擬階奏	○	○	○	○	紀　江は二月「列見事」にあり	–	×
四 8	灌仏事〔是日遇二神事一止レ之〕	灌仏会	○	○	○	○	梅宮祭により中止か	–	×
四 10	中務省奏二後宮并女官夏時服文一事		×	○	○	×	西に「今不レ申」とある　北は項目のみ	–	×
四	差二賀茂斎内親王禊日一前駆奏聞事	御禊前駆定	○	○	○	○	5日　実資上卿　重尹執筆参議　西北は「賀茂祭事」にあり	△	◎

月日	小野宮年中行事	通称	目	西	北	江	備考（長元四年・儀式書についての注記）	小	左
四 11	式部省請㆓印成選位記㆒事	位記請印	△	○	○	×	紀 目は第一四 北は巻七もあり	−	×
四 12	内馬場造㆑埒事		×	×	○	×		−	×
四 13	兵部省請㆓印成選位記㆒事	位記請印	△	○	○	×	紀5／4 目は第一四 北は項目のみ	−	×
四 中午	斎院禊事（有㆓未日之例㆒）	御禊	○	○	×	○	17日 定頼上卿 西は「賀茂祭事」にあり	△	◎
四 中未	御㆓覧左右馬寮女騎料御馬㆒事	御馬御覧	×	○	○	○	20日 西北は「賀茂祭事」にあり 西は禊祭日 北は酉日とする 江 は「賀茂祭使」の項にあり	−	◎
四 中未	先㆓賀茂祭㆒一日警固事	警固	○	○	○	○	18日 西は「賀茂祭事」にあり 北は巻六もあり	△	×
四 中申 酉	賀茂祭事（酉日廃務、当日使立）	賀茂祭	○	○	○	○	申日は「国祭日」 20日 定頼上卿 26日 関白賀茂詣（競馬）あり	− − △	× ◎ ◎
四 戌	解㆓警固陣㆒事	解陣	○	○	△	○	22日 北は巻六	△	×
四 中子	吉田祭事（当日使立）	吉田祭	○	×	○	○	23日 経頼上卿 北は項目のみ	△	◎
四 15	授㆓成選位記㆒事	位記召給	○	○	○	○	北は巻七もあり 江は二月「列見 事」にあり	−	×
四 16	三省進㆓春季帳㆒事		×	○	○	×	西に「近代不㆑進」とある 北は 項目のみ	−	×
四 以前20	奏㆓郡司擬文㆒事	郡司読奏	○	○	○	×	北は巻三もあり	−	×

四		任二郡司一事	郡司召	×	○	○	×	北は巻七もあり	—	×
四	20以前	五位已上申下不レ堪レ進二五月五日走馬一状上事		×	×	×	×		—	×
四		五月五日走馬結番事		×	○	○	×	西は「五月五日節」の項にあり　北は項目のみ	—	×
四	28	駒引事〔小月用二廿七日一〕	駒牽	×	○	○	×	北は巻八もあり	—	×
四	29	国忌事〔西寺、贈太后〕	藤原安子国忌	○	×	○	○	北は項目のみ　江は正月にあり	—	×
四		神衣祭事	神衣祭	×	×	×	×		—	×
四		三枝祭事	三枝祭	×	×	×	×		—	×
五	2	小五月事〔延喜十七年有レ定停止、今則不レ行〕		×	×	×	×	すでに行なわれず	—	×
五	3	六衛府献二菖蒲并花一事		×	○	○	×	北は項目のみ	—	×
五	4	奏二走馬結番并毛色一事		×	○	○	×	西は「五月五日節」にあり　北は巻八「五月節」にもあり		×
五		左右近衛騎射手結事	騎射手結	○	×	×	×		—	×
五	5	節会事	節会	×	○	○	×	北は巻八もあり	—	×
五	5	給下可レ供二奉同節一女蔵人装束上事		×	○	×	×	西は「五月五日節」の割注にあり	—	×
五	5	内膳司献二早瓜一事		×	○	×	×		—	×
五	6	競馬事	競馬	×	○	○	×	北は項目のみ	—	×
五	10	源氏夏衣服文事		×	×	○	×	北は項目のみ	—	×
五		京中賑給〈五月中下旬〉	賑給	○	○	○	○	17日　賑給使定　実資上卿	△	○

月日	小野宮年中行事	通称	目	西	北	江	備考（長元四年・儀式書についての注記）	小	左
五 25	邑上先皇崩日〈依二遺詔一不レ置二国忌一〉	村上天皇御忌日	○	×	×	×		−	×
五	雷鳴陣事	雷鳴陣 解陣	△	○	△	×	**目**は第一九 **西**は六月 **北**は巻六・八・九 巻九に「近代不レ見レ之」とある	−	×
五	◆	最勝講	○	×	×	○	4／27	△	◎
六 朔	内膳司供二忌火御飯一事	忌火御飯	○	○	○	○		−	×
六 朔	造酒司始献二醴酒一事〈起二今日一迄二七月卅日一〉		×	○	○	×		−	×
六 朔	神祇官始奉二御贖一事〈起二一日一迄二八日一奉レ之〉	御贖	×	○	○	×		−	×
六 朔	旬事	旬・平座	○	○	○	○	二月・四月に同じ	−	×
六 初午	◆	献二御酒一事	×	×	○	×	**北**は項目のみ	×	×
六 3	奏二侍臣并出納夏等第文一事		×	×	×	×		−	×
六 5	中務省申二親王并乳母夏衣服文一事	無品親王時服	×	○	○	×	**西北**は項目のみ	−	×
六 7	同省申二諸司夏衣服目録一事		×	○	○	×	**西北**は項目のみ	−	×
六 9	同省奏下給二諸司一春夏時服上事	諸司時服	×	○	○	×	**西**に「近代不レ行」とある **北**は項目のみ	−	×
六 10	奏二御卜一事	御体御卜	○	○	○	○	経通上卿	△	◎
六 11	月次祭事〈廃務〉	月次祭	○	○	○	○	経通上卿	△	◎
六 11	神今食祭事	神今食	○	○	○	○	**北**は巻八もあり	−	×

六 15	◆	祇園御霊会	○	×	×	×		ー	×
六	式兵両省補任帳進二蔵人所一事		×	×	×	×		ー	×
六 22	円教寺御八講始〔長和二年始修、廿五日終〕	一条天皇御忌日	○	×	×	×		ー	◎
六 25	任二左右相撲司一事	任相撲司	×	○	×	×	すでに行なわれず	ー	×
六	道饗祭事	道饗祭	×	×	×	×		ー	×
六	鎮火祭事	鎮火祭	×	×	×	×		ー	×
六	任二郡司一事	郡司召	×	○	○	×	四月に同じ	ー	×
六 晦	東西文部奏二祓刀一事		×	×	×	×		ー	×
六 晦	縫殿寮奉二荒世・和世御服一事		×	×	×	○		ー	×
六 晦	神祇官奏二荒世・和世御贖一事	御贖物・節折	○	○	○	○	目は寛弘八年のみ	ー	×
六 晦	大祓事	大祓	○	○	○	○			×
六	◆	大殿祭	×	○	○	○	西北は「神今食」の項にあり	ー	×
六	◆	解斎	×	○	○	○	西北は「神今食」の項にあり	ー	×
六	施米事	施米	○	○	○	○	27日 施米定 実資上卿	△	◎
七	秋季仁王会	秋季仁王会	△	△	△	○	8／4定 実資上卿	◎	×
							8／22	○	△
							閏10／26 定	△	×
							11／30 大仁王会	△	◎
							目は第九 西は臨時一 北は巻六		
七 朔	視二告朔一事	告朔（視告朔）	×	×	×	×	すでに行なわれず	×	×

月日	小野宮年中行事	通称	目	西	北	江	備考（長元四年・儀式書についての注記）	小	左
七 朔	式兵両省補任帳進二太政官一事〈同又進二蔵人所一〉		×	○	×	×	西は「官政」の項にあり	×	×
七 朔	中務省女官補任帳進二太政官一事		×	×	×	×		×	×
七 朔	定下応レ向二広瀬・龍田祭一五位上事		×	○	△	×	西は「広瀬・龍田祭」の項にあり 北は巻七「官政」の割注	×	×
七 朔	◆	官政	×	○	△	×	西は臨時一もあり 北は巻七	×	×
七 4	広瀬・龍田祭事〈廃務〉	大忌・風神祭	○	○	○	×		×	○
七 7	◆	乞巧奠	○	○	○	○	目は天元四年のみ 北は項目のみ	×	×
七 7	◆	節供	×	○	×	○	西は「内膳供二御節供一」	×	×
七 8	文殊会事	文殊会	×	○	○	×		×	×
七 13	三省申二春夏馬料文一事		×	○	×	×	西に「三省申二馬料一、近代不レ行」とある	×	×
七	相撲人入京事		×	×	△	×	小に関連記事多し 北は巻九	◎	○
七	相撲違期遅参事		×	×	△	×	小に関連記事多し 北は巻九	◎	×
七 14	盆供事	盆供	○	○	○	○	小に実資の私的盆供あり	×	×
七 15	七寺盂蘭盆供養事	七寺盆供	○	○	×	×		×	×
七 15	奏下給二諸司一春秋馬料目録文上事		×	×	○	×	年は「春夏馬料」の誤記か 北は項目のみ	×	×
七 16 17	◆	相撲召仰	△	○	△	○	11日 長家上卿 北は巻六・九	○	◎
七 19	仁和寺法皇御国忌	宇多天皇御忌日	×	×	×	×		×	×

月	日	項目	行事					備考		
七	22	於二大蔵省一給二馬料一事		×	×	×	×		×	×
七	24	山階寺長講会始、卅日間修レ之〔冬嗣忌日〕	興福寺長講会	×	×	×	×		×	×
七	28	相撲召合事〔大月廿八九日、小月廿七八日〕	相撲召合	○	○	○	○	29日 30日 抜出	○ ○	○ △
七		抜出日、給二甘瓜上達部一儀		○	○	○	○		×	×
七		◆	童相撲	○	○	×	×		×	×
七		◆	祈年穀奉幣	○	×	×	×	13日 実成上卿 経頼平野使 8／17 資平上卿	○ ○	◎ ○
八	上丁	釈奠事	釈奠	○	○	○	○	2日 北は巻九もあり	○	○
八	明日	博士引二得業生等一参二入内裏一論義并給レ禄事	内論義	○	○	○	○	3日は停止	○	×
八	明日	大学寮献二昨日之胙一事〔同二一月二〕		×	○	×	×		×	×
八	3	贈太政大臣淡海公〔不比等〕御忌日	藤原不比等忌日	×	×	×	×		×	×
八	5	有二中文一式部請印准レ蔭并誤二位記一事		×	×	×	×		×	×
八	5	北野宮祭事〈使立〉	北野祭	○	×	×	×		×	×
八	7	率二甲斐国勅旨御馬一事	駒牽	○	○	○	×	小7日条に「御馬逗留解文」あり 10／13 紀に「真衣野御馬」とある	△	○
八	10	三省申二秋冬季禄目録文一事		×	×	×	×		×	×
八	11 12	定二官中考一事〔定考事〕	定考	○	○	△	○	11日 上卿師房 北は巻七	○	◎

月日	小野宮年中行事	通称	目	西	北	江	備考〔長元四年・儀式書についての注記〕	小	左
八	◆	小定考	×	○	×	○		×	×
八 13	牽㆓武蔵国秩父御馬㆒事	駒牽	○	○	○	×	**西**は項目のみ **紀**12／17	×	×
八 15	牽㆓信濃国勅旨御馬㆒事	駒牽	○	○	○	○	16日 師房上卿 **北**は巻九もあり	○	◎
八 15	奏㆘給㆓諸司秋冬禄及皇親時服㆒目録文㆖事		×	×	○	×	**北**は項目のみ	×	×
八 17	牽㆓甲斐国穂坂御馬㆒事	駒牽	○	○	×	×	**紀**閏10／17 **西**は「駒牽次」にあり	×	×
八 20	牽㆓武蔵国小野御馬㆒事	駒牽	○	○	○	×	**西**は「駒牽次」にあり **北**は17日	×	×
八 22	於㆓大蔵省㆒給㆓秋冬季禄㆒事〔但女官廿五日給㆑之〕	給季禄	×	×	×	×		×	×
八 23	牽㆓信濃国望月御馬㆒事	駒牽	○	○	○	×	**西**は「駒牽次」にあり **北**は巻九もあり	×	×
八 25	牽㆓武蔵国勅旨牧并立野御馬㆒事	駒牽	○	○	○	×	**小**26日条に「逗留解文」あり **西**は「駒牽次」にあり **北**は巻九もあり	○	×
八 26	国忌〔西寺、光孝天皇、小松、諱時康〕	光孝天皇国忌	○	×	○	○	**北**は項目のみ **江**は正月にあり	○	×
八 28	牽㆓上野勅旨御馬㆒事	駒牽	○	○	○	○	11／5・12／1 資平上卿 **北**は巻九もあり	△	◎
八	御読経〈或七月行㆑之〉	季御読経	○	○	○	○	10／26 定 教通上卿 閏10／5～8 経通上卿 **西**は九月にあり **北**は巻九もあり **江**は二月にあり	× △	○ ◎

九 朔 21	着二朝座一事（是月毎旬着、但十一日廃務）	着朝座	×	×	×	×		×	×
九 朔	奏レ可レ醸二新嘗黒白二酒一事		×	○	○	×	**西**は「宮内与二神祇一卜二造酒一文」	×	×
九 3	御燈事	御燈	○	○	○	○	三月と同じ **江**は三月にあり **小**に実資の私的御燈由祓あり	×	×
九 4	山階寺長講会終事	興福寺長講会	×	×	×	×		×	×
九	不堪佃田事	不堪佃田申文	△	○	△	○	8日 実資上卿 **目**は第一四 **北**は巻三「官奏事」 **江**は5日	◎	◎
九 7	奏二諸国言上当年不堪佃田解文一事	不堪佃田奏	△	○	△	○	閏10／11 荒奏 実資上卿 閏10／27 定 実資上卿 **目**は第一四 **北**は巻三「官奏事」	△△	◎◎
九	◆	官奏	△	○	△	○	11／7 教通上卿 12／26 実資上卿 **目**は第一四 **西**は臨時一もあり **北**は巻三「官奏事」	△△	○◎
九	◆	氷魚使	×	○	△	○	**北**は巻九「二孟旬」に「十月賜二氷魚一」とある **江**は四月「二孟旬儀」にあり	×	×
九 9	節会事	重陽節会	○	○	○	○	**紀** **北**は巻九もあり	×	×
九 11	奉二幣伊勢太神宮一事〈廃務〉	伊勢例幣	○	○	○	○	斉信上卿	○	◎
九 15	東大寺大般若会事	東大寺大般若会	×	×	×	×		×	×
九 29	国忌事（西寺、後山科、醍醐天皇、諱敦仁）	醍醐天皇国忌	○	○	○	○	**左**28日条で経頼が上卿を受諾 **西北**は項目のみ **江**は正月にあり	△	○

月日	小野宮年中行事	通称	目	西	北	江	備考（長元四年・儀式書についての注記）	小	左
九 30	山階寺法華会始事	興福寺法華会	×	×	×	×		×	×
十 1 11 21	着㆓朝座㆒事	着朝座	×	○	○	×	**西**は「御殿御装束事」の割注にあり **北**は項目のみ	−	×
十 1	視㆓告朔㆒事〔同㆓四月朔日㆒〕	告朔（視告朔）	×	×	○	×	すでに行なわれず **北**は項目のみ	−	×
十 1	掃部寮撤㆓夏御座㆒供㆓冬御座㆒事		×	○	×	×	**西**は「御殿御装束事」	−	×
十 1	旬事	旬政（孟冬旬） 平座	○	○	○	○	資平上卿 **北江**は四月にあり	−	◎
十 1	主殿寮進㆓御殿炭及殿上侍料炭㆒事〔始㆑自㆓今日㆒迄㆓明年三月晦日㆒、数㆓見所例㆒也〕		×	×	×	×		−	×
十 1	諸司・畿内考選文進㆓弁官㆒事		×	○	○	○	**西**は臨時六もあり **北**は項目のみ **江**は二月「列見事」にあり	−	×
十	奏㆘発㆓鼓吹声㆒日㆖事		×	○	○	×		−	×
十 2	中務省申㆓宮人冬衣服文㆒事		×	○	○	×	**西**に「近代不㆑申」とある **北**は項目のみ	−	×
十 2	奏㆘可㆑供㆓新嘗会祭㆒定田稲粟卜定文㆖事		×	○	○	×	**年**は「官田稲粟」か	−	×
十 初亥	内蔵寮進㆓殿上男女房料餅㆒事〔各一折櫃〕	亥子餅	×	×	×	×		−	×
十 3	左右衛門築㆓射場垜㆒事		×	×	×	×		−	×

十 以前3	点二定五節舞姫一事	五節舞姫点定	×	○	○	×	17日　能信・経頼ら舞姫貢上	−	○
十 4	死刑断文申レ官事	死刑断罪文	×	○	○	×	**西**に「近代不レ行」とある　**北**は「廿日以前奏二年終断罪文一事」	−	×
十 4	中務省申二妃夫人嬪女御冬衣服文一事		×	×	×	×		−	×
十 5	射場初事	射場始・弓場始	○	○	○	○	9日　頼宗上卿　**北**は巻九もあり	△	◎
十 6	法華会終事	興福寺法華会	×	×	×	×		−	×
十 10	中務省奏下給二後宮并女官一冬時服文上事（同二四月一）		×	×	○	×	**北**は項目のみ	−	×
十 10	興福寺維摩会始事（今日始、十六日終）	興福寺維摩会	○	○	○	×	**北**は巻三もあり	△	×
十 16	三省進二秋季帳一事		×	×	○	×	**北**は項目のみ	−	×
十 17	奏二維摩会文一事		×	○	×	×		−	×
十 以前20	典薬寮進二生地黄様一事		×	○	×	×	**西**は「定下煎二地黄一使上事」	−	×
十 21	競馬負方献物事（或注二廿二日一、近代不レ行二此儀一）		×	×	○	×	**北**は20日　項目のみ	−	×
十 21	大歌始事	大歌始	×	○	○	×	**西**は十一月「大歌所録二可レ召人名簿一付二内侍一奏」　**北**は「同日（廿日）以前奏二大歌人名簿一事」	−	×
十	治部省申二諸国講読師簡定一事		×	×	×	×		−	×

月日	小野宮年中行事	通称	目	西	北	江	備考（長元四年・儀式書についての注記）	小	左
十一 1	内膳司供二忌火御飯一事	忌火御飯	○	○	○	○	六月と同じ　**北**は項目のみ　**江**は六月にあり	−	×
十一 1	旬事	旬・平座	○	×	×	○	**江**は「朔旦旬」にあり	−	×
十一 1	中務省奏二御暦一事	御暦奏	○	○	○	×	**北**は巻九もあり	−	◎
十一 1	神祇官始奏二御贖一事〔起二一日一迄二八日一奏レ之〕	御贖	×	○	○	×	**西**は項目のみ	−	×
十一 1	諸国考選文・雑公文進二弁官一事		×	○	○	×	**西北**は項目のみ	−	×
十一 上巳	山科祭事〔当日使立〕	山科祭	○	○	○	×	**西**は項目と勘物のみ　**北**は項目のみ	−	×
十一 上申	平野祭事	平野祭	○	○	○	○	**紀**11日　**北**は項目のみ　**江**は四月にあり	−	×
十一 上申	春日祭事〔未日使立〕	春日祭	○	○	○	○	**江**は二月にあり	−	×
十一 上申	杜本祭事〔午日使立〕	杜本祭	○	○	○	×	**西**は「平野祭」の割注にあり	−	×
十一 上申	当麻祭事〔午日使立〕	当麻祭	×	○	○	×	**西**は「平野祭」の割注にあり	−	×
十一 上酉	率川祭事〔用二春日祭明日一〕	率川祭	×	×	○	×		−	×
十一 上酉	梅宮祭事〔同日使立〕	梅宮祭	○	×	○	○	**紀**12日　**西北江**は四月にあり	−	×
十一 上酉	当宗祭事〔午日使立〕	当宗祭	×	○	○	×	**西**は四月「当麻祭」の項に注記あり	−	×
十一 10	◆	源氏冬服事	×	×	○	×	**北**は項目のみ	−	×
十一 13	三省申二位禄文一事〔如二七月十日儀一〕		×	×	○	○	**西北**は10日　**西**は『政事要略』所引　**北**は項目のみ　**江**は二月「位禄定」の項にあり	−	×

十一月

十一中子	大原野祭事〔当日使立、有二子一用二下子一〕	大原野祭	○	○	○	○	北は項目のみ 江は二月にあり	−	×
十一中子	夜、五節舞姫調習事	五節舞姫調習	×	×	×	×		−	×
十一中丑	園并韓神祭事〔用二新嘗会前一也〕	園韓神祭	○	○	○	○	16日 江は二月にあり	△	×
十一中丑	宮内省奏二御宅田稲数一事		×	○	○	×	西は「新嘗会御稲文」 北は項目のみ	−	×
十一中丑	◆	五節帳台試	○	○	×	○	16日 五節参	△	○
十一中寅	鎮魂祭事〔中宮鎮魂同日行レ之〕	鎮魂祭	○	○	○	○	目は天元四年のみ	−	×
十一中寅	夜、試二五節舞一事	五節舞御前試	○	○	×	○	17日	−	◎
十一中卯	◆	童女御覧	○	×	×	×	18日	−	◎
十一中卯	新嘗祭事〈廃務〉	新嘗祭	○	○	○	○	19日 北は巻九もあり	−	×
十一中辰	節会事	豊明節会	○	○	○	○	19日	△	◎
十一巳	東宮鎮魂事	東宮鎮魂祭	×	○	○	○	西は「鎮魂祭」の項にあり（午日） 北は項目のみ	−	×
十一巳	賜二女王禄一事〔一同二正月一〕	女王様	○	○	○	×		−	×
十一中申	吉田祭事〔当日使立〕	吉田祭	○	×	×	○	紀23日 江は四月にあり	−	×
十一16	奏下給二位禄一目録文上事		×	×	○	×	北は15日 項目のみ	−	×
十一中旬	陰陽寮択二定元日童女年衣色一奏事		×	○	×	○	西江は正月「供二御薬一」の項にあり	−	×
十一22	於二大蔵省一給二位禄一事	給位禄	×	×	○	○	北は23日 項目のみ 江は二月「位禄定」の項にあり	−	×
十一下酉	賀茂臨時祭事〔当日使立〕	賀茂臨時祭	○	○	○	○	22日 試楽	△	×
							24日	×	◎

月日	小野宮年中行事	通称	目	西	北	江	備考〔長元四年・儀式書についての注記〕	小	左
十二 1	内膳司供二忌火御飯一事〔一同二六月一〕	忌火御飯	○	○	○	○	六月と同じ **西北**は項目のみ **江**は六月にあり	—	×
十二 1	神祇官始奉二御贖一事〔起二一日一迄二八日一奉レ之〕	御贖	×	○	○	×	**西北**は項目のみ	—	×
十二 1	諸補任入二外記一事		×	×	×	×		—	×
十二 上卯	大神祭事〔若有二三卯一、用二中卯一、当日使立〕	大神祭	○	○	○	×	**西**は十一月もあり	—	×
十二 3	国忌事〔崇福寺、天智天皇、諱葛城〕	天智天皇国忌	○	○	○	○	**江**は正月にあり	—	×
十二 3	奏二下等第文一事〔一同二六月一、但加二奏侍臣来年内宴装束料文一〕		×	×	×	×		—	×
十二 5	奏二親王冬衣服文一事		×	○	×	×	**西**に「近代不レ申」とある	—	×
十二 9	中務省奏下給二諸司一秋冬時服文上事〔或書云七日、同二六月七日儀一〕		×	○	○	×	**西北**は項目のみ	—	×
十二	諸司同衣服文弁官申二大臣一奏聞事		×	×	×	×		—	×
十二 午	御髪上事	御髪上	○	×	×	×	**目**は寛弘八年のみ	—	×
十二 10	奏二御卜一事	御体御卜	○	○	○	○	**西江**は六月にあり **北**は項目のみ	—	×
十二 10	陰陽寮勘二録来年御忌一進二内侍一事〔中宮・東宮准レ此〕		×	×	×	○	**江**は正月「供二御薬一儀」の項にあり	—	×
十二 11	月次祭事〈廃務〉	月次祭	○	○	○	○	**紀** **江**は六月にあり	—	×
十二 11	神今食事	神今食	○	○	○	○	**紀** **北**は項目のみ **江**は六月にあり	—	×

十二 13	予点㆓元日侍従及奏賀・奏瑞㆒奏聞事		×	○	○	○		−	×
十二 13	点㆓荷前使参議已上㆒奏聞事	荷前定	○	○	○	○	8日	△	×
十二 19 20 21	御仏名事（十九・廿・廿一日之間、択㆓吉日㆒始㆓修之㆒）	仏名会	○	○	○	○	20日 **北**は巻八・九もあり	△	×
十二 23	国忌事（東寺、光仁天皇、諱白壁）	光仁天皇国忌	○	×	○	○	**北**は項目のみ **江**は正月にあり	−	×
十二	荷前事	荷前	○	○	○	○	13日 経頼、後山階・宇治三所の使 **北**は巻八もあり	△	◎
十二	道饗祭事	道饗祭	×	×	×	×		−	×
十二	鎮火祭事	鎮火祭	×	×	×	×		−	×
十二 以前20	式部省諸国主典已上并史生・博士・医師秩満帳進㆓蔵人所㆒事（年来廿日進）		×	×	×	×		−	×
十二	勘㆓申諸国受領吏功課㆒事	受領功課	△	○	△	○	**目**は第一八 **西**は正月「除目」の項にあり **北**は巻三・一〇 **江**は正月「定㆓受領功課㆒事」にあり	−	×
十二	朝拝若止宣旨下㆓諸司㆒事（外記奉）		×	×	×	×		−	×
十二 下旬	朝拝習礼事		×	×	×	×		−	×
十二 大寒	陰陽寮大寒入日立㆓土牛童子像㆒事		×	×	×	×		−	×
十二 晦日	奏㆓瑞応有無㆒事		×	×	○	×	**北**は項目のみ	−	×
十二 晦日	宮内省率㆓典薬寮㆒進㆓御薬㆒事		×	○	○	○	**西**は20日 **北**は項目のみ **西北江**は正月「供㆓御薬㆒事」の項にもあり	−	×

月日	小野宮年中行事	通称	目	西	北	江	備考（長元四年・儀式書についての注記）	小	左
十二晦日	東西文部奉二祓刀一事		×	×	×	×		−	×
十二晦日	縫殿寮奉二荒世・和世御服一事		×	○	×	○	江は六月にあり	−	×
十二晦日	神祇官奉二荒世・和世御贖一事	御贖物・節折	○	○	○	○	目は寛弘八年のみ　北は項目のみ　江は六月にあり	−	×
十二晦日	大祓事〈同二六月一〉	大祓	○	○	○	○	北は項目のみ　江は六月にあり	−	×
十二晦日	差二分物聞一事		×	○	○	×	北は項目のみ	−	×
十二晦日	追儺事	追儺	○	○	○	○	29日　北は巻八もあり	△	×

監修者 黒板伸夫（くろいた　のぶお）

1923年、東京都生まれ。東京大学文学部国史学科卒業。同大学大学院（旧制）修了。元清泉女子大学教授。醍醐寺霊宝館長。

著書：『摂関時代史論集』（吉川弘文館、1980年）、『藤原行成』（人物叢書、吉川弘文館、1994年）、『平安王朝の宮廷社会』（吉川弘文館、1995年）。

史料校訂：『新訂増補史籍集覧別巻1　除目大成抄』（臨川書店、1973年）。

史料註釈：『日本後紀』（訳注日本史料、集英社、2003年）。

編集者 三橋　正（みつはし　ただし）

1960年、千葉県生まれ。大正大学文学部史学科卒業。同大学大学院博士課程後期単位取得。博士（文学）。明星大学日本文化学部准教授。

著書：『平安時代の信仰と宗教儀礼』（続群書類従完成会、2000年）。

史料註釈：『校註解説現代語訳　麗気記Ⅰ』（法蔵館、2001年）。

小右記註釈《しょうゆうきちゅうしゃく》 **長元四年　上巻**

平成二十年（二〇〇八）八月二十六日　発行

定価　一冊組　本体　二四、〇〇〇円＋税

監修　黒板伸夫

編集　三橋　正

発行　小右記講読会
東京都青梅市長淵二―五九〇
明星大学日本文化学部三橋研究室
電話　〇四二八―二五―五二九三

発売　株式会社　八木書店
東京都千代田区神田小川町三―八
電話　〇三―三二九一―二九六一
FAX　〇三―三二九一―六三〇〇

印刷　株式会社　精興社
東京都青梅市根ケ布一―三八五
電話　〇四二八―二二―三一二六

ISBN978-4-8406-2040-6

http://www.books-yagi.co.jp/pub　pub@books-yagi.co.jp
tadashim@lc.meisei-u.ac.jp